日華大辭典
（四）

林茂 編修

蘭臺出版社

注音索引

ㄏ

吓(ㄏㄜ) 2207
喝(ㄏㄜ) 2207
禾(ㄏㄜˊ) 2207
合(ㄏㄜˊ) 2207
何(ㄏㄜˊ) 2214
劾(ㄏㄜˊ) 2233
和(ㄏㄜˊ) 2233
河(ㄏㄜˊ) 2237
貉、貊(ㄏㄜˊ) 2239
核(ㄏㄜˊ) 2239
涸(ㄏㄜˊ) 2240
荷(ㄏㄜˊ) 2241
褐、褐(ㄏㄜˊ) 2244
赫(ㄏㄜˋ) 2244
賀(ㄏㄜˋ) 2244
鶴(ㄏㄜˋ) 2244
孩(ㄏㄞˊ) 2245
骸(ㄏㄞˊ) 2245
海(ㄏㄞˇ) 2246
醢(ㄏㄞˇ) 2253
亥(ㄏㄞˋ) 2254
害(ㄏㄞˋ) 2254
駭(ㄏㄞˋ) 2255
黑(ㄏㄟ) 2255
嚆(ㄏㄠ) 2259
毫(ㄏㄠˊ) 2259
豪(ㄏㄠˊ) 2259
壕(ㄏㄠˊ) 2261
濠(ㄏㄠˊ) 2261
好(ㄏㄠˇ) 2261
浩(ㄏㄠˋ) 2271
皓(ㄏㄠˋ) 2271
号(號)(ㄏㄠˋ) 2271
侯(ㄏㄡˊ) 2272
喉(ㄏㄡˊ) 2272
吼(ㄏㄡˇ) 2273
后(ㄏㄡˋ) 2273
厚(ㄏㄡˋ) 2273
後、后(ㄏㄡˋ) 2275
候(ㄏㄡˋ) 2288
酣(ㄏㄢ) 2288
鼾(ㄏㄢ) 2288
含(ㄏㄢˊ) 2289
邯(ㄏㄢˊ) 2290
函(ㄏㄢˊ) 2290
涵(ㄏㄢˊ) 2290
寒(ㄏㄢˊ) 2291
韓(ㄏㄢˊ) 2294
喊(ㄏㄢˇ) 2294
扞(ㄏㄢˋ) 2295
汗(ㄏㄢˋ) 2295
旱(ㄏㄢˋ) 2296
悍(ㄏㄢˋ) 2297
漢(ㄏㄢˋ) 2297
憾(ㄏㄢˋ) 2298
翰(ㄏㄢˋ) 2298
頷(ㄏㄢˋ) 2298
痕(ㄏㄣˊ) 2298
恨(ㄏㄣˋ) 2300
杭(ㄏㄤˊ) 2301
桁(ㄏㄤˊ) 2301
航(ㄏㄤˊ) 2301
亨(ㄏㄥ) 2303
恒(ㄏㄥˊ) 2303
橫(ㄏㄥˊ) 2303
衡(ㄏㄥˊ) 2310
乎、虖(ㄏㄨ) 2310
呼(ㄏㄨ) 2310
忽(ㄏㄨ) 2314
惚(ㄏㄨ) 2315
壺(ㄏㄨˊ) 2316
湖(ㄏㄨˊ) 2317
葫(ㄏㄨˊ) 2317
槲(ㄏㄨˊ) 2317
糊(ㄏㄨˊ) 2317
蝴(ㄏㄨˊ) 2318
餬(ㄏㄨˊ) 2318
弧(ㄏㄨˊ) 2318
狐(ㄏㄨˊ) 2318
胡(ㄏㄨˊ) 2319
虎(ㄏㄨˇ) 2321
琥(ㄏㄨˇ) 2322
互(ㄏㄨˋ) 2322
戶(ㄏㄨˋ) 2323
冱(ㄏㄨˋ) 2326
怙(ㄏㄨˋ) 2326
笏、笏(ㄏㄨˋ) 2326
扈(ㄏㄨˋ) 2326
瓠(ㄏㄨˋ) 2326
護(ㄏㄨˋ) 2326
花(ㄏㄨㄚ) 2328
鏵(ㄏㄨㄚ) 2336
華、華、華(ㄏㄨㄚˊ) 2336
滑、猾(ㄏㄨㄚˊ) 2340
化(ㄏㄨㄚˋ) 2343
画、画、画(畫)(ㄏㄨㄚˋ) 2346
劃(ㄏㄨㄚˋ) 2350
話(ㄏㄨㄚˋ) 2350
劃(ㄏㄨㄚˋ) 2355
樺(ㄏㄨㄚˋ) 2356
活(ㄏㄨㄛˊ) 2356
伙、夥、火、灭(ㄏㄨㄛˇ) 2359
夥(ㄏㄨㄛˇ) 2368
或(ㄏㄨㄛˋ) 2368
惑(ㄏㄨㄛˋ) 2369
禍(ㄏㄨㄛˋ) 2370
霍(ㄏㄨㄛˋ) 2370
獲(ㄏㄨㄛˋ) 2371
豁(ㄏㄨㄛˋ) 2372
貨(ㄏㄨㄛˋ) 2372
踝(ㄏㄨㄞˊ) 2373
懷(ㄏㄨㄞˊ) 2373
槐(ㄏㄨㄞˊ) 2375
坏(ㄏㄨㄞˋ) 2375
壞(ㄏㄨㄞˋ) 2376
灰(ㄏㄨㄟ) 2377
恢(ㄏㄨㄟ) 2378
揮(ㄏㄨㄟ) 2378
輝(ㄏㄨㄟ) 2379
麾(ㄏㄨㄟ) 2379
徽(ㄏㄨㄟ) 2380
回、囘、囬(ㄏㄨㄟˊ) 2380
廻(ㄏㄨㄟˊ) 2387
茴、茴(ㄏㄨㄟˊ) 2392
蛔(ㄏㄨㄟˊ) 2392
悔(ㄏㄨㄟˇ) 2392
毁(ㄏㄨㄟˇ) 2393
誨(ㄏㄨㄟˇ) 2394
慧、慧(ㄏㄨㄟˋ) 2394
諱、諱(ㄏㄨㄟˋ) 2394
穢、穢、穢(ㄏㄨㄟˋ) 2394
会、会(會)(ㄏㄨㄟˋ) 2395
彗(ㄏㄨㄟˋ) 2402
晦(ㄏㄨㄟˋ) 2402
惠、惠(惠)(ㄏㄨㄟˋ) 2402
絵、絵(繪)(ㄏㄨㄟˋ) 2403
彙(ㄏㄨㄟˋ) 2406
賄(ㄏㄨㄟˋ) 2407
歡(歡)(ㄏㄨㄢ) 2407
環(ㄏㄨㄢˊ) 2409
還、還(ㄏㄨㄢˊ) 2410

注音索引

鑽(ㄏㄨㄢˊ) 2412	鴻(ㄏㄨㄥˊ) 2443	脊、脊、脊(ㄐㄧˊ) 2497	驥(ㄐㄧˋ) 2547
缳(ㄏㄨㄢˋ) 2412	鬨(ㄏㄨㄥˋ) 2444	寂、寂(ㄐㄧˊ) 2497	加(ㄐㄧㄚ) 2547
幻(ㄏㄨㄢˋ) 2415	**ㄐ**	棘(ㄐㄧˊ) 2499	佳(ㄐㄧㄚ) 2551
宦(ㄏㄨㄢˋ) 2415	几(ㄐㄧ) 2445	集(ㄐㄧˊ) 2499	枷(ㄐㄧㄚ) 2556
唤(ㄏㄨㄢˋ) 2415	机(ㄐㄧ) 2445	嫉(ㄐㄧˊ) 2503	家、傢(ㄐㄧㄚ) 2556
换(ㄏㄨㄢˋ) 2417	肌(ㄐㄧ) 2445	楫(ㄐㄧˊ) 2503	痂(ㄐㄧㄚ) 2563
渙(ㄏㄨㄢˋ) 2419	姬(ㄐㄧ) 2446	極、极(ㄐㄧˊ) 2504	袈(ㄐㄧㄚ) 2563
焕(ㄏㄨㄢˋ) 2419	屐、屐(ㄐㄧ) 2447	瘠(ㄐㄧˊ) 2510	葭(ㄐㄧㄚ) 2564
憲(ㄏㄨㄢˋ) 2420	笄(ㄐㄧ) 2447	輯(ㄐㄧˊ) 2510	嘉(ㄐㄧㄚ) 2564
昏(ㄏㄨㄣ) 2421	迹、跡(ㄐㄧ) 2447	擊(ㄐㄧˊ) 2511	夾(ㄐㄧㄚˊ) 2564
婚(ㄏㄨㄣ) 2421	飢(ㄐㄧ) 2449	籍、藉、籍(ㄐㄧˊ) 2513	挾(挟)(ㄐㄧㄚˊ) 2564
葷(ㄏㄨㄣ) 2422	基(ㄐㄧ) 2449	鶺(ㄐㄧˊ) 2514	蔓(ㄐㄧㄚˊ) 2565
魂(ㄏㄨㄣˊ) 2422	畸(ㄐㄧ) 2453	己、己(ㄐㄧˇ) 2514	荚(ㄐㄧㄚˊ) 2566
渾(ㄏㄨㄣˊ) 2424	跡、跡(ㄐㄧ) 2454	幾(ㄐㄧˇ) 2515	裌(ㄐㄧㄚˊ) 2566
混(ㄏㄨㄣˋ) 2424	箕(ㄐㄧ) 2456	伎、伎(ㄐㄧˋ) 2518	鋏(ㄐㄧㄚˊ) 2566
溷(ㄏㄨㄣˋ) 2428	畿(ㄐㄧ) 2459	妓(ㄐㄧˋ) 2518	頰、頬(頰)(ㄐㄧㄚˊ) 2566
諢(ㄏㄨㄣˋ) 2428	稽(ㄐㄧ) 2459	忌(ㄐㄧˋ) 2519	甲(ㄐㄧㄚˇ) 2567
荒(ㄏㄨㄤ) 2428	機(ㄐㄧ) 2459	技(ㄐㄧˋ) 2520	仮、仮(假)(ㄐㄧㄚˇ) 2569
慌(ㄏㄨㄤ) 2432	激(ㄐㄧ) 2467	季(ㄐㄧˋ) 2521	岬(ㄐㄧㄚˇ) 2573
皇(ㄏㄨㄤˊ) 2433	積(ㄐㄧ) 2469	既(ㄐㄧˋ) 2522	榎(ㄐㄧㄚˇ) 2573
煌(ㄏㄨㄤˊ) 2434	磯(ㄐㄧ) 2474	紀(ㄐㄧˋ) 2524	稼(ㄐㄧㄚˋ) 2573
篁(ㄏㄨㄤˊ) 2435	譏(ㄐㄧ) 2474	計(ㄐㄧˋ) 2525	駕(ㄐㄧㄚˋ) 2574
蝗(ㄏㄨㄤˊ) 2435	雞(鷄)(ㄐㄧ) 2474	記(ㄐㄧˋ) 2527	価(價)(ㄐㄧㄚˋ) 2574
黃、黄、黄(ㄏㄨㄤˊ) 2435	轟(ㄐㄧ) 2475	偈(ㄐㄧˋ) 2531	架(ㄐㄧㄚˋ) 2576
簧(ㄏㄨㄤˊ) 2438	齎(ㄐㄧ) 2475	寄(ㄐㄧˋ) 2531	嫁(ㄐㄧㄚˋ) 2581
恍(ㄏㄨㄤˇ) 2438	羈(ㄐㄧ) 2476	済、済(濟)(ㄐㄧˋ) 2536	皆(ㄐㄧㄝ) 2582
幌(ㄏㄨㄤˇ) 2438	饑(ㄐㄧ) 2476	祭(ㄐㄧˋ) 2539	偕(ㄐㄧㄝ) 2584
哄(ㄏㄨㄥ) 2438	齋(ㄐㄧ) 2476	継(繼)(ㄐㄧˋ) 2540	接、接(ㄐㄧㄝ) 2584
甍(ㄏㄨㄥ) 2439	及(ㄐㄧˊ) 2476	際(ㄐㄧˋ) 2544	揭(ㄐㄧㄝ) 2588
轟(ㄏㄨㄥ) 2439	吉、吉(ㄐㄧˊ) 2478	稷(ㄐㄧˋ) 2545	街(ㄐㄧㄝ) 2589
弘、弘(ㄏㄨㄥˊ) 2439	即(ㄐㄧˊ) 2479	冀(ㄐㄧˋ) 2545	階(ㄐㄧㄝ) 2590
宏(ㄏㄨㄥˊ) 2440	扱、扱(ㄐㄧˊ) 2486	剤(劑)(ㄐㄧˋ) 2546	嗟(ㄐㄧㄝ) 2591
洪(ㄏㄨㄥˊ) 2441	汲(ㄐㄧˊ) 2487	髻、髻(ㄐㄧˋ) 2546	孑、孑(ㄐㄧㄝˊ) 2591
紅(ㄏㄨㄥˊ) 2441	佶(ㄐㄧˊ) 2488	薊、薊(ㄐㄧˋ) 2546	
虹(ㄏㄨㄥˊ) 2443	急(ㄐㄧˊ) 2488	霽(ㄐㄧˋ) 2546	
訌(ㄏㄨㄥˊ) 2443	疾(ㄐㄧˊ) 2493		
	笈(ㄐㄧˊ) 2496		
	級(ㄐㄧˊ) 2496		

劫、刧、刼(ㄐㄧㄝˊ) 2591	嚼(ㄐㄧㄠˊ) 2637	奸(ㄐㄧㄢ) 2681	漸(ㄐㄧㄢˋ) 2752
拮、拮(ㄐㄧㄝˊ) 2591	攪、攪(ㄐㄧㄠˇ) 2637	肩(ㄐㄧㄢ) 2682	箭(ㄐㄧㄢˋ) 2754
桔、桔(ㄐㄧㄝˊ) 2592	角(ㄐㄧㄠˇ) 2637	姦(ㄐㄧㄢ) 2685	踐(踐)(ㄐㄧㄢˋ) 2754
捷(ㄐㄧㄝˊ) 2592	狡(ㄐㄧㄠˇ) 2642	兼(ㄐㄧㄢ) 2686	餞(ㄐㄧㄢˋ) 2755
傑(ㄐㄧㄝˊ) 2592	皎(ㄐㄧㄠˇ) 2642	堅(ㄐㄧㄢ) 2688	薦(ㄐㄧㄢˋ) 2755
結(ㄐㄧㄝˊ) 2593	脚(ㄐㄧㄠˇ) 2642	揃(ㄐㄧㄢ) 2690	鍵(ㄐㄧㄢˋ) 2756
睫(ㄐㄧㄝˊ) 2598	絞(ㄐㄧㄠˇ) 2644	菅(ㄐㄧㄢ) 2691	艦(ㄐㄧㄢˋ) 2756
節、節(ㄐㄧㄝˊ) 2598	剿(ㄐㄧㄠˇ) 2647	間(ㄐㄧㄢ) 2691	鑑(ㄐㄧㄢˋ) 2757
詰(ㄐㄧㄝˊ) 2601	僥(ㄐㄧㄠˇ) 2647	煎(ㄐㄧㄢ) 2702	鑒(ㄐㄧㄢˋ) 2758
截、截(ㄐㄧㄝˊ) 2606	餃(ㄐㄧㄠˇ) 2647	監(ㄐㄧㄢ) 2704	巾(ㄐㄧㄣ) 2759
潔(ㄐㄧㄝˊ) 2608	矯(ㄐㄧㄠˇ) 2647	箋(ㄐㄧㄢ) 2706	今(ㄐㄧㄣ) 2759
羯(ㄐㄧㄝˊ) 2609	叫(ㄐㄧㄠˋ) 2648	緘(ㄐㄧㄢ) 2706	斤(ㄐㄧㄣ) 2765
頡(ㄐㄧㄝˊ) 2609	教(ㄐㄧㄠˋ) 2649	艱(ㄐㄧㄢ) 2706	金(ㄐㄧㄣ) 2765
櫛(ㄐㄧㄝˊ) 2609	窖(ㄐㄧㄠˋ) 2653	殲(ㄐㄧㄢ) 2706	津(ㄐㄧㄣ) 2779
姊(ㄐㄧㄝˇ) 2610	較、較(ㄐㄧㄠˋ) 2653	鰹(ㄐㄧㄢ) 2706	矜(ㄐㄧㄣ) 2779
姐(ㄐㄧㄝˇ) 2610	轎(ㄐㄧㄠˋ) 2654	儉(儉)(ㄐㄧㄢˇ) 2707	衿(ㄐㄧㄣ) 2779
解、解(ㄐㄧㄝˇ) 2611	紀(ㄐㄧㄡ) 2654	剪(ㄐㄧㄢˇ) 2707	筋(ㄐㄧㄣ) 2780
介(ㄐㄧㄝˋ) 2617	糾(ㄐㄧㄡ) 2654	檢(檢)(ㄐㄧㄢˇ) 2708	襟(ㄐㄧㄣ) 2783
戒(ㄐㄧㄝˋ) 2618	啾(ㄐㄧㄡ) 2655	減(ㄐㄧㄢˇ) 2711	堇(ㄐㄧㄣˇ) 2784
届(ㄐㄧㄝˋ) 2619	鳩(ㄐㄧㄡ) 2655	筧(ㄐㄧㄢˇ) 2714	僅(ㄐㄧㄣˇ) 2784
芥、芥(ㄐㄧㄝˋ) 2620	九、九(ㄐㄧㄡˇ) 2656	蹇(ㄐㄧㄢˇ) 2715	緊(ㄐㄧㄣˇ) 2784
界(ㄐㄧㄝˋ) 2621	久、久(ㄐㄧㄡˇ) 2658	瞼(ㄐㄧㄢˇ) 2715	槿(ㄐㄧㄣˇ) 2786
疥(ㄐㄧㄝˋ) 2622	灸(ㄐㄧㄡˇ) 2659	簡(ㄐㄧㄢˇ) 2715	儘(ㄐㄧㄣˇ) 2786
借、借(ㄐㄧㄝˋ) 2623	酒(ㄐㄧㄡˇ) 2659	繭(ㄐㄧㄢˇ) 2717	錦(ㄐㄧㄣˇ) 2787
誡(ㄐㄧㄝˋ) 2626	韭(ㄐㄧㄡˇ) 2663	鹼(鹼)(ㄐㄧㄢˇ) 2717	謹(ㄐㄧㄣˇ) 2787
藉、藉(ㄐㄧㄝˋ) 2626	旧(舊)(ㄐㄧㄡˋ) 2663	件(ㄐㄧㄢˋ) 2718	儘(盡)(ㄐㄧㄣˋ) 2788
交(ㄐㄧㄠ) 2627	臼(ㄐㄧㄡˋ) 2668	見(ㄐㄧㄢˋ) 2718	近(ㄐㄧㄣˋ) 2793
郊(ㄐㄧㄠ) 2632	究(ㄐㄧㄡˋ) 2668	諫(ㄐㄧㄢˋ) 2742	浸(ㄐㄧㄣˋ) 2798
焦(ㄐㄧㄠ) 2632	咎(ㄐㄧㄡˋ) 2669	建、建(ㄐㄧㄢˋ) 2743	進(ㄐㄧㄣˋ) 2804
蛟(ㄐㄧㄠ) 2634	疚(ㄐㄧㄡˋ) 2670	剣(劍)(ㄐㄧㄢˋ) 2748	噤(ㄐㄧㄣˋ) 2809
嬌(ㄐㄧㄠ) 2634	柩(ㄐㄧㄡˋ) 2670	健(ㄐㄧㄢˋ) 2749	禁(ㄐㄧㄣˋ) 2810
澆(ㄐㄧㄠ) 2635	救(ㄐㄧㄡˋ) 2670	腱(ㄐㄧㄢˋ) 2751	江(ㄐㄧㄤ) 2812
膠(ㄐㄧㄠ) 2635	就(ㄐㄧㄡˋ) 2672	賎(賤)(ㄐㄧㄢˋ) 2751	漿(ㄐㄧㄤ) 2814
蕉(ㄐㄧㄠ) 2636	厩(ㄐㄧㄡˋ) 2679	僭(ㄐㄧㄢˋ) 2752	疆(疆)(ㄐㄧㄤ) 2814
鮫(ㄐㄧㄠ) 2636	舅(ㄐㄧㄡˋ) 2679		
驕(ㄐㄧㄠ) 2636	鷲(ㄐㄧㄡˋ) 2680		薑(ㄐㄧㄤ) 2815
鷦(ㄐㄧㄠ) 2637	奸(ㄐㄧㄢ) 2680		

注音索引

講(ㄐㄧㄤˇ) 2815	競(ㄐㄧㄥˋ) 2866	瞿(ㄐㄩˋ) 2893	簀(ㄐㄩㄥˇ) 2942
奬(獎)(ㄐㄧㄤˇ) 2816	甄(ㄐㄧㄥˋ) 2869	醵(ㄐㄩˋ) 2894	
匠(ㄐㄧㄤˋ) 2818	居(ㄐㄩ) 2869	挾(ㄐㄩㄝˊ) 2894	
降(ㄐㄧㄤˋ) 2819	拘(ㄐㄩ) 2875	浃(決)(决)(ㄐㄩㄝˊ) 2894	
将(將)(ㄐㄧㄤˋ) 2824	狙(ㄐㄩ) 2876	崛(ㄐㄩㄝˊ) 2910	
醬(醤)(ㄐㄧㄤˋ) 2826	裾(ㄐㄩ) 2877	掘(ㄐㄩㄝˊ) 2910	
京(ㄐㄧㄥ) 2826	駒(ㄐㄩ) 2878	訣(ㄐㄩㄝˊ) 2912	
茎(莖)(ㄐㄧㄥ) 2827	局(ㄐㄩˊ) 2878	絶(ㄐㄩㄝˊ) 2912	
荊(ㄐㄧㄥ) 2827	掬(ㄐㄩˊ) 2880	覚(覺)(ㄐㄩㄝˊ) 2919	
旌(ㄐㄧㄥ) 2828	菊(ㄐㄩˊ) 2882	駃(ㄐㄩㄝˊ) 2924	
経(經)(ㄐㄧㄥ) 2829	踘(ㄐㄩˊ) 2883	蕨(ㄐㄩㄝˊ) 2924	
睛(ㄐㄧㄥ) 2836	橘(ㄐㄩˊ) 2883	爵(ㄐㄩㄝˊ) 2924	
兢(ㄐㄧㄥ) 2840	鞠(ㄐㄩˊ) 2883	鵙(ㄐㄩㄝˊ) 2924	
精(ㄐㄧㄥ) 2840	咀(ㄐㄩˇ) 2883	蹶(ㄐㄩㄝˊ) 2924	
鯨(ㄐㄧㄥ) 2846	沮(ㄐㄩˇ) 2883	矍(ㄐㄩㄝˊ) 2925	
驚(ㄐㄧㄥ) 2847	挙(舉)(ㄐㄩˇ) 2884	攫(ㄐㄩㄝˊ) 2925	
井(ㄐㄧㄥˇ) 2849	矩(ㄐㄩˇ) 2888	娟(ㄐㄩㄢ) 2925	
景(ㄐㄧㄥˇ) 2850	莒(ㄐㄩˇ) 2888	涓(ㄐㄩㄢ) 2925	
憬(ㄐㄧㄥˇ) 2851	蒟(ㄐㄩˇ) 2889	巻、卷(ㄐㄩㄢˇ) 2925	
頸(ㄐㄧㄥˇ) 2852	齟(ㄐㄩˇ) 2889	捲(ㄐㄩㄢˇ) 2929	
警(ㄐㄧㄥˇ) 2853	欅(ㄐㄩˇ) 2889	眷(ㄐㄩㄢˋ) 2931	
径(徑)(ㄐㄧㄥˋ) 2856	句(ㄐㄩˋ) 2889	絹(ㄐㄩㄢˋ) 2931	
勁(ㄐㄧㄥˋ) 2857	巨(ㄐㄩˋ) 2890	倦(ㄐㄩㄢˋ) 2932	
浄(淨)(ㄐㄧㄥˋ) 2857	具(ㄐㄩˋ) 2892	狷(ㄐㄩㄢˋ) 2933	
竟(ㄐㄧㄥˋ) 2858	拒(ㄐㄩˋ) 2894	君(ㄐㄩㄣ) 2933	
脛(ㄐㄧㄥˋ) 2859	拠(據)(ㄐㄩˋ) 2895	均(ㄐㄩㄣ) 2934	
迸(ㄐㄧㄥˋ) 2859	炬(ㄐㄩˋ) 2897	麇、麕(ㄐㄩㄣ) 2936	
痙(ㄐㄧㄥˋ) 2859	俱、倶(ㄐㄩˋ) 2897	筠(ㄐㄩㄣ) 2936	
敬(ㄐㄧㄥˋ) 2859	倨(ㄐㄩˋ) 2897	峻(ㄐㄩㄣˋ) 2940	
靖(ㄐㄧㄥˋ) 2861	据(ㄐㄩˋ) 2897	浚(ㄐㄩㄣˋ) 2940	
境(ㄐㄧㄥˋ) 2861	距(ㄐㄩˋ) 2899	郡(ㄐㄩㄣˋ) 2940	
静(靜)(ㄐㄧㄥˋ) 2862	鉅(ㄐㄩˋ) 2890	竣(ㄐㄩㄣˋ) 2941	
鏡(ㄐㄧㄥˋ) 2865	聚(ㄐㄩˋ) 2890	菌(ㄐㄩㄣˋ) 2941	
	劇(ㄐㄩˋ) 2890	駿(ㄐㄩㄣˋ) 2942	
	踞(ㄐㄩˋ) 2892	俊(ㄐㄩㄣˋ) 2942	
	窶(ㄐㄩˋ) 2892	炯(ㄐㄩㄥˇ) 2942	
	鋸(ㄐㄩˋ) 2893		
	颶(ㄐㄩˋ) 2893		

IV

呵（ㄏㄜ）

呵〔漢造〕笑聲、怒責

呵呵〔副〕哈哈（大笑）
　呵呵大笑する（哈哈大笑）

呵責〔名〕苛責、責備
　良心の呵責を受ける（受到良心的苛責）

呵する〔他サ〕申斥，斥責（=叱り付ける）、呵氣
　禿筆を呵する（呵筆作書、拙作）

呵る、叱る〔他五〕責備、規戒
　厳しく叱る（嚴厲叱責）
　子供を無闇に叱るのは良くない事だ（隨便責備孩子是不好的）
　私は子供の時悪戯っ子だったので、良く叱られた（我小時候因為是個小淘氣所以時常挨申斥）
　そんな事を為ると叱られる丈じゃ済まないぞ（做那種事的話不光挨一頓申斥就算完事）

呵り、叱り〔名〕斥責，責備、申斥（江戶時代對平民最輕的刑罰）
　御叱りを受ける（受到責備）

喝（ㄏㄜ）

喝〔感〕大聲叫喝、（禪宗的）喝斥
　〔漢造〕大聲（斥責）
　　大喝（大喝，大聲責罵、大聲呼喊）
　　恫喝（恫嚇、嚇唬、威脅=脅かす）
　　恐喝（恐嚇、恫嚇、威脅、嚇唬）

喝す〔他サ〕〔古〕喝、大聲斥責（=怒鳴り付ける）

喝采〔名、自サ〕（鼓掌）喝采，歡呼、喝采聲
　拍手喝采する（鼓掌喝采）
　割れる様な喝采を博す（博得暴風雨般的喝采）

喝食〔名〕〔佛〕喝食（禪寺中大聲通知開飯的僧人）。〔佛〕寄居在寺院裡修學問的蓄髮男童、喝食（能面之一）

喝破〔名、自他サ〕喝破、道破（真理等）
　事件の性格を喝破する（一語道破案件的實情）

禾（ㄏㄜˊ）

禾〔名〕穀類的總稱、稻（=稻）

禾本科〔名〕〔植〕禾本科

禾〔名〕〔植〕禾（=稻）

芒〔名〕〔植〕（稻麥等的）芒（=芒、野毛）

鯁〔名〕刺在喉嚨裡的刺（=刺）

禾偏〔名〕（漢字）禾偏旁（如稻、秋、私等的禾偏旁）

合（ㄏㄜˊ）

合〔名、漢造〕合（面積單位一坪的十分之一）（容積單位一升的十分之一）（山等高度的十分之一）（有蓋容器的計量單位）、回合、合計、合格、對造、會合。〔哲〕合（=ジンテーゼ）
　1合の胡麻（一合芝麻）
　1合の米（一合米）
　富士山の五合目迄登る（爬到富士山十分之五的高度上）
　合戦数合に及ぶ（戰鬥達數回合）
　長櫃1合（長櫃一架）
　整合（調整、矯正、匹配）
　照合（對照、校對、合對）
　承合（查詢）
　結合（結合）
　配合（配合、調配）
　廃合（撤銷與合併）
　化合（化合）
　集合（集合）
　習合（折衷、調和）
　会合（會合、集會、締結）
　開合（開合）
　回合（邂逅）
　調合（調和、調劑）

ㄏ

そうごう　そうごう
総合、綜合（綜合）

りくごう
六合（六合、天地四方）

ふごう
符合（符合、吻合）

ふごう
附合（附合）

ふごう
不合（不合）

わごう
和合（和好、和睦）

あんごう
暗合（巧合）

ないごう
内合（下合）

がいごう
外合（上合）

りごう
離合（離合）

ふんごう
吻合（吻合、符合）

ぶんごう
分合（分開、合併）

きゅうごう　きゅうごう
糾合、鳩合（糾合、集合）

こんごう
混合（混合）

じゅうごう
重合（聚合）

せつごう
接合（接合）

とうごう
統合（統一、合併、綜合）

とうごう
投合（投合、相投）

ふくごう
複合（複合、合成）

へいごう
併合（合併、併呑）

ゆうごう
融合（融合、聚合）

れんごう　れんごう
連合、聯合（聯合、團結、聯想）

こうごう
交合（交媾）

こうごう
咬合（咬合）

こうごう
香合（香盒）

きょうごう
競合（競爭、爭執）

きょうごう　こうごう
校合、校合（校對）

ぐうごう
偶合（巧合）

けいごう
契合（吻合）

てきごう
適合（適合、適宜）

やごう
野合（野合、私通、勾結）

ごうい
合意〔名、自サ〕同意、商量好、達成協議

ごうい　きょうてい
合意された協定（達成的協議）

ごうい　たつ　communigué 法
合意に達したコミュニケ（商定的公報）

こ　こと　すで　ごうい ず
此の事は既に合意済みだ（這件事已經商量好了）

ごうい　うえ　りこん
合意の上で離婚する（經雙方同意後離婚）

そうほう　ごうい　もと　ちょうてい　おこな
双方の合意に基づいて調停を行う（根據雙方同意進行調停）

ごういつ
合一〔名、自他サ〕合而為一

おお　しぶ　ごういつ
多くの支部を合一する（把許多支部合而為一）

ふた　くみあい　ごういつ
二つの組合が合一する（兩個公會合成一個）

ちぎょうごういつ
知行合一（知行合一）

ごうかく
合格〔名、自サ〕合格、及格

しけん　ごうかく
試験に合格する（考試及格）

けんさ　ごうかく　しょうひん
検査に合格した商品（檢驗合格的商品）

ごうかくつうち
合格通知（及格通知）

ごうかくはっぴょう
合格発表（放榜）

ごうかん
合巻〔名〕合卷本

ごうかん
合歓〔名、自サ〕交歡、男女同床

ねむ　ねぶ　ねむのき
合歓、合歓〔名〕合歓樹（=合歓木）

ねむのき
合歓木〔名〕〔植〕合歓樹（=合歓、合歓）

ごうきん
合金〔名〕〔冶〕合金

たいまごうきん
耐磨合金（耐磨合金）

ごうきんこう
合金鋼（合金鋼）

ごうきんてつ
合金鉄（鐵合金）

ごうぎ
合議〔名、自他サ〕協議、集議

ごうぎ　うえ　き
合議の上で決める（經協議後決定）

ごうけい
合計〔名、他サ〕合計、總計←→小計

ごうけい　いちまんにん
合計で一万人（共一萬名）

にほん　ぜんじんこう　ごうけい　いちおく　こ
日本の全人口を合計すると一億を超える（總計日本全部人口超過一億人）

ごさつ　ごうけいごせんえん　な
五冊で合計五千円に為る（五冊共計五千日元）

ごうけん　いけん
合憲〔名〕合乎憲法←→違憲

ごうさい
合祭〔名、他サ〕合祭

ごうざい
合剤〔名〕〔藥〕混合劑

ごうし
合祀〔名、他サ〕供在一起

革命烈士を合祀する（合祀革命烈士）

合資〔名〕合資、合股

　合資会社（合股公司）

合字〔名〕合併字（如把麻呂二字併作麿）

合生〔名〕〔生〕合生、聯生、簇生

合成〔名、他サ〕合成←→分解

　石灰からビニールを合成する（由石灰合成乙烯樹脂）

　合成繊維（合成纖維）

　合成染料（合成染料）

　合成抵抗（合成抵抗）

　合成燃料（合成燃料）

　合成蝋（合成臘）

　合成ゴム、合成護謨（合成橡膠、人造橡膠）

合繊〔名〕合成繊維（＝合成繊維）

合装〔名、自サ〕合裝（數種東西合包一起）

　合装郵便物（不同種類的郵件包裝一起）

合着〔名、自サ〕合在一起、合成一體

合著〔名〕合著、共著

合同〔名、自他サ〕聯合、合併。〔數〕全等

　二つの会社が合同した（兩家公司合併了）

　合同で運動会を行う（聯合舉行運動會）

　同系統の会社と、合同する（跟同行業的公司聯合起來）

　合同会議（聯席會議）

　合同エキジビション（聯合演出）

　合同防災（聯防）

　合同調査隊（聯合考察隊）

　合同三角形（全等三角形）

合判、合判〔名、他サ〕聯名蓋章（＝連署、連判。連判）

合判〔名〕聯名蓋章。核對印、騎縫印（＝合印 合印）

合判、相判、間判〔名〕（紙張等）中號尺寸（筆記本橫約十五公分豎約二十一公分）

合版、相版〔名〕（二人以上）共同出版

合板、合板〔名〕三合板、膠合板（＝ベニヤ板）←→単板

合否〔名〕合格與否

　合否を知らせる（通知合格與否）

　合否の結果が発表される（揭曉錄取的結果）

合比の理〔名〕〔數〕合比定理

合百〔名〕合百（根據交易所的行情賭勝負的一種賭博）（來自古時每百合米賭百文錢）

　合百師（以百合賭博為職業的人）

合弁〔名〕合辦、合營（主要指舊時中國與外國資本的合辦）

　日仏合弁事業（日法合辦企業）

　合弁会社（合營公司）

　合弁花（合瓣花）←→離弁花

　合弁花冠（合辦花冠）

　合弁花植物（合辦花植物）

合法〔名〕合法（＝適法）←→違法、非法

　合法の範囲内で（在合法的範圍內）

　合法の仮面を被って（在合法的假面具下批著合法的外衣）

　合法活動（合法活動）

　合法化（合法化）

　合法的（合法的）

合目的的〔形動〕合乎目的

　合目的的な仮定に拠って推論を進める（根據合乎目的假定進行推論）

合名〔名〕聯名（＝連名）

合薬〔名〕合藥（＝合わせ薬）、火藥（＝火薬）

合有〔名〕〔法〕共有、共同所有

合理〔名〕合理←→不合理

　彼の主張には何等合理性が無い（他的主張沒有任何合理性）

　経営の合理化（經營的合理化）

合力〔名、他サ〕協力、協助（＝助力）、捐助、施捨（＝喜捨）、乞丐

　合力を乞う（乞求施捨）

ㄏ

ㄏ

他人の合力を受けて暮らす（靠別人施捨過活）

合力〔名、自サ〕〔理〕合力←→分力。協力、協助。捐助、施捨（＝合力）

合流〔名、自サ〕合流、匯合、聯合、合併

二つの川が合流する（兩條河會合在一起）

デモ隊に合流する（加入遊行隊伍的人潮）

合流点（匯合點）

A党に合流する（與A黨合併）

少数派も合流して統一された（少數派也聯合起來而統一了）

合梁〔名〕〔建〕合併樑

合切〔名〕一切（＝残らず）

一切合切（所有一切、一切的一切）

一切合切盗まれた（所有一切都被偷走了）

合切袋（婦女隨身用品的手提袋、旅行袋）

合作〔名、自他サ〕合作、合著

画家数名の合作（數名畫家合畫的作品）

国共合作（國共合作）

合作社（合作社）

合冊〔名、他サ〕合訂（本）（＝合本）

合算〔名他サ〕合計、共計

此を合算すると千円に為る（合計起來有一千日元）

家族の収入を合算する（把家屬的收入合計起來）

合衆国〔名〕合眾國、美利堅合眾國（＝アメリカ合衆国）

合宿〔名自サ〕（選手或研究員在一定期間）集體住宿（的宿舍）、集訓（營地）←→分宿

選手強化の為合宿する（為加強訓練選手進行集訓）

選手を合宿に訪ねる（到集訓/營地訪問選手）

合唱〔名、他サ〕合唱（＝斉唱）←→独唱

二部合唱（二部合唱）

混声合唱（混聲合唱）

男声合唱（男聲合唱）

校歌を合唱する（合唱校歌）

万歳を合唱する声が聞こえる（聽到一同高呼萬歲的聲音）

合唱団（合唱團）

合掌〔名、自サ〕合掌、〔建〕架成人字形（的木材）

仏前で合掌する（佛前合掌）

合掌造り（人字木屋頂建築）

合従、合縦〔名〕（戰國時代六國聯合抗秦的攻守連盟政策）合縱←→連衡

合従連衡（合縱連橫）

合戦〔名、自サ〕合戰、交戰（＝戦い、会戦）

関ヶ原の合戦（關原之戰）

雪合戦（打雪仗）

歌合戦（歌唱比賽）

合奏〔名、他サ〕合奏←→独奏

弦楽合奏（弦樂合奏）

バイオリンとピアノの合奏（小提琴與鋼琴的合奏）

合体〔名、自サ〕合為一體、團結一心

公武合体（朝廷和幕府合為一體）

南北は合体して統一した国家と為った（南北合為一體建成統一的國家）

合致〔名、自サ〕一致符合

一般の傾向に合致する（符合一般的傾向）

目的に合致した行動（與目的相符合的行動）

中身と表示が合致しない缶詰（內容與說明不符的罐頭）

合点、合点〔名、自サ〕理解、同意

合点が行かない（不能理解）

一人合点（自以為是）

彼は合点が行かない様子だった（他表示出不理解的樣子）

合点が行く迄（直到理解為止）
合点が速い（理解得快）
合点が遅い（理解得慢）
合点か（你同意嗎？）
おっと合点（同意了）

合羽〔名〕（葡capa）（防雨）斗篷雨衣（=雨合羽）。油布油紙

合評〔名、他サ〕集體評論、集體的評定
合評会を催す（舉行集體評定會）
新作小説の合評を為る（集體評定新著的小説）
同人が集って作品を合評する（集合同好集體評定作品）

合併〔名、自他サ〕合併
両社は合併した（兩個公司合併了）
甲乙を合併する（把甲乙兩者合併起來）
其は新設の工場に合併された（那工廠被合併在新建工廠裡了）
合併授業（合併上課）
合併教室（合併教室）
合併症（併發症）

合壁〔名〕隔壁、鄰家
近所合壁（左鄰右舍左右鄰居）

合邦〔名、他サ〕（兩個以上的國家）國家合併合併的國家

合本〔名、他サ〕合訂合訂本
合本に為る（訂成合訂本）
一年分の合本（一年的合訂本）

合する〔自、他サ〕一致（=合わさる）。合併（=合わせる）
合して一と為る（合而為一）
全部を合する（把所有東西合在一起）
意見が合する（意見一致）
二派を合する（把二派合起來）
此の川は其処で本流と合する（那條河在那裏和本流匯合）

合う〔自五〕適合,合適,一致,相同,符合,對,準,準確,合算,不吃虧
〔接尾〕（接動詞連用形下）一塊…。一同…。互相…
体に合うかどうか、一度着て見た方が良い（合不合身最好先穿一穿試試）
此の靴は私の足に合う（這雙鞋我穿著正合適）
此の眼鏡は私の目に合わなくなった（這副眼鏡我戴著不合適了）
性が合う（對胃口）
合わぬ蓋有れば合う蓋有り（有合得來的也有合不來的）
此の訳文は原書の意に合わない（這個譯文和原文意思不合）
彼の人と私とは意見が良く合う（他和我意見很相投）
君の時計は合っているか（你的錶準嗎？）
答えがぴったり合った（答案整對）
計算が如何しても合わない（怎麼算也不對）
割の合わない仕事（不合算的工作）
百円では合はない（一百塊錢可不合算）
そんな事を為ては合わない（那樣做可划不來）
彼等は予定の時刻に停車場で落ち合った（他們按預定時間在停車場見了面）
学び合い、助け合う良い気風を発揮する（發揚副互相學習互相幫忙的優良作風）
話し合う（會談、協商）
皆で待ち合おう（大家一塊等吧！）
互いに腹を探り合う（互相測度對方心理）
分らない所を教え合う（不明白的地方互相學習）

逢う、遭う、会う、遇う〔自五〕遇見,碰見,會見,見面,遭遇,碰上
学生時代の友人と道で偶然逢った（在路上偶然同學生時代的朋友碰見了）

ㄏ

意外の所で逢う（在意想不到的地方遇見）
逢う 遭う 遇う 会う 合う

何処で何時に逢いましょうか（在什麼地方幾點鐘見面呢？）

今日の夕方御逢いし度いのですが、御都合は如何でしょうか（今天傍晚想去見您不知道您方便不方便）

誰が来ても今日は逢わない（今天誰來都不見）

夕方に逢ってすっかり濡れて仕舞った（碰上了陣雨全身都淋濕了）

交通事故に逢って約束の時間に遅れて仕舞った（碰上了交通事故沒有按約會時間到）

逢うた時に笠を脱げ（遇上熟人要寒暄、遇到機會要抓住）

逢うは別れの始め（相逢為離別之始、喻人生聚散無常）

合い、合〔造語〕整個的樣子，總觀印象、大致的程度、（用於委婉的說法）一般情況

　空合（天氣）

　柄合（花樣）

　色合（色調）

　程合（恰好的程度）

　頃合（恰好的時候）

　世間の義理合（交往上的情份）

　情合（情分）

　意味合（意思）

合印〔名〕核對印（=合印。合判）、騎縫章

合印〔名〕（區別敵我的）符號、騎縫章（=合印）

　合印を付ける（帶上符號）

合印、合標〔名〕（衣料）合縫的記號

合縁奇縁 合縁機縁〔名〕有緣，奇緣，天作之合，緣定三生

　此れこそ合縁奇縁だ（這真是天作之合）

合鍵〔名〕複製的鑰匙、萬能鑰匙

　合鍵を拵える（配副鑰匙）

　合鍵でドアを開ける（用附鑰匙開門）

　合鍵で錠を開けられて、泥棒に入られた（被萬能鑰匙打開門而失竊了）

合方〔名〕（歌舞伎）三弦伴奏（者）、（能樂）謠曲伴奏（者）

合着、間着〔名〕春秋穿的西服，夾衣服（=合服、間服）、貼身衣和外衣之間的衣服

　九月に為ったので合着を着る（因為到了九月所以穿夾衣服）

合服、間服〔名〕春秋穿的西服，夾衣服（=合着、間着）

合鴨、間鴨〔名〕〔動〕雜種鴨（家鴨和野鴨的混種）

合気道〔名〕合氣道（日本的一種武術）

合薬〔名〕〔俗〕對症藥、有效的藥

合口、相口〔名〕談得來的人、談得攏的事、合縫、接縫（=合わせ）

　合口が良い（談得來投緣）

　合口が悪い（相撲等合不來的對手、碰上棘手的勁敵）

　君達は合口では無いか（你們不是談得來嗎？）

合口、匕首〔名〕匕首、短劍（=九寸五分）

　懐に合口を呑んでいる（懷揣短劍）

　合口の様に鋭い批評（犀利如匕首般的評論）

合言葉、合い言葉〔名〕口令，暗號，口號，標語（=モットー）

　合言葉で答える（用暗號回答）

　其のドアは合言葉を言わなければ開けられない（如果不說暗號那個門是不能開的）

　民主主義が戦後日本の合言葉に為っている（民主主義成了戰後日本的口號）

合性、相性〔名〕（男女，朋友等）緣分、性情相投

　合性が悪い（不投緣、八字不合）

　合性の良い人を選ぶ（選一個投緣的人）

合図〔名、自他サ〕信號、暗號

　合図の旗（信號旗）

銃声を合図に行動に移る（以槍聲為信號開始行動）

目で合図する（使眼色、遞眼神）

合席、相席〔名自サ〕與別人同坐一桌

合憎、生憎〔名、副、形動〕不巧

生憎雨が降り出して来た（不湊巧下起雨來了）

生憎と酷い嵐で出発が遅れました（真遺憾因為狂風暴雨啟程延遲了）

生憎な事に旅行中で会えなかった（偏巧正在旅行不能見到面）

運動会には生憎の雨だ（對運動會來說真是場掃興的雨）

生憎ですが、又今度来て下さい（真不湊巧請您下次再來吧！）

其は御生憎様だ（那太遺憾了真對不起）

御生憎様ですが売り切れです（對不起已經賣完了）

合の子、間の子〔名〕混血兒、雜交生物、介於兩者之間的東西

日本人とAmerica人の合の子（日本人和美國人的混血兒）

騾馬は馬と驢馬の合の子だ（驢子是馬和驢的雜種）

バトミントンはテニスと羽根突きの合の子の様な物だ（羽毛球是介於網球和毽子兩者之間的東西）

合の手、間の手〔名〕（日本歌曲間）三弦間奏，過門（演唱演說間）插曲、插話

合の手を入れる（加插曲）

演説の合の手に野次を飛ばす（演說中間有人加進奚落聲）

合い挽き、合挽き〔名自サ〕牛豬肉混合的絞肉

合符、合い符〔名〕〔鐵〕行李票（=チッキ）

合札〔名〕存物牌、對號牌（=割符）

合札を付ける（掛上對號牌）

合間〔名〕空隙、空閒、間隔（=暇、間）

梅雨の合間（梅雨暫停的時候）

仕事の合間の孫文先生の著述を学習する（在工作的餘暇學習孫文的著作）

仕事の合間を利用して書き物を為る（利用工作空閒寫東西）

合間仕事（附帶做的工作、額外的零活）

合わせる、合せる〔他下一〕加在一起、配合，調合，混合，使適應，對造，核對，比較、猛拉釣絲把魚鉤住

手を合せる（雙手合十）

表と裏を合せて張る（把表裡合在一起粘）

間に合せる（湊合將就）

時計を合せる（對錶）

腹を合せる（同心協力）

皆で心を合せて働く（大家同心協力的工作）

靴を足に合せて作られる（按鞋的尺寸訂做鞋子）

原文に合せる（對照原文）

答えを合せる（對照答案）

眼鏡の度を合せる（調整眼鏡度數）

襟を合せる（整理領子）

ピアノとバイオリンを合せる（鋼琴和小提琴合奏）

技を合せる（使雙方比賽技術）

合わせる、合せる、併せる〔他下一〕合，加，添、合併

五と七を合せる（把五和七加在一起）

其は此等二つを合せたより大きい（那個比這兩個加在一起還大）

合わせる、合せる、会わせる〔他下一〕介紹、引見

友人を親に合せる（把朋友引見給父母）

君に合せる顔が無い（我沒臉見你）

合わす〔他下一〕加在一起、配合，調合，混合，使適應，對造，核對，比較（=合せる）

合わせ、合せ〔名〕合併，組合、比較，對照、猛拉釣絲把魚鉤住

合せ鏡（對著照的鏡子）

ㄏ

顔合せ（會面碰頭）

歌合せ（比詩歌遊戲）

合せが難しい（拉釣絲把魚鉤住並不容易）

彼の人は合せが巧い（他很會拉鉤）

合わせ糸、合せ糸〔名〕合股線、雙股線

合わせ鏡、合せ鏡〔名〕用兩面鏡子對著照對著照的鏡子

合せ鏡を為る（用兩面鏡子對著照）

合わせガラス、合せガラス〔名〕夾層玻璃

合わせ酢、合せ酢〔名〕（摻酒鹽的）混合醋

合わせて、合せて、併せて〔副〕共計，合計、並，同時

合せて一万円に為る（共計一萬日元）

合せて御健康を祈ります（並祝健康）

合せて平素の御無沙汰を御詫び致します（恭賀新春並對久疏問候致以歉意）

合わせ砥、合せ砥〔名〕細磨刀石、磨磨石的小磨石片

合わせ目、合せ目〔名〕接縫、縫口

合せ目が解けた（接縫開了）

合わせ持つ、合せ持つ〔他五〕兼有、兼備

智勇合せ持つ（智勇雙全）

合わせ物、合せ物〔名〕拼裝的東西、拼盤、各自帶來同樣的東西評比優劣的遊戲、音樂的豪奏

合せ物を為る（評比優劣）

合せ物は離れ物（有合就有離）

合わせ盛り、合せ盛り〔名〕（澎）拼盤

合わさる〔自五〕〔俗〕（兩物）相合，緊閉、調合，協調

貝殻がぴったりと合わさる（貝殻緊閉）

手が合わさる（合掌）

楽器の音色が合わさる（樂器的音色調合）

何（ㄏㄜˊ）

何〔漢造〕何

誰何（盤問、盤查、詰問）

幾何（幾何）

何首烏、何首烏、蔓戴菜〔名〕（荷 cashew）。〔藥〕何首烏（蓼科多年生蔓草，塊根曬乾，可做補養藥，緩瀉藥）

何処〔代〕（不定稱，一般用假名）何處、哪裡、那些

此処は何処ですか（這是哪裡？）

何処へ行って来たの（到哪裡去了一趟？）

此の本の何処が悪いのか（這本書是哪裡不好？）

探したが何処にも無い（找了哪裡都沒有）

此は何処の品物か（這是哪家的貨？）

何処へ行くと言う当ても無い（並沒有一定的去處）

何処に座ったら良いのか（坐在哪裡好呢？）

何処でも良い（哪裡都行）良い好い善い佳い良い好い善い佳い

何処で会ったのか思い出せない（想不出在什麼地方見過）

何処からとも無く現れる（也不知是從哪裡出現的）

何処にでも転がっている様な物ではない（並不是到處都有的東西！）

彼は何処から見ても軍人だ（他從何處看都是個軍人、他是個道地的軍人）

何処の馬の骨（〔罵〕來歷不明的小子）

何処吹く風（裝出和自己毫無關係的樣子、擺出不關痛癢無動於衷的樣子）

何処吹く風と聞き流す（與自己無關似地當作耳邊風）

何処か〔連語〕（有時用在疑問句）（不肯定的）某處、哪裡、某點、什麼地方、有的地方

休暇中何処かへ行きますか（假期要到哪裡去？）

彼は何処か此の辺に住んでいる（他就住在這一帶的什麼地方）

彼の人は何処かで見た様な気が為る（那個人好像在什麼地方見過）

此のテレビは何処か壊れているらしい
（這台電視機好像是什麼地方壞了）

旅行し度いのですが、何処か良い所を知りませんか（我想去旅行你知道有什麼地方好玩？）

彼は何処か利口な所が有る（他顯得有些聰明的地方）

何処かから隙間風が吹いて来る（從哪裡吹來賊風）

彼は何処か死んだ親父に似ている（他有的地方像他死去的父親）

何処其処〔代〕（不肯定的）某處、某地、什麼、什麼地方

彼は何処其処で此此斯う言う人に会ったと話した（他說在什麼什麼地方遇見了這樣這樣的人）

何処其処で拾ったとはっきり言い為さい（說清楚是在什麼地方撿到的）

何処と無く、何処とも無く〔副〕（不能明確指出但）總覺得，總好像，總有些（=何と無く）。也不知到哪裡（=何処かに）

何処と無く体の具合が悪い（總覺得身體不舒服）

何処と無く哀愁を含んでいる顔（總好像愁眉不展的神色）

文法には間違いは無いが、何処と無くぎごちない所が有る（語法上沒有錯但總覺得不太通順）

何処と無く立ち去った（也不知到哪裡去了）

何処迄〔連語、副〕到哪裡，達到什麼地方、到哪種程度

此の前は何処迄御話しましたか（上次說到哪裡了？）

何処迄行っても砂漠だった（走到哪裡都是沙漠、一望無際的沙漠）

彼の話は何処迄本当なのか分らない（不知道他的話有幾分是真的？）

彼奴は何処迄狡いか分らない（不知道那傢伙要狡猾到什麼程度？）狡い狡い

何処迄も〔連語、副〕到哪裡都…，無論到甚麼地方都…、始終，堅決，直到最後、到底，畢竟。完全，徹底，徹頭徹尾

何処迄も続く山山（綿延不斷的群山）

犬は何処迄も付いて来た（無論到哪裡狗都跟著）

御前と為らば何処迄も（無論走到海角天涯都和你在一起）

何処迄も闘争する（鬥爭到底）

僕は何処迄も君に味方する（我始終站在你這邊）

何処迄も反対する（堅決反對）

君は何処迄も知らないと言うのかね（你一口咬定說不知道嗎？）

御前は何処迄も俺を馬鹿に為る気なんだな（妳始終要愚弄我呀！）

子供は何処迄も子供だ（孩子到底是孩子）

彼は何処迄も綿密な男だ（他是個徹頭徹尾細心的人）

何処も〔連語、副〕哪裡也…，哪裡都…

八月頃のプールは何処も満員です（八月的游泳池哪裡人都滿滿的）

御顔色が悪いですが、何処か悪いのですか。―いいえ、何処も悪くは無いのです（您的臉色不好，哪裡不舒服嗎？－不，哪裡都沒有不舒服）

何処も彼処も〔連語、副〕到處

春に為ると何処も彼処も花で一杯だ（一到春天到處都是鮮花）

何処いら〔代〕〔俗〕哪裡、哪邊、哪一帶（=何処やら）

此の学校の生徒は何処いら辺から通って来ますか（這個學校的學生是從哪一帶來上學？）

何処ら、何所ら〔代〕哪裡、哪邊、哪一帶（=何処いら、何の辺）

彼の船は今頃何処らを走っているかしら（不知那艘船現在在哪一帶航行著）

何処やら〔副〕不知哪裡，不知什麼地方，不知來自（在）何處（=何処いら、何処か）

ㄏ

總覺得,總像是,總覺得有點,不知什麼原因(=何処と無く)

何処やらで歌声が為る(不知哪裡有唱歌的聲音)歌声歌声

何処やらで見た事の有る人だ(也不知在什麼地方見過的人)

体が何処やら悪い様だ(總覺得身上好像不舒服似的)

何処〔代〕何處、哪裡(=何処、何処、何処)

何処三界(天涯何處)

何処、何処〔代〕(何処的轉變)何處、哪裡(=何処、何処、何方)

昔の光 今何処(昔日榮光今何在)

何処とも無く立ち去つた(不知走到哪裡去了)

何処も同じ秋の夕暮れ(海內同此清秋傍晚)

いずち〔代〕哪裡、哪兒(=何方)

〔副〕向何處、往何方(=何方へ、何処へ)

何方〔代〕(不定稱)(表示方向、地點、事物、人)。〔舊〕哪邊,哪面(=何の方)。

哪裡,哪邊,哪個,哪一個(比何れ略鄭重)、在哪方面,哪一方面,哪一位(比誰略鄭重)

何方へ行つたか(往哪邊去了?)

駅は何方ですか(火車站在哪面?)

東は何方に為りますか(東邊在哪裡)

何方に御住いですか(您住在哪裡?)

御生れは何方ですか(您是哪裡生的?)

貴方は何方の国からいらつしやいましたか(您是從哪國來的?)

梨と桃と何方御好きですか(梨和桃您喜歡哪個?)

何方でも良い(哪個都行)

何方に為ても大した変りは無い(哪個都差不多)

一つ呉れた給え、何方でも良いから(哪個都行隨便給我一個吧!)

僕はペンも鉛筆も何方も無い(無論是鋼筆或鉛筆我都沒有)

二人の兄弟の何方も知らない(兄弟二人我都不認識)

何方も私の役に立たない(哪個對我都沒用)

何方にも言い分が有る(哪方面都有說到)

何方が勝ち、何方が負けるか(誰輸誰贏?)

彼女は何方かと言えば奇麗な方です(〔若論美醜〕她算是比較漂亮的)

彼は何方かと言えば真面目な方です(〔若論認真不認真〕說起來他是比較認真的)

何方とも決まらない(猜疑兩可)

何方も何方で厭きれた物だ(哪方面都有理〔不對〕真夠慘)

失礼ですが、何方様でいらつしやいますか(對不起您是哪一位?)

何方さんでしようか(您是哪位呀!)

何方、何方〔代〕〔俗〕哪一個、哪一方面(=何方、何の方)

西は何方ですか(哪個方面是西邊呢?)

何方が御好きですか(您喜歡哪一個?)

何方か何方だか見分けが付かない(看不出來哪個是哪個?)

何方に為ようかな(要哪一個好呢?)

何方へ転んでも損は無い(倒向哪一方面都不吃虧、怎麼都不吃虧)

何方を向いても難しい(左右為難)

何方かと言えば(說起來是、無論怎麼說都是、毋寧就是、總之)

何方も何方だ(哪方都不對、半斤八兩)

何方〔代〕(不定稱)(誰的敬稱)哪位

此の方は何方ですか(這位是誰?)

失礼ですが、貴方は何方様ですか(對不起您是哪位呀?)

此は何方の本ですか(這是哪位的書呀?)

電話は何方からですか(哪位來的電話?)

何方と何方かいらっしゃいますか（哪一位和哪一位在這裡？）

何方か、御名前を伺って下さい（是哪位請問他貴姓大名）

何方でも結構ですから、一寸手伝って下さいませんか（哪位都行請來幫個忙好嗎？）

何の方〔代〕（不定稱的人稱代名詞）哪一位（＝何方）

何方〔代〕何方，何處（＝何方），哪位、誰（＝何方、誰）

何の〔連体〕哪，哪個，（用何の…も形式）哪個也

何の車に御乗りですか（您坐哪輛車？）

何の辺に置いたのか（放在哪裡了？）

何の花が好きですか（你喜歡哪個花？）

此の写真の中で、何の方が貴方の先生ですか（這張相片裡哪位是您的老師？）

何の人に頼みますか（託哪個人辦呢？）

何の家にもラジオが有る（家家有收音機）

何の部屋も空いていない（每個房間都沒有空著）空く明く開く厭く飽く

何の新聞も其の事件を報道している（所有報紙都報導了那個事件）

何の道を行っても一つの処へ出る（無論從哪條道路走都會到一個地方）

何の面下げて（有什麼臉，沒有臉面）

喧嘩して飛び出した会社へ何の面下げて戻れようか（我怎麼有臉再回到那個吵了架跑出來的公司去呢？）

*何の是此の、其の、彼の的不定稱

何の位〔名、副〕（距離、時間、數量、金額、大小、高低等）多少，若干

此処から駅迄何の位有りますか（從這裡到火車站有多遠？）

日本語を御始めに為ってから何の位に為りますか（您開始學日語有多久了？）

其は何の位で出来上がりますか（幾時能做好？）

油は未だ何の位残っていますか（油還剩多少？）

其の帽子は何の位しましたか（那頂帽子多少錢買的？）

此の山は海抜何の位有りますか（這座山的海拔有多少？）

何の道〔副〕總之、反正、早晚、橫豎（＝どうせ）

何の道しなくてはならない事なら早くして終おう（若是早晚非做不可的事就趕快去做完）

何の道失敗に決っている（總之注定要失敗）

僕の意見等は何の道大した重きを為さないだろう（反正我的意見是不受重視的）

何の道厄介な話だ（總之是件麻煩事）

何の道一度行かねばならない（反正得去一趟）

何の道私は行きません（反正我不去）

何の道暇なんだ（反正閒著沒事）

何の様〔連語、形動〕如何、怎樣（＝どんな）

何の様に叱れても怒らない（怎麼挨罵都不會生氣）

何の様に為ようか（怎麼辦呢？）

何の様な症状ですか（怎麼樣的症狀呢？）

何れ〔代〕（事物代名詞的不定稱）哪個、哪一個

〔感〕（表示想要作什麼時的發聲）哎！啊！（要求對方看看或說來聽時的發聲）喂！嘿！

何れを買おうかと迷う（拿不定主意買哪個）

此の中で何れが気に入ったか（這裡面你喜歡哪一個？）

何れも要らない（哪個都不要）

何れも皆見度い（都想看一看）

貴方の車は何れですか（哪輛車是您的？）

何れが何れだかさっぱり分らない（根本弄不清哪個是哪個）

ㄏ

何れを選ぶかは君の自由だ（你隨便挑選一個吧！）

何れも此れも似たり寄ったりだ（每個都差不了多少，半斤八兩）

何れ、出掛けると為ようか。もう八時だ（哎！走吧！已經八點了）

面白然うな遊びだね。何れ、僕も一つ遣って見ようか（這個遊戲挺有意思，哎！我也做一下看看）

何れ、寝ると為ようか（哎！睡吧！）

玩具が壊れたのか。何れ、見せて御覧、直して上げよう（玩具壞了嗎？喂！給我看看，我來修理一下吧！）

何れ今日習った所を読んで御覧（喂！喂！把今天學的念給我聽聽）

何〔代〕（不定稱代名詞）什麼、（表示談話雙方都會意或一時想不起來或不便言明的事物）那，那個

〔副〕任何、表示驚愕反問或希望弄清事實。（用來否定對方的話）哪裡，沒什麼。（表示怒斥、責備）你說什麼？

〔造語〕什麼（名稱）

此は何（這是什麼？）

何を買うの（買什麼呀？）

何が欲しいか（你要什麼？）

何から話して良いか分からない（不知從何說起）

其以外に何が有るだろうか（此外還有什麼呢？）

何を為るにも金の世の中（沒錢寸步難行的社會）

此の箱の中には何が入っているか（這個盒子裡裝些什麼？）

其の何を取って呉れ（請遞給我那個）

例の何を頼む（那件事麻煩您）

何不自由無く暮らす（過著什麼都不缺的舒適生活）

何一つ語らず（一聲不響）

何一つと為て満足に出来ない（什麼都做不好）

何、学校が火事だって（什麼？學校失火了？）

何、失敗したって（什麼？弄糟了？）

何、明日遣るのですか（啊！明天要做嗎？）
明日 明日 明日

何、本当に行くのか（什麼！真要去嗎？）

何、自殺したって（什麼？自殺了？）

何、構うもんか（哪裡沒什麼！）

何、大した事は無い（哪裡沒關係）

何、其で良いんだ（沒什麼就那樣好了）

仕事が多くて疲れるだろう？－何、平気です（工作太多也夠累的？－哪裡一點不累）

何を、小癪な（你說什麼？討厭！）

何、言ってるんだ（胡說些什麼？）

何、もう一度言って見ろ（你說什麼？再說一遍！）

此処は何室ですか（這是什麼房間）

此の病院は何科ですか（這醫院是什麼科醫院？）

何大学の出身か知らないか（不知道是什麼學校畢業的）

何をか言わんや（還有什麼可說的呢）

何する〔自、他サ〕（含糊指某種動作）做、弄

其を何して呉れ（你把那個給我弄弄）

何か〔連語〕（不定稱代名詞）什麼、某些

〔副〕總覺得、不知為什麼（＝如何してか、何と無く）

何か訳が有るだろう（可能有什麼原因）

何か有ると感付く（有所察覺）

何か起ろうと為ている（好像要發生什麼事似的）

何かの理由で止めに為った（由於某種原因作罷了）

何か御用ですか（您有什麼事嗎？）

馬鹿か何かでなくては彼の仕事は勤まらない（不是傻瓜什麼的做不了那個工作）

何か悪い事を為ましたか（做了什麼壞事嗎？）

何か良い話は有りませんか（有什麼好事嗎？）

何か悲しい（總覺得有些傷心）

然う言えば、今日の彼は何か可笑しかった（這麼一說覺得他今天是有點不正常）

何か知ら（ん）〔連語〕不知為何，總有些、（何か的強調形式）什麼，某些

何か知ら（ん）不安を感じる（不知為什麼總覺得有些不安）

何か知ら（ん）胸騒ぎが為る（不知為什麼總覺得心慌）

彼は何時も何か知ら（ん）考え事を為ている（他總是在想什麼？）

中山公園には何時も何か知ら（ん）花が咲いている（中山公園總有一些花開著）

何かと言えば〔連語〕一張嘴就…，動輒，動不動，總是

何かと言えば直ぐ小言だ（一開口就發牢騷）

何かと言えば酒を飲む（動不動就找藉口喝酒）

何かは〔連語、副〕〔古〕哪能、為什麼會

何かは苦しかる可き（哪能感覺苦呢！）

何かは知らねど心侘し（不知為什麼心裡感到苦悶）

何が〔副〕怎麼（=如何して）

何が出来るもんか（怎麼能行呢？怎麼做得出來呢？）

何が愉快な物か（有什麼愉快呢、一點也不愉快）

何が扨〔連語、副〕總之、無論如何、別的暫時不管

何が扨、此の仕事を片付けてからに為よう（無論如何先把這事做完再說吧！）

何がな〔副〕〔舊〕什麼（=何かを）

何がな食べ度し（想吃點什麼的）

何がな探している（尋找些什麼東西）

何が無しに、何か無しに〔連語、副〕不知為什麼、不知不覺、不由得（=何と無く）

此処へ来ると何が無しに悲しく為る（一到這裡就不由得傷心）

何が何だか〔連語〕什麼、怎麼回事

彼の人の言う事は何が何だかさっぱり分からない（他說的一點都不懂〔都摸不到頭緒〕）

何が何でも〔連語〕無論如何、不管怎樣

何が何でも其は無理だ（不管如何那太勉強）

何が何でも其は手放す訳には行かない（不管怎樣我都不會放棄那個）

何が何でも遣り通せ（不管怎樣一定要做到底）

何が何でも遣らねばならないと言う訳ではない（並不是無論如何都必須做不可）

彼は何が何でも行くと言って聞かない（他說無論如何都要去不聽勸）

何も〔連語、副〕（常下接否定語）什麼都、全都、並（不），（不）必，（不）特別

何も用が無い（什麼也沒有）

私は其に就いては何も知りません（我對那件事什麼都不知道）

暑さも何も忘れて（連熱什麼全都忘記）

大水で家も何も失って終った（因大水連房子什麼全都沒了）大水大水

私はもう何も言う事は無い（我再也無話可說了）

何も然う言う積りではない（並不打算那樣）

何も痛くない（並不痛）

何も然う怒る事は無い（何必那麼生氣）

労働と言ったって何も買いに行かなくても、私のを使って良いですよ（雖說是勞動並不限於體力勞動）

何もそんなに急ぐ事は無い（何必那麼著急呢？）

何も彼も〔連語〕什麼都、一切、全部

ㄏ

何も彼も承知した（全部都知道了）
何も彼も白状した（全部招認了）
何も彼も忘れて終い度い（希望忘掉一切）
火事で何も彼も焼いて終った（因失火全都燒光了）
何も彼も混乱している（亂得一團糟）
何も彼も受け入れる（什麼都接受、兼收並蓄）
何も彼も旨く行かぬ（什麼都不順利、凡事不順）

何や彼や、何やら彼やら〔連語、副〕這個那個、種種
　何や彼や用事が有る（這個那個地常有事）
　何や彼やで御金を大分使った（這個那個地花了不少錢）
　何や彼や（と）俗用が有って忙しい（忙著這個那個的瑣事）

何を〔感〕〔古〕（用在反問）（說的）什麼、（表示不認輸）什麼，算得了什麼

何をか〔連語〕有何、有什麼
　何をか言わんや（還有什麼可說的呢？夫復何言）

何を措いても〔連語〕別的先放下首先、
　何を措いても宿題を片付けよう（首先要把作業做完）

何彼〔名〕這個那個（=彼や此や）
　何彼の事は扨置き（這個那個暫時不說）

何彼と〔副〕這個那個地、各方面
　此の頃は何彼と忙しい（最近這個那個地忙得很）
　何彼と御世話に為ります（許多事請多關照）

何彼に付け〔連語〕各方面，諸事，一切，一有什麼事，借什麼理由，一有機會
　何彼に付け御忙しいでしょう（你各方面必定都很忙）
　何彼に付けて御世話に為ります（凡事請多關照）

　君が隣の席に付いて呉れれば何彼に付け（て）便利だ（你若坐在我身邊一切都方便）
　何彼に付け（て）サボる〔法 sabotage〕（借點什麼理由就怠工）
　何彼に付け（て）思い出す（一有什麼事就想起來）
　何彼に付け（て）小言を言う（動不動就發牢騷）

何か彼にか〔連語、副〕這個那個（=彼や此や）
　何か彼にかと面倒だ（又是這個又是那個真麻煩）
　何か彼にかしている（不做這個就做那個、在做什麼呢）
　何か彼にか心配事が絶えない（擔心這個憂慮那個沒完沒了）
　御前は何時も何か彼にか悪戯を為ているね（你總是這個那個地淘氣個沒完）

何糞〔感〕〔俗〕（用在振奮精神或不示弱等）他媽的、什麼、算不了什麼
　何糞貴様等に負ける物か（他媽的我怎能輸給你呢？）
　何糞と許り頑張った（不管三七二十一亂做下去了）

何呉れと（無く）〔連語〕這個那個地、各方面、諸事、多方（=何や彼やと）
　彼は何呉れと（無く）世話を為て呉れた（他多方關照了我）
　手を取って何呉れと（無く）教えて（拉著手樣樣都教給了我）

何食わぬ顔〔連語〕若無其事的面孔、假裝不知的樣子（=素知らぬ顔）
　彼は何食わぬ顔を為ていた（他假裝若無其事的樣子）
　彼は何食わぬ顔で私を訪問した（他若無其事地來看我）
　彼は何食わぬ顔を為て去った（他不動聲色地走開了）
　悪戯を為て何食わぬ顔を為ている（淘氣後還裝作沒事的樣子）

何気無い〔形〕不形於色,假裝沒事,坦然自若、無意,無心,不是特別有意地（多用何気無く形式）

　生活は可也苦しかったらしいが、何気無い様を装っていた（生活好像相當苦但假裝坦然自若的樣子）装う装う

　彼は何気無い様子で座に就いた（他若無其事地坐下了）

　彼は何気無い風で煙草を一本出して口に銜えた（他裝作沒事的樣子拿出一支煙叨在嘴上）

　何気無い言葉が相手の心を傷付けた（無心之言刺傷了對方的心）

　何気無く言った事（無意中說的話）

　何気無く外へ出たら友達に会った（信步出門正好遇到了朋友）

何心無い〔形〕無心、無意（＝何気無い）

　何心無い様子を為ている（裝作無意的樣子）

　何心無く彼に問うた（無意中問了他）

　通りすがりに何心無く彼の家に寄った（因為路過順便到他家繞了一下）

何事〔名〕何事,什麼事情、（以何事だ的形式）（表示非難）怎麼回事

　一体何事が起ったのか（究竟發生了什麼事情？）起る興る織る怒る

　彼の音は一体何事だろう（那個聲音到底是怎麼回事？）

　何事も無かった様に知らぬ顔を為て（裝出一副若無其事的樣子）

　何事かと思って飛び出して見た（以為是什麼事跑屋去看了一下）

　彼は何事にも腹を立てない（他對什麼事情都不生氣）

　何事も無く会は終った（沒發生什麼問題會議就結束了）

　嘘を吐くとは何事だ（怎麼撒謊呢？）

　そんな事を為るとは何事だ（怎麼能做那種事！）

何の事〔連語〕什麼事、什麼（特別的）事、（用何の事は無い形式）簡直是,不外是

　そりゃ何の事か（那是什麼事？）

　別に何の事も無かった（什麼事也沒有）

　嘸や叱られる思いきや、何の事は無かった（我以為一定會被挨罵可是沒有任何事）

　慌てて医者を呼んで来たら何の事、もう赤ん坊は笑っていた（慌慌張張把醫師請來可是你瞧小孩已經在笑了）

　何の事は無い、日本記録にすら遠く及ばなかった（沒什麼了不起連日本記錄都還沒達到）

　何の事は無い、詐欺だ（簡直是欺騙）

　何の事は無い、乞食だ（他簡直是個乞丐）

　詩人だと聞いていたが、何の事は無い、只の俗人だった（聽說是個詩人原來不過是個庸俗之徒）

何様〔名〕誰、哪位、某位（多用在諷刺）

〔副〕〔舊〕的確、誠然

　何処の何様か知らないが（不知是哪裡的某位老爺）

　何様然う言う考えも成り立つ（不錯那樣想也未嘗不可以）

何れ（も）様、孰れ（も）様〔連語〕〔舊〕各位、各位顧客（＝皆皆様、御得意の皆様）

何の様〔連語、形動〕如何、怎樣（＝どんな）

　何の様に叱れても怒らない（怎麼挨罵都不會生氣）

　何の様に為ようか（怎麼辦呢？）

　何の様な症状ですか（怎麼樣的症狀呢？）

何しに〔連語〕為了做什麼、為何,為什麼

　何しに来たか（〔你〕來做什麼？）

何しろ〔副〕（しろ是する的命令形）無論如何,不管怎樣,反正,總之,畢竟,到底,因為,由於

　何しろジェット機は速い（畢竟噴射機快）

　何しろ食わずに入られない（反正不吃飯不行）

ㄏ

何しろ多勢に無勢だからね（總之寡不敵眾啊！）

何しろ、手の付けようも無い（不管怎麼說簡直無從下手）

何しろ遣って見給え（反正先做一下看看）

何しろ彼だから、手の付けようも無い（因為是那樣所以毫無辦法）

何しろ近頃忙しい物ですから（因為最近太忙）

何しろ十年も日本に居たんだから（因為畢竟在日本住了十年了）

何しろ問題が問題だから、然う簡単には解決出来然うに無い（無奈問題終究是問題不可能那麼簡單地解決）

何為れぞ〔連語〕為何（＝どうして）

何せ、何せ〔副〕〔方〕總之、無論怎麼說

何せ勢が強いから（畢竟氣勢很強）

何せんに〔連語〕〔古〕有何用處

白金も黃金も玉も何せんに（金銀珠寶有何用處）

何卒〔副〕請（＝どうぞ、どうか、是非）、設法，想辦法

何卒御許可下さい（請批准）

何卒御許し下さい（請原諒、請您寬恕）

何卒御体を大切に（請保重身體）

何卒宜しく願います（請多關照）

何とて〔副〕因為什麼、為何、怎麼（＝どうして）

何となく〔連語〕總覺得, 不由得（＝何となく）、各方面，一切（＝何彼に付け）

何何〔代〕（用在列舉若干不明確的事物）什麼什麼、某某

〔感〕什麼什麼

必要な物は何何か（需要的東西是什麼什麼呢？）

何何、戰爭が始まったって（什麼什麼打起仗來了？）

何から何迄〔連語〕一切、全部、都（＝何も彼も、全て）

何から何迄気の付く人（注意周到的人）

誰でも何から何迄悉く知る訳には行かない（誰都不可能什麼事情全都知道）

彼の話は何から何迄正しい（他的話全部正確）

百貨店は何から何迄売っている（百貨公司什麼都賣）

何は扨措き〔連語〕其他暫時不提、首先

何は扨措き飯に為よう（別的暫時不說先吃飯吧！）

明日の朝起きたら何は扨措き其を為なければならない（明天一早起來必須先做那件事）

何は扨措き勉強だ（首先是用功）

何一つ〔連語〕（下接否定）什麼也

何一つ心配は無い（沒有一點愁事）

何一つと為て満足に出来ない（什麼也做不好）

何はともあれ〔連語〕無論如何、不管怎樣、總之、反正（＝兎に角）

何はともあれ家へ帰る方が良かろう（無論如何還是回家為妙）

何はともあれ皆無事で安心した（不管怎樣大家平安無事就放心了）

何はともあれ人は正直でなければならない（不管怎樣人必須要誠實）

何はなくとも〔連語〕儘管沒有什麼好吃的、即使別的東西都可以不要

何はなくとも一献差し上げ度い（雖然沒有什麼好吃的但願敬上一杯酒）

何はなくとも酒丈は欠かす事が出来ない（即使別的東西都可以不要但酒卻不能沒有）

何分〔名〕多少、若干、某些

〔副〕請（＝何卒、どうか）、（表示辯解等）只是因為，無奈、畢竟、到底

何分の処置を取る（採取某種措施）

何分の御寄付を願います（請多少捐助點）

二、三日に何分の御返事を願います（請在兩三天內帶個回信）

何分宜しく願います（請多關照）

何分子供を宜しく御願いします（請多關照孩子）

何分にも道が悪いので遅れた（只是因為路不好走所以來晚了）

何分年と取って居りますので（畢竟是上了年紀、到底還是老了、無奈年邁）

何分年端も行かない子供の為た事ですから何卒御勘弁を（到底還是不懂事的孩子做的請您饒了他吧！）

何分〔名〕幾分？多少分？

一分は一時間の何分幾つですか（一分鐘是一小時的幾分之幾）一分一分一分

何分〔名〕幾分（鐘）

四時何分かの汽車（四點幾分的火車）

何某〔代〕某人

何の某〔連語〕某人、某某（=某）

何程〔副〕多少、若干（=何の位、何れ丈）

皆で何程ですか（一共多少錢？）

何程の道程でもない（並不多遠）

偉然うな事を言うが何程の事も有るまいと思った（他雖大言不慚我想不會有多大本事）

何者〔名〕誰、何人、什麼人（=どんな人、如何言う人物、誰）

彼は何者か（他是什麼人）

何処の何者だ（你是誰？做什麼的？）

何者かが忍び込んだらしい（好像偷偷進了個人）

何者も彼に敵わない（誰都敵不過他）敵う叶う適う

何物〔名〕何物、什麼東西（=如何言う物、どんな物、何）

彼は道義の何物たるか弁えない（他不懂道義是什麼？）

経験に由って何物かを得る（從經驗中得到某些東西）得る得る

何物（を）も畏れない精神（大無畏精神）畏れる懼れる恐れる怖れる

愚物以外の何物でもない（完全是個蠢貨）

何奴〔名〕〔罵〕什麼東西（玩意）（=如何言う奴、何奴）

彼の男は一体何奴だ（他究竟是個什麼東西？）

何処の何奴の遣った事だ（是哪個混帳東西做的？）

何奴〔代〕〔蔑〕（指人或物）哪個東西、哪個小子、哪一個、哪位（=何の奴、伺れ）

字引を無断で持って行ったのは何奴だ（哪個混蛋一聲不響地就把字典帶走了）

何処の何奴の遣った事だ（是哪裡的哪個混帳東西做的）

何奴でも良いから早く持って来い（隨便哪個趕快拿來）

何奴も此奴も碌で無しだ（全都是廢物）

何奴〔代〕哪個小子（=何奴、何の奴）

何の奴〔代〕哪個小子

何故〔副〕何故、為何（=何故）

何故（に）敗れたのか（為何失敗？）

何故努力か（為何努力？）

何故〔副〕何故、為何、為什麼（=何故）

何故泣いているのか（你為什麼要哭？）

何故夏は暑く、冬は寒いのか（為什麼夏天熱冬天冷？）

何故あんな事を為たのか（為什麼會作那樣的事情？）

別に何故って事も無い（並沒有什麼原因）

何故か〔副〕不由得、不知為何（=何と無く）

何故か日暮れに為ると涙が出て来る（不知為什麼天一黑就流淚）

私は何故か彼の人は虫が好かない（不知為什麼我討厭他）

彼の人と話を為ていると、何故かしら楽しく為る（一和他說話不知為什麼就覺得快樂）

ㄏ

何故なら（ば）〔接〕因為、原因是（=何故かと言うと、其の訳は）

出掛けるのは止めた方が良い。何故なら（ば）雨が降り然うだから（還是不出門為妙因為要下雨）

何故に〔副〕為什麼、原因是什麼、何故（=何故に、如何して、何故）

何故に世の人は私に冷たいのか（為什麼世人會對我冷淡？）

何用〔名〕何事？什麼事？

何用ですか（您有什麼事嗎？您要什麼？）

何曜日、何曜日〔名〕星期幾？

今日は何曜日ですか（今天是星期幾？）

何より〔連語、副〕比什麼（都好）、最好（=此の上無く、最も良い）

何よりの品（最好的東西、最稱心的東西）

正直は何よりも大切だ（正直比什麼都重要）

此は何より結構です（這比什麼都好）

健康が何よりだ（健康最重要）

此は何よりの好物だ（我最喜歡這個）

御丈夫で何よりです（您身體健康比什麼都好）

何よりも先ず其の癖を直さなければ行けない（首先必須改掉這個毛病）

私には其が何より面白い（那對我比什麼都有趣）

新しい野菜は何よりの御馳走です（新鮮的蔬菜是最好的菜餚）

何等、何等〔副〕（下接否定語）絲毫、任何（=少しも、どんな）

何等の困難も無い（沒有任何困難）

何等得る所が無い（毫無所得）

其は私とは何等関係が無い（那和我毫無關係）

何等か〔連語〕某些、多少（=何か、幾等か、少しは）

何等かの理由で（以某些理由）

何等かの報酬を差し上げる（多少給您些報酬）

此に就いて何等か考えて置いて下さい（這件事情您多少考慮一下）

何等か知っているらしい（好像多少知道一些）

何等かの貢献を為る（作出一些貢獻）

血戦の中から何等かの教訓を引き出す事が必要である（要從血戰中得到一些教訓）

何〔代〕（何下接た、で、と、の時變成何、接に、か有時也變成何）何、什麼（=何）

〔造語〕幾、多少、若干（=幾）

何と言っても（不管如何）

何にも為らない（毫無用處）

何に使うのだ（作什麼用？）

何か頂戴（給我一點什麼？）

何とか勝ち度い（一心想要取勝、百般設法取勝）

何たる有様（什麼樣子！不成體統）

此は何の本ですか（這是什麼書？）

彼は何だろう（那是什麼呀！）

其処は何と言う町ですか（那裏是什麼街？）

何なりと召し上がれ（請隨便吃點）

貧乏の何たるかを知っている（我完全知道窮是怎麼一回事）

何日（幾天、多少天）

何人（多少人、若干人）

五十何年前（五十多年前）

何百と有る（有好幾百）

四時何分かの列車（四點幾分的火車）

何か〔連語〕（何か的音便）什麼

何か無いか（沒有什麼嗎？）

花か何か飾って下さい（請用花或什麼的裝飾一下）

何回〔名〕幾次、多少次、若干次

　此で何回回ったかしら（這一共轉了幾次了）

　何回優勝しても気持が良いもんだ（不管贏多少次心情總是高興）

何か月、何ケ月、何個月、何箇月〔名〕數月、幾個月

　一年と何か月（一年零幾個月）

　何か月にも亘った（經過好幾個月）亘る渡る

何月〔名〕何月、幾月（份）

　何月に（在哪個月？）

　今月は何月ですか（本月是幾月〔份〕？）

何日〔名〕幾天，多少天（=幾日）、幾號，哪一天（=何の日）

　何日経ったら出来るか（過幾天能做好呢？）

　京都に何日御滞在でしたか（您在京都逗留了多少天？）

　何日も何日も雨は降り続いた（雨一連下了好多天）

　新学期は何日からですか（新學期從幾號開始？）

　今日は何日ですか（今天是幾號？）

　ピクニックに行ったのは何日でしたか（郊遊到底是在哪一天）

何年〔名〕幾年，多少年（=幾年）、哪一年

　彼から何年に為りますか（從那時起有幾年了？）

　何年も彼に会わない（多年沒見到他）

　新憲法は何年に公布されたか（新憲法是哪一年公布的？）

何年生〔名〕幾年級學生

　君は何年生ですか（你是幾年級學生？）

何個〔名〕幾個、多少個

何歳〔名〕幾歲、多大年紀

　五十何歳かの時に（在五十幾歲的時候）

何条〔副〕為何、為什麼（=如何して、何で）

何為れぞ、何すれぞ〔副〕（何為れぞ的音便）。〔古〕為何（=如何して、何故）（多用在訓讀漢文）

何せ〔副〕〔方〕（何せ的音便）總之、無論怎麼說

何ぞ、何ぞ〔連語〕〔方〕什麼事（物）（=何か）、焉，竟會（=如何して）、是什麼？（=何で有るか）

　何ぞ御用ですか（有什麼事嗎？要我做什麼嗎？）

　何ぞ旨い物は無いか（有什麼好吃的嗎？）旨い甘い美味い巧い上手い

　何ぞ図らん（孰料）

　何ぞ彼を恐れん（怎麼會怕他呢？）

　何ぞ知らん腹心の部下のに裏切られんとは（焉知會被心腹的部下出賣）

　何ぞ其の進歩の速やか為る（其進步居然這麼的快！）

　人生とは何ぞや（何謂人生？）

　哲学とは何ぞや（哲學是什麼？）

　何ぞと言うと（動輒就）

　彼は何ぞと言うと子供の自慢を為る（他一開口就誇自己的孩子）

何代目〔名〕第幾代

　リンカーンは何代目のアメリカの大統領ですか（林肯是美國第幾任的總統？）

何だか〔連語〕是什麼、（不知為什麼）總覺得，總有點，不由得

　其の絵は何だか分るか（那幅畫畫的是什麼你知道嗎？）

　何が何だか分らない（不知是怎麼回事？）

　何だか恐ろしい（總覺得有點可怕）

　何だか気に掛かる（總覺得不放心）

　彼は何だか変な人だ（他總有點不正常〔古怪〕）

　何だか此の辺りが痛くて苦しい（總覺得這一塊痛得要命）

何だ彼だ〔連語〕這樣那樣、這個那個（=彼是、色色）

ㄏ

何だ彼だと忙しい（這個那個的很忙）

何だ彼だで金が要る（又是這又是那需要用錢）

何だ彼だと言っている間にもう来て終った（正在說這說那〔東扯西扯〕的卻已經來到了）

何たって〔連語〕〔俗〕不管怎說

何たって足が速いから敵わない（不管怎樣手腳快比不過）敵う叶う適う

何たる〔連體〕為何物？、（表示驚訝或慨歎）何等，多麼

哲学の何たるかを学ぶ（學習哲學之為何物？）

何たる景観ぞや（多麼美妙的景致呀！）

何たる事だ（多麼糟糕、怎麼回事）

何て〔連語〕多麼，何等、什麼（特別的）

何て奇麗な花だろう（多麼美麗的花呀！）

何て親切な人だろう（多熱心的人呀！）

何て図図しいのだろう（多麼厚顏無恥呀！）

何て事は無い（沒有什麼了不起的）

何で〔副〕何故、為什麼（多用在反問）

何でそんな事を為たんだろう（為什麼做了那樣的事呢！）

斯うするのが何で行けないのだ（這樣做為什麼不行呢！）

何でこんな寒いのだろう（為什麼這麼冷！）

何で学校を休んだ（為什麼不去上學）

何です〔連語〕（用在反問或表示不滿）什麼、就是

何です、親に向って其の言葉は（對父母那樣說話豈有此理！）

此が正しい遣り方何です（這是正確的說法）

何でも〔副〕不管怎樣，什麼都，任何、無論怎樣，不管如何、據說是，多半是，好像是

何でも遣る（什麼都做）

何でも有る（什麼都有）

何でも揃っている（應有盡有）

何でも言う通りに為る（百依百順）

欲しい物は何でも遣る（你想要的什麼都給你）

面白い書物なら何でも宜しい（只要是有趣的書什麼都成）

何でも行くと言って聞かない（他不聽話無論如何都要去）

何が何でも遣り通す（不管怎樣一定做到底）

何でも近い内に円の切り上げが有る然うだ（據說最近日元好像要升值）

何でも彼は米国へ行くのだ然うだ（聽說他是要到美國去）

何でも良いから〔連語〕無論怎樣都可以、不管怎樣，無論如何

何でも良いから果物を食べ為さい（要吃水果什麼水果都行）

何でも良いから一緒に来給え（無論如何一起來吧！）

何でも良いから静かに為さい（不管怎樣請安靜點）

何でも彼でも、何でも彼でも〔連語〕（何でも的強調形式）一切，全都，什麼都、務必，無論如何

何でも彼でも一緒くたに為る（不管什麼都混在一起）

私の持っている物は何でも彼でも君の物だ（我所有的全都是你的）

何でも彼でも行くと言って聞かない（說什麼也要去）

何でも無い〔形〕算不了什麼，沒關係，不要緊、什麼都不是

私は取って何でも無い事だ（對我來說並沒什麼〔不算是一回事〕）

其位の御用は何でも無い事です（那一點事情算不了什麼）

如何か為たの。—何でも無いよ（怎麼了？—沒什麼）

貴方なら何でも無い事です（對你來說是輕而易舉的事）

あんな奴を負かすのは何でも無い（打敗那個傢伙不費吹灰之力）

彼は学者でも何でも無い（他根本不是什麼學者）

彼は親類でも何でも無い（他和我毫無親戚關係）

彼は私の友達でも何でも無い（他根本不是我的朋友）

何でも屋〔名〕〔俗〕什麼都想幹的人,什麼都能做的人,多面手、雜貨店、百貨店

何と〔感〕（表示驚訝、讚嘆等）哎呀!呀!、（表示徵求同意或商量）怎樣

〔連語、副〕（表示驚訝、讚嘆等）多麼,何等、竟然,怎樣,如何,什麼

何と、此は魂消た（哎呀!好嚇人呀!）

何と、然様では有りませんか（怎麼不是那樣嗎？）

さあさあ、何と（喂喂!怎麼樣？）

何と奇麗な花だろう（多麼美麗的花呀！）

何と暑い事（多麼熱！）

何と似ている事だろう（非常相似）

何と苦心した事か（可謂用心良苦）

隊長は何と二十三歳の若い婦人なんです（隊長居然是二十三歲的年輕婦女）

何と一挙両得では有りませんか（豈不是一舉兩得嗎？）

方方捜したが何と直ぐ手許に在った（到處都找遍了原來就在手底下）方方方方

何と為た事か（怎麼搞的？）

其では何と為たら良かろう（那麼怎麼辦才好呢？）

人が何と言おうと（不管別人怎麼說）

何と答えて良いか分からない（不知如何回答才好？）

何としても降伏しない（死不投降）

英語で何と言うか（英語叫什麼？）

何と言う〔連語〕叫什麼？多麼,何等、什麼（特別的）

日本語で何と言うか（日語叫什麼？）

何と言う良い景色だろう（多麼美麗的景緻呀！）

何と言う違いだろう（有多麼不同啊！）

何と言う意気地の無い奴か（多不爭氣的傢伙）

何と言う事は無い（沒什麼了不起的、沒什麼關係）

何と言っても〔連語〕不管如何、畢竟、終究

何と言っても、生活は向上した（不管如何生活總算提高了）

何と言っても、彼の人には勝てない（不管怎樣畢竟贏不過他）

月日を長引かす事は何と言っても不利だ（拖長時間總是不太好）

何とか〔副〕想辦法,設法、勉強、（表示不定的事物或模糊的概念）某,什麼

何とか為なければならない（總得想個辦法）

何とか為て下さい（請給我想個辦法）

何とか為りませんか（有沒有什麼辦法？）

何とか為るだろう（總會有辦法）

私は何とか為て明日迄に此の仕事を終らせ度い思う（我想設法在明天之前把這個工作做完）

一万円許り入用だが何とか為らないだろうか（需要一萬日元有沒有什麼辦法？）

何とか間に合います（勉強夠用）

日本語は未だ難しい事は話せませんが、易しい事なら何とか話せます（日語難的還不會說

如果是容易的勉強能說一說）

何とかさん（某某人）

其の何とか言う池は何処に在るのですか（那個池塘在什麼地方？）

ㄏ

何とか言われるのが怖かった（人言可畏）

彼は其の事に就いて何とか言ったか（他對那件事情說了些什麼？）

何とか彼(ん)とか〔連語〕〔俗〕這個那個、這樣那樣、種種

何とか彼(ん)とか勝手な事を言っている（這個那個地隨便說說）

何とか彼(ん)とか言って契約を果さない（找種種藉口不履行合約）

何とか彼(ん)とか文句許り言って仕事を為ない（只提壞點子不做事）

彼の人を何とか彼(ん)とか煽てて、此の仕事を遣って貰う事に為た（把他胡亂捧了一通終於讓他把這件事給辦好了）

何と無く〔副〕（不知為什麼）總覺得、不由得、無意中

何と無く泣き度く為る（不由得要哭出來）

何と無く気分が悪い（總有點不舒暢）

何と無く体がだるい（總覺得全身無力）

何と無く虫が好かない（總覺得和不來）

何と無く重大な事が起こり然うな気が為る（總覺得好像要發生重大事件似的）

長崎には何と無く異国の感じが有る（總覺得長崎有點像外國似的）

何と無く口を滑らした（無意中溜了嘴）

何と無く駅迄来て終った（無意中來到了車站）

何と為れば〔接〕因為

其の結論は誤りだ。何と為れば前提が間違っているから（那個結論是錯誤的，因為前提錯了）

何とは無しに〔連語〕不知為什麼、不由得（=何と無く）

何とは無しに然う決まって終った（不知為什麼就那樣定下來了）

何とは無しに嫌気が差した（不由得感覺厭煩）

何とは無しに然うする気に為った（不知為何想要那樣做）

何とも〔連語、副〕真的，實在、（下接否定語）表示無關緊要、（下接否定語）怎麼都

何とも大変な事に為った（真的不得了了）

何とも閉口した（真夠慘！）

何とも申し訳有りません（實在對不起）

何とも思わない（毫無介意、很不在乎）

痛くも何とも無い（不痛不癢）

転んだが、何とも無かった（摔倒了並沒有摔傷）

僕からは何とも言えない（我這方面不好說）

何とも説明が付かない（無法解釋）

何とも言えない〔連語〕無法形容、難說，說不清

何とも言えない美しさ（美不可言）

何とも言えない変な音（無法形容的奇怪的聲音）

近頃の天気は何とも言えない（最近的天氣很難說）

其の問題に就いては何とも言えない（關於那個問題無法奉告〔我不好說什麼〕）

何とも思わない〔連語〕毫不介意、很不在乎

彼の人の事何か何とも思わない（他對我來說不足輕重、我根本沒把他放在眼裡）

人を殺す位何とも思わない（對殺人〔他〕很不在乎）

君の威かし何か何とも思わない（你的威脅我毫不在意）

何とも無い〔連語〕沒什麼、沒關係、不在乎

医者は何とも無いと言っている（醫生說沒什麼大不了的）

昨日橋は何とも無かった（昨天橋還好好的呢！）

如何かしたのか？－嫌、何とも無い（你怎麼了？－不，沒什麼！）

悪口位何とも無い（罵幾句算不了什麼）

痛くも何とも無い（不痛不癢、一點都不痛）

何とやら〔連語、副〕某，什麼、不由得

何とやら言う人（一個〔想不起來〕叫什麼的人）

何度〔名〕多少次，幾次（=幾度）、多少度，幾度

　何度も決定を行った（多次做出決定）
　何度遣っても駄目（做多少次都不成）
　何度読んだか分らない（不知讀了多少次）
　何度電話を掛けても通じない（打了幾次電話都不通）
　華氏温度計の何度で水は沸騰するか（華氏溫度計多少度水才開？）
　此の角は何度か（這個角是多少度？）

何度も〔連語〕多次、三番兩次

　何度も衣裳を換える（左一次右一次換服裝）
　其処へは何度も行った事が有る（曾經多次到過那裏）
　其を為るなと何度も君に言って有る（曾多次叫你別做那種事）

何なら〔副〕如果你願意、如果有必要、可能的話、合適的話、方便的話

　何なら僕が行こう（要不然我去）
　何なら明日又来ましょう（必要的話明天再來）
　何なら御供しましょうか（可以的話我陪你一起去吧！）
　何なら又明朝来て見て下さい（如果方便的話請明早再來看看）
　何なら此を差し上げましょうか（如果你需要的話就把這個拿給你）

何なりと〔連語、副〕無論如何、不管怎樣

　御望みの物を何なりと差し上げます（您希望的東西什麼都給你）
　疑問の点は何なりと申し出為さい（疑問之處儘管提出來）
　何なりと言って下さい（你只管說就是了）

何に為ても〔連語、副〕無論如何、總之

　何に為ても遣って見た方が良い（總之還是試試看較好）

何に為よ〔副〕無論如何，不管怎樣，反正，總之，畢竟、到底、因為，由於（=何しろ）

何にも〔副〕（下接否定語）什麼都。（下接否定語）什麼也，一點也

　そんな事を為ても何にも為らない（做那種事也是無濟於事、那樣做也無濟於事）
　あんなに苦労したのに何にも為らなかった（那樣辛辛苦苦到頭來卻是一場空）
　何にも聞いていない（什麼也沒聽到、毫無所聞）
　何にも見えない（什麼也看不見）
　何にも無い（一無所有、什麼也沒有）

何人〔名〕多少人（=幾人）

　何人でも良い（多少人都行）
　何人かは帰って行った（有幾個人已經回去了）
　何人かの学生（幾個學生）

何人、何人〔名〕（何人的音便）誰、什麼人、任何人

　何人たるを問わず（不管什麼人、無論是誰）
　一体彼は何人であろうか（他究竟是何許人？）
　何人も否定する事は出来ない（誰都不能否認）
　何人も参加する事を強制されない（不強迫任何人參加）

何人〔名〕何人？什麼人？什麼樣的人？（=何人、何人、何の様な人）

　何人であろうと（不管是什麼人）

何の〔連語、連體〕什麼、（多下接否定語）多少，幾許、什麼的，等等的

〔感〕沒什麼

　何の話を為ているのだ（再談論些什麼？）
　五月一日は何の日ですか（五月一日是什麼日子）
　彼の言う事は何の事は分からない（我不懂他說的是什麼？）

ㄏ

こんな時に来て呉れないで何の友達ぞ（在這種時候不來還算什麼朋友呢！）

何の価値も無い（毫無價值）

何の理由も無く（平白無故）

何の役に立たない（沒有什麼用處）

何の苦も無く遣って除けた（毫不費力地做完了）

御役所式の決まり文句と何の変りが有ろうか（和官樣文章有什麼兩樣）

辛いの何のと泣き言を並べる（吃不消了什麼啦滿腹牢騷）

止めろ何のと煩くて為ようが無い（別再做什麼啦囉囉嗦嗦討厭得很）

何の、此式の事（沒什麼這麼一點小事）

何の、私が怒る物ですか（沒什麼我怎麼會生氣呢？）

何の気無しに（無意中）

私は何の気無しに彼に話し掛けた（我無意中和他搭起話來）

何の彼（ん）の（と）〔連語〕這樣那樣地、這個那個地

何の彼（ん）の（と）世話を焼く（多方照料）

何の彼（ん）の（と）と口実を付けて逃げる（左右支吾藉口逃避）

何のその〔連語〕算不了什麼、沒有什麼

試験何て何のその（考試算得了什麼！）

こんな傷位何のその（這一點傷算得了什麼！）

何の（って）〔連語、感〕表示一種無法形容的心情

喜んだの何の（って）（高興得不得了）

怒ったの何の（って）（怒不可遏）

素晴らしい何の（って）（太出色了）

何番〔名〕多少號，幾號。〔棋〕多少盤，幾盤

貴方は何番ですか（你是幾號？）

君の成績はクラスで何番かな（你的成績在班上名列第幾？）

御帽子は何番ですか（你的帽子多少號？）

左から何番目が御父さんですか（從左邊數第幾個是你父親？）

何番でも将棋を差す（一盤接一盤下將棋）

何遍〔名副〕幾次（=幾度、何度）、反覆

何遍行ったの（去了幾次？）

何遍も繰り返す（反覆好幾次）

何れ、孰れ〔代〕哪個、哪一方面（=何れ、何方）

〔副〕反正，左右，早晚，追究到底（=何の道）。不久，最近，改日

孰れ劣らぬ（不分軒輊、不相上下）

真偽孰れにも為よ（無論真假）

孰れか一つ選ぶ（任選一個）選ぶ択ぶ撰ぶ

孰れも同じ進歩を遂げた（全都取得相同的進步）遂げる研げる磨げる砥げる

孰れの場合に於いて変り有るまい（在任何場合也不會有變化）

孰れが勝つか予測し難い（哪一方面優勝難以預測）

孰れ雨も上がるだろう（雨總是會停的）上がる挙がる揚がる騰がる

君は孰れ罪は免れるだろう（你反正會擺脫掉罪刑的）

幾等隠したって分る事だ（無論如何隱瞞遲早會發現的）分る解る判る

孰れそんな事に為るだろうと思った（我早就想到總歸會是那樣、果不出我所料）

其の内に御目に掛かりましょう（改天〔不久〕我們會見面的）掛り繋り係り懸り架り罹り

孰れ又御援助を御願い致します（以後還要請您幫忙）

孰れ近い内に御伺いします（改天我去看您）伺う窺う覗う

孰れ菖蒲か杜若（〔二者〕難以區別、不分優劣）

何れに為ても〔連語〕反正、總之、不管怎樣（=何れに（も）為よ）

何れに為てももう一度会って良く話を為よう（總之再碰一碰頭好好談談吧！）良く好く善

行くか行かないか、何れに為ても御知らせします（去與不去我總要告訴你）行く往く行く往

何れに（も）為よ 〔連語〕反正、總之、不管怎樣（＝何れに為ても）

何れに（も）為よ世間は広いよ（不管怎樣世界是廣闊的）

何れも、孰れも 〔連語〕全都、不論哪一個人都（＝何れも、何方も）

何れ（も）樣、孰れ（も）樣 〔連語〕〔舊〕各位、各位顧客（＝皆皆樣、御得意の皆樣）

何時 〔代〕（表示不肯定的時間或疑問）何時，幾時，什麼時候，平時

何時卒業ですか（什麼時候畢業？）

何時出発しようか（我們幾時動身呢？）

毎朝何時頃目が醒めます（每天早上大約幾點鐘醒？）醒ます覚ます冷ます

何時会っても元気だね（無論何時見到你總是這麼的健壯）

其の会議は何時でしたか（那次會議是何時開的呢？）

何時か未だ分らない（還不清楚是哪一天）分る解る判る

支払いは何時でも良い（什麼時候付款都可以）良い好い善い佳い良い好い善い佳い

何時なりと御出で為さいまし（請隨時來）

何時とは無く春に為った（不知不覺到了春天）

何時の年よりも寒い（比往年冷）

何時が何時迄（永久、總是、隨時、經常）

何時と無く（不知不覺、不知什麼時候）（＝何時とは無く）

何時に無い（與平時不同）

何時に無い浮かぬ顔を為ている（不高興的神色和平時不同）

何時の程にか（不知不覺、不知什麼時候）（＝何時の間にか）

何時何時迄 〔副〕（何時迄的強調形式）到什麼時候，永遠、何月何日，哪個月哪一天

何時何時迄も御待ちしています（我永遠都會等著你）

何時何時迄に出来るとはっきり言って下さい（請明確告訴我哪一月哪一天做完）

何時迄 〔副〕到什麼時候

何時迄待っても返事が来ない（怎麼等也不回信）

何時迄延期に為ったのですか（延期到什麼時候？）

何時迄東京に居る積りですか（打算在東京待到什麼時候？）

何時迄に其を遣れば良いのか（究竟到什麼時候做好才行呢？）

何時迄も 〔副〕到什麼時候還、永遠、始終

然う何時迄も待っては居られない（不能老那麼等著）

何時迄も御待ちして居ります（我永遠等著您）

御恩は何時迄も忘れません（您的恩情永遠忘不了）

何時か 〔副〕不知不覺，不知什麼時候（＝何時の間にか、知らない内に）

（過去）記不清什麼時候，曾經，以前（＝何時ぞや、嘗て）

（未來）早晚，遲早，總有一天，改日，不久（＝其の内に、何れ）

何時か夜が明けた（不知不覺地天亮了）明ける開ける空ける厭ける飽ける

何時か其の事も忘れて終った（不知不覺地把那件事忘掉了）

何時か御目に掛かった事が有る（過去曾經跟您見過一面）

此の道は何時か来た道（這條道路是曾經來過的那條道路）

何時か後悔するに違いない（總有一天你會後悔的）

何時か又御目に掛かりましょう（改天我們再見了）

何時か天気の良い日に奈良へ行って見度い（哪天天氣好時想去奈良看看）

何時かしら〔副〕〔俗〕不知不覺（＝何時の間にか）、不知什麼時候（＝何時だろうか）

何時かしら夏も過ぎた（不知不覺地夏天也過去了）

何時かしら元通りに為って終った（不知不覺地又變成原樣）

何時かしら見た事が有る（不知什麼時候看見過）

何時かな〔副〕怎麼也（＝如何な）

何時かな動かない（怎麼也不動）

何時かな承知しない（怎麼也不答應）

何時かな聞き入れない（怎麼也聽不進去）

何時から〔連語、副〕從什麼時候

何時から英語を習っていますか（從什麼時候學會英語？）

其は何時からの事ですか（那是從什麼時候開始的？）

何時頃〔副〕（較何時語氣稍合混）何時、什麼時候

何時頃御帰りですか（什麼時候回來〔回去〕？）

去年の何時頃だったかしら、香港で会ったのは（在香港見面是去年什麼時候的事？）

何時ぞや〔副〕（記不清）什麼時候，有那麼一天，曾經（＝何時か）、前幾天，前些時候，上次（＝此の間、先日、先頃）

何時ぞや何処かで会いましたね（曾經在哪裡見過面）

何時ぞやは失礼しました（上次很失禮）

何時でも〔副〕無論什麼時候、隨時、經常、總是（＝何時も、常に）

水曜なら何時でも（無論哪個星期三都可以）

勘定は何時でも宜しい（哪天付款都可以）

何時でも出発出来るように為っている（已準備好隨時可以出發）

私は上京すると何時でも叔父の家に泊る（我每次去東京都住在叔父家）

何時と（は）無く〔連語、副〕不知什麼時候、不知不覺（＝何時の間にか）

何時と（は）無く秋に為った（不知不覺到秋天了）

何時とは無しに〔連語、副〕不知不覺地（＝何時の間にか、何時と（は）無く）

其の昔話は何時とは無しに人人の心から忘れられた（那句老話不知不覺地被人遺忘了）

何時なりと〔副〕無論什麼時候、隨時

何時なりと御出で下さい（請您隨時來）

何時に無い〔連語、連体〕和平時不同的、一反常態

彼は何時に無い様子だ（他的樣子和平時不同）

何時に無く〔連語、副〕和平時不同的、一反常態

彼は何時に無く機嫌が悪かった（他和平日不同情緒很壞）

彼は何時に無く早起きした（他比往常早起了）

何時の間〔連語〕不知不覺、不知什麼時候

何時の間に降り出したが、雨に為っていた（不知道什麼時候下起雨來了）一寸一寸

何時の間の出来事か、一寸も気が付かなかった（不知什麼時候發生的事情一點也沒注意到）

何時の間にか〔連語、副〕不知不覺、不知什麼時候

彼は何時の間にか居なく為った（不知什麼時候他不見了）

何時の間にか春が来た（不知不覺來到了春天）

何時も〔副〕無論何時，經常，常常。〔轉〕日常，平常，往常

何時もけちけちしている（總是小小氣氣得）

何時も同じ背広で来る（總是穿著那件西裝來）

彼は何時も然う言っていた（他經常那麼說）

何時も親切に為て呉れる（總是對我很親切）

何時もとは違って（不同往常）

何時もより速く歩く（比平日走得快）

何時もの店で買う（在平日常去的店買的）

何時もより暗い何時もの道を何時もの如く走った（在比往常黑的往常常走的路上像以往那樣跑）

何時もと変った事は無い（和往常一樣）

何時もの処で待っている（在往日的那個地方等著）

何時も乍ら〔副〕和往常一樣、總是那樣（＝常に然うである）

何時も乍ら御壮健で何よりで御座います（您總是那麼健康太好了）

何時も乍らの親切（總是那麼親切）

何時〔名〕幾點鐘？

今は何時ですか（現在幾點鐘？）

何時の汽車に為ましょうか（〔我們〕搭幾點鐘的火車？）

何時迄でも起きて本を読んでいた（坐著讀書到深夜）

何時間〔名〕多少個鐘頭

其を為るのには何時間も掛かるよ（做那件事需要好幾個小時的）

何時間もの間何も為ないで坐っている事が有った（有時坐上好幾個小時什麼也沒做）

何時〔名〕〔舊〕幾點鐘（＝何時）、什麼時候（＝何時）

何時何時（不知什麼時候？）

戦争は何時何時起きるかも知れない（說不定什麼時候會發生戰爭）

何時何時でも出発出来るように用意して置け（做好隨時都能出發的準備）

劾（ㄏㄞˊ）

劾〔漢造〕告發他人的罪狀

弾劾（彈劾、譴責、責問）

劾奏〔名〕舉發官吏犯罪由君主來斥責

和（ㄏㄜˊ）

和〔名〕和、和好、和睦、和平、總和←→差

〔漢造〕（也讀作か）溫和、和睦、和好、和諧、日本

和を乞う（求和）

和を申し込む（求和）

夫婦の和（夫婦和睦）

人と人の和を図る（謀求人與人間的協調）

和を講じる（講和）

地の利は人の和に如かず（地利不如人和）

二と三の和は五（二加三之和等於五）

二数の和を求める（求二數之和）

三角形の内角の和は二直角である（三角形內角之和等於二直角）

柔和（溫柔、溫和、和藹）

温和（溫和、溫柔、溫暖）

緩和（緩和）

違和（違和、失調、不融洽）

平和（和平、和睦）

不和（不和睦、感情不好）

同和（同和教育）

協和（協和、和諧、和音）

講和（講和、議和）

付和雷同（隨聲附和）

清和（清和、陰曆四月）

共和（共和）

中和（中和）

調和（調和）

飽和（飽和）

唱和（一唱一和）

和、倭〔名〕日本、日本式、日語

和菓子（日本點心）

和風（日本式）

和英辞典（日英辭典）

漢和（漢日）

独和（德日）

和、我、吾〔代〕〔古〕我（＝我。私）

〔接頭〕〔古〕你

和子（公子）

和殿（你）（對男性的稱呼）

和する〔自、他サ〕和、和睦、和諧、附和、攪和

夫婦相和する（夫妻和睦）

和して歌う（和唱一同唱）

我我も其に和して国歌を歌った（我們也隨著唱了國歌）

彼に和して一首作った（和了他一首詩）

酸を和する（和上酸、加酸攪拌）

和す〔自、他五〕和、和睦、和諧、附和、攪和（＝和する）

和英〔名〕日語和英語、日英辭典（＝和英辞典）←→英和

和音〔名〕〔語〕和音（對漢字，唐音，吳音而言的日本音）。〔樂〕和弦（＝アコール）

和歌〔名〕和歌（以五，七，五，七，七共五句計三十一個假名寫成的日本詩（＝大和歌）、長歌，短歌，旋頭歌的總稱

和歌を作る（創作和歌）

和歌を詠む（吟詠和歌）

和歌を詠ずる（吟詠和歌）

和解〔名、自サ〕〔法〕和解、和好（＝仲直り）

蟠りが解けて和解する（隔閡消除而和好）

和解証書を取り交わす（交換和解證書）

話し合いで和解が成立する（通過協商達成和解）

和解に因って事件は落着した（通過和解事情了結了）

和諧音〔名〕〔樂〕和弦，和音（＝アコール。和音）

和学、倭学〔名〕日本學（研究日本文學歷史等的學問、相對漢學，洋學，蘭學而言）（＝国学。皇楽）

和学講談所（日本學講習所）

和楽〔名〕日本音樂（＝邦楽）←→洋楽

和楽、和楽〔名、自サ〕和睦歡聚

和菓子〔名〕日本式點心←→洋菓子

和歌所〔名〕和歌所（平安時代以後日皇敕選和歌集時在宮中臨時設置的編輯處）

和布、若布〔名〕〔植〕裙帶菜

和布〔名〕質地柔軟的布

和姦〔名〕通姦←→強姦

和漢〔名〕日本與中國、日文和漢文

和漢混交文（日文與漢文的文語混用的文體如：平家物語，太平記）

和漢洋（日本中國與歐美）

和漢洋に亙っての広い学殖（涉及日本中國西方的淵博學識）

和気〔名〕和氣、和睦、和藹

和気藹藹（一團和氣樂融融）

和気藹藹たる家庭（非常和睦的家庭）

会場は和気藹藹と為ている（會場裡充滿著和樂氣氛）

和議〔名〕和議，和談。〔法〕（為防止破產）債務者與債權者締結的契約

和議を結ぶ（締結和約）

和議を持ち掛ける（提出和談）

和議を請う（求和）

和議を申し込む（要求和談）

両者の和議が成立した（雙方達成協議了）

和牛〔名〕〔動〕日本牛

和協〔名、自サ〕同心協力、和衷共濟。〔樂〕音調和諧

和協一致（共同一致和衷共濟）

和行、ワ行〔名〕ワ行（五十音圖第十行）

和金〔名〕〔動〕日本金魚

和訓、倭訓〔名〕訓讀（用日文讀漢字的方法、如紅葉讀作紅葉）

和敬〔名〕恬靜恭謹
　和敬静寂（和敬靜寂）（茶道的精神、和敬指主客的心境、靜寂指茶室，茶器，庭院，環境）

和犬〔名〕日本犬←→洋犬

和絃〔名〕〔樂〕和弦（=和音）

和子、わ子〔名〕〔古〕公子、少爺，我兒、吾兒（=我が子）
　和子様（公子）

和子〔名〕和尚（=禅和子）
　和子様（和尚師父）

和語、倭語〔名〕（固有的）日本語（=大和言葉）←→漢語、洋語

和寇、倭寇〔名〕〔史〕倭寇、日本海盜

和合〔名、自サ〕和睦友好
　一家の和合（一家的和睦）
　彼等二人は完全に和合した（他們倆完全和好了）
　和合して暮らす（和睦度日）
　夫婦が和合する（夫婦和睦）
　両国間の和合を図る（謀求兩國間的和好）

和光同塵〔名〕和光同塵（隱匿自己的智德而接觸世俗）。〔佛〕為普渡眾生而下凡

和国、倭国〔名〕日本

和御前、我御前〔代〕〔古〕（對女人的親暱稱呼）妳（=御前様、我御料）

和事〔名〕（歌舞伎）戀愛場面

和魂〔名〕日本精神（=大和魂）
　和魂漢才（日本精神與中國學識）

和琴〔名〕〔樂〕日本琴六弦琴

和裁〔名〕日式剪裁（和服的剪裁）←→洋裁
　和裁を習う（學和服的剪裁）

和算〔名〕（江戶時代）日本特有的數學←→洋算

和讚〔名〕〔佛〕日譯偈文（佛教讚歌的一種）←→漢讚梵讚

和紙〔名〕日本紙←→洋紙

和字〔名〕日本字母假名（=仮名）、日造漢字（如峠，躾等）（=国字。倭字）←→漢字

和式〔名〕日本式←→洋式
　和式の居間（日本式的居室）
　トイレは和式ですか洋式ですか（廁所是日本式的還是洋式的）

和室〔名〕日本式的房間←→洋室
　父母は和室の生活を好む（父母喜歡日本式房間的生活）

和酒〔名〕日本酒（=清酒）←→洋酒

和臭、和習〔名〕日本味、日本風習
　和臭の有る英語（帶日本味的英文）

和集合〔名〕〔數〕扞集

和順〔形動〕氣候順調、氣質恬靜

和書〔名〕日本書籍←→漢書，漢籍、用日本式裝訂的書←→洋書

和尚、和上〔名〕法師，住持，方丈、高僧、和尚，僧人（=和尚、和尚）
　鑑真和尚（鑑真和尚）

和尚〔名〕〔佛〕法師，師父、和尚，僧人（來自梵語 Upadhyaya，教師的意思、禪宗讀作和尚、天台宗讀作和尚，和上、真言宗讀作和尚，和上）

和尚、和上〔名〕〔佛〕（天台宗）和尚（=和尚）、高僧的尊稱

和食〔名〕日本菜（=日本料理）←→洋食
　夕飯は和食に為ますか洋食に為ますか（晚飯吃日本料理還是西餐）

和親〔名、他サ〕（國際間的）友好親善
　和親条約（友好條約）
　和親協商（友好協商）
　外国と和親を結ぶ（和外國結為友好關係）

和人、倭人〔名〕中國對日本人的舊稱

和声、和声〔名〕〔樂〕和聲（=ハーモニー）
　和声的長音階（和聲大音階）
　和声的短音階（和聲小音階）
　和声学（和聲學）
　密集和声（密集和聲）

開離和声（開放和聲）

和製〔名〕日本製←→舶来
此れは和製です（這是日本製的）
和製の香水（日本製的香水）
和製の万年筆（日本製的鋼筆）
和製品（日本貨）
和製洋語（日本用兩個不同外來語造的複合詞）

和船〔名〕日本老式木船
和船に乗って漁に出掛ける（坐日本式木船出海捕魚）

和戦〔名〕和平與戰爭、停戰
和戦両様の構えを為る（做好和與戰兩手準備）
和戦条約（停戰條約）

和装〔名〕日本式裝訂（=和綴じ）、日本式服裝←→洋裝
和装で外出する（穿日本服裝式外出）
和装品（日式服裝）
和装の本（日本式線裝書）

和俗〔名〕日本的風俗習慣

和談〔名、自サ〕和談，協議、（對古漢文的）注解（多用於書名）
和談が成立する（達成協議）

和衷〔名〕和衷、同心
和衷協同して遣る（同心協力地做）

和朝、倭朝〔名〕日本朝廷

和陶〔名〕日本式陶器←→洋陶

和独〔名〕日語和德語、日德辭典
和独辞典（日德辭典）

和読〔名〕用和音和訓讀漢文

和綴じ、和綴〔名〕日本式的裝訂（書）←→洋綴じ
和綴じの本（日本式裝訂的書）

和殿、吾殿〔代〕〔古〕（平等的對稱）你

和生〔名〕日本式的帶餡點心（=和生菓子、生菓子）←→洋生

和主、吾主〔代〕〔古〕（對同輩以下的對稱）你（=御主）

和風〔名〕和風，微風、日本式←→洋風
和風の建築物（日本式建築）
住居は和風が好きだ（我喜歡日本式的住宅）
和風bar（日本式酒吧）

和服〔名〕和服，日本式衣服（=着物）←→洋服
和服姿（和服打扮）

和仏〔名〕日語和法語、日法辭典
和仏辞典（日法辭典）

和文〔名〕日文（=国文）←→欧文漢文
和文英訳（日譯英）
和文タイピスト（日文打字員）

和平〔名〕和平，和睦
和平交渉（和平談判）
和平を提案する（提議媾和）

和睦〔名、自サ〕和睦，和好（=和解）
お互いの和睦を図る（謀求彼此和睦）
長い争いの後に和睦する（長期爭吵之後和好）

和本〔名〕用日本紙印刷裝訂的線裝書（=和書）←→洋本、唐本

和名、倭名〔名〕日本名（=和名）←→唐名

和名〔名〕日本名（=和名，倭名）、動植物等的日本名←→学名
クローバの和名は白詰め草と言う（三葉草的日本名叫白詰草）
牽牛星の和名は彦星だ（牽牛星的日本名叫彥星）

和約〔名〕和平條約

和薬〔名〕（日本古傳的）日本藥

和訳〔名、他サ〕把外文譯成日語
英文を和訳する（把英文譯成日文）

和洋〔名〕日本和西洋、日本式與西方式
和洋両様の料理（日西合璧的菜）

和洋の学に通じる（通曉日本和西方的學識）

和洋折衷〔名、連語〕日西合璧

和洋折衷の建築（日西合璧的建築）

和様〔名〕日本樣式（＝日本風）←→唐様

和様の家具（日式家具）

和らぐ、和ぐ〔自五〕和緩起來、緩和起來、穩靜下來

気が和らぐ（便溫和）

怒りが和らぐ（消氣）

痛みが和らぐ（疼痛和緩下來）

態度が和らぐ（態度變溫和了）

晩に為って風が和らいで来た（到了晚上風小了）

彼の親切な言葉に私の心も和らいだ（由於他的懇切的話我的心也軟了）

和らげる、和げる〔他下一〕使柔和、使緩和

声を少し和らげる（把聲音放柔和些）

取り締まりを和らげる（放寬管理）

態度を和らげる（態度緩和下來）

怒りを和らげる（消怒）

苦痛を和らげる（減輕痛苦）

尖った神経を和らげる（使興奮的頭腦冷靜下來）

和ぐ〔自五〕平息、變得風平浪靜（＝凪ぐ）

暴動が和いだ（暴動平息了）

心が和ぐ（心裡平靜）

和ませる〔他下一〕使平靜、使柔和、使緩和（＝和らげる）

和む〔自五〕平靜下來、溫和起來（＝和らぐ）

心が和む（心情平靜下來）

寒さが和む（冷度緩和了）

和やか〔形動〕平靜、安詳、溫和、和諧、和睦

和やかな家庭（和睦的家庭）

和やかな雰囲気（和諧的氣氛）

和やか物腰（安詳的舉止）

和やかで親しめる（和藹可親）

和やかな生涯（平順的一生）

和やかで親しみの籠った談話（親切友好的談話）

春の日差しが和やかに降り注いでいる（春天的陽光柔和地照射著）

和える、齏える〔他下一〕拌，調製（用醬油，醋，芝麻等拌菜，魚，貝等）

菠棱草を胡麻で和える（用芝麻拌菠菜）

味噌で和える（用醬拌）

酢で和える（用醋拌）

和え物，和物，齏え物，齏物〔名〕〔烹〕用醋，醬油或味噌拌的菜、拌的涼菜

和毛〔名〕（鳥獸等）柔軟的毛髮（＝産毛、綿毛）←→剛毛

河（ㄏㄜˊ）

河〔名〕水流的通稱、河川、黃河、河內國的簡稱

山河（山河）

大河（大河）

氷河（冰河）

銀河（銀河＝天の川）

星河（星河）

天河（銀河、天漢）

運河（運河）

江河（大河、中國的長江和黃河）

洪河（大河、特指中國黃河）

渡河（渡河）

暴虎馮河（暴虎馮河、有勇無謀）

河漢〔名〕黃河和漢水、銀河、天河

河岸〔名〕河岸（＝河岸、川岸）

河岸段丘（〔地〕河岸段丘）

河岸、川岸〔名〕河岸（＝川辺）

川岸の風景（河岸的風景）

舟を川岸に繋ぐ（把船繫在河邊）

河岸〔名〕河岸，（河）碼頭、鮮魚市場、地點買賣

ㄏ

河岸に魚を買いに行く（到鮮魚市場買魚去）行く行く

魚河岸（魚市）魚 魚 魚魚

河岸を変えて飲み直そう（換個地方再喝一杯）

河渠〔名〕水路

河魚〔名〕河魚

河峽〔名〕河峽（河的兩岸因為山勢水流變窄處）

河系〔名〕水系

長江河系（長江水系）

黃河河系（黃河水系）

河口〔名〕河口

フェリーボートで河口から溯る（坐渡輪從河口逆流而上）

河口港（河口港）

河口、川口〔名〕（河流）入海處、河口（=河口）

川口の港（河口港、江灣港）

川口に洲が出来る（河口形成了一個沙洲）

川口で船を破る（功虧一簣、出師不利）

河港〔名〕河港

河谷〔名〕河谷

河鹿、河鹿蛙〔名〕〔動〕錦襖子（雨蛙的一種）

河床、河床，川床〔名〕河床、河身、河槽

川床の砂を浚う（淘河床的泥沙）浚う攫う

流れて来る土砂で川床が高く為る（由於流來的泥沙河床增高）為る成る鳴る生る

河上〔名〕河上、河的水面、河的上游、河邊

河食、河蝕〔名、自他サ〕〔地〕河水侵蝕作用

河心〔名〕河心、河的中心

河津〔名〕河港（=河港）

河神〔名〕河神，河伯，黃河的神

河水、河水〔名〕河水

河清〔名〕黃河澄清

百年河清を待つ（百年待河清、喻不可能的事）

河川〔名〕河川

河川が氾濫する（河川氾濫）

河川敷（〔按日本河川法規定的〕河川的佔地〔包括河灘在內〕）

河船〔名〕內河（輪）船

河船、河船〔名〕河船、江船

河底〔名〕河底、河床（=河床、河床，川床）

河頭〔名〕河邊

河馬〔名〕河馬

河畔〔名〕河畔（=川端）

河畔に建っているビル（建在河畔的大樓）building

河流〔名〕河流（=川の流れ）

河原、川原〔名〕河灘。〔地〕（江戶時代）（京都的）四條河源

川原石（河灘石）

川原乞食（〔蔑〕歌舞伎演員〔=川原者〕）

川原者（〔古、俗〕乞丐，賤民〔的總稱〕、〔蔑〕〔江戶時代〕歌舞伎演員〔=川原乞食〕）

川原撫子（〔植〕瞿麥〔=撫子〕）

河童〔名〕河童（日本的一種想像動物水陸兩棲類似幼兒形）。〔俗〕善於游泳的人、小說名（作者是芥川龍之介）。〔俗〕黃瓜

陸に上がった河童（英雄無用武之地）

河童に水泳を教える（班門弄斧）

河童川流れ（老虎也有打盹的時候、喻淹死會游泳的人）

河童の屁（易如反掌、沒有什麼了不起的）

河豚〔名〕河豚

河豚中毒（吃河豚中毒）

河豚は食いたし命を惜しし（喻期待又怕受傷害）

河豚提灯（河豚燈籠-曬乾後的去肉河豚皮所製成的燈籠）

河、川〔名〕河、河川

大きな河（大河、大川）

小さい河（小河）

河の向こう（河對岸）

河を渡る（渡河、過河）渡る渉る亘る

河を下る（順流而下）

河を溯る（逆流而上）
河が干上がる（河水乾了）
河風、川風〔名〕河風、由河上吹來的風
時時鋭い夜の川風が吹き抜けた（不時吹過夜晚劇烈的河風）
河太郎、川太郎〔名〕河童的別稱（=河童）
河竹、川竹〔名〕長在河邊的竹子。〔古〕〔植〕山竹（=雌竹、雌竹）、妓女的身世
浮き川竹の流れの身（漂浮不定的〔妓女的〕身世）
河骨、河骨〔名〕〔植〕萍蓬草
河股〔名〕河叉、河的分流處
皮〔名〕（生物的）皮，外皮、（東西的）表皮，外皮、毛皮，偽裝，外衣，畫皮
　林檎の皮（蘋果皮）河川革側側
　胡桃の皮（胡桃殼）
　蜜柑の皮を剥く（剝桔子皮）剝く向く
　木の皮を剥く（剝樹皮）
　木の皮を剥ぐ（剝樹皮）剝ぐ接ぐ矧ぐ
　虎の皮を剥ぐ（剝虎皮）
　骨と皮許りに痩せ痩けた（瘦得只剩皮和骨，骨瘦如柴）痩せ瘠せ瘦ける
　饅頭の皮（豆沙包皮）
　布団の皮（被套）
　熊の皮の敷物（熊皮墊子）
　嘘の皮を剥く（揭穿謊言）
　化けの皮を剥ぐ（剝去畫皮）
　化けの皮が剥げる（原形畢露）剥げる禿げる接げる矧げる
　皮か身か（〔喻〕難以分辨）
革〔名〕皮革
　革の靴（皮鞋）川河側靴履沓
　革のバンド（皮帶）
　革製品（皮革製品）
側、側〔名〕側，邊、方面（=一方、一面）、旁邊，周圍（周り、側）

〔漢造〕側，邊、方面、（錢的）殼、列，行，排
川の向こう側に在る（在河的對岸）
箱の此方の側には絵が書いてある（盒子的這一面畫著畫）
消費者の側（消費者方面）
敵の側に付く（站在敵人方面）
教える側も教えられる側も熱心でした（教的方面和學的方面都很熱心）
井戸の側（井的周圍）
側の人が煩い（周圍的人說長話短）
当人よりも側の者が騒ぐ（本人沒什麼周圍的人倒是鬧得凶）
側から口を利く（從旁搭話）
両側（兩側）
通りの右側（道路的右側）
南側に工場が有る（南側有工廠）
労働者側の要求（工人方面的要求）
私の右側に御座り下さい（請坐在我的右邊）
金側の腕時計（金殼的手錶）
二側に並ぶ（排成兩行）
二側目（第二列）

狢、貉（ㄏㄜˊ）

狢、貉〔名〕貉（=穴熊）、狸（=狸）
一つ穴の狢（一丘之貉）
彼等は一つ穴の狢だ（他們是一丘之貉、他們是一路貨色）
狢〔名〕貉（=狢、貉）

核（ㄏㄜˊ）

核〔名〕（果實或細胞等的）核（=種、核、実）、核武器（=核兵器）
細胞核（細胞核）
核心（核心）
核の傘下（核子保護傘）

ㄏ

核独占（核壟斷）
核エネルギ（核能）
核汚染〔名〕核汚染
核果〔名〕核果（梅子或桃子的果實）
核家族〔名〕（夫妻及其子女組成的）小家庭
核酸〔名〕〔生理〕核酸
核子〔名〕〔物〕核（粒）子
核質〔名〕核質（構成細胞核的物質）
核実験〔名〕核試験
　核実験を行う（進行核試験）
核心〔名〕核心、要害
　核心に触れた質問（問到了關鍵的地方）
　核心を衝いた意見（擊中要害的意見）
核潜水艦〔名〕核潛艇
核弾頭〔名〕核彈頭
核独占〔名〕核壟斷
　核独占を打破する（打破核壟斷）
核爆弾〔名〕核炸彈
核爆発〔名〕核爆炸
　核爆発実験（核武器實驗）
核反応〔名〕原子反應
核武装〔名〕核武裝
核分裂〔名〕〔物〕原子核分裂←→核融合。〔生〕細胞核分裂
核兵器〔名〕核子武器
核融合〔名〕〔物〕核聚變、核合成←→核分裂。〔生〕受精時發生的細胞核結合現象
核力〔名〕〔物〕核力（質子和中子之間短距離內所引發強的作用力）
核、実〔名〕（果實的）核、（瓜的）籽，仁。〔解〕陰核、（拚接木板時在木板側面做出的）榫，榫頭，槽舌
　杏の核（杏仁核）
　瓜核（瓜子仁）
　核接ぎ（矢引）（槽舌接合、半槽接合、契口接合）
実〔接尾〕核、仁
　瓜実（瓜子仁）
核太棗、酸棗〔名〕〔植〕酸棗（樹）

涸（ㄏㄜˊ）

涸〔漢造〕水乾
　乾涸（乾涸）
涸渇、枯渇〔名、自サ〕乾涸、枯竭、耗盡
　旱魃で水源が枯渇した（因乾旱水源乾涸了）
　井戸の水が枯渇した（井水乾涸了）
　資金が枯渇する（資金用盡）
　彼の才能が枯渇した（他已江郎才盡了）
涸らす、涸す〔他五〕使乾涸
　井戸を涸らす（把井水淘乾）
　資源を涸らす（耗盡資源）
枯らす〔他五〕使枯萎、使枯乾
　木を枯らす（把樹弄枯萎）枯らす涸らす嗄らす
　此の材木は良く枯らして有る（這個木材很乾）
　鉢植えの草花を枯らす（把盆栽的花草弄枯乾）
　折角丹精していた植木を枯らす（精心培育的樹苗給弄枯乾了）
嗄らす〔他五〕使聲音嘶啞
　叫び続けて喉を嗄らす（繼續喊叫把嗓子弄啞）枯らす涸らす
　声を嗄らして叫ぶ（嘶啞著嗓子叫喊）
涸れる〔自下一〕乾涸
　川の水が涸れた（河水乾涸了）
枯れる〔自下一〕（草木）凋零,枯萎,枯死、（木材）乾燥、（修養、藝術）成熟,老練、（身體）枯瘦,乾癟,乾巴、（機能）衰萎
　木が枯れる（樹木枯萎）枯れる涸れる嗄れる
　花は水を遣らないと枯れる（花不澆水就枯萎）

草木は冬に為れば枯れる（草木到冬天就枯萎）

良く枯れた材木（乾透了的木材）

人間が枯れている（為人老練）

彼の人の字は中中枯れている（他的字體很蒼老）

名人の枯れた芸を見る（觀看名家純熟的技藝）

彼の芸は年と共に枯れて来た（他的技藝一年比一年精煉）

白く枯れた手（枯瘦得發白的手）

痩せても枯れても俺は武士だ（雖然衰老潦倒我也算是個武士啊！）

嗄れる〔自下一〕（聲音）嘶啞（＝嗄がれる）

喉が嗄れて歌が歌えない（喉嚨嘶啞不能唱歌）枯れる涸れる

私は風邪を引いて声が嗄れた（我因為感冒嗓子啞了）

声が嗄れる迄喋る（說話把聲音都說啞了）

涸れ涸れ、涸涸〔形動ダ〕（水）快要乾涸

涸れ涸れの池（快要乾涸的水池）

涸れ、枯れ，枯〔接尾〕枯萎，凋謝，枯竭，乾涸

冬枯れ（冬季草木枯萎）

霜枯れ（霜打草木枯萎）

資金枯れ（資金缺乏）

品枯れ（物品缺乏）

水枯れ（水乾涸）

荷（ㄏㄜˊ）

荷〔接尾〕（用作助數詞）表示肩擔東西的件數

〔漢造〕貨物、負擔、蓮，荷花

水一荷（一擔水）

酒樽一荷（一簍酒）

出荷（〔用車船〕裝出貨物、〔往市場〕運出貨物）↔入荷

入荷（進貨、到貨）↔出荷

底荷（壓艙物）

負荷（負，荷，擔、〔理〕負荷，載荷、〔電〕負載）

電荷（〔理〕電荷）

荷電〔名、自サ〕〔理〕電荷（＝電荷）

荷電雲（〔氣〕荷電雲）

荷電共役変換（〔理〕電荷共軛）

荷葉〔名〕荷葉（＝蓮葉、蓮葉、蓮の葉）

荷〔名〕（攜帶或運輸的）東西，貨物，行李、負擔，責任，累贅

荷を送る（寄東西、運行李）

荷が着く（貨到）

荷を運ぶ（搬東西）

荷を引き取る（領取貨物〔行李〕）

馬に荷を付ける（替馬裝載貨物）

荷が重過ぎる（負擔過重）

子供が荷に為る（小孩成了累贅）

肩の荷を卸す（卸下肩上的負擔〔責任〕）

荷を担う（負擔責任、背上包袱）

年取った母親の世話が荷に為っていた（照料年邁的母親曾是他的負擔）

社長を辞めて荷を卸した（辭去經理卸下了重擔）

荷が下りる（卸掉負擔、減去負擔）

荷が勝つ（責任過重、負擔過重）

荷が勝ち過ぎる（責任過重、負擔過重）

此は私には荷が勝った仕事だ（這項工作對我來說負擔過重）

煮〔名〕煮（的火候）

〔造語〕煮、燉的食品

煮が足りない（煮得不到火候）

水煮（水煮、清燉）

下煮（先煮、先下鍋燉〔的食品〕）

クリーム煮（奶油烤〔魚、肉〕）

鯖の味噌煮（醬燉青花魚）

雑煮（煮年糕-用年糕和肉菜等合煮的一種醬湯或清湯食品）

荷揚げ、荷揚〔名、自サ〕（從船上）起貨、卸貨

　船から荷揚げする（從船上起貨）

　トラックへ直接荷揚げする（直接卸到卡車上）

　荷揚げ港（卸貨港）

　荷揚げ人足（碼頭〔卸貨〕工人）

　荷揚げ場（卸貨場）

　荷揚げ料（卸貨費）

荷足〔名〕〔海〕（為使船體穩定平衡裝在艙底的）壓艙貨，壓艙物，壓載（＝底荷）。〔商〕行銷，銷售情形

　荷足水艙（水櫃）

　荷足が早い（銷得快）

荷足、荷足り〔名〕運貨小河船（＝荷足船）

荷扱い、荷扱〔名、サ〕辦理貨運、（碼頭工人）對貨物的處理（裝卸、搬運）

　此処は荷扱いを為ない（這裡不辦理貨運）

　荷扱い人（貨運員）

　荷扱い所（貨運站）

　荷扱いが荒い（野蠻裝卸、處理得不仔細）

荷受け、荷受〔名〕收貨、領貨←→荷送り

　荷受け人（收貨人）

荷動き、荷動〔名〕（通過車船運輸的）商品流動、貨流

　荷動きの早い品物（流動快的貨物）

荷馬〔名〕駄馬

荷馬車〔名〕運貨馬車

　荷馬車で運ぶ（用運貨馬車運）

荷送り〔名、自サ〕發送貨物、發送行李←→荷受け

　荷送り人（發貨人）

荷重〔名、形動〕負荷過重。〔轉〕責任過重，負擔過重

　私には其の仕事は荷重だ（那件工作對我來說負擔過重）

荷重〔名〕負荷，載荷、負荷量，載重量

　安全荷重（安全負荷量、安全載重量）

　動荷重（動荷重）

　静荷重（静荷重）

　不動荷重（静荷重、不動荷重）

　有料荷重（有價荷重）

　馬力荷重（馬力負重）

　制限荷重（限制負重）

　荷重が大きい（大である）（負荷量大）

　橋の荷重を測定する（測量橋的負荷量）

　荷重試験（負荷試験、負載試験）

　荷重条件（荷重條件、負荷條件）

荷下し，荷下、荷卸し，荷卸〔名〕卸貨

　荷下し港（卸貨港）

荷嵩〔名〕貨物體積大（佔地方）

　荷嵩に為る（東西太大佔地方）

荷嵩み〔名〕貨物充斥、供過於求

　生糸市場は荷嵩みです（生絲市場供過於求）

荷担ぎ〔名〕搬運東西、搬運工人、挑夫

荷担、加担〔名、自サ〕參加，參與，支持，袒護

　陰謀に加担する（參與陰謀）

　そんな計画には加担出来ない（我不能參加那樣的計劃）

　何方に加担す可きか（應該支持哪一方面？）

　彼は何方にも加担しない（他對哪一方面都不支持）

荷為替〔名〕〔商〕押匯（＝荷為替手形）

　荷為替を組む（作押匯）

　荷為替信用状（押匯信用狀）

荷鞍、荷鞍〔名〕駄鞍、駄物的馬鞍

荷繰り〔名〕（船貨）倒倉

荷車〔名〕（畜力或人力的）載貨車，運貨車、排子車、手推車

　荷車を曳く（拉載貨車）

　荷車を押す（推載貨車）

荷車曳き（車夫、拉車的人）

荷拵え〔名、自サ〕包装（=荷作り）
　荷拵えして送り出す（包装後運走）
　荷拵えが悪い（包装得不好）

荷捌き、荷捌〔名〕處理貨物、銷貨
　荷捌きが旨く行かぬ（貨物銷不掉）

荷敷き〔名〕〔海〕（日式船上防止貨物碰撞的）墊板、襯墊、墊艙料

荷印〔名〕貨物標記（記號）

荷姿〔名〕包装外形

荷隙〔名〕貨物破損處、破損的貨物

荷駄〔名〕馬駄的貨物

荷台〔名〕（卡車的）裝貨台面、（自行車的）貨架

荷作り、荷造り〔名、自他サ〕包装、捆行李（=荷拵え）
　荷作りが悪い（包装得不好）
　荷作りを解く（解開包装）
　引越の荷作りを為る（綑綁搬家的東西）
　荷作りが出来ている（包装好了）
　良い物を上に為て荷作りする（把好東西放在上面包装）
　荷作り費（包装費）

荷積み、荷積〔名〕（往車船等上）裝貨、（在某處）堆放貨物
　トラックに荷積みを為る（往卡車上裝貨）
　荷積み港（裝貨港、啟運港）

荷縄〔名〕行李繩、捆貨繩子

荷抜き〔名〕小偷

荷主〔名〕貨主、發貨人
　荷主の分からない品物（貨主不明東西）

荷箱〔名〕裝貨箱、粗板箱

荷引き、荷引〔名〕把貨物從產地直接運來

荷札〔名〕貨籤、行李牌
　手荷物に荷札を付ける（替手提行李掛上行李牌）

荷船〔名〕貨船

荷凭れ〔名〕供貨太多、存貨過多、貨物充斥、供過於求
　市場は綿花の荷凭れを来たしている（市場上出現棉花供過於求）

荷持ち〔名〕搬運工、搬運貨物（行李）工人

荷物〔名〕（運輸、攜帶的）貨物，行李。〔轉〕負擔，累贅
　荷物を包む（包行李）
　荷物を運ぶ（運行李）
　荷物を預ける（寄存行李）
　荷物入れ（〔汽車的〕貨艙）
　荷物一時預かり所（物品寄存處）
　荷物方（係）（行李收發員）
　荷物棚（貨架）
　荷物取扱所（行李房）
　不良息子を持って荷物に為る（有個流氓兒子成了負擔）
　そんな物を持って行くと荷物に為る（拿那樣的東西去會成累贅）

荷役〔名〕碼頭裝卸（工）
　荷役の人夫（裝卸工）
　波止場の荷役を為る（裝卸碼頭貨物）
　荷役が済み次第船が出港する（貨一裝卸完畢船馬上就開走）
　荷役ウインチ（起貨絞車）

荷厄介〔名ナ〕（因攜帶物品過多等而感覺）麻煩，累贅、（擺脫不了，難以處裡的）負擔
　レインコートが荷厄介に為る（帶來雨衣成了累贅）
　荷厄介ならむ息子（沒有辦法〔感到頭痛〕的敗家子）
　彼は子供を荷厄介に為ている（他把孩子當成負擔）
　荷厄介な仕事を頼まれた（受人託辦一件麻煩事）

荷渡し、荷渡〔名、自サ〕交貨
　荷渡しは五日に決めた（決定五日交貨）

荷〔名〕荷的古形

ㄏ

荷う、担う〔他五〕擔,挑(=担ぐ)、擔負,背負(=負う)
- 薪を担う(挑柴)薪薪
- 重責を双肩に担う(肩負重任)
- 将来の日本を担う(肩負未來的日本)
- 衆望を一身に担う(身負重望)
- 次代を担う人達(肩負下一代的人們)

荷い、担い〔名〕擔,挑、挑桶(=担い桶)、擔負,承擔
- 担い棒(扁擔)
- 担い発条(承重板簧)

褐、褐(ㄏㄜˊ)

褐〔名〕粗毛織的衣服、短褐

〔漢造〕(也讀作褐)褐色
- 褐を釈く(脫掉短褐、出仕)

褐色〔名〕褐色、茶色(=焦げ茶、ブラウン)
- 褐色の肌(褐色的皮膚)
- 褐色人種(褐色人種)

褐色〔名〕褐色(=濃い紺色)

褐藻〔名〕〔植〕褐色海藻
- 褐藻類(褐藻類)

褐炭〔名〕〔礦〕褐煤

褐鉄鉱〔名〕〔礦〕褐鐵礦

褐寬博〔名〕賤者之服。〔轉〕身分低賤的人、無賴漢

赫(ㄏㄜˋ)

赫〔漢造〕聲勢盛大、顯明、發怒、火紅的樣子
- 顕赫(顯赫)

赫奕、赫奕〔形動タリ、ナリ〕明晃晃、雄大

赫赫、赫赫〔形動タルト〕(表示光的)光的,燦爛、(功勳等)赫赫,顯赫
- 赫赫たる光を放つ(發出燦爛之光)
- 赫赫たる勲功を立てる(建立輝煌的功勳、立赫赫之功)

赫灼〔形動タルト〕輝耀
- 赫灼たる烈日の下に(在灼爍的烈日之下)

赫然〔形動タリ〕激怒、盛大

赫怒〔名、自サ〕勃然大怒(=激怒)

賀(ㄏㄜˋ)

賀〔名〕慶、賀

〔漢造〕祝賀、(舊地方名)加賀国
- 七十の賀(七十大慶)七十七十
- 賀を述べる(道賀、道喜)
- 祝賀(祝賀、慶賀)
- 慶賀(慶賀、道賀、慶祝)
- 参賀(進宮朝賀)
- 朝賀(朝賀)
- 年賀(賀年、拜年)

賀す〔他サ〕賀、慶賀、祝賀(=賀する)

賀する〔他サ〕賀、慶賀、祝賀
- 新年を賀する(賀新年)

賀意〔名〕賀意、祝賀的心意
- 新年の賀意を表す(表示祝賀新年之意)

賀宴〔名〕賀宴、喜宴
- 賀宴を張る(擺賀宴)

賀客〔名〕賀客、拜年的客人

賀詞〔名〕賀詞、祝詞

賀寿〔名〕壽賀、祝壽

賀春〔名〕(用於賀年卡等)祝賀新年、恭賀新春(=頌春)

賀状〔名〕賀卡、賀年卡

賀正、賀正〔名〕(賀年卡等用語)賀年、慶賀新年(=賀春)

賀の祝い〔名〕祝壽、賀壽(指祝賀還曆、古稀、喜壽、米壽、卒壽、白壽)

賀表〔名〕(給皇室的)賀表、祝賀文章
- 賀表提出(奉上賀表)

賀茂川染、鴨川染〔名〕京染,京都印染(=京染)、大花友禪染

鶴(ㄏㄜˋ)

鶴〔漢造〕鶴、似鶴
　黄鶴（黃鶴）
　皓鶴（白鶴）
　白鶴（白鶴）

鶴首〔名、自他サ〕翹首、翹企、殷切盼望
　吉報を鶴首して待つ（盼望好消息）
　御来訪を鶴首する（盼望光臨）

鶴寿〔名〕長壽、長命

鶴髪〔名〕白髮（＝白髮）

鶴翼〔名〕鶴翼，鶴的翅膀、兩翼向左右展開包圍敵軍的鉗形陣勢←→魚鱗

鶴林〔名〕〔佛〕沙羅双樹的異稱、釋迦之死、某人臨終、寺廟的樹林

鶴唳〔名〕鶴鳴（聲）

鶴〔名〕〔動〕鶴、仙鶴
　鶴の舞（仙鶴舞）
　鶴の一声（權威者的一句話、一聲令下）
　鶴の一声で誰も逆らわなかった（權威者一下令誰都不反對了）
　鶴は千年、亀は万年（千年仙鶴萬年龜、喻長命百歲）

弦〔名〕弓弦（＝弓弦）、斗弦（在升斗上面成對角線拉的鐵線、作為刮斗的標準）、（也寫作絃）（鍋壺等的）提梁
　弓に弦を掛ける（給弓掛上弦）掛ける 架ける 懸ける 搔ける 翔ける 駆ける 駆ける 欠ける 書ける
　弓の弦を外す（卸下弓弦）弦 蔓 鶴
　矢は既に弦を離れた（箭已離弦）離れる 放れる

蔓、蔓〔名〕蔓，藤，鬚，礦脈，系統，血統，來路，門路，線索，眼鏡架（蔓為古語）
　葡萄の蔓（葡萄蔓、葡萄藤）蔓 弦 鶴 敦
　蔓が這う（爬蔓）這う 匍う
　壁にしっかり蔓が巻き付く（蔓鬚在牆上爬得很結實）
　藤の蔓が伸びる（藤蔓長長了）伸びる 延びる

　新しい蔓を発見した（發現了新礦脈）
　蔓を求める（找門路）
　手蔓を求める（找門路）
　蔓を辿る（尋找線索）
　金の蔓が切れた（錢的來路斷了）
　眼鏡の蔓が折れた（眼鏡架折了）眼鏡 眼鏡

鶴亀〔名、感〕龜鶴（吉祥的象徵）、（用作吉利話或破除不祥之詞）吉祥，吉利
　ああ鶴亀、鶴亀、死人の話 何か真っ平だ（啊！吉祥，吉祥可別說死人的事情了）
　鶴亀算（雞兔同籠算法）

鶴頸〔名〕（花瓶或酒壺等）細長的頸、長頸的人、〔俗〕起重機。〔植〕葫蘆的一種
　鶴頸鋏（長頸鉗、鵝頸鉗）

鶴座〔名〕〔天〕天鵝星座

鶴鴫〔名〕〔動〕鶴鷸、紅腳鶴鷸

鶴嘴、鶴嘴〔名〕鶴嘴鎬（通稱洋鎬）
　鶴嘴を振るう（揮鎬）

鶴、田鶴〔名〕鶴（＝鶴）

孩（ㄏㄞˊ）

孩〔漢造〕嬰兒（＝赤子）、幼兒的笑聲
　嬰孩（嬰兒）
　童孩（兒童）

孩嬰〔名〕嬰孩（＝乳飲み子。嬰兒）

孩児〔名〕嬰兒（＝嬰兒。嬰児。幼子）、幼兒戒名附的法號

骸（ㄏㄞˊ）

骸〔漢造〕屍骨
　死骸、屍骸（屍首，屍體，遺骸）
　遺骸（遺骸，遺體）
　残骸（殘骸，遺骸）
　形骸（形骸，軀殼，骨架）

骸骨〔名〕骸骨，骨架，屍骨

骸骨の様に痩せた人（骨瘦如柴的人）
野獣の骸骨（野獸的屍骨）
昔の墓地から骸骨が発掘される（從古代墓地發掘出屍骨）

骸炭〔名〕焦炭（＝コークス）
骸炭炉（煉焦爐）
骸炭銑鉄（焦炭生鐵）

殻〔名〕殼，外殼，外皮、豆腐渣（＝御殻。雪花菜）
缶詰の殻（罐頭盒）
弁当の殻（裝販的盒）
卵の殻（蛋殼）
栗の殻（栗子皮）
玉蜀黍の殻（玉米殼）
貝の殻（貝殼）
殻を取る（剝皮）
蛇の殻（蛇蛻）
蛻の殻（脫下來的殼）
蝉が殻から抜け出る（蟬從外殼裡脫出）
蝉の抜け殻（蟬蛻）

唐〔名〕中國（的古稱）、外國。〔接頭〕表示中國或外國來的.表示珍貴或稀奇之意
唐から渡って来た品（從中國傳來的東西）
唐殻空韓漢幹
唐歌（中國的詩歌）
唐錦（中國織錦）
唐衣（珍貴的服裝）

空〔名、接頭〕空、虛、假（＝がらんどう、空っぽ、空虛）
空の瓶（空瓶子）殼漢唐韓幹
空の箱（空箱子）
空に為る（空了）
財布も空に為った（錢包也空了）
空に為る（弄空）
コップの水を空に為る（把杯子裡的水倒出）
箱を空に為る（把箱子騰出來）

頭の中が空の人（沒頭腦的人）
空笑いを為る（裝笑臉、強笑）
空元気を付けている（壯著假膽子、虛張聲勢）
空念仏（空話、空談）
空談義（空談）
空文句（空話、空論）
空手形（空頭支票、一紙空文）

幹〔名〕幹，稈，莖、箭桿（＝矢柄）、柄，把、（數帶柄器物的助數詞）桿，挺
麦の幹（麥桿）幹空唐殼韓
鉄砲百幹（槍一百挺）

骸、躯〔名〕身體，身軀（＝体）、屍體（＝亡骸）、中間腐朽的樹幹

海（ㄏㄞˇ）

海〔漢造〕海、廣大（＝海）←→陸
山海（山和海）
陸海（陸地和海上、陸海軍）
滄海、蒼海（滄海）
掃海（清除水雷）
雲海（雲海）
外海（外海、遠洋、大洋）
内海、内海（內海）
公海（公海）
航海（航海、航行）
荒海（波濤洶湧的海面）
紅海（紅海）
黄海（黃海）
四海（四海、全國、天下、世界）
死海（死海）
樹海（無邊的森林）
深海（海深處）
青海、青海（滄海、大海）

<ruby>制<rt>せい</rt></ruby><ruby>海<rt>かい</rt></ruby>（制海權）

　　<ruby>絶<rt>ぜっ</rt></ruby><ruby>海<rt>かい</rt></ruby>（遠海）

　　<ruby>大<rt>たい</rt></ruby><ruby>海<rt>かい</rt></ruby>、<ruby>大<rt>だい</rt></ruby><ruby>海<rt>かい</rt></ruby>（大海）

　　<ruby>東<rt>とう</rt></ruby><ruby>海<rt>かい</rt></ruby>（東海、東海道）

　　<ruby>南<rt>なん</rt></ruby><ruby>海<rt>かい</rt></ruby>（南海）

　　<ruby>西<rt>さい</rt></ruby><ruby>海<rt>かい</rt></ruby>（西海、西海道）

　　<ruby>北<rt>ほっ</rt></ruby><ruby>海<rt>かい</rt></ruby>（北海、北方的海）

　　<ruby>辺<rt>へん</rt></ruby><ruby>海<rt>かい</rt></ruby>（邊土的海）

　　<ruby>領<rt>りょう</rt></ruby><ruby>海<rt>かい</rt></ruby>（領海）

　　<ruby>地中海<rt>ちちゅうかい</rt></ruby>（地中海）

　　<ruby>日本海<rt>にっぽんかい</rt></ruby>（日本海）

　　<ruby>沿<rt>えん</rt></ruby><ruby>海<rt>かい</rt></ruby>（沿海）

　　<ruby>遠<rt>えん</rt></ruby><ruby>海<rt>かい</rt></ruby>（遠洋）

　　<ruby>渡<rt>と</rt></ruby><ruby>海<rt>かい</rt></ruby>（航海、渡船）

　　<ruby>臨<rt>りん</rt></ruby><ruby>海<rt>かい</rt></ruby>（沿海）

　　<ruby>学<rt>がっ</rt></ruby><ruby>海<rt>かい</rt></ruby>（學海）

　　<ruby>苦<rt>く</rt></ruby><ruby>海<rt>かい</rt></ruby>、<ruby>苦<rt>く</rt></ruby><ruby>海<rt>がい</rt></ruby>（苦海）

　　<ruby>芸<rt>げい</rt></ruby><ruby>海<rt>かい</rt></ruby>（藝海）

　　<ruby>文<rt>ぶん</rt></ruby><ruby>海<rt>かい</rt></ruby>（文海）

<ruby>海域<rt>かいいき</rt></ruby>〔名〕海域、海面區域

　　<ruby>二百海里<rt>にひゃくかいり</rt></ruby>の<ruby>海域<rt>かいいき</rt></ruby>（二百海哩的海域）

　　<ruby>船<rt>ふね</rt></ruby>がPhilippines<ruby>海域<rt>かいいき</rt></ruby>に<ruby>入<rt>はい</rt></ruby>る（船駛入菲律賓海域）

　　<ruby>日本周辺海域<rt>にほんしゅうへんかいいき</rt></ruby>の<ruby>防衛力<rt>ぼうえいりょく</rt></ruby>（日本周圍海域的防衛能力）

　　<ruby>海域境界線<rt>かいいききょうかいせん</rt></ruby>（海域分界線）

<ruby>海員<rt>かいいん</rt></ruby>〔名〕海員、船員

　　<ruby>海員名簿<rt>かいいんめいぼ</rt></ruby>（海員名冊）

　　<ruby>海員生活<rt>かいいんせいかつ</rt></ruby>（海員生活）

　　<ruby>海員宿泊所<rt>かいいんしゅくはくじょ</rt></ruby>（海員之家）

　　<ruby>海員<rt>かいいん</rt></ruby>に<ruby>為<rt>な</rt></ruby>る（當船員）

　　<ruby>海員組合<rt>かいいんくみあい</rt></ruby>（船員工會）

<ruby>海芋<rt>かいう</rt></ruby>〔名〕〔植〕海芋馬蹄蓮

<ruby>海運<rt>かいうん</rt></ruby>〔名〕海運、航運←→<ruby>陸運<rt>りくうん</rt></ruby>

　　<ruby>島国<rt>しまぐに</rt></ruby>は<ruby>特<rt>とく</rt></ruby>に<ruby>海運<rt>かいうん</rt></ruby>を<ruby>盛<rt>さか</rt></ruby>んに<ruby>為<rt>す</rt></ruby>る<ruby>必要<rt>ひつよう</rt></ruby>が<ruby>有<rt>あ</rt></ruby>る（島國特別需要發展海運）

　　<ruby>海運国<rt>かいうんこく</rt></ruby>（海運國）

　　<ruby>海運業者<rt>かいうんぎょうしゃ</rt></ruby>（海運業者）

　　<ruby>海運貨物<rt>かいうんかもつ</rt></ruby>（海運貨物）

　　<ruby>海運管理<rt>かいうんかんり</rt></ruby>（海運管理）

　　<ruby>海運申告書<rt>かいうんしんこくしょ</rt></ruby>（海運報單）

<ruby>海淵<rt>かいえん</rt></ruby>〔名〕海底的深淵

<ruby>海王星<rt>かいおうせい</rt></ruby>〔名〕〔天〕海王星

<ruby>海外<rt>かいがい</rt></ruby>〔名〕海外、國外←→<ruby>海内<rt>かいだい</rt></ruby>

　　<ruby>海外<rt>かいがい</rt></ruby>に<ruby>居住<rt>きょじゅう</rt></ruby>する（旅居國外）

　　<ruby>海外<rt>かいがい</rt></ruby>に<ruby>在留<rt>ざいりゅう</rt></ruby>する（旅居海外）

　　<ruby>海外<rt>かいがい</rt></ruby>に<ruby>伝<rt>つた</rt></ruby>わる（流傳國外）

　　<ruby>海外<rt>かいがい</rt></ruby>に<ruby>留学<rt>りゅうがく</rt></ruby>を<ruby>命<rt>めい</rt></ruby>ぜられる（被派到國外留學）

　　<ruby>海外<rt>かいがい</rt></ruby>news（國外新聞）

　　<ruby>海外市場<rt>かいがいしじょう</rt></ruby>（國外市場）

　　<ruby>海外軍事支出<rt>かいがいぐんじししゅつ</rt></ruby>（海外軍費開支）

　　<ruby>海外移住<rt>かいがいいじゅう</rt></ruby>（遷移國外）

　　<ruby>海外発展<rt>かいがいはってん</rt></ruby>（向國外發展）

　　<ruby>海外事情<rt>かいがいじじょう</rt></ruby>（國外情況海外知識）

　　<ruby>海外進出<rt>かいがいしんしゅつ</rt></ruby>（向海外發展）

　　<ruby>海外投資<rt>かいがいとうし</rt></ruby>（國外投資）

　　<ruby>海外渡航<rt>かいがいとこう</rt></ruby>（到國外去出洋）

　　<ruby>海外貿易<rt>かいがいぼうえき</rt></ruby>（進出口貿易）

　　<ruby>海外放送<rt>かいがいほうそう</rt></ruby>（對外廣播）

<ruby>海内<rt>かいだい</rt></ruby>〔名〕國內、天下←→<ruby>海外<rt>かいがい</rt></ruby>

　　<ruby>海内無双<rt>かいだいむそう</rt></ruby>（海內無雙）

　　<ruby>海内統一<rt>かいだいとういつ</rt></ruby>（統一天下）

<ruby>海角<rt>かいかく</rt></ruby>〔名〕海角（＝<ruby>岬<rt>みさき</rt></ruby>）

<ruby>海関<rt>かいかん</rt></ruby>〔名〕海關

　　<ruby>海関税<rt>かいかんぜい</rt></ruby>（關稅）

　　<ruby>海関税<rt>かいかんぜい</rt></ruby>の<ruby>収入<rt>しゅうにゅう</rt></ruby>（關稅收入）

海岸、海岸〔名〕海岸、海濱（=海辺、海辺）
  海岸を散歩する（在海邊散步）
  海岸に避暑する（在海邊避暑）
  海岸に沿った平原（沿海平原）
  海岸に波が打ち寄せる（波浪拍岸）
  海岸通り（沿海大街）
  海岸地域（沿海地區）
  海岸砲台（沿岸砲台）
  海岸浸食（海岸侵蝕）
  海岸防備隊（海岸警備隊）
  海岸線（海岸線沿海鐵路線）
  海岸段丘（海岸階地）

海気、甲斐絹〔名〕（山梨縣產的）甲斐綢（多用於內裡和洋傘等）

海気〔名〕海邊的空氣
  海気を呼吸する（呼吸海邊的空氣）

海魚〔名〕海魚

海峡〔名〕海峽
  泳いで海峡を渡る（泳渡海峽）
  対馬海峡（對馬海峽）
  津軽海峡（津輕海峽）

海区〔名〕海域

海軍〔名〕海軍←→陸軍、空軍
  海軍を拡張する（擴充海軍）
  海軍省（海軍部）
  海軍大臣（海軍大臣）
  海軍演習（海軍演習）

海月〔名〕海上的明月、海面的月光、水母（=海月、水母）

海月、水母、海月〔名〕〔動〕水母，海蜇。〔蔑〕沒有主見的人
  彼は水母の様な人だ（他是個沒有主見的人）
  水母の骨（比喻決不可能有的東西極其稀少的東西）

海口〔名〕海口、港口

海港〔名〕海港、對外貿易的港口←→河港
  海港検疫（海港檢疫）

海溝〔名〕海溝（一般在五千五百米以上）
  日本海溝（日本海溝）

海谷、海谷〔名〕〔地〕海底谷

海国〔名〕海洋國家、海洋事業發達的國家
  海国日本（日本島國）

海産〔名〕海產←→陸產
  海産業（海產業）
  海産動物（海產動物）
  海産食品（海產食品）（海味）
  海産肥料（海產肥料）
  海産物（海產物）

海市〔名〕海市蜃樓、比喻虛幻的事物（=蜃気楼）

海事〔名〕海事、海上事務（船舶航海等事項）
  国民の海事思想を養う（培養國民關心海事的思想）
  海事法規（海事法規）
  海事公法（海事公法）
  海事金融（海事金融）（海運長期貸款）

海獣〔名〕〔動〕海中哺乳類動物

海床〔名〕〔地〕海床

海相〔名〕海軍大臣

海商〔名〕（海上運輸保險等）海上商業

海嘯〔名〕海嘯（=津波）

海将〔名〕海軍將官

海上〔名〕海上←→陸上
  海上で暴風に会う（在海上遇到暴風）
  海上で覇を称え様と為る（要在海上稱霸）
  海上権（制海權）
  海上保安庁（海上保安廳）
  海上自衛隊（海上自衛隊）
  海上勤務（海上執勤）
  海上輸送（海上運輸）

海上警備隊（海上警備隊）
海上試運転（海上試航）
海上衝突（海上撞擊）
海上保険（海上保險）
海上ルート（海上航線）

海食、海蝕〔名、他サ〕〔地〕海水沖蝕
海蝕崖（海蝕崖）
海蝕洞（海蝕洞）

海神、海神〔名〕海神

海神、綿津見、海神、綿津見〔名〕海、海神、龍王

海人草、海人草〔名〕〔植〕鷓鴣菜

海人草、海仁草〔名〕〔植〕〔藥〕鷓鴣菜（＝海人草、海人草）

海図〔名〕海圖、航海圖
海図に載っていない島（海圖上沒有載入的島嶼）
海図を頼りに航行する（靠海圖航行）

海水〔名〕海水
海水から塩を取る（從海水採鹽）
海水汚染（海水汙染）
海水魚（海水魚）
海水着（游泳衣）
海水浴（海水浴）
海水帽（游泳帽）

海成層〔名〕〔地〕海成層
海成層の堆積岩（海成層沉積岩）

海跡湖〔名〕海跡湖、內地海湖

海戦〔名〕海戰
日本海海戦（日本海海戰）
ソロモン海戦に敗れる（敗於所羅門海戰）

海草、海草〔名〕〔植〕海草

海藻、海藻〔名〕海藻
海藻を取る（採海藻）
海藻酸（海藻酸）

海象〔名〕〔動〕海象（＝セイウチ）

海賊〔名〕海賊、海盜←→山賊
海賊を働く（當海盜）
大洋から海賊を一掃する（整肅海洋上的海盜）
海賊行為（海盜行為）
海賊船（海盜船）
海賊漁船（海盜漁船）
海賊的手口（海盜般的手段）
海賊版（海盜版、未經同意私自影印版）

海損〔名〕〔保險〕海上損失
共同海損（共同海損）
海損条項（海損條款）

海蛇、海蛇〔名〕〔動〕海蛇
海蛇座（長蛇星座）

海退〔名〕〔地〕地盤隆起引起的海退←→海進

海中〔名〕海裡
潜水艦が海中を航行する（潛艦在海裡航行）
海中に没する（沉入海裡）
海中に棲んでいる生物（棲於海裡的生物）

海中、海中〔名〕海裡、海上、海面

海鳥、海鳥〔名〕海鳥
海鳥糞（海鳥糞）

海潮〔名〕海潮（＝潮）
海潮音（海潮的聲音＝潮騷）

海底〔名〕海底←→海面
船が海底に沈む（船沉海底）
海底の藻屑と為る（死於海裡、葬身魚腹）
海底地震（海底地震）
海底火山（海底火山）
海底トンネル（海底隧道）
海底油田（海底油田）
海底谷（海底峽谷）
海底電線（海底電線）

ㄏ

海底電報（海底電報）

海程〔名〕海上的里程

　海程五百海里を隔てている島（相隔海上里程五百海里的島嶼）

海棠〔名〕〔植〕海棠

　海棠の眠り未だ足らず（比喻美人睡眼朦朧）

海道〔名〕沿海大道、東海道（東京到京都的沿海路）

　海道筋を行く（走沿海大道）

海難〔名〕海難

　海難に遭う（海上遇難）

　海難信号を発する（發出海難信號）

　海難証明書（海難證明書）

　海難防止（預防海難）

　海難信号（海難信號、SOS）

　海難救助隊（海難救援隊）

　海難事故（海難事件）

海軟風〔名〕〔氣〕（白天從海上吹來的和風）海軟風←→陸軟風

海波〔名〕海上波浪

海彼〔名〕海外、外國

海馬〔名〕〔動〕海象（＝セイウチ）。〔動〕海馬（＝龍の落とし子）。〔解〕海馬

海馬〔名〕海馬（＝龍の落とし子）

海抜〔名〕海抜

　富士山の海抜は三千七百七十六メートルである（富士山海拔三千七百七十六米）

海豹、海豹〔名〕〔動〕海豹

　海豹肢症（海豹狀畸形）（＝海豹狀奇形）

　海豹状奇形（海豹狀畸形）（因母親服食避孕藥サリドマイド形成嬰兒手足短小症）

海標〔名〕航海標誌（如燈塔等）

海錨〔名〕海錨浮錨

海浜〔名〕海濱、海邊

　海浜を干拓して農地を造成する（填海造田）

　休暇に為ると海浜に行く（一放假就到海邊去）

　海浜植物（海濱植物）

海風〔名〕海風、海軟風（＝海軟風）←→陸風

海風〔名〕海風

　海風前線（海風鋒）

海兵〔名〕海軍士兵、海軍陸戰隊士兵、海軍學校（＝海軍兵学校）

海辺、海辺〔名〕海邊，海濱

　海辺の小村（海邊的小村）

　海辺埋立耕地（填海造田的耕地）

　海辺を散歩する（海邊散步）

海堡〔名〕要港入口建造的大砲台

海防〔名〕海防

　海防を厳に為る（鞏固海防）

海泡石〔名〕〔礦〕海砲石

海盆〔名〕〔地〕海底盆地

海霧〔名〕海上的霧

海面〔名〕海面

　廃油が海面に浮かんでいる（廢油浮在海面上）

　海面より一万フィートの高さ（比海面高一萬英尺的高度）

海面、湖面〔名〕海面，海上（＝海面）、海濱，海邊（＝海辺、海辺）、海或湖的表面

海綿、海綿〔名〕海綿

　海綿で水を吸い取る（用海綿吸水）

　海綿質（海綿質）

　海綿状組織（海綿狀組織）

　海綿体（海綿體）

　海綿動物（海綿動物）

　海綿護謨（海綿橡膠）

　海綿状プラスチック（多孔塑料）

海門〔名〕海峽

海洋〔名〕海洋←→大陸

　ヨットで海洋を乗り切る（乘快艇渡過海洋）

海洋開発（海洋開發）
海洋学（海洋學）
海洋学者（海洋學者）
海洋物理学（海洋物理學）
海洋測量（海洋測量）
海洋図（海洋圖）
海洋生物（海洋生物）
海洋汚染（海洋汙染）
海洋権益（海洋權益）
海洋漁業資源（海洋漁業資源）
海洋性気候（海洋性氣候）
海洋覇権（海洋霸權）
海洋封鎖（封鎖海洋）

海容〔名·他サ〕海涵、寬恕
　御海容願います（敬乞海涵、請您寬恕）

海里、浬〔名〕海里

海狸、海狸〔名〕〔動〕海狸（=ビーバー beaver）

海狸鼠〔名〕海狸鼠

海陸〔名〕海陸、海洋和陸地
　激しい暴風が海陸を吹き捲る（強烈的暴風猛襲海陸）
　海陸並び進む（海陸並進）
　海陸両棲の動物（海陸兩棲動物）
　海陸の旅（海陸之旅）
　白地図に海陸の名称を書き込む（把海陸的名稱填入空白地圖上）
　海陸空（海陸空）
　海陸両用（海陸兩用）

海流〔名〕海流
　日本海流（日本海流）
　海流には暖流と寒流とが有る（海流有暖流和寒流）
　栓を為た空瓶が海流に乗って漂着す（蓋著瓶塞的空瓶順著海流漂到岸邊）
　海流瓶（測海流的浮標）

海嶺〔名〕〔地〕海脊

海路、海路、海路〔名〕海路←→陸路、空路、陸路
　海路を経て上海に向かう（由海路赴上海）
　帰りは海路を取る（回程走海路）
　海路無事東京に着く（經海路平安到達東京）
　待てば海路の日和有り（北風也有轉南時、比喻耐心等待必有機會）

海湾〔名〕海灣

海〔名〕海，海洋、連成一片、硯台存水的地方、（鹹水）湖←→陸
　海を渡る（渡海）
　海に出る（出海、下海）
　火の海（火海）
　血の海（血海）
　生い茂る原始林は緑の海の様に広がる（茂密的原始林像一片綠色的海洋）
　硯の海（硯池）
　海に千年河に千年（老江湖、老奸巨滑）（=海千河千、海千山千）
　海とも山とも付かず（捉摸未定、未知數）
　海の物とも山の物とも付かない（捉摸未定、未知數）
　海を山に為る（移山倒海，比喻做很難辦到的事）

膿〔名〕膿
　膿を持つ（有膿、化膿）膿海
　膿を出す（排膿、剷除積弊）
　膿が溜まる（積膿）

海石〔名〕海裡的石頭←→山石

海兎〔名〕〔動〕海兔（=雨降らし、雨虎）

海鹿、海鹿〔名〕〔動〕海兔（=雨降らし、雨虎）

海牛〔名〕〔動〕海牛（無貝殼的一種軟體動物，屬於貝類）

海牛〔名〕〔動〕海牛（一種海獸）

海獺、海獺〔名〕海獺（=海驢、葦鹿、海驢、葦鹿、海驢）

ㄏ

海驢, 葦鹿、海驢, 葦鹿、海驢〔名〕〔動〕（來自愛奴語）海驢

海団扇〔名〕〔動〕海團扇，石帆、〔植〕樹狀團扇藻

海扇〔名〕〔動〕帆立貝（=帆立貝）

海鰻〔名〕海鰻（=真穴子）

海鰓〔名〕〔動〕海鰓

海亀〔名〕海龜、蠵龜、玳瑁
　海亀を捕らえる（捕捉海龜）

海鴨〔名〕海鴨

海烏〔名〕〔動〕海鳩、海烏

海菊〔名〕〔動〕海菊蛤
　海菊科（海菊蛤科）

海雉〔名〕〔動〕海雉（=七面鳥）

海際〔名〕海邊（=海辺、海辺）

海処〔名〕海邊←→陸処

海蜘蛛〔名〕海蜘蛛

海水母〔名〕海蜇皮←→木水母

海栗〔名〕海膽（=海胆、海栗）

海鶏頭〔名〕〔動〕海雞頭（=海鶏冠）

海鶏冠〔名〕〔動〕海雞冠（=海鶏頭）

海毛虫〔名〕〔動〕海毛蟲

海米〔名〕海米（=弘法麦）

海幸〔名〕海產、海味（=海の幸）←→山幸

海の幸〔名〕海產、海味（=海幸）←→山の幸

海蜆〔名〕海蜆

海羊歯〔名〕〔動〕日本海齒花

海芝〔名〕〔動〕檜葉螅屬

海雀〔名〕〔動〕海雀、角魚

海鸚鵡〔名〕〔動〕海鸚鵡（海雀科的水鳥）

海千河千、海千山千〔名〕〔俗〕老江湖、老奸巨猾
　彼の男は海千山千の強か者だ（他是個極狡猾的老江湖）

海象牙〔名〕海象的牙

海索麺〔名〕海牛，海兔等的卵。〔植〕蠕狀海索麵（一種食用海藻）

海筍〔名〕〔動〕寬殼全海筍（海筍科類）

海鱫〔名〕〔動〕海鯽

海燕、海燕〔名〕〔動〕海燕

海螺〔名〕海螺（=法螺貝）

海蕾類〔名〕〔動〕（化石動物的）海蕾綱

海釣り〔名〕海釣

海手〔名〕（城市等）臨海的一面←→山手

海天狗〔名〕〔動〕海天狗魚

海泥鰌〔名〕海泥鰍

海蜥蜴〔名〕〔動〕海蜥蜴

海鳴り〔名〕海鳴（颱風或海嘯來臨前海的隆隆聲）
　海鳴りが為る（海鳴）
　海鳴りが聞こえる（聽見海鳴）

海猫〔名〕〔動〕海貓（叫聲似貓的一種海鷗）

海鴎〔名〕〔動〕海鷗（=海猫）

海端〔名〕海邊（=海辺、海辺）

海檜葉〔名〕〔動〕海檜葉（一種珊瑚狀動物）

海開き〔名、自サ〕開放海水浴場←→山開き

海脹れ〔名〕海嘯

海坊主〔名〕〔動〕綠海龜（=青海亀）、禿頭海怪（傳說中海怪認為船碰上就要倒霉）

海酸漿〔名〕紅螺的卵囊

海蛍〔名〕〔動〕海螢

海松〔名〕海邊的松樹。〔動〕海松鐵樹黑珊瑚

海松、水松〔名〕〔植〕水松（一種可食海草）

海蚯蚓〔名〕海蚯蚓

海川〔名、副〕海和河、非常

海山〔名〕海和山、比喻恩情大，山高水深
　海山のシーズン（登山洗海水浴旅行的季節）
　海山の恩（恩比山高似水深）

海百合〔名〕〔動〕海百合
　海百合類（海百合綱）

海林檎類〔名〕〔動〕（化石動物）海林檎綱

うな〔造語〕海（=海）
　海上、海上（海邊）
　海底（海底）
　海辺（海邊）

海原（うなばら）〔名〕大海、大洋、海洋（＝海の原）
　大海原（おおうなばら）（汪洋大海）
　青海原（あおうなばら）（藍色的海洋）
　海原遥か見晴かす（うなばらはるかみはるかす）（縱目遠眺大洋）
　海原に船を乗り出す（うなばらにふねのりだす）（坐船出海）
　茫漠と煙った海原に降り注いでいる太陽の明るさ（ぼうばくとけむったうなばらにふりそそいでいるたいようのあかるさ）（照射在汪洋大海上的太陽的亮光）
海の原（わたのはら）〔名〕海洋、大洋、大海（＝海原、大海）
海胆、雲丹（うに）〔名〕〔動〕海膽、海膽醬
　海胆壺（うにつぼ）（海膽殻）
　海胆仙人掌（うにサボテン）（海膽仙人掌）
海（あま）〔造語〕海（＝海）
　海浜（あまはた）（海濱）
　海浜（あまへた）（海濱）
海人、海士、海女、蜑（あま）〔名〕漁夫、漁女、海女
　海人（の）小船（あま（の）おぶね）（小漁船）
　真珠採りの海女（しんじゅとりのあま）（女潛水採珠員）
　鮑を取る海女（あわびをとるあま）（採鮑魚的海女）
海老、蝦、海老（えび、かいろう）〔名〕〔動〕蝦、掛鎖，扣鎖（＝海老錠、蝦錠）
　海老の剥き身（えびのむきみ）（蝦仁）
　海老の殻（えびのから）（蝦殼蝦皮）
　剥き海老（むきえび）（蝦米）
　車海老（くるまえび）（對蝦）
　伊勢海老（いせえび）（龍蝦）
　海老を掬う（えびをすくう）（撈蝦）
　海老を捕る（えびをとる）（捕蝦）
　海老で鯛を釣る（えびでたいをつる）（用蝦米釣大魚一本萬利）
　海老の鯛交じり（えびのたいまじり）（魚龍混雜）
蝦足（えびあし）〔名〕膝外翻、Ｘ形腿
海老色、葡萄色（えびいろ、えびいろ）〔名〕紅褐色
蝦飛び込む、蝦飛込む（えびとびこむ、えびとびこむ）〔名〕〔泳〕曲體跳水
海老固め、蝦固め（えびがため、えびがため）〔名〕（摔跤）鉤腿後扼軀幹肩下握頸翻

海老蟹、蝦蟹（えびがに、えびがに）〔名〕〔動〕喇蛄（一種淡水小龍蝦＝喇蛄）
海老腰、蝦腰（えびごし、えびごし）〔名〕駝背
蝦雑魚（えびざこ）〔名〕摻雜著小魚的小蝦
海老錠、蝦錠（えびじょう、えびじょう）〔名〕蝦形鎖、掛鎖、扣鎖
　海老錠を掛ける（えびじょうをかける）（用掛鎖鎖上）
海老茶、葡萄茶（えびちゃ、えびちゃ）〔名〕栗色、絳紫色
海老茶式部、葡萄茶式部（えびちゃしきぶ、えびちゃしきぶ）〔名〕明治三十年代的女學生的俗稱（因多穿絳紫色的裙子）
海老茶袴、葡萄茶袴（えびちゃばかま、えびちゃばかま）〔名〕絳紫色的裙子、明治三十年代的女學生的俗稱
蝦蔓（えびづる）〔名〕〔植〕野葡萄
海老手の人参（えびでのにんじん）〔名〕高麗参（產於朝鮮白頭山狀曲似蝦）
海老根、蝦根（えびね、えびね）〔名〕〔植〕蝦脊蘭
海老藻、蝦藻（えびも、えびも）〔名〕〔植〕水王孫、黑藻
海苔（のり）〔名〕海苔、紫菜
　海苔巻き（のりまき）（紫菜捲壽司）（＝巻き寿司（まきずし））
海参、熬海鼠、海参（いりこ、いりこ、かいさん）〔名〕乾海參（＝乾海鼠（ほしこ）、乾海鼠（ほしなまこ）、金海鼠（きんこ））
海鼠、生子（なまこ、なまこ）〔名〕海參、生鐵塊
海鼠板、生子板（なまこいた、なまこいた）〔名〕瓦紋片、波形鐵皮
海鼠形、生子形（なまこがた、なまこがた）〔名〕半圓桶形
海鼠壁、生子壁（なまこかべ、なまこかべ）〔名〕（倉庫等）以平瓦鑲面，以泥灰接縫，抹出凸稜的牆
海鼠餅（なまこもち）〔名〕海參形年糕
海鼠腸（このわた）〔名〕海參腸（一種醃製酒菜）
海星、海盤車（ひとで、ひとで）〔名〕〔動〕海星
　海星類（ひとでるい）（海星綱）
海豚（いるか）〔名〕〔動〕海豚
　海豚座（いるかざ）（海豚星座）
海髪海苔（おごのり）〔名〕髮菜（一種紅藻類海藻）
海鞘（ほや）〔名〕〔動〕海鞘

醢（ㄏㄞˇ）

醢（かい）〔漢造〕肉醬
醢、醬（ひしお、ひしお）〔名〕鹹肉、醃魚，醃肉
肉醢、肉醬（ししびしお、ししびしお）〔名〕鹹肉醬

亥（ㄏㄞˋ）

亥〔漢造〕十二地支的末位、時辰名（午後九點到十一點）

亥〔名〕（地支第十二位）亥、亥時（晚上九點到十一點）、西北方和北方之間的方位

亥の子〔名〕陰曆十月的第一個亥日（日俗這一天的亥時、即晚上十時、吃糕祛病、並祝子孫繁榮）

害（ㄏㄞˋ）

害〔名〕害、危害、損害、災害

- 健康に害が有る（對健康有害）
- 害に為る（有害、危害）
- 害を及ぼす（危害、危及）
- 過度の娯楽は勉強の害に為る（過分娛樂對學習有害）
- 雀は農作物の害を為る（麻雀有害農作物）
- 利害（利害、得失、損益、利弊）
- 損害（損害、損失、損傷）
- 被害（受害、災害、損失）
- 殺害（殺害）
- 毒害（毒死、殘害）
- 障害、障碍（障礙、損害）
- 傷害（傷害、受傷）
- 生害（殺害、自殺）
- 小害（小損失）
- 大害（大損失）
- 凶害（殺害）
- 災害（災害）
- 惨害（嚴重的災害、浩劫）
- 冷害（凍災）
- 干害、旱害（旱災）
- 寒害（寒害）
- 陥害（陷害）
- 凍害（寒害）
- 風水害（風災與水災）
- 要害（要害、要塞）
- 妨害（妨害）
- 危害（危害、災害）
- 迫害（迫害）
- 賊害（賊害）
- 侵害（侵害、侵犯）
- 有害（有害）
- 無害（無害）
- 煙害（煙害）
- 塩害（鹽害）
- 鉛害（鉛害）
- 水害（水災）
- 雪害（雪災）
- 阻害（阻礙）
- 霜害（霜害）
- 弊害（弊病）
- 薬害（藥害）
- 病虫害（病蟲害）
- 加害（加害傷害）
- 禍害（禍害災害）

害する〔他サ〕傷害、損害、危害、殺害、陷害←→益する

- 人の感情を害する（傷害人的感情）
- 人の名声を害する（損害人的名譽）
- 酒、煙草は体を害する（菸酒傷身）
- 公益を害する（損害公益）
- 公安を害する（妨礙治安）
- 交通を害する（妨礙交通）
- 作物を害する（危害作物）
- 社会の秩序を害する（危害社會秩序）
- 国家の統一を害しては為らない（不許危害國家統一）
- 人を害する（害人）

人を害せんと為て我が身を害する（害人反害己）

害す〔他五〕傷害、損害、危害、殺害、陥害（=害する）

害悪〔名〕危害、壞影響
　害悪を及ぼす（危害）
　社会に害悪を流す（危害社會）
　世の害悪と為る（成為社會的危害）

害意〔名〕惡意
　害意を抱く（心懷惡意）
　害意を挟んでいる（包藏禍心）

害者〔名〕（警察隱語）被害者、被殺者

害心〔名〕歹意（=害意）
　害心を差し挟んでは為らぬ（不可有害人之心）

害虫〔名〕害蟲←→益虫
　油虫は害虫である（蟑螂是害蟲）
　害虫を駆除する（驅除害蟲）

害鳥〔名〕害鳥←→益鳥
　雀は害鳥ではない然うです（據說麻雀不是害鳥）

害毒〔名〕毒害
　害毒を流す（散布毒害）
　害毒を一掃する（肅清毒害）
　青年に害毒を与える（毒害青年）
　社会に害毒を及ぼす（毒害社會）

駭（ㄏㄞˋ）

駭〔漢造〕驚駭（=吃驚する、驚く）
　驚駭（驚駭）

駭然〔形動〕駭然（=愕然）

黑（ㄏㄟ）

黒〔漢造〕黒（=黒、黒い）←→白
　漆黒（漆黒、烏黒）
　暗黒（黒暗）

黒暗、黒闇〔名〕黒暗（=暗黒、真黒）、黒暗地獄（=黒闇地獄）

黒暗暗〔形動〕漆黒、漆漆
　黒暗暗たる闇の夜（漆黒的夜晚）

黒衣、黒衣〔名〕黒衣服、黒色僧服

黒衣〔名〕黒色衣服、喪服

黒雲、黒雲〔名〕黒雲、雲
　黒雲天を覆う（黒雲遮天）

黒雲〔名〕黒雲、烏雲。〔轉〕險惡的局勢，不穩的局勢
　戦乱の黒雲が全土を覆う（戰亂的烏雲籠罩全國）

黒影、黒翳〔名〕黒影（=黒い影）

黒煙、黒煙〔名〕黒煙
　朦朦たる黒煙（瀰漫的黒煙）
　黒煙が濛濛と為て立ち昇った（冒起瀰漫的黒煙）
　黒煙濛濛天日為に暗し（黒煙瀰漫天空為之黯淡）
　濛濛と黒煙を出す（冒出滾滾黒煙）

黒鉛〔名〕〔礦〕黒鉛、石墨（=石墨）

黒子、黒具〔名〕〔劇〕（歌舞伎演出者背後的）輔導員或輔導員所穿的黒衣

黒子、黒子〔名〕黒痣
　愛嬌黒子（俏皮痣）
　泣き黒子（眼下的黒痣）
　付け黒子（點上的美痣）
　口の横に大きな黒子が有る（嘴邊上有個大黒痣）
　黒子を取る（用藥點黒痣）

黒歯〔名〕（古時已婚婦女用鐵漿）染黒牙齒（=御歯黒）、日本（=黒歯国）、十羅刹之一（食人的鬼，皈依佛法後成為守護神）

黒死病〔名〕黒死病、鼠疫（=ペスト）

黒漆、黒漆〔名〕黒漆，黒色的漆、漆黒
　部屋の中は黒漆の様に暗い（房間中一片漆黒）

黒色〔名〕黒色（=黒い色）

黒色人種（黑色人種）
黒色火薬（黑色火藥）
黒色塗料（黑色塗料）
黒色症（黑變症）
黒色腫（黑瘤）

黒色素胞〔名〕〔生〕黑素細胞

黒人〔名〕黑人，黑種人（＝ニグロ）
黒人の差別待遇を廃止する（廢止對黑人的差別待遇）
黒人音楽（黑人音樂）
黒人霊歌（黑人聖歌）

黒線〔名〕黑線、（吸光光譜上的）黑暗線
黒線を引く（畫黑線）

黒体〔名〕〔理〕黑體（能全部吸收外來電磁，輻射、而毫無反射和透射的理想物體）
黒体放射（黑體放射）

黒檀〔名〕黑檀樹、黑檀木、烏木
黒檀造りの机（烏木製的桌子）

黒炭〔名〕黑炭

黒鳥〔名〕（幼）黑天鵝

黒潮、黒潮〔名〕〔地〕黑潮←→親潮

黒滴〔名〕〔天〕黑滴（金星凌日時出現）

黒点〔名〕黑點〔天〕（太陽表面）黑子
黒点が現れる（太陽出現黑子）

黒土〔名〕（含腐殖質的肥沃）黑土（＝黒土）
黒土帯（黑土地帶）

黒土〔名〕（含腐殖質的肥沃）黑土（＝黒土）、焦土，燒焦的土

黒奴〔名〕黑奴、（殖民主義者對黑種人的蔑稱）黑奴

黒度〔名〕〔理〕黑度、相對輻射能力

黒糖〔名〕黑糖（＝黒砂糖）

黒砂糖〔名〕黑糖、紅糖←→白砂糖

黒内障、黒内障〔名〕〔醫〕黑內障、青光眼

黒斑〔名〕黑斑，黑點。〔天〕黑斑，煤袋（尤指銀河中的黑斑，近南十字座的黑斑）
麦の黒斑病（麥的黑斑病）

黒板〔名〕黑板
黒板を拭く（擦黑板）
黒板に書いて示す（寫在黑板上表示）
黒板にchalkで書く（用粉筆寫在黑板上）
黒板拭き（黑板擦）

黒皮症〔名〕〔醫〕黑皮症（黑色素異常蓄積於皮膚引起）

黒白、黒白〔名〕黑白。〔轉〕是非曲直善惡
黒白の写真（黑白照片）
黒白の差（天地之差）
黒白を明らかに為る（明辨是非）
黒白を争う（爭辯是非）
黒白を弁ぜず（不明是非）
黒白を付ける（分清是非）

黒表〔名〕黑名單（＝ブラック、リスト）
黒表に載る（載在黑名單）
黒表に載せる（載入黑名單）

黒風白雨〔名〕旋風暴雨

黒変〔名自サ〕變黑、發黑
麦の穂が黒変する（麥穗發黑）

黒牡丹〔名〕黑牡丹、黑牡丹的水墨畫、牛的異稱

黒餅、石持〔名〕（家徽名）黑餅、印家徽處染成大白圓點的衣料

黒曜石〔名〕〔礦〕黑曜石

黒燐〔名〕〔化〕黑燐

黒熊〔名〕（氂牛的）黑尾毛（用作槍纓盔纓等）

黒熊〔名〕〔動〕黑熊（＝月の輪熊）

黒海〔名〕〔地〕黑海

黒褐色〔名〕黑褐色

黒鍵〔名〕（鍵盤樂器的）黑鍵←→白鍵

黒〔名〕黑、黑色、〔圍棋〕黑棋子、罪犯，嫌疑犯，有很大的嫌疑←→白
黒に染める（染成黑色）
黒を持つ（拿黑子的）

黒の方が勝った（黑子的贏了）

彼奴は黒だ（那小子有很大的嫌疑）

黒い〔形〕黑、黑色、黑暗、骯髒、邪惡，不正←→白い

黒い着物（黑衣服）

黒い砂糖（紅糖）

顔の黒い人（臉色黝黑的人）

袖口が黒くなった（袖口髒了）

腹が黒い（心黑心狠陰險）

黒い霧（黑霧、比喻有濫用職權進行貪污或犯罪的跡象-來自松本張清的小說日本的黒い霧）

黒し〔形ク〕黑、黑色、黑暗、骯髒、邪惡，不正（=黒い）

黒む〔自五〕變黑、發黑（=黒くなる）

石塔が黒んでいた（石塔變黑了）

黒み、黒味〔名〕黑色、黑色部分、發黑

黒みを帯びた青（發黑的藍色）

黒身〔名〕魚肉因皮下出血發黑部分（=血合い）

黒まる〔自五〕變黑、發黑（=黒くなる）

黒める〔他下一〕使變黑、弄成黑色、染成黑色（=黒する）、欺騙、蒙騙（=紛らす。誤魔化す）

生地を黒める（把衣料染成黑色）

黒っぽい、玄っぽい〔形〕帶黑色、發黑、像是內行（行家）的樣子

黒っぽい服（帶黑色的衣服）

黒っぽい鼠色（深灰色）

黒和〔名〕〔烹〕用黑芝麻拌的涼菜

黒揚げ羽、黒揚羽〔名〕〔動〕黑鳳蝶

黒痣〔名〕黑痣

黒蟻〔名〕〔動〕黑蟻

黒石〔名〕黑石頭、〔圍棋〕黑棋子←→白石

黒歌鳥〔名〕〔動〕黑鸝

黒雲母〔名〕〔礦〕黑雲母

黒大蟻〔名〕〔動〕黑色大螞蟻（分布於日本北海道到九州）

黒尾鹿〔名〕〔動〕（北美）黑尾鹿

黒帯〔名〕（和服的）黑色腰帶、（柔道服的）黑色帶子

彼は黒帯だ（他是柔道的有段者）

黒柿〔名〕〔植〕黑柿樹

黒柿の床柱（黑柿樹材的壁龕柱）

黒鹿毛〔名〕深茶褐色毛（的馬）

黒黴〔名〕黑黴

パンに黒黴が生える（麵包上長了黑黴）

黒髮〔名〕黑髮、青絲

緑の黒髮（油亮的黑髮）

黒鴨〔名〕〔動〕黑鴨、黑海鴨

黒鴨仕立て（一身黑的服裝）

黒革〔名〕染成黑色的皮革、〔植〕黑松蘑

黒雁〔名〕〔動〕黑雁

黒木、黒木〔名〕帶樹皮的木料←→赤木白木、〔植〕黑檀木烏木（=黒檀）

黒酒〔名〕（祭祀用的）黑酒←→白酒

黒狐〔名〕〔動〕（北美產）黑狐

黒燻り〔名〕燻成黑色（的東西）

黒黒〔副、自サ〕烏黑、漆黑

墨で黒黒と書く（用墨黑黑地寫）

黒黒した闇（漆黑的夜晚）

黒鍬〔名〕挖土的工人、日本戰國時代在軍隊中做修繕等的雜役工、（江戶時代）在江戶城擔任警衛修繕以及將軍外出搬運行李的工人

黒毛〔名〕〔動〕黑馬（=黒毛馬）

黒鉱〔名〕〔地〕黑礦石（=黒物）

黒鉱鉱床（黑礦石礦床）

黒物〔名〕黑礦、鍋、雜魚

黒焦げ〔名〕（燒得）焦黑

黒焦げの死体（燒得焦黑的屍體）

顔も形も無い黒焦げに為る（燒成焦黑臉和形狀都分辨不出了）

黒胡椒〔名〕黑胡椒

黒瘤病〔名〕〔植〕黑瘤病

黒胡麻〔名〕〔植〕黑芝麻←→白胡麻

黒米〔名〕糙米、粗米（=玄米）

ㄏ

くろさびびょう
黒銹病〔名〕〔植〕黑銹病

くろざる
黒猿〔名〕〔動〕黑猿

くろじ
黒字〔名〕黑色的字。〔經〕盈餘賺錢←→赤字(あかじ)

くろじ
黒地〔名〕黑底（布料）
　地味(じみ)な黒地(くろじ)の洋服(ようふく)（樸素的黑底西裝）

くろ shirt とう
黒シャツ党〔名〕（二次大戰前意大利的）黑衫黨，法西斯黨，希特勒警衛隊

くろじゅす
黒繻子〔名〕黑緞子
　黒繻子(くろじゅす)の襟(えり)の掛(か)かった着物(きもの)（鑲黑緞子領的和服）

くろしょうじょう
黒猩猩〔名〕〔動〕黑猩猩（=チンパンジー chimpanzee）

くろしょうぞく
黒装束〔名〕黑色打扮黑色服裝（的人）
　黒装束(くろしょうぞく)に身(み)を固(かた)める（穿一身黑色服裝全身黑色打扮）

くろしんさ
黒辰砂〔名〕〔礦〕黑辰砂

くろずいしょう
黒水晶〔名〕〔礦〕墨晶、黑色水晶

くろすぐり
黒酸塊〔名〕〔植〕茶藨子

くろずむ〔自五〕發黑、帶黑色
　内出血(ないしゅっけつ)で黒(くろ)ずむ（因皮下出血而發黑）

くろばむ〔自五〕發黑、帶黑色（=黒(くろ)ずむ）
　黒(くろ)ばんだシャツ(shirt)を着(き)ている（穿著烏黑的汗衫）

くろた
黒田〔名〕插秧前的稻田

くろだい
黒鯛〔名〕〔動〕黑鯛（=茅渟鯛(ちぬだい)）

くろdiamond
黒ダイヤ〔名〕〔礦〕黑鑽石、〔俗〕煤

くろだね
黒種〔名〕（越年的）蠶子

くろたねそう
黒種草〔名〕〔植〕黑種草（=ニゲラ nigella）

くろち
黒血〔名〕黑血

くろちく
黒竹〔名〕〔植〕黑竹紫竹

くろちゃいろ
黒茶色〔名〕茶褐色

くろづくり
黒作り〔名〕〔烹〕烏賊醬、用黑漆漆黑的東西
　黒作(くろづく)り太刀(たち)（黑漆刀鞘的日本刀）

くろてん
黒貂〔名〕〔動〕黑貂

くろななこ
黒斜子〔名〕一種用黑生絲織成表面有小突起的絲織品

くろぬり
黒塗り〔名〕塗（漆）成黑色（的東西）
　黒塗(くろぬ)りに為(す)る（塗成黑色）

　黒塗(くろぬ)りの椅子(いす)とテーブル(table)（黑漆的桌椅）

くろねずみ
黒鼠〔名〕〔動〕黑鼠、深灰色、偷盜雇主財物的雇用人←→白鼠(しろねずみ)

くろはえ
黒南風〔名〕〔氣〕梅雨季節刮的南風←→白南風(しろはえ)

くろはちじょう
黒八丈〔名〕黑八丈綢（八丈島產的一種黑色厚綢）

くろpan
黒パン〔名〕黑麵包、（一種深褐色當點心吃的）甜麵包

くろbeer
黒ビール〔名〕黑啤酒

くろびかり、くろびか
黒光、黒光り〔名、自サ〕黑亮、又黑又亮
　久(ひさ)しく使(つか)って黒光(くろびか)りした家具(かぐ)（長久使用黑亮的家具）

くろふく
黒服〔名〕黑色衣服、喪服
　未亡人(みぼうじん)が黒服(くろふく)を着(き)ている（寡婦穿著喪服）

くろぶさ
黒房〔名〕〔相撲〕（在比賽場西北角上由房頂垂下來的）黑穗子←→赤房(あかぶさ)、青房(あおぶさ)、白房(しろぶさ)

くろぶち
黒縁〔名〕黑邊、黑框
　黒縁(くろぶち)の眼鏡(めがね)（黑框眼鏡）

くろぶね
黒船〔名〕從外國來塗成黑色的輪船、（江戶時代末期）從歐美來到日本的軍艦及輪船

くろべ
黒檜〔名〕〔植〕（日本）黑柏（=鼠子(ねずこ)）

くろほ、くろぼ
黒穂、黒穂〔名〕黑穗、烏煤
　小麦(こむぎ)に黒穂(くろほ)が付(つ)く（小麥長了黑穗）
　黒穂病(くろほびょう)（黑穗病）

くろぼし
黒星〔名〕黑色圓點。〔相撲〕表示輸的黑點記號←→白星(しろぼし)。〔轉〕失敗
　的(まと)の黒星(くろぼし)に当(あた)った（射中靶的中心點）
　黒星無(くろぼしな)しの見事(みごと)な成績(せいせき)（沒有輸過一次的優良成績）
　最近政府(さいきんせいふ)は黒星続(くろぼしつづ)きだ（最近政府遭到連續失敗）

くろまく
黒幕〔名〕〔劇〕（換布景用）黑幕。〔轉〕幕後人，後台
　此(こ)の騒動(そうどう)の黒幕(くろまく)は誰(だれ)か（這次鬧事的幕後人是誰？）

くろまつ
黒松〔名〕〔植〕黑松

くろまめ
黒豆〔名〕〔植〕黑豆

くろまる
黒丸〔名〕（寫在文字旁邊表示強調或詞與詞之間表示隔寫）黑圓點

黒マンガン鉱〔名〕〔礦〕黑錳礦
黒水引〔名〕捆紮弔祭禮品用半黑半白的細紙帶子（=水引き）
黒蜜〔名〕用紅糖煮成的濃液
黒目〔名〕〔解〕黑眼珠虹膜
　黒目勝ちな目（黑眼珠大的眼睛）
黒眼鏡〔名〕墨鏡、遮光眼鏡
　黒眼鏡を掛けた人（戴墨鏡的人）
黒藻〔名〕〔植〕黑藻
黒文字〔名〕〔植〕烏樟牙籤（=爪楊枝）
黒焼き、黒焼〔名〕燒焦焙成灰
　黒焼に為る（燒焦焙成灰）
　井守の黒焼（燒焦的蠑螈）
黒山〔名〕人山人海、密集的人群
　黒山の人集り（人山人海）
　黒山を築く（人山人海）
黒山蟻〔名〕〔動〕黑蟻
黒百合〔名〕〔植〕黑百合
黒枠〔名〕黑邊，黑框。〔轉〕訃聞
　黒枠付きの写真（框有黑邊的相片）
　黒枠広告（訃聞）
　黒枠の葉書（訃聞用帶黑邊的明信片）
黒ん坊〔名〕（帶有輕視口吻）黑人、皮膚黑的人，（歌舞伎的）檢場，黑子（=黒子）、黑穗（=黒穗）

嚆（ㄏㄠ）

嚆〔漢造〕飛行時會發出聲音的響箭、事物的開端
嚆矢〔名〕嚆矢、濫觴、開端
　此れを以って嚆矢と為る（以此為開端）
　本校で柔道三段と為った者は君を以って嚆矢と為る（在本校柔道能達三段者你是第一個）

毫（ㄏㄠˊ）

毫〔漢造〕細毛、毫（重量，長度單位，厘的十分之一）

秋毫（絲毫）
白毫（佛像眉間發光的白毛、以嵌上珠玉表示）
揮毫（揮毫、寫字、繪畫）
糸毫（絲毫、毫無）
紙毫（紙和筆）
紫毫（紫色的毛、紫色的毛筆）
試毫（試筆）
毫光〔名〕向四面輻射的光線
毫髮〔名〕細毛（=毫毛）、毫無
毫末〔名〕（下接否定）絲毫（=些か）
　毫末も疑いの余地が無い（毫無置疑的餘地）
　毫末も気に留めない（毫不介意）
　毫末の差異も無い（毫無不同）
毫毛〔名〕細毛（=毫髪）、毫無
毫も〔副〕（下接否定）絲毫也（不）（=少しも、ちっとも）
　毫も気に掛けない（絲毫也不放在心上）
　毫も意に介しない（毫不介意）
　毫も反省の色を見せない（一點也沒有反省的樣子）
毫釐、毫厘〔名〕毫釐
　毫釐の差は千里の謬り（失之毫釐差之千里）

豪（ㄏㄠˊ）

豪〔漢造〕（力量才智等）出眾（的人）、豪放、有錢有勢、澳洲
　文豪（文豪、偉大的作家）
　豪州、濠州（澳洲）（=オーストラリア）
　富豪（富豪、大財主）
　酒豪（海量）
　強豪、強剛（豪強、硬漢）
　土豪（土豪、當地豪族）

ㄏ

豪飲、強飲〔名、他サ〕豪飲、放量飲酒

豪雨〔名〕大雨暴雨
　豪雨に逢う（遇上暴雨）

豪家、豪家〔名〕富豪豪門←→貧家
　豪家の息子（豪門子弟）

豪華〔形動〕豪華、奢華←→簡素
　豪華な邸宅（豪華的住宅）
　豪華船（豪華船）
　豪華版（豪華版特別精裝版豪奢的東西）

豪快〔形動〕豪爽、豪邁、雄壯
　豪快な態度（豪爽的態度）
　豪快な人物（豪邁的人物）
　豪快な海洋風景（雄壯的海洋風景）

豪気〔名形動〕豪放，豪邁，了不起，闊氣的（=豪気、豪儀、剛気）
　豪気な気性（豪邁的天性）

豪気、豪儀〔形動〕了不起、漂亮、痛快（=素晴らしい）
　そりゃ豪気だね（那可真了不起）
　月収百万円とは豪気なもんだね（月入一百萬日元可真了不起啊！）

豪気、豪儀、剛気〔形動〕剛強，頑強，激烈，果斷、了不起，漂亮，痛快（=豪気）

豪球、剛球、強球〔名〕〔棒球〕快速變化球
　豪球を投げる（投快速變化球）
　豪球投手（快速變化球投手）

豪俠〔形動〕豪俠

豪強、豪彊〔形動〕勢強（的人）

豪傑〔名〕豪傑、好漢
　天下の豪傑（天下的豪傑頂天立地的好漢）
　豪傑を気取る（假裝好漢硬充好漢）
　彼は豪傑肌の男だ（他是個豪邁的人）
　酒を一升を飲むとは豪傑だね（喝一升清酒真是個酒豪）
　豪傑風（豪邁風度）
　豪傑笑い（放聲大笑）

豪健〔形動〕強勢

豪語〔名、自サ〕誇口、大話
　絶対に負けないと豪語する（誇口說絕對輸不了）

豪奢〔名、形動〕奢侈、豪華
　豪奢な生活（豪華的生活）
　豪奢を極める（極其奢華）

豪酒、強酒〔名〕酒量大、能喝酒
　豪酒家（酒量好的人酒豪）

豪州、濠州〔名〕〔地〕澳洲（=オーストラリア Australia）
　豪州人（澳洲人）

豪商〔名〕富商←→小商人

豪勢〔形動〕豪華、奢侈
　豪勢な生活（奢侈的生活）
　豪勢な宴会（豪華的宴會）
　豪勢な家を建てる（蓋豪華的房子）

豪雪〔名〕大雪（=大雪）
　豪雪地帯（大雪地帶）

豪壯〔形動〕雄偉
　豪壯な邸宅（雄偉的宅邸）
　横綱の豪壯な土俵入り（相撲橫綱的雄偉的入場）

豪爽〔形動〕豪爽

豪族〔名〕豪門權貴

豪胆、剛胆〔形動〕大膽、勇敢←→小膽
　豪胆な男（大膽的人）
　豪胆無比である（勇敢無比）

豪宕〔名、形動〕豪爽、豪放、氣量大
　彼は豪宕な男で細かい事に拘らない（他是個豪爽人不拘小節）

豪農〔名〕有錢有勢的富農←→貧農

豪富〔名〕富豪
　土地成金で豪富に為った（靠賣土地而成為富豪）

豪放〔名、形動〕豪放、豪爽
　豪放な（の）人（豪放的人）

豪放な性格（豪爽的性格）
豪邁〔形動〕豪邁
　豪邁な気性（豪邁的性格）
豪勇、剛勇〔名、形動〕剛勇、剛強
　豪勇無比な男（剛強無比的漢子）
　恐れを知らぬ豪勇な（の）人（不知畏懼剛勇的人）
豪遊〔名、自サ〕揮霍無度的冶遊、揮金如土的遊玩
　一夜千金の豪遊（揮金如土的冶遊）
　温泉に行って豪遊する（到温泉去玩個痛快）
豪豬、山荒〔名〕〔動〕豪豬、箭豬
豪い、偉い〔形〕偉大、卓越、地位高，身分高、厲害，非常，吃力，勞累
　偉い人（偉人）
　自分を偉いと思っている（自以為了不起）
　彼の人は将来偉くなるぞ（他今後會成為了不起的人）
　偉い仕事を遣って除けた（做了一件了不起的工作）
　君は偉いよ（你真了不起呀！）
　偉い人の御越し（貴人駕臨）
　会社で一番偉いのは社長だ（公司裡最高首腦是總經理）
　偉い損害（重大的損失）
　偉い寒さ（非常的冷）
　偉い降りだね（下得好厲害呀！）
　偉い事に為った（糟糕了！不得了了！）
　現場は偉い人だった（現場人可多啦！）
　そんな事を為ると偉い目に会うぞ（做那種事你將會倒霉）
　偉い仕事を引き受けた（承擔了一件吃力的工作）
　今日は全く偉かった（今天真累得要命）
豪がる、偉がる〔自五〕自豪、自大、自命不凡、覺得了不起
　独りで偉がっている（自以為了不起）

柄にも無く偉がっている（妄自尊大）
豪がり、偉がり〔名〕自大、自命不凡
　偉がり屋（自命不凡的人、妄自尊大的人）
　偉がりを言う（誇口說大話）
豪騒ぎ〔名〕大騷亂、大吵鬧（=大騒ぎ）
豪物、偉物〔名〕〔俗〕偉大人物、傑出人物
　彼の男は中中の偉物だ（他是個很傑出的人物）
豪者、偉者、傑者〔名〕〔俗〕偉大人物、傑出人物（=豪物、偉物）

壕（ㄏㄠˊ）

壕〔名、漢造〕壕、壕溝（=濠、堀、濠）
　壕を掘る（挖壕溝）
　塹壕（戰壕、壕溝）
　戦車壕（戰車壕）
　防空壕（防空壕）
壕舎〔名〕地下室、地窖子
壕、堀、濠〔名〕護城河、溝渠（=溝）
　皇居の御壕（皇家的護城河）
　城に壕を巡らす（在城的四周挖城壕）
　壕を掘る（挖溝）
　川と川とを壕で連絡させる（用水渠把兩條河溝通起來）

濠（ㄏㄠˊ）

濠〔漢造〕護城河、凹溝
濠、堀、壕〔名〕護城河、溝渠（=溝）
　皇居の御壕（皇家的護城河）
　城に壕を巡らす（在城的四周挖城壕）
　壕を掘る（挖溝）
　川と川とを壕で連絡させる（用水渠把兩條河溝通起來）

好（ㄏㄠˇ）

好〔漢造〕好、愛好、良好、相好

ㄏ

嗜好(しこう)（嗜好、愛好）
愛好(あいこう)（愛好）
同好(どうこう)（嗜好相同）
修好(しゅうこう)、修交(しゅうこう)（和睦親善）
友好(ゆうこう)、友交(ゆうこう)（友好）
良好(りょうこう)（良好、優秀）
時好(じこう)（時尚、時興、流行）

好意(こうい)〔名〕好意、美意、善意←→悪意
　好意の忠告(ちゅうこく)（好意的忠告）
　御好意(ごこうい)に甘(あま)えて（承您的好意）
　好意を寄(よ)せる（表示好意）
　好意を無(む)に為(す)る（辜負一番好意）
　此(こ)れは皆(みな)好意から出(で)たのだ（這全是出於一番好意）
　好意的(こういてき)（な）態度(たいど)を取(と)る（採取好意的態度）
　折角(せっかく)の好意が悪意(あくい)に取(と)られた（一番好意被當作惡意了）
　好意手形(こういてがた)（通融票據=融通手形(ゆうずうてがた)）

好情(こうじょう)〔名〕好意（=好意、良い感情）

好位置(こういち)〔名〕好位置、好地點
　其(そ)の家(いえ)は好位置を占(し)めている（那房子佔著好地點）

好一対(こういっつい)〔名〕恰好的一對、匹配的夫妻
　好一対の夫婦(ふうふ)（一對相配的夫妻）

好雨植物(こううしょくぶつ)〔名〕〔植〕喜雨植物

好運(こううん)、**幸運**(こううん)〔名、形動〕幸運、僥倖（=幸(しあわ)せ、ラッキー）←→不運(ふうん)、非運(ひうん)
　好運が向(む)いて来(く)る（走運時來運轉）
　好運を祈(いの)る（祝您幸運）
　好運を齎(もたら)す（帶來好運）
　好運な一生(いっしょう)を送(おく)る（度過幸運的一生）
　好運にも入賞(にゅうしょう)した（僥倖中了獎）
　好運にぶつかる（碰上運氣）
　好運児(こううんじ)（幸運兒）

好影響(こうえいきょう)〔名〕好影響
　好影響を及(およ)ぼす（給以好的影響）

好塩(こうえん)〔名〕喜鹽、嗜鹽
　好塩菌(こうえんきん)（喜鹽菌）

好演(こうえん)〔名、他サ〕（音樂戲劇）表演得好、博得好評的表演
　難(むずか)しい役(やく)を好演する（把難角色演得很好）
　脇役(わきやく)の好演が目立(めだ)った（配角的表演顯得很出色）

好悪(こうお)〔名〕好惡、愛憎（=好き嫌い）
　好悪の念(ねん)が強(つよ)い（愛恨分明）
　好悪に因(よ)って物事(ものごと)を取(と)り決(き)める（憑好壞來決定事物）

好学(こうがく)〔名〕好學
　好学の士(し)を集(あつ)める（廣集好學之士）

好楽(こうがく)〔名〕愛好音樂
　好楽家(こうがくか)、好楽家(こうがっか)（音樂愛好者）

好角家(こうかくか)、**好角家**(こうかっか)〔名〕相撲愛好者

好下物(こうかぶつ)〔名〕〔舊〕下酒的好菜酒餚

好感(こうかん)〔名〕好感
　好感を抱(いだ)く（抱好感）
　好感の持(も)てる人(ひと)（令人產生好感的人）
　人(じん)に好感を与(あた)える（給人好感）

好漢(こうかん)〔名〕好漢、爽快人、前途有為的人
　好漢、惜(お)しむらくは忍耐(にんたい)が足(た)りない（好漢子，可惜耐心不夠）
　好漢、自重(じちょう)せよ（好漢子，要慎重）

好乾性(こうかんせい)〔名〕〔動、植〕好乾性、喜乾性

好気(こうき)〔名〕〔生〕喜氣、喜氧
　好気性(こうきしょう)（需氣性、需氧性）
　好気菌(こうききん)（需氣菌、需氧菌）
　好気生物(こうきせいぶつ)（需氣生物、需氧生物）

好奇(こうき)〔名〕好奇
　好奇の目(め)を向(む)ける（用好奇的眼光看）
　好奇心(こうきしん)（好奇心）

好期(こうき)〔名〕恰好的時期

好機〔名〕好機會、良機（=チャンス）

　好機を逸する（喪失良機、錯過好機會）

　好機を捕らえる（抓住好機會）

　好機を逸す可からず（機不可失）

　待ちに待った好機（等了又等的良機）

　千載一遇の好機（千載難逢的良機）

　此れ以上の好機は望めないだろう（恐怕再也找不到比這更好的良機了）

好機会〔名〕好機會（=好機）

好時機〔名〕好時機、好機會（=好機）

　そら遣れ、今が好時機だ（做吧！現在正是好機會）

好時節〔名〕好時機、好機會（=好時機）

好季〔名〕好季節、美麗的自然季節

好技〔名〕好技、妙計

　好技を演じる（表演妙計）

　好技続出（妙計層出）

好誼、厚誼、高誼〔名〕後誼、厚情、厚意

　好誼を謝す（感謝厚意）

　好誼を報いる（報答厚誼）

　好誼に感激する（感激厚意）

　永年の御好誼を感謝します（感謝您多年來的厚誼）

好球〔名〕〔棒球〕好球

　好球を狙い打つ（瞄準投過來的好球）

　好球を見逃してアウトに為る（錯過好球而出局）

好況〔名〕〔經〕繁榮、景氣興盛←→不況

　好況に向かう（走向繁榮）

　市場は好況を呈する（市場呈現繁榮）

好局〔名〕〔象棋、圍棋〕好對局

　妙手の連続だった好局（不斷使出高招的好對局）

好景気〔名〕好景氣、（市面）繁榮

　好景気の波に乗る（趕上好景氣）

　好景気に恵まれる（遇上好景氣）

　市場は好景気だ（市場很繁榮）

好劇〔名〕愛好戲劇

　好劇家（續劇愛好者）

好結果〔名〕好結果

　好結果を齎す（帶來好的結果）

　好結果を得る（取得良好結果）

　好結果を挙げる（取得良好結果）

　試験は好結果であった（考試結果良好）

好古〔名〕好古、尚古

　好古の癖が有る（有好古癖）

　好古趣味（好古興趣）

　好古家（好古家）

好個〔名〕恰好、正好

　好個の一例（正合適的例子）

　好個の避暑地（最理想的避暑地）

　好個の研究材料（正合用的研究材料）

好好爺〔名〕好性情的老人、性情溫和的老人

　好好爺振りを発揮する（表現出性情溫和好人的樣子）

　怖かった先生も今では好好爺に為った（嚴厲的老師現在也變成性情溫和的老人了）

好材〔名〕好材料

好材料〔名〕好材料。〔經〕行情看漲的因素

　話題の好材料（談話的好材料）

好士、好士〔名〕傑出的人物、風流人士

好字〔名〕（取人名地名時選擇的）好字、吉祥的字

好事〔名〕好事、喜事、善行、好管事（也讀作好ず）

　好事魔多し（好事多磨。禍不單行）

　好事門を出でず（好事不出門壞事傳千里）

好事〔名〕好事、好奇（=物好き）

　好事家（好事者）

好餌、香餌〔名〕好餌，香餌。〔轉〕（引起慾望的）餌食，利益

　好餌で釣る（利誘）

ㄏ

好餌を以て誘き寄せる（利誘）
悪人の好餌と為る（成為壞人欺騙的對象）
好餌の下必ず死魚有り（香餌之下必有死魚）

好日〔名〕好日子、太平日子
日日是好日（日日是好日、天天悠閒自在）

好手〔名〕〔象棋、圍棋〕好手、能手

好尚〔名〕嗜好（=好み）、時尚（=流行）
上品な好尚（高雅的愛好）
時代の好尚に適合する（合乎時尚）

好色〔名〕好色
好色漢（好色之徒）
好色文学（色情文學）

好人物〔名〕大好人、老好人、老實人、性情溫和的人（=御人好し）
彼は至って好人物です（他是個心腸極善良的人）

好晴〔名〕天氣晴朗、十分晴朗（=快晴）

好成績〔名〕好成績←→不成績
好成績を挙げる（取得好成績）

好戦〔名〕好戰
好戦的言辞を弄する（玩弄好戰的言詞）

好守〔名、自サ〕〔棒球〕善於守衛←→拙守
好守好打（善守善打）

好走〔名、自サ〕能跑、善跑
彼程好走する選手は少ない（像他那樣能跑的選手不多）
好守好走（善守善跑）

好打〔名、他サ〕〔棒球〕得分的擊球、關鍵的一擊、精彩的一擊
好打の連発（連續打出好球）
山田の好打に因り、試合の結果は逆転した（由於山田打了好球比賽局勢扭轉了）
好打好走（善打善跑）

好投〔名、他サ〕〔棒球〕投得好（使對方無法得分）
山本の好投に因り、相手に得点されなかった（由於山本投得好對方沒能得分）

好男子〔名〕美男子、眉目清秀的男子、爽朗的人、好漢

好地性〔名〕〔生〕好地性

好調〔名、形動〕順利、情況良好←→不調
好調な（の）売れ行き（暢銷）
事業の好調な滑り出し（事業的良好開端）
万事共好調だ（一切都順利）
好調に運ぶ（順利進行）
好調な時に油断するな（順利時不可疏忽大意）
新しいモーターが好調に動く（新馬達運轉情況良好）

好都合〔形動〕方便、順利、恰好、合適
好都合に運ぶ（進展順利）
好都合に行く（進展順利）
好都合な日を選ぶ（選擇恰當的日子）
其なら尚更好都合です（那可更好了）
御在宅で好都合でした（正巧您在家太好了）

好適〔形動〕適宜、適合、正好、恰好
運動に好適の（な）季節（適於運動的季節）
スキーの好適地（適於滑雪的好地方）
工場建設には好適な場所だ（是個適宜修建工廠的地方）

好敵手〔名〕（比賽等）好對手、勁敵（=ライバル）
私に取って好敵手であった（對我來說是個勁敵）
彼は強過ぎて好敵手が無かった（他太厲害沒有相當的對手）

好天〔名〕好天氣
好天に恵まれる（趕上好天氣適逢好天氣）

好天気〔名〕好天氣（=好天）
好天気に幸いされた（幸好是個好天氣喜逢好天氣）
もし好天気ならば、是非いらっしゃい（如果是好天氣請一定要來）

好転〔名、自サ〕好轉←→悪化
　情勢が好転する（形勢好轉）
　景気が好転している（市面在好轉）

好熱〔名〕好熱、喜熱
　好熱バクテリア（好熱細菌）

好配〔名〕佳偶，好夫妻，恰當的配合，配。〔經〕分紅多，利潤多
　好配に恵まれる（幸得佳偶）
　好配を得て此の度結婚致しました（得到佳偶這次結婚了）
　景気が良いから好配を期待出来る（因為經濟繁榮所以能指望分得高額紅利）

好評〔名〕好評、稱讚←→悪評、不評
　好評の品（有好評的東西）
　学生間に好評である（在學生當中有好評）
　初出演は好評を得った（首次演出博得好評）
　其の映画は好評だ（那部電影受歡迎）
　三十日に亘る其の興行は好評裏に閉幕と為った（那歷時三十天的演出在好評中閉幕了）

好便、幸便〔名〕合適的人、順便
　好便有り次第（一旦有合適的人）
　好便が有りましたので御届けします（幸有順便的人特此奉上）

好物〔名〕愛吃的東西
　魚は好物だ（魚是我愛吃的東西）
　其は私の大好物だ（那是我最喜歡吃的東西）
　好物は祟り無し（愛吃的東西多吃也不傷人）

好報〔名〕〔商〕（行情看漲的）樂觀情報

好防〔名、自サ〕〔足球〕（守門員等）好防守、防守得好

好望〔名〕前途有望、前景良好
　好望有る青年（前途有望的青年）
　両国間の貿易は特に好望である（兩國間的貿易前景大有希望）

好味〔形動〕好味道（＝良い味）

好漁〔名〕魚獲豐收←→不漁

好例〔名〕好例子、正好的例子
　此の遭難は不注意に因る事故の好例だ（這次遭難是由於不注意引起事故的一個很好例子）

好冷菌〔名〕〔生〕好冷菌

好冷性〔名〕〔生〕好冷性、嗜寒性

好い、良い、善い〔形〕（好い、良い、善い的口語說法、只有終止形和連體形）。

　好、良好、善良（＝良い、善い、好い。善良な）

　貴重、高貴、珍貴、高尚、高雅（＝貴重な。高貴な）

　美麗、漂亮（＝美しい）

　爽朗、明朗、舒適、舒暢（＝快適な）

　吉祥、幸運（＝目出度い。幸運）

　恰當、適當、恰好（＝適当。好都合）

　（提起注意）好、妥。

　（用…が良い。…は良い。…で良い形式）對、成、行、可以、夠了。

　（用…に良い形式）對…有效、、有好處、、適合於…。

　（用…良いと思う形式）認為對、認為正確。

　（用…と良い。…ば良い。…だと良い形式表示願望）但願…才好。

　（用…て良い。…ても良い。…でも良い。…たって良い形式）可以、也好也成、也沒關係、也無妨。

　（用…より良い。…方が良い形式）比…好。

　（用作反語）不好（＝悪い）
　良い声（好嗓音）
　良い球（好球）
　此の本は素晴しく良い（這本書好得很）
　良い物は良い値に売れる（好東西賣好價）
　其処が彼の人の良い所だ（那正是他的優點）
　彼は良い男だ（他是個好人、他為人善良）
　良い処に気が付いた（你注意到重點上了）
　彼の人は頭が良い（他腦筋聰明）
　良い匂い（很香、好味道）

ㄏ

良い資料（珍貴資料）
品が良い（品質高尚、舉止高雅）
良い男（美男子）
良い女（美女）
良い景色（美景）
良い天気（晴朗的天氣）
良い気持（舒暢的心情）
此の部屋は感じが良い（這房間令人感到舒暢）
肌触りの良い下着（穿起來舒適的貼身衣）
今日は少し気分が良い（今天比較舒服）
今日は良い日だぞ（今天可是個好日子、今天運氣真好）
又良い時が有るさ（還會有幸運的時候）
弟も良い案配に合格した（弟弟也順利地考上了）
先良いと為無ければ成らない（總算幸運、僥倖）
良い所へ来て呉れた（你來得正好、很湊巧）
其は良い考えだ（那是個好主意）
手紙は良い時に着いた（信來得正好）
良い所で会った（恰好遇上、幸會）
其の帽子は丁度良い（那頂帽子正合適）
如何して良いが分らない（不知如何是好）
君の良い様に為給え（你認為怎麼合適就怎麼做吧！）
贅沢も良い所（奢侈也太過分）
良いですか（好了嗎？）
良いかね、良く聞き為さい（注意！要仔細聽）
こんな遣り方で良いのですか（這樣做可以嗎？）
其で良い（那樣就可以）
其で良い筈だ（那樣做理應不錯）
用意は良いですか（準備好了嗎？）
健康には歩くのが一番良い（步行對健康最好）

仕事はもう良いから、止めて御帰り為さい（工作可以了停下來回去吧！）
酒はもう良い（酒夠了）
此の位で良いです（這麼多就夠了）
此の薬は風邪に良いそうだ（據說這藥對感冒有效）
身体の為に良い（對身體有好處）
其の答案は良いと思うか（你以為那個答案對嗎？）
別に良いと思わない（我認為不太好）
良いと思う丈払って下さい（你看該給多少錢洽當就給多少吧！你看著辦吧！）
病気が早く治ると良いがね（但願早日恢復健康）
御天気だと良いな（但願是個好天氣）
然う言う字引が有れば良いな（若有那樣的字典多好啊！）
其の噂が本当で無ければ良いが（但願那個傳說不正確）
無事に帰って来れば良んだが（但願能平平安安地回來才好）
何時行っても良い（甚麼時候去都行）
窓を開けても良いですか（開開窗戶行嗎？）
あんな奴如何為ったって良い（那種人乾脆就讓他去死）
何れでも良いから一つ下さい（隨便哪個都好來一個吧！）
明日来なくても良い（明天不來也行）
此の記録は社長に上げて良い（這份紀錄可以交給總經理）
貰って行っても良いですか―良いとも（我可以拿走嗎？當然可以）
無いより良い（比沒有強）
君は農村へ行く方が良い（你去農村比較好）
僕は矢張り水泳の方が良い（和別的比較我還是喜歡游泳）
そんな事は止した方が良いのに（不要做那種事）

私は魚の方が良い（我還是要魚）
　良い気味だ（活該）
　良い様だ（活該）
　良い恥曝しだ（太丢人了）
　良い迷惑だ（真夠麻煩的、真夠討厭的）
　余り良い図じゃない（不太體面、夠難堪的）
　良い線行ってる（達到相當程度、接近及格）
　良い面の皮だ（夠丢人現眼的）
　良い年を為て相変わらず道楽を為る（那麼大把年紀還照樣荒唐）

好い顔、良い顔〔名〕美麗的面孔，美貌，吃得開、好臉色、和顔悅色，笑容可掬
　中中好い顔だ（長得很漂亮）
　彼は其の土地では好い顔だ（他在那裏很吃香）
　幾等褒めても好い顔を為ない（怎麼讚揚也不給好臉色看）
　幾等兄弟でも、何時も好い顔許りして居られない（即使是兄弟也不能總是和和氣氣的）
　好い顔して（笑一個！）

好い加減、良い加減〔名、連語、形動〕適當，適度，恰當（=適当）
不認真，不徹底（=不徹底、生温い）、敷衍，含糊，
馬馬糊糊（=無責任、投げ遣り）、牽強附會，靠不住，胡亂（=出鱈目）←→丹念
〔副〕相當，十分（=可成）
　丁度好い加減の温度（正合適的温度）
　白菜を好い加減な大きさに切る（把白菜切成適當的大小）
　醤油を好い加減に入れる（放入適當的醤油）
　好い加減に働く（適當地工作）
　好い加減な処置を取る（採取不徹底的措施）
　好い加減な叱り方では言う事を効かない（不痛不癢責罵還是沒有用的）
　人を好い加減にあしらう（對人沒有誠意、虛僞委蛇）
　其を好い加減に扱っては為らない（不可等閒視之）
　彼の答弁は頗る好い加減な物だった（他的答辯頗為敷衍塞責）
　僕の英語は好い加減な物だ（我的英語馬馬糊糊）
　決して好い加減では済ませない（決不馬虎從事、一絲不苟）
　好い加減な返事（支吾搪塞的回答）
　好い加減な話（靠不住的話）
　好い加減な事を言う（隨便說說）
　好い加減な理屈（牽強的理由）
　好い加減に仕上げる（胡亂做完）
　仕事を好い加減に為る（工作馬馬虎虎）
　彼の人は好い加減年を取っている（他年紀相當大了）
　もう好い加減酔った（已經相當醉了）
　好い加減腹が立つよ（真叫我生氣）
　彼の男には愛想が尽きた（我很討厭他）
　好い加減分り然うな物だ（也該明白了）
　好い加減に為ろ（算了吧！別說了！）
　好い加減に為為さい（算了吧！別說了！）
　自慢話は好い加減に為ろ（別吹牛啦！）
　冗談も好い加減に為ろ（別開玩笑啦！）
　悪戲はもう好い加減に為為さい（淘氣也該適可而止吧！）

好い気〔連語、形動〕天真、無憂無慮、逍遙自在、吊兒郎當（=暢気。呑気）
自以為了不起、得意洋洋、沾沾自喜（=自惚れ。己惚れ）
　黙っていても働き口転がって来ると思っているんだから好い気な物さ（他自以為坐在家裡就會有工作找上門來太天真了）

ㄏ

　　旨く行ったので好い気に為っている（因進行得順利而沾沾自喜）

　　彼は好い気に為って喋り続けた（他得意洋洋地說個沒完）

　　僕は大人しくしているからと言って好い気に為るな（你不要以為我好說話就洋洋得意）

好い気味、好い気味〔連語〕〔方〕痛快、開心、活該（＝好い気持）

　　実に好い気味だ（大快人心、真令人開心、活該）

好い子〔連語〕好孩子，乖孩子、賣乖取寵的人

　　おお、好い子だね（噢真乖！）

　　ね、好い子だから手伝って頂戴（好孩子！來當幫手）

　　自分許り好い子に為る（只求自己當好人、只為自己打算）

好い事〔連語〕好事、喜慶事、高興的事、慶幸的事、藉口

　　彼は好い事許りする（他盡做好事、他總是幸運）

　　好い事を覚えた（學會了一件好事）

　　好い事を聞いて来た（聽到了個好消息）

　　余り好い事ではないよ（可不是一件太好的事）

　　私は行かないで好い事えを為た（我沒去算走運）

　　其を好い事に為て（以此為藉口利用這一點趁機）

好い年〔連語〕〔俗〕相當大的年齡、幸福的一年

　　好い年だ（年紀不小了）

　　好い年を為て未だあんな無分別な事を為る（這麼大歲數居然還做那樣輕率的事）

　　好い年を為て見っともない（這麼大年紀真丟人）

　　気の毒だ、彼の人は好い年を為て未だ働かればならないなんて（真可憐他這麼大年紀還得工作呀！）

　　好い年を御迎え下さい（祝福你過個好年新年快樂）

好い鳥〔名〕容易上當受騙的人（＝好い鴨）

好い鴨〔名〕容易上當受騙的人（＝好い鳥）

好い仲〔名〕〔俗〕（男女）相好、相愛（戀愛和同居關係的委婉說法）

　　二人は好い仲だ（他倆相好、他們倆是一對）

　　院長の娘と好い仲に為った（和院長的女兒走在一起了）

好い人〔名、連語〕好人、善良的人、〔謔〕那人，某人、情人（＝恋人）

　　彼の人は好い人です（他是個好人）

　　好い人から聞いた（聽到那人說的）

　　好い人が出来た（有了情人）

　　彼女には好い人が有る（她有情人）

好い、良い、善い〔形〕（口語終止形、連用形常用良い、善い、好い）好，優秀，吃色、美麗，漂亮，貴，高。

應該，應當，合適，恰好，適當，行，好，可以、足夠，充分，妥當，有價值，有好處、和睦，親密。

經常，動不動，動輒，好，佳，吉，有效，靈驗，好轉，痊癒，幸而，安心，放心、無需，不必

　　頭が良い（腦筋好、聰明）

　　良い腕前（好本領、好手藝）

　　良い女（漂亮的女人、美女）

　　景色が良い（景致很美）

　　器量が良い（長得漂亮）

　　中中良い値だ（可真夠貴的）

　　品も良い値段も良い（東西好可是價錢也可觀）

　　彼女は良い家柄の出た（她是名門出身）

　　彼は心根が良くない（他居心不良）

　　良いと信ずるからこそ遣ったのだ（正因為我認為對才做的）

　　分らなければ、聞くが良い（不明白就最好問一下）

　　昨日行けば良かったのに（應該昨天去就好了）

昨日彼の映画を見に行って良かった（昨天去看那部電影去對了）

良い所へ来た（你來得正好）

僕には丁度良い相手だ（正是我的好對手）

如何したら良いだろう（怎樣做才合適呢？）

風呂の温度は摂氏四十四、五度位が良い（澡盆的溫度以攝氏四十四，五度為宜）

酒を飲んでも良い（可以喝酒）

もう帰っても良い（可以回去了）

明日は休日ですから、工場へ行かなくても良い（明天是假日可以不去工廠）

準備は良いか（準備妥當了嗎？）

此れで良い（這樣就行了）

支度は良いか（準備好了嗎？）

良い本を与える（給以有益的書）

此の天気は病人の体には大変良いでしょう（這個天氣對病人的健康大有好處吧！）

彼と彼女は良い仲だ（他和她感情好）

良い日を選んで結婚を挙げる（擇吉日舉行婚禮）

胃病には此の薬が良い（這種藥對胃病有效）

無事で先ず良かった（平安無事這就很好）

怪我が無くて良かった（沒受傷就放心了）

君行かなくって良かった（幸而你沒有去）

こんな説明を聞かなくても良いのだ（無需聽那樣的解釋）

急いで御返しに為らなくとも良い（您不用急著還）

読み良い（容易讀的）

書き良いペン（好寫的鋼筆）

飲み良い薬（容易吃的藥）

此の機械は使い良い（這機器容易操作）

もっと見良い所へ行こう（我們到更得看的地方去吧！）

好む〔他五〕愛好、喜歡、願意（＝欲する）

余り好まない（不大願意）

幼い頃から学問を好んだ（自幼就好學）

都会生活を好まない（不喜歡城市生活）

好むと好まざるに関わらず（不論願與否）

上の好む所下此れに倣う（上行下效）

好み〔名〕趣味，愛好，嗜好，挑選，選擇，希望、流行，時尚

読者の好みに合う（合乎讀者的口味）

人は夫夫好みが有る（人各有所好）

好みは人に因って違う（嗜好因人而異）

君の御好み次第だ（任你挑選）

御好み一品料理（隨便點的菜色）

最近の好み（最近的流行、時興）

好ましい〔形〕可喜、合乎理想、令人滿意

好ましい返事（令人滿意的答覆）

好ましくない印象（不愉快的印象）

好ましからぬ人（討厭的人）

此れは決して好ましい事ではないが、止むを得ない（這決不能令人滿意但也只好如此）

好んで〔副〕願意，甘願，高興（＝望んで。好きで）、專門，常常（＝屢。良く）

好んで然うしたのではなく止むを得なかったのだ（並不是願意那樣做而是出於無奈）

何を好んでそんな事を為たか（何苦做了那種事呢？）

好んで小言を言う（最愛發牢騷）

好んで絵を書く（常常畫畫愛畫畫）

好く〔他五〕喜好、愛好、喜歡、愛慕（＝好む。好きに為る。好きだ）

（現代日語中多用被動形和否定形，一般常用形容動詞好き，代替好く，不說好きます。而說好きです，不說好けば而說好きならば，不說好くだろう，而說好きに為る）

ㄏ

塩辛い物は好きだが、甘い物は好かない（喜歡鹹的不喜歡甜的）

彼奴はどうも虫が好かない（那小子真討厭）

好きも好かんも無い（無所謂喜歡不喜歡）

好いた同士（情侶）

彼の二人は好いて好かれて、一緒に為った（他倆我愛你你愛我終於結婚了）

洋食は余り好きません（我不大喜歡吃西餐）

好く好かぬは君の勝手だ（喜歡不喜歡隨你）

人に好かれる質だ（討人喜歡的性格）

好き〔名〕喜好、愛好、嗜好、好色（=色好み）

〔形動〕喜好、愛好、嗜好←→嫌い。愛，產生感情、感興趣、隨便，任意（=自分勝手。気儘）

　好きも好かんも無い（無所謂喜愛不喜愛）

　音楽が好きな人（音樂愛好者）

　僕は登山が好きだ（我喜好爬山）

　貴方の好きな学科は何（你喜好的學科是什麼）

　子供は幼稚園が好きに為った（小孩對幼稚園產生感情）

　好きでなけりゃあんな仕事は出来ない（如果不感興趣那種工作做不來）

　彼は次男が特に好きらしい（他好像特別喜歡二兒子）

　此の部屋は貴方の好きな様に使って下さい（這個房間請你隨便用吧）

　彼の人は自分で何も為ない癖に、好きな事許り言っている（他自己什麼也不做反而老隨便說話）

　好きな様に為なさいな（你隨便吧！）

　好きこそ物の上手なれ（有了愛好才能做到精巧）

好き〔接尾〕愛好、喜好、嗜好（者）（=ファン）

　文学好き（喜好文學、文學愛好者）

　野球好き（棒球迷、棒球愛好者）

　映画好き（電影迷、愛看電影的人）

好き勝手〔形動〕隨便、任性為所欲為（=好き放題）

　好き勝手な事許り言う（隨便亂說一通）

好き放題〔名形動〕隨便任性、為所欲為（=好き勝手）

　好き放題な事を為る（為所欲為）

　好き放題に遊ばせる（使玩得盡興）

　子供に好き放題を為せては行けない（不能使小孩子任性）

好き嫌い〔名〕好惡、喜好和厭惡、挑揀，挑剔（=選り好み）

　誰にも好き嫌いは有る（誰都有好惡）

　物を貰うのに好き嫌いは言えない（既然向人家要東西就不能挑剔）

　部下に対する好き嫌いが強い（對於部下過分偏重自己的好惡）

　食べ物に好き嫌いが激しい（對吃東西太挑剔）

好き不好き〔名〕好惡（=好き嫌い）

　此の料理は人に因って好き不好きが有る（這菜有人愛吃有人不愛吃）

好き心地〔名〕好奇心、好事心、風流心、（對茶道和歌的）雅興、好色心（=好き心）

好き心〔名〕好奇心、好事心、風流心、（對茶道和歌的）雅興、好色心（=好き心地）

好き事〔名〕〔舊〕好奇、好色的行為、好色的故事

好き好む〔他五〕（好く的加強說法）喜好、愛好

　僕はこんな事を好き好んでいる訳ではない（我並不是喜好這種事）

　好き好んで言っているのはないが、言って遣ら無ければ成らないんだ（我並不是願意說可是不說不行）

　好き好んで苦しい目に会う（情願自討苦吃）

好き好み〔名〕喜好、愛好、嗜好、興趣

　人は皆其其好き好みが違う（人各有所好）

　好き好み応じて品物を調製する（照喜好承做產品）

好き者 〔名〕好色的人，色迷，色鬼（=好き者）、好事者，好奇者（=物好き。好事家）

好き者 〔名〕好色的人，色迷，色鬼（=好き者）、好事者、好奇者（=物好き。好事家）

彼の人は好き者だ（他是個好奇的人）

好き好き 〔名〕（各人）不同的愛好

人には其其好き好きが有る（人各有所好）

其は好き好きだ（各人口味不同）

蓼食う虫も好き好き（人各有所好）

浩（ㄏㄠˋ）

浩 〔漢造〕浩大、多

浩瀚 〔名、形動〕浩瀚

浩瀚な書物（浩瀚的書籍、大部頭的書）

浩瀚な(の)著作（巨著）

浩浩 〔副、形動〕浩浩蕩蕩、寬廣、遼闊

水が浩浩と漲る（水勢大漲水勢浩大）

浩浩たる大陸の原野（遼闊的大陸原野）

浩然 〔副、形動〕浩然、浩蕩

浩然の気（浩然之氣）

浩蕩 〔形動〕浩浩蕩蕩

皓（ㄏㄠˋ）

皓 〔漢造〕清澈、發亮

皓月、皎月 〔名〕明月

皓皓、皎皎 〔形動タルト〕皎皎、皎潔

皓皓たる月光（皎潔的月光）

月が皓皓と照る（月光皎皎）

皓歯 〔名〕皓齒

明眸皓歯（明眸皓齒）

号（號）（ㄏㄠˋ）

号 〔名、漢造〕號、別號、期號、號令、信號、稱號

観山と言う号で知られている（以觀山的別號見稱）

連載小説が号を追って面白くなる（連載小説一期比一期有意思）

創刊号（創刊號）

以下次号（下期連載）

次号完結（下期刊完）

五号活字（五號鉛字）

怒号（怒號、怒吼）

呼号（呼號、號召、號稱）

信号（信號、暗號、紅綠燈）

符号（符號、記號）

負号（負號）

正号（正號、加號）

商号（商號、商店的名稱）

称号（稱號、名稱）

記号（記號、符號）

暗号（暗號、密碼）

国号（國號）

年号（年號）

番号（號碼、號數）

雅号（雅號、筆名）

屋号（商號、堂號）

別号（別號、綽號）

東洋号（東洋號）

哀号（哀號）

改号（改稱號、改年號）

第一号（第一號）

前号（前期）

次号（下期）

特集号（專刊號）

号する 〔自サ〕號稱、宣稱、稱作、名為

兵力百万と号する（號稱百萬兵力）

漱石と号する（稱作漱石）

号音 〔名〕信號聲

ㄏ

号音を以て報知する（以信號聲通知）
ピストルの号音でスタートする（以槍聲起跑）

号火〔名〕烽火、狼煙

号外〔名〕（報紙的）號外、定額外的東西
号外売り（賣號外的人）
号外が出る（出號外了）

号泣〔名、自サ〕號啕大哭（＝泣き叫ぶ）
彼は母の死を知って号泣した（他聞知母親去世號啕痛哭）

号哭〔名自サ〕號啕大哭（＝号泣）

号鐘〔名〕信號鐘、報時鐘

号数〔名〕號數
活字の号数（鉛字的號數）

号笛〔名〕信號笛
号笛を鳴らす（鳴信號笛）

号俸〔名〕薪俸級別
六級職一号俸（六級職一級俸）

号砲〔名〕號砲、午砲（＝どん）
合図の号砲を鳴らす（打信號砲）
非常号砲（緊急號砲）

号令〔名自サ〕號令、口令
天下に号令する（號令天下）
号令を掛ける（喊口令）
ラジオの号令を合せて体操を為る（按著收音機的口令體操）

侯（ㄏㄡˊ）

侯〔名〕諸侯（各封國的君主）
〔漢造〕侯爵（古代五等爵位的第二位）
王侯（王侯、帝王和諸侯）
公爵、侯爵、伯爵、子爵、男爵（公爵、侯爵、伯爵、子爵、男爵）
諸侯（諸侯＝大名）
封侯（封侯）
藩侯（藩主）

侯爵〔名〕侯爵
侯爵夫人（侯爵夫人）

侯伯〔名〕諸侯、侯爵和伯爵

喉（ㄏㄡˊ）

喉〔漢造〕咽喉（＝喉、咽）
咽喉（咽喉、要害）

喉音〔名〕〔語〕喉音
喉音字（喉音字）

喉頭〔名〕〔解〕喉頭
喉頭炎（喉頭炎）

喉、咽、吭〔名〕〔解〕咽喉，喉嚨。〔轉〕嗓音，歌聲。〔轉〕要害、致命處（＝急所）。〔印〕書背←→小口
喉が乾く（口渴）
喉が痛い（喉嚨痛）
喉が詰まる（噎住嗓子）
喉を潤す（潤嗓子、解渴）
喉を締める（勒住咽喉）
喉を痛めている（鬧嗓子、害咽喉炎）
猫がごろごろ喉を鳴らす（貓咕嚕咕嚕打呼嚕）
喉を鳴らしてごくごく飲む（咕嚕咕嚕地喝）
喉が鳴る（見到好吃的饞得要命）
心配で食事が喉を通らない（愁得飲食難下）
薬が喉に通らない（藥嚥不下去）
言葉が喉に支える（言哽於喉）
喉が良い（嗓子好）
喉を聞かす（使人欣賞歌喉）
良い喉を為ている（有好嗓子嗓音好）
敵の輸送路の喉を押さえる（控制敵人運輸線的要害）
喉を扼して背を打つ（前後夾攻使無退路）
喉から手が出る（渴望弄到手）

喉空き〔名〕〔印〕（裝訂）左右兩頁間的空白

喉頸〔名〕咽喉和頸項。〔轉〕要害，致命處（＝急所）

　喉頸を締める（勒脖子）
　彼奴の喉はちゃんと押さえている（我已經抓住了他的要害）

喉気〔名〕（因發炎）咽喉紅腫、鬧嗓子

喉越し〔名〕嚥食物（時的感覺）
　喉越しの良い蕎麦（滑溜好吃的蕎麵）

喉自慢〔名〕善於唱歌、業餘的歌唱比賽
　喉自慢の少女（善歌的少女）
　喉自慢大会（業餘歌唱比賽大會）
　喉自慢に出る（參加歌唱比賽）
　素人喉自慢（業餘歌唱比賽會）

喉ちゃんこ〔名〕〔解〕〔俗〕懸甕垂（＝口蓋垂）

喉ちんぽ〔名〕〔解〕〔俗〕懸甕垂（＝喉ちゃんこ）

喉彦、喉彦〔名〕懸甕垂（＝喉ちゃこ。旋甕垂。口蓋垂）

喉仏〔名〕喉結

喉っ節〔名〕喉結（＝喉仏）

喉骨〔名〕喉結（＝喉仏）

喉笛、喉笛〔名〕聲門
　喉笛を搔き切る（刎頸自殺）
　喉笛を掠れた（嗓子沙啞了）

喉袋〔名〕（牛等）頸部下垂的皮肉

喉蓋〔名〕〔動〕（昆蟲的）內唇

喉元〔名〕咽喉、喉嚨
　喉元過ぎれば熱さを忘れる（好了傷疤忘了痛）

喉輪〔名〕遮護頸前部的鎧甲。〔相撲〕用手推對方下顎的一種招數（＝喉輪攻め）

喉、咽〔名〕咽喉、喉嚨

吼（ㄏㄡˇ）

吼〔漢造〕張口放聲為吼、猛獸的鳴叫、大聲叫喊

吼える、吠える〔自下一〕吠，吼。〔俗〕放聲大哭，咆哮
　犬が人に吼える（狗向人吠叫）
　風が吼える（風吼）
　然う吼えるな（別那樣號哭）
　吼える犬が噛まない（吠狗不咬人）

后（ㄏㄡˋ）

后〔漢造〕皇后、后（代替後）
　皇后（皇后＝后）
　皇太后、皇太后（皇太后＝大后）
　母后（母后、太后）
　午后（午後）

后妃〔名〕后妃、皇后和皇妃

后〔名〕皇后（后的轉變）

后〔名〕皇后
　后立ち（冊立皇后）
　后腹（皇后親生子女）

厚（ㄏㄡˋ）

厚〔漢造〕厚、優厚、無恥←→薄
　温厚（溫厚、敦厚）
　深厚（深厚）
　濃厚（濃厚、強烈）

厚意〔名〕厚意、盛情（＝厚情）
　御厚意を感謝します（感謝您的盛情）

厚情、厚情〔名〕厚情、厚誼
　御厚情に感謝します（感謝您的盛情）
　種種御厚情に預かり、有難く御礼申し上げます（承蒙種種厚誼謹致謝忱）

厚恩〔名〕厚恩、大恩、深情、厚誼
　厚恩を受ける（蒙受大恩）
　御厚恩は肝に銘じて忘れません（您的深情厚誼我將永遠不忘）

厚顔〔形動〕厚顏、無恥（＝厚かましい）
　厚顔な（の）人（厚顏無恥的人）
　厚顔無恥の徒（厚顏無恥之徒）

厚誼、高誼、好誼〔名〕厚誼、厚情、厚意
　厚誼を謝す（感謝厚意）
　厚誼に報いる（報答厚誼）
　厚誼に感激する（感激深情厚意）
　永年の御厚誼を感謝します（感謝您多年來的厚誼）

厚遇〔名、他サ〕厚待、優遇、優待←→冷遇
　厚遇を受ける（受到厚待）
　技術者を厚遇する（優待技術人員）

厚志〔名〕厚情、厚誼
　御厚志篤く感謝致します（深深感謝您的厚誼）

厚紙、厚紙〔名〕厚紙、馬糞紙（=ボール紙）
　厚紙で箱を作る（用厚紙做盒子）

厚謝〔名、他サ〕重謝、深謝

厚酬〔名〕重酬

厚賞〔名〕重賞

厚生〔名〕厚生，保健，提高生活，增進健康
　厚生施設（福利保健設施）
　厚生省（厚生省、社會福利衛生部）
　厚生大臣（厚生大臣、社會福利衛生部部長）
　厚生年金（一種社會保險的養老金）

厚相〔名〕厚生大臣、社會福利衛生部長

厚徳〔名〕厚德

厚薄〔名〕（人際關係的）厚薄、遠近、冷暖、親疏
　人情の厚薄（人情的厚薄）
　厚薄なく平均に分ける（不分親疏平均分配）

厚報〔名〕厚報

厚膜胞子〔名〕〔植〕厚垣孢子

厚味〔形動〕味濃、〔轉〕盛筵

厚禄、高禄〔名〕厚祿、高俸祿
　厚禄を食む（食厚祿）

厚い〔形〕厚、深厚、優厚（也寫作篤い）
　此の辞典は随分厚いね（這部辭典真厚啊！）
　厚く切って下さい（請切厚一些）
　厚さ五ミリの板で箱を作る（用五厘米厚的木板做箱子）
　友情に厚い（有情深厚）
　厚い持て成しを受ける（受到深厚的款待）
　厚い同情を寄せる（寄以深厚的同情）
　厚い報酬を受ける（受到優厚的報酬）
　厚く御礼を申し上げます（深深感謝）
　増給は下に厚くす可きだ（加薪應該對下面優厚些）

暑い〔形〕（天氣）熱←→寒い、涼しい
　蒸される様に暑い（悶熱）
　茹だる様に暑い（悶熱、酷熱）
　今年の夏は特別暑い（今年夏天特別熱）
　今は暑い盛りだ（現在是最熱的時候）
　昼間は暑かったが、夕方から涼しく為った（白天熱傍晚涼快起來了）
　風が無いので暑くて眠れない（因為沒風熱得睡不著）

熱い〔形〕熱←→冷たい、温い。熱中，熱心，熱愛
　熱い御茶を飲む（喝熱茶）
　酒を熱くして飲む（把酒燙熱了喝）
　顔が熱い、熱が有るらしい（臉發熱似乎發燒了）
　御風呂が熱過ぎて、入れない（澡堂太熱了進不去）
　食べ物は熱いのが好きだ（我喜歡吃熱的食物）
　国を愛する熱い心は誰にも負けない（愛國的熱忱絕不落於人後）
　二人は今議論に熱くなっている（他們倆談得正火熱）
　二人は熱い仲だ（兩個人如膠似漆）

篤い〔形〕危篤、病勢沉重
　病が篤い（病危）厚い篤い熱い暑い

厚さ〔名〕厚（度）

厚さ六インチ（六吋厚）

厚み〔名〕厚（度）（=厚さ）、（技藝等的）深度，厚重感

厚みが有る（有厚重感、覺得厚）

厚かましい〔形〕厚臉皮、不害羞、無恥（=恥知らずだ。図図しい）

厚かましいにも程が有る（竟無恥到這般地步）

厚かましくも又金を借りに来た（居然厚臉皮還來借錢）

私が言うのも厚かましいが（我這麼說都感覺難為情不過…）

何と言う厚かましい奴だろう（這是多麼厚顏無恥的傢伙）

厚かましさ〔名〕無恥、厚臉皮

彼奴の厚かましさには呆れる（真想不到他竟這麼無恥）

厚ぼったい〔形〕很厚、厚沉、厚墩墩

厚ぼったい本（很厚的書）

厚ぼったい冬外套（厚重的大衣）

寝不足で瞼が厚ぼったい（因為睡眠不足眼皮發脹）

厚らか〔形動〕厚實鬆軟、胖呼呼

厚揚げ、厚揚〔名〕略炸一層的油豆腐（=厚揚げ豆腐。生揚げ）

厚板〔名〕厚板、厚鋼板

厚板ガラス（厚玻璃板）

厚着〔名、自サ〕多穿、穿得厚←→薄着

寒いので厚着を為る（天冷所以多穿）

厚着すると、反って風邪を引く（穿多了反而會感冒）

厚化粧〔名、自サ〕濃妝

厚化粧の娘（濃妝的小姐）

婆さんの厚化粧は見っとも無い（老太婆濃妝太難看了）

厚子、厚司〔名〕（愛奴語 attush）（一種厚質的）工作布

厚地〔名〕厚衣料、厚料子←→薄地

厚地のカーテン（厚料子的窗簾）

厚手〔名〕（質地）厚（的東西）←→薄手

厚手の織物（厚質的紡織品）

カバーには厚手の紙を使う（外皮用厚紙）

厚焼き〔名〕烤得厚（的食品）←→薄焼き

厚焼きの煎餅（烤得厚的脆餅乾）

厚焼き卵（攤得厚的雞蛋）

厚様、厚葉〔名〕（一種上等的厚日本紙）厚葉紙（=鳥の子紙）←→薄様

後、後（ㄏㄡˋ）

後、後〔名、漢造〕以後（=後。后）、（時間，空間，秩序）後←→前、先

其の後（以後）

今から二十年後（從現在起二十年後）

朝飯後（早飯後）

前後（前後、上下、左右）

今後（今後、以後、將來）

向後（以後、往後、將來）

爾後、自後（以後、今後）

事後（事後）←→事前

背後（背後、背地、幕後）

以後（以後、今後、將來、之後）

午後（午後、下午）←→午前

戰後（戰後）←→戰前

病後（病後、恢復期）

死後（死後、後事）←→生前

善後（善後）

空前絕後（空前絕後）

後家〔名〕寡婦，孀婦（=寡婦。寡婦）。〔喻〕不成雙成套的東西

後家に為る（成為寡婦）

後家を立てる（守寡）

後家を立て通す（守一輩子寡）

ㄏ

後家蓋では役に立たない（只剩下蓋子也沒用了）

後光〔名〕〔佛〕（佛像背後放射的）後光，圓光。〔宗〕（基督教聖像畫中）周圍的光環、（光源或陰影周圍的）光暈

後光が射す（放射圓光）

後刻〔名〕〔舊〕以後，回頭，過一會（＝後程）

後刻又伺います（過一會再來看您）

後刻御話しします（回頭說給您聽）

後座〔名〕後面的座席、演壓軸戲的演員（＝真打）←→前座（主角上台前的助演）

後妻、後妻〔名〕後妻、繼室←→先妻

後妻を貰う（續弦）

後妻、次妻〔名〕〔古〕後妻（＝後添い。後連れ）、嫉妒，吃醋（＝妬み）

後妻打ち（大老婆妒打小老婆、打後妻，打冤家—室町時代男方離婚另娶時前妻帶領親友搗毀後妻之家）

後夫〔名〕後夫、後嫁之夫

後日、後日〔名〕日後，將來，事後

後日又御目に掛かります（改日再見）

禍を後日に残す（留下後患）

詳細は後日に譲る（詳情改日再談）

後日談（日後談）

後生〔名〕〔佛〕後世，來世，來生（＝来世）、（央求話）修好積德

後生の事より現世が問題だ（還是現世比來世要緊）

寺参りを為て後生を願う（拜佛祈求來生）

後生だから許して下さい（請您修好積德饒了我吧！）

後生一生（今生來世只此一次）

後生一生の御願いだ（這是我唯一的懇求）

後生大事（重視來生，很重視、極尊重）

後生大事に為る（非常重視、當作命根子）

後生大事に持っている（珍藏著）

後生大事に役目を守る（非常忠於職守）

遺言を後生大事と守る（忠實地遵守遺囑）

詰まらない物を後生大事に仕舞い込む（把一文不值的東西當寶貝似地收藏起來）

後生楽（認為來生安樂而放心，〔轉〕不知愁無憂無慮）

あんな後生楽も困る（那樣悠閒懶散也不好）

後生〔名〕後生，後輩（＝後進）、後出生，後生成，第二代

後生恐そる可し（後生可畏）

後世〔名〕〔佛〕後世，來生（＝来世）

後世を願う（修來世）

後世〔名〕後世，將來、後代，子孫

名を後生に伝える（傳名於後世）

其の忠誠は後生の鑑と為るだろう（那種忠誠將成為後世之鑑）

後生の人（後世的人、後代子孫）

後の世〔連語〕後世，將來，未來（＝将来）、死後（＝亡き後）。〔佛〕來世，來生（＝後世）

後の世迄の語り草と為る（將成為後世的話題）

後陣、後陣〔名〕〔軍〕後方陣地

後陣に控える（在後方陣地待機）

後手〔名〕後下手，被動，落後。〔棋〕後手，後著、後方陣地，預備隊（＝後詰）

後手に為る（落後一步）

後手に回る（陷於被動）

後ろ手〔名〕背著手，背後，背面（＝後ろの方）、背影（＝後姿）

後ろ手を組む（背著手）

後ろ手に縛る（把手反綁在背後）

後ろ手に投げる（向背後投）

後ろ手が良い（背影很好看）

後詰、後詰め〔名〕〔軍〕（後方待機的）預備隊

後詰を勤める（充當後方預備隊）

後朝、後朝〔名〕翌晨

後朝〔名〕（男女同眠的翌晨）各自穿衣分手

後場〔名〕〔商〕後盤、午後的行情←→前場

後払い〔名〕後付、日後付款（=後払い）

後払い〔名〕後付款、賒購←→前払い、先払い、前金

　後払いで良ければ買う（可以賒購的話就買）

　後払いで買う（賒購）

後夜〔名〕後半夜

　後夜の勤行（〔佛〕後半夜的修行）

後遺症〔名〕〔醫〕後遺症

後逸〔名、他サ〕〔棒球〕（球沒接住）往後飛去

後胤〔名〕後裔、子孫（=後裔）

後裔〔名〕後裔、後代、子孫（=子孫。後胤）

後衛〔名〕（軍隊，網球，排球，足球等的）後衛←→前衛

　後衛部隊（後衛部隊）

　後衛が弱い（後衛弱）

後援〔名、他サ〕後援、聲援、支援、援軍

　ヒマラヤ遠征を後援する（支援攀登喜馬拉雅山）

　世論の後援（輿論的聲援）

　後援部隊（後援部隊）

　後援続かず（援軍接不上）

後架〔名〕〔舊〕廁所、便所

後会〔名〕後會、再會

　後会約して別れた（約好再會而分手了）

後悔〔名、他サ〕後悔、懊悔

　罪を後悔する（悔罪）

　自分の為た事を後悔する（後悔自己所做的事）

　後悔しても追い付かない（後悔也來不及了）

　私は何も後悔する事が無い（我沒有甚麼後悔的）

　彼は彼の時の処置を後悔しているに違いない（他一定很後悔當初所作的處置）

　後悔先に立たず（後悔莫及、要事先慎重考慮）

後学〔名〕後進，後生、將來的參考←→先学

　後学を引き立てる（鼓勵後進者）

　後学の為に見て置く（為了將來的參考看一下）

　後学の為に、私の何処が悪かったのか教えて下さい（為了將來的參考請告訴我哪裡錯了）

後火山作用〔名〕〔地〕噴發後作用

後患〔名〕後患

　後患を宿す（留下後患）

　後患を除く（除去後患）

　後患を絶つ（根除後患）

後勘〔名〕日後查考、日後譴責（=後考）

後甲板〔名〕〔海〕（艦艇的）後甲板

後記〔名〕日後的記錄、（編輯等的）後記（=後書）←→前記

　編集後記（編後記）

後期〔名〕後期、後半期←→前期中期

　戦争の後期（戰爭的後期）

　十八世紀の後期（十八世紀的後半期）

　後期患者（後期患者晚期患者）

　後期印象派（後期印象派）

　後期沈殿（〔化〕後繼沉澱）

後宮〔名〕（后妃居住的）後宮、後妃

　後宮の麗人（後宮佳麗）

後屈〔名、自サ〕〔醫〕後屈

　子宮後屈（子宮後屈）

後景〔名〕後景、背景←→前景

後継〔名〕繼任（者）、接班（人）

　後継が見付かる（找到接班人）

　君の後継者は誰かね（你的後任是誰？）

　後継内閣（繼任內閣）

　後継者（繼任者後繼者接班人）

後継ぎ、後継、跡継ぎ、跡継〔名〕後任，繼承，接班人、後嗣（=跡取り。跡取）

研究の後継を養成する（培養研究的接班人）

長男を家の後継に為る（以長子為後嗣）

跡取り、跡取〔名〕後嗣（=後継ぎ、後継）

彼の人には跡取が無い（他沒有後嗣）

跡取息子（嗣子）

後嗣〔名〕後嗣、繼承人（=後継ぎ）

後嗣が無い（後繼無人無後）

後形質〔名〕〔生〕後形質

後件〔名〕〔邏輯〕後件←→前件

後見〔名、他サ〕（古時家長年幼時作為其代理人進行）輔佐，保護，監護（的人）

〔法〕（禁治產者或未成年者的）保護人，監護人

〔劇〕（能樂歌舞伎等演出者背後的）輔佐員

後見を受ける（受保護，受監護）

後見人（〔未成年人禁治產者的〕保護人，監護人）

後ろ見〔名〕監護（人），保護（人）（=後見）、後盾

後賢〔名〕後世的賢者

後言〔名〕背地說的話、造謠中傷（=陰口）

後顧〔名〕後顧

後顧の憂いを絶つ（消除後顧之憂）

後考〔名〕日後考慮

後考に待つ（留待日後考慮）

後項〔名〕〔數〕後項←→前項

後攻〔名〕〔體〕（比賽時）後攻←→先攻

後昆〔名〕後世、後裔，子孫

後鰓類〔名〕〔動〕後鰓目

後脚〔名〕〔動〕（脊椎動物的）後肢，後腿

後肢〔名〕〔動〕後肢，後腳（=後足、後脚）←→前肢、前足

後足、後脚、後脚〔名〕（四脚動物的）後腿（=後ろ足）←→前肢、前足

後足で立つ（用後腿站立）

犬が後足で砂を掛ける（狗用後腿扒沙子）

後足で砂を掛ける（比喻臨走還給人留下麻煩）

後足、尻足〔名〕後腳（=後足、後脚）

後足を踏む（躊躇不前）

後ろ足、後足〔名〕後肢，後腿（=後足、後脚）、倒退，往後退脫逃

後翅〔名〕（昆蟲）後翅←→前翅

後ろ羽、後羽〔名〕〔動〕後翅

後視〔名〕（測）後視

後事〔名〕以後的事，將來的事、死後的事

後事を託す（託付後事）

後室〔名〕〔舊〕（有身分人的）寡婦（=未亡人）、後屋

後車〔名〕後車←→前車

前車の覆るは後車の戒め（前車之覆後車之戒）

後者〔名〕後者，後來人←→前者

後者有るを信ず（相信有後來人）

後主〔名〕後主、後任君主

後述〔名、自サ〕後述，以後講述←→前述

詳しくは後述する事と為て此処では概略を述べる（以後再詳細講這裡只敘述大概）

後序〔名〕（書本等的）後序

後証〔名〕日後的證據

後章〔名〕後章←→前章

後檣〔名〕（船）後檣

後檣帆桁（後檣帆椼）

後障害〔名〕〔醫〕（核爆炸等放射能造成的）後遺症

後身〔名〕轉生，轉世（=生まれ変わり）、身分境遇發生變化（的人）、（由前身發展的）後身

華族の後身が雑貨商を為ている（貴族身分一變而經營雜店）

東京専門学校の後身が早稲田大学だ（東京專門學校的後身是早稻田大學）

後ろ身、後身〔名〕（衣服的）後身，後背部

後進〔名、自サ〕後進，晚輩、落後，發展較晚、後退，向後行駛←→前進

後進の世話を為る（照顧後輩）
後進に道を開く（為後進開路）
後進の青年を引き立てる（提拔後進的青年）
後進国から一躍先進国と為る（由落後國一躍而為先進國）
後進装置（倒退裝置）

後人〔名〕後人，後代人←→前人

後塵〔名〕後塵
後塵を拝する（步後塵落後）

後成説〔名〕〔生〕後生說，漸成說

後生組織〔名〕〔生〕次生組織

後節〔名〕後一節，後一局←→前節

後送〔名他サ〕後送，往後方輸送、以後再寄
重傷者を後送する（往後方輸送重傷者）
後送病院（後送醫院）
残り品は後程後送する（剩下的東西以後再寄）

後奏〔名〕〔樂〕尾曲

後装〔名〕後裝、後膛裝塡
後装砲（後膛裝塡砲）

後続〔名〕後續
後続部隊（後續部隊）
後続梯団（跟進梯隊）

後退〔名、自サ〕後退、倒退（＝後退り）←→前進
景気の後退（景氣的衰退）
車を後退させる（倒車）
敵は反撃に堪え兼ねて後退する（敵人不堪反攻而後退）
成績が段段後退する（成績逐漸退步）
前進しなければ後退する（不進則退）
後退角（〔空〕後退角）
後退翼（〔空〕後退翼）

後退り、後退り、後退り〔名、自サ〕（面向前）後退，驚退、退縮，畏縮（＝尻込み、後込み）
馬が後退りする（馬驚退）

犬に吠えられて後退りする（被狗吠得向後退）
然う後退りするなよ（別那麼畏縮不前呀！）

後代〔名〕後代、後世
後代迄語り草と為て残る（作為話題流傳到後世）

後大脳〔名〕〔動〕後腦

後脳〔名〕〔解〕後腦

後段〔名〕後段←→前段
後段に述べる如く（如後段所述）

後端〔名〕後端、後面的一端

後置詞〔名〕〔語〕後置詞

後腸〔名〕〔解〕後腸

後凋〔名〕歲寒然後知松柏之後凋

後沈〔名〕〔化〕後繼沉澱（作用）

後庭〔名〕後院、〔古〕後宮，後殿

後天〔名〕〔哲〕後天（＝ア。ポステリオリ a posteriori）←→先天
後天性（後天性）
後天形質（〔生〕後天性狀獲得性）
後天的（後天的）

後図〔名〕後策、將來的計劃
後図を計る（籌畫後策）
後図を策する（籌畫後策）

後頭〔名〕〔解〕後頭頂、後腦殼
後頭部（後頭部）

後難〔名〕後患，不良後果、〔古〕後人的非難
後難を恐れる（害怕後患）
後難を残す（留下後患）
後難を避ける（避免後患）

後任〔名〕後任（者）←→先任、前任
後任を捜す（物色繼任者）
後任の市長（後任的市長）
後任が来る迄代理を為る（在後任到來前代理職務）
後任に事務の引き継ぎを為る（向後任者交代工作）

ㄏ

ㄏ

後任に選ばれる（被選定為後任任者）
後任に指名される（被指定為後任者）
私は後任者が決まり次第止めます（一旦有了繼任我就辭職）
彼の後任の物色が難しい（很難物色到繼任他的人）
後任難（找不到後繼者）

後熱〔名〕（焊接等的）後熱

後年〔名〕後期、晚年
政界に勢力を振るったが、後年職を辞して郷里に帰った（在政界曾顯赫一時後來卻辭職還郷了）

後背〔名〕背後、後面（=背後、後ろ）
後背地（腹地）

後輩〔名〕後進、後生、下屆同學、下屆生←→先輩
学校の後輩（學校的下屆同學）
後輩を引き立てる（提拔後進）
彼は私よりずっと後輩だ（他是比我晚好幾年的同學）

後配株〔名〕〔商〕後分紅股

後発〔名、自サ〕後出發、後發起←→先発
後発隊（後出發隊伍）
後発病（續發病）
後発メーカー（後起的製造商）

後発酵〔名〕〔化〕後發酵

後半〔名〕後半、後一半←→前半
前半は易しいが、後半は難しい（前一半容易可是後一半難）
後半期（後半期）
後半生（後半生）
後半戦（後半場）

後尾〔名〕後尾
行列の後尾（行列的隊尾）
後尾灯（尾燈）

後備〔名〕後備（=後備え）
後備隊に編入される（被編入後備隊）

後備兵（後備兵）

後備え〔名〕後陣、殿後（=殿）←→先備え

後便〔名〕下回的信、下回郵寄
委細後便で（に）申し上げます（詳情下回函告）
依頼の品は後便で送る（你要的東西下次寄去）

後部〔名〕後部、後面←→前部
列車の後部（列車的後部）
後部座席（後面的座位）
後部船室（後艙）
後部車輪（後輪）
後部車掌（車尾列車員）

後編、後篇〔名〕後編、下編
物語は後編で愈愈盛り上がる（故事在後編才見形成高潮）

後母〔名〕繼母（=継母）

後方〔名〕後方←→前方
後方勤務に回される（被派去擔任後勤）
後方に連れて行く（帶到後方去）
敵の後方を襲う（襲擊敵人的後方）
後方部隊（後方部隊）
後方基地（後方基地）

後方〔名〕後方、後邊←→前
後方に瞠若たらしめた（使瞠乎其後）

後面〔名〕後面、後部（=後方）

後報〔名〕後來的消息、下一步消息
後報を待っている（等待著下一步的消息）

後門〔名〕後門←→前門
前門の虎、後門の狼（前門拒虎後門進狼）

後憂〔名〕日後的麻煩、後日的憂慮

後葉〔名〕後代、後裔、子孫

後来〔名〕今後、將來（=今後）
後来を戒める（警戒未來）

後楽〔名〕先天下之憂而憂後天下之樂而樂

2280

後流〔名〕〔空〕滑流

後輪〔名〕後輪↔前輪

後列〔名〕後排↔前列
　後列三步後へ（後排向後三步走！）

後ろ、後〔名〕後、後面（＝後）、背，背面，背後，背地裡（＝背面。陰）
　後ろの席（後座）
　ずっと後ろの方に座る（坐在靠後面）
　後ろへ回る（繞到後面）
　後ろを振り返る（回過頭看）
　後ろから押す（從背後推）
　人の後ろに隠れる（藏在人的背後）
　机の後ろに落ちている（掉在桌子後面）
　敵の後ろを襲う（襲擊敵人的背後）
　心配するな、後ろには俺が付いている（別害怕背後有我在）
　其の後ろに隠れた事実がもっと有る（背後還有許多文章）
　面と向かっては持ち上げ、後ろに回っては悪口を叩く（當面捧場背後咒罵）
　後ろを付ける（給演員提詞）
　後ろを見せる（敗走）

後ろ明かり、後明り〔名〕從背後射來的光線

後ろ上がり、後上り〔名〕（西服等）後身短

後ろ合わせ、後合せ〔名〕背靠背、相反，相背
　後ろ合わせに立つ（背靠背地站）

後ろ板、後板〔名〕（貨車的）後車板

後ろ押し、後押〔名〕後盾、後援（者）（＝後押し）

後押し〔名、他サ〕（在後面）推（的人），支援（者）
　車を後押しする（在後面幫助推車）
　坂道で車の後押しを為る（在上坡道幫忙推車）
　後押しを必要と為る（需要支援）
　二、三人後押しが欲しい（希望兩三個支援的人）

後押さえ、後押え〔名〕（行軍時走在最後的）殿尾，殿後（＝殿）

後ろ影、後影〔名〕背影，後影（＝後ろ姿、後姿）
　見えなくなる迄後ろ影を見送る（目送背影直到看不見才停止）

後ろ姿、後姿〔名〕後影，背影，從後面看的姿態（＝後ろ影）
　君の後ろ姿は君の御父さんとそっくりだ（你從背後看完全像你的父親）
　走って行く彼の後ろ姿が見えた（看到了他跑去的背影）
　後ろ姿をじっと見送る（目不轉睛地目送背影）

後ろ髪、後髪〔名〕腦後的頭髮
　後ろ髪を引かれる（牽腸掛肚依依不捨）
　後ろ髪を引かれる心地であった（難捨難離的心情）

後ろ側、後側〔名〕後側、後方、後部
　家の後ろ側（房屋的後面）

後ろ傷、後傷〔名〕（逃跑時）背後受的傷↔向こう傷

後ろ暗い、後暗い〔形〕虧心（＝後ろめたい 後めたい）
　彼には何か後ろ暗い事が有り然うだ（他像有甚麼虧心事似的）
　私には後ろ暗い所は毛頭ない（我沒有一點見不得人的地方）

後ろめたい、後めたい〔形〕感到內疚（＝疚しい。後ろ暗い）〔古〕感到不安（＝心毛頭ない）

後ろ楯、後楯〔名〕後盾、後援、後台、靠山
　後ろ楯が有る（有靠山）
　後ろ楯が無い（沒有靠山）
　人の後ろ楯を為る（當別人的靠山）
　松の木を後ろ楯に取って戦った（他把背靠在松樹上進行了戰鬥）

後ろ付き、後付〔名〕從背後看的身材、背後的身段

後ろ飛び、後飛び〔名〕〔泳〕向後跳水
　後ろ飛び蝦型（向後曲體跳水）

ㄏ

後ろ飛び伸び型（向後直體跳水）

後ろ鉢巻き、後鉢巻〔名〕在腦後打結的纏巾←→向う鉢巻、横鉢巻

後ろ前、後前〔名〕（穿衣等）前後顛倒

後ろ前に為る（前後弄顛倒）

帽子を後ろ前に被る（倒戴帽子）

御前のシャツの着方は後ろ前だ（你襯衫前後穿反了）

後ろ身、後身〔名〕（衣服的）後身、後背部

後ろ身頃、後身頃〔名〕（衣服的）後身、後背部（=後ろ身、後身）

後ろ向き、後向〔名〕背著身，背著臉，（思想、行動等）倒退，向後看←→前向き

驢馬に後ろ向きに乗る（倒騎毛驢）

背中を流せと後ろ向きに為る（說擦擦背而背過臉去）

後ろ向きの意見（倒退的意見）

後ろ向きの考え方（倒退的想法）

後ろ向きの姿勢では発展は無い（採取後退的姿勢是沒有發展的）

後ろ指、後指〔名〕（鳥的）後趾，（常用〜をする）背後指責，暗中責罵

人に後ろ指を指される（被人在背後指責）

後ろ指を指されない様に為よ（被讓人背地裡罵你）

彼女は人に後ろ指を指された事が無い（她從未被人背後責罵過）

後〔名〕後方，後面（=後ろ）、以後（=後）、以前（=前）、之後，其次，以後的事，將來的事。結果，後果，其餘，此外，子孫，後人，後任，後繼者，死後，身後（=亡き後）

後を振り向く（向後面看）

後へ下がる（向後退）

後から付いて来る（從後面跟來）

故郷を後に為る（離開家鄉）

後に為る（落到後面、落後）

後に続く（接在後頭、跟在後面）

行列の一番後（隊伍的最後面）

後で電話します（隨後打電話）

此の後の汽車で行く（坐下次火車去）

後二、三日で用事が済む（再過兩三天事情可辦完）

一週間後に帰る（一星期後回去）

御飯を食べた後で散歩を為ます（飯後散步）

もう二年後の事に為った（那已是兩年前的事情）

後に為る（推遲、拖延、放到後頭）

後に回す（推遲、拖延、放到後頭）

彼が一番後から来た（他是最後來的）

後から後から来る（一個接一個地來）

後を見よ（〔書籍上常用的〕見後）

後は何を召し上がります（其次您還想吃甚麼？）

後の所は宜しく（我走以後事情就拜託你了）

後は如何為るか分かった物じゃない（將來的事誰也不知將會如何？）

後は想像に任せる（後來的事就任憑想像了）

例の件は後が如何為りましたか（那件事結果是如何？）

後は如何為るだろう（後果會如何呢？）

後は私が引き受ける（後果我來承擔）

後は明晩の御楽しみ（其餘明天晚上再談）

後は知らない（此外我不知道）

後は拝眉の上（〔書信用語〕餘容面陳）

其の家は後が絶えた（那一家絕後了）

御後は何方ですか（您的後任是哪位？）

後を貰う（再娶續弦）

後に残った家族（死後的遺屬）

後を弔う（弔唁）

後の雁が先に為る（後來居上）

後は野と為れ山と為れ（〔只要現在好〕將來如何且不管他）

後へ引く（擺脫關係、背棄諾言）

あんなに約束したのがから今更後へは引けない（因已那樣約定了事到如今不能說了不算）

一歩も後へ引かない（寸步不讓）

後へも先へも行かぬ（進退兩難、進退維艱）

後を引く（永無休止、沒完沒了）

彼の男の酒は後を引く（他喝起酒來沒完沒了）

跡〔名〕痕跡（＝印）、跡象（＝形跡）、蹤跡（＝行方）、遺跡（＝遺跡）、家業（＝家督）。（也寫作後）後繼者（＝後継）

　足の跡（腳印）

　血の跡（血的痕跡）

　蚊に刺された跡（被蚊子叮了的痕跡）

　跡が付く（留下痕跡）

　其の顔には苦痛の跡が現れていた（他的臉上顯出痛苦的跡象）

　人の入った跡が無い（沒有進去過人的跡象）

　進步の跡が見える（現出進步的跡象）

　人の跡を付ける（跟蹤、追蹤）

　悪い事を為て跡を晦ます（做了壞事躲起來）

　古い御寺の跡（古寺的遺跡）

　先覚者の跡を訪ねる（訪問前輩的遺跡）

　跡を取る（継ぐ）（繼承家業）

　彼が私の跡へ座る（他來接替我的工作）

　跡を追う（追趕、仿效、緊跟著死去）

　跡を隠す（藏起、躲起）

　跡を絶つ（絕跡）

　跡を弔う（弔唁）

　跡を濁す（留下劣跡）

跡を踏む（步後塵、沿襲先例）

跡、迹〔名〕痕跡、蹤跡、跡象、繼承家業的人

　車の跡（車印）

　傷の跡（傷痕）

　彼は公金を横領して跡を晦ました（他盜用公款後消聲匿跡了）

　一向悔い改めた跡が見えない（一點也看不出悔改的跡象）

　私は此の子に跡を取らせる積りだ（我打算讓這個孩子繼承家業）

跡、址〔名〕遺址

　古い城の跡（古城的遺址）

跡、痕〔名〕痕跡

　腿に手術の跡が有る（大腿上有動過手術的痕跡）

後味〔名〕（吃喝後的）口中餘味、〔轉〕餘味，回味

　此の薬は後味が悪い（這藥吃過後嘴裡不好受）

　其の話は後味が良い（那故事令人感到回味無窮）

　後味の悪い夢（醒來感到不快的夢）

　其の劇は観客に嫌な後味を与えた（這齣戲讓觀眾看後留下了不愉快的印象）

後後〔名〕（後的強調說法）以後、後來（＝後後）
←→前前

　後後の事は宜しく願います（以後請多幫忙）

　親は子供の後後の事迄心配する（作父母的要為兒女日後的事情操心）

後後〔名〕將來、久後、子孫後代

　後後の事を心配する（擔心將來的事）

　後後の為（為了將來）

　後後の備えを為る（為將來作準備）

　彼は後後の事等考える人では有りません（他不是那種為將來打算的人）

　後後の事を御頼み申します（將來的事拜託了）

ㄏ

御親切は後後迄忘れません（您的好意我永遠也不忘）

後返り、後返〔名〕從原路返回去、後空翻（翻筋斗）

忘れ物を為て後返を為る（忘了東西又折回去）

後書、後書き〔名〕（書信的）附筆、（書籍的）後記，結尾語←→前書、端書

後片付け〔名、自サ〕收拾、整理、善後（＝後始末）

部屋の後片付けを為る（收拾屋子）

食事の後片付けを為る（飯後收拾桌子）

後始末〔名、他サ〕清理、收拾、善後（＝後片付け）

仕事の後始末を済ませてから家へ帰る（把工作清理後回家）

後始末が未だ付いていない（還沒有清理完）

そんな事を為ると後始末に困る（如此做不好善後）

息子の借金の後始末を為る（替兒子還債）

後仕舞〔名〕（工作結束後）整理、清理（＝後始末）

後金、後金〔名〕（未付的）債款，尾款←→前金

後金を入れる（付尾款）

後金を支払う（付尾款）

後釜〔名〕後任、繼任（人）（＝後任）

後釜に座る（接任）

後釜に据える（派…繼任）

妻に死なれて後釜を貰う（喪妻之後續弦）

後腐れ、後腐れ〔名〕事後留下的糾紛、作事拖泥帶水

後腐れの無い様に為る（在事後不留下糾紛）

後腐れの無い様に始末を付けて置く（妥善處理以免留下麻煩）

後口〔名〕餘味，回味（＝後味）、（吃喝到味道不好的東西後）改換口味，清爽的東西。

後任者，接替者，後面的人、後申請（的人），後來到的人

此の薬は苦いから後口が欲しい（這藥很苦想吃點清爽的東西）

後口が控えているから早く用事を済ませろ（因後面有人在等請你趕快把事情辦完）

後口の方に片付ける（先處理後申請的）

後月〔名〕前月、上個月

後先〔名〕前後（＝前と後ろ）、兩端，首尾，次序（＝始めと終わり。順序）。

前後顛倒，本末倒置、前前後後，前後的情況，未來的結局

後先を見回す（環顧前後）

文の後先で意味を判断する（憑句子的前後來判斷意思）

鉛筆の後先を削る（把鉛筆兩端削尖）

後先を三センチ宛延ばす（兩端各延長三公分）

話の後先に注意して下さい（請注意談話的次序）

後先を誤る（弄錯次序）

話（の順序）が後先に為る（話說顛倒了）

順序が後先に為る（次序顛倒）

後先に為る（弄顛倒）

後先の考えも無く家を飛び出した（也沒有好好考慮一下就從家裡跑出去了）

後先を考えずに物を言う（冒冒失失地隨便說話）

後先構わず（見ずに）（不顧前後冒冒失失）

後作〔名〕〔農〕（主要作物收割後）後種作物（＝裏作）←→表作

後産、後産〔名〕胎盤胎衣等

後産が未だ下りて来ない（胎衣還沒下來）

後白浪、跡白浪〔連語〕（用白浪與知らない的雙關說法）蹤影俱無

後白浪と消え失せる（逃之夭夭、不知去向）

後白浪と逃げる（逃之夭夭、不知去向）

後白浪と立ち去った（去後杳無蹤影）

後刷り〔名〕（用初印版）重印、重印本

後染め〔名〕〔紡〕織後染色、按件染色

後知恵〔名〕〔俗〕事後聰明

下司の後知恵（愚人的事後聰明）

後付、後付け〔名〕（附在本文後）附加資料（包括編後記，索引，附錄等）←→前付け

後連れ、後連〔名〕繼室、後妻（＝後添い）

後添い〔名〕後妻、續弦（＝後連れ、後連、後妻）

後添いを迎える（續弦）

後波〔名〕沖流（破浪）

後の祭り、後の祭〔連語〕（原意是祭祀的第二天）已經來不及、錯過時機

今と為っては後の祭りだ（事到如今已經來不及了）

後腹〔名〕產後腹痛。〔轉〕（因花錢等而感到的）事後痛苦，事後受罪、後妻所生的子女

後腹が病める（事後感覺苦惱）

後引き、後引〔名〕（特指喝酒）喝起來沒完沒了、越喝越想喝

後引き上戸（貪杯的酒徒）

後棒〔名〕（兩人抬轎）後邊抬的人←→先棒

後回し、後廻し〔名〕推遲、緩辦、往後推

此れは後回しに為よう（這個以後再辦吧！）

面倒な仕事は後回しに為る（麻煩的事情緩辦）

後戻り〔名自サ〕往回走，返回（＝引き返す）、後退，退步

今来た道を後戻りする（從剛才來的路往回走）

戦争の影響で工業生産が後戻りした（因戰爭的影響工業生產後退了）

病気が後戻りする（舊病復發）

後厄〔名〕厄運後的一年←→前厄

後山〔名〕新礦工、運煤工、推車工←→先山

後〔名〕後，之後，以後（＝後と）←→前、先。今後，將來，未來、死後，身後、後世

五日後（五天後）

曇り後晴れ（陰轉晴）

十年の後（十年以後）

洋服は注文の日より一週間後に出来上がります（西服訂做後一星期做好）

食事の後に散歩する（飯後散步）

式が終わって後に余興が有る（儀式之後有餘興）

其の事は後に述べる（那一點以後再講）

後に為って苦情を言う（事後抱怨）

地震の後に大火が有った（地震之後發生了大火）

後の為に貯える（為將來儲存起來）

千年の後世界は如何為るだろう（一千年以後的世界會是甚麼樣子？）

後は後、今は今（將來是將來現在是現在）

後の世の為に名作を残す（為後世留下名著）

後を事を心配する（為後事擔憂）

後の人人の批評を待つ（等待後世的人們批評）

後の千金より今の百文（未來的千金不如眼前的百文）

後方〔名〕過一下子、回頭（＝後程）

後程〔副〕過一下子、回頭、隨後（＝後刻）

後程御伺いします（等一下去拜訪您）

後程詳しく御話し致します（等一下再詳細告訴您）

では又御目に掛かりましょう（那麼回頭見）

後仕手〔名〕〔劇〕（能劇，狂言等）在後場中出場的主角←→前仕手

後の月〔名〕下一月（＝来月）、閏月、陰曆九月十三日晚上的月亮

後込む、尻込む〔自五〕後退、倒退、躊躇，畏縮

馬が後込む（馬向後退）

皆後込んで手を出さない（大家都躊躇不動手）

後込み、尻込み〔名、自サ〕後退、倒退、躊躇、畏縮（=躊躇い）

川を前に為て馬が後込みして前へ進まない（馬來到河邊向後退不肯前進）

推薦されても後込みしても受けない（被推薦了也躊躇不肯接受）

皆後込みを為て手を出然うと為ない（大家都躊躇不想伸手）

彼はどんなに骨を折れる仕事を与えられても後込みする事が無い（給他多麼吃力的工作他都不畏縮）

後れる、遅れる〔自下一〕遲，晚，誤，遲到，耽誤，沒趕上，落後，沒出息，慢←→進む

汽車に後れる（沒趕上火車）

約束の時間に一時間後れる（比約定的時間晚了一小時）

汽車が二十分後れた（火車誤點二十分鐘）

学校に後れる（上課遲到）

返事が後れて失礼しました（回信晚了很對不起）

彼は後れて遣って来た（他來得晚）

彼の人は後れて許りいる（他總是遲到）

一日後れば一日丈損（得）（晚一天就耽誤〔便宜〕一天）

今年は季節が後れている（今年節氣晚）

作物が後れている（莊稼成熟得晚）

此れから後れない様に為て呉れ（以後請不要再遲到）

後れた国（落後的國家）

知恵の後れた子（智力發育較晚的孩子）

流行に後れる（落後於時代）

時代に後れる（落後於時代）

時勢に後れる（落後於形勢）

妻に後れる（死於妻子後頭）

後れまいと先を争う（爭先恐後）

殆ど一世紀後れている（幾乎落後一個世紀）

経済的には貧しく、文化的にも後れている（一窮二白）

五メートル後れて二着でゴールイン（落後五米以第二名進入決勝點）

僕は数学が一番後れている（我的數學最差勁了）

此の点では世界の先進諸国より遥かに後れている（這點比世界先進國家還遠遠落後）

此の時計は一日に三分宛後れる（這錶每天慢三分鐘）

僕の時計は五分後れている（我的錶慢五分鐘）

後れ、遅れ〔名〕晚，落後、畏縮，膽怯（=気後れ）。〔理、電〕時滯，時間滯差、移後，落後，滯留

一時間の後れ（晚一個小時）

三分後れで発車（晚三分鐘開車）

時代後れの思想（落後於時代的思想）

流行後れの服（不流行的服裝）

後れを取る（落後、輸給別人）

競争に後れを取る（在競争上落後）

外国にも後れを取れない（也不落後於外國）

彼の人は何事にでも人に後れを取る事が嫌いだ（他無論什麼事都不願落在別人後面）

後れを取り戻す（把落後彌補上、挽回落後情況）

病気で一学期休んで後れを取り戻す（把因病耽誤的一學期補上）

後らせる、遅らせる〔他下一〕推遲，延遲，拖延、使後退，撥回，撥慢

返事を後らせる（推遲答覆）

夕食を三十分後らせる（把晚飯鹽後三十分鐘）

卒業を一年後らせる（延後畢業一年）

新葉の発育を後らせるか又は妨げる（延誤或阻礙新葉的發育）

時計を十五分後らせる（把鐘錶撥慢十五分鐘）

後らす、遲らす〔他五〕推遲，延遲，拖延，使後退，撥回，撥慢（＝後らせる、遲らせる）

後れ毛〔名〕（女子兩鬢）攏不上的短髮

後れ毛が少し彼女の耳の上に垂れ掛かっていた（一綹短髮披散在她的耳朵上面）

後れ咲き〔名〕晚開、遲開（的花）

後れ咲きの花（晚開的花）

庭に後れ咲きの老梅が有る（院子裡有晚開的老梅樹）

後れ馳せ〔名〕（趕來得）較晚，晚些，為時已晚，事後

後れ馳せの警告（馬後炮的警告）

後れ馳せに遣って来る（來得晚遲到）

後れ馳せに駆け付ける（事後才趕到）

自分が間違っていたのを後れ馳せながらも着付いた（事後才意識到自己錯了）

後れ馳せながら以上御報告申し上げます（雖然略晚特此奉告）

私は後れ馳せながら火事場に駆け付けた（我晚了一步趕到了失火的現場）

後、臀、尻〔名〕屁股，臀部，後邊，後頭，最後，末尾，尖端，末端，後襟，底部，結果，後果，餘波

ズボンの尻が抜けている（褲子屁股破了）

子供の尻を叩く（打小孩屁股，督促孩子）

彼は私の方へ尻を向けて座った（他屁股朝著我坐下了）

人の尻に付いて行く（跟在別人後邊走）

女の尻を追い回す（追逐女人）

言葉尻（話把）

尻から数えた方が速い（從後頭數快）

成績は尻から五番目である（成績是倒數第五）

帳簿の尻を合わせる（核對帳尾）

縄の尻（繩頭）

杖の尻（拐杖尖）

尻を絡げる（〔為行動方便〕把後襟掖起來）

尻を捲る（撩起後衣襟）

鍋の尻（鍋底）

德利の尻（酒壺底）

尻を拭う（善後、擦屁股）

彼は何時も息子の尻を拭わされる（他經常替兒子收拾事後局面）拭う拭く

子供が悪戲を為たので隣から尻が来た（因為孩子淘氣鄰居找上門來了）

今更尻の持って行く所が無い（事到如今無處去追究責任了）

尻が暖まる（久居某處、久任某職、呆慣、住慣）

尻が重い（動作遲鈍、屁股沉）

尻が軽い（敏捷、活潑、〔女子〕輕浮、輕挑）

尻が来る（〔因有關係等〕受到牽連、〔為追究責任〕找上門來）

尻が据わる（久居某處、長呆下去）

尻が据わらぬ（居不久、呆不下去）

尻が長い（〔客人〕久坐不走）

尻から抜ける（記不住、聽過就忘）

尻から焼けて来る様（驚慌失措）

尻が割れる（壞事敗露、露出馬腳）

尻こそばゆい（〔心中有鬼〕穩不住神、難為情、不好意思）

尻に敷く（妻子欺壓丈夫）

尻に付く（當尾巴、跟在別人屁股後）

尻に火が付く（火燒屁股、迫切、緊急）

尻に帆を掛ける（急忙逃走）

尻も結ばぬ糸（做事有始有終、不願善後）

尻を食らえ（〔罵〕吃屎去吧！滾他的蛋！）

尻を据える（長期呆下去）

尻を端折る（掖起衣襟、省去末尾）

尻を引く（沒完沒了地要）

尻を持ち込む（前來追究責任、拿來善後的問題）

候（ㄏㄡˋ）

候〔名、漢造〕季節（五日為一候，三候為一氣）、刺探、等候、徵兆、（書信用語）讀作候（＝有ります）

春暖の候（春暖花開的季節）

斥候（斥喉、偵察兵）

伺候、祗候（伺候、請安）

参候（参候、宮内御歌所職員）

徵候、兆候（徵候、前兆、跡象）

気候（氣候）

天候（天氣）

測候所（氣象台）

時候（時令、節令、季節、氣候）

節候（時節）

候文（以候代替ます的文言書信體）

候鳥〔名〕〔動〕候鳥（＝渡り鳥）

候補〔名〕候補，候補人、候選、候選人

会長に候補に推す（推選為會長的候補人）

飛行場候補地（機場候補地）

候補に立つ（參加競選提名候選）

候補に推薦される（被提名為候選人）

候補者（候補者候選人）

候補生（候補生）

候〔自四〕〔古〕伺候，在左右（＝仕える。侍る）
（有る、居る、居る的敬語）有，在（＝有ります、居ります）

〔助動四型〕（接動詞連用形之後）表示謙恭的敬語（＝ます）

（接在にて、で及形容詞連用形後）是（＝御座います）

其の国の深山に候（在該地深山中）

参り候（去）

明日参り候（明天來）

…候間（因為）

…候趣（據說聽說）

…候由（據說、聽說）

都の者にて候（是京城的人）

懐かしゅう候（＝懐かしゅう御座います）（不勝懷念）

候文〔名〕候文（以候代替ます的文言書信體）

候〔助動〕（候的約音只用於一句話的末了）是（表示謙恭的敬語＝です。御座います。ます）

存じ上げ候（我知道）

候、伺〔自四〕（候、伺的變化＝候）

候〔名〕待機

酣（ㄏㄢ）

酣〔漢造〕飲酒而樂為酣、暢飲、香甜、沉浸舒暢的樣子

酣酔〔名〕酣醉

酣酔楽、甘酔楽（雅樂的一種）

酣、闌〔名、形動〕正盛，正濃、晚，深

宴酣だ（酒宴方酣）

酒宴が酣に為る（酒宴方酣）

春正に酣だ（春意正濃）

秋も酣の頃と為る（時至深秋）

齢酣為り（年紀已過中年）

試合は今正に酣だ（比賽正值高潮）

間も無く選挙戦も酣に為るだろう（不久競選活動也將達到高潮了）

私達は夜も酣に為る迄話した（我們談到深夜）

鼾（ㄏㄢ）

鼾〔漢造〕熟睡時所發的鼻息聲

鼾声〔名〕鼾聲（＝鼾）

鼾声雷の如し（鼾聲如雷）

鼾〔名〕鼾聲

鼾を立てる（打呼）

鼾を掻く（打呼）

大きな鼾を掻く（大聲打呼）

鼾を掻き始める（打起呼來）

含（ㄏㄢˊ）

含〔漢造〕包，含

含内（内含、包含在内）

包含（包含、蘊藏）

含意〔名、他サ〕含意

此の文章は法律の前で全て人は平等である事を含意している（這篇文章的含意是法律之前人人平等）

含羞〔名〕含羞（帶愧）（＝恥らう事）

含羞の心（含羞之心）

含羞草〔名〕〔植〕含羞草（＝眠り草）

含水炭素〔名〕〔化〕醣類、碳水化合物

含嗽〔名、自サ〕含嗽

含嗽剤で含嗽する（用含嗽藥嗽口）

含蓄〔名、他サ〕含蓄不明說、有言外之意（＝含み）

含蓄の有る言葉（很含蓄的話）

彼は中中含蓄の有る話を為る（他說的話很含蓄）

含味〔名〕食物含在口中的味道、玩味

含油〔名〕含油、含有石油

含油層（含油層）

含油頁岩（油母頁岩）

含油樹脂（含油樹脂）

含油軸承（含油軸承）

含有〔名、他サ〕含有

此の酒は多量にアルコールを含有している（這種酒含有大量酒精）

人体は多くの水分を含有している（人體含有大量水分）

毒物は三パーセント含有する（含有百分之三的毒物）

含有量（含有量）

ビタミンCの含有量（維他命C含有量）

含む〔自五〕〔古〕鼓起，膨脹（＝膨らむ）。〔花〕含苞

〔他五〕含，含有，帶有，包括、了解、知道、記住、懷（恨）

水を口に含む（口裡含水）

眼に涙を含む（眼裡含涙）

怒りを含んだ顔付（含怒的臉色）

鉄分を含んだ水（含有鐵分的水）

媚を含んだ目（含有媚氣的眼神）

報酬は一日千円、但し交通費を含む（報酬每天一千日圓但包括交通費在内）

此の事は良く含んで置いて下さい（這件事希望您很好地有所了解）

恨みを含む（懷恨）

彼に含む所が有る（對他有些怨恨）

含み〔名〕含，含有，包含，含蓄、暗示、伸縮餘地

含み資産（帳外資產）

非常に含みの有る言葉（非常含蓄的話）

含みを残して置く（留下伸縮餘地）

政治的な含み（政治的迴旋餘地）

決定事項に含みを持たせる（使決定事項帶伸縮於地）

此の事は御含み置き願います（這事請您記在心裡）

含み声〔名〕含混的聲音、嘴裡咕噥的語氣

含み声で聞き難い（語聲含混聽不清）

含み綿〔名〕和服袖口底襟内絮的鑲邊棉花、（演員等）為使臉頰豐盈含在口内的棉花

含み笑い〔名〕含笑、不出聲的笑

含まる〔自五〕包含、含有（＝含まれる）

寂と言う言葉には複雑な意義が含まっている（寂這個詞含有複雜的意思）

含まれる〔自下一〕包含、含有（＝含まる）

ビールにもアルコールが含まれている（啤酒裡也含有酒精）

含める〔他下一〕包含、包括，囑咐，告知，指導

ㄏ

新築費は税金を含めて総額四百万円に為る（新建費用包括稅款在內總額四百萬日圓）

言い含める（囑咐）

良く含めて遣ったから大丈夫でしょう（已經再三囑咐了不會出錯吧！）

含め煮〔名〕〔烹〕燉

含ませる〔他下一〕蘸，吸（液體）

筆に墨を含ませる（毛筆蘸墨）

赤ん坊に乳房を含ませる（給嬰兒餵奶）

含ませ〔名〕〔烹〕燉（=含め煮）

含む〔自四〕〔古〕鼓起、膨脹（=膨らむ）。〔花〕含苞（=含む）

〔四〕含，含有，帶有，包括，了解，知道，記住、懷（恨）

〔他下二〕蘸，吸（液體）（=含ませる）

邯（ㄏㄢˊ）

邯〔漢造〕邯鄲（戰國趙都，今河北邯鄲縣）

邯鄲〔名〕（中國地名）邯鄲。〔動〕邯鄲（蟋蟀科昆蟲，夏秋之際善鳴）

邯鄲の歩み（〔莊子〕邯鄲學步、比喻盲目學習別人結果一是無成、半途而廢毫無成就）

邯鄲の夢（枕）（邯鄲夢、黃粱美夢）

邯鄲の師（旅館的小偷=枕探し）

函（ㄏㄢˊ）

函〔漢造〕箱。〔地〕函館

投函（投入信箱、投入投票箱）

私書函（郵局私人信箱）

青函連絡船（從青森到函館的連絡船）

潛函（〔建〕沉箱）

函丈〔名〕（對師長的敬稱、常用於書信）函丈

函數、関数〔名〕〔數〕函數

出版物の量は文化程度の函数だ（出版物的數量是文化程度的標誌）

代数函数（代數函數）

微分函数（微分函數）

三角函数（三角函數）

函数関係（函數關係）

函数記号（函數記號）

函数式（函數式）

函数表（函數表）

函数空間（函數空間）

函数論（函數論）

函数行列式（函數行列式）

函数方程式（函數方程式）

函嶺〔名〕箱根山的異稱（=箱根山）

函、箱、匣、筥、篋〔名〕箱，盒，匣、客車車廂、三弦琴（=三味線）

マッチ箱（火柴盒）

林檎一箱（一箱蘋果）

本の一杯詰まった大きな箱（裝滿書的大箱子）

蜜柑を箱から出す（從箱裡拿出橘子）

箱に蓋を為る（蓋上箱蓋）

何の箱も満員だ（每個車廂都是客滿）

同じ箱に乗り合わす（坐上同一個車廂）

宴会に箱が入って愈愈賑やかに為った（宴會上彈起三弦琴更加熱鬧起來）

函折、函折り〔名〕（用馬糞紙等）疊紙盒

函折作業（疊紙盒的工作）

函河豚〔名〕〔動〕箱豚

涵（ㄏㄢˊ）

涵〔漢造〕水澤匯聚、包容

涵養〔名、他サ〕培養、培育

音楽の趣味を涵養する（培養音樂的興趣）

革命的精神は幼時より涵養す可きである（革命精神應自少年培養）

寒（ㄏㄢˊ）

寒〔名、漢造〕（大，小）寒、寒冷、貧寒、微寒 ←→暑

　寒の入り（入寒）
　寒の明け（出寒）
　寒が明ける（出寒）
　寒に入る（入寒）
　厳寒（嚴寒、極冷）←→酷暑
　大寒（大寒、嚴冬）
　小寒（小寒）
　貧寒（貧寒）
　避寒（避寒）←→避暑
　酷寒（嚴寒）←→酷暑
　極寒（非常寒冷）
　悪寒（惡寒、發冷）
　春寒（春寒）
　耐寒（耐寒）
　防寒（防寒、禦寒）
　余寒（餘寒、春寒）
　飢寒（飢寒）
　緋寒桜（緋寒櫻）

寒ずる〔自サ〕（天氣）嚴寒、寒冷（＝冷える）
寒じる〔自上一〕（天氣）嚴寒、寒冷（＝寒ずる）
寒明け、寒明〔名〕開春、寒盡春來←→寒入り
寒の入り、寒の入〔名、連語〕入寒←→寒明け、寒明
寒衣〔名〕寒衣
寒威〔名〕寒威、寒冷的威力
寒雨〔名〕寒雨、冬天冷冰冰的雨
寒雲〔名〕寒雲
寒家〔名〕貧寒人家、貧窮的家世
寒花〔名〕冬天開的花、比喻雪
寒害〔名〕寒害（＝凍害）
　小麦が寒害に遇う（小麥受寒害）
寒気〔名〕寒氣、寒冷←→暑気

　寒気凛冽（寒氣凜冽）
　寒気が増す（天氣越來越冷）
　寒気に負ける（忍受不了寒氣）
　寒気に堪える（耐寒）
　寒気を凌ぐ（戰勝寒氣、熬過寒冷）
　寒気を冒して（冒著寒冷）
　寒気が激しく為る（寒氣加劇）
　寒気が緩む（寒氣減弱）
　一日一日寒気が募る（一天比一天冷）
　立春が過ぎても寒気が去らない（立春已過而寒氣未消）

寒気〔名〕身上發冷、厭惡（＝悪寒）←→暑気

　寒気が為る（發冷、感覺寒冷）
　彼は少し寒気が為ると言う（他說他有一點發冷）
　寒気を覚える（感到寒冷、覺得發冷）
　見てもぞくぞくと寒気が為る（一看見就叫人噁心打寒顫）

寒菊〔名〕〔植〕寒菊
寒行〔名〕〔佛〕寒中的修行
寒極〔名〕〔地〕寒極
寒苦〔名〕寒苦、貧苦
寒苦鳥、寒苦鳥〔名〕棲息於印度喜馬拉雅山上的一種想像中的鳥、佛教以這種鳥比喻為懶惰不知大徹大悟的人
寒九〔名〕冬至後第九天

　寒九の雨は豊年の兆しと言われ、寒九の水は薬と為て特効が有ると言われる（據說寒九降雨兆豐年寒九之水是特效藥）

寒具〔名〕防寒用具、寒食節吃的東西
寒稽古〔名、自サ〕（柔道，劍道，歌舞，三弦等的）冬季練功、冬季鍛鍊

　毎朝五時から寒稽古する（每天早晨五點起開始冬季鍛鍊）
　一月に入ると、早朝の寒稽古が始まった（一進入一月就開始了清晨的冬季鍛鍊）
　剣道の寒稽古に通う（去參加冬季劍道鍛鍊）

ㄏ

寒月〔名〕冬天的月亮
寒月中天に掛かる（寒月懸中天）

寒喧〔名〕冷暖（＝寒暖）
寒喧を叙す（敘寒問暖）

寒紅梅〔名〕〔植〕寒紅梅

寒肥〔名〕冬季施肥
畑に寒肥を遣る（往田裡施冬肥）

寒声〔名〕冬季鍛鍊嗓音
寒声を為る（冬季練嗓子）

寒声〔名〕冷得顫抖的聲音

寒生〔名〕貧窮書生、貧窮身分

寒垢離〔名〕冬季用冷水潔身向神佛祈願
寒垢離を取る（舉行冬季冷水沐浴祈願）

寒国〔名〕北國、寒冷地方↔暖国

寒剤〔名〕〔化〕冷卻劑、冷凍劑
温度を下げるのに寒剤を使う（使用冷卻劑降低溫度）

寒桜〔名〕寒櫻、冬天開花的櫻樹

寒製〔名〕冬季製造（的東西）（＝寒晒）

寒晒〔名〕在冬季裡曬乾（的東西）、凍米粉（＝寒晒粉）
寒晒粉（凍糯米粉）

寒室〔名〕寒室、種植寒帶植物的房間

寒湿〔名〕寒與濕、寒氣和濕氣

寒疾〔名〕傷風、感冒（＝風邪）

寒暑〔名〕寒暑、冷暖（＝寒さと暑さ）
寒暑の挨拶（寒暑的問候）
寒暑の変化が激しい（冷暖的變化激烈）
大陸は寒暑の差が大きい（大陸上溫差大）
寒暑に耐える（耐寒耐熱）
寒暑を叙す（問候寒暑）

寒色〔名〕寒色、藍色系統的顏色↔暖色、温色

寒食〔名〕寒食節（冬至後第一百零五天，中國古代自該日起三天不生火做飯故稱寒食）

寒心〔名、自サ〕寒心、害怕
寒心に堪えない（不勝寒心）

道徳の頹廃は寒心す可き物が有る（道德之敗壞令人寒心）

寒水〔名〕冷水、冬季的水

寒水石〔名〕〔礦〕寒水石（可供雕刻或建築）

寒蝉、寒蟬〔名〕〔動〕寒蟬

寒村〔名〕寒村、荒村、貧寒的鄉村
僕は電燈も無い様な寒村に生まれた（我出生於連電燈都沒有的貧寒村莊）

寒郷〔名〕貧寒的鄉村（＝寒村）、自己的鄉里

寒帯〔名〕〔地〕寒帶↔熱帯
亜寒帯（亞寒帶）
寒帯気候（寒帶氣候）
寒帯動物（寒帶動物）
寒帯植物（寒帶植物）
寒帯林（寒帶林）

寒卵〔名〕冬季產的雞蛋

寒暖〔名〕寒暖、寒暑、冷暖
寒暖常ならず（冷暖不定）
寒暖の差（冷暖之差）
寒暖の激しくない温和な気候（冷熱變化不劇烈的溫和氣候）

寒暖計〔名〕寒暑表、溫度計、溫度表
摂氏寒暖計（攝氏溫度計）
華氏寒暖計（華氏溫度計）
寒暖計が上がる（寒暑表上昇）
寒暖計が下がる（寒暑表下降）
寒暖計が二十五度に上がっている（溫度計上升到二十五度）
寒暖計が二十五度に下がっている（溫度計下降到二十五度）
此処では真夏でも寒暖計が三十度に上がる事は滅多に無い（在這裡盛夏溫計表也很少上升到三十度的時候）

寒地〔名〕寒冷地帶↔暖地，熱地、貧寒地區
寒地植物（寒地植物）
寒地での生活は苦しい（寒冷地區的生活艱苦）

寒竹、漢竹〔名〕〔植〕紫竹、漢竹

寒中〔名〕隆冬、嚴冬
　寒中水泳（寒冬游泳）
　寒中見舞（寒冬問候）
　寒中も薄着で通す（嚴寒的冬天也穿單薄衣服度過）
　寒中にも外へ出て体を鍛える（在最寒冷的冬天還到外面去鍛鍊身體）

寒造り、寒造〔名〕用冬天的水造酒或所釀造的酒

寒椿〔名〕〔植〕（冬季開花的）山茶

寒天〔名〕寒天，寒空（=寒空）、洋菜
　寒天の星（寒冷天空的星星）
　寒天培養基（洋粉細菌培養基）

寒天版〔名〕膠版、謄寫版（=蒟蒻版）

寒点〔名〕皮膚上感覺寒冷的部位（=冷点）←→暖点

寒灯〔名〕寒夜的燈光

寒熱〔名〕冷和熱、冷暖變化
　寒熱往来（生病時忽冷忽熱）

寒念仏、寒念仏〔名〕〔佛〕寒冬季節在山野高聲念佛、冬夜敲磬拜廟念佛

寒波〔名〕〔氣〕寒流←→熱波
　寒波が襲来する（寒流來襲）
　関東地方は激しい寒波に襲われる（關東地區受到強烈寒流襲擊）
　シベリアから寒波が押し寄せた（寒流由西伯利亞湧來）

寒梅〔名〕寒梅
　寒梅が開いた（寒梅開了）

寒貧〔名〕赤貧
　素寒貧（窮光蛋）

寒風、寒風〔名〕寒風、冷風←→暖風
　寒風が吹き荒ぶ（寒風凜冽）
　寒風肌に徹す（寒風刺骨）
　身に切る様な寒風（刺骨的寒風）

寒鮒〔名〕冬季捕的鯽魚

寒紅〔名〕〔古〕寒紅（三九天製造的胭脂，舊時認為是最上等的胭脂，認為可治小孩口腔之病）

寒牡丹〔名〕冬牡丹

寒参り、寒詣〔名、自サ〕〔宗〕三九天每夜參拜神佛（的人）

寒詣で、寒詣〔名、自サ〕〔宗〕三九天每夜參拜神佛（的人）（=寒参り、寒詣）

寒負け、寒負〔名〕怕冷、因天冷而損害健康

寒餅〔名〕冷季時做的黏糕

寒夜、寒夜〔名〕寒夜、冬夜

寒雷〔名〕冬雷、冬季打雷

寒流〔名〕寒流、低溫水流←→暖流
　日本近海の寒流には千島海流が有る（日本近海的寒流有千島海流）

寒林〔名〕冬季枯萎的林

寒冷〔名、形動〕寒冷
　寒冷の地（寒冷地區）
　寒冷を覚える（感覺冷）
　寒冷な空気（冷空氣）
　寒冷療法（冷凍療法）
　寒冷前線（冷鋒）
　寒冷紗（冷布珠羅紗〔做蚊帳窗簾等用〕）
　寒冷地（寒冷地區）

寒烈〔形動〕嚴寒
　寒烈な冬（嚴寒的冬天）

寒露〔名〕晚秋到初冬的露水、二十四節氣之一

寒い〔形〕寒冷←→暑い，膽怯，心虛，貧寒，簡陋
　冬は寒い（冬天冷）
　今日は馬鹿に寒い（今天冷得真厲害）
　寒くて敵わない（冷得受不了）
　寒くて震える（冷得發抖）
　朝晩は大分寒く為りました（早晚變得很冷了）
　御寒う御座います（〔冬天寒暄語〕今天很冷啊！）
　シベリアはとても寒い所だ（西伯利亞是個非常冷的地方）

ㄏ

私は寒いのは平気だ（構わない）が、暑いのは閉口だ（我對冷倒不在乎對熱可受不了）

今は寒い絶頂だ（現在是最冷時期）

肌を刺す様に寒い（冷得刺骨）

彼は寒然うに見える（看起來他好像很冷）

御金も乏しく為るし、誠に寒い事だ（錢也越來越少實在令人擔心）

随分御寒い旅館だね（真是個簡陋的旅館啊！）

懐が寒い（腰包空虚手頭拮据）

寒さ〔名〕寒冷、冷的程度

身を切る様な寒さ（寒冷刺骨）

肌を刺す様な寒さ（寒冷刺骨）

此の頃の寒さは身に凍みる（最近寒風刺骨）

飢えと寒さに迫られる（飢寒交迫）

寒さに堪える（耐寒）

寒さを忍ぶ（耐寒）

私は寒さに弱い（我怕冷）

寒さを避ける（避寒禦寒）

寒さを防ぐ（避寒禦寒）

今年の寒さは又格別だ（今年冷的程度真特別）

今年は二十年来の寒さだ（二十年来今年最冷）

寒さ凌ぎ〔名〕耐寒、禦寒（物）

寒さ負け〔名、自サ〕怕冷、易感冒

寒がる〔自五〕覺得冷、怕冷

彼は寒がって震えている（他冷得直發抖）

彼は体が弱いから寒がるのだ（他因為身體弱怕冷）

寒がり〔名〕容易感覺冷（的人）、怕冷（的人）

僕は寒がりだ（我是個怕冷的人）

然し、君の様な寒がりは無いな（可是還沒有像你這樣怕冷的人）

寒がり屋（怕冷的人）

寒気立つ〔自五〕覺得發冷、感覺寒冷、恐懼、害怕、毛骨悚然（＝怖気立つ）

寒気立つ、総毛立つ〔自五〕毛骨悚然

見た丈でも寒気立つ（只看一眼就害怕得毛骨悚然）

寒寒〔副、自サ〕冷冰冰、冷颼颼、蕭條、淒涼

寒寒と為た部屋（冰冷的屋子）

目の前に冬の海が寒寒と横たわっていた（眼前是一片寒氣逼人的海洋）

寒寒と為た風景（蕭條的風光）

葉の落ちた寒寒と為た枝（樹葉凋落的枯枝）

冬の枯れ野は寒寒と為ていた（冬天荒野蕭條且淒涼）

寒寒しい〔形〕寒冷、淒涼

冬枯れの山は寒寒しい（冬天的荒山蕭條淒涼）

寒枯れ〔名〕植物頂梢枯死

寒空〔名〕冷天

此の寒空に単一枚しか着ていない（這麼冷天只穿一件單衣）

寒空に町を彷徨う（冷天裡在街上徘徊）

韓（ㄏㄢˊ）

韓〔漢造〕朝鮮（舊國名）、南朝鮮

三韓（〔史〕三韓〈古代朝鮮南半部的馬韓，辰韓，弁韓的總稱、新羅，百濟，高句麗的總稱〉）

日韓会談（日韓會談）

韓国〔名〕朝鮮的舊稱、韓國，南朝鮮（＝大韓民国）

韓人〔名〕韓人（朝鮮人的舊稱）

韓紅、唐紅〔名〕深紅、大紅

喊（ㄏㄢˇ）

喊〔漢造〕呼喊、喊叫

とっかん
吶喊（吶喊）

かんせい
喊声〔名〕喊聲
　喊声を揚げる（吶喊）
　わっと喊声が揚がった（突然吶喊起來）
　時為らぬ喊声（意外的喊聲）

かん
扞（ㄏㄢˋ）

かん
扞〔漢造〕保護防衛為扞

かんかく
扞格〔名、自サ〕出入、互不相容、互相衝突
　意見の扞格（意見衝突）
　両者の見解には扞格が有る（雙方見解有出入）
　両者扞格する所が無い（兩者沒有隔閡）

かん
汗（ㄏㄢˋ）

かん
汗〔漢造〕汗水、出汗、（中國少數民族的）首長的稱呼
　発汗（發汗、出汗）
　冷汗（冷汗）
　流汗（流汗）
　可汗（蒙古王）
　成吉斯汗（成吉思汗）
　伊児汗（伊兒汗）

かんい
汗衣〔名〕汗衫、汗濕的衣服

かんがん
汗顔〔名〕汗顔、慚愧、抱歉
　汗顔の至りである（慚愧之至）
　此の様に御誉め頂くとは汗顔の至りです（蒙您如此讚譽至感慚愧）
　汗顔の至りに堪えず（不勝抱歉之至）

かんぎゅうじゅうとう
汗牛充棟〔名〕汗牛充棟
　正に汗牛充棟の趣が有る（大有汗牛充棟之勢）
　徒然草の注釈書は汗牛充棟徒ならぬ（徒然草的注釋版本多得很）
　彼の蔵書に日本関係の書籍の多い事は汗牛充棟徒ならぬ程だ（他的藏書有關日本的書籍之多不啻汗牛充棟）

かんけつ
汗血〔名〕汗和血、非常辛苦、駿馬（駿馬跑時會流血樣的汗水）

かんさん　かざみ
汗衫、汗衫〔名〕汗衫。〔古〕（宮女等夏天穿的）上衣，外衣

かんせん
汗腺〔名〕〔解〕汗腺
　寒いと汗腺が閉じる（天一冷汗腺就閉上）
　汗腺炎（汗腺炎）

かんば
汗馬〔名〕汗馬，流汗的馬、駿馬（=駿馬）
　汗馬の労（汗馬之勞在戰場立功）

あせ
汗〔名〕汗、（器物等）滲出水分，潮濕
　汗が出る（出汗）
　汗が流れる（流汗）
　ハンカチで顔の汗を拭く（拭う）（用手帕擦臉上的汗）
　汗を出して風邪を治す（發汗治感冒）
　汗が出れば治るだろう（一出汗就會好的）
　走って来たので汗びっしょりに為った（因為跑著過來所以渾身是汗）
　汗が背中を流れた（汗流浹背）
　額から玉の汗が吹き出た（額頭上直冒汗珠）
　壁が汗を掻いている（牆壁潮濕了）
　ビール瓶が汗を掻く（啤酒瓶上出汗珠）
　汗を掻く（出汗、潮濕、出冷汗）
　運動して汗を掻いた（運動之後出了汗）
　汗を流す（把汗洗掉）
　一風呂浴びて汗を流す（洗個澡把汗洗掉）
　手に汗を握る（捏一把汗、提心吊膽）

あせ
汗する〔自、他サ〕出汗、冒汗（=汗を掻く）
　額に汗して働く（滿頭大汗地工作）

あせじ
汗染む〔自五〕汗濕
　汗染んだシャツを着ている（穿著汗濕了的襯衫）

あせ
汗染みる〔自上一〕汗濕（=汗染む）

あせ
汗ばむ〔自五〕微微出汗

ㄏ

厚着を為たので汗ばんで来た（穿得太厚所以有點冒汗了）

汗臭い〔形〕有汗味的（=汗っ臭い）
　体が汗臭く為る（身上有汗味道）
　汗臭い着物を着ている（穿著有汗味道的衣服）

汗押さえ〔名〕防止出汗

汗掻き〔名〕出汗多的人（=汗っ掻き）
　私は汗掻きだ（我很會出汗）

汗雫〔名〕汗珠

汗襦袢、汗襦袢〔名〕汗衫、汗襯衣（=汗取り）
　汗襦袢を着替える（換汗衫）

汗取り〔名〕汗衫、汗襯衣
　下に汗取りを着る（貼身的汗衫）

汗知らず〔名〕痱子粉
　赤ん坊に汗知らずを付ける（給嬰兒拍痱子粉）

汗だく〔名、形動〕〔俗〕渾身是汗
　汗だくに為って働く（汗流浹背地工作）

汗止め〔名〕止汗（劑）

汗流し〔名〕護面具在頷下中央開的盛汗水的凹洞

汗拭き、汗拭い〔名〕擦汗巾、擦汗的手帕

汗手拭い〔名〕擦汗巾、擦汗的手帕

汗疹、汗疣、汗疹、汗疣〔名〕〔方〕痱子
　汗疹が出来る（長痱子）

汗溝〔名〕馬腰部上面的凹處

汗水〔名〕汗水
　汗水を垂らして（流して）働く（汗水淋漓地工作）

汗塗れ〔名、形動〕汗流浹背

汗水漬〔名、形動〕渾身是汗、汗流浹背、汗流如雨（=汗みどろ、汗だく）
　汗水漬に為って働く（汗流浹背地工作）

汗みどろ〔名、形動〕渾身是汗、汗流如雨（=汗水漬、汗だく）
　汗みどろに為って苦闘している（汗流浹背地艱苦奮鬥）

夏の日に汗みどろに為って山を登る（夏天汗水淋漓地爬山）

汗除け〔名〕夏天為防止汗濕衣服在汗衫等上面的塗的東西

旱（ㄏㄢˋ）

旱〔漢造〕乾旱
　水旱（洪水和旱災）
　大旱（大旱）
　大旱に雲霓を望むが如し（如大旱之望雲霓）

旱雲〔名〕乾旱時的雲

旱害、干害〔名〕旱災
　旱害を受ける（遭受旱災）
　旱害を蒙る（遭受旱災）
　旱害の為に米が不作だ（因為旱災稻穀歉收）
　旱害地（受旱災土地）

旱水〔名〕旱災和洪水

旱天、干天〔名〕旱天（=旱、日照、日照り）
　旱天の慈雨（久旱甘霖）
　旱天続きで井戸が涸れた（由於連綠乾旱井水乾涸）

旱魃、干魃〔名〕旱乾旱（=旱、日照、日照り）
　酷い旱魃の為、稲が殆ど枯れる（由於乾旱稻穀幾乎全部枯萎了）
　丸で旱魃に慈雨を得た様だ（簡直就像久旱逢甘霖似的）

旱る、日照る〔自五〕陽光照射、乾旱

旱、日照、日照り〔名〕旱，乾旱。〔轉〕缺乏，奇缺
　旱が続いて田の水が無くなる（久旱不雨田裡的水乾了）
　旱で不作が予想される（因天旱估計要歉收）
　旱続きの気候（久旱的氣候）
　職人旱（缺乏工匠）
　女旱（缺乏女人）

悍（ㄏㄢˋ）

悍 〔漢造〕兇狠、勇猛
 剽悍（剽悍）

悍馬、駻馬 〔名〕悍馬、烈馬（=荒馬）

悍婦 〔名〕悍婦、潑婦
 制御し難い悍婦（難以控制的潑婦）

悍し 〔形ク〕剛愎、頑固

悍まし 〔形シク〕剛愎、頑固

悍し 〔形ク〕剛愎、頑固

悍まし 〔形シク〕剛愎、頑固

漢（ㄏㄢˋ）

漢 〔漢造〕天河、男子漢、漢朝、漢民族
 天漢（天河、銀河）
 銀漢（銀河、天河）
 好漢（好漢、爽快人、前途有為的人）
 江漢（揚子江和漢水）
 皇漢（日本和中國）
 酔漢（醉漢、醉鬼）
 悪漢（壞人、壞蛋）
 痴漢（流氓、色情狂）
 巨漢（彪形大漢）
 門外漢（外行、局外人、無關者）
 無頼漢（無賴漢、流氓、惡棍、壞蛋）
 没分暁漢（不懂道理的人、不知人情世故的人）
 熱血漢（熱血漢）
 前漢（前漢）
 後漢（後漢）
 蜀漢（蜀漢）
 和漢洋（日本，中國與歐美）
 羅漢（羅漢=阿羅漢）
 阿羅漢（羅漢=羅漢）

漢医 〔名〕漢醫（=漢方医）

漢音 〔名〕漢音（日本漢字音讀法的一種，隋唐時代由中國長安，洛陽一帶傳到日本，如行的漢音為行，人的漢音為人）（=呉音、唐音、宋音）

漢学 〔名〕漢學、研究漢文佛學的學問、有關中國的學問←→洋学、国学、和学
 漢学者（漢學家）
 漢学を学ぶ（學習漢學）

漢奸 〔名〕（中國的）漢奸（=売国奴）

漢語 〔名〕（日語中的）漢語（如天地、草木）、和製漢語（如大根、火事）←→和語
 漢語を使う（使用漢語）
 昔の日本人の文章は漢語が多い（早年日本人所寫的文章漢語很多）

漢才、漢才 〔名〕漢學，中國的學問、精通漢學
 和魂漢才（日本固有的精神和中國傳來的學問）

漢詩 〔名〕漢詩、中國古詩（=唐歌）←→大和歌和歌
 漢詩人（漢詩人古詩人）
 漢詩を作る（作漢詩）
 漢詩を吟ずる（吟漢詩）

漢字 〔名〕漢字
 漢字の音訓（漢字的音訓）
 漢字で書く（用漢字寫）
 漢字制限を唱える（提倡限制漢字）
 日本語は漢字と仮名とを交えて書くのが普通だ（日語普通是用漢字和假名混合寫的）

漢書 〔名〕漢文書籍←→和書洋書

漢書 〔名〕（班固著的）漢書
 漢書と後漢書（漢書和後漢書）

漢人 〔名〕漢人、漢族

漢数字 〔名〕漢字的數字（如一，二，百，千，萬等）

漢籍 〔名〕中國的書籍、用漢字寫的書籍

漢族 〔名〕漢民族

漢竹、寒竹 〔名〕漢竹、紫竹

漢天 〔名〕銀河看到的天空

漢テレ teletype 〔名〕漢字電傳機（=漢字テレタイプ）

ㄏ

漢文〔名〕漢文←→和文
　漢文で書いてある本（用漢文寫的書）
　漢文の授業（講義）（漢語的上課）

漢文学〔名〕漢文學

漢方〔名〕中醫
　漢方医（中醫師）
　漢方薬（中藥）

漢民族〔名〕漢民族、漢族

漢名、漢名〔名〕漢名、中國名稱

漢訳〔名、他サ〕譯成中文
　日文漢訳（日文譯成中文）
　漢訳仏典（漢譯佛經）

漢薬〔名〕中藥（=漢方薬）

漢和〔名〕漢日、漢語和日語
　漢和辞典（漢和辭典）

漢心、漢意、唐心〔名〕崇拜中國的心理、中國式的思想方法←→大和心

漢〔名〕古代歸化日本的漢族子孫和氏族（=漢氏）

憾（ㄏㄢˋ）

憾〔漢造〕遺憾
　遺憾（遺憾、缺憾、可惜）

憾む、怨む、恨む〔他五〕遺憾，悔恨，可惜，雪恨，報仇
　逸機が憾まれる（悔恨錯過了機會）
　此の事に就いては何の憾む所は無い（關於這件事情沒有甚麼悔恨）
　一太刀憾む（砍上一刀雪恨）

憾み、怨み、恨み〔名〕遺憾、缺憾、可惜
　千秋の憾み（千秋的遺憾）
　此の事は深く憾みと為る（此事深感遺憾）
　其の措置は片手落の憾みが有る（這種處置有不夠顧全的缺點）
　柄は良いが、生地が劣る憾みが有る（花樣還可以可惜料子差了點）

憾むらくは、怨むらくは、恨むらくは〔連語、副〕遺憾的是、可恨的是、可惜的是

　憾むらくは不抜の決心が無い（可惜的是沒有堅定的決心）

翰（ㄏㄢˋ）

翰〔漢造〕筆、信、書翰
　書翰、書簡（書信）
　手翰、手簡（親筆信、書信）
　来翰、来簡（來信）
　貴翰、貴簡（尊函、您的信）
　宸翰（天皇親筆文書）

翰墨〔名〕（翰墨）筆和墨、作詩，作文，作畫，詩文、（泛指）文學

翰林〔名〕翰林、翰林院

翰林院〔名〕（中國古時）翰林院、科學院（=アカデミー academy）

頷（ㄏㄢˋ）

頷〔漢造〕下巴

頷く、首肯く〔自五〕點頭、首肯
　頷いて同意する（點頭答應）
　軽く頷く（輕微點頭）
　彼は頻りに頷く（他連連點頭）
　貴方が説明すれば、皆大人しく頷いて呉れるだろう（你如加以解釋大家是會乖乖同意的）

頷ける、首肯ける〔自下一〕能夠同意、可以理解（頷く的可能形式）
　彼の説明には頷けない所が有る（他的解釋中有礙難同意的地方）
　彼が怒るのも一応頷ける（他發怒也是可以理解的、也難怪他生氣）

痕（ㄏㄣˊ）

痕〔漢造〕痕跡（=痕、跡）
　血痕（血跡）
　弾痕（彈痕）
　刀痕（刀痕）

痘痕、痘痕（麻子）

涙痕（涙痕）

墨痕（墨痕、筆跡）

痕跡 〔名〕痕跡

痕跡を認める（看出痕跡）

痕跡を留めない（残さない）（不留痕跡）

痕、跡 〔名〕痕跡

腿に手術の痕が有る（大腿上有動過手術的刀痕）

迹、跡 〔名〕痕跡、蹤跡、跡象、繼承家業的人

車の跡（車印）

傷の跡（傷痕）

彼は公金を横領して跡を晦ました（他盜用公款後消聲匿跡了）

一向悔い改めた跡が見えない（一點也看不出悔改的跡象）

私は此の子に跡を取らせる積りだ（我打算讓這個孩子繼承家業）

址、跡 〔名〕遺址

古い城の址（古城的遺址）

後 〔名〕後方、後面（＝うしろ）、以後（＝のち）、以前（＝前）、之後、其次、以後的事、將來的事、結果，後果、其餘、此外、子孫、後人、後任、後繼者、死後、身後（＝亡き後）

後を振り向く（向後面看）

後へ下がる（向後退）

後から付いて来る（從後面跟來）

故郷を後に為る（離開家鄉）

後に為る（落到後面、落後）

後に続く（接在後頭、跟在後面）

行列の一番後（隊伍的最後面）

後で電話します（隨後打電話）

此の後の汽車で行く（坐下次火車去）

後二、三日で用事が済む（再過兩三天事情可辦完）

一週間後に帰る（一星期後回去）

御飯を食べた後で散歩を為ます（飯後散步）

もう二年後の事に為った（那已是兩年前的事情）

後に為る（推遲、拖延、放到後頭）

後に回す（推遲、拖延、放到後頭）

彼が一番後から来た（他是最後來的）

後から後から来る（一個接一個地來）

後を見よ（〔書籍上常用的〕見後）

後は何を召し上がります（其次您還想吃甚麼？）

後の所は宜しく（我走以後事情就拜託你了）

後は如何為るか分かった物じゃない（將來的事誰也不知將會如何？）

後は想像に任せる（後來的事就任憑想像了）

例の件は後が如何為りましたか（那件事結果是如何？）

後は如何為るだろう（後果會如何呢？）

後は私が引き受ける（後果我來承擔）

後は明晩の御楽しみ（其餘明天晚上再談）

後は知らない（此外我不知道）

後は拝眉の上（〔書信用語〕餘容面陳）

其の家は後が絶えた（那一家絕後了）

御後は何方ですか（您的後任是哪位？）

後を貰う（再娶續弦）

後に残った家族（死後的遺屬）

後を弔う（弔唁）

後の雁が先に為る（後來居上）

後は野と為れ山と為れ（〔只要現在好〕將來如何且不管他）

後へ引く（擺脫關係、背棄諾言）

あんなに約束したのがから今更後へは引けない（因已那樣約定了事到如今不能說了不算）

一歩も後へ引かない（寸步不讓）

後へも先へも行かぬ（進退兩難、進退維艱）

後を引く（永無休止、沒完沒了）
　彼の男の酒は後を引く（他喝起酒來沒完沒了）

恨（ㄏㄣˋ）

恨〔漢造〕恨
　遺恨（遺恨、宿怨）
　怨恨（怨恨）
　痛恨（痛心悔恨）
　悔恨（悔恨）
　悲恨（悲恨）
　多情多恨（多愁善感）

恨事〔名〕恨事、憾事（＝残念な事）
　千秋の恨事だ（真乃千古憾事）
　当代の一大恨事（當代的一大恨事）

恨む、怨む、憾む〔他五〕恨、懷恨、抱怨、遺憾、悔恨、雪恨
　我が身を恨む（怨恨自己）
　恨まないで下さい（請不要恨我）
　天をも人をも恨まず（不怨天尤人）
　怠けて落第したからと言って誰を恨む訳にも行くまい（既然因懶惰沒及格就不能抱怨誰）
　逸機が恨まれる（遺憾錯過了機會）
　此の事に就いては何の恨む所は無い（關於這件事情沒有什麼悔恨）
　一太刀恨む（砍上一刀雪恨）

恨むらくは、怨むらくは、憾むらくは〔連語、副〕可恨的是、可惜的是、遺憾的是
　恨むらくは不抜の決心が無い（可惜的是沒有堅定的決心）

恨み、怨み、憾み、恨、怨、憾〔名〕恨、怨、遺憾、缺陷↔恵み、恵
　恨みを抱く（持つ）（懷恨）
　恨みを言う（抱怨責備）
　恨みを晴らす（報仇雪恨）
　恨みを買う（招怨、得罪）
　恨みを飲む（飲恨、含恨）
　侵略者への恨みと怒り（對侵略者的仇恨和怒火）
　恨みを残して死んでいった（含恨而死）
　恨み骨髄に徹する（恨之入骨）
　恨みに報ゆるに徳を以てする（以德報怨）
　千秋の憾み（千秋之憾）
　結論を急ぎ過ぎた憾みが有る（有結論過急的缺陷）

恨みがましい〔形〕怨恨的樣子、頗有怨氣
　恨みがましい気持（怨氣）
　恨みがましい事を言う（抱怨）

恨み顔、怨み顔、恨顔、怨顔〔名〕怨恨的表情、怒色

恨み言、怨み言、恨言、怨言〔名〕怨言
　諄諄と恨み言を言う（嘮嘮叨叨地發牢騷）
　互いに恨み言を言い合う（互相埋怨）

恨み死に、怨み死に、恨死に、怨死に〔名、自サ〕含恨而死

恨みっこ、怨みっこ、恨っこ、怨っこ〔名〕互相埋怨、互相怨恨
　恨みっこの無い様に（叫誰也不怨誰）
　御互いに恨みっこ無しに為よう（我們不要互相埋怨了）
　さあ、此れで恨みっこ無しだ（現在我們誰也不怨誰）

恨み辛み、怨み辛み、恨辛み、怨辛み〔名〕怨恨和辛酸
　恨み辛みの数数を述べる（訴說種種怨恨和辛酸）

恨めしい、怨めしい〔形〕覺得可恨的、覺得遺憾的
　恨めし然うな顔付（含怨的神情）
　其を思うと恨めしく為る（一想起那件事就覺得可很恨）
　私を騙した人が恨めしい（騙我的人真可恨）
　自分の不甲斐無いが恨めしい（可恨自己不爭氣）

自分の愚かなのが恨めしい（痛恨自己愚蠢）

杭（ㄏㄤˊ）

杭〔漢造〕扞禦為杭

杭、杙〔名〕（打入土中的）樁子
　杭を打つ（打樁）
　杭を立てる（立樁）
　杭を引き抜く（拔樁）
　杭打ち機（打樁機）
　出る杭は打たれる（樹大招風）

杭打ち、杭打〔名〕打（地基的）樁子
　杭打ちを為て地面を固める（打樁子加固地基）
　杭打機、杭打ち機（打樁機）

桁（ㄏㄤˊ）

桁〔漢造〕屋上的橫木、柵架之橫木

桁〔名〕〔建〕橫樑。〔數〕位數、算盤的立柱、顯著差異
　桁を渡る（架一根橫樑）
　一桁上げる（下げる）（進〔退〕一位數）
　小数点以下四桁迄求める（求到小數點以下四位）
　彼の年収は六桁に為った（他的年收入到了六位數了）
　桁が違う（相差懸殊、不能比擬）
　桁が外れる（出類拔萃、顯著差異）

桁溢れ〔名〕（計）計算機溢出

桁違い〔名、形動〕相差懸殊。〔數〕錯位
　太陽は地球よりも桁違いに大きい（太陽比地球還大上不知多少倍）
　桁違いな（の）要求（過分的要求）
　桁違いを為たので計算を間違えた（弄錯了位數所以算的不對）

桁外れ〔名、形動〕相差懸殊、異乎尋常、格外、特別（＝並外れ）
　桁外れな（の）予算（驚人的預算）
　一チーム丈桁外れに強くて試合の興味が無い（只有一個隊特別強比賽沒有意思）
　桁外れの安値で買って来た（用極便宜的價錢買來的）

桁行、桁行き〔名〕房樑的長度、房屋的跨度←→梁間

航（ㄏㄤˊ）

航〔漢造〕航行
　通航（通航、航行）
　就航（船下水、飛機初航）
　周航（乘船周遊）
　舟航（航海）
　終航（結束航行）
　曳航（拖航）
　渡航（出國、出洋）
　直航（直航、直達）
　寄航（中途停泊或停落）
　帰航（返航）
　往航（出航）
　夜航（夜航、夜航船）
　回航、廻航（返航、到處航行）
　外航（遠洋航行）
　欠航缺航（停航、缺班）
　密航（偷渡）
　出航（開船、起飛）

航する〔自サ〕航海、航行（＝渡航する）
　海岸に沿って航する（沿著海岸航行）

航空〔名〕航空
　航空に耐える（飛行性能良好）
　航空に適する（適合飛行）
　航空写真（航空照像）
　航空学（航空學）
　航空士（飛機駕駛員）
　航空会社（航空公司）

ㄏ

航空標識（航行標識）
航空支援（空中支援）
航空情報（空中情報）
航空基地（航空基地）
航空戦力（空軍力量）
航空攻撃力（空中打撃力量）
航空機動部隊（空軍特遣部隊）
航空優勢（空中優勢）
航空絶対優勢（空中絕對優勢）
航空偵察（空中偵察）
航空兵力（空中兵力）
航空輸送（空中運輸）
航空機（飛機飛船航空器）
航空群（航空隊大隊）
航空団（航空聯隊）
航空病（暈機）
航空便（航空郵件乘飛機前往班機）
航空母艦（航空母艦）

航行〔名、自サ〕航行、航海
航行中の船舶（航行中的船隻）
航行の出来る（出来ない）川（通〔不通〕航的河）
汽船が大洋を航行する（輪船在大海裡航行）
航行灯（航海燈）

航進〔名、自サ〕航行、飛行
毎時十海里で航進する（船以每小時十海里航行）

航跡〔名〕航跡
航跡図（航跡圖）
航跡自画器（航位繪算器）

航送〔名、他サ〕海運、空運

航走〔名、自サ〕（在水上）航行
水面航走（水上航行）
沖へ向かって航走する（往海面上航行）

一時間二十五海里の速力で航走する（以一小時二十五海里的速度航行）

航続〔名、自サ〕（飛機，船舶不補充燃料）持續航行
其の飛行機は航続三十時間に及んだ（那飛機續航達三十小時）
航続距離（續航距離最大航程）
航続時間（續航時間）

航程〔名〕航程、航行路程
全航程を飛ぶ（全程飛行）
其の飛行機の航程は二千キロであった（那飛機飛了兩千公里的航程）
航程線（航線）

航母〔名〕航空母艦（=空母、航空母艦）

航法〔名〕航海術、航空術、導航法
計器航法（儀器導航）
無線航法（無線電導航）
極地航法（極地航空術）
航法士（船艦或飛機駕駛員）
航法衛星（導航衛星）

航海〔名、自サ〕航海、航行
沿岸航海（沿岸航行）
遠洋航海（遠洋航行）
処女航海（初次航行）
其の船は航海に耐えない（那艘船不能航行）
太平洋を航海する（航行於太平洋）
航海中波が穩やかであった（航行中風平浪靜）

航洋〔名〕航海、航行（=航海）

航路〔名〕航路
航路を開く（開闢航路）
航路を変更する（改變航路）
欧州航路に就航させる（使在歐洲航線行駛）
最初の航路も人間が切り開いた物である（第一條航線也是人開闢出來的）

航路標識（航路標識）

亨（ㄏㄥ）

亨〔漢造〕順利、通達

亨運〔名〕命運亨通、太平盛世

亨通〔名〕亨通、通達順利

恒（ㄏㄥˊ）

恒〔漢造〕恆為常、經常的、固定不變的、一般的、普通的

恒温〔名〕〔理〕恆溫←→変温

恒温器（恆溫器）

恒温動物（恆溫動物）

恒温恒湿器（恆溫恆濕器）

恒温槽（恆溫槽）

恒規〔名〕恆規（=恒例）

恒久〔名〕恆久、永久、持久

恒久の平和（永久的和平）

恒久的な設備（永久性的設備）

恒久化（永久化）

恒産〔名〕恆產

恒産有る人（有恆產的人）

恒常〔名〕恆常、固定（不變）（=恒、常、決まり）

温度を恒常に保つ（保持恆溫）

恒常的精神状態（正常的精神狀態）

恒心〔名〕恆心

恒数〔名〕〔化〕常數、定數

恒星〔名〕恆星←→惑星

恒星年（月、日、時）（恆星年〔月、日、時〕）

恒星図（星圖）

恒星表（星表）

恒星系（恆星系）

恒星光行差（恆星光行差）

恒星干渉計（恆星干涉儀）

恒等式〔名〕〔數〕恆等數

恒風〔名〕〔氣〕信風、貿易風

恒例〔名〕常例、慣例

恒例を破る（打破慣例）

恒例を守る（遵守慣例）

恒例に従う（按照慣例）

恒例に依り（按照慣例）

恒沙、恒沙〔名〕比喻數量無限（=恒河沙）、天台宗三惑之一（=塵沙）

恒河沙〔名〕比喻數量無限（=恒沙、恒沙）

恒、常〔名〕平常、尋常、常事、常情、常久←→異常

常の服（常服）

世の常（世上常有的事）

常なら千円も為ましょう（平常會值一千日元）

常と違って今日は酷く機嫌が良い（和平日不同今天特別高興）

此の頃朝寝を為るのが常に為った（最近睡早覺成了常例）

人の常と為て怖い物を見たがる（害怕還想看是人的常情）

朝、散歩するのを常と為る（早上散步習以為常）

先ず世論を作り出すのが常である（總是先製造輿論）

常為らぬ人の命（無常的人生、生命無常）

常が大事（平素的表現重要）

常無し（無常、短暫、不定）

常為らず（ぬ）（非常、無常）

横（ㄏㄥˊ）

横〔漢造〕橫、蠻橫、意外←→縱

縦横（縱橫、縱情）

専横（專橫）

驕横（驕橫）

横位〔名〕〔醫〕橫位

ㄏ

横位分娩（橫位分娩）

横溢〔名、自サ〕洋溢、飽滿、充沛
　皆元気横溢です（大家都精神飽滿）
　熱意が横溢している（熱情洋溢）

横臥〔名、自サ〕橫臥、側臥、斜臥、躺下
　ベッドに横臥している（斜臥在床上）
　軌道に横臥する（臥軌）

横隔膜〔名〕〔解〕橫膈膜

横貫〔名、他サ〕橫貫
　鉄道は其の地区を東西に横貫している（鐵路東西橫貫著那個地區）
　横貫鉄道（橫貫鐵路）

横逆〔名、形動〕橫逆無道

横距〔名〕〔數〕橫坐標

横屈光性〔名〕〔植〕斜向日性（＝橫日性）

横日性〔名〕〔植〕斜向日性（＝橫屈光性）

横痃〔名〕〔醫〕腹股溝腺炎

横行〔名、自サ〕橫行、蟹行、橫衝直撞、跋扈
　横行闊歩する（闊步橫行大搖大擺地走）
　横行の介子（螃蟹的別稱）
　何憚る所無く横行する（肆無忌憚地橫行）
　帝国主義の横行は許されない（不能允許帝國主義橫行）

横光性〔名〕〔植〕橫向光性

横谷〔名〕〔地〕橫斷的谷

横災〔名〕橫禍、意外的災害

横死〔名、自サ〕橫死死於非命
　自動車事故で横死した（因車禍死於非命）
　横死を遂げる（死於非命）

横線〔名〕橫線
　文字の下に横線を引く（在字的下面畫橫線）
　小切手の右肩に二本の横線を斜めに引く（在支票的右上方斜畫兩條橫線）
　横線小切手（畫線支票轉帳支票＝線引き小切手）

横舵〔名〕（魚雷潛艇上調節深度用）水平舵、潛水用舵

横隊〔名〕橫隊←→縱隊
　縦隊から横隊に為る（從縱隊變成為橫隊）
　一列横隊に並ぶ（排成一列橫隊）
　横隊で行進する（橫隊行進）

横奪〔名、他サ〕搶奪、掠奪、霸佔（＝横取り）
　人の物を横奪する（搶奪別人的東西）

横断〔名、他サ〕橫斷、橫越、橫貫、橫渡←→縱斷
　横断を採掘する（橫斷開採）
　鉄道線路を横断する（橫越鐵路）
　道路を横断する（橫越馬路）
　飛行機で太平洋を横断する（乘飛機橫渡太平洋）
　台風が本州を横断する（颱風橫越本州）
　大陸横断鉄道（橫貫大陸的鐵路）
　横断橋（天橋）（＝横断歩道橋）
　横断歩道（人行天橋）
　横断線（〔數〕正交線）
　横断幕（橫跨馬路有標語等的）橫幅）
　横断面（橫斷面橫截面）
　横断遊泳（橫渡游泳）

横着〔名、形動、自サ〕刁蠻、不講理、厚臉皮、不要臉、偷懶、狡猾
　横着な事を為る（耍滑頭偷機取巧）
　彼の横着は容赦出来ない（他的不講理令人不能容忍）
　彼奴は横着だから、油断も透きも為らない（那個小子很不老實可不能粗心大意）
　横着な奴だ（是個不要臉的東西）
　妹の分迄横取る何て横着だね（連妹妹的部分都霸佔了真沒羞恥）
　仕事は為ないで割前丈は貰おうと為る何て、随分横着だ（工作不做錢還要照分臉皮真厚）
　横着を為るな（別偷懶別狡猾）

横着を決め込んでサボる（成心狡猾不上班）

横着者（刁蠻的人、不講理的人、厚顏無恥的人、奸詐偷懶的人）

横笛、横笛〔名〕横笛

横笛を吹く（吹横笛）

横転〔名、自サ〕横滾、翻滾、橫轉←→逆転

横転前進（翻滾前進）

道路脇にトラックが横転している（卡車翻滾在馬路旁邊）

横転飛行（橫轉飛行）

横道〔名、形動〕邪道、邪惡（＝邪）、刁蠻，不講理（＝横着）

横道な事を為る（存心做壞事、行為刁蠻）

横道者（刁蠻的人、很不講理的人）

横路、横道〔名〕岔道，旁岔（＝脇道）、邪道，歧途（＝邪道）

直ぐ先に横路が有る（眼前就有一個岔道）

横路を通って近回りを為る（走岔道抄近路）

話が横路に逸れる（話離開正題）

彼は態と話を横路に逸らした（他故意把話岔開了）

悪友に誘われて横路に入る（被狐朋狗友引誘走上邪道）

横筋〔名〕橫線、旁岔（＝横路、横道）

横筋を引く（劃橫線）

話が横筋に逸れる（話離開主題）

横波、横波〔名〕〔理〕橫波、從側面湧來的波浪←→縦波、縦波

船が横波を食う（船舷受到波浪沖擊）

ボートが横波を受けて引っ繰り返った（舢舨被側面湧來的波浪打翻了）

光は横波である（光是橫波）

横難〔名〕意外之災難

横風、横風〔名〕〔空〕側風、從側面吹來的風

横文〔名〕橫寫的文字、西洋文字（＝横文字）

横文字〔名〕橫寫的文字、西洋文字

横文字の本（洋文書）

横文字は読めない（不懂洋文）

横文字はどうも苦手だ（洋文可難倒我啦！）

横柄、押柄、大柄〔形動〕傲慢無禮、妄自尊大、旁若無人

横柄な態度で人を呼び付ける（用傲慢態度叫人）

横柄な様子で入って来る（旁若無人的樣子走進來）

横柄な口を利く（說話傲慢無禮）

横柄に振舞う（舉止傲慢）

横柄に構える（趾高氣揚）

彼奴は横柄な奴だ（他是個妄自尊大的小子）

横暴〔名、形動〕橫暴、殘暴、蠻橫

横暴な態度（立場）（蠻橫的態度〔立場〕）

横暴な行為（振る舞い）（蠻橫行為）

横暴な干渉（粗暴干涉）

横暴な口を利く（說話蠻橫）

横暴を極める（蠻橫透頂）

横暴に振舞う（蠻不講理作威作福）

横暴且理不尽（蠻橫無理）

横暴も甚だしい（狂妄至極）

横暴にも他国の領土に侵入する（蠻橫侵入他國領土）

帝国主義者が横暴の限りを尽し、欲しい儘に振舞った時代は永遠に過ぎ去った（帝國主義者橫行霸道為所欲為的時代已經一去不復返了）

横脈〔名〕〔動〕（昆蟲翅膀上的）橫脈

横紋筋〔名〕〔解〕橫紋肌

横流〔名、自サ〕橫流、氾濫。〔電〕環流，平衡電流

大雨で湖水が横流して田畑を水浸しに為る（因大雨湖水氾濫把田都淹沒了）

横流し〔名、他サ〕〔經〕以黑市價格出售（配售品，統制品等）

ㄏ

横流しを取り締まる（取締暗盤出售）
配給米を横流しする（以暗盤出售配售米）

横流れ 〔名、自サ〕〔經〕（配售品，統制品等的）黑市交易

横流れの品が市場に出る（暗盤商品湧上市場）
横流れの品を買う（買黑貨）

横領 〔名、他サ〕侵占、霸占、侵吞、私吞、盜用

公金を横領する（侵占公款）
人の財産を横領する（霸占別人財產）
資源を横領する（強佔資源）
横領罪（侵占罪貪污罪）

横列 〔名〕横列、横隊←→縦列

横列に並ぶ（排成横隊）
横列を作る（排成横隊）

横裂 〔名〕〔植〕（花藥的）横裂

横 〔名〕横←→縦、側面，旁邊、歪斜、横臥，躺下、寬度、緯（線）

首を横に振る（搖頭〔表示不同意〕）
横に並ぶ（横著排）
横に為て置け（横著放！）
棒を横に為る（把棍子横過來）
横に線を引く（畫横線）
横の連絡を取る（採取横線連繫）
人込みの中を体を横に為て進む（在人群中側身而過）
映画は真正面から見るより、少し横から見る方が見易い（電影從稍側面看比從正面好看）
横から口を出す（從旁插嘴）
父の横に腰掛ける（坐在父親旁邊）
机の横に置く（放在桌子旁邊）
先生は黒板の横に立っている（老師站在黑板旁邊）
帽子を横に被る（歪戴帽子）

寝床に横に為る（躺在被窩裡）
箱を横に寝かす（把箱子放倒）
横に為る暇も無い（連躺一下的功夫都沒有）
横に為って本を読む（躺著看書）
横三インチ縦五インチのカード（長五英吋寬三英吋的卡片）
横の糸（緯線）
横と出る（心眼壞、居心不良）
横に車を押す（蠻不講理）
横の物を縦にも為ない（十足的懶骨頭）

横し 〔名〕（し是表示方向的接尾語）横、横向

横合い 〔名〕旁邊，側面、局外，不相干

道路の横合いから急に子供が飛び出した（突然從旁邊跳出個小孩來）
横合いから口出しを為るな（不要從旁插嘴）
横合いから邪魔が入る（節外生枝横生枝節）

横穴 〔名〕横穴、横洞、横坑道、（考古）横穴古墳←→縦穴竪穴

横穴を掘る（挖横洞）

横雨、横雨 〔名〕斜雨

吹き付ける横雨（斜著下來的雨）

横歩き 〔名、自サ〕横走、側身前進

横堰 〔名〕攔水堰

横意地 〔名〕頑固、固執（=片意地）

横糸、緯糸 〔名〕〔紡〕緯線、緯紗（=緯糸）←→縦糸、經糸

縦糸は絹で横糸は木綿だ（經紗是絲線緯紗是棉線）
横糸木管（緯紗館織子）
横糸捺染（〔紡〕緯紗印花）

横絵 〔名〕横幅（的畫）

横送り 〔名〕〔機〕横進給、横走刀

横送り台（〔車床的〕横向滑板、横進給刀架）

横送り螺旋（横進給絲桿、横進刀絲桿）

横泳ぎ〔名〕〔泳〕側泳
　横泳ぎを為る（側泳）

横顔〔名〕側臉、側影人、物簡介（＝プロフィル profile）
　横顔は御父さんにそっくりだ（側臉像父親一樣）
　テレビ television に歌手の横顔が大映しに為れた（電視上映出了歌手側臉的特寫鏡頭）
　新進作家の横顔を紹介する（新作家的簡介）
　横顔を描く（畫側面像）

横書き〔名〕横寫←→縦書き
　左から右へ横書きに為る（向左横寫的招牌）

横額〔名〕横區、横幅畫框

横形〔名〕〔機〕水平式、臥式
　横形ボール盤 boor bank 荷ばん（臥式鑽床）
　横形機関（臥式發動機）

横紙〔名〕横紋紙、横著用的紙
　横紙を裂く（蠻幹蠻不講理）
　横紙破り（〔來自日本紙上下有濾紋横撕困難〕蠻不講理）

横木〔名〕横木，横桿、（門窗的）閂（＝バー bar）
　門の横木を外す（抽開門閂）

横桟〔名〕細小横木、門閂

横切る〔他五〕横過、横穿過
　向こう側へ横切る（横穿過對面）
　大通りを横切る（横穿馬路）
　行列を横切る（穿過隊伍）
　川を横切る（過河）
　眼前を横切る（横過眼前）
　鉄道線路が此の地点で道路を横切る（鐵路在這裡横穿過馬路）

横櫛〔名〕斜插在鬢角的梳子

横組〔名〕〔印〕横排←→縦組
　横組の本（横排本）

横雲〔名〕横浮的雲
　峰に横雲が棚引く（山峰上横飄著一片浮雲）

横車〔名〕〔俗〕蠻横、不講理（＝横紙破り）、（武術手法的）横論（刀棒等）
　横車を押す（蠻不講理）
　独自性の横車を押す（鬧獨立性）

横銜え〔名〕嘴角斜叼、嘴邊斜叼

横罫〔名〕横格、横線

横坑〔名〕〔礦〕横坑、水平坑道←→縦坑

横座〔名〕主座、正座、上座、側座、横座

横座り、横坐り、横座、横坐〔名〕歪著坐、側身坐（日本跪坐不適時將兩腳向側面伸出叫横坐）

横裂き〔名〕横撕、横扯
　横裂きに為る（横著撕開）

横裂け〔名〕（撕破的）横裂口
　上着には横裂けが有る（上衣上有横裂口）

横座標〔名〕〔數〕X 座標

横様、横方、横様、横方〔名〕横斜、横著（＝横向き）、不合理，不正常，意外（＝邪）
　雨が横様に降っていた（雨斜著下著）
　横様に倒れる（横著倒下）
　横様雨（斜雨）
　横様の幸い（意外的幸運僥倖）
　横様の死（横死）

横軸〔名〕横軸、臥軸、横車軸。〔數〕横軸，X軸←→縦軸
　横軸受（横軸承）

横縞〔名〕横格、横條、横紋
　横縞の布（横格的布）
　横縞模様（横格花紋）

横収差〔名〕〔理〕横向象差

横好き〔名〕對專業以外的愛好、外行的酷好
　下手の横好き（很愛好但做不好）
　僕のピアノ piano は下手の横好きだ（我很愛彈鋼琴但彈得很糟）

横滑り、横すべり〔名，自サ〕（滑雪，飛機等）斜滑，横滑、（同一級職務的）調任，調職

蔵相は閣内で横滑りするだろう（財政部長可能調任其他部長）

横線〔名〕横線，水平線

横たえる〔他下一〕横臥，放倒，横（斜）著配帶

寝床の上に体を横たえる（躺在床上）

身を横たえるや、直ぐ眠った（一歪身就睡覺了）

大刀を腰に横たえる（腰間配帶大刀）

横倒し、横倒し〔名〕横倒、翻倒

オートバイがスリップして横倒しに為る（摩托車打滑翻倒了）

道路に大木が横倒しに為っていた（一顆大樹横倒在路上）

横っ倒し〔名〕横倒、翻倒（＝横倒し、横倒し）

横倒れ〔名〕横倒、翻倒（＝横倒し、横倒し、横っ倒し）

横抱き、横抱〔名〕横抱、夾在腋下

子供を横抱きに抱える（把孩子夾在腋下）

横縦〔名〕縦和横（＝縦横）、經線和緯線（＝経緯、経緯）

横たわる〔自五〕躺臥，横放，横垣，横在眼前，迫在眼前

ベットに横たわる（躺在床上）

二つの山の間に横たわるダム（横跨兩山之間的水壩）

山脈が横たわる（山脈横垣）

道に木が横たわって通れない（路上有樹横放著走不過去）

前に大河が横たわっている（一條大河横在前面）

前途には多くの困難が横たわっている（前途有許多困難）

目の前に危険が横たわる（危險就在眼前）

横町〔名〕小巷、胡同

彼は彼の横町に住んでいる（他住在那條小巷裡）

私の家は此処から三つ目の横町です（我的家在從這裡起的第三條小巷裡）

横付け〔名、他サ〕横靠

自動車を玄関に横付けする（把汽車横靠在門口）

船を桟橋に横付けする（把船横靠在碼頭上）

船が埠頭に横付けに為っている（船横靠在碼頭上）

横槌〔名〕（用側面槌打的棒槌形）木榔頭

横っちょ〔名〕〔俗〕旁邊、側面、歪斜（＝横。斜め）

帽子を横っちょに被る（歪戴帽子）

正面が締まっているので横っちょから入る（正門關著從旁門進去）

横面、横面〔名〕側臉、側面（＝横つ面）

横っ面〔名〕〔俗〕（横面、横面的強調說法）面頰（＝横顔）、側面

横っ面を張り飛ばす（猛打一個嘴巴）

車の横っ面にぶつかる（撞在車的側面上）

横面〔名〕〔擊劍〕（砍）側臉、（砍）臉部

横飛び、横跳び、横飛、横跳〔名〕横跳、横著跳（＝横っ飛び、横っ跳び）

横飛びに自動車を避ける（向旁邊一跳躲開汽車）

横飛びに跳んで行く（斜著身體急忙跳開）

横っ飛び、横っ跳び〔名〕横跳、横著跳（＝横飛び、横跳び、横飛、横跳的強調說法）

横綱〔名〕〔角力〕横綱（相撲的一級力士）。〔相撲〕一級力士繫在腰部的粗繩。〔轉〕手屈一指（的人）、超群出眾（者）

横綱を張る（戴上横綱、取得相撲冠軍）

東西両横綱の対戦（東西兩個冠軍大力士比賽）

飲む事に掛けては彼は横綱だ（若論喝酒他是手屈一指的

横腹〔名〕側腹、側面（＝脇腹。横っ腹）

横腹が痛む（腰窩痛）

彼は肘で僕の横腹を突いた（他用手肘捅了一下我的腰窩）

自動車の横腹にぶつかる（撞在汽車的側面上）

船の横腹に穴を開ける（在船舷上開一個洞）

横っ腹〔名〕側腹、側面（＝横腹）

横手〔名〕旁邊、側面

家の横手の納屋（房屋旁邊的倉庫）

百貨店の横手に車を止めて買物を為る（把汽車停在百貨旁邊去買東西）

公園の横手に郵便局が有る（公園旁邊有個郵局）

横手投げ（棒球側身投球）

横手〔名〕〔俗〕（手尖朝外）鼓掌拍手

思わず横手を打って感心する（不由得鼓掌讚嘆）

横綴じ〔名〕横訂、横著裝訂

横綴じの本（横裝書）

横取り〔名、他サ〕搶奪、奪取

人の物を横取りする（搶奪人家的東西）

人の財産の横取りを企む（企圖奪取別人的財產）

弟の御菓子を横取りして母に叱られた（因為搶奪弟弟的點心被媽媽申斥了一頓）

横長〔名〕長方形的、横寬的

横長の絵（長條横幅的畫）

横薙ぎ〔名〕横砍、横掃

横薙ぎを払う（横掃）

横殴り〔名〕從旁邊打、從側面吹打

顔を横殴りに殴る（打嘴巴）

横殴りの雨（横刮的雨）

横殴りの降る雪（下横飛的雪）

横殴りの雨で着物がぐしょ濡れだ（因為下横刮的雨衣服弄得濕淋淋的）

横睨み〔名〕斜著眼睛瞪

横睨みに睨む（斜眼瞪人）

横根〔名〕〔醫〕横痃

横乗り〔名、自サ〕（馬等）横騎

馬に横乗りする（横騎著馬）

横這い〔名、自サ〕横爬，横行、〔經〕（物價行市）平穩，停滯、〔動〕浮塵子（的別稱）

蟹の横這い（螃蟹横行）

相場は横這いだ（行情停滯）

物価は横這いしている（物價平穩）

鉄の生産は横這い状態である（鐵的生產保持原有水平）

インフレ曲線は横這い状態に為りつつある様だ（通貨膨脹曲線似乎正在趨向平穩狀態）

横幅〔名〕横幅、寬度（＝幅）

横幅は三メートル有る（有三米寬）

横引き鋸、横引き鋸〔名〕横割鋸、截鋸

横挽丸鋸、横挽丸鋸〔名〕横割圓鋸、圓截鋸

横鬢〔名〕鬢角

横鬢を一つ食らわす（打他一記耳光）

横肥り〔名〕矮胖（的人）（＝でぶ）

横肥りの人（矮胖的人）

横降り〔名〕（雨雪等）斜著下

軈て横降りの雨に為った（不一會兒就下起雨來很快就變成横下大雨）

雨が横降りに降る（雨斜著下）

横棒〔名〕横桿、横條、横線

横見〔名〕斜視，往兩邊看、左顧右盼（＝脇見）

生徒達は横見も為ないで黒板を眺めている（學生們目不轉睛地看著黑板）

横向き〔名〕側面、朝向側面

横向きに坐る（側面而坐）

横向きに寝る（側身而臥）

横向きに乗る（横著騎）

横向きの写真（側面像）

横向きを写す（照側面像）

横目〔名〕斜視、秋波（＝流し目）、（印刷紙）横紋，起皺、（鋸的）横齒

横目で人を睨む（用斜眼瞪人）

横目を使う（飛眼送秋波）

ㄏ

横目に削る（横刨木料）
横目鋸（横切鋸）
横物〔名〕横長之物、横幅的書畫
横槍〔名〕（原意為兩軍交戰從旁插進長槍來）插嘴、干涉、干擾
　横槍が出る（有人插嘴有人干涉）
　横槍が入って話が纏まらなかった（因為有人從旁干擾沒有談妥）
　横槍を入れる（從旁插嘴從旁干涉）
横揺れ〔名、自サ〕左右搖晃
　船が横揺れする（船左右搖晃）
横連合神経〔名〕〔動〕〔解〕横連合神經
横恋慕〔名、自サ〕〔俗〕愛慕有夫之婦（或有婦之夫）
　横恋慕を為る（愛慕別人的配偶）

衡（ㄏㄥˊ）

衡〔漢造〕横、量
　度量衡（度量衡、尺斗秤）
　均衡（均衡、平衡）
　平衡（平衡、均衡）
　合従連衡（〔史〕合縱連橫）
衡器〔名〕衡器、秤（＝秤）
衡平〔名、形動〕平衡、均衡
　衡平の裁量（均衡的裁定）
　衡平法（〔英國的〕平衡法）
軛、軛、頸木〔名〕（牲畜的）軛項圈。〔轉〕桎梏
　軛を掛ける（套上項圈）
　軛を脱する（擺脫桎梏）
　軛を争う（互爭勝負）

乎、乎（ㄏㄨ）

乎〔漢造〕（附於形容語後，加強語氣）乎
　確乎、確固（堅決、斷然）
　断乎、断固（斷然、毅然、決然）
　牢乎、牢固（牢固、堅固、堅定）
　断断乎（斷然、毅然、決然）
　洋洋乎（充沛、廣闊）
乎古止点〔名〕（從前日本人解讀漢文時，注在漢字四角或上下的）訓讀標點

呼（ㄏㄨ）

呼〔漢造〕呼叫、招呼、稱呼、呼吸、嘆息聲
　歓呼（歡呼）
　喚呼（呼喚、呼喚聲）
　指呼（用手指招呼、很近、眼前）
　称呼（稱呼、名稱）
　嗚呼（表示驚喜悲嘆等感情的發聲）（呀！啊！唉！）
呼応〔名、自サ〕呼應
　密接に呼応し合う（密切配合）
　陸海軍相呼応して敵を攻撃する（陸海軍互相呼應進攻敵軍）
　〝決して〟は〝無い〟と呼応する（決して和無い前後呼應）
呼格〔名〕〔語〕（vocative case 的譯詞）呼格
呼気〔名〕呼氣、出氣←→吸気
　寒さで呼気が白く見える（因為寒冷呼氣發白）
呼吸〔名、自他サ〕呼吸，吐納，步調，節拍、竅門，要領
　深く呼吸する（作深呼吸）
　呼吸を止める（停止呼吸）
　呼吸が絶える（嚥氣）
　人工呼吸を施す（作人工呼吸）
　新鮮な空気を呼吸する（呼吸新鮮空氣）
　呼吸器（呼吸器）
　呼吸根（〔植〕呼吸根）
　呼吸商（〔生〕呼吸商）
　相手と呼吸が合う（跟對方步調一致）
　呼吸を合わせる（使步調一致）
　泳ぎの呼吸を覚える（飲み込む）（學會游泳的竅門了）

其の呼吸で遣れば良い（按那個要領來做就行）

直ぐ其の呼吸が分って来るだろう（會馬上懂得那個竅門的）

万事其の呼吸で行かなくちゃ嘘だ（一切都要按那個要領做）

其処の呼吸が一寸難しい（那點要領有點困難）

呼号〔名、自サ〕呼喊、號召、號稱

天下に呼号する（號召天下）

遠くから呼号する（從遠處呼喊）

手勢十万と呼号する（號稱手下有十萬大軍）

呼集〔名、他サ〕呼集、召集

非常呼集（緊急集合）

呼称〔名、他サ〕名稱（=名前。名称）、叫做，稱為（=名付ける）、（體操等時）喊聲呼號（如一二三四）

大陸間弾道弾をICBMと呼称する（把洲際導彈叫做ICBM）

此の合成繊維にはvinylonと言う呼称が使われる（這種人造纖維叫做維尼龍）

呼ばる〔他五〕〔方〕（呼ばう的轉變）招呼、呼喚（=呼ぶ）

大きな声で呼ばったが、返事が無かった（大聲呼喚可是沒有應聲）

呼ばれ〔名〕〔俗〕邀請、招待會、宴會（=招き）

呼ばれに行く（去參加宴會）

呼ばれる〔自下一〕（呼ぶ的被動形式）被稱為、被叫做（=名付けられる）

被招待、被宴請（=招かれる）

被招呼、被召喚、被號召（=呼び掛けられる。召喚される）

昔、神童と呼ばれた男（從前被稱為神童的人）

夕食に呼ばれる（被請去吃晚飯被邀赴晚宴）

呼ばわる、喚ばわる〔自五〕呼喚、喊叫（=叫ぶ）

大声を呼ばわる（大聲喊叫）

呼ばわり〔名〕叫喊，呼喚、（用不好的稱號）稱呼

泥棒呼ばわりを為る（稱呼某人是小偷）

野郎呼ばわりを為る（稱呼某人為流氓）

呼ぶ、喚ぶ〔他五〕招呼、呼喚、呼喊（=叫ぶ）、叫來，喚來（=呼び寄せる）、叫做，稱為（=名付ける）

招待，邀請（=招く）、招引，招致，引起（=集める、引き付ける）

助けを呼ぶ（呼救）

幾等呼んでも聞こえない（怎麼呼喊也聽不見）

名前を呼ばれたので、振り返って見ると友達だった（有人呼喚我名字回頭一看原來是朋友）

先生は学生の名前を一人一人と呼んで出欠を取る（老師逐一點名檢查學生出席情況）

彼を呼んで来い（把他叫來！）

林さんを電話口を呼んで下さい（請叫林先生來聽電話）

急いで医者を呼びに行く（急忙去請醫師）

自動車を呼びましょうか（我給你叫輛汽車吧！）

東京は昔江戸と呼ばれていた（東京過去叫江戶）

我我は彼を叔父さんと呼ぶ（我們叫他叔叔）

其の様には呼ばないで呉れ（別那麼稱呼！）

誕生日に友達を呼ぶ（過生日那天招待朋友）

彼を家に呼んだら如何だろう（邀請他到家裡來如何？）

各国の代表を呼んで盛大な宴会を開く（邀請各國代表舉行盛大宴會）

波瀾を呼ぶ（引起風波）

此の小説は大変な人気を呼んでいるそうだ（聽說這小說很受讀者歡迎）

富士山は夏も冬も人を呼ぶ山だ（富士山無論冬夏都招引遊人）

彼の映画は評判が良く、大層御客を呼んでいる（那影片都認為不錯很叫座）

斯う言うは疑惑を呼ぶ事に為る（這些話會引起人們疑惑）

塩は湿気を呼ぶ（鹽容易受潮）

叫ぶ〔自五〕喊叫、呼喊、呼籲（＝呼ぶ、喚ぶ）

大声で叫ぶ（大聲喊叫）

怒って叫ぶ（怒吼）

苦しんで叫ぶ（苦痛地叫喚）

嬉しさの余り叫ぶ（高興得喊叫）

悲しんで叫ぶ（悲痛地喊叫）

助けて呉れと叫ぶ（呼喊求救）

天も裂けよと叫ぶ（喊聲震天）

賛成と叫ぶ（呼喊同意）

自由民主万歳と高らかに叫ぶ（高呼自由民主萬歲）

革命的slogan を叫んで散会した（高呼革命口號後散會）

侵略反対を叫ぶ（高呼反對侵略）

産児制限を叫ぶ（呼籲節制生育）

呼ぶ子、呼び子、呼子〔名〕警笛、哨子

呼ぶ子を吹く（吹哨子）

警官が呼子を吹く（警察吹警笛）

呼子を鳴らす（鳴笛）

呼子鳥〔名〕〔動〕布穀鳥（＝郭公）

呼び上げる〔他下一〕叫喊

生徒の名前を一人一人呼び上げる（一個一個地點學生的名）

呼び集める〔他下一〕召集

生徒達を呼び集める（把學生們召集到一起）

呼び誤る〔他五〕叫錯、喊錯（＝呼び違える）

先生は私を山田と呼び誤った（老師把我錯叫為山田）

呼び違える〔他五〕叫錯、喊錯（＝呼び誤る）

呼び入れる〔他下一〕招呼進來、叫進來、引進

客を呼び入れる（把客人請進來）

田に水を呼び入れる（把水引進田裡）

呼び売り〔名、他サ〕叫賣、叫賣的小販（＝呼び売り人）

新聞を呼び売りする（叫賣報紙）

魚を呼び売りする（吆喝著賣魚）

新聞の呼び売り（賣報的人）

野菜の呼び売り（叫賣青菜的小販）

呼び起こす〔他五〕叫醒、喚起

転寝を為て呼び起こされた（正在打盹被叫醒）

注意を呼び起こす（喚起注意）

昔の思い出を呼び起こす（喚起過去的回憶）

積極性を呼び起こす（喚起積極性）

此の本を見て少年時代の記憶を呼び起こした（看了這本書喚起了我對童年的記憶）

呼び返す〔他五〕叫回來、喊回來、召回

彼を呼び返す（把他叫回來）

本国へ呼び返される（被召回本國）

芸人は演技が終わってから何度も舞台に呼び返された（演員在演完後一再被叫回舞台）

呼び掛ける〔他下一〕招呼、呼喚、號召、呼籲

道行く人に呼び掛ける（向走路的人打招呼）

其方へ行っては危ないですよと母親は子供に呼び掛けた（媽媽向孩子呼喊別上那邊危險）

大衆に呼び掛ける（號召群眾）

有志に呼び掛けて基金えを募る（向志願者呼籲募基金）

呼び掛け〔名〕號召、呼籲、號召式的朗誦劇

呼び掛けを出す（發出號召）

呼び掛けに答える（響應號召）

一人の呼び掛けで大勢が集まる（一個人的號召很多人聚集起來）

呼び交わす〔他五〕互相呼喚、互相招呼

大声で互いの名を呼び交わす（彼此大聲招呼名字）

呼び声、呼声〔名〕召喚聲，呼喚聲、（人選，任命等）呼聲，評論

呼び声を聞こえる（聽見召喚聲）

物売りの呼び声が為る（傳來叫賣聲）

彼は委員長の呼び声が高い（他當委員長的呼聲很高）

呼び込む〔他五〕招徠、招攬（=呼び入れる）

鶏を小屋に呼び込む（把雞招喚進窩裡）

客を呼び込む（招攬客人）

呼び込み〔名〕（雜耍戲棚或店舖門外）招徠顧客的宣傳員

呼び塩〔名〕將醃製過的食品浸在少量鹽水使鹽分滲出、（指上法中所用的）鹽

呼び捨て〔名〕（不加敬稱樣、樣、君）光叫姓名

人を呼び捨てに為る（直呼別人的姓名）

親しい友達を呼ぶ時には呼び捨てでも構わない（親密朋友可以光叫姓名）

呼び出す〔他五〕喚出來、叫出來、叫來，邀請、傳喚、開始叫

戸口へ呼び出す（叫到門口來）

林さんを呼び出して下さい（請把林先生叫出來）

授業中の学生を呼び出す（把正在聽課的學生叫出來）

弟を電話口へ呼び出す（叫弟弟來接電話）

友達をtennisに呼び出す（邀朋友來打網球）

証人を法廷に呼び出す（傳喚證人出庭）

裁判所へ呼び出される（被傳喚出庭）

呼び出し〔名〕傳喚、叫來，喚來、邀請、呼叫，叫喚、傳呼電話

裁判所から呼び出しが来た（法院來傳喚了）

電話口へ（御）呼び出し（を）願います（請叫來聽電話）

友人に呼び出しの手紙を出す（向朋友發出邀請信）

呼び出し信号（呼叫信號）

呼び出し装置（呼叫設備）

貴方に電話し度いのですが、呼び出しなら有りますか（我想給妳打電話有傳呼電話嗎？）

呼び出し状、呼出状〔名〕（法院的）傳票

呼び出し電話、呼出電話〔名〕傳呼電話

呼び出し符号、呼出符号〔名〕〔無〕呼號

呼び出し奴、呼出奴〔名〕〔相撲〕呼喚力士上場的人

呼び立てる〔他下一〕大聲呼喚、特地叫出來，特地找來

呼び立て、呼立〔名〕大聲呼喚、特地叫來、做暗號叫人退去，讓人退去的信號

御呼立して済みません（特地叫您來一趟對不起）

太鼓の呼立を聞くと立ち去った（聽到敲鼓的信號立即退了下去）

呼び接ぎ〔名〕（樹）嫁接、接枝（=寄せ接ぎ）

呼び付ける〔他下一〕叫來，傳喚、叫慣，經常請來

悪戯を為た生徒が呼び付けられた（淘氣的學生被叫去了）

呼び付けた渾名の方が懐かしい（叫慣了綽號倒覺得親切）

呼び付けた医者（經常請來的醫師）

呼び付け〔名〕叫來、傳喚、叫慣，經常請來

呼び付けの大工（經常請來的木匠）

宅では呼び付けの按摩が有る（我家裡有一位經常請來的按摩）

呼び留める〔他下一〕招呼、使站住

警官に呼び留められる（被警察叫站住）

ㄏ

知らない人を呼び留めて道を聞いた（叫住一個陌生人問路）

此の落し物は彼処を歩いている人のらしい、早く呼び留めて下さい（這失物可能是那走路人丟的請快喊他站住）

呼び名〔名〕通稱、慣稱

岩木山は津軽富士の呼び名で呼ばれている（岩木山慣稱為津輕富士）

呼び慣れる〔他下一〕叫慣、慣稱

呼び慣れた名（叫慣的名字）

呼び値、呼値〔名〕〔商〕（交易上的）要價（＝売り呼び値）

売り呼び値（要價）

買い呼び値（出價）

荷主が呼び値を引き上げたので取引が止まって仕舞った（因貨主提高要價所以沒有成交）

呼び回る〔他五〕到處呼喚、到處叫喊

彼方へ行ったり此方へ来たりして呼び回った（這邊那邊地到處叫喊）

呼び水〔名〕（注入抽水馬達的）引水，泵的起動水。〔轉〕起因，誘因

呼び水を為る（差す）（加起動水）

詰まらぬ口論が呼び水に為って、終に大喧嘩を演じた（由於無謂的口角終於引起大爭吵）

呼び水コック（〔機〕〔渦旋泵的〕起動注水旋塞）

呼び迎える〔他下一〕延請

医者を呼び迎える（延請醫師）

呼び戻す〔他五〕叫回來、召回、憶起

急用で自宅に呼び戻された（因有急事被叫回家來）

はっきり其の光景を記憶に呼び戻す（清楚地憶起當時的情景）

呼び戻し〔名〕召回，叫回。〔相撲〕上手插臂提褌撐身前推

呼び物〔名〕精彩節目、受歡迎的節目

呼び物の映画（最受歡迎的電影）

曲馬の呼び物（馬戲團的精彩節目）

此の絵は展覧会中の呼び物だ（這畫是展覽會中最吸引觀眾的）

呼び屋〔名〕〔俗〕（雜技，馬戲團）從外地或外國招聘藝人的演出業者（＝プロモーター）

呼び寄せる〔他下一〕叫到跟前來、召集來、請來

台北から医者を呼び寄せる（從台北請來一位醫師）

枕元へ呼び寄せる（叫到床邊來）

弟を国許から呼び寄せる（把弟弟從家鄉叫來）

呼び鈴〔名〕電鈴、傳呼鈴（＝ベル）

呼び鈴を押す（按電鈴）

呼び鈴が鳴った（電鈴響了）

呼び鈴を鳴らす（按響電鈴）

忽（ㄏㄨ）

忽〔漢造〕倏忽、疏忽

軽忽、軽忽（輕率、輕視、忽視）

粗忽（粗心，疏忽，馬虎，魯莽，錯誤，過失，失禮）

倏忽（倏忽、快速）

忽焉〔副〕忽然、突然、驟然（＝俄に、忽ち）

忽焉と為て逝く（驟然逝世）

忽忽〔形動〕突然、失意，灰心，鬱悶，沮喪、出神

忽爾〔副〕忽然、突然（＝忽然、忽然）

忽諸〔名〕草率、忽視（＝疎か）

忽諸に付ける（等閒視之、置之度外）

忽如〔形動〕忽然、突如

忽然、忽然〔副〕忽然、突然（＝俄に）

忽然と為て姿を消す（忽然消逝不見）

海の真中に忽然と島が現れる（大海之中突然出現島嶼）

忽卒〔形動〕（動作狀態等）突然轉變

忽略〔名〕忽略

忽ち〔副〕轉眼間，立刻，沒多久（=直ぐ）。忽然，突然（=突然、急に）

　音楽会の切符は忽ちの内に売り切れて仕舞いました（音樂會的票沒多久就賣完了）

　子供は買って貰った玩具を忽ち壊して仕舞った（小孩沒多久就把他買的玩具弄壞了）

　其を見ると忽ち気が変わった（一看到那個心情馬上就變）

　忽ち大粒の雨が降り出した（突然下起大雨點的雨）

　忽ち起こる万歳の声（突然響起喊萬歲的聲音）

忽せ、忽せ、忽せ〔名〕疏忽、忽視、敷衍了事（=疎か、等閑）

　仕事を忽せに為る（敷衍了事、玩忽職守）

　一言一句も忽せに為ない（一字一句也不輕易放過）

　忽せに為るな（不要粗心大意）

惚（ㄏㄨ）

惚〔漢造〕恍惚

　恍惚（恍惚、出神）

惚ける、暈ける、耄ける〔自下一〕記憶減退、糊塗、發呆（=惚ける、呆ける、耄ける、蓬ける）（顏色、相片）模糊變得不鮮明、（行情）呆滯

　年を取って頭が惚けて仕舞った（年老腦筋糊塗了）

　ピント（punt荷）が惚ける（焦點不對照得模糊）

　此の上着は何時の間にか色が惚けた（這件上衣不知不覺地褪了色）

惚け、惚、呆け、呆、惚け、惚、呆け、呆〔名〕發呆、癡呆、懶散

　寝惚け（睡呆〔的人〕）

　彼奴は愈愈惚けが来た（他頭腦漸漸癡呆起來）

　連休惚け（因連日休假變得懶散休息多日頭腦變得遲鈍）

　南洋惚け（因長住南洋變得懶散）

　彼は戦争惚けだ（他是個被戰爭弄呆的人）

惚け茄子〔名〕〔俗〕〔罵〕傻瓜呆子

惚ける、呆ける〔自下一〕精神恍惚（=惚ける、暈ける、耄ける。惚ける、呆ける、耄ける、蓬ける）

惚ける、呆ける、耄ける、蓬ける〔自下一〕身體虛弱、精神恍惚（=惚ける、暈ける、耄ける）、著迷熱衷（=夢中に為る）

　病み惚ける（病得身體虛弱）

　遊び惚ける（玩得著迷）

惚れる、恍れる、耄れる〔自下一〕迷戀、佩服、出神

　惚れた女（迷戀的女人）

　惚れた同士（情侶）

　惚れた仲なら添わせ度い（如果是情侶但願成眷屬）

　彼の女は男に惚れないで金に惚れている（她不喜愛男人而喜愛錢）

　底根惚れ込む（熱戀狂戀）

　惚れた晴れたの騒ぎ（風流韻事）

　君の度胸には惚れた（我很佩服你的膽量）

　彼の人柄に惚れる（欽佩他的為人）

　彼女の親切に惚れたのだ（感佩她的親切）

　聞き惚れる（聽得入神）

　彼女の良い声に惚れる（她的美妙聲音令人神往）

　鶯の鳴き声に聞き惚れる（聽黃鶯的叫聲聽得出神）

　惚れた目には痘痕も笑窪（情人眼裡出西施）

　惚れて通えば千里も一里（有緣千里來相會）

惚れ薬〔名〕春藥

惚れ込む〔自五〕戀慕，迷戀（=惚れる、恍れる、耄れる）、喜愛，欣賞

　其の人物に我我は皆惚れ込んだ（我們大家都喜歡他的為人）

此の色に一寸惚れ込んだ（很欣賞這個色調）

惚れ惚れ、惚惚〔副、自サ〕神往、迷戀、恍惚、發呆（＝放心）

惚れ惚れ（と）眺める（越看越神往）

惚れ惚れさせる笑顏（迷人的笑臉）

惚れ惚れする様な声（有魅力的聲音）

全く惚れ惚れさせるよ（真令人心動）

惚ける、恍ける〔自下一〕遲鈍、發呆、裝糊塗、假裝不知道、逗開心、出洋相

年を取って頭が惚ける（上了年紀頭腦遲鈍）

本当に惚けた事許り遣る（老做些傻事）

惚けては困る、其は僕のだ（別裝糊塗那是我的）

知っている癖に惚けるな（明明知道別裝糊塗）

惚けずに答えろ（別裝傻回答！）

惚けるのが旨い（他善於出洋相）

惚けた事を言って人を笑わせる（說滑稽話逗人笑）

惚気る〔自下一〕津津樂道地談自己跟妻子或情人的無聊色情事

人前で手放しで惚気る（在別人面前毫無顧忌地大談自己跟妻子的無聊情事）

惚気〔名〕好談自己和妻子（情人）之間的無聊情事、自己的戀愛史、無聊的色情故事（＝惚気話）

細君の惚気を言う（談和老婆的戀愛故事）

そんな惚気は聞き度くない（我不愛聽那些男女關係的事情）

惚気話〔名〕自己的戀愛史、無聊的色情故事

壺（ㄏㄨˊ）

壺、壷〔漢造〕罐（＝壺）

茶壺（茶葉店的茶葉罐）

肘壺（嵌入肘形插銷的金屬帽）

壺中の天地〔連語〕壺中天地、別有洞天、別有天地、仙境

壺〔名〕罐，甕，壜，小菜鉢、窪坑、灸點、穴位、要點，關鍵，企圖，心願，估計，預料。〔古〕（宮廷的）中庭

塩を壺に入れる（把鹽裝在罐子裡）

滝壺（瀑布潭）

墨壺（木工畫線用的墨斗）

壺を取る（取穴）

一つ又は幾つかの壺に刺す（扎在一個或幾個穴上）

壺を見付ける（發現穴位）

壺を押さえる（抓住要點）

計画が壺に嵌る（計畫如願以償）

桐壺（桐庭、桐殿）

思う壺に嵌る（正如所願、正中下懷、陷入圈套）

壺の口を切る（〔舊曆十月前後打開新茶罐的封口〕品嘗新茶）

壺の中では火は燃えぬ（狹小天地做不了大事、英雄要有用武之地）

壺形花冠〔名〕〔植〕壺形花冠

壺金〔名〕樞銷、承窩（＝肘壺）

壺瓶〔名〕夜壺、便壺

壺釘〔名〕肘釘、Ｕ形釘

壺口〔名〕罐口、嘴嘴（＝おちょぼ口）

壺口を為て言う（噘著嘴說）

壺肥〔名〕〔農〕（播種，移植前）施在坑裡的肥料

壺皿〔名〕（日本餐具）小深鉢，罐形深碟、（賭博）罩骰子的碟子

壺装束〔名〕〔古〕（平安至鎌倉時代婦女徒步外出時）腰部肥大的輕便旅服

壺菫、坪菫、菫菜〔名〕〔植〕紫花高莖菫（＝立壺菫）

壺鑿〔名〕空心鑿

壺焼き、壺焼〔名〕貝殼烤蠑螺、（放在罐形器內）烤白薯

栄螺の壺焼き（把蠑螺放在貝殼裡烤）

壺焼きの薩摩芋（烤白薯）

湖（ㄏㄨˊ）

湖〔漢造〕湖
- 琵琶湖（琵琶湖）
- 洞庭湖（洞庭湖）
- 火口湖（火山口湖）
- 淡水湖（淡水湖）
- 鹹水湖（鹹水湖）
- 人造湖（人工湖）
- 大湖（大湖）
- 塩湖（鹽湖＝鹹湖）
- 鹹湖（鹹水湖、鹽湖＝鹹水湖）
- 淡湖（淡水湖＝淡水湖）
- 江湖（世上、社會、公眾）

湖海〔名〕湖湖和海江湖

湖岸〔名〕湖畔、湖邊
- 湖岸のホテル（湖畔的旅館）

湖沼〔名〕湖沼
- 湖沼学（湖沼學）

湖上〔名〕湖上
- 湖上の家屋（湖上房屋）
- 湖上生活者（湖上居民）
- 湖上の日没（湖上日落）

湖心〔名〕湖心
- 湖心に向けてボートを漕ぎ出す（向湖心划船）

湖水〔名〕湖（＝湖）
- 湖水の辺に在るホテル（湖濱旅館）

湖沢〔名〕湖和沼澤

湖底〔名〕壺底
- 湖底に沈む（沉入湖底）

湖畔〔名〕湖畔、湖濱
- 湖畔のホテル（湖濱飯店）
- 湖畔に逍遥する（在湖邊漫步）
- 湖畔詩人（〔指英國北部湖水地方華茲渥斯〕湖濱詩人）

湖辺〔名〕湖邊（＝湖畔）

湖面〔名〕湖面
- 穏やかな湖面（平靜的湖面）
- 湖面を渡る涼風（拂過湖面的涼風）

湖〔名〕湖、湖水
- 夜は湖の様に静まり返っている（夜裡像湖水一般寂靜）

葫（ㄏㄨˊ）

葫〔漢造〕葫蘆
- 夕顔（葫蘆）

葫、大蒜、蒜、忍辱〔名〕〔植〕大蒜（＝大蒜）

槲（ㄏㄨˊ）

槲〔漢造〕植物名，山毛欅科，葉大，木堅實，供建築，枕木，器具等用

槲、柏、檞〔名〕〔植〕槲樹

糊（ㄏㄨˊ）

糊〔漢造〕漿糊、不清、糊口
- 曖昧模糊（含糊不清）

糊口、餬口〔名〕餬口、生計、生活（＝暮らし。口過ぎ）
- 糊口に窮している（生活無著）
- 糊口の途を求める（尋求生活之路）
- やっと糊口を凌いでいる（勉強餬口）

糊精〔名〕〔化〕糊精（＝デキストリン）

糊塗〔名、他サ〕敷衍，彌補、掩飾、搪塞
- 一時を糊塗する策（敷衍一時的辦法）
- 現状維持の名の下に一時を糊塗する（在維持現狀的名義下敷衍一時）

糊〔名〕漿糊
- ゴム糊（膠水）ゴムgom荷 護謨ゴム
- 糊で貼る（用漿糊貼）
- 糊を付ける（抹漿糊）

ㄏ

洗濯物に糊を付ける（漿衣服）

此れに糊を付けて欲しい（請把它給漿一下）

此のハンカチは糊が利いている（這手帕漿得好）

糊付き封筒（帶膠的信封）

口を糊する（糊口勉強生活）

糊と鋏（〔不動腦筋〕剪剪貼貼〔的工作〕）

糊する〔他サ〕糊（口）

口を糊する（糊口勉強生活）

糊板〔名〕用飯粒搗成漿糊的飯（=続飯板）、刮漿子用的板

糊入れ〔名〕漿糊的容器、加米粉抄的紙（=糊入れ紙－為一種薄軟的日本紙杉原紙）

糊気〔名〕上漿量、漿性

糊気が無い（沒有漿性）

糊気の多い布（漿上很多的布）

糊代〔名〕（紙張）抹漿糊留出的部分

糊付、糊付け〔名、他サ〕用漿糊黏貼（的東西）、漿（洗的衣物）。〔紡〕上膠

袋の口を糊付けに為る（把紙袋口黏上）

糊付けが良い（漿得好）

着物を糊付けする（漿衣服）

糊壺〔名〕漿糊瓶

糊抜き〔名、他サ〕下水攪掉（新布的）漿子、脫漿（工藝）

布の糊抜きを為る（下水攪掉布上的漿子）

糊刷毛〔名〕塗漿的刷毛

糊張り〔名〕（為使布有光澤）漿後貼在板上、黏貼，張貼

糊目〔名〕（衣服）漿的痕跡

糊目のはっきりしたワイシャツ（漿得支支稜稜的襯衫）

蝴（ㄏㄨˊ）

蝴〔漢造〕蝴蝶

蝴蝶、胡蝶〔名〕蝴蝶（=蝶蝶）

蝴蝶の様に舞う（像蝴蝶那樣飛舞）

蝴蝶の夢（〔莊子〕蝴蝶夢）

蝴蝶装、胡蝶装（〔印〕蝴蝶裝訂法）

蝴蝶豆（藍花豆=蝶豆）

蝴蝶結、胡蝶結（蝴蝶結）

餬（ㄏㄨˊ）

餬〔漢造〕厚粥為餬

餬口、糊口〔名〕餬口、生計、生活（=暮らし、口過ぎ）

糊口に窮している（生活無著）

糊口の途を求める（尋求生活之路）

やっと糊口を凌いでいる（勉強餬口）

弧（ㄏㄨˊ）

弧〔名、漢造〕弧、弧形

弧を描いて飛ぶ（形成拋物線飛去）

円弧（圓弧、弧形）

括弧（括弧、括號）

弧光〔名〕〔電〕弧光

弧光灯（弧光燈）

弧状〔名〕弧狀、弧形

弧状列島（弧形列島、島弧）

弧線〔名〕弧線

ボールが弧線を描いて飛ぶ（球路形成弧線飛去）

弧度〔名〕〔數〕弧度

弧灯〔名〕弧光燈（=アーク灯）

狐（ㄏㄨˊ）

狐〔漢造〕狐

白狐（白狐、白毛的狐狸）

野狐、野狐（野狐狸）

養狐場（養狐場）

狐疑〔名、自サ〕狐疑、懷疑、猜疑

狐疑して決しない（狐疑不決）

狐疑逡巡（狐疑巡逡）
狐狸〔名〕狐狸、狐和狸、比喻老狐狸精
　狐狸妖怪の仕業（狐狸精做的勾當）
狐狼〔名〕狐狸和狼、比喻殘酷貪婪
狐媚〔名〕以狐媚詭計騙人
狐臭、腋臭、腋臭〔名〕〔醫〕狐臭
狐〔名〕〔動〕狐狸。〔轉〕詭計多端的人、用油炸豆腐包的壽司（=稻荷寿司）、黃褐色（=狐色）、加油炸豆腐條和蔥花的清湯麵（=狐饂飩）。〔罵〕娼妓
　狐が鳴く（狐狸叫）
　狐の穴（狐狸洞）
　狐の襟巻き（狐狸皮圍巾）
　狐に化かされる（摘まれる）（被狐狸迷住）
　狐に摘まれた様な気が為る（像被狐狸迷住了似的）
　狐を落とす（驅狐狸邪）
　狐に騙された（被詭計多端的人騙了）
　狐と狸の化かし合い（爾虞我詐）
　狐虎の威を藉る（狐假虎威）
　狐の子は頰白（有其父必有其子）
　狐の嫁入り（晴天下雨、成排的許多鬼火）
　狐の赤小豆飯（叫狼去放羊、喻隨時有被吃掉的危險）
　狐を馬に乗せた様（搖搖晃晃、搖擺不定、根基不穩）
狐薊〔名〕〔植〕野苦麻、泥胡菜
狐色〔名〕黃褐色
　餅を狐色にこんがり焼く（把年糕烤焦成黃褐色）
　狐色に焦げる（烤焦成黃褐色）
狐饂飩〔名〕〔烹〕加油炸豆腐條和蔥花的清湯麵
狐落とし〔名〕捕狐狸的圈套、驅狐狸邪、解除被狐狸迷住的病
狐狩り〔名〕獵狐

狐拳〔名〕狐拳（划拳的一種用兩手作〔狐狸〕，〔庄屋〕-村長,〔獵人〕狀以決定勝負）
狐格子〔名〕用木條做成棋盤格式的牆或拉門（多用於宮殿,廟宇,寺院等山牆上部分結構）
狐猿〔名〕〔動〕狐猴
狐塚〔名〕狐穴、狐狸洞
狐使い〔名〕驅使狐狸施妖術的人
狐付、狐憑〔名〕被狐狸迷住（的人）
狐釣り〔名〕用圈套捕狐狸（的人）
狐戶〔名〕棋盤格紋拉門
狐の絵筆〔名〕〔植〕鬼筆
狐の茶袋〔名〕〔植〕葉下珠
狐の堤燈〔名〕磷火、鬼火
野狐の手袋〔名〕〔植〕毛地黃（=ジギタリス digitalis）
狐の牡丹〔名〕〔植〕毛茛
狐の孫〔名〕〔植〕爵床
狐の嫁入り〔名、連語〕成排的磷火、露著太陽下雨
狐火〔名〕磷火、鬼火
狐日和〔名〕忽晴忽雨的天氣
狐福〔名〕意外的幸運、僥倖
狐窗〔名〕棋盤格的天窗
狐矢〔名〕流矢（=流れ矢）
狐柳〔名〕〔植〕岩柳
狐綿〔名〕覆有一層絲棉的棉花
狐罠〔名〕捕狐狸套
狐〔名〕狐

胡（ㄏㄨˊ）

胡、胡、胡〔漢造〕（中國古稱來自北方的民族）胡、胡亂
胡歌〔名〕中國古時北方民族的歌
胡弓、鼓弓〔名〕胡琴
　胡弓を引く（拉胡琴）
　胡弓弾き（胡琴師）
胡国〔名〕〔史〕（中國北方的）胡國。〔轉〕野蠻國
胡坐〔名〕盤腿坐（=胡坐、胡座、胡床）

ㄏ

あぐら、あぐら、あぐら 胡坐、胡座、胡床〔名〕盤腿坐（=胡坐）

　胡座を掻く（組む）（盤腿坐）

　鼻が胡座を掻いている（鼻孔向上仰著、長了個扁平鼻子）

　幹部は人民の上に胡座を掻く旦那ではない（幹部不是騎在人民頭上的老爺）

　どうせ競争者は現れないだろう等と思って、胡座を掻いていたら、とんでもない事だ（如果認為反正不會有競爭者出現而穩座泰山那可是不行的）

あぐらばな、あぐらばな 胡坐鼻、胡座鼻〔名〕獅子鼻、鼻孔向上的扁平鼻子

こしょう、こしょう 胡床、胡牀〔名〕（中國北方傳來一人用狩獵等戶外用座椅）胡床（=床几）

こしょう 胡椒〔名〕〔植〕胡椒（=ペッパー）

　粉胡椒（胡椒粉）

　胡椒を降り掛ける（撒胡椒麵）

　胡椒入れ（胡椒罐）

こじん 胡人〔名〕（中國北方）胡國的人民。〔轉〕野蠻人

こち 胡地〔名〕胡國的土地。〔轉〕未開化，野蠻之地

こちく 胡竹〔名〕（做橫笛用）胡竹

こちょう、こちょう 胡蝶、蝴蝶〔名〕蝴蝶（=蝶々）

　胡蝶の様に舞う（像蝴蝶那樣飛舞）

　胡蝶の夢（〔莊子〕蝴蝶夢）

　胡蝶装、蝴蝶装（〔印〕蝴蝶裝訂法）

　胡蝶豆（藍花豆=蝶豆）

　胡蝶結、蝴蝶結（蝴蝶結）

こてき 胡狄〔名〕（中國北方）野蠻人

こば 胡馬〔名〕（中國北方）胡國產的馬、胡國的兵馬

ごふん 胡粉〔名〕（燒貝殼製成的白色顏料）胡粉

ごま 胡麻〔名〕〔植〕芝麻

　胡麻味噌（芝麻醬）

　胡麻油（芝麻油香油）

　胡麻和え（加芝麻攪拌的涼菜）

　胡麻擂り（阿諛拍馬屁的人）

ごまてん 胡麻点（謠曲及文字等旁邊用墨表示高低長短音節及強調）符號，讀點

ごましお 胡麻塩（芝麻鹽、斑白的頭髮）

ごまがら 胡麻幹（芝麻幹）

ごまのはいごまのはい 胡麻の蠅護摩の灰（〔偽裝旅伴盜取別人財物的〕竊賊，騙子）

ごまをする 胡麻を擂る（阿諛、逢迎、拍馬屁）

うさん 胡散〔形動〕（う是唐音）形跡可疑、奇怪、蹊蹺（=疑わしい事）

　胡散な奴（形跡可疑的傢伙）

　胡散な行動を為る（行動蹊蹺）

　家の前を胡散な男がうろついている（形跡可疑的人在門前走來走去）

うさんくさい 胡散臭い〔形〕可疑的、蹊蹺的（=胡散）

　胡散臭い男（者）（形跡可疑的人）

　胡散臭然うに人を見る（用疑惑的眼光看人）

　胡散臭い目付きで睨む（用警惕的眼光盯著）

　彼奴はうろうろしていて本当に胡散臭い（那傢伙轉來轉去實在形跡可疑）

　此の事件には少し胡散臭い点が有る（這件事情有些蹊蹺）

うろん 胡乱〔名、形動〕胡亂，草率（=好い加減である事）、可疑（=怪しい事）

　胡乱の言辞（胡言亂語）

　胡乱な男（可疑的人）

　胡乱に思う（覺得可疑）

　胡乱な表情を隠し切れない（隱藏不住可疑的表情）

　胡乱者（形跡可疑的人）

きゅうり 胡瓜〔名〕〔植〕黃瓜（=稜瓜）

　胡瓜揉み（鹵拌黃瓜）

くるみ 胡桃〔名〕〔植〕胡桃、核桃

　胡桃を割る（砸胡桃）

　胡桃足（半球狀的托盤腿）

　胡桃割り（核桃夾子）（=ナットクラッカー nut cracker）

胡蝶花、射干〔名〕〔植〕蝴蝶花

胡頽子、茱萸〔名〕〔植〕茱萸

胡頽子〔名〕〔植〕蔓胡頽子

胡孫眼、猿の腰掛〔名〕〔植〕多孔蕈

胡籙、胡籙〔名〕（古時武人背負的）箭筒，箭袋

虎（ㄏㄨˇ）

虎〔漢造〕虎
　　白虎（白虎）
　　猛虎（猛虎）

虎疫〔名〕〔醫〕霍亂（＝コレラ cholera）

虎穴〔名〕虎穴。〔轉〕險地
　　虎穴に入る（深入虎穴）
　　虎穴に入らずんば虎子を得ず〔後漢書〕不入虎穴焉得虎子）

虎口〔名〕虎口、險境
　　虎口を逃れる（脱する）（逃出虎口）
　　虎口を逃れて竜穴に入る（逃出虎口又入龍潭）

虎子〔名〕幼虎（＝虎の子）、便壺（＝御虎子，御丸。溲瓶。溲瓶，尿瓶）
　　虎子地に落ちて牛を食うの気有り

虎の子〔名〕虎子，虎崽。〔俗〕珍愛的東西，珍藏的東西
　　虎の子に為ている百万円を盗まれた（珍藏的一百萬日圓被偷走了）

御虎子、御丸〔名〕（室内用）便盆，馬桶（＝便器、御厠、御厠）

虎児〔名〕虎子（＝虎子）。〔轉〕難得之物

虎視〔名，自他サ〕虎視
　　虎視眈眈（虎視眈眈）

虎皮〔名〕虎皮

虎皮下〔名〕（軍人或學者書信用語）台啟（＝座下）

虎豹〔名〕虎和豹。〔轉〕勇猛的東西、虎豹毛皮斑點樣的東西

虎狼〔名〕虎狼、〔喻〕殘忍無情的人

虎杖〔名〕〔植〕虎杖（根可入藥）

虎魚〔名〕〔動〕鬼鮋

虎落〔名〕竹籬笆、（曬物用）竹控子、勒索者（＝強請）

虎〔名〕〔動〕虎、〔俗〕醉漢（＝酔っ払い）
　　虎射ち（獵虎）
　　虎に為る（喝醉）
　　大酒を飲んで大虎に為る（喝得酩酊大醉）
　　虎に翼（為虎添翼）
　　虎の威を借る狐（狐假虎威）
　　虎の尾を踏む（踩虎尾〔喻〕非常危險）
　　虎は死して皮を残し、人は死して名を残す（虎死留皮人死留名）
　　虎は千里行って千里帰る（虎行千里終必歸窩〔喻〕母子情深）
　　虎を画いて犬に類す（畫虎不成反類犬）
　　虎を飼って禍を後に残す（養虎為患）
　　虎を野に放つ（放虎歸山遺患日後）
　　虎を養いて自ら患を遺す（養虎為患）

虎頭〔名〕（漢字部首）虎字頭（＝虎冠）

虎刈り〔名〕（因理髪技術拙劣理成）一塊深一塊淺的頭

虎狩り、虎狩〔名〕獵虎

虎冠〔名〕（漢字部首）虎字頭（＝虎頭）

虎毛〔名〕虎皮似的毛色（花紋）（＝虎斑）

虎斑〔名〕虎皮似的毛色（花紋）（＝虎毛）

虎鶇〔名〕〔動〕畫眉

虎猫〔名〕虎皮色的貓

虎の尾〔名〕〔植〕虎尾草、真珠草、鎌葉草、鼠尾藻

虎の巻〔名〕密傳的書、密傳的兵書、秘訣、扼要易懂的參考書，有注解或解答的自修書，講義的藍本
　　商売の虎の巻（經商秘訣）
　　英語読本の虎の巻（英文讀本的自修參考書）
　　数学を虎の巻で遣る（用自修參考書學數學）

とらばさみ
虎挟〔名〕（鋼製）捕獸夾子

とらひげ
虎鬚〔名〕虎鬚

とらふぐ
虎河豚〔名〕〔動〕虎槻

とらめいし
虎眼石〔名〕〔礦〕虎眼石

琥（ㄏㄨˇ）

こ
琥〔漢造〕遣使發兵的玉符、琥珀

こはく
琥珀〔名〕〔礦〕琥珀、塔夫綢（=琥珀織り）

こはくお
琥珀織り〔名〕〔紡〕塔夫綢、波紋綢

こはくさん
琥珀酸〔名〕〔化〕琥珀酸、丁二酸

互（ㄏㄨˋ）

ご
互〔漢造〕互、互相

こうご
交互（互相、交替）

そうご
相互（互相、交替、交互）

ごかく、ごかく
互角、牛角〔名、形動〕勢均力敵、不相上下、互有優劣

ごかく しょうぶ
互角の勝負（不分勝負）

しあい ごかく すす
試合を互角に進める（勢均力敵地進行比賽）

ごかん
互換〔名〕互換、互相交換

ごかんせい
互換性（互換性）

ごかんくみたて
互換組立（互換裝配）

ごけい
互恵〔名〕互恵

ごけいびょうどう げんそく
互恵平等の原則（平等互恵的原則）

ごけい せいしん もとづ きょうりょく
互恵の精神に基いて協力する（根據互恵精神進行合作）

ごけいぼうえききょうてい
互恵貿易協定（互恵貿易協定）

ごけいじょうやく
互恵条約（互恵條約）

ごけいしゅぎ
互恵主義（互恵主義）

ごけいつうしょう
互恵通商（互恵通商）

ごけいかんぜい
互恵関税（互利關稅）

ごし
互市〔名〕交易、貿易、通商

ごじょ
互助〔名〕互助

ごじょ せいしん
互助の精神（互助精神）

ごじょかい
互助会（互助會）

こじょせつ
互助説〔《生》〔關於生物生存和進化的〕互助說）

ごじょう
互譲〔名〕互譲

ごじょう せいしん もと
互譲の精神を基づいて（本著互譲的精神）

ごじょう せいしん も
互譲の精神を以って（以互譲的精神）

ごせい
互生〔名、自サ〕〔植〕（葉）（兩面錯開生）互生←→対生、輪生
たいせい、りんせい

ごせん
互選〔名、他サ〕互選

ぎちょう ぎいん ごせん
議長は議員から互選する（議長由議員中互選）

やくいんかい ごせん かいちょう えら
役員会の互選で会長を選ぶ（由幹事會互選會長）

ごよう
互用〔名〕交互應用

はんぷく ごよう
反復互用する（反復互用）

たがい、たがい
互い、互〔名〕（常冠以接頭詞お，下接助詞に構成副詞）互相、雙方、彼此相同

こま とき たが たす あ
困った時は互いに助け合う（困難的時候互相幫助）

たが なぐ あ
互いに殴り合う（互相毆打）

たが ねつれつ いわ あ
互いに熱烈に祝い合った（互相熱烈祝賀）

たが おか
互い犯さない（互不侵犯）

ふたり たが かお み あ なに い
二人は互いに顔を見合わせて何も言わない（二人相互對視一語不發）

たが けってん し
互いの欠点を知る（了解彼此的缺點）

おたが ちから だ あ
御互いの力を出し合う（拿出雙方的力量合作）

おたが りえき はか
御互いの利益を図る（謀取雙方的利益）

こ おたが き つ
此れから御互いが気を付けよう（以後彼此都注意吧！）

おたが かって ことばか い
御互いに勝手な事許り言っている（雙方各執一面之詞）

おたが けんこう ため かんぱい
御互いの健康の為に乾杯（為彼此的健康乾杯）

おたが さま
御互い様（彼此彼此、彼此一樣）

こま おたが さま
困るのは御互い様だ（彼此同樣為難）

たがいせん
互先〔名〕〔圍棋、象棋〕互先

たが ちが
互い違い〔形動〕交互、交錯、交替

白糸と赤糸を互い違いに編む（把白線和紅線交互編織）

パンジーとデージーを互い違いに植える（把三色菫和雛菊交錯地種植）

板切れと割り竹を互い違いに打ち付けた戸を入口に付けた（把用木片和劈竹交錯釘成的門放在入口）

障子や襖は互い違いに為っていなければ為らない（紙拉門和隔扇一定要交錯裝）

互いっこ〔名〕〔方〕彼此彼此、（雙方）都不好
　御互いっこだ（彼此彼此雙方都不好）

互に〔副〕互相（=互いに）

互替わり、互替り〔名〕交替、更替、輪流（=交替）

戸（ㄏㄨˋ）

戸〔接尾、漢造〕（助數詞用法）戸，門戸、家、（一個人的）酒量
　五十戸の小村（五十戸的小村莊）
　門戸（門門戸戸來往對外交通一派一個流派）
　上戸（能喝酒〔的人〕、〔接在其他詞下表示〕酒後的毛病）
　下戸（不能喝酒的人、酒量小的人）

戸外〔名〕戸外、室外、屋外
　戸外へ出る（到戸外去）
　戸外で遊ぶ（在屋外玩）
　戸外遊戯（戸外遊戯）

戸戸〔名〕家家戸戸（=軒並み）
　戸戸に調査する（挨戸調査）

戸口〔名〕戸口、（房子）的出入口（=戸口）
　戸口を調査する（調査戸口）

戸口、戸口〔名〕房門、門口
　戸口マット（門口的擦鞋墊）
　戸口呼鈴（門鈴）
　戸口の表札（門牌）

戸毎〔名〕每戸、各家、家家戸戸
　戸毎に訪問する（挨家訪問）
　戸毎に備う可き品（各家必備的東西）

戸毎に国旗が翻っている（家家戸戸國旗飄揚）

戸主〔名〕戸主、家長

戸数〔名〕戸數、家數
　戸数一万許りの都市（戸數一萬左右的城市）
　此の村は大して戸数は無い（這個村莊沒有多少戸數）
　戸数割り（〔日本戰前按戸攤派的〕門戸捐）

戸籍〔名〕戸籍、戸口
　戸籍を調べる（查戸口）
　戸籍を移す（遷戸口）
　戸籍を洗う（查對戸口）
　正式に結婚して戸籍に入れる（正式結婚列入戸口）
　戸籍簿（戸籍簿、戸口名簿）
　戸籍抄本（戸籍謄本、部分戸口抄件）
　戸籍謄本（戸籍謄本）
　戸籍調べ（戸口調查）

戸長〔名〕（明治初期的）村長、鎮長

戸庭〔名〕門戸和庭園、家內

戸別〔名〕按戸、挨家（=家毎）
　戸別訪問（每家訪問）
　戸別に勧誘する（每家勸誘）

戸、門〔名〕門，大門、拉門、窗戸、板窗
　一枚戸（單扇門）
　両開き戸（兩面開的門）
　戸を開ける（閉める）（開〔關〕門）
　戸から出入りする（從大門出入）
　雨戸（木板套窗）
　ガラス戸（玻璃窗）
　戸を下ろす（放下窗）
　戸が閉まっている（門關著）
　戸が少し開いている（門稍微開著）
　戸は全部外側へ開く（所有門都向外開）

人の口に戸は立てられない（人嘴是堵不住的）

瀬戸（〔狹窄的〕海峽）

川戸（河的兩岸狹窄處、渡船口）

水戸、水門（水門、港口、地名、人名）

門 〔名〕門、大門、大門（=出入口）、門下

〔接尾〕（生物分類的單位）門

〔助数〕（計算砲的單位）門

門を敲く（敲門）敲く叩く

門を打つ（敲門）打つ撃つ討つ

門を開く（開門）開く明く空く飽く厭く

門を閉ざす（關門）閉ざす閉す鎖す

門を閉める（關門）閉める締める占める絞める染める湿る

門を閉じて人に会わない（閉門謝客）閉じる綴じる会う合う逢う遭う遇う

彼は固く門を閉して誰とも会わない（他緊閉大門誰都不見）固い堅い硬い難い

門に入る（入門、拜人為師）入る入る

木村先生の門に入る（拜木村老師為師）

木村先生の門に学ぶ（跟木村老師學習）做う習う

天下の秀才悉く、此の門に集まった（天下的才子都集中到他的門下）悉く尽く

門に倚りて望む（倚門而望）拠る依る由る因る縁る寄る撚る縒る

門の前の瘦犬（比喻弱者有靠山也會變強）

門に入れば笠を脱ぐ（進門要脫帽、對人要有禮貌）入る居る炒る煎る射る要る鋳る

門を同じくして戸を異にす（徒弟入門修行在個人）

門を開いて盗に揖す（開門揖盜）

入試の狹き門を突破する（突破入學考試的窄門）

狹き門を突破して大学に入る（突破入學考試的窄門進大學）

表門（大門）

裏門（後門）

前門（前門、女陰）

禪門（禪門、禪宗、皈依佛門的男人）

閘門（閘門）

校門（校門）

肛門（肛門）

後門（後門、肛門）

高門（高門、名門）

孔門（孔子門下）

港門（海港入口）

黃門（宮城之門、宦官、〝黃門侍郎〞簡稱-〝中納言〞的唐名）

節足動物門（節足動物門）

脊椎動物門（脊椎動物門）

種子植物門（種子植物門）

大砲三門（三門大砲）

関門（關口的門、難關、行情大關、門司和下關）

鬼門（忌避的方向、厭忌的事物）

軍門（軍營）

荊門（荊門）

閨門（閨房、寢室、家庭的禮節）

柴門（柴門）

水門（防洪閘門）

山門（寺院大門、寺院）

三門（左中右相連的三座門、寺院的正門）

正門（正門=表門）

城門（城門）

照門（步槍照尺的Ｖ字形缺口）

楼門（樓門）

凱旋門（凱旋門）

通用門（便門）

仁王門（兩旁有哼哈大將的寺院門）

閉門^{へいもん}（關門、閉門反省、閉居在家）
開門^{かいもん}（開門）
海門^{かいもん}（海峽）
一門^{いちもん}（一家、一族、同一宗門、同宗、一個頭目領導下的賭徒、砲一）門）
名門^{めいもん}（名門、世家）
宗門^{しゅうもん}（宗門、宗旨、宗派、某宗派的教團）
仏門^{ぶつもん}（佛門、佛道）
寺門^{じもん}（寺門、園城寺的別稱）
小門^{しょうもん}（小門）
蕉門^{しょうもん}（松尾芭蕉的門人）
同門^{どうもん}（同門）
洞門^{どうもん}（洞口）
入門^{にゅうもん}（進入門內、入門書、投師、初學）
破門^{はもん}（開除、逐出宗門）
専門^{せんもん}（專門、專業）
泉門^{せんもん}（黃泉路、囟門）
部門^{ぶもん}（部門）
武門^{ぶもん}（武士之家、武士門第）
法門^{ほうもん}（佛門）
砲門^{ほうもん}（砲口）
聖道門^{せいどうもん}（聖道門）
浄土門^{じょうどもん}（淨土門）
沙門^{しゃもん}（僧侶）

門^{かど}〔名〕門（=門、出入口）、房屋^{もん、でいりぐち}（=家、家）、家族，家門^{いっか、いちぞく、いちもん}（=一家、一族、一門）

門^{かど}をからっと開ける（啪啦一聲把門打開）
開ける明ける空ける飽ける厭ける門角廉^{あ　　あ　　あ　　あ　　あ　　かどかどかど}
門毎^{かどごと}に祝^{いわ}う（家家慶祝）
御門^{みかど}を違^{ちが}う（認錯人、弄錯了對象）
門^{かど}に入^{はい}る（拜在…的門下）入る入る
笑^{わら}う門^{かど}には福来^{ふくきた}る（和氣致祥）
門^{かど}を広^{ひろ}げる（光耀門楣）

人^{ひと}の門^{かど}に立^たつ（沿門乞討）截^たつ絶^たつ経^たつ裁^たつ発^たつ起^たつ断^たつ

戸板^{といた}〔名〕門板、護窗板
負傷者^{ふしょうしゃ}を戸板^{といた}で運^{はこ}ぶ（用門板抬傷患）

戸車^{とぐるま}〔名〕（裝在拉門上下，便於開關的）滑輪、門滑輪
戸車^{とぐるま}の滑^{すべ}りが悪^{わる}い（拉門的滑輪發澀）

戸閾^{としきみ}〔名〕門檻（=敷居^{しきい}）←→鴨居^{かもい}、（牛車的）前後隔板、軾

戸締^{とじ}まり、戸締^{とじ}り〔名〕鎖門
戸締^{とじ}まりを為^して外出^{がいしゅつ}する（鎖上門出去）
戸締^{とじ}まりを厳重^{げんじゅう}する（嚴鎖門戶）
戸締^{とじ}まりが為^して有^ある（鎖著門）

戸障子^{としょうじ}〔名〕（日式）門和隔扇
戸障子^{としょうじ}を立^たてると暑^{あつ}い（關上拉門和隔扇太熱）
戸障子^{としょうじ}の開^あけ閉^しては静^{しず}かに為^なさい（開關拉門和隔扇時手輕點）

戸棚^{とだな}〔名〕櫥櫃、壁櫥
衣裳戸棚^{いしょうとだな}（衣櫃）
食器戸棚^{しょっきとだな}（碗櫃）
食器^{しょっき}を戸棚^{とだな}に仕舞^{しま}う（把食器放在碗櫃裡）

戸袋^{とぶくろ}〔名〕（裝設在屋簷下走廊邊上的）板窗隔子

戸襖^{とぶすま}〔名〕（日本房間的）表面糊紙裡面釘板的隔扇門

戸前^{とまえ}〔名〕倉庫門，倉庫入口、（計算倉庫的助數詞）座，所
戸前^{とまえ}に錠^{じょう}を下^おろす（鎖上倉庫門）
五戸前^{いつとまえ}（五座倉庫）

戸惑^{とまど}う、途惑^{とまど}う〔自五〕（夜裡醒來）不辨方向，睡糊塗、找不到門、不知所措，困惑
予想^{よそう}しなかった質問^{しつもん}を為^されて戸惑^{とまど}う（對方提出了沒有料到的問題不知如何回答才好）

戸惑^{とまど}い、途惑^{とまど}い〔名、自サ〕（夜裡醒來）不辨方向，睡糊塗、找不到門、不知所措，困惑

ㄏ

夜中に目を覚まして戸惑いする（半夜醒來睡得糊塗糊裡糊塗不辨方向）
家が広いので戸惑いする（房子大找不到房間門）
何を戸惑いしているのだ（你在那裏慌慌張張地做甚麼呢？）
如何話して良いのか彼に戸惑いが見られる（他不知怎麼說才好顯得有些困惑）
どれを選んで良いのか戸惑いを感じる（不知挑選哪個好感到困惑）

冱（ㄏㄨˋ）

冱〔漢造〕寒凍為冱
冱寒〔名〕極寒

怙（ㄏㄨˋ）

怙〔漢造〕有所憑藉依靠謂之怙
怙恃〔名〕依靠、父母

笏、笏（ㄏㄨˋ）

笏、笏〔漢造〕竹製的手板、大臣朝見君王時所持狹長可作記事用的板子
笏〔名〕（古代日本穿正式服裝時或現在神官手執的）笏
　笏を持つ（執笏）
笏拍子、尺拍子、笏拍子〔名〕日本打擊樂器的一種

扈（ㄏㄨˋ）

扈〔漢造〕侍從、強橫地
　跋扈（跋扈、橫行）
扈從、扈從〔名、自サ〕扈從、隨從（的人）
　彼は殿下に扈從して渡米した（他跟殿下到美國去了）

瓠（ㄏㄨˋ）

瓠、瓢〔名〕〔植〕葫蘆、（裝酒的）葫蘆（＝瓢箪）、水瓢（＝柄杓）

瓠、瓢、匏〔名〕〔植〕葫蘆、（裝酒的）葫蘆（＝瓢箪）
　吸い瓠（吸血器）

護（ㄏㄨˋ）

護〔漢造〕保護、守護
　警護（警衛、警衛員）
　庇護（庇護）
　弁護（辯護、辯解）
　愛護（愛護）
　保護（保護）
　擁護（擁護、維護）
　養護（養護、保育）
　守護（守護、保護）
　救護（救護）
護衛〔名、他サ〕護衛、保衛、護衛員
　護衛を付ける（帶護衛）
　護衛の下に（在護衛下）
　警官に護衛されて（在警察護衛下）
　多くの護衛を従える（跟隨很多護衛員）
　首相を護衛する（保衛首相）
　護衛艦（護航艦）
　護衛戦闘機（護航戰鬥機）
護岸〔名〕護岸
　護岸工事（護岸工程）
護憲〔名〕護憲、保護憲法
　護憲運動（護憲運動）
護国〔名〕護國、保衛國家
　死して護国の鬼と為る（為國捐軀）
護持〔名、他サ〕守護、捍衛
　護持僧（〔古〕〔保佑日皇安全的〕祈禱僧）
護照〔名〕護照（特指中國發給外國人的旅行券）（＝旅券査証）
護身〔名〕護身、防身

護身用ピストル（自衛手槍）

護身の為に空手を習う（為了防身學空手道）

護身符（護身符）

護身術（防衛術）

護送〔名、他サ〕護送、押解

多額の金を護送する為に警官を頼む（為了護送大筆款項請警察協助）

犯人を護送する（押解犯人）

護符、護符〔名〕護身符（=御守り）

災難（魔）除けの護符（免災〔驅邪〕的護身符）

護法〔名〕維護法律、〔佛〕維護佛法（的鬼神）、降魔驅邪法

護摩〔名〕〔佛〕（來自梵語，原意為焚燒）護摩（密教在佛前焚香頂禮膜拜的一種祈禱儀式）

護摩を焚く（舉行護摩儀式）

護摩の灰、胡麻の蠅（〔偽裝旅伴偷盗別人財物的〕竊盗騙子）

護謨、ゴム〔名〕樹膠、橡膠、橡皮

護謨を引く（掛〔上一層〕膠）

護謨で消す（用橡皮擦掉）

アラビア護謨（阿拉伯樹膠桃膠）

護謨製品（橡膠製品）

再生護謨（再生膠）

人造護謨（人造橡膠）

護謨靴（膠鞋）

護謨長（膠鞋）

護謨栓（像皮塞）

護謨タイヤ（橡膠輪胎）

護謨糊（阿拉伯樹膠的溶液膠水）

護謨接着剤（橡膠膠水）

護謨乳液（膠乳、橡漿）

護謨毬（皮球）

護謨印（膠皮戳）

護謨被覆線（皮線）

護謨ホース（橡膠管）

護謨ローラー（膠滾）

護謨引きの外套（掛膠的外衣）

護謨底の靴（膠底鞋）

ゴム異性体（〔化〕橡膠異構體）

ゴムの木（橡膠樹、橡皮樹）

ゴム植物（橡膠植物）

ゴム紐（橡皮帶、鬆緊帶）

ゴム、ラテックス（膠乳、橡漿）

ゴム輪（=輪ゴム）（橡皮圈、橡皮輪胎）

護る、守る〔他五〕守，守衛，保衛，保護，維護，遵守、保守、保持，注視，凝視←→攻める

身を守る（護身）

陣地を守る（守衛陣地）

利益を守る（維護利益）

国を守る（衛國）

守るに易く攻めるに難し（守易攻難、易守難攻）

規律を守る（遵守紀律）

原則を守る（遵守原則）

機密を守る（保守機密）

沈黙を守る（保持沉默）

約束を守る（守約）

節操を守る（保持節操）

一人の男（女）を守る（愛情專一保持對一個男〔女人〕的情操）

守る〔他五〕〔方〕看守、守護（=守る、守りを為る）

盛る〔他五〕盛，裝滿、（把砂或土等）堆高，堆起來、配藥，使服藥，刻度

御飯を盛る（盛飯）盛る守る漏る洩る

サラダを皿に盛る（把沙拉盛在碟子裡）

半分程盛る（盛一半、盛半碗）

花を盛ったテーブル（堆滿鮮花的桌子）

ㄏ

小高く土を盛って、上に記念の石を据えた（把土堆高一點上面安放了紀念的石碑）

薬の盛り過ぎを為る（藥劑配過量）

毒を盛る（下毒藥）

一服盛る（下毒藥）

温度計に目盛を盛る（在溫度計上刻度）

碁盤の目を盛る（畫圍棋盤格）

洩る、漏る〔自五〕漏

水が洩るバケツ（漏水的水桶）

木の間洩る月影（樹葉間透過來的月光）

天井から雨が洩って来た（雨水從頂篷漏下來了）

水道の栓が良く閉まらなかったので、水が洩っている（自來水龍頭沒關緊所以漏水）

護り、守り〔名〕守衛，保衛，保護，戒備，防守，（以御守り的形式）（乞求神佛保佑的）護符

守りを厳重に為る（嚴加戒備）

守りが堅い（戒備森嚴）

守りを固める（加強防守）

国の守り（保衛國家）

自由の守り（護衛自由）

守り刀（護身短刀）

災難除けの御守り（消災符）

守り神（守護神）

守り本尊（護身佛）

御守り〔名〕看孩子、看孩子的（人）、照顧老人（的人）

私が外出すると子供の御守りを為て呉れる者が無い（我一出門沒有人替我看孩子）

御守りを一人雇う（請一位看孩子的人）

年寄りの御守りを為る（照顧老人）

花（ㄏㄨㄚ）

花、华〔漢造〕花、美麗、花柳

百花（百花）

残花（剩下的花）

造花（人造花、假花、塑膠花=造り花）

生花（插花、鮮花）

六弁花（六瓣花）

六花、六花（雪）

立花（插花、大瓶插花）

落花生（落花、生花生）

隠花植物（隱花植物）

顕花植物（顯花植物）

献花（獻花，供花、供獻的花）

雪月花（冬雪，秋月，春花、四季不同的美景）

桜花（櫻花=桜花）

菊花（菊花）

桃花（桃花）

藤花（藤花）

梨花（梨花）

開花（開花、〔事業等〕開花結果）

国花（國花）

名花（名花、比喻美女）

返り花（一年內第二次開的花、不合季節的花、〔妓女等〕重操舊業）

花筵、華筵〔名〕花草墊（=花筵花蓆）、盛大宴會（=酒宴）

花筵、花蓆〔名〕花席（=花茣蓙）、（花卉遍地開放或落英繽紛好像）花席

花茣蓙〔名〕花席，花草墊

花王〔名〕牡丹

花押、華押〔名〕（代替簽字或圖章的）花押

花芽〔名〕〔植〕花芽

花会〔名〕插花會

花街、花街、花町〔名〕煙花柳巷，妓院集中區（=色町、色里）

花蓋〔名〕〔植〕花被（=花被）

花被〔名〕〔植〕花被（=花蓋）

花客(かかく)〔名〕賞花的人、來訪者、顧客

花果序(かかじょ)〔名〕〔植〕隱頭花序

花冠(かかん)〔名〕〔植〕花冠、花環
　十字形花冠(じゅうじけいかかん)（十字花冠）
　勝利花冠(しょうりかかん)（勝利的花冠）

花顏(かがん)〔名〕芳顏

花翰(かかん)、華翰(かかん)〔名〕敬稱別人的信（=華墨、貴簡）

花卉(かき)〔名〕花卉、花草
　花卉栽培(かきさいばい)（栽植花卉）
　花卉園芸(かきえんげい)（花卉園藝）
　花卉品評会(かきひんぴょうかい)（花卉評論會）

花期(かき)、花季(かき)〔名〕開花期、開花季節

花器(かき)〔名〕插花用容器、花插

花茎(かけい)〔名〕〔植〕花莖

花月(かげつ)〔名〕花和月、風流韻事

花梗(かこう)〔名〕〔植〕花梗

花甲(かこう)、華甲(かこう)〔名〕花甲、六十歲（=還暦(かんれき)）

花構(かこう)、華構(かこう)〔名〕美觀堂皇的建築

花崗岩(かこうがん)〔名〕〔礦〕花崗岩

花菜(かさい)〔名〕花菜（只吃花的菜如花椰菜）

花軸(かじく)〔名〕（梁）花軸

花実(かじつ)、華実(かじつ)〔名〕花和果實、外觀和實質，形式和內容

花実(はなみ)〔名〕花和果實、〔轉〕名與利、榮譽，好結局
　花実(はなみ)が咲く（獲得榮譽）
　死んで花実(はなみ)が咲く物か（人死了還談什麼名利、人死了一切都完了）

花樹(かじゅ)〔名〕花和樹、開花的樹（=花木(かぼく)）

花木(かぼく)〔名〕花和樹、開花的樹（=花樹(かじゅ)）

花序(かじょ)〔名〕〔植〕花序
　有限花序(ゆうげんかじょ)（有限花序）
　無限花序(むげんかじょ)（無限花序）

花床(かしょう)〔名〕〔植〕花托（=花托(かたく)）

花托(かたく)〔名〕〔植〕花托

花飾(かしょく)、華飾(かしょく)〔名〕華麗裝飾、尊大，不遜，僭越

花燭(かしょく)、華燭(かしょく)〔名〕（洞房）花燭
　華燭(かしょく)の喜(よろこ)び（花燭之喜）
　華燭(かしょく)の典(てん)を上(あ)げる（舉行婚禮）

花心(かしん)、花蕊(かしん)〔名〕花心、花蕊（=花蕊(かずい)）

花蕊(かずい)〔名〕〔植〕花蕊

花信(かしん)〔名〕（櫻花，梅花等）花信、花已開放的消息（=花便(はなだよ)り）
　各地(かくち)の花信(かしん)に接(せっ)する（接到各地的花信）

花便(はなだよ)り〔名〕花信，關於櫻花開放的信息（=花信(かしん)）

花唇(かしん)〔名〕〔植〕花瓣

花神(かしん)〔名〕花神、花精

花穂(かすい)〔名〕〔植〕穗狀花序

花青素(かせいそ)〔名〕〔植〕花色素

花仙(かせん)〔名〕（花木譜以海棠為花中神仙）海棠

花船(かせん)、華船(かせん)〔名〕裝飾美麗的遊船

花氈(かせん)、華氈(かせん)〔名〕美麗花樣的毛氈

花台(かだい)〔名〕放花瓶的座、華麗的樓台

花壇(かだん)〔名〕花壇、花圃
　庭(にわ)に花壇(かだん)を造(つく)る（在院子裡造花壇）

花道(かどう)、華道(かどう)〔名〕插花術、生花術
　華道(かどう)の家元(いえもと)（花道的師家）

花道(はなみち)〔名〕〔相撲〕力士出場的通道、（歌舞伎）演員上下場的通道。〔轉〕風華正茂時期
　勝(か)って颯爽(さっそう)と花道(はなみち)を引(ひ)き上(あ)げる（勝利後意氣軒昂地從通道退場）
　花道(はなみち)の七三(しちさん)で見得(みえ)を切(き)る（在花道上靠近舞台三分之一處亮相）
　花道(はなみち)を飾(かざ)る（光榮引退、載譽引退）

花柱(かちゅう)〔名〕〔植〕花柱

花鳥(かちょう)〔名〕花和鳥、欣賞花鳥的雅興
　彼(かれ)の画家(がか)は花鳥(かちょう)が得意(とくい)だ（那畫家擅長花鳥）
　花鳥風月(かちょうふうげつ)（風花雪月的自然美景、風流韻事）
　花鳥諷詠(かちょうふうえい)（諷詠自然界與人世間種種現象）

花朝(かちょう)〔名〕陰曆二月、花開的早晨（=花晨(かしん)）

花譜(かふ)〔名〕花卉圖譜

原色花譜（彩色花卉圖譜）

花粉〔名〕〔植〕花粉

花粉管（花粉管）

花粉室（貯粉室）

花粉囊（花粉囊、藥室）

花粉熱（花粉熱、枯草熱）

花粉母細胞（花粉母細胞）

花粉花（產粉花）

花粉塊（花粉塊）

花粉四分子（四分花粉）

花柄〔名〕〔植〕花序梗

花片、花弁〔名〕花瓣

桜の花弁を拾う（拾櫻花瓣）

牡丹の大きな花弁（牡丹的大花瓣）

花弁、花瓣〔名〕〔植〕花瓣

大きな花弁を持つ花（大瓣的花）

桜は五枚の花弁を持つ（櫻花有五個花瓣）

花圃〔名〕花圃（＝花畑。花園）

花紋〔名〕花紋、花卉圖案（＝花模様）

花洛、華洛〔名〕花都、繁華都市、京都

花柳〔名〕花與柳、花街柳巷

花柳の巷（花柳巷）

花柳界（花柳界）

花柳病（花柳病性病）

花梨〔名〕〔植〕欖欖、木梨（薔薇科落葉喬木）

花林糖〔名〕（一種類似江米條的）油炸糖點心

花車、華奢、華車〔名、形動〕苗條，纖細，窈窕、削薄，纖弱，不結實，別致，俏皮，嬌嫩

華奢な体付き（纖細的身腰）

華奢な女（苗條的女人）

華奢に出来ている机（做得很薄的桌子）

此の家の造りは華奢だ（這所房子蓋得不結實）

華奢商い（專售別致奢侈品的商店）

華奢遊び（風雅而奢侈的遊戲）

華奢者（嬌嫩的人苗條的人）

華奢〔名〕奢侈（＝奢侈）

花車、香車、火車〔名〕（妓院的）老鴇、鴇母（＝遣手婆）、（茶館飯館的）女掌櫃

花車方（〔歌舞伎〕扮演老旦的男演員）

花車〔名〕花車、賞花的車、（插花的）竹編花器

花瓶、花瓶〔名〕花瓶（＝花入れ、花生け）

花を花瓶に挿す（把花插在花瓶裡）

花瓶に梅の花を生ける（把梅花插在花瓶裡）

花瓶、華瓶〔名〕〔佛〕（佛前供花用的銅製）花瓶

花足、華足〔名〕供佛的黏糕點心之類

花魁〔名〕〔古〕（一說是おいらの〔姉さん〕的轉變）花魁、名妓

花魁草（草夾竹桃＝草夾竹桃、フロックス phlox）

花鶏、獦子鳥〔名〕〔動〕花雞

花、華〔名〕花、櫻花、華麗，華美、黃金時代，最美好的時期、精華，最好的、最漂亮的女人、花道，插花術，生花術、（給藝人的）賞錢、紙牌戲（＝花札。花合わせ）、榮譽，光彩

梅の花（梅花）

花が咲く（開く）（開花）

花は散って仕舞った（花謝了）

花が萎む（花謝了）

花を付ける（開花）

花が実と為る（花結成果）

花を植える（種花）

花を摘む（切る）（摘〔剪〕花）

花に水を遣る（澆花）

花一輪（一朵花）

花一束（一束花）

花を手折る（採折花）

花の便り（開花的音信花信）

御花見（觀賞櫻花）

花の雲（櫻花如雲）
花を見に行く（看櫻花去）
上野の花は今が見頃だ（上野的櫻花現在正是盛開時節）
花の顔（花容）
花の装い（華麗服裝）
花の都（花都繁華都市）
大学生時代が花だ（大學時期是黃金時代）
今が人生の花だ（現在是人一生中最美好的時期）
彼の人も嘗ては花を咲かせた事が有った（他也曾有過得意的時候）
武士道の花（武士道的精華）
浪の花（鹽的異稱）
彼女は一行の花だった（她是一群人當中最漂亮的）
社交界の花（交際花）
職場の花（工作單位裡最漂亮的女人）
御花を習う（學習插花）
役者に花を呉れる（賞錢給演員）
花を引く（玩紙牌）
死後に花を咲かす（死後揚名）
藤山さんが出席してパーティーに花を添えた（籐山先生的出席給晚會增添了光彩）
言わぬが花（不說倒好不說為妙）
花が咲く（を咲かせる）（使…熱鬧起來）
花に風（嵐）（花遇暴風、比喻好事多磨）
花は折りたし梢は高し（欲採花而枝太高、可望而不可即）
花は桜木、人は武士（花數纓花人數武士）
花は根に、鳥は古巣に（落葉歸根、飛鳥歸巢）
花も実も有る（有名有實、既風趣又有內容）

花より団子（捨華就實、不解風情但求實惠）
花を折る（〔古〕打扮得花枝招展）
花を持たせる（榮譽讓給別人、給人面子）
花を持つ（獲得榮譽、露臉）
花を遣る（窮奢極欲）

鼻〔名〕鼻、鼻子
鼻の頭（鼻尖）花華涌端
鼻の穴（鼻孔）
高い鼻（高鼻子）
尖り鼻（尖鼻子）
鷲（鉤）鼻（鷹勾鼻）
上を向いた鼻（朝天鼻）
胡坐を掻いた鼻（蒜頭鼻）
獅子鼻（獅子鼻、扁鼻）
象は鼻が長い（象鼻很長）
風邪を引いて鼻が効かない（因為感冒鼻子不靈）
鼻が良く効く（鼻子靈）
鼻が詰まる（鼻子不通）
鼻を撮む（捏鼻子）
鼻を鳴らす（哼鼻子、撒嬌）
鼻を穿る（穿る）（挖鼻孔、摳鼻子）
鼻を啜る（抽鼻子、吸鼻子）
鼻に皺を寄せる（皺鼻子）
鼻のぺちゃんこな子供（塌鼻子的小孩）
鼻で息を為る（用鼻子呼吸）
鼻の先で笑う（冷笑、譏笑）
木で鼻を括る（帶答不理、非常冷淡）
鼻が高い（得意揚揚）
鼻が凹む（丟臉）
鼻が曲がる（惡臭撲鼻）
鼻であしらう（冷淡對待）

「

鼻に（へ）掛かる（說話帶鼻音、哼鼻子、撒驕、自滿）

鼻に（へ）掛ける（炫耀、自豪）

鼻に付く（討厭厭煩）

鼻の下が長い（好色、溺愛女人）

鼻の下が干上がる（不能糊口）

鼻も動かさず（不動聲色、裝模作樣、若無其事）

鼻を明かす（先下手、不動聲色、使大吃一驚）

鼻を折る（使丟臉、挫期銳氣）

鼻を欠く（得不償失）

鼻を高くする（得意揚揚、趾高氣揚）

鼻を突き合わす（面對面、鼻子碰鼻子、經常見面）

鼻を突く（撲鼻，刺鼻、受申斥、失敗）

鼻を撮まれても分らない程の闇（黑得身手不見五指）

鼻を放る（打噴嚏）

洟〔名〕鼻涕

洟を啜る（吸鼻涕）啜鼻花華

洟を擤む（擦鼻涕）

鼻を擤む（擦鼻涕）

洟を垂らしている子（拖著鼻涕的孩子）垂らす足らす詆

洟を引っ掛けない（連理都不理、不屑理會）

洟、涙、泪〔名〕涙，眼涙、哭泣，同情

熱い涙（熱涙）熱い厚い暑い篤い

空涙（假淚、貓哭耗子假慈悲＝嘘の泪）

御涙頂戴物（引人流涙的情節〔故事、節目等〕）

御涙頂戴の映画（賺人眼涙的電影）

血の涙（心酸涙）

涙を拭く（拭涙）拭く葺く吹く

涙を流す（流涙）

目から涙が溢れ出る（眼涙奪眶而出）

彼女の目から涙が溢れた（她的眼涙奪眶而出）

玉葱を刻んでいたら涙が出て来た（一切洋蔥眼涙就流了出來）

涙を堪えて可愛い息子を懲らしめた（忍著涙處罰心疼的兒子）堪える耐える絶える

涙を一杯溜めた目（眼涙汪汪的眼睛）溜める貯める矯める躊躇う

聞くも涙語るも涙の物語（所聽所講都是令人凄然涙下的故事）

母は涙乍に娘に秘密を打ち明けた（母簽邊哭邊將心裡的秘密告訴女兒）

眠っている子供の頬に涙の跡が付いていた（正在睡覺的孩子臉頰上留有涙痕）

涙が出る程笑う（笑到流涙）

思わず嬉し涙が出た（不禁高興得流出涙來）

涙を流して（邊流著眼涙）

涙を流し乍（邊流著眼涙）

涙を湛え乍話して呉れた（邊眼涙汪汪地講給聽了）湛える称える讚える

涙を押える（忍住眼涙）押える抑える

涙を催す（感動得流涙）

涙を払って別れた（揮涙而別）

目に涙を浮かべる（含涙）

涙を浮かべて発言する（含著眼涙發言）

涙をぽろぽろと溢す（涙珠簌簌地掉下來）溢す零す

涙の零れる話（令人同情的事）零れる溢れる毀れる溢れる

雀の涙（少許、一點點）

雀の涙程のボーナス（少得可憐的獎金）

血も涙も無い（狠毒、冷酷無情）

涙片手に（聲涙俱下地）

涙勝ち（愛哭、愛流涙）

涙に暮れる（悲痛欲絕、涙眼朦朧）暮れる

涙に沈む（非常悲痛）

涙に咽ぶ（哽咽、抽抽搭搭地哭）咽ぶ噎ぶ

涙を呑む（飲泣吞聲）

涙を揮う（揮涙）

涙ぐむ（含涙）

涙霞（涙眼朦朧）

涙顔（涙痕滿面）

涙川（涙如泉湧）

涙金（斷絕關係時給的少許贍養費）

涙曇り（眼涙汪汪）

端〔名〕（事物的）開始、（物體的）先端，盡頭

　端から調子が悪い（從開始就不順利）

　岬の端に在る（海角上的盡頭）

端〔接尾〕開始、正…當時

　寝入り端を起こされる（剛睡下就被叫起來了）

　出端を挫かれる（一開始就碰釘子）

花やか、華やか〔形動〕華麗，華美，華貴，輝煌，顯赫、活躍，引人注目，顯眼

　花やかな服装（華麗的服裝）

　花やかな文体（華麗的文體）

　花やかに着飾る（打扮得花枝招展）

　花やかな生涯（顯赫的一生）

　花やかな名声（顯赫的聲響）

　花やかな雰囲気（活躍的氣氛）

　年取っても尚花やかな活動を続けている（雖然上了年紀還在積極活動）

　彼は花やかな存在だ（他是一個活躍的人物）

花やぐ、華やぐ〔自五〕熱鬧起來、變得輝煌盛大起來、顯赫一時

　場内はぐっと花やいだ（場內一下子熱鬧起來）

花花しい、華華しい〔形〕華麗的，華美的、光彩的，燦爛的、華足壯烈的

　花花しい結婚式（豪華的婚禮）

　彼の一生は実に花花しかった（他的一生真是轟轟烈烈）

　花花しい最期を遂げる（壯烈犧牲）

　花花しく戦う（壯烈地戰鬥）

　花花しく完成した（漂漂亮亮地完成了）

花葵〔名〕〔植〕蜀葵

花明かり、花明り〔名〕花明（櫻花盛開時節，即使在夜間白色的花也照得周圍發亮）

花菖蒲〔名〕〔植〕溪蓀

花菖蒲〔名〕〔植〕花菖蒲、玉蟬花

花嵐〔名〕櫻花盛開時颳的暴風、（風吹得櫻花）飄落

花合わせ〔名〕〔古〕比賽櫻花、紙牌戲

花垣〔名〕花樹的籬笆

花筏〔名〕浮在水面的落花。〔植〕青英葉、以木筏配上花枝為圖案的紋飾

花碇〔名〕〔植〕花錨

花軍〔名〕漂亮的戰鬥、昔日宮廷中用櫻花的樹枝對打的遊戲、櫻花賽（＝花合わせ）

花生け、花活け〔名〕插花、（插花用）花瓶，花器

花市〔名〕花市

花茨〔名〕開著花的野薔薇

花入りガラス〔名〕仿古羅馬亞寶石器皿、精緻螢石器皿

花入り、花入〔名〕（插花用）花瓶，花器（＝花生け、花活け）

花色〔名〕花色，花的顏色、縹色（＝花田色、縹色）

花田色、縹色〔名〕海昌藍色（較藏青色稍淺的藍色）

花独活、白芷〔名〕〔植〕花土當歸

花売り〔名〕賣花、賣花人

　花売り娘（賣花女、賣花姑娘）

花豌豆〔名〕〔植〕麝香豌豆

ハ

花落ち、花落〔名〕嫩梅子、嫩黄瓜、嫩茄子
花籠、花駕籠〔名〕〔佛〕（做佛事時）盛開花的籃子、花籃，花筐
　花籠飾り（〔建〕花籃飾）
花筐〔名〕花籃、花筐（＝花籠、花駕籠）
花笠〔名〕（祭禮或節日舞蹈時戴的）用假花裝飾起來的斗笠、落花繽紛的斗笠
花傘〔名〕〔植〕美女櫻
花飾り〔名〕花飾、花卉裝飾
花霞〔名〕（盛開櫻花從遠處看好像薄霧）花霧，花靄
花鬘、花縵〔名〕（戴頭上作髮飾）用鮮花做的花環、比喻山上盛開的鮮花、用花環裝飾的假髮
花形〔名〕花樣，花紋、印刷上的裝飾花邊、有名的人物，紅人，明星
　花形役者（名演員）
　花形選手（有名的運動員）
　文壇の花形（文壇的名人）
　社交界の花形（交際花）
花鰹〔名〕乾松魚刨片
花骨牌、花ガルタ〔名〕（花卉）紙牌（＝花札）
花札〔名〕花骨牌花紙牌（＝花骨牌、花ガルタ）
　花札で遊ぶ（玩花紙牌）
花簪〔名〕（飾有假花的）花簪
花キャベジ〔名〕花椰菜（＝カリフラワー）
花椰菜〔名〕花椰菜、菜花（＝カリフラワー）
花布れ〔名〕嵌在書被上下兩端的布片
花籤〔名〕（按月存款輪流借用的組織，為決定借款人而抽籤，除本籤外還有若干）小籤，籤尾子
花首〔名〕頸頂開花部分
花曇り，花曇〔名〕櫻花盛開季節淡雲蔽空的和曦天氣
花供養〔名〕（舊曆四月八日）浴佛節（＝潅仏会）
花祭り、花祭〔名〕（舊曆四月八日，如來佛生日）〔佛〕浴佛節（＝潅仏会）
花氷〔名〕花冰、裡面凍著花的冰
花苔〔名〕〔植〕石蕊、馴鹿苔

花言葉、花詞〔名〕（以花寓意，如百合象徵純潔，橄欖象徵和平）花的象徵語
　百合の花言葉は純潔です（百合花的寓意是純潔）
　薔薇の花言葉は愛情（薔薇花代表愛情）
花暦〔名〕花暦（按四季開放順序排列花名，並註明其名勝，以表示季節的推移）
　花暦を壁に張る（將花暦貼在牆上）
花紺〔名〕品藍、紅光藍
花桜〔名〕櫻花
花盛り、花盛〔名〕花盛開（的季節）、（多指女孩的姿色）最美好的時期。〔轉〕黃金時代
　桜の花盛り（櫻花盛開纓花盛開的季節）
　年は十六の花盛り（年華正當二八二八妙齡）
　彼の生涯の花盛りは三十年代であった（他一生最得意的時期是三十年代）
花自動車〔名〕（喜慶或節日用假花裝式起來的）花車、彩車
花葱〔名〕花葱
　花葱科（花葱科）
花蘇芳〔名〕〔植〕紫荊
花菅〔名〕〔植〕知母
花薄〔名〕開了花的芒、出了穗的芒
花相撲〔名〕（臨時舉辦）非正式的相撲賽會（因不收入場會只接受賞錢，故名）
花園〔名〕花園
花代〔名〕花錢，買花的錢（花の代金）、給藝妓，歌星的酬金（＝花、玉代）
花大根〔名〕〔植〕諸葛菜
花橘〔名〕〔植〕橘花、開花的柑橘、百兩金（＝万両）
花立て〔名〕（佛前靈前插花用）花筒、花瓶（＝花活け）
花束〔名〕花束、花把（＝ブーケ）
　花束を持って御見舞に行く（拿著花束去探病）
　御祝いに花束を贈る（贈送花束表示祝賀）

花尽くし、花尽し〔名〕數遍（列舉）各種花名、畫出（織出，繡出）各種花卉圖案

花作り〔名〕種花、花匠

花筒〔名〕插花的竹筒

花綵〔名〕彩綢，彩飾、〔氣〕花彩雲

　花綵雲（花彩雲）

花摘み〔名〕採集野花（的人）、古時在四月八日釋迦牟尼生日，允許女人攜花登比睿山去參謁的例行活動

花爪草〔名〕〔植〕叢生福祿考（＝芝桜）

花電車〔名〕（節日等用花和燈泡裝飾起來的）花電車，彩電車、〔動〕喀林加海牛

花時〔名〕（櫻花的）花期、花季
　花時は人出が多くて大変だ（花季人山人海真不得了）

花時計〔名〕（公園花壇用花卉代替字盤的）花鐘

花盗人〔名〕偷折花枝的人、偷折櫻花的人←→花守

花守〔名〕護花人、守護櫻花的人←→花盗人

花野〔名〕（秋天）花草盛開的原野

花の会〔名〕賞花茶會、插花會

花の顔〔名、連語〕花容、如花美貌

花の日〔名〕花日（六月八日市民購買假花戴在胸前，以捐助慈善事業）

花の都〔名〕繁華的都市
　花の都 パリ（繁華的都市巴黎）

花鋏〔名〕（園藝用）花剪

花恥ずかしい〔形〕羞花（之貌）
　花恥ずかしい美人（羞花之貌的美女）

花畑〔名〕花田，花圃、天然的花卉地帶
　チューリップの花畑（鬱金香花圃）
　日本アルプスの御花畑（日本阿爾卑斯山的花草地帶）

花蜂〔名〕〔動〕花蜂

花鉢〔名〕花盆

花葉牡丹〔名〕〔植〕花椰菜，菜花。〔方〕花菜（＝カリフラワー）

花火〔名〕煙火、焰火

花火を上げる（放煙火）
今夜多摩川で花火が有る（今晚在多摩川上有放煙火）

回転花火（輪轉煙火）

花火工場（煙火工廠）

花火線香、線香花火（紙捻形狀的煙火）

花冷え〔名〕花季天寒、櫻花盛開時節天氣突然變冷

花菱〔名〕（家徽名）（四個花瓣的菱形）花菱

花菱草〔名〕〔植〕花菱草

花房、英〔名〕〔植〕成串開放的花、總狀花、花萼（＝萼）
　藤の花房（藤蘿的花串）

花吹雪〔名〕飛雪似的落花（多指櫻花）
　花吹雪にうっとりと為せられる（落櫻繽紛令人看得出神）

花槇〔名〕〔植〕問荊（紅千層屬植物）

花巻蕎麦〔名〕撒滿紫菜末的素蕎麥湯麵

花円〔名〕（烹調用）頂花小黃瓜

花見〔名〕觀纓、賞櫻花
　花見に行く（看櫻花去）
　花見時（觀纓季節）
　花見客（觀賞櫻花的遊客）

花水木〔名〕〔植〕山茱萸

花御堂〔名〕（四月八日浴佛節時，用花將屋頂裝飾的小佛堂）花佛堂

花茗荷〔名〕〔植〕山薑

花婿、花聟〔名〕新郎←→花嫁
　花婿の付き添い人（男儐相）

花嫁〔名〕新娘←→花婿、花聟
　花嫁の付き添い人（女儐相）
　花嫁姿（新娘的打扮）
　花嫁御（寮）（新娘的敬稱）

花結び〔名〕（用絲帶結成裝飾用的）花結、活結（＝蝶結び。女結び）

花毛氈〔名〕有花紋的毛氈、帶圖案的毛氈

はなもじ
花文字 〔名〕（洋文頭一個大寫字母的）花體字、用花組成的字
　　　花文字で書く（用花體字寫）
はなもち　はなもち
花持ち、花持 〔名〕插花的持久度
　　　花持ちの良い花（適於插花〔多日不謝〕的花朵）
はなもみじ
花紅葉 〔名〕春天的櫻花和秋天的紅葉、春秋的美麗景色
はなもよう
花模様 〔名〕花卉圖案
　　　花模様の着物を着る（穿帶花朵的衣服）
　　　窓に付いた霜の花模様（窗上結的霜花）
はなや
花屋 〔名〕種花人、花商、花店、賣花的攤販
はなやしき
花屋敷 〔名〕花園
はなやすり
花鑢 〔名〕〔植〕赤蓮屬的植物
はなろくしょう
花緑青 〔名〕〔化〕巴黎綠（顏料和殺蟲劑）
はなわ　はなわ
花輪、花環 〔名〕花圈、花環
　　　花輪を捧げる（獻花圈）
　　　花輪を編む（做花圈）
　　　葬式の花輪（葬禮的花圈）
　　　花輪を首に掛ける（將花環戴在脖子上）
　　　花輪で飾る（用花環裝飾）

錵（ㄏㄨㄚ）

にえ
にえ　にえ
錵、沸 〔名〕日本刀身和刀刃交界處宛如銀砂的閃亮花紋

華、華、華（ㄏㄨㄚˊ）

か　け　げ
華、華、華 〔名、漢造〕華，華麗，浮華。〔古〕花、白色粉末、中國
　　　華を去り、実に就く（去華就實）
ごうか
　　　豪華（豪華、奢華）
えいが
　　　栄華（榮華、奢華）
はんか
　　　繁華（繁華、熱鬧）
ふか
　　　浮華（浮華）
あえんか
　　　亜鉛華（氧化鋅）
しょうか
　　　昇華（昇華、純化、提高）

ちゅうか
中華（中華）
せいか
精華（精華）
けいか
京華（花都）
けいか
珪華（矽華）
げっか
月華（月華、月光）
こうか
光華（光彩、榮譽）
れんげ　　　　　　　れんげそう　　　　　ちりれんげ
蓮華（蓮花、紫雲英〔=蓮華草〕、蓮花形小湯匙〔=散蓮華〕）
くうげ　くうげ　くうか
空華、空花、空花（空花、空中的花）
ほっけ
法華（法華宗）
ぶっそうげ
仏桑華（〔植〕朱槿）
まんじゅしゃげ　まんじゅしゃげ
曼珠沙華、曼珠沙華（意為"天上之花"）
　　　　　　ひがんばな
（〔植〕石蒜=彼岸花）
くげ　くげ　くうげ
供華、供花、供華（在佛前供花、佛前的供花）
さんげ
散華（作佛事時散花、陣亡）
ねんげみしょう
拈華微笑（參悟禪理、以心傳心）
こうげ
香華（供佛的香和花）
かか　　　　　　　　　　　　　　　　　　　　　みやこ
華夏 〔名〕（華是美麗，夏是盛大）中國、文化文明的中心（=都）
かかく
華客 〔名〕（商人口中的）老主顧，熟主顧、賓客，佳賓
かかん　かかん　　　　　　　　　かぼく　きかん
華翰、花翰 〔名〕敬稱別人的信（=華墨、貴簡）
かぼく　　　　　　　　　　　かかん　かかん　きかん
華墨 〔名〕敬稱別人的信（=華翰、花翰、貴簡）
かきょう
華僑 〔名〕華僑
こうべ　かきょう
　　　神戸の華僑（神戸的華僑）
かご　　　　　　　　　　　ちゅうごくご
華語 〔名〕華語、中國話（=中国語）
かこう　かこう　　　　　　　　　　　　かんれき
華甲、花甲 〔名〕花甲、六十歲（=還暦）
かこう　かこう
華構、花構 〔名〕美觀堂皇的建築
かし　Fahrenheit　し　　　　　　　　　　　せっし　Celsius
華氏、カ氏 〔名〕華氏（溫度表）←→摄氏、セし
氏
かしかんだんけい
　　　華氏寒暖計（華氏溫度計）
かしおんどめもり
　　　華氏温度目盛（華氏溫度標）
かししちじゅうにど
　　　華氏七十二度（華氏七十二度）
かじ
華字 〔名〕漢字、中文字
かじかみ
　　　華字紙（中文報紙）

華胥〔名〕華胥、理想郷
　華胥の国に遊ぶ（遊華胥之國、酣然午睡）
華商〔名〕華商、中國商人
華飾、花飾〔名〕華麗裝飾、尊大，不遜，僭越
華燭、花燭〔名〕（洞房）花燭
　華燭の喜び（花燭之喜）
　華燭の典を上げる（舉行婚禮）
華人〔名〕（在海外的）中國人
華族〔名〕華族（有爵位的人及其家屬，二次大戰後已取消）
　華族其の他の貴族制度は認めない（不承認華族及其他貴族）
華壇〔名〕花道界、插花界
華冑〔名〕華冑、名門、貴族
　華冑の出（華冑出身）
　華冑界（貴族階層）
華中〔名〕華中←→華北、華南
華道、花道〔名〕插花術、生花術
　華道の家元（花道的師家）
華美〔名、形動〕華美、華麗
　華美な室内調度（華麗的室内家具）
　生活が華美に流れる（生活流於華麗）
　極めて華美な服装（極其華麗的服裝）
華府〔名〕（美國首府）華盛頓
華麗〔名、形動〕華麗、富麗
　華麗な本（華麗的書）
　華麗な舞踏会（豪華舞蹈會）
　華麗に着飾った女（裝飾華麗的女性）
　華麗目を奪う（華麗奪目）
　台北の故宮は華麗其の物だ（台北故宮無比華麗）
華奢、華車、花車〔名、形動〕苗條、纖細，窕窕，削薄，纖弱，不結實，別致，俏皮，嬌嫩
　華奢な体付き（纖細的身腰）
　華奢な女（苗條的女人）
　華奢に出来ている机（做得很薄的桌子）
　此の家の造りは華奢だ（這所房子蓋得不結實）
　華奢商い（專售別致奢侈品的商店）
　華奢遊び（風雅而奢侈的遊戲）
　華奢者（嬌嫩的人苗條的人）
華奢〔名〕奢侈（＝奢侈）
香車、火車、花車〔名〕（妓院的）老鴇鴇母（＝遣手婆）、（茶館飯館的）女掌櫃
華厳〔名〕〔佛〕華嚴
　華厳宗（華嚴宗）
　華厳経（華嚴經）
華瓶、花瓶〔名〕〔佛〕（佛前供花用的銅製）花瓶
華鬘〔名〕〔佛〕（原為印度掛在頂上的裝飾花環）掛在佛堂内的裝飾
華足、花足〔名〕供佛的黏糕點心之類
華、花〔名〕花、櫻花、華麗，華美、黃金時代，最美好的時期、精華，最好的，最漂亮的女人。
花道，插花術，生花術、（給藝人的）賞錢、紙牌戲（＝花札、花合わせ）、榮譽，光彩
　梅の花（梅花）
　花が咲く（開く）（開花）
　花は散って仕舞った（花謝了）
　花が萎む（花謝了）
　花を付ける（開花）
　花が実と為る（花結成果）
　花を植える（種花）
　花を摘む（切る）（摘〔剪〕花）
　花に水を遣る（澆花）
　花一輪（一朵花）
　花一束（一束花）
　花を手折る（採折花）
　花の便り（開花的音信花信）
　御花見（觀賞櫻花）
　花の雲（櫻花如雲）

花を見に行く（看櫻花去）
上野の花は今が見頃だ（上野的櫻花現在正是盛開時節）
花の顔（花容）
花の装い（華麗服裝）
花の都（花都繁華都市）
大学生時代が花だ（大學時期是黃金時代）
今が人生の花だ（現在是人一生中最美好的時期）
彼の人も嘗ては花を咲かせた事が有った（他也曾有過得意的時候）
武士道の花（武士道的精華）
浪の花（鹽的異稱）
彼女は一行の花だった（她是一群人當中最漂亮的）
社交界の花（交際花）
職場の花（工作單位裡最漂亮的女人）
御花を習う（學習插花）
役者に花を呉れる（賞錢給演員）
花を引く（玩紙牌）
死後に花を咲かす（死後揚名）
藤山さんが出席してパーティーに花を添えた（藤山先生的出席給晚會增添了光彩）
言わぬが花（不說倒好不說為妙）
花が咲く（を咲かせる）（使…熱鬧起來）
花に風（嵐）（花遇暴風、比喻好事多磨）
花は折りたし梢は高し（欲採花而枝太高、可望而不可即）
花は桜木、人は武士（花數櫻花人數武士）
花は根に、鳥は古巣（落葉歸根、飛鳥歸巢）
花も実も有る（有名有實、既風趣又有內容）
花より団子（捨華就實、不解風情但求實惠）

花を折る（〔古〕打扮得花枝招展）
花を持たせる（榮譽讓給別人、給人面子）
花を持つ（獲得榮譽、露臉）
花を遣る（窮奢極欲）

はな〔名〕鼻、鼻子
鼻の頭（鼻尖）花華演端
鼻の穴（鼻孔）
高い鼻（高鼻子）
尖り鼻（尖鼻子）
鷲（鉤）鼻（鷹勾鼻）
上を向いた鼻（朝天鼻）
胡坐を搔いた鼻（蒜頭鼻）
獅子鼻（獅子鼻、扁鼻）
象は鼻が長い（象鼻很長）
風邪を引いて鼻が効かない（因為感冒鼻子不靈）
鼻が良く効く（鼻子靈）
鼻が詰まる（鼻子不通）
鼻を撮む（捏鼻子）
鼻を鳴らす（哼鼻子、撒嬌）
鼻を穿る（穿る）（挖鼻孔、摳鼻子）
鼻を啜る（抽鼻子、吸鼻子）
鼻に皺を寄せる（皺鼻子）
鼻のぺちゃんこな子供（塌鼻子的小孩）
鼻で息を為る（用鼻子呼吸）
鼻の先で笑う（冷笑、譏笑）
木で鼻を括る（帶答不理、非常冷淡）
鼻が高い（得意揚揚）
鼻が凹む（丟臉）
鼻が曲がる（惡臭撲鼻）
鼻であしらう（冷淡對待）
鼻に（へ）掛かる（說話帶鼻音、哼鼻子，撒嬌、自滿）
鼻に（へ）掛ける（炫耀、自豪）

鼻に付く（討厭厭煩）
鼻の下が長い（好色、溺愛女人）
鼻の下が干上がる（不能糊口）
鼻も動かさず（不動聲色、裝模作樣、若無其事）
鼻を明かす（先下手、不動聲色、使大吃一驚）
鼻を折る（使丟臉、挫期銳氣）
鼻を欠く（得不償失）
鼻を高くする（得意揚揚、趾高氣揚）
鼻を突き合わす（面對面、鼻子碰鼻子、經常見面）
鼻を突く（撲鼻，刺鼻、受申斥、失敗）
鼻を攝まれても分らない程の闇（黑得伸手不見五指）
鼻を放る（打噴嚏）

洟〔名〕鼻涕
洟を啜る（吸鼻涕）洟鼻花華
洟を擤む（擦鼻涕）
鼻を擤む（擦鼻涕）
洟を垂らしている子（拖著鼻涕的孩子）垂らす足らす詑す
洟を引っ掛けない（連理都不理、不屑理會）

洟、涙、泪〔名〕涙，眼涙、哭泣，同情
熱い涙（熱涙）熱い厚い暑い篤い
空涙（假涙、貓哭耗子假慈悲＝嘘の泪）
御涙頂戴物（引人流涙的情節〔故事、節目等〕）
御涙頂戴の映画（賺人眼涙的電影）
血の涙（心酸涙）
涙を拭く（拭涙）拭く葺く吹く
涙を流す（流涙）
目から涙が溢れ出る（眼涙奪眶而出）
彼女の目から涙が溢れた（她的眼涙奪眶而出）

玉葱を刻んでいたら涙が出て来た（一切洋葱眼涙就流了出來）
涙を堪えて可愛い息子を懲らしめた（忍著涙處罰心疼的兒子）堪える耐える絶える
涙を一杯溜めた目（眼涙汪汪的眼睛）溜める貯める矯める躊躇う
聞くも涙語るも涙の物語（所聽所講都是令人凄然涙下的故事）
母は涙乍に娘に秘密を打ち明けた（母簽邊哭邊將心裡的秘密告訴女兒）
眠っている子供の頬に涙の跡が付いていた（正在睡覺的孩子臉頰上留有涙痕）
涙が出る程笑う（笑到流涙）
思わず嬉し涙が出た（不禁高興得流出涙來）
涙を流して（邊流著眼涙）
涙を流し乍（邊流著眼涙）
涙を湛え乍話して呉れた（邊眼涙汪汪地講給聽了）湛える称える讃える
涙を押える（忍住眼涙）押える抑える
涙を催す（感動得流涙）
涙を払って別れた（揮涙而別）
目に涙を浮かべる（含涙）
涙を浮かべて発言する（含著眼涙發言）
涙をぽろぽろと溢す（涙珠簌簌地掉下來）溢す零す
涙の零れる話（令人同情的事）零れる溢れる毀れる溢れる
雀の涙（少許、一點點）
雀の涙程のボーナス（少得可憐的獎金）
血も涙も無い（狠毒、冷酷無情）
涙片手に（聲涙俱下地）
涙勝ち（愛哭、愛流涙）
涙に暮れる（悲痛欲絕、涙眼矇矓）暮れる
涙に沈む（非常悲痛）

ㄏ

涙に咽ぶ（哽咽、抽抽搭搭地哭）咽ぶ噎ぶ

涙を呑む（飲泣呑聲）

涙を揮う（揮涙）

涙ぐむ（含涙）

涙霞（涙眼朦朧）

涙顔（涙痕滿面）

涙川（涙如泉湧）

涙金（斷絕關係時給的少許贍養費）

涙曇り（眼涙汪汪）

端〔名〕（事物的）開始、（物體的）先端，盡頭

　端から調子が悪い（從開始就不順利）

　岬の端に在る（海角上的盡頭）

端〔接尾〕開始、正…當時

　寝入り端を起こされる（剛睡下就被叫起來了）

　出端を挫かれる（一開始就碰釘子）

華やか、花やか〔形動〕華麗，華美，華貴，輝煌，顯赫，活躍，引人注目，顯眼

　花やかな服装（華麗的服裝）

　花やかな文体（華麗的文體）

　花やかに着飾る（打扮得花枝招展）

　花やかな生涯（顯赫的一生）

　花やかな名声（顯赫的聲響）

　花やかな雰囲気（活躍的氣氛）

　年取っても尚花やかな活動を続けている（雖然上了年紀還在積極活動）

　彼は花やかな存在だ（他是一個活躍的人物）

華やぐ、花やぐ〔自五〕熱鬧起來、變得輝煌盛大起來、顯赫一時

　場内はぐっと花やいだ（場內一下子熱鬧起來）

華華しい、花花しい〔形〕華麗的，華美的，光彩的，燦爛的，壯烈的

　花花しい結婚式（豪華的婚禮）

　彼の一生は実に花花しかった（他的一生真是轟轟烈烈）

　花花しい最期を遂げる（壯烈犧牲）

　花花しく戦う（壯烈地戰鬥）

　花花しく完成した（漂漂亮亮地完成了）

滑、滑（ㄏㄨㄚˊ）

滑、滑〔漢造〕光滑、滑溜、滑動、講話流利

　平滑（平滑、光滑）

　円滑（圓滑、順利、協調）

　潤滑（潤滑）

滑液〔名〕〔解〕（關節滑液膜分泌的）滑夜

滑空〔名、自サ〕〔空〕滑翔（＝空中滑走）

　滑空機（滑翔機）

滑降〔名、自サ〕滑降

　滑降競技（滑落比賽）

　急滑降（陡坡滑降）

滑剤〔名〕潤滑劑（如滑石，機油）

滑車〔名〕〔機〕滑車、滑輪

滑尺〔名〕（計算尺上的）滑尺

滑翔〔名、自サ〕滑翔

　グライダーの滑翔（滑翔機的滑翔）

滑石〔名〕〔礦〕滑石

滑舌〔名〕（廣播員等）練習快速發音

滑走〔名、自サ〕〔空〕滑行

　スケート靴を履いて滑走する（穿著冰鞋滑行）

　八の字形滑走（八字形滑行）

　離陸滑走（起飛滑行）

　滑走路（滑行路、飛機跑道）

滑脱〔形動〕圓滑、自由自在

　円転滑脱（圓滑自如）

滑道〔名〕（運送木材溝形）滑道

滑動〔名〕滑動

　滑動弁（滑閥＝滑弁、スライドバルブ）

滑弁〔名〕滑閥（=滑動弁）

滑落〔名、自サ〕滑落
　足を踏み外して雪渓に滑落した（一失足滑落雪溪之中）
　登山の事故の大半を占めるのが滑落である（在爬山事故中失足滑落佔一大半）

滑稽〔名、形動〕滑稽、可笑、詼諧、戲謔
　何と滑稽な事か（多麼可笑啊！）
　滑稽の限りだ（滑稽透頂）
　滑稽で仕方が無い（可笑極了）
　滑稽な顔を為る（做滑稽的表情）
　一番滑稽だったのは（最可笑的是）
　滑稽（な）事を言う（說詼諧話）
　滑稽を解しない（不懂詼諧）
　彼の人の言う事には滑稽味が有る（他說話很幽默）
　滑稽家（好詼諧的人）
　滑稽本（詼諧書）
　滑稽画（滑稽畫、諷刺畫）
　滑稽文学（滑稽文學）
　滑稽小説（詼諧小說）

滑っこい〔形〕光滑、滑溜
　滑っこい紙（光滑的紙）
　ビロード（veludo葡）は滑っこい（天鵝絨光滑）
　道が滑っこいから足下に気を付け為さい（路滑腳下要小心）

滑滑〔副、自サ、形動〕光滑、滑溜
　滑滑した紙（光滑的紙）
　大理石（タイル tile）の壁が滑滑（と）している（大理石〔磁磚〕的牆壁滑溜）
　滑滑な（の）窓ガラス（glass）（滑溜的玻璃窗）
　サンド・ペーパー（sand paper）で良く磨くと表面が滑滑に為った（用砂紙好好一磨表面變得光溜了）

滑る、辷る〔自五〕滑行，滑溜，打滑。〔俗〕不及格，考不上，失去地位，退位，讓位、失言，溜嘴，走筆
　氷の上を滑る（滑冰）
　汽車が滑る様に出て行った（火車像滑行一樣開出）
　道が滑るから気を付け為さい（路滑請小心）
　足が滑って転び然うだった（腳一踏滑差一點摔倒了）
　バナナ（banana）の皮を踏んで滑った（踩上香蕉皮打滑了）
　手を滑って、持っていたコップ（kop荷）を落とした（手一滑把拿著的玻璃杯摔落了）
　試験に滑った（沒考及格）
　大学を滑った（沒考上大學）
　委員長を滑った（丟掉了委員長的地位）
　言葉が滑る（說出不應該說的話）
　口が滑る（說話溜嘴）
　うっかり口が滑って然う言って仕舞った（不小心一張嘴就這麼說了）
　筆が滑る（走筆寫出不應該寫的事）
　滑った転んだ（嘮嘮叨叨發牢騷說長道短）
　滑ったの転んだのと文句を並べる（嘮嘮叨叨發牢騷）

総べる、統べる〔他下一〕總括，概括、統率，統轄，統治
　今御話した事を簡単に統べると、斯う為ります（簡單概括一下我剛才講的話就是這樣）
　全軍を統べる（統率全軍）
　其の王国では国王が国家を統べている（那個王國是由國王統治著國家）

滑り、辷り〔名〕滑，光滑，滑行
　戸の滑りが悪い（拉門不滑溜）
　テニス（tennis）の時、手に砂を付けてラケット（racket）の滑りを止める（打網球時手上抹沙子防止球拍滑動）

すべ ぼう
滑り棒（滑桿）

すべ ざ
滑り座（滑座滑板）

すべ がわ
滑り革（〔帽内的〕汗帶）

すべ いた
滑り板（滑板）

すべ ぐるま
滑り車（〔拉門下的滑車）

すべ い   すべ い
滑り入る、辷り入る〔自五〕滑入，滑進（=滑り込む、
すべ こ   そろそろ はい
辷り込む）、溜進（=そっと入る）

すべ こ すべ こ
滑り込む、辷り込む〔自五〕滑進，溜進、剛剛趕上時間

そろそろ けいけいち へや   すべ こ
そっと部屋に滑り込む（悄悄溜進房屋）

ふとん   すべ こ
布団に滑り込む（鑽進被窩）

しぎょう す す   すべ こ
始業擦れ擦れに滑り込む（在眼前就要上課時趕到）

すべ こ   safe
滑り込んでセーフ（〔棒球〕安全滑進壘包）

すべ こ
滑り込み〔名〕滑進，溜進、剛剛趕上時間

すべ お
滑り落ちる〔自上一〕滑落

bed   すべ お
ベットから滑り落ちる（從床上滑落）

かいだん   すべ すべ お
階段からずるずる滑り落ちる（從樓梯滑溜地滑落）

て   せんえんさつ すべ お
手から千円札が滑り落ちた（一張千元鈔票從手裏滑落了）

すべ お
滑り降りる〔自上一〕滑降、滑下

さる き   すべ すべ お
猿が木からずるずる滑り降りた（猴子從樹上滑溜地滑降了）

ぼう か つ   すべ お
棒に嚙み付いて滑り降りる（抱著桿子滑降）

すべ くだ
滑り下る〔自五〕滑下

slope   すべ くだ
スロープを滑り下る（從坡上滑下來）

すべ じゃく
滑り尺〔名〕（計算尺的）滑尺、計算尺

すべ だい
滑り台〔名〕（兒童遊戲）滑梯、（新船下水）滑行台，滑行道

すべ だい すべ
滑り台で滑る（玩溜滑梯）

すべ だ
滑り出す〔自五〕開始滑動、起動、開始

れっしゃ   すべ だ
列車がゆっくり滑り出した（火車慢慢地開動了）

すべ だ
滑り出し〔名〕開始滑動、起動、開始

すべ だ こうちょう
滑り出し好調（開始順利）

すべ だ   よ   わる
滑り出しが良い（悪い）（開始順利〔不順利〕）

かいだん すべ だ   まず じょうじょう
会談の滑り出しは先ず上乗だ（會談開始還算順利）

すべ ど すべ ど
滑り止め、辷り止め〔名〕防滑物、防止考不上多報考幾個學校

すべ ど   ため あ   tire
滑り止めの為て有るタイヤ（防滑輪胎）

やまだくん すべ ど   あ しだい じゅけん
山田君は滑り止めに有る私大をも受験して置いた（山田為防止考不上還報考私立大學）

すべりひゆ すべりひゆ
滑莧、馬莧〔名〕〔植〕馬齒莧

すべ べん   slide valve
滑り弁〔名〕〔機〕滑閥（=スライドバルブ）

すべ みぞ
滑り溝〔名〕〔機〕滑溝、導向溝

すべ みち
滑り道〔名〕〔機〕滑路、滑斜路

すべ めん
滑り面〔名〕〔化〕滑移面

すべ   すべ
滑らす、辷らす〔他五〕使滑動、使滑溜

こおり うえ そり すべ
氷の上に橇を滑らす（在冰上滑雪橇）

あし すべ
足を滑らす（腳踩空滑倒）

rail うえ すべ   に はこ
レールの上を滑らして荷を運ぶ（在鐵軌上滑行運貨）

むいちゅう ふちゅうい くち すべ
うっかり口を滑らす（不小心說溜了嘴）

なめこ
滑子〔名〕日本產的一種磨菇

なめ
滑らか〔形動〕光滑，滑溜、流利，通暢

みが   なめ   な
磨いて滑らかに為る（磨光）

なめ   はだ
滑らかな肌（滑溜的皮膚）

なめ   こえ
滑らかな声（和諧悅耳的聲音）

ふね なめ   すす
船が滑らかに進む（船輕快地前進）

なめ   はな ぶ
滑らかな話し振り（說話流暢）

きかい なめ   うご
機械が滑らかに動く（機器平穩地運轉）

なめ   べんぜつ
滑らかな弁舌（口若懸河）

かれ ぶん なめ   な
彼の文には滑らかさが無い（他的文章不通暢）

ぬめ
滑る〔自五〕光滑 滑溜（=ぬらぬらする、つるつるする。滑る）

こけ いわ ぬめ
苔で岩が滑る（因為長著青苔岩石滑溜）

ぬめ ぬめり
滑り、滑〔名〕滑溜，光滑、黏液

蝸牛の滑り（蝸牛的黏液）

魚には滑りが有る（魚身上有黏液）

不図其が血汐の滑り様な気が為た（忽然覺得有一股拈葉好像血似的）

滑〔名〕光滑面、古錢沒有文字的那一面（＝縵面）、沒有溝槽的上門框和門檻（＝無目）

滑滑〔副、自サ〕光滑、滑溜、滑潤（＝滑滑、つるつる）

滑革〔名〕一種有彈力的皮革用於種種皮革工藝

化（ㄏㄨㄚˋ）

化、化〔漢造〕教化、變化、理化

変化（變化、變更）

変化（妖怪，妖精，幽靈，陰魂，嚇唬人的東西）

転化（轉化、轉變）

孵化（孵化）

悪化（惡化、變壞）

羽化（羽化成蛾、成仙）

液化（液化）

気化（汽化、蒸發）

激化（激烈化、愈演愈烈）

好化（好轉）

皇化（天皇的仁政感化）

鉱化（成礦作用、礦化作用）

膠化（膠化、成膠狀）

硬化（硬化、強硬起來）

軟化（軟化、變軟、疲軟）

鴻化洪化（善政）

進化（進化、進步）

退化（退化、退步）

石化（石化、變成化石）

石化（共產黨化）

大化（大化、大化革新）

電化（電氣化）

風化（風化、教化、淘冶、薰陶）

映画化（拍成電影）

小説化（小說化）

大衆化（大眾化、通俗化）

都会化（都市化）

不良化（墮落、敗壞）

民主化（民主化）

立体化（立體化）

造化（造化，造物主，天地，萬物，宇宙，自然界）

欧化（西洋化）

応化（適應環境、應用化學）

王化（帝王的德行感化）

開化（開化、進化）

感化（感化、影響）

帰化（歸化、順化、入籍）

強化（強化、加強）

教化（教化）

教化、教化（〔佛〕教化、感化）

特化（特殊化）

徳化（〔君主等施行的〕德化）

文化（文化）

分化（分化、分工、分業）

粉化（粉化）

理化（理化、物理化學）

俗化（庸俗化）

遷化（對於高僧逝世的美稱）

権化（菩薩下凡、化身、肉體化、具體化）

本化（本地佛的教化）

勧化（勸人信佛、化緣）

能化、能化（宗派的長老）

化する〔自、他サ〕化為，變成、使化為，使變成、教育，感化

多くの家が灰と化した（許多房屋化為灰燼）

ㄏ

爆撃で町が焦土と化する（因為轟炸市街化為焦土）
徳を以て人を化する（以德化人）
悪人を善人に化する（使壞人變成好人）

化育〔名、他サ〕化育

天地は常に化育す（天地經常化育萬物）

化学〔名〕化學

化学を研究する（研究化學）
私の専門は化学だ（我的專業是化學）
応用化学（應用化學）
実験化学（實驗化學）
純正化学（純化學）
理論化学（理論化學）
有機化学（有機化學）
無機化学（無機化學）
冶金化学（冶金化學）
工業化学（工業化學）
化学吸着（化學吸附）
化学合成（化學合成）
化学構造（化學結構）
化学親和力（化學親和力）
化学製品（化學製品）
化学探鉱（化學探礦）
化学調味料（化學調味料）
化学的組成（化學成分）
化学天秤（化學天秤）
化学毒素（化學毒素）
化学反応（化學反應）
化学物理（化學物理）
化学分析（化學分析）
化学兵器（化學武器）
化学平衡（化學平衡）
化学変化（化學變化）
化学方程式（化學方程式）
化学薬品（化學藥品）
化学療法（化學療法）
化学結合（化學鍵）
化学研磨（化學拋光）
化学光量計（光化線強度計）
化学浄化（化學淨化法）
化学式（化學式）
化学作用（化學作用）
化学元素（化學元素）
化学工学（化學工學）
化学戦（化學戰）
化学肥料（化學肥料）
化学線（化學射線）
化学繊維（化學纖維）
化学記号（化學符號）
化学的酸素要求量（化學需氧量）
化学当量（化學當量）
化学発光（化學發光法）
化学量論（化學計量學）
化学パルプ（化學紙漿）
化学ポテンシャル（化學勢）
化学レオロジー（化學流變學）

化合〔名、自サ〕〔化〕化合

水素は酸素と化合して水と為る（氫和氧化合成為水）
化合を促進する（促進化合）
化合力（化合力）
化合熱（化合熱）
化合物（化合物）

化生〔名、自サ〕化生，出生。〔動〕化生、（組織）轉化

化生〔名〕〔佛〕化生（胎卵濕化四生之一）、化身（=化身）、妖怪

　　化生の物（妖怪、妖豔迷人的女人）

化成〔名、自他サ〕育成，變形，轉化。〔化〕化學合成、德化

　　化成品（合成品）

　　化成炉（合成爐）

化性〔名〕〔動〕化性

化石〔名、自サ〕〔地〕化石、變成石頭

　　魚の化石（魚的化石）

　　化石探しを為る（尋找化石）

　　木が化石に為る（樹木變成化石）

　　古生物の化石が出る（古生物化石出土了）

　　化石化した樹木（石化了的樹木）

　　化石学（化石學）

　　化石人類（化石人）

　　化石燃料（化石燃料）

　　化石水（化石水）

　　化石した様な表情（一動也不動的表情）

化織〔名〕化學纖維（=化学繊維）

化膿〔名、自サ〕化膿

　　傷口が化膿した（傷口化膿了）

　　傷の化膿が酷い（傷口化膿很嚴重）

　　化膿菌（化膿菌）

化肥〔名〕化學肥料（=化学肥料）

化現〔名、自サ〕（神佛）化身下凡

化主〔名〕〔佛〕（教化之主）佛、高僧、真言宗、新義派主持

化粧，仮粧、化粧，仮粧〔名、自サ〕化妝，梳妝，打扮、裝飾，裝潢

　　御化粧を為る（化妝）

　　化粧を落とす（卸妝）

　　彼女の化粧は上手に出来ていなかった（她打扮得不太好）

　　壁を塗り変えて部屋を化粧する（粉刷牆壁裝飾屋子）

　　梅の花が島を化粧して呉れている（梅花點綴著島嶼）

　　薄化粧（淡妝）

　　厚化粧（濃妝）

　　化粧室（化妝室盥洗室廁所）

　　化粧部屋（化妝室）

　　化粧品（化妝品）

　　化粧石鹼（香皂）

　　化粧箪笥（化妝衣櫃）

　　化粧台（梳妝台）

　　化粧箱（化妝箱）

　　化粧下（粉底）

　　化粧崩れ（糊妝）

　　化粧料（化妝費用、化妝品、〔轉〕婦女的零用錢）

　　化粧廻し（〔相撲〕刺繡圍裙）

　　化粧板（裝飾木板）

　　化粧棚（壁龕旁邊裝飾架）

　　化粧業（做作）

　　化粧水、化粧水（化妝水）

　　化粧革（帶花樣的皮革）

　　化粧縁（〔建〕邊飾）

　　化粧煉瓦（花磚）

　　化粧紙（化妝紙、〔相撲〕擦身紙）

　　化粧仕上げ（〔建〕飾面）

　　化粧裁ち（〔裝訂過程中切齊書籍的毛邊）

　　化粧張り（表面裝飾）

化身〔名〕〔佛〕（神佛的）化身、（戲劇中）神佛鬼怪（的臉譜）

　　神の化身（神的化身）

　　化身事（鬼怪、〔出場的〕戲劇）

化鳥、怪鳥〔名〕怪鳥、（江戶時代加賀國的）賣春婦

化度〔名〕〔佛〕教化普渡

化導〔名〕〔佛〕教化引導

化米〔名〕〔佛〕化緣的米、布施的米

化かす〔他五〕迷、欺騙（＝誑かす）
　狐が人を化かす（狐狸迷人）
　明るい月の光に化かされて、朝に為ったと思った（皎潔的月光使人疑為晨曦）

化ける〔自下一〕化，變、化裝，改裝，喬裝，突然變化
　狐が娘に化ける（狐狸變成美女）
　警官に化ける（裝扮成警察）
　水夫に化けたスパイ（化裝成水手的間諜）
　此の株は二倍に化ける（這股票價格一下變成兩倍）

化け猫〔名〕貓妖、化成人形的貓

化けの皮、化の皮〔名〕假面具、畫皮
　化の皮を現す（現出原形）
　化の皮を剥す（揭開假面具）
　化の皮が剥げる（剥がれる）（假面具被揭開）

化け物、化物〔名〕妖怪，鬼怪，魔鬼。〔轉〕非常大，大得可怕，大得出奇
　化物が正体を現す（妖怪現原形）
　化物みたいな女（妖女、魔女）
　化物屋敷（鬧鬼的房子、凶宅）
　化物話（妖魔鬼怪的故事）
　其の南瓜は丸で化物の様だった（那個南瓜大得出奇）
　化物みたいな芋（非常大的甘藷）

化ける、老ける〔自下一〕老、上年紀、變質、發霉
　年寄老けて見える（顯得比實際年紀老）老ける化ける耽る更ける深ける
　彼女は老けるのが早い（她老得快）早い速い
　彼は年より老けて見える（他看起來比實際年齡老）
　彼は年齢よりも老けている（他比實際歲數看起來老）
　三十に為ては彼は老けて見える（按三十歲說他面老、他三十歲顯得比實際年紀老）
　彼は此の数年来めっきり老けた（他這幾年來顯著地蒼老）
　米が老けた（米發霉了）
　芋が良く老けた（白薯蒸透了）
　石灰が老ける（石灰風化）石灰石灰

耽る〔自五〕耽於，沉湎，沉溺，入迷，埋頭，專心致志
　飲酒に耽る（沉湎於酒）老ける更ける深ける吹ける拭ける噴ける葺ける
　贅沢に耽る（窮奢極侈）
　空想に耽る（想入非非）
　小説を読み耽る（埋頭讀小說）

深ける、更ける〔自下一〕（秋）深、（夜）闌
　秋が更ける（秋深、秋意闌珊）老ける耽る蒸ける
　夜が更ける（夜闌、夜深）

画、画、画（畫）（ㄏㄨㄚˋ）

画、畫〔漢造〕畫，繪畫，電影，影片、策畫、區畫、筆畫
　絵画（畫、繪畫）
　図画（圖畫、圖和畫）
　書画（書畫）
　映画（電影）
　劇映画（故事影片）
　劇画（拉洋片、連環圖畫）
　古画（古畫）
　春画（春宮畫＝枕絵、枕草子、スプリング）
　草画（草畫、簡筆畫）
　挿画（插畫）
　装画（〔書封面或封底的〕裝幀畫）
　壁画（壁畫）

漫画(漫畫、動畫片)
名画(名畫、優秀的影片)
仏画(佛教繪畫、繪佛僧的畫)
彩画(彩色畫)
水彩画(水彩畫)
水墨画(水墨畫)
洋画(西洋畫、西方影片)
日本画(日本畫)
外画(外國電影)
邦画(日本畫、日本影片)
作画(作畫作的畫、拍照拍的照)

画意〔名〕畫的主題

画因〔名〕畫的主題

画架〔名〕畫架(=イーゼル)

画家〔名〕畫家(=絵描)
　一生無名の画家で終わった(以無名畫家度過一生)
　画家に為る(成為畫家當畫家)

画会〔名〕畫家個人繪畫展售會、畫家研究繪畫的集會
　絵を画会に出す(把畫拿到展售會去)

画界〔名〕畫壇

画角〔名〕(攝影鏡頭的)視場角

画学〔名〕研究繪畫的學問
　画学紙(〔鉛筆畫〕作畫紙,圖畫紙)

画境〔名〕繪畫的意境、繪畫的造詣
　画境頓に進む(繪畫的造詣突飛猛進)
　画境を開く(展開畫境)

画業〔名〕繪畫工作、繪畫的行業
　画業に勤しむ(精を出す)(精心作畫)

画工〔名〕畫匠、繪畫工匠

画稿〔名〕畫稿

画才〔名〕繪畫的才能
　彼の少年は画才が有る(那個少年有繪畫才能)

画材〔名〕繪畫題材、繪畫器材

　林を画材と為る(以樹林為繪畫題材)
　画材商(畫具商)

画債〔名〕答應別人而尚未畫好的畫

画賛、画讃〔名〕(畫上的)題詞(詩)

画山水〔名〕山水畫

画師〔名〕畫家、畫工

画紙〔名〕繪畫用紙

画室〔名〕畫室(=アトリエ)

画質〔名〕(電視的)影像情況

画趣〔名〕畫趣、畫意

画集〔名〕畫集、畫冊

画商〔名〕畫商、買賣書畫的商人

画帖、画帖、画帳〔名〕畫冊、畫簿

画人〔名〕畫家

画聖〔名〕畫聖、名畫家、傑出的畫家(=画仙)

画仙〔名〕畫仙、名畫家(=画聖)

画仙紙、画箋紙〔名〕(書畫用的)宣紙

画用紙〔名〕圖畫紙
　画用紙にデッサンする(往圖畫紙素描)

画像、画像〔名〕畫像、(電視)畫面
　画像を描く(畫肖像畫)
　画像を掲げる(掛畫像)
　画像がずれる(畫面跳動)

画像、絵像〔名〕畫像、肖像

画題〔名〕畫的題材、繪畫上的題詞

画壇〔名〕畫壇、繪畫界

画調〔名〕畫的風格

画展〔名〕畫展

画図〔名〕圖畫、圖和畫

画道〔名〕〔舊〕畫道(繪畫的方法)
　画道に精進する(專心學畫)

画嚢〔名〕畫囊、裝畫具的袋子
　画嚢を肥やす(豐富畫囊、積累繪畫的好題材)

画伯〔名〕大畫家,畫家,畫師、(接尾詞用法)畫伯(對畫家的敬稱)
　彼の人は有名な画伯だ(他是有名的畫家)

ㄏ

梅原竜三郎画伯（梅原龍三郎畫伯）

画板〔名〕畫板，畫圖板，製圖板

画眉〔名〕畫眉，畫的眉。〔轉〕美女、（鳥）黃道眉的異名（=頰白）

画筆、画筆〔名〕畫筆

画筆を揮う（揮畫筆）

画筆を折って百姓に為る（停止畫筆當農民）

画筆に親しむ（常畫畫、愛畫畫）

画鋲〔名〕圖釘

画鋲で止める（用圖釘釘上）

画布〔名〕（油畫的）畫布（=カンバス、キャンバス）

画布張枠（繃畫布的框子）

画譜〔名〕畫譜

花鳥画譜（花鳥畫譜）

画風〔名〕畫的風格

新しい画風（新的畫畫風格、畫的新風格）

画幅〔名〕畫幅、帶軸的畫、裱裝好的畫

画餅〔名〕畫餅

画餅に帰す（歸為畫餅成為泡影）

計画は皆画餅に帰した（一切計劃全成了泡影）

画法〔名〕畫法

画法に適う（合乎畫法）

変った画法の画家（畫法別致的畫家）

画法幾何学（畫法幾何學）

画報〔名〕畫報

時事画報（時事畫報）

画舫〔名〕畫舫

画舫を浮べて遊ぶ（泛畫舫而遊）

画名〔名〕善畫的聲譽、畫家的聲望

画面〔名〕畫面、（電影電視）映像、底板或照片的表面

画面一杯に人の顔を写す（整張照片上照了人臉）

引き伸ばしの画面が荒れている（放大的照片畫面模糊不清）

画面が明るい（畫面清晰）

華やかな画面（漂亮的畫面）

画竜、画竜〔名〕畫龍、畫的龍

画竜点睛（畫龍點睛）

画竜点睛を欠く（畫龍而未點睛）

画歴〔名〕畫畫的年數、作畫的經歷

画廊〔名〕畫廊（=ギャラリー gallery）

町の画廊で展覧会を開く（在城鎮的畫廊開展覽會）

画論〔名〕畫的評論、畫的理論

画〔名〕（漢字的）筆畫〔漢造〕（過去也寫作劃）策畫、區畫、筆畫

十画の字（十畫的字）

画数の多い字（筆畫多的字）

区画、区劃（區畫、畫區、畫分的地區）

一画、一劃（一畫、一塊〔土地〕）

字画（漢字的筆劃）

計画（計劃、規畫）

筆画（漢字的筆劃）

画する、劃する〔他サ〕畫線、畫界限、策畫、計畫

線を劃する（畫線）

原子力は世界歴史に新しい時代を劃する（原子能給世界歷史劃出新時代）

社会党は共産党と一線を劃する（社會黨和共產黨劃分界線）

脱出を劃する（策畫逃跑）

倒閣を劃する（策畫推翻內閣）

画一、劃一〔名〕劃一、統一、一致

劃一化（統一化規格化）

劃一主義（平均主義）

画策、劃策〔名、他サ〕策畫、策動

倒閣を画策する（策畫推翻內閣）

舞台裏で色色画策している（在幕後進行種種策畫）

陰で画策を巡らす（陰謀策畫）

画時代的、劃時代的〔形動〕劃時代的、創新紀元的（=劃期的、画期的）

　劃時代的（な）発明（劃時代的發明）

画数、劃数〔名〕（漢字的）比劃數

　劃数順（按比劃順序）

画然、劃然〔形動〕分明、明顯、清楚

　劃然と区別する（清楚地加以區別）

　両国の間には劃然たる分界が無い（兩國間沒有明確的界線）

　二人の主張の違いは劃然と為ている（兩人的主張有明顯的不同）

画定、劃定〔名、自他サ〕劃定

　国境（境界）を劃定する（劃定國界〔疆界〕）

画引き、画引〔名〕（漢字辭典）按筆畫查字←→音引き、ローマ字引き

　読めない漢字は画引きで辞書から探し出す（按筆畫把不會讀的漢字從辭典裡查出來）

　画引きの漢和辞典（按筆畫查的漢日辭典）

　画引き索引（漢字筆畫索引）

画期的、劃期的〔形動〕劃時代的（=劃時代的、画時代的）

　劃期的な大発明（劃時代的大發明）

画、絵〔名〕畫、圖畫、繪畫、（電影、電視的）畫面

　油画（油畫）

　画模様（繪紋飾）

　画地図（用圖畫標示的地圖）

　刷りの画（彩色印畫）

　画を描く（畫畫）

　随分古い画（非常古老的畫、很老的影片）

　画がはっきりしない（畫面不清楚）

　画の様な黄山（風景如畫的黄山）

　画が上手（下手）だ（繪圖畫得好〔不好〕、善於〔不善於〕畫畫）

　画が分る（分からない）（懂得〔不懂得〕畫、能〔不能〕鑑賞畫）

　画の書いた様に美しい（美麗如畫）

　画に書いた餅（畫餅）

　画に書いた餅で飢えを凌ぐ（畫餅充飢）

画漆、絵漆〔名〕泥金畫用的漆

画く、描く〔他五〕畫、描繪、描寫、想像

　山水を画く（畫山水）

　弧を画いて飛ぶ（沿著拋物線飛出）

　其の小説は当時の支配階級の生活を実に良く画いている（那小說把當時統治階級的生活描繪得維妙維肖）

　心に色色の空想を画く（心裡作種種幻想）

　祖国の明るい未来を心に画いて見て下さい（請想像一下祖國的光明前途）

書く、描く〔他五〕寫（字等）、畫（畫等）、作、寫（文章）、描寫、描繪

　字を書く（寫字）書く画く掻く欠く斯く

　手紙を書く（寫信）

　鉛筆で書かないで、ペンで書きなさい（別用鉛筆寫要用鋼筆寫）

　絵を書く（畫畫）

　山水画を書く（畫山水畫）

　平面図を書く（畫平面圖）

　黒板に地図を書く（在黑板上畫地圖）

　文章を書く（作文章）

　卒業論文を書く（寫畢業論文）

　彼は今新しい小説を書いている（他現在正在寫一本新小說）

　新聞に書かれる（被登在報上、上報）

　此の物語は平易に書いて有る（這本故事寫得簡明易懂）

　口で言って人に書かせる（口述讓別人寫）

　此の事に就いて新聞は如何書いて有るか（這件事報紙上是怎麼樣記載的？）

掻く〔他五〕搔、扒、劃、撥、推、砍、削、切、攪和、做某種動作、有某種表現

　痒い所を掻く（搔癢處）書く欠く描く画く斯く

ㄏ

髪を掻く（梳頭）
背中を掻く（撓脊梁）
田を掻く（耕田）
犬が前足で土を掻く（狗用前腳刨土）
往来の雪を掻く（摟街上的雪）
庭の落ち葉を掻く（把院子的落葉摟到一塊）
人を掻き分ける（撥開人群）
首を掻く（砍頭）
鰹節を掻く（削柴魚）
水を掻いて進む（划水前進）
泳ぐ時、手と足で水を掻き乍前へ進む（游泳時用手和腳划水前進）
芥子を掻く（攪和芥末）
漆を掻く（攪和漆）
胡坐を掻く（盤腿坐）
汗を掻く（出汗、流汗）
鼾を掻く（打呼）
裏を掻く（將計就計）
恥を掻く（丟臉、受辱）
べそを掻く（小孩要哭）
瘡を掻く（長梅毒）
寝首を掻く（乘人酣睡割掉其頭顱、攻其不備）

欠く、缺く、闕く 〔他五〕 缺、缺乏、缺少、弄壞、怠慢
彼の人は常識を欠いている（那人缺乏常識）
塩は一日も欠く事が出来ない（食鹽一天也不能缺）
暮らしには事を欠かない（生活不缺什麼）
必要欠く可からず（不可或缺、必需）
歯を欠く（缺牙）
刃を欠く（缺刃）
窓ガラスを欠く（打破窗玻璃）
礼を欠く（缺禮）
勤めを欠く（缺勤）

斯く 〔副〕 如此、這樣（= 斯う、此の様に）
斯く言うのも老婆心からだ（所以如此說也是出於一片婆心）
斯くの如き方法（這樣的方法）書く掻く描く欠く画く昇く
斯くの如くして（這樣地）
斯く言えばとて（雖說如此）
斯く為る上は（既然如此）

罫（ㄏㄨㄚˋ）

罫 〔名〕（紙張上的）線，格、（棋盤上的）格線
罫の有る紙（格紙）
罫が無いので字が揃わない（因為沒有格線字寫得不齊）
罫を引く（畫格、打格）

罫紙、罫紙、罫紙 〔名〕格紙
罫紙に手紙を書く（用格紙寫信）

罫線 〔名〕線，格（=罫）、（用方格紙寫出的）行情表（=罫線表）

罫書き，罫書，罫描き，罫描 〔名〕（用畫線工具）畫線、打格
罫書き作業（畫線作業）

罫引 〔名〕（木工用）墨斗、畫線
罫引紙（格紙）

話（ㄏㄨㄚˋ）

話 〔漢造〕話、故事、說話、談話
情話（情話、閨房私語、貼心話、愛情故事）
小話（〔多用於書名〕小故事）
笑話（笑話=笑い話）
佳話（佳話、美談、有趣的故事）
童話（童話）
夜話（夜話）
茶話会、茶話会（茶話會）

神話（神話）

　　民話（民間故事、民間傳說）

　　寓話（寓言、童話、神話）

　　談話（談話）

　　会話（會話、談話、對話）

　　対話（對話、對談、會話、談話）

　　独話（自言自語）

　　電話（電話）

　　懇話（懇談、座談）

　　世話（幫助，幫忙，推薦，斡旋，介紹，照料，照顧，俗話，通俗，世俗）

　　説話（故事、童話，神話，傳說等的總稱）

話者〔名〕說話者、演講者、講述者、敘述者←→聽者

話術〔名〕說話技巧、說話方式

　　話術が旨い（善於詞令、健談）

　　話術の達人（健談家）

話説〔名〕說話、白話小說

話線〔名〕講話的條理

話題〔名〕話題、談話材料

　　話題は此処から開けた（話題從這裡展開了）

　　話題の豊富な人（話題豐富的人健談者）

　　子供の躾が会の話題に為る（孩子的教育問題成了會上的話題）

　　話題を逸らす（把話題岔開）

　　話題を戻す（拉回話題）

　　彼は又別の話題に移った（他又轉到別的話題上去了）

　　此の事が多くの人の話題に為った（很多人談論起這件事了）

話調〔名〕語調

話頭〔名〕話頭、話題（=話題）

　　話頭に転じる（轉變話題）

話柄〔名〕話題（=話題）

　　最近の時事に話柄を求める（在最近的時事裡找話題）

話法〔名〕說法，說話技巧（=話し方）、〔語〕敘述法

　　独特の話法で聴衆を魅了する（以獨到的說話技巧吸引住觀眾）

　　直接話法を間接話法に直す（把直接敘述法改為間接敘述法）

話す、咄す〔他五〕說，講，告訴，敘述，商量，商談、交涉，談判

　　日本語で話す（用日語講）

　　英語を話す（說英文）

　　すらすらと話す（說得流利）

　　ゆっくり話して下さい（請說慢一點）

　　彼や此やと話す（說這說那、說來說去）

　　彼は話そうと為ない（他不想說）

　　話せば分る（一說就懂）

　　話せば長く為る（說來話長）

　　まあ御話し為さい（請說一說）

　　もう一度話す（再說一遍）

　　話したら切りが無い（說起來就沒完）

　　考えを人に話す（把想法說給別人）

　　君に話す事が有る（我有些事要跟你談）

　　誰にも話さないで下さい（請不要告訴任何人）

　　此の方が先日御話し申し上げた李さんです（這位就是前幾天跟你說過的李先生）

　　万事は後で御話し為よう（一切都等以後再談吧！）

　　私は其の事を掻い摘んで話した（我扼要地談了那件事）

　　彼は話すに足りる人だ（他是個可資商量的人）

　　父に話して見たが、許して呉れなかった（和父親談了一下但他沒答應）

　　先方が駄目だと言うなら、私から一つ話して上げよう（如果對方不同意我來和他們談談）

ㄏ

離す〔他五〕使…離開，使…分開、隔開，拉開距離

身から離さず大切に持つ（時刻不離身珍重地帶著）話す放す

彼は滅多にパイプを口から離した事が無い（他總是煙斗不離嘴）

彼は忙しく手を離せない（他忙得騰不出手）

彼は何時も本を離さない（他總是手不釋卷）

子供から目を離す事が出来ない（孩子要時刻照看）

一メートル宛離して木を植える（每隔一米種一棵樹）

机と机とを離す（把桌子拉開距離）

一字一字離して書く（一個字一個字地拉開空隔寫）

放す〔他五〕放、放開、撒開、放掉

〔接尾〕（接動詞連用形）置之不理、連續

池に鯉を放す（把鯉魚放進池子裡）話す離す

手を放すと落ちるよ（一撒開手就會掉下去呀！）

車を運転する時ハンドルから手を放しては行けない（開車的手不能撒開方向盤）

彼の手を摑まえて放せない（抓住他的手不放）

手を放せ（放開手！）

籠の中の鳥を放す（將籠中的鳥放掉）

釣った魚を放して遣る（把釣上來了魚放掉）

犬を放して遣れ（把狗放開）

見放す（拋棄）

勝ちっ放す（連戰連勝）

話〔名〕話、說話，講話、談話、話題、商量、商議、商談、傳說、傳言、故事、事情、道理、（也寫作咄或噺）單口相聲（＝落語）

こそこそ話（竊竊私語）

一人話独り話（自言自語）

話上手（會說話、健談）

話下手（不會說話、不健談）

詰まらない話（無聊的話）

話を為る（講話、說話、講故事）

話を為ては行けない（不許說話）

話が旨い（能說善道、健談）

彼は話が旨い（他能說會道）

話が角張る（說話生硬、說話帶稜角）

話が空転する丈（只是空談）

何卒話を続けて下さい（請您說下去吧！）

話の仲間入りを為る（加入談話）

話半分と為ても（即使說的一半可信）

此処丈の話だが（這話可是說到哪算到哪）

御話中（正在談話、電話佔線）

御話中失礼ですが（我來打擾一下）

話が尽きない（話說不完）

話を逸らす（把話岔開、離開話題）

話で紛らす（用話岔開、用話搪塞過去）

話が合わぬ（話不投機、談不攏）

話が出来る（談得來、談得攏、得投機）

話の種に為る（成為話柄）

話の接ぎ穂が無くなる（話衛接不下去）

話を変える（變換話題）

其の話はもう止めて！（別提那話了！）

話を元に戻して（話歸本題）

話が又元に戻る（話又說回來）

話は現代の社会制度に及んだ（話談到了當代的社會制度）

食事の話と言えば（で思い出したが）、何時に御昼を召し上がりますか（提起吃飯〔我倒想起來了〕你幾點吃午飯？）

話が前後する（語無倫次、前言不搭後語）

話の後先が合わない（前言不搭後語）

話に乗る（參與商談）
話が成立する（談妥了）
話が纏まった（談妥了、達成協議）
双方の話が纏まった（雙方談妥了）
話が付いた（談妥了、達成協議＝話が決まった）
話を付ける（談妥了、達成協議＝話が付いた、話が纏まった）
早く話を付けよう（趕快商定吧！）
話は其処迄は運んでいない（談判尚未進展到那裏）
一寸話が有るのだが、今晩都合は如何ですか（有點事和你商量，今晚有時間嗎？）
耳寄りな話（好消息）
皆の話では彼は中中学者らしい（據人們說，他似乎是個很了不起的學者）
彼は結婚したと言う話だ（聽說他結婚了）
彼の人は去年死んだと言う話だ（聽說他去年死了）
話の後（下文）
話の種（話題、話柄）
話の場（語言環境）
昔話（故事）
御伽噺、御伽話（寓言故事）
真に迫った話（逼真的故事）
身の上話（經歷）
虎狩りの話（獵虎記）
面白い話を聞く（聽有趣的故事）
子供に話を為て聞かせる（說故事給孩子聽）
良く有る話さ（常有的事）
馬鹿げた話（無聊的事情）
彼は全く話の分らぬ男だ（他是個不懂道理的人）
案外話が分る人だ（想不到是個懂道理的人）

話が別だ（另外一回事）
其は別の話です（是另外一回事、那又另當別論）
旨い話は無いかね（有沒有好事情？有沒有賺錢的事情？）
寄席に話を聞きに行く（到曲藝場去聽單口相聲）
話が弾む（談得非常起勁、聊得起勁）
話に為らない（不像話、不成體統）
話に花が咲く（越談越熱烈）
話に実が入る（越談越起勁了）
話を変わる（改變話題）
話を切り出す（說出、講出）
話を掛ける（跟…打招呼）
話を句切る（把話打住、說到這裡）
話を遮る（打斷話）
話を続ける（繼續說下去）
話を引き出す（引出話題、套話、拿話套）

話、咄、噺〔名〕單口相聲（＝落語）
寄席に話を聞きに行く到曲藝場去聽單口相聲）
咄家、噺家（說書的藝人、說單口相聲的藝人）

話せる〔自下一〕能說，會說、通情達理，有見識、懂道理、談得來，值得與他商談（的人）
貴方は日本語が話せますか（你會說日語嗎？）
英語の話せる人を求める（徵聘會說英語的人）
彼は中中話せる（他很通情達理和他很能談得來）
君は少し飲めるって？其奴は話せる（聽說你能喝兩杯，那太好了〔可以談得來〕）

話し合う〔自五〕談話，對話、商量，商談，協商，談判
友達と長い間話し合う（和朋友談了很長時間）

ㄏ

此の問題に就いて徹底的に話し合おうじゃないか（就以這個問題我們徹底談談吧！）

何か話し合えぬ事が有るのか（有什麼說不開的？）

皆と話し合ってから決める（跟大家商量之後再決定）

会を開いて遣り方を話し合う（開會討論辦法）

話し合い、話合い〔名、自サ〕商量、協商

話し合いで（通過協商、以協商的方式）

話し合いを為る（和…商量）

皆と話し合いを為る（和大家商量）

話し合いの上で決める（經協商後決定）

御互いの話し合いが足りない（互相協商不夠）

話し合いが付いた（達成協議）

両者の話し合いが付かぬ（雙方談不攏）

話し合いを通じて合意に達する（經過協商達成協議）

話し合い手が無い（沒有商量的人）

話合い解散〔名〕（國會的）協商解散、預告解散←→抜打ち解散

話し相手〔名〕談話的對手、談天的朋友、共同商量（事情的）人

話し相手が無くて詰まらない（沒有談天的人真無聊）

彼は私の良い話し相手だ（她是我談天的好伴侶）

話し相手が無い（沒有可以商量的人）

話し甲斐〔名〕說（談）的效果、值得說（談）

話し甲斐が無い（白說）

ちっとも話し甲斐が無い（根本白說）

其の人人は矢っ張り話し甲斐が有った（他們還是值得一起談談）

話し掛ける〔自下一〕（主動地）跟人說話、攀談、開始說、開始談

彼の人に話し掛けたって相手に為って呉れないよ（跟他說話他也不會理我呀！）

先ず彼に話し掛けて見為さい（你先跟他說說看）

英語で話し掛ける（用英文搭話）

彼は話し掛けて止めて仕舞った（他欲言又止）

私が話し掛けると直ぐ彼の人は電話を切った（我剛一說話他就把電話掛斷了）

話し方〔名〕說法，說話的技巧，說話的樣子、（=話し振り）、說話（舊制小學國語課的一個項目）

話し方を習う（學習說話的技巧）

話し方の練習の為に学生は御互いに英語で話を為ていた（為了練習說法學生都用英語互相談話）

真面目だか冗談だかはっきりし難い様な話し方である（說話的樣子難以明確是說正經的還是開玩笑的）

話し変わって〔連語、接〕卻說、這且不說

話し嫌い〔名〕不喜歡說話（的人）、沉默寡言（的人）

話し嫌いの人（沉默寡言的人）

話し声〔名〕談話聲、說話聲

王さんの話し声が為る（是王先生的說話聲）

隣室で人の話し声が聞こえた（聽到了隔壁有說話聲）

話し言葉〔名〕口語、口頭語言、會話語言←→書き言葉

英語（日本語）の話し言葉（英語〔日〕口語）

正しい話し言葉を使う（使用正確的口語）

話し込む〔自五〕只顧談話、暢談

友人と話し込んで帰りが遅くなった（只顧跟朋友談話回家晚了）

彼等は深夜迄話し込んだ（他們暢談到深夜）

話し上手〔名〕能說會道（的人）

彼は話し上手の聞き下手だ（他善說不善聽）

話し好き〔名、形動〕愛說話(的人)、喜歡說話(的人)、饒舌者

彼は面白い話し好きの人であった（他是個有趣的愛說話的人）

話し好きな女（饒舌的女人）

話し尽く〔名〕充分協商、徹底談通

争いを話し尽くで解決する（充分協商解決爭端）

話し手〔名〕說話者←→聞き手、健談者

主語は話し手が述べようと思う対象である（主語是說話的人所要陳述的對象）

彼は中中の話し手です（他很健談）

話の種〔名〕話題、談話的材料

何時迄も話の種が尽ない（話題多得總是談不完）

話の種に読んで見よう（當作話題讀一下）

話の種に見物して見よう（當作談話材料觀看一下）

話半分〔名〕誇大其詞、話說一半（＝話半ば、話の途中）

彼の言う事は話半分に聞かなくては駄目だ（他的話得打對折聽）

話半分に聞いても悪くないね（即使打對折聽也不錯嘛）

話半分で家を飛び出す（話沒說完就從家裡跑出去了）

話し振り〔名〕說話的樣子、談吐的風度、口吻、口氣

明快な話し振り（口齒清晰）

彼の旨い話し振りに、つい引き入れられた（布由得被他那巧妙的談吐吸引住了）

彼の話し振りでは彼は何もかも承知らしい（聽他口氣彷彿他全都知道）

彼の話し振りで、彼が其の事件に多少関係が有る事が分った（根據他的口氣便知他和這件事情多少有點關係）

話し下手〔名〕不會說話、拙於言詞（的人）

劃（ㄏㄨㄚˋ）

劃〔漢造〕（現在常用漢字寫作画）劃分、策畫、劃一

区画、区劃（區畫、畫區、畫分地區）

計画（計畫、規劃）

劃する、画する〔他サ〕畫線、畫界限、策畫，計畫

線を劃する（畫線）

原子力は世界歴史に新しい時代を劃する（原子能給世界歷史劃出新時代）

社会党は共産党と一線を劃する（社會黨和共產黨劃分界線）

脱出を劃する（策畫逃跑）

倒閣を劃する（策畫推翻內閣）

劃一、画一〔名〕劃一、統一、一致

劃一化（統一化規格化）

劃一主義（平均主義）

劃策、画策〔名、他サ〕策畫、策動

倒閣を画策する（策畫推翻內閣）

舞台裏で色色画策している（在幕後進行種種策畫）

陰で画策を巡らす（陰謀策畫）

劃時代的、画時代的〔形動〕劃時代的、創新紀元的（＝劃期的、画期的）

劃時代的（な）発明（劃時代的發明）

劃数、画数〔名〕（漢字的）比劃數

劃数順（按比劃順序）

劃然、画然〔形動〕分明、明顯、清楚

劃然と区別する（清楚地加以區別）

両国の間には劃然たる分界が無い（兩國間沒有明確的界線）

二人の主張の違いは劃然と為ている（兩人的主張有明顯的不同）

劃定、画定〔名、自他サ〕劃定

国境（境界）を劃定する（劃定國界〔疆界〕）

劃期的、画期的〔形動〕劃時代的（＝劃時代的、画時代的）

劃期的な大発明（劃時代的大發明）

樺 (ㄏㄨㄚˋ)

樺〔名〕〔植〕樺木、赤褐色（=樺色）

樺色、蒲色〔名〕樺木色、赤褐色

樺の木〔名〕〔植〕樺木（樺樹科的總稱）

樺〔名〕〔植〕樺樹

　白樺（白樺）

活 (ㄏㄨㄛˊ)

活〔名、漢造〕活、復甦、生存、活動、活潑、語尾變化（=活用）、（活動写真=映画）之略

　死中に活を求める（死裡求生、在絕境中尋求出路）

　活を入れる（施復甦術、〔轉〕使有生氣）

　生活（生活、生計）

　死活（生死、存亡）

　復活（復活、甦醒、恢復、復興、復辟）

　快活（快活、爽快、乾脆）

　自活（自己謀生、獨立生活）

活火山〔名〕〔地〕活火山←→休火山、死火山

活眼〔名〕洞察力、敏銳的眼力

　活眼を開く（洞察）

　活眼を以て読書する（以敏銳的眼力讀書）

　一見して其の計画を看破したのは彼の活眼だ（由於他敏銳的眼力一眼就識破那計劃）

活気〔名〕朝氣、活力←→惰気

　活気が有る（有朝氣、有活力）

　活気に満ちた都会（会合）（充滿活力的城市〔聚會〕）

　活気の無い生活（委靡不振的生活）

　活気に富む（乏しい）（富於〔缺乏活力〕）

　活気が付く（活気付く）（活耀起來、興旺起來）

　活気を付ける（活気付ける）（增加活力、使興旺）

活魚〔名〕活魚（=活け魚, 活魚、生け魚、生魚）←→死魚

　活魚車（運活魚的車）

　活魚料理（用活魚做的料理）

活け魚，活魚、生け魚，生魚〔名〕（為了食用飼養的）活魚（最近也叫做活き魚）

活況〔名〕興隆、繁榮←→沈滞

　市場が活況を呈する（市場呈現一片繁榮）

活計〔名〕〔舊〕生計（=家計、暮らし）

活劇〔名〕武戲（=アクションドラマ）、搏鬥

　活劇を演ずる（大打出手）

　街頭で活劇を演ずる（在街頭大打出手）

活語〔名〕活語←→死語、活用語

活殺〔名〕生殺（=生殺）

　活殺自在（生殺予奪、為所欲為）

活字〔名〕〔印〕活字、鉛字

　五号活字（五號鉛字）

　肉太活字（黑體字、粗體字）

　活字人間（以文章文學訓練出來的人）←→映像人間

　活字金（活字合金）

　活字体（印刷體）←→筆写体

　活字版（鉛印版）

　活字に為る（為る）（付印、排印）

　活字を拾う（撿鉛字）

　活字を組む（排字、排版）

活写〔名他サ〕生動地描寫、活生生地表現

　世相を活写する（生動地描繪世態）

活社会〔名〕現實社會

活人画〔名〕活人畫（明治時代集會時的餘興，化妝的人在一定背景〔多以歷史或名畫〕前，靜止不動猶如畫中人）

活人剣〔名〕活人劍←→殺人剣

活性〔名〕〔理〕活性

　活性化（活性化）

　活性化エネルギー（活化能量）

　活性水素（活性氫）

　活性炭（活性炭）

活栓〔名〕活塞（＝ピストン）、水龍頭
  四方活栓（四通活塞）
活線〔名〕通著電流的電線
活塞〔名〕活塞（＝ピストン）
活着〔名、自サ〕（植樹，移栽）存活、沒有枯死
  活着が悪い（存活不好）
  活着率（存活率）
活動〔名自サ〕活動，工作。〔舊〕電影（＝活動写真）
  課外活動（課外活動）
  活動を止める（停止活動）
  活動を始める（開始活動）
  水泳は殆ど全身の筋肉を活動させる（游泳幾乎可使全身肌肉活動）
  浅間山は今尚活動している（淺間山現在還在活動中）
  活動家（工運學運等積極分子活躍的人）
  活動写真（〔舊〕電影＝映画）
  活動電位（動作電位）
  活動電流（動作電流）
  活動度（活度）
  政治活動（政治活動）
  活動的（活動的活躍的積極的）
活発、活潑〔形動〕活潑、活躍
  活発な子供（活潑的孩子）
  活発な質問（踴躍的提問）
  取引が活発である（交易興旺）
  動作が活発である（動作活潑）
  議論が活発に行われている（熱烈地進行爭論）
活版〔名〕〔印〕活版、鉛版
  活版で印刷する（用鉛板印刷）
  活版を組む（排版）
  活版を解く（拆版）
  活版刷り（鉛版印刷〔物〕）

活版本（鉛印本）
活版屋（鉛印廠〔工人〕）
活仏〔名〕活佛，高僧（＝生き仏）。〔宗〕（喇嘛教）活佛
活物〔名〕生物↔死物、陰莖
  活物寄生（活物寄生）↔死物寄生
活弁〔名〕無聲電影的旁白者（＝活動写真の弁士）
活法〔名〕活用方法、有效手段
活惚れ〔名〕（明治中期為全盛期）合著俗謠跳的一種滑稽舞蹈
活躍〔名、自サ〕活躍
  今年政界で活躍した人（今年在政界活躍的人）
  選手の活躍が期待される（期待選手大顯身手）
  経済界で大活躍する（在經濟界十分活躍）
活喩〔名〕（修辭）擬人法
  活喩法（擬人法）
活用〔名、自他サ〕充分利用，有效使用，正確使用，實際應用、（語法）（用言，助動詞的語尾變化）活用
  物資の活用を図る（設法有效使用物資）
  廃物を活用する（活用廢物）
  人材を活用する（正確使用人材）
  全ての面に活用する（利用於一切方面）
  動詞の五段活用（動詞的五段活用）
  助動詞も活用する（助動詞也有語尾變化）
  活用形（活用形、語尾變化形式）（一般分為未然形，連用形，連體形，終止形，假定形，命令形）
  活用語（活用語、有語尾變化的詞）（動詞，形容詞，形容動詞，助動詞的總稱）
活力〔名〕活動力、生命力（＝バイタリティー）
  活力の溢れた肉体（活力充沛的身體）
  一休みして活力を盛り返す（休息一下恢復體力）
  活力を与える（給予活力）

活力素（補藥、維生素）

活力説（〔哲〕生機論）

活路〔名〕活路、生路

活路を開く（打開活路）

活路を求める（尋求生路）

思わぬ方面に一条の活路を見出した（從異想不到的方面發現一條活路）

活かす、生かす〔他五〕使甦醒，使復活，讓活著，使生動、活用，有效利用←→殺す

医者が仮死者を生かした（醫生把不省人事的人救活了）

死に掛けた犬を生かす術が無い（無法把將死的狗救活）

もう生かして置けない（不能再留他這條命）

取った鯉を水の中に入れて生かして置く（把捕來的鯉魚放到水裡養活起來）

子供が大きく為る迄母を生かして置きたかった（本希望讓母親能活到兒女長大成人）

彼を生かすも殺すも貴方の了見次第だ（要她死或活全憑你作主了）

腕を生かす（發揮本領）

才能を十分に生かす（充分發揮才能）

廃物を生かす（利用廢物）

苦心を生かす（使苦心不白費）

其其の特徴を生かす（發揮各自的特點）

時間を生かして使う（有效地利用使間）

此の金を生かして使おう（好好利用這筆錢吧！）

消した所を生かす（恢復勾掉的地方）

料理は材料の味を生かす事が大切だ（烹飪重要的是把材料味道做出來）

役を生かす（演得生動）

此の絵は、此の木で生かされている（這畫由於這棵樹顯得生動了）

活かる、生かる〔自五〕〔俗〕〔花〕插好

此の花は良く生かった（這花插得很好）

活ける、生ける〔他下一〕插花，栽植。〔舊〕使活下去（=活かす、生かす）

牡丹を花瓶に生ける（把牡丹插在花瓶裡）

床の間に花が生けて有る（壁龕裡插著花）

鉢に生ける（栽在盆裡）

生けて置けぬ奴（該死的傢伙）

活け作り，活作り，生け作り，生作り〔名〕〔烹〕把鮮鯉等的生魚片重新擺成整條魚的菜、鮮魚片

活け花，活花、生け花，生花〔名〕插花（=花道，華道）、（用藝術手法）插的花

生け花を習う（學習插花）

生け花の指南を為る（指點插花）

池坊流生け花師匠（池坊流派的插花教師）

床の間に生け花が飾って有る（壁龕裡陳設插著的花）

活き、生き〔名〕〔圍棋〕活

此の石は活きが無い（這棋子活不了）

生き〔名〕活、新鮮（魚肉蔬菜）、（校對時）恢復勾掉的字（寫作〔イキ〕）←→死に。〔圍棋〕活（也寫作活き）

生き死にを共に為る（生死與共）

生き証人（活證人）

生き如来（活菩薩）

生きの良い魚（鮮魚）

生きが良い（新鮮）

此の字はイキ（這字保留）

此の石は活きが無い（這棋子活不了）

活き活き、生き生き〔副、自サ〕生氣勃勃、栩栩如生

活き活き（と）した表情（生動的表情）

活き活き（と）した描写（生動的描寫）

活き活きした魚（活生生的魚）

雨を濡れて木木が活き活きとしている（樹木被雨滋潤欣欣向榮）

此の絵は活き活きとしている（這畫栩栩如生）

活き餌，活餌、生き餌，生餌〔名〕活餌、生肉

小鳥は活き餌で飼う（小鳥用活餌飼養）

火、炋、灮、烾（ㄏㄨㄛˇ）

火〔名、漢造〕（五行之一）火、火焰、火光、火燒、槍砲、利害、星期二

金、木、水、火、土（五行-金木水火土）

水火（水和火、洪水和火災、水深火熱、彼此相剋）

石火（用燧石打出的火、很短的瞬間、很敏捷的動作）

砲火（砲火、砲擊）

烽火（烽火=烽火，狼煙）

放火（放火、縱火）←→失火

失火（失火）

防火（防火）

猛火（烈火、大火災、古時讀作 猛火）

引火（引火、點著、燃起）

点火（點火）

天火（打雷等引起的天火）

発火（發火、起火、點火、空槍，空砲火=火口）←→消火

消火（熄滅燈火、消滅火災）←→発火

噴火（噴火）

文火（溫火、微火）

灯火（燈火、燈光=灯火、明かり）

炬火、炬火、松明（火炬、火把）

漁火、漁火（漁火）

蛍火、蛍火（螢火、螢光）

大火（大火災）←→小火

小火（小火、微火、小火災）

耐火（耐火）

戦火（戰火、兵火、戰爭、戰事）

兵火（戰火、兵災、戰事）

近火（鄰近的火災、近處火災）

出火（起火發生火災）

淨火（神前的淨火，聖火）

情火（情慾的火焰）

鎮火（撲滅火災、火災熄滅）

行火（〔放在被子裡取暖用的〕腳爐）

陰火（鬼火=鬼火、狐火）

鬼火（鬼火，磷火、出殯時門前點的火）

門火（送殯，盂蘭盆會，婚禮等時在門前生的火）

火炎、火焰〔名〕火焰

火炎に包まれる（被火焰圍上）

燃え盛る火炎に水を掛ける（往燒得正旺的火焰上潑水）

消火器で火炎を鎮める（用滅火器滅火）

火炎放射器（〔軍〕火焰發射器）

火炎瓶（〔軍〕〔對付坦克用〕火焰瓶）

火炎熔接（火焰熔接）

火炎溶融法（〔理〕焰熔法）

火気〔名〕煙火（=火の気）、火勢

火気厳禁（嚴禁煙火）

火気の無い部屋（沒有煙火的房子）

火気に注意（注意煙火）

火気が強い（火勢很強）

折柄の風が火気を煽った（偏巧那時颱風助長了火勢）

火っ気〔名〕火勢（=火の気）

火鉢の火っ気（火盆的火勢）

火の気〔名〕火的熱氣、火燒的跡象

部屋に火の気一つ無い（屋子裡沒有一點火氣冰冷的房子）

火の気の無い部屋（冰冷的房子）

此の火鉢には火の気は少しも無い（這火盆裡連一點火氣都沒有）

火器〔名〕火器，槍砲類、裝火的器具（如火盆等）
　　自動火器（自動武器）
　　重火器（重武器）

火急〔名、形動〕火急、緊急
　　火急の用事が起こる（發生了急迫的事）
　　火急の知らせ（緊急通知）
　　其では火急の間に合わない（那樣的話應付不了緊急情況）

火球〔名〕〔天〕火流星

火橋〔名〕（鍋爐的）火橋、（反射爐的）火壩

火刑〔名〕火刑
　　火刑に処せられる（被判處火刑）
　　火刑台（火刑架）

火口、火口〔名〕（火山的）噴火口
　　火口から噴煙が昇る（從火山口升起噴煙）
　　火口湖（火山口湖）
　　火口丘（〔噴火口中央出現的〕中央火山丘）
　　火口原（火山口底）
　　火口壁（火山口壁）

火口〔名〕（火山的）噴火口、（火災的）火源、（爐的）點火口、（槍砲的）火門

火口〔名〕（以燧石打火用的）火絨

火光〔名〕火光
　　火光標定（〔軍〕〔對敵人砲位的〕火光測定）

火工術〔名〕煙火製造術、煙火信號製造術

火災〔名〕火災（＝火事）
　　火災が起こる（起きる）（發生火災、失火）
　　火災を起こす（引起火災、失火）
　　火災に掛かる（失火）
　　火災を免れる（避免火災）
　　火災警報（火災警報、火警）
　　火災報知器（火災警報器）
　　火災保険（火災保險、火險）
　　火災予防（預防火災）

火事〔名〕火災、失火
　　おや、火事だ（呀！失火啦！）
　　火事は何処だ（哪裡失火了？）
　　火事に遭う（遭火災）
　　火事が起った（起火了）
　　火事を出す（失火、起火）
　　火事を消す（滅火）
　　煙草の吸殻の不始末から火事に為った（由於香菸頭沒有弄滅造成了火災）
　　火事は油断の隙間から（疏忽大意是火災的根源）
　　火事が大きく為り然うだ（火災好像要擴大起來）
　　火事で蔵書を全部焼いて仕舞った（由於失火把全部藏書都燒光了）
　　火事場（失火現場）
　　火事泥（趁火打劫（的人）（＝火事泥棒）
　　火事泥棒（趁火打劫混水摸魚（的人）
　　火事見舞（慰問火災）

火砕岩〔名〕〔地〕效成碎屑岩

火山〔名〕火山
　　火山が爆発する（火山爆發）
　　活火山（活火山）
　　死火山（死火山）
　　火山活動（火山活動）
　　火山地震（火山地震）
　　火山灰（火山灰）（＝火山塵）
　　火山塵（火山灰）（＝火山灰）
　　火山岩（火山岩）
　　火山岩尖（火山柱）
　　火山脈（火山脈）（＝火山帯）
　　火山帯（火山帶）（＝火山脈）
　　火山弾（火山彈）

火山礫(かざんれき)（火山礫）

火山性発散物(かざんせいはっさんぶつ)（火山噴發物）

火山性鳴動(かざんせいめいどう)（火山鳴）

火室(かしつ)〔名〕〔機〕燃燒室

火手(かしゅ)〔名〕火夫、火車司爐(=火夫)

火夫(かふ)〔名〕〔舊〕火夫、司爐、鍋爐工(=罐焚(かまたき)。ボイラーマン(boiler))

　工場(こうじょう)の火夫(かふ)に為(な)る（當工廠的鍋爐工）

火の手(ひのて)〔名〕火勢、攻擊時的氣勢

　火の手(ひのて)を煽(あお)る（煽動火勢）

　風(かぜ)に煽(あお)られて火の手(ひのて)が強(つよ)くなる（火勢被風煽大了）

　どっと火の手(ひのて)が上(あ)がる（火焰騰然而起）

　政府攻擊(せいふこうげき)の火の手(ひのて)が上(あ)がった（發起了對政府的猛烈攻擊）

火酒(かしゅ)〔名〕烈酒、伏特加酒(=ウオツカ(Водка俄))

火床(かしょう)、火床(ひどこ)〔名〕（鍋爐的）爐膛

　火床面積(かしょうめんせき)（爐膛面積）

火傷(かしょう)、火傷(やけど)〔名、自サ〕〔醫〕火傷、燒傷、燙傷

　火事(かじ)で火傷(かしょう)を負(お)う（因為失火燒傷）

　火傷(かしょう)の箇所(かしょ)（受火傷的地方）

　第一(だいいち)(二(に)、三(さん)、四(よん))度火傷(どかしょう)（第一〔二、三、四〕度燒傷）

火傷(やけど)〔名、自サ〕火傷，燒傷，燙傷（傷口）。〔轉〕遭殃，吃虧

　熱湯(ねっとう)で足(あし)に火傷(やけど)を為(し)た（開水燙傷了腳）

　手(て)に火傷(やけど)(を)為(す)る（把手燙傷）

　子供(こども)がマッチ(match)で悪戲(いたずら)を為(し)て指(ゆび)を火傷(やけど)した（小孩玩火柴燒傷了手指頭）

　火傷(やけど)した子供(こども)は火(ひ)を恐(おそ)れる（燒傷過的小孩怕火）

　あんな女(おんな)に関(かか)わったら火傷(やけど)するぞ（和那種女孩打交道妳要吃虧的）

　火傷火(やけどひ)に懲(こ)りず（重蹈覆轍）

火定(かじょう)〔名、自サ〕〔佛〕火定、自行火化、投身火中入定

火食(かしょく)〔名、自サ〕熟食←→生食(せいしょく)

火食鳥(ひくいどり)、火食い鳥(ひくいどり)〔名〕〔動〕食火雞

火星(かせい)〔名〕〔天〕火星

火勢(かせい)〔名〕火勢、火力

　風(かぜ)が止(や)んで漸(ようや)く火勢(かせい)が衰(おとろ)えた（風息之後好容易火勢才減弱了）

　火勢(かせい)が弱(よわ)まる（火勢減弱）

　強風(きょうふう)に煽(あお)られて火勢(かせい)は強(つよ)まる一方(いっぽう)だ（由於大風猛吹火勢越來越大）

火成岩(かせいがん)〔名〕〔地〕火成岩←→水成岩(すいせいがん)

　深層火成岩(しんそうかせいがん)（深層火成岩）

火成論(かせいろん)〔名〕〔地〕火成論

　火成論者(かせいろんしゃ)（火成論者）

火線(かせん)〔名〕〔軍〕前線。〔理〕焦散線

火箭(かせん)、火矢(かや)〔名〕（古代兵器）火箭、（船上信號用）火箭信號

火箭(かせん)、火矢(ひや)〔名〕（古代）火箭、（用火藥發射的）火器

火葬(かそう)〔名、他サ〕火葬

　火葬(かそう)に為(す)る（火葬）

　火葬場(かそうば)（火葬場）

　火葬炉(かそうろ)（火葬爐）

火宅(かたく)〔名〕〔佛〕火宅，裟婆，現世(=此の世(このよ))。〔喻〕煩惱的世界

火中(かちゅう)〔名、他サ〕火中、火裡

　火中(かちゅう)に為(す)る（扔到火裡）

　秘密書類(ひみつしょるい)を火中(かちゅう)に投(とう)ずる（把秘密文件扔到火裡）

火点(かてん)〔名〕火力點、火災的起火點

火点し(ひともし)〔名〕點燈

　火点し頃(ひともしごろ)（掌燈時分、黃昏）

火田(かでん)〔名〕（原始農耕法之一）燒荒，放荒，刀耕火種

火遁(かとん)〔名〕（隱身法的一種）火遁

　火遁(かとん)の術(じゅつ)（火遁的隱身法）

火難(かなん)〔名〕火災

　火難(かなん)を除(よ)ける（避火圖、避火神符）

　火難除(かなんよ)け（避火）

ㄏ

ㄏ

火難に遭う（遭火災）
火難の相（有遭火災的面相）

火熱〔名〕火的熱度
ストーブの火熱の為に少しも寒くは無い（因為爐火的熱度一點也不冷）

火保〔名〕火災保險（=火災保險）

火砲〔名〕〔軍〕火砲、大砲、高射砲
火砲攻撃（砲撃）

火防〔名〕防火（=防火）

火薬〔名〕火藥
火薬庫（火藥庫）
火薬が爆発する（火藥爆炸）

火曜〔名〕星期二（=火曜日）
火曜日（星期二）

火力〔名〕火力、火勢、砲火的威力
此の石炭は火力が強い（這媒火力強）
火力発電（火力發電）
火力発電所（火力發電廠）
圧倒的な火力（壓倒性的火力）

火輪〔名〕火輪、太陽的異稱、火車。〔佛〕（五輪之一）火輪
火輪車（汽車的古稱）
火輪船（蒸汽船）

火炉〔名〕火爐、火盆、香爐、鍋爐的燒水裝置

火〔名〕火、火焰（=炎）、燈光，燈火（=明かり）、炭火，爐火、火的熱量、火災（=火事）、憤怒之火
火が燃える（火燃燒）
火が消える（火熄滅）
火に当たる（烤火）
煙草に火を付ける（點香菸）
火を燃やして暖まる（生火取暖）
火を煽ぐ（煽火）
火を玩ぶ（玩火）
火を放つ（放火）

ライターの火が付かない（打火機打不著）
ガソリンは非常に火が付き易い（汽油非常易燃）
蝋燭の火（蠟燭的火焰）
火を点す（付ける）（點燈）
火を消す（熄燈）
夜遅く迄火が付いている（燈亮到深夜）
小屋の火を頼りに進む（憑著小屋的燈光前進）
火を起こす（生火）
火を焚き付ける（點起爐火）
火を掻き立てる（挑火）
火を継ぐ（添火）
暖炉の火が消えた（暖爐的火滅了）
薬缶を火に掛ける（把水壺放在火上）
火を通す（為防腐等加熱）
火の見櫓（火警瞭望台）
火の用心（小心火災）
火を出す（發生火災）
火を付ける（放火縱火）
胸の火（滿腔怒火）
目から火が出る（眼裡冒火）
火の様に怒る（大發雷霆、勃然大怒）
顔から火が出る（羞得面紅耳赤）
火が消えた様（頓失生氣、非常沉寂）
火が火を呼ぶ（一傳十十傳百）
火が降っても槍が降っても（即使上刀山下火海也要…）
火が降る（非常貧窮）
火に油を注ぐ（火上加油）
火の車（火焰車，生活貧困）
火の付いた様に（嬰兒突然大聲哭泣的樣子）
火の無い所に煙は立たぬ（無風不起浪）

火の中水の中（赴湯蹈火）

火を吹く力も無い（毫無力氣、精疲力盡、非常貧窮）

火を見るよりも明らかだ（十分清楚）

火、灯〔名〕燈光、燈火（＝明かり）

火を点す（付ける）（點燈）

火を消す（熄燈）

夜遅く迄火が付いている（點燈到深夜）

小屋の火を頼りに進む（憑著小屋的燈光前進）

日〔名〕太陽←→月。陽光、白天、一天、天數、日子、期限、時節、時代，時候

日が出る（日出）

日が上る（太陽升起）

日が落ちる（入る、沈む）（日落、日沒）

日に向って（向著太陽）

日に背いて（背著太陽）

日が陰る（太陽被雲彩遮住）

日が傾く（太陽偏西）

山に登って日の出を拝む（登山看日出）

日が強い（陽光強烈）

日が差す（陽光照射）

真夏の日がぎらぎらと照り付ける（盛夏的陽光耀眼地照射）

日に焼けて黒くなる（被陽光曬黑）

春の日が柔らかい（春天的陽光柔和）

日を避ける（避開陽光）

日を入れる（使陽光射進）

日に当たる（曬太陽）

日に当て無い様に為る（不要放在陽光下）

日が当たる処が暖かい（向陽地方暖和）

部屋に日が差し込む（照り込む）（陽光照進房間裡）

背中に日を浴びている（背部沐浴著陽光）

布団を日に乾す（在陽光下曬被子）

日が長い（白天長）

日が短い（詰まる）（白天短）

出来る丈日の有る中に済ませる（盡量趁白天做完）

夜を日に継いで働く（夜以繼日地工作）

或る日（某日、有一天）

雪雑じりの日（風雪交加之日）

毎日雨の日が続く（每天陰雨連綿）

日に三度食事を為る（一日三餐）

日に八時間働く（一天工作八小時）

日も有ろうに大晦日に当たるとは！（哪天不可以偏偏趕上大年三十！）

やっと其の日を暮らす（勉強餬口）

暑さ（寒さ）が日一日と加わって来る（天氣一天天熱〔冷〕起來）

日が重なる（日復一日）

日が経つ（經過很多日子）

日が経つのは本当に速い（光陰似箭）

只一週間しか経っていないが、随分日が経った様な気が為る（才過一週但覺得過了好長日子）

日を改めて（改天）

日を延して貰う（請求延期）

日を変える（改變日期）

日を限る（限期）

日を切る（定日期）

試験迄にはもう幾等も日が無い（離考試已經沒幾天了）

父の日（父親節）

母の日（母親節）

子供の日（兒童節）

記念日（紀念日）

招待日（招待日）

若い日の苦労が実を結んだ（青年時代的努力有了收穫）

ㄏ

ㄏ

在<ruby>り<rt>あ</rt></ruby>し<ruby>日<rt>ひ</rt></ruby>の<ruby>姿<rt>すがた</rt></ruby>（昔日的面貌）

<ruby>幼<rt>おさな</rt></ruby>い<ruby>日<rt>ひ</rt></ruby>の<ruby>思<rt>おも</rt></ruby>い<ruby>出<rt>で</rt></ruby>に<ruby>耽<rt>ふけ</rt></ruby>る（沉浸在幼年時代的回憶裡）

<ruby>若<rt>も</rt></ruby>しもの<ruby>事<rt>こと</rt></ruby>でも<ruby>起<rt>お</rt></ruby>こった<ruby>日<rt>ひ</rt></ruby>には<ruby>屹度<rt>きっと</rt></ruby><ruby>自分<rt>じぶん</rt></ruby>の<ruby>所為<rt>せい</rt></ruby>に<ruby>為<rt>さ</rt></ruby>れるだろう（萬一有個三長兩短一定

會怪罪自己）

<ruby>失敗<rt>しっぱい</rt></ruby>した<ruby>日<rt>ひ</rt></ruby>には、<ruby>大事<rt>おおごと</rt></ruby>だ（萬一失敗了就不得了）

<ruby>此<rt>こ</rt></ruby>れが<ruby>旨<rt>うま</rt></ruby>く<ruby>行<rt>い</rt></ruby>った<ruby>日<rt>ひ</rt></ruby>には<ruby>素晴<rt>すば</rt></ruby>らしい<ruby>事<rt>こと</rt></ruby>だ（這若能順利辦到的話就太好了）

<ruby>彼<rt>かれ</rt></ruby>は<ruby>来<rt>き</rt></ruby>た<ruby>日<rt>ひ</rt></ruby>には、<ruby>何時<rt>いつ</rt></ruby>も<ruby>約束<rt>やくそく</rt></ruby>を<ruby>守<rt>まも</rt></ruby>らない（他這個人呀總是不守約）

<ruby>日<rt>ひ</rt></ruby>が<ruby>浅<rt>あさ</rt></ruby>い（日子淺、不久）

<ruby>日<rt>ひ</rt></ruby>が<ruby>高<rt>たか</rt></ruby>い（時間不早了、天還未黑）

<ruby>日暮<rt>ひぐ</rt></ruby>れて<ruby>道遠<rt>みちとお</rt></ruby>し（日暮而道遠、前途茫茫）

<ruby>日<rt>ひ</rt></ruby><ruby>為<rt>な</rt></ruby>らずして（不日、不久）

<ruby>日<rt>ひ</rt></ruby>に<ruby>月<rt>つき</rt></ruby>に（日日月月）

<ruby>日<rt>ひ</rt></ruby>の<ruby>出<rt>で</rt></ruby>の<ruby>勢<rt>いきお</rt></ruby>い（蒸蒸日上）

<ruby>日<rt>ひ</rt></ruby>の<ruby>目<rt>め</rt></ruby>を<ruby>見<rt>み</rt></ruby>る（見天日）

<ruby>日<rt>ひ</rt></ruby>を<ruby>追<rt>お</rt></ruby>って（逐日、一天比一天地）

<ruby>日<rt>ひ</rt></ruby>を<ruby>同<rt>おな</rt></ruby>じくして<ruby>論<rt>ろん</rt></ruby>ず<ruby>可<rt>べ</rt></ruby>からず（不可同日而語）

<ruby>日<rt>ひ</rt></ruby>を<ruby>消<rt>け</rt></ruby>す（消磨時光）

<ruby>月日<rt>つきひ</rt></ruby>（月日、日期、月亮和太陽、時光，歲月，光陰）

<ruby>月日<rt>がっぴ</rt></ruby>（日期、月和日）

否 〔名、漢造〕否、否定、是否

<ruby>返事<rt>へんじ</rt></ruby>の<ruby>諾<rt>だく</rt></ruby>か<ruby>否<rt>ひ</rt></ruby>かを<ruby>問<rt>と</rt></ruby>う（訊問同意與否）

<ruby>可<rt>か</rt></ruby>と<ruby>為<rt>す</rt></ruby>る<ruby>者<rt>もの</rt></ruby>よりも<ruby>否<rt>ひ</rt></ruby>と<ruby>為<rt>す</rt></ruby>る<ruby>者<rt>もの</rt></ruby>の<ruby>方<rt>ほう</rt></ruby>が<ruby>多<rt>おお</rt></ruby>い（反對者比贊成者多）

<ruby>存否<rt>そんぴ</rt></ruby>（有無、生存與否、健在與否）

<ruby>安否<rt>あんぴ</rt></ruby>（起居、平安與否、是否平安）

<ruby>可否<rt>かひ</rt></ruby>（贊成與反對、得當與否）

<ruby>成否<rt>せいひ</rt></ruby>（成否、成敗）

<ruby>能否<rt>のうひ</rt></ruby>（能否、能不能、有無能力）

<ruby>真否<rt>しんぴ</rt></ruby>（真否、真假）

<ruby>当否<rt>とうひ</rt></ruby>（是否正確、是否適當、是否恰當）

<ruby>適否<rt>てきひ</rt></ruby>（適當與否）

非 〔名〕錯誤，缺點、非，不對、不好、不利

〔漢造〕非，不正、不贊同，認為不好、不利、責難，譴責、非，不是

<ruby>非<rt>ひ</rt></ruby>の<ruby>打<rt>う</rt></ruby>ち<ruby>所<rt>どころ</rt></ruby>が<ruby>無<rt>な</rt></ruby>い（沒有一點缺點、無暇可指）

<ruby>非<rt>ひ</rt></ruby>を<ruby>暴<rt>あば</rt></ruby>く（揭發缺點）<ruby>発<rt>あば</rt></ruby>く

<ruby>非<rt>ひ</rt></ruby>を<ruby>覆<rt>おお</rt></ruby>う（掩飾錯誤、掩蓋缺點）<ruby>覆<rt>おお</rt></ruby>う<ruby>被<rt>おお</rt></ruby>う<ruby>蓋<rt>おお</rt></ruby>う<ruby>蔽<rt>おお</rt></ruby>う

<ruby>非<rt>ひ</rt></ruby>を<ruby>悟<rt>さと</rt></ruby>る（認識錯誤）

<ruby>非<rt>ひ</rt></ruby>を<ruby>認<rt>みと</rt></ruby>める（承認錯誤）

<ruby>是<rt>ぜ</rt></ruby>と<ruby>非<rt>ひ</rt></ruby>を<ruby>見分<rt>みわ</rt></ruby>ける（明辨是非）

<ruby>非<rt>ひ</rt></ruby>と<ruby>為<rt>す</rt></ruby>る（認為不好、認為不對）

<ruby>非<rt>ひ</rt></ruby>を<ruby>鳴<rt>な</rt></ruby>らす（非難、譴責）

<ruby>不正義<rt>ふせいぎ</rt></ruby>な<ruby>戦<rt>たたか</rt></ruby>いを<ruby>非<rt>ひ</rt></ruby>と<ruby>為<rt>す</rt></ruby>る（反對非正義的戰爭）

<ruby>非<rt>ひ</rt></ruby>を<ruby>非<rt>ひ</rt></ruby>と<ruby>為<rt>し</rt></ruby>、<ruby>是<rt>ぜ</rt></ruby>を<ruby>是<rt>ぜ</rt></ruby>と<ruby>為<rt>す</rt></ruby>る（是是非非）

<ruby>形勢<rt>けいせい</rt></ruby>は<ruby>愈愈<rt>いよいよ</rt></ruby><ruby>非<rt>ひ</rt></ruby>である（形勢日非、形勢越來越不利）

<ruby>形勢<rt>けいせい</rt></ruby>は<ruby>我我<rt>われわれ</rt></ruby>に<ruby>非<rt>ひ</rt></ruby>である（形勢對我們不利）

<ruby>運命<rt>うんめい</rt></ruby><ruby>非<rt>ひ</rt></ruby>なり（命運乖戾）

<ruby>是非<rt>ぜひ</rt></ruby>（是非，善惡，好壞，對錯，務必，一定，必須）

<ruby>先非<rt>せんぴ</rt></ruby>、<ruby>前非<rt>ぜんぴ</rt></ruby>（前非）

<ruby>理非<rt>りひ</rt></ruby>（事非）

<ruby>是是非非<rt>ぜぜひひ</rt></ruby>（是非分明、公正分明）

比 〔名、漢造〕〔數〕比，比例、比較、倫比、並排、並列、近來、菲律賓（=比国、比島）

ＡとＢ（と）の<ruby>比<rt>ひ</rt></ruby>（Ａ和Ｂ之比）

<ruby>比<rt>ひ</rt></ruby>の<ruby>値<rt>あたい</rt></ruby>（比值）

<ruby>世界<rt>せかい</rt></ruby>に<ruby>其<rt>そ</rt></ruby>の<ruby>比<rt>ひ</rt></ruby>を<ruby>見<rt>み</rt></ruby>ない（世界上無與倫比）

<ruby>私<rt>わたし</rt></ruby>は<ruby>到底<rt>とうてい</rt></ruby><ruby>彼<rt>かれ</rt></ruby>の<ruby>比<rt>ひ</rt></ruby>で（は）ない（我怎麼也比不上他）

<ruby>高雄<rt>たかお</rt></ruby>の<ruby>暑<rt>あつ</rt></ruby>さは<ruby>台北<rt>たいぺい</rt></ruby>の<ruby>比<rt>ひ</rt></ruby>で（は）ない（高雄的暑熱非台北所能比）

たいひ
対比（對比、對照）

とうひきゅうすう
等比級数（等比級數）

むひ
無比（無比、無雙、傑出）

しっぴ
櫛比（櫛比）

フィリピン　Philippines
比律賓、フィリピン（菲律賓）

ひあし　ひあし
火足、火脚〔名〕火蔓延的速度

　　ひあし　はや
　　火足が早い（火勢蔓延很快）

　　ひあし　はや　　て　つ
　　火足が早くて手が付けられない（火勢蔓延很快無法補救）

　　ひあし　おそ　　　はや
　　火足が恐ろしく早かった（火勢蔓延快得嚇人）

ひあそ
火遊び〔名〕玩火、逢場作戲，危險的遊戲（尤指不正當的男女關係）

　　こども　ひあそ　　あぶ
　　子供の火遊びは危ない（兒童玩火危險）

　　こども　ひあそ　　かじ　もと
　　子供の火遊びは火事の元（小孩玩火是火災的根源）

　　うわ　　　　ひあそ　　と　　な
　　浮ついた火遊びは止め為さい（不要做輕浮的危險遊戲）

　　いちじ　ひあそ　　す
　　一時の火遊びに過ぎない（不過是一時逢場作戲罷了）

ひいたずら　　　　　　　　　ひあそ
火悪戯〔名〕玩火（＝火遊び）

ひあぶ　　ひあぶ
火炙り、火焙り〔名〕〔古〕火刑、拷刑

　　ひあぶ　　な
　　火炙りに為る（處以火刑）

ひあみ
火網〔名〕（爐膛中承燃料的）爐昇子

ひい　　ひい
火入れ、火入〔名〕（高爐，原子爐落成）點火、（釀造時為防止酒，醬油變質）加熱（為使土地肥沃）點火燒荒、（抽菸用）小火盒

　　ひい　しき
　　火入れ式（開爐式起爐典禮）

　　くさ　　　　よう　ひい　　し　お
　　腐らない様に火入れを為て置く（加熱以防止腐敗）

　　ひいれさっきん
　　火入殺菌（〔對牛乳等〕高溫殺菌）

ひいろ
火色〔名〕火紅色、深紅色

ひう　　ひう
火打ち，火打，燧〔名〕（用火石火鐮等）打火

ひう　いし　ひうちいし　ひうちいし
火打ち石，火打石，燧石〔名〕火石、打火石

　　ひう　いし　ひ　う　だ
　　火打ち石で火を打ち出す（用火石打火）

ひう　がね　ひうちがね　ひうちがね
火打ち金，火打金，燧鐵〔名〕火鐮、打火鐮

ひき　　ひきり　ひきり
火切り、火鑽、燧〔名〕〔古〕鑽木起火

ひうつ
火移り〔名〕火勢蔓延、延燒

　　ひうつ　　　はや
　　火移りが早い（火勢蔓延得快）

ひうつ　とうつ
火映り、灯映り〔名〕燈光照映

ひおけ
火桶〔名〕木製圓火盆

ひか
火掻き〔名〕火鉤子、火鏟子（＝十能）

　　ひか　　　かまど　ひ　か　だ
　　火掻きで竈の火を掻き出す（用火鉤子掏出灶裡的火）

ひかげん
火加減〔名〕火力強弱、火候

　　ひかげん　み
　　火加減を見る（看火力強弱）

　　ちょうどよ　ひかげん
　　丁度良い火加減だ（火候正好）

　　にもの　　ひかげん　　たいせつ
　　煮物は火加減が大切だ（做菜火候很重要）

ひ
火らかす〔他五〕炫耀、誇耀（＝ひけらかす）

ひけらかす〔他五〕〔俗〕炫耀、誇耀

　　がくもん
　　学問をひけらかす（炫耀學問）

　　diamond　　　ゆびわ
　　ダイアの指輪をひけらかす（炫耀鑽石戒指）

ひか
火らす〔他五〕使發光，使光亮、瞪大眼睛、擦亮眼睛

　　かわぐつ　　　　　　　ひか
　　皮靴をぴかぴかに火らす（把皮鞋擦得光亮）

　　め　ひか　　　　みまも
　　目を火らして見守る（瞪著眼睛看守）

ひけ　　ひけし
火消し、火消〔名〕消防，救火，（江戶時代）消防員、平息糾紛

　　かじ　　ひけ　　　てつだ
　　火事の火消しを手伝う（協助救火）

　　ひけ　くみ
　　火消し組（消防隊）

　　ひけ　やく
　　火消し役（平息糾紛的腳色）

　　ひけ　つぼ
　　火消し壺（滅火罐）

ひけむり
火煙〔名〕煙火、火和煙、激烈的交鋒

ひこうし
火格子〔名〕爐條、爐子

ひさき　ほさき　　　　　　　　　　　　　ほのお
火先、火尖〔名〕火舌，火焰（＝炎）、火勢蔓延的地方

ひざら
火皿〔名〕煙袋盒。〔古〕（火槍裝火藥的地方）填藥室

ひぜき
火堰〔名〕（爐昇後面的）火擋

ひぜ　　ひぜめ　　　　　　　　やきう
火攻め、火攻〔名〕火攻（＝焼き討ち）

　　ひぜ　　　な
　　火攻めに為る（用火攻）

　　ひぜ　　　てき　しろ　お
　　火攻めで敵の城を落とす（用火攻下敵人的城池）

ㄏ

火責め、火責〔名〕火刑
　火責めに為る（用火刑）

火胼胝〔名〕（長期火烤出現的）黑紅色斑痕

火種〔名〕火種
　火種を造る（留下火種）
　火種を貰って、炭火を起こす（要來火種生炭火）

火玉〔名〕火團，火球、煙斗裡的火星、磷火、鬼火
　溶鉱炉から火玉が飛び出す（火球從高爐裡飛出）
　火玉が飛ぶ（磷火閃爍）

火の玉〔名〕火團，火球，磷火，鬼火
　火玉が飛んで来た（飛來了火球）
　一団は火玉と為って敵中に飛び込む（一群人像火球一樣衝進敵陣）
　火の玉が飛ぶ（鬼火飛動）

火達磨〔名〕全身著火、火人
　全身に火が付いて火達磨に為る（全身著火成了火人）
　敵機は火達磨に為って落ちた（飛機全機著火而墜落下來）

火付き、火付〔名〕引火
　此の炭は火付きが良い（這木炭一點就著）
　火付きの良い炭（容易點著的木炭）

火付け、火付〔名〕放火，縱火、放火者，肇事者
　火付けを為る（放火縱火）
　暴動の火付け役（暴動的肇事者）
　火付け木、火付木（引火柴）
　火付盗賊改（〔江戸時代的〕防火防盗糾察員）

火筒、火筒〔名〕槍砲（＝銃砲）
　火筒の響き（槍砲聲）

火止め〔名〕提煉原油時提高燃點
　火止め油（〔提煉原油時提高燃點的〕精製煤油，保險石油）

火取り、火採り〔名〕（火鉗等）移火器具

火取蛾〔名〕燈蛾、飛蛾

火取る〔他四〕〔古〕烤燒（＝炙る）

火縄〔名〕火繩
　火縄銃（火繩槍）
　火縄筒（火繩槍＝火縄銃）

火の車〔名〕〔佛〕（地獄裡的）火焰車。〔轉〕貧苦
　火の車の暮らし（貧困的生活）
　彼の家の中は火の車だ（他的家裡生活困難）

火の粉〔名〕（飛散的）火星
　火の粉を浴びる（被る）（落上一層火星）
　火の粉が舞い上がる（冒火星）
　火の粉が屋根に降り掛かった（火星飛落到屋頂上了）

火熨斗〔名〕（裡面放炭火的）熨斗
　火熨斗を掛ける（用火熨斗燙衣服）

火の番〔名〕望火哨、火災警戒員
　火の番を置く（設望火哨）
　火の番を為る（警戒火災）
　火の番が見回っている（火災警戒員四處巡邏著）

火の見〔名〕火警瞭望台
　火の見（櫓）に登って警戒する（登上火警瞭望台進行警戒）

火の櫓〔名〕火警瞭望台

火の元〔名〕火災起因、起火處、引火物，火燭
　火の元御用心（小心火燭）
　火の元に気を付ける（留心火燭）
　寝る前に火の元を調べて回る（睡覺前巡視一下火燭）

火元〔名〕有火處、起火處。〔轉〕（事件騒動的）起因，引子
　火元に用心する（小心火燭）
　寝る前には必ず火元を確かめる（在睡覺前一定查看火燭）

昨夜の火事の火元は食堂だった（昨晚的火災起火點是食堂）

火箱〔名〕爐底箱、腳爐

火箸〔名〕火鉗
焼け火箸（燒紅的火鉗）
火箸を持つも手を焼かぬ為（拿火鉗也是為了不燙手）

火柱〔名〕火柱、柱狀火焰
火柱を立つ（火柱沖天）
船は火柱を吹き上げて沈没した（船冒起火柱沉沒了）

火鉢〔名〕火盆
火鉢に当る（靠近火盆烤火）
火鉢を囲んで坐る（圍著火盆坐著）
部屋に火鉢を置く（在房間裡放火盆）
火鉢に炭を注ぐ（往火盆裡加木炭）

火花〔名〕火花、火星
火花が散る（出る）（迸出火花）
火花を散らす（激烈爭論）
火花の雨（雨點般火星）
電気の火花（電火花）
火花を発する（發出火花）
火花間隙（火花間隙）
火花式発電機（火花式發電機）
火花スペクトル（火花光譜）
火花線（火花譜線）
火花放電（火花放電）

火櫃〔名〕放炭火的木製角火盆

火吹き竹、火吹竹〔名〕吹火用的竹筒

火脹れ、火膨れ〔名〕燒腫、燙腫、起泡
火脹れが出来る（燒腫燙腫起泡）
火脹れに為った手（燙腫的手）
火傷を為て火脹れに為った（由於燒傷起泡了）

火袋〔名〕（暖爐的）爐膛、（石燈籠的）燈膛、燈籠罩

火蓋〔名〕（火繩槍的）槍口罩，火口蓋
火蓋を切る（〔攻擊競賽等〕開始開火啟動）
高射砲が一斉に火蓋を切った（高射炮一齊開火了）
攻撃の火蓋を切る（開始進攻）
選挙戦に火蓋を切る（選舉戰啟動）

火偏〔名〕（漢字部首）火字旁

火干し，火干、火乾し，火乾〔名〕（用火）烤乾
火干しに為る（用火烤乾）

火祭り、火祭〔名〕（祈禱無火災的）祭火節
鞍馬の火祭り（京都鞍馬山的祭火節）

火水〔名〕水與火、水火不相容
火水をも厭わない（不辭赴湯蹈火）
火水の争い（水火之爭）
火水の交りである（水火不相容）

火持ち、火保ち〔名〕耐燒
此の炭は火持ちが良い（這種炭耐燒）

火屋、ほや〔名〕火葬場

火屋〔名〕火葬場、香爐爐蓋、煤油燈燈罩
ランプに火屋を掛ける（給煤油燈罩上燈罩）

火除け〔名〕防火、防火裝置

ひょっとこ〔名〕（火男的轉音）（眼小嘴尖）怪模怪樣的假面具、（罵男人）醜八怪←→お亀、お多福
何だ、此のひょっとこ奴（什麼你這個醜八怪）
あんなひょっとことは結婚し度くないわ（我可不願和那樣醜八怪結婚）

火渡り〔名〕（修練的一種）過火

火影、燈影、火影〔名〕火光、燈光、燈影
山に登ると町の火影がちらほら見える（到山上可以看到城裡的點點燈光）
障子に映った火影は母にそっくりだ（照在紙窗上的燈影和母親一模一樣）

火糞〔名〕（蠟燭的）餘燼、（以燧石打火用的）火絨（=火口）

ㄏ

ほくち
火口〔名〕（以燧石打火用的）火絨（=火糞）

ほて
火照る、熱る〔自五〕（臉，身體）發熱
　酒を飲んだので顔が火照る（因為喝了酒臉上發熱）
　興奮と恥ずかしさで体中が火照った（因為興奮和害羞全身發熱）

ほて
火照り〔名〕（身體，臉上）發熱。〔古〕晚霞（=夕焼け）
　顔の火照り（臉上發熱）

こたつ
火燵、炬燵〔名〕（木架上蓋被，日本取暖用）暖爐、被爐、薰籠
　置き火燵（放在草蓆上的被爐）
　掘り火燵（嵌在草蓆下的被爐）
　火燵に入る（当る）（把腳伸進被爐旁取暖）
　火燵櫓（被爐木架）

夥（ㄏㄨㄛˇ）

か
夥〔漢造〕眾多

かた
夥多〔名、形動〕眾多、很多
　夥多の実例に徴して（依據很多的實例）

おびただ
夥しい〔形〕很多、厲害
　夥しい住民（大批居民）
　夥しい死傷者（大批傷亡、傷亡慘重）
　夥しい人出（人山人海）
　夥しい軍隊を駐屯させる（派駐重兵）
　我国には夥しい資源が有る（我國有極豐富的資源）
　出血が夥しく死んで仕舞った（出血過多死亡了）
　寒い事夥しい（冷得厲害）
　彼はだらしの無い事夥しい（他邋遢極了）
　彼奴は不見識な事夥しい（那傢伙太沒有見識了）

或（ㄏㄨㄛˋ）

わく
或〔漢造〕某、有
　或問（答客問）

あ　ある
或る、或〔連體〕某、有
　或る人（某人、有的人）
　或る時（折）（某時）
　或る事（某事）
　或る日の事でした（是某一天的事情）
　或る程度迄は信じられる（有幾分可以相信）
　或る意味では（從某種意義來說）

あ　あ
有る、在る〔自五〕有，在、持有、具有、舉行、辦理、發生←→無い
〔補動、自五〕（動詞連用形+てある）表示動作繼續或完了、（…である表示斷定）是，為（=だ）
　本も有れば鉛筆も有る（既有書也有鉛筆）有る在る或る
　未だ教科書を買って居ない人が有りますか（還有沒買教科書的人嗎？）未だ未だ
　何れ程有るか（有多少？）
　机の下に何かが有りますか（桌下有什麼東西？）
　ガスが有る（有煤氣）
　彼の家には広い庭が有る（他家有很大的院子）
　子供は二人有る（有兩個孩子）
　有る事無い事言い触らす（有的沒的瞎說）
　銀行は何処に在るか（銀行在哪裡？）
　彼には語学の才能が有る（他有外語的才能）
　世に在る人（活著的人）
　責任は彼に在る（責任在他）
　会った事が有る（見過面）会う合う逢う遭う遇う
　一番の難点は其処に在る（最大困難在此）

午後に会議が有る（下午有會議）

飛行機に乗った事が有るか（坐過飛機嗎？）乗る載る

今日は学校が有る（今天上課）

日本へは一度行った事が有る（去過日本一次）行く往く逝く行く往く逝く

昨日、火事が有った（昨天失火了）昨日 昨日

何か事件が有ったか（發生什麼事了嗎？）

今朝地震が有った（今天早上發生了地震）今朝 今朝

郵便局は五時迄有る（郵局五點下班）

木が植えて有る（樹栽著哪）

此の事は書物にも書いて有る（那事書上也寫著哪）

壁に絵が掛けて有る（牆上掛著畫）

もう読んである（已經唸了）

此は本である（這是書）

此処は彰化である（這裡是彰化）

或いは、或は、或は〔接、副〕或，或者，或是、也許，有的，有時

ペン或いは筆（鋼筆或是毛筆）

フランス語或いはドイツ語を勉強し度いと思っている（想學習法語或德語）

台北或いは台中で開催する（在台北或台中舉辦）

或いは野球を為、或いは庭球を為る（有時打棒球有時打網球）

或いは山へ或いは海へ（有的到山上有的到海邊）

明日は或いは雨が降るかも知れない（明天也許要下雨）

或いは然うかも知れない（也許是那樣）

或いは御存じかと思って御聞きしたのですが（我想也許您知道所以才向你打聽一下）

惑（ㄏㄨㄛˋ）

惑〔漢造〕困惑。〔佛〕惑障，煩惱

不惑（不惑、四十歲）

幻惑（迷惑、蠱惑）

眩惑（迷惑、昏眩）

誘惑（誘惑）

疑惑（疑惑、疑慮、疑心）

迷惑（麻煩，煩惱，討厭，打擾，妨礙）

当惑（困惑、為難）

蠱惑（蠱惑、誘惑、煽惑）

魅惑（迷惑）

三惑、三惑、三惑（見思惑、塵沙惑、無明惑）（一切煩惱）

十惑（貪，嗔，癡，慢，疑，見-有身見，邊執見，邪見，見取見，戒禁取見）

見惑、見惑（佛教真理的煩惱），

惑星〔名〕行星←→恆星、前途不可限量的人（＝ダーク、ホース）

惑星系統（行星系統）

惑星ロケット（星際火箭）

惑星間物質（行星際物質）

惑星歲差（行星歲差）

惑星狀星雲（行星狀星雲）

政界の惑星（政界的黑馬）

惑溺〔名、自サ〕沉溺、耽溺

酒色に惑溺する（沉溺於酒色）

惑乱〔名、自他サ〕蠱惑

人心を惑乱する（蠱惑人心）

惑う〔自五、接尾〕困惑，迷惑，迷戀，沉溺

行く可きか如何か惑う（是否應該去拿不定主意）

四十に為て惑わず（四十而不惑）

女に惑う（迷戀女人）

悪事に惑う（沉溺於做壞事）

戸惑う（迷失方向、張惶失措、躊躇）

逃げ惑う（四處亂竄）

償う〔他五〕〔方〕賠償（＝償う、弁償する）
　損失を償う（賠償損失）惑う纏う

惑い〔名〕困惑、不知所措（＝当惑、困惑、迷い）
　心の惑いが募る（心裡更加不知所措）

惑わす〔他五〕使困惑，蠱惑，迷惑，誘惑
　人心を惑わす（蠱惑人心）
　デマ(Demagogie 德)を飛ばして人を惑わす（造謠惑眾）
　生徒を惑わす問題（使學生困惑的問題）
　青少年を惑わす（迷惑青少年）
　甘言で女を惑わす（用甜言蜜語誘惑女人）
　現象に惑わされて、実体を見抜けない（被現象所迷惑看不出實質）

か（ㄏㄨㄛˋ）

禍〔漢造〕災禍
　災禍（災禍，災難＝禍害）
　水禍（水災，淹死）
　奇禍（橫禍，意外的災禍）
　筆禍（筆禍）
　舌禍（因言招禍，口舌是非）
　黃禍（黃種人的威脅、糞尿成災）
　大禍（大難、凶日）

禍因〔名〕禍因、禍根
　禍因を残す（留下禍根）

禍殃〔名〕災禍（＝禍、災い、災、殃）

禍害〔名〕禍害、害、災難
　禍害に襲われる（遭受災難）
　禍害を人に及ぼす（使人遭受災害、嫁禍於人）

禍患〔名〕禍患
　禍患を為す（釀成禍患）

禍機〔名〕禍因、禍根
　禍機を包蔵する（包藏禍根）

禍根〔名〕禍根
　禍根を断つ（除く）（除掉禍根）

　禍根を将来に残す（給已後留下禍根）
　禍根を絶つ（杜絕禍根）

禍災〔名〕災禍、災難（＝禍）

禍心〔名〕邪心、害心

禍胎〔名〕禍根

禍難〔名〕災難（＝難儀）

禍福〔名〕禍福、幸與不幸
　禍福は糾える縄の如し（禍福常相伴）

禍乱〔名〕騷動

禍言〔名〕〔古〕不吉利話、喪氣話

禍事〔名〕〔古〕災禍、凶事（＝禍、災難）

禍禍しい、曲曲しい、柱柱しい〔形〕不吉祥的、可憎的（＝不吉、忌まわしい）
　禍禍しい運命（可詛咒的命運）

禍、災い、災、殃〔名、自サ〕禍、災禍、災害、災難←→福
　禍を招く（招致災害）
　禍に遭う（遭受災難）
　禍を蒙る（蒙受災禍）
　思わぬ禍（不測的災禍）
　大きな禍と為った（成了大患）
　国家と人民に禍を齎す（禍國殃民）
　台風が稲の生長に禍する（颱風造成水稻成長的災害）
　禍が降り掛かる（災禍降臨）
　口は禍の門（禍從口出）
　禍池魚に及ぶ（城門失火殃及池魚）
　禍は口から（起こる）（禍從口入）
　禍は福の因る所、福は禍の伏する所（禍福相伴）
　禍も三年経てば用に立つ（役に立つ）（福の種）（災後三年時來運轉）
　禍を転じて福と為す（轉禍為福）

かく（ㄏㄨㄛˋ）

霍〔漢造〕飛聲、散得很快

霍乱〔名〕〔醫〕〔舊〕中暑、急性腸胃炎

鬼の霍乱（平日身強力壯的人突然得病）

コレラ〔名〕〔醫〕霍亂
　コレラに罹る（患霍亂）
　コレラの予防注射を為る（打霍亂預防針）

獲（ㄏㄨㄛˋ）

獲〔漢造〕捕獲、獲得
　漁獲（魚獲、捕魚）
　捕獲（捕獲）
　収穫（收穫、成果）

獲得〔名、他サ〕獲得、取得←→喪失
　政権を獲得する（取得政權）
　平和の獲得を奔走する（為爭取平而奔走）
　職（地位）を獲得する（獲得職位〔地位〕）
　優勝カップを獲得する（取得優勝杯）
　獲得形質（〔生〕獲得形狀）
　獲得反射（〔生〕後天反射）
　獲得免疫性（〔醫〕後天免疫性）

獲麟〔名、自サ〕絕筆，臨終，辭世，（事物的）最後

獲る、得る〔他下一〕得到、領會
〔接尾〕（接動詞連用形表）可能（終止形，連體形多用〔得る〕）
　利益を得る（得利）
　病を得る（得病）
　志を得る（得志）
　信頼を得る（取得信賴）
　貴意を得度く存じます（希望徵得您的同意）
　知識を得る（獲得知識）
　所を得る（得其所）
　間一髪気が付いて、漸く事無くを得た（馬上發覺才幸免於難）
　何の得る所も無かった（毫無所得）
　人民から得た物を人民の為に用いる（取之於民用之於民）
　国際的に幅広い共鳴と支持を得ている（贏得國際上廣泛的同情和支持）
　其の意を得ぬ（不理解其意）
　彼に面会する事を得なかった（未能與他見面）
　賛成せざるを得なかった（不得不贊成）
　如何しても其の方向に動かざるを得ない（怎麼也不能不向那個方向移動）
　知り得る限りの情報（所能知道的情報）
　一人では成し得ない（一個人做不成）
　有り得ない（不可能有、不會有）

選る〔他五〕選擇（=選ぶ、択ぶ、撰ぶ、選る）
　選りに選って最後に残った一粒の真珠（再三挑選最後留下來的一顆珍珠）
　選りに選って僕が当たるとは（選來選去沒想到把我選上）当る中

彫る〔他五〕雕刻（=彫る）、雕上，刻上（=彫り付ける）、挖通，挖穿（=繰り抜く）、刻紋嵌鑲

得る〔他下二〕（得る的文語形式、主要用於書寫語言中、活用形為え、え、うる、うる、うれ、えよ）得，得到、（接尾詞用法、接動詞連用形下）能夠，可能
　大いに得る所が有る（大有所得）売る
　少しも得る所が無い（毫無所得）
　利益を得る（得到利益）
　実行し得る計画（能夠實行的計畫）
　其れは有り得る事だ（那是可能有的事）

売る〔他五〕出售、出賣、出名、挑釁←→買う
　物を売る（賣東西）得る得る
　布を売る（賣布）布布
　高く売る（貴賣）
　現金で売る（以現金出售）
　値段を間違えて売って終った（賣錯了價錢）終う仕舞う
　元を切って売る様では商いに成らない（虧本賣就做不成生意了）
　名を売る（出名）
　男を売る（露臉、賣弄豪氣）

友を売る（出賣朋友）友伴共供
味方を売る（出賣同伴）
味方見方観方看方視方
国を売る（賣國）
媚を売る（獻媚）
喧嘩を売る（找碴打架）
恩を売る（賣人情）音温怨遠御穏
其は売られた喧嘩だった（那是由於對方挑釁而打起來的架）

獲物〔名〕獵獲物、戰利品
獲物を追って行く（追趕獵物）
今日の獲物は雑魚許りだ（今天捕獲的全是些小魚）
獲物は猟師の手から逃げた（獵物從獵人手中跑掉了）

豁（ㄏㄨㄛˋ）

豁〔漢造〕寬廣
開豁（豁達，寬宏大量、開闊、開朗）

豁如〔形動〕肚量大

豁然〔形動〕豁然、恍然
豁然と為て悟った（恍然大悟）
眼界豁然と為て開く（豁然開朗）

豁達、闊達〔形動〕豁達、闊達
豁達な人物（豁達的人）

貨（ㄏㄨㄛˋ）

貨〔漢造〕貨幣、貨品
財貨（財物、物資）
載貨（載貨、裝載的貨物）
金貨（金幣）
銀貨（銀幣）
通貨（貨幣）
硬貨（硬幣）
銅貨（銅幣、銅錢）
白銅貨（鎳幣）
雑貨（雜貨）
外貨（外幣、外國貨）
法貨（法定貨幣、法郎）
邦貨（日本貨幣、日圓）
良貨（優良貨幣）
悪貨（質量差的貨幣）
奇貨（珍品、良機）
滞貨（滯銷貨、積壓的貨物）
百貨（百貨）

貨客、貨客〔名〕客貨
貨客船、貨客船（客貨船、客貨兼運船）
貨客車、貨客車（客貨兼運車、貨車和客車）

貨財〔名〕財貨、金錢和財物

貨車〔名〕貨車←→客車
無蓋貨車（敞篷貨車）
有蓋貨車（有蓬貨車）
貨車繰り（貨車的調配）
貨車渡し（貨車上交貨）
客車に貨車を連結する（把貨車掛在客車上）

貨殖〔名〕理財、賺錢
貨殖の道に長じている（擅長理財）

貨幣〔名〕貨幣
貨幣を鋳造する（鑄造貨幣）
補助貨幣（輔幣）
貨幣制度（貨幣制度）
貨幣価値（幣值）
貨幣価格（貨幣價格）

貨保〔名〕貨物保險（=貨物保險）

貨物〔名〕貨物、貨幣和財產

貨物〔名〕貨物、貨幣和財產（=貨物）、貨車（=貨物列車）
貨物を託送する（托運貨物）
貨物を発送する（發送貨物）

貨物をトラックに積み込む（把貨物裝在卡車上）
トラックで貨物を運ぶ（用卡車運貨）
貨物引き渡し指定書（交貨指示單）
貨物船（貨船）
貨物置場（貨房、貨棧、存貨場）
貨物陸揚げ（往陸上卸貨）
貨物列車（貨車）
今度は貨物が通る（這一次過貨車）

踝（ㄏㄨㄞˇ）

踝〔漢造〕人足兩旁凸起的圓骨為踝、踝骨

くるぶし〔名〕〔解〕踝
  踝を挫く（扭傷腳踝）

懐（ㄏㄨㄞˇ）

懐〔漢造〕懷、懷有、懷念、籠絡
  抱懐（懷抱）
  本懐（本願、夙願、生平的願望）
  素懐（素志、平時的心願）
  述懐（敘述感想、追述往事）
  追懐（追憶、回憶）
  虚心坦懐（虛心坦然）

懐疑〔名、自サ〕懷疑
  懐疑の目で見る（用懷疑的眼光看）
  懐疑を抱く（抱著懷疑）
  懐疑論（懷疑論）←→独断論

懐旧〔名〕懷舊、念舊
  懐旧の思いに耽る（沉思往事）
  懐旧の情が湧く（湧起懷舊之情）
  懐旧談（懷舊談）
  懐旧談を為る（敘談往事）
  懐旧談に花を咲かせる（暢談往事）
  少年時代の懐旧談に花が咲く（暢談童年往事）
  懐旧談に楽しく時を過ごした（敘談往事愉快地度過時間）

懐郷〔名〕思鄉
  懐郷の念（思鄉之念）
  懐郷病（思鄉病）

懐剣〔名〕（護身）短劍、匕首
  逆手に懐剣を持って突っ掛かる（反握匕首猛衝上去）

懐古〔名、自サ〕懷古、懷舊
  懐古の情に堪えない（不勝懷舊之情）
  年を取ると懐古的に為る（一上年紀就懷念過去）
  老人の懐古趣味（老人的懷舊興趣）

懐紙〔名〕（攜帶懷裡備用的）白紙、（正式的）詩歌用紙

懐紙（ふところがみ）〔名〕手紙、擦鼻涕用紙（=鼻紙）

懐柔〔名、他サ〕懷柔、拉攏
  土民を懐柔する（籠絡原住民）
  懐柔策（懷柔政策）

懐石〔名〕（茶道品茶前的）簡單飯菜，茶點
  懐石料理（〔品茶前獻給客人的〕日本式精美菜餚）

懐胎〔名、自サ〕懷胎、懷孕（=妊娠）

懐中〔名、自サ〕懷中，懷裡、錢包，錢袋
  懐中に入れる（納める）（裝入懷裡）
  懐中の財布を掏られる（懷裡的錢包被偷了）
  懐中無一物である（囊空如洗、一文不名）
  懐中時計（懷錶）
  懐中電燈（手電筒）
  懐中物（錢包）
  人込みの中で懐中を落とした（在人群裡錢包掉了）

懐妊〔名、自サ〕懷孕（=妊娠）
  妻が懐妊する（妻子懷孕）
  妻の懐妊を知って喜ぶ（知道妻子懷孕而高興）

懷抱〔名、他サ〕懷抱、胸懷、擁抱
　大望を懷抱する（胸懷大志）

懷裡〔名〕懷裡、懷中（=懷中）

懷爐〔名〕懷爐
　白金懷爐（白金懷爐）
　腹が痛むので、懷爐を入れる（因肚子痛放上懷爐）
　懷爐に火を付ける（把懷爐點上火、點懷爐）
　懷爐灰（懷爐灰）

懷〔名〕胸，懷，懷抱、腰包、內部，內幕
　財布を懷に入れる（把錢包放入懷裡）
　母親の懷に抱かれている幼児（抱在母親懷裡的小孩）
　懷に忍ばせる（藏在懷裡）
　祖国の懷に戻る（回到祖國的懷抱）
　山の懷（山坳）
　儲けは皆彼の懷に入って仕舞った（賺的錢都進了他的腰包）
　一万円札一枚懷に為て出掛ける（腰裡帶上一萬日元鈔票出門）
　懷と相談する（和錢包商量、計算身上帶的錢是否夠用）
　懷が暖かい（手頭寬裕）
　人の懷を当てに為る（指望別人出錢）
　懷を見透かす（看透別人的心事）
　敵の懷に飛び込む（打入敵人的內部）
　懷が寒い（寂しい）（手頭緊、錢包沒錢）
　懷を痛める（掏腰包、破財、花自己的錢）
　懷を肥やす（暖める）（肥私囊）
　懷を脹らます（腰纏累累）

袋、囊〔名〕袋，口袋、腰包。〔俗〕子宮，胞衣的別名、果囊，水果的內皮、似袋的東西、不能通過
　米を袋を入れる（把米裝進袋裡）
　袋を貼る（糊紙袋）
　袋入り（袋裝）
　蜜柑の袋（柑橘的內皮）
　胃袋（胃）
　袋小路（死胡同）
　袋（の中）の鼠（囊中之鼠、甕中之鱉）

御袋〔名〕〔俗〕母親、媽媽（成年男子在和別人說話時對自己母親的親密稱呼）
　家の御袋（我媽）家中裏
　御袋の作った料理が食べ度いなあ（我真想吃我媽做的菜啊！）

懷刀〔名〕（懷裡）短劍，匕首。〔轉〕得力親信，心腹人物
　懷刀を取り出す（掏出匕首）
　彼は隊長の懷刀だ（他是隊長的得力心腹）
　大臣の懷刀と為て働く（作為部長的得力親信做事情）

懷勘定〔名〕心中盤算、心裡打主意

懷具合〔名〕手頭充裕與否、經濟情況
　懷具合が良い（手頭寬裕）
　懷具合が悪い（手頭拮据）

懷都合〔名〕手頭充裕與否、經濟情況（=懷具合）
　懷手（兩手抱在懷中、袖手旁觀、遊手好閒）
　懷手の儘動かない（把兩手抱在懷裡不動）
　懷手を為て見ている（袖手旁觀）
　懷手で暮す（遊手好閒）
　懷手を為ていて儲ける（不費力賺錢）

懷く、抱く、擁く〔他五〕懷抱（=抱く）、懷抱、懷有
　自然の懷に懷かれる（置身於自然懷抱中）
　大志を懷く（胸懷大志）
　不安の念を懷く（心懷不安）
　憧れを胸に懷く（一心嚮往）

懐く、抱く〔他四〕〔古〕懐抱（=抱く）（=懐く、抱く、擁く）

抱く〔他五〕（抱く、懐く、擁く的轉變）抱、懷抱、孵卵
- 子供を抱く（抱孩子）
- 一寸赤ちゃんを抱かせて下さい（請讓我抱抱孩子）
- 恨みを抱く（懷恨〔在心〕）
- 卵を抱かせる（讓母雞孵卵）

懐く〔自五〕親近，接近、依戀、喜歡、馴服（=馴染む）

〔他下一〕使親近、使馴服（=懐ける）
- 子供達良く私に懐く（孩子們經常親近我）
- 部下の者が懐いている（部下都和他親近）
- 犬が懐いて来た（狗變得馴服了）

懐ける〔他下一〕使親近、使馴服
- 彼は人を懐ける事が旨い（他善於使人和他親近）
- 犬を懐ける（使狗馴服）

懐け、懐け〔名〕親近，接近、依戀、喜歡、馴服

懐かしい〔形〕依戀的、戀慕的、思慕的、懷念的、親近的、親睦的、可愛的
- 懐かしい故郷（令人懷念的故郷）
- 懐かしい祖国（令人懷念的祖國）
- 懐かしく思う（懷念緬懷）
- 何時も懐かしい彰化（永遠令人懷念的彰化）
- 家を懐かしく思う（懷念家鄉）
- 他国に居る同郷の人が懐かしい（身在外地覺得同郷身外親切）
- 林君じゃないか、懐かしいね（這不是老林嗎？好久不見了！）
- 懐かし然うに見る（依依不捨地看）

懐かしげ〔形動〕親近、依戀
- 懐かしげに眺める（依依不捨地眺望）

懐かしがる〔自五〕懷念、依戀、眷戀
- 亡き母を懐かしがる（懷念已故的母親）
- 昔を懐かしがる（留戀過去）
- 死んだ友人の事を思い出して懐かしがる（想起死去的友人懷念不已）

懐かしさ〔名〕懷念、依戀之情
- 母の作って呉れた料理に堪らない懐かしさを覚える（非常懷念母親親自做好的飯菜）
- 当時を思い出し、懐かしさで一杯です（想起當時情景非常懷念）

懐かしむ〔他五〕思慕、想念（=懐かしがる）
- 燦爛たる古代文化を懐かしむ（嚮往燦爛的古代文化）
- 故郷を懐かしむ（懷念故郷）

懐かしみ〔名〕眷戀之情、懷念之感
- 懐かしみを覚える（覺得懷念不已）

懐しい、床しい〔形〕高尚典雅的、令人懷念的、令人眷戀的、津津誘人的（=奥床しい）
- 懐しい人柄（温文爾雅的品格）
- 古式懐しい催し（令人懷古的集會、古色古香使人懷古的活動）
- 昔懐しい思い出の映画（令人懷念過去的電影）
- 懐しい物語（誘人的故事）

槐（ㄏㄨㄞˊ）

槐〔漢造〕豆科落葉喬木，花黃紅色，果實長莢形可入藥，木材可供建築和製造家具之用，花蕾可製黃色染料
- **槐**〔名〕〔植〕槐樹
- **槐**〔名〕〔植〕槐樹的古名

坯（ㄏㄨㄞˋ）

坯〔漢造〕土堆、土器未經燒過的總名、低丘、牆壁
- **坯、坏**〔名〕〔古〕（食器）陶碗
- 高坏（高腳陶碗）

壞（ㄏㄨㄞˋ）

壞、壊〔漢造〕壊
　破壊（破壞）
　決壊、決潰（潰決、決口）
　損壊（損害、損傷、損耗）
　崩壊、崩潰（崩潰、衰變、剝蝕）
　全壊、全潰（全部毀壞）
　朽壊（朽壞）
　金剛不壊（金剛不壞、堅硬無比）

壞屋〔名〕破屋、廢屋

壞朽〔名〕朽壞

壞血病〔名〕〔醫〕壞血病
　壊血病に罹る（得壞血病）
　ビタミンCで壊血病を治す（用維生素C治壞血病）

壞残〔名〕破損、損傷

壞敗〔名、自サ〕敗壞。〔醫〕壞疽
　人心の壊敗（人心的敗壞）

壞滅、潰滅〔名、自他サ〕毀滅、殲滅
　壊滅的な打撃（毀滅性的打擊）
　敵軍の戦闘力を壊滅させる（消滅敵軍的戰鬥力）
　敵に一個師団を壊滅する（殲滅敵軍一個師）
　火山の爆発で一都市が壊滅する（由於火山爆發一個城市毀滅了）
　事業が壊滅に瀕する（事業瀕臨毀滅）

壞乱〔名、自他サ〕（風俗的）敗壞
　風俗を壊乱する（敗壞風俗）
　風俗壊乱の疑い（敗壞風俗的嫌疑）

壞死〔名、自サ〕〔醫〕（組織）壞死

壞疽〔名〕〔醫〕壞疽
　肺壊疽（肺壞疽）

壞す、毀す〔他五〕弄壞，毀壞，弄碎、損害，傷害、拆開，破壞（＝毀つ）
　小屋を壊す（拆棚子）
　錠前を壊してドアを開ける（弄壞鎖頭把門打開）
　茶碗を粉粉に壊した（把碗打得粉碎）
　健康を壊す（損害健康）
　酒を胃を壊す（酒能傷胃）
　過労の為体を壊した（因為過勞損害了身體）
　食い過ぎて腹を壊す（吃太多把肚子吃壞了）
　ばらばらに壊す（拆得七零八落）
　機械を壊して見る（把機器拆開來看）
　計画を壊す（破壞計畫）
　下手を遣って折角の縁談を壊して仕舞った（不慎重把好不容易的親事弄吹了）
　纏まり掛けた話を壊して仕舞った（把眼看要談妥的談判給破壞了）

壞れる、毀れる〔自下一〕壞，碎、倒塌，破裂，故障，失靈、〔轉〕失敗
　ガラスが粉粉に壊れる（玻璃打得破碎）
　壊れない様に扱う（注意拿放免得弄壞）
　地震で家が壊れた（因為地震房子倒塌了）
　電話が壊れている（電話壞了）
　テレビが壊れた（電視出了毛病）
　其の縁談は壊れて仕舞った（那件婚事已吹了）
　其の計画は壊れて仕舞った（那計畫失敗了）

壞れ〔名〕碎片，斷片、破碎或毀壞的程度
　ガラスの壊れ（破玻璃片）
　壊れが酷くて直し用が無い（毀壞很厲害沒辦法修復）

壞れ物、毀れ物〔名〕壞（碎）了的東西、易碎品
　壊れ物を片付ける（把碎了的東西收拾起來）

壊れ物、取り扱い注意（〔寫在包裝上〕易碎品注意裝卸）

灰（ㄏㄨㄟ）

灰〔漢造〕灰、灰色

死灰（死灰、〔喻〕沒有生氣的東西）

石灰（石灰）

灰黄色〔名〕灰黄色

灰色、灰色〔名〕灰色

灰色〔名〕灰色。〔轉〕（觀點，立場等）不鮮明。〔轉〕黯淡，乏味，陰鬱

灰色の壁（灰色的牆）

灰色の上着（灰色上衣）

灰色（の）議員（立場不鮮明的議員、搖擺不定的議員）

灰色の人生（暗淡的人生）

重苦しい灰色の空気（令人窒息的陰鬱空氣）

灰塵〔名〕灰塵，塵芥。〔喻〕毫無價值的東西

灰燼〔名〕灰燼

灰燼に帰する（化為灰燼）

灰燼の中から立ち上がる（從灰燼中恢復起來）

灰長石〔名〕〔礦〕灰長石

灰長石岩（灰長石岩）

灰土〔名〕土灰、灰和土

灰白〔名〕灰白色

灰白色（灰白色）

灰白髄炎（脊髓灰質炎）

灰白質（腦的灰白質）

灰分〔名〕灰分、（食物中）礦物質（＝ミネラル）

灰分測定（測定灰分）

灰〔名〕灰

死の灰（〔由於核試驗降落的〕放射性塵埃）

焼いて灰に為る（〔把某物〕燒成灰）

焼けて灰に為る（〔某物〕燒成了灰）

皆燃えて仕舞って、灰丈残っている（全部燒光只剩下灰了）

煙草の灰を払う（彈煙灰）

炭火を火鉢の灰を埋ける（把炭火埋在火盆的灰裡）

灰を篩う（篩灰）

灰を撒く（撒灰）

灰を落とす（敲掉菸灰）

灰揚げ装置〔名〕〔機〕起灰機

灰受け〔名〕（火爐裡的）承灰盤

灰押し、灰押〔名〕（將香爐或火盆裡的灰弄平的用具）灰鏟（＝灰均し）

灰均し〔名〕（炭火盆等耙灰用的）灰鏟（＝灰掻き）

灰掻き〔名〕灰鏟（＝灰均し）、（火災後）收拾失火現場（的人）

灰匙〔名〕灰杓子（＝灰掬い）

灰掬い〔名〕灰杓子（＝灰匙）

灰落とし〔名〕煙灰缸（＝灰皿）

灰皿〔名〕煙灰缸

灰皿で煙草の火を揉み消す（在煙灰缸內把紙菸熄滅）

灰化〔名〕灰化、煅燒、燒燼

灰貝〔名〕〔動〕鳥蛤

灰神楽〔名〕（在火盆等有火的灰裡灑上水時）飛起灰塵

火鉢に薬缶を引っ繰り返して一面灰神楽に為る（水壺翻倒在火盆裡弄得飛灰四起）

灰殻〔名〕煙灰、（竹製）煙灰筒

灰殻の不始末から火事に為る（由於隨便彈煙灰而失火）

灰殻を落とさない様に為る（注意不要〔往地上〕磕煙灰）

灰墨、掃墨〔名〕油煙墨

灰吹き、灰吹〔名〕（煙盤中磕煙灰用的竹製）煙灰筒

灰吹き銀（用烤缽冶金法提煉的銀子）

灰吹き法（烤缽冶金法）

灰吹き炉（烤缽爐）

ㄏ

灰篩い〔名〕灰篩子
　灰篩いで篩う（用灰篩子篩）

灰水〔名〕灰水、鹼水（＝灰汁）

灰汁〔名〕灰水，鹼水、（植物中含有的）澀液，澀性，澀味，執拗，生硬，俗氣
　灰汁を使って洗濯を為る（用灰水洗衣服）
　灰汁の無い水（軟水）
　煮出して灰汁を抜く（把澀味熬掉）
　灰汁が強い（澀得很）
　灰汁の抜けた人（圓滑的人、風雅的人、不俗氣的人）
　灰汁の強い文章（很生硬的文章）
　灰汁洗い（〔木器，板壁等〕用灰水洗滌）

恢（ㄏㄨㄟ）

恢〔漢造〕廣大、復原

恢恢〔名〕（不單獨使用）恢恢
　天網恢恢疎に為て漏らさず（天網恢恢疏而不漏）

恢弘、恢宏〔名〕恢宏

恢復、回復〔名、自他サ〕恢復、康復、收復
　名誉（権利）を恢復する（恢復名譽〔權利〕）
　景気の恢復が早かった（景氣恢復很快）
　彼の健康はすっかり恢復している（他的健康已經完全恢復）
　病気は段段恢復に向かっている（病已逐漸趨向恢復）
　恢復の望みが無い病人（沒有復原希望的病人）
　浪費した時間を恢復する（補償浪費時間）
　失った領土を恢復する（收復失去的領土）
　リレーに勝って得点を恢復した（因接力賽獲勝挽回了得分）
　恢復期、回復期（恢復期）

揮（ㄏㄨㄟ）

揮〔漢造〕揮動、揮散、命令
　発揮（發揮、施展）
　指揮（指揮）

揮毫〔名、他サ〕揮毫、寫字、繪畫
　記念の為に揮毫を求める（為了紀念請求揮毫）
　屏風に揮毫する（在屏風上揮毫）
　揮毫の求めに応ずる（答應揮毫的請求）
　御揮毫を乞う（敬請揮毫）

揮発〔名、自サ〕〔理〕揮發、汽化
　揮発器（汽化器）
　揮発ワニス（揮發性清漆）
　揮発油（揮發油）
　揮発度（揮發度、揮發性）
　揮発性溶剤（揮發性溶劑）
　揮発分（揮發物）

揮う、振う，振るう，奮う〔自五〕振奮，振作、踴躍，積極，奇特，新穎
〔他五〕揮、發揮、揮動、振奮、鼓起、瀉盡、發威
　士気大いに振う（士氣大振）
　成績が振わない（成績不佳）
　商売が振るわない（生意不興旺）
　其奴は振っている（那個人真奇特）
　振って参加せよ（踴躍參加吧！）
　振って申し込んで下さい（請積極報名）
　刀を揮って切り込む（揮刀砍進去）
　筆を揮う（揮毫）
　着物を揮って埃を落とす（抖掉衣服上的灰塵）
　権力を振う（行使權力）
　腕を振う（發揮力量）
　彼は手腕を揮う余地が無い（他無用武之地）

2378

勇気を揮う（鼓起勇氣）
　　裾を揮って立つ（拂袖而去）
　　財布の底を揮って（傾囊）
　　蛮勇を揮う（逞能、蠻幹）

震う、顫う〔自五〕顫動、震動、晃動
　　大爆発で大地が震う（大地因大爆炸而震動）

篩う〔他五〕篩、挑選，選拔，淘汰
　　砂利を篩う（篩小石子）
　　筆記試験で篩う（用筆試淘汰）

輝（ㄏㄨㄟ）

輝〔漢造〕輝耀
　　光輝（光輝、光榮）

輝安鉱〔名〕〔礦〕輝銻礦（＝輝アンチモン鉱）
輝銀鉱〔名〕〔礦〕輝銀礦
輝蒼鉛鉱〔名〕〔礦〕輝鉍礦
輝鉄鉱〔名〕〔礦〕輝鐵礦
輝銅鉱〔名〕〔礦〕輝銅礦
輝岩〔名〕〔礦〕輝岩
輝石〔名〕〔礦〕輝石
輝線〔名〕〔理〕輝線、明線、高線、內煉線←→暗線
　　輝線スペクトル（明線光譜）
輝度〔名〕〔理〕輝度
　　輝度チャンネル（〔電〕亮度信道）

輝く、耀く〔自五〕輝耀，閃耀。〔轉〕輝煌、燦爛
　　ぴかぴか輝く（閃閃發光）
　　ぎらぎら輝く（閃耀）
　　日が輝く（陽光輝耀）
　　空には太陽が輝いている（太陽在天空輝耀著）
　　星の輝く空（星光閃耀的天空）
　　月が皓皓と輝く（月光皎潔）
　　空が夕日に輝いていて、実に美しかった（天空晚霞燦爛實在美麗）
　　彼の目は喜びに輝いた（他的目光閃耀著喜悅）
　　栄光に輝く（非常光榮）
　　緑に輝く牧場（綠油油的牧場）
　　健康に輝く顔色（非常健康的神色）
　　輝く優勝旗を勝ち取る（獲得光榮的優勝旗）
　　勲に輝く（功勳顯赫）
　　勝利の栄冠に輝く（榮獲勝利的榮冠）
　　オリンピック三回連続優勝に輝く選手（連續三次榮獲奧運冠軍的選手）

輝き、耀き〔名〕光輝、輝耀
　　初夏の太陽の輝き（初夏陽光輝耀）
　　ネオンの輝き（霓虹燈的輝耀）

輝かしい、耀かしい〔形〕輝煌的、光輝的
　　輝かしい文字（金光閃閃的字）
　　輝かしい日の光を浴びる（沐浴在耀眼陽光下）
　　輝かしい業績を成し遂げた（完成了輝煌的業績）
　　輝かしい成功を納める（獲得顯赫的成功）
　　輝かしい勝利を得る（取得輝煌的勝利）
　　マラソンで輝かしい記録を造った（在馬拉松賽跑中創造了優異的紀錄）

輝かす、耀かす〔他五〕使放光輝、炫耀
　　目を輝かす（目光炯炯）
　　名を世界に輝かす（揚名世界）
　　国威を輝かす（炫耀國威）

麾（ㄏㄨㄟ）

麾〔漢造〕用於指揮的旌旗為麾、古代指揮軍隊的旗幟、對將帥的尊稱，也可稱將帥的部屬

麾下、旗下〔名〕麾下、指揮下（＝旗本）
　　将軍麾下の精鋭（將軍指揮下的勁旅）

麾く、差し招く〔他五〕揮手招呼，招手叫（＝招く）、指揮

彼は遠方から私を麾いた（他從遠處揮手招喚我）

兵を麾く（指揮軍隊）

徽（ㄏㄨㄟ）

徽〔漢造〕標幟、記號

徽章〔名〕徽章、胸章、證章（=バッジ）

帽子の徽章（帽徽）

学校の徽章（校徽）

徽章を付ける（配戴徽章）

徽章屋（徽章商店）

回、廻、囘（ㄏㄨㄟˊ）

回〔名、接尾、漢造〕回、次

此の会は回を重ねる度に盛んに為る（這個會議每開一次就壯大一次）

一回（一回一次）

一日三回食事を為る（每天吃三頓飯）

何回も實驗した（已實驗好多次了）

二回裏のホームラン（〔棒球〕第二局下半的全壘打）

第二回の試合に勝つ（在第二次比賽時獲勝）

周回（周圍、旋轉、轉的周數）

終回（最後一次）

低回、低廻（低頭徘徊）

転回、転廻（迴轉、迴旋、轉換）

迂回（迂廻、走彎路）

挽回（挽回、收回）

初回（初次、第一次）

今回（這回、此次）

次回（下回、下次）

幾回（幾次、多次）

巡回（巡廻、巡視）

先回（上回）

旋回（迴旋、旋轉）

前回（上次、前次）

撤回（撤回、撤銷）

最終回（最後一次、最後回合）

数回（數次、好幾次）

回向、廻向（迴向〔把自己修得的功德轉給別人〕、〔為死者〕祈冥福）

回心、廻心（〔佛〕回心、改邪歸正〔皈依佛門〕）

回忌〔接尾〕（用作助數詞）（每年的）忌辰（=年忌、周忌）

満一年目の命日を一回忌、満二年目を三回忌と言う（〔死後〕滿一周年的忌辰叫一周年，忌辰滿二周年的忌辰叫三回忌）

満六年目の命日を七回忌と言う（滿六周年忌辰叫七回忌）

今日は父の三回忌だ（今天是父親二周年忌辰）

回帰〔名、自サ〕回歸

回帰熱（〔醫〕回歸熱）

回帰線（〔天〕回歸線）

回帰年（〔天〕回歸年）

回帰神経（〔解〕回歸神經）

回帰動脈（〔解〕回歸動脈）

回議〔名、他サ〕會稿（主管者擬稿後依次傳閱有關人員徵求會簽同意）

回議案（會稿、原文、傳閱的方案、會簽的草案）

回教〔名〕〔宗〕回教、伊斯蘭教（=イスラム教）

回教徒（回教徒、穆斯林）

回教暦（伊斯蘭教曆）

フィフィ教〔名〕回教、伊斯蘭教（=回教、イスラム教）

回訓〔名、自他サ〕（本國政府對駐外使節的批示）

回訓←→請訓

回訓を待つ（等待政府批示）

回顧〔名、他サ〕回顧、回憶、回想

回顧すればもう二、三十年前の事だった（回想起來已經是二三十年前的事了）

往時を回顧する（回顧過去）

少年時代の回顧（少年時代的回顧）

回顧録（回憶錄）

回航、廻航〔名、自他サ〕到處航行、返航、（使船）駛往某港

修理の為高雄へ回航する（為了修理船隻開往高雄）

回国、廻国〔名、自サ〕周遊各國、巡遊全國。〔佛〕雲遊到各處巡禮（=回国巡礼）

諸国を回国して歩く（周遊各國、雲遊各地）

回国巡礼（到各處朝山拜廟、雲遊）

回収〔名、他サ〕回收、收回

廃品回収（回收廢品）

資本の回収（回收資本）

流通紙幣を回収する（回收流通的紙幣）

売り掛け金を回収する（收回賒賣貨款）

回春〔名〕（大地）回春、返老還童、痊癒

回春の秘薬（起死回生的秘藥）

回春の喜び（起死回生之樂）

回書〔名〕（=返書、回章、廻章）、傳閱的文件（=回文、廻文）

回章、廻章〔名〕〔舊〕傳閱的文件（通知）、回信（=返書）

回章を廻す（傳閱文件）

回章が廻って来た（傳閱的文件傳來了）

回章を読む（看回信）

回文、廻文〔名〕〔舊〕傳閱的文件（=回章，廻章、回し文、回覽狀），正唸倒唸都一樣的話（如〔田植歌〕-插秧歌。〔竹藪焼けた〕-竹林著火了）

回状、廻状〔名〕傳閱文件

関係者に回状を廻す（向有關人員傳閱文件）

回心〔名、自サ〕〔宗〕回心轉意、一改初衷信仰基督教

回心、廻心〔名、自サ〕〔佛〕回心、改邪歸正（皈依佛門）（=回心）

回申〔名、自サ〕復文

回診〔名、自サ〕（醫師）巡迴診察、查病房

今日は院長の回診が有る（今天院長來查病房）

医者が自転車に乗って回診する（醫生騎腳踏車巡迴診察）

回数〔名〕回數、次數

回数を重ねる（屢次、三番兩次）

遅刻の回数（遲到的次數）

回数券（回數票）

回生〔名、自サ〕回生。〔電〕再生

起死回生の妙薬（起死回生的良藥）

回生制動（再生制動）

回生制御（再生控制）

回折〔名、自サ〕曲折。〔理〕繞射，衍射

回折角（繞射角）

回折格子（繞射光柵）

回折線（衍射線）

回線〔名〕〔電〕電路、迴路、線路

電話回線（電話線路）

回線図（電路圖、線路圖）

回線延長（線路延長）

回旋、廻旋〔名、自他サ〕迴旋、旋轉

回旋起重機（迴旋起重機）

回旋灯（迴旋燈）

回旋運動（迴旋運動）

回旋状（迴旋狀）

回旋曲（迴旋曲=ロンド）

回船、廻船〔名〕（運送旅客，貨物的沿岸航線船）駁船

江戸時代には回船が活躍した物だ（在江戸時代駁船曾大肆活躍）

回船問屋（駁船批發商運輸船行）

回送、廻送〔名、他サ〕轉送，轉運，運送，輸送，跑空車

　回送車（調頭車、回程空車）
　宛名人が転居したので手紙を回送する（因收信人搬了家把信給轉過去）
　農産物を都会へ回送する（把農產品運到城市）

回想〔名、他サ〕回想、回憶、回顧

　学生時代を回想する（回憶學生時代）
　当時を回想すれば隔世の感が有る（回顧當時大有隔世之感）
　回想録（回憶錄）

回漕、廻漕〔名、他サ〕水路運輸

　米を船で回漕する（用船運輸大米）
　回漕船（運輸船）
　回漕業者（水路運輸業者）

回茶〔名〕回茶（〔茶道〕三種茶只要喝到其中一種就可推知另外茶的味道＝貢茶）

回着〔名、他サ〕運輸到達

　回着米（鐵路運輸到市場的米）

回虫、蛔虫〔名〕蛔蟲

　回虫が湧く（生蛔蟲）
　回虫を駆除する（打蛔蟲）

回腸〔名〕〔解〕迴腸、情緒激動

　回腸炎（迴腸炎）
　回腸切開術（迴腸切開術）

回天、廻天〔名〕回天、挽回頹勢

　回天の偉業（扭轉乾坤的偉大事業）
　回天の力（回天之力）

回転、廻転〔名、自サ〕旋轉、（資金）周轉

　車輪が回転する（車輪轉動）
　地球は太陽の周囲を回転する（地球圍繞太陽旋轉）
　頭の回転が速い（頭腦轉得快、頭腦靈活）
　機械が快調に回転する（機器的轉動情況良好）
　プロペラを回転させる（使螺旋槳轉動）
　球を回転させる（使球轉動、投旋轉球）
　百八十度の回転を為る（轉了一個一百八十度的彎）
　車の回転に依り走行距離を測る（根據車輪的旋轉計算行走的距離）
　地球は約三百六十五日で太陽の周囲を一回転する（地球約用三百六十五日繞太陽一周）
　自動車は道から飛び出し、二回転して崖下に落ちた（汽車衝出車道轉了兩轉就掉到山崖）
　資金の回転を早める（加速資金的周轉）
　回転資金（周轉資金）
　回転率（周轉率）
　回転椅子（轉椅）
　回転運動（旋轉運動）
　回転扉（ドア）（旋轉門、轉門）
　回転本立て（旋轉書架）
　大回転（大轉彎、轉大彎）
　回転軸（〔機〕回轉軸）
　回転子（〔機〕轉輪轉動體）
　回転界磁（〔電〕旋轉磁場）
　回転儀（迴轉儀、陀螺儀＝ジャイロスコープ）
　回転鏡（〔理〕旋轉鏡、旋轉反射器）
　回転計（轉速表）
　回転結晶法（〔理〕周轉晶體法）
　回転削岩機（迴轉鑿岩機）
　回転座標（〔數〕旋轉座標）
　回転散水機（旋轉灑水機）
　回転式酸素転炉（〔冶〕旋轉氧氣轉爐）
　回転式バーナ（迴轉式噴燒器）
　回転スイッチ（旋轉開關、旋轉扳道器）
　回転スペクトル（〔理〕轉動光譜）
　回転テーブル（迴轉工作臺、轉台）

回転ドラム（轉筒、滾筒）
回転フライス（旋轉銑床）
回転バランコ（旋轉鞦韆、轉傘）
回転ポンプ（旋轉幫浦）
回転ミル（滾筒式磨機、翻轉碾壓機）
回転数（回轉數）
回転速度（轉速）
回転楕円体（〔數〕迴轉橢圓體、扁球體）
回転断続継電器（〔電〕旋轉斷續式繼電器）
回転継手（旋轉接頭、鉸鏈）
回転燈（燈塔旋轉燈）
回転能率（〔理〕轉動力矩）
回転半径（迴轉半徑）
回転火格子（旋轉爐筒）
回転篩（〔篩礦石等用〕旋轉篩）
回転分散（〔理〕旋光色散）
回転偏光（〔理〕迴轉偏振光）
回転変流器（〔電〕旋轉換流機）
回転盆（轉動大餐盤）
回転窓（旋轉拉窗）
回転木馬（〔體〕旋轉木馬）
回転翼（水平旋翼）
回転羅針儀（迴轉羅盤）
回転炉（轉爐）

回答〔名、自サ〕回答、答覆
折り返し回答する（馬上回答）
至急御回答下さい（請從速回答）
未だ何の回答も無い（還沒有任何回答）
幾等尋ねても回答しない（怎麼問也不回答）
読者の質問に回答する（回答讀者的問題）

回読〔名、他サ〕傳閱、輪流閱讀
職場で雑誌を回読する（在車間輪流閱讀雜誌）

回読料（〔雜誌等〕輪流閱讀費）

回反〔名〕〔理〕轉動反演
回反軸（反演軸）

回避〔名、他サ〕迴避、逃避
責任を回避する（推卸責任）
衝突を回避する（迴避衝突）
責任の回避を図る（企圖推卸責任）
回避的態度を取る（採取逃避態度）

回付、回附、廻附〔名、他サ〕送公文、遞交、移交、送交
書類の回付が遅れる（文件送晚了）
同件は下級裁判所に回付された（該案件已移交下級法院了）
支払人に回付する（送交付款人）

回復、恢復〔名、自他サ〕恢復、康復、收復
名誉（権利）を回復する（恢復名譽權利）
景気の回復が速かった（經濟情況恢復很快）
彼の健康はすっかり回復している（他的健康已經完全恢復）
病気は段段回復に向かっている（病已逐漸趨向恢復）
回復の望みが無い病人（沒有復原希望的病人）
浪費した時間を回復する（補償浪費的時間）
失った領土を回復する（收復失去的失土）
リレーに勝って得点を回復した（因接力賽獲勝挽回了得分）
回復期、恢復期（恢復期）

回分蒸留〔名〕〔化〕分批蒸餾、間歇蒸餾
回分法〔名〕〔化〕分批法、間歇法
回報、廻報〔名〕覆函，回信、傳閱的文件
回報を出す（發出傳閱的文件）

回米、廻米〔名〕（從產地運來）上市的大米、（江戶時代）從各地運到江戶和大阪的大米

回遊〔名、自他サ〕周遊、環遊（=歷遊）

全国を回遊する（周遊全國）

兄は東北回遊の旅に立った（哥哥到東北各地旅行去了）

回遊券（環遊車票）

回遊切符（環遊車票、巡迴遊覽票）

回遊列車（遊覽列車、巡迴遊覽列車）

回游〔名、自他サ〕（魚群的季節洄游，產卵洄游，索餌洄游）洄游

魚群の回游（魚群的迴游）

回游魚（回游魚）

回覧、廻覧〔名、他サ〕傳閱。〔古〕巡視

通達を回覧に廻す（把通知送去傳閱）

隣近所で雑誌を回覧する（左鄰右舍傳閱雜誌）

回覧文庫（巡迴圖書館）

回覧板（傳閱板報巡迴板報）

回流、廻流〔名〕回流、迂迴的水流

回礼〔名、自サ〕到各處拜訪、到各處拜年

回礼に出掛ける（出去拜訪賀年）

年始の回礼を為す（到各處拜年）

回礼者（拜年的人）

回暦〔名〕一元復始（＝改暦）、滿六十歲（＝還暦）

回歴〔名〕周遊各地（＝巡回）

回路〔名〕〔電〕迴路、電路、線路

回路を開く（開電路）

回路を閉じる（關電路）

回路を通じる（通電路）

直列回路（直列電路）

並列回路（並列電路）

小型回路（小型電路）

真空管回路（真空管電路）

集積回路（集成電路）

回路計（電路測試器）

回路素子（電路元件）

回廊、廻廊〔名〕迴廊、長廊

空中回廊（空中走廊）

頤和園に回廊に佇む（佇立在頤和園的長廊上）

回禄〔名〕火神、火災

回禄の災い（回禄之災、火災）

回禄の難を遭う（遭受火災）

回向、廻向〔名、自サ〕迴向（把自己修得的功德轉給別人）、（為死者）祈冥福

回、曲〔名〕（山麓，河川，海岸等）彎曲處

回る、廻る〔自五〕轉，旋轉，迴轉，轉動、巡迴，巡視，周遊，遍歷，繞彎，繞道，迂迴、轉移、轉動、傳遞、輪流、發作、散發靈活，靈敏、達到各處，周到、（時間）已過、（運用資金）生利、轉職，調職

〔接尾〕（接某些動詞連用形下）表示在一守定範圍內移動

地球は太陽の周りを回る（地球繞太陽轉）

扇風機が回っている（電扇開著）

時計の長い針は一日に二十四回周り、短いのは二回回る（鐘錶的長針一天轉二十四圈短針轉兩圈）

警察が夜の町を回って歩く（警察晚上在街上巡邏）

華南地区を回って見学旅行する（周遊華南各地參觀旅行）

私は得意先を回って来る（我到顧客那裏去走走）

挨拶に回る（到各地去寒暄）

大きく右へ回る（往右繞大彎）

勝手口の方へ回って下さい（請繞到後門去吧！）

敵の背後に回る（繞到敵後）

帰りに社長の家へ回る（回來時到經理家繞一下）

上海を回って広州から北京に帰って来た（繞道上海從廣州返回北京）

船が岬を回る（船繞過海岬）

杯が回る（酒杯依次傳遞飛觴）
私の番が回って来た（輪到我的班了）
風が南へ回る（風向轉南）
書類が会計係へ回った（文件轉到會計科了）
其の品は遺失物係へ回っていた（該物已轉交給失物招領觸了）
毒が回った（毒性發作了）
此の酒は口当たりが柔らかいが、知らない間に段段回って来る（這酒喝著不衝可是不知不覺地醉人）
大分酒が回っている（頗有醉意了）
舌が回る（口齒流利）
知恵が回る（頭腦靈活）
口の（が）回らない子（口齒不伶俐的孩子）
長い間日本語を喋らなかったから、口が回らなく為って仕舞った
頭が良く回る（腦筋靈活）
手が回らない（顧不到）
気が回る（考慮周到、心細、機靈）
もう三時を回った（已經三點多鐘了）
儲けが一割に回る（有一成利）
彼は先月から会計係へ回っている（他從上個月已調到會計科了）
歩き回る（各處走動）
持ち回る（傳遞、輪流、拿到各處去）
急がば回れ（欲速則不達）
目が回る（眼花，頭暈，忙得團團轉）

回り、廻り、周り〔名〕轉，旋轉，轉動、走訪，巡視，巡迴、周圍，四周、繞道、附近、發作、蔓延；〔接尾〕（表示轉圈圈的次數）周圈，（比較大小粗細容量等）圈（根據十二地支，以十二年為一輪）一輪，十二年、經過，經由

歯車の回りが速い（齒輪轉得快）
年始回り（拜年）
御得意回り（走訪顧客）

役者が地方回りを為る（演員下鄉巡迴演出）
回りの人人（周圍的人們）
身の回り（身邊）
此の木の回りは二メートル有る（這棵樹有兩米粗）
テーブルの回りに座を占める（圍著桌子坐下）
池の回りを回る（環繞池子走動）
幾等か回りに為る（稍微繞腳）
其方へ行くと道は大変回りに為る（往那邊走就繞大彎了）
家の回りをうろつく（在房子附近徘徊）
此の回りは木が沢山有る（附近有許多樹）
酒は空き腹で飲むと、回りが速い（空腹喝酒容易醉）
毒の回りが速い（毒性發作得快）
火の回りが意外に速かった（火勢蔓延意外的快）
兄は私より一回り上です（我哥哥比我大十二歲）
西（東）回りの世界一周（經西東線繞世界一周）
上海回り広州へ赴く（經上海到廣州）

回り合わせ〔名〕運氣（=回り合わせ）
回り合わせが良い（運氣好）
回り合わせが悪い（不走運）
妙な回り合わせ（奇緣）

巡り合わせ〔名〕機緣、命運（=回り合わせ）
巡り合わせが良い（悪い）（命運好〔不佳〕）
妙な巡り合わせで又会った（由於機緣湊巧又遇見了）
失敗する様な巡り合わせに為っている（是註定要失敗的）
斯う言う巡り合わせだと思って諦め為さい（認為是命該如此而死心塌地）

回り縁〔名〕〔建〕四周的走廊

回り階段〔名〕螺旋式樓梯、旋梯

回り梯子〔名〕螺旋式樓梯、旋梯（＝回り階段）

回り気〔名〕多心、多疑、心眼多

回り諄い〔形〕迂迴的、兜圈子的、轉彎抹角的、囉嗦的

　回り諄い言い方を為る（拐彎抹角地說）

　回り諄い事は大嫌い（我很討厭不直接了當）

　回り諄い事を言うな（你不要轉彎抹角的）

　君の言う事は回り諄いな（你的話太囉嗦）

　話が有るならさっさと仰い、回り諄く言わないで（有話直說不要拐彎抹角！）

回り曲る〔自五〕蜿蜒曲折、彎彎曲曲

　回り曲った山道（蜿蜒曲折的山路）

回り双六〔名〕按骰子的點數升進的雙六遊戲

回りセンター〔名〕〔機〕活頂尖

回り継ぎ手〔名〕〔機〕旋轉接合、旋轉接頭

回り燈籠〔名〕走馬燈（＝走馬灯）

回り遠い〔形〕繞遠的、拐彎抹角的、不直接了當的（＝回り諄い）

　本道を行くと回り遠い（走正路繞遠）

　回り遠い話（不直接了當的說法）

回り番〔名〕輪班（＝輪番）、巡查值勤

　今日は私の回り番だ（今天輪到我的班了）

回り舞台〔名〕〔劇〕旋轉舞台

回りフック〔名〕〔機〕轉鉤

回り弁〔名〕〔電〕迴轉閥

回り回って〔連語〕繞了許多路（終於）、經過許多手（終於）、經過許多周折（最後）

　回り回って、漸く駅に辿り着いた（繞了許多路終於走到了火車站）

　其の字引は回り回って彼の手に入った（那本字典經過許多手終於落到他手裡）

　皆が断ったので、回り回って僕が其を引き受ける事に為った（大家都拒絕了繞來繞去終於由我承擔下來）

　廳て回り回って君の得に為るだろうよ（轉來轉去最後對你會有好處的）

回り道〔名、自サ〕繞道、繞路

　回り道（を）して来る（繞道而來）

　態と回り道して、彼と会うのを避ける（故意繞道避免和他見面）

　此の道は回り道に為る（這條路繞遠）

　余り回り道を為ない（不太繞道）

回り持ち〔名〕輪流掌管、輪流持有、輪流承擔

　回り持ちで当番する（輪流值班）

　金は天下の回り持ち（國寶流通）

回り廊下〔名〕迴廊

回れ右〔名〕向後轉

　相手が居留守を使ってから、仕方無く回れ右を為た（因對方假藉不在家只好向後轉了）

　回れ右（口令）向後轉！

回す、廻す〔他五〕轉，轉動，扭轉，傳遞，轉送，轉任，調職、各處活動，想辦法，運用，投資，貸放

〔接尾〕（接某些動詞連用形下）表示遍及四周

　車輪を回す（轉動車輪）

　独楽を回す（轉陀螺）

　体をくるりと回す（忽然扭轉身體）

　顔をぐるりと回す（把臉轉過去）

　船を回す（調轉船頭）

　ハンドルを回す（轉動方向盤）

　彼は後ろへ手を回して、自分の背骨を触って見た（他把手背過去摸了摸自己的背骨）

　杯を回す（傳遞酒杯、飛觴）

　読んで仕舞ったら、クラスの皆さんに回して下さい（您讀完了請傳給班裡的同學們）

　其の塩を此方へ回して頂けませんか（請您把鹽遞過來這裡好嗎？）

　書類を係へ回す（把文件傳給有關人員）

　車を会社へ回す（派車到公司去）

此の手紙を左記の宛先へ回して下さい（請將此信轉投下記地址）

彼は他の職場へ回された（他被調到別單位去了）

庶務係に回された（轉到總務科）

八方手を回す（四出奔走到處想辦法）

気を回す（猜疑、多心）

金を回す（運用資金）

資金を上手（有利）に回す（善於〔有利地〕運用資金）

余ったら、俺の方へ回せよ（有剩餘的話借給我）

屏風を立て回す（圍立屏風）

針金を張り回す（周圍攔上鐵絲）

目を回す（一時氣絕，昏厥、忙得團團轉）

回し、廻し〔名〕轉，旋轉、輪流，輪換、（可寫作）褌（相撲力士的）兜襠布（=褌）、斗篷（=回し合羽）；〔舊〕妓女一夜裡輪流接客數人

五人が一冊の本を回しで読む（五個人輪流讀一本書）

盤回し（〔雜技〕轉動盤子的特技，〔轉〕循環轉手互相授受）

回し飲み（輪流喝傳杯飛觴）

此の仕事は回しを締め直して掛からぬば無理だ（這項工作不鼓足勇氣做不行）

回しを取る（輪流接客）

回し褌〔名〕（相撲力士的）兜襠布

回し板、廻し板〔名〕〔機〕撥盤

回し柄、廻し柄〔名〕〔機〕搖柄撐臂

回し金、廻し金〔名〕〔機〕車床夾頭、制動爪

回し錐、廻し錐〔名〕牽錐、轆轤錐

回し鋸、廻し鋸〔名〕斜形狹圓鋸

回し文、廻し文〔名〕傳閱信、通報（=回章，廻章、回文，廻文）

回し者、廻し者〔名〕間諜、內奸（=間者、犬、スパイ）

回る、廻る、巡る〔他五〕循環、旋轉、巡遊、圍繞、繞行、輪到

因果は回る（因果循環）

円を描いて回る（畫個圓圈旋轉）

東京の名所を回り歩く（巡遊東京名勝）

春の京を回る（環遊春天的京都）

日本語問題を回る討論会（圍繞日語問題的討論會）

彼を回る三人の女（圍繞著他的三個女人）

新しい水路は山を回っている（新挖的水渠環繞著山）

今年も又命日が回って来た（今年的祭辰又來到了）

私の番が又回って来た（又輪到我的班了）

回り、廻り、巡り〔名〕循環、兜圈子、巡遊、遍歷、月經（=月役）

血の回りが悪い（血液循環不良）

月日の回り（日月循環）

池を一回りする（繞水池一周）

名所回りを為る（巡遊名勝）

池の回り（水池的周圍）

回り垣（圍牆）

廻（ㄏㄨㄟˊ）

廻〔漢造〕轉，旋轉，迴轉，轉動

低回、低廻（低頭徘徊）

転回、転廻（迴轉、迴旋、轉換）

回向、廻向（迴向〔把自己修得的功德轉給別人〕、〔為死者〕祈冥福）

回心、廻心（〔佛〕回心、改邪歸正〔皈依佛門〕）

廻航、回航〔名、自他サ〕到處航行、返航、（使船）駛往某港

修理の為高雄へ回航する（為了修理船隻開往高雄）

廻国、回国〔名、自サ〕周遊各國、巡遊全國。〔佛〕雲遊到各處巡禮（=回国巡礼）

諸国を回国して歩く（周遊各國、雲遊各地）

回国巡礼（到各處朝山拜廟、雲遊）

廻章、回章〔名〕〔舊〕傳閱的文件（通知）、回信（=返書）

回章を廻す（傳閱文件）

回章が廻って来た（傳閱的文件傳來了）

回章を読む（看回信）

廻文、回文〔名〕〔舊〕傳閱的文件（=回章、廻章、回し文、回覧状）

正唸倒唸都一樣的話（如〔田植歌〕-插秧歌。〔竹藪焼けた〕-竹林著火了）

廻状、回状〔名〕傳閱文件

関係者に回状を廻す（向有關人員傳閱文件）

廻心、回心〔名、自サ〕〔佛〕回心、改邪歸正（皈依佛門）（=回心）

廻旋、回旋〔名、自他サ〕廻旋、旋轉

回旋起重機（廻旋起重機）

回旋灯（廻旋燈）

回旋運動（廻旋運動）

回旋状（廻旋狀）

回旋曲（廻旋曲=ロンド）

廻船、回船〔名〕（運送旅客，貨物的沿岸航線船）駁船

江戸時代には回船が活躍した物だ（在江戸時代駁船曾大肆活躍）

回船問屋（駁船批發商、運輸船行）

廻送、回送〔名、他サ〕轉送，轉運、運送，輸送、跑空車

回送車（調頭車、回程空車）

宛名人が転居したので手紙を回送する（因收信人搬了家把信給轉過去）

農産物を都会へ回送する（把農産品運到城市）

廻漕、回漕〔名、他サ〕水路運輸

米を船で回漕する（用船運輸大米）

回漕船（運輸船）

回漕業者（水路運輸業者）

廻天、回天〔名〕回天、挽回頹勢

回天の偉業（扭轉乾坤的偉大事業）

回天の力（回天之力）

廻転、回転〔名、自サ〕旋轉、（資金）周轉

車輪が回転する（車輪轉動）

地球は太陽の周囲を回転する（地球圍繞太陽旋轉）

頭の回転が速い（頭腦轉得快、頭腦靈活）

機械が快調に回転する（機器的轉動情況良好）

プロペラを回転させる（使螺旋槳轉動）

球を回転させる（使球轉動、投旋轉球）

百八十度の回転を為る（轉了一個一百八十度的彎）

車の回転に依り走行距離を測る（根據車輪的旋轉計算行走的距離）

地球は約三百六十五日で太陽の周囲を一回転する（地球約用三百六十五日繞太陽一周）

自動車は道から飛び出し、二回転して崖下に落ちた（汽車衝出車道轉了兩轉就掉到山崖）

資金の回転を早める（加速資金的周轉）

回転資金（周轉資金）

回転率（周轉率）

回転椅子（轉椅）

回転運動（旋轉運動）

回転扉（ドア）（旋轉門轉門）

回転本立て（旋轉書架）

大回転（大轉彎、轉大彎）

回転軸（〔機〕回轉軸）

回転子（〔機〕轉輪轉動體）

回転界磁（〔電〕旋轉磁場）

回転儀（廻轉儀、陀螺儀=ジャイロスコープ）

回転鏡（〔理〕旋轉鏡、旋轉反射器）

回転計（轉速表）

回転結晶法（〔理〕周轉晶體法）

回転削岩機（迴轉鑿岩機）

回転座標（〔數〕旋轉座標）

回転散水機（旋轉灑水機）

回転式酸素転炉（〔冶〕旋轉氧氣轉爐）

回転式バーナ（迴轉式噴燒器）

回転スイッチ（旋轉開關、旋轉扳道器）

回転スペクトル（〔理〕轉動光譜）

回転テーブル（迴轉工作臺、轉台）

回転ドラム（轉筒、滾筒）

回転フライス（旋轉銑床）

回転バランコ（旋轉鞦韆、轉傘）

回転ポンプ（旋轉幫浦）

回転ミル（滾筒式磨機、翻轉碾壓機）

回転数（回轉數）

回転速度（轉速）

回転楕円体（〔數〕迴轉橢圓體、扁球體）

回転断続継電器（〔電〕旋轉斷續式繼電器）

回転継手（旋轉接頭、鉸鏈）

回転燈（燈塔旋轉燈）

回転能率（〔理〕轉動力矩）

回転半径（迴轉半徑）

回転火格子（旋轉爐筒）

回転篩（〔篩礦石等用〕旋轉篩）

回転分散（〔理〕旋光色散）

回転偏光（〔理〕迴轉偏振光）

回転変流器（〔電〕旋轉換流機）

回転盆（轉動大餐盤）

回転窓（旋轉拉窗）

回転木馬（〔體〕旋轉木馬）

回転翼（水平旋翼）

回転羅針儀（迴轉羅盤）

回転炉（轉爐）

廻附、回付、回附〔名、他サ〕送公文、遞交、移交、送交

書類の回付が遅れる（文件送晚了）

同件は下級裁判所に回付された（該案件已移交下級法院了）

支払人に回付する（送交付款人）

廻報、回報〔名〕覆函，回信、傳閱的文件

回報を出す（發出傳閱的文件）

廻米、回米〔名〕（從產地運來）上市的大米、（江戶時代）從各地運到江戶和大阪的大米

廻覧、回覧〔名、他サ〕傳閱。〔古〕巡視

通達を回覧に廻す（把通知送去傳閱）

隣近所で雑誌を回覧する（左鄰右舍傳閱雜誌）

回覧文庫（巡迴圖書館）

回覧板（傳閱板報巡迴板報）

廻流、回流〔名〕回流、迂迴的水流

廻廊、回廊〔名〕迴廊、長廊

空中回廊（空中走廊）

頤和園に回廊に佇む（佇立在頤和園的長廊上）

廻向、回向〔名、自サ〕迴向（把自己修得的功德轉給別人）、（為死者）祈冥福

廻る、回る〔自五〕轉，旋轉，迴轉，轉動、巡迴，巡視，周遊，遍歷，繞彎，繞道，迂迴，轉移，轉動、傳遞、輪流、發作，散發靈活、靈敏、達到各處，周到、（時間）已過、（運用資金）生利，轉職，調職

〔接尾〕（接某些動詞連用形下）表示在一守定範圍內移動

地球は太陽の周りを回る（地球繞太陽轉）

扇風機が回っている（電扇開著）

時計の長い針は一日に二十四回周り、短いのは二回回る（鐘錶的長針一天轉二十四圈短針轉兩圈）

警察が夜の町を回って歩く（警察晚上在街上巡邏）

華南地区を回って見学旅行する（周遊華南各地參觀旅行）

私は得意先を回って来る（我到顧客那裏去走走）

挨拶に回る（到各地去寒暄）

大きく右へ回る（往右繞大彎）

勝手口の方へ回って下さい（請繞到後門去吧！）

敵の背後に回る（繞到敵後）

帰りに社長の家へ回る（回來時到經理家繞一下）

上海を回って広州から北京に帰って来た（繞道上海從廣州返回北京）

船が岬を回る（船繞過海岬）

杯が回る（酒杯依次傳遞飛觴）

私の番が回って来た（輪到我的班了）

風が南へ回る（風向轉南）

書類が会計係へ回った（文件轉到會計科了）

其の品は遺失物係へ回っていた（該物已轉交給失物招領觸了）

毒が回った（毒性發作了）

此の酒は口当たりが柔らかいが、知らない間に段段回って来る（這酒喝著不衝可是不知不覺地醉人）

大分酒が回っている（頗有醉意了）

舌が回る（口齒流利）

知恵が回る（頭腦靈活）

口の（が）回らない子（口齒不伶俐的孩子）

長い間日本語を喋らなかったから、口が回らなく為って仕舞った

頭が良く回る（腦筋靈活）

手が回らない（顧不到）

気が回る（考慮周到、心細、機靈）

もう三時を回った（已經三點多鐘了）

儲けが一割に回る（有一成利）

彼は先月から会計係へ回っている（他從上個月已調到會計科了）

歩き回る（各處走動）

持ち回る（傳遞、輪流、拿到各處去）

急がば回れ（欲速則不達）

目が回る（眼花，頭暈，忙得團團轉）

廻り、回り、周り〔名〕轉，旋轉，轉動，走訪，巡視，巡廻，周圍，四周，繞道，附近，發作，蔓延

〔接尾〕（表示轉圈圈的次數）周圈、（比較大小粗細容量等）圈（根據十二地支，以十二年為一輪）一輪，十二年、經過，經由

歯車の回りが速い（齒輪轉得快）

年始回り（拜年）

御得意回り（走訪顧客）

役者が地方回りを為る（演員下鄉巡迴演出）

回りの人人（周圍的人們）

身の回り（身邊）

此の木の回りは二メートル有る（這棵樹有兩米粗）

テーブルの回りに座を占める（圍著桌子坐下）

池の回りを回る（環繞池子走動）

幾等か回りに為る（稍微繞腳）

其方へ行くと道は大変回りに為る（往那邊走就繞大彎了）

家の回りをうろつく（在房子附近徘徊）

此の回りは木が沢山有る（附近有許多樹）

酒は空き腹で飲むと、回りが速い（空腹喝酒容易醉）

毒の回りが速い（毒性發作得快）

火の回りが意外に速かった（火勢蔓延意外的快）

兄は私より一回り上です（我哥哥比我大十二歲）

西（東）回りの世界一周（經西東線繞世界一周）

上海回り広州へ赴く（經上海到廣州）

廻す、回す〔他五〕轉，轉動，扭轉，傳遞，轉送，轉任，調職，各處活動，想辦法，運用，投資，貸放

〔接尾〕（接某些動詞連用形下）表示遍及四周

車輪を回す（轉動車輪）

独楽を回す（轉陀螺）

体をくるりと回す（忽然扭轉身體）

顔をぐるりと回す（把臉轉過去）

船を回す（調轉船頭）

ハンドルを回す（轉動方向盤）

彼は後ろへ手を回して、自分の背骨を触って見た（他把手背過去摸了摸自己的背骨）

杯を回す（傳遞酒杯、飛觴）

読んで仕舞ったら、クラスの皆さんに回して下さい（您讀完了請傳給班裡的同學們）

其の塩を此方へ回して頂けませんか（請您把鹽遞過來這裡好嗎？）

書類を係へ回す（把文件傳給有關人員）

車を会社へ回す（派車到公司去）

此の手紙を左記の宛先へ回して下さい（請將此信轉投下記地址）

彼は他の職場へ回された（他被調到別單位去了）

庶務係に回された（轉到總務科）

八方手を回す（四出奔走到處想辦法）

気を回す（猜疑、多心）

金を回す（運用資金）

資金を上手（有利）に回す（善於〔有利地〕運用資金）

余ったら、俺の方へ回せよ（有剩餘的話借給我）

屏風を立て回す（圍立屏風）

針金を張り回す（周圍攔上鐵絲）

目を回す（一時氣絕，昏厥、忙得團團轉）

廻し、回し〔名〕轉，旋轉、輪流，輪換、（可寫作褌）（相撲力士的）兜襠布（＝褌）、斗篷（=回し合羽）

〔舊〕妓女一夜裡輪流接客數人

五人が一冊の本を回しで読む（五個人輪流讀一本書）

盤回し（〔雜技〕轉動盤子的特技，〔轉〕循環轉手互相授受）

回し飲み（輪流喝傳杯飛觴）

此の仕事は回しを締め直して掛からぬば無理だ（這項工作不鼓足勇氣做不行）

回しを取る（輪流接客）

廻し板、回し板〔名〕〔機〕拔盤

廻し柄、回し柄〔名〕〔機〕搖柄撐臂

廻し金、回し金〔名〕〔機〕車床夾頭、制動爪

廻し錐、回し錐〔名〕牽錐、轆轤錐

廻し鋸、回し鋸〔名〕斜形狹圓鋸

廻し文、回し文〔名〕傳閱信、通報（=回章，廻章，回文，廻文）

廻し者回し者〔名〕間諜、內奸（=間者、犬、スパイ）

廻る、回る、巡る〔他五〕循環、旋轉、巡遊、圍繞、繞行、輪到

因果は回る（因果循環）

円を描いて回る（畫個圓圈旋轉）

東京の名所を回り歩く（巡遊東京名勝）

春の京を回る（環遊春天的京都）

日本語問題を回る討論会（圍繞日語問題的討論會）

彼を回る三人の女（圍繞著他的三個女人）

新しい水路は山を回っている（新挖的水渠環繞著山）

今年も又命日が回って来た（今年的祭辰又來到了）

私の番が又回って来た（又輪到我的班了）

廻り、囘り、巡り〔名〕循環、兜圈子、巡遊、遍歷、月經（=月役）

　血の回りが悪い（血液循環不良）
　月日の回り（日月循環）
　池を一回りする（繞水池一周）
　名所回りを為る（巡遊名勝）
　池の回り（水池的周圍）
　回り垣（圍牆）

茴、茴（ㄏㄨㄟˊ）

　茴、茴〔漢造〕茴香（多年生草，仔可做香料，實可製油）
　茴香〔名〕〔植〕茴香
　　茴香油（茴香油）

蛔（ㄏㄨㄟˊ）

　蛔〔漢造〕蛔蟲（（寄生在小腸內的蠕形動物，像蚯蚓，從不潔的菜蔬傳入）
　蛔虫、回虫〔名〕蛔蟲
　　回虫が湧く（生蛔蟲）
　　回虫を駆除する（打蛔蟲）
　腹の虫〔名〕蛔蟲（=回虫）。〔轉〕心情，情緒、怒氣，火氣
　　腹の虫を駆除する（打蛔蟲）
　　腹の虫が収まらない（控制不住感情、忍不住火氣、不由得發火）
　　腹の虫が承知しない（控制不住感情、忍不住火氣、不由得發火）

悔（ㄏㄨㄟˇ）

　悔（有時讀作〝悔〞）〔漢造〕悔恨、悔悟、弔唁
　　後悔（後悔、懊悔）
　　懺悔（佛教上的懺悔讀作〝懺悔〞）（懺悔）
　悔過、悔過〔名〕悔過
　悔悟〔名、自他サ〕悔悟
　　悔悟の情（が）著しい（大有悔悟的表現）
　　罪を悔悟する（悔罪）
　　悔悟の兆しも無い（毫無悔改的跡象）
　悔恨〔名、自サ〕悔恨
　　悔恨の念に責められる（感覺十分後悔）
　　悔恨の情に堪えない（非常悔恨之至）
　　悔恨の様子は更に無い（毫無悔恨的表現）
　悔悛〔名〕悔過、悔改
　悔いる〔他上一〕後悔、懊悔
　　自分の軽はずみな行動を悔いる（對自己的輕率行動感到後悔）
　　今更悔いても始まらない（事到如今後悔也來不及了）
　悔い〔名〕後悔、懊悔
　　悔いを残す（後悔遺恨）
　　悔いを千載に残す（遺恨千古）
　悔い改める〔他下一〕悔改悔過
　　悔い改めれば罪は許される（如果悔改就得到寬恕）
　悔い改め〔名〕悔改、悔過
　　罪の悔い改めを為る（悔改改過自新）
　悔やむ〔他五〕後悔、懊悔、弔唁，哀悼
　　済んだ事を悔やんでも取り返しが付かない（已經過去的事情後悔也無濟於事）
　　人の早死にを悔やむ（哀悼別人死得過早）
　悔やみ、悔み〔名〕後悔，懊悔、弔唁，哀悼（的話）
　　失敗が悔やみと為って心に残る（失敗變成悔恨遺留在心中）
　　（御）悔やみに行く（弔喪去）
　　悔やみを述べる（表示哀悼）
　悔み状〔名〕弔唁信（=悔み文）
　悔しい、口惜しい〔形〕令人悔恨的、令人氣憤的、遺憾的、窩心的
　　奴に馬鹿に為れたと思うと実に悔しい（想到受到那傢伙的愚弄真窩囊！）

彼処で決心しなかった事が悔しい（在當時沒有下決心真遺憾！）

悔しさ〔名〕悔很
　悔しさの余り（悔恨之餘）

悔しがる、口惜しがる〔自五〕感到悔恨、令人遺憾
　地団太踏んで悔しがる（想到受到那小子愚弄真窩囊！）
　悔しがって涙を流す（懊悔得流淚）

悔し泣き、口惜し泣き〔名、自サ〕悔恨而哭
　悔し泣きに泣いた（悔恨得哭了）

悔し涙、口惜し涙〔名〕悔恨的眼淚
　悔し涙を流す（悔恨得掉下眼淚）
　悔し涙に暮れる（直流悔恨的眼淚）

悔し紛れ、口惜し紛れ〔名、形動〕由於悔恨（氣憤）而失去理智
　悔し紛れに噛み付く（由於十分氣憤而大肆攻擊）
　悔し紛れに悪口を言う（由於十分氣憤罵起人來）

毀（ㄏㄨㄟˇ）

毀〔漢造〕毀損、毀傷、敗壞
　破毀、破棄（廢棄，廢除，取消，撤銷）

毀棄〔名、他サ〕〔法〕毀棄、破壞
　毀棄罪（毀棄罪、破壞罪）

毀傷〔名、他サ〕毀傷、損傷（=損傷）

毀損、棄損〔名、自他サ〕損壞（=損傷）
　道具を毀損する（損壞工具）
　名誉を毀損する（破壞名譽）
　体面を毀損する（丟臉）
　此の自尊心の毀損を恢復しようと試みた（試圖要恢復這失去了的自尊心）

毀誉〔名〕毀譽
　彼に対しては毀誉相半ばする（對他毀譽參半）
　毀誉褒貶（毀譽褒貶）

　毀誉褒貶を意に掛けない（不管人們指指點點）

毀れる〔自下一〕損壞
　刃が毀れる（刀刃缺了）

毀つ〔他五〕毀壞（=毀す、壞す）

毀れる、壞れる〔自下一〕壞、碎、倒塌、故障、破裂
　ガラスが粉々に毀れる（玻璃打得粉碎）
　毀れない様に扱う（注意拿放免得弄壞）
　地震で家が毀れた（因為地震房子倒塌了）
　電話が毀れている（電話壞了）
　テレビが毀れた（電視機故障）
　橋が毀れていて危険だ（橋壞了危險）
　其の縁談は毀れて終った（那件親事已吹了）
　其の計画は毀れて終った（那個計畫失敗了）

毀れ、壞れ〔名〕碎片，斷片、破碎或毀壞的程度
　ガラスの毀れ（破玻璃片）
　毀れが酷で直し様が無い（毀壞得很厲害沒辦法修復）

毀れ物、壞れ物〔名〕碎（壞）了的東西、易碎品
　毀れ物を片付ける（把碎了的東西收拾起來）
　毀れ物,取り扱い注意（易碎品注意裝卸）

毀す、壞す〔他五〕弄壞、弄碎、毀害、損害、傷害、破壞
　小屋を毀す（拆棚子）
　錠前を毀してドアを開ける（弄壞鎖頭把門打開）
　茶碗を粉々に毀した（把碗打得粉碎）
　健康を毀す（損害健康）
　酒は胃を毀す（酒能傷胃）
　過労の為体を毀した（因為過勞損壞了身體）

ㄏ

食べ過ぎで腹を毀す（吃太多把肚子吃壞了）
機械を毀して見る（把機器拆開來看）
計画を毀す（破壞計畫）
下手を遣って折角の縁談を毀して終った（出了紕漏把好不容易的親事給吹了）
纏まり掛けた話を毀して終った（把眼看就要談妥的談判給破壞了）

誨（ㄏㄨㄟˇ）

誨〔漢造〕教誨
　教誨、教戒、教誡（教誨、訓誡、訓諭）
　訓誨（訓誨、訓諭）
誨淫〔名〕誨淫
　誨淫の書（淫書）
誨諭〔名〕教誨、訓誨

慧、彗（ㄏㄨㄟˋ）

慧、彗〔漢造〕智慧，才智，聰明。〔佛〕智慧
　慧悟（慧悟）
　慧敏（慧敏）
　智慧、知恵（智慧，智能、腦筋、主意）
　戒定慧（佛道修行的三個要目）
慧眼〔名、形動〕慧眼、目光銳利
　慧眼な人（目光銳利的人）
　慧眼の士（慧眼之士）
　彼は世慣れた慧眼で人の腹の底を見透かした（他用老於世故的慧眼看透人的肺腑）
慧眼〔名〕〔佛〕慧眼

諱、諱（ㄏㄨㄟˋ）

諱、諱〔漢造〕言語回避為諱、避諱
諱〔名〕諡，諡號，諱，死者生前的名字，（身分高貴的人生前的）本名
　諱を贈る（贈與諡號）

穢、穢、穢（ㄏㄨㄟˋ）

穢、穢、穢〔漢造〕污穢髒汙醜惡
　汚穢、汚穢（污穢、髒東西、尿糞、大小便）
　穢草、穢草（雜草）
　穢悪、穢悪、穢悪（厭煩、厭惡）
　穢濁、穢濁（汙濁）
　穢徳、穢徳（惡德）
穢多、穢多〔名〕〔史〕穢多、賤民（明治以前，位於士農工商以下，社會上遭受歧視的所謂"賤民"明治四年以後廢除這個稱號、現已成禁忌）
穢土〔名〕〔佛〕穢土、紅塵、現世↔浄土
穢い、汚い〔形〕骯髒的、卑鄙的、醜陋的、不整潔的、吝嗇的↔清い
　穢い手（髒手）
　穢い身形（骯髒的穿著）
　穢い足で家に上がる（拖著骯髒的腳進屋子）
　台所を穢くする（把廚房弄髒）
　見るに堪えない穢さ（髒得難看）
　穢い戦争（骯髒的戰爭）
　穢い関係（骯髒的關係）
　穢い爆弾（骯髒的炸彈 – 指產生大量放射線的氫彈）
　穢い言い掛り（卑鄙的藉口）
　心の穢い人（心地卑鄙的人）
　報酬を望むとは穢い（想要報酬太卑鄙了）
　穢い手を使って勝つ（施展卑鄙手段取勝）
　穢い字（不工整的字）
　部屋が穢い（屋子不整潔）
　穢い話（下流的話）
　穢い言葉（粗野的言詞）
　食事中そんな穢い事を言うな（吃飯時候少說那樣噁心的話）
　金に穢い人（吝嗇的人）

金持ちは皆金に穢い（有錢的人都是吝嗇鬼）

金遣いが穢い（花錢小氣）

金の事を言うと穢いから止せ（一提起錢就小氣別提了）

穢らしい、汚らしい〔形〕顯得骯髒的、令人欲嘔的、卑鄙無恥的

台所が迚も穢らしい（廚房顯得很髒）

穢らしい恰好（邋邋遢遢的樣子）

穢らしい了見（卑鄙的想法）

何と言う穢らしさだ（該多麼卑鄙！）

穢らしがる、汚らしがる〔他五〕感覺骯髒、覺得卑鄙

穢れる、汚れる〔自下一〕污染，弄髒、不道德、失去貞操，受姦污，（喪期，產後，經期等）身子不乾淨

穢れた一生（骯髒的一生）

悪習に染まって心が穢れる（沾染了惡習心就骯髒了）

穢れた金を受け取るな（不要接受不義之財）

穢れた身体（不純潔〔失去貞操〕的身體）

彼女は穢れていない（她是個貞潔的女人）

穢れ、汚れ〔名〕骯髒，污穢、不純潔、（喪期，產期等）身體不潔、月經、〔宗〕紅塵

穢れの無い白一色の服装（沒有污點的一色白衣服）

心の穢れ（心靈的腐朽醜惡）

穢れを知らない純真な子供（未沾染惡習的天真的孩子）

此の世の穢れに染まる（染上紅塵）

穢す、汚す〔他五〕弄髒，污染（＝汚す）、損傷，敗壞、奸污、污辱、〔謙〕忝居，忝列

美しい着物を穢す（弄髒美麗的衣服）

幼児の純真な心を穢す（污染了幼兒純潔的心靈）

学校の名を穢さない様に頑張る（為了不沾污學校的名聲而奮鬥）

其は国家の体面を穢す行為だ（那種行為有損國家的體面）

末席を穢す（忝列末席）

大学教授の末席を穢している（忝居大學教授的席位）

穢らわしい、汚らわしい〔形〕污穢的、骯髒的、討厭的、卑鄙的、猥褻的

穢らわしい物（不乾淨的東西）

穢らわしい金（臭錢、不義之財）

穢らわしい話（下流話）

買収等と言う穢らわしい手を使うな（不要採取收買之類的卑劣手法）

そんな話を聞くも穢らわしい（那種話聽起來好噁心）

奴の名前なんか口に為るのも穢らわしい（提起那傢伙的名字都覺得討厭）

穢い〔形〕污穢不堪的（＝穢らしい、汚らしい）

穢い家ですが…（這是粗簡的家…）

穢苦しい〔形〕骯髒的、簡陋的

此処は何と穢苦しい事か（這裡真夠髒啊！）

穢苦しい処ですが、何卒御上がり下さい（地方又髒又亂，請進來坐一下）

会、会（會）（ㄏㄨㄟˋ）

会〔名，漢造〕會、會議、集會、相會、領會、時機、計算

会を開く（開會）

会に入る（入會）

会に参加する（參加會議）

会が御流れに為る（會流產了）

園遊会を催す（舉行園遊會）

哲学を研究する会を作った（組織了一個哲學研究會）

同窓会（同窗會）

機会（機會）

面会（見面、會面）

再会（再會、再見、重逢）

ㄏ

ㄏ

際会（際遇、遭遇、面臨）
来会（到會、蒞會）
参会（到會、出席會議）
大会（大會、全會）
例会（例會）
宴会（宴會）
密会（密會、幽會）
集会（集會）
終会（散會、會議結束）
照会（訊問、函詢）
商会（商行、公司）
議会（議會、國會）
貴会（貴會）
国会（國會、議會）
協会（協會）
教会（教會、教堂）
夜会（晚會）
総会（總會、大會、全會）
司会（主持會議、掌握會場的人）
市会（市議會）
詩会（詩社）
開会（開會）
閉会（閉會）
散会（散會）
入会（入會、參加團體）
退会（退會）
脱会（退會）
音楽会（音樂會）
展覧会（展覽會）
委員会（委員會）
同好会（同好會）
研究会（研究會）
学会（學會學社）

社会（社會、世間、領域）
都会（都市、城市）

会す〔自五〕集合、會合、會面（＝会する）
〔他五〕糾合、把…集合在一起、領會

会する〔自サ〕集合、會合、會面（＝会す）
〔他サ〕糾合、把…集合在一起、領會
会する聴衆多数（到會的聽眾很多）
一堂に会する（會聚一堂）
町は両河の会する処に在る（市街位於兩河會合處）
一点に会する（會於一點）
意を会する（會意）

会意〔名〕會意，會心，如願，（漢書六書之一）會意

会飲〔名〕會合飲酒

会員〔名〕會員
会員を募集する（招募會員）
会員を募る（徵求會員）
学会の学会に（と）為る（成為學會的會員）
会員を辞する（辭去會員）
会員に推薦される（被推舉為會員）
会員を制限する（限制會員）
会員の資格を失う（失去會員的資格）
会員の資格を復活する（恢復會籍）
会員制に為っている（採取會員制）
会員名簿（會員名冊）

会歌〔名〕（某會的）會歌

会館〔名〕會館
市民会館（市民會館）

会規〔名〕會規、會章
会規を作る（制定會規）
会規を守る（遵守會章）

会期〔名〕會期
展覧会の会期は一個月である（展覽會的會期是一個月）

2396

会期を延長する（延長會期）

会議〔名、自サ〕會議

会議を開く（舉行會議）
会議の記録を取る（作會議的紀錄）
院長は今会議中です（院長正在開會）
会議を為る（開會）
会議を催す（開會、召開會議）
会議の運営（主持會議）
問題を会議の席に持ち出す（把問題拿到會議桌上）
皆で会議して決めよう（大家開會決定吧！）
会議録（會議錄）

会計〔名〕會計、算帳、帳款、付款、帳目、帳房、出納

一般会計（普通會計）
特別会計（特別會計）
会計を勤める（當會計）
旅行の会計を引き受ける（擔任旅行的會計工作）
会計係（會計員）
会計課（會計科）
会計学（會計學）
会計士（會計師）
会計事務（會計工作）
会計年度（會計年度）
会計を為て下さい（請開帳單、請算帳）
会計は僕が為て置く（帳款由我來付）
酒の会計は割勘だ（酒錢大家均攤）
御会計だよ（給我算帳！）
会計を調べる（清查帳目）
会計が合わない（帳目不合）
会計は何処ですか（出納在哪哩？）
会計に前借を頼む（到會計科去借支）
会計に行って給料を受け取る（到會計處去領工資）
私には会計が許さない（我花不起）

会稽の恥〔連語〕會稽之恥、一生難忘的奇恥大辱

会稽の恥を雪ぐ（雪會稽之恥）

会見〔名、自サ〕會面、接見

歴史的会見（歷史性的會面）
院長との会見を申し込む（約會和院長會面）
首相に会見を申し入れる（請求會見首相）
会見を許す（允許會面）
会見を拒む（拒絕會見）
総理が代表団と会見する（總理會見代表團）
会見談（訪問記）
会見の広間（接見大廳）

会合〔名、自サ〕聚會，集會。〔化〕分子的締結。〔天〕（行星等的）會合

同級生の会合を催す（舉行同班同學的聚會）
私的な会合（私人的聚會）
会合する地点（聚會的地點）
会合周期（〔天〕會合周期）

会誌〔名〕會刊

会社〔名〕公司、商社

親会社（總公司）
子会社（分公司）
株式会社（股份有限公司）
建築会社（建築公司）
会社を設立する（開設公司）
会社が潰れる（公司倒閉）
会社に勤める（在公司裡工作）
会社を辞める（辭去公司）
会社を創立する（創辦公司）

会社を解散する（解散公司）

此の会社には社員が百人以上居る（這個公司有職員一百多人）

会社の定款（公司的章程）

会社重役（公司的董監事）

会社員（公司職員）

会社荒し（詐騙公司的流氓）（=会社ごろ）

会社ごろ（ごろ是無賴的轉化）（以威脅公司詐騙財物為慣例的流氓）

会主〔名〕會的主人、會的主辦人

会衆〔名〕到會的群眾、與會的人們

会衆は堂に溢れた（到會者擠滿了會場）

会衆は少数であった（與會者寥寥無幾）

会所〔名〕集會的場所（=集会所）、（江戸時代）交易所，街公所

碁会所（集會下圍棋的地方）

会商〔名、自サ〕會談、交涉、談判

中日会商（中日會談）

会場〔名〕會場

会場を借りる（借用會場）

会場に入る（進入會場）

座談会の会場は二階に在る（座談會的會場在二樓）

会場を埋める大衆（擠滿會場的群眾）

会場係（會場負責人）

会場芸術（供展覽用的藝術作品）

会食〔名、自サ〕聚餐

友人と会食の約束を為る（與友人約會聚餐）

昼の会食の際に相談する（在中午聚餐時商量）

全員揃って会食（を）為る（全體人員一起聚餐）

会心〔名〕滿意、得意

会心の笑みを浮かべる（面露滿意的笑容）

会心の作（得意之作）

会心の友（知心朋友）

会席〔名〕（為吟詩，作歌等的）集會場所、宴席，酒席

会席料理（〔用漆盤按份布置的〕豐盛宴席）

会席膳（盛菜用的無腳漆盤）

会戦〔名、自サ〕〔軍〕（大兵團的）會戰，交戰。〔拳擊〕比賽，交鋒

特設のリングで両選手が会戦する事に為った（兩個選手決定在特設的拳擊場上進行比賽）

会葬〔名、自サ〕參加葬禮、送殯

告別式に会葬する者数千（參加告別式的人有幾千人）

会葬者（參加殯儀者）

会則〔名〕會的規則、會的章程

会則を守る（遵守會章）

会則を作る（制定會章）

会則を破る（違背會章）

会談〔名、自サ〕會談，面談、（特指外交等的）談判

三国会談（三國會談）

会談を打ち切る（停止會談）

首相が米国大使と会談を行う（首相與美國大使舉行會談）

各党首が集まって会談する（各黨派領導人集會商談）

会長〔名〕會長

会長を選挙する（選舉會長）

会長に推される（被推選為會長）

会長に就任する（就任會長）

会頭〔名〕（工商會，協會等的）會長

商工会議所会頭（工會聯合會會長）

当協会は西村博士を会頭に戴いている（本協會推舉西村博士為會長）

会同〔名、自サ〕集會、聚會

会堂〔名〕集會廳，會場、（教會的）教堂

公会堂（公眾集會廳）

会読〔名、他サ〕集體閱讀討論
　　会読会（讀書會）
会費〔名〕會費
　　会員は会費を納める義務が有る（會員有繳納會費的義務）
　　会費を出す（交會費）
　　会費未納者（未交會費者）
会報〔名〕會報、會訊
　　研究会の会報（研究會的會報）
会務〔名〕會務
　　会務を処理する（處理會務）
会盟〔名〕集會締結盟約
会友〔名〕會友、會員
会流〔名、自サ〕合流、匯流
　　会流点（匯流點）
　　其の町は両川の会流点が在る（那個城鎮位於兩個合流的會合點）
会話〔名、自サ〕會話、談話、對話
　　会話読本（會話教材）
　　会話を練習する（練習會話）
　　日本語の会話を習っている（正在學習日語會話）
　　France語の会話がぺらぺらだ（法語會話非常流利）
　　会話を交わす（互相對話、交談）
　　会話を始める（開始交談）
　　会話文（〔文章中的〕對話部分）
　　会話体（會話體、白話體、口語體）
会〔漢造〕相會、（佛教上的）聚會、省悟，理解、繪
　　法会（〔佛〕法會、法事）
　　斎会（〔佛〕〔聚集僧尼施齋的〕齋會、法會）
　　節会（〔古〕節宴－古代封建朝廷於節日或重要日子舉行的宮廷宴會）
　　聖霊会（聖靈降臨節）
　　図会（圖冊、畫冊）
絵、画〔名〕畫、圖畫、繪畫、（電影，電視的）畫面
　　色刷りの絵（彩色印畫）
　　絵を描く（畫畫）
　　随分古い絵だ（非常古老的畫、很老的影片）
　　絵がはっきりしない（畫面不清楚）
　　絵の様な黄山（風景如畫的黃山）
　　絵が上手だ（善於畫畫）
　　絵が下手だ（不善於畫畫）
　　絵が分る（懂得畫、能鑑賞畫）
　　絵が分らない（不懂得畫、不能鑑賞畫）
　　風景を絵に為る（把風景畫成畫）
　　絵に書いた様に美しい（美麗如畫）
　　絵に書いた餅で飢えを凌ぐ（畫餅充飢）
　　絵模様（繪紋飾）
　　絵地図（用圖畫標示的地圖）
　　油絵（油畫）
　　影絵影画（影畫、剪影畫）
　　影絵芝居（影戲、皮影戲）
　　写絵、映絵（寫生的畫、描繪的畫、剪影畫、〔舊〕相片，幻燈）
　　移絵（移畫印花、印花人像）
　　掛絵（掛的畫）
　　挿絵（插畫繪圖）
　　下絵（畫稿、底樣、〔請帖，信紙，詩籤等上的〕淺色圖畫）
　　浮世絵（浮世繪－江戸時代流行的風俗畫）
　　屏風絵（屏風畫）
　　風刺絵（諷刺畫）
江〔名、漢造〕水灣，海灣，湖泊（＝入江）。〔古〕河，海
　　入り江、入江（海灣）
　　難波江（大阪附近的難波灣）

ㄏ

え 〔名〕樹枝（=枝）
　松が枝（松枝）
　梅が枝（梅枝）

えだ 〔名〕樹枝←→幹、分支、（人獸的）四肢
　太い枝（粗枝）
　細い枝（細枝）
　梅一枝（一枝梅花）
　枝下ろし（打ち）（修剪樹枝）
　枝を折る（折枝）
　枝を揃える（剪枝）
　枝もたわわに実る（果實結得連樹枝都被壓彎了）
　枝川（支流）
　枝道（岔道）
　枝の雪（螢雪、苦讀）
　枝を交わす（連理枝）
　枝を鳴らさず〔喻〕天下太平

え 〔名〕柄、把
　傘の柄（傘柄）柄絵江枝餌荏重会恵慧
　斧の柄（斧柄）
　柄を挿げる（安柄）
　柄を挿げ替える（換柄）
　柄の長い柄杓（長柄勺）
　柄の無い所に柄を挿げる（強詞奪理）

がら 〔名〕體格，身材、品格、身分、花樣，花紋
〔漢造〕表示身分，品格，身分、表示適應性，適合性
　柄が小さい（身材小、小個兒）
　柄の大きい子供（身材魁梧的孩子、高個兒的孩子）
　柄が悪い（人品不好）
　柄の良い人（人品好的人）
　柄に無い（不合身分的、不配的）
　柄に無い事を為る（不要做自己不配做的事）
　そんな事を為る柄ではない（不配做那樣的事）
　彼は君の細君と言う柄じゃない（她不配做你的妻子）
　人を批評する柄じゃない（他沒有批評人的資格）
　専門家等と言える柄ではない（不配稱為專家）
　着物の柄（衣服的花樣）
　流行の柄（流行的花樣）
　派手な柄だ（鮮豔的花樣）
　柄が綺麗だ（花樣很漂亮）
　地味な柄（樸素的花樣）
　生地はどんな柄でも有る（布的花樣什麼樣的都有）
　人柄（人格、人品）
　家柄（家世、門第）
　場所柄を弁えない（不管什麼場所）
　時節柄も弁えない（也不管什麼時候）
　欧米には欧米の土地柄が有る（歐美有歐美地方的特色）

えさ 〔名〕餌，餌食（=餌）。〔轉〕誘餌，引誘物
　魚が餌に掛かる（魚上鈎）
　釣針に餌を付ける（把餌安在鈎上）
　兎に餌を遣る（餵兔子）
　鶏が餌を漁る（雞找食吃）
　金を餌に為て騙す（以金錢作誘餌來欺騙）

えさ 〔名〕餌食。〔轉〕誘餌。〔俗〕食物
　魚に餌を遣る（餵魚）魚魯魚魚
　金を餌に為る（以金錢為誘餌）
　景品を餌に客を釣る（以贈品為誘餌招來顧客）
　餌が悪い（吃食不好）
　餓鬼に餌を遣れ（給孩子點吃的吧！）

え 〔接尾〕（接在數詞下）重、層

一重（單層、單衣）

八重（八層、多層）

紐を二重に掛ける（把繩子繞上兩圈）

会陰〔名〕〔解〕會陰（＝蟻の門渡り）

会陰裂傷（會陰裂傷）

会厭〔名〕〔解〕會厭（＝喉豆、喉頭蓋）

会厭軟骨（會厭軟骨）

会下、会下〔名〕〔佛〕（禪宗，淨土宗）隨師修行處、（自己沒有寺院，寄居僧舍的）掛單和尚

会式〔名〕〔佛〕佛事，法會（狹義指日蓮宗於十月十三日舉行的佛事）

会者定離〔名〕〔佛〕會者定離（沒有不散的宴席）

生者必滅会者定離（生者必滅會者定離）

会釈〔名、自他サ〕點頭，打招呼、〔佛〕（尤指對法門難義的）理會，融會貫通、〔古〕體貼，照顧

軽く会釈する（微微點頭）

会釈を交わす（互相點頭〔打招呼〕）

彼は通りすがりに私に一寸会釈した（他從我身邊走過時對我打了個招呼）

一寸位会釈が有っても良い筈だ（應該微微打個招呼才是）

遠慮会釈も無く税金を取り立てる（毫不客氣地徵收稅金）

会得〔名、他サ〕領會、體會

会得し易い（容易領會）

会得し難い（難以領會）

此の用法は簡単には会得出来ない（這種用法不能輕易領會）

会符、絵符〔名〕（掛在行李上的）行李牌（＝荷札）

会う、遇う、逢う、遭う〔自五〕遇見、碰見、見面、遭遇

学生時代の友人と道で偶然会った（在路上偶然和學生時代的朋友碰見了）

意外な処で会う（在意想不到的地方遇見）

何処で何時に会いましょうか（在甚麼地方幾點鐘見面呢？）

今日の夕方御会いし度いのですが、御都合は如何ですか（今天傍晚想去見您不知方不方便）

誰も来ても今日は会わない（今天誰來都不見）

夕立に遭ってすっかり濡れて終った（碰上了陣雨全身都淋濕了）

交通事故に遭って約束の時間に遅れて終った（碰上了交通事故沒有按約會時間趕到）

逢うた時に笠を脱げ（遇上熟人要寒暄、遇到機會要抓住）

会うは別れの始め（相逢為離別之始、比喻人生聚散無常）

合う〔自五〕適合，合適、一致，相同，符合，對、準，準確，合算，不吃虧

〔接尾〕（接動詞連用形下）一塊…。一同…。互相…

体に合うかどうか、一度着て見た方が良い（合不合身最好先穿一穿試試）

此の靴は私の足に合う（這雙鞋我穿著正合適）

此の眼鏡は私の目に合わなくなった（這副眼鏡我戴著不合適了）

性が合う（對胃口）

合わぬ蓋有れば合う蓋有り（有合得來的也有合不來的）

此の訳文は原書の意に合わない（這個譯文和原文意思不合）

彼の人と私とは意見が良く合う（他和我意見很相投）

君の時計は合っているか（你的錶準嗎？）

答えがぴったり合った（答案整對）

計算が如何しても合わない（怎麼算也不對）

割の合わない仕事（不合算的工作）

百円では合はない（一百塊錢可不合算）

そんな事を為ては合わない（那樣做可划不來）

ㄏ

彼等は予定の時刻に停車場で落ち合った（他們按預定時間在停車場見了面）

学び合い、助け合う良い気風を発揮する（發揚副互相學習互相幫忙的優良作風）

話し合う（會談、協商）

皆で待ち合おう（大家一塊等吧！）

互いに腹を探り合う（互相測度對方心理）

分らない所を教え合う（不明白的地方互相學習）

会わす、合わす〔他五〕引見、介紹（＝会わせる、合わせる）←→離す

会わせる、合わせる〔他下一〕引見、介紹
友人を親に会わせる（把朋友引見給父母）
君に会わせる顔が無い（我沒臉見你）
腹を会わせる（同心協力）

彗（ㄏㄨㄟˋ）

彗〔漢造〕手所持掃地用的編排的竹枝為彗、掃把、彗星、掃把星

彗星〔名〕〔天〕彗星、掃把星（＝箒星）
ハレー彗星（哈雷彗星）
彗星の尾（彗星的尾巴）
彗星の如く現れ、彗星の如く消える（突然出現又倏忽消逝）
政界の彗星（政界中突然顯露頭角的人物）

惑星〔名〕行星←→恒星。前途不可限量的人（＝ダークホース）
惑星系統（行星系統）
惑星ロケット（星際火箭）
惑星間物質（行星際物質）
惑星歳差（行星歲差）
惑星狀星雲（行星狀星雲）
政界の惑星（政界的黑馬）

恒星〔名〕恆星←→惑星
恒星年（月、日、時）（恆星年〔月、日、時〕）
恒星図（星圖）
恒星表（星表）
恒星系（恆星系）
恒星光行差（恆星光行差）
恒星干渉計（恆星干涉儀）

晦（ㄏㄨㄟˋ）

晦〔漢造〕月末、昏暗、不明顯
韜晦（韜光養晦，隱才不外露、隱匿，躲藏）

晦日、晦日〔名〕（每月最後一天）晦日

晦日、三十日〔名〕（某月的）三十日、每月最後一天（＝晦）←→1日
晦日に決算する（月底結帳）
晦日払い（月底付款）

晦渋〔名、形動〕晦涉、難懂
極めて晦渋な表現（非常難懂的表現）
漢語を矢鱈に使った晦渋な文章（胡亂使用漢語的難懂文章）

晦冥〔名〕昏暗
天地晦冥咫尺を弁ぜず（天昏地暗咫尺莫辨）

晦、晦日〔名〕（月隱り之意）（農曆的）月底，月末（＝晦，晦日、晦日、三十日）←→1日

晦、晦日〔名〕（關西方言）（陰曆的）月底、月末（＝晦，晦日、晦日、三十日）←→1日

晦ます、暗ます〔他五〕隱藏，隱蔽（＝隠す）、蒙蔽，欺瞞（＝誤魔化す）
行方を晦ます（把行蹤隱藏起來）
人の目を晦ます（掩人耳目、乘人不注意時）

恵、惠（惠）（ㄏㄨㄟˋ）

恵、惠〔漢造〕恩惠、聰明、智慧
恩恵（恩惠、好處、恩賜）
慈恵（慈惠、慈善）
仁恵（仁惠）
特恵（特別優惠）

知恵、智慧（智慧，智能、腦筋、主意）

恵贈〔名、他サ〕（信）惠贈（=恵投、恵与）

　御恵贈の御品（惠贈的禮品）

　御恵贈に与る（承蒙惠贈）

　御恵贈賜る（承蒙厚賜）

恵存、恵存〔名〕惠存（主要用於贈送物品時寫在上款下面）

恵沢〔名〕恩惠、恩澤（=恵み、情け）

　恵沢に浴す（沐恩）

恵投〔名、他サ〕（信）惠賜、惠贈

　御不用の図書を御恵投下さい（請惠賜不用的圖書）

　貴殿の御恵投を感謝する（感謝您的惠贈）

恵与〔名、他サ〕賜予，給予、（信）惠賜，惠贈

恵胡海苔〔名〕〔植〕牛毛石花菜（紅藻類的海藻）

恵比寿、恵比須〔名〕財神爺（七福神之一）

　恵比寿講（〔舊曆十月二十日商人〕祭財神=恵比寿祭り）

　恵比寿顔、恵比須顔（笑臉）←→閻魔顔

　彼の人は何時も恵比寿顔を為ている（他總是笑容滿面）

　借りる時の恵比寿顔、返す時の閻魔顔（借錢笑嘻嘻還時繃著臉）

夷、狄、戎、蛮〔名〕夷狄、野蠻人、魯莽武士，蝦夷（〝愛奴族〟蔑稱=蝦夷、蝦夷）

恵方、吉方〔名〕（根據當時干支算出的）吉利方位←→塞がり

　恵方参り（正月初一到吉利方位的神社參拜）

恵む、恤む〔他五〕同情，憐憫、施捨，救濟

　貧民に恵む（救濟貧民）

　どうか恵んで下さい（請周濟周濟吧！）

　乞食に金を恵む（施捨錢給乞丐）

恵み〔名〕恩惠，恩澤、周濟，施捨

　恵みを垂れる（施恩）

　自然の恵みを受ける（受到大自然的恩澤）

　恵みの雨（及時雨、慈雨）

　人の恵みで暮らしている（靠別人的施捨過日子）

お恵み〔名〕（恵み的鄭重說法）恩惠、恩賜、施捨

　お恵みに縋っている（靠施捨過日子）

恵まれる〔自下一〕（恵む的被動形）受到恩賜、被惠予、富有

　恵まれた人（得天獨厚的人）

　天気に恵まれる（天公作美、遇到好天氣）

　資源に恵まれる（有豐富的資源）

　彼は恵まれた生活を為ている（他過著富裕的生活）

　家庭的に恵まれなかった人（家庭並不富裕〔和睦〕的人）

絵、絵（繪）（ㄏㄨㄟˋ）

絵〔漢造〕畫、繪畫

絵画〔名〕畫、繪畫

　絵画を掛ける（掛畫）

　絵画を学ぶ（學畫）

　絵画文字（象形文字）

　絵画館（繪畫館）

　絵画展覧会（畫展）

絵事〔名〕繪畫、有關繪畫的事、繪畫之道

絵、画〔名〕畫、圖畫、繪畫、（電影，電視的）畫面

　色刷りの絵（彩色印畫）

　絵を描く（畫畫）

　随分古い絵だ（非常古老的畫、很老的影片）

　絵がはっきりしない（畫面不清楚）

　絵の様な黄山（風景如畫的黃山）

　絵が上手だ（善於畫畫）

　絵が下手だ（不善於畫畫）

　絵が分る（懂得畫、能鑑賞畫）

　絵が分らない（不懂得畫、不能鑑賞畫）

ㄏ

風景を絵に為る（把風景畫成畫）
絵に書いた様に美しい（美麗如畫）
絵に書いた餅で飢えを凌ぐ（畫餅充飢）
絵模様（繪紋飾）
絵地図（用圖畫標示的地圖）
　油絵（油畫）
　影絵影画（影畫、剪影畫）
　影絵芝居（影戲、皮影戲）
　写絵、映絵（寫生的畫、描繪的畫、剪影畫、〔舊〕相片，幻燈）
　移絵（移畫印花、印花人像）
　掛絵（掛的畫）
　挿絵（插畫繪圖）
　下絵（畫稿、底樣、〔請帖，信紙，詩籤等上的〕淺色圖畫）
　浮世絵（浮世繪－江戶時代流行的風俗畫）
　屏風絵（屏風畫）
　風刺絵（諷刺畫）

江〔名、漢造〕水灣，海灣，湖泊（＝入江）。〔古〕河，海
　入り江、入江（海灣）
　難波江（大阪附近的難波灣）

枝〔名〕樹枝（＝枝）
　松が枝（松枝）
　梅が枝（梅枝）

枝〔名〕樹枝↔幹、分支、（人獸的）四肢
　太い枝（粗枝）
　細い枝（細枝）
　梅一枝（一枝梅花）
　枝下ろし（打ち）（修剪樹枝）
　枝を折る（折枝）
　枝を揃える（剪枝）
　枝もたわわに実る（果實結得連樹枝都被壓彎了）
　枝川（支流）
　枝道（岔道）
　枝の雪（螢雪、苦讀）
　枝を交わす（連理枝）
　枝を鳴らさず（〔喻〕天下太平）

柄〔名〕柄、把
　傘の柄（傘柄）柄絵江枝餌荏重会恵慧
　斧の柄（斧柄）
　柄を挿げる（安柄）
　柄を挿げ替える（換柄）
　柄の長い柄杓（長柄勺）
　柄の無い所に柄を挿げる（強詞奪理）

柄〔名〕體格，身材，品格，身分，花樣，花紋
〔漢造〕表示身分，品格，身分，表示適應性，適合性
　柄が小さい（身材小、小個兒）
　柄の大きい子供（身材魁梧的孩子、高個兒的孩子）
　柄が悪い（人品不好）
　柄の良い人（人品好的人）
　柄に無い（不合身分的、不配的）
　柄に無い事を為る（不要做自己不配做的事）
　そんな事を為る柄ではない（不配做那樣的事）
　彼は君の細君と言う柄じゃない（她不配做你的妻子）
　人を批評する柄じゃない（他沒有批評人的資格）
　専門家等と言える柄ではない（不配稱為專家）
　着物の柄（衣服的花樣）
　流行の柄（流行的花樣）
　派手な柄だ（鮮豔的花樣）
　柄が綺麗だ（花樣很漂亮）
　地味な柄（樸素的花樣）

生地はどんな柄でも有る（布的花樣什麼樣的都有）

人柄（人格、人品）

家柄（家世、門第）

場所柄を弁えない（不管什麼場所）

時節柄も弁えない（也不管什麼時候）

欧米には欧米の土地柄が有る（歐美有歐美地方的特色）

餌〔名〕餌，餌食（＝えさ）。〔轉〕誘餌，引誘物

魚が餌に掛かる（魚上鈎）

釣針に餌を付ける（把餌安在鈎上）

兎に餌を遣る（餵兔子）

鶏が餌を漁る（雞找食吃）

金を餌に為て騙す（以金錢作誘餌來欺騙）

餌〔名〕餌食。〔轉〕誘餌。〔俗〕食物

魚に餌を遣る（餵魚）魚看魚魚

金を餌に為る（以金錢為誘餌）

景品を餌に客を釣る（以贈品為誘餌招來顧客）

餌が悪い（吃食不好）

餓鬼に餌を遣れ（給孩子點吃的吧！）

重〔接尾〕（接在數詞下）重、層

一重（單層、單衣）

八重（八層、多層）

紐を二重に掛ける（把繩子繞上兩圈）

会〔漢造〕相會、（佛教上的）聚會、省悟，理解、繪

法会（〔佛〕法會、法事）

斎会（〔佛〕〔聚集僧尼施齋的〕齋會、法會）

節会（〔古〕節宴－古代封建朝廷於節日或重要日子舉行的宮廷宴會）

聖霊会（聖靈降臨節）

図会（圖冊、畫冊）

絵合わせ、絵合せ〔名、自サ〕賽畫（古時分兩組比賽繪畫和畫上所寫和歌的一種遊戲）

絵入り〔名〕有插圖、帶圖

絵入り新聞（有插圖的報紙）

絵入りで説明して有る（有插圖說明）

絵印〔名〕繪畫落款用的印章

絵団扇〔名〕彩繪團扇

絵漆、画漆〔名〕泥金畫用的漆

絵描き、画描き、絵かき〔名〕畫家，畫匠。〔古〕繪畫術

彼の人は絵描きです（他是個畫家）

絵紙〔名〕（供小孩玩的）彩色畫紙

絵柄〔名〕圖案、圖樣、花樣

絵柄が良い（花樣新穎）

絵看板〔名〕廣告畫

絵絹〔名〕繪畫用的絹

絵記録〔名〕圖片紀實

絵組〔名〕圖案

絵心〔名〕想畫畫的心情、繪畫才能、繪畫欣賞力

絵心が湧く（動く）（想要畫畫）

此の子は絵心が有る（這孩子有繪畫天分）

絵詞〔名〕畫冊、畫冊的解說詞

絵暦〔名〕帶畫的曆書、（供文盲用的）圖畫曆書（＝盲暦）

絵探し、絵捜し〔名〕畫謎、玩畫謎

絵探しを判じる（猜畫謎）

絵皿〔名〕調和溶解顏料的器皿、畫上繪畫的器皿

絵師、画師〔名〕（原指在宮中供職的）畫師、畫家、畫匠

絵図〔名〕圖、（房屋，庭園等的）平面圖（＝絵図面）

絵図を引く（繪圖）

絵図引き（繪圖、製圖員）

絵図面（圖面、〔舊〕〔土地房屋等的〕平面圖）

絵姿〔名〕畫像、肖像（＝肖像画）

絵簾 [名] 畫簾

絵双六 [名] 帶畫面的陞官圖（黑白各十五個的）遊戲

絵双紙、絵草紙 [名]（江戶時代）帶圖畫的時事小冊（=瓦版）、（江戶時代）繪畫通俗小說（=絵双紙、絵草紙）、浮世繪彩色版畫（=錦絵）、圖畫戲報（=絵本番付）

絵像、画像 [名] 畫像、肖像

絵空事 [名] 幻想畫、幻想，虛構，玄虛，誇張

絵凧 [名] 彩畫風箏←→字凧

絵地図 [名] 用圖畫標示的地圖

絵付け、絵付 [名]（在陶瓷器上）畫影畫（在上釉前畫的叫下絵付け、在上釉後畫的叫上絵付け）

絵解き [名] 說明畫意（的人）、用圖畫說明
　絵解きを為て聞かせる（講解圖畫〔給孩子聽〕）

絵所 [名] 日本舊時掌管朝廷繪畫及宮廷裝飾的官府、在繪場供職的畫家、畫佛像的畫家

絵取る [他五] 彩繪，上色，著色（=彩る）、描（毛筆）字

絵謎 [名] 畫謎

絵日記 [名] 文字加圖畫的日記

絵の具 [名] 繪圖顏料
　絵の具を塗る（塗顏料上顏色）
　絵の具を溶かす（化開顏料）
　水彩絵の具（水彩畫顏料）
　絵の具の用法（著色髪）
　油絵の具（油畫顏料）
　絵の具箱（顏料盒）
　絵の具皿（調色盤）

絵羽 [名]（日本婦女盛裝用的）大花和服外衣（=絵羽羽織）
　絵羽織（〔日本婦女盛裝用的〕大花和服外衣）（=絵羽羽織）
　絵羽羽織（〔日本婦女盛裝用的〕大花和服外衣）
　絵羽模様（〔婦女和服縫製後形成一幅〕完整的圖案或大彩花）

絵刷毛 [名] 繪畫用的刷子

絵葉書 [名] 圖畫明信片、風景明信片

絵肌、絵膚 [名]〔美〕對畫面的感受、素材題材的效果（=マチエール matière 法）

絵話 [名]〔古〕利用畫片講故事（的一種曲藝）

絵日傘 [名] 花陽傘

絵櫃 [名] 彩繪有蓋圖盒（在節日盛點心及豆飯用）

絵符、会符 [名] 行李牌（=荷札）

絵札 [名] 花牌（如撲克牌中的KQJ）
　絵札で無いカード（素牌）card

絵仏師 [名] 從事佛像製作彩繪的職業畫家

絵筆 [名] 畫筆、繪畫筆（=画筆）
　絵筆に親しむ（愛畫畫）

絵踏み、絵踏 [名] 腳踩基督像（=踏み絵）（江戶時代嚴禁耶穌教，為了測驗是否為教徒，令人腳踏基督像）

絵本 [名] 圖畫書、漫畫書、兒童畫、（江戶時代的）繪畫通俗小說〔絵双紙絵草紙〕

用圖畫介紹劇情，並附有演員名字，和扮演腳色的戲報（=絵本番付）

絵馬 [名]（為了許願或還願而奉獻的）匾額（常畫有圖馬故名）
　願解きの絵馬（還願的匾額）
　絵馬を奉納する（獻納匾額）

絵巻（物）[名] 畫卷、卷軸
　絵巻物を広げる（攤開畫卷）

絵筵 [名] 織花草蓆（=花筵）

絵文字 [名]（比象形文字更早的）繪畫文字、代替文字的符號或圖形、代替文字的畫

絵物語 [名] 繪圖故事、有插圖的小說、連環畫

絵様 [名] 圖案、畫稿

絵蠟燭 [名] 彩繪蠟燭

彙（ㄏㄨㄟˋ）

彙 [漢造] 匯、匯合
　語彙（語彙）
　字彙（字彙、字典）

彙報〔名〕（分類的）匯編，匯報、簡訊
　学会の彙報を刊行する（出版學會的匯報）
　彙報欄（短篇報導專欄、簡訊欄）

彙類〔名〕同類、同等貨色

賄（ㄏㄨㄟˋ）

賄〔漢造〕賄賂
　収賄（受賄）←→贈賄
　贈賄（行賄）

賄賂〔名〕賄賂
　賄賂を使う（行賄）
　賄賂を遣る（行賄）
　賄賂を受ける（受賄）
　彼等には賄賂が利かない（他們不受賄賂）
　賄賂で買収する（用賄賂收買）
　選挙人に賄賂を贈る（給選舉人送賄）
　賄賂事件（賄賂事件）

賄う〔他五〕供給，供應、供給伙食、提供，籌措，維持
　五十人前の昼食を賄う（供給五十人的午餐）
　国家が奨学金を賄って呉れる（國家提供獎學金）
　食事は会社から賄われる（伙食由公司供給）
　必要な物は大抵此処で賄える（必要的東西差不多都能在這裡備置）
　毎月十万円で一家を賄う（每月用十萬日圓維持全家）
　少ない費用で賄う（用少量費用維持）

賄い、賄〔名〕伙食、供給伙食（的人）
　賄い付き下宿（包伙食的公寓）
　賄い無しの下宿（不包伙食的公寓）
　賄いが良い（伙食好）
　百人前の賄いを為る（供給一百人份的伙食）

　賄い所（輪船的艙面廚房）
　賄い費（伙食費）
　賄い方（廚師、供給伙食的人）

賄、賂〔名〕餽贈（禮品）、賄賂（＝賄賂）
　賄を使う（行賄）
　賄を受け取る（受賄）

歓（歡）（ㄏㄨㄢ）

歓〔漢造〕歡、歡樂
　歓を尽くす（盡歡）
　交歓、交驩（聯歡）
　合歓（交歡、男女同床）
　旧歓（過去的歡樂）

歓会〔名〕歡聚、歡樂的聚會
　今宵の歓会（今宵的歡聚）

歓喜〔名、自サ〕歡喜、歡樂、快樂（＝歓び、慶び、喜び、悦び）←→悲哀
　歓喜に堪えない（不勝歡喜）
　試合に勝って全員歓喜する（比賽獲勝全體人員皆大歡喜）
　歓喜の余り泣き出す人も居る（也有人過於歡喜而流淚的）
　歓喜に胸を躍らせる（歡喜得心直跳）
　歓喜に我を忘れる（快樂得忘掉自我）

歓喜〔名〕〔佛〕歡喜、快樂（＝法悦）
　歓喜天（〔佛〕歡喜天、歡喜佛－象頭人身，有單身佛和雙身佛兩種，雙身佛呈男女相擁姿態）

歓迎〔名、他サ〕歡迎←→歓送
　投稿歓迎（歡迎投稿）
　歓迎の辞（歡迎辭）
　歓迎を受ける（受歡迎）
　観光団を歓迎する（歡迎觀光團）
　心から歓迎する（衷心歡迎）
　大いに歓迎する（熱烈歡迎）

余り歓迎されない客（不大受歡迎的客人）
歓迎の言葉を述べる（致歡迎詞）
歓迎の意を表す（表示歡迎之意）
歓迎の手を差し伸べる（伸出歡迎之手）
何処へ行っても歓迎される（到處受到歡迎）
歓迎会を開く（開歡迎會）
歓迎者（歡迎者）
歓迎委員（接待委員）

歓呼〔名、自サ〕歡呼
歓呼の声を上げる（發出歡呼聲）
戦友の生存の報に歓呼する（為戰友健在的消息而歡呼）
満場歓呼の嵐であった（全場響起了暴風雨般的歡呼）
選手がファンの歓呼に答える（選手答謝粉絲的歡呼）

歓語〔名〕歡語、高興的談話

歓娯〔名〕歡娛、娛樂

歓心〔名〕歡心
歓心を買う（討人歡心、令人歡喜、對別人好）

歓声〔名〕歡呼聲
歓声が起こった（起了歡呼聲）
大歓声が上がった（歡呼聲大起）
歓声を上げる（發出歡呼聲）
歓声と一緒に拍手の音を響いて来た（與歡呼聲同時響起掌聲）
歓声耳を聾する許りである（歡呼聲震耳欲聾）
勝利の報に歓声を揚げる（為勝利通知發出歡呼聲）

歓送〔名、他サ〕歡送←→歡迎
歓送の会を開く（開歡送會）
ドイツに留学する友人を歓送する（歡送友人到德國留學）

歓送会（歡送會）

歓待、款待〔名、他サ〕款待、熱情招待
歓待を受ける（受款待）
文化使節を歓待する（款待文化使節）

歓談〔名、自サ〕歡談、暢談
友と歓談する（與友人暢談）
歓談に時を忘れる（因暢談忘掉了時間）

歓天喜地〔名〕歡天喜地、非常高興

歓楽〔名〕歡樂、快樂
歓楽を追う（追逐快樂）
歓楽に酔う（陶醉於歡樂）
歓楽の生活（快樂的生活）
人生の歓楽（人生的快樂）
歓楽を尽くす（盡情歡樂）
歓楽を求める人（追求快樂的人）
歓楽の夢から覚める（從快樂的夢中醒來）
歓楽に溺れては為らぬ（不要沉溺於歡樂）
歓楽極まって哀情多し（樂極生悲）
歓楽街（歡樂街、熱鬧街－影院劇院飯館等集中的鬧市）（＝盛り場）

歓ぶ、慶ぶ、喜ぶ、悦ぶ〔他五〕歡喜、高興、喜悅
友達の成功を喜ぶ（為朋友成功而高興）
喜んで貴方の為に尽力します（樂意為您效勞）
喜んで然う致します（我很高興那樣做）
彼は何でも喜んで引き受ける（無論什麼他都欣然接受）
彼等はどんなに喜ぶ事でしょう（他們該多麼高興啊！）
此の贈り物は誰にも喜ばれるでしょう（這個贈品誰都會歡喜的）

歓び、慶び、喜び、悦び〔名〕高興，歡喜，喜悅，愉快←→悲しみ。祝賀、道喜、喜事、喜慶
喜びに堪えない（不勝歡喜）

心の喜びを押さえ切れない（按捺不住內心的喜悅）

喜びを表に現す（喜形於色）

目に喜びの色が現れる（眼神裡露出喜色）

顔に喜びの色を浮かべる（喜形於色）

彼女の胸は喜びに躍っている（她高興得心口直跳）

一同に代って御喜びを申し上げます（謹代表大家向您祝賀）

御病気御全快との事、心から御喜びを申し上げます（得知您已痊癒致以衷心的祝賀）

隣の家に御喜びが有る（鄰家有喜事）

御二人の御結婚の御喜びの標に、アルバムを御贈りします（敬贈相簿一本以誌結婚之喜）

かん 環（ㄏㄨㄢˊ）

環〔漢造〕環、環狀、環繞

　円環（環形物）

　光環、光冠（〔天〕日冕）

　鉄環（鐵環、鐵圈）

　金環（金指環）

　金環食（〔天〕日環蝕）

　循環（循環）

　衆人環視（眾目睽睽）

環化〔名〕〔化〕環狀化

環海〔名〕環海

　四面環海の島国（四面環海的島國）

環境〔名〕環境

　環境衛生（環境衛生）

　環境が悪い（環境不好）

　人間は環境に左右され易い（人容易被環境所左右）

　人間は環境に支配されて成長する（人受環境的支配而成長）

　悲惨な環境に負けない（不向悲慘的環境屈服）

　環境に適応する（適應環境）

　此処は休養に持って来いの環境です（這裡是最好的休養環境）

　良い環境で育った子（在好的環境中培養的孩子）

　其は環境の罪だ（那是環境的罪過）

　子供の教育には環境が大切だ（環境對孩子的教育很重要）

　環境科学（環境科學）

　環境庁（環境廳－防止公害的政府機構）

　環境権（環境權－為了享受到好的環境居民對環境的侵害所持有的排除權）

環形動物〔名〕〔動〕（蚯蚓，水蛭等）環節動物

環孔材〔名〕〔植〕環孔材

環視〔名、他サ〕環視

　衆人環視の的と為る（成為眾矢之的）

　衆人環視の中を堂堂と進む（在眾目睽睽下威然前進）

　衆人環視の中で失態を演じた（在眾目睽睽下丟臉死了）

環式化合物〔名〕〔化〕環狀化合物

環周〔名〕包圍。〔機〕環面，周圍

　環周損失（〔透平機的〕環面損失）

環礁〔名〕〔地〕環狀珊瑚礁

環状〔名〕環狀、環形

　環状の道路（環形道路）

　環状管（〔解〕環形管）

　環状星雲（〔天〕環狀星雲）

　環状緑地（環形綠地）

　環状エステル（〔化〕環狀酯）

　環状岩脈（〔地〕環狀岩牆）

　環状筋（〔解〕環狀肌）

　環状炭化水素（〔化〕環烴）

　環状除皮（〔植〕環割）

　環状線（環形線、東京山手線電車）

ㄏ

環節〔名〕（蚯蚓，蜈蚣等的）環節
　環節動物（環節動物）

環帶〔名〕〔動〕體環

環虫類〔名〕〔動〕環節動物（＝環形動物）

環分析〔名〕〔化〕環分析

環壁〔名〕環形牆壁、火山的火口壁（＝火口壁）

環、輪〔名〕環，圈、環節、車輪
　桶の環（桶箍）
　環を画く（畫圈）
　鉄の環を付ける（按上鐵環）
　此の腕輪の環少し小さい（這鐲子的圈稍微小點）
　煙草の煙を環を吹く（吸菸噴煙圈）
　木の下に大きく環に為って座る（圍成大圈坐在樹下）
　切り離す事の出来ない三つの環（不可分離的三個環節）
　車の環が回る（車輪旋轉）
　環を掛ける（大一圈、更厲害、變本加厲）
　息子は私に環を掛けた慌て者だ（我的孩子比我還魯莽）
　環に環を掛けて言う（誇大其辭）

環、鐶、手纏〔名〕（指玉石戒指，玉鐲等裝飾品）環、玉環

和〔名〕和、和好、和睦、和平、總和←→差
〔漢造〕（也讀作和）溫和、和睦、和好、和諧、日本
　和を乞う（求和）
　和を申し込む（求和）
　夫婦の和（夫婦和睦）
　人と人の和を図る（謀求人與人間的協調）
　和を講じる（講和）
　地の利は人の和に如かず（地利不如人和）
　二と三の和は五（二加三之和等於五）
　二数の和を求める（求二數之和）
　三角形の内角の和は二直角である（三角形內角之和等於二直角）
　柔和（溫柔、溫和、和藹）
　温和（溫和、溫柔、溫暖）
　緩和（緩和）
　違和（違和、失調、不融洽）
　平和（和平、和睦）
　不和（不和睦、感情不好）
　同和（同和教育）
　協和（協和、和諧、和音）
　講和（講和、議和）
　付和雷同（隨聲附和）
　清和（清和、陰曆四月）
　共和（共和）
　中和（中和）
　調和（調和）
　飽和（飽和）
　唱和（一唱一和）

和、倭〔名〕日本、日本式、日語
　和菓子（日本點心）
　和風（日本式）
　和英辞典（日英辭典）
　漢和（漢日）
　独和（德日）

和、我、吾〔代〕〔古〕我（＝我。私）
〔接頭〕〔古〕你
　和子（公子）
　和殿（你）（對男性的稱呼）

還、還（ㄏㄨㄢˊ）

還（也讀作還）〔漢造〕返還
　生還（生還，活著回來、〔棒球〕回到本壘板）
　往還（往來、來往的大路）
　返還（歸還）
　帰還（返回、反饋）
　帰還、饋還（〔電〕反饋，回授）

送還（送還、遣還）

償還（償還）

還城樂（模仿西域人吃蛇的舞 - 雅樂，古樂，太食調，一人舞）（=還蛇樂）

還却〔名、他サ〕歸還（=還付）

還御〔名、自サ〕（用於日皇，太后，皇后）還駕、回宮←→出御

還啓〔名、自サ〕〔舊〕（用於太皇，太后，皇太后，皇后，皇太子）還駕、回宮

御還啓を迎える（迎接還駕）

還鄉、還郷〔名、自サ〕回鄉、返鄉（=帰郷）、錦的別稱

還元〔名、自他サ〕還原、返回、原樣

利益を還元する（使利益還原）

当初の状態に還元する（還原為原先的狀態）

間接還元法（間接還原法）

元素に還元する（還原為元素）

酸化鉄を還元すると鉄が出来る（氧化鐵一還原就成為鐵）

化合物は其の元素に還元される（化合物還原為其元素）

還元炎（還原焰）

還元鉄（還原鐵）

還元法（還原法）

還元分裂（還原分裂）

還元装置（還原裝置）

還元剤（〔化〕還原劑）

還元米（〔對把自用糧上繳的農戶〕政府發的配給米）

還幸〔名、自サ〕（日皇的）還駕、回宮（=還御）

無事皇居に還幸された（平安返回皇宮）

還送〔名、他サ〕送還、遣還

前線から還送されて来る還送患者（從前線歸來的遣返病人）

還付〔名、他サ〕歸還、退還

領土の還付（歸還領土）

海外資産を還付する（歸還海外資產）

還付金（還付款）

還流〔名、自サ〕回流，倒流，逆流。〔地〕（赤道海流分出的）暖流回流

資金の還流（資金的回流）

還流冷却器（回流冷却器）

還流式噴霧器（回流式噴霧器）

還暦〔名〕還曆、花甲、滿六十歲（=本卦帰り）

還暦の御祝い（慶祝六十歲誕辰）

還俗〔名、自サ〕（僧人）還俗

尼僧が還俗する（尼姑還俗）

還任、還任〔名、自サ〕回任（=再任）

還る、帰る、返る〔自五〕回來、回去、歸還、還原、恢復

家に帰る（回家）

里（田舎）に帰る（回娘家〔鄉下〕）

もう直ぐ帰って来る（馬上就回來）

今帰って来た許りです（剛剛才回來）

御帰り為さい（你回來了 - 迎接回家的人日常用語）

生きて帰った者僅かに三人（生還者僅三人）

朝出たきり帰って来ない（早上出去一直沒有回來）

帰らぬ旅に出る（作了不歸之客）

帰って行く（回去）

とっとと帰れ（滾回去！）

来客が返り始めた（來客開始往回走了）

君はもう返って宜しい（你可以回去了）

元に返る（恢復原狀）

正気に返る（恢復意識）

我に返る（甦醒過來）

本論に返る（回到主題）

元の職業に返る（又做起原來的職業）

ㄏ

貸した本が返って来た（借出的書歸還了）
年を取ると子供に返る（一上了年紀就返回小孩的樣子）
悔やんでも返らぬ事です（那是後悔也來不及的）
一度去っても再び帰らず（一去不復返）

変える〔他下一〕改變、變更、變動

方向を変える（改變方向）帰る 返る 還る 孵る 反る 蛙
位置を変える（改變位置）替える 換える 代える
主張を変える（改變主張）
内容を変える（改變内容）
態度を変える（改變態度）
顔色を変える（變臉色）
名前を変える（改名）
遣り方を変える（變更作法）
規則を変える（更改規章）
禿山を水田に変える（把禿山變為水田）
敵味方の形勢を変える（轉變敵我的形勢）
局面を変える（扭轉局面）
手を変える（改變手法、換新花招）
手を変え品を変え説きを勧める（百般勸說）

代える、換える、替える〔他下一〕換，改換，更換、交換、代替，替換

〔接尾〕（接動詞連用形後）表示重、另

医者を換える（換醫師）
六月から夏服に換える（六月起換夏裝）
此の一万円札十枚に換えて下さい（請把這張一萬日元的鈔票換成十張一千日元的）
彼と席を換える（和他換坐位）
布団の裏を換える（換被裡）
書面を以て御挨拶に代えます（用書面來代替口頭致辭）

簡単ですが此れを以て御礼の言葉に代えさせて戴きます（請允許我用這幾句簡單的話略表謝忱）
書き換える（重寫）
着換える（更衣）

孵る〔自五〕孵化

雛が孵った（小雞孵出來了）
此の卵は幾等暖めても孵らない（這個蛋怎麼孵也孵不出小雞來）
鶏の卵は二十一日間で雛に孵る（雞蛋經二十一天就孵成小雞）

反る〔自五〕翻（裡作面）（=裏返る）、翻倒，顛倒，栽倒（=引っ繰り返る）

〔接尾〕（接動詞連用形下）完全、十分

紙の裏が反る（紙背翻過來）
徳利が反る（酒瓶翻倒）
舟が反る（船翻）
漢文は下から上に反って読む（漢文要從底下反過來讀）
静まり反る（非常寂靜、鴉雀無聲）
呆れ反る（十分驚訝、目瞪口呆）

鐶（ㄏㄨㄢˊ）

鐶〔漢造〕金屬製的環為鐶
鐶、環、手纏〔名〕（指玉石戒指，玉鐲等裝飾品）環、玉環

緩（ㄏㄨㄢˇ）

緩〔漢造〕緩、不急

弛緩、弛緩（弛緩、鬆弛、渙散、無力、衰弱）
緩解〔名、自他サ〕〔醫〕病勢緩和、（使）緩和，（使）鬆緩
緩急〔名〕緩急，快慢、危急

事の緩急に応じて（根據情況的緩急）
音楽の緩急に合わせて踊る（按著音樂快慢跳舞）
緩急自在（緩急自在）

一旦緩急の際（一旦危急之際）
緩急の場合は、此の書類を持ち出して下さい（一旦有情況請把這個文件帶走）

緩球〔名〕〔棒球〕慢球←→速球

緩下剤〔名〕〔醫〕緩瀉劑

緩傾斜〔名〕緩斜坡

緩行〔名、自サ〕緩行、徐行
緩行車（慢行車）
地盤が緩んでいるので列車が緩行する（由於地基鬆軟火車慢行）

緩徐〔形動〕徐緩、緩慢
緩徐な曲（緩慢的曲子）
漸次緩徐に（逐漸緩慢地）
緩徐楽章（緩慢樂章）

緩衝〔名、他サ〕緩衝
緩衝作用（緩衝作用）
緩衝袋（緩衝袋）
緩衝板（緩衝板）
緩衝弁（緩衝活塞）
緩衝液（緩衝液）
緩衝溶液（緩衝溶液）
緩衝剤（緩衝劑）
緩衝柱（緩衝柱）
緩衝管（緩衝管）
緩衝回路（緩衝迴路）
緩衝国（緩衝國）
緩衝器（緩衝器）
緩衝地帯（緩衝地帶）
緩衝装置（緩衝裝置）

緩性現像液〔名〕慢性顯影劑

緩染剤〔名〕〔化〕阻滯劑

緩速〔名〕慢速、低速
緩速機関（低速發動機）
緩速濾過法（慢速過濾法）
緩速車線（慢行車線）

緩速剤（〔理〕緩速劑）
緩速物質（〔理〕低速物質－如重水、石墨等）

緩怠〔名、形動〕怠慢（=等閑）、過失、過錯（=咎、過失）、簡慢、失禮（=不届き、無礼）
緩怠を詫びる（認錯、道歉）
緩怠至極（無理之極）

緩歩〔名、自サ〕緩步

緩慢〔名、形動〕緩慢、不嚴厲、遲滯、蕭條
緩慢な動作（緩慢的動作）
緩慢の水の流れ（緩慢的水流）
病勢は緩慢と為ていたが、急に変わって来た（本來病勢很緩慢但突然發生了變化）
そんなに緩慢な遣り方を為れては困る（那麼緩慢地作法可不行）
処置が緩慢過ぎる（處置過於溫和）
商況の緩慢な時期（商情呆滯的時期）
緩慢な時期と繁忙な時期（蕭條期和繁忙期）
近頃の市場は誠に緩慢だ（近來市場十分蕭條）

緩流〔名〕緩流←→急流

緩和〔名、自他サ〕緩和
寒気が緩和すると共に（隨著冷空氣的減弱）
交通事情を緩和する（緩和交通混亂情況）
制限を緩和する（放寬限制）
強硬な要求を緩和する（緩和強硬的要求）
住宅の増築で住宅難が緩和された（由於新建了住宅房荒緩和了）
緩和時間（〔理〕鬆弛時間）

緩火、微温火〔名〕慢火、文火、微火（=とろ火）
緩火で煮る（用微火燉）

緩褌〔名〕鬆弛的兜襠布。〔轉〕邋遢，懶散

緩い、弛い〔形〕鬆的，不緊的、不嚴的、緩慢的，不急的，不陡的，稀的，不濃的

ㄏ

靴が緩い（鞋肥大）
紐の結び方が緩い（繩繫得鬆）
帯が緩い（帶子鬆）
帽子が緩い（帽子大）
緩い調子（徐緩的調子）
緩いspeed（慢速）
緩いcurve（慢彎）
緩い坂（緩坡）
取り締まりが緩い（管理不嚴）
緩い粥（稀粥）
水で緩く溶く（用水稀釋）
便が緩い（便稀）

緩む、弛む〔自五〕鬆弛，鬆懈，鬆動、緩和、放寬、放慢、變稀，軟化、疲軟
 糸が緩む（線鬆弛了）
 ベルト緩んだ（帶子鬆了）
 機械のボルトが緩んだ（機械的螺栓鬆動了）
 仕事が一段落して気が緩む（工作告一段落精神鬆懈了）
 努力が緩む（鬆勁）
 寒さがめっきり緩んで来た（冷勁大見緩和了）
 制限が緩む（限制放寬）
 バターが緩む（黃油軟化了）
 便が緩む（便稀瀉肚）
 相場が緩む（行市疲軟）

緩み、弛み〔名〕鬆弛、弛緩、鬆懈
 気の緩み（疏忽）
 心の緩み（粗心馬虎）
 心に緩みを覚える（感覺精神鬆懈）
 緩み無く働く（不鬆懈地工作）

緩ぶ、弛ぶ〔自四〕（古時緩ぶ，許す同語源）鬆弛、鬆懈、鬆動、緩和、放寬、放慢、變稀、軟化、疲軟（=緩む）

緩まる、弛まる〔自五〕緩和、鬆弛、弛緩（=緩む）
 寒さが緩まる（冷勁緩和）
 警戒が緩まる（警惕鬆弛）

緩める、弛める〔他下一〕放鬆、鬆懈、鬆弛、緩和、放寬、放慢、稀釋
 紐の結び目を緩める（把繩結放鬆）
 心を緩める（鬆懈）
 気を緩める（疏忽）
 警戒を緩める（放鬆警惕）
 speedを緩める（放慢速度）
 攻撃の手を緩める（緩和攻擊）
 取締りを緩める（放寬管理）
 湯で緩める（用熱水稀釋）

緩やか〔形動〕緩慢、緩和、寬鬆、寬大、寬闊、舒暢
 風が緩やかに吹く（風徐徐吹來）
 緩やかな流れ（緩慢的河流）
 緩やかにカーブする道（慢彎的道路）
 傾斜の緩やかな坂（慢坡陡度小的坡）
 制限を緩やかに為る（放寬限制）
 緩やかな気分（舒暢的心情）
 緩やかな着物（寬闊的衣服）

緩す、許す、赦す、免す〔他五〕允許，准許、饒恕、寬恕、免除、容許、承認、公認、信任、信賴、鬆懈、釋放
 入学を許す（准許入學）
 面会を許す（許可會面）
 謝る迄は許さない（不認錯不寬恕）
 課税を許す（免除課稅）
 時間の許す限り（只要在時間容許範圍內）
 自他共に許す専門家（人所公認的專家）
 心を許す（以心相許信賴）
 気を許す（放鬆警惕）
 許されて刑務所を出る（被釋放出獄）
 本塁打を許す（容許對方全壘打）

緩り（と）〔副〕舒暢地、慢慢地
　御緩り（と）御休み下さい（請您舒暢地休息吧！）

幻（ㄏㄨㄢˋ）

幻〔漢造〕幻、幻想、愚弄、欺騙
　夢幻（夢幻、虛幻）
　変幻（變幻、變化）
幻影〔名〕幻影、幻像（＝幻）
幻怪〔形動〕奇怪、奇特
　幻怪な観念主義（奇特的唯心主義）
幻覚〔名〕幻覺、錯覺
　幻覚を起こす（引起幻覺）
幻境〔名〕幻境（＝幻の世界）
幻化〔名〕〔佛〕幻和化、空
幻月〔名〕〔氣〕假月
幻視〔名〕幻視、幻覺
幻日〔名〕〔氣〕假日
幻術〔名〕幻術、魔法、戲法（＝手品）
幻晶〔名〕〔化〕先成晶體、幻晶體
幻世〔名〕幻世
幻相〔名〕〔佛〕幻相
幻想〔名、他サ〕幻想、空想
　楽しい幻想（愉快的幻想）
　幻想から覚める（由幻想中清醒過來）
　青年時代に最も好んで描く幻想（青年時代最喜歡描繪的幻想）
　幻想を抱く（抱持幻想）
　幻想曲（幻想曲）
幻像〔名〕幻像、幻影
幻談〔名〕深奧的話
幻聴〔名〕（心）幻聽
　確かに声を聞いたと思ったが幻聴だろうか（我覺得確實聽到了聲音難道是幻聽嗎？）
　麻薬中毒で幻聴が起こる（因毒品中毒引起幻聽）

幻灯〔名〕幻燈（＝スライド）
　幻灯を映す（放映幻燈）
　カラー幻灯を用いて講演する（用彩色幻燈演講）
　日本美術に関する幻灯使用の講演（關於日本美術的幻燈演講）
　幻灯機（幻燈機）
幻夢〔名〕夢幻
幻滅〔名、自サ〕幻滅
　幻滅の悲哀（幻滅的悲哀）
　結婚生活に幻滅する（對婚姻生活感到幻滅）
　大いに幻滅を感ずる（大有幻滅之感）
幻妖〔名、形動〕妖怪、妖孽、荒誕、妖術
　幻妖の物語（荒誕的故事）
幻惑〔名他サ〕迷惑、蠱惑
　美人に幻惑される（為美女所迷惑）
幻〔名〕幻、幻影、幻想、虛幻、虛構
　幻を追う（追求幻想）
　幻に見る（幻見）
　竜は幻の動物である（龍是虛構的動物）
　幻の境（幻境）
　幻の如く消える（幻滅）

宦（ㄏㄨㄢˋ）

宦〔漢造〕在官府任職治事者、官吏、太監
宦官〔名〕（古代中國的）宦官、太監
　宦官の災禍（由宦官引起的禍患）

喚（ㄏㄨㄢˋ）

喚〔漢造〕呼喚、召喚
　叫喚（喊叫）
　叫喚地獄（叫喚地獄－八熱地獄之一）
　召喚（傳喚）
喚起〔名、他〕喚起、提醒、引起
　世論を喚起する（喚起社會輿論）

ㄏ

流言に惑わされない様に人人に喚起を促す（提醒人們不要為流言所迷惑）
注意を喚起する（喚起注意）
興味を喚起する（引起注意）
警戒心を喚起する（提醒警惕心）

喚呼〔名、自サ〕呼喚、呼喚聲
狂気の様な喚呼（瘋狂般的呼喚聲）
出発、進行と鉄道員が喚呼する（鐵路員工大聲喊叫：出發、行進）

喚声〔名〕喊聲、吶喊聲
喚声を揚げて突撃する（發出吶喊聲進行衝鋒）

喚問〔名、他サ〕〔法〕傳訊、傳問
証人（の）喚問（傳訊證人）
喚問を受ける（受傳訊）

喚く、叫く〔自、他五〕叫喚、喊嚷（＝叫ぶ、騷ぐ）
今と為っては泣いても喚いても追い付かない（事到如今哭喊都來不及了）
何を喚いているのだ（你們嚷嚷什麼？）
声を嗄らして喚く（聲嘶力竭地叫喊）

叫ぶ〔自五〕喊叫、呼喊、呼籲（＝呼ぶ、喚ぶ）
大声で叫ぶ（大聲喊叫）
怒って叫ぶ（怒吼）
苦しんで叫ぶ（苦痛地叫喚）
嬉しさの余り叫ぶ（高興得喊叫）
悲しんで叫ぶ（悲痛地喊叫）
助けて呉れと叫ぶ（呼喊求救）
天も裂けよと叫ぶ（喊聲震天）
賛成と叫ぶ（呼喊同意）
自由民主万歳と高らかに叫ぶ（高呼自由民主萬歲）
革命的スローガンを叫んで散会した（高呼革命口號後散會）
侵略反対を叫ぶ（高呼反對侵略）
産児制限を叫ぶ（呼籲節制生育）

喚き声〔名〕大聲叫喊、喊叫聲

喚き立てる〔自下一〕大聲喊叫
喚き立てる（大聲吵嚷）

喚く〔自五〕大聲叫喊（＝喚く、叫く、叫ぶ）

喚ぶ、呼ぶ〔他五〕呼喚，呼喊（＝叫ぶ）、喚來，叫來（＝呼び寄せる）、叫做，稱為（＝名付ける）。招待，邀請（＝招く）、招引，招致（＝引き付ける）

助けを呼ぶ（呼救）
幾等呼んでも聞えない（怎麼呼喊也聽不見）
名前を呼ばれたので、振り返って見ると友達だった（有人呼喚我名字回頭一看原來是朋友）
先生は学生の名前を一人一人と呼んで出欠を取る（老師逐一點名檢查學生出席情況）
彼を呼んで来い（把他叫來！）
林さんを電話口に呼んで下さい（請叫林先生來接電話）
急いで医者を呼びに行く（急忙去請醫師）
自動車を呼びましょうか（我給你叫輛車吧！）
東京は昔江戸と呼ばれていた（東京過去叫作江戶）
我我は彼と伯父さんと呼ぶ（我們叫他伯伯）
其の様には呼ばないで呉れ（別那麼稱呼）
誕生日に友達を呼ぶ（過生日那天請朋友）
彼を家に呼んだら如何だろう（請他到家裡來你看怎樣？）
各国の代表を呼んで盛大な宴会を開く（邀請各國代表舉行盛大宴會）
波瀾を呼ぶ（引起風波）
此の小説は大変な人気を呼んでいるそうだ（聽說這小說很受讀者歡迎）

富士山は夏も冬も人を呼ぶ山だ（富士山無論冬夏都招引遊人）

彼の映画は評判が良く、大層御客を呼んでいる（那影片都認為不錯很叫座）

斯う言う言葉は疑惑を呼ぶ事に為る（這種話會引起人們疑惑）

塩は湿気を呼ぶ（鹽容易受潮）

喚ばう、呼ばう〔他五〕喊叫，吆喝（=呼ぶ、叫ぶ）。〔古〕求愛，求婚

集会の知らせを喚ばって歩く（一邊走一邊喊著通知大家開會）

喚ばわる、呼ばわる〔自五〕喊叫、大聲呼喚（=叫ぶ）

大声で喚ばわる（大聲喊叫）

換（ㄏㄨㄢˋ）

換〔漢造〕替換

交換（交換、交易、票據交換）
転換（轉換、調換）
兌換（兌換）
変換（變換、更換、轉化、轉換）
置換（置換、調換、取代）

換羽〔名〕〔動〕（鳥類）換羽

換価〔名、他サ〕折價、折合成金錢（=値踏み）

換価方法（折價方法）
換価率（折價率）
換価不能資産（不能折價的資產）
換価出来る物（可以折價的東西）
財産を換価する（把財產折合成金錢）

換気〔名、自他サ〕換氣、通風

換気が良い（通風良好）
換気が悪い（通風不好）
換気を図る（設法使空氣流通）
窓を開けて換気する（打開窗戶換換空氣）
換気の為に窓を開ける（為了空氣流通打開窗戶）
換気孔（通風孔、通風口）
換気管（換氣管、通風管）
換気筒（換氣筒、通風筒）
換気工事（通風工程）
換気作用（通風作用）
換気装置（通風設備）
換気ファン（扇）（通風扇、排氣風扇）

換金〔名、自他サ〕變賣、把東西換成錢

保有米を換金する（把存米變成現金）
持ち物を換金して生活を立てる（變賣財產維持生活）
換金作物（經濟作物、商品作物）

換骨奪胎〔名、他サ〕（詩文章等的）翻版、竄改（=焼き直し）

此の作品は中国小説の換骨奪胎に過ぎない（這個作品是中國小說的改頭換面而已）

才能が貧困で換骨奪胎するより手が無い（薄學菲才除了東抄西改沒有其他本領）

換言〔名、自サ〕換句話說

換言すると（換言之）
割烹術、換言すれば料理法（烹調術換言之做菜的方法）

換算〔名、他サ〕換算、折合

アメリカドルに換算したら幾等か（折合美金是多少錢？）
メートルを尺に換算する（把米折算成尺）
換算法（換算法、折合法）
換算率（換算率、折合率）

換質〔名〕〔邏輯〕（直接推理的一種）換質

換質換位法（換質換位法）

換地〔名、自サ〕交換土地、交換的土地

換地設計（換地設計）
換地予定地（預定供換地用的土地）

換物〔名、自サ〕（以錢）換物、把資金變成貨物

ㄏ

食糧不足で金は有っても換物する事が出来ない（由於缺糧有錢也買不到）

換毛〔名、自サ〕（哺乳動物的）換毛、脫毛（＝毛代わり）

換喩〔名〕（修辭法之一）換詞比喻

換喩法（換詞比喻法－如用角帽表示大學生，用赤表示共產黨人）

換える、代える、替える〔他下一〕換、改換、更換、交換、替換

〔接尾〕（接動詞連用形後）表示另，重

医者を換える（更換醫師）

六月から夏服に換える（六月起換夏裝）

此の一万円札を千円札十枚に換えて下さい（請把這張一萬日圓的鈔票換成十張一千元的）

彼と席を換える（和他換座位）

布団の裏を換える（換被裡）

書面を以って御挨拶に換えます（用書面來代替口頭致詞）

簡単ですが此を以って御礼の言葉に換えさせて頂きます（請讓我用這簡單的話代替感謝）

書き換える、書き替える（重寫）

着換える、着替える（更衣）

還る、帰る、返る〔自五〕回來、回去、歸還、還原、恢復

家に帰る（回家）

里（田舎）に帰る（回娘家〔鄉下〕）

もう直ぐ帰って来る（馬上就回來）

今帰って来た許りです（剛剛才回來）

御帰り為さい（你回來了－迎接回家的人日常用語）

生きて帰った者僅かに三人（生還者僅三人）

朝出たきり帰って来ない（早上出去一直沒有回來）

帰らぬ旅に出る（作了不歸之客）

帰って行く（回去）

とっとと帰れ（滾回去！）

来客が返り始めた（來客開始往回走了）

君はもう返って宜しい（你可以回去了）

元に返る（恢復原狀）

正気に返る（恢復意識）

我に返る（甦醒過來）

本論に返る（回到主題）

元の職業に返る（又做起原來的職業）

貸した本が返って来た（借出的書歸還了）

年を取ると子供に返る（一上了年紀就返回小孩的樣子）

悔やんでも返らぬ事です（那是後悔也來不及的）

一度去ったも再び帰らず（一去不復返）

変える〔他下一〕改變、變更、變動

方向を変える（改變方向）帰る返る還る孵る反る蛙

位置を変える（改變位置）替える換える代える

主張を変える（改變主張）

内容を変える（改變內容）

態度を変える（改變態度）

顔色を変える（變臉色）

名前を変える（改名）

遣り方を変える（變更作法）

規則を変える（更改規章）

禿山を水田に変える（把禿山變為水田）

敵味方の形勢を変える（轉變敵我的形勢）

局面を変える（扭轉局面）

手を変える（改變手法、換新花招）

手を変え品を変え説きを勧める（百般勸說）

孵る〔自五〕孵化

雛が孵った（小雞孵出來了）

此の卵は幾等暖めても孵らない（這個蛋怎麼孵也孵不出小雞來）

鶏の卵は二十一日間で雛に孵る（雞蛋經二十一天就孵成小雞）

反る〔自五〕翻（裡作面）（＝裏返る）、翻倒，顛倒，栽倒（＝引っ繰り返る）

〔接尾〕（接動詞連用形下）完全、十分

紙の裏が反る（紙背翻過來）

徳利が反る（酒瓶翻倒）

舟が反る（船翻）

漢文は下から上に反って読む（漢文要從底下反過來讀）

静まり反る（非常寂靜、鴉雀無聲）

呆れ反る（十分驚訝、目瞪口呆）

換え、代え、替え〔名〕代替、替換（物）、代理（人）、按⋯的比率（交換）

電球の換え（備用電燈泡）

換えが居ない（無人代替）

換え襟（替換用的領子、假領）

換え歯車（替換〔備用〕的齒輪）

一台五千円換えで買う（按每台五千日圓的價錢收買）

換わる、換る、代わる、代る、替わる、替る〔自五〕更換、代替、代裡

内閣が換わる（更換内閣）

来学期から英語の先生が換わる（下學期起更換英語老師）

換わる取って（取而代之）

機械が人力に（取って）換わる（機器代替人力）

部長に換わって応対する（代替部長進行接待）

私が暫く換わって遣りましょう（由我來暫且代做吧！）

私に換わって尋ねて下さい（請你替我問一下）

父に換わって御客を案内する（我替父親招待客人）

一同に換わって御礼申し上げます（我代表大家向你致謝）

代わり、代り、替わり、替り〔名〕代替，代理、補償，報答，（常用御代わり）再來一碗，再來一盤

代わりの品（代替品）

石炭の代わりに為る燃料（代替煤的燃料）

此はステッキの代わりに為る（這個可以當手杖用）

人の代わりに行く（代理別人去）

薪の代わりに石炭を燃料と為る（不用柴而用煤作燃料）

代わりを届けさせる（叫人送去替換的東西）

英語を教えて貰う代わりに、日本語を教えて上げましょう（請你教我英語我來教你日語）

手伝って上げる代わりに雑誌を買って下さい（我幫你的忙請你替我買雜誌）

昨日毀した茶碗の代わりを持って来た（拿來了一個碗補償昨天打破的）

先立って奢って貰った代わり今日は私が奢ろう（前幾天你請過我今天換我請你）

御飯の御代わりを為る（再來一碗飯）

コーヒーの御代わりを為る（再來一杯咖啡）

渙（ㄏㄨㄢˋ）

渙〔漢造〕分散之水流為渙、離散、盛大地

渙然〔名〕渙然

渙然氷釈する（渙然冰釋）

渙発〔名、他サ〕頒布（詔書）

大詔渙発（頒布詔書）

宣戰の大詔が渙発された（頒布了宣戰的大詔）

煥（ㄏㄨㄢˋ）

煥〔漢造〕火燃燒時所發出的光亮為煥、照耀、光明狀

煥発〔名、自他サ〕煥發

才気煥発の人（才氣煥發的人）
才気が煥発する（才氣煥發）

患（ㄏㄨㄢˋ）

患、患〔漢造〕憂患、苦難、疾病
- 外患（外患）
- 内患（内患、内憂）
- 後患（後患）
- 災患（災難）
- 疾患（疾患、疾病）
- 急患（急診病人）
- 重患（重病患者）
- 憂患（憂患、患難）
- 苦患（〔佛〕苦難、苦惱）

患家〔名〕（從醫生的立場說）病人的家
- 患家を回る（到病人的家巡診）

患者〔名〕（醫生用語）患者、病人（＝クランケ Kranke 患）
- 内科患者（内科病人）
- 外科患者（外科病人）
- 外来患者（門診病人）
- 入院患者（住院病人）
- コレラ患者（霍亂患者）cholera 荷
- 患者を診察する（診察病人）
- 数名の患者が出た（發生了數名患者）
- 患者は経過が良い（病人經過良好）
- 彼の医者は患者が多い（那醫生患者多）

患難〔名〕患難、艱難、憂患

患部〔名〕患部
- 患部が痛む（患部疼痛）
- 患部を冷やす（冷敷患部）
- 患部を暖める（暖一暖患部）
- 患部に薬を塗る（往患部塗藥）

患う、煩う〔自、他五〕（常寫作患う）患病、生病；〔接尾〕（寫作煩う、接動詞連用形下）苦惱、煩惱、難以辦到
- 胸を患う（得肺病）
- 彼は胆嚢炎を患っている（他正患著膽嚢炎）
- 生まれてから患った事が無い（從來就沒得過病）
- 悩み煩う（萬分苦惱）
- 彼是と思い煩う（這個那個地大傷腦筋、左思右想地焦慮）
- 言い煩う（難說出口）
- 寒さで花が咲き煩う（由於寒冷花開不了）

患い、煩い〔名〕病（＝病）、煩惱，苦悶（＝悩み、苦しみ）
- 長患い（久病）
- 長患いですっかり痩せた（因為久病瘦弱不堪）
- 今迄に大患いを為た事が有りますか（你以前得過重病嗎？）
- 恋煩い（相思病）
- 心の煩い（内心的苦惱）
- 後の煩いと為る（成為後患）
- 心に煩いが無い（無憂無慮、心中沒有煩惱）
- 彼には家庭の煩いが無い（他沒有家庭之累）
- 後の煩いは想像に堪えない物が有る（後患不堪設想）

罹る〔自五〕患病，生病，染病、遭受（災難）（＝取り付かれる）
- 病気に罹る（得病、生病）
- 結核に罹る（患結核病）
- 肺病には罹った事が無い（肺病我倒是沒有得過）無い綯い
- 盗難に罹る（被盗、失竊）
- 病気に罹り易い（容易生病）

子供がジフテリヤに罹っている（孩子得了白喉）

此の病気は一度罹ると、後は罹らない（這種病得過一次就不再得了）

重ね重ね不幸に罹る（屢遭不幸）

こんな災難に罹ろうとは思わなかった（沒想到會遭受這樣的災難）

患い付く、煩い付く〔自五〕生病，疾病纏身（＝病み付く）

患う、憂う、愁う〔他下二〕（患える、憂える、愁える的文語形式）憂傷、憂慮、悲嘆

憂う可き事態（值得擔心的局勢）

国を憂え、民を憂う（憂國憂民）

憂う可き無数の災禍を受けて来た（飽經憂患）

患い、憂い、愁い〔名〕憂慮，憂愁、憂鬱、悲嘆、苦惱（＝患え、憂え、愁え）

患える、憂える、愁える〔他下一〕憂傷，憂慮，擔憂、悲嘆、患（病）

世を憂える（悲天憫人）

国を憂える（憂國）

前途を憂える（擔憂前途）

憂えるに足りな事だ（不足憂慮的事情）

病状の悪化を憂える（擔心病情惡化）

患え、憂え、愁え〔名〕憂慮，擔憂、憂愁、憂鬱、悲嘆，苦惱（＝患い、憂い、愁い）

後顧の憂え（後顧之憂）

火災の憂え（發生火災之虞）

凶作の憂え（擔心歉收）

憂えを抱く（擔憂）

後顧の憂えが有る（有後顧之憂）

後顧の憂えが少しも無い（毫無後顧之憂）

憂え無く（無憂無慮地）

危害を蒙る憂えは無い（沒有遭受危害的憂慮）

憂えを帯びた顔（面帶愁容）

憂えに沈む（陷於憂傷之中）

備え有れば憂え無し（有備無患）

憂えの反面には喜びが有る（否極泰來、黑暗之中自有光明）

憂えを掃う玉箒（一杯可解千愁）

昏（ㄏㄨㄣ）

昏〔漢造〕昏暗、（頭腦）迷糊

黄昏、黄昏（黃昏、傍晚、衰老時期）

昏昏〔形動〕昏昏沉沉

昏昏と眠る（昏昏沉沉地睡）

昏睡〔名、自サ〕（失去知覺而）昏睡、熟睡

昏睡状態に陥る（陷入昏睡狀態）

疲れて前後も知らずに昏睡する（累得昏昏欲睡）

昏倒〔名、自サ〕昏倒、暈倒

暑い中を立ち続けていて昏倒する（一直站在熱天氣裡而昏倒）

昏昧〔名、自サ〕昏暗（＝暗闇）、蒙昧，愚昧（＝蒙昧）

昏迷〔名、自サ〕昏迷、迷惘

昏迷した心境（迷惘〔茫然〕的心情）

昏迷に陥る（陷入昏迷）

昏迷状態（昏迷狀態）

昏冥〔名〕黑暗、漆黑（＝暗闇）

昏惑〔名、自サ〕昏惑

婚（ㄏㄨㄣ）

婚〔漢造〕姻緣、結婚

結婚（結婚）

成婚（成婚、完婚）

新婚（新婚）

神婚（〔傳說中的〕神婚）

早婚（早婚）

晩婚（晚婚）

初婚（初次結婚）

再婚（再次結婚）
既婚（已婚）
離婚（離婚）
未婚（未婚）
重婚（重婚）
通婚（通婚）
雑婚（〔原始社會的〕雜婚，亂婚、異族結婚）
祝婚（慶祝結婚、賀喜）
近親婚（近親結婚）
招婿婚（入贅婚）（=婿入婚）
略奪婚（搶婚）

婚する〔自サ〕結婚

婚姻〔名、自他サ〕婚姻、結婚
婚姻を解消する（解除婚約、離婚）
二重婚姻を為る（重婚）
婚姻届け（結婚登記、結婚申報書）
婚姻飛行（〔社會性昆蟲的〕婚飛）

婚家〔名〕婆家、（入贅的）岳家
婚家先の兄弟（丈夫〔妻子〕的兄弟）
里に帰った儘婚家に戻らない（回娘家後一直不回婆家）

婚期〔名〕婚期、結婚年齡
婚期に達している（達到結婚年齡）
婚期に達した娘（達到結婚年齡的姑娘）
婚期を逸する（錯過婚期）

婚儀〔名〕婚禮、結婚儀式
婚儀を行う（舉行婚禮）

婚約〔名、自サ〕婚約、訂婚
婚約破棄（撕毀婚約）
婚約披露会（訂婚宴會）
婚約の指輪（訂婚戒指）
婚約を解消する（解除婚約、退婚）
彼と彼女の婚約が整った（他和她訂了婚）

友達の妹と婚約する（和朋友的妹妹訂婚）
婚約者（訂婚者、未婚夫〔妻〕）

婚礼〔名〕婚禮、結婚儀式
婚礼の式を挙げる（舉行婚禮）
婚礼に招かれる（應邀參加婚禮）
婚礼の祝い物（婚禮的賀禮）
婚礼に出席する（參加婚禮）
今日は婚礼に呼ばれて来た（我今天去參加婚禮了）

婚〔名〕〔古〕（來自動詞呼ばう的連用形）（男女）調情、求婚
婚人（求婚人）
婚文（求婚信、情書）

葷（ㄏㄨㄣ）

葷〔漢造〕有臭辛氣味之蔬菜、肉食
葷粥、獯鬻〔名〕（中國古代北邊的蠻族）獯鬻
葷酒〔名〕葷酒、（蔥，蒜等）有臭味的酒和菜
葷酒山門に入るを許さず（不許葷酒入山門）

魂（ㄏㄨㄣˊ）

魂〔漢造〕魂、精神
霊魂（靈魂＝魂）
亡魂（亡魂、幽靈）
英魂（英魂、英靈）
招魂（招魂）
商魂（做生意的氣魄、熱心經商的精神）
心魂、神魂（全副精神、心靈深處）
身魂（身和魂）
詩魂（作詩的心情、詩興）
返魂香、反魂香（中國漢武帝的李夫人死後焚香可以看到她面影的故事）
返魂草、反魂草（返魂草、煙草的別名）

返魂丹、反魂丹（還魂丹 - 中國靈藥）

魂胆〔名〕精神力，膽量（=肝玉、肝魂）、計謀，陰謀，企圖（=企み）、內幕

深い魂胆を巡らす（籌畫深遠的計謀）

腹に何か魂胆が有るに相違無い（心裡一定有什麼陰謀）

彼の突然の辞職には何か魂胆が有るらしい（他突然辭職彷彿有什麼內幕）

魂魄〔名〕（死者的）魂魄、靈魂

玉、珠、球〔名〕玉，寶石，珍珠，球，珠，泡，鏡片，透鏡，（圓形）硬幣、電燈泡、子彈，砲彈、台球（=撞球）。〔俗〕雞蛋（=玉子）。〔俗〕妓女，美女。〔俗〕睪丸（=金玉）、（煮麵條的）一團、（做壞事的）手段，幌子。〔俗〕壞人，嫌疑犯（=容疑者）。〔商〕（買賣股票）保證金（=玉）。〔俗〕釘書機的書釘。〔罵〕傢伙、小子

玉で飾る（用寶石裝飾）靈魂弾

玉の台（玉石的宮殿、豪華雄偉的宮殿）

玉の様だ（像玉石一樣、完美無瑕）

玉と為って砕く共、瓦と為って全からじ（寧可玉碎不為瓦全）

硝子珠、ガラス珠（玻璃珠）

糸の球（線球）

毛糸の球（毛線球）

露の珠（露珠）

シャボン玉（肥皂泡）

球を投げる（投球）

球を打つ（擊球）

玉を選ぶ（〔喻〕等待良機）

額に珠の様な汗が吹き出した（額頭上冒出了豆大的汗珠）

眼鏡の珠（眼鏡片）

十円玉（十元硬幣）

玉が切れた（燈泡的鎢絲斷了）

玉の跡（彈痕）

玉に当る（中彈）

玉を込める（裝子彈）

玉を突く（打撞球）

馬の玉を抜く（騙馬）

饂飩の玉を三つ（給我三團麵條）

女の玉に為て強請を働く（拿女人做幌子進行敲詐）

玉を繋ぐ（續交保證金）

玉に瑕（白圭之瑕、美中不足）

玉を転がす様（如珍珠轉玉盤、〔喻〕聲音美妙）

玉を抱いて罪あり（匹夫無罪懷璧其罪）

玉の杯底無きが如し（如玉杯之無底、華而不實）

玉磨かざれば光無し（器を成さず）（玉不琢不成器）

偶、適〔副〕（常接に使用、並接の構成定語）偶然、偶而、難得、稀少（=偶さか）

偶の休日（難得的休息日）

偶の休みだ、ゆっくり寝度い（難得的假日我想好好睡一覺）

偶の逢瀬（偶然的見面機會）

偶に来る客（不常來的客人）来る

偶には遊びに来て下さい（有空請來玩吧！）

彼とは偶にしか会わない（跟他只偶而見面）

偶に一言言うだけだ（只偶而說一句）

偶に遣って来る（偶然來過）

偶に有る事（偶然發生的事、不常有的事）

偶には映画も見度い（偶而也想看電影）

魂、靈〔名〕魂、靈魂（=魂）

魂〔名〕靈魂，魂魄、精神，心魂

魂が抜けた様に呆然と為る（失了魂似地發呆）

死者の魂を慰める（安慰亡魂）

嬉しさに魂天外を飛ぶ（高興得魂飛天外）

三つ子の魂百迄（從小看大、江山易改本性難移）

仏造って魂入れず（畫龍而不點睛、功虧一簣）
一寸の虫も五分の魂（弱者也有志氣、不可輕侮）
魂の無い肖像（沒有精神的肖像）
魂を奪う（奪人心魂、吸引住、迷住）
魂を引き千切られる様だ（心如刀割一般）
魂を打ち込んだ仕事（傾注全副精神的工作）
魂を入り替える（脫胎換骨、改過自新）
魂を冷やす（心驚膽顫）
魂送り、靈送り〔名、自サ〕〔佛〕七月十五日中元節送還祭祀的祖靈（＝精靈送り）←→魂迎え、靈迎え
魂迎え、靈迎え〔名、自サ〕〔佛〕七月十三日夜盂蘭盆会的迎祖靈回家（＝精靈迎え）
魂極る〔連語〕從生到死（和歌中命，世，現，內的枕詞）
魂消る〔自下一〕〔俗〕吃驚、嚇一跳（＝吃驚する）
　おっ魂消た（嗳呀！我的天哪）
　魂消てぽかんと立っている（嚇得目瞪口呆地站著）
　あんまり値が高いので（おっ）魂消た（價錢太貴了嚇了我一跳）
おっ魂消る〔自下一〕〔俗〕吃驚、嚇一跳（＝魂消る、吃驚する）
魂祭り、靈祭り〔名〕祭祖靈（儀式）、（中元節舉行的）盂蘭盆会（＝盂蘭盆会）

渾（ㄏㄨㄣˊ）

渾〔漢造〕濁流聲、濃濁的、全部、完全
渾一〔名〕渾然一體、融合為一
渾身〔名〕渾身、全身
　渾身の力を込めて（用盡全身力氣）
　渾身の勇気を奮い起こす（鼓起全身的勇氣）
　渾身是胆（渾身是膽）
渾然、混然〔形動〕渾然、完全
　渾然一体と為る（渾然成為一體）

渾然と（して）融合する（渾然融合）
渾天儀〔名〕〔天〕渾天儀
渾沌、混沌〔形動〕渾沌
　渾沌たる状態に在る（處於混沌狀態）
　形勢が渾沌と為ている（局勢渾沌不清）
渾名、綽名〔名〕綽號、外號
　人に渾名を付ける（給別人取外號）
　友達の渾名を呼ぶ（叫朋友的外號）
　人を渾名で呼ぶ（用外號稱呼人）
渾て、全て、総て、凡て〔名〕一切、全部、總共、共計
〔副〕全部、一切、統統
　全てを祖国を捧げる（把一切獻給祖國）
　全ての点で勝っている（在各方面都勝過）
　全てに亘って注意深い（對各方面都很仔細）
　本が一円、万年筆が三円、靴が五円、全て九円の買い物を為た（書一元鋼筆三元鞋子五元總共買了九塊錢的東西）
　問題は全て解決した（問題全部解決了）
　全て私が悪いのです（一切都是我的不是）
　全て此の調子で遣れ（一切都要照這樣做！）
　全て彼の調子だから困る（全部都那個樣子叫人沒辦法）
　製品は全て駄目だ（製品全不合格）
　全て然り（一切皆然、比比皆是）
　全ての道はRomaに通ず（條條大路通羅馬、比喻殊途同歸）

混（ㄏㄨㄣˋ）

混〔漢造〕混雜、混合、混淆
　コンクリート（混凝土）
混じる〔自、他上一〕摻雜、摻和（＝混ずる）
　ミルクに水を混じる（牛奶裡摻水）
混ずる〔自、他サ〕混合、摻混（＝混じる、混ぜる）
　粗製品を混じて売る（加上粗製品賣）
混一〔名、自他サ〕混而為一

混芽〔名〕〔植〕混合芽

混血〔名、自サ〕混血←→純血
　欧亜混血少女（歐亞混血少女）
　白人の血が混血している（混有白種人的血）
　混血児（混血兒）（＝合の子、間の子）

混交、混淆〔名、自他サ〕混淆
　玉石混淆（玉石混淆、好壞不分）
　公私を混淆する（公私不分）

混合〔名、自他サ〕混合（＝混和、渾和）
　油と水は混合しない（油和水不能混合）
　何種かの酒を混合してカクテルを作る（把幾種酒混合起來做雞尾酒）
　混合ダブルス（〔乒乓、網球〕混合雙打）
　混合比（混和比）
　混合肥料（混合肥料）
　混合熱（〔化〕混合熱）
　混合ガス（〔化〕混合氣體）
　混合基原油（〔化〕混合基原油）
　混合語（〔語法〕混合語）
　混合伝染（〔醫〕混合傳染）
　混合車（混合車）
　混合列車（混合列車）
　混合物（混合物）
　混合浴（混合浴）

混汞法〔名〕〔化〕汞齊法（＝アマルガム法）

混在〔名、自サ〕摻雜、混雜
　米の中に稗が混在する（大米裡混雜稗）

混作〔名、他サ〕〔農〕混合種植

混雑〔名、自サ〕混雜、混亂
　混雑に紛れて入り込んだ（趁著混亂溜了進去）
　家の中は大変混雑している（家裡非常雜亂）
　大通りは人や車で混雑している（大街上人車雜亂）
　混雑を避けて次の列車で帰る（避免壅擠坐下班列車回去）

混晶〔名〕〔化〕混合晶

混色〔名〕混合色

混食〔名、自サ〕（大米，雜糧）混合食品、肉草混食
　混食は健康に良い（吃混合食品對身體好）
　混食動物（混食動物）

混織〔名、他サ〕混紡（＝交織）

混信〔名、自サ〕（無線電，收音機，電視等）受干擾、串線

混生〔名、自サ〕（不同植物等）混生、叢生

混成〔名、自他サ〕混合
　両国の登山家で混成された遠征隊（兩國登山家混合編成的登山隊）
　混成チーム（混合隊）
　混成列車（混合列車）
　混成旅団（混合旅）
　混成軌道（〔宇〕混合軌道）

混声〔名〕混聲合唱
　混声合唱（混聲合唱）
　混声四部合唱（四部混聲合唱）

混性生殖〔名〕〔生〕世代交替、異態交替

混戦〔名、自サ〕混戰
　其の選挙区は混戦（の有様）である（那選區形成混戰的狀態）
　両軍の主力がぶつかり、大混戦に為る（兩軍主力相遇形成一場大混戰）

混線〔名、自サ〕〔電〕干擾，串線、〔轉〕混亂，雜亂無章
　電話が混線して聞こえない（電話串線聽不清楚）
　話が混線している（說得雜亂無章）
　余り皆が一斉に喋るからすっかり混線して終った（大家亂說一通簡直一片混亂）

混然、渾然〔形動〕渾然、完全

混然一体と為る（渾然成為一體）

混然と（して）融合する（渾然融合）

混濁、溷濁 〔名、自サ〕混濁

混濁した空気（混濁的空氣）

意識が混濁する（意識模糊）

混濁分析（〔理〕濁度測定法）

混濁度（〔理〕混濁度）

混同 〔名、自他サ〕混淆、混為一談

公私を混同する（公私不分）

自由と放縦とを混同する（把自由和放縱混為一談）

甲と乙とは別種の物だ、混同しては行けない（甲和乙是不同的東西不可混淆）

混同農（耕作兼畜牧的農業）

混沌、渾沌 〔形動〕渾沌

混沌たる状態に在る（處於渾沌狀態）

形勢が混沌と為ている（局勢渾沌不清）

混入 〔名、自他サ〕摻入

酒に毒を混入する（把毒藥加進酒裡）

コレラ菌の混入した水（混有霍亂菌的水）

混分数 〔名〕〔數〕帶分數

混変調 〔名〕〔無〕交調、相互調制

混紡 〔名〕混紡

綿二割混紡のラシャ地（用百分之二十棉花混紡的呢絨衣料）

混米 〔名〕新米和舊米、不同產地，等級的米混在一起（的米）

混迷 〔名、自サ〕混亂、糊塗

混迷する世界情勢（混亂的世界局勢）

混融点 〔名〕〔理〕混合熔點

混用 〔名、他サ〕混合使用

漢字に仮名を混用する（在漢字中夾雜使用假名）

混浴 〔名、自サ〕（男女）混浴

其の温泉場は男女混浴だ（那溫泉是男女混浴）

山奥の温泉では未だ混浴する習慣が有る（山裡的溫泉還有混浴的習慣）

混乱 〔名、自サ〕混亂

思想の混乱（思想上的混亂）

火事場の混乱（火災現場的混亂）

混乱状態に在る（處於混亂狀態）

形勢を混乱させる（把局勢弄混亂）

混乱を生じる（發生混亂）

震災の混乱に乗じて（乘著地震的混亂）

一時大混乱を呈した（一時呈現出大混亂）

市内交通が混乱に陥った（市內交通陷入混亂）

心配事で頭が混乱している（憂心忡忡）

混和、混和 〔名、自他サ〕混合（=混合）

油と水と混和しない（油和水不混合）

薬品を混和する（摻雜藥品）

混和物、混和物（混合物）

混和機（攪拌器）

混和性（混合性、溶解性）

混ざる、交ざる、雑ざる 〔自五〕混合、混雜、摻雜、夾雜（=混じる、混ずる）

混ざり合う 〔自五〕混雜在一起、摻雜在一起（=混じり合う）

混じる、交じる、雑じる 〔自五〕夾雜、摻混（=混ざる、交ざる、雑ざる）

水と油が良く混じらない（混ざらない）（油和水不易混溶）

米に石が混じっている（米裡夾雜著石子）

酒に水が混じっている（酒裡加著水）

色が良く混じっている（顏色調得很好）

色が旨く混じらない（顏色調不好）

彼には中国人の血が混じっている（他體內有中國人的血統）

スフ（stable fiber）の混じった織物（人造纖維混紡的織品）

彼の話す言葉には時時方言が混じる（他說話不時夾雜著方言）

白髪の混じっている頭（花白頭髪）

子供に混じって遊ぶ（跟孩子們一起玩耍）

大勢の人達に混じってバスを降りた（混在人群裡一起下車）

日本人に混じって研究する事は迚も楽しいです（和日本人一起研究我很高興）

混じり、交じり、雑じり〔名〕混合物、雜質（=混じり物、雜じり物）

〔接尾〕混合、夾雜

ユーモア混じりの演說（夾雜著幽默的演說）

冗談混じりに尋ねて見る（半開玩笑地打聽）

白髪混じりの頭（花白頭髪）

雨混じりの冷たい風がぴゅうぴゅうと吹く（颼颼地颳起帶雨點的冷風）

雨混じりの雪が降る（雨雪交加）

混じり合う、交じり合う、雑じり合う〔自五〕混雜、摻雜（=混ざり合う）

AとBの混じり合った物（A和B的混合物）

混じり気、交じり気、雑じり気〔名〕夾雜（物）、摻雜（物）

此の小麦粉には何か混じり気が有る（這麵粉裡摻雜著什麼東西）

混じり気の無い純粋な品（不摻雜質的純品）

混じり物、雜じり物〔名〕混合物、雜質（=混ぜ物）

此の小麦粉には少し混じり物が入っている（這麵粉裡摻雜著一些雜質）

混ぜる、交ぜる、雑ぜる〔他下一〕混合、摻合、加上、加進、攪和攪、拌

塩と胡椒を料理に混ぜる（把鹽和胡椒摻和到菜裡）

酒にアルコールを混ぜる（酒裡加酒精）

黄色と青を混ぜれば緑に為る（黃色和藍色一混合就成為綠色）

英語を混ぜて話す（說話夾雜英語）

送料を混ぜて三百円（加上郵費共三百日圓）

僕も混ぜて呉れ（也算我一個吧！）

饂飩は良く混ぜてから食べ為さい（麵條要好好攪拌一下後再吃）

混ぜながら煮る（一邊攪拌一邊煮）

混ぜ合わせる、交ぜ合わせる〔他下一〕混合，摻合、調和，攪和

色色な色を混ぜ合わせる（把各種顏色調和在一起）

各種の見本を混ぜ合わせて送る（把各種貨樣摻和在一起寄出）

塩と胡椒を混ぜ合わせる（把鹽和胡椒摻和在一起）

箸で混ぜ合わせる（用筷子攪拌）

斑無く混ぜ合わせる（攪勻）

混ぜ返す、交ぜ返す、雑ぜ返す〔他五〕攪和、打岔

卵を一つ入れて良く混ぜ返す（放進一個雞蛋好好攪拌）

人の話を混ぜ返すな（不要插嘴打攪別人說話）

混ぜっ返す、交ぜっ返す〔他五〕攪和、打岔（=混ぜ返す、交ぜ返す、雑ぜ返す）

混ぜ物〔名〕摻雜物、混合物（=混じり物、雑じり物）

混ぜ物が無い（沒有摻雜物）

酒に混ぜ物を為る（往酒裡摻假）

此の葡萄酒には混ぜ物が有る（這葡萄酒不純）

混ぜ御飯〔名〕什錦飯

混ぜ飯、交ぜ飯〔名〕肉菜等伴在一起的飯（=混ぜ御飯）

混ぜこぜ〔名、形動〕混雜、混淆（=ごたまぜ）

良いのと悪いのが混ぜこぜに為っている（好的和壞的都混雜在一起了）

沢山の物を混ぜこぜに為て終った（把好多東西都混合了）

ㄏ

ㄏ

自分の御金と皆から集めた御金が混ぜこぜに為らない様に別別の袋に入れた（為了不讓個人的錢和從大家手裡收集的錢弄混了，分別放在兩個口袋裡）

ごった混ぜ〔名〕摻雜、混雜（=ごたまぜ）

混む、込む〔自五〕擁擠、混雜（=混み合う、込み合う）↔空く、透く

　劇場が混んでいる（劇場裡觀眾很多）
　電車が混む（電車裡乘客擁擠）
　樹が混み過ぎている（樹種得太密了）
　彼の辺は家が混んでいる（那一帶房子稠密）

混み合う、込み合う〔自五〕人多、擁擠
　電車が混み合う（電車上擁擠）
　通りが混み合う（馬路上交通擁擠）
　人の山で混み合って一寸の隙も無い（人山人海擠得水洩不通）
　人が混み合って一寸歩け然うに無い（人擁擠得很很不容易走過去）
　混み合いますから懐中物の御用心を願います（車內擁擠小心扒手）

溷（ㄏㄨㄣˋ）

溷〔漢造〕積水混濁為溷、溷濁

溷濁、混濁〔名、自サ〕混濁
　混濁した空気（混濁的空氣）
　意識が混濁する（意識模糊）
　混濁分析（〔理〕濁度測定法）
　混濁度（〔理〕混濁度）

諢（ㄏㄨㄣˋ）

諢〔漢造〕諢名（綽號）、打諢

渾名、綽名〔名〕綽號、外號
　人に綽名を付ける（給別人取外號）付ける附ける着ける衝ける吐ける撞ける憑ける漬ける
　友達の綽名を呼ぶ（叫朋友的外號）叫ぶ
　人を綽名で呼ぶ（用外號稱呼人）

徒名、仇名〔名〕（男女關係的）風流名聲、虛名

荒（ㄏㄨㄤ）

荒〔漢造〕荒蕪、荒廢、荒唐、邊境
　救荒（救濟災荒）
　凶荒（凶荒）
　備荒（備荒）
　八荒（天下、全世界）
　流連荒亡（遊樂無度）

荒淫〔名〕荒淫

荒言、広言〔名〕大話、信口開河

荒原〔名〕荒野、荒地（=荒野、荒野）

荒歳〔名〕凶年

荒城〔名〕荒廢的城池
　荒城の月（荒城夜月）

荒神〔名〕灶神、〔轉〕暗中保護者

荒誕〔名、形動〕荒誕、荒謬、荒唐（=荒唐）

荒地〔名〕荒地、荒野（=荒地）

荒地、荒れ地〔名〕荒地
　山間の荒地（山間荒地）
　其処は荒地に為っている（那裏成了荒地）

荒天〔名〕暴風雨的天氣
　荒天の航海（暴風雨中的航海）
　荒天を突いて出帆する（冒著暴風雨開船）

荒田、荒田、荒れ田〔名〕荒廢的田地（=荒廃田）

荒土〔名〕荒地（=荒地、荒地）

荒唐〔形動〕荒唐
　荒唐無稽（荒誕無稽荒謬）
　荒唐無稽な作り話（荒誕無稽的假話）
　荒唐無稽な事を言う（胡說八道）

荒年〔名〕荒年、災年（=凶年）

荒廃〔名、自サ〕荒廢，荒蕪、（房屋）失修、（精神）頹廢
　建物の荒廃（房屋失修）
　荒廃した国土（荒廢的國土）

荒廃した土地（荒蕪的土地）
長年空き家に為って荒廃した屋敷（長年沒人住而失修的住宅）
精神の荒廃（精神頹廢）
人心が荒廃する（人心渙散）

荒漠〔形動〕荒漠
荒漠たる原野（荒漠的原野）

荒亡、荒忙〔名〕沉溺於酒色，狩獵而失志

荒蕪〔名〕荒蕪
荒蕪の地を開く（開荒）
荒蕪地（荒地）

荒野、荒野、荒野〔名〕荒野
無人の荒野（無人的荒野）
荒野を彷徨う（在荒野徘徊）

荒野、曠野〔名〕荒野（=荒野）

荒野、荒れ野〔名〕荒野、荒地（=荒野）
荒野を開墾する（開墾荒地）
荒野を一人さ迷う（獨自在荒野徘徊）

荒涼、荒寥〔形動〕荒涼、（精神）空虛，寂寥
荒涼たる原野（荒涼的原野）
荒涼たる景色（荒涼的景色）

荒〔造語〕狂暴、凶猛、粗野、粗糙、荒廢
荒波（怒濤）
荒鷲（猛鷲）
荒武者（粗野的武士）
荒療治（粗糙的治療處置）
荒物（粗雜物）
荒縄（粗草繩）
荒小田（荒廢的田地）

粗〔造語〕粗糙．沒加工的．稀疏的
粗木（粗木料）
粗造り、粗造（粗製〔的東西〕）
粗削り（略為刨過）
粗熟し（粗略壓碎）

粗目に塗（稀疏地塗上）

新〔造語〕新、尚未用過
新手（新手．新兵）
新身（新刀）
新湯（沒人洗過的澡水）

荒磯、荒磯〔名〕波濤洶湧的海濱、岩石多的海濱

荒馬〔名〕悍馬

荒海、荒海〔名〕波濤洶湧的海
荒海で育った男（在海洋裡長大的男人）
荒海を汽船で横切る（乘輪船橫渡大洋）

荒夷〔名〕粗暴的人、兵庫縣西宮神社

荒稼ぎ〔名、自サ〕不擇手段設法賺錢、偷盜、搶劫、（用投機等方法）發橫財、粗重工作（=荒仕事）
列車内で集団掏摸が荒稼ぎ（を）為る（扒手集團在火車裡行竊）
強盗が荒稼ぎを遣る（強盜搶劫）
一日に何万と荒稼ぎ（を）為る（一天就賺多少萬塊錢）

荒壁、粗壁〔名〕粗抹過的牆、抹上粗灰泥的牆
荒壁を塗る（把牆抹上粗灰泥）

荒鉋、粗鉋、荒鉋、粗鉋〔名〕粗刨子、大刨子

荒木、粗木〔名〕（沒去皮的）木料

荒木田土〔名〕（抹牆，栽樹，養花用的）紅黏土（來自原產於東京荒川區，荒木田地方）

荒肝〔名〕膽、膽子（=度肝、肝玉）
荒肝を拉ぐ（抜く）（嚇破膽子）
敵の荒肝を拉ぐ（抜く）（嚇壞敵人的膽子）

荒行〔名〕（僧侶等的）苦修、艱苦修行
荒行を遣る（作艱苦修行）

荒草〔名〕野草，雜草、割下來的草

荒削り、粗削り〔名〕粗略刨過
〔形動〕粗糙、草率、樸素、馬虎、不拘小節
荒削りの材木（粗略刨過的木材）
荒削りな作品（粗糙的作品）

ㄏ

此の文章は荒削りな処が有る（這篇文章有的地方寫得很草率）

荒削りの性格（馬虎〔不拘小節〕的性格）

荒事〔名〕〔劇〕（歌舞伎中以勇猛的武士或超人的鬼神為主角的）武戲、武戲演員的逞威動作

荒事師〔名〕歌舞伎中的武戲演員、做粗暴事情的人、從事行凶搶劫的人

荒菰、粗菰〔名〕編織粗糙的草蓆

荒仕事〔名〕費力的工作、粗重的工作（＝激しい力仕事）、搶劫，行凶（＝荒稼ぎ）

体が弱いので、荒仕事は出来ない（因為身體虛弱不能做粗重工作）

強盗が荒仕事を為る（強盗搶劫）

荒くれ仕事〔名〕粗工作

荒筋、粗筋〔名〕概略、概要、大概

計画の荒筋（計畫的大概）

映画のプログラムには荒筋が書いてある（電影說明書上寫著大概的情節）

前回迄の荒筋（章回小說截至上回的大概）

荒砥、粗砥〔名〕粗磨刀石

荒研ぎ、荒研ぎ〔名〕（用粗磨刀石）粗磨

荒波〔名〕怒濤駭浪、（人世的）艱辛，心酸

逆風を突き荒波と戦う（迎逆風戰駭浪）

世間の荒波に揉まれる（歷經人世的艱辛）

世の荒波と闘う（與人生的艱辛作奮鬥）

荒縄〔名〕粗草繩

荷物を荒縄で括る（用粗草繩綑束西）

荒塗り、粗塗り〔名〕粗略抹過、抹第一遍（＝下塗り）←→上塗り

荒塗りの壁（粗略抹過的牆）

荒塗り（を）為る（抹第一遍）

壁の荒塗り丈は済んだ（牆只抹了第一遍）

荒法師〔名〕（舊時）凶猛的和尚、武藝高強的和尚

荒彫り、粗彫り〔名〕粗雕、粗雕刻物

荒巻き、荒巻〔名〕用竹葉或稻草包裹的魚

御歳暮に荒巻を贈る（贈送鹹鮭魚作年禮）

新巻き、新巻〔名〕用稻草裹的鹹鮭魚（多用於新年送禮）

荒武者〔名〕魯莽的武士、粗暴的人、猛張飛（＝乱暴者）

荒莚、粗莚〔名〕粗蓆子

荒莚を下に敷く（用粗蓆子墊在下面）

荒布〔名〕〔植〕黑海帶

荒物〔名〕粗製品，雜貨，山貨，廚房用具，清掃用具←→小間物

荒物を商う（經營山貨）

荒物屋（山貨店雜貨店）

荒療治〔名、他サ〕用劇烈藥劑或方法治療，猛烈治療。〔轉〕大刀闊斧的改革，徹底改革。（流氓，盜匪用語）殺掉，幹掉

荒療治を遣らなければ事業の失敗を免れない

言う事を聞かないと荒療治して呉れるぞ

荒業〔名〕粗重的工作（＝力仕事）

荒技〔名〕粗暴招數，技巧

荒鷲〔名〕猛鷲、轟炸機、雄鷹

陸（海）の荒鷲（陸〔海〕軍轟炸機）

荒荒しい〔形〕粗暴的、粗野的（＝荒っぽい）

荒荒しい行い（粗暴的行徑）

荒荒しく戸を敲く（粗暴地敲門）

足音荒荒しく部屋を出る（跺著腳走出房間）

荒い〔形〕粗暴的、劇烈的、凶猛的、亂來的

荒い気性（粗暴的性格）

語調が荒い（語氣粗暴）

波が荒い（波濤洶湧）

鼻息が荒い（盛氣凌人）

金遣いが荒い（亂花錢）

粗い〔形〕粗的、粗糙的、稀疏的←→細かい

目の粗い網（洞眼粗大的網）

粗い縞（粗條紋）

粒が粗い（粒子粗）

粗い計算（粗糙的計算）
粗い計画（粗糙的計畫）
細工が粗い（手藝粗糙）
表面が粗い紙（表面粗糙的紙）
粗い手触り（摸著粗糙）

洗い〔名〕洗、（用冷水或冰冷縮了的）生魚片
洗いに遣る（拿去叫人洗）
洗いが利く（經洗、耐洗）
洗いが足りない（洗得不淨）
生野菜を食べる時は、洗いを充分に為よう（生吃蔬菜時要洗乾淨）
鯉の洗い（鮮鯉魚片）
洗いに為る（做成冷鮮魚片）

荒くれる〔自下一〕粗暴、胡來
荒くれた〔連體〕粗暴、胡鬧
荒くれた男達（粗暴的男士們）
荒くれ男〔名〕粗暴的人、胡來的人

荒す、荒らす〔他五〕使荒蕪、破壞、毀壞、損傷，糟蹋、騷擾，擾亂，偷竊，搶劫
怠けて畑を荒す（由於怠惰使田地荒蕪）
トラックが道を荒した（卡車毀壞的道路）
大水に田や畑を荒されて、作物が全部駄目に為った（水旱田被大水沖壞農作物全完了）
鼠が台所の食べ物を食い荒す（老鼠把廚房的食品吃得亂七八糟）
寒風が皮膚を荒す（冷風把皮膚損傷）
不良が酒場を荒す（流氓騷擾酒館）
留守の家を狙って荒す（乘人不在家行竊）
強盗が銀行を荒す（強盜搶劫銀行）
其の古墳は荒されて副葬品は何も無くなっている（那古墳被盜陪葬品全沒了）

荒立つ〔自五〕變得激烈、猛烈起來、（事情）更加惡化，麻煩起來
波が荒立つ（波濤洶湧起來）
言葉が荒立つ（語調激烈起來）

彼は一寸した事で直ぐ荒立つ（他為了一點小事就暴躁起來）
事が荒立つと困る（事情一鬧大就不好辦）

荒立てる〔他下一〕使激烈起來、使惡化、弄大、鬧大、激怒，惹惱
季節風が海の波を荒立てる（季風使海浪洶湧起來）
事を荒立てぬ様に為る（讓事情不致鬧大）
病人の気持ちを荒立てぬ様に為て下さい（請不要讓病人心情激動）

荒っぽい〔形〕粗暴的、粗野的、粗糙的（=荒荒しい）
荒っぽい気性（粗暴的脾氣）
行動が荒っぽい（行動粗野）
家の建て方が荒っぽい（房子蓋得簡陋）
荒っぽい翻訳（粗淺的翻譯）

荒びる〔自上一〕胡鬧，蠻橫，荒蕪，荒廢、散漫
荒びた土地（荒蕪的土地）
心が荒びる（精神渙散）

荒らか、粗らか〔形動〕粗野、粗暴
声荒らかに怒鳴り付ける（厲聲申斥）

荒らげる〔他下一〕使…變得粗暴、使…激烈起來
声を荒らげて怒鳴り付ける（厲聲申斥）
荒らげた言葉（說話粗暴）

荒れる〔自下一〕狂暴，洶湧，荒蕪，荒廢、暴戾、胡鬧、荒唐、紛亂、粗糙，皴裂
天気が荒れ然うだ（似乎要變天氣了）
嵐で海が荒れる（因為暴風雨海上起風浪）
田畑が酷く荒れている（田地非常荒蕪）
荒れた庭にも春が来る（春天也來到荒蕪的庭園）
馬が荒れる（馬暴跳）
彼の生活は近頃荒れている（他的生活近來很荒唐）
会議が荒れる（會議鬧糾紛）
昨夜は大分荒れたな（昨晚鬧得很厲害）

ㄏ

ㄏ

水仕事で手が荒れる（因為洗滌東西手變粗糙）

髭を剃った後は顔が荒れるから、クリームを付ける方が良い（刮了鬍子以後臉容易皺所以最好擦上面霜）

荒れ〔名〕風暴、暴風雨、皺裂、風波

荒れ模様の空（要變天氣的樣子）

海は酷い荒れだ（海上風浪很大）

此の薬は皮膚の荒れに良く効く（這藥治皮膚皺裂很有效）

試合は大荒れだ（比賽發生很大風波）

荒れ跡〔名〕廢墟、陳跡

其の城は今唯荒れ跡を残すのみだ（那座城現在只留下了廢墟）

荒れ狂う〔自五〕狂暴、凶暴

荒れ狂う暴徒（凶暴的暴徒）

海は荒れ狂っていた（海上波濤洶湧）

荒れ性、荒性〔名〕皮膚容易皺裂（的人）←→脂性

君も荒性だね（你的皮膚也很會皺裂呀！）

荒性の人（皮膚善皺裂的人）

荒れ地、荒地〔名〕荒地

山間の荒地（山間荒地）

其処は荒地に為っている（那裏成了荒地）

荒止め〔名〕潤膚油

荒れ肌、荒れ膚〔名〕粗糙的皮膚

荒れ果てる〔自下一〕荒廢、荒涼

荒れ果てた土地（荒廢了的土地）

荒れ果てた家（荒廢的房屋）

庭は荒れ果てて、見る影も無い（院子荒涼得不見人影）

荒れ放題〔形動〕任其荒廢

其の土地は荒れ放題に為っている（那土地沒人管全荒廢了）

荒れ回る〔自五〕亂鬧、大鬧、狂吹，刮大風

荒れ模様〔名〕要變天氣的樣子、要起風暴的樣子

台風の影響で海上は荒れ模様だ（因為颱風的影響海上看來要起風暴的樣子）

荒ぶ〔自五〕氣餒，自暴自棄，放蕩，散漫，頹廢（=荒む）、荒廢、沉湎、耽溺

〔接尾〕狂暴起來、猛烈起來

長い間稽古を為なかったから芸が荒んで来た（因為好久沒練習技藝荒廢起來了）

酒色に荒ぶ（沉湎於酒色）

風が吹き荒ぶ（風勢猛烈起來）

救助隊は嵐の吹き荒ぶ中を出発した（救護隊在狂風暴雨中出發了）

荒む〔自五〕氣餒，自暴自棄，放蕩，散漫，頹廢

荒んだ心（放蕩的心情）

荒んだ生活を為る（生活散漫頹廢）

荒んだ世相（冷暖的世態）

荒屋、荒家〔名〕破房子。〔謙〕寒舍，茅舍

道端の荒屋で雨宿りする（在路旁破房子裡避雨）

慌（ㄏㄨㄤ）

慌〔漢造〕恍惚（=恍け）、慌張（=慌てる）、驚慌，恐慌（=恐れる）

恐慌（恐慌、危機）

慌てる、周章てる〔自下一〕驚慌，慌張（=狼狽える、まごつく）、急忙、急急忙忙（=非常に急ぐ）←→落ち着き払う

火事や地震の時は慌てては行けない（火災和地震時不要驚慌）

慌てないで、落ち着いて考え為さい（別驚慌平心靜氣地想一想）

試験が近付いたので、皆慌て出した（因為考試將近大家都慌張起來了）

何も然う慌てる事は無い（何必那麼驚慌）

急いでは居るが慌てては居ない（著急卻不慌張）

汽車に遅れ然うに為ったので、慌てて駆け出した（因為要趕不上火車急忙跑起來了）

慌てて家を出て来たので、財布を忘れて来た（因為匆忙地從家裡出來錢包忘了帶）

慌て者〔名〕冒失鬼、慌張鬼、急性子

彼の男は有名な慌て者だ（他是出名的冒失鬼）

慌てふためく〔自五〕驚慌失措、手忙腳亂

隣の家が火事に為って慌てふためく（鄰家失火鬧得驚慌失措）

慌ただしい、慌しい、遽ただしい、遽しい〔形〕慌忙的，匆忙的（=忙しい）、不安定的，不穩定的（=落ち着かない）

慌しい旅行（匆忙的旅行）

慌しい一生（匆忙度過的一生）

慌しい政局（不穩的政局）

何時も慌しい日を送っている（總是過著匆忙的日子）

慌しく入って来る（慌張地走進來）

其の年も慌しく暮れた（那年也匆忙地過去了）

人人は慌しげに往来する（人們忙忙碌碌地來來往往）

慌しげな雲行き（不穩的情勢）

都会の生活には何とも言えない慌しさが有る（都市的生活有難以形容的繁忙）

皇（ㄏㄨㄤˊ）

皇、皇〔漢造〕（有時音便為皇）帝王、天皇、上帝、匆忙

天皇、天皇、天皇（天皇）

法皇（退位後身入佛門的太上皇）

上皇（太上皇）

倉皇、倉惶（匆忙）

三皇（伏羲、女媧、神農）

尊皇、尊王（尊皇室）

皇位〔名〕皇位

皇位に就く（登基）

皇位を継ぐ（繼承皇位）

皇位は世襲の物である（皇位是世襲的）

皇帝〔名〕皇帝

秦の始皇帝（秦始皇）

神聖Roma皇帝（神聖羅馬皇帝）

皇后〔名〕皇后（=后）

皇太后、皇太后〔名〕皇太后（=太后、大后）

皇太后陛下（皇太后陛下）

皇太子〔名〕皇太子、太子

皇太子妃（皇太子妃）

皇妃〔名〕皇妃

皇子、皇子、王子、皇子〔名〕王子

応神天皇の第二皇子（應神天皇的第二王子）

皇女、皇女、皇女、王女〔名〕公主

皇女殿下（公主殿下）

皇女の夫君（駙馬）

皇兄〔名〕日皇之兄

皇弟〔名〕日皇之弟

皇姉〔名〕日皇之姉

皇孫、皇孫、皇御孫、皇孫、皇御孫、皇孫、皇御孫〔名〕日皇的孫子（或子孫）

皇威〔名〕皇帝的權勢

皇運〔名〕天皇的運、皇帝的命運、成為天皇的運

皇恩〔名〕皇恩

皇恩に浴する（蒙受皇恩）

皇化〔名〕天子的德化、天皇的仁政感化

皇漢〔名〕日本和中國

皇漢薬（日本的中藥）

皇漢医学（日本的中醫學）

皇紀〔名〕日本的紀元（從神武天皇即位，即公元前660年算起，現已不用）

皇居〔名〕皇宮

皇居前広場（皇宮前廣場）

皇宮〔名〕皇宮

皇軍〔名〕皇軍（舊日本軍國主義軍隊的自稱）

皇系〔名〕天皇的血統（=皇統）

皇継〔名〕天皇的繼承者（=皇嗣）

皇考〔名〕先帝

皇国〔名〕（天皇統治的）日本國的自稱

皇国、御国〔名〕祖國、我國、國家

　　皇国の為に尽くす（為祖國效忠）

皇嗣〔名〕皇嗣（=皇儲）

皇室〔名〕皇室

　　皇室御領（皇室領地）

　　皇室典範（皇室典範、規定皇室事項的法規）

皇祖〔名〕日皇的祖先（狹義指第一代祖先）

　　皇祖神武天皇（皇祖神五天皇）

　　皇祖皇宗（天皇歷代的祖先）

皇宗〔名〕日皇的祖先（指第二代以後的歷代祖先）

皇祚〔名〕皇位

　　皇祚を踏む（登極）

皇族〔名〕皇族

皇大神宮〔名〕（祭祀天照大神的）皇大神宮

皇儲〔名〕皇儲、皇太子

皇典〔名〕日本的典籍、日本古典

皇図〔名〕天皇的計畫

皇都〔名〕帝都、天皇所住的都市

皇統〔名〕日皇的血統（系統）

皇道〔名〕帝王之道、天皇以仁德治國政道

皇猷〔名〕天皇治國計畫（=皇謨）

皇陵〔名〕皇陵（=陵）

皇霊〔名〕歷代日皇，皇后及皇族的神靈

　　皇霊殿（皇霊殿）

　　皇霊祭（皇霊祭）

皇礼砲〔名〕皇帝來臨時放的禮砲

　　二十一発の皇礼砲を放つ（放皇禮砲二十一響）

皇師〔名〕帝王的軍隊、帝王的老師

皇、皇〔名〕（日本的）天皇（=皇、天皇、皇、天皇）

　　皇の神（日本皇室祖先之神）

皇代〔名〕天皇在位時代

皇尊、天皇、皇尊、天皇〔名〕天皇的敬稱

皇〔接頭〕〔古〕皇（冠於有關天皇的詞）（=皇、皇）

　　皇孫（皇孫）

　　皇弟（皇弟）

　　皇睦、皇親（天皇的親族）

皇、皇〔接頭〕〔古〕皇（=皇）

　　皇御国（皇國、日本）

天皇〔名〕〔古〕（日本的）天皇（=皇、天皇）

皇、天皇〔名〕〔古〕（日本的）天皇（=皇、皇、天皇、天皇）

皇、天皇〔名〕〔古〕（日本的）天皇（=皇、天皇、皇）

皇神、皇神、皇神〔名〕〔古〕（日本）皇室的祖先（之神）

皇子、皇女、御子〔名〕神之子、天皇之子、天皇子孫、親王、基督教的敬稱

煌（ㄏㄨㄤˊ）

煌〔漢造〕光盛為煌、光明的

煌煌〔形動〕光亮、亮晶晶

　　煌煌たる街路（通亮的街道）

　　照明に煌煌と照らされた舞台（被照明照得亮晶晶的舞台）

　　室内では電灯が煌煌と輝いていた（當時屋子裡的電燈照得通亮）

煌斑岩〔名〕〔礦〕煌斑岩

煌めかす、煌かす〔他五〕使輝煌耀眼、使燦爛奪目、輝耀

　　太刀を抜いて煌めかす（拔出刀來輝耀欲試）

煌めく、煌く〔自五〕閃耀、輝耀閃發光

　　星が煌く（星星閃耀）

波に煌く月の光（波浪上閃耀的月光）

煌く才知（才華洋溢）

彼の目は煌いていた（他目光炯炯）

電灯が辺鄙な山村に煌く（電燈照耀偏僻的山村）

煌めき、煌き〔名〕閃耀、輝耀

星の煌きに見入る（凝視閃耀的星光）

煌びやか〔形動〕光輝燦爛、燦爛奪目、華麗、幹脆

煌びやかな服装（華麗的服裝）

煌びやかな光景（燦爛奪目的光景）

煌びやかに装い（打扮得漂漂亮亮）

煌びやかな文体（華麗的文體）

篁（ㄏㄨㄤˊ）

篁〔漢造〕竹田中眾竹叢生、竹林

篁、竹叢〔名〕竹叢、竹林（=竹薮）

蝗（ㄏㄨㄤˊ）

蝗〔漢造〕蝗蟲

蝗害〔名〕蝗害

蝗害を絶滅する（消滅蝗害）

蝗、稲子〔名〕〔動〕蝗蟲

蝗、飛蝗〔名〕〔動〕蝗蟲、蚱蜢

黄、黄、黄（ㄏㄨㄤˊ）

黄〔漢造〕黃、黃色

卵黄（蛋黃）

硫黄、硫黄（硫磺）

五黄（土星）

牛黄（〔藥〕牛黃）

雌黄（〔礦〕雌黃、〔植〕藤黃）

地黄（〔植〕地黃）

黄鉛〔名〕鉻黃、貢黃

黄鉛鉱（鉬鉛礦）

黄化〔名、他サ〕〔植〕黃化現象

黄化病（黃化病）

黄耆〔名〕〔藥〕黃耆

黄殭病〔名〕〔農〕（蠶）黃僵病

黄玉、黄玉〔名〕〔礦〕黃玉（=トパーズ）

黄経、黄経〔名〕〔天〕黃經←→黃緯

黄血塩〔名〕〔化〕亞鐵氰化鉀（=黃血加里）

黄血ソーダ〔名〕〔化〕亞鐵氰化鈉

黄降汞、黄降汞〔名〕黃色氧化汞（=黃色酸化水銀）

黄金、黄金、黄金、黄金、黄金〔名〕黃金（=金）、金錢

黄金色（金色）

黄金熱（淘金熱）

黄金崇拝（拜金）

黄金の術（煉金術）

黄金の杯（金杯）

黄金作りの太刀（鑲金的劍）

黄金政略（金錢收買政策）

黄金万能の国（金錢萬能的國家）

黄金時代（黃金時代、全盛時期、最繁榮時期）

黄金週間（黃金周）（=ゴールデン・ウイーク）

黄金分割（〔數〕黃金分割-比值約為1：1、618）

黄金〔名〕黃金、黃金色、金幣

黄金の波（金黃色的麥稻浪）

黄金作り（金裝飾的東西）

黄金作りの太刀（鑲金的大刀）

黄金虫（金龜子）（=糞虫）

黄芩〔名〕〔藥〕黃芩

黄錫鉱〔名〕〔礦〕黃錫礦

黄色、黄色、黄色〔名〕黃色

黄色人種（黃種人）

黄色インゴット・メタル（工業黃銅）

黄色組合（資本主義國家中提倡改良主義的工會）←→赤色組合

黄色血滷塩（亞鐵氰化鉀）

ㄏ

黄色酸化汞（黄色氧化汞）
黄色試験紙（〔化〕黄色試驗紙）
黄色腫（〔醫〕脂瘤性纖維瘤）
黄色植物（〔植〕黄綠色或金褐色藻類的總稱．金藻門）
黄色ソーダ（〔化〕亞鐵氰化鈉）
黄色鞭毛藻類（〔植〕金藻綱）

黄色〔名〕黄色
　黄色新聞（黄色新聞）
　黄色火薬（黄色火藥）
　黄色組合（黄色工會）
　黄色人種（黄種人）

黄色〔名、形動〕黄色
　木の葉が黄色掛かる（樹葉顯得發黄了）
　黄色掛かった（稍帶黄色的）
　黄色っぽい（稍帶黄色的）
　黄色味を帯びた（稍帶黄色的）
　黄色に為る（變黄）

黄色い〔形〕黄色
　年月を経て黄色く為った紙（年久變黄的紙）
　黄色い声（〔婦女、小孩的〕尖聲、假聲）
　嘴が黄色い（黄口小孩、乳臭未乾）

黄綬褒章〔名〕（日本政府授給熱心於個人所從事的事業、對國家有貢獻的人的）黄綬褒章

黄水、黄水〔名〕苦膽水、膽汁
　黄水を吐く（嚇破膽）

黄疸〔名〕〔醫〕黄疸
黄鉄鉱〔名〕〔礦〕黄鐵礦、二硫化鐵
黄土〔名〕黄土（地帶）、黄土顔料（=オーカー）
　黄土色（黄褐色）
黄土〔名〕黄色土壤（=黄土）。黄泉（=黄泉路）
黄桃〔名〕〔植〕黄桃
黄銅、黄銅〔名〕〔礦〕黄銅（=真鍮）
　黄銅鉱（黄銅礦）

金色黄銅（銅鋅錫合金）
黄熱病、黄熱病〔名〕〔醫〕黄熱病
黄梅〔名〕〔植〕迎春花（=迎春花）
黄梅〔名〕黄色成熟的梅子
黄蘗、黄蘗、黄蘗、黄肌〔名〕〔植〕黄柏（染料或藥材）
　黄蘗色（鮮黄色）
黄蘗宗〔名〕〔佛〕黄蘗宗（臨濟派的一個分派）
黄斑〔名〕〔解〕（視網膜中央的）黄斑
黄斑花蜂〔名〕〔動〕黄斑花蜂
黄変〔名〕變黄
　黄変米（變黄的米、發霉的米）
黄麻、黄麻、黄麻、綱麻〔名〕〔植〕黄麻（=ジュート）
　黄麻紙（黄麻紙）
　黄麻袋（黄麻袋）
黄燐、黄燐〔名〕〔化〕黄燐
　黄燐マッチ（黄燐火柴）
　黄燐焼夷弾（黄燐燃燒彈）
黄蓮〔名〕〔植〕〔藥〕黄連
黄蓮花、草連玉〔名〕〔植〕黄蓮花
黄心樹、小賀玉木〔名〕〔植〕黄心樹
黄〔漢造〕黄
　玄黄（玄黄，天地、黑色與黄色的幣帛）
黄緯〔名〕〔天〕黄緯
黄鶯〔名〕黄鶯（=鶯）
黄禍〔名〕（yellow peril 的譯詞）黄種人的威脅。〔俗〕糞尿成災的情況
　此の黄禍は放って置けない（這種黄禍不能置之不理）
黄河〔名〕（中國）黄河
黄巻〔名〕（用黄蘗葉染黄防蛀用紙的）書籍
黄教〔名〕〔宗〕（喇嘛教的新教）黄教
黄繭〔名〕黄繭
黄犬契約〔名〕資本家迫使工人以不參加工會為條件的僱傭合約
黄口〔名〕小鳥（的嘴）、年幼（經驗淺）

黄口児（年輕不懂事的黃毛小子）（=黃吻兒、青二才）

黄吻〔名〕乳臭未乾（=黃口）

黄昏、黄昏〔名〕黃昏、傍晚（=夕暮れ。夕方）、〔喻〕人生的衰老時期

　　黄昏の街の灯が付き始める（黃昏街頭點起燈火）

　　黄昏に為った（到了衰老時期）

　　黄昏草（葫蘆花的別稱）（=夕顔）

　　黄昏時（傍晚時刻）

　　黄昏鳥（杜鵑的別稱）（=杜鵑、時鳥、子規、不如帰）

黄砂〔名〕黃色細沙、（中國北方）黃塵

黄塵〔名〕飛揚的塵土

　　黄塵万丈（塵土飛揚）

　　黄塵万丈の都会（塵土飛揚的城市）

黄雀風〔名〕陰曆五月的東西風

黄熟、黄熟〔名、自サ〕（稻，麥等穗）成熟變黃

　　蜜柑が黄熟した（橘子成熟變黃了）

黄泉、黄泉〔名〕黃泉（=黃泉路、冥途、冥土）

　　黄泉の客と為る（成為黃泉之客、去世、死亡）

黄泉〔名〕黃泉、陰間、冥府

　　黄泉の国（陰曹地府）

　　黄泉路（黃泉之路、冥途）

黄濁〔名、自サ〕黃濁、混濁

　　川の水が黄濁している（河水混濁）

黄鳥〔名〕〔動〕黃鳥（=高麗鶯）、〔古〕黃鶯（=鶯）

黄帝〔名〕（中國古代）黃帝

黄道、黄道〔名〕〔天〕黃道、（迷）黃道吉日

　　黄道光（黃道光）

　　黄道座標（黃道座標）

　　黄道吉日（黃道吉日）

黄白〔名〕黃和白、黃金和白銀、〔舊〕金錢

　　黄白を散ずる（撒く。ばら蒔く）（〔為某種目的〕散財、大撒金錢）

黄門〔名〕〔古〕黃門（=日本古時官名中納言的別稱．因近似中國唐代黃門侍郎而有此稱）

黄葉〔名〕黃葉、秋葉

黄落〔名、自サ〕（樹葉）黃落

　　黄落の季節である（黃葉飄零的季節）

黄粱〔名〕〔植〕黃粱（=大粟、梁）

　　黄粱一炊の夢（一枕黃粱夢 - 枕中記）

黄櫨染〔名〕黃褐色（日皇禮袍的顏色）

黄〔名〕黃、黃色（=黃色）

　　黄為る泉（黃泉）

黄ばむ〔自五〕帶黃色、呈黃色

　　銀杏の葉が黄ばむ（公孫樹葉呈現黃色）

黄蟻〔名〕黃蟻

黄枯茶、黄唐茶〔名〕淺藍帶點茶色的染色

黄菊〔名〕黃菊

　　黄菊と白菊（黃菊和白菊）

黄菖蒲〔名〕〔植〕黃菖蒲

黄水晶〔名〕〔礦〕黃水晶

黄水仙〔名〕〔植〕長壽花

黄鯛〔名〕〔動〕黃鯛（=連子鯛）

黄粉、黄な粉〔名〕（炒）黃豆麵

　　黄粉餅（撒上黃豆麵的年糕）

黄巴旦〔名〕〔動〕冠毛白鸚

黄肌（鮪）、黄肌（鮪）〔名〕〔動〕黃肌金鎗魚

黄蜂〔名〕黃蜂

黄八丈〔名〕（東京八丈島特產）黃地帶茶褐色格紋的絲綢

黄花の九輪桜〔名〕〔植〕立金花

黄花藤〔名〕〔植〕金鏈花

黄花麦撫子〔名〕〔植〕假升麻、婆羅門參

黄鶲〔名〕〔動〕黃鶲

黄表紙〔名〕黃色書皮、（江戶時代，從安永到文化初年流行的）黃色綉像滑稽文藝刊物

黄身〔名〕蛋黃

　　黄身の二つ有る卵（雙蛋黃）

ㄏ

黄味〔名〕（帶）黃色
　黄味を帶びる（帶黃色）
　黄味掛かる（帶黃色）

黄牛、飴牛〔名〕黃牛

黄楊、柘植〔名〕〔植〕黃楊
　黄楊の櫛（黃楊木梳）

黄蜀葵〔名〕〔植〕木芙蓉

黄鮪魚、腸香〔名〕〔動〕黃鮪魚（產於琵琶湖的淡水魚）

黄櫨、黄櫨〔名〕〔植〕野漆樹
　黄櫨の実（野漆樹的果實）
　黄櫨色（枯草色、土黃色）

黄櫨、櫨〔名〕〔植〕野漆樹（=黃櫨）

黄櫨漆〔名〕〔植〕野漆樹（=黃櫨、櫨）

黄鶏〔名〕深黃色的雞、〔俗〕上等的雞肉

簧（ㄏㄨㄤˊ）

簧〔漢造〕吹奏樂器中用手振動發聲的薄銅片或竹薄片

舌〔名〕（樂器的）簧

恍（ㄏㄨㄤˇ）

恍〔漢造〕昏惑、形像模糊不易捉摸的、領悟貌

恍惚〔名、形動〕出神，銷魂，恍惚，神智不清
　恍惚たらしめる光景（令人心醉的樣子）
　恍惚と為て聞く（聽得出神）
　恍惚と為て眺める（看得出神）
　素晴らしい演奏に恍惚と為る（為精彩的演奏而心醉神迷）
　恍惚の人（神志不清的人）

恍ける、惚ける〔自下一〕（頭腦）遲鈍、發呆、裝糊塗，假裝不知道、作滑稽（愚蠢）的言行，出洋相
　年を取って頭が恍ける（上了年紀頭腦遲鈍）
　本当に恍けた事許り遣る（老做些傻事）
　恍けては困る，其は僕のだ（別裝糊塗那是我的）
　知っている癖に恍けるな（明明知道別裝糊塗）
　恍けずに答えろ（別裝傻，回答！）
　恍けるのが旨い（他善於出洋相）
　恍けた事を言って人を笑わせる（說滑稽話逗人發笑）

恍け、惚け〔名〕（頭腦）遲鈍，發呆、裝傻，裝糊塗（的人）
　御恍けで無いよ（你別裝傻了）
　彼は其の問題に就いては丸っ切り御恍けを通している（他對那個問題根本就在裝糊塗）

恍け顔、惚け顔〔名〕傻頭傻腦，呆頭呆腦、裝糊塗的面孔
　恍け顔を為ている（假裝不知道）

恍け者、惚け者〔名〕呆子、傻子、頭腦遲鈍的人、老胡塗的人、假裝不知的人、裝瘋賣傻的人

幌（ㄏㄨㄤˇ）

幌〔漢造〕遮明的帷幔為幌

幌〔名〕車篷、（寫作"母衣"）。〔古〕（披在鎧甲背後的）防箭袋
　幌が折り畳み式の自動車（折疊式車篷的汽車）
　幌を掛ける（支起車篷）
　幌を下ろす（放下車篷）
　幌馬車（帶篷馬車）

幌馬車〔名〕帶篷馬車

哄（ㄏㄨㄥ）

哄〔漢造〕多而雜的聲音為哄

哄笑〔名、自サ〕哄笑、大笑（=大笑い）
　空ろな哄笑（虛聲假氣的哄笑）
　哄笑一番（哄然大笑起來）
　彼の人の冗談で一同が哄笑した（由於他的詼諧大家哄堂大笑）

哄然〔形動〕哄然

哄然と笑う（哄然而笑）

薨（ㄏㄨㄥ）

薨〔漢造〕（公侯的）死（在日本指皇族和三品位以上的人的死亡）

崩薨（皇族和三品位以上的人的死亡）

薨じる〔自上一〕（皇族或三品以上的官）死、逝世（＝薨ずる）

薨ずる〔自サ〕（皇族或三品以上的官）死、逝世（＝薨じる）

薨去〔名、自サ〕（皇族或三品以上的官）死、逝世

轟（ㄏㄨㄥ）

轟〔漢造〕喧雜吵鬧地、聲響大而猛烈地

轟音〔名〕轟響、轟鳴

轟音を発する（發出轟響）
一大轟音と共に爆破された（轟隆一聲炸壞了）
轟音を立てて通る（轟隆而過）

轟轟〔形動〕轟隆

轟轟たる爆音（隆隆的爆炸聲）
轟轟と鳴る（轟隆響）
列車が轟轟と音を立てて走り去る（列車轟隆轟隆地駛去）

轟然〔形動〕轟響、轟隆

轟然たる大音響（轟隆巨響）
轟然と爆発する（轟然爆炸）
轟然たる音と共に沈没した（轟隆一聲沉沒了）
轟然一発、銛が空を切って飛んだ（轟的一聲魚叉騰空射出）

轟沈〔名、他サ〕炸沉

敵艦を轟沈する（炸沉敵艦）
砲撃を受けて轟沈した（受到砲擊而炸沉了）

轟〔名、副〕轟鳴、轟隆

磯も轟に波が寄せる（波浪拍得海岸轟隆響）
橋を渡る車の音が轟に響く（過橋的車輛聲轟隆作響）

轟く〔自五〕轟鳴、（名聲）響震、（心情）激動、（心房）跳動

砲声が轟く（砲聲隆隆）
稲妻交じりの雷が轟く（夾著閃電的雷聲轟隆）
其の名は天下に轟く（名聞天下）
悪名が轟く（臭名遠播）
轟く胸を静めて手紙の封を開く（抑制內心激動把信拆開）
息詰る場面に胸が轟いた（緊張的情景令人驚心動魄）

轟き〔名〕轟鳴、轟響、（心情）激動、（心房）跳動

大砲の轟きが聞こえる（聽見大砲的轟鳴聲）
遠雷の轟き（遠方的雷聲）
胸の轟きを禁じ得ない（不禁心潮澎湃）
胸の轟きを押さえる（抑制內心的激動）

轟き渡る〔自五〕響徹、響遍

突然、激しい雷鳴が轟き渡った（突然響起一片雷聲）

轟かす〔他五〕發出轟隆聲、（名聲）響震、（心房）跳動，激動

爆音を轟かして飛び去る（發出轟隆巨聲飛走）
名声を天下に轟かす（名震天下）
希望に胸を轟かす（滿懷希望、心情激動）

弘、弘（ㄏㄨㄥˊ）

弘、弘〔漢造〕廣大、推廣

寛弘（寬宏大量）

弘遠〔形動〕弘大久遠

弘大〔形動〕弘大

弘報、広報〔名〕宣傳、報導、報

弘報機関を通じて発表する（通過宣傳機關發表）

広報部（宣傳部、情報部）

広報係（宣傳員）

広報活動（宣傳活動）

弘法〔名〕〔佛〕傳播佛法、弘法大師（空海和尚的諡號）

弘法（に）も筆の誤り（智者千慮必有一失）

弘法筆を択ばず（善書者不擇筆）

弘法〔名〕〔佛〕弘法、普及佛法

弘通、弘通、弘通〔名、自サ〕〔佛〕佛教的廣泛傳佈

弘誓〔名〕〔佛〕弘大的誓願、菩薩普渡眾生的誓願

弘い、広い、寛い、闊い〔形〕（面積，空間）廣闊、(幅度)寬廣、(範圍)廣泛、(心胸)寬廣↔狭い

広い野原（遼闊的原野）

庭が広い（庭院大）

此の部屋は余り広くないから、もう少し広くし度い（這房子不怎麼寬敞想弄得稍大一些）

広い道（寬道）

狭い道を広くした（把狹路弄寬了）

彼の肩幅の広い人は大川さんです（那個寬肩膀的人是大川先生）

肩身が広い（覺得自豪、臉上有光）

知識が広い（知識廣博）

顔が広い（交際廣）

彼は交際が広い（他交際廣）

広く伝える（廣泛宣傳）

広く大衆の意見を聞く（廣泛聽取群眾意見）

広い度量（寬宏的肚量）

胸が広い（心胸寬廣）

広い心で人の話を聞く（心胸寬宏地傾聽別人的話）

弘め、広め、披露目〔名〕披露，宣布，發表，公開於眾〈藝妓等在宴席上〉初次露面（=披露）

結婚の御披露目を為る（舉行結婚招待宴）

弘まる、広まる〔自五〕擴大、擴展、遍及、蔓延（=広がる、拡がる）

知識が広まる（知識面擴大）

噂が広まった（流言傳開了）

彼の新説が次第に広まって来た（他的新學說漸漸地傳播開來）

活動が全国に広まる（活動遍及全國）

名が世界に広まる（馳名世界）

弘める、広める〔他下一〕擴大，增廣，普及，推廣、批露，宣揚

知識を広める（擴大知識面）

学問を広める（增廣學問）

科学知識を広める（普及科學知識）

宗教を広める（傳教）

共通語を広める（推廣普通話）

マルクス、レーニン主義を広める（宣傳馬克思列寧主義）

店の名を広める（宣揚商店的字號）

宏（ㄏㄨㄥˊ）

宏〔漢造〕（規模）宏大

恢宏、恢弘（廣大、事業和制度等擴展）

宏遠、広遠〔名、形動〕宏偉遠大

宏遠な理想（遠大的理想）

気宇宏遠（氣宇宏偉）

宏業〔名〕宏大的事業

宏壮〔名、形動〕宏偉

宏壮な建物（宏偉的建築）

宏大、広大〔名、形動〕廣大、廣闊↔狭小

宏大無辺（廣大無邊）

宏大な土地（大片的土地）

気宇が宏大である（胸懷磊落）
規模は宏大だ（規模宏大）
宏図〔名〕廣大的計畫、大方針
宏謨〔名〕廣大的治世計畫、國家的大計（=宏図）
宏量、広量〔名形、動〕寬宏大量

洪（ㄏㄨㄥˊ）

洪〔漢造〕大、大水、匈，匈牙利
　　洪牙利、ハンガリー（匈牙利）
　　日洪（日本和匈牙利）
洪恩、高恩、鴻恩〔名〕鴻恩、大恩
　　洪恩忘じ難し（鴻恩難忘）
洪水〔名〕洪水。〔喻〕洪流（=大水）
　　洪水が出る（發大水）
　　洪水で流される（被大水沖走）
　　此の雨が止まないと洪水に為る（這雨若不停就要漲大水）
　　手紙の洪水（雪片似的信件）
　　車の洪水（車水馬龍）
洪積世〔名〕〔地〕洪積世、冰河時期
洪積層〔名〕〔地〕洪積層
　　洪積層土（洪積層土壤）

紅（ㄏㄨㄥˊ）

紅〔漢造〕（也讀作紅、紅）紅、胭脂、女性的
　　深紅、深紅、真紅（深紅）
　　浅紅（淺紅、桃紅）
　　鮮紅（鮮紅）
　　潮紅（潮紅、臉上紅暈）
　　千紫万紅（萬紫千紅）
　　百日紅、百日紅（百日紅、紫薇）
紅亜鉛鉱〔名〕〔礦〕紅鋅礦
紅安鉱〔名〕〔礦〕硫氧銻礦
紅一点〔名〕（萬綠叢中）一點紅、多數男性中的唯一女性
　　彼女は入選者中の紅一点だ（她是當選者中的唯一女性）

紅衛兵〔名〕（中國）紅衛兵
紅炎、紅焰〔名〕紅色火焰、〔天〕日珥（=プロミネンス prominence）
紅鉛鉱〔名〕〔礦〕鉻鉛礦
紅顔〔名〕臉色紅潤
　　紅顔の美少年（紅顔美少年）
紅旗〔名〕紅旗
　　紅旗が翻る（紅旗飄揚）
紅教〔名〕〔宗〕（喇嘛教的舊教）紅教
紅玉〔名〕〔礦〕紅玉，紅寶石（=ルビー）、（蘋果品種）紅玉
紅玉髄〔名〕〔礦〕光玉髓、肉紅玉髓
紅銀鉱〔名〕〔礦〕紅銀礦
　　濃紅銀鉱（濃紅銀礦）
　　淡紅銀鉱（淡紅銀礦）
紅裙〔名〕紅裙，女子的衣服。〔轉〕美女，藝妓
紅軍〔名〕（中共）紅軍
紅閨〔名〕婦人的寢室、美人的睡房
紅脂〔名〕口紅和脂粉
紅紙〔名〕紅色的紙
紅紫〔名〕紅紫色、萬紫千紅
　　金銀紅紫の装束（五光十色的服裝）
紅綬褒章〔名〕（對捨己救人者發給的）紅色綬帶獎章
紅十字〔名〕紅十字（會）（=赤十字）
紅熟〔名、自サ〕成熟變紅
　　林檎が紅熟している（蘋果成熟變紅了）
紅色、紅色〔名〕紅色
　　紅色を帯びた服装（帶紅色的服裝）
　　紅色細菌（紫色細菌）
紅唇〔名〕紅嘴唇、塗口紅的嘴唇
　　婦人が紅唇と尖らす（婦女噘嘴〔不高興〕）
紅塵〔名〕〔佛〕紅塵、俗世
　　紅塵に塗れる（沾染紅塵）
　　紅塵を避ける（避開紅塵）
紅髯〔名〕紅鬚、西洋人
紅藻〔名〕〔植〕紅藻

ㄏ

紅藻類の海藻（紅藻類海藻）
紅藻植物（紅藻植物）
紅藻素（紅藻素）

紅茶〔名〕紅茶
紅茶を入れる（沏紅茶）
砂糖とミルクを入れた紅茶（加了砂糖和牛奶的紅茶）
紅茶茶碗（茶杯）

紅柱石〔名〕〔礦〕紅柱石

紅潮〔名、自サ〕臉紅、月經、映日而呈現紅色的海潮
顔が紅潮する（臉紅）
紅潮した頬（漲紅的臉）
一杯飲んで頬が紅潮した（喝了一杯臉紅了）
顔を紅潮させて反対意見を述べる（臉紅脖子粗地提出反對意見）

紅電気石〔名〕〔礦〕紅電器石

紅土〔名〕〔礦〕紅土

紅燈〔名〕紅燈、紅色燈籠
紅燈の巷（花街柳巷）

紅熱〔名、他サ〕紅熱、赤熱、灼熱
紅熱した鉄（燒紅了的鐵）

紅梅〔名〕〔植〕紅梅、紅梅色

紅白〔名〕紅與白
紅白の幔幕（紅白條紋的簾幕）
紅白試合（紅隊和白隊比賽）
紅白に分かれてゲームを遣る（分成紅白兩隊對抗）

紅斑〔名〕紅斑
紅斑性狼瘡（紅斑性狼瘡）

紅粉〔名〕脂粉、化妝
紅粉を施す（塗脂粉）

紅粉〔名〕（中國傳去的）紅胭脂（＝唐紅）

紅毛〔名〕紅頭髮（的人）、（江戶時代）荷蘭人、（泛指）西洋人，歐洲人

紅毛碧眼（紅髮碧眼洋人）
紅毛船（荷蘭船）

紅葉〔名、自サ〕紅葉（＝紅葉）、變成紅葉
紅葉を焚く（燒紅葉）
紅葉した山山（全是紅葉的群山）

紅葉〔名、自サ〕（秋天）樹葉變黃或變紅、紅楓葉（＝紅葉葉）、〔植〕槭樹，楓樹的異稱（＝楓）
赤く紅葉した柿の葉（已變紅的柿子樹葉）
木木の葉が紅葉する（樹葉變紅）
赤ちゃんの紅葉の様な可愛い手（嬰兒紅通通的可愛小手）
顔に紅葉を散らす（羞得臉通紅）
紅葉狩り（賞紅葉）
紅葉葵（〔植〕紅秋葵）
紅葉楓（〔植〕美國楓香木）

紅綠色盲〔名〕〔醫〕紅綠色盲

紅輪〔名〕〔醫〕（皮疹的）紅暈

紅涙〔名〕（美女的）珠淚、血淚
紅涙を絞る（珠淚交流）

紅炉〔名〕燒得火紅的地爐

紅楼〔名〕（富家或妓院的）紅樓

紅〔名〕紅色顏料、胭脂紅、食品著色劑、紅色、鮮紅色
頬紅（腮紅）
口紅（口紅）
紅生姜（紅薑）
紅を付ける（擦胭脂）
唇に紅を差す（往嘴唇上抹口紅）
頬にほんのりと紅が差した（臉上泛起了紅暈）

紅雲母〔名〕〔礦〕鋰雲母

紅絵〔名〕（浮世繪初期）以紅色為主的套色版畫

紅白粉〔名〕胭脂和白粉。〔轉〕化妝
紅白粉を付ける（擦胭脂抹粉化妝）
紅白粉に憂き身を窶す（為化妝廢寢忘食）

紅鉄漿 〔名〕（舊時日本流行的化妝術）染黑牙齒（=鉄漿）、〔轉〕化妝
　　紅鉄漿を付ける（化粧）

紅殻 〔名〕黃土燒成的紅色顏料（氧化二鐵）（=紅殻、弁柄、ベンガラ、紅殻）

紅鮭、紅鮭 〔名〕〔動〕紅鱒（=紅鱒）

紅差指 〔名〕無名指（=薬指）

紅羊歯 〔名〕〔植〕紅星草

紅生姜、紅生薑 〔名〕紅薑（以醋醃製的紅色鮮薑）

紅雀 〔名〕〔動〕朱砂鳥

紅染め 〔名〕紅染料、染紅的布料

紅鶴 〔名〕〔動〕火烈鳥

紅天狗茸 〔名〕〔植〕毒蠅草

紅花 〔名〕〔植〕紅花

紅花隠元 〔名〕紅花菜豆

紅鶸 〔名〕〔動〕黃嘴朱頂雀、金翅雀

紅鱒 〔名〕〔動〕紅鱒

紅屋 〔名〕洗染店、化妝品的商店

紅、紅絹 〔名〕紅絹、紅稠
　　紅裏の着物（紅稠裡子的和服）

紅絹 〔名〕（用作婦女和服裡子的）紅稠

紅裏、紅絹裏 〔名〕用紅稠做的裡子

紅 〔名〕〔植〕紅花（=紅花）、鮮紅色
　　夕焼けが西の空を紅に染める（晚霞把西方的天空照得通紅）
　　紅は園生に植えても隠れ無し（比喻出色的東西無論放在哪裡都引人注目）

紅殻、弁柄、ベンガラ、紅殻 〔名〕印度紅（用紅土燒製的紅色顏料，原產於孟加拉Bengal故名）棉絲交織條紋布（=弁柄縞）

紅南瓜、金冬瓜 〔名〕〔植〕〔俗〕北瓜

紅型 〔名〕沖繩地方的花色印染法

紅蓮 〔名〕大紅色、紅蓮花、紅蓮地獄（=紅蓮地獄）
　　紅蓮の炎を上げて燃え盛る（吐著火紅的火焰旺盛地燃燒）
　　紅蓮白蓮（紅蓮花白蓮花）
　　紅蓮地獄（鉢特摩地獄）

紅樹 〔名〕〔植〕紅樹

虹（ㄏㄨㄥˊ）

虹 〔漢造〕日光照射在浮游空中水氣上，經過折射而生之彩色弧形

虹彩 〔名〕〔解〕虹彩、虹膜
　　虹彩炎（虹膜炎）
　　虹彩切除（虹膜切除）

虹、虹、虹 〔名〕虹
　　空に虹が出た（天空出彩虹了）
　　虹が消えた（彩虹消失了）
　　虹形（虹形弓形）

虹色 〔名〕虹的顏色、虹的七種色彩

虹鱒 〔名〕〔動〕虹鱒

訌（ㄏㄨㄥˊ）

訌 〔漢造〕內訌
　　内訌（內訌）

訌争 〔名〕內訌（=内輪揉め）

鴻（ㄏㄨㄥˊ）

鴻 〔漢造〕大鳥為鴻、盛大的

鴻恩、洪恩、高恩 〔名〕大恩
　　父母の鴻恩（父母的大恩）

鴻学、洪学 〔名〕博學精通（的人）

鴻基、洪基 〔名〕鴻基、大事業的基礎

鴻業 〔名〕大業、偉業
　　維新の鴻業を大成する（完成維新大業）

鴻鵠 〔名〕鴻鵠、大鳥←→燕雀
　　燕雀安んぞ鴻鵠の志を知らんや（燕雀焉知鴻鵠志）

鴻儒 〔名〕鴻儒、大儒

鴻大 〔名、形動〕鴻大
　　鴻大な恩恵（鴻恩）

鴻毛 〔名〕鴻毛、輕微
　　彼の死は鴻毛よりも軽し（他死得比鴻毛還輕）
　　命を鴻毛の軽きに置く（視生命如草芥）

鬨（ㄏㄨㄥˋ）

鬨〔漢造〕共相爭鬥為鬨、吵鬧地、聚集吵鬧

鬨、鯨波〔名〕（古代戰鬥開始或勝利時的）吶喊、〔轉〕多數人一起發出的喊聲

　　勝鬨、勝ち鬨（勝利時的歡呼，吶喊，凱歌）

　　鬨を作る（發出喊聲、吶喊）

鬨の声〔名〕吶喊、多數人發出的喊聲

　　鬨の声を揚げる（多數人一起吶喊）

几（ㄐㄧ）

几〔漢造〕桌子、書桌、飯桌（＝机、案）
　床几、床机（以帆布等為面的折凳）
几案、机案〔名〕書桌（＝机、案）
几帳〔名〕（舊時用於間隔居室的用具）圍屏、幔帳
几帳面、木帳面〔名、形動〕規規矩矩、一絲不苟
　几帳面に働く（一絲不苟地工作）
　几帳面な人（規規矩矩的人）
　几帳面に時間を守る（嚴守時間）
　几帳面に病人の世話を為る（很周到地照顧病人）

机（ㄐㄧ）

机〔漢造〕几案、桌子
　浄机、浄几（淨几）
　明窓浄机（窗明几淨）
机下〔名〕（寫在收信人名字下邊的敬語）足下、座右
　近松秋江様机下（近松秋江先生足下）
机上〔名〕桌上
　机上の電気スタンド（桌上檯燈）
　机上のプラン（脫離現實的計畫）
　机上の空論（紙上談兵）
　机上の理論家（空頭理論家）
机辺〔名〕几邊、案邊
机、案〔名〕桌子，書桌，辦公桌（＝デスク）。〔古〕飯桌（＝食卓）
　机に向かって仕事を為る（坐在桌前工作）
　机を並べて共に働く（並著桌子一同工作）
　机代物（飯菜）
　机の虫（書呆子）

肌（ㄐㄧ）

肌〔漢造〕皮膚（＝皮膚）
　玉肌（玉肌、美麗的皮膚）
肌理〔名〕肌理、木紋
肌膚〔名〕皮膚（＝肌、膚、肌、膚）
肌理細か、木目細か〔形動〕細緻，仔細、皮膚細膩，表面光滑
　木目細かな対策を取る（採取細緻的對策）
　重厚で木目細かな筆致で深く描き込んでいる（用渾厚細緻的筆觸深入地刻畫著）
肌、膚〔名〕皮膚，肌膚、（物的）表面、氣質，風度、木紋
　白い肌（白皮膚）筋肉
　肌の肌理細かい（皮膚細膩的）
　寒さで肌が荒れた（因為寒冷皮膚變粗了）
　肌を刺す様な寒さ（刺骨的寒氣）
　彼の人は肌に始終フランネルを着けている（他總是貼身穿絨布衣服）
　山の肌（山的表面）
　樹の肌（樹皮）
　紙の肌（紙面）
　肌の白い大根（白皮蘿蔔）
　彼は豪傑肌の人物だ（他是個豪邁的人）
　外交家肌である（有外交家風度）
　学者肌の人（學者風度的人）
　彼は芸術家肌の所が有る（他有幾分藝術家的氣質）
　肌の美しい材（紋理好看的木材）
　肌が合う（合得來）
　肌を汚す（失去貞操、使女人失貞）
　肌を脱ぐ（打赤膊、助一臂之力）
　肌を許す（以身相許）
　一肌脱ぐ（奮力相助）
肌合い、肌合〔名〕性情、性格、氣質、稟性
　さっぱりした肌合いの人（性情坦率的人）

ㄐ

彼は私と肌合いが違う（他同我性情不一樣）
肌合いの違った人（稟性不同的人）
ああ言う肌合いの人は嫌いだ（討厭那種性格的人）

肌荒れ、肌荒〔名〕皮膚變粗糙。〔冶〕（熱鍛造件）表面不規則，（鋼板加工等）表面凹凸不平
肌荒れを防ぐ（防止皮膚變粗糙）

肌色〔名〕膚色，肉色、（器物）表面的顏色光澤
肌色が見事だ（顏色光澤很好）

肌着〔名〕汗衫、貼身襯衣
肌着にはフランネルが好い（做貼身襯衣最好是絨布）
汚れた肌着を何時迄も着ているのは体に良くない（總是穿著髒襯衣對身體不好）

肌寒い、膚寒い〔形〕（肌膚）感覺冷的
肌寒い春風（微寒的春風）
春だと言うのに、未だ肌寒い（雖說已是春天卻還有點寒意）
肌寒さを感じる（感到料峭春寒）

肌触り、膚触り〔名〕觸及肌膚時的感覺、接觸交往的感覺
肌触りの良い布地（摸著柔軟滑溜的布料）
此のシャツは肌触りが好い（這件襯衫穿起來舒服）
肌触りの柔らかな人（接觸起來感到溫和的人）

肌襦袢、肌襦袢、肌襦袢〔名〕汗衫、貼身襯衣
肌襦袢を取り換える（換汗衫）

肌付き, 肌付，膚付き，膚付〔名〕皮膚的色澤、貼身、貼身汗衫

肌脱ぎ〔名、自サ〕赤膊、上身赤裸
肌脱ぎに為って働く（上身赤裸幹活）

肌守り〔名〕（貼身帶的）護身符

肌身〔名〕身體
何時も肌身に付けている（經常帶在身上）
肌身を離さない（不離身）

肌身を汚す（失貞）
肌身離さず（不離身）
肌身を許す（以身相許）

肌焼き鋼〔名〕〔冶〕表面硬化鋼、表面滲碳鋼

肌、膚〔名〕（人的）皮膚，肌膚、（獸類的）皮（=肌、膚）、刀身或劍身的表面
玉の肌（玉肌）
肌に栗（〔因害怕〕皮膚上起雞皮疙瘩）

姬（ㄐㄧ）

姬〔漢造〕姬、貴人的女兒、貴婦人
美姬（美女、美麗的歌姬）
王姬（王姬）
妖姬（妖婦、妖艷的女人）
寵姬（寵姬、愛妾）
姬妾（姬妾）

姬、媛〔名〕女子的美稱←→彥、（貴族的）小姐，公主
〔接頭〕小的、小巧可愛的
姬鏡台（小梳妝台）

姬赤立羽〔名〕〔動〕立羽蝶科的蝴蝶

姬薊〔名〕〔植〕薊

姬茴香〔名〕〔植〕蒔蘿

姬裏白〔名〕〔植〕姬裏白

姬貝〔名〕〔動〕貽貝、淡菜

姬垣、姬墻〔名〕矮籬笆、矮牆

姬髢草〔名〕〔植〕速生草

姬君〔名〕〔敬〕公主、貴族小姐（=姬、媛）

姬御前〔名〕〔古〕公主、貴族小姐（=姬君）。〔俗〕年輕姑娘
姬御前のあられもない（貴族小姐不應有的）

姬小松〔名〕〔植〕日本白松、矮小的松樹

姬女苑〔名〕〔植〕（菊科越年草）一年蓬

姬酸葉〔名〕〔植〕小酸模

姬虎の尾〔名〕〔植〕水蔓青

姬糊〔名〕（用於漿洗的）用飯粒做成的漿糊

姫萩 ひめはぎ〔名〕〔植〕瓜子金

姫始め、姫始 ひめはじめ、ひめはじ〔名〕（新年後的）首次房事、（日曆用語）姫始（正月首次騎馬，縫紉等的吉日）

姫芭蕉 ひめばしょう〔名〕〔植〕美人蕉

姫蜂 ひめばち〔名〕〔動〕姫蜂

姫風露 ひめふうろ〔名〕〔植〕纖細老鸛草

姫鳳凰 ひめほうおう〔名〕〔動〕（非洲）長尾鳥

姫鱒 ひめます〔名〕〔動〕紅鱒

姫松 ひめまつ〔名〕小松樹、矮小的松樹（=姫小松）

姫宮 ひめみや〔名〕皇女、公主、王妃（=姫、媛）

姫昔蓬 ひめむかしよもぎ〔名〕〔植〕加拿大飛蓬

姫百合 ひめゆり〔名〕〔植〕山丹

屐、履（ㄐ一）

屐、履 げき、けき〔名〕木屐（=履物、木靴）

屐齒 げきし〔名〕屐齒

下駄 げた〔名〕木屐、〔印〕空鉛（=伏字）。〔俗〕水上飛機的浮箱

　　下駄を履く（穿木屐）

　　下駄を脱ぐ（脱木屐）

　　下駄を履いて庭を散歩する（穿木屐在庭院裡散步）

　　下駄箱（放木屐鞋箱）

　　校正刷りは未だ下駄が有る（校樣上還有許多空鉛）

　　下駄と焼味噌（喻外表相似内容大不相同）

　　下駄も仏も同じ木の切れ（貴賤雖有不同本源都是一樣）

　　下駄を預ける（名知有困難強把事情託付給別人）

　　下駄を履かせる（添加水分、抬高分數、缺少必要的鉛字時加空鉛）

　　下駄を履く（在買賣中吃回扣、拿佣金）

　　彼奴は良く下駄を履く男だ（那傢伙經常在買賣中吃回扣）

　　下駄印（一種中間凹進去的圖章-兩個圖章刻在一塊印料上）

　　下駄組（不懂裝懂的人、假行家）

下駄履き、下駄履 げたば、げたばき（穿木屐的〔打扮〕、〔俗〕樓下是商店或辦公室、二樓以上是住宅的樓房）

下駄履き住宅、下駄履住宅 げたばきじゅうたく、げたばきじゅうたく（樓下是商店或辦公室、二樓以上是住宅的樓房）

笄（ㄐ一）

笄 こうがい〔名〕笄、簪子

迹、跡（ㄐ一）

迹、跡 せき、しゃく〔漢造〕（同"跡"）腳印、前人所留下的事物

　　垂迹 すいじゃく（〔佛〕現身）

迹、跡 あと、あと〔名〕痕跡、蹤跡、跡象、繼承家業的人

　　車の跡（車印）

　　傷の跡（傷痕）

　　彼は公金を横領して跡を晦ました（他盜用公款後消聲匿跡了）

　　一向悔い改めた跡が見えない（一點也看不出悔改的跡象）

　　私は此の子に跡を取らせる積りだ（我打算讓這個孩子繼承家業）

跡 あと〔名〕痕跡（=印）、跡象（=形跡）、蹤跡（=行方）、遺跡（=遺跡）、家業（=家督）、（也寫作後）後繼者（=後継）

　　足の跡（腳印）

　　血の跡（血的痕跡）

　　蚊に刺された跡（被蚊子叮了的痕跡）

　　跡が付く（留下痕跡）

　　其の顔には苦痛の跡が現れていた（他的臉上顯出痛苦的跡象）

　　人の入った跡が無い（沒有進去過人的跡象）

　　進歩の跡が見える（現出進步的跡象）

　　人の跡を付ける（跟蹤、追蹤）

　　悪い事を為て跡を晦ます（做了壞事躲起來）

ㄐ

古い御寺の跡（古寺的遺跡）
先覚者の跡を訪ねる（訪問前輩的遺跡）
跡を取る（継ぐ）（繼承家業）
彼が私の跡へ座る（他來接替我的工作）
跡を追う（追趕、仿效、緊跟著死去）
跡を隠す（藏起、躲起）
跡を絶つ（絕跡）
跡を弔う（弔唁）
跡を濁す（留下劣跡）
跡を踏む（步後塵、沿襲先例）

跡、址〔名〕遺址
古い城の跡（古城的遺址）

跡、痕〔名〕痕跡
腿に手術の跡が有る（大腿上有動過手術的痕跡）

後〔名〕後方，後面（=後ろ）、以後（=のち）、以前（=前）、之後，其次，以後的事，將來的事、結果，後果，其餘，此外，子孫，後人，後任，後繼者，死後，身後（=亡き後）

後を振り向く（向後面看）
後へ下がる（向後退）
後から付いて来る（從後面跟來）
故郷を後に為る（離開家鄉）
後に為る（落到後面、落後）
後に続く（接在後頭、跟在後面）
行列の一番後（隊伍的最後面）
後で電話します（隨後打電話）
此の後の汽車で行く（坐下次火車去）
後二、三日で用事が済む（再過兩三天事情可辦完）
一週間後に帰る（一星期後回去）
御飯を食べた後で散歩を為ます（飯後散步）
もう二年後の事に為った（那已是兩年前的事情）

後に為る（推遲、拖延、放到後頭）
後に回す（推遲、拖延、放到後頭）
彼が一番後から来た（他是最後來的）
後から後から来る（一個接一個地來）
後を見よ（〔書籍上常用的〕見後）
後は何を召し上がります（其次您還想吃甚麼？）
後の所は宜しく（我走以後事情就拜託你了）
後は如何為るか分かった物じゃない（將來的事誰也不知將會如何？）
後は想像に任せる（後來的事就任憑想像了）
例の件は後が如何為りましたか（那件事結果是如何？）
後は如何為るだろう（後果會如何呢？）
後は私が引き受ける（後果我來承擔）
後は明晩の御楽しみ（其餘明天晚上再談）
後は知らない（此外我不知道）
後は拝眉の上（〔書信用語〕餘容面陳）
其の家は後が絶えた（那一家絕後了）
御後は何方ですか（您的後任是哪位？）
後を貰う（再娶續弦）
後に残った家族（死後的遺屬）
後を弔う（弔唁）
後の雁が先に為る（後來居上）
後は野と為れ山と為れ（〔只要現在好〕將來如何且不管他）
後へ引く（擺脫關係、背棄諾言）
あんなに約束したのがから今更後へは引けない（因已那樣約定了事到如今不能說了不算）
一歩も後へ引かない（寸步不讓）
後へも先へも行かぬ（進退兩難、進退維艱）
後を引く（永無休止、沒完沒了）

彼の男の酒は後を引く（他喝起酒來沒完沒了）

飢（ㄐㄧ）

飢〔名〕肚子空虛（=ひもじい）

飢餓、饑餓〔名〕饑餓
　飢餓線上に喘ぐ（掙扎在饑餓線上）
　飢餓に瀕する（眼看就要挨餓）
　飢餓行進（反饑餓遊行）
　飢餓を免れる（幸免饑餓）
　飢餓線上を彷徨う、身に纏う着物すら無い（食不果腹衣不蔽體）
　飢餓賃銀（不足溫飽的工資）
　飢餓輸出（〔不顧國內需要而進行的〕饑餓出口）
　飢餓療法（饑餓療法、絕食療法）

飢渴, 饑渴、饑渴〔名、自サ〕饑渴
　若い世代は飢渴に苦しんだ昔を知らない（年輕一代不知道苦於饑渴的舊社會）
　日日の飢渴から救う（從每天的饑渴中拯救出來）

飢寒、饑寒〔名〕饑寒
　飢寒に苦しむ（苦於饑寒）
　飢寒の為に死ぬ（死於饑寒）

飢饉、饑饉〔名〕饑饉、饑荒、缺乏
　飢饉に見舞われる（遇到饑荒）
　飢饉を逃れる（逃荒）
　度度飢饉に苦しめられる（災荒頻仍）
　嘗て飢饉に悩まされていた村が今ではたっぷりと食糧が取れる様に為った（過去鬧糧荒的村莊現在糧食綽綽有餘了）
　水飢饉（水荒、缺水）
　紙飢饉（紙荒、缺紙）
　住宅飢饉（房荒）
　小錢飢饉（缺乏零錢）

飢える、餓える〔自下一〕飢餓、渴望

　飢饉で農民が飢える（因饑荒農民挨餓）
　知識に飢えている（求知心切）
　愛に飢える（渴望愛情）

飢え、餓え〔名〕飢、餓（=ひもじさ）
　飢えと寒さに迫られる（飢寒交迫）
　飢えを覚える（感到飢餓）
　飢えを凌ぐ（勉強充饑）
　飢えを忍ぶ（勉強充饑）
　絵に描いた餅で飢えを凌ぐ（畫餅充饑）
　飢えに臨み苗を植う（臨渴掘井）

植える〔他下一〕植，種，栽，嵌入，排字，培植，培育
　花を植える（栽花）飢える餓える
　友情の木を植える（種植友誼樹）
　トマトの苗を植える（移栽番茄苗）
　活字を植える（排鉛字）
　細菌を培養基に植える（把細菌放在培養液裡培育）
　種痘を植える（種牛痘）
　社会主義的道徳思想を植える（培育社會主義的道德思想）
　火傷の痕に健康な皮膚を植える（往燒傷的上面移植健康的皮膚）

飢え死に，飢死に、餓え死に，餓死に〔名、自サ〕餓死（=餓死、餓え死に）
　飢饉で飢え死にする（因為災荒餓死）
　飢え死にするとも降参は決して為ない（寧可餓死決不投降）

飢える、餓える〔自下一〕飢餓、渴望、缺乏
　飢饉で飢える（因饑荒而饑餓）
　知識に飢える（渴望得到知識）
　母の愛に飢える（渴望母愛）
　書物に飢える（渴望書籍）
　甘い物に飢える（缺甜的東西）

基（ㄐㄧ）

基〔接尾、漢造〕（助數詞用法）台，座、基礎、根基、根據、根本、基本。〔化〕基，根、基督的簡稱

　　灯台一基（一座燈塔〔燭台〕）
　　培養基（培養基）
　　水酸基（羥基、氫氧基）
　　硫酸基（硫酸基）
　　メチル基（甲基）
　　シアン基（氰基）

基因、起因〔名、自サ〕起因
　　国際間の緊迫した局面は覇権主義者の侵略に基因する事が多い（國際間的緊張局勢多起因於覇權主義者的侵略）
　　此の病気は多く過労と睡眠不足に基因する（這種病多起因於過度疲勞和睡眠不足）

基音〔名〕〔理〕（振動數最少的音）基音。〔樂〕主調音

基幹〔名〕基幹、基礎、骨幹
　　基幹産業（基礎工業、骨幹工業）
　　基幹産業部門（基礎工業部門）
　　鉄鋼業は基幹産業である（鋼鐵業是基礎工業）
　　基幹河道（骨幹河道）
　　基幹工事（骨幹工程）
　　基幹発電所（骨幹電站）

基岩〔名〕基層岩石

基金〔名〕基金
　　基金を設定する（設ける）（設置基金）
　　基金に繰り入れる（轉入基金項目）
　　基金を募る（籌集基金）
　　基金を贈る（捐贈基金）
　　減債基金（償債基金）
　　救済基金（救濟基金）
　　基金募集運動（籌集基金運動）

基形、基型〔名〕基型、典型
　　基形説（〔化〕典型説）

基形岩（基形岩）

基根〔名〕根基、基礎（＝基、基礎）

基剤〔名〕〔藥〕主劑

基軸〔名〕基礎、中心、支柱
　　基軸通貨（主要貨幣）

基質〔名〕〔醫、生化〕基礎物質
　　癌の基質（癌的基質）

基準〔名〕基準、標準、規格、準則、準繩
　　比較の基準（比較的標準）
　　測量の基準（測量的基準）
　　基準を決める（規定標準）
　　基準を上げる（提高標準）
　　基準を合わせて造る（按照規格製造）
　　基準を合格と認める（認為合乎規格）
　　一致同意の行動基準に従う（遵循一致同意的行動準則）
　　自分を基準と為る（以我劃線）
　　行動を点検する基準（檢查行動的標準）
　　社会的実践と其の効果は、主観的願望又は動機を点検する基準である（社會實踐及其效果是檢驗主觀願望或動機的標準）
　　基準賃金（標準工資、最低工資）
　　基準外賃金（附加工資）
　　基準価格（標準價格）
　　基準相場（標準匯率）
　　基準兵（密集部隊的標靶兵）
　　基準排水量（軍艦的標準排水量）
　　基準台秤（標準台秤）
　　基準電極（參考電極）

基色〔名〕（繪畫的）底色

基数〔名〕〔數〕（一到九的整數）基數、根值數、底數

基石〔名〕基石、奠基石、墻角石、栓腳石

基節〔名〕〔動〕（節足動物的）基節
　　基節腺（昆蟲的基節腺）

基線〔名〕〔測〕基準線、水準線
 基線測桿（基線測桿）
 三角形の基線（三角形基線）

基礎〔名〕基礎（＝礎）
 基礎を造る（打基礎）
 基礎を置く（奠基）
 基礎を固める（鞏固基礎）
 家屋の基礎（房基）
 基礎が確りしている（基礎很牢固）
 基礎と上部構造（基礎與上層建築）
 基礎理論を確りと身に付ける（掌握好基礎理論）
 基礎を築いた人（奠基人）
 基礎固めの儀式（奠基典禮）
 基礎教育を施す（進行基礎教育）
 基礎がぐらつく（基礎動搖）
 国家の基礎を危うくする（危及國家基礎）
 此の小説は事実を基礎と為て書いている（這小說是根據事實寫的）
 基礎原価（原始成本）
 基礎控除（所得稅的固定扣除額）
 基礎産業（基礎工業）
 基礎音（基音）
 基礎ボルト（底座螺栓）
 基礎工事（基礎工程）
 基礎代謝（基礎代謝）
 基礎的知識（基礎知識）
 基礎付ける（賦予根據）
 彼の理論を基礎付ける事実（為他的理論提供根據的事實）
 基礎付け（奠定基礎、根據、依據）
 理論的基礎付け（理論根據）

基層〔名〕基礎、根基（＝基盤）

西欧近代文化の基層の一つはギリシア精神だ（西歐近代文化的基礎知一是希臘精神）

基体〔名〕〔哲〕（substratum 的譯詞）根基、基礎

基地〔名〕基地、根據地
 基地を建設する（建設基地）
 軍事基地（軍事基地）
 燃料補給基地（燃料供應基地）
 中継基地（中繼站、轉播站）

基柱〔名〕基柱、底柱

基調〔名〕〔樂〕基調，主音、基準，基本方針
 革命的ローマン主義を基調と為た文学（以革命浪漫主義為基調的文學）
 赤を基調と為た絵（以紅色為基調的繪畫）
 対外政策の基調（對外政策的基本方針）
 平和友好が両国間の関係の基調と為っている（和平友好成了兩國關係的基本方針）

基底〔名〕基礎、〔數、解〕基底
 柱の基底（柱子的基礎）
 基底膜（〔解〕基底膜）

基点〔名〕基點
 台北を基点と為て半径百キロ以内（以台北為基點半徑一百公里以內）
 方位基点（〔羅盤指針的〕方位基點）

基盤〔名〕基礎，底座（＝土台）。〔地〕基岩
 理論を基盤と為る（以理論為基礎）
 理論の基盤を為す（構成理論的基礎）
 田舎に基盤を置いている（把基礎放在農村）
 基盤が弱い（基礎薄弱）
 民衆の基盤（群眾的基礎）
 民主主義の基盤（民主主義的基礎）
 社会主義社会は旧社会の基盤の上に打ち立てられた物である（社會主義社會是在舊社會的基礎上建立起來的）

基肥〔名〕〔農〕基肥、底肥（＝元肥）←→追肥、追肥

ㄐ

ㄐ

基肥を施す（施基肥）
基部〔名〕基部、底部
    土台の基部（基座的底部）
    基部に向かって成長する植物（向基生長植物）
基本〔名〕基本、基礎
    基本方針を貫徹する（貫徹基本方針）
    口頭及び筆記の練習の基本（練習說寫的基礎）
    日本語を基本から始める（從頭開始學日語）
    基本的人権（基本人權）
    基本的な問題（基本問題）
    基本振動（〔理〕基振、基本振動）
    基本周波数（〔理〕基頻）
    基本音（〔樂〕基音）
    基本語彙（基本詞彙）
    基本産業（基礎工業）
    基本数（〔數〕基數）
    基本解（〔數〕基本解、初等解）
    基本水準線（〔測〕基準線）
    基本水準面（〔測〕基準面）
    基本代謝（〔生〕基礎代謝）
    基本課程（基礎課程）
    基本組織（〔生〕基本組織）
    基本単位（〔理〕基本單位）
    基本給（基本工資）
    基本財産（基本財產）
    基本星（〔天〕基本星）
    基本分裂組織（〔植〕基本分生組織）
基面〔名〕基準面
基油〔名〕〔化〕基本汽油
基督、キリスト〔名〕〔宗〕基督、耶穌
    基督教（基督教）
    基督教社会主義（基督教社會主義）
    基督教青年会（基督教青年會）
    基督降誕祭（聖誕節）
基〔名〕〔建〕底座，基礎（＝基、土台）、事物的基礎
元、本、素〔名〕本源，根源←→末、根本、根基、原因，起因，本錢，資本，成本，本金，出身，經歷。原料，材料，酵母，麹，樹本，樹幹，樹根，和歌的前三句，前半首。
〔接尾〕（作助數詞用法寫作本）棵、根
    禍の元（禍患的根源）
    元を尋ねる（溯本求源）
    話を元に戻す（把話說回來）
    此の習慣の元は漢代に在る（這種習慣起源於漢朝）
    電気の元を切る（切斷電源）
    元を固める（鞏固根基）
    外国の技術を元に為る（以外國技術為基礎）
    農業は国の元だ（農業是國家的根本）
    元が確りしている（根基很扎實）
    失敗は成功の元（失敗是成功之母）
    元を言えば、君が悪い（說起來原是你不對）
    風邪が元で結核が再発した（由於感冒結核病又犯了）
    元を掛ける（下本錢、投資）
    元が掛かる仕事だ（是個需要下本錢的事業）
    商売が失敗して元も子も無くして仕舞った（由於生意失敗連本帶利都賠光了）
    元も子も無くなる（本利全丟、一無所有）
    元が取れない（虧本）
    元を切って売る（賠本賣）
    本を質す（洗う）（調查來歷）
    元を仕入れる（購料）
    紅茶と緑茶の元は同じだ（紅茶和綠茶的原料是一樣的）

聞いた話を元に為て小説を書いた（以聽來的事為素材寫成小說）

木の本に肥料を遣る（在樹根上施肥）

庭に一本の棗の木（院裡一棵棗樹）

一本の菊（一棵菊花）

本元（根源）

故、旧、元〔名〕原來，以前，過去，本來，原任、原來的狀態

元首相（前首相）

元の校長（以前的校長）

元の儘（一如原樣、原封不動）

元からの意見を押し通す（堅持原來的意見）

品物を元の持主に返す（物歸原主）返す帰す反す還す孵す

私は元、小学校の先生を為ていました（以前我當過小學教員）

又元の工場に戻って働く事に為った（又回到以前之工廠去工作）工場工場

此の輪ゴム伸びて終って、元に戻らない（這橡皮圈沒彈性了無法恢復原狀）

一旦した事は元は戻らぬ（覆水難收）

元の鞘へ（に）収まる（〔喩〕言歸於好、破鏡重圓）収まる納まる治まる修まる

元の木阿弥（恢復原狀、依然故我－常指窮人一度致富後來又傾家蕩產恢復原狀）

下、許〔名〕下部、根部周圍、身邊、左右、跟前、手下，支配下，影響下，在…下

桜の木の下で（在櫻樹下）

旗の下に集る（集合在旗子周為）

親許を離れる（離開父母身邊）

叔父の許に居る（在叔父跟前）

友人の許を訪ねる（訪問朋友的住處）

勇将の許に弱卒無し（強將手下無弱兵）

月末に返済すると言う約束の下に借り受ける（在月底償還的約定下借款）

法の下では皆平等だ（在法律之前人人平等）

先生の合図の下に歩き始める（在老師的信號下開始走）

一刀の下に切り倒す（一刀之下砍倒）

山下、山元、山本（山麓，山脚，山主、礦山主、礦山所在地，礦坑的現場）

基〔名〕（本居之意）基礎、根基、根本、根源（＝土台、基礎）

国の基（國家的根本）

勤勉は成功の基である（勤勉是成功的根本）

基づく、本付く〔自五〕根據、按照、基於、由於

憲法に基づいて（根據憲法）

規則に基づいて処分する（根據規章給與處分）

此の模型は綿密な測量に基づいて造った物です（這個模型是根據周密的測量製造的）

経験に基づいて判断を下しては為らない（不要根據經驗下判斷）

彼の成功は不断の努力に基づく物である（他的成功是由於不斷的努力而來的）

斯うした非難は誤解に基づいている（這種指責是出於誤會）

基づける〔他下一〕奠定基礎、使…為根據

畸（ㄐㄧ）

畸〔漢造〕畸形（＝片輪、不具）

畸型、奇型、奇形〔名、形動〕〔生〕畸形

畸型の植物（畸形植物）

生れ付きの畸型（先天畸形）

経済の畸型的発展（經濟的畸型發展）

畸型児（畸形兒）

畸型学（畸形學）

畸型魚（畸形魚）

畸人、奇人〔名〕怪人、言行奇怪的人（＝変人、変り者）

跡、跡 (ㄐㄧ-)

跡〔漢造〕(也讀作"跡"、與"迹""蹟"同) 足跡、遺跡

- 人跡（人跡）
- 真跡、真蹟（真跡、真的筆跡）
- 足跡、足跡（足跡）
- 追跡（追蹤）
- 古跡、古蹟（古蹟）
- 旧跡、旧蹟（古蹟）
- 遺跡、遺蹟（遺跡、故蹟、死者留下的職業領地）
- 痕跡（痕跡）
- 形跡、形迹（形跡、蹤跡、痕跡）
- 筆跡、筆蹟（筆跡）
- 書跡（筆跡、字跡）
- 墨跡、墨蹟（墨跡、筆跡）
- 手跡、手蹟（筆跡）
- 行跡（行為、行徑）
- 史跡、史蹟（史蹟、歷史遺跡）
- 事跡、事蹟（事蹟）
- 軌跡（軌跡、足跡、經歷）
- 奇跡、奇蹟（奇蹟）
- 門跡（繼承一個宗派的寺院〔僧侶〕、皇族貴族出家當住持的寺院、本願寺等大寺院的住持）
- 垂跡、垂迹（〔佛〕佛,菩薩為普渡眾生而現身）

跡〔名〕痕跡（=印）、跡象、形跡（=形跡）、蹤跡（=行方）、遺跡（=遺跡）、家業（=家督）、(也寫作後) 後繼者（=後継）

- 足の跡（腳印）
- 血の跡（血的痕跡）
- 蚊に刺された跡（被蚊子叮了的痕跡）
- 跡が付く（留下痕跡）
- 其の顔には苦痛の跡が現れていた（他的臉上顯出痛苦的跡象）
- 人の入った跡が無い（沒有進去過人的跡象）
- 進歩の跡が見える（現出進步的跡象）
- 人の跡を付ける（跟蹤、追蹤）
- 悪い事を為て跡を晦ます（做了壞事躲起來）
- 古い御寺の跡（古寺的遺跡）
- 先覚者の跡を訪ねる（訪問前輩的遺跡）
- 跡を取る（継ぐ）（繼承家業）
- 彼が私の跡へ座る（他來接替我的工作）
- 跡を追う（追趕、仿效、緊跟著死去）
- 跡を隠す（藏起、躲起）
- 跡を絶つ（絕跡）
- 跡を弔う（弔唁）
- 跡を濁す（留下劣跡）
- 跡を踏む（步後塵、沿襲先例）

跡、迹〔名〕痕跡、蹤跡、跡象、繼承家業的人

- 車の跡（車印）
- 傷の跡（傷痕）
- 彼は公金を横領して跡を晦ました（他盜用公款後消聲匿跡了）
- 一向悔い改めた跡が見えない（一點也看不出悔改的跡象）
- 私は此の子に跡を取らせる積りだ（我打算讓這個孩子繼承家業）

跡、址〔名〕遺址

- 古い城の跡（古城的遺址）

跡、痕〔名〕痕跡

- 腿に手術の跡が有る（大腿上有動過手術的痕跡）

後〔名〕後方,後面（=後ろ）、以後（=後）、以前（=前）、之後,其次,以後的事,將來的事、結果,後果,其餘,此外,子孫,後人,後任,後繼者,死後,身後（=亡き後）

- 後を振り向く（向後面看）

後へ下がる（向後退）
後から付いて来る（從後面跟來）
故郷を後に為る（離開家鄉）
後に為る（落到後面、落後）
後に続く（接在後頭、跟在後面）
行列の一番後（隊伍的最後面）
後で電話します（隨後打電話）
此の後の汽車で行く（坐下次火車去）
後二、三日で用事が済む（再過兩三天事情可辦完）
一週間後に帰る（一星期後回去）
御飯を食べた後で散歩を為ます（飯後散步）
もう二年後の事に為った（那已是兩年前的事情）
後に為る（推遲、拖延、放到後頭）
後に回す（推遲、拖延、放到後頭）
彼が一番後から来た（他是最後來的）
後から後から来る（一個接一個地來）
後を見よ（〔書籍上常用的〕見後）
後は何を召し上がります（其次您還想吃甚麼？）
後の所は宜しく（我走以後事情就拜託你了）
後は如何為るか分かった物じゃない（將來的事誰也不知將會如何？）
後は想像に任せる（後來的事就任憑想像了）
例の件は後が如何為りましたか（那件事結果是如何？）
後は如何為るだろう（後果會如何呢？）
後は私が引き受ける（後果我來承擔）
後は明晩の御楽しみ（其餘明天晚上再談）
後は知らない（此外我不知道）
後は拝眉の上（〔書信用語〕餘容面陳）
其の家は後が絶えた（那一家絕後了）

御後は何方ですか（您的後任是哪位？）
後を貰う（再娶續弦）
後に残った家族（死後的遺屬）
後を弔う（弔唁）
後の雁が先に為る（後來居上）
後は野と為れ山と為れ（〔只要現在好〕將來如何且不管他）
後へ引く（擺脫關係、背棄諾言）
あんなに約束したのがから今更後へは引けない（因已那樣約定了事到如今不能說了不算）
一歩も後へ引かない（寸步不讓）
後へも先へも行かぬ（進退兩難、進退維艱）
後を引く（永無休止、沒完沒了）
彼の男の酒は後を引く（他喝起酒來沒完沒了）

跡形〔名〕形跡、痕跡
　洪水の為村は跡形も無く消えて仕舞った（因為發大水村莊消失得無影無蹤了）

跡式、跡敷〔名〕〔舊〕家業、遺產（=家督、跡目）

跡始末、後始末〔名、他サ〕收拾、清理、善後（=後仕舞、後片付け）
　仕事の跡始末を済ませてから家へ帰る（把工作清理之後回家）
　跡始末が未だ付いていない（還沒有清理完）
　そんな事を為ると跡始末に困る（那樣的做事不好善後）
　息子の借金の跡始末を為る（給兒子還債）

跡白浪、後白浪〔連語〕不知去向
　跡白浪と消え失せる（逃げる）（逃之夭夭不知去向）
　跡白浪と立ち去った（離去後蹤影俱無）

跡地〔名〕建物等拆掉後的土地

跡継ぎ，跡継，後継ぎ，後継〔名〕後代，後人、後任，接班人（=跡取り、跡取）

ㄐ

長男を家の跡継に為る（以長子為後嗣）

研究の跡継を養成する（培養研究的接班人）

跡付ける〔他下一〕探索、追尋

歴史を跡付ける（追溯歷史）

事件の経緯を跡付ける（追查事件的原委）

先人の業績を跡付ける（追溯前人的業績）

跡取り、跡取〔名〕後代、繼承人（=跡継ぎ，跡継，後継ぎ，後継）

彼の人には跡取が無い（他沒有後代）

跡取息子（嗣子）

跡目〔名〕家業、繼承人

跡目を継ぐ（繼承家業）

跡目相続で揉める（因繼承家業鬧糾紛）

跡目が居ない（沒有繼承人）

跡切れる〔自下一〕間斷、中斷、斷絕

話が跡切れた（話斷了）

音信が跡切れ、安否が気掛かりだ（音訊斷了擔心是否平安）

聴衆の拍手で演説が跡切れた（演說被聽眾的掌聲打斷了）

日記は其処で跡切れている（日記在那裏斷了）

声（歌、脈）が跡切れた（聲音〔歌唱、脈博〕斷了）

雑音の為に電話が時時跡切れる（因雜音干擾電話不時中斷）

二人の往き来が跡切れた（二人斷了來往）

連載小説は中途で跡切れて仕舞った（連載小說中斷了）

車の流れが暫く跡切れた（車流一時中斷了）

跡切れ〔名〕中斷、間斷

車馬の通行の跡切れを見て道を横断する（趁著車馬間斷時橫穿馬路）

音楽の跡切れ目に解説が行われる（在音樂停頓時進行解說）

話の跡切れに質問する（在講話間斷時提出問題）

跡切れ、跡切れ〔形動〕斷斷續續

息も跡切れ跡切れに為って駆け付ける（上氣不接下氣地跑來）

彼等の会話を跡切れ跡切れに聞いた（斷斷續續聽到他們的談話）

彼女は啜り泣きながら、跡切れ跡切れに話した（她一面啜泣一面斷斷續續地訴說）

土手には柳の木が跡切れ跡切れに植えっていた（堤上稀稀拉拉地栽著柳樹）

脈は跡切れ跡切れに打っている（脈斷斷續續地跳）

跡切れ勝ち〔形動〕常常中斷、時有間歇

船の汽笛が跡切れ勝ちに聞こえる（斷斷續續聽到船的汽笛聲）

辿辿しく、跡切れ勝ちな英語で原稿を読み上げる（用別別扭扭斷斷續續的英語念講稿）

跡切らす〔他五〕使中斷、使斷絕

跡絶える、途絶える〔自下一〕斷絕、中斷

大雨で交通が跡絶えた（因大雨交通斷絕了）

雪が積って人の往来が跡絶えた（雪深沒有行人了）

息子からの便りが跡絶えた（兒子的消息斷了）

箕（ㄐㄧ）

箕〔名〕〔農〕簸箕

箕で煽る（用簸箕簸）

爪で拾って箕で零す（滿地撿芝麻、大簍灑香油）

身〔名〕身，身體（=体）、自己，自身（=自分）、身份，處境、心，精神、肉、力量，能力、生命，性命、（刀鞘中的）刀身，刀片、（樹皮下的）木心，木質部、（對容器的蓋而言的）容器本身

身の熟し（舉止、儀態）

襤褸を身に纏う（身穿破衣、衣衫襤褸）

身を寄せる（投靠、寄居）

身を隠す（隱藏起來）隠す画す劃す隔す

身を引く（脱離關係、退職）引く退く惹く挽く轢く牽く曳く弾く

身を交わす（閃開、躲開）交わす飼わす買わす

政界に身を投じる（投身政界）

身を切る様な北風切る（刺骨的北風）斬る伐る着る北風北風

身を切られる様な思いが為る（感到切膚之痛）摺る擦る播る刷る摩る掏る磨る

身の置き所が無い（無處容身）

彼は金が身に付かない（他存不下錢－－有錢就花掉）付く附く突く衝く憑く潰く撞く着く搗く

怒りに身を震わせる（氣得全身發抖）震う揮う奮う振う篩う

仕事に身も心も打ち込む（全神貫注地做事情）

身を任せる（〔女子〕委身〔男人〕）

旅商人に身を窶す（裝扮成是行商）

身の振り方（安身之計、前途）

身を処する（處己、為人）処する書する

身を修める（修身）修める治める収める納める

身を持する（持身）持する次する辞する侍する治する

身に覚えが有る（有親身的體驗）

身に覚えの無い事は白状出来ません（我不能交代我沒有做的事）

身の回りの事は自分で為為さい（生活要自理）

早く帰った方が身の為だぞ（快點回去對你有好處）

身の程を知らない（沒有自知之明）

私の身にも為った見給え（你也要設身處地為我想一下）

身を滅ばす（毀滅自己）滅ばす亡ばす

身を持ち崩す（過放蕩生活、身敗名裂）

乞食に身を落とす（淪為乞丐）

生花に身が入る（全神貫注於插花、對插花感興趣）入る入る

仕事に身が入る（做得賣力）

君はもっと仕事に身に入れなくては行けない（你對工作要更加盡心才行）入れる容れる要れる

嫌な仕事なので、どうも身が入らない（因為是件討厭的工作做得很不賣力）

其の言葉が身に沁みた（那句話打動了我的心）染みる滲みる沁みる浸みる凍みる

御言葉はに染みて忘れません（您的話我銘記不忘）

魚の身（魚肉）魚 魚 魚 魚

身丈食べて骨を残す（光吃肉剩下骨頭）残す遺す

鶏の骨は未だ身が付いている（雞骨頭上還有肉）未だ未だ

身に叶うなら、何でも致します（如力所能及無不盡力而為）叶う適う敵う

其は身に適わぬ事だ（那是我辦不到的）

身を捨てる（犧牲生命）捨てる棄てる

刀の身を鞘から抜くと、きらりと光った（刀身從刀鞘一拔出來閃閃發光）

身が固まる（〔結婚〕成家、〔有了職業〕生活安定，地位穩定）

身から出た錆（自作自受、活該）

身に余る（過份）

身に余る光栄（過份的光榮）

身に沁みる（深感，銘刻在心、〔寒氣〕襲人）染みる滲みる沁みる浸みる凍みる

寒さが身に沁みる（寒氣襲人、冷得刺骨）

身に付く（〔知識或技術等〕學到手、掌握）

努力しないと知識が身に付かない（不努力就學不到知識）

身に付ける（穿在身上，帶在身上，學到手，掌握）

チョッキを身に付ける（穿上背心）

ピストルを身に付ける（帶上手槍）

技術を身に付ける（掌握技術）

身につまされる（引起身世的悲傷、感到如同身受）

身に為る（為他人著想，設身處地、有營養、〔轉〕有好處）

親の身に為って見る（為父母著想）

身に為る食物（有營養的食品）

身に為らぬ（對己不利）

身の毛も弥立つ（〔嚇得〕毛骨悚然）

身二つに為る（分娩）

身も蓋も無い（毫無含蓄、殺風景、太露骨、直截了當）

初めから全部話して終っては、身も蓋も無い（一開頭全都說出來就沒有意思了）

身も世も無い（〔因絕望、悲傷〕什麼都不顧）

身を売る（賣身〔為娼〕）売る得る得る

身を固める（結婚，成家、結束放蕩生活，有了一定的職業、裝束停當）

飛行服に身を固める（穿好飛行服）

身を砕く（粉身碎骨、費盡心思、竭盡全力、拼命）

身を削る（〔因勞累、操心〕身體消瘦）削る梳る

身を粉に為る（不辭辛苦、粉身碎骨、拼命）粉粉

身を粉に為て働く（拼命工作）

身を殺して仁を為す（殺身成仁）

身を沈める（投河自殺、沉淪，淪落）沈める鎮める静める

身を捨ててこそ浮かぶ瀬も有れ（肯犧牲才能成功）

身を立てる（發跡，成功，以…為生）

医を以て身を立てる（以行醫為生）

身を尽す（竭盡心力、費盡心血）

身を以て（親身，親自、〔僅〕以身〔免〕）

身を以て示す（以身作則）示す湿す

身を以て体験する（親身體驗）

身を以て庇う（以身庇護別人）

身を以て免れる（僅以身免）

巳〔名〕（地支的第六位）巳。方位名（正南與東南之間，由南向東三十度的方位）。巳時（指上午十點鐘或自九點至十一點鐘）

実〔名〕果實（=果物）、種子（=種）、湯裡的青菜或肉等（=具）、內容（=中身）

実が為る（結果）為る成る鳴る生る

今年の林檎の実は為らないでしょう（今年的蘋果樹不結果〔要歇枝〕）今年今年

此の葡萄は良く実が為る（這種葡萄結實多）

草の実を蒔く（播草種子）蒔く撒く播く巻く捲く

実の無い汁（清湯）

実の無い話（沒有內容的話）

花も実も有る（名實兼備）有る在る或る

彼の先生の講義は中中実が有る（那位老師的講義內容很豐富）

実を結ぶ（結果、〔轉〕成功，實現）結ぶ掬ぶ

二人の恋愛は実を結んで結婚した（兩人的戀愛成功結了婚）

三〔造語〕三、三個（=三、三）

一、二、三、四（一二三四）

一、二、三、四（一二三四）

二片、三片（兩片三片）

三月（三個月）

三年（三年）

御〔接頭〕（接在有關日皇或神佛等的名詞前）表示敬意或禮貌（=御）

御国（國、祖國）

御船（船）
深〔接頭〕用作美稱或調整語氣
　　深雪（雪）深身実未見箕巳御味王彌三
　　深空（天空）
　　深山（山）

畿（ㄐㄧ）

畿〔名〕首都五百里以内的土地
　　近畿（近畿地方）
畿内〔名〕畿内-明治以前皇宮附近的直轄地，〔史〕京都附近五國之稱-山城、大和、河内、和泉、攝津

稽（ㄐㄧ）

稽〔漢造〕思考，研究、停滯，停止、到達、俯首及地
　　滑稽（滑稽、詼諧）
　　荒唐無稽（荒誕無稽、荒謬）
稽古〔名、自他サ〕練習 學習 排演 排練（＝リハーサル rehearsal）
　　踊りの稽古を為る（練習舞蹈）
　　剣道の稽古を始める（開始學習擊劍）
　　毎週二回・英語の稽古に通っています（每星期去學兩次英語）
　　M先生に就いてピアノを稽古する（跟著M老師學習鋼琴）
　　誰か日本語の稽古台に為って呉れませんか（有誰可以做我的練習日語的對象嗎？）
　　稽古が足りぬ（排練的功夫不夠）
　　良く稽古を積んだ演技（經過很好排練的表演）
　　稽古を付ける（教練、傳授）
　　弟子に稽古を付ける（教徒弟）
稽古着〔名〕（柔道、撃剣等）練習服
稽古所〔名〕（武藝等的）傳習所、講習所
稽古台〔名〕練習的對象、練習的對手
　　稽古台に為って遣るから掛かって来い（我給你做練習對手上前來吧！）

稽首〔名、自サ〕俯首及地、（信末表達敬意語）頓首
　　稽首再拝（頓首再拝）
稽滞〔名、自サ〕停滯、停留
稽留〔名、自サ〕停滯、停留
稽留熱（〔醫〕稽留熱）

機（ㄐㄧ）

機〔名、漢造〕機會、時機、飛機、機器、機關、機宜、機會、機能、樞機。
〔接尾〕（助數詞用法）表示飛機的架數
　　機が未だ熟さない（時機尚未成熟）
　　機を見て実行しよう（見機而行吧！）
　　機に乗じる（乗機）
　　機に乗じて手を伸ばす（乗機插手）
　　機を待つ（待機）
　　此の機逸す可からず（此機不可失）
　　機を見て巻き返しに出ようと為る（伺機反撲）
　　機を見て動こうと為ている（蠢蠢欲動）
　　兵力を保存し、機を見て敵を打ち破る（保存兵力伺機破敵）
　　旅客機（旅客機）
　　軍用機（軍用飛機）
　　戦闘機（戰鬥機）
　　爆撃機（轟炸機）
　　水上機（水上飛機）
　　ジェット機（噴射機）
　　十機編隊（十架編隊）
　　一百機に由る爆撃（用一百架飛機的轟炸）
　　機に臨み変に応じる（臨機應變）
　　機に由り法を説く（隨機應變、因時制宜）
　　織機（織布機）
　　敵機（敵機）
　　飛行機〔飛機〕

工作機（工作母機）
鋳造機（鑄造機）
待機（待機、伺機、待命）
戦機（戰機）
動機（動機、直接原因）
契機（契機、轉機、動機）
軽機（輕機關槍）
転機（轉機、轉折點）
天機（天機、天性、皇帝的健康）
電機（電機、電動機）
心機（心機、心情）
軍機（軍機、軍事機密）
枢機（樞機、機要）
臨機応変（隨機應變）

機運〔名〕機會、時機
改革の機運が漸く熟した（改革的時機終於來到）

機影〔名〕（飛機的）機影
空港の上空にジャンボ・ジェット機の機影が現れた（在機場上出現了巨型噴射機的機影）

機縁〔名〕〔佛〕機緣、機會
此れを機縁に今後も宜しく御願いします（借這次結識的機會今後還請您多多關照）
此が機縁で両者は親密に為った（藉著這次機會兩個人親密起來了）
一通の手紙が機縁に為って二人は親交を結んだ（一封信成了機緣兩個人結成了深交）

機会〔名〕機會（=切っ掛け、折り）
絶好の機会（絕好的機會）
千載一遇の機会（千年難遇的機會）
機会有る毎に（每一有機會、隨時隨地）
機会さえ有れば（只要一有機會）
機会が有り次第（一旦有了機會）
機会が熟する（時機成熟）

此の機会に（借這個機會）
又の機会に（等再有了機會、以後再說）
機会を得る（得到機會）
機会を捕える（掴む）（抓住機會）
機会を与える（給予機會）
機会を逸する（錯過機會）
機会を逃す（放過機會）
機会を待つ（等待機會）
機会を狙う（伺機）
機会を作る（創造機會）
こんな良い機会は二度と来ない（這樣好機會不會再來）
此の件は次の機会に譲ります（這件事下次再談）
彼は良い機会に恵まれた（他碰到了好機會）
此の機会に利用して皆様に謝意を表します（借此機會向各位表示感謝）
機会を狙っては軍事基地を掠め取る考えた（意想伺機攫取軍事基地）
再起の機会を狙う（伺機再起）
機会に乗じて人の物を失敬する（順手牽羊）
敵を破る機会を待つ（待機破敵）
機会均等（機會均等）
教育の機会均等（受教育的機會均等）

機械〔名〕機械。〔轉〕機器、傀儡
精巧な機械（精密機器）
複雑な機械（複雜的機器）
工作機械（工作母機、機床）
自動装置の機械は一人で動く（自動化機器自己轉動）
機械を据え付ける（安裝機器）
機械を運転する（操縱機器）
機械を止める（停車）

機械を組み立てる（裝配機器）
機械を分解する（拆卸機器）
機械を取り外す（拆除機器）
機械を取り扱う（管理機器、操縱機器）
機械が何処か狂っているに違いない（機器一定哪裡出了毛病）
機械を厳重に検査する（嚴密檢查機器）
機械のベルト（機器輪帶）
機械に手を触れるな（不要觸摸機器）
機械に掛ける（用機器加工）
機械に原料を送り込む（給機器送料）
機械で造る（用機器製造）
機械で漉いた紙（機製紙）
機械組み立て（機械裝配）
機械工（機械工）
機械工学（機械工程學）
機械工業（機械工業）
機械仕上げ（機械加工）
機械化時代（機械化時代）
機械修理工（機械修理工）
機械鋳造（機械鑄造）
機械捺染（機械印染）
機械部品（械械零件）
機械冷凍（機力冷凍）
人を機械だと思っている（把人當作機器）
彼は機械に過ぎない（他只是個傀儡）
機械力（機械功率）
機械化（機械化）
機械水雷（〔軍〕機械水雷）
機械文明（〔工業革命以來的〕近代文明）
機械油（機油、潤滑油）
機械始動機（自動起動機）
機械的（機械的、呆板的、盲目的）

機械信管（〔軍〕定時雷管）
機械屋（機械師、機械商）
機械組織（〔植〕機械組織）
機械掘り（〔礦〕機械採掘）
機械語（〔計〕計算機語言）
機械漉き（機製紙）
機械製（機器製造）
機械製作所（機械製造廠）
機械編み（機織）
機械締め（機械鉚接）
機械論（〔哲〕機械論）
機械鋸（電鋸）
機械観（機械論）
機械ブレーキ（機械制動器）
機械プレス（〔機〕機械壓力機）
機械ベース（機座）

機関〔名〕機關、組織、發動機
国家の最高機関（國家最高機關）
政府機関（政府機關）
立法機関（立法機關）
審議機関（審議機關）
言論機関（言論機關）
諜報機関（諜報機關）
通信機関（通訊機關）
交通運輸機関（交通運輸機關）
教育機関（教育機關）
特務機関（特務機關）
地方行政機関（地方行政機關）
代行機関（代行單位）
自治機関（自治機構）
天皇機関説（天皇機關說）
蒸気機関（蒸汽機）
内燃機関（内燃機）

ㄐ

ㄐ

ガソリン機関（汽油機）
気圧機関（氣壓機）
水圧機関（水壓機）
高圧機関（高壓機）
低圧機関（低壓機）
凝気（冷気）機関（冷凝機）
タービン式機関（渦輪機）
機関手（輪機員）
機関兵（輪機兵）
機関員（司爐）
教育機関と為ての映画（作為教育手段的電影）
映画は人民を教育する機関と為て大いに発達させる可きである（電影作為教育人民的一種手段應該大力加以發展）
機関士（輪機員、火車司機）
機関車（火車頭）
機関庫（火車機車庫）
機関投資家（以股票投資為主要活動的法人組織-包括銀行，保險公司，信託公司等）
機関室（機械室）
機関紙（機關報）
機関新聞（機關報）
機関砲（機關炮）
機関誌（機關雜誌）
機関雑誌（機關雜誌）
機関銃（機關槍）

機関、絡繰り，絡繰〔名〕自動裝置，操縱，計策，謀略、西洋鏡（=絡繰眼鏡）
機械の絡繰を調べる（研究機器的裝置）
時計の内部の絡繰を知る（知道錶的内部構造）
裏の絡繰が多い（暗地裡詭計多）
敵の絡繰を見破る（識破敵人的詭計）

絡繰がすっかりばれた（策略完全暴露了）
彼の言葉に絡繰が有るよ（他的話裡有鬼喲！）
彼が絡繰を為たに違いない（一定是他搞的鬼）

機器、器機〔名〕機械和器具（器具、器械、機器的總稱）
機器製作所（機械器具製造廠）
機器分析（儀器分析）

機宜〔名〕恰合時宜
機宜の処置を取る（採取適合時機的措施）
機宜を得た行動（恰當的行動）
機宜に適する（合乎時機）
機宜に適さぬ（不合時機）

機業〔名〕機織業、紡織業（=機織業）
機業界（紡織行業）
機業地（紡織業中心）

機具〔名〕機具、機械和器具
農機具（農機具）

機嫌〔名〕〔佛〕（古時寫作譏嫌）嫌惡，厭忌（的事物）、（問安用語加御）起居，安否、時機，場合，情形、心情，情緒，快活，痛快
死ぬ事丈は機嫌を図らない（唯有死是不擇時機的）
機嫌は如何（您好嗎？）
御機嫌（好高興、痛快）
御機嫌は如何ですか（您好嗎？您身體舒適嗎？）
御機嫌よう（〔臨別時用語〕祝你身體健康，祝你一路平安，〔見面時用語〕您好）
其れでは御機嫌よう（宜しゅう）（祝你身體健康，祝你一路平安）
機嫌を伺う（請安、問候起居）
機嫌が好い（快活、高興）
機嫌が悪い（情緒不佳、不高興）
起きてから機嫌が悪い（一起來就不高興）

大変な御機嫌だ（高興得不得了、不痛快極了）
彼は機嫌良く引き受けた（他高高興興承擔下來了）
中中御機嫌な様子（很高興的樣子）
父の機嫌を損じて仕舞った（觸怒了父親）
機嫌を損ねる（得罪、觸怒）
人の機嫌を損なう（得罪人）
一杯機嫌（微醉、陶然）
機嫌を取る（取悅、討好、奉承、逢迎）
子供の機嫌を取る（哄小孩）
旨く機嫌を取れば御し易い人だ（如果好好奉承一下是個容易駕馭的人）
彼の人は機嫌が取り難い
機嫌上戸（喝醉便高興起來的人）
機嫌気褄（心情、情緒）
機嫌気褄を取る（取悅、逢迎）
機嫌伺い（請安、問候起居）
機嫌取り（取悅〔的人〕・逢迎〔的人〕）
求愛の機嫌取りを為る（為求愛而取悅）
機嫌を直す（快活起來、恢復情緒）
彼は機嫌が直った（他又高興起來了）
機嫌直し（消愁・解悶・息怒）
機嫌直しに一杯遣ろう（喝一杯來痛快痛快）
機嫌直しに散歩に行こう（去散散步解解悶吧！）
機嫌買い（機嫌変え之訛）（忽喜忽怒〔的人〕、沒準脾氣〔的人〕）
機嫌顔（高興的神色、快活的神情）
機嫌顔を見せる（顯出高興的樣子）

機巧〔名〕機巧、精巧結構
機巧を弄する（玩弄機巧）

機甲〔名〕〔軍〕裝甲
機甲部隊（裝甲部隊）
機甲兵団（裝甲兵團）
機甲レンジャー ranger 連隊（裝甲突擊兵團）
機甲連隊（裝甲兵團）
機甲騎兵連隊（裝甲騎兵團）
機甲大隊（裝甲營）

機構〔名〕機構、結構
国家機構（國家機構）
行政機構（行政機構）
機構を改める（改組機構）
機構を造る（組織機構）
機構弄り（隨便改動機構）
機構改革（機構改革）
国連の極めて複雑な機構（聯合國極其複雜的機構）
解剖に由って人体の機構を知る（通過解剖來弄清人體的結構）
機械を分解して其の機構を明らかに為る（拆開機器搞清它的結構）
機構学（機械結構學）

機根〔名〕〔佛〕機根-眾生心中天生的感應佛法的能力

機才〔名〕機敏的才智、具有機敏才智的人

機材〔名〕機械材料、機器和材料

機軸〔名〕輪軸、地軸。〔轉〕計畫，方式，方案
新機軸（新方式）

機首〔名〕飛機的頭部
機首を東に向ける（把機首轉向東方）
機首を上げる（揚起機首）
機首を下げる（俯下機首）

機種〔名〕（飛機、機器的）機種、機型
此の型には三機種有る（這種類型的機型有三種）

機銃〔名〕〔軍〕機槍（=機関銃）
機銃掃射（機槍掃射）
軽機銃（輕機槍）

機女〔名〕紡織女工（=機織女）

機上〔名〕飛機上
機上から見下ろす（從飛機上往下看）
機上の人と為る（坐上飛機）
機上から手を振って別れを告げる（從飛機上揮手告別）
機上射手（機上射擊手）
機上掃射（機上掃射）
機上食（機上飯食）

機先〔名〕先下手
機先を制する（先發制人）

機船〔名〕汽艇、機輪
機船底引き網漁業（機船拖網漁業）

機体〔名〕機體、機身
機体を組立てる（組裝機身）
機体に故障が生じた（飛機發生了故障）
機体を再検査する（重新檢修飛機）
機体がばらばらに為った（飛機摔碎了）
墜落して機体から火を噴いた（墜落後從飛機噴出了火）

機台〔名〕〔機〕機座

機知、機智〔名〕機智
機智に富んだ人（富有機智的人）
咄嗟の間に機智が浮かぶ（急中生智）
機智縦横の人（智足多謀的人）
沈着で機智に富む（沉著而機智）
機智とユーモアを兼ね備えている（既有機智又富幽默）
彼の話には機智の閃きが有った（他的話裡閃耀著機智）
機智で幾度も敵のトーチカを爆破した（他多次憑機智炸毀敵人的碉堡）

機長〔名〕〔飛機〕機長

機転、気転〔名〕機智、機靈
機転が利く（機靈）
機転が利かない（不機靈）
機転を利かせる（動心眼）
機転を利かして座を外した（靈機一動就離開座位了）
彼の機転で危機を脱した（由於他靈機一動脫了險）

機動〔名〕〔軍〕機動
機動演習（機動演習）
機動作戦（機動作戰）
機動性（機動性、靈活性）
機動部隊（機動部隊、快速部隊）
機動的攻守訓練（攻守機動訓練）

機内〔名〕飛機內
機内通信（機內通信）
機内食（機內飯食）

機能〔名、自サ〕機能、功能、作用
機能を果たす（発揮する）（發揮機能）
旨く機能しない（不能很好地發揮作用）
嵐で無電局は機能を失った（因為暴風雨無線電通訊局失靈了）
機能的に無用である（機能失靈）
器官の機能（器官機能）
機能障害を起こす（引起機能障礙）
機能性疾患（機能性疾病）
機能テスト（功能試驗）
機能ブロック（功能組件）
機能部品（功能元件）
機能主義（機能主義）

機帆船〔名〕機帆船

機尾〔名〕〔飛機〕機尾
機尾落下（機尾滑落）

機微〔名〕微妙
人情の機微に通じている（懂得人情的微妙）
外交の機微に触れる（觸及外交微妙之處）
政治の機微を穿つ（道破政治的微妙處）

機敏〔名、形動〕機敏、機靈
　機敏に立ち回る（行動機敏）
　機敏な商人（機靈的商人）
　機敏に機会を捉える（敏捷地抓機會）
　動作が機敏だ（動作敏捷）
　新聞人は機敏を尊ぶ（新聞工作者要心靈眼快）
　機敏に処理する（靈活處理）

機変〔名〕臨機應變

機鋒〔名〕刀鋒、鋒芒
　機鋒を逸らす（避開鋒芒）

機密〔名〕機密
　機密を守る（嚴守機密）
　機密を漏らす（洩漏機密）
　機密に参与する（參與機密工作）
　機密文書（機密文書）
　機密漏洩（洩漏機密）

機務〔名〕（國家、自治體等的）最重要的政務

機雷〔名〕〔軍〕水雷（＝機械水雷）
　機雷を敷設する（布置水雷）
　機雷に触れる（觸雷）
　繋留機雷（錨雷）
　音響機雷（音響水雷）
　磁気機雷（磁性水雷）
　機雷敷設艦（布雷艦）
　機雷除去作業（掃雷工作）
　機雷原（雷區）

機略〔名〕機智
　機略に富む（足智多謀）
　機略縦横の人（足智多謀的人）

機力〔名〕機械力

機、織機〔名〕織布機
　機を織る（織布）
　家に機が三台有る（家裡有三台織布機）

旗、旌、幡〔名〕旗，旗幟。〔佛〕幡、風箏（＝凧）
　旗を上げる（升旗）旗機畑畠傍端旗
　旗を下ろす（降旗）下ろす降ろす卸す
　旗を広げる（展開旗子）広げる拡げる
　旗を振る（揮旗、掛旗）振る降る
　旗を掲げる（掛旗）
　大勢の人が旗の下に馳せ参じる（許多人聚集在旗下）大勢大勢
　旗を押し立てて進む（打著旗子前進）
　国連の本部には色色の国の旗が立っている（聯合國本部豎立著各國的國旗）立つ経つ建つ
　旗が風にひらひら翻っている（旗幟隨風飄動）
　旗を掲げる（舉兵、創辦新事業）
　旗を巻く（作罷，偃旗息鼓，敗逃，投降，捲起旗幟）巻く撒く蒔く捲く播く

畑、畠〔名〕旱田，田地（＝畑、畠）
　畑を作る（種田）旗側傍端
　畑で働く（在田地裡勞動）

畑、畠〔名〕旱田，田地、專業的領域
　大根畑（蘿蔔地）
　畑へ出掛ける（到田地裡去）
　畑を作る（種田）
　畑に麦を作る（在田裡種麥）
　畑仕事（田間勞動）
　経済畑の人が要る（需要經濟方面的專門人才）
　其の問題は彼の畑だ（那問題是屬於他的專業範圍）
　君と僕とは畑が違う（你和我專業不同）
　商売は私の畑じゃない（作買賣不是我的本行）

側、傍〔名〕側、旁邊
　側から口を出す（從旁插嘴）

ㄐ

端〔名〕邊、端
　河端（河邊）
　道端（路邊）
　井端（井邊）
　炉の端（爐邊）
　池の端を散歩する（在池邊散步）

端〔名〕（事物的）開始、（物體的）先端，盡頭
　端から調子が悪い（從開始就不順利）
　岬の端に在る（海角上的盡頭）

端〔接尾〕開始、正…當時
　寝入り端を起こされる（剛睡下就被叫起來了）
　出端を挫かれる（一開始就碰釘子）

将〔副〕又、仍（=又、矢張り）
〔接〕或者、抑或（=或は）
　雲か霞か将雪か（雲耶霞耶抑或雪耶）将旗機傍端畑畠囲秦側幡旛
　散るは涙か将露か（落的是淚呢？還是露水呢？）

端〔名〕邊、端
　河端（河邊）
　道端（路邊）
　井端（井邊）
　炉の端（爐邊）
　池の端を散歩する（在池邊散步）

畑、畠〔名〕旱田,田地（=畑.畠）
　畑を作る（種田）旗側傍端
　畑で働く（在田地裡勞動）

畑、畠〔名〕旱田，田地、專業的領域
　大根畑（蘿蔔地）
　畑へ出掛ける（到田地裡去）
　畑を作る（種田）

畑に麦を作る（在田裡種麥）
畑仕事（田間勞動）
経済畑の人が要る（需要經濟方面的專門人才）
其の問題は彼の畑だ（那問題是屬於他的專業範圍）
君と僕とは畑が違う（你和我專業不同）
商売は私の畑じゃない（作買賣不是我的本行）

旗、旌、幡〔名〕旗，旗幟。〔佛〕幡、風箏（=凧）
　旗を上げる（升旗）旗機畑畠傍端旗
　旗を下ろす（降旗）下ろす降ろす卸す
　旗を広げる（展開旗子）広げる拡げる
　旗を振る（揮旗、掛旗）振る降る
　旗を掲げる（掛旗）
　大勢の人が旗の下に馳せ参じる（許多人聚集在旗下）大勢大勢
　旗を押し立てて進む（打著旗子前進）
　国連の本部には色色の国の旗が立っている（聯合國本部豎立著各國的國旗）立つ経つ建つ
　旗が風にひらひら翻っている（旗幟隨風飄動）
　旗を掲げる（舉兵、創辦新事業）
　旗を巻く（作罷，偃旗息鼓、敗逃，投降，捲起旗幟）巻く撒く蒔く捲く播く

傍、側〔名〕側、旁邊
　側から口を出す（從旁插嘴）
　側で見る程楽でない（並不像從旁看的那麼輕鬆）
　側の人に迷惑を掛ける（給旁人添麻煩）

機、織機〔名〕織布機
　織機を織る（織布）
　家に織機が三台有る（家裡有三台織布機）

秦〔名〕（姓氏）秦

機糸〔名〕紡織用縱橫的線

機織り、機織〔名〕織布、織布工、蟋蟀（=機織り虫）

機織機械（織布機）

機織が上手だ（善於織布）

機織女（織布女工）

機織姫（織女星=織女星、棚機津女）

機織り虫（蟋蟀）

機屋〔名〕織布店

激（ㄐㄧ－）

激〔漢造〕激烈、激勵、激動、感激

急激（急劇）

過激（過激、急遽、過度、過火）

感激（感激、感動）

憤激（憤怒、氣憤、憤慨）

奮激（興奮、激動、振奮）

衝激（衝激）

刺激、刺戟（刺激）

激する〔自サ〕激動、激怒、興奮、激烈、猛撞
〔他サ〕激勵、鼓勵、使興奮

激し易い（容易激動）

激して口も利けない（激動得話都不能說了）

彼は何故だか非常に激していた（他不知為了什麼非常激怒起來了）

戦闘が激する（戰鬥激烈）

岸壁に激する波（猛力沖擊岸邊的波浪）

外国へ立つ友を激する（鼓勵出國的朋友）

我我は彼の話に激されて、決行した（我們被他的話所激勵決心去做）

激越〔自サ、形動〕激昂、激動

激越な口調で発言する（用激昂的語調發言）

激越した感情（激動的感情）

激化、激化〔名、自サ〕激烈化、愈演愈烈

インフレが激化する（通貨膨脹愈發加劇）

戦闘が益益激化する（戰鬥越來越激烈）

戦局は激化する許り（戰局日形激化）

激減〔名、自サ〕劇減、猛降、銳減←→激增

輸入が激減した（出口銳減）

激語〔名〕激動之詞、興奮的語言

激語を放つ（說出激動的言詞）

互に激語を発して論争する（互相說出激動的言語進行爭論）

激昂、激昂〔名、自サ〕激昂、激動

激昂した群衆（激動的群衆）

激昂を鎮める（把興奮鎮定下來）

何も激昂する事は無いじゃないか（沒有什麼可激動的呀！）

其の報を聞いて人人は大いに激昂した（聽到那個消息人們都非常激動起來了）

激賛〔名、他サ〕十分讚賞

激臭、劇臭〔名〕劇臭、奇臭

激臭が鼻を付く（強烈的味道刺鼻子）

激暑、劇暑〔名〕酷暑、酷熱

激賞〔名、他サ〕極力讚賞、熱烈讚揚

彼の作品は審査員から激賞された（他的作品受到審查員的熱烈讚許）

一流大家が激賞して止まない作品（第一流名家都絕讚不已的作品）

激情〔名〕激情、（一時）衝動的感情、激烈的感情、激動的情緒

激情を抑える（抑制衝動的感情）

一時の激情に駆られて取り返しの付かない事を為る（為一時激情所驅使作出不可挽回的事情）

激職、劇職〔名〕繁忙的工作（=激務）←→閑職

体が弱くて激職に耐えられない（身體軟弱禁不起繁重的工作）

激震、劇震〔名〕強震、劇烈的地震

昨夜東京に激震が有った（昨晚東京發生了強震）

激震 激震で多くの家が潰れた（因強震坍塌了很多房子）
激震区域（強震區）

激甚〔名、形動〕非常激烈、極其激烈
激甚な打撃（劇烈的打擊）
競争激甚の時勢に（在競爭非常激烈的時代）
敵に激甚の損害を与える（給敵人以極大的損害）

激成〔名、他サ〕加劇、加重、促進、促使
其れを激成した原因は此処に在る（激發那種事情的原因就在這裡）
其れが現在の危機を激成したのだ（是它加劇了目前的危機）

激戦、劇戦〔名、自サ〕激戰
昔此処で激戦が有った（以前這裡發生過激戰）
其の地域で目下激戦が行われている（在那地方目前正在進行激烈的戰鬥）
今回の選挙は中中の激戦であった（在這次選舉是一場激戰）
両チームは実力伯仲で激戦に為る（兩隊實力差不多形成激戰）

激増〔名、自サ〕激增、猛增←→激減
注文の激増（訂貨的激增）
一百万円に激増する（突然增加到一百萬日元）
自動車が激増する（汽車急劇增多）
夏に為ると伝染病が激増する（到了夏天傳染病就大大增加）

激湍〔名〕急湍、激流
奔流する激湍（奔流的急湍）

激談、劇談〔名〕語調激昂的談話、爭執激烈的談判

激痛、劇痛〔名〕劇痛
激痛を覚える（感到劇痛）
痙攣で激痛を訴えている（因為痙攣而喊疼得受不了）

激怒〔名、自サ〕震怒
息子は激怒して家出した（兒子一肚子氣走出了家門）

激闘〔名、自サ〕激烈搏鬥
密林の激闘（密林中的激鬥）
激闘を戦わす（展開激鬥）
両軍互に激闘する（兩軍互相猛打）
試合は今激闘中（比賽正在激鬥中）

激動〔名、自サ〕激動、激昂、激烈震動、急劇變動
学界を激動させる（使學界震動）
胸中の激動が治まった（胸中的激動平息了）
激動する社会情勢の中で（在急劇變動的社會情勢中）
激動期（動盪時期）

激突〔名、自サ〕激烈衝突、激烈搏鬥、猛撞
両軍の主力が激突する（兩軍主力展開激戰）
自動車が電柱に激突する（汽車猛撞在電線桿上）

激発〔名、自他サ〕激發、激起、激動
民族意識を激発する（激起民族意識）
生活環境の悪化は各地に住民運動を激発させた（生活環境的惡化在各地激起了群眾運動）
感情が激発する（感情激動）

激憤〔名、自サ〕激憤（＝憤激）

激変、劇変〔名、自サ〕激變、驟變、急劇變化
社会情勢が激変した（社會情況有了急劇變化）
気候の激変の為病気に為る（因為氣候的急劇變化而生病）

激務、劇務〔名〕繁重的工作、繁忙的任務（＝激職、劇職）
激務に耐える（經得起繁重的任務）
激務に追われて一日を過ごした（在繁忙的工作中度過了一天）

激流 〔名〕激流、急流
　激流を渡る（渡過激流）
　激流に呑まれる（被急流所吞沒）
　船は激流に押し流される（船被急流沖走）
激励 〔名、他サ〕激勵、鼓舞、鞭策
　激励の言葉（激勵的言詞）
　もっと努力する様激励する（鼓勵其更努力）
　激励演説（激勵演說）
激烈、劇烈 〔名、形動〕激烈、猛烈、尖銳
　激烈な震動（猛烈的震動）
　激烈な競争（激烈的競爭）
　激烈な言葉（尖銳的話語）
　激烈に論争する（激烈地爭論）
激浪 〔名〕激浪、狂瀾
　激浪に洗われる岩（被激浪沖洗的岩石）
　世の中の激浪に打ち勝って生きる（戰勝社會的激浪生活下去）
　激浪天を打つ（激浪沖天、波濤洶湧）
激論、劇論 〔名、自他サ〕熱烈爭論、激烈辯論、口角
　激論が生じる（發生口角）
　中中の激論であった（一場非常激烈的爭論）
　激論の末掴み合いに為った（激烈爭論的結果交起手來了）
　其の絵が偽作か如何かと言う事で未だに激論が続いている（關於這幅畫是否偽造的問題還在繼續進行激烈的爭辯）
激しい、劇しい、烈しい 〔形〕激烈的、強烈的、劇烈的、熱烈的
　激しい闘争（激烈的鬥爭）
　激しい労働（劇烈的勞動）
　激しい感情を込めて言う（感情激動地說）
　彼は激しい口調で演説を為た（他用激烈的口吻進行了演講）
　彼は激しい気性の持ち主だ（他是個容易激動的人）
　激しい寒さ（嚴寒）
　激しい暑さ（酷暑）
　二人の間の競争は激しい（兩個人競爭得很厲害）
　此の道は車の行き来が激しい（這條路車輛往來頻繁）
　議論が激しく為った（爭論激烈起來了）
激しく 〔副〕激烈地、猛烈地、劇烈地
　激しく敵を攻める（猛烈地進攻敵人）
　心臓が激しくどきどきし出した（心臟激烈地跳起來）
　雨が激しく降った（雨下得很急）
激しさ 〔名〕激烈、強烈、猛烈、劇烈（的程度）
　激しさが増す（更加劇烈）

積（ㄐㄧ）

積 〔漢造〕〔數〕積、積聚、積蓄、積累
　山積、山積（堆積如山）
　残積土（殘積土）
　累積（積累、積壓）
　堆積（堆積、累積、沉積）
　体積（體積、容積）
　滞積（積壓、積存、淤積）
　鬱積（鬱積）
　蓄積（積蓄、積累、儲備）
　地積（土地面積）
　面積（面積）
　容積（容積、容量、體積）
　相乗積（相乘積）
　累積和（累積和）
積痾 〔名〕積疴、宿疾
積悪 〔名〕積惡、作惡多端

積悪の家は余殃有り（積惡之家有餘殃）

積鬱〔名〕積鬱、鬱悶
  心中の積鬱を晴らす（排遣心中的積鬱）
  積鬱を散ずる（發散積鬱）

積怨〔名〕積怨、積憤
  積怨を晴らす（洩積怨）

積載〔名、他サ〕裝載、運載（＝積み載せる）
  貨物を積載する（裝載貨物）
  積載量五噸のトラック（載重五噸的卡車）
  積載荷重（載重）
  積載率（裝載率）
  積載ロケット発射実験（運載火箭發射試驗）

積算〔名、他サ〕積算、積累、估算
  積算計（積分儀、累計指示儀）
  積算誤差（累計誤差）
  積算電力計（電度表）
  積算の基礎（估算的基礎）

積習〔名〕積習

積集，積聚，積集，積聚〔名〕積聚

積雪〔名〕積雪
  積雪が一メートルに達した（積雪達一公尺）
  汽車が積雪の為に立ち往生した（火車被積雪所阻拋錨了）

積善〔名〕積善←→積悪
  積善の家には必ず余慶有り（積善之家必有餘慶）

積層〔名〕〔化〕層疊、層合、層壓
  積層電池（層組電池）
  積層木材（層積木、層壓板）
  積層物（層合物）
  積層プラスチック（層壓塑料）
  積層工法（〔建〕逐層組裝施工法）

積層成形（〔化〕層塑法）

積年〔名〕積年、多年
  積年の願い（多年的願望）
  積年の労（多年的辛苦）
  積年の弊（積弊）
  積年の鬱憤を晴らす（發洩多年的積憤）

積氷〔名〕〔地〕積冰、浮冰

積憤〔名〕積憤

積分〔名、他サ〕〔數〕積分
  積分学（積分學）
  積分定数（積分常數）
  積分方程式（積分方程式）
  積分放射強度（〔理〕累積反射）
  積分動作（積分作用）

積弊〔名〕積弊
  多年の積弊を除く（一掃する）（清除多年的積弊）

積雲〔名〕〔氣〕積雲

積巻雲〔名〕〔氣〕卷積雲

積乱雲〔名〕〔氣〕積雨雲

積量〔名〕裝載量、噸位（＝積載量）
  積量測度（裝載量測定）

積寒地帯〔名〕積雪量多的寒冷地帶

積極〔名〕積極←→消極
  積極主義（積極主義）
  積極政策（積極政策）
  積極条件（積極條件）
  積極性（積極性）
  積極的（積極的）

積む〔他五〕堆積（＝重ねる）、裝載（＝載せる）、積累（＝溜める）
〔自五〕積、堆、疊（＝積る）
  石を三つ積む（疊三塊石頭）
  机の上に本を山の様に積む（桌上把書堆成山）

御馳走を山と積む（珍饌美味羅列如山）

金を幾等積まれても嫌だ（搬出金山來我也不幹）

船に石炭を積む（把煤炭裝到船裡）

荷物は未だ全部積んでいない（貨還沒全裝上）

馬に積む（駄到馬身上）

金を積む（攢錢）

巨万の富を積む（積累萬貫財富）

経験を積む（積累經驗）

善根を積む（積善）

降り積む雪（邊降邊積的雪）

積んでは崩す（且疊且拆、反復籌劃、一再瞎搞）

摘む、採む、剪む、抓む〔他五〕摘、採、剪

花を摘む（摘花）

茶を摘む（採茶）

芽を摘む（掐芽）

木の芽を摘む（掐樹芽）

髪を摘む（剪髮）

髪を短く摘む（把頭髮剪短）

枝を摘む（剪樹枝）

爪を摘む（剪指甲）

詰む〔自五〕稠密、困窘、〔象棋〕將死

目の詰んだ生地（密實的布料）

ぎっしり字の詰んだページ（字排得密密麻麻的書頁）

理に詰む（理屈詞窮）

此の王は直ぐ詰むよ（這老將馬上就被將死啦！）

積ん読〔名〕〔俗〕買了書不讀、堆起來不看（"積んで置く"之意，仿"精読"，"多読"而造的詞）

彼は専ら積ん読主義だ（他是個專買了書不看的人）

積み，積，積み，積〔造語〕裝載

鉄道積み（火車裝運）

汽船積みで送る（用船裝運）

積み噸数（裝載噸數）

三十噸積みの貨車（裝三十噸的貨車）

積み上げる〔他下一〕堆積起來，積累起來、堆完，裝完

参考書を机の上に積み上げる（把參考書堆在桌子上）

山の様に積み上げられた穀物（堆積如山的糧穀）

一つ一つ着実に積み上げて行く（一件一件牢實地積累起來）

積み上げ〔名〕堆積、積累

積み上げ方式（積累方式）

積み上げ式軍縮（積累式裁軍）

積み石、積石〔名〕積石，堆石、〔古〕柱角石（＝石礎）

積み入れる〔他下一〕裝入、裝進

石炭を積み入れる為寄港する（為了裝煤而靠港）

積み置き場〔名〕堆積場

石炭積み置き場（堆煤場）

積み送る〔他五〕裝運

貨物を積み送る（裝運貨物）

積み送り〔名〕裝運、發送

積み送り人（發貨人）

積み送り品（裝運的貨物）

積送〔名、他サ〕裝運

積送品（裝運品）

積み卸し〔名〕裝卸

石炭の積み卸しを為る（裝卸煤炭）

積み卸し労働者（裝卸工）

積み卸し作業ライン（裝卸作業線）

積み返す〔他五〕裝回、運回

ツ

送って来た荷物を送り出し人に積み返す（把運來的貨運回給發貨人）

積み替える、積み換える〔他下一〕倒裝、轉運、改裝

荷物を船から貨車に積み替える（把貨物從船上倒裝到貨車上）

壊れ易い物を上に為る様に積み替える（把易碎品改裝到上邊）

積み替え、積み換え〔名〕倒裝、轉運、改裝

荷物の積み替えを済ます（把貨物倒裝完畢）

シンガポール積み替え（在新加坡倒裝）

積み替え不許容（不許倒裝）

積み重なる〔自五〕疊積起來

積み重なって高くなる（疊積得高起來）

落葉が積み重なる（落葉堆積）

日と共に積み重なる（日積月累）

積み重ねる〔他下一〕堆起來、疊積起來

箱を積み重ねる（把箱子堆起來）

米俵が山の様に積み重ねて有る（米袋堆積如山）

豊かな経験を積み重ねて来た（積累了豐富的經驗）

努力を積み重ねる（繼續努力）

万里の長城も焼き煉瓦を一つ宛積み重ねて造ったのだ（萬里長城也是一塊磚一塊磚疊起來的）

積み方〔名〕堆積方法、裝載方法

積み方が違う（裝法不對）

積み木、積木〔名〕（玩具）積木、堆木材、堆積的木材

積み木を為て遊ぶ（堆積木玩）

積み木を一組買う（買一套積木）

積み木の山が出来る（木材堆成山）

積み切る〔他五〕裝完、裝上船

翌日積み切った（第二天就裝完了）

積み切り〔名〕裝完

積み切り日（裝完日）

積み金、積金〔名、他サ〕積存錢、儲蓄的錢、公積金

俸給の一部を積み金する（把部分的工資存起來）

修学旅行の為に積み金する（學生為了參觀旅行積存錢）

積み肥、積肥、堆肥〔名〕〔農〕堆肥（=堆肥）

積み込む〔他五〕（往車、船）裝貨

船に荷物を積み込む（往船上裝貨）

汽車に積み込んで送る（裝上火車運去）

原油が数本の護謨管からタンカーに積み込まれる（原油通過數隻橡皮管裝上油船）

積み込み〔名〕（往車、船）裝貨

船は綿花の積み込みを終った（船裝完了棉花）

積み込み値段（船上交貨價格）

積み込み払い（裝貨付現）

貨車積み込み渡し（裝車交貨）

最大積み込み量（最大裝載量）

積み込み費用（裝貨費）

積み込み重量（裝船重量）

積み込み済船荷証券（已裝船提單）

積み地金〔名〕〔冶〕成束熟鐵塊

積み過ぎる〔自五〕裝載過量

積み過ぎ〔名〕裝載過量

積み高〔名〕裝載量

積み出す〔他五〕裝出、裝運

貨物を積み出す（裝出貨物）

台中向けの鋼管は船で積み出す（運往台中的鋼管用船裝運）

積み出し〔名〕裝出、裝運

生糸の積み出しを終る（裝完生絲）

積み出し港（裝運港、發貨港口）

先積み出し（預先發貨）

積み立てる〔他下一〕積存、積累

毎月一万円宛積み立てる（毎月積存一萬日元）

旅行費を積み立てる（積存旅費）

積み立て〔名〕積存、積累、積存的錢、儲蓄的錢

旅行費を積み立てを為る（積存旅費）

積み立てが五万円に為った（積存的錢有五萬日元了）

積み立て金（積存的錢、儲蓄的錢、準備金、公積金）

積み付け〔名〕理艙、堆裝

積み付け検査（理艙〔堆裝〕檢查）

積み付け費（理艙〔堆裝〕費）

積み取る〔他五〕裝載、裝貨

積み取り〔名〕裝載、裝貨

積み取契約（裝載契約）

積み取港（裝貨港口）

積み直す〔他五〕重裝、重新裝載

積み均し〔名〕平艙（裝貨時安排貨物位置以使船身平衡）

積み均し人夫（平艙工人）

積み荷、積荷〔名〕裝載的貨物

積み荷を下ろす（卸貨）

積み荷を上げる（〔從船往岸上〕卸貨）

積み荷案内書（發貨通知）

積み荷受取証（托運單）

積み荷目録（裝貨清單）

積み荷控帳（裝貨底帳〔存根〕）

積み荷能力（載貨量）

積み荷保険証券（海上〔裝船〕保險單）

積み残す〔他五〕裝剩下、沒裝完（=積み残り）

積み残し〔名〕裝剩下的貨物（旅客）

積み残しに為る（沒能裝上）

積み残り〔名〕裝剩下的貨物（旅客）（=積み残し）

積み残り品（裝剩下的貨物）

積み戻す〔他五〕重又裝船、退裝、載回

積み戻し〔名〕重又裝船、退裝、載回、退貨

積み戻し貨物（退裝的貨物）

積み戻し免状（退貨許可）

積み戻し費用（退貨費用）

積もる、積る〔自五〕積，堆積（=重なる）、積累，積存（=溜まる）。〔他五〕估計（=見積もる）、推測（=推し量る）

雪が一メートル積った（雪積了一米）

机の上に沢山塵が積っていた（桌上積了好多塵土）

借金が積る（債台高築）

積る話が有る（有好多話要說）

積る胸の思いを打ち明ける（說出堆在心裡的話）

積る辛労で病気に為る（積勞成疾）

月日が積る（積年累月）

経費を積って見る（估計經費）

高く積っても十万円の値打は無い（往多估計也不值十萬日元）

安く積っても五万円の品だ（往少估計也值五萬日元）

金に積ると五千円は為る（估計錢足植五千元）

人の心を積る（推測別人的心思）

塵も積れば山と為る（積少成多、積腋成裘）

積もり、積り、心算〔名〕打算，意圖，企圖（=考え、心組み）估計，預計（=見積もり、胸算用）、（前面接動詞過去形）（本來不是那樣）就當作…，就算是…、（常用〝御積り〟形式）（宴會時）最後一杯（瓶）酒

何の位日本に御滞在為さる積ですか（您打算在日本呆多久？）

彼は如何言う積りなのかさっぱり分らない（他是什麼意圖全然不知）

君はどんな積りで然う言ったのか（你那麼說是什麼用意？）

悪い積りで然う言ったのではない（那麼說並沒有惡意）
彼は如何しても然うする積りでいる（他無論如何也打算那麼做）
今度は成功する積りだ（估計這次會成功）
僕の心積りが外れた（我的估計落空了）
其れで旨く行く積りです（估計那樣做會成功的）
近道を為る積りでいたが実は遠回りに為って仕舞った（本想抄捷徑其實繞了遠）
君の積りでは何れ程費用が掛かるかね（據你估計要花多少錢？）
映画を見た積りで貯金する（就當作看了電影把錢存起來）
死んだ積りで働く（就當死了拼命幹）
もう、此れで御積りですよ（這可是最後一杯了）
もう、此れ一本で御積り（就這一瓶了）

積り替え〔名〕重新估計

積り書き〔名〕估計單、計畫書（＝見積書）
　積り書きを出す（提出估計單）

積り違い〔名〕估計錯誤
　積り違いを為る（估計錯誤）

積り積る〔自五〕長期積累
　積り積った結果（累積的結果）
　積り積った不平が爆発した（長期累積的牢騷爆發出來了）

其の積り〔連語〕那個打算、那個意圖、那個意向、那個準備
　其の積りで彼を訪問した（我帶著那個打算訪問了他）
　其の積りでいて呉れ給え（我希望你要心理明白、我希望你要有那個精神準備）

磯（ㄐ一）

磯〔名〕海岸，湖濱、（特指）海，湖邊上多石的地方、琴身（琵琶）的側面
　磯で魚を取る（在海岸捕魚）
　磯に浪が打ち付ける（浪沖擊岸邊岩石）

磯明け〔名〕捕魚開禁（期）

磯魚、磯魚〔名〕棲息在海濱一帶的魚←→沖魚

磯蟹〔名〕海濱沙中的小蟹

磯況〔名〕海濱的魚訊

磯巾着〔名〕〔動〕海葵
　磯巾着類（海葵目）

磯臭い〔形〕（海邊特有的）腥臭味

磯路〔名〕海岸邊的路

磯千鳥〔名〕海邊的群鳥（＝浜千鳥）

磯釣り、磯釣〔名〕海濱垂釣←→沖釣り

磯菜〔名〕（可供食用的）海濱的草

磯浪〔名〕拍岸的海浪

磯節〔名〕海濱小調-起源於茨城縣永戸附近海岸地方的謠曲

磯船、磯舟〔名〕海濱小船

磯辺〔名〕海邊、海濱
　磯辺の松（海濱松樹）

磯松〔名〕〔植〕磯松

磯目、磯蚯蚓〔名〕海濱蚯蚓（用做釣餌）

磯馴れ松〔名〕〔植〕馬尾松

譏（ㄐ一）

譏〔漢造〕譏笑（用尖刻的話取笑，挖苦）

譏る、謗る、誹る〔他五〕毀謗、責難（＝非難する）←→褒める、誉める
　無闇に人を譏る物ではない（不可胡亂毀謗人）
　陰で人を譏る（背地裡毀謗人）

譏り、謗り、誹り〔名〕毀謗、責難
　世の譏りを招く（招致社會的指責）
　悪人の譏りを受ける（受到壞人毀謗）

鶏（雞）（ㄐ一）

鶏〔漢造〕雞
　養鶏（養雞）
　闘鶏（鬥雞、鬥雞用的雞）

<ruby>軍鶏<rt>ぐんけい</rt></ruby>、<ruby>軍鶏<rt>しゃも</rt></ruby>（雞的一種、用於鬥雞，玩賞，肉用）

<ruby>鶏冠<rt>けいかん</rt></ruby>、<ruby>鶏冠<rt>とさか</rt></ruby>、<ruby>鶏冠<rt>とっさか</rt></ruby>〔名〕雞冠

 <ruby>鶏冠石<rt>けいかんせき</rt></ruby>（〔礦〕雞冠石、雄黃）

 <ruby>鶏冠花<rt>けいかんか</rt></ruby>（雞冠花）

<ruby>鶏姦<rt>けいかん</rt></ruby>〔名〕雞姦（=<ruby>男色<rt>だんしょく</rt></ruby>）

<ruby>鶏眼<rt>けいがん</rt></ruby>〔名〕〔醫〕雞眼（=<ruby>魚の目<rt>うおのめ</rt></ruby>）

<ruby>鶏群<rt>けいぐん</rt></ruby>〔名〕雞群

 <ruby>鶏群の一鶴<rt>けいぐんのいっかく</rt></ruby>（鶴立雞群）

<ruby>鶏血石<rt>けいけつせき</rt></ruby>〔名〕〔礦〕雞血石（刻圖章用）

<ruby>鶏犬<rt>けいけん</rt></ruby>〔名〕雞犬

 <ruby>鶏犬相聞ゆ<rt>けいけんあいきこゆ</rt></ruby>（雞犬相聞）

 <ruby>鶏犬雲に吠ゆる<rt>けいけんくもにほゆる</rt></ruby>（雞鳴雲中、犬吠天上-比喻小人得志）

<ruby>鶏口<rt>けいこう</rt></ruby>〔名〕雞口

 <ruby>鶏口と為ると牛後と為る勿れ<rt>けいこうとなるとぎゅうごとなるなかれ</rt></ruby>（寧為雞口勿為牛後-史記蘇秦傳）

<ruby>鶏舎<rt>けいしゃ</rt></ruby>〔名〕雞舍、雞窩

<ruby>鶏頭<rt>けいとう</rt></ruby>、<ruby>鶏冠<rt>けいとう</rt></ruby>〔名〕〔植〕雞冠花

 <ruby>鶏冠花<rt>けいとうか</rt></ruby>（雞冠花）

<ruby>鶏肉<rt>けいにく</rt></ruby>〔名〕雞肉（=<ruby>黃鶏<rt>かしわ</rt></ruby>）

<ruby>鶏糞<rt>けいふん</rt></ruby>〔名〕雞糞

<ruby>鶏鳴<rt>けいめい</rt></ruby>〔名〕雞鳴，雞叫、黎明，拂曉

 <ruby>鶏鳴暁を告げる<rt>けいめいあかつきをつげる</rt></ruby>（雞鳴報曉）

 <ruby>鶏鳴に起きる<rt>けいめいにおきる</rt></ruby>（黎明即起）

 <ruby>鶏鳴狗盜<rt>けいめいくとう</rt></ruby>（雞鳴狗盜）

<ruby>鶏卵<rt>けいらん</rt></ruby>〔名〕雞卵、雞蛋

 <ruby>鶏卵卸小売業<rt>けいらんおろしこうりぎょう</rt></ruby>（雞蛋批發零售商）

<ruby>鶏肋<rt>けいろく</rt></ruby>〔名〕雞肋、用處不大扔掉又可惜的東西。〔喻〕瘦弱的身體

<ruby>鶏魚<rt>いさき</rt></ruby>、<ruby>伊佐木<rt>いさき</rt></ruby>〔名〕〔動〕石鱸

<ruby>鶏<rt>にわとり</rt></ruby>〔名〕〔動〕雞

 <ruby>鶏を飼う<rt>にわとりをかう</rt></ruby>（養雞）

 <ruby>鶏が時を作る<rt>にわとりがときをつくる</rt></ruby>（雞報曉）

 <ruby>鶏合わせ<rt>にわとりあわせ</rt></ruby>（鬥雞）

 <ruby>鶏を割くに何ぞ牛刀を用いん<rt>にわとりをさくになんぞぎゅうとうをもちいん</rt></ruby>（殺雞焉用牛刀、大材小用）

<ruby>鶏<rt>とり</rt></ruby>、<ruby>鳥<rt>とり</rt></ruby>〔名〕雞、雞肉

<ruby>鳥<rt>とり</rt></ruby>、<ruby>禽<rt>とり</rt></ruby>〔名〕〔動〕鳥，禽類的總稱、雞（=<ruby>鶏<rt>にわとり</rt></ruby>）

 <ruby>空飛ぶ鳥<rt>そらとぶとり</rt></ruby>（飛禽）

 <ruby>空気銃で鳥を取る（打つ）<rt>くうきじゅうでとりをとる（うつ）</rt></ruby>（用空氣鎗打鳥）

 <ruby>囀る鳥<rt>さえずるとり</rt></ruby>（鳴鳥）

 <ruby>鳥も通わない処<rt>とりもかよわないところ</rt></ruby>（僻遠之地）

 <ruby>鳥は古巣に帰る<rt>とりはふるすにかえる</rt></ruby>（落葉歸根）

 <ruby>鳥の将に死なんと為る其の鳴くや哀し<rt>とりのまさにしなんとなるそのなくやかなし</rt></ruby>（鳥之將死其鳴也哀）

 <ruby>鳥無き里の蝙蝠<rt>とりなきさとのこうもり</rt></ruby>（山中無虎猴子稱王）

 <ruby>鳥疲れて枝を選ばず<rt>とりつかれてえだをえらばず</rt></ruby>（倦鳥不擇枝、飢不擇食）

<ruby>酉<rt>とり</rt></ruby>〔名〕酉（十二支之一）、酉時（下午五時到七時、午後六時左右）、西方

 <ruby>酉の年<rt>とりのとし</rt></ruby>（酉年）

<ruby>鶏合わせ<rt>とりあわせ</rt></ruby>、<ruby>鶏合せ<rt>とりあわせ</rt></ruby>〔名〕（古代的）鬥雞

<ruby>鶏の空音<rt>とりのそらね</rt></ruby>〔名〕模仿雞鳴、類似雞鳴的聲音（出自孟嘗君偷過函谷關的故事）

<ruby>鶏<rt>かけ</rt></ruby>〔名〕<ruby>鶏<rt>にわとり</rt></ruby>的古名

<ruby>鶏<rt>とと</rt></ruby>、<ruby>鳥<rt>とと</rt></ruby>〔名〕〔兒〕雞、鳥的幼兒語

<ruby>魚<rt>とと</rt></ruby>〔名〕〔兒〕魚

<ruby>父<rt>とと</rt></ruby>〔名〕〔兒〕爸爸。〔轉〕（婦女稱丈夫）孩子的爹

<ruby>羈<rt>き</rt></ruby>（ㄐㄧ）

<ruby>羈旅<rt>きりょ</rt></ruby>、<ruby>羇旅<rt>きりょ</rt></ruby>〔名〕羈旅、咏旅行感想的和歌俳句

 <ruby>羈旅歌<rt>きりょうた</rt></ruby>（羈旅和歌）

<ruby>齏<rt>せい</rt></ruby>（ㄐㄧ）

<ruby>齏<rt>せい</rt></ruby>〔漢造〕壓磨，粉碎、細碎辛辣的粉末多用於調味

<ruby>齏える<rt>あえる</rt></ruby>、<ruby>和える<rt>あえる</rt></ruby>〔他下一〕拌、調製

 <ruby>菠薐草を胡麻で和える<rt>ほうれんそうをごまであえる</rt></ruby>（用芝麻拌菠菜）

 <ruby>味噌で和える<rt>みそであえる</rt></ruby>（用醬拌）

 <ruby>酢で和える<rt>すであえる</rt></ruby>（用醋拌）

<ruby>齏え物<rt>あえもの</rt></ruby>，<ruby>齏物<rt>あえもの</rt></ruby>、<ruby>和え物<rt>あえもの</rt></ruby>，<ruby>和物<rt>あえもの</rt></ruby>〔名〕用醬醋等拌的菜

豚肉と胡瓜の齎物（豬肉拌黃瓜的涼菜）

羈（ㄐㄧ）

羈〔漢造〕控制馬的繩子、寄居、拘束
羈絆〔名〕羈絆、束縛（＝絆）
　外国の羈絆を脱して独立する（擺脫外國的羈絆而獨立）
羈旅、羇旅〔名〕羈旅、咏旅行感想的和歌，俳句
　羈旅歌（羈旅和歌）

饑（ㄐㄧ）

饑〔漢造〕肚子空虛，吃不飽的感覺、五穀收成不好
饑餓、飢餓〔名〕饑餓
　飢餓線上に喘ぐ（掙扎在饑餓線上）
　飢餓に瀕する（眼看就要挨餓）
　飢餓行進（反饑餓遊行）
　飢餓を免れる（幸免饑餓）
　飢餓線上を彷徨う、身に纏う着物すら無い（食不果腹衣不蔽體）
　飢餓賃銀（不足溫飽的工資）
　飢餓輸出（〔不顧國內需要而進行的〕饑餓出口）
　飢餓療法（饑餓療法、絕食療法）
饑渇、飢渇，飢渴〔名・自サ〕饑渴
　若い世代は飢渇に苦しんだ昔を知らない（年輕一代不知道苦於饑渴的舊社會）
　日日の飢渇から救う（從每天的饑渴中拯救出來）
饑寒、飢寒〔名〕饑寒
　飢寒に苦しむ（苦於饑寒）
　飢寒の為に死ぬ（死於饑寒）
饑饉、飢饉〔名〕饑饉、饑荒、缺乏
　飢饉に見舞われる（遇到饑荒）
　飢饉を逃れる（逃荒）
　度度飢饉に苦しめられる（災荒頻仍）
　嘗て飢饉に悩まされていた村が今ではたっぷりと食糧が取れる様に為った（過去鬧糧荒的村莊現在糧食綽綽有餘了）
　水飢饉（水荒、缺水）
　紙飢饉（紙荒、缺紙）
　住宅飢饉（房荒）
　小銭飢饉（缺乏零錢）
饑い〔形〕餓得慌、餓得沒勁（＝ひもじい）
　下痢で一日絶食したので、饑く堪らない（因為拉肚子一天沒吃東西餓得難受）

齎（ㄐㄧ）

齎〔漢造〕攜帶、懷抱、拿東西送給人
齎す〔他五〕帶來、招致、造成
　諸君に吉報を齎した（給你們帶來了好消息）
　低気圧が雨を齎す（低氣壓帶來雨）
　人民の幸福を齎す（給人民帶來幸福）
　経済の大きな伸びは、人民の生活に新しい変化を齎した（經濟上的大發展給人民生活帶來了新的變化）
　革命に大きな損害を齎す（給革命造成很大的損失）

及（ㄐㄧˊ）

及〔漢造〕達到
　波及（波及、影響）
　普及（普及）
　言及（言及、提及、論及、說到）
　追及（追趕、追究）
　企及（趕得上、做得到）
　過不及（過度和不足）
及第〔名・自サ〕考中、考上、及格 ←→落第
　試験に及第する（考上）

如何にか斯うにか及第した（勉強及格了）

此の案なら如何やら及第だろう（這方案或許能夠通過）

及第点を取る（取得合格分）

及落〔名〕及格和落第

未だ及落が分らない（及格不及格還不知道）

及落が決まる（及格不及格決定了）

成績が悪くて何時も及落線上に在る（成績差總是在及格不及格那條線上）

及落判定会議（評定及格不及格的會議）

及ぶ〔自五〕及於，達到，普及，波及、趕得上，比得上、(補助動詞用法)(用於加強語氣)及，到

会議は深更に及ぶ（會議到深夜）

影響が広く及ぶ（影響範圍很廣）

此の鉄道は全長六百六十九キロに及んでいる（這鐵路線長達669公里）

密談は三時間に及んだ（密談達三小時之久）

被害が全国に及ぶ（災害遍及全國）

全文は数千語に及ぶ（全文不下數千言）

此の事は君に迄及ぶ（這件事牽涉到你身上）

災難が身に及ぶ（災難臨頭）

長ずるに及んだ（臨到長大）

刃傷沙汰に及ぶ（終至演成刀傷事件）

戦争に及ぶ（演成戰爭）

甲は乙に及ばない（甲不如乙）

英語では彼に及ぶ物は無い（論英文沒有比得上他的）

彼の実力は私等の及ぶ所ではない（他的實力不是像我這樣的人所能趕得上的）

及ばない（不必，不需要，用不著，達不到，辦不到，來不及）

技術の上では迚も彼の人には及びません（在技術上實在比不上他）

彼の足元にも及ばない（遠不如他、和他不能相比）

噂に聞き及んでいた人（早已聽到過的人）

及ばぬ鯉の滝上り（癩蛤蟆想出天鵝肉-鯉是恋的相關語）

及びも付かない（絕比不上、望塵莫及、絕對達不到、不敢想像）

力の及ぶ限り（力不從心、無能為力）

及び〔接〕和、及

台北及び高雄（台北和高雄）

運賃及び保険料（運費和保險費）

労働者、農民及び其の他の人民（工農及其他人民）

アジア、アフリカ、ラテンアメリカ諸国及び人民との団結を強化する（加強和亞洲非洲拉丁美洲諸國和人民的團結）

及び腰〔名〕欠身哈腰（伸手向前欲取東西的姿勢）。〔轉〕舉棋不定，態度曖昧

及び腰で応接する（欠身哈腰地接待）

及び腰で蜻蛉を取る（哈著腰探身捉蜻蜓）

東京の大新聞は其の問題に対する筆の使い方が及び腰である（東京的大報紙對於這個問題筆調上態度曖昧）

及ぼす〔他五〕波及、達到、使受到、給帶來

干天は農作物に被害を及ぼした（天旱的天氣給農作物帶來了很大的災害）

生命に危険を及ぼす（使生命遭到危險）

そんな事を為ると多くの人に累を及ぼす事に為る（做那樣的事會牽累許多人）

及ばず乍ら〔副〕〔謙〕雖然能力有限、儘管力量微薄

及ばず乍ら努力致しましょう（我雖力量有限願盡綿薄）

私に出来る事なら及ばず乍ら御手伝い致します（如果是我能辦到的事儘管力量有限我也要幫您的忙）

及く、如く、若く〔自五〕（下接否定語）如、若、比

ㄐ

用心するに如くは無し（不如提防些好）

此れに如くは無し（未有及此者、這個最好）

百聞一見に如かず（百聞不如一見）

如く〔助動〕（文語助動詞如し的連用形、在口語中常用）如、同、有如

前に述べた如く（如前所述、有如上述）

仰せの如く（如同您所說的）

平常の如く（像往常一樣、照例）

群衆は怒涛の如く押し寄せて来た（群眾像怒濤般湧來）

丸で自分が指導者の如く振舞っている（儼然以領導自居）

其の論拠は次の如くである（其論據如下）

空気の人に於けるは、水の魚に於けるが如くである（空氣之於人，有如水之於魚）

大波に船は木の葉の如くに揺れた（船在波濤中如樹葉般地搖動）

吉、吉（ㄐㄧˊ）

吉、吉〔名、漢造〕吉、吉祥、吉利←→凶

御神籤は吉と出た（抽的籤是吉）

大吉（大吉）

不吉（不吉）

吉事、吉事〔名〕喜事、吉慶事

吉日、吉日、吉日〔名〕吉日、吉辰←→凶日

黄道吉日（黄道吉日）

思い立つ日が吉日（哪天想做哪天就是好日子、想做就做不必猶豫）

吉旦〔名〕吉日（=吉日、吉日、吉日）

吉祥、吉祥〔名〕〔佛〕吉祥

吉祥果（石榴）

吉祥金剛（文殊菩薩）

吉祥草（觀音草）

吉祥天（吉祥天女-賜眾生以福德的女神）

吉上〔名〕上吉、吉祥、宮中或宮門的警衛（=黄仕丁）

吉瑞〔名〕吉瑞、吉祥

吉夢、吉夢〔名〕吉夢

吉例、吉例〔名〕（吉祥的）慣例

吉例に習って祝賀式を行う（按照慣例舉行慶祝儀式）

吉礼、吉礼〔名〕祭神的儀式

吉凶〔名〕吉凶

吉凶を占う（預卜吉凶）

吉辰〔名〕吉辰、吉日（=良い日、吉日、吉日、吉日）

吉相〔名〕吉利的前兆，吉兆、有福的相貌，福相

吉相の人（福相的人）

吉草酸〔名〕〔化〕纈草酸、戊酸

吉左右、吉左右〔名〕吉報，喜訊，佳音（=良い便り）、（或好或壞的）信息

吉左右を待っている（等候佳音）

吉左右が知り度い（希望得到消息）

吉兆〔名〕吉兆←→凶兆

吉報〔名〕喜信、喜訊、好消息

吉報が有るぞ（有好消息！）

試作成功の吉報を待っている（等待試製成功的喜信）

吉備人形〔名〕（岡山縣產的）塗紅泥偶

吉備団子〔名〕糯米糰子-岡山縣的名產

吉利支丹、切支丹、キリシタン〔名〕〔宗〕（室町時代傳到日本的）天主教、天主教信徒、（當時天主教傳教士作為傳教手段的）物理化學技術。〔轉〕魔術

吉利支丹寺（〔當時的〕天主教堂）

吉利支丹大名（〔戰國時代至江戶初期的〕信奉天主教的大名）

吉利支丹伴天連（〔當時的〕天主教神父、〔轉〕邪教）

吉利支丹奉行（〔江戶幕府的〕取締天主教迫令信徒改宗的長官）

吉利支丹文学（〔室町時代末期至德川初期的〕天主教徒著述翻譯的宗教文學=南蛮文学）

キリシタンやしき
吉利支丹屋敷（〔江戸時代禁止天主教後〕監禁不改宗教者的監獄）

えほう　えほう
吉方、恵方〔名〕吉利方向←→塞
ふさがり

えほうまい
吉方参り（正月初一到吉利方位的神社參拜）

よしの
吉野〔名〕吉野（奈良縣南部地名、自古為大和國的一個郡）、吉野紙（=吉野紙）、吉野櫻（=吉野桜）
よしのがみ　　　　　よしのざくら

よしのがみ
吉野紙〔名〕吉野紙（一種極薄的綿紙、產於奈良縣吉野郡）、〔轉〕非常薄的東西

よしのざくら
吉野桜〔名〕〔植〕奈良縣吉野山的櫻花、染井吉野櫻花的俗稱（日本櫻花最普通的櫻花）

よしのちょうじだい
吉野朝時代〔名〕（日本歷史上的）吉野時代、南北朝時代（1336-1392 共 57 年）

よしわら
吉原〔名〕（舊時東京台東區的）妓館區

よしのすずめ
吉野雀（了解吉原內情的人、在吉原閒蕩的人）

即（ㄐㄧˊ）

そく
即〔漢造〕即、馬上、就是

ふそくふり
不即不離（不即不離）

しきそくぜくう
色即是空（〔佛〕色即是空）

そうそく
相即（融合成一體）

そうそくふり
相即不離（難解難分）

そく
即する〔自サ〕切合

じっさい　　そく　　かんが
実際に即して考える（就實際情況加以考慮）

あいて　きもち　そく　こた　す
相手の気持に即した答えを為る（適應對方的心情作回答）

じっち　そく　うま　や　かた
実地に即した旨い遣り方（切合實際的巧妙作法）

げんじつ　そく　ひひょう
現実に即した批評（結合現實情況的批評）

そくい
即位〔名、自サ〕即位（=践祚）←→退位
せんそ

そくいしき
即位式（即位式）

そくえい
即詠〔名、他サ〕即席作詩、即席吟詠（的詩歌）

そくおう
即応〔名、自サ〕適應、順應

じだい　ようきゅう　そくおう　きょういく
時代の要求に即応した教育（適應時代要求的教育）

じたい　そくおう　りんじ　しょち　と
事態に即応して臨時の処置を取る（為順應局勢採取臨時措施）

そくぎん
即吟〔名、他サ〕即吟、即席吟詠（的詩歌）（=即詠）
そくえい

そくぎんしゃ
即吟者（即興詩人）

そくざ
即座〔名〕立即、即刻、馬上

そくざ　へんとう
即座に返答する（立即回答）

そくざ　ことわ
即座に断った（馬上拒絕了）

そくざ　いけん　の
即座に意見を述べる（馬上陳述意見）

そくざ　い　わけ　こしら
即座に言い訳を拵える（立即編造了一個藉口）

そくし
即死〔名、自サ〕當場死亡

じどうしゃ　はし　お　の　もの　そく
自動車が橋から落ち、乗っていた者は即し
死した（汽車從橋上墜落乘坐的人當場死亡）

そくししゃ
即死者（當場死亡者）

そくじ
即事〔名〕當場（發生）的事、眼前的事

そくじ
即時〔名、副〕即刻、馬上、當時

そくじ　ごへんとういただ　た
即時に御返答頂き度い（希即賜答覆）

りょうぐん　そくじてったい　かいし
両軍は即時撤退を開始した（兩軍立即開始撤退）

そくじばら
即時払い（即付）

そくじかいけつ
即時解決（立即解決）

そくじつうわ
即時通話（〔電話〕直通）

そくじつ
即日〔名、副〕即日、當天

そくじつききょう
即日帰郷（即日返里）

とうひょう　そくじつかいひょう
投票が即日開票される（投票當天開票）

そ　ほうりつ　そくじつしこう
其の法律は即日施行された（那項法律即日開始生效）

そくじつ
即実〔名〕如實

そくしんじょうぶつ
即身成仏〔名〕〔佛〕即身成佛（生身即可成佛－真言宗的教義）

そくせい
即製〔名、他サ〕立即製成

そくせい　cake
即製のケーキ（現做的點心）

そくせい　しな
即製の品（當場做的東西）

そくせき
即席〔名〕即席、當場、臨時湊合應付（=インスタント）

そくせき　えんぜつ
即席で演説する（即席演講）

即席の料理に為ては旨い（臨時湊合的菜就算夠好的了）
即席料理（臨時做的菜、現做的菜）
此の絵は即席だから駄目だ（這幅畫是應景的畫所以畫得不好）
即席汁粉（方便小豆粥）
即席ラーメン（方便麵條）

即戦〔名〕馬上可以投入戰鬥、立即可以戰鬥
即戦力（現有戰鬥力）

即題〔名〕當場出的詩，和歌，俳句或文章的題。〔樂〕即席作曲演奏
〝秋の夜〟と言う即題で文を作る（以秋夜為題當場作文）
即題曲（即席演奏曲）

即諾〔名、他サ〕立即應允

即断〔名、他サ〕立即決定（=即決）
即断の要が有る（需要立即決定）
こんな時には即断する勇気が必要だ（這種時候要有當機立斷的勇氣）

即詰み〔名〕〔象棋〕將死

即答〔名、自サ〕立即回答
即答を促す（催促立刻回答）
即答し兼ねる（難以馬上回答）
是非即答して呉れ（務必即刻回答）
即答を避ける（避免馬上回答）

即納〔名、他サ〕立即交納
注文を受けて即納する（接了訂貨立即交貨）

即売〔名、他サ〕當場出售（展品）
古書を即売する（當場出售古書）
即売会（當場出售的畫展〔展覽會〕）
即売展（展銷會）
即売品（展銷品）

即物的〔形動〕實事求是的（=ザッハリッヒ sachlich 德）
即物的な考えの持ち主（抱有很現實想法的人）

即妙〔名、形動〕機敏、機智、隨機應變
当意即妙の（な）答え（機敏〔隨機應變〕的回答）

即夜〔副〕當晚

即急〔名、形動〕火急、非常緊急
即急の命令（十分火急的命令）

即興〔名〕即興
即興の歌を作る（做即興的詩歌）
即興に詩を作る（即興作詩）
即興曲（即興曲）
即興詩人（即興詩人）
即興で遣って貰う（請馬上表演一個）

即金〔名〕現金、當場付款
御買物は全て即金で願います（買東西一律請附現款、現金交易）
半額は即金後半分は月賦で（半額付現款半額分期付款）
即金なら割引する（如付現款可打折扣）

即決〔名、他サ〕立即決定
事態が差し迫っているので即決を要する（情況緊迫需要立即決定）
議案を即決する（當場通過議案）
此の問題は此の場で即決し度いと思います（這問題希望現在馬上做出決定）
即決裁判（立即宣判、當場審判）

即行〔名、他サ〕立即實行、立即執行、立刻進行

即効〔名〕立即生效
此の薬を飲めば即効が有る（服此藥立即生效）
即効薬（速效藥）
即効紙（塗有清涼止痛藥的藥膏）

即刻〔副〕即刻、立即
即刻御伺いします（立即趨訪）
即刻御返事下さい（請立即回覆）

即今〔名〕現今、現在、目下
即今の情勢（目前的形勢）

即ち、則ち、乃ち〔接〕即是、正是、就是、於是

江戸即ち今の東京（江戸也就是現在的東京）

四季即ち春、夏、秋、冬（四季即春夏秋冬）

其れが即ち私の望む所だ（這就是我所希望的）

渇すれば則ち飲む（渇則飲）

戦えば則ち勝つ（戰則勝）

学びて思わざれば則ち暗し、思いて学ばざれば則ち危うし（學而不思則罔思而不學則殆）

乃ち、僕は言下に拒絶した（於是我馬上拒絕了）

即ける、就ける〔他下一〕使就位、使就師

席に即ける（使就席）

局長の地位に即ける（使就局長職位）

位に即ける（使即位）

職に即ける（使就職）

先生に即けて習わせる（使跟老師學習）

付ける、着ける、附ける〔他下一〕安上，掛上，插上，縫上，寫上，記上，注上，定價，給價，出價。抹上，塗上，擦上，使隨從，使跟隨、尾隨、盯梢、附加、添加、裝上、裝載。打分、養成、取得、建立、解決、（用に付けて形式）因而，一…就、每逢…就。

列車に機関車を付ける（把機車掛到列車上）

剣を銃口に付ける（把刺刀安在槍口上）

カメラにフィルトーを付ける（把照相機安上濾色鏡片）

上の句に下の句を付ける（〔連歌、俳句〕接連上句詠出下句）

如露の柄が取れたから新しく付けなければならない（噴壺打手掉了必須安個新的）

シャツにボタンを付ける（把鈕扣縫在襯衫上）

部屋が暗いので窓を付けた（因為房子太暗安了扇窗子）

日記を付ける（記日記）

出納を帳面に付ける（把收支記在帳上）

其の勘定は私に付けて置いて呉れ（那筆帳給我記上）

次の漢字に仮名を付け為さい（給下列漢字注上假名）

値段を付ける（定價，要價、給價，出價）

値を幾等に付けたか（出了多少價錢？）

値段を高く付ける（要價高、出價高）

薬を付ける（上藥、抹藥）

パンにバターを付ける（給麵包塗上奶油）

手にペンキを付ける（手上弄上油漆）

ペンにインキを付ける（給鋼筆醮上墨水）

タオルに石鹸を付ける（把肥皂抹到毛巾上）

護衛を付ける（派警衛〔保護〕）

病人に看護婦を付ける（派護士護理病人）

被告に弁護士を付ける（給被告聘律師）

彼の後を付けた（跟在他後面）

彼奴を付けて行け（盯上那個傢伙）

スパイに付けられている（被間諜盯上）

手紙を付けて物を届ける（附上信把東西送去）

景品を付ける（附加贈品）

条件を付ける（附加條件）

体内に段段と抵抗力を付ける（讓體內逐漸產生抵抗力）

乾草を付けた車（裝著乾草的車）乾草

点数を付ける（給分數、打分數）

五点を付ける（給五分、打五分）

子供に名を付ける（給孩子命名）

父親を付けた名前（父親給起的名字）

良い習慣を付ける（養成良好習慣）

ㄐ

職を手に付ける（學會一種手藝）
技術を身に付ける（掌握技術）
悪い癖を付けては困る（不要給他養成壞習慣）
方を付ける（加以解決、收拾善後）
紛糾に結末を付ける（解決糾紛）
関係を付ける（搭關係、建立關係）
決着を付ける（解決、攤牌）
速く話を付けよう（趕快商量好吧！）
君から話を付けて呉れ（由你來給解決一下吧！）
其に付けて思い出されるのは美景（因而使人聯想到的是美景）
風雨に付けて国境を守る戦士を思い出す（一刮風下雨就想起守衛邊疆的戰士）
気を付ける（注意、當心、留神、小心、警惕）
けちを付ける（挑毛病、潑冷水）
元気を付ける（振作精神）
智慧を付ける（唆使、煽動、灌輸思想、給人出主意）
箸を付ける（下箸）
味噌を付ける（失敗、丟臉）
目を付ける（注目、著眼）
役を付ける（當官）
理屈を付ける（找藉口）

付ける、着ける、附ける〔他下一〕（常寫作着ける）穿上、帶上、佩帶（=着用する）。
（常寫作着ける）（駕駛車船）靠攏、開到（某處）（=横付けに為る）

服を身に着ける（穿上西服）
軍服を身に着けない民兵（不穿軍裝的民兵）
制服を着けて出掛ける（穿上制服出去）
ピストルを着けた番兵（帶著手槍的衛兵）
面を着ける（帶上面具）
自動車を門に着ける（把汽車開到門口）
船を岸壁に着ける（使船靠岸）

付ける、着ける、附ける〔接尾〕（接某些動詞+（さ）せる（ら）れる形式的連用形下）經常，慣於 表示加強所接動詞的語氣（憑感覺器官）察覺到

行き付けた所（常去的地方）
遣り付けた仕事（熟悉的工作）
怒鳴られ付けている（經常挨申斥）
叱り付ける（申斥）
押え付ける（押上）
酷く怒って本を机に叩き付けた（大發雷霆把書往桌子上一摔）
聞き付ける（聽到、聽見）
見付ける（看見、發現）
嗅ぎ付ける（嗅到、聞到、發覺、察覺到）

点ける〔他下一〕（有時寫作付ける）點火，點燃、扭開，拉開，打開

ランプを点ける（點燈）
煙草に火を点ける（點菸）
マッチを点ける（劃火柴）
ガスを点ける（點著煤氣）
部屋が寒いからストーブを点けよう（屋子冷把暖爐點著吧！）
電燈を点ける（扭開電燈）
ラジオを点けてニュースを聞く（打開收音機聽新聞報導）
テレビを点けた儘出掛けた（開著電視就出去了）

漬ける、浸ける〔他下一〕浸，泡（=浸す）

着物を水に漬ける（把衣服泡在水裡）

漬ける〔他下一〕醃，漬（=漬物に為る）

菜を漬ける（醃菜）
塩で梅を漬ける（醃鹹梅子）
胡瓜を糠味噌に漬ける（把黃瓜醃在米糠醬裡）

寒い地方では野菜を沢山漬けて置いて、冬に食べる（寒冷地方醃好多菜冬天吃）

即く〔自五〕即位、靠近

位に即く（即位）

王位に即かせる（使即王位）

即かず離れずの態度を取る（採取不即不離的態度）

付く、附く〔自五〕附著，沾上、帶有，配有，增加，增添、伴同、隨從、偏袒、向著、設有、連接、生根、扎根

（也寫作點く）點著，燃起、值、相當於、染上、染到、印上、留下、感到、妥當、一定、結實、走運

（也寫作就く）順著、附加、（看來）是

泥がズボンに付く（泥沾到褲子上）

血の付いた着物（沾上血的衣服）

鮑は岩に付く（鮑魚附著在岩石上）

甘い物に蟻が付く（甜東西招螞蟻）

肉が付く（長肉）

智慧が付く（長智慧）

力が付く（有了勁、力量大起來）

利子が付く（生息）

精が付く（有了精力）

虫が付く（生蟲）

錆が付く（生銹）

親に付いて旅行する（跟著父母旅行）

護衛が付く（有護衛跟著）

他人の後からのろのろ付いて行く（跟在別人後面慢騰騰地走）

君には迚も付いて行けない（我怎麼樣也跟不上你）

不運が付いて回る（厄運纏身）

人の下に付く事を好まない（不願甘居人下）

あんな奴の下に付くのは嫌だ（我不願意聽他的）

彼の人に付いて居れば損は無い（聽他的話沒錯）

娘は母に付く（女兒向著媽媽）

弱い方に付く（偏袒軟弱的一方）

味方に付く（偏袒我方）

敵に付く（倒向敵方）

何方にも付かない（不偏袒任何一方）

引き出しの付いた机（帶抽屜的桌子）

此の列車には食堂車が付いている（這次列車掛著餐車）

此の町に鉄道が付いた（這個城鎮通火車了）

谷へ下りる道が付いている（有一條通往山谷的路）

種痘が付いた（種痘發了）

挿し木が付く（插枝扎根）

電灯が付いた（電燈亮了）

もう明かりが付く頃だ（該點燈的時候了）

ライターが付かない（打火機打不著）

此の煙草には火が付かない（這個煙點不著）

隣の家に火が付いた（鄰家失火了）

一個百円に付く（一個合一百日元）

全部で一万円に付く（總共值一萬日元）

高い物に付く（花大價錢、價錢較貴）

一年が十年に付く（一年頂十年）

値が付く（有價錢、標出價錢）值

然うする方が安く付く（那麼做便宜）

色が付く（染上顏色）

鼻緒の色が足袋に付いた（木屐帶的顏色染到布襪上了）

足跡が付く（印上腳印、留下足跡）

帳面に付いている（帳上記著）

染みが付く（印上污痕）污点

跡が付く（留下痕跡）

目に付く（看見）

鼻に付く（嗅到、刺鼻）

ㄐ

耳に付く（聽見）

気が付く（注意到、察覺出來、清醒過來）

目に付かない所で悪戯を為る（在看不見的地方淘氣）

目鼻が付く（有眉目）

凡その見当が付いた（大致有了眉目）

見込みが付いた（有了希望）

判断が付く（判斷出來）

思案が付く（想了出來）

判断が付かない（沒下定決心）

話が付く（說定、談妥）

決心が付く（下定決心）

始末が付かない（不好收拾、沒法善後）

方が付く（得到解決、了結）

けりが付く（完結）

収拾が付かなく為る（不可收拾）

彼の話は未だ目鼻が付かない（那件事還沒有頭緒）

御燗が付いた（酒燙好了）

実が付く（結實）

牡丹に蕾が付いた（牡丹打苞了）

彼は近頃付いている（他近來運氣好）

今日は馬鹿に付いている（今天運氣好得很）

ゲームは最初から此方に付いていた（比賽一開始我方就占了優勢）

川に付いて行く（順著河走）

塀に付いて曲がる（順著牆拐彎）

付録が付いている（附加附錄）

条件が付く（附帶條件）

朝飯とも昼飯とも付かぬ食事（既不是早飯也不是午飯的飯食、早午餐）

シルクハットとも山高帽とも付かない物（既不是大禮帽也不是常禮帽）

板に付く（純熟，老練、貼附，適當）

手に付かない（心不在焉、不能專心從事）

役が付く（當官、有職銜）

付く〔接尾、五型〕（接擬聲、擬態詞之下）表示具有該詞的聲音、作用狀態

がた付く（咯噔咯噔響）

べた付く（發黏）

ぶら付く（幌動）

付く、点く〔自五〕點著、燃起

電灯が付いた（電燈亮了）

もう明かりが付く頃だ（該點燈的時候了）

ライターが付かない（打火機打不著）

此の煙草には火が付かない（這個煙點不著）

隣の家に火が付いた（鄰家失火了）

付く、就く〔自五〕沿著、順著、跟隨

川に付いて行く（順著河走）

塀に付いて曲がる（順著牆拐彎）

就く〔自五〕就座，登上、就職，從事、就師，師事、就道，首途

席に就く（就席）

床に就く（就寢）床

塒に就く（就巢）

緒に就く（就緒）

食卓に就く（就餐）

講壇に就く（登上講壇）

職に就く（就職）

任に就く（就任）

実業に就く（從事實業工作）

働ける者は皆仕事に就いている（有勞動能力的都參加了工作）

師に就く（就師）

日本人に就いて日本語を学ぶ（跟日本人學日語）習う

帰途を就く（就歸途）

世界一周の途に就く（起程做環球旅行）

壮途に就く（踏上征途）

付く、就く〔自五〕沿著、順著、跟隨

　川に付いて行く（順著河走）
　塀に付いて曲がる（順著牆拐彎）

就く〔自五〕就座，登上、就職、從事、就師，師事、就道，首途

　席に就く（就席）
　床に就く（就寝）床
　塒に就く（就巣）
　緒に就く（就緒）
　食卓に就く（就餐）
　講壇に就く（登上講壇）
　職に就く（就職）
　任に就く（就任）
　実業に就く（從事實業工作）
　働ける者は皆仕事に就いている（有勞動能力的都參加了工作）
　師に就く（就師）
　日本人に就いて日本語を学ぶ（跟日本人學日語）習う
　帰途を就く（就歸途）
　世界一周の途に就く（起程做環球旅行）
　壮途に就く（踏上征途）

突く〔他五〕支撐、拄著

　杖を突いて歩く（撐著拐杖走）
　頬杖を突いて本を読む（用手托著下巴看書）
　手を突いて身を起こす（用手撐著身體起來）
　がっくり膝を突いて終った（癱軟地跪下去）

突く、衝く〔他五〕刺，戳、冒、衝、攻、抓、乘

　槍で突く（用長槍刺）
　針で指先を突いた（針扎了指頭）
　棒で地面を突く（用棍子戳地）
　鳩尾を突かれて気絶した（被擊中了胸口昏倒了）
　判を突く（打戳、蓋章）
　意気天を突く（幹勁衝天）
　雲を突く許りの大男（頂天大漢）
　つんと鼻を突く臭いが為る（聞到一股嗆鼻的味道）
　風雨を突いて進む（冒著風雨前進）
　不意を突く（出其不意）
　相手の弱点を突く（攻撃對方的弱點）
　足元を突く（找毛病）

突く、撞く〔他五〕撞、敲、拍

　毬を突いて遊ぶ（拍皮球玩）
　鐘を突く（敲鐘）
　玉を突く（撞球）

吐く、突く〔他五〕吐（＝吐く）、說出（＝言う）、呼吸，出氣（＝吹き出す）

　反吐を吐く（嘔吐）
　嘘を吐く（說謊）
　息を吐く（出氣）
　溜息を吐く（嘆氣）

漬く、浸く〔自五〕淹、浸

　床迄水が漬く（水浸到地板上）

漬く〔自五〕醃好、醃透（＝漬かる）

　此の胡瓜は良く漬いている（這個黃瓜醃透了）

着く〔自五〕到達（＝到着する）、寄到，運到（＝届く）、達到，夠著（＝触れる）

　汽車が着いた（火車到了）
　最初に着いた人（最先到的人）
　朝台北を立てば昼東京に着く（早晨從台北動身午間就到東京）
　手紙が着く（信寄到）
　荷物が着いた（行李運到了）
　体を前に折り曲げると手が地面に着く（一彎腰手夠著地）

ㄘ

頭が鴨居に着く（頭夠著門楣）

搗く、舂く〔他五〕搗、舂

米を搗く（舂米）

餅を搗く（舂年糕）

搗いた餅より心持ち（禮輕情意重）

憑く〔自五〕（妖狐魔鬼等）附體

狐が憑く（狐狸附體）

築く〔他五〕修築（＝築く）

周囲に石垣を築く（四周砌起石牆）

小山を築く（砌假山）

即き過ぎる〔自上一〕過於死板

彼の画風は即き過ぎて創意が無い（他的畫風過於死板缺乏創意）

扱、扱（ㄐㄧˊ）

扱、扱〔漢造〕以手收取為扱

扱う〔他五〕使用，操作、操縱、處理，辦理、擔當，對待，接待、應酬、照料、護理、經營、買賣

壊れ易いから大切に扱って下さい（這個容易壞請小心使用）

会計を扱う（做會計工作）

客を大切に扱う（殷勤接待客人）

彼は私を大人と為て扱って呉れた（他把我當作大人看待）

病人を扱う（護理病人）

紛糾を扱う（調停糾紛）

其の品は当店では扱って居りません（本店不賣那種商品）

取り扱う、取扱う〔他五〕對待，接待、操作、使用、處理，辦理、經辦

扱い〔名〕操作、辦理，處理、接待、對待、（老）調停，說和

私はもう此の機械の扱いに馴れた（我已經熟悉操作這部機械了）

事務の扱いが上手だ（半是高明）

友達扱いに為る（以朋友對待）

此の旅館は客の扱いが悪い（這旅館服務態度很差）

友達の扱いで争いが収まった（經朋友的調停而解決了爭執）

扱い方（操作方法、辦理辦法、對待辦法）

扱い手（經手人、經辦人、調停人＝扱い人）

扱い人（經手人、經辦人、調停人＝扱い手）

扱く〔他五〕捋、捋掉（＝扱く）

稲を扱く（捋下稻粒）

桑の葉を扱く（捋桑葉）

扱き落とす〔他五〕捋下來

稲を扱き落とす（把稻粒捋下來）

扱き下ろす〔他五〕貶斥，譏嘲、捋下（＝扱き落とす）

散散に扱き下ろす（貶斥得體無完膚）

面と向かって彼を扱き下ろした（當面把他貶斥得一文不值）

彼は何時も人の事を味噌糞に扱き下ろす（他老是把別人說得一文不值）

扱き使う〔他五〕驅使、迫使

従業員を扱き使う（任意驅使職工）

主人は召使を体力に堪えられない程扱き使った（主人任意驅使僕人甚至體力不能承擔）

扱き交ぜる、扱き雑ぜる、扱き混ぜる〔他下一〕攪和、混合

ミルクと砂糖を扱き交ぜる（牛奶裡加糖）

扱ぐ〔他五〕徹底根除、連根拔掉

草を扱ぐ（拔草）

旧い観念を根元から扱ぐ（徹底破除舊觀念）

扱く〔他五〕捋。〔俗〕嚴格訓練

槍を扱く（捋槍、舞槍）

髭を扱く（捋鬍子）

木の葉（稲の穂）を扱く（捋樹葉〔稻穗〕）

彼等を扱く（嚴格訓練他們）

扱き〔名〕捋、〔俗〕嚴格訓練、整幅腰帶（＝扱き帯）

槍に扱きを呉れる（捋槍）

扱き帯〔名〕用整幅布捋成的婦女腰帶

扱き帯を締める（繫整幅腰帶）

汲（ㄐㄧˊ）

汲〔漢造〕汲水，打水，孜孜不倦，不休息的樣子

汲汲〔形動タルト〕汲汲、孜孜不倦

名利に汲汲と為ている（汲汲於名利）
金儲けに汲汲と為ている（一心想發財）

汲水〔名〕汲水

汲水作業（汲水作業）

汲む〔他五〕汲水，打水。〔轉〕汲取、攝取、酌量、體諒、（也寫作酌む）斟（酒，茶等）

バケツで水を汲む（用水桶打水）御茶を汲む（酌む）（斟茶）
酒を汲んで旧交を温める（斟酒重溫友情）
困難な家庭事情を汲んで生活扶助を為る（體諒他家庭經濟困難情況給予生活補助）

組む〔自五〕合夥、配成對、互相扭打、扭成一團
〔他五〕交叉起來、編組，編造、編排、辦理匯款手續

彼と組んで仕事を為る（和他合夥做工作）
十人位組んで旅行する（十個人左右結伴旅行）
今度の試合では彼と組む（這次比賽和他配成一組）
二人が四つに組む（兩個人扭成一團）
腕を組む（交叉雙臂）
手を組む（兩手交叉）
肩を組む（互相抱著肩膀）
足を組む（盤腿而坐）
紐を組む（編織細繩）
筏を組む（扎木排）
櫓を組む（搭望樓）
活字を組む（排字）

スケジュールを組む（編制日程）
徒党を組む（結黨、聚眾）
為替を組む（辦理匯款手續）

汲み上げる〔他下一〕汲上來、把水汲乾

井戸の水を汲み上げる（把井水汲上來）

汲み井戸〔名〕汲水井

汲み井戸の釣瓶（汲水井的吊桶）

汲み入れる〔他下一〕往…中汲水。〔轉〕考慮進去

甕に水を汲み入れる（往缸裡打水）
諸般の事情を汲み入れる（把各種情況考慮進去）
家庭事情を汲み入れて月謝を免除する（考慮到家庭情況免收學費）

汲み置き〔名、他サ〕汲上來放著（的水）、打好預備著（的水）

汲み置きの水（汲上放著的水）

汲み込む〔他五〕（把水）汲入…中

風呂桶に水を汲み込む（往澡盆裡打水）

汲み出す〔他五〕汲出←→汲み入れる、開始汲水（＝汲み始める）

魚を捕る為に池の水を汲み出す（為了捕魚而汲出池水）

汲み出し〔名〕汲出、喝粗茶用的大型茶碗（＝汲み出し茶碗）

汲み立て〔名〕剛剛打來（的水）

汲み立ての井戸水（剛打來的井水）

汲み取る〔他五〕汲取，滔出、體諒，吸取

汚水を汲み取る（滔出汙水）
川の水をバケツに汲み取って魚を入れる（往鐵桶中打上河水放魚）
屎尿を汲み取る（汲取糞便、掏糞）
人の心を汲み取る（體諒別人的心情）
私の苦しい心中を汲み取って下さい（請體諒我難過的心情）
謙虚に教訓を汲み取る（謙遜地吸取教訓）

汲み取り〔名〕掏取廁所糞便（的人）、掏取式廁所（＝汲み取り便所）

汲み取り口（廁所的掏糞口）

汲み干す、汲み乾す〔他五〕汲乾、掏淨
　船中の水を汲み干す（掏淨船裡的水）

汲み分ける〔他下一〕分幾次汲取、把汲取的水分放在別的器皿裡、體諒，酌量（＝汲み取る）
　井戸水を桶に汲み分ける（把井水分汲到桶裡）

佶（ㄐㄧˊ）

佶〔漢造〕健康、難（＝健やか、難い）

佶屈、詰屈〔形動〕曲折、難懂
　佶屈聱牙（佶屈聱牙、文字艱澀而不順暢）

急（ㄐㄧˊ）

急〔名、形動、漢造〕急、急迫、緊急、危急、突然、忽然、陡峭、急遽、快速、性急、急躁
　急を要する（情況急迫）
　人口問題の解決が焦眉の急だ（解決人口問題是燃眉之急）
　急な用事（急事）
　急を告げる（告急）
　急を救う（救急）
　急の間に合わない（一旦緊急來不及）
　急に備える（防備緊急）
　風雲急を急げる欧州（風雲緊急的歐洲）
　国家の急に赴く（挺身捍衛國家的危急）
　急に立ち止まる（忽然站住）
　急停車（急煞車）
　彼の死は実に急だった（他的去世真是突然）
　急に腹痛が起こる（肚子突然痛起來）
　急に視界が開けた（眼前豁然開朗）
　御出発が馬鹿に急ですな（您怎麼這麼突然要動身呀！）
　急な坂（陡坡）
　急な屋根（坡度大的屋頂）
　急な傾斜（傾斜度大）
　急な流れ（急流）
　急な曲がり（急轉彎）
　形勢が急角度に変わった（局勢急轉如下了）
　急な催促（刻不容緩的催促）
　特急（特別快車、火速、趕快）
　準急（準快車）
　性急（性急、急性）
　至急（火急、加急）
　緩急（緩急、快慢、危急）
　緊急（緊急、急迫）
　火急（火急、緊急）
　不急（不著急）
　危急（危急、危殆）
　早急、早急（緊急、火急）
　救急（急救、搶救）
　救急車（救護車）

急火〔名〕突然發生的火災、近處的火災

急火〔名〕突然燃起的火、強烈的火
　急火に掛ける（放在急火上）

急角度〔名〕角度大、坡度大、急劇、陡然
　急角度の転換を為る（一百八十度大轉變）
　急角度で上昇する（陡然上昇）
　急角度に曲がる（急轉彎）

急患〔名〕急病患者、急診病人
　急患を先に診察する（先看急診病人）

急癇〔名〕〔醫〕痙攣

急遽〔副、形動〕急忙，匆忙、急劇，突然
　急遽上京する（倉皇晉京）
　急遽会議を開く（急忙開會）
　急遽現場に駆け付ける（匆忙奔赴現場）
　急遽に死の手に奪い去られた（被死亡之手突然奪去）

急遽な身の変化（處境的急遽變化）

急傾斜〔名、自サ〕傾斜度大，坡度大，陡峭。〔船〕陡直傾斜

急傾斜の屋根（坡度大的屋頂）

急撃〔名〕急襲、突擊

急撃を加える（進行急襲）

急激〔名、形動〕急劇

急激な変化（急劇的變化）

急激に進歩する（急劇地進步）

病状が急激に悪化する（病情急劇惡化）

国際情勢が急激に変化する（國際情勢急劇變化）

急結〔名〕迅速凝結

急結剤（速凝劑）

急結セメント（快凝水泥）

急減〔名、自他サ〕急劇減少←→急増

急行〔名、自サ〕急往、快車（＝急行列車、急行電車）

現場に急行する（奔赴現場）

災害地に急行する（急忙到災區去）

急行に乗る（坐快車）

急行で行く（坐快車去）

台北行き急行（開往台北的快車）

急行は小さいな駅には止まらない（快車小站不停）

急行券（快車票）

急行停車駅（快車停車站）

急行電車（電車快車）

急行便（快遞）

急行料金（快車費）

急行列車（快車）

急行軍（急行軍）

急航〔名〕快航

急航船（快船）

急降下〔名、自サ〕〔飛機〕俯衝、下滑

急降下に移る（轉向下滑）

急降下して爆撃する（進行俯衝轟炸）

急降下爆撃機（俯衝轟炸機）

急硬剤〔名〕迅速凝固劑

急硬性〔名〕迅速凝固性

急硬性セメント（快凝水泥）

急勾配〔名〕陡坡

急勾配の階段（陡的樓梯）

大型トレーラーは巨大な設備を載せて急勾配の坂を上った（大型拖車裝著巨大設備衝上了陡坡）

今月の物価上昇線は四％の急勾配に為った（本月物價上漲曲線形成了四％的陡坡）

急告〔名、他サ〕緊急通知

急告を出す（發出緊急通知）

住民に危険を急告する（把危險趕緊通知給居民）

急拵え〔名〕急忙趕造（＝俄か作り）

急拵えの家（趕造的房屋）

急拵えで間に合わせる（用趕造的東西來將就一下）

急拵えの安物映画（急忙趕拍的廉價電影）

急霰〔名〕（正確讀法應為急霰）驟降的霰

急霰の様な拍手（一陣暴風雨般的掌聲）

急死〔名、自サ〕驟亡、暴卒、突然死去（＝急逝）

脳溢血で急死する（因腦溢血突然死去）

急使〔名〕急使

急使を立てる（派急使）

急襲〔名、他サ〕急襲、突然襲擊

空から急襲する（突然進行空襲）

麻薬の密輸団を急襲する（突然包抄麻藥走私集團）

急峻〔名、形動〕陡峭

急峻の山道を攀じ登る（攀登陡峭的山路）

急所〔名〕要害，致命處、要點、關鍵、弱點、痛處

　弾丸が急所を外れた（子彈沒有打中要害）
　急所を遣られる（被打中要害）
　急所の痛手（致命處的創傷、致命傷）
　急所を握る（抓住要點）
　問題の急所を衝く（擊中問題的關鍵）
　急所を衝く質問（擊中要害的質問）
　其の言葉は彼の急所を突いた（那句話擊中了他的弱點）
　急所をずばりと突く（一針見血）
　鋭く急所を突いた批評（尖銳而中肯的批評）

急症〔名〕急症、急病

急上昇〔名、自サ〕（物價）急劇上漲。〔飛機〕陡直上升
　急上昇反転（翻轉）

急信〔名〕急信、急報

急進〔名、自サ〕急進、冒進
　敵陣に向かって急進する（向敵人陣地猛進）
　急進主義（急進主義）
　急進派（急進派）
　急進分子（急進分子）
　急進党（急進黨）

急診〔名〕急診
　急診を頼む（請求急診）

急須、急鬚〔名〕小茶壺
　急須に御湯を注ぐ（往茶壺裡倒水）
　急須と茶碗のセット（一套壺碗）

急性〔名〕急性←→慢性
　急性肺炎（急性肺炎）
　急性盲腸炎（急性闌尾炎）
　急性腸梗塞（急性腸梗塞）
　急性錯乱症（急性精神錯亂）
　急性灰白髄炎（急性脊髓灰質炎、小兒麻痺症）

急逝〔名、自サ〕突然死去（＝急死）

急設〔名、他サ〕急忙設置、趕緊設備
　宿舎を急設する（急忙準備宿舍）

急折部〔名〕〔船〕（舵、舷等的）急折部、驟曲部

急先鋒〔名〕急先鋒、最前列
　倒閣運動の急先鋒に立つ（站在倒閣運動的最前列）
　反対派の急先鋒と為る（成為反對派的急先鋒）

急送〔名、他サ〕急忙輸送
　災害地に食糧を急送する（往災區搶運糧食）

急造〔名、他サ〕急忙製造
　船舶を急造する（趕造船隻）
　急造の物置（趕造的放東西小屋）

急増〔名、自サ〕驟增←→急減
　人口が急増する（人口驟增）
　水嵩が急増した（水量猛漲）
　人口急増地帯（人口驟增地區）

急速〔名、形動〕迅速、快速
　急速な発展（迅速發展）
　急速な進歩を遂げる（取得迅速的進步）
　問題を急速に片付ける（迅速解決問題）
　漸急速（〔樂〕小快板）
　漸次急速に（〔樂〕漸速）
　急速冷凍（快速冷凍）

急湍〔名〕急湍（＝早瀬）

急談〔名〕緊急談話
　急談を要する（需要趕緊商談）

急潮〔名〕急流的潮水

急調〔名〕〔樂〕急調、快板、快速、急遽（＝急テンポ）
　急調子（〔樂〕急調、快板、快速、迅速）

急テンポ〔名、形動〕快速、迅速
　仕事が急テンポで進む（工作迅速進展）
　事態の余りの急テンポな進展に、国民は目を見張る許りである（事態的過分迅速發展使國民瞠目而視）

急追〔名、他サ〕趕緊追趕、迅猛追擊
　敗走する敵軍を急追する（猛追敗退的敵軍）

急停車〔名、自サ〕緊急剎車

急転〔名、自サ〕急劇轉變
　情勢が急転する（局勢驟變）
　急転直下（急轉直下）

急転換〔名、自サ〕緊急轉變
　戦時産業から平和産業への急転換（從戰時工業轉為和平工業）

急電〔名〕急電、快電
　急電を打つ（拍發快電）

急騰〔名、自サ〕急劇上升、暴漲←→急落
　物価が急騰する（物價暴漲）
　急騰を続ける（繼續暴漲）

急落〔名、自サ〕暴跌←→急騰
　物価が急落する（物價暴跌）

急難〔名〕急迫的危難、突發的災難
　急難を救う（搶救突發的災難）

急に〔副〕忽然、突然、急忙
　急に笑い出す（突然笑起來）
　急に立ち止まる（忽然站住）
　急に病気に為る（忽然得病）
　急に死ぬ（驟亡）
　急に話し振りを変える（突然改變口吻）
　道路が急に曲がる（道路突然拐彎）
　急に出発する（急忙出發）
　急に其の言葉を翻した（忽然變了卦翻臉不認帳了）

急派〔名、他サ〕急忙派遣、趕緊派遣
　現場に警官を急派する（趕緊往現場派警察）

急場〔名〕緊急場合、緊急情況、緊迫、危急
　急場を救う（解救危急）
　急場を切り抜ける（擺脫危急）
　急場の処置（緊急措施）
　急場の間に合わせに（為了暫時對付過去）
　急場に智恵を浮ぶ（情急生智）
　急場に望んで落ち着き払う（臨危沉著冷靜）
　急場の役に立たぬ（遠水不解近渴）

急迫〔名、自サ〕急迫、緊迫
　戦局が急迫して来た（戰局吃緊了）
　急迫して来た石油事情（緊張起來的石油情況）

急坂〔名〕陡坡

急病〔名〕急性病
　急病に罹る（患急病）
　急病患者（急病病人）

急便〔名〕快信、急件
　急便で知らせる（用快信通知）
　品物を急便で送る（用快件寄東西）

急風〔名〕急風、暴風

急変〔名、自サ〕急變、驟變、突發事件
　病状が急変する（病情驟變）
　形勢の急変（形勢驟變）
　急変に備える（防備突發事件）

急募〔名、他サ〕緊急招聘
　ホステス急募（急募女招待員）

急報〔名、他サ〕緊急通報、趕緊報導
　急報に由り大勢の警官が現場に駆け付けた（許多警察接到緊急通知奔赴現場）
　交渉結果を本国に急報する（趕緊把談判結果報告給本國）
　火災の急報（失火警報）
　急報に接する（接到緊急通知）

急務 〔名〕緊急任務、當務之急
　刻下（当面）の急務（當前的緊急任務）
　人口問題の解決が今日の急務である（解決人口問題是今天當務之急）

急用 〔名〕急事
　急用が出来る（有了急事）
　急用で彰化へ行く（因有急事到彰化去）
　急用が有ったら電話で知らせて呉れ（如有急事打電話告訴我）

急流 〔名〕急流
　急流を下る（順急流而下）
　急流に押し流される（被急流沖走）
　急流に呑まれる（被急流卷進去）

急冷 〔名〕急冷、驟冷
　急冷液（驟冷液）

急度、屹度 〔副〕（常寫作假名）一定，必定，嚴峻，嚴厲，銳利
　屹度成功する（一定成功）
　屹度行くよ（一定去）
　屹度知らせて下さい（請你務必告訴我）
　六時には屹度帰って来る（六點一定起來）
　二人が会えば屹度喧嘩する（兩人一見面一定吵起來）
　屹度睨み付ける（使勁瞪一眼）
　屹度叱り付ける（嚴加申斥）
　態度が屹度為る（態度變嚴峻）
　屹度眉を寄せている（皺起雙眉）
　口を屹度結んでいる（緊閉起嘴唇）
　屹度叱り（〔史〕嚴厲申斥－江戸時代最輕的刑罰）
　屹度馬鹿（金玉其外敗絮其中〔的愚蠢人〕）

急く 〔自五〕急、著急、急劇
　気が急く（著急）
　急いて事を仕損じる（忙中出錯）
　然う急くな（別那麼著急）
　気許り急いて少しも捗らない（光著急一點也沒有進展）
　息が急く（氣喘吁吁）

急かす 〔他五〕催促（=急かせる）
　彼には急かす必要が有る、何故為らば何時も締切を守らないから（有必要催促他因為他總是不守截止期限）

急かせる 〔他下一〕催促（=急かす）
　そんなに急かせるな（別那麼催我）

急き込む 〔自五〕著急、急切
　そんなに急き込まないで（別那麼著急）
　急き込んで言う（急切地說）
　彼は使いの者に急き込んで尋ねた（他焦急地問來送信的人）

急っ込む 〔自五〕〔俗〕著急、急切（=急き込む）

急き立つ 〔自五〕著急、焦急
　急き立つ心（著急的心）

急き立てる 〔他下一〕催促、逼迫
　早くしろと急き立てる（催促快做）
　そんなに急き立てられても、良い考えは出て来ませんよ（儘管您那樣催促也想不出好主意來呀！）
　急き立てて済みませんが、未だ出来ませんか（我來催您真不好意思還沒做好嗎？）
　情勢は人人を急き立てている（形勢逼人）

急ぐ 〔自、他五〕急，急速，快速，著急。〔古〕準備
　急げ（快！快！）
　道を急ぐ（快走）
　完成を急ぐ（趕緊完成）
　勝ちを急いで失敗する（急於求勝而失敗）
　急げば未だ間に合う（趕緊還來得及）
　急ぐ旅ではない（無須著急的旅程）
　急がなくとも良い（不用著急）
　気許り急いで、ちっとも進まない（心裡乾著急毫無進展）
　僕の注文を急いで呉れ（我定的貨要加快）

急がないと汽車に間に合わないよ（若不加快就趕不上火車啦！）
急がば廻れ（欲速則不達）

急ぎ〔名、副〕急、急忙、匆忙、急迫、緊急

大急ぎで（快上加快地）
急ぎの用（急事）
急ぎの旅（匆忙的旅行）
何故御急ぎですか（您為甚麼那麼匆忙呢？）
御急ぎと有れば御引き留めは為ません（您若是忙得話就不留了）
急ぎ家に帰れ（趕快回家去）
急ぎの文は静かに書け（急事要緩辦）

急ぎ足〔名〕急步、快走

急ぎ足で行く（趕緊去）
急ぎ足で二十分掛かる（快走需要二十分鐘）

急物〔名〕急事、急件

急いで〔副〕匆忙地

急いで歩く（書く、食べる）（疾走〔快寫、快吃〕）
急いで遣って呉れ（〔對司機〕說快開）
急いで持ってお出で（快拿來）

急がす〔他五〕催促（＝急がせる）

急がされて間違った（被催促得弄錯了）
早くする様に彼を急がす（催促他快做）

急がせる〔他下一〕催促（＝急がす）

疾（ㄐㄧˊ）

疾〔漢造〕疾病、痛苦、快速

悪疾（惡性病、難治的病、痲瘋的古稱）
眼疾（眼病）

疾疫、疾疫〔名〕疫病、惡性流行病

疾患〔名〕疾病（＝病）

胸部の疾患の為一年間休養する（因胸部疾病休養一年）

疾強風〔名〕〔氣〕風暴、暴風

疾苦〔名〕病苦

疾駆〔名、自サ〕疾馳、飛馳

ドライブウェーを自動車が疾駆する（汽車在公路上疾馳）

疾言〔名〕話說得快（＝早口）

疾呼〔名、他サ〕疾呼、急叫

大声で疾呼する（大聲疾呼）
友達の名を疾呼する（急叫朋友的名字）

疾走〔名、自サ〕疾走、快跑

自転車で疾走して追い着く（騎自行車快車追上）
自動車が疾走して来た（汽車飛快地駛過來了）

疾足〔名〕疾走、快跑（＝早足、駆足）

疾風〔名〕〔氣〕清勁風（五級風）、神速，飛快

疾風が吹く（刮清勁風）
疾風の様に逃げる（飛奔而逃）
疾風の如く飛んで来る（飛快跑來）
疾風に勁草を知る（疾風知勁草）
疾風迅雷（神速、迅雷不及掩耳）
疾風怒涛（疾風怒濤＝シュトルム、ウント、ドラング）

疾風〔名〕疾風，暴風、（小兒）痢疾、赤痢（因可引起突然死亡、故名）

疾風が起こる（起狂風）
疾風に舟が流される（小船被狂風吹走）

疾病〔名〕疾病（＝病気、病）

疾病の予防（預防疾病）

疾歩〔名〕快走、快步（＝急ぎ足）

疾う〔副〕〔舊〕趕快（＝速く）、以前，老早（＝疾く）

疾うせよ（快點做吧！）
疾うから知っている（老早就知道）
疾うの昔（很久以前）
疾うに話した事（老早說過的事）

ㄐ

疾うに帰ったよ（早就回去啦！）

問う〔他五〕詢問，打聽（=聞く、尋ねる）←→答える、顧、管、追問、追究、問罪

安否を問う（問安、問候）

道を問う（問路）

住所を問う（打聽住所）

問うは一時の恥問わぬは末代の恥（問是一時恥不問一世羞）

問うに落ちず語るに落ちる（問時閉口不言無意中自己說出，作賊心虛不打自招）

勝負を問わない（不管勝負、不問成敗）

事の成否を問わない（不問事之成敗）

値段を問わず買い上げる（不管價錢如何都收買）

性別を問わず採用する（不分性別都採用）

理由の如何を問わず許可しない（不管什麼理由絕不允許）如何奈何如何如何

多少を問わず引き受けます（不管多少都承包）

年齢を問わず参加出来る（年齡不限都可以參加）

医者は昼夜を問わず病人が有れば何時でも往診する（醫生不分晝夜一有病人就出診）

殺人罪に問われる（被控殺人罪）

罪状を問う（問罪）

責任を問う（追究責任）

責任を問われて辞職した（被追究責任辭職了）

訪う〔他五〕訪問、拜訪（=訪れる）

友の家を訪う 訪問朋友家 訪う問う疾う

紹介状を持って訪う 帶著介紹信訪問

大臣の官邸に訪う 到官邸拜訪大臣 訪う弔う弔う

疾うに〔副〕（〝疾くに〞的音便）老早、早就（=疾っくに）

十時は疾うに過ぎていた（早就過了十點了）

用意は疾うに出来ている（早就準備好了）

其れは疾うに分っていた事だ（那是早已知道的事）

疾うの昔〔連語〕老早、很久以前（=疾っくの昔）

疾うの昔に御存じの筈ですが…（那是老早以前您就知道的事…）

疾うの昔に死んだ予言者達（早已死去的先知先覺們）

疾く〔副〕早、快、趕緊（=速く、急いで）

疾く来たれ（快來）

解く、溶く、融く〔他五〕溶解、化開（=解かす、溶かす、熔かす、鎔かす、融かす）

小麦粉を水で解く（用水合麵）

絵の具を油水で解く（用油〔水〕化開原料）

卵を解く（調開雞蛋）

解く〔他五〕解開、拆開、解除、解職、解明、解釋、誤解

靴の紐を解く（解開鞋帶）

旅装を解く（脫下旅行服裝）

小包を解く（打開郵包）

着物を解いて洗い張りする（拆開衣服漿洗）

此の縫って有る所を解いて、縫い直して下さい（請把這縫著的地方拆開重縫一下）

戒厳令を解く（解除戒嚴令）

禁を解く（解除禁令）

輸入制限を解く（取消進口限制）

A社との契約を解く（解除和A公司訂的合約）

任を解く（解職）

校長の職を解く（解除校長的職務）

兼職を解かれて少し楽に為った（解除了兼職輕鬆一些）

数学の問題を解く（解答數學問題）

宇宙の謎を解く（解明宇宙的奧秘）

弁明して誤解を解く可きだ（應該解說明白把誤會解開）

怒りを解いて話し合う気に為った（消除不快情緒想彼此交談了）

説く〔他五〕說明、說服，勸說（=説得する）、說教，宣傳，提倡

理由を説く（說明理由）

物の道理を説く（說明事物的道理）

人を説いて承知させる（勸說叫他答應）

色色説いて心配させまいと為る（多方勸說叫他放心）

道を説く（講道）

貯金の必要を説く（宣傳儲蓄的必要）

説く者は多く、行う者は少ない（宣傳的人多實行的人少）

疾く疾く〔副〕（〝疾く〟的加強語）早、快、趕緊（=速く、急いで）

疾っく〔名、副〕（文語形容詞〝疾し〟、的連用形〝疾く〟的轉音）早就、老早、很久以前

用意は疾っくに出来ている（早就準備好了）

病気は疾っくに直っている（病早就好了）

疾っくに着いた頃です（早就該到了）

其の話なら皆疾っくに知っている（那件事大家早就知道了）

疾っくの昔の出来事だ（老早以前的事）

疚しい、疾しい〔形〕內疚、心中有愧

省みて疚しくない（問心無愧）

人に言えぬ疚しい内緒事（心中有愧不可告人）

私は別に疚しい所は無い（我問心無愧）

心の疚しさに堪えられぬ（心裡禁不住內疚）

疚しい事の有る様な顔を為ている（心中有愧的面容）

疾、病〔名〕疾病（=病気）

不治の病（不治之症）

持った病（慢性病、老毛病）

一寸した病（輕微的病、小病）

病に罹る（患病）

重い病に倒れる（患重病）

病が治る（病癒）

病を癒す（治病）

病を養う（養病）

病を押して出席した（帶病出席了）

彼の病は長引いた（他久病不癒）

病が革まる（病情急遽變化）

病膏肓に入る（病入膏肓）

病上手に死に下手（多病者長壽）

病治り医師忘る（好了傷疤忘了疼）

病に主無し（誰都會生病）

病は気から（意志左右疾病）

病は口より入り、禍は口より出ず（病從口入禍從口出）

病は治るが癖は治らぬ（疾病可治毛病難改）

病〔漢造〕（也讀作病）病，患病、毛病，缺點

疾病（疾病）

急病（急病、急性病）

大病（大病、重病）

多病（多病、易病）

仮病（裝病、假病）

看病（護理、看護病人）

熱病（熱性病-猩紅熱、肺炎、傷寒等）

重病（重病）

死病（絕症）

持病（宿痾、老毛病）

伝染病（傳染病）

疾い、捷い、早い、速い〔形〕迅速、急遽←→遲い、鈍い

彼の子供は足が速い（那小孩跑得快）

本を読むのが速い（讀書的速度很快）

月日の経つのは速い物だ（日子過得好快啊！）

速ければ速い程良い（越快越好）

彼は頭の回転が速い（他腦筋動得快）

プロペラ機よりジェット機の方が速い（噴射機比螺旋槳飛機飛得快）

梅雨期は食物の痛みが速い（梅雨期食物易腐壞）

もう夏休みの計画とは随分気の速い人だ（這麼早就訂暑假計畫想得太遠了吧！）

速くバスに乗って下さい（請趕快上車）

急用が有るので速く来て下さい（因為有急事請快點來）

水の流れが速い（水流很急）

呼吸が速い（呼吸急促）

気が速い（性急）

疾しい、疚しい〔形〕虧心、心中有愧、內心負疚、受良心苛責（＝後ろめたい、後ろ暗い）

省みて疚しくない（問心無愧）省みる 顧みる

人に言えぬ疚しい内緒事（不可告人的虧心事）

私は別に疚しい処は無い（我沒有什麼虧心事、我心裡問心無愧）無い 綯い

心の疚しさに堪えられぬ（心裡禁不住內疚）堪える 耐える 絶える

疚しい事の有る様な顔（問心有愧的面容）

笈（ㄐㄧˊ）

笈〔名〕書箱

笈を負って郷関を出る（負笈出郷關．背起書箱出去遊學）

笈、負〔名〕（遊方僧等所揹的）帶腿方箱（＝笈）

笈摺、笈摺〔名〕（遊方僧或巡禮者穿的）無袖外衣

級（ㄐㄧˊ）

級〔名、漢造〕等級、班級、年級、階級、首級

一万噸級の貨物船（萬噸級的貨輪）

大臣級の人物（部長級的人物）

級に分ける（分成等級）

級が上がる（升級）

一級上である（高一級）

メガトン級の核爆発（百萬噸級的核爆炸）

二級下で居る（低兩班）

級で一番である（在班裡第一）

成績が悪いので上の級に行かれない（因為成績差不能升級）

階級（階級、等級）

等級（等級）

上級（上一級、高一級、高年級）←→初級、中級、下級

下級（下級、低年級）←→上級、中級

高級（高級、上等）←→低級

低級（低級、下等）←→高級

初級（初級）←→上級、中級

進級（升級）

超弩級（超級、特大號）

学級（學級、班級、年級）

首級（首級）

級位〔名〕〔象棋〕級位（共一級到九級、級數越少越高、與段位相反）

級外〔名〕等外

級外品（等外品）

級数〔名〕〔數〕級數

幾何級数（幾何級數）

等差級数（等差級數）

等比級数（等比級數）

算数級数（算數級數）

級長〔名〕班長

級別〔名〕級別、分級、分類

級別に為る（分級、分類）

級友〔名〕同班同學（＝クラスメート）

脊、脊、脊（ㄐㄧˊ）

脊〔漢造〕脊、脊背
　山脊（山脊）
脊索〔名〕〔解〕脊索
　脊索動物（脊索動物）
脊髓〔名〕〔解〕脊髓
　脊髓炎（脊髓炎）
　脊髓麻痺（脊髓麻痺）
脊柱〔名〕〔解〕脊柱
　脊柱後彎（脊柱後彎）
脊椎〔名〕〔解〕脊髓
　脊椎カリエス（脊椎瘍）
　脊椎動物（脊椎動物）
　脊椎骨（脊椎骨）
脊梁〔名〕脊梁、脊柱（=脊骨、背筋）、山脊、馬脊背
　脊梁骨（脊梁骨）
脊、背〔名〕脊背，脊梁（=背中）、後方，背景（=後ろ、裏）、身材，身高（=脊、背、背丈）、山脊（=尾根）
　背を伸ばす（伸腰）
　背を壁に凭せ掛ける（背靠在牆上）
　猫が背を立てた（貓弓起背來了）
　彰化は山を背に為ている（彰化背後是山）
　塔を背に為て写真を取る（以塔為背景拍照）
　背が高い（低い）（身材高大〔矮小〕）
　山の背を伝わって登る（沿著山脊往上攀登）
　背に腹は替えられぬ（逼得無可奈何、為了解救燃眉之急顧不得其他）
　背を見せる（敗走）
　背を向ける（轉身、不加理睬、背叛）
　背を縒る（辛苦不已、痛苦得難受）
脊骨、背骨〔名〕〔解〕脊梁骨（=脊柱）
　脊骨が痛む（脊梁骨痛）
　脊骨を真っ直ぐに為る（把脊梁骨挺直）
　侵入者の脊骨を叩き折って遣る（打斷侵略者的脊梁骨）
脊、背〔名〕身材，身高（=脊、背、背丈）
　背の高い（低い）人（身材高〔矮〕的人）
　中位の背の人（中等身材的人）
　背が伸びる（身材長高）
　背を測る（量身高）
　君の背は幾等有るかね（你的身高有多高呀！）
　其処は背が立つかい（在水中那裏你的腳能夠到底嗎？）

寂、寂（ㄐㄧˊ）

寂〔形動タルト〕寂靜（=寂、寂然、寂然）、〔佛〕圓寂
　寺院の庭は寂と為て落葉の散る音も一つ一つ聞き取れる程であった（寺院庭院萬籟俱寂甚至連落葉的聲音都可清楚聽見）
　閑寂（恬靜、寂靜、幽靜）
　静寂（寂靜、沉寂）
　円寂（〔佛〕圓寂）
　帰寂（〔和尚〕圓寂、死）
　入寂（〔佛〕圓寂）
　示寂（〔佛〕圓寂）
寂する〔自サ〕〔佛〕圓寂（=入寂する）
　弟子に見守られつつ寂した（在弟子守護下死去了）
寂寂、寂寂〔形動タルト〕寂靜、（心情）空寂
　辺りは寂寂と為て人の気配も無い（寂然無聲）（四周寂靜杳無人息）
　寂寂たる星夜（寂靜的星夜）
　空空寂寂と為た心境（萬念俱空的心境）
寂静〔名〕寂靜。〔佛〕涅槃，解脫（=涅槃）
　夜の寂静の内に（在夜晚寂靜時）
寂然、寂然〔形動タルト〕寂然、寂靜

寂然と為て声無し（寂然無聲）

寂然と為た場所（寂靜的地方）

寂然と為て心の澄み切って行く様だ（心境寂然彷彿要達到一塵不染的境地）

寂滅〔名、自サ〕〔佛〕涅槃，擺脫煩惱。〔轉〕死

眠るが如く寂滅した（安然去逝）

寂滅為楽（〔佛〕擺脫生死方為極樂）

寂光〔名〕〔佛〕由寂靜之真理而發出的真智的光照、佛寺院內寂靜的日光、淨土（=寂光土）

寂光土（〔佛〕佛的境界、佛居之地、淨土）

寂光浄土（〔佛〕佛的境界、佛居之地、淨土=寂光土）

寂〔形動タルト〕寂然（=寂然、寂然）

寂と為て声無し（寂然無聲）

寂と為た静かさ（闃然寂靜）

寂として〔副〕寂然、寂靜

寂と為て声無し（寂然無聲）

寂寞、寂寞〔名、形動タルト〕寂寞、寂靜、淒涼、冷清

山奥の寂寞を破る鳥の声（打破深山寂靜的鳥聲）

寂寞たる光景（淒涼景像）

寂寞を感じる（感覺寂寞）

寂寞を敵とし友とし、雪の中に長き一生を送る人も有り（也有人在雪中與寂寞鬥爭並伴同寂寞度過一生）

寂寥〔名、形動タルト〕寂寥、冷清

寂寥たる場面（冷清的場面）

寂寥を感じる（感到寂寥）

寂しい、淋しい〔形〕寂寞的、孤單的、冷清的、無聊的、孤苦的、愁悶的、荒涼的、淒涼的、冷落的、空虛的

友達が無くて寂しい（沒有朋友感到寂寞）

夫に死なれて、寂しく暮している（丈夫去世孤孤單單過日子）

御一人で寂しいでしょう（您一個人一定很寂寞吧！）

寂しかったら、何時でも遊びにいらっしゃい（要是覺得寂寞隨時請來玩吧！）

彼は異国で寂しく死んで行った（他在外國淒涼地故去）

冬の景色は寂しい（冬天的風景很荒涼）

山の中で人の居ない寂しい道を歩く（在山裡空寂無人的路上走）

此の辺は夜に為ると、人通りが絶えて寂しく為る（這一帶一到夜晚行人就斷絕變得很冷清）

煙草が切れて、口が寂しい（沒有香菸了口裡覺得缺點什麼）

懐が寂しい（腰包空虛）

寂しい、淋しい〔形〕〔俗〕寂寞的、孤單的、冷清的、無聊的、孤苦的、愁悶的、荒涼的、淒涼的、冷落的、空虛的（=寂しい、淋しい）

寂しい、淋しい〔形〕〔方〕寂寞的、孤單的、冷清的、無聊的、孤苦的、愁悶的、荒涼的、淒涼的、冷落的、空虛的（=寂しい、淋しい）

寂しがる、淋しがる〔自五〕感覺寂寞、感覺孤單

子供が寂しがるので出掛けない事に為た（因為孩子覺得寂寞所以不出門了）

話相手も無く独り暮しを為て、彼の人は寂しがっているに違いない（他連個說話的伴也沒有一個人過日子一定覺得很寂寞）

寂しげ〔形動〕寂寞的樣子、孤單的樣子、荒涼的樣子

寂しさ、淋しさ〔名〕寂寞、孤單、淒涼

寂しさを覚える（感到寂寞）

読書して寂しさを忘れる（讀書解悶）

胸に食い入る様な寂しさ（令人難以忍受的寂寞）

寂びる、荒びる〔自上一〕（來自文語寂ぶ、荒ぶ）變蒼老、老練、熟練

彼の声は寂びている（他的聲音蒼老了）

彼も年を取って、人間が寂びて来た（他上了年紀也老練起來）

寂び、寂〔名〕古色古香，古雅的風趣、老練、蒼老、優雅、樸素優美

寂びが付く（顯得古色古香）

此の庭園は大分寂びが付いて来た（這庭園頗具有了古雅風趣）

寂びの有る庭（古色古香的庭園）

寂びの有る声（蒼老的聲音）

寂びが有って実に好い声だ（蒼老典雅實在是美妙的聲音）

芭蕉の俳諧の寂び（芭蕉的俳句的樸素優美）

寂声、錆声〔名〕蒼老的聲音、精煉而古雅的聲音

寂れる、荒れる〔自下一〕蕭條、凋零、冷落、衰敗

寂れた荒涼たる地区（冷落荒涼的地方）

市場が寂れる（百業蕭條）

全く寂れっている（一片凄涼景象）

インフレと不況で、東京の歓楽街も一時は寂れた然うだ（因為通貨膨脹和不景氣的影響聽說東京的娛樂街一時也蕭條起來）

棘（ㄐㄧˊ）

棘〔漢造〕棘、刺

棘苑（〔植〕瓜子金=姫萩）

荆棘（荊棘=茨、荊棘、比喻困難，混亂，戰亂）

茨、荊棘（有刺灌木=棘、茨、荊、薔薇=薔薇）

棘口吸虫〔名〕〔動〕棘口吸蟲屬

棘針莖〔名〕〔植〕棘針莖

棘皮動物〔名〕〔動〕棘皮動物（如海參、海膽）

棘鰭類〔名〕〔動〕棘鰭目

棘鰭類の魚（棘鰭目的魚）

棘、刺〔名〕刺。〔轉〕（說話）尖酸，（話裡）有刺

仙人掌の棘（仙人掌的刺）

葉に棘が有る（葉上有刺）

指に刺さった棘を抜く（拔出扎在手指上的刺）

手に棘が立った（手上扎了刺）

喉に魚の棘を立てた（喉頭裡扎了刺）

彼の言葉には棘が有る（他的話裡有刺）

棘を含んだ言葉（帶刺的話）

棘棘しい、刺刺しい〔形〕（說話）帶刺

棘棘しい口調で返答する（用帶刺的口氣回答）

棘棘しい言葉（刻薄的話）

棘棘しい目付き（冷漠的眼神）

棘魚〔名〕〔動〕棘魚（=糸魚、川鯖）

棘鼠〔名〕〔動〕棘鼠

棘、茨、荊〔名〕〔植〕有刺灌木，荊棘。〔俗〕植物的刺、〔轉〕充滿苦難，多磨難

棘を開く（披荊斬棘）

棘垣（有刺灌木的圍牆）

棘の道（艱苦的道路）

棘を負う（負荊請罪、背負苦難）

棘を逆茂木に為た様（比喻非常艱苦的行程等）

棘、蓬、荊棘〔名〕草木叢生（的地方）、（頭髮等）蓬亂

棘が原（草木叢生的原野）

棘の髪（蓬亂的頭髮）

髪を棘に振り乱す（披頭散髮）

棘が軒（雜草叢生的屋簷、簡陋的房屋）

棘の路（荊棘叢生的道路、〔古〕〝公卿〞的別稱）

集（ㄐㄧˊ）

集〔名、漢造〕集、聚集

第一集（第一集）

書簡集（書信集）

歌を集に纏める（把詩歌輯成歌集）

群集、群聚（群集、聚集）

蒐集、収集（收集、搜集）

採集（採集、收集）

召集（召集）

招集（招集、招募）

雲集（雲集）

結集（集結、集聚、集中）

経史子集（中國古典書籍分類、經-儒家經典、史-歷史地理、子-諸子百家、集-詩文）

総集（總集）

別集（別集）

文集（文集）

全集（全集）

前集（前集）

後集（後集）

呼集（呼集、招集）

選集（選集）

撰集（撰集）

歌集（歌集、詩集）

句集（俳句集）

詩集（詩集）

随筆集（隨筆集）

作品集（作品集）

用例集（用例集）

集印〔名〕（在各遊覽地）蓋紀念圖章、紀念圖章集

集印帳（紀念圖章簿）

集音〔名〕〔機〕集音

集音器（集音器）

集音マイクロホン（定向性麥克風）

集荷、蒐荷〔名、自他サ〕各地物產上市、集聚各地物產、集聚的物產

林檎の集荷が捗らない（蘋果上市情況不見進展）

集荷機関（收購單位）

集貨〔名、自他サ〕貨物集聚、集聚的貨物

市場に農産物を集貨する（把農產品集聚到市場上）

小麦の集貨が捗らない（小麥上市情況不見進展）

集会〔名、自サ〕集會

緊急集会（緊急集會）

定例集会（例行集會）

集会の自由（集會自由）

集会を催す（舉行集會）

多人数が集会する（很多人集會）

集会条例（集會條例）

集塊〔名〕〔地〕集塊

集塊岩（集塊岩）

集眼、聚眼〔名〕〔動〕聚眼

集魚〔名、他サ〕引誘魚

集魚灯（聚魚燈、誘魚燈）

集金〔名、自他サ〕收款、催收的錢

集金が旨く行かぬ（款收不上來）

集金に回る（到各處去收款）

新聞代を集金する（收報費）

集金人（收款員）

集金日（收款日）

集解〔名〕把很多的解釋集結（的書）

集計〔名、他サ〕合計、總計

投票の集計（投票的總計）

集計を出す（算出總數）

年間の消費量を集計する（總計一年的消費量）

試験の成績の集計は出来たか（考試成績統計好了嗎？）

集結〔名、自他サ〕集結

兵力を集結する（集結兵力）

敵の大部隊が国境地帯に集結しつつ在る（敵人的大部隊正向邊境集結）

集権〔名〕集中權利←→分権

中央集権（中央集權）

集光〔名、自サ〕集聚光線

舞台の中央に集光する（把光線集中到舞臺中央）
　集光器（聚光器）
　集光レンズ（聚光鏡頭）

集合〔名、自他サ〕集合。〔數〕集（合）
生徒を集合して注意を与える（把學生集合起來講解注意事項）
明朝七時学校の集合する事に為っている（規定明天早晨七點在學校集合）
　集合果（集合果）
　集合花（集合花）
　集合住宅（集體住宅、公寓）
　集合喇叭（集合號）
　集合名詞（集合名詞）
　無限集合（無限集）
　偶数の集合（偶數集合）
　集合論（集合論）

集材〔名、他サ〕把砍倒的木材集攏起來
　集材機（集材機）

集札〔名〕收票
　集札係（收票員）

集散〔名、自他サ〕集散、聚散
　離合集散（離合聚散）
　物資の集散（物資的集散）
此の都市は米を集散する事により発展した（這城市由於集散稻米而發展起來了）
　集散地（集散地）

集産主義〔名〕〔經〕（把土地工廠鐵路礦山等重要生產資料收歸國有的）集體主義（＝コレクティビズム）
　集産主義制度（集體主義制度）
　集産主義化（集體主義化）

集輯、蒐輯、輯集〔名、他サ〕收集編輯

集書、蒐書〔名、他サ〕收集圖書、蒐集的圖書

集塵〔名〕收集灰塵
　集塵機（吸塵器）
　集塵袋（吸塵袋）

集水〔名〕〔地〕匯水
　集水地域（匯水面積）
　集水域（流域盆地）

集成〔名、他サ〕集大成
万葉集の古註を集成する（集萬葉集古註的大成）

集積〔名、自他サ〕集聚
　財貨を集積する（集聚財物）
　物資の集積地（物資聚集地）
　原料の集積所（原料集聚所）
　集積回路（集成電路＝IC）

集束〔名、自サ〕〔理〕會聚、聚焦
　集束コイル（聚焦線圈）
　集束レンズ（會聚透鏡）

集村、聚村〔名〕密集的村落

集大成〔名、他サ〕集大成
　多年の研究の集大成（多年研究的集大成）
源氏物語の研究書を集大成する（集源氏物語研究的大成）

集団〔名〕集團、集體
人人は集団を為して場内に雪崩込んだ（人們成群結隊地湧進會場）
　集団食中毒（集體食物中毒）
　集団欠勤（集體曠工）
　集団住宅（集體住宅）
　集団就職（集體就業）
　集団農場（集體農場）
　集団安全保障（集體安全保障）

集中〔名、自他サ〕集中
　勉学に集中する（集中精神學習）
　質問を首相に集中する（把質問集中到總理身上）
人口が大都会に集中する（人口集中在大城市）

ㄐ

敵の集中砲火を浴びる（遭到敵人的集中砲擊）

集中豪雨（集中性暴雨）

集中の圧巻（集中的精華部分）

集中核〔理〕感光核

集中排除（排除集中、分散、疏散）

集注、集註〔名、他サ〕集註、集中注入

全力を集注する（傾注全力）

論語集注（論語集註）

集注版（集註本）

集電環〔名〕〔電〕集流環

集電器〔名〕〔理〕集電器

集電子〔名〕〔理〕集流環、集電器

集乳〔名、他サ〕收集牛奶

集配〔名、他サ〕收集和遞送

郵便を集配する（收集和遞送郵件）

集配人（郵遞員）

集配局（郵局）

此の局は集配局ではない（本局不辦理收集和遞送信件）

集票〔名〕（選舉時）收集票

集票組織（收票組織）

集票袋（收票袋）

集片双晶〔名〕〔化〕聚片雙晶

集約〔名、他サ〕總括、匯集

多方面の研究を集約して一書に纏める（總括各方面的研究匯成一書）

大自然の風景は此の一句に集約されている（大自然的景緻被包括在這一句裡）

集約農業（集約農業、細耕農業）←→粗放農業

集落、聚落〔名〕村子，村落。〔生〕群體，集群

山の麓に小さい集落が有る（山下有一小村）

bacteriaの集落（菌落）

集録、輯録〔名、他サ〕集錄、輯錄、收集記錄

講義の集録（講義的輯錄）

集う〔自五〕集會、聚會（=集まる）

若人は全国から集う（青年從全國各地聚攏來）

集い〔名〕集會、聚會（=集まり）

音楽の夕べの集い（音樂晚會）

同級生の集い（班會）

映画の集い（電影放映會）

集まる、集る〔自五〕聚集、集中、匯集（只有兩個人的聚集一般用会う、遇う、遭う、逢う）

子供達は、皆テレビの前に集まった（孩子們都聚在電視機的前面了）

往来に人が沢山集まっている（大街上聚集很多人）

情報が方方から集まって来る（情報從各方面匯集來）

此の次は何時集まりますか（下次什麼時候聚集呢？）

〝集まれ〟と言ったら、直ぐ集まら無ければ行けません（一說〝集合〟就要馬上集合）

会費が全部集まった（會費全都收齊了）

孤児に同情が集まる（同情集中在孤兒身上）

一同の視線が彼に集まっている（大家的視線都集中在他身上）

集まり、集り〔名〕集會、會合、收集（的情況）

今日の集まりは八時からです（今天的會議八點開始）

客の集まりが悪い（顧客上的不多）

寄付の集まりが良い（捐助的情況良好）

集める〔他下一〕收集、集合、招集、集中

切手を集めるのが趣味だ（收集郵票是嗜好）

資金を集める（收集資金、聚資）

額を集めて相談する（招集大家來商量）

友達を集めて婚約を発表する（把朋友請來發表訂婚）

何処の劇場でも客を集めるのに苦心している（每個劇院都為吸引顧客煞費苦心）

皆の智恵を集める（集思廣益）

人望を一身に集める（集眾望於一身）

集る〔自五〕圍成一群、（蟲等）爬滿，落滿，敲詐，勒索，迫使人家請客

人が集る（人們聚集成群）

大勢の子供が垣根の所に集って覗いている（很多孩子圍繞在籬笆那裡張望）

どっと集って来る（蜂擁而來）

蟻が砂糖に集っている（砂糖上爬滿了螞蟻）

食物に蠅が集っている（食物上落滿了蒼蠅）

不良に集られた（被流氓敲詐了）

月給日に後輩達に集られてすっかり奢らされた（發薪水那天被年輕同事們敲竹槓全都請了客）

彼の男は人に集る事許り考えている（那人淨想讓別人請客）

集り〔名〕圍集成群、敲詐、勒索，恫嚇，路劫

人集が為る（集聚一群人）

集りの現場を押えた（在敲詐現場拿獲了）

嫉（ㄐㄧˊ）

嫉〔漢造〕嫉妒、忌妒、恨（＝羨む、嫉む、妬む，妬む、憎む，憎む，惡む）

嫉視〔名、他サ〕嫉妒、忌妒

他人の成功を嫉視する（嫉妒別人的成功）

嫉視反目（嫉妒反目）

嫉妬〔名、他サ〕嫉妒、忌妒（＝嫉み，妬み、燒餅）

嫉妬を招く（招人嫉妒）

むらむらと嫉妬を起こす（不由得起嫉妒心）

嫉妬の目で見る（用嫉妒的眼光看、嫉視）

燃える様な嫉妬（強烈的嫉妒）

彼は君の幸運を嫉妬しているのだ（他是在嫉妒你的幸運）

嫉妬からの夫婦喧嘩（由嫉妒引起的夫妻吵架）

嫉妬心が強い（嫉妒心強）

嫉む〔他五〕忌妒（＝嫉む、妬む、嫉妬する）

人に嫉まれる（遭人忌妒）

他人の成功を嫉んでは行けない（不可忌妒人家的成功）

人を嫉むのは卑しい事だ（忌妒他人是可卑的）

嫉み、猜み〔名〕忌妒（＝嫉み、妬み）

嫉み深い〔形〕忌妒心強

妬む、妬む〔他五〕嫉妒、嫉憤

人の名声を妬む（嫉妒別人有聲望）

彼は同輩に酷く妬まれている（他遭受朋輩深深的嫉憤）

妬んで然う言うのだ（因為嫉憤才那麼說的）

妬み，嫉、妬み，妬〔名〕嫉妒、嫉妒心

妬みを受ける（遭受別人嫉妒）

妬みを持たない（沒有嫉妒）

妬みを感じる（感到嫉妒）

妬ましい、妬ましい〔形〕感到嫉妒的、令人嫉羨的

友達の頭の良さが妬ましい（朋友腦筋好令人嫉妒）

人の成功を妬ましく思う（對別人成功感到嫉妒）

妬ましく堪らない（嫉妒得不得了）

憎む、憎む、惡む〔他五〕憎惡、憎恨、嫉恨

敵を憎む（憎恨敵人）

罪を憎んで、人を憎まず（恨罪不恨人）

人の幸福を憎む（嫉恨別人的幸福）

不正を憎む気持ちの強い人（嫉惡如仇的人）

楫（ㄐㄧˊ）

楫〔漢造〕划船的槳、小船

楫〔名〕〔古〕櫓槳（划船工具的總稱）

楫緒〔名〕舵繩
楫取り、舵取り〔名、自サ〕掌舵、掌舵的人。〔轉〕領導，領導者
　楫取り腕（轉向臂）
　楫取引棒（汽車轉向拉杆、操舵拉杆）
楫取り、舵取り〔名〕（舵取り、楫取り的音便）舵手
楫枕〔名〕（來自"以槳為枕"之意）乘船旅行、在船上過夜（=波枕）
　波の随に行方も知らぬ楫枕（隨波盪漾不知去向的海上旅行）

極、極（ㄐㄧˊ）

極〔名、漢造〕極、極限、極點、極端、(地球的)地極、首位、皇位
　疲労の極に達する（疲勞達到極點）
　繁栄の極に達する（繁榮已極）
　愚の極だ（愚蠢透頂）
　絶望の極に自殺した（極絕望終於自殺了）
　極の周りを巡る運動（繞地極運動）
　プラスの極（陽極）
　二極発電機（兩極發電機）
　終極（最後、末了）
　周極星〔天〕周極星
　究極、窮極（畢竟、究竟、最終）
　南極〔地〕南極
　北極〔地〕北極
　磁極〔理〕磁極
　陽極〔理〕陽極，正極、〔磁石的〕北極
　陰極〔理〕陰極、負極
　積極（積極）
　消極（消極）
　対極（相反的極端、〔電〕異性極）
　太極〔哲〕太極、宇宙之本、萬物產生的根源
　太極拳〔體〕太極拳
　皇極天皇（第三十五代天皇）
　登極（〔帝王〕登基）
極移動〔名〕〔地〕極移
極右〔名〕極端右傾、極右分子←→極左
　極右団体（極右團體）
　極右派（極右派）
極左〔名〕極端左傾、極左分子←→極右
　極左分子（極左分子）
　其れは極左的だ（那是極左）
　極左的な思想を是正する（糾正極左思想）
　極左空論主義（左翼空談主義）
　極左冒険主義（左傾冒險主義）
極外圏〔名〕〔氣〕外大氣層
極距離〔名〕〔天〕極距
極言〔名、他サ〕極端地說、徹底地說、坦率地說、率直地說
　売国奴（叛逆者）と迄極言する（甚至說是賣國賊〔叛徒〕）
　極言すれば彼は気違いだ（老實說他是個瘋子）
極限〔名〕極限
　極限に達する（達到極限）
　極限迄付き詰まる（追究到底）
　極限状況の下で行動を取る（在萬不得已時採取行動）
　極限値（極限值）
　極限円（極限圓）
極座標〔名〕〔數〕極座標
極細胞〔名〕〔動〕極細胞
極軸〔名〕〔天〕極軸
極所〔名〕極點、盡頭、邊緣
極少〔名〕極少、最少
極小〔名〕極小、最小（=ミニマム）←→極大
　極小値（極小值）
　極小量（極小量）
極大〔名〕極大、最大（=マキシマム）←→極小

極大値〔名〕極大値（極大値）

極性〔名〕〔電、化、生〕極性
　極性を付する（付以極性）
　極性を除去する（除去極性）
　極性ベクトル（極性矢量）
　極性化合物（極性化合物）

極星〔名〕極星、北極星

極線〔名〕〔數〕極線

極前線〔名〕〔氣〕極前線（寒帶氣團和熱帶氣團之間的前線）

極体〔名〕〔生〕（胚胎學上的）極體

極帯〔名〕（年平均溫度在攝氏十度以下的）南北極地帶

極端〔名、形動〕極端
　極端な例（極端的例子）
　極端に走る（走極端）
　一つの極端からもう一つの極端へ走る（從一個極端走向另一個極端）
　両極端は相会す（兩極相通）

極地〔名〕（南北）極地
　極地探検（極地探險）
　極地横断飛行（極地橫穿飛行）
　極地法（〔登山〕極地法－先搭基地帳篷、然後逐步前進、以達到頂峰）

極地化〔名、他サ〕使局部化
　戦争を極地化する（使戰爭限於局部）

極値〔名〕〔數〕極值

極致〔名〕極致、極點、絕頂
　美の極致（美的最高境界）
　芸術の極致（藝術的頂峰）
　才能と努力に依って美の極致に達する（憑才幹和努力達到極完美的境地）

極超音速〔名〕特超音速

極超短波〔名〕〔理〕微波

極低温〔名〕極低溫
　極低温物理学（極低溫物理學）

極点〔名〕極點、頂點
　極点に達する（達到極點）
　贅沢の極点に達する（窮奢極侈）

極度〔名〕極度、極端、非常、頂點
　極度に興奮する（極其興奮）
　極度に達する（達到極點）
　極度に活用する（盡量活用）
　蒸気の利用はもう極度に達している（蒸氣的利用已達到頂點）
　極度の疲労（疲勞已極）
　極度に憤慨する（無比憤慨）
　極度の狼狽（狼狽不堪）
　極度に恐れる（怕得要死）
　極度の不満（極為不滿）
　極度の恐れ戦く（驚恐萬狀）
　極度の困難に陥っている（陷入極端困難）

極東〔名〕遠東
　極東国際軍事裁判所（遠東國際軍事法庭）
　極東オリンピック大会（遠東奧林匹克運動會）
　極東地方（遠東地方-西伯利亞臨太平洋的地方）

極北〔名〕極北地區
　極北の地（極北地區）

極年〔名〕（地球物理）國際地球觀測年

極板〔名〕〔電〕極板

極微、極微〔名、形動〕極微、極小
　極微生物（微生物）
　極微的（極微的、極小的、微觀的）
　極微量（極微量）
　極微速（極微速）

極風〔名〕〔天〕極風（因地球自轉、南北極圈內常刮的東風）

極帽〔名〕〔植〕極帽。〔天〕（地球）極帽,（火星）極冠

極方程式〔名〕〔数〕極座標方程式
極目〔副〕極目
　極目人煙を見ず（極目不見人煙）
極洋〔名〕南北極的海洋
　極洋漁業（南北極海洋漁業）
極流〔名〕〔地〕極地海流（由南北極流向赤道的寒流）
極量〔名〕〔薬〕最大劑量
　極量以上に睡眠薬を飲む（吃安眠藥超過限量）
　極量超過に注意する（注意不要超過最大限量）
極力〔副〕極力、盡量、盡可能
　極力応援する（盡量支援）
　極力反対する（極力反對）
　極力弁解する（百般辯解）
　極力督促する（力促）
　極力戒める（力戒）
　極力避ける（力避）
　極力推し進める（竭力推行）
　極力完全殲滅を図る（力求完全殲滅）
極論〔名、自サ〕極力論說、極端的議論
　殺しても良いと迄極論する（甚至主張殺了都可以）
　極論の末物別れに為る（爭持不下結果決裂了）
極化〔名〕（社會）兩極分化
　極化を促進する（促進兩極分化）
極核〔名〕〔植〕極核
極官、極官〔名〕（該家系能當的）最高的官
極冠〔名〕〔天〕（火星）極冠
極諫〔名、他サ〕極力諫阻
極刑〔名〕極刑、死刑
　兇惡犯を極刑に処する（把兇惡犯人處死）
極圏〔名〕〔地〕（南北極的）極圈
極光〔名〕〔地〕極光（＝オーロラ）

極光帯（極光帶）
極〔副〕極、最、頂
　極簡単だ（極其簡單）
　極内所の話（極密的話）
　極上等の品（最高級品）
　極有り触れた物（最普通的東西）
　至極（非常、萬分）
極悪〔名、形動〕非常惡毒
　極悪非道（窮凶極惡）
　極悪な（の）人間（非常兇惡的人）
　極悪な大罪（罪大惡極）
極意〔名〕蘊奧、精華、精粹、秘訣
　歌道の極意（和歌的蘊奧）
　漢方医の極意も公開された（中醫的密傳也公開了）
　極意を極める（研究蘊奧）
　極意を授ける（傳授秘訣）
極位、極位〔名〕最高位、人臣最高位（＝從一位）
極彩色〔名〕花花綠綠、大紅大紫。〔轉〕濃妝
　極彩色の印刷（彩色精印）
　極彩色の挿絵（五彩的插圖）
　極彩色を施した年増の女（濃妝的半老徐娘）
極上〔名〕極上、極好、頂好
　此れは極上の品です（這是最好的貨色）
　極上品（頂好的貨品）
極下〔名〕最下等←→極上
　極下の品（劣等貨）
極月〔名〕陰曆十二月、臘月（＝師走）
極極〔副〕極端
　極極の秘密（極端的秘密）
　彼は極極運の悪い人でした（他是個運氣極壞的人）
極重〔名〕極端嚴重
　極重悪人（罪大惡極的壞蛋）

極重の罪人（重罪犯人）

極暑〔名〕極熱、炎熱←→極寒

極寒〔名〕非常寒冷、極其寒冷←→極暑

極寒（嚴寒季節）

極製〔名〕精製、特製

極製の缶詰（特製的罐頭）

極道、獄道〔名、形動〕無惡不作、胡作非為、為非作歹、放蕩不羈（的人）

極道な息子（敗家子）

極道奴！（壞蛋！）

彼奴は極道だ（那傢伙是個壞蛋）

極内〔名〕〔俗〕極密、非常秘密（＝極秘）

極内で調査する（極其秘密地進行調査）

此れは極内の話だから誰にも言うな（這是非常秘密的事對誰也不要說）

極秘〔名〕絕密、極端秘密（＝極内）

極秘の文書（絕密的文件）

其の製法は極秘だ（那製法是極端秘密的）

其の事件は極秘に為っている（那事件是極端秘密的）

極熱〔名〕極熱、炎熱

極貧〔名〕極窮、赤貧（＝赤貧）

極貧の中に死ぬ（在極度窮困中死去）

極貧に喘ぎながら暮らす（在赤貧中掙扎著生活）

極太〔名〕最粗（的毛線）←→極細

極細〔名〕極細、最細←→極太

極細の毛糸（最細的毛線）

極安〔名〕極其便宜、極其低廉

極安の品（極便宜的貨品）

極楽〔名〕〔佛〕極樂世界、天堂（＝極楽淨土）

地上の極楽（人間天堂）

昔と比べると今は極楽だ（和過去比較現在真是幸福極了）

気候は好いし、食べ物は美味いし、全く極楽だ（氣候也好吃的也好簡直是天堂）

聞いて極楽見て地獄（看景不如聽景）

極楽往生（安然死去、壽終正寢）

極楽淨土（擊樂淨土、天堂）

極楽蜻蛉（〔俗〕逍遙自在的人、偷閒懶散的人）

極楽鳥（〔動〕極樂鳥）

極まる、窮まる、谷まる〔自五〕窮盡、達到極限、困窘

極まる所を知らない（沒有止境）

インフレで物価の騰貴は極まる所を知らない（由於通貨膨脹物價上漲沒有止境）

其の国の運命は極まった（那國家的前途算完蛋了）

感極まつて泣く（感極而泣）

危険極まる話だ（極其危險的勾當）

無礼極まる態度（極其無禮的態度）

歓楽が極まると悲しみが湧く（樂極生悲）

物極まれば必ず変ず（物極必反）

進退極まる（進退維谷）

極まり、窮まり〔名〕極限、頂點

莊嚴極まる無し（極其莊嚴）

極まりない、窮まりない〔形〕極其、無限

極まりない無礼（極其無禮）

痛快極まりない（痛快極了）

貪欲極まりない帝国主義（貪得無厭的帝國主義）

卑劣極まりない手口（極其卑鄙的手法）

極む、究む（自、他下二）窮其究竟，徹底查明、達到極限、攀登到頂（＝極める、窮める、究める）

極み、窮み〔名〕極限、頂點、邊緣、盡頭

愚の極み（愚蠢透頂）

喜びの極み（高興極了）

贅沢の極みを尽くす（窮奢極侈）

遺憾の極みである（非常遺憾）

天地の極み（天涯海角）

極める、窮める、究める〔他下二〕窮其究竟，徹底查明、達到極限，攀登到頂

　事件の真相を極める（徹底弄清事件的真相）

　学術の蘊奥を極める（徹底鑽研學術的奧義）

　彼は一芸を極めている（他具有一技之長）

　山頂を極める（登上山頂）

　豪奢を極める（窮奢極侈）

　惨状を極める（慘絕人寰）

　暴虐を極める（極其殘暴）

　位、人臣を極める（位極人臣）

　口を極めて褒める（極端讚揚）

　困難を極めた、勇敢な闘争を繰り広げる（展開艱苦卓絕的英勇鬥爭）

極め、窮め、究め〔名〕窮其究竟、邊際、盡頭、決定、結論、契約、（對書畫，刀劍，古董）鑑定

　極めを付ける（加以鑑定）

極め書き、極書〔名〕（對書畫，刀劍，古董等的）鑑定書

極め付き、極付〔名〕付有鑑定書。〔轉〕有證明有定評

　極付の芝居（有定評的戲劇）

極め尽くす〔他五〕窮其究竟、徹底弄清楚

　事件の本質を極め尽くす（徹底查明事件的本質）

極めて〔副〕極其、非常（口語多用"迚も"）

　極めて重要な問題（極其重要的問題）

　極めて友好的に取り扱う（非常友好地對待）

　此れは極めて公正を欠く（這是極不公正的）

　潜在力は極めて大きい（潛力極大）

　極めて大きな貢献（極大的貢獻）

　極めて肝心の時（緊要關頭）

　極めて複雑だ（千頭萬緒）

　極めてはっきりしている（非常明顯、涇渭分明）

　極めて僅かである（微乎其微）

　極めて微微たる物（九牛一毛）

　極めて少なくて貴い物（鳳毛麟角）

　極めて正確な予測（料事如神）

　極めてそぐわない（極不相稱）

　極めて芳しくない（非常不妙）

　極めて残虐で非人間的な行動（極其慘無人道的行徑）

　極めて不安定な状態に置かれている（處在極不穩定的狀態）

　極めて密接な関係に有る（彼此息息相關）

極まる，極る，決まる，決る〔自五〕規定、決定、一定、必定、必然、有歸結、有一定

　考えが極まる（想法定了）

　無罪に極まる（定為無罪）

　其れは前の会議で極まった事だ（那是上次會議決定的事）

　条件は未だ極まらない（條件還沒說定）

　会は土曜日の晩に極まった（會決定在星期六晚上開）

　極まった以上早速実行に移す（決定了馬上就實行）

　良し、其れじゃ然う極まった（好了、那麼就這樣決定了）

　夏は暑いに極まっている（夏天當然熱）

　君は行くまいね。一行かないに極まってるさ（你不會去吧！－當然不去）

　薬は不味いに極まっている（藥當然不好吃）

　其の企ては初めから失敗するに極まっている（那計畫起初就注定要失敗的）

　金が有るからと言って幸福とは極まっていない（有錢不一定就幸福）

　成功するか否かは努力次第に依って極まる（成功與否要看努力如何）

勝負が極まった（勝負定了）

話が極まった（說定了、談妥了）

今の所如何なるやら何も極まっていない（演成什麼樣的情況目前根本沒有一定）

極まり，極り、決まり，決り〔名〕決定，規定、歸結，結束，了結，收拾，整頓，常例，慣例，老套

時間に極まりは無い（時間沒有規定）

チップは別に幾等と言う極まりは無い（小費並沒有規定多少）

極まりに従って行動する（按照規定行動）

極まりを付ける（結束、了結）

然うすれば万事極まりが付く（那麼一來一切都解決了）

極まりが付かない（沒有完結、有待解決）

引越した許りで家の中が未だ極まりが付かない（因為剛搬家屋子裡還沒收拾好）

偶には極まりを良くし為さい（偶而也要收拾一下）

朝食前に散歩するにが彼の極まりだ（早飯前散步是他的老規矩）

其れは彼の人の御極まりの洒落さ（那是常在他嘴邊上的詼諧話）

極まりが悪い（拉不下臉、不好意思、害羞、害臊）

答えられないで極まりまりが悪い（答不上話來很難為情）

極まり切った，極り切った，決まり切った，決り切った〔連語、連體〕一定，固定，老套，刻板，明明白白，顯而易見，理所當然

極まり切った収入（固定的收入）

極まり切った日常の仕事（固定的日常工作）

極まり切った文句（口頭禪、刻板文章、老套的話）

其れは極まり切った事だ（那是理所當然的）

極まり手，極り手、決まり手，決り手〔名〕〔相撲〕決定勝負的一著

極まり文句，極り文句、決まり文句，決り文句〔名〕老調、老套的話、口頭禪、刻板文章

彼の何時もの極り文句（他的口頭禪）

黴の生えた極り文句（陳腐不堪的刻板文章）

其れは斯う言う場合の極り文句だ（那是這種場合的刻板文章）

例の極り文句を並べ立てる（重彈老調）

極まり悪い，極り悪い、決まり悪い，決り悪い〔形〕不好意思的、害羞的、難為情的

極り悪い思いを為る（決り悪がる）（覺得不好意思）

極り悪然うな顔（有些害羞的神色）

極り悪然うに笑う（難為情地笑了笑）

極り悪然うに言い訳を為た（不好意思地進行了辯解）

極まって，極って、決まって，決って〔副〕一定、必定、經常

台風が来ると極って洪水が出る（一來颱風一定漲大水）

週末には極ってピクニックに行く（每到周末必去郊遊）

旅行談は極って誇張が多い（旅行歸來的談話總是有些誇張）

極める、決める〔他下一〕決定、規定、指定、選定、約定、商定、斷定、認定、申斥。〔相撲〕夾住對方伸的來胳膊使不能轉動

日を極める（決定日期）

話を極める（說定、商定）

腹を極める（打定主意、決心）

値段を極める（規定價錢）

極めた時間に来た（在約定時間來了）

会長を誰に極めるか（選定誰當會長呢？）

其れは君の極める事だ（那要由你來決定）

朝は早く起きる事に極めている（規定早上要早早起床）

未だ何とも極めずに置いた方が良い（還是不做出任何決定為好）

両親が極めた結婚（父母決定的婚姻）

的を極めて矢を放つ（有的放矢）

頭から極めて掛かる（自作主張、想當然）

独りで極めて掛かる（獨自斷定）

彼が為て呉れる物と極めている（我斷定他會給我辦的）

一本極めて遣る（申斥他一頓）

極め、決め〔名〕規定、約定、規定的條件

時間極め（按鐘點）

一週間二時間と言う極めで講義する（約定一周講課兩小時）

社内の極めを守る（遵守公司内部的規則）

月極めで新聞を取る（按月訂報）

極め石〔名〕拱心石

極め込む、決め込む〔他五〕斷定，認定、自居，自封、假裝、橫下心做

勿論合格する物と極め込んでいる（自認為當然會考上）

自分で極め込む（自居，自封）

御山の大将を極め込む（以頭頭自封）

猫糞を極め込む（把撿的東西據為己有）

知らぬ顔の半兵衛を極め込む（假裝不知、若無其事）

狡休みを極め込む（耍滑偷懶）

狸寝入りを極め込む（裝睡）

極め出し、決め出し〔名〕〔相撲〕夾住對方伸來的胳膊摔出場外

極め付ける、決め付ける〔他下一〕指責、申斥、駁斥

一本極め付けて遣る（申斥他一頓）

社員を頭から極め付ける（不容分說地申斥公司職員）

証拠を見せて極め付ける（拿出證據加以駁斥）

極め手、決め手〔名〕決定勝負的招數、決定的辦法，解決的手段、（證據）規定者，排定者

犯人を有罪に為る極め手が無い（設法給犯人定罪）

極め手に為ったのはビールス（virus）の発見だった（決定性的證據是發現了病毒）

番組の極め手（排定節目的人）

極め所、決め所〔名〕應該決定的時機、關鍵時刻、要點

日米交渉はワシントン（Washington）会議が極め所だった（日美談判應該在華盛頓會議時做出決定）

其処が極め所だ（那就是關鍵所在）

瘠（ㄐㄧˊ）

瘠〔漢造〕瘦、土地不肥沃、地方困苦（=痩せ細る）

瘠地（土地不肥沃）（=瘠土、瘠せ地）

瘠土（土地不肥沃）（=瘠地）

痩せ、瘦せ〔名〕瘦（的程度）、瘦人

夏に為ると痩せが目立って来る（一到夏天就顯著地見瘦）

御痩せ（瘦人）

痩せ犬（瘦狗）

痩せの大食い（瘦人飯量大）

痩せる、瘦せる〔自下一〕瘦←→太る、貧瘠←→肥える

苦労で痩せる（因勞累而消瘦）

痩せて背の高い人（瘦高的人）

見る影も無く痩せる（瘦得不像樣、瘦得皮包骨）

病気を為てから、大分痩せた（得了病以後瘦了好多）

此の畑は痩せていて何も出来ない（這塊地貧瘠種什麼也不行）

痩せても枯れても（不論怎麼落魄）

痩せても枯れても小生は作家だ（不論怎麼落魄我是個作家）

輯（ㄐㄧˊ）

輯〔漢造〕編輯

編輯、編集（編輯）

輯録、集録〔名、他サ〕輯錄、集錄、收集記錄

講義の輯録（講義的輯錄）

擊（ㄐㄧˊ）

擊〔漢造〕打擊、攻擊

　打擊（打擊、衝擊、擊球）

　衝擊（打擊、衝擊、休克）

　攻擊（攻擊、抨擊、擊球）

　追擊（追擊）

　突擊（突擊）

　襲擊（襲擊）

　銃擊（用槍射擊）

　排擊（排擊、抨擊）

　駁擊（駁斥）

　爆擊（轟炸）

　迫擊（迫擊）

　反擊（反擊）

　雷擊（用魚雷攻擊）

　進擊（攻擊、進攻）

　目擊（目擊、目睹）

擊碎〔名、他サ〕擊破、摧毀（＝擊滅、擊破）

擊殺〔名、他サ〕擊斃、射殺

擊ち殺す、打ち殺す〔他五〕（殺す的加強說法）殺死，打死、擊斃，槍斃

　棒で犬を擊ち殺す（用棒子把狗打死）

　小銃で擊ち殺す（用步槍打死）

擊壤〔名〕打擊土製樂器。〔喻〕太平歡樂

擊攘〔名、他サ〕擊退（＝擊退）

擊退〔名、他サ〕擊退、逐出、趕走

　少數の軍隊で敵の大軍を擊退する（用少數軍隊擊退敵人的大軍）

　押し賣りを擊退する（把上門推銷的商人趕出去）

擊柝〔名〕敲梆子、敲梆子打更（的人）

　擊柝商い（做敲梆子生意的人、做股票生意的人）

擊沈〔名、他サ〕擊沈

　敵艦を擊沈する（擊沈敵艦）

　潛水艦の為に擊沈される（被潛水艇擊沈）

擊墜〔名、他サ〕擊落

　敵機二機を擊墜する（擊落敵機兩架）

擊鐵〔名〕（擊發火帽的）擊鐵

　擊鐵を起こして引金を引く（拉開槍栓扣扳機）

擊鉄、打金〔名〕〔軍〕擊鐵（＝擊鐵）。〔機〕動力錘的頭部

　銃の擊鉄を起こす（扳起槍枝的擊鐵）

擊破〔名、他サ〕擊破、駁倒

　各個擊破（各個擊破）

　敵の主力を擊破する（擊敗敵人的主力）

　銳い口調で相手の主張を擊破する（用尖銳的語調駁倒對方的主張）

擊ち破る、打ち破る〔他五〕（破る的加強說法）打破、打敗

　迷信を擊ち破る（破除迷信）

　敵を擊ち破る（擊敗敵人）

　正義の事業は如何なる敵にも擊ち破られは為ない（正義的事業是任何敵人也打不敗的）

擊發〔名〕〔軍〕擊發

　拳銃を擊發裝置に為る（把手槍作好發射準備）

　擊發信管（擊發引信）

擊滅〔名、他サ〕擊滅、消滅

　夜襲で敵の大軍を擊滅する（用夜襲殲滅敵人的大軍）

　國境で徹底的に敵を擊滅用意有り（有在國境上徹底消滅敵人的準備）

擊力〔名〕〔機〕衝擊力

擊劍、擊剣〔名〕〔體〕擊劍（＝劍術）

擊つ、打つ〔他五〕射擊、攻擊

　鳥を擊つ（打鳥）

　空氣銃で鳥を擊つ（用空氣鎗打鳥）

　大砲を擊つ（開砲）

三発撃つ（射擊三發）

誤って人を撃つ（誤射傷人）

打つ〔他五〕打，揍、碰，撞、擊（球）、拍、敲響、射擊、指責、打動、打字、拍發、打進、注射、貼上，刻上，彈（棉花）、擀（麵條）、耕、鍛造、捶打、編、搓、張掛、丈量、下棋，賭博、交付部分、繫上、演出、採取措施某種行動或動作

〔自五〕內部流動

相手の頭を打つ（揍對方的頭部）

打ったり蹴ったりする（拳打腳踢）

びしゃりと人の耳を打つ（啪地打了一記耳光）

散散に打つ（痛打、毒打）

倒れて頭を打つ（摔倒把頭撞了）

波が岸を打つ（波浪沖擊海岸）

ヒットを打つ（〔棒球〕安全打）

球を打つ身構えを為る（拉好架勢準備擊球）

手を拍って喜ぶ（拍手稱快）

鼓を打つ（擊鼓）

鐘を打つ（敲鐘）

今三時を打った所だ（剛響過三點）

鳥を撃つ（打鳥）

空気銃で鳥を撃つ（用空氣鎗打鳥）

大砲を撃つ（開砲）

三発撃つ（射擊三發）

誤って人を撃つ（誤射傷人）

投網を打つ（投網、撒網）

礫を打つ（擲小石頭）飛礫

水を打つ（灑水）

首を討つ（砍頭）

敵を討つ（殺敵、報仇）仇

賊を討つ（討賊）

不意を討つ（突然襲擊）

非を打つ（責備）

心を打つ（扣人心弦）

私は強く胸を打たれました（使我深受感動）

タイプライターを打つ（打字）

電報を打つ（拍電報）

釘を打つ（釘釘子）

杭を打つ（打樁）

コンクリートを打つ（灌混凝土）

注射を打つ（打針）

裏を打つ（裱貼裡子）

額を打つ（掛匾額）

銘を打つ（刻銘）

古綿を打ち直す（重彈舊棉花）

饂飩を打つ（擀麵）

田を打つ（耕田）

刀を打つ（打刀）

箔を打つ（捶箔片）

能面を打つ（製作能樂面具）

衣を打つ（搗衣）

紐を打つ（打繩子）

幕を打つ（張掛帳幕）

土地を打つ（丈量土地）

碁を打つ（下圍棋）

将来への布石が打たれた（已為今後作好準備）

博打を打つ（賭博）

手金を打つ（付定錢）

罪人に縄を打つ（綁縛罪犯）

芝居を打つ（演戲、耍花招、設騙局）

相撲の興行を打つ（表演相撲）

新しい手を打つ（採取新的措施）

ストを打つ（斷然舉行罷工）

もんどり（でんぐり返し）を打つ（翻跟斗）

寝返り許り打って寝付けない（輾轉反側睡不著）

打てば響く（馬上反應、馬上見效）

打てば響く様な返答（立即做出回答）

彼の人は打てば響く様な人だ（他是個乾脆俐落的爽快人）

脈打つ、脈撃つ（脈搏跳動）

脈が打つ、脈が撃つ（脈搏跳動）

打つ、拍つ〔他五〕拍

手を拍って喜ぶ（拍手稱快）

打つ、討つ〔他五〕殺、討、攻

首を討つ（砍頭）

敵を討つ（殺敵、報仇）仇仇

賊を討つ（討賊）

不意を討つ（突然襲擊）

撃ち合う、打ち合う〔自五〕（打ち是接頭詞）適合，相適應、互打、對打

〔他五〕互相射擊

両方から礼砲を撃ち合う（互放禮砲）

撃ち合い、打ち合い〔名〕對打，互相毆打、（也寫作射ち合い）互相射擊

撃ち合いを為る（互相毆打）

撃ち合いを遣る（互相射擊）

撃ち落とす、打ち落とす〔他五〕擊落

敵機を撃ち落とす（擊落敵機）

撃ち損なう、打ち損なう〔他五〕未擊中、失誤

的を撃ち損なった（未擊中目標）

撃ち損ない、打ち損ない〔名〕未擊中、失誤

撃ち尽くす〔他五〕（子彈等）打完

弾丸を撃ち尽くす（把子彈打光）

撃ち止める、打ち止める、討ち止める〔他下一〕釘住，釘牢，結束（演出，比賽）、殺死，擊斃

芝居を撃ち止める（散戲）

敵を撃ち止める（殺死敵人）

唯一発で虎を撃ち止めた（只一槍就把老虎打死了）

撃ち取る、打ち取る、討ち取る〔他五〕殺死，擊斃，擊敗，打敗，攻取，捕獲

敵の大将を撃ち取る（擊斃敵軍主將）

決勝戦で強敵を撃ち取る（決賽時打敗強敵）

撃ち抜く、打ち抜く、打ち貫く〔他五〕穿孔，打孔、穿透、鑿通、打穿、射穿、打到底。〔圍棋〕提掉（抽吃的子）

山を撃ち抜いてトンネルを作る（鑿通山腹開隧道）

ブリキ板からビールの栓を撃ち抜く（用馬口鐵板沖製啤酒瓶蓋）

ピストルの弾が敵の心臓を撃ち抜く（手槍的子彈打穿敵人的心臟）

打って打って撃ち抜く（打了又打一打到底）

敵が降参する迄撃ち抜く（打到敵人投降為止）

撃ち払う、打ち払う〔他五〕趕走，驅散、（用槍砲）擊退

山賊を撃ち払う（驅散土匪）

敵艦を撃ち払う（擊退敵艦）

撃ち払い、打ち払い〔名〕（用槍砲）擊退

籍、籍、籍（ㄐㄧˊ）

籍（也讀作籍）〔名、漢造〕戶籍、書籍、學籍

籍を入れる（入籍）

籍を抜く（除籍）

台湾に籍が有る（台灣有戶口）

大学の籍を置く（取得大學學籍）

籍貫（籍貫）

原籍（原籍、本籍、籍貫）

本籍（原籍）

戸籍（戶籍）

国籍（國籍）

除籍（除籍）

入籍（入籍）

史籍（史籍、史書）

書籍、書籍（書籍）

典籍（典籍、書籍）

転籍（遷移戶口、轉學籍）

経籍（經書）

地籍（地籍）

名籍（名簿、名冊）

離籍（取消戶口）

復籍（恢復戶籍或學籍）

学籍（學籍）

軍籍（軍籍、軍人的身分）

僧籍（僧籍、僧人的身分）

送籍（因結婚、入贅等轉戶籍）

鬼籍（鬼籍、死亡簿）

鶺（ㄐ一ˊ）

鶺〔漢造〕鶺鴒（燕雀目的小鳥）

鶺鴒〔名〕〔動〕鶺鴒

脊黒鶺鴒（黑背鶺鴒）

黃鶺鴒（黃鶺鴒）

己、已（ㄐ一ˇ）

己〔漢造〕（十天干的第六位-甲、乙、丙、丁、戊、己、庚、辛、壬、癸）己、自己

己丑（己丑）

己巳（己巳）

克己（克己、自制）

知己（知己、熟人、朋友、相識）

己〔漢造〕己、自己

自己（自己、自我）

利己主義（利己主義）

己心〔名〕〔佛〕自心（＝自分の心）

己身〔名〕〔佛〕自己本人（＝自身、自分自身）

己、汝〔代〕〔罵〕你這個東西（＝手前、貴様）、自己（＝己、己、自分、自身）

己は黙っていろ（你住嘴！）

己等に分るこっちゃあねえ（你們懂個屁！）

己惚れる、自惚れる〔自下一〕驕傲、自負、自大

彼は自分では偉いと己惚れている（他自以為了不起）

自分の才能に己惚れている（過分相信自己的才能）

成功しても己惚れず（勝不驕）

己惚れて自己満足していれば必ず失敗する（驕傲自滿是一定要失敗的）

己惚れ、自惚れ〔名〕自滿、自負、自大

己惚れの強い人（過於自負的人）

己惚れは鼻持ち為らぬ（自大令人討厭）

己惚れも好い加減に為ろ（不要太自大）

己惚れ者、自惚れ者〔名〕自負的人、自高自大的人

己〔代〕（己的變化）。〔罵〕你（＝己、汝、貴様）

己〔代〕自己（＝己）

己が身（自身）

己が家（自己的家）

失敗したら己が罪だ（要是失敗了是你自己的罪過）

己が頭の蠅を追え（管你自己的事好了）

己が刀で己が首（自作自受、自找苦吃）

己が田へ水を引く（為自己的利益著想或行事）

己がじし、己が自〔副〕各自、按各自的意思（＝銘銘、各各）

己が自務めを尽くす可し（應各盡己責）

己〔名〕己、自己

〔代〕我。〔罵〕你

〔感〕這傢伙！他媽的！

己を捨てて人を救う（捨己救人）

己を以て人を量る（以己度人）

己を持するに厳で有る（持己嚴）

己を利する（利己）

唯己有るを知って人有るを知らぬ（只知有己不知有人）

己を知れ（要有自知之明）

己の名を言え（報上你的名來！）

己、今に見ていろ（他媽的！走著瞧！）

己に克ちて礼に復る（克己復禮－論語）

己の頭の蠅を追え（各人自掃門前雪莫管他人瓦上霜）

己の欲せざる所は人に施す無かれ（己所不欲勿施於人－論語）

己、俺〔代〕〔俗〕我、俺、咱（＝俺、俺等、俺等、己等、俺達）

己〔名〕（"土の弟"之意）（天干第六位）己

幾（ㄐㄧ ˇ）

幾〔漢造〕幾、若干、幾乎、希求、徵兆

幾殆（千鈞一髮）

庶幾（希望、期待）

希う、冀う、乞い願う、庶幾う（但願、務請）

幾何〔名〕幾何

幾何画法（幾何畫法）

幾何学（幾何學）

幾何学模様（幾何圖樣）

幾何異性（幾何異構）

幾何光学（幾何光學）

幾何級数（幾何級數）

平面（立体、球面、解析、計量、純正）幾何学（平面〔立體、球面、解析、度量、理論〕幾何學）

幾何、幾許〔副〕幾許、多少、若干

幾許かの金銭（少許的錢）

幾〔接頭〕（接名詞前表示不定的程度、數量）幾、若干、多少（表示程度深、數量大）幾、數、好多

幾人、幾人（幾個人）

幾日掛かりますか（需要幾天呢？）

幾百年（幾百年、好幾百年）

戦争で幾千万と言う人が死んだ（由於戰爭死去好幾千萬人）

幾重〔名〕幾層

紐は幾重に巻きますか（繩子要纏幾道呢？）

花弁は幾重に為っていますか（花瓣是幾重呢？）

幾重にも〔副〕重重，好多層、萬分、深摯地，懇切地

紙を幾重にも折る（把紙折了又折）

寒いので下着を幾重にも重ねて着る（因為寒冷穿了好多層貼身衣服）

幾重にも御礼申し上げます（多謝多謝）

幾重にも御詫びします（深致歉意、萬分抱歉）

幾日、幾日〔名、副〕多少天、許多天、哪一天（＝何日）

香港に幾日御滞在でしたか（你在香港停留了幾天？）

横浜迄幾日掛かるか（到橫濱需要多少天）

今年も、もう後幾日も無い（今年也沒有幾天了）

幾日も天気が続いた（連著許多天是好天氣）

幾日経っても返事が来ない（過了許多天也沒有回信）

幾日に御出発ですか（在哪一天出發？）

今日は幾日ですか（今天是幾號？）

彼が出発したのは十一月の幾日でしたか（他是十一月幾號出發的？）

幾日〔名〕〔俗〕多少天、哪一天（＝幾日、幾日）

ㄐ

此の仕事は幾日掛かるか（這工作需要多少天？）

来月の第一日曜は幾日か（下個月的第一個星期日是哪一天？）

幾時〔名、副〕幾點鐘（=何時）

もう幾時ですか（幾點鐘了？）

貴方は幾時に寝ますか（你幾點鐘睡覺？）

幾十〔名〕多少、很多

幾十度〔名〕多少次

幾十許〔副〕多少、甚多

幾多〔副〕許多

幾多（の）辛苦を重ねる（備嘗辛苦）

幾多のサンプルを出す（擺出許多樣品）

幾多の困難を乗り切る（克服許多困難）

幾度、幾度〔名、副〕好多次、多少次

幾度戸を叩いても返事が無かった（敲了好幾次門也沒有人答應）

彼には幾度と無く警告した（警告過他很幾次）

東京へは幾度行きましたか（東京去過幾次？）

幾度も〔副〕好多次

幾度も書き直す（改寫好多次）

其処へは幾度も行った事が有る（去過那裡好多次）

幾度も失敗を重ねた後漸く成功した（經過好多次失敗以後才成功）

幾人、幾人〔名〕幾個人、多少人（=何人）

学生は皆で幾人居ますか（學生共有多少人？）

失敗した人も幾人か有る（也有一些人失敗了）

幾人も（很多人）

其の事故で死んだ人が幾人も居る（那次意外死了很多人）

試験に合格した者は幾人も無い（考試及格的沒幾個人）

其れを知っている人は幾人も居ません（沒有幾個人知道那件事）

幾千代〔名〕多少年代、很多年代

幾つ、幾箇〔名〕幾個、幾歲

幾つ有るか（有幾個）

幾つも無い（沒有幾個）

未だ幾つ欲しいのか（還想要多少？）

幾つでも欲しい丈取り為さい（想要多少就拿多少吧！）

此の蜜柑は百円で幾つですか（這橘子一百日元給多少？）

仏教は幾つにも宗派が分れている（佛教分好幾個宗派）

幾つも職務を兼任する（身兼數職）

今年御幾つですか（今年幾歲？）

兄さんは君より幾つ上ですか（哥哥比你大幾歲？）

君は今年幾つ為りましたか（你今年幾歲了？）

幾つか〔副〕幾個、幾歲

私は彼の人より幾つか年下だ（我比他小幾歲）

玉蜀黍を幾つか貰って来た（帶來幾個玉米）

林檎を幾つか買って来い（買幾個蘋果來！）

幾通り〔副〕幾種、幾樣

デザインは幾通り有りますか（設計有幾種？）

遣り方は幾通りも有る（作法有好幾種）

其れは幾通りにも解釈出来る（那可作好幾種解釋）

幾年、幾歲〔名〕多少年、許多年（=幾年、何年）

彼からもう幾年に為るだろう（從那以來已經有多少年啦！）

苦しみの幾年を送る（過了許多年的困苦）

幾年〔名〕多少年、許多年

幾年掛かったか（用了多少年？）
幾年も経ってから（經過了許多年之後）
幾年も滞在しなかった（沒有呆多少年）
彼はアメリカに幾年も居なかった（他在美國沒呆幾年）

幾許、幾何〔副〕幾許、多少、若干
幾許かの金銭（少許的錢）

幾許、若干〔副〕〔古〕幾許、多少、若干

幾許、幾許〔副〕〔古〕幾許、多少、若干

幾許、幾許〔副〕〔古〕多、甚、長

幾許も無い、幾何も無い〔副〕沒有多少、沒有多久
金も余す所幾許も無かった（錢也剩不多了）
余命幾許も無い老いの身（老命也沒有多久了）

幾許も無く、幾何も無く〔連語、副〕不久
幾許も無く官を退いた（不久就退職了）
余命幾許も無く（活不了多久）
幾許も無く目的地に着いた（不久就到了目的地）
幾許も無して会社は倒産した（不久公司就倒閉了）
其の後幾許も無くして彼は死んだ（後來不久他就死了）

幾久しく〔副〕永久、永遠
幾久しくと御祝い申し上げます（祝永遠幸福）
幾久しく御贔屓の程御願い致します（請長期惠顧）

幾分〔名〕幾部分、一部分。
〔副〕多少、稍微、少許。
幾分の幾つか（幾分之幾？）
収入の幾分かを分ける（分給收入的一部分）
蔵書の幾分を売り払った（賣掉了藏書的一部分）
収入の幾分を貯蓄する（把收入的一部分儲蓄起來）

幾分然う言う傾向が有る（有點那種傾向）
今日は幾分気分が良い（今天覺得好一些）
雨は未だ降っていますが、風は幾分収まりました（雨還下著但風小一些了）

幾遍〔名〕幾遍、幾次（＝幾度、何遍）
繰り返して幾遍も読んだ（反復唸了許多遍）

幾程〔名〕多少、若干、多久
幾程も無く亡くなられた（不久就去世了）

幾夜〔名〕多少夜、許多夜（＝幾晩）
此処で幾夜泊るのか（在這裡住幾晩呢？）
幾夜も一緒に過した（一同過了許多夜）

幾世、幾代〔名〕多少代、許多代

幾ら、幾等〔名、副〕（數量、重量、程度、價錢、工資、時間、距離等）多少、無論怎樣
数は幾ら有りますか（數目有多少？）
目方は幾らですか（有多重？）
百幾らです（一百掛零）
車代は幾らですか（汽車費多少錢？）
卵は幾らですか（雞蛋多少錢？）
時間は幾ら有るか（有多少時間？）
此処から仙台迄距離は幾ら有りますか（從這裡到仙台有多遠？）
幾ら下さいとはっきり言うのですよ（說清楚你要多少？）
一ポンド幾らで売る（按一磅多少來賣）
一日幾らで働く（按一天多少錢幹活）
幾ら待っても来ない（怎麼等也不來）
幾ら勉強しても分らない（怎麼用功也不懂）
幾ら金が有っても駄目だ（即使多麼有錢也不行）
幾ら説明したって分らない（無論怎麼解說也不懂）
幾ら欠点が有っても矢張り彼は偉人である（無論有多少缺點他仍不失為偉人）

ㄐ

幾ら風が吹いても今日必ず出帆する（無論風有多麼大今天也一定要出海）

勉強は幾らしても為過ぎると言う事は無い（無論多麼用功也不為過）

幾ら神様だって此れ丈は出来ないだろう（即便是全能的神唯獨這點可辦不到吧！）

幾ら子供でも将来の為に懲らして遣る可きだ（即使是孩子為了將來著想也還是應教訓一下）

芝居へ行った方が幾ら好いか知れない（看戲去不知該有多好）

幾らか、幾等か 〔名、副〕稍微、有點（=幾分）

幾らかの金を渡した（給了一點錢）

昨日より幾らか暖かい様です（好像比昨天稍微暖和一點）

私は大工の仕事が幾らか出来る（我會一點木匠活）

フランス語も幾らか分る（也懂一點法語）

幾らか気分が良く為った（多少舒服一些）

パンを買う御金を幾らか下さい（給我一點買麵包的錢吧！）

其の案にはクラスの幾らかが反対している（對那方案班上有幾個人反對）

幾らでも 〔副〕不論多少、很多

時間は幾らでも有る（時間多得很）

幾らでも結構です（不論多少都可以）

費用は幾らでも出す（費用不拘多少我也出）

欲しい丈幾らでも遣る（要多少給多少）

幾ら何でも 〔連語、副〕無論怎樣、無論怎麼說

幾ら何でも此の花程綺麗ではないでしょう（無論怎樣也不會有這朵花這麼美吧！）

幾ら何でも其の金は受け取れない（無論怎麼說那筆錢不能收下）

幾ら何でもこんな物食えるか（不管怎樣這樣的東西怎能吃呢？）

幾らも 〔副〕多少

幾らも有る（有的是、要多少有多少）

もう幾らも残っていない（所剰無幾）

駅迄は幾らも無い（離車站不遠）

神戸に来てから幾らも立たない（來到神戸不久）

そんな風に考える人は幾らも居ない（有那種想法的人不多）

伎、伎（ㄐㄧˋ）

伎、伎 〔漢造〕才能（=技）、明星、唱歌跳舞的人（=俳優）

歌舞伎（歌舞伎）

伎楽 〔樂〕伎樂（帶面具舞蹈的一種古代樂劇）、呉樂-假面樂劇（=呉楽）

伎楽面（伎樂用的面具）

伎芸 〔名〕（歌舞、音樂等的）演技

伎芸に秀でる（擅長歌舞）

伎倆、技量 〔名〕本事、本領、能耐（=腕前、手並）

伎倆の有る人（有本事的人）

伎倆を磨く（鍛錬本領）

伎倆を十分に発揮する（充分發揮本領）

伎倆は経験から来る（本事要從經驗得來）

伎倆は十分有るのだが経験が足りない（本領滿夠但經驗不足）

彼等は伎倆伯仲している（他倆本領不相上下）

妓（ㄐㄧˋ）

妓 〔漢造〕妓女

芸妓（藝妓、妓女、宴會時歌舞侍酒的女藝人=芸者）

娼妓（娼妓、妓女）

美妓（美麗的藝妓）

名妓（色藝超群的藝妓）

妓館 〔名〕妓館（=遊女屋）

妓女、伎女 〔名〕娼妓、藝妓（=芸妓、遊女）

妓生 〔名〕（舊時）朝鮮的公娼、官妓（=妓生）

妓夫、妓夫 〔名〕妓館的攬客者、妓館的男僕（=牛太郎）

妓楼 〔名〕妓館（=遊女屋）

忌（ㄐㄧˋ）

忌〔名、漢造〕居喪、服喪、喪期、忌辰、禁忌

　父の七回忌（父親逝世七周年）

　忌が明ける（除服、喪期已過）

　嫌忌（討厭、厭惡）

　禁忌（禁忌、忌諱＝タブー）

　遠忌（〔宗派的開山祖等〕死後每五十周年舉行的忌辰的佛事）

　周忌、年忌、回忌（每年忌辰）

　河童忌（"芥川竜之介"的忌辰）

忌明け、忌明〔名〕除服、脫孝（＝忌明け、忌明）

　忌明けを待って結婚式を行う（等脫孝後舉行婚禮）

忌明け、忌明〔名〕除服、脫孝（＝忌明け、忌明）。〔古〕（產婦）滿月

忌諱、忌諱〔名〕忌諱

　人の忌諱に触れる（觸犯到別人的忌諱）

　当局の忌諱に触れる箇所を改める（修改觸犯當局忌諱的地方）

忌日、忌日〔名〕忌日、忌辰（＝命日）

忌辰〔名〕忌日、忌辰（＝命日、忌日、忌日）

忌む日〔名〕忌日，忌辰（＝忌み日，忌日）

忌み日，忌日、斎日〔名〕忌日，忌辰、齋戒日、（陰陽家所說的）凶日，忌諱的日子

忌月、忌月〔名〕忌辰之月（＝祥月、命月）

忌憚〔名〕忌憚、顧忌

　忌憚の無い意見（毫無保留的意見）

　忌憚無く意見を述べる（毫無顧忌地陳述意見）

　忌憚無く言えば（直言不諱地說）

忌中〔名〕居喪期間（普通為四十九天）

忌避〔名、他サ〕規避、逃避、躲避、回避

　徴兵を忌避する（逃避兵役）

　忌避して言わない（諱而不言）

　某裁判官を忌避する（某法官回避）

　忌避の申し立て（申請回避）

忌引〔名〕居喪、喪假

　忌引の為休む（因喪事請假）

忌服〔名〕穿孝、服期

　忌服が明ける（孝期屆滿）

忌む〔他五〕忌諱，禁忌、厭惡，憎惡

　肉食を忌む風習が有る（有禁忌肉食的風俗）

　忌む可き風習（可憎的風俗、應廢除的風俗）

忌み，忌、斎〔名〕禁忌、忌諱、居喪、齋戒

　一年間の忌みが明ける（服完一年喪）

　忌み明ける（服喪期滿）

　忌み物（忌諱的東西）

忌み嫌う〔他五〕討厭、忌諱

　甚く忌み嫌う（非常討厭）

　最も忌み嫌う言葉（最忌諱的詞句）

忌み言葉、忌み詞〔名〕忌諱的詞（"梨"與"無し"同音、因此把"梨"稱為"有の実"）

忌まわしい、忌わしい〔形〕不祥的，不吉利的、討厭的，可惡的

　忌わしい夢（不祥的夢）

　忌わしい評判（壞名聲）

　そんな事は聞くのも忌わしい（那事一聽就令人討厭）

　彼に就いて忌わしい事を聞き込んだ（聽到關於他的醜聞）

　彼女に就いては何等忌わしい話を聞かない（沒聽到她任何的行為不端）

　忌わしげに呟く（用討厭的口聞嘮叨）

忌忌しい〔形〕討厭的、可恨的、可惡的、可氣的、悔恨的

　忌忌しい雨（討厭的雨）

　人に一杯食わせて、忌忌しい奴だ（使人上大當那傢伙真可惡）

　易しい問題を間違えて我乍ら忌忌しい（簡單的問題都答錯了連自己都覺得悔恨）

機会を逃して忌忌しがっている（失掉機會感到悔恨）

忌忌しげに呟く（悔恨地嘮叨）

忌地、厭地、忌地，厭地〔名〕〔農〕忌連作、因連作而減產

技（ㄐㄧˋ）

技〔名、漢造〕技術、技巧、技藝、演技、妙技

技を競う（競技、競賽技藝）

技を磨く（琢磨技術）

技神に入る（技術精妙）

美技（妙技、絕技=ファイン、プレー）

妙技（妙技、奇技）

武技（武藝、武術）

舞技（舞蹈的技術）

国技（一國特有的武術，技藝，體育等）

球技（球類比賽）

競技（比賽、體育比賽）

演技（演技、表演）

技官〔名〕技術官員←→事務官、教官

技監〔名〕技術總監

技芸〔名〕技術手藝（指美術、工藝）

技芸家（藝術家、美術家）

技工〔名〕技工

歯科の技工（牙科技工）

技巧〔名〕技巧

洗練された技巧（洗練的技巧）

技巧を凝らす（講究技巧、在技巧上下工夫）

技巧を弄する（玩弄技巧）

技巧が旨い（技巧精湛）

其れは大いに技巧を要する（那需要很多技巧）

恋愛の技巧（戀愛的技巧）

広告上の技巧（廣告上的技巧）

此の絵は技巧に於いて少しも欠点が無い（這幅畫在技巧上沒有一點缺點）

技巧家（玩弄技巧的人）

技巧体（玩弄修辭技巧的文體）

技巧的（技巧上的、突出技巧的）

技巧派（玩弄修辭技巧的文藝派）

技師〔名〕技師，工程師（=エンジニア）、（政府機關中）技術官的舊稱

建築（土木、機械、船舶、電気、鉱山）技師（建築〔土木、機械、船舶、電力、礦山〕工程師）

経験を積んだ労働者が技師に抜擢される（富有經驗的工人被提升為工程師）

技師長（總工程師）

技手、技手〔名〕技術員（政府雇員中三級技術官的舊稱）

技術〔名〕技術、工藝

技術を修得する（學習技術）

技術を伝授する（傳授技術）

技術を磨く（鑽研技術）

技術をマスターする（掌握技術）

其れは余程の技術を要する（那需要相當的技術）

教えるのも一つの技術である（教也是一種技術）

技術上の手腕（技術上的本領）

新しい技術を開発する（發明新技術）

外国の技術を導入する（引進外國技術）

技術援助（技術援助）

技術協力（提携）（技術協作）

技術工程（工藝流程）

技術試験室（工藝實驗室）

技術操作規程（工藝操作規程）

技術水準（技術水平）

技術見習工（藝徒）

技術要員（工程技術人員）

技術革新（技術革新）

技術屋（技術家）

技術家（技術家）

技術教育（技術教育）

技術者（技術家、技術人員、工程師）

技術的（技術的、技術性的、技術上的）

技術畑（工程技術領域）

技倒〔名、他サ〕〔拳擊〕技術性擊倒（＝テクニカル、ノックアウト）

技能〔名〕技能、本領

技能を習得する（學習技能）

技能が優れている（本領高強）

技能の有る人（有技能的人）

技能檢查（技能測驗）

技能賞（技能獎）

技法〔名〕技法、技巧

技法を修得する（學習技術）

木彫りの技法（木雕的技巧）

新しい技法を生み出す（創出新技巧）

技癢〔名〕技癢、躍躍欲試

技癢に堪えない（躍躍欲試）

技量、伎倆〔名〕技量、本事、能耐

技量を磨く（鍛鍊本領）

技量の有る人（有本事的人）

技量は経験から来る（本事要從經驗得來）

技〔名〕技能，技術，本領，（相撲、柔道、劍術、拳擊等）招數，訣竅

技を磨く（磨練技能）

技を習う（學本事）

技を競う（賽技能、比本領）

業〔名〕事情、事業、工作（＝仕業、仕事、行い）

此は容易な業ではない（這不是容易的事）

人間の業とは思われない（彷彿不是人力所能作出來的）

為す業も無く遊んでいる（無所事事地閒著）

季（ㄐㄧˋ）

季〔名、漢造〕（俳句中的）季節、（表示）季節的詞、四季、季節、末尾

俳句には季を表わす言葉が入る（俳句裡要有表示季節的詞）

季の無い俳句（沒有表示季節詞的俳句）

季語、季題（表示季節的詞）

四季（四季）

春季（春季）

夏季（夏季）

秋季（秋季）

冬季（冬季）

時季（時節）

行楽季（遊玩的季節）

一季（一季）

半季（半季、半年）

年季、年期（學徒或傭工合約年限、長期積累的經驗、當有期限的合約工）

澆季（人情淡薄的亂世）

雨季、雨期（雨季）

乾季、乾期（乾旱季節）

季刊〔名〕季刊

季刊誌（季刊雜誌）

此の雜誌は季刊です（這雜誌是季刊）

季語〔名〕（俳句、連歌中）表示季節的詞（如〝鶯〞表示〝春天〞、〝金魚〞表示〝夏天〞等）（＝季題）

季題〔名〕（俳句、連歌中）表示季節的詞（如〝鶯〞表示〝春天〞、〝金魚〞表示〝夏天〞等）（＝季語）

季候〔名〕季節、時令（＝時候）

丁度今は季候も良し、旅行には持って来いだ（現在正是良好季節旅行最為適宜）

季候病（季節病、時令症）

季子、季子，末子〔名〕末子、（兄弟姐妹中）最年幼者（=末っ子）

季春〔名〕晚春（陰曆三月）
アカシア薫る季春にメーデーを迎える（在洋槐花飄香的暮春迎接五一勞動節）

季夏〔名〕晚夏（陰曆六月）

季秋〔名〕晚秋（陰曆九月）

季冬〔名〕晚冬（陰曆十二月）

季節〔名〕季節
牡丹の季節（牡丹盛開的季節）
海水浴の季節（海水浴的季節）
秋は一番良い季節だ（秋天是最好的季節）
季節の変り目（換季的時候）
季節遅れ（誤了季節）
季節外れ（不合時令）
季節労働者（季節工、短工）
季節に依る価格差（季節差價）
季節感（季節感）
季節的（季節性的）
季節風（季節風）
季節物（應時的東西）

季女〔名〕少女、最小的女兒

季世〔名〕末世

季母〔名〕最年輕的叔母

季報〔名〕季刊

季寄せ〔名〕（俳句的）季語集

季肋部〔名〕〔解〕季肋部

既（ㄐㄧˋ）

既〔漢造〕已經、盡
皆既食、皆既蝕（日月的全蝕）

既往〔名〕既往、過去
既往を咎めない（既往不咎）
既往の事柄（以前的事情）
既往に遡る（追溯既往）
既往を懷かしむ（懷念過去）
既往は追う可からず（既往不可追）
既往症（既往症、既往病歷）

既刊〔名〕已經出版←→未刊
既刊の書物（已經出版的書籍）
叢書中の既刊書（叢書中已經出版的書）
既刊書目錄（已出版圖書的目錄）

既記〔名〕上述、前述
真相既記の通り（真相一如上述）

既決〔名〕已經決定、已經裁決、已經判決←→未決
既決事項は取り上げない（既決事項不再提出）
既決囚（既決犯）

既耕地〔名〕已耕地
既耕地面積は可耕地の三分の一に過ぎない（已耕地面積只不過可耕地的三分之一）

既婚〔名〕已婚←→未婚
既婚者（已婚的人）
既婚婦人（已婚婦女）

既墾〔名〕已經開墾←→未墾
既墾地（已墾地、耕地）
森林が多くて既墾地が少ない（森林多耕地少）

既済〔名〕已經完結、已經償還←→未済
既済の公債（已經償還的公債）

既視感〔名〕〔心〕記憶錯覺、回憶幻想、舊事幻現

既習〔名、他サ〕已經學過
フランス語を既習した人（已經學過法語的人）
既習の学科（已經學過的學科）
既習単語（學過的單詞）

既述〔名、自サ〕已經敘述
既述の様に（如く）（如上所述）

既遂〔名〕〔法〕既遂←→未遂
既遂犯（既遂犯）

既成〔名〕既成、現有

　既成の事実（既成的事實）

　既成作家（已經成名的作家-對新進作家而言）

　既成政党（原有政黨-對新建政黨而言）

　既成道徳（現有的道德規範）

　既成線（既成路線）

　既成概念（既成概念）

　既成の国家機構（現有的國家機構）

既製〔名〕做好、現成

　既製の洋服（現成的西裝）

　既製品（製成品）

　既製concreteコンクリート杭（預製水泥樁）

　既製服（現成的衣服）

既設〔名、自サ〕已經設立、既有、原有←→未設

　既設の鉄道（原有的鐵路）

　既設機構（原有機構）

　既設線（原有鐵路線）

　既設炭坑（原有煤礦井）

既存〔名、自サ〕既存、原有、現有

　既存の体系（現有的體系）

　既存の設備（原有設備）

　既存の条件を活用する（運用原有的條件）

　既存契約（原有契約）

　既存国際法（現有的國際法）

既達〔名、他サ〕已經通知、已經下達

　既達の通りに実行す可し（應按已下達通知執行）

既知〔名〕既知←→未知

　既知の事実（已知事實）

　既知数（已知數）←→未知数

既定〔名〕既定、已經做出←→未定

　既定の方針（既定方針）

　既定の結論（已經做出的結論）

　既定の事実（既成事實）

既電〔名〕已經電告

　既電の通り（如前電所說）

既倒〔名〕既倒

　狂瀾を既倒に廻らす（力挽狂瀾于既倒）

既得〔名〕既得

　既得の経験を生かす（運用已經取得的經驗）

　既得権（取得權）

　既得権の侵害（侵犯取得權）

既払い、既払、既払い、既払〔名〕已付、付訖←→未払い

　既払いの小切手（已付的支票）

既報〔名〕已經報告（報導）

　既報の通り（像已經報導那樣）

既望〔名〕陰曆十六日夜晚（月亮）

既約〔名〕〔數〕不可約

　既約分数（不可約分數、簡分數）

　既約多項式（不可約多項數）

既に、已に〔副〕已，已經，業已、即將，正值，恰好

　既に述べた様に（如已經說過那樣）

　此れは既に周知の事実と為っている（這已是眾所周知的事實）

　既に量産に入っている（已經進入量產）

　既に手遅れだ（已經為時太晚）

　時既に遅し（為時已晚）

　既に溺れんとしている（快要淹死了）

　時既に夏休みだ（時值暑假）

既にして、已にして〔接〕不久便…

　既にして大雨が降り出した（不久便下起大雨）

　既にして戦争の火蓋が切られた（不久便爆發了戰爭）

既に〔副〕幾乎、差一點

既に轢かれる所だった（差一點被車壓到了）

既の事〔副〕幾乎、差一點
　既の事に僕は溺死する所だった（我差一點淹死）
　既の事で命を取られる所だった（差一點喪了命）
　既の事に出掛ける所だった（當時差一點出門去）

既の所〔副〕幾乎、差一點（＝既の事）

紀（ㄐㄧˋ）

紀〔漢造〕紀，記錄、道理，準則、年，年代、日本書紀（日本最古史書）的簡稱。紀伊国（今和歌山縣一帶）
　本紀（帝王的本紀）←→列伝
　官紀（官吏的紀律）
　風紀（風紀）
　軍紀、軍規（軍隊紀律）
　綱紀（綱紀、紀律）
　皇紀（日本的紀元-從神武天皇公元前666年算起現已不用）
　校紀（校內風紀、校風）
　世紀（世紀、年代、當代、百年以來）
　西紀（公元、西曆）
　侏羅紀、ジュラ紀（〔地〕侏儸紀）
　石炭紀（〔地〕石炭紀）
　白亜紀（〔地〕白堊紀）
　南紀（紀伊半島南部）

紀元〔名〕紀元、建國第一年
　一新紀元を画す（開闢一個新紀元）
　紀元節（紀元節〔二月十一日〕、戰後改為建国記念の日）

紀行〔名〕紀行、遊記、旅行記
　アフリカ紀行（非洲遊記）
　紀行文（旅行記）
　芭蕉の紀行文（松尾芭蕉的旅行記）

紀綱〔名〕綱紀、紀律（＝綱紀）
　紀綱を正す（整頓綱紀）
　紀綱を保持する（保持紀律）

紀州〔名〕紀州（日本和歌山縣和三重縣的一部分（＝紀伊の国）
　紀州伝（流）（日本紀州式游泳術）

紀伝、記伝〔名〕紀錄人物的傳記、平安時代大學寮的學科之一（＝紀伝道）、本紀列傳體（＝紀伝体）

紀伝体〔名〕〔史〕本紀列傳體（以個人傳記為中心的記述方式）←→編年体

紀年〔名〕從紀元起計算的年代

紀念、記念〔名、他サ〕紀念
　戦勝を紀念する（紀念勝利）
　此れは良い紀念に為る（這是個很好的紀念）
　卒業の紀念に写真を摂る（為紀念畢業攝影）
　紀念の松を植える（種紀念松）
　記念絵葉書（繪圖紀念明信片）
　記念切手（紀念郵票）
　記念号（期刊等的紀念號）
　記念祭（紀念節）
　記念式（紀念儀式）
　記念写真（紀念攝影）
　記念stamp（紀念戳）
　記念像（紀念像）
　記念帳（紀念冊）
　記念碑（紀念碑）
　記念日（紀念日）
　記念品（紀念品）
　記念物（紀念物、紀念品＝形見）

紀要〔名〕紀要、（大學研究單位的）期刊，年刊

紀律、規律〔名〕紀律、規律、規章、秩序
　紀律を守る（遵守紀律）
　紀律に従う（服從紀律）

紀律を破る（破壞紀律）
紀律に反する（違反紀律）
軍隊は紀律が厳重だ（軍隊紀律森嚴）
紀律正しい生活（有規律的生活）
紀律の有る行動（有紀律的行動）
紀律の廃退（紀律廢弛）
紀律を正しくする（整頓紀律）

計（ㄐㄧˋ）

計〔名、漢造〕計畫、計算、計量、計器
　国家百年の計（國家百年的大計）
　一年の計は元旦に在り（一年之計在於春）
　三十六計逃げるに如かず（三十六計走為上計）
　計三万円に為る（共計三萬日元）
　歳計（年度總結算）
　合計（合計、共計、總計）
　累計（累計）
　家計（家計、生活、家庭經濟）
　生計（生計、生活）
　会計（會計、算帳、帳目、預算）
　小計（小計、部分合計）
　上計（上策）
　総計（總計）
　早計（過急、輕率）
　設計（設計、計畫、規畫）
　風力計（風速計）
　風量計（風量計）
　温度計（溫度計）
　体温計（體溫計）
　湿度計（濕度計）

計画〔名、他サ〕計畫、規畫
　五カ年計画（五年計畫）
　授業計画（教學計劃）
　計画を立てる（制定計畫）
　計画の裏を掻く（破壞計畫）
　計画が出来上がった（計畫做好了）
　休暇を如何過そうかと計画中だ（正在計畫如何度過假期）
　其の事件で計画がすっかり狂って仕舞った（由於這事件計畫完全打亂了）
　新しい事業を計画している（正在計畫一個新事業）
　我我は東南アジアへ行く計画です（我們計畫到東南亞去）
　計画性（計畫性）
　計画図（計畫表）
　計画的（計畫的）
　計画案（計畫方案）
　計画法（計畫法）
　計画経済（計畫經濟）

計器〔名〕計量儀器、測量儀錶
　其の飛行機には二百以上の計器が付いている（那飛機上裝備有二百多種計量儀器）
　計器飛行（依靠儀錶的飛行）

計算〔名、他サ〕計算、運算、考慮、估計
　損益を計算する（計算盈虧）
　運賃は距離で計算する（運費按距離計算）
　計算された行動（經過考慮的行動）
　計算を立てる（估計）
　乗物に乗る時間を計算に入れて旅程を作る（把乘坐交通工具的時間計算在內制定旅行日程）
　計算図表（計算圖表）
　計算尺（計算尺）
　計算高い（會計算、吝嗇）
　計算書（帳單、清單）
　計算器、計算機（計算機）

計時〔名、自サ〕（比賽）計時
　計時係（計時員）

電子計時（電子計時）
十分の一秒迄計時する（計時到十分之一秒）
水泳の電子時計で正確に計時する（用游泳電子錶正確地計時）

計重台〔名〕秤橋、橋地秤

計上〔名、他サ〕計入、列入、計算在內、總計
予算に五万円の予備費を計上する（在預算內列入五萬日元的預備費）
家計に教育費を計上する（在家庭開支中列入教育費）
損失及び利益を計上する（把損益計算在內）
建設費と為て一億円を計上した（作為建設費列上了一億日元）

計数〔名〕計數、計算數值
計数に明るい人（精於計算的人）
計数data（計數數據）
計数器（計數器）
計数管（〔理〕計數管）
計数放電管（〔電〕十進計數管）
計数形計算機（數字計算機）

計装〔名、他サ〕裝備測試設備
高度計装の衛星（高度計測裝備的衛星）

計測〔名、他サ〕測量、計量
長さを計測する（測量長度）

計都〔名〕（梵語 ketu 的音譯）九曜星之一

計理士〔名〕會計師（現改為〝公認会計士〞）

計略〔名〕計策、計謀
計略を巡らす（定計）
計略を用いる（用計）
計略が外れた（計謀落空了）
計略を見破る（看穿計謀）
計略の裏を掻く（將計就計）
彼は計略に引っ掛かった（他中了他人之計）

其の計略には乗らないぞ（我不上你那個圈套）

計量〔名、他サ〕計量、衡量、推量
試合前に体重を計量する（比賽前量體重）

計らう〔他五〕處置、考慮、商量
適当に計らって呉れ（請適當地處理）
何とか計らって見よう（考慮一下看吧！）
私の一存では計らい兼ねる（我一個人的意見不能作主）
暗く為らない内に仕事が済む様に計らって呉れ給え（你要考慮一下在天黑前把工作做完）
大衆に計らう（和群眾商量）

計らい〔名〕處置、處理、裁奪、考慮、幹旋
穏当な計らいを望む（希望穩妥處理）
此れは何方の計らいですか（這是誰出的主意？）
御計らいに御任せします（任憑您裁奪）
彼の計らいで万事好都合に行った（由於他的幹旋一切都很順利）

計る、測る、量る〔他五〕丈量、測量、計量、推量
升で計る（用升量）
秤で計る（用秤稱）
物差で長さを計る（用尺量長度）
土地を計る（丈量土地）
山の高さを計る（測量山的高度）
利害得失を計る（權衡利害得失）
数を計る（計數）
相手の真意を計る（揣測對方的真意）
一寸話した丈ので、彼の人の気持を計る事が出来ない（只簡單地談了一下還揣摩不透他的心意）
己を以て人を計る（以己之心度人之腹）

図る、謀る〔他五〕圖謀，策劃、（常寫作謀る）謀算，欺騙、意料、謀求

事を謀るは人に在り（謀事在人-成事在天）
自己の利益を謀る（圖謀私利）
再起を謀る（企圖東山再起）
自殺を謀る（尋死）
殺害を謀る（謀殺）
旨く謀られた（被人巧騙）
人を謀って謀られる（想騙人反被人騙）
豈図らんや（孰料、沒想到）
国家の独立を謀る（謀求國家的獨立）
交通安全を図って道を広げる（為使交通安全而擴展道路）

諮る、計る〔他五〕諮詢、協商
　内閣に諮る（向内閣諮詢）
　案を会議に諮る（將方案交會議協商）
　親に諮る（和父母商量）

計り、測り、量り〔名〕稱量，計量、分量，秤頭、限度，盡頭。〔古〕目的，目標
　計り不足（分量不足）
　彼の店は計りが良い（甘い）（那店給的分量足）
　計りを誤魔化していた店（少給份量的店）
　計りも無く（無限度地）

秤、称、衡〔名〕秤、天平
　発条秤（彈簧秤）
　竿秤、棹秤（桿秤）
　皿秤（盤秤、天平）
　台秤（磅秤）
　秤に掛ける（用秤稱）
　秤竿（秤桿）
　秤目（秤星、稱量的份量）
　秤皿（秤盤、天平盤）
　秤錘（砝碼、秤陀）

計り売り、量り売り〔名、他サ〕論分量賣
　計り売りのバター（論分量賣的奶油）
　計り売りのコーヒー（量著賣的咖啡、散裝咖啡）
計り切〔名〕秤準分量以後不再添加
計り直す、量り直す〔他五〕重新量、重新稱
計り減り〔名〕減秤、掉秤、損耗

記（ㄐㄧˋ）

記〔名、漢造〕記、記錄、記憶、標記、記事文
　花を観るの記（賞花記）
　速記（速記）
　簿記（簿記）
　登記（登記、註冊）
　明記（記明、載明、清楚記載）
　銘記（銘記、牢實記住）
　強記（強記、記憶力強）
　博覧強記（博覽強記）
　暗記、諳記（暗記、熟記）
　手記（手記、親手記錄）
　首記（起首記載）
　戦記（戰爭紀實）
　転記（轉記、過帳）
　伝記（傳記）
　別記（別記、附記、附錄）
　筆記（筆記、記下來）
　付記、附記（付記、附註）
　日記（日記）
　既記（前述、上述）
　航海記（航海記）
　探検記（探險記）
　太平記（太平記）
　古事記（古事記）

記する〔他サ〕記下來、寫下來、銘記、牢記（＝記す）

此処に我名を記する（在這裡寫下我的名字）

記憶 〔名、自サ〕記憶、記憶力

確り記憶する（牢實記住）

はっきり記憶している（記得清清楚楚）

私の記憶する所に依れば（據我所記憶）

記憶に新たである（記憶猶新）

人人は未だ記憶に新しい（人們記憶猶新）

私の記憶に誤りが無ければ（如果我沒記錯的話）

今の人の記憶には無い（現代的人不記得了）

記憶を呼び起こす（喚起記憶）

記憶を辿る（追尋記憶）

記憶に止める（留在記憶裡）

そんな事は私の記憶に無い（那樣的事我不記得）

其の事件は微かに記憶している（那件事還模模糊糊記得）

人人の記憶に鮮やかな様に（正如人們清楚記得那樣）

記憶が良い（記性好）

年を取ると記憶が鈍って来る（一上了年紀記性就差了）

記憶が悪いと弁解する（辯解說記性不好）

彼の顔付きは私の記憶から決して消えない（我決不會忘記他的面容）

記憶異常増進（記憶增強）

記憶喪失症（健忘症）

記憶障碍（記憶障礙）

記憶力（記憶力、記性）

記憶装置（〔計〕存儲器）

記紀 〔名〕"古事記"和"日本書紀"

記紀の歌謡（"古事記"和"日本書紀"上的歌謠）

記号 〔名〕記號、符號、譜號

記号を付ける（標上記號）

数学の記号（數學符號）

プラス記号（加號）

符号"＋"は加算の記号である（＋號是加法的記號）

各番号の前に0又はX記号を付ける（各番號前標上0或X的符號）

言語は思想の記号である（語言是思想的記號）

化学記号（化學符號）

音楽記号（音樂符號）

削除記号（刪除符號）

ハ音（中音部）記号（C音譜號、中音譜號）

ト音（高音部）記号（G音譜號、高音譜號）

記載 〔名、他サ〕記載、寫上、刊登

歴史に記載されている地震記録（歷史上記載的地震記錄）

実験の結果を記載する（記載實驗的結果）

氏名を記載の上捺印する（寫上姓名加蓋圖章）

昨晩の事件は今朝の新聞に記載されてある（昨天晚上發生的事件今天報紙上登出來了）

記載岩石学（岩相學、岩類學）

記事 〔名〕記事、消息、報導

地方記事（地方消息）

三面記事（第三版消息、社會版消息）

特種記事（獨家新聞）

トップ記事（頭條消息）

記事を載せる（登載消息）

記事を書く（撰寫報導）

記事を差し止める（禁止發表消息）

今朝の日報には国会の開催に就いての記事が出ている（今天早上的日報上刊登了關於召開國會的報導）

記事文体（記事文體）
本日記事無し（本日無事可記載）
記事文（記事文）

記者〔名〕記者、執筆者
新聞記者（新聞記者）
雑誌記者（雜誌記者）
訪問（探訪）記者（採訪記者）
新聞記者証（記者身分證）
中央日報の編集記者（中央日報的編輯）
記者会見（記者招待會）
記者倶楽部（クラブ）（記者倶樂部）
記者席（記者席）
記者団（記者團）
記者団と会見する（會見記者團）

記述〔名、他サ〕記述
実験の結果を記述する（記述實驗的結果）
科学的記述（科學性的記述）

記章〔名〕紀念章
従軍記章（從軍紀念章）
テブル、テニス招待試合の記章を胸に付ける（把乒乓球邀請賽的紀念章帶在胸前）

記誦〔名〕背誦、死記學問而不去理解和實踐

記数法〔名〕記數法
十進記数法（十進記數法）

記帳〔名、他サ〕記帳、登帳、簽名
売上高を記帳する（把銷售額登帳）
記帳済み（登訖）
記帳漏れ（漏記）
記帳係（記帳員）
記帳係とチェックして見て下さい（請和記帳員查對一下）
受付で名前を記帳する（在收發室簽上姓名）

記入〔名、他サ〕記上、寫上、填寫

下の空いている処に名前を記入して下さい（請在下面空處填寫姓名）
帳簿に記入する（記帳）
其の日の日記には何の記入も無かった（那天日記上沒有記什麼）
記入漏れ（漏記）

記念、紀念〔名、他サ〕紀念
戦勝を記念する（紀念勝利）
此れは良い記念に為る（這是個很好的紀念）
卒業の記念に写真を撮る（為紀念畢業攝影）
記念の松を植える（種紀念松）
記念絵葉書（繪圖紀念明信片）
記念切手（紀念郵票）
記念号（期刊等的紀念號）
記念祭（紀念節）
記念式（紀念儀式）
記念写真（紀念攝影）
記念スタンプ（紀念戳）
記念像（紀念像）
記念帳（紀念冊）
記念碑（紀念碑）
記念日（紀念日）
記念品（紀念品）
記念物（紀念物、紀念品＝形見）

記譜法〔名〕〔樂〕記譜法
数字記譜法（數字記譜法）

記文〔名〕記事文、記錄的文書

記歩器〔名〕〔測〕記步器

記名〔名、自サ〕記名、簽名
帳簿に記名する（在名冊上簽名）
記名捺印する（簽名蓋章）
記名投票（記名投票）
記名株券（記名股票）

り

き

記名式裏書〔きめいしきうらがき〕（票據的記名式背簽）

記名式持参人払い〔きめいしきじさんにんばらい〕（票據債券等的記名式持票人付款）

記銘〔きめい〕〔名、他サ〕銘記、銘刻

記問〔きもん〕〔名〕死記無用的學問

記録〔きろく〕〔名、他サ〕記錄、記載

事件の経過を記録して置く（把事件的經過記載下來）

出席者の名前を記録する（把出席者的名字記下來）

総生産額は史上最高を記録した（總產量達到歷史的最高記錄）

記録を取る（作記錄）

記録に載る（記在記錄上）

記録に残す（留下記錄）

記録から漏れる（從記錄漏掉）

記録を作る（創造記錄）

記録を破る（打破紀錄）

アーチェリーで世界新記録を造る（射箭創造世界紀錄）

記録を保持する（保持記錄）

記録を更新する（刷新紀錄）

記録を塗り替える（刷新紀錄）

一百メートルに九点九秒の記録で優勝した（百米以九秒九的記錄取勝）

記録係（記錄員）

記録的（創紀錄的）

記録計（記錄計）

記録破り（打破紀錄）

記録文学（記錄文學、紀實文學）

記録映画（記錄影片）

記録温度計（記錄溫度計）

記す、誌す〔しるす〕〔他五〕書寫、記載、銘記

氏名を記す（寫上姓名）

特に記す可き事も無い（沒有特別值得記載的事情）

其の事は歴史に記されてない（那事歷史沒記載）

心に記す（銘記在心）

胸に記して忘れない（記在心裡不忘）

印す、標す〔しるす〕〔他五〕做記號、加上符號（＝印を付ける）

赤鉛筆で印して置く（用紅筆畫上符號）印す標す記す

チョークで印して置く（用粉筆畫上符號）

本に年月日を印す（把年月日刻在樹上）

登頂記念に山頂の岩に年月日を印して帰った（為紀念爬到山頂在岩石上做了年月日的記號就回來了）記す

記、誌〔しるし〕〔名〕記錄

印、標〔しるし〕〔名〕符號、標識、徽章、證明、表示、紀念、商標

爪印（爪印）標、印徵、驗首、首級

チョークで印を付ける（用粉筆做個記號）

星の印を付ける（加上星形符號）

間違えない様に印を付けて置く（打上記號以免弄錯）

印に其のページを折って置く（折上那一頁當記號）

正しい答に印を付けよ（在正確答案上打上記號）答え應え堪え

鳩は平和の印である（鴿子是和平的象徵）

松は操の印である（松樹是節操的象徵）操節

会員の印を付けている（配戴著會員的徽章）

彼に金を渡したのは信任の印を示す物だ（把錢交給他那就是信任的一種證明）

受け取った印に印を押して下さい（請您蓋上印章作為收到的證明）

改心の印も見えない（沒有悔悟的證明）

改心した印に煙草を止める（戒煙表示悔改）

生きている印（活著的證據）

妊娠の印（懷孕的證明）

誰か来た印に煙草の吸殻が有る（有煙頭證明有人來過）

友情の印と為て品物を贈る（這禮品用作友誼的表示）

愛情の印（愛情的表示）

感謝の印と為て（作為感謝的表示）

本の御礼の印に（微表謝意）

箱根へ行った印に（作為去箱根的紀念）

阿里山に行った印のステッキを買う

ばつ印（X記號-ばつ寫作X、表示否定、不要或避諱的字所用的符號）

鷹標（鷹牌）

松標の醬油（松牌的醬油）

印〔名〕印（=印、押手）

印〔造語〕委婉表示忌諱的話、在人名下表示親密

丸印（金錢、圓圈記號）

わ印（淫書、春畫）淫猥

キ印（〔俗、隱〕瘋子）（キ是気違い的頭音=気違い）

彼奴はキ印だ（他是個瘋子）

矢印（彌三郎）

御印〔名〕（謝意等的）表示（=印）

本の御印です（不過是一點表示、只是我的一點心意）

徴、驗〔名〕徴兆，徴候（=兆し）、效驗、效力（=効目）

雪は豊年の驗と言う（據說瑞雪兆豐年）

驗 徴 印 記 標 首 首級

薬の驗が現れた（藥奏效了）

首、首級〔名〕（立功的證據）首級

首級を挙げる（〔在戰場上〕取下敵人的首級）

御首級頂戴（要你的腦袋）

偈（ㄐㄧˋ）

偈〔名〕〔佛〕（來自梵語）（音字）（伽陀、ガーター的略字）偈、偈語（佛家所唱的詩詞）

寄（ㄐㄧˋ）

寄〔漢造〕付託、遞送、依附

寄居〔名、自サ〕寄居

寄居虫、宿借り、寄居虫〔名〕〔動〕寄居蟹、寄居蟲

寄金〔名〕捐款

寄金を集める（募集捐款）

寄寓〔名、自サ〕寄居

友人の家に寄寓する（寄居在朋友家裡）

寄語〔名〕帶口信（=伝言）

寄航〔名、自サ〕（飛機在航行中途在某機場）停落

東京行きの定期航空便は大阪に寄航する（飛往東京的班機中途在大阪停落）

寄港〔名、自サ〕（在航海途中到某港口）停泊

燃料補給の為横浜に寄港する（為補充燃料中途在橫濱停泊）

船は途中方方へ寄港した（船一路上到許多港口停泊）

寄港を見合わせる（決定不停靠）

原子力潜水艦の寄港が問題に為る（原子潛艇的停靠成了問題）

寄稿〔名、自サ〕投稿

寄稿を頼まれる（被約稿）

彼は方方の雑誌から寄稿を頼まれている（他受到許多雜誌的約稿）

雑誌に寄稿する（給雜誌投稿）

寄稿家（者）（投稿人）

寄主〔名〕〔生〕寄主、宿主

寄宿〔名、自サ〕寄宿

山田氏の家に寄宿している（寄居在山田家裡）

寄宿制学校（寄宿學校）

寄宿生（寄宿生）

寄宿料（寄宿費）

寄宿舎（宿舍）

寄書〔名、自サ〕寄信、投稿、集錦（=寄書）

田中さんの寄書（田中先生寄來的信）
新聞に寄書する（給報紙投稿）

寄食〔名、自サ〕寄食（＝居候）
上京して親戚の家に寄食する（到東京去寄居在親戚家裡）

寄進〔名、他サ〕（向神社、寺院）捐獻
財産を惜し気も無く御寺に寄進する（毫不吝惜地把財產捐獻給寺院）

寄生〔名、自サ〕〔動、植〕寄生、依靠他人生活
寄生植物（動物、微生物）（寄生植物〔動物、微生物〕）
回虫は人体に寄生する（蛔蟲寄生在人體中）
人に寄生する（依靠別人生活）
恥知らずな寄生生活（恬不知恥的寄生生活）
寄生去勢（因被寄生動物所破壞而喪失生殖能力）
寄生火山（在火山山腰或山脚下新噴出的小火山）
寄生根（伸入別的植物體內吸取養分的根）
寄生地主（靠剝削佃農為生的地主）
寄生振動（〔理〕寄生震盪）
寄生体（寄生體、寄生物）
寄生虫（寄生蟲、靠別人養活的人）
寄生物（寄生物）
寄生蠅、寄生蠅（寄生蠅）
寄生蜂、寄生蜂（寄生蜂）

寄生木、寄木、宿木、寄生、寄生〔名〕樹寄生、寄生植物的總稱

寄贈〔名、他サ〕捐贈、贈送
蔵書を図書館に寄贈する（把藏書捐贈給圖書館）
寄贈式（捐贈儀式）
寄贈者名簿（捐贈者名冊）

寄託〔名、自サ〕寄存、委託保管
蔵書を図書館に寄託する（把藏書寄存在圖書館裡）
貴重品を銀行に寄託する（把貴重品委託銀行保管）
寄託物（寄存品、委託保管品）

寄付、寄附〔名、他サ〕捐贈、捐助、贈送
寄付を募る（募捐）
寄付を勧誘する（勸誘捐獻）
強制的に寄付させる（強制捐獻）
応分の寄付を為る（作適當的捐獻）
音楽会の収入は赤十字社に寄付する（音樂會的收入捐給紅十字會）
学校にピアノを寄付する（把鋼琴捐贈給學校）
寄付金（捐款）
寄付行為（為財團法人、學校法人等）捐獻財產

寄与〔名、自サ〕貢獻、有助於
社会に寄与する所が大きい（對社會貢獻很大）
積極的な寄与を為る（作出積極貢獻）
人口問題の解決に寄与する所が有る（有助於解決人口問題）
世界平和の為に寄与する所が大である（為世界和平作出頗大的貢獻）

寄留〔名、自サ〕寄居。〔法〕（舊法在籍貫以外地方）寄居達九十天以上
大阪に寄留する（寄居大阪）
他人の家に寄留する（寄居別人家裡）
寄留地（寄居地）
寄留届け（寄居報告書）

寄る〔自五〕靠近，挨近、集中、聚集、順便去，順路到、偏，靠、增多，加重、想到，預料到。〔相撲〕抓住對方腰帶使對方後退。〔商〕開盤
近く寄って見る（靠近跟前看）
側に寄るな（不要靠近）

もっと側へ御寄り下さい（請再靠近一些）
此処は良く子供の寄る所だ（這裡是孩子們經常聚集的地方）
砂糖の塊に蟻が寄って来た（螞蟻聚到糖塊上來了）
三四人寄って何か相談を始めた（三四人聚在一起開始商量什麼事情）
帰りに君の所にも寄るよ（回去時順便也要去你那裡看看）
何卒又御寄り下さい（請順便再來）
一寸御寄りに為りませんか（您不順便到我家坐一下嗎？）
此の船は途中方方の港に寄る（這艘船沿途在許多港口停靠）
右へ寄れ（向右靠！）
壁に寄る（靠牆）
駅から西に寄った所に山が有る（在車站偏西的地方有山）
彼の思想は左（右）に寄っている（他的思想左〔右〕傾）
年が寄る（上年紀）
顔に皺が寄る（臉上皺紋增多）
皺の寄った服（折皺了的衣服）
貴方が病気だったとは思いも寄らなかった（沒想到你病了）
時時思いも寄らない事故が起こる（時常發生預料不到的意外）
三人寄れば文殊の智恵（三個臭皮匠賽過諸葛亮）
三人寄れば公界（三人鬪議、無法保密）
寄って集って打ん殴る（大家一起動手打）
寄ると触ると其の噂だ（人們到一起就談論那件事）
寄らば大樹の蔭（大樹底下好乘涼）

依る、因る、由る、拠る、縁る〔自五〕依靠、仰仗、利用、根據、按照、由於

命令に依る（遵照命令）選る寄る縒る撚る倚る凭る

慣例に依る（依照慣例）
慣例に依って執り行う（按照慣例執行）
労働に依って収入を得る（靠勞力來賺錢）得る得る
辞書に依って意味を調べる（靠辭典來查意思）
話し合いに依って解決し可きだ（應該透過談判來解決）
基本的人権は憲法に依って保障されている（基本人權是由憲法所保障）
学生の能力に依り、クラスを分ける（依照學生的能力來分班）分ける別ける
天気予報に依れば明日は雨だ（根據天氣預報明天會下雨）明日明日明日
医者の勧めに依って転地療養する（按醫師的勸告易地療養）進める勧める薦める奨める

寄る辺〔名〕倚靠、投靠（之處）

寄る辺無い身（無依無靠之身）
寄る辺も無い老人（無依無靠的老人）
寄る辺の無い気の毒な人人の面倒を見る（照顧那些無依無靠的可憐人）

寄って集って〔連語、副〕群起、聚攏

寄って集って打ち壊す（聚眾破壞）
寄って集って苛める（群起欺負人）

寄り〔名〕聚集、（腫瘤的）根，頭，硬心，凝聚。〔商〕開盤、（接尾用法）偏，靠。〔相撲〕抓住對方腰帶迫使後退

昨夜の会は大層人の寄りが好かった（昨晚上的會到會的人很多）
今日の寄りが悪い（今天到的人不多）
面皰の寄り（粉刺的頭）
腫れ物の寄りが首に出来る（脖子上長疙瘩）
南寄りの風（偏南風）
稍西寄りの所に（在偏西的地方）
左寄りの立場（偏左的立場）

海岸寄りの地帯（靠海岸地帶）

寄りを見せる（抓住對方腰帶推出界外）

依り、因り〔修助〕遵照，按照，因為，由於

政府の命令に依り（遵照政府的命令）

病気に依り欠席する（因病缺席）

寄り合う〔自五〕聚集、集合（=寄り集まる）

皆寄り合って相談する（大家聚集商量）

村民が公民館に寄り合う（村民聚集在村民會堂裡）

寄り合い、寄合〔名〕集會、混雜。〔相撲〕扭在一起，不可開交、（連歌或連句中）與前句有關連的詞，物

町内の寄り合い（街道集會）

村の寄り合いに出る（出席村里的集會）

寄り合いで祭りの日を決める（在集會上決定紀念活動的日期）

寄り合い勢（烏合之眾）

寄り合い所帯（許多戶雜居在一起、混雜的組織）

寄り集まる〔自五〕聚集、集合（=寄り合う）

蟻が砂糖に寄り集まる（螞蟻聚在糖上）

テーブルの周囲に寄り集まる（聚集在桌子周圍）

寄り掛かる，寄り掛る、凭り掛かる，凭り掛る〔自五〕倚靠、依賴（=凭れ掛かる）

壁に寄り掛かる（靠在牆上）

人に寄り掛かる（靠在別人身上、依賴人）

何時迄も親に寄り掛かっては要られない（不能總依賴父母）

寄っ掛かる、倚っ懸かる〔自五〕〔俗〕倚靠、依賴（=寄り掛かる、寄り掛る、凭り掛かる，凭り掛る）

寄り掛かり、寄掛り、凭掛り〔名〕依靠、依賴、靠的地方

寄り掛かりの無い椅子（沒有靠背的椅子）

寄り木〔名〕漂到岸邊的木材

寄り切る〔他五〕〔相撲〕以交手姿勢把對方推出場地

寄り切り〔名〕〔相撲〕以交手姿勢把對方推出場地

寄り縋る〔自〕依偎、依靠、投靠

子供が母親に寄り縋る（小孩依偎母親）

親戚に寄り縋る（投靠親戚）

彼は薬丈に寄り縋って生きている（他全靠服藥活著）

寄り添う〔自五〕挨近、貼近（=寄り付く）

友達と寄り添って歩く（跟著朋友挨著肩走）

然う俺に寄り添うな（別緊貼近我！）

彼に寄り添う様に為て立っている（貼近他站在那裏）

寄り倒す〔他五〕〔相撲〕以交手姿勢把對手逼近場界摔出場外

寄り倒し、寄倒し〔名〕〔相撲〕以交手姿勢把對手逼近場界摔出場外的招數

寄り付く〔自五〕靠近，接近，挨近（=寄り添う）。〔商〕開盤

寄り付き難い人（難以接近的人）

彼は一風変っているので、誰も寄り付かない（他為人很古怪誰也不接近他）

誰も彼に寄り付こうと為ない（誰也不想和他接近）

君が彼女に寄り付くのを許さない（不許你和她接近）

寄り付き、寄付き〔名〕〔商〕開盤←→大引き，挨近，靠近、（庭園、茶會）簡單休息所，緊靠入口的房間

午後の寄り付きは安かった（下午的開盤很低）

寄り付き相場（開盤行市）

寄り付き値段（開盤價）

寄り値、寄値〔名〕〔商〕開盤價、開盤行市（=寄り付き値段）

寄り除ける〔他下一〕淘汰、剔除、刪掉

彼は不用意な文句を寄り除ける余裕が無かった（他來不及刪掉欠妥的詞句）

寄り場、寄場〔名〕（人們）聚集場所、（江戶時代）米市

寄り身、寄身〔名〕〔相撲〕交手後全身用力向對方逼近

寄り道、寄道〔名、自サ〕繞道、順便到、順便繞到

其れは大変な寄り道に為る（那太繞遠了）
寄り道を為て友人を見舞う（順便探望朋友）
寄り道しないで直ぐ御帰り為さい（不要繞到別處去一直回家吧！）

寄り目，寄目、寄り眼、寄眼〔名〕〔醫〕斜視、斜眼（=斜視、藪睨み）

寄り寄り、度度〔副〕偶而聚集（=折折集って）、時常，經常（=時時、度度）

寄り寄り相談する（偶而聚在一起商量）

寄人、寄人〔名〕〔史〕宮中"御歌所"（皇室和歌事務局）的職員、古時幕府各機關的吏員

寄洲〔名〕（河口海岸沖積成的）沙洲

寄越す、遣す〔他五〕（"遣す、致す"的轉變）寄來，送來，派來，交給，遞給

〔補動、五型〕（接動詞連用形+て之後）（表示對方向我進行某種動作）…來

手紙を寄越す（寄信來）
人を寄越して下さい（請派人來）
彼に手紙を出したが、返事を寄越さない（給他寄信去了可是沒有回信）
故郷から寄越した贈り物（從家鄉寄來的禮物）
其の金を寄越せ（把那筆錢給我）
其の本を寄越せ（把那本書遞給我）
追剝が財布を寄越せと言った（劫路的叫我把錢包給他）
電話を掛けて寄越す（掛電話給我）
返事を言って寄越す（答覆我說）
郷里から送って寄越した品を御分けします（把家鄉寄來的東西分送給你）

寄せる〔自下一〕迫近、湧來。

〔他下一〕使靠近，使挨近，移近，召集，聚集，加、寄居，投靠，寄送，投寄，藉口，托故，寄託，寄予

敵兵が味方の陣地に寄せて来た（敵軍迫近我方陣地）
白い波が寄せたり返したり為ている（白色的波浪滾來滾去）
寄せて頂く（〔謙〕拜訪、訪問）
御宅にも寄せて頂きます（請讓我也到府上拜訪一下）
机をもっと壁の方に寄せて下さい（請把桌子再挪近牆些）
彼は私の側へ椅子を寄せた（他把椅子挪近我的身旁）
仲間を寄せて相談する（召集伙伴商量）
塵を掃き寄せる（把垃圾掃到一起）
額に皺を寄せる（皺起眉頭）
四と六を寄せると十に為る（四加六等於十）
二人の収入を寄せても三十万に為らない（把兩個人的收入加到一起也不到三十萬日元）
親戚（友人）に身を寄せる（投靠親戚〔朋友〕）
身を寄せる所が無い（沒有可以寄身的地方）
手紙を寄せる（寄信）
雑誌に一文を寄せる（給雜誌投一篇稿子）
何かに寄せて文句を言う（找個藉口就挑三撿四）
心を寄せる（愛慕、傾心）
祖国に思いを寄せる（嚮往祖國）
資本主義者に同情を寄せている人人（同情資本主義者的人們）

寄せ〔名〕聚集，聚攏，（圍棋、象棋）殘局，終盤戰鬥，官子，收官

寄せ算（加法）
寄せ鍋（什錦火鍋）
寄せに入る（進入終盤階段）
鮮やかな寄せで勝つ（以官子的妙著獲勝）
寄せが旨い（收官收得好）

寄席〔名〕曲藝場、說書場、雜技場（=寄せ席）
　落語を聞きに寄席に（へ）行く（到雜耍場去聽相聲）
寄せ合う〔他五〕靠在一起、擠在一起
　体をぴったり寄せ合う（把身體緊緊地靠在一起）
　体を寄せ合っている（互相擠在一起）
寄せ集める〔他下一〕收集、匯集、聚集、拼湊
　資金を寄せ集める（籌集資金）
　木の葉を寄せ集めて火を焚く（收集樹葉點火）
　野球好きの子供達を寄せ集めてチームを作った（召集愛好棒球的孩子們組成球隊）
　学生の作文を寄せ集めれば、面白い文集が出来る（把學生的作文收集起來可以編成一部很有意思的文集）
　色色の布を寄せ集めて、エプロンを作る（拼湊各種各樣的碎布做成圍裙）
寄せ集め〔名〕收集、匯集、聚集、拼湊
　寄せ集めの人数（聚集的人數）
　此の本は色色のエッセーの寄せ集めです（這書是許多短文的匯編）
　此の野球チームは寄せ集めだから、弱いかも知れない（這棒球隊是拼湊起來的可能弱一些）
寄せ餌〔名〕（鳥、魚的）誘餌
寄せ書き〔名、自サ〕集體寫（畫）（的東西）
　寄せ書きを為た手紙（集體合寫的信）
寄せ掛ける〔他下一〕倚靠（=凭せ掛ける）、進攻（=攻め寄せる）
　壁に体を寄せ掛ける（把身體靠在牆上）
　梯子を木に寄せ掛ける（把梯子靠在樹上）
寄せ木，寄木、寄せ木，寄木〔名〕木塊拼花，木塊鑲嵌、木塊拼花工藝（=寄せ木細工、寄木細工）
　寄せ木細工、寄木細工（木塊拼花工藝）
寄せ切れ，寄切れ、寄せ切れ，寄切れ〔名〕用碎布拼製（的東西）
　寄せ切れの縫い物（用碎布拼製的衣物）
　寄せ切れ布団（用碎布拼製的被褥）
寄せ算、寄算〔名〕加法（=足し算、足算）
　寄せ算と引き算を習う（學習加法和減法）
寄せ接ぎ〔名〕（樹木的）嫁接（=呼び接ぎ）
寄せ付ける、寄付ける〔他下一〕使…靠近、使…接近
　敵を寄せ付けて討つ（使敵人靠近再打）
　あんな奴を寄せ付けては行けない（不要和那傢伙接近）
　彼奴は貧しい親類を家へ寄せ付けない（他不讓窮親戚登門）
寄せ手、寄手〔名〕攻來的敵人
　寄せ手を待ち構える（等候來攻的敵人）
　寄せ手の陣に忍び入る（潛入前來進攻的敵軍陣地）
寄せ鍋、寄鍋〔名〕〔烹〕什錦火鍋
　寄せ鍋を囲む（圍坐吃什錦火鍋）
　寄せ鍋会（什錦火鍋宴會）
寄せ波、寄波〔名〕拍岸的波濤
　大きな寄せ波（拍岸巨浪）
寄せ又、寄又〔名〕〔機〕換擋拔叉
寄せ棟造り、寄棟造り〔名〕〔建〕四面坡的屋頂
寄せ物、寄物〔名〕什錦雞蛋魚糕
寄す〔自、他四〕靠近，挨近（=寄る）、迫近、湧來、使靠近，使挨近（=寄せる）

済、済（濟）（ㄐㄧˋ）

済〔漢造〕（也讀作済）完成，做完、救濟，救助、眾多貌
　未済（未做完，未辦完、未還清，未清償）
　既済（已經完結、已經償還）
　弁済（償還、還債）
　返済（償還、還債）
　皆済（清償、全部還完）
　決済（結算、結帳、清帳）
　救済（救濟）

経済（經濟、節省）

多士済済（人才濟濟）

済済、済々〔形動タルト〕濟濟

多士済済（人才濟濟）

済世〔名〕濟世、救世

済世の道（濟世之道）

済世事業（濟世事業、社會福利事業）

済渡、サイト〔名〕（漢字出自音譯〝見票即付〞）（票據的）付款期限、結算期限

済渡九十日（結算期九十天）

済度〔名、他サ〕〔佛〕超度。〔轉〕解救

縁無き衆生は済度し難い（無緣眾生難得超度）

済度し難い馬鹿者（不可理喻的愚蠢人）

御前みたいな奴は全く済度し難いよ（你這樣人完全不可理喻）

済む〔自五〕完結，解決，了結，過得去，能對付，對得起

映画が済んだ（電影演完了）

婚礼は目出度く済んだ（婚禮圓滿結束）

無事に済む（平安了事）

済んだ事は仕方が無い（事已過去無法挽回）

キャンディ等は無くても済む（沒有糖果也過得去）

借りずに済むなら借りは為ない（不借能過得去的話就不借了）

冬服無しで済む（沒有冬裝也過得去）

其れは金で済む問題ではない（那不是用金錢可以解決的問題）

少なくて済む支出（低廉的開支）

兄が学校で使った本が有ったので、新しいのを買わずに済んだ（因為有哥哥在學校用過的書所以我不買新書也可以了）

其れで済むと思うのか（你以為那樣就過得去嗎？）

遅く為って済みません（來晚了對不起）

清む、澄む〔自五〕清澈，澄清←→濁る、晶瑩，光亮←→曇る、（聲音）清晰悅耳←→濁る、清淨，寧靜←→濁る、（陀螺）穩定地旋轉、發清音

水が清んでいた底迄良く見える（水很清可以清楚地看到水底）

今夜は月が良く清んでいる（今晚的月亮分外亮）

清んだ目（水汪汪的眼睛、亮晶晶的眼睛）

清んだ声（清晰悅耳的聲音）

笛の音色が清む（笛聲清晰繚繞）

心が清んでいる（心情寧靜）

独楽が清む（陀螺穩定地旋轉〔宛如靜止〕）

大阪は〝おおざか〞と濁らないで、〝おおさか〞と清んで言う（大阪不讀作濁音おおざか而發清音おおさか）

棲む、住む〔自五〕居住、（寫作棲む、但一般不用漢字）（動物）棲息，生存

田舎に住む（住在鄉下）棲む住む済む清む澄む

都会に住む（住在城市）

人の住んでいない家（沒有人住的房子）家家家家家

貴方は何方に住んでいらっしゃいますか（您住在哪裡？）何方何方何方

住めば都（地以久居為安、不論哪裡住慣了就會產生好感）

水に棲む動物（水棲動物）

カンガルーはオーストラリアに沢山棲んでいる（袋鼠在澳洲很多）魚

公害で汚く為った川には魚も棲まなく為った（由於公害弄髒了河水連魚都沒了）魚魚魚

済ます〔他五〕做完，辦完、償清、還清、對付，將就；〔接尾〕（接其他動詞連用形下表示）完全成為

用事を済ましてほっとした（辦完事情放心了）

ㄐ

宿題を済ましてからテレビを見る（做完習題再看電視）

明日迄に済まさなければ為らない仕事が有る（有件工作明天以前非做完不可）

此の儘では済まされない（這樣可不能算完）

借金を済ます（還清欠債）

月に二万円有れば済ます事が出来る（一個月有兩萬日元就能對付過去）

辞書が無ければ一日も済まされない（一天沒有詞典也不行）

昼御飯はパンで済ました（午飯吃點麵包將就過去了）

無しで済ます（沒有也將就過去）

彼は局長に成り済ましている（他成了一個派頭十足的局長了）

済ませる〔他下一〕做完，辦完，償清，還清，對付，將就；〔接尾〕（接其他動詞連用形下表示）完全成為（＝済ます）

済ます、澄ます〔他五〕澄清、使清澈、使晶瑩、洗淨、平心靜氣、集中注意力。〔古〕治理，平定。〔古〕澄清道理、弄清道理；〔自五〕裝模作樣，假裝正經、擺架子、板起面孔、裝作若無其事（滿不在乎）；〔接尾〕（接在其他動詞連用形下面）表示完全成為…

濁り水を清まして上澄みを取る（澄清濁水舀取上部的清水）取る採る捕る執る獲る撮る

刀を研ぎ清ます（把刀磨得光亮）研ぐ磨ぐ砥ぐ

尺八を吹き清ます（簫聲清澈裊繞）

髪を清ます（洗髮）髪紙神守上

心を清ます（沉下心來）

耳を清まして聞く（注意傾聽、聆聽）聞く聴く訊く利く効く

目を清まして見る（盯盯地看、注視）見る看る診る視る觀る

一天を鎮め、四海を清ます（平定天下肅清四海）

清まして通り過ぎる（裝模作樣地走過去）

嫌に清ましているね（裝得很神氣呢！）終う仕舞う

彼女はからかわれてつんと清まして終った（人家和她開玩笑她竟然會板起了面孔）

清ました顔を為て悪い事を為る（裝作一本正經做壞事）為る為る刷る摺る擦る掏る磨る擂る

彼は何時も人の物を使って清ました顔を為ている（他總愛用人家的東西卻裝作若無其事的樣子）

幾等催促しても、清ました物だ（不管怎麼催促他總是若無其事的樣子）

自分の悪いのに清まして人の所為に為る（本來自己不對卻若無其事地怪別人）

彼は局長に為り清ましている（他成了一個派頭十足的局長了）

済み〔名〕完了，完結、付清、付訖

仕事は済みに為った（工作完了）

代済み（款已付訖）

借金も此れで済みに為った（欠款這就償清了）

済み〔接尾〕已經、完了

決裁済み（已裁決）

検査済み（已檢查）

試験済み（考試完了）

予約済み（已預約）

済みません〔連語〕（道歉時用語）抱歉，對不起（＝申し訳有りません）

（用以寒喧語、以済みませんが形式、表示客氣）勞駕，謝謝，對不起

御迷惑を御掛けて誠に済みません（給您添麻煩了實在對不起）誠に真に実に允に信に

約束の時間に遅れて、済みませんでした（來晚了真對不起）

済みませんが、其の窓を開けて呉れませんか（勞駕請您把那扇窗戶打開好嗎？）

済みませんが水を一杯下さい（謝謝您請給我一杯水！）

済みませんが火を貸して下さい（對不起借個火吧！）

済まない〔連語〕（済む的未然形+否定助動詞ない）抱歉，對不起（=申し訳ない）

（用作寒暄語、但常使用済みません）勞駕，對不起、不算完、不能了

彼に済まない事を為た（做了對不起他的事）

貴方に迷惑を掛けて済まないと思います（給您添了麻煩覺得很抱歉）

病気で貴方の結婚に出られなくて大変済まなく思って居ります（因病不能參加您的婚禮深感抱歉）

済まなげに謝った（深含歉意地賠了禮）謝る誤る

済まなさを覚える（覺得抱歉）覚える憶える

ボーイさん、済まないが水を一杯下さい（服務生對不起請你給我一杯水）

〝済まないが其の窓を開けて呉れないか〟と彼は私に言った（他對我說〝對不起把那扇窗戶打開！〟）

今度こんな事を為たら、唯では済まないよ（下次你再這麼做我就跟你沒完）

済す〔他五〕還、歸還

借金を済す（還債）

済し崩し〔名〕一點點地做、(借款)一點一點償還

こんなに沢山では済し崩しに遣って行く他有るまい（這麼多恐怕只好一點一點地做）

借金を済し崩しに返す（零星還借款）

祭（ㄐㄧˋ）

祭〔漢造〕祭祀，祭禮、節日，節日的狂歡

大祭（重要祭祀、天皇親自主持的皇室祭典）

神嘗祭、神嘗祭、神嘗祭（日皇於十月十七日向伊勢神宮供新穀的祭祀）

祈年祭（舊曆二月四日祈禱五穀豐收的節日=祈年の祭り）

元始祭（每年一月三日由天皇舉行的皇位開始的祭典）

皇靈祭（祭祀歷代日皇日后及皇族神靈）

祝祭（慶祝和祭祀）

例祭（定期的祭祀）

臨時祭（特別祭典）

冠婚葬祭（古來的成年、結婚、喪葬、祭祀等四大儀式）

新嘗祭（原為十一月二十三日皇向天地進獻新穀並自己嘗食的節日現改為勞動感謝日=勤労感謝の日）

謝肉祭（四旬節前後持續半周到一周的嘉年華會=カーニバル）

赤道祭（輪船通過赤道時按慣例舉行的慶祝活動）

前夜祭（節日前夜的慶祝或紀念活動）

文化祭（在學校以學生為中心舉辦的文化活動節日）

芸術祭（每年秋天文化廳主辦的藝術活動）

記念祭（紀念節）

建国三十周年記念祭（建國三十周年紀念節）

祭器〔名〕祭祀神佛用的器具
祭儀〔名〕祭祀的儀式（=祭りの儀式）

祭儀を行う（舉行祭祀儀式）

祭具〔名〕祭祀用的器具（=祭器）
祭司〔名〕祭司、司祭、掌管祭祀儀式的神宮
祭祀〔名〕祭祀、祭祀的儀式（=祭典、祭り）

厳かに祭典を執り行う（莊嚴地舉行祭祀）

祭事〔名〕祭祀、祭神儀式（=神事、祭り）
祭式〔名〕祭祀的儀式
祭日〔名〕祭日、節日、〔神〕祭奠日

全国的な祭日（全國性的節日）

ㄐ

祭主〔名〕主祭人、(伊勢神宮的)神官長
　　祭主が恭しく祭壇に向って礼拝する(主祭人恭恭敬敬地向祭壇行禮)

祭酒〔名〕祭酒、(中國古代官名)祭酒-掌管學政的國子監長官

祭賞〔名〕(日本文部省主辦的)藝術節獎(=芸術祭賞)

祭場〔名〕祭祀的場所、祭壇
　　祭場殿(祭殿)

祭神〔名〕(神社裡)供的神
　　此の神社の祭神は天照大神である(這神社供的是天照大神)

祭政〔名〕祭事和政治、宗教和政治
　　祭政一致(政教合一)

祭壇〔名〕祭壇
　　祭壇を設ける(設祭壇)
　　祭壇に向かって礼拝する(對著祭壇敬禮)
　　祭壇座(天壇星座)

祭典〔名〕祭典、祭祀的儀式、慶祝活動
　　民族の祭典(民族的慶祝活動)
　　春の祭典(春天的節日活動)
　　国民体育大会はスポーツの祭典だ(國民體育大會是體育的盛典)
　　祭典は厳かに執り行われる(莊嚴地舉行祭典)

祭奠〔名〕祭祀時的供品。〔轉〕祭祀

祭殿〔名〕祭殿、神殿
　　祭殿に登って額付く(登上祭殿磕頭行禮)

祭服、斎服〔名〕祭服、齋服
　　祭服を着た神主(穿祭服的神官)

祭文、祭文〔名〕祭文、祭文歌謠(江戸時代的一種以社會時事為內容的俗謠)(=歌祭文)、賣唱祭文歌謠的人(=祭文語り)
　　祭文読み(賣唱祭文歌謠的人=祭文語り)

祭物〔名〕祭物、祭祀時神前供奉的物品

祭礼〔名〕祭典、祭祀儀式(=祭りの儀式、祭典、祭り)
　　祭礼を厳かに執り行う(莊嚴地舉行祭祀儀式)
　　秋には日本の各地で祭礼が行われる(秋天在日本各地舉行祭典)

祭る、祀る〔他五〕祭祀、祭奠、供奉
　　祖先を祭る(祭祀祖先)
　　彼は何の神様を御祭りした御宮ですか(那是供奉什麼神的廟呢?)
　　出雲大社は大国主命を祭る(出雲大社供奉大國主命)
　　其の剣は山頂に運ばれて社に祭られた(那把劍被運上山頂供奉在祠裡了)

祭り、祭〔名〕祭祀,廟會、儀式,節日、狂歡,熱鬧
　　祖先の祭りを営む(祭祀祖先)
　　八幡様の御祭り(八幡神的廟會)
　　来月の十一日は彼の神社の御祭りだ(下月十一日是那個神社的祭日)
　　港祭り(碼頭節日)
　　婚礼祭り(結婚用品廉價大拍賣)
　　桜祭り(櫻花祭)
　　札幌雪祭り(札幌雪祭)
　　御祭り騒ぎ(狂歡)
　　君達は何をそんなに御祭り騒ぎしているのか(你們為什麼那樣狂歡呢?)
　　御祭り気分(節日氣氛)
　　後の祭り(馬後炮)

祭り上げる〔他下一〕推崇、捧上台
　　祭り上げられて好い気に為る(被捧得飄飄然)
　　彼を会長に祭り上げる(捧他做會長)

継(繼)(ㄐㄧˋ)

継〔漢造〕繼承、過繼
　　後継(繼任者、接班人)
　　中継(中繼、轉播)

継子、継子、継子〔名〕繼子，繼女，前生子女←→実子、遭受排斥的人，受另眼看待的人。（繩帶等的）扣結

継子を虐める（虐待前生子女）
継子扱いを為る（排斥差別待遇）
継子扱いに為れる（遭受排斥）

継兄、庶兄、継兄〔名〕異母哥哥

継兄弟〔名〕異母兄弟

継父、継父、継父〔名〕繼父、後爹

継母、継母〔名〕繼母、後娘

継父母〔名〕繼父母、繼父和繼母

継親〔名〕繼父、繼母、繼父母

継夫〔名〕繼夫

継妻〔名〕繼室、續弦
　継妻を迎える（娶繼室、續弦）

継室〔名〕繼室、後妻（=後妻、後添い）

継妹、庶妹〔名〕異母妹妹

継嗣〔名〕繼承人、後嗣（=後継、跡取、世継）

継泳〔名〕游泳接力賽
　四百メートル継泳（四百米游泳接力賽）

継起〔名、自サ〕繼續發生、相繼出現
　重大事件が継起する（相繼發生重大事件）

継承〔名、他サ〕繼承
　王位を継承する（繼承王位）
　文化的遺産を継承する（繼承文化遺傳）
　債権債務を継承する（繼承債權和債務）
　継承者（繼承者）

継走〔名、自サ〕〔體〕接力賽跑（=リレー、レース）

継続〔名、自他サ〕繼續、接續、繼承
　仕事を継続する（繼續工作）
　十箇年継続事業（持續十年的工作）
　其の契約は継続する事に為っている（那契約繼續有效）
　法案は継続審議に為る（法案要繼續審議）
　継続的に薬を服用する（連續服藥）

先生の研究を私が継続する（老師的研究由我繼承）
　継続費（跨年度費）
　継続期間（繼續期間）
　継続飛行（不著陸飛行）
　継続方形区（〔植〕定位樣方 - 對植物群落的變化進行長期調查的方形場地）

継柱〔名〕複接電桿（用兩根電桿接起來的電桿）

継体〔名〕繼承人
　継体天皇（第二十六代天皇、應神天皇的第五代孫）

継鉄〔名〕〔機〕磁軛、（繼電器的）跟片
　継鉄法（磁軛法）

継電器〔名〕〔電〕繼電器

継投〔名〕〔棒球〕繼投（一場棒球賽中繼續前面投手投球）

継ぐ、接ぐ〔他五〕繼承、連接、接上、繼續、添加、續上
　王位を継ぐ（繼承王位）
　志を継ぐ（繼承遺志）
　父の仕事を継ぐ（繼承父親的工作）
　骨を継ぐ（接骨）
　布を継ぐ（把布接上）
　若芽を台木に継ぐ（把嫩芽接到根株上）
　靴下の穴を継ぐ（把襪子窟窿連上）
　夜を日に継いて働く（夜以繼日地工作）
　財産を受け継ぐ権利（繼承財產的權利）
　其の儘受け継ぐ（一脈相承）

注ぐ〔他五〕注、注入、倒入（茶、酒等）（=注ぎ入れる）
　茶碗に御茶を注ぐ（往茶碗裡倒茶）
　杯に酒を注ぐ（往杯裡斟酒）杯盃　杯盃
　もう少し湯を注いで下さい（請再給倒上點熱水）

次ぐ〔自五〕（與継ぐ、接ぐ同辭源）接著、次於

地震に次いで津波が起こった（地震之後接著發生了海嘯）

不景気に次いで起こるのは社会不安である（蕭條之後接踵而來的是社會不安）

田中に次いで木村が二位に入った（繼田中之後木村進入了第二位）

殆ど毎日の様に戦闘に次ぐ戦闘だ（差不多天天打仗）

勝利に次ぐ勝利の道を突き進んだ（從一個勝利走向一個勝利）

大阪は東京に次ぐ大都市だ（大阪是次於東京的大城市）

其に次ぐ成果（次一等的成績）

英語に次いで最も重要な外国語は日本語だ（次於英語非常重要的外語是日語）

告ぐ〔他下二〕〔古〕告（=告げる）

国民に告ぐ（告國民書）告ぐ継ぐ次ぐ注ぐ接ぐ

継ぎ、継〔名〕繼續，連接、縫補，補釘、繼承人

継ぎを為る（縫補）

継ぎを当てる（補上補釘）

継ぎの当たったズボン（打補釘的褲子）

継ぎだらけの着物（滿是補釘的衣服）

擦り切れた肩の辺りには新しい布で継ぎが為てあった（磨破了的肩膀處用新布補上了）

後継、跡継（後任、接班人、後嗣）

世継、世嗣（繼承、繼承人）

継ぎ足〔名〕（器具等）接出的腿、腳榻、假腿（=義足）

継ぎ足す〔他五〕接上、補上（=補う）

縄を継ぎ足す（把繩子接長）

テーブルの足を継ぎ足す（把桌腿接長）

二階を継ぎ足す（增建二樓）

継ぎ足し〔名〕接長、添上

継ぎ足しコード（接長軟線）

ズボンに継ぎ足しを為る（把褲子接長）

継ぎ当て〔名〕打補釘

継ぎ当てを為る（補補釘）

継ぎ合わせる〔他下一〕接上、黏上、焊上、縫在一起

二本の縄を継ぎ合わせる（把兩條繩子接上）

二つに割れた茶碗を継ぎ合わせる（把打成兩半的碗鍋上）

端切れを継ぎ合わせる（把碎布縫在一起）

継ぎ合わす〔他五〕接上、黏上、焊上、縫在一起（=継ぎ合わせる）

継ぎ糸、継糸〔名〕縫補用的線、接起來的線

継ぎ馬、継馬〔名〕驛馬

継ぎ紙、継紙〔名〕黏連紙（用於畫軸等）、拼裱紙（用於寫詩歌等）

継ぎ切れ、継切〔名〕縫補用的布塊

継ぎ竿、継竿〔名〕分節釣竿

継ぎ棹、継棹〔名〕活桿三弦

継ぎ台、継台、接ぎ台、接台〔名〕（嫁接的）砧木（=台木）←→継穂、接穂、腳凳（=踏み台）

継ぎ立てる、継立てる〔他下一〕〔古〕（在驛站）更換人馬

継ぎ立て、継立〔名〕〔古〕（在驛站）更換人馬（=宿次、宿継）

継ぎ立て馬（驛馬）

継ぎ手、継手、接ぎ手、接手〔名〕〔機〕接縫，接口（=継ぎ目、継目）、繼承人，接班人。〔圍棋〕接子

噛み合い継手（咬合接頭）

肘継手（關節接合）

付き合せ継手（平接頭）

継ぎ歯、継歯、継ぎ齒、継齒〔名〕鑲接的牙，假牙、鑲接的木屐齒

継ぎ端、継端〔名〕話頭（=継ぎ穂、継穂、接ぎ穂、接穂）

話の継端に困る（接著講不下去）

ああ捲し立てられては　全く継端も無かった（那麼喋喋不休地一講簡直搭不上話了）

継ぎ接ぎ〔名、他サ〕縫補、東拼西湊，修修補補

継ぎ接ぎだらけのズボン（滿是補釘的褲子）

襤褸を継ぎ接ぎする（縫補破爛衣服）

彼方此方から継ぎ接ぎして論文をでっち上げる（東拼西湊地拼湊出一篇論文）

継ぎ接ぎ細工（拼湊的工藝）

継ぎ梯子、継梯子〔名〕可接長的梯子

継ぎ穂、継穂、接ぎ穂、接穂〔名〕（接枝用）幼枝←→台木、話頭（＝継ぎ端、継端）

良い若芽を継穂に為る（用好的嫩芽作接枝）

話の継穂が無い（話接不下去）

継ぎ目、継目〔名〕接縫，接口、繼承人

継目が離れる（接口開了）

毛糸の継目（毛線的接頭）

部品の継目（零組件接頭）

継目無し鋼管（無縫鋼管）

継目無しレール（無縫鋼軌）

継ぎ目板、継目板（〔鐵、電工〕魚尾板、接合板）

継ぎ物、継物〔名〕補釘，補補釘、該補的衣服

継物を為る（補補釘）

継物が溜まった（該縫補的東西積壓了不少）

継ぎ輪、継輪〔名〕〔接〕管節、套管

継〔造語〕繼（表示非親生、沒有血緣關係）

継父、継父、継父〔名〕繼父、後爹

継母、継母〔名〕繼母、後娘

継子、継子、継子〔名〕繼子，繼女、前生子女

儘、侭、随〔名〕（常作形式名詞使用）一如原樣、原封不動、仍舊、照舊、一如…那樣，按照…那樣。如實，據實、任憑…那樣，隨心所欲，任意，如願，如意、（寫作ママ）（作校對符號用）表示原文不動。

〔接助〕〔古〕（書信用語）由於、因而、因此。

靴の儘上がって下さい（請穿著鞋上來吧！）儘儘

彼は寝巻きの儘出て来た（他穿著睡衣就出來了）儘飯

窓を開けた儘眠った（開著窗就睡著了）開ける明ける空ける飽ける厭ける

出掛けた儘帰って来ない（一去就沒回來）帰る返る孵る還る変える代える換える替える

木は倒れた儘に為っている（樹還倒在那裏）

全ては元の儘だ（一切照舊、原封不動）全て総て凡て統べて

其の貨物は元の包装の儘転送されて終った（該貨沒包裝就轉運走了）終う仕舞う

人の言う儘に為る（任人擺布）言う云う謂う

命ぜられた儘に為る（唯命是從）刷る摺る擦る掏る磨る擂る摩る

思った儘を書く（心裡怎麼想就怎麼寫、把心中想的照實地寫出來）書く描く欠く掻く

見た儘聞いた儘を話す（照實地講述見聞）聞く聴く訊く利く効く話す放す離す

人生有りの儘を写す（照實地描寫人生）写す移す映す遷す

足の向く儘に歩く（信步而行）

為るが儘に為せて置く（放任自流不干涉）置く擱く措く

人の意の儘に使う（任意支派人）遣う使う

波の儘に漂う（隨波逐流）

彼の男は私の儘に為らない（那人不聽我擺布）

万事思う儘に行った（一切如願以償）行く往く逝く行く往く逝く

ㄐ

ㄐ

浮世が儘に為る為らば（世間的事如果都能隨心所欲的話）

一献差し上げ度く存じ候儘、御光来の程を願い上げ候（略備便酌敬請光臨為荷）

継粉〔名〕（和麵時）沒有和開的麵疙瘩

継粉菜〔名〕〔植〕山夢花

継しい〔形〕不是親生的、沒有血緣的、異母的、疏遠的、淡薄的

母とは継しい仲であった（母親不是親生母）

際（ㄐㄧˋ）

際〔名、漢造〕時候，時機（=時、折）、彼此之間，交接，會晤，邊際

出発の際（に）（出發之際、在動身的時候）

必要の際（に）（必要之際、在必要的時候）

此の際（在這時候、在這關鍵時刻）

斯う言う際だから已むを得ない（因為在這種情況下迫不得已）

台北に御出での際は御立ち寄り下さい（前來台北時請順便到我這裡來）

国際（國際）

交際（交際、應酬）

実際（實際、事實、的確）

天際（天際、天邊）

水際、水際（水邊）

際する〔自サ〕值、正當、遇到

重大な時期に際して（值此重大時期、正當嚴重時刻）

際して〔連語〕際此…、當…的時候、遇到…的時候

非常時に際して（值此非常時期、正當緊急關頭）

危険に際して（遇到危險的時候）

書物の選択に際して（在選擇書籍的時候）

卒業に際して一言御祝いを申し上げます（在你們畢業的時候我來說幾句話表示祝賀）

際会〔名、自サ〕際遇、遭逢、面臨

不況の長期化で多くの商社が倒産の危機に際会する（因為不景氣的長期化很多商行面臨倒閉危機）

際涯〔名〕邊際、盡頭

際涯の無い青空（無邊無際的蒼空）

前は大草原、茫茫と為て際涯を見ず（前面是一片大草原茫茫不見邊際）

際限〔名〕邊際、盡頭、止境

際限の無い科学の進歩（科學的無止境的發展）

世界の石油供給量には際限が有る（世界的石油供給量是有限度的）

議論すれば際限が無い（要是爭論起來就沒有完）

歴史は際限無く進行する（歷史無止境地發展）

問題の解決を際限も無く引き延ばす訳には行かない（不能無止境地拖延問題的解決）

際〔名〕邊緣、近旁、時候、分寸、才能

崖の際（崖邊）

額の生え際（前額髮際）

井戸の際（井旁）

窓際の机（窗邊的桌子）

橋の際に立つ（站在橋邊）

際が立つ（顯眼、顯著）

別れ際（臨別時候）

今はの際（臨終時）

仕事の仕舞際に（在臨收工時）

花も散り際に為る（花也快落了）

際を弁えず（不知分寸）

際事に賢くて（才能出眾）

際〔接尾〕旁邊、時候

窓際（窓邊）
　生え際（髮際）
　帰り際（回去時候）
　仕舞際に（最後、末尾時候）
際やか〔形動〕非常顯著、非常顯眼
際立つ〔自五〕顯著、顯眼、突出
　際立った人物（突出的人物）
　際立った事件（突出的事件）
　際立って背が高い（個子特別高）
　何か際立った事を遣る（做個惹人注目的事情）
　別に此れと言って際立った処も無い（也沒有甚麼突出的地方）
　暗い沖に白帆が際立って見える（在黑暗的海上白帆看得很清楚）
　針麻酔は中国、西洋医学結合の際立った成果である（針麻醉是中西醫結合的一個突出成就）
　意見の相違の中でも際立った問題の一つ（意見分歧的突出問題之一）
際疾い〔形〕間不容髮的，危險萬分的、猥褻的，下流的
　際疾い時（千鈞一髮之際）
　際疾い所で助かる（得救於千鈞一髮之際）
　際疾い所で汽車に間に合う（差一點沒趕上火車）
　際疾い商売（冒險的生意）
　際疾い勝負（非常緊張的比賽）
　際疾い所で勝つ（勉強取勝）
　際疾い所で轢かれ然うに為る（險些被車壓到）
　際疾い話（下流話）
　際疾いエロ小説（黃色小説）
際物〔名〕合時令的東西、迎合時尚的東西
　際物を商う（賣應時的商品）
　彼は際物を書いている（他在寫應時的東西）
　際物小説（應時小説、流行小説）
　際物的な映画（應時性的電影）

稷（ㄐㄧˋ）

稷〔漢造〕（五穀之一）稷、五穀之神
　社稷（社稷=國家）
稷、黍〔名〕〔植〕稷，黍、〔方〕玉米（=玉蜀黍）
稷、黍〔名〕〔植〕稷，黍（的古名）

冀（ㄐㄧˋ）

冀〔漢造〕希望（=冀う、希う、乞い願う、庶幾う）
冀求、希求〔名、他サ〕希求、期望
　平和を冀求する（希求和平）
冀望、希望〔名、他サ〕希望、期望
　希望が有る（有希望）
　希望が絶える（絕望）
　希望が持てない（不能抱希望）
　希望に燃える（滿懷希望）
　希望に満ちた若人（充滿希望的青年）
　希望に応じる（添う）（滿足對方希望）
　希望に反して（違反希望、事與願違）
　希望を抱く（持つ）（抱希望）
　希望を掛ける（寄せる、繋ぐ）（寄託希望）
　希望を達する（達到希望）
　希望を失う（失望）
　希望を捨てる（丟掉希望、不再抱希望）
　希望を適える（滿足希望）
　進学を希望する（希望升學）
　彼はもう五年働き度いと希望している（他希望再工作五年）
　希望通りに行かなかった（沒能如願以償）
　其の報道で希望は消えた（由於那個報導希望消失了）
　彼女の目は希望に輝いていた（她的眼睛閃耀著希望）

ㄐ

一縷の希望（一線希望）

微かな希望の光（一線希望）

命の有る限り希望も有る（只要活著就有希望）

希望売買（期前交易）

希望的観測（根據主觀願望的推測）

希望者（希望者、志願者）

冀う、希う、乞い願う、庶幾う〔他五〕希望、希求

　成功を希う（渴望成功）

　平和を希う（希望和平）

　此れは人人の最も希う所である（這是人們最希望的）

　諸君の御助力に由って成功出来る様希って居ります（希望靠諸位的支援取得成功）

冀くは、希くは、乞い願わくは、庶幾は〔副〕但願、務請

　希くは速やかに救済の手を伸べられん事を（務請趕快伸出救援之手）

　希くは速やかに全快されん事を（但願你能早日恢復健康）

剤（劑）（ㄐㄧˋ）

剤〔接尾、漢造〕（計算藥劑的單位）劑、藥劑

　消化剤を服用する（服用消化劑）

　錠剤を飲む（吃藥片）

　強心剤を打つ（打強心劑）

　処方箋通りに調剤する（按處方配藥）

　一剤（一劑）

　下剤（瀉藥＝下し薬）

　緩下剤（緩下劑）

　消化剤（消化劑）

　清涼剤（清涼劑）

　睡眠剤（安眠藥）

　強心剤（強心劑）

　補強剤（補藥）

　殺虫剤（殺蟲劑）

　駆虫剤（驅蟲劑）

　錠剤（藥片＝タブレット tablet）

　散剤（藥粉、粉劑＝粉薬）

　液剤（液劑）

　調剤（調劑、配藥）

　乳剤（乳劑、乳狀液）

　薬剤（藥劑）

髻、髺（ㄐㄧˋ）

髻〔名〕髮髻（＝髻）

　女の髻を掴む（抓住女人的髮髻）

髻〔名〕（日本髮的）髮髻（＝髻）

　髻を切る（出家）

髻、鬟、角髪、角子〔名〕〔古〕一種男子髮型（從頂上分向左右在耳邊結成圓形）

髻華〔名〕髻華（古代冠上或髮上的插花）（＝挿頭）

薊、薊（ㄐㄧˋ）

薊、薊〔漢造〕薊（草名、有大薊小薊兩種、秋開紫紅花或淡紫花、可做藥）

薊〔名〕〔植〕薊

霽（ㄐㄧˋ）

霽〔漢造〕雨雪停止、怒氣消散

霽月〔名〕霽月、雨後天晴的月亮（也用於比喻坦蕩的胸襟）

　光風霽月の雅量（光風霽月的雅量）

霽らす、晴らす〔他五〕解除、消除

　疑いを霽らす（消除疑惑）

　気を霽らす（消愁解悶）

　心に積っていた憂さを霽らす（出出壓在心頭的悶氣）

　長年の恨みを霽らす（雪除多年的仇恨）

霽れる、晴れる〔自下一〕放晴、消散、舒暢

空が晴れた（天空放晴）
天気が晴れたり曇ったりする（天氣時晴時陰）
今日は晴れ然うだ（今天彷彿是晴天）
雨が晴れた（雨停了）
三日も降ったのに未だ晴れ上がらない（連下三天雨還不放晴）
疑いが霽れる（疑雲消散）
嫌疑が霽れる（嫌疑消除）
君に言葉で疑いがすっかり霽れた（經你一說疑雲全消了）
散歩を為ると気が霽れるよ（散散步心情會舒暢起來）

驥（ㄐㄧˋ）

驥〔漢造〕良馬、跑得很快
驥足〔名〕才能、才幹、才智
　驥足を伸ばす（發揮才能）
　彼等は驥足を伸ばす機会に恵まれている（他們都有機會施展才能）
驥尾〔名〕驥尾
　驥尾に付す（付く）（追隨先進者）
　驥尾に付して働く（追隨先進者工作）

加（ㄐㄧㄚ）

加〔漢造〕加、加入、加法、加賀（=加賀国）、加拿大（=加奈陀）、加州（=加利福尼亜）
　増加（増加、増多）
　付加、附加（付加、追加、添加、補充）
　倍加（加倍、倍増、多倍、多元）
　追加（追加、添補）
　添加（添加）
　参加（参加、加入）
　日加会談（日本加拿大會談）
加圧〔名、自他サ〕加壓
　蒸気を加圧する（加壓蒸氣）
　金属に加圧して板状に伸ばす（給金屬加壓壓成板片）
　加圧力（加壓力）
　加圧蒸留（加壓蒸餾）
　加圧装置（加壓裝置）
　加圧溶接（加壓焊接）
　加圧練り（加熱煮沸）
　加圧瓶（加壓瓶）
加階〔名、自他サ〕晉級、升官
加害〔名〕加害←→被害
　被害行為（加害行為）
　被害行為を為したる者（進行加害的人）
　加害者（加害者）←→被害者
加冠〔名、自サ〕（成年）加冠
　加冠式（加冠儀式）
加虐〔名〕施虐
　加虐症（施虐狂、性虐待狂）
加給〔名、自サ〕加薪（=増給）
　加給金（増加的薪水）
加級〔名〕升級
加減〔名、他サ〕加減,加法和減法、調整,調節,斟酌,變換,程度,狀態,情況,影響,健康情況、偶然因素。
〔接尾〕（接名詞、動詞連用形、接尾詞さ後面）表示程度、略微有一點。
　加減法（加減法）
　加減乗除（加減乘除）
　加減計算器（加減計算機）
　速度を加減する（調整速度）
　部屋の温度を加減する（調整室內的溫度）
　学生の理解力に応じて講義の調子を加減する（按學生的接受能力來調整講課方法）
　彼の言う事は加減して聞かないと行けない（他說的話要加以斟酌不可盡信）
　加減軸受け（可調軸承）

ㄐ

加減コンデンサー（可調電容器）
加減抵抗器（可變電阻器）
加減膨脹弁（可變收縮閥）
加減圧機（調壓器）
加減物（難以調節的事物、不好掌握分寸的事物）
加減器（調節器）
湯の加減（洗澡水的涼熱程度）
御風呂の加減を見て下さい（請你看一下洗澡水的涼熱？）
丁度良い加減です（涼熱正好）
味の加減を見る（嘗嘗味道如何）
肉は丁度良い加減に焼けている（肉烤得很好）
陽気の加減が頭痛する（或許是時令關係頭痛）
御加減は如何ですか（您身體覺得怎樣？）
一寸加減が悪い（有點不舒服）
一寸した加減で旨く行く時と行かない時が有る（由於一點偶然因素有時順利有時不順利）
塩加減（鹹淡程度）
味加減（味道如何）
湯加減（洗澡水涼熱程度）
皮の張り加減（皮的鬆緊程度）
馬鹿さ加減（胡塗的程度）
私の間抜けさ加減（我的胡塗勁）
彼の世間知らなさ加減には驚く（他那種不識時務的程度令人吃驚）
俯き加減に歩く（稍微低著頭走）
屈み加減の姿勢（有點彎腰的姿勢）

加護〔名、他サ〕（神明）保佑
神明の加護を求める（求神明保佑）

加工〔名、他サ〕加工
原料（半製品）を加工する（加工原料〔半成品〕）
皮を加工して靴を作る（加工皮革做皮鞋）
加工品（加工品）
加工賃（加工費）
加工原料（加工原料）
加工設備（加工設備）
加工貿易（加工貿易）
加工食品（加工食品）
加工硬化（〔理〕加工硬化、冷作硬化）
加工物（加工品）

加号〔名〕〔數〕加號（＝プラス）

加算〔名、他サ〕加在一起算。〔數〕加法（＝足算）←→減算
元金に利子を加算する（把利息加在本錢上合起來算）
特別料金を加算する（把特別費用加在一起算）
加算器（加法器、全加器）
加算額（〔加在商品成本上的〕毛利）←→原価

加え算〔名〕〔數〕加法（＝足算）

加餐〔名、自サ〕加餐、多吃飯
御加餐を祈る（敬祝努力加餐）
御加餐を御祈り申し上げます（請保重）

加持〔名、自サ〕祈禱
加持祈禱を行う（祈禱神佛保佑）

加湿〔名、他サ〕加濕（作用）、潤濕（作用）
加湿器（加濕器）

加州〔名〕加州（＝加利福尼亜、加賀国）
加州米（加州大米）

加重〔名、自他サ〕加重
刑を加重する（加重處刑）
加重窃盗罪（加重竊盜罪）
病人が出て負担が加重される（因為有病人負擔了）
加重平均（〔數〕加權平均）
加重課税（加重課稅）

加除〔名、他サ〕增減
　名簿のカードを加除する（增減名簿上的卡片）
　加除式ノート（活頁式筆記本）
　加除式帳簿（活頁式帳簿）

加叙〔名〕晉級、升官（＝加階）

加振力〔名〕〔機〕激勵功率

加水〔名〕加水

加水分解〔名、自他サ〕〔理〕加水分解

加勢〔名、自サ〕援助、援助者
　加勢に行く（前去幫忙）
　弱い方に加勢する（援助弱者）
　隣村に加勢を求める（向鄰村求援）
　君の今度の仕事に加勢しよう（我要支援一下你這次的工作）

加成性〔名〕〔理〕加成性、加和性

加線〔名〕〔樂〕（加於五線譜以上或以下的）加線

加増〔名、他サ〕增加。〔史〕俸祿封地的增加
　百石を加増する（增加俸祿百石）

加速〔名、自他サ〕加速←→減速
　加速運動（加速運動）
　加速器（加速器）

加速度〔名〕加速，加快。〔理〕加速度
　人口が加速度的に増加する（人口加速增加）
　加速度運動（加速度運動）
　加速度計（加速度計）

加担、荷担〔名、自サ〕參加，參與、支持，袒護
　陰謀に加担する（參與陰謀）
　そんな計画には加担出来ない（我不能參加那樣的計劃）
　何方に加担す可きか（應該支持哪一方面？）
　彼は何方にも加担しない（他對哪一方面都不支持）

加点〔名、他サ〕（比賽、考試）加分、訓讀漢文時畫的符號

加入〔名、自サ〕加入、參加←→脱退
　国際機構に加入する（加入國際組織）
　加入を許可する（允許參加）
　加入者が多い（參加者不少）
　保険に加入する（參加保險）

加熱〔名、他サ〕加熱
　加熱して圧縮する（熱壓）
　試験管を加熱する（給試管加熱）
　加熱器（加熱器）
　加熱面（加熱面）
　加熱装置（加熱裝置）
　加熱試験（加熱試驗）

加年〔名、自サ〕（在新年或生日）增加年齡（＝加齢）

加農砲〔名〕加農炮（＝カノン砲）

加配〔名、他サ〕增加配給、追加配售
　肉体労働者に米を加配する（給體力工人曾加糧食）
　加配米（增配米）

加判〔名、他サ〕聯合簽名蓋章（＝合判、連判，違判）

加筆〔名、自他サ〕刪改文章、文字加工
　原稿に加筆する（加工原稿）
　旧稿の加筆の上出版する（舊稿加工後出版）

加法〔名〕〔數〕加法（＝足算）←→減法

加俸〔名〕津貼、工資補貼
　今年から年功加俸が付く（從今年起有工齡補貼）

加味〔名、他サ〕調味，加佐料、摻入，加進，採納
　幾等か香料を加味する（放點香料調味）
　酢を加味した料理（放了醋的菜）
　子供の意見も加味する（也採納孩子的意見）

ㄐ

ㄐ

法に人情を加味する（在法律中加以人情味）

加盟〔名、自サ〕加盟、参加盟約
国連に加盟する（參加聯合國）
協定に加盟する（參加協定）
組合に加盟する（參加合作社、參加同業公會）
加盟国（加盟國）
加盟者（加盟者、會員）

加薬〔名〕調味料（＝薬味）、輔助藥、（主食上加的）配菜、（麵條裡的）配料
加薬御飯（什錦飯）
加薬饂飩（帶配料的麵條）
加薬蕎麦（加配料的蕎麥麵條）

加役〔名〕追加的臨時勞役、本職以外的臨時工作

加養〔名、自サ〕保養（＝養生）

加硫〔名〕硫化
加硫過度（過度硫化）
加硫釜（硫化鍋）
加硫曲線（硫化曲線）
加硫ゴム（硫化橡膠）
加硫剤（硫化劑）
加硫プレス（加壓硫化機）
加硫戻り（硫化還原）

加療〔名、自サ〕治療
早期に加療する（早期治療）
入院加療を要する（需要住院治療）
加療中である（正在治療）

加齢〔名、自サ〕（在新年或生日）增加年齡（＝加年）

加答児、カタル〔名〕〔醫〕黏膜炎
胃加答児（胃黏膜炎、胃炎）
腸加答児（腸黏膜炎、腸炎）

加奈陀、カナダ〔名〕加拿大
加奈陀首都オタワ（加拿大首都渥太華）

加比丹、甲比丹、カピタン〔名〕（江戸時代）荷蘭商館館長、外國船船長

加里、カリ〔名〕〔化〕鉀（＝カリウム）、鉀鹽、碳酸鉀

加利福尼亜、カリフォルニア〔名〕美國加州

加留多、歌留多、骨牌、カルタ〔名〕紙牌、撲克牌、骨牌、（新年玩）寫有詩歌的日本紙牌（＝歌加留多）
一組の加留多（一付紙牌）
加留多遊び（玩紙牌）
加留多を為る（取る）（玩紙牌、打紙牌）
加留多を配る（發牌）
加留多を切る（洗牌）
加留多を捲る（翻牌）
加留多に金を賭ける（玩紙牌賭錢）
伊呂波加留多（以いろは為序每張印有一首詩歌的紙牌）

加之〔接〕不但如此、並且
夕暮れは迫って来た、加之猛烈な雨が降り始めた（眼看天要黑了並且下起了暴雨）
英語を弁え、加之日本語も解する（不但懂英語也懂日語）
此の品物は高くない、加之品質も良い（這東西不貴而且品質也不錯）

加わる〔自五〕加上、添加、增加、參加
雨に風さえ加わった（風雨交加）
暑さが日増しに加わって来た（暑氣日增）
速力が加わる（速度加大）
会議に加わる（參加會議）
国連に加わる（加入聯合國）

加える〔他下一〕加、增加、添加、附加、追加、施加
年を一つ加える（增加一歲）
二に三を加えると五だ（三加二是五）
十五に二十五を加えると四十に為る（二十五加十五等於四十）
但し書きを加える（附加但書）

新版には索引を加えてある（新版中附有索引）

勢力を加える（增大勢力）

速力を加える（加大速度）

私を加えて一行十人（包括我在內一行共十人）

私を其の中に加えないで下さい（請不要把我算在其中）

圧力を加える（施加壓力）

治療を加える（給予治療）

打撃を加える（予以打擊）

銜える、啣える〔他下一〕銜，叼。〔舊俗〕帶來，領來

葉巻を銜える（叼著雪茄煙）

指を銜えて見ている（垂涎地〔把手指含在嘴裡〕看著）

黒犬が白い物を銜えて走って行った（黑狗叼著白色的東西跑掉了）

加う〔他下二〕加、增加、添加、附加、追加、施加（＝加える）

加うるに〔接〕加之、而且

加うるに彼は非常に臆病であった（而且他又是膽子極小的人）

文目も分かぬ真の闇、加うるに風雨さえ激しく為って来た（伸手不見五指的漆黑而且風雨交加）

勢力家であって加うるに忍耐力が有る（他既精力充沛又有耐性）

佳（ㄐㄧㄚ）

佳〔名、漢造〕佳、美好、美麗

風光頗る佳（風光頗佳）

絶佳（絕佳）

風光絶佳の地（風景絕佳之地）

佳宴〔名〕盛宴、歡宴

佳境〔名〕佳境、風景優美的地方

物語が愈愈佳境に入る（故事漸入佳境）

本邦随一の佳境（我國首屈一指的風景優美的地方）

佳局〔名〕引人入勝的對局、頗有興趣的棋局

佳句〔名〕佳句、好的句子、好的俳句

佳句集（佳句集）

佳景〔名〕佳景、美景

佳月、嘉月〔名〕明月、良辰、陰曆三月的異稱

佳肴、嘉肴〔名〕

佳肴に飽く（厭膩佳餚）

珍味佳肴（珍味佳餚、山珍海味）

佳作〔名〕佳作、優秀作品、入選以外的好作品

彼の小説と為ては中中の佳作である（作為他小說是個很優秀的作品）

選外佳作（入選以外的好作品）

佳詞〔名〕佳詞、美麗的文句

佳日、嘉日〔名〕佳日、吉日、良辰

佳酒、嘉酒〔名〕好酒、美酒

佳什〔名〕佳品、佳作

佳賞、嘉賞〔名、他サ〕嘉獎

佳醸〔名〕佳釀、美酒、好酒

佳辰、嘉辰〔名〕吉日、良辰

元旦の佳辰を祝う（慶祝元旦佳節）

佳人〔名〕佳人、美人

佳人薄命（美人薄命）

佳節、嘉節〔名〕佳節

建国の佳節（建國佳節）

上巳の佳節（陰曆三月三日上巳佳節）

佳品〔名〕佳作、優秀作品、優良產品

佳品揃いの展示会だった（是一個全是佳作的展覽會）

佳賓、佳賓〔名〕嘉賓、珍客

佳篇、佳編〔名〕佳作

佳味〔名〕佳餚、美味、佳趣

佳良〔形動〕良好

今度の作品は概ね佳良だ（此次作品大體上都相當好）

病人の経過は、一時や稍佳良であった（病人的情況一時略好）

佳例、嘉例〔名〕嘉例

ㄐ

佳麗〔形動〕漂亮（=綺麗、奇麗）

佳話〔名〕佳話、美談、有趣的故事

近来に無い佳話（近來罕見的佳話）

佳い、良い、善い、好い、吉い、宜い〔形〕（終止形連體形經常讀作良い、善い、好い）好的，優秀的，出色的，好的。良好的，巧的，容易的，美麗的，漂亮的，值得誇獎的，貴的，高貴的/正確的，正當的，合適的。

適當的，恰好的，好，可以，行（表示同意、許可、沒關係），蠻好的，妥當的，感情好的，親密的，好日子，佳期，吉日，有效的，靈驗的，名門的，高貴的，善良的，痊癒的，好，太好了，就好（表示安心、滿足、願望），幸福的，任性的，隨便的，好好地，充分的，經常的，動不動，諺語，成語←→悪い

頭が良い（腦筋好、聰明）

此の薬は頭が良く効く（這藥對頭很有效）

此れは品質が良い（這個品質好）

品が良い（東西好）

天気が良い（天氣好）

良い腕前（好本事、好手藝）

彼は良いポストに就いた（他就任了好職位）付く就く

此の子は物覚えが良い（這孩子記性好）

今朝は迚も気分が良い（今天早上心情很愉快）今朝今朝

良く書いて有る（寫得好）

此のペンは書き良い（這鋼筆好寫）

読み良い（好唸）

引き良い字引（容易查的字典）

此のミシンは中中使い良い（這縫紉機很好用）

エンジンの調子が良い（引擎的情況好）

心根が良くない（心地不良）心根心根

良く言えば倹約だが、悪く言えば吝嗇だ（往好說是節約可是往壞說是吝嗇）吝嗇吝嗇

良い知らせを伝える（傳達好消息）知らせ報せ

良い女（美女）

器量が良い（有姿色、長得漂亮）

景色が良い（景緻美麗）

景色の良い所で休もう（找風景好的地方休息吧！）

良い声で歌う（用響亮的歌聲唱歌）歌う唄う詠う謳う

嗚呼良い月だ（多麼好看的月亮呀！）

良く遣った（做得很好）

良い天気（好天氣）

若者らしく良い態度（像年輕人值得讚許的態度）

良からざる影響を与えた（給予不好的影響）

良い返事が得られない（得不到令人滿意的答覆）

品も良いが値段も良い（東西好可是價錢也可觀）

子牛が良い値で売れた（小牛賣了好價錢）値値

良いと信ずるからこそ遣ったのだ（認為正確所以才做了）信ずる信じる

良いと信ずる所に従う（擇善而從）従う遵う随う

良い方に導く（引導到正確的方向去）

早く行った方が良い（最好快點去）早い速い

人を殴るのは良くない（打人是不對的）殴る撲る

人を騙すのは良くない事だ（騙人是不對的）

良い悪いの判断も付かないのか（連好壞也不能判斷嗎？）

良い発音（正確的發音）

傘を持って来れば良かった（帶雨傘來就好了）

もう少し待って呉れても良さ然うな物だ（再多等一會兒又有什麼關係）

一言然う言って呉れれば良かったのに（先跟我說一聲不就好了）一言一言一言

如何したら良いだろう（怎麼做才合適呢？）如何如何如何

正に腕を振う良いチャンスだ（正是大顯身手的好機會）正に当に将に雅に奮う揮う震う篩う

良い所へ来た（來得正好）

此れ位の室温が良い（這室溫正好）

初心者に良い入門書（益於初學者的入門書）

分らなければ聞いた方が良い（不懂的話最好問問）

僕には丁度良い相手だ（正好是我的對手）

此の洋服は私に丁度良い（這西裝正合我的身材）

彼は私の良い相棒だ（他是我的好夥伴）

私が黙っているのを良い事に彼は好き勝手な事を為る（見我不過問他就亂來）

帰っても良い（可以回去了）帰る返る還る孵る飼える替える換える代える 蛙

掃除が済んだら帰っても良い（打掃完畢回家也可以）済む住む棲む清む澄む

寝ても良い（睡也行）

此れて良い（這就行了）

此の本は持って行っても良い（這本書也可以拿去）

此処は煙草を吸っても良いですか（可以在這裡吸菸嗎？）

行かなくても良い（不去也行）

其で良い（那就蠻好）

支度は良いか（預備妥當了嗎？）支度仕度

其の日程で良いか（那個日程妥當嗎？）

良い本（好書、有價值的書）

良い経験だ（是有價值的經驗）

水泳は健康に良い（游泳對於健康很有好處）

暗い処で本を読むのは目に良くない（在暗處看書對眼睛不好）

彼と彼女は良い仲だ（他和她感情很好）

彼の二人は仲が良い（他們倆很要好）

上役との折り合いが良くない（和上司關係不融洽）

良い日を選んで結婚式を上げる（選擇吉日舉行婚禮）選ぶ択ぶ撰ぶ 上げる挙げる揚げる

胃病には此の薬が良い（這個藥對胃病有效）

良い家の御嬢さん（名門的小姐）

良い家柄（名門）

良い行い（善行）

日日の良い行い（日行一善）日日日日日日

人柄が良い（品行善良）

病気が良く為った（病好了）

無事で良かった（平安無事太好了）

父の病気が早く直って本当に良かった（父親的病很快就痊癒了實在太好了）

間に合って良かった（趕上太好了、正好用得上太好了）

良くいらっしゃいました（歡迎歡迎、您來得太好了）

もっと勉強すれば良いのに（多用點功就好了）

明日雨が降らねば良いが（要是明天不下雨就好了）明日明日明日

一緒に行けば良い（一起去就好了）

斯うすれば良い（這樣做就好）

早目に見れば良かった（提早看就好了）

良い御身分だ（很幸福的身分）

良い家庭（幸福的家庭）

良い様な振る舞う（任性做事、態度隨便）
教科書を良く読み為さい（好好地讀課本吧！）
私は彼を良く知っている（我很了解他）
此れは為るには三日も有れば良い（做這件事只要三天就好了）
良い年を為て此の様は何だ（年紀也不小了這像什麼樣子！）
筆箱は一つ有れば良い（鉛筆盒有一個的話就夠了）
良く転ぶ（動不動就跌倒）
此の頃良く雨が降る（最近經常下雨）降る振る
彼は良く映画を見に行く（他經常去看電影）
彼は良く腹を壊す（他經常鬧肚子）壊す毀す
良い種を播いて置け（善有善報）播く巻く撒く蒔く捲く
良い茶の飲み置き（好茶總是嘴裡香）
良い時は馬の糞も味噌に為る（一順百順）
良い仲も笠を脱げ（知心也要有分寸）
良い仲の小さい境（好朋友也會為小事爭執）境界
良い花は後から（好花不先開）
良く言う者は未だ必ずも良く行わず（能說未必就能做）未だ未だ
良く泳ぐ者は水に溺る（淹死會水的）
良く問を待つ者は鐘を撞くが如し（對答如流）
良く恥を忍ぶ者は安し（能忍者常安）忍ぶ偲ぶ
良い目が出る（喜從天降）
良い面の皮（活該、丟臉的、不要臉的）
良い、善い、好い〔形〕（良い、善い、好い、佳い、吉い、宜い的轉變、只有終止形和連體形）好的，善良的、優秀的，卓越的，貴重的，高貴的，美麗的，漂亮的，爽快的，舒服的，明朗的、良好的，順利的，幸運的，吉祥的，有效的、恰好的，適當的，正確的，對的、可以，沒關係

（用ても良い、て良い）也好，也沒關係、貴的、擅自、用於提醒對方注意

（用於だと、ば之後）但願，才好，比較好、夠了

良い人（好人、愛人、情人、心上人）
良い子（好孩子、指嬰兒很乖的情形-賣乖取寵）
良い子に為る（裝好人、裝沒事、假裝與自己無關）
自分許り良い子に為る（盡為自己打算）
人柄が良い（人品好）
良い様に為て呉れ（你好好給我辦吧！）
此れは良い作品だ（這是優秀的作品）
良い資料（寶貴的資料）
其は放射能研究の良い資料だ（那是研究輻射能的寶貴資料）
良い家柄の出た（出自名門）
良い男（美男子）
良い女（美女）
本当に良い女性だ（的確是漂亮的小姐）女性女性
良い気持（心情舒服暢快）
良い天気（好天氣）
実に良い天気だ（真是好天氣）実に実に
今日は良い天気だ（今天是個好天氣）今日今日
車のエンジンの調子が良い（汽車引擎的情形良好）
商売が良い（生意順利）
良い目が出る（順利、得到好運氣）
良い日を選ぶ（選擇吉日）
良い日を選ぶで開業する（選擇吉日開張）

彼は良い身分だ（他是幸運的身分）
身體の為に良い（對身體好）身体身体 体
喘息に良い（對氣喘有效）
此の薬はリューマチズムに良い（這藥對風濕病有效）
丁度良い時に着いた（到的正是時候）着く付く附く吐く搗く尽く点く憑く衝く撞く
如何したら良いか分らない（不知怎樣才好）
良い相手が見付かれば結婚する（找到適當的對象就結婚）
そんな事を為て良いと思うのか（你做那樣的事以為是對的嗎?）思う想う
子供を良い方に導く（引導孩子朝向正確方向）
其で良い（那就行）
まあ良いさ（啊！好吧、勉強還可以）
サービスして二百円で良い（特價優待二百元就可以了）
私は如何為っても良い（我變成怎樣也沒關係）
良いとも（好、成、行、可以、有何不可）
良いとも良いとも（好好、成成、好的好的、可以可以）
窓を開けて宜しいか。良いとも（開窗戶行嗎?可以）
彼が居なくても良い（沒有他也沒關係）
笑ったって良いじゃないか（笑又有什麼關係呢?）
何れでも良い、一つ下さい（哪個都行給我一個吧！）
来なくても良い（不來也可以、可以不來）
明日来なくても良い（明天可以不來）明日 明日 明日
改良種だから良い値で売れる（因為是改良種所以賣得貴）値 値
此の区では良い顔だから支持される（在本區知名度高所以受到支持）

何時も良い様に振る舞う（經常擅自行動）
良いですか（好了嗎?有問題嗎?）
良いかね、良く聞き為さい（注意！要仔細聽）
良いかね、良く見ろよ（注意！仔細看吧！）
御天気だと良いな（若是晴天就好啦！）
ピクニックに行くんだから、天気だと良いがね（因為要去郊遊所以若是好天氣就好啦！）
早く直れば良い（但願早日康復）
動物園へは、如何行けば良いですか（要到動物園怎樣去才好呢?）
もっと良い（更好）
無いより良い（比沒有強）
私は梨より桃の方が良い（比起梨來我喜歡桃子）
もう良いです（已經夠了、不要了＝もう結構です）

佳し、良し、善し、好し、吉し、宜し [形ク]〔古〕
（良い、善い、好い、佳い、吉い、宜い的文語形）好的、出色的、美麗的、珍貴的、適當的、吉利的、正確的、方便的、滿足的、容易的、親密的

行けば良し（去就好）よし（好、可以）止し蘆葦蘆葦
風景良し、食べ物良し（風景好食物好）
技術良し（技術出色）
頭も良し、器量も良し（頭腦也好姿色也好）
良き品を受け取った（收到珍貴的東西）
早めに帰るのが良し（早點回家比較妥當）
良き日を選ぶ（選黃道吉日）
あんな態度を良しと為ない（不認為那種態度是正確的）
若い女性は夜独りで歩くのは良くない（年輕女性夜晚獨自行走不方便）女性 女性

子供達が皆独立出来ば良し（孩子們都能獨立就滿足了）
通り良き小路（容易走過的小路）
彼の二人は良き仲だ（那兩人是很親密的）

枷（ㄐㄧㄚ）

枷〔漢造〕枷鎖、連枷（打穀用具）
首枷、頸枷（枷、羈絆、累贅）
首枷を嵌める（帶枷）
子は三界の首枷（兒女是擺脫不掉的累贅）
殻竿、連枷（〔打穀用具〕連枷）
連枷歌（用連枷打麥時的歌）
連枷を打つ（用連枷打麥或穀）

枷〔名〕（用鐵或木頭作的刑具）枷，銬，鐐（＝枷）

枷〔名〕（刑具）枷，銬，鐐。〔轉〕難以離開的東西，累贅，羈絆，枷鎖
首枷、頸枷（枷）
手枷（手銬）
足枷（腳鐐）
枷を掛ける（給帶上枷銬鐐）
手に枷を嵌める（銬上手銬）
子供が足枷に為って働きに出られない（孩子成累贅不能出去工作）

家、家（ㄐㄧㄚ）

家〔漢造〕（有時讀作け）家庭、家族、專家
人家（人家、住家）
隣家（鄰家、隔壁）
一家（一家、一派、全家、一所房屋、雌雄同株）
一家（〔古〕一家〔＝一家〕、親屬、一所房屋）
一つ家（獨立房屋、同一房子）
旧家（世家、名門、故居、舊居）
勢家（豪門、權貴）

実家（娘家、父母之家）
生家（娘家、出生的家）
養家（養〔繼〕父母的家）
名家（名家、名人、名門）
大家（大房子、專家，權威、名門，大戶人家〔＝大家〕）
大家（名門，大戶人家〔＝大家〕）
大家、大屋（房東、正房、主房）
大家族（大家族、大家庭）
作家（作家、藝術家）
雑家（雜家－中國古九流之一）
画家（畫家）
儒家（儒家）
道家（道家）
芸術家（藝術家）
好事家（好事者）
実業家（實業家）
事務家（事務家）
読書家（讀書家）

家運〔名〕家運
家運が傾く（衰える）（家運衰落）
家運を挽回する（挽回家運）

家屋〔名〕房屋
家屋を修理する（修理房屋）
家屋の明け渡しを要求する（要求讓出房屋）
家屋を建てる（蓋房屋）
家屋税（房捐）
家屋（売買の）周旋人（房屋買賣介紹人）
老朽家屋を取り壊す（拆除破舊家屋）

家屋敷〔名〕房屋和地皮、房地產
家屋敷を売り払って借金を返済する（變賣房地產還債）

家格〔名〕門第（＝家柄）

家学〔名〕家學、祖傳的學問
　家学を継承する（繼承家學）

家居、家居〔名、自サ〕居家、在家、呆在家中

家郷〔名〕家鄉、故鄉（=故郷）
　家郷から離れる（離鄉背井）

家業〔名〕家業、祖業
　幼いながら家業を助ける（年紀雖小卻能輔助家業）
　学校を卒業したら家業を継ぐ（從學校畢業後繼承家業）
　先祖代代の家業（先人代代相傳的祖業）

家禽〔名〕家禽←→野禽
　家禽とは鶏、家鴨等の総称である

家具〔名〕家具
　家具を買う（買家具）
　家具付の貸家（帶家具的出租房屋）
　家具を取り付ける（陳設家具）
　家具師（家具師）
　家具屋（家具店）

家君〔名〕家父、家嚴

家訓〔名〕家訓、家教

家兄〔名〕家兄

家系〔名〕血統、門第
　家系を調べる（調查血統）
　古い家系（世家）

家計〔名〕家計、家庭經濟、家中收支情況
　家計が豊かだ（家計富裕、生活富裕）
　農家の家計を調査する（調查農家家庭經濟情況）
　家計が不如意だ（加計拮據）
　妻は家計を預かる（妻子掌握家庭經濟）
　家計簿（家庭收支簿）

家鶏〔名〕家雞

家憲〔名〕家規、家訓、家法
　家憲を守る（遵守家規）

家眷〔名〕家眷

家厳〔名〕（對他人謙稱自己父親）家嚴

家刻本〔名〕私家版、個人刊行的書

家裁〔名〕家庭案件法院（=家庭裁判所）
　家裁送り（送交家庭案件法院）

家財〔名〕家中什物家具、家產
　家財を纏めて引っ越す（收拾什物家具搬家）
　彼の教授の家財と言ったら書物丈だ（說到那教授的家產只有書籍罷了）
　家財道具（一切什物家具）

家蚕〔名〕家蠶←→野蚕

家産〔名〕家產、家財
　家産を使い尽くす（家產用盡）
　家産を蕩尽する（傾家蕩產）
　家産を傾ける（傾家）

家資〔名〕家產、家財
　家資分散（〔法〕破產、分散家產）

家事〔名〕家事、家務、家庭內發生的事情
　家事に追われる（忙於家務）
　家事の手伝いを為る（幫助做家事）
　家事を遣る（做家務）
　家事の都合で欠勤する（因家庭事故缺勤）
　家事審判所（家庭案件法院、現改為家庭裁判所）

家借〔名〕租房子

家集〔名〕（古時）個人的歌集←→撰集

家什〔名〕家具、家庭用具

家塾〔名〕私塾（=私塾）

家書〔名〕家信、家中藏書

家女〔名〕女繼承人

家常〔名〕家常
　家常茶飯（家常便飯、尋常的事情）
　家常茶飯事（尋常的事）

家醸〔名〕自家釀造的酒

家職〔名〕家業、（舊華族武士家中）管家

家職を継ぐ（繼承家業）

家臣〔名〕（諸侯）家臣（=家来、家人）
徳川の家臣（德川家的家臣）

家信〔名〕家信、家書（=家書）

家人〔名〕家人、家屬、（武家）家臣
行く先を家人に言い置いて出掛ける（要把去處告訴家人後出門）
家人の留守に泥棒が入った（家裡沒人時進來小偷了）

家の人、内の人〔名〕家人，家屬、（對別人稱自己丈夫）我的丈夫（=宅）
家の人と相談して見る（和家人商量看看）

家人〔名〕〔史〕僕人（=家の子、郎党）、（江戸時代）將軍的家臣（=御家人）
御家人（將軍的家臣）

家声〔名〕家聲、一家的名聲
家声を興す（振興家聲）

家政〔名〕家政、家事、家務
家政が旨い（得意だ）（善於處理家事）
家政を整える（整理家務）
家政を切り盛りする（料理家務）
家政に当たる（負責家務）
家政学（家政學）
家政学校（家政學校）
家政婦（女管家）

家祖〔名〕那家的祖先、自己的祖父

家鼠、家鼠〔名〕〔動〕家鼠

家相〔名〕家相、房子風水
家相が良い（房子風水好）
家相を見る（看房子風水）
家相見（風水先生）

家蔵〔名、自他サ〕家藏
家蔵の古画（家藏古畫）

家族〔名〕家族、家屬
大家族（大家族）
小家族（小家族）

家族が多い（家屬多）
家族を養う（養活家屬）
家族連れの旅行（帶家屬的旅行）
家族制度（家族制度以家長所統率的家族為社會組織的基礎的制度=家制度）

家宅〔名〕住宅
家宅を捜索する（搜查住宅）
家宅侵入罪（侵入住宅罪）
家宅捜索（搜查住宅）

家畜〔名〕家畜
家畜を飼う（飼養家畜）

家中〔名〕家裡、全家人、〔古〕諸侯的家臣，藩士
浅野の家中（淺野侯的家臣）

家中〔名〕全家
家中で出掛けた（全家人一起出去了）
其の為家中大騒ぎだった（因此全家都驚慌不安）

家醸〔名〕自家釀造的酒、手工釀造的酒

家親〔名〕自己的父母

家秩〔名〕那家的俸祿

家嫡、家嫡〔名〕嫡子

家長〔名〕家長、戶主
父の跡を襲って家長と取る（繼承父業成為戶主）
家長権（家長權）

家猪〔名〕豚的異名

家庭〔名〕家庭
楽しい家庭（快樂的家庭）
家庭を持つ（造る）（成家）
家庭を離れる（離開家庭）
家庭が円満だ（家庭圓滿）
家庭の人と為る（成為家庭的一員）
家庭に縛られている女（為家庭所束縛的女性）

彼の家庭には波風が絶えない（那一家庭不斷起風波）

家庭用（家庭用）

家庭料理（家常便飯）

家庭科（中小學的家事課）

家庭環境（家庭環境）

家庭着（在家穿的便服＝ホーム、ウエア）

家庭教育（家庭教育）

家庭教師（家庭教師）

家庭裁判所（家庭案件法院）

家庭争議（家庭糾紛）

家庭的（家庭的、家庭式的）

家庭配給（按戶配給）

家庭訪問（家庭訪問）

家庭向き（以家庭為對象的、合乎家庭需要的）

家伝〔名〕家傳

家伝の秘法（家傳的祕法）

家伝の妙薬（家傳的妙藥）

家伝の処方（家傳秘方）

家兔〔名〕家兔←→野兔

家督〔名〕繼承人，長子，家長的身分，戶主的身分。〔法〕（明治憲法規定的）戶主權，戶主的地位

長男が家督を相続する（長子繼承戶主）

家督相続（〔舊民法規定〕戶主的地位和財產的繼承）

家督相続権（家長繼承權）

家督相続人（家長繼承人）

法定家督相続人（法定家長繼成人）

推定家督相続人（推定家長繼成人）

家内〔名〕家內，家庭，家中，家族，家屬，全家。〔謙〕妻子，內人

三人家内（全家三人）

家内一同元気です（全家都很健康）

家内挙って芝居に出掛ける（全家去看戲）

家内から宜しく申しました（內人向你問好）

家内〔名〕家中（＝家內、家の中）、家族（＝家族、家の者）

家難〔名〕家中的災難

家扶〔名〕（舊皇族、華族家中的）副管家（次於家令）

家婦〔名〕主婦、妻子

家譜〔名〕家譜

家風〔名〕家風、門風、家規

質素な家風（樸素勤儉的家風）

家風に従う（遵從家風）

家風に合わない（不合家規有違家風）

彼は厳しい家風の中で育てられた（他在嚴格的家庭教育中培養成人）

家父〔名〕家父、家嚴

家母〔名〕家母←→家父

家宝〔名〕家寶、傳家寶

其の絵は家宝と為て珍蔵されている（那幅畫被珍藏為傳家寶）

家法〔名〕家法，家規、家傳秘法

家僕〔名〕家僕、佣人（＝下男）

家名〔名〕（一家的）姓氏，家聲，一家的名譽，長子的地位，家的繼承人

母の実家の家名を継ぐ（繼承外祖父的姓氏）

家名を揚げる（增光家聲、提高家聲）

家名を汚す（有辱家聲）

家名を傷付ける（沾汙家聲）

家名を継ぐ（繼承家名）

家門〔名〕家門，家的門、全家、門第。（江戶時代"三家"-尾張，紀伊，水戶，"三卿"-田安，一橋，清水以外的）德川家的近族

家門の誉れ（家門的榮譽、一家之光）

良き家門の生まれ（出身名門）

家紋〔名〕（日本一家專用的）家徽、家的徽章

家の紋〔名〕（某家的）家徽（=家紋）

家令〔名〕（日本皇族、華族的）管家、總管

家例〔名〕家庭習慣、家庭慣例
　然うするのが此の家の家例だ（那樣做是這個家庭的傳統習慣）

家老〔名〕〔史〕（幕府時代諸侯的）家臣之長（統轄武士、總管家務）

家禄〔名〕〔史〕（從前貴族、武士等的）世襲俸祿

家鴨〔名〕〔動〕鴨子
　家鴨が鳴いている（鴨子在叫）
　家鴨の様に歩く（蹣跚地走）
　家鴨の丸焼（烤鴨）
　家鴨の子（小鴨）
　家鴨飼育場（養鴨場）

家〔接尾、漢造〕家，家庭，家族，專家，有聲望的家庭，權貴之家，（學術宗教的）宗派
　平家（平氏一門）
　山田家（山田家）
　石原、加藤両家（石原、加藤兩家）
　田中は佐藤家に生まれたが妻の実家の姓を名乗った（田中是佐藤家所生但是隨了他妻子娘家的姓）
　将軍家（將軍一家）
　本家（本家，嫡系家庭、正宗、嫡派、本店，總店。〔古〕莊園名義上的最高領主）
　分家（另立門戶、另立的門戶）
　宗家、宗家（本家、宗家=本家）
　僧家、僧家（寺院僧侶）
　出家（出家、出家人）
　在家（在家人，俗人，鄉村房屋）
　陰陽家（陰陽家）

家子〔名〕家屬、家僕

家損〔名〕家的損害、家的恥辱

家来、家礼〔名〕（封建時代的）家臣、僕從
　大名の家来に為る（給諸侯當家臣）

家来分（家臣的身分）

家〔名〕房屋、家、家庭、家世，門第
　家を建てる（蓋房子）
　家を空ける（騰房子）
　家中埃だらけだ（滿屋都是灰塵）
　住む家が無い
　家に帰る（回家）
　家を出る（離開家出門、出走）
　家を畳む（收拾家當）
　家に燻る（悶居家中）
　貧農の家に生れる（生於貧農家庭）
　未だ家を成さない（還沒有成家）
　家を持つ（成家、結婚）
　彼の家は代代農家だった（他的家代代務農）
　古い家（歷史悠久的門第）
　家を継ぐ（繼承家業）
　家を外に為る（拋家在外）

御家〔名〕〔敬〕貴府，府上，封建主的家，諸侯的家
　御家の大事（封建主家裡危急存亡的大事）

御家さん〔名〕（京阪方言）（對他人妻子的尊稱）夫人、太太

家蟻〔名〕家蟻

家家〔名〕家家、戶戶、各家、每家
　家家に灯が点る（萬家燈火）

家蚊〔名〕家蚊

家數〔名〕家數（=家の数）

家構え〔名〕房子的構造、房子的外觀
　家構えから見ると料理屋らしい（從房子外觀看來像飯館）

家柄〔名〕家世，門第、名門
　彼は如何言う家柄の人か（他的家庭出身怎樣？）
　家柄が良い（家世好）
　家柄が釣り合う（門當戶對）

彼の人は家柄の出だ（他的家是名門）

家蝙蝠〔名〕家蝙蝠

家路〔名〕歸路
　家路に就く（就歸途、回家）
　家路を辿る（往家走）
　遅く為ったので家路を急いだ（因為晚了急忙趕路回家）

家筋〔名〕家世、家系、血統（＝血統）
　家筋が絶えた（家系斷了）
　彼の家筋を正せば、元は源氏だ（他的家系追究起來原來是源氏）

家蜱、家蟎、家壁蝨〔名〕〔動〕壁蝨
　家蜱に食われた（被壁蝨咬了）

家付き、家付〔名〕一直住在（屬於）某家、招婿入贅、帶房子
　家付の娘（招贅的女兒）
　家付の女中（一直在某家工作的保母）
　家付の土地を買う（買帶房子的土地）

家継〔名〕繼承、繼承人

家苞、家苴〔名〕帶回家的禮物（土產）

家出〔名、自サ〕（離家）出走、出家（＝出家）
　娘が家出する（女兒離家出走）
　都会に憧れて家出を為る（嚮往城市離家出走）
　家出娘を捜査する（尋找離家出走的女兒）

家無し〔名〕無家（的人）（＝宿無し）

家並，家並み，家並，家並み，屋並，屋並み〔名〕房屋的排列，排列的房屋、家家戶戶（＝家毎）
　通りに面した静かな家並（鄰街而安靜的一排房屋）
　家並が揃っている（房屋排列整齊）
　家並の不揃いな道（房屋排列參差不齊的街道）
　家並に損害を受けた（每家遭受了損失）
　家並に捜したが見当たらない（挨家挨戶地找也沒找到）
　家並に国旗を掲げている（家家戶戶都掛著國旗）

家主、家主〔名〕房東、房主、戶主（＝主）
　家主に家賃を払う（付給房東房租）

家鼠〔名〕〔動〕家鼠、老鼠

家の芸〔名〕家傳的拿手演技

家の子〔名〕同族人、家臣、家僕、黨羽、爪牙、嘍囉
　家の子郎党（同族人、家臣、家僕、黨羽、爪牙、嘍囉）

家蠅〔名〕〔動〕蒼蠅

家鳩〔名〕〔動〕家鴿（＝土鳩）←→野鳩

家見〔名、自サ〕看房子、訪問新居

家持ち、家持〔名〕房主、戶主、家長、料理家務、另立門戶
　家持が良い（旨い）（會料理家務、會過日子）

家元〔名〕（某種技藝流派的）師家宗家（＝宗家）
　花の家元（插花的師家）
　茶道の家元（茶道的師家）
　家元を継ぐ（繼承師家）

家〔名〕〔俗〕家（＝家）
　俺ん家（俺的家）
　僕ん家（我的家）

家、內〔名〕家，家庭，房子、家裡人、自己的丈夫或妻子
　家へ帰る（回家）
　家を建てる（蓋房子）
　三階建ての家（三層樓房）
　今夜は家に居ます（今晚在家）
　家へ遊びにいらっしゃい（到我家來玩吧！）
　家を外に為る（經常外出不在家）
　家を持つ（成家、結婚）
　家中で映画を見に行く（全家人去看電影）
　家の子に限ってそんな事は無い（我家小孩不會做那種事）

内、中、裏、家〔名、代〕内，中，裡←→外，之内，以内、時候，期間（=間），家，家庭（=家）。自己人，自己的丈夫，妻子、内心。〔古〕宮裡或天皇的尊稱。〔佛〕佛教，佛經、（方言）我。

家の人（我的丈夫）
家の者（家屬、我的妻子）
家の中の盗人は捕まらぬ（家賊難防）
内へ入る（進入裡面）
十人の内九人迄が賛成する（十人之中有九人贊成）
内から錠を掛ける（從裡面上鎖）
内から錠を掛けて置く（從裡面上鎖）
多数の内から選び出す（從多數裡選出）
拍手の内に壇上に上る（在鼓掌聲中登上講壇）
クラスの内で彼が一番背が高い（在班上他個子最高）
此も私の仕事の内です（這也是我工作範圍之内的事）
若い内に勉強しなければならない（必須趁著年輕用功）
暗い為らない内に早く帰ろう（趁著天還沒黑快回去吧！）
御喋りを為ている内に家に着いた（說著說著就到家了）
二、三日の内に出発する（兩三天以内出發）
三日の内に遣り遂げる（三天以内完成）
内を建てる（蓋房子）
三階建の内（三層樓房）
内へ帰る（回家）
内へ遊びにいらっしゃい（到我家來玩吧！）
今夜は内に居ます（今晚在家）
内程良い所は無い（沒有比家裡再好的地方）
内を持つ（成家、結婚）
内を外に為る（經常外出不在家、老不在家）
内の者（家人、我的妻子）
内中で映画を見に行く（全家人去看電影）
内の人（我的丈夫）
内の子に限ってそんな事は無い（我家小孩不會做那種事）
内の奴（我的老婆）
一応、内に相談して見ます（這要和家裡人商量一下）
彼は内の者だ（他是自家人）
内の中の盗人は掴まらぬ（燈底下暗内賊捉不著）
内の社長（我們經理）
其の計画は内で立てよう（那項計畫由我們來制定吧！）
内の学校（我們學校）
抑え切れない内の喜び（抑制不住内心的喜悅）
内に省みて疚しくない（内省不疚）
熱情を内に秘める（把熱情埋藏在心裡）

家、屋、舎〔名〕家房屋（=家）、〔古〕屋頂（=屋根）

〔接尾〕（接名詞下表示經營某種商業的店鋪或從事某種工作的人）店、鋪

具某種專長的人。（形容人的性格或特徵）（帶有輕視的意思）人

日本商店、旅館、房舍的堂號、家號、雅號（有時寫作"舎"）

此の屋の主人（這房屋的主人）
屋鳴り振動（房屋轟響搖晃）
家主（房東）
空家、明家（空房子）
郵便屋さんが手紙を配っている（郵差在送信）

左官屋さんが来ました（瓦匠師傅來了）
薬屋（藥店）
魚屋（魚店）
肉屋（肉舖、賣肉商人）
八百屋（菜鋪、萬事通）
新聞屋（報館、從事新聞工作者）
銀行屋（銀行家、從事銀行業務者）
本屋（書店、書店商人）
鍛冶屋（鐵匠爐、鐵匠）
闇屋（黑市商人）
事務屋（事務工作人員）
政治屋（政客）
何でも屋（萬事通、雜貨鋪）
威張り屋（驕傲自滿的人）
恥かしがり屋（易害羞的人）
喧し屋（吹毛求疵的人、好挑剔的人、難對付的人）
分らず屋（不懂事的人、不懂情理的人）
千三つ屋（土地經紀人、撒謊大家、吹牛大王）
周旋屋（經紀人、代理店）
気取り屋（裝腔作勢的人、自命不凡的人、紈綺子弟）
菊の屋（菊舍）
木村屋（木村屋）
高山屋（高山屋）
木材屋（木材行）
大和屋（大和屋）
鈴の屋（鈴齋-本居宣長的書齋名）

家請〔名〕（租屋時的）保證人
家移り〔名、自サ〕〔舊〕搬家（＝家移し、転宅、引越し）
家数〔名〕家數、戶數
　家数の少ない町（戶數不多的街道）

家捜し、家探し〔名、自サ〕遍查家中、找房子（＝家捜し）
　家捜しを為ても見付からない（家裡查遍了也沒有找到）
　立ち退きを迫られて、家捜しを為る（被強迫搬走找；房子）
家作〔名〕建築房屋、建築的房屋、出租的房屋
　彼は家作を持っている（他有出租的房屋）
　家作の上がりで暮らす（靠房租度日）
家作り、家造り〔名〕蓋房子，建築房屋、房屋的構造結構
　家作を始める（開始蓋房子）
　立派な家作り（華美的結構、出色的結構）
家尻、家後〔名〕房屋（或倉庫的）後邊
　家尻切り（由房屋或倉庫後邊挖牆進入）
家賃〔名〕房租
　此の家は家賃が高い（這房子房租貴）
　家賃を上げる（下げる）（漲〔降〕房租）
　家賃を払う（交房租）
　家賃の上がりで生活する（靠房租收入生活）
　彼は家賃が滞っている（他拖欠房租）
家鳴り、家鳴〔名、自サ〕房屋響動
　地震で家鳴が為る（由於地震房屋響動）

痂（ㄐㄧㄚ）

痂〔漢造〕痂
　痂皮（瘡痂＝痂、瘡蓋）
痂せる、乾せる〔自下一〕（傷口）結痂、（因皮膚過敏而）生斑疹
痂、瘡蓋〔名〕瘡痂
　傷口に痂が出来る（傷口結成瘡痂）

袈（ㄐㄧㄚ）

袈〔漢造〕（梵語）（音字）袈裟、和尚穿的衣服
袈裟〔名〕〔佛〕（梵語 kayasa 音譯）袈裟
　紫の袈裟を掛ける（披著紫色袈裟）

ㄐ

坊主憎けりゃ袈裟迄憎い（憎惡和尚連袈裟都憎惡、〔喻〕憎惡其人以至憎惡其所有物）

袈裟懸け（斜著披上）

袈裟斬り（斜肩砍下去）

御袈裟（節）〔名〕袈裟曲-從新潟縣柏崎地方開始流行的一種民謠俚曲

葭（ㄐ—ㄚ）

葭〔漢造〕初生的蘆葦（=葭，葦，蘆，葭，葦，蘆）、笛子

葭、葦、蘆〔名〕〔植〕蘆葦

葭、葦、蘆〔名〕〔植〕蘆葦（=葭，葦，蘆）（因"葭"與"惡し"同音、避而使用"葭""善し"）

葦の髄から天井（を）覗く（以管窺天、坐井觀天）

葭子、葦子〔名〕葦芽

葦子笛（葦笛）

葭簀、葦簀、葦簾〔名〕用蘆葦編製的簾子（=葦簾）

葦簀で日除けを作る（用葦簾做遮日簾）

葭戸、葦戸〔名〕用蘆葦編製的門

葭竹、暖竹〔名〕〔植〕蘆竹

嘉（ㄐ—ㄚ）

嘉〔漢造〕美好、讚美

嘉儀〔名〕喜事（=慶事）

嘉言〔名〕嘉言、好話

嘉言善行（嘉言善行）

嘉肴、佳肴〔名〕佳餚

佳肴に飽く（厭膩佳餚）

珍味佳肴（珍味佳餚、山珍海味）

嘉事〔名〕喜事（=慶事）

嘉日、佳日〔名〕佳日、吉日、良辰

嘉酒、佳酒〔名〕好酒、美酒

嘉賞、佳賞〔名、他サ〕嘉獎

嘉辰、佳辰〔名〕吉日、良辰

元旦の佳辰を祝う（慶祝元旦佳節）

嘉節、佳節〔名〕佳節

建国の佳節（建國佳節）

上巳の佳節（陰曆三月三日上巳佳節）

嘉調、佳調〔名〕（音樂或詩歌的）美妙音調

嘉納〔名、他サ〕嘉納、欣然接受、准許、俯允

献上品を御嘉納に為った（欣然收下貢品）

嘉平次平〔名〕嘉平次平（一種絲織品、用作和服裙料）

嘉例、佳例〔名〕嘉例

嘉する〔他サ〕嘉獎、讚許（=褒める，誉める，称える，讃える）

嘉せられる（受嘉獎）

功績を嘉する（嘉獎功績）

志を嘉する（讚許志向）

夾（ㄐ—ㄚˊ）

夾〔漢造〕挟（=挟む）、狭（=狭い）

夾角〔名〕〔數〕夾角

夾擊、挾擊〔名、他サ〕夾擊、夾攻

敵を前後から夾擊する（從前後夾攻敵人）

夾擊作戰を取って敵に接近する（採取夾擊作戰逼近敵人）

夾攻、挾攻〔名、他サ〕夾攻、夾擊

夾叉〔名〕〔軍〕（炮的）夾叉射擊

夾雜〔名〕夾雜、混染

夾雜物（夾雜物）

夾侍、脇侍〔名〕〔佛〕佛像兩旁的侍像（=脇立、脇士）

夾層〔名〕〔礦〕夾層、分離層

夾竹桃〔名〕〔植〕夾竹桃

挾（挾）（ㄐ—ㄚˊ）

挾〔漢造〕拿持、懷藏、杖恃、要脅

挾擊、夾擊〔名、他サ〕夾擊、夾攻

敵を前後から夾擊する（從前後夾攻敵人）

夾擊作戰を取って敵に接近する（採取夾擊作戰逼近敵人）

挾み擊ち〔名、他サ〕夾擊、夾攻

両方から挟み撃ちする（兩面夾攻）
敵を挟み撃ちに為る（夾擊敵人）
挟み撃ちを受ける（受到夾攻）

挟殺〔名、他サ〕〔棒球〕夾殺

挟持〔名〕攜帶、夾在腋下

挟まる〔自五〕夾、居間
指がドアに挟まった（手指夾在門縫裡了）
歯が挟まった（塞在牙縫了）
其の国は二大国の間に挟まっている（那國家處在兩大國之間）
私は双方の間に挟まって困っている（我夾在雙方之間很為難）
中に挟まって二人を宥めるのに苦労する（為居中調解雙方煞費苦心）

挟む、挿む〔他五〕夾、隔、插
栞を本の間に挟む（把書籤夾在書裡）
煙草を指に挟む（把香菸夾在指間）
箸で饅頭を挟む（用筷子夾豆包）
両軍、河を挟んで睨み合う（兩軍隔河對峙）
テーブルを挟んで二人は相対した座った（兩人隔桌相對而坐）
疑いを挟む余地が無い（不容置疑）
文の間に図表を挟む（文章中間插入圖表）
人の話の途中で言葉を挟む（別人正在說話時從旁插嘴）
一言口を挟んだ（插了一句話）

鋏む、剪む〔他五〕剪
髪を鋏む（剪頭髮）
枝を鋏む（剪樹枝）
床屋へ髪を鋏みに行く（去理髮店理髮）
羊の毛を鋏む（剪羊毛）

差し挟む〔他五〕夾, 隔、插進（=挟む）、挟, 心裡懷著（=抱く）、依恃, 依仗（=頼む）
鉛筆を耳に差し挟む（把鉛筆夾在耳朵上）
本の間に栞を差し挟む（把書籤夾在書裡）
前後より差し挟んで敵を撃つ（從前後夾擊敵人）
両軍が川を差し挟んで対峙する（兩軍隔河對峙）
傍から人の話に口を差し挟む（別人說話從旁插嘴）
疑いを差し挟む（懷疑）
異議を差し挟む（持異議）
疑いを差し挟む余地が無い（無置疑餘地）
異図を差し挟んでいる（懷有不良意圖）

脇挟む〔他五〕夾在腋下
本を脇挟む（把書夾在腋下）
鞄を脇挟む（把皮包夾在腋下）

挟み、剪み〔名〕夾、隔、插

挟み石〔名〕〔礦〕夾石、夾塊

挟み紙、挟紙〔名〕書籤、(夾在兩物間以減少摩擦的)襯紙

挟み切る、剪み切る〔他五〕剪斷
縄の端を挟み切る（把繩子的末端剪斷）

挟みゲージ〔名〕〔機〕卡規（=スナップ、ゲージ）

挟詞、挿語〔名〕（文章、隱語的）插語、插詞（僕の机讀作ぼノサくのつノサくえ用作黑話）

挟み込む〔他五〕插入、夾入

挟み絞め〔名〕〔體〕剪（用雙腿鉗住對方的摔跤姿勢）

挟み尺〔名〕〔機〕卡鉗、校對規

挟み将棋〔名〕夾擊象棋（日本棋戰的一種）

挟み箱〔名〕（古代）隨從挑的衣物箱、腮腺炎（=挟み箱風邪、御多福風邪）

戛（ㄐㄧㄚˊ）

戛〔漢造〕輕擊、金屬或石頭相碰聲

戛戛〔副〕（硬東西相互碰撞聲）嗒嗒、（互相打的聲音）噼劈啪啪

馬蹄戛戛（馬蹄聲嗒嗒作響）

戛然〔形動タルト〕（硬東西相互碰撞聲）嗒嗒、鏗鏘

戛然たる馬蹄の響く（嗒嗒的馬蹄聲）

戛然と鳴る（鏗鏘而鳴）

荚（ㄐㄧㄚˊ）

荚〔漢造〕豆的硬殼、果實像豆荚

皂荚（〔植〕皂荚）

荚〔名〕豆荚、（棉桃的）外殼

豌豆の荚（豌豆荚）

荚入りの豆（帶荚的豆）

荚無しの豆（不帶荚的豆）

豆の荚を剥く（剝去豆荚）

荚隱元〔名〕四季豆

荚豌豆〔名〕豌豆

荚豆〔名〕毛豆、四季豆

袷（ㄐㄧㄚˊ）

袷〔名〕有裡襯的衣服↔一重、綿入れ

袷を着る（穿上夾衣）

袷に着替える（換上夾衣）

袷羽織（和服的有襯外掛）

鋏（ㄐㄧㄚˊ）

鋏〔漢造〕劍把、刀柄、剪刀

鋏角類〔名〕〔動〕螯角類

鋏む、剪む〔他五〕剪

髮を鋏む（剪頭髮）

枝を鋏む（剪樹枝）

床屋へ髪を鋏みに行く（去理髮店理髮）

羊の毛を鋏む（剪羊毛）

挟む、挿む〔他五〕夾、隔、插

栞を本の間に挟む（把書籤夾在書裡）

煙草を指に挟む（把香菸夾在指間）

箸で饅頭を挟む（用筷子夾豆包）

両軍、河を挟んで睨み合う（兩軍隔河對峙）

テーブルを挟んで二人は相対した座った（兩人隔桌相對而坐）

疑いを挟む余地が無い（不容置疑）

文の間に図表を挟む（文章中間插入圖表）

人の話の途中で言葉を挟む（別人正在說話時從旁插嘴）

一言口を挟んだ（插了一句話）

鋏、剪刀〔名〕剪刀、剪票鋏（=パンチ）

鋏で切る（用剪刀剪）

鋏が良く切れない（剪刀不快）

鋏一丁（一把剪刀）

切符に鋏を入れる（剪票）

鋏と糊の仕事（剪刀加漿糊的工作、剪貼的工作、沒有創造性的編輯工作）

馬鹿と鋏は使い様（傻子和剪刀就看你會不會用-如過會用都能發揮作用）

鋏跳び〔名〕〔體〕剪式跳高

鋏盤〔名〕〔機〕剪床、剪切機（=シャー）

鋏虫、螳螂〔名〕〔動〕螳螂

鋏〔名〕鋏、鉗

金鋏〔名〕火剪、火鉗、切金屬的剪子

頬、頰（頰）（ㄐㄧㄚˊ）

頰〔漢造〕臉頰

豊頰（面頰豐腴）

頰炎〔名〕〔醫〕頰炎

頰筋〔名〕〔解〕頰肌

頰骨、頰骨〔名〕〔解〕顴骨

頰骨の高い人（顴骨高的人）

頰囊〔名〕〔動〕（猴等的）頰囊

頰袋〔名〕〔動〕（猿猴兩腮暫存食物的）腮囊

頰、頰〔名〕頰、臉蛋（=頰っぺた）

恥ずかしさに頰を赤らめる（害羞得兩頰通紅）

病気で頬が痩ける（病得兩頰消瘦）

頬が落ちる（非常好吃）

頬が落ち然うに美味しい（非常好吃）

此の子は目がぱっちりして頬が福福しい（這孩子一雙大眼睛胖胖的小臉蛋）

頬を膨らませる（繃起面孔）

林檎の様な頬（蘋果般的臉頰）

頬当、頬当て〔名〕（鐵製）護面具

頬笑む，微笑む，頬笑む，微笑む〔自五〕微笑。〔轉〕（花）微開，初開

にっこりと微笑む（嫣然一笑）

微笑みながら迎える（笑臉相迎）

微笑む許りで何も言わなかった（只微笑不語）

微笑みながら話している（微笑著說）

運命の女神は何れに微笑むか（命運女神向哪方微笑呢？）

桜の花が微笑み始めた（櫻花開始綻放了）

春に為って草花が微笑み始めた（到了春天院子的草花開始綻放）

頬笑み，微笑み、頬笑み，微笑み〔名〕微笑

微笑みを浮かべる（面泛微笑）

顔には幸せ然うな微笑みが浮かんでいる（臉上浮現出幸福的微笑）

頬笑ましい、微笑ましい〔形〕含笑的、逗人笑的、招人笑的、有趣的

微笑ましい光景（招人笑的情景）

子供達の遊んでいる様子は微笑ましい（孩子們玩的樣子招人笑）

微笑ましい話だ（有趣的話）

頬返し〔名〕返復嚼嘴裡的東西。〔轉〕（處理的）手段，方法

頬返しが付かない（毫無辦法、無可奈何）

頬被り，頬冠り、頬被り，頬冠り，頬被り，頬冠り〔名、他サ〕（用毛巾等）包住頭和臉。〔轉〕佯裝不知

彼の泥棒は確か手拭で頬被りを為ていた（那小偷確實是用手巾把頭臉包起來的）

頬被りを決め込む（佯裝不知）

自分に都合の悪い事は頬被りで過す（對自己不便的事情就假裝不知混過去）

彼は頬被り主義だ（他是一問三不知主義）

頬桁〔名〕顴骨（＝頬骨、頬骨）

頬白、頬白〔名〕〔動〕畫眉、黃道眉

頬白鴨〔名〕〔動〕白頰鴨

頬白鮫〔名〕〔動〕大白鯊

頬擦り、頬摺り〔名、自サ〕貼臉

子供に頬擦りを為る（跟孩子貼臉）

頬杖〔名〕用手托腮

授業中頬杖を付いて、先生に注意された（上課時以手托腮被老師提醒注意）

頬杖を付いてじっと考え込む（托腮沉思）

頬張る〔他五〕大口吃，把嘴塞滿。〔轉〕貪得無厭地接受（賄賂等）

菓子を頬張る（大口吃點心）

肉を口一杯頬張る（大口吃肉、嘴裡塞滿肉）

頬髭、頬鬚〔名〕腮鬍、落腮鬍

頬髭を生やした人（留腮鬍的人）

頬紅〔名〕胭脂

頬紅を付ける（差す）（擦胭脂）

頬っぺた、頬っぺ〔名〕〔俗〕（幼兒語）臉蛋

美味しくて頬っぺたが落ち然うだ（〔喻〕非常好吃）

甲（ㄐㄧㄚˇ）

甲〔名、漢造〕（也讀作かん）甲冑（＝甲、鎧）、甲殼（＝殼）、手背，腳背，（天干第一位）甲（＝甲）。（甲乙的）甲、（最優秀的、第一位）甲、（舊地方名）甲斐的簡稱（現今山梨縣）

亀の甲（龜甲、龜殼）

亀甲（龜甲、龜甲形）

手（足）の甲（手〔腳〕背）

ㄐ

手甲（手背套）
成績は甲である（成績是甲）
甲乙無し（不分上下）
甲乙二人の旅人有り（有甲乙兩個旅行的人）
以下原告を甲、被告を乙と称する（以下稱原告為甲被告為乙）
穿山甲（〔動〕穿山甲）
鉄甲（鐵製的盔甲）

甲烏賊〔名〕〔動〕金烏賊
甲乙〔名〕甲乙、第一和第二、優劣，上下，差別、某甲和某乙
　甲乙の差が無い（不分上下）
　甲乙を付け難い（難分優劣）
甲介〔名〕〔解〕甲殼、耳殼、鼻甲
　甲介骨（鼻甲骨）
甲革〔名〕皮革、小牛皮
甲殼〔名〕甲殼（＝甲羅）
　甲殼類（甲殼類）
甲掛け、甲掛〔名〕手背（腳背）的罩布
甲骨文〔名〕甲骨文、殷墟文字（＝甲骨文字）
甲種〔名〕甲種、甲類、第一類
　甲種合格（甲種及格）
甲巡〔名〕〔舊〕甲級巡洋艦的簡稱
甲狀〔名〕甲狀
　甲狀軟骨（甲狀軟骨）
　甲狀腺（甲狀腺）
甲虫〔名〕〔動〕甲蟲
甲虫、兜虫〔名〕〔動〕獨角仙（＝皂莢虫）
　甲虫類（鞘翅類）
甲鉄艦〔名〕〔軍〕裝甲艦
甲板、甲板〔名〕〔船〕甲板（＝デッキ）
　総員甲板へ（全體人員甲板集合）
　甲板に出る（到甲板上去）
　波が甲板を洗う（波浪沖上甲板）
　甲板を片付けて戦闘準備を為る（清理好甲板準備戰鬥）
甲板、甲板〔名〕桌面
甲皮〔名〕甲殼、背甲（＝甲殼）
甲皮〔名〕鞋面皮
甲夜〔名〕〔古〕（中國把晚上分為甲乙丙丁戊五等分）甲夜（現在下午的七點到九點）
甲羅〔名〕（龜蟹類的）甲殼
　甲羅を干す（曬太陽、俯臥曬背）
　甲羅の生えた男（久經世故的人）
　甲羅を経る（有經驗、老練）
甲論乙駁〔名、自サ〕甲論乙駁
　甲論乙駁で纏まらない（甲論乙駁意見不一）
　甲論乙駁の声が国中に喧しい（你說東他說西全國議論紛紛）
甲〔名〕（"木の兄"之意）（天干第一位）甲
甲子〔名〕甲子（年月日）、甲子夜祭祀"大黑天"（＝甲子祭り）
甲、上〔名〕（日本古代音樂用語）提高調門←→減り、乙（降低音調）
甲〔名〕（日本國樂中）八度音程的高音←→乙（比甲低一音程的音調）、（一般的）高音
甲声〔名〕細尖的嗓音（＝甲高い声）
　甲声を絞る（發出尖聲）
甲高〔名〕腳（手）背高、腳背高的鞋襪
　甲高の足（腳背高的腳）
甲高、疳高〔形動〕尖銳、高亢
　甲高な声（尖銳的聲音）
甲高い、疳高い〔形〕尖銳的、高亢的
　子供の甲高い声を聞こえる（聽見孩子尖銳的聲音）
　甲高い声で話す（歌う）（用高亢的聲音說話〔唱歌〕）
甲処、甲所、勘所〔名〕（弦樂器的）指板。〔轉〕重點，要點，關鍵
　甲所を押さえる（抓住要點）
　甲所を捜す（找竅門）

試験では甲所を抑えて答案を書かなければ駄目だ（考試時必須抓住重點解答才行）

甲走る〔自五〕發出尖細的聲音

甲走った声を出す（發出尖聲）

甲走った声で叫ぶ（尖聲喊叫）

百舌の甲走った声が辺りの静けさを破った（伯勞尖聲的叫聲衝破了周圍的寂靜）

甲冑〔名〕甲冑、盔甲

甲冑を付ける（穿上盔甲）

甲冑に身を固める（用盔甲武裝起來）

甲、兜、冑〔名〕頭盔

兜を被る（戴頭盔）

兜を脱ぐ（投降、認輸）

彼は到頭兜を脱いだ（他終於屈服了）

兜を見透かされる（被人窺破秘密）

甲、鎧〔名〕鎧甲

鎧を着る（穿鎧甲）

鎧兜に身を固める（頂盔披甲、全副武裝）

甲必丹、加比丹、カピタン capitao 葡〔名〕（江戸時代）荷蘭商館館長、外國船船長

甲矢、兄矢、早矢〔名〕（手持兩支箭中）最先射出的一支箭←→乙矢

甲斐〔名〕（舊地方名）甲斐、甲州（現屬山梨縣）

甲斐、効、詮〔名〕效果、用處、價值、意義
〔接尾〕（接動詞連用形後讀作甲斐）值得

甲斐が有る（有效、有意義）

努力の甲斐が表れる（顯出努力的效果）

手厚い看護の甲斐も無く不帰の客と為った（殷勤的護理也白費了終於死去）

こんな小説を読んだとて何の甲斐が有ろう（這種小説看它有什麼用處！）

働いた甲斐が有った（沒白費力氣）

骨を折った甲斐が無かった（白費勁了）

大いに生き甲斐の有る生活（大有義意的生活）

実に遣り甲斐の有る仕事だ（確是一件做起來很有價值的工作）

甲斐性〔名〕有志氣、要強心（=意気地）

今の年寄りも甲斐性が有る（現在的老年人也有要強心）

甲斐性の有る人（有志氣的人、要強的人）

甲斐性の無い人（沒有志氣的人、沒出息的人、不長進的人）

甲斐絹、海気、海黄、改機〔名〕（山梨縣產的）甲斐絹（用做衣裡和洋傘等）

甲斐無い〔形〕沒有成效的，沒有價值，白費的、沒志氣的、不成器的

実に甲斐無い奴だ（真是不成器的東西）

甲斐甲斐しい〔形〕機敏的、勤快的、積極的

甲斐甲斐しい出で立ち（身形）（利落的打扮）

若い女性が甲斐甲斐しく立ち働く（青年婦女勤快地努力工作）

甲斐甲斐しく病人を看護する（勤快地護理病人）

甲斐甲斐しい働き振り（勤快工作的樣子）

仮、仮（假）（ㄐㄧㄚˇ）

仮〔漢造〕（有時讀作仮）假，虛偽（仮死）、借用（仮借，仮借）、臨時（仮寓）

虚仮（虚假、愚人）

仮す〔他五〕假、假借

時を仮す（假以時日）

仮すに時を以てす（假以時日）

仮果〔名〕〔植〕假果

仮寓〔名〕臨時的住處（=仮住まい）

仮寓に起居する（住在臨時住所）

仮言〔名〕假說（=仮説）

仮構〔名、他サ〕虛構（=フィクション）。〔土木〕臨時支撐架

仮根〔名〕〔植〕假根

仮作〔名、他サ〕虛構，編造（的東西）、暫時建造（小屋等）

物語を仮作する（編造故事）

仮死〔名〕假死、不省人事
　仮死の状態に在る（處於假死狀態）
　出血多量で仮死に陥る（由於出血過多陷於假死狀態）

仮軸〔名〕〔植〕合軸

仮漆、仮漆〔名〕假漆、清漆（=ワニス）

仮借、仮借〔名〕（漢字六書之一）假借

仮借〔名、他サ〕（漢字六書之一）假借、寬恕
　仮借無く厳罰に処する（嚴懲不貸）
　仮借も無く責め立てた（嚴加指責）
　其の遣り方には少しの遠慮も仮借も無かった（他那做法毫不客氣毫不留情）

仮種皮〔名〕〔植〕假種皮

仮称〔名、他サ〕臨時名稱、暫稱
　仮称〝緑ケ丘公園〞（臨時名稱〝綠丘公園〞）

仮象〔名〕假象、〔光〕重象
　喜びの仮象（高興的假象）

仮像〔名〕〔礦〕假像、假晶

仮晶〔名〕〔礦〕假晶
　仮晶体（擬晶體）

仮檣〔名〕〔海〕臨時桅、應急桅

仮植〔名、他サ〕臨時栽植、浮栽（=仮植え）←→定植

仮植え〔名〕（樹苗定植前的）浮栽、暫栽

仮睡〔名、自サ〕假寐、假眠（=仮寝、転寝）
　汽車の中に仮睡の一夜を明かした（在火車上打了一夜的盹）

仮声〔名〕假聲、假嗓子（=声色、作り声）

仮性〔名〕假性←→真性
　仮性近視（假性近視）

仮設〔名、他サ〕臨時設置。〔數〕假設，假定←→終結
　仮設テント（臨時帳篷）
　仮設停車場（臨時車站）
　仮設鉄道（臨時鐵道）
　海岸に救護所を仮設する（在海岸設置臨時救護站）
　仮設の角（假設的角）
　幾何の問題の仮設を式で表わす（用公式表示幾何問題的假設）

仮説〔名〕假說、假設
　仮説を立てる（立假說）
　中間子の理論の仮説を立てる（設介子理論的假說）
　万有引力と言う仮説に基いて（根據萬有引力這個假說）

仮葬〔名、他サ〕臨時埋葬
　行倒れを仮葬する（臨時埋葬路倒）
　遭難現場で仮葬する（在遇難現場臨時埋葬）

仮装〔名、自サ〕化裝、偽裝
　女に仮装する（化裝為女人）
　思い思いに仮装する（任意化妝）
　仮装舞踏会（化裝舞會）
　仮装行列（化裝遊行）
　仮装砲艦（偽裝砲艦）
　仮装砲陣（偽裝炮兵陣地）

仮想〔名、自サ〕假想
　仮想敵国（假想的敵國）
　仮想の敵と戦う（與假想的敵人作戰）
　病気に為ったと仮想する（假想生病了）

仮足〔名〕〔動〕偽足
　仮足運動（變形運動）

仮題〔名〕臨時的題目、非正式的題目

仮託〔名、自サ〕假託、藉口
　事業の失敗を資金の不足に仮託する（把事業的失敗假託為資金不足）
　仮空な物語に仮託して自分の気持を表現する（假託於虛構的故事來表現自己的心情）

仮定〔名、自サ〕假定.假設
　仮定に基く新聞記事（根據假定的新聞報導）

仮定を論拠と為て推論する（以假設為論據進行推論）

其れは本当だと仮定して（假設那是事實）

其れが事実と仮定しても君は間違っている（假設那是事實也還是你的錯）

ＡＢはＣＤに等しいと仮定せよ（假設ＡＢ等於ＣＤ）

仮定形（〔語法〕假定形）

仮定法（〔語法〕假定法、虛擬語氣）

仮痘〔名〕輕微的痘瘡

仮道管、仮導管〔名〕〔植〕管胞

仮名〔名〕假名、日文字母←→真名、真字（漢字）

片仮名（片假名、楷體字母）

平仮名（平假名、草體字母）

仮名で書く（用假名寫）

漢字に仮名を振る（往漢字旁邊標注假名）

仮名草子（江戶時代初期用假名寫的通俗小說）

仮名遣い（假名用法、假名拼寫法）

仮名書き（用假名寫〔的文章〕）

仮髪〔名〕假髮（＝鬘、鬘）

仮髪を付ける（戴假髮）

仮髪を被る（戴假髮）

仮名〔名、自サ〕假名、匿名←→本名

仮名を名乗る（自報假名）

仮名を使う（使用假名）

文中の名は全て仮名に為た（文章中的姓名全都用假名）

新聞に仮名で載る（用假名刊登在報上）

仮名〔名〕（本名以外）臨時的名稱、通稱

仮名〔名〕臨時用的假名，化名。〔古〕假名，日文字母（＝仮名）

仮泊〔名、自サ〕臨時停泊

横浜港沖合に仮泊する（在橫濱港洋面上臨時停泊）

仮分数〔名〕假分數。〔俗〕腦袋大的人，大頭

仮眠〔名、自サ〕假寐、小睡

疲れたので木蔭で仮眠を取る（因為疲倦在樹蔭下小睡）

仮面〔名〕假面具（＝面、マスク）

仮面を被る（戴假面具）

仮面を付ける（戴上假面具）

偽善の仮面を被る（戴上偽善的假面具）

仮面を脱ぐ（脫下假面具、露出真面目）

仮面を剥ぐ（剝去假面具）

仮面劇（假面劇）

仮雄蕊〔名〕〔植〕退化雄蕊

仮葉〔名〕〔植〕葉狀枝

仮肋〔名〕〔解〕假肋

仮〔漢造〕假、休假

虚仮（〔佛〕虛偽、表裡不一）

虚仮威し（裝腔作勢唬人）

仮有〔名〕〔佛〕假有、虛妄←→実有（實在）

仮寧〔名〕〔古〕（舊時皇帝賜給官吏的）假日

仮病〔名〕假病、裝病（＝偽病）

仮病を使って休む（託病請假）

彼は仮病を使っている（他是在裝病）

仮粧、化粧〔名、自サ〕化妝（＝仮粧、化粧、装い）

仮、假〔名〕臨時，暫時、假，不是真的

仮の住まい（臨時住所）

仮の停留所（臨時停車站）

仮の小屋（暫住的小屋）

仮の橋（便橋、臨時用的橋）

仮事務所（臨時辦公室）

仮工事（臨時工程）

仮の契約（暫定的契約）

仮の受け取り（臨時收據）

仮に田舎に住む（暫住農村）

仮の親（義父母）

仮の名（假的名字）

仮に〔副〕暫時、姑且、假定

仮に使う（暫用）

仮に建てた家（臨時搭建的房子）

運動着が乾く迄仮に此のシャツを着ていよう（在運動服未乾以前暫時先穿這襯衫吧！）

仮に其の儘に為て置け（暫且原樣不動不要管它）

仮に君は僕の助手だと言う事に為て置こう（你暫且算是我的助手吧！）

仮に雨なら（假如下雨的話）

仮に僕が君だったら（假定我是你的話）

仮に君の言う事が事実と為ても弁解には為らない（即使你說的話是事實也不成為理由）

仮にも〔副〕假定，既然、如果、無論如何，千萬，絕對

仮にも選手であるからには…（既然是一個選手的話就…）

仮にも口に出すな（千萬不能說出口）

仮にも法を犯す様な事は為るな（無論如何也不要犯法）

仮にもそんな事を為ては為らない（萬不能做那種事）

仮庵、仮庵〔名〕臨時性的簡陋住處

仮営業〔名〕臨時營業

仮営業所（臨時營業所）

仮親〔名〕臨時代理父母的人、養父母、義父母

仮親に育てられる（由養父母扶養）

仮小屋〔名〕暫時的簡陋小房

道路工事の仮小屋（為修築道路而搭起的臨時房屋）

仮釈放〔名〕臨時釋放、取保釋放

仮出所〔名〕〔法〕假釋

仮出所を許される（准許假釋）

仮処分〔名、他サ〕臨時處理。〔法〕暫行處理

事件を仮処分に為る（對案件作出暫行處理）

仮住まい、仮住い〔名、自サ〕暫時居住、臨時住處

地震の為にバラックに仮住いする（因為地震暫住在木板房裡）

郊外の此の家はお父さんが留守中の仮住いだ（郊外的這房子是父親外出期間的臨時住處）

仮初〔名〕暫時，臨時、短暫，一時、輕微，偶然、輕浮、忽略

仮初の住まい（暫時的住處、應急的住處）

仮初の約束（暫時的約定）

仮初の命（短暫的生命）

仮初の喜び（一時的歡喜）

仮初の病が元で死ぬ（由於一點小病而死）

仮初の事（微不足道的事、小事）

仮初の縁（偶然的緣分）

仮初の振舞（輕浮的舉動）

先生の教えは仮初に為ては為らない（老師的教誨不能忽視）

人の親切を仮初に為る勿れ（對於旁人的關懷不能無動於衷）

仮初にも〔副〕假如，既然、（下接否定）千萬，無論如何，決不（=仮にも）

仮初にも勉強するなら精を出し為さい（既然要學習就得努力）

仮初にもそんな心を起こしては為らない（千萬不能起那樣的念頭）

仮初にもそんな事を言っては為らない（千萬別說那種話）

仮調印〔名〕（條約等的）草簽

仮綴〔名、他サ〕暫時裝訂、簡單地裝訂、粗訂起來的書 ←→本綴

仮綴の本（粗訂的書）

本を仮綴に為る（把書粗釘起來）

好みで装丁出来る様に仮綴に為て置く（暫時粗訂以便按照喜歡的樣子裝訂）

仮縫い〔名、他サ〕暫時縫上，粗縫、（西服做成前的）試樣
 着物の仮縫いを為る（粗縫衣服）
 コートを仮縫いする（粗縫大衣）
 仮縫いは何時出来ますか（什麼時候可以試樣？）
 仮縫いに出掛ける（試樣去）
 洋服屋が仮縫いに来る（西服店來給我試樣）
仮寝〔名、自〕假寐，打盹（=転寝）、在旅途過夜，住在旅途（=旅寝）
 仮寝の枕（假寐而臥）
 仮寝の契を結ぶ（結露水夫妻）
仮の世〔名〕〔佛〕浮世、無常的世界
仮橋、仮橋〔名〕臨時的橋、便橋
 仮橋を掛ける（架起便橋）
仮葺き〔名〕臨時蓋的屋頂、沒上瓦的空板屋頂
仮普請〔名、他サ〕蓋臨時房屋、臨時建築←→本普請（正式建築）
仮埋葬〔名〕臨時埋葬、浮厝
 仮埋葬に為る（臨時埋葬）
仮宮〔名〕臨時宮殿、行宮、（祭禮時）臨時安放神輿的地方
仮屋〔名〕臨時蓋的小屋（=仮小屋）、（祭禮時）臨時安放神輿的地方（=御旅所）
仮渡し〔名〕暫時支付
 出張旅費を仮渡しする（預付出差旅費）
仮令,縦令、縦、仮令,縦令、縦〔副〕（下面常與とも、ても連用）即使、縱使、縱然、哪怕
 仮令どんな事が有っても（即使發生任何事情）
 仮令大雨が降ろうが出席する（即使下大雨也出席）
 仮令其れが本当だとしても矢張り君が悪い（即使這是真的也是你不好）
喩え、例え、譬え〔名〕比喻，譬喻,寓言,常言、例子
 喩えを言う（說比喻）

 イソップの狐と烏の喩え（狐狸和烏鴉的伊索寓言）
 壁に耳有りと言う喩えも有る仮令縦令仮令縦令（常言說得好隔牆有耳）
 能有る鷹は爪を隠すの喩えにも有る通り（正如寓言所說兇鷹不露爪）
 喩えが悪いので余計分らなくなった（例子不恰當反而更不明白了）
 喩えを引いて話す（舉例來說）

岬（ㄐㄧㄚˇ）

岬〔漢造〕深入海中的山（=岬、崎）
岬角〔名〕岬、海角（=岬、崎、崎）
岬、崎〔名〕岬、海角（=崎）
 岬には燈台が有る（海角上有燈塔）
 岬の灯台の明り（海角上燈塔的光線）
岬山〔名〕山岬、岬角山

榎（ㄐㄧㄚˇ）

榎、朴〔名〕〔植〕朴樹
 榎茸（朴蕈）
 榎草（榎草）
榎の実〔名〕朴樹果

稼（ㄐㄧㄚˋ）

稼〔漢造〕莊稼（農作物的總名）、耕稼（種穀）
稼業〔名〕（原指）農業,務農、（謀生的）職業,行業
 稼業に励む（努力從事本行業務）
 稼業に精を出す（努力從事本行業務）
 医者と言う稼業も楽ではない（醫生這種行業也並不輕鬆）
 泥水稼業から足を洗う（從賣笑生涯拔出腿來）
稼行〔名〕採掘、開發
 稼行炭田（採掘的煤礦）
稼穡〔名〕耕種、農業勞動
稼動、稼働〔名、他サ〕勞動、運轉

ㄐ

稼動人口（勞動人口）
稼動日数（勞動日數）
稼動中である（正在運轉）
稼動時間（運轉時間）

稼ぐ〔自他五〕做工，作苦工，賺錢、爭取、贏得
朝早くから稼ぐ（從一大早就為賺錢工作）
良く稼ぐ（勤奮做工）
女房に稼がせて食っている（讓太太做工賺錢養活自己）
学費を稼ぐ（賺取學費）
アルバイト(Arbeit徳)で月に十万円稼ぐ（靠工讀每月賺十萬日元）
一点でも多くの点を稼ごうと為る（爭取盡量多得分）
点数を稼ぐ（爭取分數）
時を稼ぐ（爭取時間）
稼ぐに追い付く貧乏無し（勤勞者不虞匱乏）

稼ぎ、稼〔名〕做工、工資、工作，職業
其の日其の日の稼ぎで食べる（現種現吃）
一箇月十万円の稼ぎが有る（一個月有十萬日元工資）
稼ぎが悪い（工資少）
良い稼ぎが見付かる（找到好工作）
近頃余り良い稼ぎが無い（近來沒什麼好工作）
稼ぎ口を捜す（找工作）

稼高〔名〕工資額
一日の稼高は精精二千円位だ（每日工資收入最高不過兩千日元）

稼ぎ手〔名〕（勞動）賺錢的人
稼ぎ人〔名〕勞動賺錢的人、能勞動的人、勞動能手、一家的棟樑
稼ぎ者〔名〕勞動賺錢的人、能勞動的人、勞動能手（=稼ぎ人）

駕（ㄐㄧㄚˋ）

駕〔名、漢造〕駕，轎，車、駕車、超過
駕を枉げる（枉駕）
駕を迎うる（迎駕）
繋駕（套車、套馬）
来駕（光臨、駕臨）
車駕（天皇乘的車）
枉駕（光臨、駕臨）
凌駕、陵駕（凌駕、超過）
竜駕、竜駕（帝王乘的車）

駕する〔自サ〕駕，乘、凌駕
雲に駕する（駕雲）

駕輿〔名〕肩輿、轎子
駕御，駕取、駕御，駕取〔名〕駕馭-管理車馬的行走、管束使其聽從
駕籠〔名〕（古時二人抬的）肩輿、轎子
駕籠を担ぐ（抬轎子）
駕籠を舁く（抬轎子）
駕籠に乗る（坐轎子）
駕籠舁き（轎夫）
駕籠屋（轎行、轎夫）

輿〔名〕轎子，肩輿、神輿（=神輿、神輿、御輿）
玉の輿（顯貴坐的錦轎、富貴的身分）
玉の輿に乗る（女人因結婚而獲得高貴的地位）
女は氏無くして玉の輿に乗る（出身貧寒的女子可因結婚而富貴）
神輿、神輿、御輿（神轎、〔俗〕腰，屁股）
神輿を担ぐ（抬神轎、給人戴高帽子）
神輿を下ろす（坐下）
神輿を据える（坐下不動、從容不迫）

価（價）（ㄐㄧㄚˋ）

価〔漢造〕價
代価（價錢，貨款、代價，損失，犧牲）
対価（代價補償、等價報酬）
定価（定價）

売価(ばいか)（賣價）
物価(ぶっか)（物價、行市）
評価(ひょうか)（評價、定價、估價）
廉価(れんか)（廉價、價格低廉）
安価(あんか)（廉價、沒有價值、膚淺）
公価(こうか)（公定價格、牌價）
高価(こうか)（高價）
低価(ていか)（低價）
声価(せいか)（聲價）
正価(せいか)（實價）
実価(じっか)（實價、原價、成本）

価格〔名〕價格(=値段(ねだん))
　規定価格(きていかかく)（規定價格）
　公定価格(こうていかかく)（公定價格）
　競争価格(きょうそうかかく)（競爭價格）
　独占価格(どくせんかかく)（壟斷價格）
　最高価格(さいこうかかく)（最高價格）
　市場価格(しじょうかかく)（市價）
　卸売り価格(おろしうりかかく)（批發價格）
　小売り価格(こうりかかく)（零售價格）
　価格を見積もる(かかくをみつもる)（估計價格、估價）
　価格を付ける(かかくをつける)（定價、標價、出價）
　価格は十万円と見積もられている(かかくはじゅうまんえんとみつもられている)（價格估計為十萬日元）
　価格を上げる(かかくをあげる)（提高價格）
　価格を下げる(かかくをさげる)（降低價格）
　価格を申告する(かかくをしんこくする)（申報價格、報價）
　品物の価格を統制する(しなもののかかくをとうせいする)（統制物價）
　価格が上がる(かかくがあがる)（價格上漲）
　価格が下がる(かかくがさがる)（價格下降）
　価格調整(かかくちょうせい)（調整價格）
　価格協定(かかくきょうてい)（價格協定）
　価格表記郵便(かかくひょうきゆうびん)（保價信）
　価格変動(かかくへんどう)（價格變動）
　価格引き上げ(かかくひきあげ)（提價、漲價）

価額〔名〕價款的額數
　損害に相当する価額を支払う(そんがいにそうとうするかがくをしはらう)（付給相當於損害的價額）

価値〔名〕價值
　価値の尺度(かちのしゃくど)（價值尺度）
　価値が高い(かちがたかい)（價值高）
　価値が低い(かちがひくい)（價值低）
　価値が有る(かちがある)（有價值）
　価値が無い(かちがない)（沒有價值）
　此の本は一読の価値が有る(このほんはいちどくのかちがある)（這本書值得一讀）
　見る価値が無い(みるかちがない)（不值一看）
　何の価値も無い(なんのかちもない)（毫無價值）
　価値判断(かちはんだん)（價值判斷、判斷事物的價值）
　価値観(かちかん)（價值觀）

価電子〔名〕〔理〕價電子

価、値(あたい、あたい)〔名〕〔數〕值、價值(=価値(かち)、値打(ねうち))、價錢(=値段(ねだん)、代金(だいきん))
　Xの値を求める(エックスのあたいをもとめる)（求X的值）
　此の本は一読の価が有る(このほんはいちどくのあたいがある)（這本書值得一讀）
　一顧の価も無い(いっこのあたいもない)（不值一顧）
　価が高い(あたいがたかい)（價錢貴）
　価が安い(あたいがやすい)（價錢便宜）
　価無き宝(あたいなきたから)（無價之寶）

値(ね)〔名〕值、價錢、價格、價值(=値(あたい)、値段(ねだん))
　値が上がる(ねがあがる)（價錢漲）
　値が下がる(ねがさがる)（價錢落）
　値が高い(ねがたかい)（價錢貴）
　値が安い(ねがやすい)（價錢便宜）
　値が出る(ねがでる)（價錢上漲）
　値を決める(ねをきめる)（作價）
　値を付ける(ねをつける)（標價、給價、還價）
　良い値に(で)売れる(よいねに(で)うれる)（能賣個好價錢）

値を踏む（估價）

値を聞く（問價）

千円と値が付いている（標價一千日元）

値が直る（行情回升）

値を競り上げる（抬高價錢）

値を上げる（抬價）

値を下げる（降價）

値丈の価値が有る（值那麼多錢）

値を探る（探聽價錢）

値を抑える（壓價）

其の値では元が切れます（這價錢虧本）

其は屹度良い値で売れるよ（那一定能賣個好價錢）

其は安い値で売却された（那以賤價處理了）

其の値では只みたいだ（那個價錢簡直像白送一樣）

値する（自サ）值、值得

千円に値する（值一千日元）

出版に値する（值得出版、有出版的價值）

彼の行為は賞賛に値する（他的行為值得讚揚）

そんな事は彼に取っては一顧に値しない（對他來說那根本不值一顧）

架（ㄐㄧㄚˋ）

架〔漢造〕架、架設

書架（書架＝本棚）

筆架（筆架）

高架（高架）

後架（〔舊〕廁所）

画架（畫架＝イーゼル）

担架（擔架）

刀架（刀架＝刀架け）

十字架（十字架、苦難、磨難、負擔）

架する〔他サ〕架設、構築

橋を架する（架橋）

桟敷を架する（搭臨時看台）

屋上屋を架す（屋上架屋、做些沒用的事）

架橋〔名、他サ〕架設橋梁、架好的橋。〔化〕橋連

架橋作業（架橋作業）

架橋工事（架橋工程）

架橋剤（〔化〕交聯劑）

架橋構造（〔化〕橋連結構）

架橋現象（〔化〕架橋現像、橋接線像）

架空〔名〕空中架設、虛構，空想、無憑無據，靠不住

架空ケーブル（架空電纜）

架空コンベア（架空輸送機）

架空索道（架空索道）

架空地線（架空接地線）

架空談（虛構之談）

架空の計画（空想的計畫）

架空の人物（虛構的人物）

其れは全く架空の話だ（那完全是無稽之談）

架工義歯〔名〕架橋假牙

架構〔名〕框架結構

架設〔名、他サ〕架設

橋を架設する（架橋）

電線の架設を急ぐ（忙於架設電線）

架設費（架設費）

架設工事（架設工程）

架蔵〔名、自他サ〕收藏架上

架蔵の本（架上藏的書）

架線〔名、自他サ〕架設電線、架起來的線

電話線を架線する（架設電話線）

電車の架線が切れた（電車的架線斷了）

架線工夫(かせんこうふ)（架線工人）
架線工事(かせんこうじ)（架線工程）
架台(かだい)〔名〕（橋）墩、（物）座、（施工用）踏脚台
架かる、掛かる、懸かる〔自五〕架設
　此(こ)の川(かわ)には橋(はし)が三(みっ)つ架(か)かっている（這條河架有三座橋）
　虹(にじ)が架(か)かる（出虹）
　小屋(こや)が架(か)かる（搭小屋）
掛かる、掛る、架かる、架る、懸る、繋る、係る
〔自五〕垂掛懸掛、覆蓋、陷落、遭遇、架設、著手，從事，需要，花費。

濺上，淋上，稍帶（某顏色），有（若干）重量，落到（身上），遭受，（魚）上鉤。

（鳥）落網、上鎖、掛電話、有傳說、燙衣服、攻擊，進攻、懸賞、增加、交配、發動。

上演，演出，關聯、牽連，依賴，依靠，提到、上稅，課稅、來到、結網、修飾。

坐上，搭上，綑綁，較量，比賽。

〔接尾〕（表示動作正在進行）即將，眼看就要。
　壁(かべ)に額(がく)が掛(か)かっている（牆上掛著畫）罹(かか)る。斯(かか)る
　着物(きもの)が釘(くぎ)に掛(か)かっている（衣服在釘子上掛著）
　赤(あか)いカーテン(curtain)の掛(か)かった部屋(へや)（掛著紅窗簾的房間）
　凧(たこ)が木(き)の枝(えだ)に掛(か)かる（風箏掛在樹枝上）
　明(あか)るい月(つき)が中天(ちゅうてん)に掛(か)かる（皓月當空）
　風鈴(ふうりん)が軒(のき)に掛(か)けっている（風鈴掛在屋簷下）
　気(き)（心(こころ)）に掛(か)かる（懸念、掛心）
　山(やま)の頂(いただき)に雲(くも)が掛(か)かる（雲籠罩山巔）
　霞(かすみ)が掛(か)ける（有一道霞）
　計略(けいりゃく)に掛(か)かる（中計）
　彼(かれ)の罠(わな)に掛(か)かる（上他的圈套）
　敵(てき)の手(て)に掛(か)かる（落在敵人手中）
　縄(なわ)に掛(か)かる（落網、被捕）
　人手(ひとで)に掛(か)かる（被人殺死）
　敵(てき)の手(て)に掛(か)かって殺(ころ)される（遭受敵人殺害）
　彼(かれ)に掛(か)かっちゃ敵(かな)わない（碰上他可吃不消）
　人(ひと)の扇動(せんどう)に掛(か)かっては為(な)らない（不要受人扇動）
　此(こ)の川(かわ)には橋(はし)が三(みっ)つ掛(か)かっている（這條河架有三座橋）
　虹(にじ)が掛(か)かる（出虹）
　小屋(こや)が掛(か)かる（搭小屋）
　本気(ほんき)で仕事(しごと)に掛(か)かる（認真開始工作）
　彼(かれ)は新(あたら)しい著述(ちょじゅつ)に掛(か)かっている（他正從事新的著作）
　未(ま)だ其(そ)の事業(じぎょう)には掛(か)かっていない（那項事業還沒著手）
　さあ、仕事(しごと)に掛(か)かろう（喂，開始幹活吧！）
　今丁度(いまちょうど)掛(か)かっている所(ところ)だ（現在正在幹著）
　食事(しょくじ)を終(お)わって勉強(べんきょう)に掛(か)かる（吃過飯後開始學習）
　新築(しんちく)に百万円(ひゃくまんえん)掛(か)かる（新蓋房子花了一百萬日圓）
　此(こ)の制服(せいふく)は幾等(いくら)掛(か)かったか（這套制服花了多少？）
　時間(じかん)が掛(か)かる（費時間）
　一時間(いちじかん)も掛(か)からない内(うち)に本(ほん)を読(よ)んで仕舞(しま)った（沒用一小時的時間就把書讀完了）
　仕事(しごと)は六月迄(ろくがつまで)掛(か)かる（工作需要做到六月）
　其(そ)の事業(じぎょう)は莫大(ばくだい)な費用(ひよう)が掛(か)かる（那項事業需要鉅款）
　手間(てま)が掛(か)かる（費工夫、費事）
　手数(てすう)が掛(か)かる（費事）
　帽子(ぼうし)に雨(あめ)が掛(か)かる（帽子淋上雨）
　此(こ)の布(ぬの)は雨(あめ)が掛(か)かると色(いろ)が褪(あ)める（這布淋上雨就掉色）
　自動車(じどうしゃ)が直(す)ぐ側(がわ)を通(とお)ったので、泥水(どろみず)がズボン(zubon)掛(か)かって仕舞(しま)った（因汽車緊從身旁過去褲子濺上了泥水）

リ

とばっちりが掛かる（濺上了飛沫、受到牽連）

赤に少し青が掛かる（紅色稍帶藍色）

此の荷物は重過ぎて、秤に掛からないでしょう（這東西太重怕秤不了吧！）

此の魚は五キロ掛かる（這魚有五公斤重）

私に疑いが掛かっているとは、ちっとも知らなかった（我一點也不知懷疑到我身上）

中国の将来は君達青年の双肩に掛かっている（中國的前途全落在你們青年身上）

重荷は貴方方の肩に掛かっている（重擔落在你們的肩上了）

迷惑に掛かる（遭受煩擾）

御声が掛かる（得到有權有勢者的推薦）

彼の昇進は大臣の御声掛かりだ（他的升級是部長推薦的）

大きな魚が釣針に掛かった（一條大魚上了鉤）

鳥が網に掛かる（鳥落網）

此の部屋には鍵が掛かっていては入れない（這間房子鎖著門進不去）

此のドアは錠が掛からない（這個門鎖不上）

友達から電話が掛かって来た（朋友給我掛來電話了）

次期大臣の声が掛かる（傳說下次要當大臣）

アイロンの良く掛かった服を着ている（穿著一件燙得筆挺的衣服）

敵に掛かる（向敵人進攻）

食って掛かる（爭辯）

敵将の首に百両掛かっていた（斬獲敵將首級懸賞一百兩）

馬力が掛かる（加足馬力）

気合が掛かる（鼓足勁、運足氣）

此の馬に種馬が掛かっている（這馬已經配上種馬的種）

モーターが掛かる（發動機開動）

ラジオが掛かる（收音機響起來）

寒いので車のエンジンが中中掛からない（因為天冷汽車引擎發動不起來）

芝居が掛かる（上演戲劇）

其の劇場には何が掛かっていますか（那劇場在上演甚麼戲）

本件に掛かる訴訟（涉及本案的訴訟）

国の面目に掛かる（關係到國家的面子）

国家の信用に掛かることだ（關係到國家的信用問題）

事の成否は一に掛かって君の努力に在る（事情的成敗完全完全在於你的努力如何）

彼の発明に掛かる機械（他所發明的機器）

屋根に梯子が掛かっている（梯子靠在屋頂上）

欄干に掛かって月を眺める（憑欄賞月）

医者に掛かる（請醫師看病、看醫生）

彼は未だ親に掛かっている（他還依靠父母生活）

甥の世話が自分に掛かっている（外甥由我來照顧）

老後は次男に掛かる（老後依靠次子）

君が遣る気が有るか無いかに掛かっている（就看你有沒有意思幹了）

議題が会議に掛かる（議題提到會議上）

進めと言う号令が掛かった（前進的號令發出來了）

税金が掛かるかどうか分らない（是否要上稅不清楚）

町を出て原野に掛かる（走出市鎮來到原野）

峠に掛かる（來到山頂）

船が掛かる（有船停泊）

蜘蛛の巣が掛かった天井（結了蜘蛛網的天花板）

花が美しく咲くの美しくは咲くに掛かる（花開得鮮艷裡的鮮艷是修飾開花的）

其の鍋はガスに掛かっている（那鍋坐在煤氣上）

襟のホックが巧く掛からない（領鉤扣不上）

槍の穂先に掛かる（扎在長矛尖上）

荷物に縄が掛かる（繩子捆著行李）

紐が掛かった行李（細繩捆著的行李）

嗚呼、誰でも掛かって来い（喂，不管誰來較量較量！）

君等は彼に掛かっては丸で赤ん坊だ（你們和他較量簡直就是小孩子）

御目に掛かる（遇見、見面、拜會）

御目に掛ける（給看、供觀賞、送給）

嵩に掛かる（盛氣凌人、跋扈、趁勢）

口が掛かる（聘請、被邀請）

箸にも棒にも掛からぬ（軟硬不吃、無法對付）

遣りかかっている（正在做）

来かかっている（正向這邊來）

其処へ自動車が通りかかった（正好汽車開了過來）

落ち掛かった橋（眼看就要塌下來的橋）

死に掛かった犬（就要死的狗）

泳ぎが出来ないので溺れ掛かった（因為不會游泳眼看就要淹死了）

架ける、掛ける、懸ける、係ける〔他下一〕架上、鋪上

　橋を架ける（架橋）

　鉄道を架ける（鋪鐵路）

掛ける、懸ける、架ける〔他下一〕懸掛、戴上，蓋上、搭上，捆上、繫上、架上、鋪上、澆、秤，衡量、花費、坐上、放上、乘、課稅、懸賞、分期繳款、開動、釣魚、發動、進行、燙、刷、碾壓、設圈套、鎖上、扣上、提交、鉋木頭、掛簾幕、揚帆、懇求，寄託、結巢、搭小房、交配、（常以慣用的搭配形式）表示把某動作加在別人身上。

〔接尾〕表示動作剛開始、表示動作未完而中斷、表示動作即將發生的樣子

看板を掛ける（掛上招牌）書ける。欠ける。賭ける。駆ける。描ける。賭ける

数珠を手に掛ける（把念珠掛在手上）翔ける。翔る。搔ける。駈ける。斯ける

壁に額を掛ける（把匾額掛在牆上）

客間に掛け物が掛けて有る（客廳裡掛著畫）

オーバーを洋服掛に掛けなさい（把大衣掛在衣架上吧！）

首を獄門に掛ける（把首級掛在獄門上）

花輪を首に掛ける（把花環套在脖子上）

眼鏡を掛ける（戴眼鏡）

テーブルにテーブル掛を掛ける（把桌布蒙在桌上）

布団を掛ける（蓋上被子）

鍍金を掛ける（鍍上金）

積荷にシートを掛ける（用帆布把貨堆蓋上）

顔にベールを掛ける（臉蒙上面紗）

梯子を壁に掛ける（把梯子搭在牆上）

肩に手を掛ける（把手搭在肩上）

着物を衣紋掛に掛ける（把衣服搭在衣架上）

樽に縄を掛ける（用繩子捆上木桶）

荷物に紐を掛ける（用細繩捆上行李）

襷を掛ける（繫上掛和服袖子的帶子）

橋を掛ける（架橋）

鉄道を掛ける（鋪鐵路）

背中に水を掛ける（往背上澆水）

花に水を掛ける（澆花）

サラダにソースを掛ける（往沙拉上倒辣醬油）

目方を掛ける（秤分量）
天秤に掛ける（衡量厲害得失）
秤に掛ければ目方が直ぐ分る（用秤一秤馬上就知道多麼重）
費用を掛ける（花經費）
時間を掛ける（花費時間）
一週間掛けて此の論文を書いた（花一個星期寫了這篇論文）
家具に沢山の金を掛けた（在家具上花了很多錢）
腰を掛ける（坐下）
椅子に掛ける（坐在椅子上）
掛けた儘でいる（坐著不動）
どうぞ御掛けなさい（請坐）
火に鍋を掛ける（把鍋坐在火上）
五に二を掛ける（五乘以三）
国民に税金を掛ける（向國民徵稅）
賞金を掛ける（懸賞）
毎月五千円宛保険料を掛ける（每月繳納五千元的保險費）
エンジンを掛ける（發動引擎）
時計の螺旋を掛ける（上錶弦）
ラジオ（蓄音機）を掛ける（開收音機：留聲機）
馬力を掛ける（加馬力）
ブレーキを掛ける（刹車）
君の好きなレコードを掛けよう（給你聽一個你喜歡的唱片吧！）
針で魚を掛ける（用魚鉤釣魚）
網で鳥を掛ける（用網捕鳥）
攻撃を掛ける（發動攻擊）
召集を掛ける（進行召集）
ストライキを掛ける（進行罷工）
服にアイロンを掛ける（燙衣服）
洋服にブラシを掛ける（刷西服）

ローラを掛ける（滾壓）
罠を掛ける（設圈套）
罠を掛けて騙す（設圈套騙人）
鎌を掛ける（用策略套出秘密）
兎を罠に掛ける（套兔子）
人をペテンに掛ける（騙人）
謎を掛ける（出謎語）
門に錠を掛ける（把門鎖上）
ボタンを掛ける（扣上鈕扣）
戸に鍵を掛ける（鎖上門）
錠が掛けてある（鎖著呢）
裁判に掛ける（提交審判）
議題を会議に掛ける（把議題提交會議討論）
木に鉋を掛ける（鉋木頭）
篩を掛ける（過篩子）
窓に幕を掛ける（窗戶掛上帷幕）
左手に籠を掛ける（左手挎著筐）
肩に鞄を掛ける（肩上挎著皮包）
帆を掛ける（揚帆）
希望を掛ける（寄託希望）
願を掛ける（許願）
蜘蛛が巣を掛ける（蜘蛛結網）
小屋を掛ける（搭小屋）
雌牛に雄牛を掛ける（使雄牛和母牛交配）
医者に掛ける（就醫）
病人を医者に掛ける（使病人就醫）
目を掛ける（特別關懷、愛護照顧、注視）
部下に目を掛ける（特別關懷部下）
御目に掛ける（給人看、讓人看）
では遣って御目に掛けましょう（那麼做給你看吧！）
手を掛ける（動手撫摸、動手打人、精心照料）

手を掛けては行けない（不要摸）
彼は私に手を掛けた（他動手打了我）
手を掛けた孤兒（精心照料的孤兒）
口を掛ける（打聽、勸誘）
勤め口が無いかと方方に口を掛ける（到處打聽有沒有用人的地方）
号令を掛ける（發號令、喊口令、發號施令）
電話を掛ける（打電話）
学校（彼）に電話を掛ける（給學校：他：打電話）
声を掛ける（開口、打招呼）
出掛ける時に、声を掛けてくれ（出門時請打個招呼）
心配を御掛けして済みません（叫你擔心了對不起）
親に苦労を掛ける（讓父母操心）
御迷惑を掛けました（給您添麻煩了）
望み（期待）を掛ける（寄託希望）
君達青年に望みを掛ける（寄託希望於你們青年身上）
敵を馬蹄に掛ける（驅散敵人）
思いを掛ける（愛慕、戀慕）
誘いを掛ける（勸誘、引誘）
彼に誘いを掛けたら直ぐ乗って来た（用話一引誘他馬上就上鉤了）
手塩を掛ける（精心照料）
手塩を掛けて育てた子（親手撫養大的孩子）
気に掛ける（擔心、掛心、掛念、懸念、惦念＝気に掛かる。心に掛かる）
気に掛けない（不擔心、不掛心）
気に掛け為さる（放在心上）
心に掛ける（掛心、擔心、掛念、惦念）
歯牙にも掛けない（不值一提）
手に掛ける（照料、伺候、處理）

手に掛かる（落在…手裡）
拍車を掛ける（加速、加快、加緊）
鼻に掛ける（自滿、自誇、自豪）
鼻に掛かる（說話帶鼻音、驕傲自滿）
輪を掛ける（大一圈、變本加厲、更厲害）
彼を言い掛けて止めた（他剛要說又不說了）
本を読み掛けたら、友人が来た（剛要看書朋友來了）
観客が席を立ち掛ける（觀眾開始從座位上站起來）
建て掛けた家（沒有蓋完的房子）
読み掛けた本（讀了一半的書）
舟が沈み掛けている（船眼看就要沉了）
此の肉は腐り掛けている様だ（這塊肉似乎要腐爛了）

嫁（ㄐㄧㄚˋ）

嫁〔漢造〕出嫁、推謝
降嫁（下嫁、皇女脫離皇籍出嫁）
転嫁（轉嫁、推諉）
花嫁（新娘）←→花婿、花壻、花聟

嫁す〔自、他サ〕出嫁、嫁出、轉嫁（＝嫁する）

嫁する〔自サ〕嫁、出嫁（＝嫁ぐ、嫁に行く）。〔他サ〕嫁出，使出嫁（＝嫁がせる）、推諉，轉嫁（＝転嫁する）
農家の長男に嫁する（嫁給農家的長子）
人に責任を嫁する（把責任推給別人）

嫁期〔名〕婚期

嫁資〔名〕嫁妝費

嫁娶〔名〕嫁娶、嫁和娶

嫁、媳、娘〔名〕兒媳婦（＝息子の妻）、妻子（＝妻）、新娘（＝花嫁）←→婿、壻、聟
息子の嫁を貰う（給兒子娶媳婦）
息子に嫁を取る（給兒子娶媳婦）
嫁と姑の折合が悪い（婆媳不和）

ㄐ

嫁を迎える（取る）（娶親）
娘を嫁に遣る（嫁女兒）
嫁を捜す（男子找結婚對象）
彼には嫁の来手が無い（沒人願意嫁他）
彼女は先月嫁に行った（她上月出嫁了）
彼女は隣村へ嫁に行った（她嫁到鄰村去了）
嫁に来てからもう十年に為った（嫁過來已經十年了）
方方から嫁の口が有る（好多人要娶她作媳婦）
花嫁（新娘）
花嫁衣装（新娘禮服）
花嫁御寮（新娘的敬稱）
嫁の実家（新娘的娘家）
山中君の御嫁さんは迚も綺麗だ（山田君的新娘很漂亮）

婿、壻、聟〔名〕婿，女婿，姑爺、新娘←→嫁
婿を選ぶ（選女婿、挑女婿、擇婿）選ぶ択ぶ撰ぶ
婿に為る（當女婿）為る成る鳴る生る
婿養子（養老女婿）
婿を取る（招女婿）取る摂る盗る撮る採る獲る執る捕る
娘に婿を貰う（給女兒招女婿）
娘一人に婿八人（一女八婿、僧多粥少）
婿は座敷から貰え、嫁は庭から貰え（要招富家婿娶貧家女，招婿攀高門娶媳求貧家）
婿は婿、息子は息子（女婿是女婿兒子是兒子、別拿女婿當兒子）

嫁入り〔名、自サ〕出嫁←→婿入り（入贅）
嫁入り前の娘（沒結婚的姑娘）
嫁入り盛りだ（正當結婚妙齡）
良い所へ嫁入りする（嫁到好婆家）
近所に御嫁入りが有る（附近有舉行婚禮）
嫁入り先（婆家）
嫁入り姿（結婚禮裝）
嫁入り道具（嫁妝）
嫁入り支度（出嫁的準備）
嫁入り支度に忙しい（忙於準備出嫁）

嫁御〔名〕〔敬〕（對他人出嫁的尊稱）新娘（=御嫁さん）
嫁御寮〔名〕〔敬〕（對他人新娘的尊稱）新娘、新媳婦
嫁女〔名〕〔舊〕（出嫁的親密稱呼）新娘（=嫁）
隣の嫁女は中中確りしている（隔壁的新娘很精明能幹）

嫁取り、嫁取り〔名、自サ〕娶妻
嫁取りを為る（娶妻）←→婿取り
嫁菜〔名〕〔植〕紫野菊、雞兒腸
嫁星〔名〕織女星
嫁ぐ〔自五〕嫁、出嫁
娘を嫁がせる（打發女兒出嫁）
彼女は隣村から嫁いで来た人です（她是從鄰村嫁過來的）
嫁ぎ先（婆家）
嫁ぐ日取り（出嫁的日期）

嫁く、片付く〔自五〕（從父母角度說的話）嫁出
娘が嫁いた（女兒出嫁了）

皆（ㄐㄧㄝ）

皆〔漢造〕皆
悉皆（全然、真實）
悉皆屋（〔江戶時代〕〔大阪的〕洗染店、承攬洗染的人）
皆掛け、皆掛〔名〕（容器和物品一起秤）毛秤
皆掛一百斤（帶皮一百斤）
皆既食、皆既蝕〔名〕〔天〕（日、月的）全蝕←→部分蝕、部分食（日、月偏蝕）
皆勤〔名、自サ〕全勤
三年間皆勤する（三年全勤）

小学校を皆勤で通した（整個小學期間從未缺席）

皆勤者（全勤者）

皆勤賞（全勤獎）

皆勤手当（全勤津貼）

皆済〔名、他サ〕全部還完、清償

借金を皆済する（清償借款）

今月で皆済に為る（本月全部還完）

皆式、皆色〔副〕全都、一概（皆、全て、皆目）

皆朱〔名〕（塗漆法之一）朱漆、全部漆成紅色（的東西）

皆伝〔名、他サ〕（劍術等的）真傳、傳授絕技

剣道の免許皆伝（傳授劍道的秘訣）

皆納〔名、他サ〕（稅款等）繳清、繳完

税金を皆納する（繳清稅款）

皆伐〔名、他サ〕（森林的）全部採伐、伐光

皆伐地（全部採伐地）

皆伐作業（伐光作業）

皆兵〔名〕（全民）皆兵

国民皆兵（全民皆兵）

皆兵制度（全民皆兵制度）

皆無〔名〕全無、毫無、完全沒有

彼の人は法律上の知識が皆無だ（他一點法律知識也沒有）

成功の見込は皆無だ（毫無成功的希望）

解放前海洋科学研究事業は皆無に等しかった（解放前海洋科學研究事業幾乎等於空白）

皆目〔副〕（下接否定）完全（不）（＝全く、全然、ちっとも）

彼の行方は皆目分らない（他的下落全然不明）

皆目見当が付かない（一點也搞不清）

皆目売れない（一點也賣不出去）

皆目見えません（一點也看不見）

みな 皆〔代〕全體、大家（＝一同）。

〔副〕全都皆一切（＝全部、総て，凡て，渾て）

皆様（諸位）

皆に此れを上げるよ（我要把這個給大家）

皆が行くなら、私も行く（如果大家都去我也去）

皆笑った（全笑了）

皆で幾等ですか（一共多少錢？）

皆分った訳ではない（並不是全都明白了）

皆私が悪いのです（都是我不好）

私達は皆其の計画に反対だ（我們都反對那個計畫）

皆に為る（〔委婉的說法〕賣光、用完）

みんな 皆〔代〕（"皆"的口語形）全體、大家。

〔副〕全體、全部

皆に此れ上げるよ（這個給大家）

皆私が悪いのです（全都是我的錯）

皆上げるよ（全都給你）

皆賛成した（全都同意）

皆が皆〔連語〕（"皆"的強調形式）大家、全體

皆が皆分った訳ではない（並不是全都懂了）

皆が皆嫌っている（全都討厭）

皆が皆悪口を言う（大家全都說壞話）

皆殺し、鏖〔名〕殺光

一家を皆殺しに為る（把全家殺光）

皆様〔代〕〔敬〕大家、諸位、各位

御宅の皆様に宜しく御伝え下さい（請向府上各位問候）

皆様御変わり有りませんか（大家都好嗎？）

御来場の皆様に申し上げます（向到會的諸位講幾句話）

皆様の御希望で日延べ致します（根據各位的希望決定延期）

皆様、皆さん〔代〕（客氣程度稍遜於皆樣）各位、大家

皆様の御協力を御願いします（期望各位協助）

皆様御早う（大家早）

皆皆〔副〕（〝皆〟的強調說法）大家、全體

皆皆様〔名〕（〝皆様〟的強調說法）大家、諸位

皆の衆〔名〕〔俗〕諸位、各位、大家（=皆様）

皆の衆、良く聞け（大家好好聽著！）

偕（ㄐ一ㄝˊ）

偕〔漢造〕共同

偕行〔名〕偕行、一起去

偕行社（舊日本陸軍將校以親睦為目的的團體）

偕楽〔名〕一起同樂

偕老〔名〕白頭偕老

偕老の契り（白頭偕老之盟）（=偕老同穴の契り）

偕老同穴〔名〕（夫婦）白頭到老。〔動〕偕老同穴海綿

偕老同穴の契り（白頭偕老之盟）

接、接（ㄐ一ㄝ）

接（也讀作**接**）〔漢造〕接續、連接、接見、接近

連接（連接、接連、連結）

引接（接見、引見）

引接、引摂（眾生歸依佛門死者往生淨土=引導摂取）

面接（面試、接見）

近接（接近、貼近、靠近）

直接（直接）

間接（間接）

隣接（接鄰）

応接（應接、接待）

接する〔自サ〕接觸、連接、鄰接、應接、接待、接到。〔數〕相接，相切。

〔他サ〕連接、接連、連結

多くの人に接する（接觸許多人）

男に接する（接觸男人）

女に接する（接觸女人）

彼に始めて接する人は皆彼を怖がる（初次和他接觸的人都怕他）

道路に接する土地（靠近道路的土地）

川に接した家（靠河的房子）

何十台と言う自動車が相接して走っている（幾十輛汽車接連著行駛）

客に接する（接待客人）

愛想良く顧客に接する（和顏悅色地接待顧客）

急報に接する（接到緊急通知）

未だ詳報に接しない（現在還沒有接到詳細報告）

人人は勝報に接して歓声を上げた（人們接到勝利的消息歡聲雷動）

機会に接する（遇上機會）

事件に接する（遇到事件）

二つの円が接する点（兩圓相接之點）

額を接して話す（交頭接耳地密談）

踵を接して至る（接踵而至）

糸を接する（把線接上）

両端を接する（把兩端連結在一起）

接架式〔名〕（圖書館）開架式

接岸〔名、自サ〕（船舶）靠岸、（颱風、潮流）接近海岸←→離岸

南極に接岸する（在南極靠岸）

接眼鏡〔名〕（顯微鏡、望遠鏡的）目鏡（=接眼レンズ）←→対物レンズ

接眼レンズ〔名〕（顯微鏡、望遠鏡的）目鏡（=接眼鏡）←→対物レンズ

接客〔名〕接待客人

接客婦（〔飯館、酒館的〕女服務員，女招待、妓女=売春婦）

接客業（〔藝妓、舞女、酒館女招待、美容、按摩等〕接客服務業）

接極子〔名〕〔電〕（繼電器的）銜鐵
　接極子遊び（銜鐵游隙）
　接極子端（銜鐵端）
　接極子動程（銜鐵沖程）
　接極子横振れ（銜鐵軸向振擺）

接近〔名、自サ〕接近、靠近、密切
　接近し易い（容易接近）
　接近して見ると（靠近一看）
　そんな連中には接近するな（不要接近那幫人）
　接近戦（肉搏戰、近戰）
　教師と生徒をもっと接近させる（使老師和學生的關係更加密切）
　日本に対し友好的な接近を図る（力圖和日本建立友好的關係）

接遇〔名、自サ〕（公事、工作上的）接待、招待（＝応接処遇）
　接遇の良し悪しが売上げに影響する（接待的好壞影響銷售額）

接見〔名、自サ〕接見、會晤、面會（＝会見）
　総理大臣は諸外国大使を接見した（總理大臣接見了各國大使）
　親善使節の接見が行われた（舉行了友好使節的接見）

接合〔名、自他サ〕接合，接上、（生物）接合
　両面を良く接合する（把兩面很好地接合在一起）
　両面が接合している（兩個面接合在一起了）
　離れない様に確り接合させる（好好地接上不叫他斷開）
　接合強度（連接強度）
　接合剤（接合劑）
　接合体（子）（接合子、接合孢子）
　接合期（〔植〕偶線期）
　接合部（〔動〕關節）

接ぎ合わせる〔他下一〕（把布、板、船材間等）接合、接在一起、拼在一起
　端切を接ぎ合わせて袋を作る（拼湊碎布縫成口袋）

接骨〔名〕〔醫〕接骨、正骨（＝骨接ぎ）
　接骨術（接骨術）
　接骨院（接骨院）

接骨木〔名〕〔植〕接骨木

接辞〔名〕〔語法〕接詞（接頭辭與接尾辭的總稱）

接写〔名、他サ〕〔攝〕近拍
　接写写真（近拍照片）
　接写レンズ（近拍透鏡）

接種〔名、他サ〕接種、注射
　予防接種（預防接種）
　病菌を接種する（接種病菌）
　病原体をモルモットに接種して実験する（把病原體接種到天竺鼠身上進行實驗）
　接種針（接種針）
　接種療法（接種療法）

接受〔名、他サ〕接受、接收
　接受体（〔生〕接受體）
　接受国（〔外國使節的〕接受國、駐在國）

接収〔名、他サ〕接收、接管
　接収解除（解除接管）
　接収家屋（接收的住房）
　鉄道を接収する（接收鐵路）
　其の建物は兵隊の宿舎に接収された（那房子被接管作士兵宿舍了）

接踵〔名〕接連不斷的來

接触〔名、自サ〕接觸、來往、交往、交際
　第一次的接触（第一次的接觸）
　敵と短時間の接触を試みる（嘗試和敵人進行短時間的接觸）
　一層密接に接触させる（使之更進一步密切地接觸）

色色な人に接触する（和各種各樣的人接觸）

接触剤（接觸殺蟲劑）

接触伝染（接觸傳染）

接触事故（〔車輛的〕接觸事故）

接触圧樹脂（接觸成型樹脂）

個人的接触（個人的來往）

外国との接触（和外國的交往）

接触を断つ（斷絕來往）

接触を失う（失去來往）

接触を保つ（保持來往）

接触子（電接合器、斷續器）

接触反応（〔化〕接觸反應）

接触分解（〔化〕催化熱裂）

接触交代鉱床（〔地〕接觸交代礦床）

接触角（〔理〕接觸角、咬合角）

接触抵抗（〔電〕接觸電阻）

接触性（〔醫〕接觸性）

接触法（〔化〕〔硫酸製造等的〕接觸法）

接触重合法（〔化〕催化聚合法）

接触変成（〔地〕接觸形成）

接触測角器（接觸式測角器）

接触電位（〔電〕接觸電位）

接触器（〔電〕接觸器、開關）

接触電気（〔電〕接觸電）

接戦〔名、自サ〕短兵相接。〔體〕勝負難分的激烈比賽

彼我互いに接戦する（彼此勝負難分地激戰）

試合は愈愈接戦に為った（比賽越來越勝負難分了）

接線、切線〔名〕〔數理〕接線、切線

弧に接線を引く（在弧上畫一切線）

接線圧力（切向壓力）

接線送り装置（切線進給裝置）

接線荷重（切向載荷）

接線抵抗（切向阻力）

接線歪み（切向應變）

接続〔名、自他サ〕連接、連續、接連

語と語を接続する（把詞和詞連接起來）

川は海に接続している（河連著海）

此の列車は京都で特急に接続する（這列車在京都和特快相銜接）

接続駅（聯軌站）

接続港（聯運港）

接続箱（〔電〕接線箱）

接続プラグ（〔電〕連接插頭）

接続曲（〔樂〕接續曲、混和曲=メドレー）

接続助詞（接續助詞）

接続詞（接續詞、連接詞）

接待〔名、他サ〕接待、招待、施捨

客を接待する（招待客人）

私は接待係です（我是接待員）

接待ステーション（接待站）

接待要員（接待人員）

接待煙草（接待用香菸）

接待茶（〔古時為過路行人準備的〕施捨茶、免費茶）

接地〔名、自サ〕〔電〕接地（=アース）

接地アンテナ（接地天線）

接地線（接地線）

接地板（接地板）

接地事故（接地故障）

接着〔名、自他サ〕黏接

乾くと綺麗に接着する（一乾就完全黏上了）

糊で接着する（用漿糊黏在一起）

接着結合（黏結結合）
接着材（黏結材料）
接着性（黏結性）
接着積層材（膠合板）
接着継ぎ手（膠接接頭）
接着継ぎ目（膠接接縫）
接着テープ（膠布帶）
接着剤（黏著劑）

接中詞〔名〕〔語法〕插入成分

接点、切点〔名〕〔數〕切點。〔工〕接點。〔喻〕接觸點
接点間隔（〔電〕接點間隙）
接点軌跡（〔機〕接點軌跡）
二つの文化の接点（兩種文化的接觸點）

接頭辞〔名〕〔語法〕接頭辭（＝接頭語）（如か弱い的"か"、真夜中的"真"、取り扱う的"取り"）

接頭語〔名〕〔語法〕接頭辭（＝接頭辞）
英語ではreは多くの動詞の接頭語に為っている（在英語中re構成很多動詞的接頭詞）

接伴〔名、自サ〕接待陪伴（的人）

接尾辞〔名〕〔語法〕接尾辭（＝接尾語）（如幾ら的"ら"、深さ的"さ"、絶対的的"的"）

接尾語〔名〕〔語法〕接尾辭（＝接尾辞）

接吻〔名、自サ〕接吻（＝口付け、キス）
接吻を投げる（抛吻、飛吻）
頬に接吻する（親臉頰）
人の手に接吻する（親別人的手）
音を立てて接吻する（出聲地接吻）
別れの接吻を為る（臨別接吻）
母親が愛児に為る接吻（母親親心愛的孩子）

接平面〔名〕〔數〕正切平面、切線平面

接片〔名〕〔電〕電樞、磁舌、引鐵、銜鐵

接ぐ〔他五〕連接、接合、縫補上（＝接ぐ）
板を接ぐ（把木板接合）
小切れを接いで座布団を作る（把碎布湊起來做坐墊）

剥ぐ〔他五〕剝下、扒下、剝奪
木の皮を剥ぐ（剝下樹皮）接ぐ矧ぐ
壁に貼って有る紙を剥ぐ（揭下貼在牆上的紙）
牛を殺して皮を剥ぐ（殺牛剝皮）
着物を剥ぐ（扒去衣服）
朝寝坊を為ていると、母が怒って蒲団を剥いだ（早晨正睡著懶覺母親生氣把被子給揭掉了）
裏切者の仮面を剥ぐ（揭掉判徒的假面具）
罰と為て官位を剥ぐ（剝奪官位作為懲罰）罰罰
栄耀を剥がれた（被剝奪了榮譽）

接ぎ〔名〕縫補、補釘、縫補處
着物に接ぎを為る（補衣服）
接ぎの有るズボン（有補釘的褲子）
接ぎを当てる（補補釘）
接ぎを隠す（把補釘蓋起來）

接ぎ目〔名〕接縫、接口（＝継ぎ目）
毛糸の接ぎ目（毛線的接頭）

接ぐ、継ぐ〔他五〕繼承、接續、縫補、添加
王位を接ぐ（繼承王位）
志を接ぐ（繼承遺志）
父の仕事を接ぐ（繼承父親的工作）
骨を接ぐ（接骨）
布を接ぐ（把布接上）
若芽を台木に接ぐ（把嫩芽接到根株上）
靴下の穴を接ぐ（把襪子的破洞補上）
夜を日に接いで働く（夜以繼日地工作）
炭を接ぐ（添炭、續炭）

次ぐ〔自五〕（與継ぐ、接ぐ同辭源）接著、次於
地震に次いで津波が起こった（地震之後接著發生了海嘯）

ㄐ

不景気に次いで起こるのは社会不安である（蕭條之後接踵而來的是社會不安）

田中に次いで木村が二位に入った（繼田中之後木村進入了第二位）

殆ど毎日の様に戦闘に次ぐ戦闘だ（差不多天天打仗）

勝利に次ぐ勝利の道を突き進んだ（從一個勝利走向一個勝利）

大阪は東京に次ぐ大都市だ（大阪是次於東京的大城市）

其に次ぐ成果（次一等的成績）

英語に次いで最も重要な外国語は日本語だ（次於英語非常重要的外語是日語）

告ぐ〔他下二〕〔古〕告（=告げる）

国民に告ぐ（告國民書）告ぐ継ぐ次ぐ注ぐ接ぐ

注ぐ〔他五〕注、注入、倒入（茶、酒等）（=注ぎ入れる）

茶碗に御茶を注ぐ（往茶碗裡倒茶）

杯に酒を注ぐ（往杯裡斟酒）杯盃 杯盃

もう少し湯を注いで下さい（請再給倒上點熱水）

接ぎ木、接木〔名、他サ〕接枝、嫁接

柿の接木を為る（嫁接柿子樹）

薔薇を接木する（把薔薇嫁接）

去年の接木が実を付けた（去年的嫁接結果了）

接木造林法（接枝造林法）

接木変異（嫁接變異）

接ぎ台, 接台、継ぎ台、継台〔名〕（嫁接的）砧木（=台木）←→接ぎ穗、腳踏凳（=踏み台）

接ぎ手、接手、継ぎ手、継手〔名〕〔機〕接縫，接頭、接口（=継ぎ目）。繼承人，接班人。〔圍棋〕接子

噛み合い接手（咬合接頭）

肘接手（關節接合、鉸鏈接合）

突き合わせ接手（平接頭）

接ぎ穂, 接穂、継ぎ穂、継穂〔名〕（接枝用）幼枝、接穗←→台木，接ぎ台，接台、継ぎ台，継台（接著講下去的）話頭（=継ぎ端）

良い若芽を接穗に為る（用好的嫩枝作接枝）

話の接穗が無い（話接不下去）

接ぎ芽、接芽〔名、他サ〕接芽、接枝、嫁接

接ぎ蝋、接蝋〔名〕嫁接臘（防止嫁接處乾燥或雨濕）

接骨木〔名〕〔植〕接骨木

揭（ㄐ一ㄝ）

揭〔漢造〕揭示、揭露

表揭（表揭）

前揭（前列、上述）

揭額〔名、他サ〕將成績或功績照片鑲框懸掛

揭載〔名、他サ〕刊登、登載

雑誌に論文を揭載する（在雜誌上登載論文）

其れは昨日の新聞に揭載された（這在昨天的報紙上登載出來了）

此の投書を揭載して頂ければ幸いです（這封信如蒙刊載實為幸甚）

揭載誌を御送りします（將有刊登有您的論文的雜誌寄上）

揭示〔名、他サ〕牌示、布告

注意事項を揭示する（布告注意事項）

座席満員の揭示が其の劇場に出ていた（那劇場掛出了座滿的牌示）

揭示がべたべた壁に貼って有る（牆上貼滿布告）

揭示板（布告牌）

揭出〔名、他サ〕出布告、揭曉、批露、發表

門口の休業札は毎日揭出の儘であった（門口天天掛著歇業牌）

揭揚〔名、他サ〕懸掛、掛起

国旗を揭揚する（懸掛國旗）

揭げる〔他下一〕懸掛、高舉、提出、揭示、刊登

看板を掲げる（掛招牌）

国旗を掲げて祝う（掛國旗慶祝）

デモ隊はプラカードを掲げて行進する（遊行隊伍舉著標語牌前進）

簾を掲げる（掀簾子）

着物の裾を掲げる（撩起衣襟）

新聞に広告を掲げる（在報紙上刊登廣告）

第三条に掲げた事項（第三條所載的事項）

三つの問題を掲げて責任者に迫る（提出三項問題追問負責人）

此処に掲げる理由（這裡所提出的理由）

公共の福祉をモットーと為て掲げる（把公共福利提出來作為口號）

灯火を掲げる（把油燈的燈火撥亮）

掲ぐ〔他下二〕懸掛、高舉、提出、揭示、刊登（=掲げる）

街（ㄐ一ㄝ）

街〔漢造〕（有時讀作街-街道）街道、大街

市街（市街、繁華街道、城鎮）

市街地（市區）

花街、花まち、花町（煙花柳巷、妓館集中區=色町、色里）

十字街（十字街）

商店街（商店街、商業繁華的街道）

官庁街（官廳街）

街渠〔名〕（城市道路的）邊溝

街区〔名〕街區、街道區段（=ブロック）

街衢〔名〕街道、胡同（=巷、岐、衢、ブロック）

整然と為た街衢（整齊的街道）

街商〔名〕攤販

街商組合（攤販聯合會）

街娼〔名〕野妓（=ストリート、ガール、夜の女）

街上〔名〕街上、街頭

街上風景（街頭情景）

街村〔名〕（集落的一種型態）街村（如

門前町-神社、寺院門前附近形成的市區

城下町-以諸侯居城為中心發展起來的城市

宿場町-有驛站的村鎮

市場町-由集市發展起來的市鎮

街談巷説〔名〕街談巷議、流言蜚語（=噂）

街頭〔名〕街頭、大街上

何千何万と言う人人が街頭に繰り出す（成千上萬的人走上街頭）

立候補者が街頭で演説する（競選人在街頭演講）

街頭を彷徨う（流浪街頭）

街頭演説（街頭講演）

街頭デモ（街頭遊行）

街頭録音（街頭錄音、室外錄音）

街燈、街灯〔名〕街燈、路燈

夕暮に街燈がぱっと点る（傍晚時街燈突然亮了）

街燈が明明と輝く（街燈照得通亮）

雨で街燈の光が潤んだ様に見える（因為下雨街燈的燈光顯得朦朧）

街道〔名〕〔古〕大街、通衢

本街道（大街、幹道）

裏街道（後街、背街）

街道を往来する車馬（街上來往的車馬）

街道筋の宿場（沿大道的驛站）

街路〔名〕馬路、大街

街路に水を撒く（往馬路上灑水）

子供が街路で遊ぶ（小孩在大街上玩）

街路灯（街燈）

街路樹（馬路兩旁的林蔭樹）

街録〔名〕街頭錄音（=街頭錄音）

街、町〔名〕大街（=通り）

街の燈（街燈）

街の女（街娼、野雞）

街を歩いていたら、先生に会った（在街上走著遇見老師了）

日曜日の街は人通りが多い（星期天大街上人多）

行列を組んで街を練り歩く（列隊緩步走過大街）

街角、町角〔名〕街角、街口、巷口

街角の煙草屋（街口的香煙鋪）

街角迄送って行きましょう（送您到街口吧！）

街角で待つ（在街口等候）

階（ㄐ—ㄝ）

階〔名，接尾，漢造〕階、層、等級

日用品は此の階には有りません。上の階で売っています（日用品不在這層樓上賣）

二階、三階、四階、五階と数えながら、エレベーターで上がって行った（二層三層四層五層地數著坐著電梯上去）

私の家は三階建です（我家是三層樓房）

石階（石階）

位階（位階、勳位的等級）

職階（職員的等級、職務等級制）

段階（階梯，台階，樓梯，階段，步驟，等級）

地階（地下室、樓房的第一層）

音階（音階）

階下〔名〕樓下、一樓↔階上

階下の応接室（樓下的接待室）

階下へ行く（到樓下去）

私は階下に住んでいる（我住在樓下）

階級〔名〕階級、軍階、階層、等級

階級が上がる（升級）

階級を下げられる（被降級）

功績により一階級進む（因功升一級）

支配階級（統治階級）

労働者階級（工人階級）

無産階級（無產階級）

有産階級（資產階級）

階級意識（階級覺悟）

階級戦線（階級陣線）

階級の廃絶（廢除階級）

社会の階級構成（社會的階級結構）

階級間の渡り合い（階級較量）

第三階級（第三等級）

知識階級（知識階層）

上流階級（上流階層）

中流階級（中產階級）

階級的（階級的）

階級協調（階級調和）

階級闘争（階級鬥爭）

階上〔名〕樓上、二樓↔階下

階上に上がる（上樓）

階上のホール（樓上的大廳）

階乗〔名〕〔數〕階乘

階乗式（階乘式）

階前〔名〕樓梯前、庭院前

階層、界層〔名〕（建築）樓層、（社會）階層、（事務）層次

貧農階層（貧農階層）

社会の有らゆる階層の人人から為る団体（由社會各階層人士所組成的團體）

幾つかの階層に分けられる（分成幾個階層）

幾階層も有る高層建築（有幾十層的高樓）

階高〔名〕（高層建築）每層的高度

階段〔名〕階梯，樓梯、等級，級別

階段を登る（上樓梯）

階段を下りる（下樓梯）

裏階段（後面的樓梯）

正面階段（正面樓梯）

螺旋階段（螺旋式樓梯）

階段の踊り場（樓梯中途的休息平台）

階段を登って二階へ行く（從樓梯上二樓去）

階段から落ちる（從樓梯掉下來）

階段を踏み外す（從樓梯上失足）

碧雲寺は石の階段が幾百段も有る（碧雲寺的石頭台階有幾百階）

彼は階段を二段宛飛ぶ様に駆け上がった（他一步二階飛也似地跑上了樓梯）

入口の階段に腰を掛ける（坐在門口的台階上）

階段式に為った観覧席（階段式的觀覽席）

階段式（階梯式）

階段状（梯式）

階段格子（〔理〕階梯光柵）

階段吹き抜き（〔建〕樓梯之間的豎井）

階段室（樓梯間）

階段巻き（〔電〕抽頭繞組、多頭線圈）

階段耕作（梯田式耕種法）

階段教室（階梯式教室）

階段透鏡（〔理〕階梯透鏡）

階段焼き入れ（〔冶〕分級淬火）

階段焼き鈍し（〔冶〕分級退火）

階段関数（〔數〕階梯函數）

階調〔名〕等級，層次，（電視的）深淡等級

階調度（〔攝〕增減度、差度）

階梯〔名〕階梯、手段、途徑、入門、指南、（器械操用的）斜梯子、學程、階段

目的達成の階梯（達到目的的途徑）

失敗は成功への階梯である（失敗為成功之母）

英文法階梯（英文法階梯）

階名〔名〕〔樂〕音階名←→音名

階〔名〕樓梯、台階（=階段）

嗟（ㄐㄧㄝ）

嗟〔漢造〕嘆息聲

怨嗟（抱怨、怨恨）

怨嗟の声（怨聲）

嗟嘆、嗟歎〔名，自サ〕嗟嘆，慨歎（=歎く、嘆く）、感嘆，讚嘆

自身の不才を嗟嘆する（慨歎自己缺乏才能）

彼の名演技には嗟嘆の（する）他は無い（對於他的精彩表演只有讚嘆而已）

嗟来の食〔連語〕（來自礼記）嗟來之食、帶有輕侮性的施捨

嗟来の食は食わぬ（不食嗟來食）

嗟来の食は食えば、御腹が痛くなる（嗟來之食吃下肚子要疼的）

孑、孓（ㄐㄧㄝˊ）

孑、孓〔漢造〕人無右臂為孑（人無左臂為孓）、孤單的、孑孓（蚊子的幼蟲）

孑孓、孑孑，孓孑、孓孓〔名〕〔動〕孑孓（蚊子的幼蟲）

水溜りに孑孓が湧く（水窪裡生出孑孓）

孑孓が蚊に為る（孑孓變成蚊子）

劫、刧、刼（ㄐㄧㄝˊ）

劫、刧、刼〔名〕〔佛〕劫數、災難、很長的歲月←→刹那。〔圍棋〕劫

劫を経る（經過很長的歲月、飽經滄桑）

劫に為る（打劫）

劫火〔名〕〔佛〕劫火、（毀滅一切的）大火

劫初〔名〕〔佛〕人世之初、混沌初開←→劫末

劫末〔名〕〔佛〕世界的末日←→劫初

劫掠、刧掠、劫略〔名，他サ〕劫掠、搶奪

劫量、劫臘，劫臈〔名〕很長的歲月、長年的練習

拮、拮（ㄐㄧㄝˊ）

拮、拮〔漢造〕口手並做

拮据〔名〕勤勉、孜孜從事

ㄐ

拮据経営三十年（慘澹經營三十年）
拮据勉学に余暇無し（勤勉學習無餘暇）

拮抗、頡頏〔名、自サ〕對抗、較量

碁では君に拮抗出来ない（下圍棋是敵不過你的）
勢力が相拮抗する（勢均力敵）
拮抗筋（〔解〕對抗肌）

桔、桔（ㄐㄧㄝˊ）

桔、桔〔漢造〕桔梗（多年生草、莖可作藥）

桔梗〔名〕〔植〕桔梗

桔梗色（深紫色）

捷（ㄐㄧㄝˊ）

捷〔漢造〕快、近、戰勝

敏捷（敏捷、機敏、靈活）←→遲鈍、不敏
戦捷、戰勝（戰勝、勝利）←→戰敗
大捷、大勝（大勝）←→大敗、大負け

捷径〔名〕捷徑、近路

山中の捷径を通って向こうへ抜ける（通過山裡的捷徑穿過去）
此れぞ外国語を学ぶ捷径也（這就是學習外語的捷徑）
学問に捷径無し（作學問沒有捷徑）

捷勁〔形動〕敏捷力強

捷報、勝報〔名〕捷報←→敗報

捷報相次いで至る（捷報相繼傳來）
味方の捷報に接する（接到我方的捷報）
間も無く捷報が入った（不久得到了捷報）

捷利、勝利〔名、自サ〕勝利←→敗北

大勝利（大勝利、大捷）
決定的勝利（決定性勝利）
勝利を得る（得勝）
勝利を占める（取勝、戰勝）
勝利は我に帰した（勝利歸於我方了）
戦いに勝利する（戰勝）

勝利の程は覚束無い（勝利的希望很少）
勝利投手（〔不讓擊球員跑壘的〕勝利投球員）
勝利者（勝利者）

捷路〔名〕捷徑（=近道）

勝利への捷路（走向勝利的捷徑）

捷軍、勝ち軍，勝軍、勝戦〔名〕戰勝、勝仗←→負戦

傑（ㄐㄧㄝˊ）

傑〔漢造〕傑出、出眾

豪傑（豪傑、好漢）
女傑（女傑、巾幗丈夫）
英傑（英傑、英豪）
怪傑（怪傑）
十傑（十傑）

傑人〔名〕出眾的人、俊傑

傑物〔名〕傑出的人物

彼奴は傑物だ（那傢伙是個了不起的人物）
最近は傑物が少なくなった（近來傑出的人物少了）

傑作〔名、形動〕傑作、滑稽

此の絵は大観の傑作だ（這畫是橫山大觀的傑作）
彼の仮装は実に傑作だった（他的化裝太有意思了）
傑作な奴だ（是個有趣的傢伙）
傑作を遣らかす（鬧出大笑話來）
此奴は傑作だ（這真是個有趣的大錯誤）

傑士〔名〕傑出人物、俊傑

傑出〔名、自サ〕傑出、出眾、卓越、超群

傑出した人物（出色的人物）
クラスで一人傑出していて他の追随を許さない（在班上獨自出眾其他人都趕不上）
A大統領は傑出した指導者であった（A總統是傑出的領導者）

彼は断然傑出していた（他非常傑出）
美徳の点で他人に傑出する（在道徳修養這一點上突出於他人之上）

傑僧〔名〕高僧

傑者、豪者、偉者〔名〕傑出人物、偉大人物（＝豪物、偉物）

結（ㄐㄧㄝˊ）

結〔漢造〕連結、結合、締結、終結、結局、結尾

　連結（連結、聯結）
　凝結（凝結）
　終結（終結、完結、歸結）
　集結（集結）
　起結（起始和終結、漢詩的起句和結句）
　帰結（歸結、歸宿、結果）
　団結（團結）
　締結（締結、簽訂）
　起承転結（起承轉合、順序、次序）

結言〔名〕結尾語、結論

結語〔名〕結尾語
　結語を述べる（說結尾語）
　結語を記す（寫節尾語）

結合〔名、自他サ〕結合
　労働者が結合して組合を組織する（工人團結起來組織工會）
　両国の結合を密接に為る（密切加強兩國的聯繫）
　セメントで煉瓦と石を結合する（用水泥把磚和石頭結合起來）
　結合音（〔樂〕結合音）
　結合組織（〔動〕結締組織）
　結合力（〔化〕結合力、內聚力）
　結合法則（律）（〔數〕結合律）
　結合水（〔植〕結合水、束縛水）

結合類（〔動〕綜合亞綱）

結び合う〔自五〕相結合、密切聯繫、合伙、合作

結び合わす〔他五〕使…連結起來、把…結合起來（＝結び合わせる）

結び合わせる〔他下一〕使…連結起來、把…結合起來

結実〔名、自サ〕（植物）結實，結果。〔喩〕收到效果
　蜜蜂は結実の手伝いを為る（蜜蜂幫助結實）
　皆の努力が結実した（大家的努力有了收穫）
　折角の計画が結実しなかった（一番苦心的計畫落空了）
　結実期（〔植物的〕結實期）

結縄〔名〕結繩
　結縄文字（結繩文字）

結像〔名〕〔理〕成像

結団〔名、自他サ〕結成團體←→解団
　遠征チームを結団する（組成遠征隊）
　結団式（結成團體儀式）

結び〔名〕結尾，末尾（＝結び、終わり）。〔樂〕結尾，符尾

結膜〔名〕〔解〕結膜
　結膜炎（結膜炎）

結末〔名〕結尾、結果、結局
　悲劇的な結末（悲劇的結局）
　結末が付く（有了結果、結束、定局）
　結末を付ける（結束、解決）
　此の戦争の結末は如何為るだろう（這戰爭的結局將是怎樣的呢？）
　其の事件は未だ結末が付かない（那事件還沒有了結）

結盟〔名、自サ〕結成同盟、結成的同盟

結約〔名、自サ〕結約、定約、締約

結了〔名、自他サ〕完了、完結

問題は此れでは結了しない（問題並沒有就此完結）

結露〔名、自サ〕〔理〕結露
　結露点（結露點）

結論〔名、自サ〕結論。〔邏〕（三段論法的結論＝斷案、斷定）
　結論を下す（下結論）
　話し合いが結論に達した（商談達到了結論）
　結論を急がない方が良い（以不急於下結論為好）
　一足飛びに結論に来る（一下子就跳到結論上去）
　慌てて結論を出す必要は無い（沒有慌慌張張作出結論的必要）
　彼は色色問題を論じたが何等の結論も与えなかった（他談了各種問題可是沒有提出任何結論）

結する〔自サ〕便祕、下結論

結果〔名、自他サ〕結果，結局。〔農〕結果，結實
　望み通りの結果（預期的結果）
　結果が同一に為る（結果相同）
　不幸な結果に終る（以不幸的結局告終）
　試験の結果は明日発表に為ります（考試的結果明天發表）
　彼は今日の成功は長年の辛苦の結果である（他今天的成功是多年辛勞的結果）
　どんな結果に為ろうと私は行きます（不論會有什麼後果我都要去）
　彼の行動の結果する所は大きい（他的行動收到了豐碩的成果）
　林檎の結果期（蘋果的結果期）
　結果枝（結果的枝）
　結果的（結果上）
　結果論（根據結果的論說）

結跏〔名〕〔佛〕結跏趺坐（＝結跏趺座）
　結跏趺座（五心朝天的端坐--一種打坐的姿勢）

結界〔名〕〔佛〕為僧侶修行而規定的衣食住的限制、用佛法保護的一定地區、禁制
　注連縄は結界である（稻草繩是一種降鬼除邪物）
　比叡山は以前は女人結界で女を連れて登る訳には行かなかった（比叡山以前是女人禁區不能攜帶婦女一同登山）

結核〔名〕〔醫〕結核，結核病。〔礦〕結核，凝岩
　肺結核（肺結核）
　結核に罹る（患結核病）
　彼女は遂に結核で死んだ（她終於患結核病死了）
　結核菌（結核菌）

結球〔名、自サ〕結成球狀
　結球白菜（包心白菜）
　キャベツは結球する（卷心菜結成球狀）

結局〔名、副〕（原意為下完一局圍棋）結果、結尾、最後、歸根到底
　結局は金の問題だ（最後還是錢的問題）
　其の噂は結局事実無根だった（那謠言結果是沒有事實根據的）
　何方の道を行っても結局は同じ所に出る（不論走哪條路結果都是達同一個地方）
　色色努力したが結局失敗した（雖然作了種種努力最後還是失敗了）
　何の彼のと言っているが結局払う気が無い（他東拉西扯結果還是不想付錢）
　全て本当の教育は結局自己教育と言う事に為る（一切真正的教育歸根結底都是自我教育）

結句〔名〕（漢詩）絕句的第四句、詩歌的結尾句。
〔副〕〔舊〕總之，最後，反而，毋寧，倒是

結構〔名〕結構、構造、規模、布局。
〔形動〕漂亮，很好，優秀，夠了，不用了，可以，行。
〔副〕相當地、很好地、滿好地、還可以
　結構が壯麗だ（布局壯麗）
　建物の結構（建築物的結構）

結構な贈り物（很好的禮品）

結構な話（好消息）

終戦と為ったら真に結構な事です（如果停戰那真是一件好事）

此の料理は暖かくて結構だ（這菜熱呼呼的真好）

彼等の態度は結構とは言い兼ねる（他們的態度不能說是很好）

此れ丈有れば結構です（有這些就夠了）

其れで結構（這樣就行）

皆揃わなくても結構だ（人來不齊也可以）

明日で結構です（明天可以、明天也行）

もう結構です（已經足夠-表示委婉謝絕）

今の地位で結構です（我對現在的職位很滿意）

君は結構金持じゃないか（你不是相當有錢嗎？）

其れで結構暮らして行けます（這樣就能滿好地生活下去）

彼は年は若いが結構役に立つ（他雖然年輕可式工作能勝任）

もう大分古くなったが、此れは未だ結構役に立つ（已經很舊了但這個還滿可以用）

下らない芝居なのに結構客が入る（戲劇雖沒意思但觀眾卻滿不少）

結婚〔名、自サ〕結婚

売買結婚（買賣婚姻）

血族結婚（同族結婚）

結婚を申し込む（求婚）

結婚式を挙げる（舉行婚禮）

太郎と花子が結婚する（太郎和花子結婚）

結婚を取り持つ（撮合婚姻、作介紹人）

彼女は結婚して姓が変わった（她結了婚改姓了）

彼は彼女と義理で結婚した（他礙於情面和她結婚了）

結婚祝い（慶祝結婚的禮品）

結婚詐欺（欺騙結婚、利用結婚進行的詐騙）

結婚式（結婚儀式）

結婚資金（結婚資金、結婚備用款）

結婚相談所（婚姻介紹所、婚姻問題諮詢所）

結婚届（結婚登記）

結婚飛行（社會性昆蟲的婚飛）

結砂〔名〕〔醫〕尿砂（腎結石或膀胱結石）

結紮〔名、他サ〕〔醫〕結紮

血行を止める為血管を結紮する（為阻止血液流通結紮血管）

結社〔名、自サ〕結社

結社の自由（結社的自由）

結社を作る（結成團體、結社）

結集〔名、自他サ〕集結、集中

国民の創意を結集する（集中國民的總意志）

最新技術の粋を結集した近代的工場（具備了最新技術精華的現代工廠）

彼等は総力を結集して難局に当たった（他們集結全部力量應付了困難局面）

彼等を我我の側に結集しなければ為らぬ（我們要把他們團結到我們這邊來）

結晶〔名、自サ〕結晶、成果

水晶の結晶（水晶的結晶）

雪は結晶を為している（雪形成結晶）

努力が結晶する（努力出了成果）

此の作は彼の多年の努力の結晶である（這作品是他多年努力的結晶）

結晶体（結晶體）

結晶軸（晶軸）

結晶質（晶質）

結晶学（結晶學）

結晶物理学（結晶物理學）
結晶光学（結晶光學）
結晶格子（結晶晶格）
結晶構造（結晶構造）
結晶性重合体（結晶性聚合體）
結晶族（晶類）
結晶度（節精度）
結晶水（結晶水）
結晶整流器（結晶整流器）
結晶面（結晶面）
結晶系（晶系）
結晶片岩（結晶片岩）
結晶火山弾（火山礫）（晶體火山礫）

結審〔名、自サ〕法院審訊終結

結成〔名、他サ〕結成、組成
労働組合を結成する（組成工會）
同好の士が集ってクラブを結成する（志同道合的人士聚在一起組成俱樂部）

結石〔名〕〔醫〕結石
腎臓結石（腎結石）

結節〔名〕〔醫、植〕結節
結節状（結節狀）

結線〔名〕〔電〕接電線、裝設電線
室内結線（室內接線、裝設室內電線）

結束〔名、自他サ〕捆束，捆紮，穿戴，打扮，團結
結束を堅くする（加強團結）
結束を促す呼び掛け（促進團結的號召）
結束して敵に当たる（團結對敵）
強力な組合の結束が其の背後に在った（強有力的工會團結起來形成的後盾）

結滞〔名、自サ〕〔醫〕脈搏間歇
脈に結滞が有った（脈搏有時間歇）
心臓が悪くて時時結滞する（心臟不好脈搏時常間歇）

結滞脈（間歇脈）

結託〔名、自サ〕勾結、夥同、合謀
商人と結託して会社の金を誤魔化す（和商人勾結騙公司的錢）
二人で結託して悪事を働く（二人合謀做壞事）
軍事結託を進める（進行軍事勾結）

結着、決着〔名、自サ〕了結，完結，解決，結局
結着が付く（解決）
はっきり結着の付かない戦争（不能徹底結束的戰爭）
ぎりぎり結着の値段（最低價錢、不能再讓的價錢）
両者の争いは未だ結着が付かない（雙方的爭執還沒有解決）
是が非でも結着を付け度い（無論如何想把它結束了）

結腸〔名〕〔解〕結腸
結腸炎（結腸炎）

結締〔名〕締結、捆扎
結締組織（〔解〕結締組織）

結党〔名、自サ〕結成集團、組織政黨、建立政黨
結党して既に三十年に為る（建黨已經三十年）
結党式（建黨儀式）

結髪〔名、自サ〕結髪，束髪，梳頭髪、束起的髪。〔古〕男子成年（儀式）
流行の髪型に結髪する（梳成流行的髪型）

結氷〔名、自サ〕結冰、結的冰
湖水が結氷する（湖水結冰）
結氷期（結冰期）

結縁、結縁〔名〕〔佛〕結緣

結願〔名〕滿願、（一定日數的）法會（佛事）的終結
結願の日から雨がしとしとと降った（從滿願的那天起淅瀝淅瀝地下起雨來了）

結く〔他五〕結、編織（＝編む）
網を結く（編網、織網、結網）

結ぶ〔自五〕凝結、結果

〔他五〕結，繫←→解く、結合、連結、結盟、勾結、締結。(嘴)緊閉，(手)緊握、終結、凝結、結果、編結

蓮の葉に露が結んでいる（蓮葉上凝結著露珠）

木に実が結んだ（樹上結果了）

ネクタイを結ぶ（繫領帶）

紐で結ぶ（用繩繫上）

靴紐を結ぶ（繫鞋帶）

箱にリボンを結ぶ（在盒上繫上緞帶）

強く結ぶ（繫緊）

A点とB点とを直線で結ぶ（用直線把AB兩點連結起來）

台北と東京を結ぶ航空路（連結台北與東京的航線）

短い紐を結んで長くする（把短細繩接長）

固く結ぶ（繫牢）

人民を結ぶ政党（聯繫人民的政黨）

世界を結ぶ衛星中継放送（連結世界的衛星轉播）

縁を結ぶ（結緣）

姉妹関係を結ぶ（結成姐妹關係）

統一戦線を結ぶ（結成統一戰線）

交わりを結ぶ（結交）

条約を結ぶ（締結條約）

友好同盟を結ぶ（結成友好同盟）

保険会社と契約を結ぶ（與保險公蘇簽訂合約）

到頭二人は結ばれた（他倆終於結了婚）

手を結ぶ（握手）

口を堅く結ぶ（把嘴緊閉上）

彼は口を一文字に結んで、一言も言わなかった（他緊閉著嘴甚麼也沒說）

先生は講演を諺で結んだ（老師用成語結束了他的演講）

以上で私の話を結び度いと存じます（我想就此結束我的講話）

綿が実を結んだ（結棉桃了）

実を結ぶ（結果）

長年の努力が実を結ぶ日も近い事だろう（多年的努力快要結果了）

露を結ぶ（凝成露珠）

夢を結ぶ（入夢）

庵を結ぶ（結庵）

むすぶ〔他四〕〔古〕掬、用手捧（=掬う）

手で水を掬ぶ（用手捧水）

結び、結〔名〕繫，結、連結、終結、結束、飯糰（=御結び、握り）。〔語法〕結語，結尾

縁結び（結姻緣）

男結び（正結）

女結び（反結）

結びの言葉（結束語）

会談の結びを付ける（結束會談）

結びを食べる（吃飯糰）

此の料理屋の結びは有名だ（這飯店的飯糰很有名）

結び係り（系結-文語句子的結尾形與句中某些系助詞ぞ、や、こそ等相呼應的現象）

御結び〔名〕（女）（結び的鄭重說法）飯糰（=握り飯）

結び付く〔自五〕有聯繫，有關聯，有密切關係、結成一體，結在一起

大衆と結び付く（聯繫群眾）

政治家に結び付いた商人（與政界人物有密切關係的商人）

努力が成功に結び付く（努力會帶來成功）

彼の人は何時も立派な事を言うが、言う事と為る事が結び付かない（他總是說得漂亮但說的與做的毫不相關）

此の紐は、堅く結び付いて、中中解けません（這繩繫得很緊非常難解）

我我は一つに結び付かねば為らない（我們應該團結在一起）

堅い友情で結び付いた二人（由牢固的友誼結合起來的兩個人）

結び付き〔名〕聯繫、結合、關係

党と大衆との結び付きを強める（加強黨和群眾的關係）

彼等の結び付きはきつい（他們結合得很緊密）

結び付きを弱める（削弱聯繫）

結び付ける〔他下一〕栓上，繫上、結合，聯繫

紐を結び付ける（繫上繩子）

木に結び付ける（栓在樹上）

自転車の後ろに鞄を結び付けて学校に通う（把書包栓在自行車後面去上學）

原因と結果を結び付ける（把原因和結果結合起來）

理論を実際と結び付ける（理論結合實際）

両国人民の友情を結び付ける絆（連結兩國人民友情的紐帶）

両者を密接に結び付ける（把二者緊密地結合起來）

運命が彼等を結び付けた（命運把他們結合在一起了）

結い付ける〔他下一〕繫住、梳慣

日本髪は結い付けている（梳慣了日本髮髻）

結わい付ける〔他下一〕（結わえ付ける之訛）繫上、綁住

髪にribbonを結わい付ける（頭髮繫上髮帶）

結びの神〔名〕月下老人、媒人、冰人

結び文〔名〕折疊打結的書信

結び目〔名〕結扣

結び目を解く（解扣）

結び目を拵える（打結）

結び目が解けた（結扣解開了）

結ばれる〔自下一〕結合、發生關係、結婚

結う〔他五〕繫結、捆扎

垣根を結う（編籬笆）

下駄の鼻緒を結う（繫上木屐帶）

髪を結う（梳扎頭髮）

島田に結う（梳成島田式髮型）

筆を結う（製筆）

云う、言う、謂う〔自、他五〕說（＝云う、言う、謂う）

結城〔名〕（茨城縣結城市）結城產的蠶綢（＝結城紬）、仿結城蠶綢的條紋棉布（＝結城木綿 綿結城）

結い〔名〕〔方〕繫結、（農村插秧或築路時的）互助（組）

結納〔名〕訂婚禮、訂婚禮品

結納を取り交わす（交換訂婚禮品）

結納金（訂婚彩禮）

結綿、結棉〔名〕日本年輕婦女髮型之一（島田髻的中央用綢布扎束起來的髮型）、將絲棉中央扎束起來用以表示祝賀的物品

結い上げる〔他下一〕扎上去、繫結完畢

髪を高く結い上げる（把頭髮高高地往上梳扎）

髪を結い上げる（梳完頭髮）

結い方〔名〕梳扎方式、梳頭的方法

髪の結い方が何時もと違っていた（梳扎的髮型與平時不一樣）

結わえる、結わえる〔他下一〕繫、綁、扎、結

紐を杭に結わえる（把繩子繫在樁子上）

結わく〔他五〕繫、綁、扎、結（＝結わえる、結わえる）

睫（ㄐㄧㄝˊ）

睫、睫毛〔名〕睫毛、眼毛

付け睫（假睫毛）

睫の濃い目（睫毛濃的眼睛）

睫の長い目（睫毛長的眼睛）

睫脱落（〔醫〕睫毛脫落）

節、節（ㄐㄧㄝˊ）

節〔名、漢造〕季節，節氣，節令（=季節）、時候（=折）、節操（=操）、子句，短句（=クローズ）。

節，海里（=ノット）（一節=一海里/小時、一海里約1852米）、枝節、（生物分類）派

蜜柑は今が節だ（柑橘現在正應節氣）

其の節は宜しく（那時請多關照）

御暇の節は御寄り下さい（有空的時候請您來坐坐）

節を守る（守節操）

節を全うする（保全節操）

核恐喝の前に卑屈に為り、節を枉げては行けない（不能在核子恐嚇面前卑躬屈膝）

節を折る（折節、屈節）

関節（關節）

環節（蚯蚓、蜈蚣等的環節）

末節（末節、枝節、細節、晚節）

小節（小節）

章節（章節）

第一節（第一節）

一節（一節一段）

音節（音節=シラブル）

曲節（曲調=節、メロディー）

貞節（貞節）

忠節（忠誠）

苦節（苦守節操）

晚節（晚年的節操）

変節（變節、叛變）

片節（動物的節片）

礼節（禮節、禮貌）

季節（季節）

気節（氣節，節操，骨氣，時節，氣候）

二十四節（二十四節）

時節（時節、時代、時機）

当節（現今、現在、當前）

佳節、嘉節（佳節）

端午節（端午節）

紀元節（紀元節=建国記念の日）

使節（使節）

肢節（動物的肢節）

指節（指節）

符節（符節、兵符）

節煙〔名、自サ〕節制吸煙

今度こそ節煙する（這回可要節制吸煙）

節義〔名〕節義、節操

節義を重んずる（重節義）

節減〔名、他サ〕節省

経費を節減する（節省經費）

食費を節減する（節省飯費）

電力節減を実行する（實行節省電力）

節電〔名、自サ〕節省電

節電週間（節電週）

節度〔名〕節制，適度、法度，規範

節度を守る（保持適度、有節制）

節度に適う（合乎規範）

節度が無い（沒有節制）

節度に従う（服從節制、聽從指揮）

節物〔名〕應時的東西、時令貨

節分〔名〕季節的轉換期、立春的前一天（日俗有撒豆驅鬼的習慣）

今日は節分だ（今天是立春的前夕）

節平面〔名〕〔理〕（透鏡的）波節面

節米〔名、自サ〕節省米的消費量

節米運動（節米運動）

節約〔名、他サ〕節約、節省（=倹約）

節約を行う（實行節約）

時間を節約する（節約時間）

エネルギー源を節約する（節約能源）

其れは費用の節約に為る（那樣會節省費用）

ㄐ

節約〔せつやく〕は社会主義経済〔しゃかいしゅぎけいざい〕の基本原則〔きほんげんそく〕の一〔ひと〕つである（節約是社會主義經濟的基本原則之一）

節用〔せつよう〕〔名〕節省開支，樽節費用、（室町時代、江戶時代廣泛流行的）實用簡明日語詞典（＝節用集〔ようしゅう〕）

節理〔せつり〕〔名〕（木材等的）紋理。〔地〕節理，石紋、事物的條理（＝筋道〔すじみち〕）

節略〔せつりゃく〕〔名、他サ〕適當地省略

節録〔せつろく〕〔名、他サ〕節錄、摘錄

節〔せつ〕**する**〔他サ〕節省、節約、節制
　費用〔ひよう〕を節〔せつ〕する（節省費用）
　時間〔じかん〕を節〔せつ〕する（節省時間）
　欲望〔よくぼう〕を節〔せつ〕する（節制慾望）
　酒〔さけ〕を節〔せつ〕する（節制飲酒）

節介〔せっかい〕〔名、形動〕管閒事、多嘴多舌（＝御節介〔おせっかい〕）
　余計〔よけい〕な節介〔せっかい〕は止〔や〕めて呉〔く〕れ（少管閒事！）
　随分〔ずいぶん〕御節介〔おせっかい〕な男〔おとこ〕だ（真是一個愛管閒事的人）

節気〔せっき〕〔名〕〔気〕節氣（＝二十四気〔にじゅうしき〕）

節季〔せっき〕〔名〕節末、歳末、歳暮，年終、年節的結帳期
　節季大売出〔せっきおおうりだ〕し（年底大減價）
　節季仕舞〔せっきじまい〕（年底結帳）

節句、節供〔せっく、せっく〕〔名〕節日（指一月七日的人日〔じんじつ〕、三月三日的上巳〔じょうし〕、五月五日的端午〔たんご〕、七月七日的七夕〔たなばた〕、九月九日的重陽〔ちょうよう〕等五大節日）
　雛〔ひな〕の節句〔せっく〕（三月三日女兒節）
　桃〔もも〕の節句〔せっく〕（三月三日女兒節＝雛祭〔ひなまつ〕り）
　菊〔きく〕の節句〔せっく〕（菊花節、重陽節）
　端午〔たんご〕の節句〔せっく〕が近付〔ちかづ〕く（端午節快到了）
　節句働〔せっくばたら〕き（懶漢過節忙、懶老婆日西忙、喻應該休息的時候卻偏偏幹活）
　怠〔なま〕け者〔もの〕の節句働〔せっくばたら〕き（懶漢節日忙）

節倹〔せっけん〕〔名、他サ〕節儉、節約（＝倹約〔けんやく〕）
　所帯持〔しょたいも〕ちは節倹〔せっけん〕の心構〔こころがま〕えが必要〔ひつよう〕だ（有家庭負擔的人必須注意節儉）
　節倹家〔せっけんか〕（節省的人）

節口類〔せっこうるい〕〔名〕〔動〕腿口亞綱

節士〔せっし〕〔名〕高節之士

節酒〔せっしゅ〕〔名、自サ〕節酒、節制喝酒
　健康〔けんこう〕の為〔ため〕に節酒〔せっしゅ〕する（為了健康節制喝酒）

節腫〔せっしゅ〕〔名〕〔醫〕腱鞘囊腫

節食〔せっしょく〕〔名、自サ〕節制飲食
　胃〔い〕が悪〔わる〕いので節食〔せっしょく〕する（因為胃不好節制飲食）

節水〔せっすい〕〔名、自サ〕節約用水

節制〔せっせい〕〔名、自サ〕節制、控制
　飲食〔いんしょく〕の節制〔せっせい〕（節制飲食）
　全〔すべ〕ての欲望〔よくぼう〕を節制〔せっせい〕する（節制一切欲望）

節奏〔せっそう〕〔名〕〔樂〕節奏（＝リズム〔rhythm〕）
　節奏〔せっそう〕の美〔うつく〕しさ（節奏美）

節操〔せっそう〕〔名〕節操、操守（＝操〔みさお〕）
　節操〔せっそう〕を守〔まも〕る（保持節操）
　政治家〔せいじか〕の節操〔せっそう〕（政治家的節操）
　節操〔せっそう〕の無〔な〕い学者〔がくしゃ〕（沒有節操的學者、無恥文人）

節足動物〔せっそくどうぶつ〕〔名〕〔動〕節肢動物

節炭器〔せったんき〕〔名〕（鍋爐的）省煤器

節点〔せってん〕〔名〕〔エ〕節點，接頭。〔理〕波節。〔天〕交點
　節点方程式〔せってんほうていしき〕（節點方程式）

節婦〔せっぷ〕〔名〕貞節的婦女

節片〔せっぺん〕〔名〕（昆蟲體環節的）硬節片

節会〔せちえ〕〔名〕〔古〕節宴（古代封建朝廷於節日或重要日子舉行的宮廷宴會）

節日、節日〔せちにち、せつじつ〕〔名〕〔古〕（季節變換時的）節日

節振舞〔せちふるまい〕〔名〕〔古〕節日宴、新年的來往宴樂

節〔ふし〕〔名〕（竹、木、線、繩等的）節、（動物）關節、曲調、時候、點、段落、木松魚（＝鰹節〔かつおぶし〕）
　竹〔たけ〕の節〔ふし〕（竹節）
　節〔ふし〕の多〔おお〕い材木〔ざいもく〕（節多的木材）
　痛〔いた〕みで指〔ゆび〕の節〔ふし〕が曲〔ま〕がらない（痛得指關節彎不過來）
　此〔こ〕の歌〔うた〕は節〔ふし〕が面白〔おもしろ〕い（這歌曲調很有趣）

歌に節を付ける（給歌詞譜曲調）
節を付けて読む（聲調抑揚地讀）
彼の話には怪しい節が有る（他的話裡有可疑之點）
折節（時節）
鰹節（調味用木魚）

節穴〔名〕（木的）節孔。〔罵〕瞎眼，有眼無珠
塀の節穴から覗く（從板牆上的節孔窺視）
君の目は節穴か（你眼睛瞎了嗎？）
私の目は節穴同然で、人を見誤った（我有眼無珠看錯了人）

節糸〔名〕多節的絲
節糸織り（多節絲的紡織品）

節織り、節織〔名〕用多節絲織的絲綢

節榑〔名〕節多的木材

節榑立つ〔自五〕（木材）節多而不光滑、（手等）骨節突起，粗糙不光滑
節榑立った木（節多而不光滑的樹）
節榑立った手（粗糙的手）

節立つ〔自五〕長節、長疙瘩

節榑木〔名〕〔植〕櫟樹、柞樹（的別名）

節瘤〔名〕節瘤、疙瘩
節瘤だらけの木（滿是節瘤的樹）

節莢果〔名〕〔植〕節莢

節近〔名〕（竹等）節距短

節旁、卩、㔾〔名〕（漢字部首）卩、㔾（如即、危）

節付け〔名〕譜曲
歌詞に節付けを為る（為歌詞譜曲）

節止め〔名〕〔建〕塞木節孔

節取り〔名〕〔建〕除掉節子、除掉疙瘩

節無し〔名〕（木材等）無節

節博士〔名〕（謠曲等旁邊用墨表示音節高低長短的）符號、墨譜

節節〔名〕各個關節、許多關節、各個關節、許多地方、各點、常常、時常
体の節節が痛む（渾身關節疼痛）
疑わしい節節を質す（質問可疑各點）

節骨〔名〕關節骨

節間〔名〕（竹的）節距
竹の節間（竹的節距）
節間の短い竹（節短的竹子）

節間成長〔名〕〔植〕節間生長、居間生長

節回し〔名〕曲調、抑揚頓挫
節回しを習う（學習曲調）
彼女は声量も有り節回しも実に旨い（她嗓音也大抑揚頓挫也很巧妙）

節目〔名〕（木料的）節眼。〔轉〕階段，段落
節目の多い板（節眼多的板子）
人生の節目（人生的一個段落）

節目〔名〕樹木的節和木紋、〔轉〕事物的條理、（文章，條文的）條目，細節

節蜂、沒食子蜂〔名〕〔動〕癭蜂（=癭蜂）

節編〔名〕植物的節（=節）、粗草蓆等的網眼

節〔名〕（竹等節與節之間的部分）節、段
一節切り（古時用一節竹子做的豎笛）

詰（ㄐㄧㄝˊ）

詰〔漢造〕責問、責備
難詰（責難、責問）
面詰（當面責備）

詰問〔名、他サ〕詰問、追問、盤問
犯人を詰問する（盤問罪犯）
金の出所を詰問する（追問錢從哪裡來）

詰屈、佶屈〔形動〕詰屈、曲折、難懂
詰屈聱牙（詰屈聱牙）

詰責〔名、他サ〕詰問、責問（=問い詰める）
手紙に厳しい詰責の言葉が有った（信上有嚴厲詰問的話）

詰まる、詰る〔自五〕堵塞，不通、充滿，擠滿、縮短、困窘、停頓
鼻が詰る（鼻子不通）
息が詰る（喘不上氣）

気が詰る（喘不上氣來）

パイプが詰る（管道堵塞）

下水が詰って流れない（下水道堵塞不流了）

劇場に観衆が一杯詰っている（劇場裡觀衆擠得滿滿的）

札がぎっしり詰った財布（鈔票塞得滿滿的錢包）

仕事が詰っていて手が離せない（工作堆得滿滿的騰不開手）

命が詰る（減壽）

日が詰る（晝短、日期迫近）

日が延びて夜が詰って来た（晝長夜短了）

ワイシャツを洗ったら詰って仕舞った（襯衫一洗縮水了）

此の靴は爪先の所が詰って足が痛い（這鞋腳尖那裡擠得腳疼）

返答に詰る（答不上來、無言以對）

金に詰る（缺錢）

年が詰る（歲暮、年關迫近）

値上がりで生活が詰って来た（由於物價上漲生活困窘起來了）

演説の最中に詰って仕舞った（演說到中間講不下去了）

詰まる所、詰る所〔連語、副〕畢竟、總之、歸根結底

　詰る所君が悪いのだ（畢竟是你不對）

詰まり、詰り〔名〕堵塞，充塞、縮短、困窘、到頭，盡頭

〔副〕總之、也就是

　とどの詰り（到頭來、最後、終於）

　どん詰り（末了、最後）

　身の詰り（下場、結局、歸宿）

　其の訳は詰り斯うだ（總之原因是這樣）

　此れは詰り君の為だ（總之這是為了你）

　此の時代に、詰り戦後数十年間に（在這個時代就是說在戰後的幾十年間）

　父の姉の娘、詰り私の従姉妹が近く上京して来る（父親姐姐的女兒也就是我的表姉不日來京）

詰まりは、詰りは〔副〕總之、也就是

　詰りは斯うだ（總之就是這樣）

詰まらない、詰らない〔連語、形〕沒有價值的、不值錢的、微不足道的、無聊的，無趣的、無用的、無意義的

　詰らない品（不值錢的東西）

　こんな詰らない物を呉れた（給了我這麼一個毫無價值的東西）

　詰らない物ですが差し上げましょう（這是個沒價值的東西送給您吧！）

　此の小説は詰らない（這小說沒意思）

　詰らない事を言う（說無聊的話）

　詰らない事を為るな（別瞎胡鬧！）

　私詰らないわ（我好沒意思）

　詰らなく金を使う（胡亂花錢）

　斯う物価が上がるのでは貯金を為ても詰らない（物價這麼漲存款也沒用）

　齷齪働いても詰らない（辛辛苦苦地工作也沒用）

　詰らない事を気に為る（把件小事放在心上）

　詰らなく思う（覺得沒意思、以為微不足道）

　何と言う詰らなさだ（多麼無聊！好沒意思！）

　詰らな然うな顔を為てちらりと見る（興味索然地看了一眼）

詰まらぬ、詰らぬ〔連語、連體〕沒有價值的、無聊的、無用的（=詰まらない、詰らない）

詰める〔自下一〕待命，值勤、動作連續，不間斷。

〔他下一〕填塞，塞進、裝入，摀住、抑住、緊逼、追問、靠緊、縮短、節約

　番所に詰める（待命在守衛室）

　病人の側に一晩中詰めていた（在病人身旁守候了一整夜）

消防署には昼も夜も消防士が詰めている（消防隊那裡消防員日夜待命著）

役所に詰めている（在機關值勤）

一日中詰めて働く（整日不停地工作）

余り詰めて勉強すると病気に為るよ（太用功不停會得病的）

鼠の開けた穴に石を詰めて置く（把老鼠掘的洞填塞上石頭）

耳に綿を詰める（耳朵塞上棉花）

箱に藁を詰める（箱子裡塞上稻草）

此の座布団には羽毛が詰めて有る（這坐墊裡塞著羽毛）

荷物を鞄に詰める（把行李裝入皮包裡）

パイプに煙草を詰める（把煙裝到煙斗裡）

弁当を詰める（裝便當）

息を詰める（憋住氣、屏氣）

根を詰める（聚精會神）

先に王を詰めた方が勝に為る（先將死老將的算贏）

行間を詰める（靠緊字裡行間）

本を詰めて並べる（把書靠緊擺放）

もう少し御詰め下さい（請再靠緊些）

列と列との間を詰める（把隊列間隔靠緊）

もっと字を詰めて書き為さい（字要再緊湊些寫）

奥へ御詰め願います（請往裡邊靠緊）

着物の丈を詰める（縮短衣服的身長）

袖を詰めて上げましょう（給您把袖子弄短些吧！）

暮しを詰める（節約度日）

詰めた暮しを為る（過節約生活）

指を詰める（〔黑社會為發誓或謝罪〕切掉指頭）

詰め、詰〔名〕裝，包裝、塞子、（關西方言）盡頭。〔象棋〕將軍，將死。〔轉〕最後關頭，末了，完工階段

瓶に詰めを為る（塞上瓶塞）

穴に詰めを為る（堵上窟窿）

橋の詰め（橋頭）

彼は橋の詰めに立っている（他站在橋頭）

後一手で詰めに為る（再一步就將死）

詰めを怠る（末了疏忽了、功虧一簣）

詰め、詰〔接尾〕裝，包裝。〔俗〕全憑，一整套，清一色、連續，繼續、派在某處工作

箱詰めの蜜柑（箱裝的橘子）

一箱二ダース詰めのビール（一箱裝兩打的啤酒）

十個詰め一箱（一箱裝十個）

五百字詰めの用紙（一頁五百字的稿紙）

規則詰め（以規章約束人、清規戒律）

立ち詰め（佇立不動）

電車は混んでいて終点迄立ち詰めだった（電車裡很擁擠一直站到終點站）

本店詰めである（在總店工作）

警視庁詰めの記者（駐在警視廳採防的記者）

此れ迄台北詰めで為たが、今月から台中詰めに為りました（以前是派在台北工作從本月起調到台中工作）

爪〔名〕（人的）指甲，趾甲、（動物的）爪、指尖、（彈琴時套在指上的）撥子、（用具等上的）鉤子、（錨的）爪、（布襪上的）別扣

手の爪（指甲）

爪を切る（剪指甲）切る斬る伐る着る

爪の垢（指甲泥）

赤く染めた爪（染紅的指甲）

爪で引っ掻く（用爪搔、用指甲撓）

爪を研ぐ（〔貓〕磨爪）研ぐ磨ぐ砥ぐ

爪印（指印）

爪クラッチ（爪形離合器）

爪螺旋回し（爪板子）

爪が長い（貪婪、貪得無厭）溢す零す

ㄐ

爪で拾って箕で溢す（滿地撿芝麻、大簍撒香油，喻把辛辛苦苦積存的東西隨便浪費掉）

爪に爪無く、瓜に爪有り（爪字無爪，瓜有爪－為辨別爪瓜二字的一種說法）

爪に火を点す（拿指甲當蠟燭，喻非常吝嗇）点す灯す

爪の垢程（喻少得可憐）

爪の垢を煎じで飲む（〔甚至煎飲人家的指甲垢來〕百般仿效、亦步亦趨、東施效顰）

爪を噛む（咬指甲、忍氣吞聲）噛む咬む

爪を立てる所も無い（無立錐之地）

爪を研ぐ（躍躍欲試）

能有る鷹は爪を隠す（喻真正有能耐的人不外露、真人不露相）

詰め合わせる〔他下一〕混雜裝

果物の詰め合わせる（把各種水果摻混裝在一起）

詰め合わせ〔名〕摻雜裝、混雜裝（的東西）

果物の詰め合わせ（混裝在一起的各種水果）

詰め合わせ食料品（混裝的各種食品）

詰め合わせビスケット（什錦餅乾）

詰め石、詰石〔名〕礎石（＝礎）、堆石（＝積み石）

詰め襟、詰襟〔名〕立領、豎領←→折り襟

詰め襟の制服（立領的制服）

詰め替える，詰替える、詰め換える，詰換える〔他下一〕改裝、重裝

煙草を詰め替えたパイプ（重裝上煙的煙斗）

樽から瓶へ詰め替える（從木桶改裝到瓶子裡）

此のクッションは詰め替えなければならない（這靠墊必須重裝一下）

詰め替え，詰替え、詰め換え，詰換え〔名〕改裝、重裝

荷物の詰め替え（重裝貨物）

詰め書き、詰書き〔名〕靠緊寫、緊密寫

詰め掛ける、詰掛ける〔自下一〕擠到近旁、蜂擁而來，擁上前去

現場に新聞記者が詰め掛けた（新聞記者擁到了現場）

市民は早朝から公園に続続詰め掛け、祝賀園遊会を始めた（市民從清早上就陸續湧到公園裡開始了慶祝園遊會）

詰め籠、詰籠〔名〕（裝蔬菜、罐頭、酒瓶等用的）大籃

詰め方、詰方〔名〕裝法。〔象棋〕將死的著數

詰め方に注意せよ（注意裝法）

詰め木、詰木〔名〕〔印〕（加在行間的）木片、木條

詰め切る〔自五〕一直守在那裏

〔他五〕裝完、裝滿

病人の部屋に詰め切る（片刻不離地守在病人房間）

事務所に一日詰め切った（在辦事處呆了一整天）

此の箱では詰め切らない（這箱子裝不下）

詰め切ってから蓋を為る（裝滿以後蓋上蓋子）

詰め切り〔名〕一直守在那裏

病人が重態で医師は詰め切りだった（由於病人重篤醫師片刻不離地看守）

詰め草、詰草〔名〕〔植〕白三葉草、白花苜蓿（＝白詰め草クローバー）

詰め碁、詰碁〔名〕〔圍棋〕棋式、棋譜

詰め込む、詰込む〔自五〕擁進

〔他五〕裝入、塞入、裝滿、塞滿、裝進、塞進、硬塞

着物をトランクに詰め込む（把衣服塞進皮箱裡）

電車に乗客を詰め込む（電車裡塞滿乘客）

ぎゅうぎゅうに詰め込む（緊緊地塞滿）

詰らない事を頭に詰め込む（把一些沒有意義的事情塞進腦袋裡）

知識を詰め込む（硬灌輸知識）

三箇年の課程をたった一年で詰め込む（只用一年就把三年的課程塞給學生）

御馳走を腹一杯詰め込む（把好吃的菜餚吃得滿滿一肚子）

もう食べられない程詰め込んだ（吃得再也吃不下去了）

詰め込み、詰込み〔名〕填鴨式、死記硬背

詰め込み教師（填鴨式的教師）

詰め込み勉強を為る（死記硬背地用功）

詰め込み式（填鴨式教學方法）

詰め込み一点張り（滿堂灌）

詰め込み主義（填鴨式教學法）

何の役にも立たない棒暗記式の詰め込み学問（沒有一點用處的死記硬背的學問）

詰め所、詰所〔名〕守護室、辦公室

夜警の詰め所（值夜人員的值班室）

詰め将棋、詰将棋〔名〕〔圍棋〕棋式、棋譜

詰め将棋を作る（編棋譜）

詰め栓、詰栓〔名〕塞子、（管樂器吹口的）栓

詰め栓を為る（把塞子塞住）

詰め手、詰手〔名〕〔象棋〕將死的著數、（比賽時）最後取勝的手段、包裝工

詰め荷、詰荷〔名〕零散的貨物、塞縫的貨物

詰め箱、詰箱〔名〕〔機〕填充箱、料斗

詰め腹、詰腹〔名〕〔史〕被迫剖腹自殺、被迫辭職，強迫辭職

詰め腹を切らせる（強迫辭職）

詰め腹を切らされる（被迫辭職）

詰め腹を切る（引咎辭職）

詰め番、詰番〔名〕〔古〕值班值勤（=当番）

詰め番の侍（值班的侍衛）

詰め開き，詰め開き，詰め開き，詰開き〔名〕〔俗〕談判，應付，應付的技巧。〔海〕（帆船）偏頂風，旁頂風（行駛）

彼は詰め開きの男ではない（他不是個會應付的人）

船は詰め開きで帆走している（船偏頂風揚帆行駛著）

詰め物、詰物〔名〕充填物，填塞物，填料，襯料（=パッキング）。〔烹〕填塞食品 填餡（=スタッフ）。

（齲齒的）填充料、混雜裝的東西（=詰め合わせ）、棋譜（=詰め将棋）

隙間の詰め物（填縫的材料）

鶏に詰め物を為る（在雞肚裡塞上餡）

歯に詰め物を為る（補牙）

詰め寄せる、詰寄せる〔自下一〕逼近

玄関に詰め寄せる（逼近門口）

敵を囲んでじりじりと詰め寄せた（把敵人包圍起來步步逼近）

詰め寄る、詰寄る〔自五〕逼近、逼問

彼は私を睨みながら詰め寄って来た（他眼睛瞪著我逼近前來）

返答如何と詰め寄る（逼著問答不答應）

詰め綿、詰綿〔名〕填塞用棉

詰む〔自五〕稠密、困窘、〔象棋〕將死

目の詰んだ生地（密實的布料）

ぎっしり字の詰んだページ（字排得密密麻麻的書頁）

理に詰む（理屈詞窮）

此の王は直ぐ詰むよ（這老將馬上就被將死啦！）

詰み、詰〔名〕〔象棋〕將死（老將）

詰みに為る（將死）

後一手で詰みだ（再一步就將死）

積む〔他五〕堆積（=重ねる）、裝載（=載せる）、積累（=溜める）

〔自五〕積、堆、疊（=積る）

石を三つ積む（疊三塊石頭）

机の上に本を山の様に積む（桌上把書堆成山）

御馳走を山と積む（珍饌美味羅列如山）

金を幾等積まれても嫌だ（搬出金山來我也不幹）

船に石炭を積む（把煤炭裝到船裡）

荷物は未だ全部積んでいない（貨還沒全裝上）

馬に積む（駄到馬身上）

金を積む（攢錢）

巨万の富を積む（積累萬貫財富）

経験を積む（積累經驗）

善根を積む（積善）

降り積む雪（邊降邊積的雪）

積んでは崩す（且疊且拆、反復籌劃、一再瞎搞）

摘む、採む、剪む、抓む〔他五〕摘、採、剪

花を摘む（摘花）

茶を摘む（採茶）

芽を摘む（掐芽）

木の芽を摘む（掐樹芽）

髪を摘む（剪髪）

髪を短く摘む（把頭髮剪短）

枝を摘む（剪樹枝）

爪を摘む（剪指甲）

罪〔名〕（法律上的）罪，犯罪、（宗教上的）罪孽，罪惡、（道德上的）罪過，罪咎，罪責，過錯，責任。

〔名、形動〕壞事，醜事，罪孽勾當、狠毒，殘忍

罪を犯す（犯罪）犯す侵す冒す

罪を服する（服罪）服する復する伏する

罪に問う（問罪）

罪を許す（赦罪）許す赦す

罪が特に大きな者（罪大惡極者）

青年達は何の罪が有って、此の様な迫害を受けなければならないのか（青年何辜遭此荼毒）

罪深い人間（罪孽深重的人）

私の罪ではない（不是我的過錯）

罪を他人に着せる（委罪於人）煙管

此の失敗は誰の罪か（這個失敗是誰的罪過？）

罪は私に在る（罪責在我、是我的錯）在る有る或る

罪な事を為る（做罪孽勾當）為る為る磨る擂る擦る摺る刷る摩る掏る

罪な事を言うな（別說業障話）言う云う謂う

罪が無い（無罪，無辜、無害，無惡意、天真）

彼女には罪が無い（她沒有罪過〔責任〕）

罪の無い事を言う（說沒有惡意的話）

子供は罪が無い（孩子是天真的）

罪の無い顔（天真浪漫的面孔）

罪の子（私生子、非婚生子）

柘〔名〕〔植〕雞桑、小葉桑（＝山桑）

詰る〔他五〕責問、責備、責難

互いに詰り合う（互相埋怨）

臆病を詰る（責難膽怯）

人を面と向って詰る（當面責備人）

彼許りを詰るのは良くない（不應該光責備他）

截、截（ㄐㄧㄝˊ）

截、截〔漢造〕截斷

断截，断裁，断截，断切（裁切、切斷）

直截、直截（直截了當）

截然、截然〔形動タルト〕截然、顯然

截然たる区別（截然的區別）

截然と区別する（截然有所區別）

截断、截断、切断〔名、他サ〕截斷、切斷、割斷

一刀の下に截断する（一刀切斷）

腕を截断された患者（腕部被截斷的患者）

足を膝から截断する（從膝蓋以下把腿切除）

截断した指を継ぎ合わせる（斷指再植）

截断肢の接合に成功した（接活了斷肢）

截断面（斷面、剖面）

截断図（斷面圖、剖面圖）

截断信号（〔電〕切斷信號）
截断トーチ（切斷銲槍）
截断術（〔醫〕截斷術）

截る、切る、伐る、斬る〔他五〕切，割，剪。〔數〕切分←→繋ぐ

身を切る様な寒風（刺骨的寒風）
布地を切る（裁剪衣服料子）
切符を切る（剪票）
封を切る（拆封、拆信）
小切手を切る（開支票）
三角形の一辺を等分に切る（把三角形的一邊等分之）

截つ、断つ、絶つ〔他五〕截、切、斷（=截る、切る、伐る、斬る）

布を截つ（把布切斷）
二つに截つ（切成兩段）
大根を縦二つに断ち切る（把蘿蔔豎著切成兩半）
紙の縁を截つ（切齊紙邊）
同じ大きさに截つ（切成一樣大小）

立つ〔自五〕站，立、冒，升、離開、出發、奮起、飛走、顯露、傳出、（水）熱、開、起（風浪等）、關、成立。維持，站得住腳，保持，保住，位於，處於，充當，開始，激動，激昂，明確，分明，有用，堪用，嘹亮，響亮，得商數，來臨，季節到來

二本足で立つ（用兩條腿站立）立つ 経つ 建つ 絶つ 発つ 断つ 裁つ 起つ 截つ
立って演説する（站著演說）
其処に黒いストッキングの女が立っている（在那兒站著一個穿長襪的女人）
居ても立っても居られない（坐立不安）
背が立つ（直立水深沒脖子）
煙が立つ（冒煙）煙煙
埃が立つ（起灰塵）
湯気が立つ（冒熱氣）
日本を立つ（離開日本）

怒って席を立って行った（一怒之下退席了）
旅に立つ（出去旅行）
米国へ立つ（去美國）
田中さんは九時の汽車で北海道へ立った（田中搭九點的火車去北海道了）
祖国の為に立つ（為祖國而奮起）
今こそ労働者の立つ可き時だ（現在正是工人行動起來的時候）
鳥が立つ（鳥飛走）
足に棘が立った（腳上扎了刺）
喉に骨が立った（嗓子裡卡了骨頭）
矢が彼の肩に立った（他的肩上中了箭）
虹が立つ（出現彩虹）
噂が立つ（傳出風聲）
人の目に立たない様な所で会っている（在不顯眼的地方見面）
風呂が立つ（洗澡水燒熱了）
今日は風呂が立つ日です（今天是燒洗澡水的日子）
波が立つ（起浪）
外には風が立って来たらしい（外面好像起風了）
戸が立たない（門關不上）
彼処の家は一日中戸が立っている（那裡的房子整天關著門）
理屈が立たない（不成理由）
計画が立った（訂好了計劃）
彼の人の言う事は筋道が立っていない（那個人說的沒有道理）
三十に為て立つ（三十而立）
世に立つ（自立、獨立生活）
暮らしが立たない（維持不了生活）
身が立つ（站得住腳）
もう彼の店は立って行くまい（那家店已維持不下去了）
顔が立つ（保住面子）
面目が立つ（保住面子）

ㄐ

義理が立つ（盡了情分）
男が立たない（丟臉、丟面子）
人の上に立つ（居人之上）
苦境に立つ（處於苦境）
優位に立つ（占優勢）
守勢に立つ（處於守勢）
候補者に立つ（當候選人、參加競選）
証人に立つ（充當證人）
案内に立つ（做嚮導）
市が立つ日（有集市的日子）
隣の村に馬市が立った（鄰村有馬市了）
会社が立つ（設立公司）
気が立つ（心情激昂）
腹が立つ（生氣）
値が立つ（價格明確）
証拠が立つ（證據分明）
役に立つ（有用、中用）
田中さんは筆が立つ（田中擅長寫文章）
歯が立たない（咬不動、〔轉〕敵不過）
声が立つ（聲音嘹亮）
良く立つ声だ（嘹亮的聲音）
驚いて声も立たぬ（嚇得連聲音都發不出）
九を三で割れば三が立つ（以三除九得三）
春立つ日（到了春天）
角が立つ（角を立てる）（不圓滑、讓人生氣、說話有稜角）
立つ瀬が無い（沒有立場、處境困難）
立っている者は親でも使え（有急事的時候誰都可以使喚）
立つ鳥跡を濁さず（旅客臨行應將房屋打掃乾淨、〔轉〕君子絕交不出惡言）
立つより返事（〔被使喚時〕人未到聲得先到）
立てば歩めの親心（能站了又盼著會走-喻父母期待子女成人心切）
立てば芍薬、座れば牡丹、歩く姿は百合の花（立若芍藥坐若牡丹行若百合之美姿-喻美女貌）

立つ、経つ〔自五〕經過

時の立つのを忘れる（忘了時間的經過）
余りの楽しさに時の立つのを忘れた（快樂得連時間也忘記了）
日が段段立つ（日子漸漸過去）
一時間立ってから又御出で（過一個鐘頭再來吧！）又又復亦股
月日の立つのは早い物だ（隨著日子的推移）早い速い
時間が立つに連れて記憶も薄れた（隨著時間的消逝記憶也淡薄了）連れる攣れる釣れる吊れる
彼は死んでから三年立った（他死了已經有三年了）

立つ、建つ〔自五〕建、蓋

此の辺りは家が沢山立った（這一帶蓋了許多房子）
家の前に十階のビル building が立った（我家門前蓋起了十層的大樓）
公園に銅像が立った（公園裡豎起了銅像）

潔（ㄐㄧㄝˊ）

潔〔漢造〕清潔、純潔

高潔（高潔、清高）
純潔（純潔、貞潔）
清潔（清潔、乾淨）
不潔（不清潔、不純潔）
廉潔（廉潔、清廉）

潔斎〔名、自サ〕齋戒沐浴（＝精進、物忌み）

其の品物を取り出す前には、七日の間潔斎しなければ為らぬ（在取出那件東西以前必須齋戒沐浴七天）

潔白〔名、形動〕潔白，雪白、純潔，廉潔

潔白な人（純潔的人）

彼は潔白な人で知られている（他以為人廉潔而出名）

彼は金銭に就いては潔白です（他在金錢上是分文不苟的）

彼は身の潔白を証明する事が出来るであろう（他能夠證明自己清白吧！）

潔癖〔名、形動〕潔癖、清高、廉潔

父は潔癖なので、家の中は塵一つ落ちていない（因父親好清潔家裡一點塵土都沒有）

彼は潔癖な人間で如何しても買収出来ない（他是個廉潔的人無論怎樣也收買不了）

潔癖家（有潔癖的人）

潔い〔形〕清高的、純潔的、勇敢的、果斷的、毫不留戀的、痛痛快快的

潔い心（純潔的心）

潔い最後を遂げる（死得乾脆、毫不留戀的死去）

潔い告白（爽快的坦白）

潔く謝る（痛痛快快的道歉）

潔く戦死する（勇敢戰死、毫不怯懦的戰死）

潔く兜を脱ぐ（乾脆認輸）

潔く誤りを認める（爽爽快快的承認錯誤）

潔しとしない、屑しとしない〔連語〕不屑、不肯、以為可恥

人を欺くのを潔しと為ない（不肯騙人、以欺騙人為可恥）

負けるのを潔しと為ない（不肯認輸）

降伏するのを潔しと為ぬ、割腹した（不肯投降切腹自殺了）

羯（ㄐㄧㄝˊ）

羯〔漢造〕閹割的羊、匈奴的別部

羯鼓〔名〕〔樂〕羯鼓、（"能樂"掛在胸前的）鼓

頡（ㄐㄧㄝˊ）

頡〔漢造〕鳥向上飛

頡頏、拮抗、擷抗〔名、自サ〕對抗、較量、抗衡

両者の勢力は拮抗している（雙方勢均力敵）

勢力が相拮抗する（勢均力敵）

櫛（ㄐㄧㄝˊ）

櫛〔漢造〕梳髮、梳子

梳き櫛、梳櫛（篦子＝除髮垢的梳子）

梳き櫛，梳櫛、解き櫛，解櫛（大齒木梳＝挿し櫛、挿櫛）

挿し櫛、挿櫛（裝飾用的梳子）

櫛鱗〔名〕〔動〕櫛鱗

櫛比〔名、自サ〕櫛比（＝びっしり並ぶ）

通りには商家が櫛比している（大街上商店一家挨一家）

此の辺は人家が櫛比している（這一帶人家鱗次櫛比）

櫛風沐雨〔名〕櫛風沐雨。〔喻〕在風雨中奔走做事非常勤勞

櫛風沐雨三十年（櫛風沐雨三十年）

櫛〔名〕梳子

櫛で髪を梳く（用梳子梳頭）

櫛で髪を梳る（用梳子梳頭）

髪に櫛を入れる（梳頭）

日本髪に綺麗な櫛を挿す（在日本式髮型的頭髮上戴上美麗的梳子）

櫛の目が細かい（梳子齒密）

櫛の目が荒い（梳子齒稀）

櫛板〔名〕〔動〕梳狀板

櫛鰓〔名〕〔動〕梳狀鰓

櫛形〔名〕梳狀、梳形窗（＝櫛形窓）

櫛笥、匣〔名〕〔古〕梳妝匣（＝櫛匣）

櫛状〔名〕梳狀

櫛状突起（〔動〕梳狀突起）

櫛巻き、櫛巻〔名〕〔古〕用梳子把頭髮卷在頭頂上的一種婦女髮型

櫛目〔名〕（梳頭後頭髮上留的一條條的）梳痕

ㄐ

櫛目の良く通った髪（梳得整整齊齊的頭髮）

姉 (ㄐㄧㄝˇ)

姉〔漢造〕姉、姐←→妹、大姐（對同輩婦女的敬稱）

令姉（〔對別人姉姉的尊稱〕令姉、令姐）
長姉（大姐）
同母姉（同母的姐姐）
大姉（女居士←→居士、有婦德的女人）
諸姉（各位姉姉）←→諸兄

姉弟〔名〕姉姉和弟弟
姉妹〔名〕姉妹、同一系統（類型）之物

兄弟姉妹（兄弟姐妹）
実の姉妹（親姉妹、胞姐妹）
異父（母）姉妹（異父〔母〕姉妹）
彼には三人の姉妹が有る（他有三個姐妹）
姉妹雑誌（姉妹雜誌）
姉妹会社（姉妹公司）
姉妹篇（姉妹篇）
姉妹艦（姉妹艦、同型艦）
姉妹都市（姉妹城市）
京都と台中は姉妹都市である（京都和台中是姐妹城市）

姉〔名〕姉姉←→妹、嫂嫂，夫姐，妻姐（=義姉）

一番上の姉（大姉）
貴方には御姉さんがいらっしゃいますか。-はい、二人居ります。上の姉はもう結婚して居ります（您有姉姉嗎？-是、有兩個、大姐已經結婚了）

姉上〔名〕姐姐（的敬稱）
姉貴〔名〕姉姉（的敬稱或愛稱）
姉御、姐御〔敬〕姐姐、（流氓，賭徒間對頭子的老婆或女頭目的稱呼）大姐，大嫂
姉様〔名〕姐姐（的敬稱或愛稱）、年輕女性（的尊稱）、新娘樣的玩具紙人（=姉様人形）

姉様人形〔名〕（用色紙做的）新娘樣的玩具紙人
姉さん被り、姐さん被り〔名〕（婦女掃除等時）用毛巾左右折角包頭

姉さん被りで部屋の掃除を為る（用毛巾左右折角包頭打掃房間）

姉女房、姉さん女房〔名〕（比丈夫年齡大的）妻子
姉分〔名〕姉輩、盟姉
姉婿〔名〕姉夫（=姉の夫）
姉娘〔名〕大女兒（姐妹中年齡大的）
姉さん、姐さん〔名〕（姉的敬稱）姐姐（=姉様）、（對青年女子的稱呼）大姐、（對旅館飯館女服務員的稱呼）大姐、（藝妓對前輩藝妓的稱呼）大姐

一寸、其処の姉さん、財布が落ちたよ（喂！那位大姐您的錢包掉了）
姉さん株（〔在伙伴中被稱為大姐的婦女〕老大姐）

姉や〔名〕〔舊〕女僕、使女

姐 (ㄐㄧㄝˇ)

姐〔漢造〕（同〝姉〞）姉姉
姐御、姉御〔名〕〔敬〕姐姐、（流氓，賭徒間對頭子的老婆或女頭目的稱呼）大姐，大嫂
姐さん、姉さん〔名〕（姉的敬稱）姐姐（=姉様）、（對青年女子的稱呼）大姐、（對旅館飯館女服務員的稱呼）大姐、（藝妓對前輩藝妓的稱呼）大姐

一寸、其処の姉さん、財布が落ちたよ（喂！那位大姐您的錢包掉了）
姉さん株（〔在伙伴中被稱為大姐的婦女〕老大姐）
隣の御姉さんと一緒に映画を見に行きました（和隔壁的大姐一起去看電影了）
一寸姉さん、ビールを持って来て（喂大姐來瓶啤酒）

姉さん被り、姐さん被り〔名〕（婦女掃除等時）用毛巾左右折角包頭

姉さん被りで部屋の掃除を為る（用毛巾左右折角包頭打掃房間）

解、解（ㄐ一ㄝˇ）

解 [名、漢造] 解答、分解、解說、了解、解除

式の解を求める（求公式的解答）
方程式の解（方程式的解答）
分解（分解、拆開、肢解、分析）
溶解（溶解、溶化）
熔解（熔解、熔化）
瓦解（瓦解、崩潰）
理解（理解、了解、諒解）
離解（離析、浸解）
明解（明解、明確的解釋、清楚的說明）
了解、領解、領会（了解、理解）
諒解（諒解、體諒）
見解（見解、看法）
誤解（誤解、誤會）
難解（難解、費解）
弁解（辯解、分辨）
不可解（不可解、難以理解、不可思議）
一知半解（一知半解）
和解（和解、和好）

解す [他五] 解釋，解答，理解，懂得（=解する）

解する [他サ] 解釋，解答，理解，懂得

人の言葉を善意に解する（善意地解釋旁人的話）
世間の事を解しない（不通世故）
日本語を解しない（不懂得日語）
相手の気持を解する（領會對方的心情）
如何しても彼の主張を解する事が出来ない（怎麼也不明白他的主張）
友情を愛情と解する（把友情理解為愛情）

解頤 [名] 開口大笑

解禁 [名、他サ] 解除禁令

金解禁（解除買賣輸出黃金的禁令）
掲載禁止の記事を解禁する（允許報紙發表禁止刊登的消息）
疑獄事件は記事解禁に為った（貪汙事件已經解除禁止刊登的禁令了）
鮎は来週から解禁と為る（香魚自下周起可以捕捉）
解禁期（〔狩獵等〕解除禁令期間）

解決 [名、自他サ] 解決

両国間の紛争を解決する（解決兩國間的爭端）
其れで紛争が解決した（因而糾紛解決了）
問題は未だ解決しない（問題還沒解決）
彼の事件は解決に近付いている（那個事件快要解決了）
其の件は何とか解決が付くだろう（那件事總會得到解決吧！）
如何しても解決が付かない（怎麼也解決不了）
解決に手を焼く（對於解決感到棘手）
其れは解決し切れない問題だ（那是解決不了的問題）
政治的解決を見る事は不可能である（求得政治解決是不可能的）
解決策を案出する（想出解決辦法）
解決条件を提出する（提出解決條件）
解決の目処（解決的線索）
片手落ちの解決（偏於一方的解決、不公平的解決）
其れは既に解決済みだ（那已經解決了）
解決法は目下考慮中である（目前正在研究解決辦法）
先月分の勘定を何とか解決して貰い度い物だ（上月的欠款請你設法解決一下）

解雇 [名、他サ] 解雇、解職

工員を解雇する（解雇工人）
即座に解雇する（立即解雇）
一時解雇する（臨時解雇）

ㄐ

解雇通告を受ける（接到解雇的通知）

解雇手当て（解雇津貼）

解語〔名〕領會語義

解語の花（解語花-美人的別名）

解膠〔名〕〔化〕解膠（作用）、反絮凝（作用）

解散〔名、自他サ〕解散、散會、解體←→集合

群衆を解散させる（使群眾解散）

練兵場に集合した兵隊を解散する（解散集合在練兵場的軍隊）

解散！〔口令〕解散！）

クラス会は十時に解散した（班會已於十點散會）

旅行団は現地で解散します（旅行團在當地解散）

劇団を解散する（解散劇團）

解散を命じる（命令解散）

国会が解散に為る（議會解散了）

政府が衆議院を解散する（政府解散眾議院）

解止〔名、他サ〕〔法〕終止、結束

破産手続の解止（破產手續的終止）

解屍〔名、他サ〕解剖屍體

解式〔名〕〔數〕解答式、算式

代数学解式（代數學解式）

解釈〔名、他サ〕解釋、理解、說明

解釈を誤る（解釋錯誤）

自分の都合に良い様に解釈する（按自己的方便來解釋）

彼の文章は色色に解釈される（那文章可作種種解釋）

其れは解釈の相違だ（那是理解的不同）

次の問題を解釈せよ（試說明下列問題）

解釈の為ようで如何にでも取れる（看如何解釋、怎麼理解都可以）

物体の落下の現象を解釈する（解釋物體墜落的現象）

解重合〔名〕〔化〕解聚合（作用）

解除〔名、他サ〕解除、廢除

条約を解除する（廢除條約）

敵の武装を解除する（解除敵人的武裝）

輸入の禁制を解除する（解除進口的禁令）

責任の解除を図る（設法推卸責任）

差し押さえを解除する（解除扣押）

暴風警報が解除に為った（暴風警報解除了）

解消〔名、自他サ〕解除、取消、撤消

婚約を解消する（解除婚約）

発展的解消を為る（為了發展而解散）

此の雨で水不足も解消した（由於這場雨旱象也解除了）

契約を解消する（取消合約）

責任が解消した（責任解脫了）

問題が解消した（問題解決了）

解職〔名、他サ〕解職、免職

社員を解職（に）する（解除公司職員的職務）

解職処分（免職處分）

解職手当（退職金）

解析〔名、他サ〕解析、分析、剖析

データ解析する（剖析數據）

解析幾何学（解析幾何學）

解析力学（解析力學）

解析関数（解析函數）

解説〔名、他サ〕解說、講解

ニュース解説（新聞解說）

解説付きの絵（帶說明的畫）

時事問題に就いて解説（を）する（講解時事問題）

時事解説者（時事講解員）

解像〔名、自サ〕〔攝〕解像、析像

解像管（析像管）

解像度（清晰度）

解像力（析像能力）

解体〔名、自他サ〕拆卸、解散、瓦解、解剖
　機械を解体する（拆卸機器）
　沈没船を解体して引き揚げる（拆卸打撈沉船）
　飛行機を解体して故障を調べる（拆卸飛機檢查故障）
　牛を屠殺して解体する（把牛屠殺後解體）
　財閥の解体を命ずる（下令解散財閥）
　組織を解体する（解散組織）
　封建社会が解体した（封建社會瓦解了）

解題〔名、他サ〕（書籍、作品的）簡介
　作品の解題を書く（撰寫作品的簡介）
　万葉集の解題を読む（讀萬葉集的內容簡介）

解団〔名〕解散團體←→結団
　解団式（解散團體儀式）

解停〔名〕解除停刊
　雑誌が解停と為る（雜誌解除停刊）

解党〔名、他サ〕解散政黨、政黨的解散

解凍〔名、他サ〕解凍←→冷凍

解答〔名、自サ〕解答
　正しい解答（正確的解答）
　間違った解答（錯誤的解答）
　問題の解答を為る（解答問題）
　此の問題は如何解答したら良いか分らない（這問題不知怎樣解答是好）
　其の原因に就いて解答を与える（就其原因給以解答）
　数学の問題の解答を教えて貰う（請教給數學問題的解答）
　解答者（解答者）

解糖〔名〕〔化〕糖解

解読〔名、他サ〕解讀、譯解
　暗号を解読する（譯解密碼）
　電報を暗号簿で解読する（用密碼簿譯解電報）
　エジプト文字を解読する（解讀埃及文字）

解任〔名、他サ〕解除任務、解職、免職
　重大な過失を犯したかどで部長を解任する（因犯了嚴重錯誤解除部長職務）
　学期末に組長を解任する（學期末解除班長職務）
　解任を通告する（通知解職）

解版〔名、他サ〕〔印〕拆版
　紙型を取った後で解版する（打了紙型之後拆版）

解氷〔名、自サ〕（海、河等）解凍
　黒竜江は解氷し始めた（黑龍江開始解凍了）

解放〔名、他サ〕解放、解除、擺脫
　婦人を台所から解放する（把婦女從廚房解放出來、使婦女走出廚房）
　罪人を牢獄から解放する（從監牢放出罪犯）
　人民は解放を要求する（人民要求解放）
　革命は生産力を解放する（革命解放生產力）
　解放軍（解放軍）
　解放戦争（解放戰爭）
　奴隷解放（解放奴隸）
　解放直前（解放前夕）

解放鉱物〔地〕解放礦物

解き放す、解き離す〔他五〕解放、解開、放開
　犬を解き放す（把狗放開）
　古い仕来りから解き放す（從舊習慣中解放出來）

解き放つ〔他五〕解放、解開、放開（＝解き放す、解き離す）

解離〔名、自他サ〕〔化〕離解、分解
　電気解離（電解）
　解離熱（離解熱）

解離度（離解杜）

解剖〔名、他サ〕〔醫〕解剖、(事物、語法)剖析，分析

　死体を解剖する（解剖屍體）
　解剖の結果、死因が分った（解剖的結果判明了死因）
　文章を解剖する（分析文章）
　生産の実態を解剖する（分析生產的實際情況）
　解剖学（解剖學）

解明〔名、他サ〕闡明、弄清、解釋清楚
　思想を解明する（闡明思想）
　物質の構造を解明する（弄清物質的構造）
　事件の解明に努める（努力說清案件）

解き明かす、説き明かす〔他五〕解明、究明、說明
　湖底の謎を解き明かす（究明湖底之謎）
　事件の内容を解き明かして遣る（向他說明事件的內容）

解約〔名、他サ〕解除合同、廢約
　双方合意の上で解約する（經雙方同意後解除契約）
　保険を解約する（解除保險契約）
　定期預金を解約し度い（我想提取未到期的定期存款）
　解約者が増える（解除契約者增多）

解纜〔名、自サ〕起錨、開船
　明朝九時解纜の予定（預定明天早上九點起錨）
　神戸を解纜し台北へ向かう汽船（從神戸起錨開往台北的輪船）

解〔漢造〕解答、分解、解說、了解、解除
　略解、略解（簡略解釋）
　義解、義解（解釋意義）

解す〔他サ〕理解、了解、領會（=理解する、納得する）
　彼の話は解し難い（他的話不好理解）

　先生の講義が解し難い（老師的講課不好懂）
　然う言う議論は私には解せない（那種論點我理解不了）
　山田は佐々木の意が解し兼ねて黙って考えた（山田難以理解佐佐木的意思默不作聲地想）

解せる〔他下一〕（解す的可能形）能夠理解、可以理解
　こんな難しい事を（が）解せる筈が無い（這麼難的事怎麼能夠理解）

解せない〔連語〕不能理解、搞不通
　あんなけちんぼが大金を寄付するとは全く解せない話だ（那樣吝嗇的人會捐獻一大筆錢真叫人難以理解）

解却〔名〕免去官位

解齋〔名〕解除齋戒

解状〔名〕（鎌倉、室町時代）訴狀、（江戸時代）拘票

解脱〔名、自サ〕〔佛〕解脫、涅槃（=涅槃）
　煩悩を解脱する（從煩惱解脫出來）
　娑婆を解脱する（解脫世俗之累）

解毒〔名、自サ〕解毒、去毒
　解毒剤を飲ませる（使服解毒劑）
　解毒に用いる（用作解毒劑）
　解毒作用（解毒作用）

解熱〔名、他サ〕〔醫〕解熱、退燒
　薬で解熱する（用藥退燒）
　解熱剤（解熱劑、退燒藥）

解薬〔名〕〔醫〕解毒藥、解毒劑

解かす、梳かす〔他五〕梳（頭髮）
　鏡の前で髪を解かす（在鏡前梳頭）

解かす、溶かす、熔かす、鎔かす、融かす〔他五〕溶化、熔化、融化、溶解
　バーナーで鉛を解かす（用噴燈熔化鉛）
　銅像を解かす（熔化銅像）
　砂糖を水に解かす（把糖化在水裡）
　氷を解かす（溶化冰）

解く、溶く、融く〔他五〕溶解、化開(=解かす、溶かす、熔かす、鎔かす、融かす)

- 小麦粉を水で解く（用水合麵）
- 絵の具を油水で解く（用油〔水〕化開原料）
- 卵を解く（調開雞蛋）

解く〔他五〕解開、拆開、解除、解職、解明、解釋、誤解

- 靴の紐を解く（解開鞋帶）
- 旅装を解く（脱下旅行服装）
- 小包を解く（打開郵包）
- 着物を解いて洗い張りする（拆開衣服漿洗）
- 此の縫って有る所を解いて、縫い直して下さい（請把這縫著的地方拆開重縫一下）
- 戒厳令を解く（解除戒嚴令）
- 禁を解く（解除禁令）
- 輸入制限を解く（取消進口限制）
- A社との契約を解く（解除和A公司訂的合約）
- 任を解く（解職）
- 校長の職を解く（解除校長的職務）
- 兼職を解かれて少し楽に為った（解除了兼職輕鬆一些）
- 数学の問題を解く（解答數學問題）
- 宇宙の謎を解く（解明宇宙的奧秘）
- 弁明して誤解を解く可きだ（應該解說明白把誤會解開）
- 怒りを解いて話し合う気に為った（消除不快情緒想彼此交談了）

梳く〔他五〕梳、攏

- 髪を梳く（梳頭髮）

説く〔他五〕說明、說服,勸說(=説得する)、說教,宣傳,提倡

- 理由を説く（說明理由）
- 物の道理を説く（說明事物的道理）
- 人を説いて承知させる（勸說叫他答應）
- 色色説いて心配させまいと為る（多方勸說叫他放心）
- 道を説く（講道）
- 貯金の必要を説く（宣傳儲蓄的必要）
- 説く者は多く、行う者は少ない（宣傳的人多實行的人少）

疾く〔副〕早、快、趕緊(=速く、急いで)

- 疾く来たれ（快來）

解き洗い〔名,他サ〕拆洗←→丸洗い

- 着物を解き洗いする（拆洗和服）

解き方〔名〕解釋方法。〔數〕解題法。〔縫紉〕拆法

- 問題の解き方が分らない（不知解釋問題的方法、不會解題）

解き衣〔名〕拆的衣服片

解き櫛〔名〕寬齒梳子←→挿し櫛（插在髮上的梳子）

- 解き櫛で髪を梳かす（用寬齒梳子梳頭髮）

解き解す〔他五〕解開、鬆開、拆開、消除(=解す)

- こんがらかった毛糸を解き解す（把亂了的毛線解開）
- 緊張を解き解す（消除緊張）
- 相手の心を解き解す（解開對方的心事）

解き解く〔他五〕解開、拆開(=解き解す)

解き物、解き物〔名〕拆開的衣服、拆洗的東西、要拆的東西

- 今日は解き物を為る（今天拆衣服〔被褥〕）
- 解き物が溜まっている（要拆的東西積了好多）

解き分ける〔他下一〕梳開、分開

- 髪を綺麗に解き分ける（把頭髮分得整整齊齊）

解ける〔自下一〕解開、解消、解除、解明

- 靴の紐が解けている（鞋帶開了）
- 小包の紐が解け然うで解けない（包裹上的繩子雖然看著很鬆但解不開）

彼の怒りは解けた（他的氣解消了）

両家の確執は長い間解けなかった（兩家的爭執長期沒有解消）

禁が解ける（禁令解除）

校長を辞めて長い間の責任が解けた（辭去校長後解除了長期以來的責任）

明日限りで契約が解ける（合約過了明天就失效了）

難しい問題が解けた（難題解開了）

謎が解けた（謎解開了）

溶ける、融ける〔自下一〕溶化

塩は水に溶ける（鹽在水中溶化）

紅茶に入れた砂糖が溶けないで残っている（放在紅茶裡的砂糖沒有溶化沉澱在碗底）

口に入れると溶ける（一放進嘴裡就化）

熔ける、鎔ける〔自下一〕（金屬等）熔化（=蕩ける）

鉛を熱すると熔ける（鉛一加熱就熔化）

銀は九百六十度で熔ける（銀加熱到九百六十度就熔化）

解す〔他五〕理開、拆開、解開、揉開

縺れた糸を解す（把亂線理開）

書物を解す（把書拆開）

肩の凝りを解す（把肩膀發硬處揉開）

攣れた筋肉を解す（把抽筋肌肉揉開）

解れる〔自下一〕解開、打開、舒暢、開朗

糸の縺れが解れた（亂線解開了）

気分が解れる（心情舒暢）

良い音楽を聞いて苛立った感情が解れた（聽了好的音樂焦躁的情緒平定下來了）

此れで彼女の心も少し解れた（這麼一來她的心情也開朗了些）

肩の凝りが解れる（肩膀痠痛減輕了）

解す〔他五〕理開、拆開、解開、揉開（=解す、解く）

解す〔他五〕理開、拆開、解開、揉開（=解す）

解れる〔自下一〕（衣服）綻線、（頭髮）散開（=解れる）

髪が解れる（束髮蓬亂）

解れ毛を掻き揚げる（把散落的頭髮挽上去）

袖口が解れる（袖口綻線）

解れない靴下（不綻線的襪子）

解れ〔名〕散開、開線（的地方）

解れ髪（披頭散髮）

袖の解れを繕う（縫好袖子綻線的地方）

解れ毛〔名〕蓬亂了的頭髮（=解れ髪）

解く〔他五〕解開、拆開

結び目を解く（把扣解開）

糸の縺れを解く（解開亂線）

靴の紐を解く（解開鞋帶）

編み物を解く（拆開編織物）

着物を解いて仕立て直す（把衣服拆了重做）

解ける〔自下一〕解開、鬆開

靴の紐が解けた（鞋帶鬆開了）

解る、判る、分る、分かる〔自五〕明白，理解、判明，曉得，知道、通情達理

君は此処の意味が解るか（你懂得這裡的意思嗎？）

私の言う事が解りますか（你懂我的話嗎？）

余り早口で何を言っているのか解らない（說得太快聽不懂說的是什麼）

中国語の出来ない人でも十分にストーリーが解る（不會中文的人也能完全明白故事的情節）

私には如何しても解らない（我怎麼也不懂）

味の解る人（飽經世故的人、善於品嚐味道的人）

音楽が良く解る（精通音樂）

犯人が解る（判明犯人）

友達の住所が解る（知道朋友的住處）

試験の結果が解る（考試的結果揭曉）

真相が解った（真相大白）

どんあ心配したか解らない（不知操了多少心）

如何して良いか解らない（不知如何是好）

昔の苦しみが解らないと、今日の幸せが解らない（不知過去的苦就不知今天的甜）

死体が未だ解らない（屍體尚未發現）

彼は直ぐ私だと解った（他馬上認出我）

誰だか解るか（你認出我是誰嗎？）

傷痕は今では殆ど解らない（傷痕現在幾乎看不出來了）

物（話）の解った人（通情達理的人）

良く解った人だ（是個通情達理的人）

解らない事を言う人（是個不講理的人）

世間の事を良く解っている（通曉世故、飽經風霜）

解り、判り、分り、分かり 〔名〕領會，理解，明白、通情達理，體貼人意

物分り（理解事物）

早分り（理解得快）

彼は解りが早い（他領會得快）

彼は解りの良い人だ（他是個通情達理的人、他是個理解力強的人）

父は堅い事も言うが半面解りが良い（父親有時說話生硬但另一方面卻很通情達理）

介（ㄐㄧㄝˋ）

介 〔漢造〕介於、幫助、記在心裡、介貝、甲介、微不足道

紹介（介紹）

媒介（媒介、傳播、媒妁）

仲介（從中介紹、居間調停）

一介（一個）

魚介（魚類和介類）

介す 〔他五〕介、通過…、介於…之間（=介する）

介する 〔他サ〕使…介於中間、通過…作媒介、放在心上（=介す）

人を介して知った（經別人介紹認識了）

彼を介して希望を申し込んだ（通過他提出了希望）

意に介する（介意）

彼は私の要求等少しも意に介しない（他一點也沒把我的要求放在心上）

介意 〔名、他サ〕介意

介意するに及ばない（不必介意）

更に介意しない（毫不介意）

介殼 〔名〕貝殼

介殼虫、貝殼虫 〔名〕〔動〕介殼蟲

介殼虫に付かれた（生了介殼蟲）

介甲 〔名〕甲殼（=甲殼、甲羅）

介在 〔名、自サ〕介於…之間

両国の間に介在する（介於兩國之間）

困難が介在する（其中有困難）

地中海はヨーロッパとアフリカの間に介在している（地中海介於歐洲非洲之間）

両者の間に某が介在している為商談が纏まらない（因為有人介入兩者之間所以談判不能達成協議）

介錯 〔名、他サ〕（在旁邊）幫忙、照顧（的人）、〔古〕為剖腹自殺者砍頭（的人）

介錯人（為剖腹自殺者砍頭的人）

介然 〔形動タリ〕細小、堅定、不穩

介添 〔名、自サ〕服侍、照顧（者）、陪嫁的女傭人

病人の介添を為る（服侍病人）

ボクシング選手の介添を勤める（當拳擊選手的助手）

花嫁の介添を御願いする（請當新娘的伴娘）

介添人（服侍者、侍候人的人）

介虫 〔名〕甲蟲

介冑 〔名〕甲冑

ㄐ

介入〔名、自サ〕介入、插手、參與
　紛争に介入する（介入糾紛）
　内政に介入する（干與内政）
　第三者の介入を禁ずる（禁止第三者介入）

介抱〔名、他サ〕護理、服侍、照顧
　寝ずに病人を介抱する（通夜不眠服侍病人）
　怪我人の介抱に忙しい（忙於照顧受傷的人）
　至れり尽せりの介抱（無微不至的照顧）

介立〔名〕獨行、居間

介鱗〔名〕貝類和魚類

介、助、亮、輔、弼、佐、次官〔名〕〔古〕（根據日本大寶令設於各官署輔佐長官的）次官、長官助理

介党鱈〔名〕〔動〕小型鱈魚、明太魚（＝助宗鱈、明太魚）

戒（ㄐㄧㄝˋ）

戒〔名、漢造〕〔佛〕戒、戒律、戒備
　戒を授ける（授戒）
　戒を守る（守戒）
　戒を破る（破戒）
　警戒（警戒、警備、警惕）
　訓戒、訓誡（訓戒、教訓）
　自戒（自戒、自我警惕）
　遺戒、遺誡（遺訓）
　持戒（〔佛〕持戒）
　破戒（〔佛〕破戒）
　十戒（〔佛〕十戒－殺生、偷盗、邪淫、妄語、飲酒、說過、自贊毁他、瞋、慳、謗）
　十誡、十戒（〔基督教〕十誡－他神崇拜、偶像崇拜、神名濫稱、安息日違背、父母不敬、殺人、姦淫、偷盗、偽證、貪欲）
　五戒（〔佛〕五戒－殺、盗、淫、妄、酒）
　四戒（〔佛〕四戒－解脱界，定共戒，道共戒，斷戒，〔撃劍〕四戒－驚，怖，疑，惑）
　斎戒（齋戒）
　受戒（〔佛〕受戒）
　授戒（〔佛〕授戒）

戒行〔名〕〔佛〕（遵照戒律的）修行

戒禁〔名〕禁戒。〔佛〕戒律

戒厳〔名〕戒嚴、嚴加戒備
　町は戒厳状態だ（街上處於戒嚴狀態）
　戒厳司令部（戒嚴司令部）
　戒厳令（戒嚴令）

戒護〔名〕戒護

戒告、誡告〔名、他サ〕告戒、警告、警告處分
　再び過ちを犯す事の無い様に厳重に戒告する（嚴加警告今後不得再犯錯誤）
　戒告を与える（予以警告）

戒杖〔名〕（遊方僧所持的）護身用的戒杖（＝錫杖）

戒心〔名、自サ〕戒心、小心
　事故を起こさぬ様戒心する（要加小心勿使發生事故）
　悪に染まらぬ様戒心の要が有る（要提高警惕不要染上惡習）

戒慎〔名、自サ〕戒慎、謹慎
　戒慎の要有り（有戒慎的必要）
　御互いに十分反省戒慎す可きだ（應互相充分反省戒慎）

戒壇〔名〕〔佛〕戒壇、授戒的壇
　戒壇院（戒壇院）

戒飭、戒飾〔名、自他サ〕告誡，警告、謹慎，審慎，懷戒心
　戒飭を受ける（受到警告）
　戒飭処分（警告處分）

戒名〔名〕〔佛〕法號、法名（＝法名）←→俗名
　戒名を付ける（起法號）
　戒名を墓石に刻む（把法名刻在墓石上）

戒力 〔名〕〔佛〕戒力（由於嚴守戒律所得的功力）

戒律 〔名〕〔佛〕戒律
- 戒律を守る（守戒律）
- 戒律を破る（破戒）

戒める、警める、誡める 〔他下一〕勸誡，懲戒，戒除、警戒，戒備，警備
- 将来を戒める（以儆將來）
- 子供の悪戯を戒める（規誡孩子不要淘氣）
- 人の不心得を戒める（勸誡他人的不端行為）
- 煙草を戒める（戒煙）
- 飲酒は戒める可き物である（應當戒酒）
- 自ら戒める（自戒、律己）
- 失敗の無い様戒める（提醒切勿失敗）
- 驕りを戒め、焦りを戒め（戒驕戒躁）
- 国境を戒める（警備國境）

縛める 〔他下一〕綑綁、綁上（=縛る）
- 泥棒の両腕を確りと縛める（將小偷的雙手綁緊）戒める 誡める 警める 忌ましめる

戒め、警め、誡め 〔名〕勸誡，懲戒，戒除、警戒，戒備，警備
- 再三の戒めにも拘らず（雖然再三規戒）
- 良い戒めである（是個很好的教訓）
- 国父の戒めを守る（遵守國父的教訓）
- 教条主義の失敗を戒めと為る（把教條主義的失敗作為教訓）
- 前車の覆るは後車の戒め（前車覆後車鑑）
- 戒めを厳重に為る（嚴加戒備）
- 戒めの為に家から外へ出さない（為了懲戒不准外出）

縛め 〔名〕綑綁、綁上
- 縛めを解く（鬆綁）解く梳く説く溶く
- 縛めの身と為る（被綁上）

戒む 〔他下二〕勸誡，懲戒，戒除，警戒，戒備，警備（=戒める、警める、誡める）

届（ㄐㄧㄝˋ）

届 〔漢造〕到（屆期）、次（本屆）

届く 〔自五〕及、達、到達、周到、達到
- 頭が鴨居に届く（頭頂達到上門框）
- 高くて手が届かない（太高手達不到）
- 目標に届く（達到目標）
- 幾等呼んでも声が届かない（無論怎麼喊聲音也達不到）
- 本は届いたかね（書收到了嗎？）
- 電報が届く（電報到達）
- 作者の手元には読者から五百通も手紙が届いている（作者手裡收到了五百多封讀者來信）
- 其処迄注意が届かなかった（沒有注意到那一點）
- 彼の人は実に届いた人です（他真是個周到的人）
- 私の注意の届かない所は宜しく御願いします（我注意不到的地方請多關照）
- 貴方の好意は先方に届かなかった（您的好意對方沒有領會）
- 終に生涯の大願が届いた（終生最大的心願終於得償了）

届ける 〔他下一〕（物品、信件等）送到，遞送、（上級、有關部門）呈報，報告
- 此の手紙を山本さんに届けて下さい（請把這封信送給山本先生）
- 拾得物を警察に届ける（把撿到的東西送給警察）
- 包みを使い者に届けさせる（打發人把包裹送去）
- 注文品を直ぐ届けて下さい（請把訂購物品馬上送來）
- 欠勤の理由を届ける（報告缺勤的理由）
- 怪しい人を見たら、警察へ届け為さい（看見可疑的人請立刻報告警察）
- 口頭で届けても良い（口頭報告也可以）
- 此の段御届け申し上げます（謹呈報如上）

届け、届 〔名〕報告（書）、申請（書）、請求（書）、送達

　転居届けを出す（提出搬家的報告）
　結婚届けを為る（登記結婚）
　市役所に婚姻届けを出す（到市政府辦理結婚登記）
　学校に病気届けを出す（向學校交病假條）
　届けを出さないで欠席する（沒有請假而缺席）
　欠勤の届けは必ず出さなければならない（必須提出請假單）
　欠席届け（請假單）
　出生届け（出生申報）
　彼女は皆に昼食を届けに行った（她給大家送午飯去了）

届け先、届先 〔名〕投遞地點、收件人

　此の手紙の届け先は何処ですか（這封信的投送地點是哪裡？）

届け済み、届済 〔名〕業經呈請（呈報）

　建築願届け済み（業經呈請建築許可）

届け出る、届出る 〔他下一〕申報、報告

　欠席した者は必ず届け出る事（缺席者必須報告）
　早く名前を付けて届け出為さい（快起個名字報上去）

届け出，届出、届け出，届け出で 〔名〕呈報、申報

　届け出価格（呈報價格）
　出生の届け出は十四日以内に為なければならない（出生後必須在十四日內申報）
　届け出は速やかに（申報要迅速）

芥、芥（ㄐㄧㄝˋ）

芥 〔名、漢造〕芥子菜-油菜科、芥子-芥末、芥，芥-垃圾

　塵芥、塵芥（塵垢、垃圾、一文不值的東西）

芥子 〔名〕〔植〕芥菜子

　芥子油（芥子油）
　芥子泥（芥子泥、芥末泥）

芥子、辛子、芥 〔名〕芥末

　芥子菜（芥菜）
　芥子を付けて食べる（放上芥末吃）
　芥子が利かない（芥末不辣）
　芥子を塗る（塗芥末）
　芥子泥（芥末泥-貼患處消炎）

芥子、罌粟 〔名〕〔植〕罌粟、芥菜子（=芥子）、罌粟種子（=芥子粒）、頭頂留一小撮頭髮的光頭（=芥子坊主）

　芥子油（罌粟油）
　芥子酢（用罌粟做的醋）
　芥子頭（頭頂留一小撮頭髮的光頭）
　芥子玉（像罌粟種子一樣的小斑點花樣、露水的別名）
　芥子粒（罌粟種子、〔轉〕極小的東西）
　芥子人形（非常小的玩偶）
　芥子坊主（罌粟果實、只留下頭頂上一小塊頭髮的兒童髮式=芥子頭）

芥 〔名〕垃圾（=塵，芥，塵）

　芥の如く捨てられた（像垃圾一般被丟掉了）

芥、塵 〔名〕垃圾、塵土

　台所の芥（廚房的垃圾）
　ピクニックの人が残した芥（郊遊的人扔下的垃圾）
　芥を捨てる（倒垃圾）
　目に芥が入った（眼睛進去塵土了）
　此処に芥を捨てないで下さい（此處請勿倒垃圾）
　床下に芥が沢山溜まった（地板下面積存很多塵土）
　芥焼却炉（垃圾銷毀爐）
　芥捨て場（垃圾場）

塵〔名〕塵土，塵埃,塵垢，垃圾(=埃、塵,芥)、微小、少許、世俗、塵世、骯髒，汗垢(=汚れ、穢れ)

　　塵を払う（拂去塵土）
　　塵を掃き取る（打掃塵土）
　　塵の山（垃圾山）
　　塵一つ落ちていない部屋（沒有一點塵土的屋子）
　　机の上に塵が積る（桌子上一層塵土）
　　塵は塵箱に捨てよ（垃圾要倒在垃圾箱裡）
　　塵の身（區區之身）
　　彼は塵程も私心が無い（他沒有一點私心）
　　塵程の価値も無い（毫無價值、一文不值）
　　塵程も頓着しない（毫不介意）
　　彼の人に良心等は塵程も無い（他一點良心也沒有）
　　塵の世（塵世）
　　浮世の塵を逃れる（拋棄紅塵）
　　山の湯で都会の塵を洗い落とす（用山裡的溫泉洗掉城市的汗垢）
　　鬚の塵を払う（諂媚、奉承）
　　塵も積もれば山と為る（積少成多）

埃〔名〕塵埃、塵土、灰塵
　　埃だらけに為る（弄得滿是灰塵）
　　埃を被る（落上塵土）
　　机の上の埃を払う（撣去桌上的塵土）払う掃う被う
　　自動車が通ると埃が立つ（汽車一過塵土飛揚）
　　テーブルに埃が一面に積もっている（桌子上積滿了塵土）
　　埃が収まった（飛塵平息了）収まる納まる治まる修まる

芥溜め〔名〕垃圾場、垃圾堆、垃圾箱
　　芥溜めに捨てる（扔到垃圾堆裡）
　　芥溜めに鶴（鮮花插在牛糞上、鶴立雞群）

芥取り〔名〕畚箕(=塵取)、清垃圾的人(=塵浚い)
　　芥を芥取りに掃き集める（把垃圾掃到畚箕裡）

芥〔名〕垃圾(=芥、塵,芥、塵)、垃圾堆(=芥溜め)

界（ㄐㄧㄝˋ）

界〔漢造〕界限、各界、（地層的）界

〔接尾〕界（表示某一個範圍的社會）

　　各界の名士が多数出席した（有許多各界知名人士出席）
　　文芸界の人（文藝界人士）
　　境界、疆界（境界、疆界、邊界）
　　限界（限界、範圍、限度）
　　県界（縣界、縣境）
　　国界（國界、國境=境界、国境）
　　結界（禁制、為僧侶修行而規定的衣食住的限制）
　　下界（人世、人間、地面）
　　世界（世界、人間、社會、宇宙）
　　三界（三界-欲界,色界,無色界、大千世界、全世界、三世-現在,過去未來）
　　法界、法界（〔佛〕法界,宇宙,真如、忌妒,吃醋=法界悋気）
　　北界（〔動〕北界）
　　塵界（塵世、俗界）
　　人界（人類世界）
　　学界（學界、科學界）
　　楽界（音樂界）
　　財界（經融界、經濟界）
　　官界（政界、宦途）
　　眼界（眼界、視野）
　　視界（眼界,視野,見識,知識）
　　斯界（該界）
　　詩界（詩壇）

ㄐ

誌界（雜誌界）

六界（〔佛〕六界、六大－地，水，火，風，空，識）

生物界（生物界）

動物界（動物界）

植物界（植物界）

分水界（分水線）

文学界（文學界）

経済界（經濟界、實業界）

社交界（社交界、交際界）

古生界（古生界）

新生界（新生界）

界紙〔名〕格紙（=罫紙）

界磁〔名〕〔理〕磁場、激磁、勵磁

界磁石（激磁磁鐵）

界磁電流（磁場電流）

界磁抵抗器（勵磁電阻器）

界磁鉄心（激磁鐵心）

界磁制御型電動機（勵磁控制式電動機）

界磁コイル（激磁線圈）

界磁加速継電器（磁場加速繼電器）

界磁極（磁場磁極、勵磁極）

界線〔名〕境界線，邊界線。〔數〕極限圓

界層、階層〔名〕（建築）樓層、（社會）階層、（事務）層次

幾界層も有る高層建築（有幾十層的高樓）

各界層の賛成を得ている（得到各階層的贊成）

知識界層（知識階層）

界層的分類（按層次分類）

界標〔名〕界標、界石

界面〔名〕〔理〕界面、表面

界面化学（界面化學）

界面活性剤（界面活性劑）

界面張力（界面張力）

界面動電差（界面電位差）

界面動電力（界面動電勢）

界雷〔名〕〔氣〕（冷溫交界處因氣流急劇上升而發生的）界雷

界隈〔名〕附近

界隈の人人（附近一帶的人們）

界隈で評判に為る（在附近出了名）

界隈で彼の名を知らない者は無い（附近一帶沒有不知道他的名字的）

新宿界隈のbarを飲み歩く（喝遍新宿附近的酒吧）

界、境〔名〕邊界，疆界、交界、分界、境界，境地

市の界（市的邊界）

隣との界（和鄰居的交界）

国と国との界（國與國的交界）

昼夜の界（晝夜之交）

哲学と宗教との界（哲學和宗教的分界）

恋愛と友情の界（愛情和友情的界線）

生死の界を彷徨う（徘徊在生死的邊緣）

界を為る（劃界線）

界を決める（立界線、裁定界線）

界を越える（越過界線）

界を接する（接壤）

界を荒らす（擾亂邊界）

界を広げる（擴展邊界）

鴨緑江は中国と朝鮮の界を為している（鴨綠江形成中國和朝鮮的分界線）

神秘の界（神秘的境地）

清浄の界（清淨的境界）

身其の界に臨む（身臨其境）

疥（ㄐㄧㄝˋ）

疥〔漢造〕疥瘡-非常癢的傳染性皮膚病之一

皮癬（疥癬）

かいせん
疥癬〔名〕〔醫〕疥瘡

かいせん かか
疥癬に罹る（得疥瘡）

かいせんちゅう
疥癬虫（疥蟲）

はたけ かいせん
疥、乾瘡〔名〕〔醫〕疥瘡（=疥癬）

はたけ かお
疥だらけの顔（長滿疥瘡的臉）

借、借（ㄐㄧ－ㄝˋ）

しゃく
借〔漢造〕（也讀作借）借、寬恕、試問

たいしゃく か か
貸借、貸し借り（借貸）

はいしゃく
拝借（〔謙〕借）

おんしゃく
恩借（惠借）

ちんしゃく
賃借（租賃）

そしゃく
租借（租借）

ぜんしゃく
前借（預支、借支）

かしゃく かしゃ
仮借、仮借（假借-漢字六書之一）

かしゃく
家借（租房子）

しゃくざい しゃっきん
借財〔名、自サ〕借錢（=借金）

たがく しゃくざい お
多額の借財を負う（負了大筆債）

しゃくざい かさ
借財が嵩む（債台高築）

しゃくじ せいじ
借字〔名〕借用字、借用漢字←→正字（漢字的正規用法）

しゃくせん しゃっきん
借銭〔名〕〔舊〕借銭、負債（=借金）

しゃくせん お くび まわ
借銭を負って首が回らない（債台高築喘不過氣來）

おやじ しゃくせん し
親爺に借銭を為た（向老闆借了錢）

しゃくたく
借宅〔名〕租的住房（=借屋、借家、借家、借り家、借家、借り家、借家）

しゃくおく しゃくや しゃっか
借屋, 借家、借家〔名、自サ〕租房、租的房屋（=借宅、借り家、借家、借り家、借家）←→持ち家、持ち家

しゃくや す
借家に住む（租房住、住租的房子）

しゃくや さが
借家を捜す（找出租的房子）

しゃくや し せいかつ
借家を為て生活する（租房生活）

しゃくやほう
借家法（房屋租賃法）

しゃくやじん
借家人（租房人、房客）

しゃくやりょう
借家料（租房費、房租）

しゃくやぐら
借家暮し（租房住）

しゃくやず
借家住まい（租房住）

しゃくやず す
借家住まいを為る（住租房）

しゃっかじん お た
借家人を追い立てる（撐房客）

しゃっかそうぎ
借家争議（房客糾紛）

しゃっかず
借家住まい（租房住）

しゃくちしゃっかほう
借地借家法（房屋土地租賃法）

かや かりや かりいえ しゃくか
借り家, 借家, 借り家, 借家〔名〕租的房子（=借屋, 借家、借家）←→持ち家、持ち家

しゃくま まが
借間〔名、自サ〕租房間、租的房間（=間借り）

しゃくち か ち
借地、借り地〔名、他サ〕租地、租用的土地

しゃくち いえ た
借地して家を建てる（租地蓋房）

こ ばしょ しゃくち
此の場所は借地です（這地方是租的地）

しゃくちしょうしょ
借地証書（租地證）

しゃくちじん
借地人（租地人）

しゃくちりょう
借地料（租地費）

しゃくちほう
借地法（租地法）

しゃくちけん
借地権（租地權）

しゃくもん しゃもん
借問、借問〔名、他サ〕借問、試問

ろんしゃ しゃもん
論者に借問する（借問論者）

しゃもん じんせい なん
借問す、人生とは何ぞや（試問何謂人生？）

しゃくよう か
借用〔名、他サ〕借用（=借りる）←→返済

せんせい ほん しゃくよう
先生の本を借用する（借用老師的書）

あす まで これ しゃくよう くだ
明日迄此を借用させて下さい（請讓我借用到明天）

かね しゃくよう もう こ
金の借用を申し込む（申請借錢）

かね ごまんえんなりまさ しゃくよういた
金五万円也正に借用致しました（茲借到現金五萬日元整）

しゃくようご
借用語（借用詞、外來語）

しゃくようしょうしょ
借用証書（借據、借條）

しゃくらん
借覧〔名、他サ〕借閲

せんせい ぞうしょ しゃくらん
先生の蔵書を借覧する（借閲老師的藏書）

しゃくりょう
借料〔名〕租金

しゃくりょう はら どうぐ か
借料を払って道具を借りる（交付租金租借工具）

ㄐ

借款〔名〕（國際間的）借款

　　長期貿易借款（長期貿易借款）
　　借款を受ける（接受借款）
　　借款を獲得する（獲得借款）
　　借款を申し込む（申請借款）
　　五百億円の借款を締結する（締結五百億日元的借款合約）
　　目下借款交渉が進行中である（目前借款談判正在進行）

借金、借銀〔名、自サ〕借錢←→貸し金

　　莫大な借金（鉅額負債、債台高築）
　　山の様な借金（鉅額負債、債台高築）
　　借金が酷く嵩む（債台高築）
　　借金だらけ（滿屁股是債）
　　借金が有る（有負債）
　　借金が無い（無負債）
　　借金が出来る（欠下債）
　　借金を拵える（負債）
　　借金を背負う（負債）
　　借金を溜める（積下債）
　　借金を催促する（催還借款）
　　借金の催促を為る（討債）
　　借金を返す（還債）
　　借金を払う（還債）
　　借金を踏み倒す（賴帳）
　　借金を綺麗に為る（償清借款）
　　借金が無くなった（沒有負債了）
　　借金が未だ抜けない（欠債尚未還清）
　　借金の遣り繰りを為る（拆東牆補西牆）
　　借金は苦労の元（無債一身輕）
　　友人に借金する（向朋友借錢）
　　利子の付かない借金（沒有利息的借款）
　　借金で首が回らない（債台高築、叫債壓得喘不過氣來）
　　彼はどうやら借金せずに遣って行けた（他好歹能夠不借錢過下去了）
　　借金はもう少しの間御猶予下さい（欠款請再稍緩幾天）
　　借金を質に置く（想方設法去借錢）
　　借金取り（討債的人）

借景〔名〕借景

　　叡山を借景と為た庭（借比叡山為遠景而造的庭園）

借りる〔他上一〕借、租、借助←→貸す

　　金を借りる（借錢）
　　友達から本を借りる（從朋友那裡借書）
　　借りた物は返さなければならない（借來的東西必須還）
　　此の本を御借り出来ませんでしょうか（這本書可以借我嗎？）
　　借りた金はもう少し待って下さい（借的錢請你再緩幾天）
　　人の口を借りて言う（借別人的口說）
　　彼等は人の力を借りずに遣らねばならなかった（他們必須不求助於人而自己去做了）
　　ローマ字を借りて日本語を書き表す（借助羅馬字標寫日語）
　　人手を借りる（請人幫忙）
　　此の機会を借りて謝意を表します（借此機會表示謝意）
　　猫の手も借り度い程忙しい（忙得不知如何是好）
　　家を借りる（租房子）
　　此の教育映画は一回二千円の使用料に借りられる（這部教育影片可以用兩千日元租用一次）
　　今日は金を持っていないから借りて置こう（今天沒帶錢賒欠著吧！）

借る〔他五〕（西日本方言）借、租、借助（＝借りる）

狩る、猟る〔他五〕打獵，狩獵、獵捕。〔舊〕搜尋，尋找

　　兎を狩る（打兔子）
　　猛獣を狩る（獵捕猛獸）

桜を狩る（尋找櫻花）

茸を狩る（採蘑菇）

刈る〔他五〕割、剪

　草を刈る（割草）

　頭を刈る（剪髮）

　此丈の草は一日では刈り切れない（這麼多的草一天割不完）

　もう一寸短く刈って下さい（請再剪短一點）

　羊毛を刈る（剪羊毛）

　木の枝を刈る（剪樹枝）

　芝生を刈る（剪草坪）

駆る、駈る〔他五〕驅趕，追趕、使快跑、驅使、迫使、（用被動式駆られる、駈られる）受…驅使、受…支配

　牛を駆る（趕牛）

　自動車を駆って急行する（坐汽車飛奔前往）

　馬を駆って行く（策馬而去）

　国民を駆って戦争に赴かせる（驅使國民參加戰爭）

　欲に駆られる（利慾薰心）

　一時の衝動に駆られて自殺する（由於一時衝動而自殺）

　感情に駆られる（受感情的支配）

　好奇心に駆られる（為好奇心所驅使）

枯る〔自下二〕〔古〕（枯れる的文語形式）枯

　一将功成り万骨枯る（一將功成萬骨枯）

借り、借〔名〕借、借的東西（特指借款、欠債、賒帳）應該報答的恩 應予報復的怨 借的人，借的方法←→貸し

　本を借りに行く（借書去）

　借りを拵える（欠債）

　借りを払う（還債）

　借りを返す（還債）

　君に五千円の借りが有る（我欠你五千日元）

　彼の店に借りが有る（在那家店賒了帳）

　借りを踏み倒す（賴帳、欠賬不還）

　借りが溜まって首が回らない（債台高築、生計無法維持）

借り上げる〔他下一〕借用、徵借

　演習地と為て田畑を借り上げる（徵借土地作演習場）

借り上げ〔名〕徵借、（江戶時代）（各藩以徵借形式實行的）減薪

　強制借り上げ（強制徵借）

借り衣裳〔名〕借的衣服、租的衣服

　借り衣裳で出掛ける（穿借的衣服外出）

借り入れる〔他下一〕借入、租來

　営業資金を借り入れる（借入營業資金）

　十万円借り入れる（借來十萬日元）

　家屋を借り入れる（租借房屋）

借り入れ〔名〕借入、借款←→貸し出し

　借り入れ金、借入金（借款）

借り受ける〔他下一〕借、租用（＝借りる）

　其の本を借り受け度い（我想借那本書）

　五年契約で農場を借り受ける（以五年為期的合同租借農場）

　借り受け人（借入者、承租者）

借り換える〔他下一〕還舊債借新債、借款轉期

借り貸し〔名〕借貸、借和貸（＝貸し借り）

借り方、借方〔名〕借的人，承租的人、借或租的方法、（複式簿記的）借方←→貸方

　借り方に記入する（記入借方）

借り着、借着〔名、他サ〕借衣服、借的衣服

　借り着を為る（借衣服）

　借り着を着て出掛ける（穿著借的衣服出去）

　借り着より洗い着（借衣服穿不如洗衣服穿、穿借的衣服不如穿自己的舊衣服）

借り切る〔他五〕包租、全部租下

バスを一台借り切る（包租一輛公車）

ホテルを借り切って祝賀会を行う（包租旅館舉行慶祝會）

借り切り、借切〔名〕包租、全部租下

借り切りのバス（包租的公車）

ホテルを借り切りに為る（包租旅館）

借り越し、借越〔名〕〔經〕超支、透支（的錢）、借款多於貸款，債務多於債權←→貸し越し、貸越

借り越し金（透支金額）

十万円借り越しに為っている（已有十萬日圓的借支）

借り倒す〔他五〕賴帳、借而不還（＝踏み倒す）

友人の金を借り倒す（借朋友的錢不還）

借り出す〔他五〕借出

図書館から本を借り出す（從圖書館借書）

借り賃、借賃〔名〕租金←→貸し賃、貸賃

ボートの借り賃を払う（付遊艇的租金）

借りっ放し〔名〕一借不還

本を図書館から借りっ放しに為ている（從圖書館借來書一直不還）

借り手、借手〔名〕借者、租者←→貸し手、貸手

此の家は未だ借り手が付かない（這房子還沒有租戶）

此の本は借り手が無い（這本書沒有人借）

借り主、借主〔名〕借者、租者（＝借り手、借手）←→貸し手、貸手

借り物、借物〔名〕借來的東西

借り物の衣裳を着る（穿借來的衣服）

此の外套は借り物だ（這件大衣是借來的）

借り物の思想（外來的思想）

誡（ㄐㄧㄝˋ）

誡〔漢造〕誡

訓誡、訓戒（訓誡、教訓）

教誡、教戒、教誨（訓誡、教誨）

誡告、戒告〔名、他〕告誡、警告、警告處分

再び過ちを犯す事の無い様に厳重に誡告する（嚴加警告使今後不得再犯錯誤）

誡告を与える（予以警告）

誡める、戒める、警める〔他下一〕勸誡、懲戒、戒除、警戒、戒備、警備

将来を戒める（以儆將來）

子供の悪戯を戒める（規誡孩子不要淘氣）

人の不心得を戒める（勸誡他人的不端行為）

煙草を戒める（戒煙）

飲酒は戒める可き物である（應當戒酒）

自ら戒める（自戒、律己）

失敗の無い様戒める（提醒切勿失敗）

驕りを戒め、焦りを戒め（戒驕戒躁）

国境を戒める（警備國境）

誡め、戒め、警め〔名〕勸誡、懲戒、戒除、警戒、戒備、警備

再三の戒めにも拘らず（雖然再三規戒）

良い戒めである（是個很好的教訓）

国父の戒めを守る（遵守國父的教訓）

教条主義の失敗を戒めと為る（把教條主義的失敗作為教訓）

前車の覆るは後車の戒め（前車覆後車鑑）

戒めを厳重に為る（嚴加戒備）

戒めの為に家から外へ出さない（為了懲戒不准外出）

藉、藉（ㄐㄧㄝˋ）

藉、藉〔漢造〕雜亂無章、假借、安慰

狼藉（狼藉、亂七八糟、粗野、野蠻）

落花狼藉（落英繽紛）

杯盤狼藉（杯盤狼藉）

慰藉、慰謝（慰藉、安慰）

藉口〔名、自サ〕藉口、口實

病気に藉口して欠席する（藉口有病缺席）

災害に藉口して莫大な補償金を騙し取る（以災害為藉口騙取大筆補助費）

交（ㄐㄧㄠ）

交〔名、漢造〕交情、交互、交往、交迭

　魚水の交（魚水之交）
　秋冬の交（秋冬之交）
　国交（邦交）
　外交（外交、外勤）
　旧交（舊誼、老交情）
　親交（深交、親密的交往）
　深交（深交、深厚的交往）
　絶交（絕交）

交易〔名、自サ〕交易、貿易

　外国と交易する（和外國做買賣）

交角〔名〕〔數〕相交角。〔電〕交叉角

交換〔名、他サ〕交換、交易、票據交換

　文化の交換（文化交流）
　名刺（意見、席）を交換する（交換名片〔意見、席位〕）
　小切手の交換（交換支票）
　物々交換（以物易物、換物交易）
　交換方（票據交換員）
　交換所（票據交換所）
　交換尻（〔票據交換後的〕交換差額）
　交換力（〔理〕〔量子力學的〕交換力）
　交換手（〔電〕電話接線員、話務員）
　交換台（總機）
　交換器（交換台＝交換台）
　交換教授（〔為文化交流兩國大學間〕交換的教授）
　交換学生（〔為文化交流兩國大學間〕交換的留學生）
　交換価値（〔經〕交換價值）
　交換品（交換品、易貨貿易的商品）
　交換法則（〔數〕交換律）

交感〔名、自サ〕交感

　交感神経（交感神經）

交歓、交驩〔名、自サ〕聯歡

　中日学生の交歓（中日學生的聯歡）
　各国代表が集って交歓する（各國代表聚在一起聯歡）
　交歓会（聯歡會）
　交歓試合（友誼賽）

交宜、交誼〔名〕交情、交往、友誼

　国際間の交誼（國際間的交往）
　交誼を結ぶ（結交、建交）
　交誼を厚くする（加深交往）
　交誼を忝くする（珍惜交往的厚誼）
　交誼を賜る（承蒙厚誼）

交響〔名、自サ〕〔樂〕交響

　交響曲（交響曲）
　交響楽（交響樂）
　交響詩（交響詩）
　交響管弦楽（交響管弦樂）

交互〔名〕交互、互相、交替

　交互に働く（交替工作、輪班工作）
　交互にボール(ball)を投げ合う（互相投球）
　交互作用（交替作用）

交合〔名、自サ〕交媾

交じり合う、混じり合う、雑じり合う〔自五〕摻混、摻雜、混合（＝混ざり合う）

　ＡとＢの交じり合った物（Ａ和Ｂ的混合物）

交叉、交差〔名、自他サ〕交叉

　平面交叉（平面交叉）
　立体交叉（立體交叉）
　線路が交叉する（線路交叉）
　銃を交叉する（架槍）
　国旗を二本交叉して立てる（交叉著掛兩面國旗）

交叉射撃（交叉射撃、十字砲火）
交差点（交叉點、十字路口）
交差免疫（〔醫〕交叉免疫）
交際〔名、自サ〕交際、交往、應酬（=付き合い）
交際好きの人（好交際的人）
交際が広い（交友廣）
交際が旨い（善於交際）
交際が拙い（不善交際）
交際が深い（交誼深）
交際が浅い（交誼淺）
交際を結ぶ（結交）
交際を絶つ（絕交）
交際を広める（擴大交際面）
彼女と親しく交際する（和她交往密切）
彼は余り人と交際しない（他不大跟別人來往）
御交際頂き感謝します（承蒙不棄謝謝）
彼の人とは交際し度くない（不想跟他往來）
斯う言う事は交際上断る訳には行かん（這種事應酬上不能拒絕）
交際場裏の花形（社交界知名人士、交際花）
交際場裡に始めて出る（初次進入社交界）
交際範囲が広い（交際面寬）
交際家（交際家）
交際費（交際費）
交際法（交際禮節）
交際仲間（交際夥伴）
交錯〔名、自サ〕交錯、錯雜
交錯した事件（錯綜複雜的事件）
期待と不安の交錯（期待和不安的交錯）
喜びと悲しみが交錯する（悲喜交集）
交雜〔名〕〔生〕雜交
交雜戻し（逆代雜交、回交）

交詢〔名〕護鄉親密交往
交渉〔名、自サ〕交涉，談判、關係，聯繫
非公開の交渉（不公開的談判）
予備交渉（預備談判）
交渉に由る解決（通過談判解決）
交渉の場で（在談判桌上）
交渉の段階に在る（處在談判階段）
交渉を続ける（繼續談判）
交渉を決裂させる（使談判破裂）
交渉を打ち切る（停止談判）
交渉が纏める（達成協議）
何時でも交渉に応ずる用意が有る（隨時準備談判）
彼と交渉が有る（和他有聯繫）
交情〔名〕交情、交誼
交情を温める（重溫舊誼）
濃やかな交情（深厚的交情）
日増しに交情が深まっている（交情日益加深）
交讓〔名〕互讓
交織〔名〕〔紡〕混紡（=交ぜ織り）
綿毛交織（棉毛混紡）
交織物（混紡品）
交ぜ織り（物）、交織（物）〔名〕混紡織品
綿と毛の交ぜ織り（棉毛混紡織品）
交信〔名、自サ〕互相通訊（聯繫）
交信を開始する（開始通訊）
彼と無電で交信する（和他用無線電通訊）
交声〔名〕〔樂〕合唱、大合唱（=カンタータ cantata 意）
交声曲（合唱曲）
交接〔名、自サ〕交媾，交配、交際，結交
交接腕（〔烏賊等的〕交接腕）
交戰〔名、自サ〕交戰
交戰を停止する（停戰）

敵と交戦する（和敵人交戦）
交戦地帯（区域）（交戰地帶）
交戦地（戰場）
交戦権（交戰權）
交戦国（交戰國）
交戦状態（交戰狀態）

交替、交代〔名、自サ〕交替，替換、輪流，輪班
　一昼夜八時間の三交替で働く（晝夜八小時三班換班工作）
　昼夜交替で働く（晝夜輪流工作）
　一時間交替に為る（每小時一換班）
　当直は四時間毎に交替する（值班每四小時一換班）
　五回で投手が交替した（第五回合換了投球手）
　交替に胴元を勤める（輪流當放賭抽頭的局頭）
　交替で政権を執る（輪流執政）
　交替スト strike（輪流罷工）
　交替兵（換防的兵、接防部隊）
　交替投手（上場替換的投手）
　交代作用（〔地〕交代作用＝鉱床生成）
　交代行列（〔數〕交錯矩陣）
　交代函数、交代関数（〔數〕交替函數）
　交代制（交接班制）
　交代時間（換班時間）
　交代操業（輪班作業）
　交代鉱脈（〔地〕交代脈）
　交代員（換班的人）

交直〔名〕〔電〕交直流
　交直両用（交直流兩用）

交通〔名、自サ〕交通、通信、往來
　交通の便が良い（交通方便）
　交通の便利な所（交通方便的地方）
　交通の不便な処（交通閉塞的地方）

交通の流れ（行人和車流）
交通を整理する（管理交通）
交通を止める（遮断する）（斷絕交通）
交通を復旧する（恢復交通）
混雑している都市交通を改善する（改善城市的混亂交通）
此の辺は交通が頻繁である（這一帶交通頻繁）
交通巡査（交通警察）
交通調査（交通調査）
交通博物館（交通博物館）
交通標識（交通標誌）
国際間の交通（國際間的交往）
卒業後互いに交通しない（畢業後互無往來）
彼との間では交通が途絶えた（和他之間斷絕了往來）
交通公社（交通公司）
交通安全（交通安全）
交通地獄（交通壅擠不堪）
交通妨害（妨礙交通）
交通労働者（交通部門的工人）
交通信号（交通信號、紅綠燈）
交通事故（交通事故、車禍）
交通渋滞（交通堵塞）
交通規則（交通法規）
交通麻痺（交通癱瘓）
交通量（交通量）
交通費（交通費）
交通道徳（交通道德）
交通違反（違反交通規則）
交通路（交通路線－道路、鐵路、水路、航路的總稱）
交通禍（車禍）
交通遮断（斷絕交通）

交通網（交通網、交通路線的分布）
交通機関（交通機關、交通工具）
交通壕（〔軍〕交通壕）
交通整理（交通管理）
交通難（通行困難）

交点〔名〕〔數〕（線的）交點。〔天〕（行星，彗星和黃道的）交差點

交読〔名〕〔宗〕輪流應答、輪流吟唱
交読文（輪流應答的祈禱文）

交配〔名、他サ〕〔生〕交配、雜交（=交雜）
異種交配（異種雜交）
交配現象（雜交現象）

交番〔名〕派出所、交替，輪換。〔電〕交變
角に交番が有る（在拐角有個派出所）
交番で道を聞く（在派出所問路）
交番に届ける（報告給派出所）
交番制（輪換制）
世代交番（世代交替）
交番電流（交變電流、交流）

交尾〔名、自サ〕交尾、交配
交尾期に入る（進入交尾期）

交尾器〔動〕交尾器、交配器

交尾む〔自五〕交尾（=交尾する、番う）、性交、（男女）擁抱
犬が交尾む（狗交尾）

交付〔名、他サ〕交付、交給、發給
代金を交付する（交款）
証明書を交付する（發給證明書）
受取証の交付を要求する（請求發給收據）
交付価格（交貨價格）
交付者（交付者、發給者）
交付金（〔政府發給公共團體等的〕補助金）

交友〔名〕交友、交朋友
交友が多い（朋友多）
交友が少ない（朋友少）
交友で其の人を知る（看他的交友就知道他的為人）
交友関係（交友關係、社會關係）

交遊、交游〔名、自サ〕交遊、交往、交際
交遊が広い（交際廣）
二人の交遊には皆が反対している（對他倆的交往大家都反對）
どんな人とも上手に交遊する（和誰都能交得來）

交流〔名、自サ〕交流。〔電〕交流←→直流
文化の交流を計る（籌畫文化交流）
官庁間で人事交流を為る（在政府機關間進行人事交流）
中日文化交流（中日文化交流）
交流を整流して直流に為る（整流交流電使成直流電）
交流発電機（交流發電機）

交霊〔名〕降神（和死者靈魂交感）
交霊現象（降神現象）
交霊会（降神會）

交交〔副〕相繼、交集
交交立って演説する（相繼站起來講話）
内憂外患交交至る（內憂外患接踵而來）
悲喜交交至る（悲喜交集而來）

交喙、鶍〔名〕〔動〕交嘴雀
鶍の嘴（事與願違、不如意）
為る事為す事皆鶍の嘴の喰い違いだ（一切的一切全不如意）

交ざる、雑ざる、混ざる〔自五〕混合、混雜、摻雜、夾雜（=混じる、混ずる）

交じる、雑じる、混じる〔自五〕夾雜、摻混（=混ざる、交ざる、雑ざる）
水と油が良く混じらない（混ざらない）（油和水不易混溶）

米に石が混じっている（米裡夾雜著石子）

酒に水が混じっている（酒裡加著水）

色が良く混じっている（顏色調得很好）

色が旨く混じらない（顏色調不好）

彼には中国人の血が混じっている（他體內有中國人的血統）

スフ（stable fiber）の混じった織物（人造纖維混紡的織品）

彼の話す言葉には時時方言が混じる（他說的話不時夾雜著方言）

白髪の混じっている頭（花白頭髮）

子供に混じって遊ぶ（跟孩子們一起玩耍）

大勢の人達に混じってバス（bus）を降りた（混在人群裡一起下車）

日本人に混じって研究する事は迚も楽しいです（和日本人一起研究我很高興）

交じらい、交らい〔名〕交際、交往

交じらいを結ぶ（結交）

交じり、混じり、雑じり〔名〕混合物、雜質（=混じり物、雑じり物）。

〔接尾〕混合、夾雜

ユーモア（humour）混じりの演説（夾雜著幽默的演說）

冗談混じりに尋ねて見る（半開玩笑地打聽）

白髪混じりの頭（花白頭髮）

雨混じりの冷たい風がぴゅうぴゅうと吹く（颼颼地颳起帶雨點的冷風）

雨混じりの雪が降る（雨雪交加）

御交じり〔名〕（病人、幼兒吃的）稀粥

交じり気、混じり気、雑じり気〔名〕夾雜（物）、摻雜（物）

此の小麦粉には何か混じり気が有る（這麵粉裡摻雜著什麼東西）

混じり気の無い純粋な品（不摻雜質的純品）

交じり物、混じり物〔名〕混合物、雜質（=混ぜ物）

此の小麦粉には少し混じり物が入っている（這麵粉裡摻雜著一些雜質）

交ぜる、混ぜる、雑ぜる〔他下一〕混合，摻合、加上、加進、攪和攪，拌

塩と胡椒を料理に混ぜる（把鹽和胡椒摻和到菜裡）

酒にアルコール（alcohol）を混ぜる（酒裡加酒精）

黄色と青を混ぜれば緑に為る（黃色和藍色一混合就成為綠色）

英語を混ぜて話す（說話夾雜英語）

送料を混ぜて三百円（加上郵費共三百日圓）

僕も混ぜて呉れ（也算我一個吧！）

饂飩は良く混ぜてから食べ為さい（麵條要好好攪拌一下後再吃）

混ぜながら煮る（一邊攪拌一邊煮）

交ぜ合わせる、混ぜ合わせる〔他下一〕混合，摻合、調和，攪和

色色な色を混ぜ合わせる（把各種顏色調和在一起）

各種の見本を混ぜ合わせて送る（把各種貨樣摻和在一起寄出）

塩と胡椒を混ぜ合わせる（把鹽和胡椒摻和在一起）

箸で混ぜ合わせる（用筷子攪拌）

斑無く混ぜ合わせる（攪勻）

交ぜ返す、混ぜ返す、雑ぜ返す〔他五〕攪和、打岔

卵を一つ入れて良く混ぜ返す（放進一個雞蛋好好攪拌）

人の話を混ぜ返すな（不要插嘴打攪別人說話）

交ぜっ返す、混ぜっ返す〔他五〕攪和、打岔（=混ぜ返す、交ぜ返す、雑ぜ返す）

混ぜ御飯〔名〕什錦飯

交ぜ飯、混ぜ飯〔名〕肉菜等伴在一起的飯（=混ぜ御飯）

交わる〔自五〕交往，交際、來往、交叉。〔數〕相切、性交，交尾。〔古〕混合

親しく交わる（親密交往）

自然と交わる（與大自然打交道）
人と交わらない（不與人交往）
人を其の交わる友を見れば分る（見其友便知其人）
良い人と交わる（結交良友）
朱に交われば赤く為る（悪友と交われば悪く為る）（近朱者赤近墨者黑）
道路が交わる（道路交叉）
三直線が一点に交わる（三直線相交於一點）

交わり〔名〕交往、交際
管鮑の交わり（管仲鮑叔之交、知己之交）
交わりを結ぶ（結交）
交わりを深める（密切交往）
交わりを絶つ（斷絕來往）
彼と交わりが有る（跟他有來往）

交える、雑える〔他下一〕摻和，摻雜，摻混（＝雑ぜる、交ぜる、混ぜる）、交叉，交換（＝組み合わせる）
此の問題に私情を交えては行けない（在這問題上不能夾雜私情）
演説に巧みな諧謔を交える（演説裡巧妙地夾雜詼諧）
一般の人も交えて討論する（一般的人也參加在內一起討論）
枝を交える（樹枝交錯）
言葉を交える（相互交談）
膝を交えて話し合う（促膝交談）
一戦を交える（與某方交戰）
砲火を交える（相互開砲）

交わす、交す〔他五〕交、交換、交結、交叉
話を交わす（交談）
初めて言葉を交わす（初次交談）
挨拶を交わす（相互打招呼）
杯を交わす（互相碰杯）
手紙を交わす（相互通信）
意見を交わす（交換意見）
顔と顔を見交わす（相互對看）
握手を交わす（互相握手）
木木が枝を交わして生い茂る（樹木繁茂枝葉交叉）
密かに眼差しを交わす（偷偷地互通眼神）
情を交わす（男女相愛、發生肉體關係）

躱す，交わす，交す〔他五〕躲開、閃開、躲避開
体を躱す（躲開身體）躲す交わす
攻撃を躱す（躲開對方的攻擊）
刀を躱す（躲開刀）
左へ体を躱す（把身體向左閃開）

郊（ㄐㄧㄠ）

郊〔漢造〕郊區
近郊（近郊、郊區）
遠郊（遠郊）
西郊、西郊（西郊）

郊外〔名〕郊外、郊區、城外
郊外の住宅地（郊外住宅區）
郊外に住む（住在城外）
郊外を散歩する（在郊外散步）
郊外電車（郊區電車）

郊原〔名〕原野

郊野〔名〕郊外的曠野

焦（ㄐㄧㄠ）

焦〔漢造〕焦、燒焦、焦躁、焦慮、焦急

焦曲面〔名〕〔理〕焦散面

焦心〔名、自サ〕焦急、焦慮（＝焦慮）
出世しようと焦心している（為想飛黃騰達而焦慮）
病床で焦心しても始まらない（在病床上乾著急也沒有用）

焦性〔名〕〔化〕焦性
焦性硫酸（焦硫酸）

焦性硫酸塩（焦硫酸鹽）

焦性燐酸（焦磷酸）

焦性葡萄酸（丙酮酸）

焦性没食子酸（連苯三酚）

焦線〔名〕〔理〕焦散曲線

焦躁、焦燥〔名、自サ〕焦躁（=奇奇する）

　焦躁を感じる（感到焦躁）

　度重なる失敗に焦躁している（因接二連三的失敗而焦躁）

　焦躁の色は隠せない（瞞不住焦躁的神色）

焦点〔名〕〔理〕焦點。〔轉〕核心，目標，中心

　焦点を定める（定焦點）

　焦点を合わせる（對準焦點）

　焦点距離（焦距）

　話題の焦点（話題的中心）

　世人注目の焦点と為る（成為世人注目的中心）

　問題の焦点に迫る（逼近問題的核心）

　議論の焦点と為る（成了議論的焦點）

　此の点に焦点を絞って論じよう（集中這一點上來討論吧！）

焦土〔名〕焦土、黑土

　焦土と化する（化為焦土）

　焦土戦術（焦土戰術）

　焦土を耕す（耕黑土地）

焦熱〔名〕灼熱、〔佛〕（八大地獄之一）高熱地獄、恐怖的景像（如被圍於熊熊大火建築中）（=焦熱地獄）

　焦熱焼くが如き砂漠（灼熱如焚的沙漠）

　焦熱地獄（高熱地獄）

　八大地獄（等活地獄、黒縄地獄、衆合地獄、叫喚地獄、大叫喚地獄、焦熱地獄、大焦熱地獄、無間地獄）

焦眉〔名〕燃眉

　焦眉の問題（急待解決的問題）

　焦眉の急（燃眉之急）

　焦眉の急に応じる（應燃眉之急、以濟燃眉）

焦平面〔名〕〔理〕焦平面

焦面〔名〕〔理〕焦散面

焦慮〔名、自サ〕焦慮、焦急（=焦る）

　仕事が捗らなくて焦慮する（因為工作不進展而焦慮）

　焦慮の色が濃い（神色很焦慮）

焦る〔自五〕焦躁、急躁、著急（=苛立つ、急く）

　焦って失敗する（因急躁而失敗）

　成功を焦るな（不要急於求成）

　そんなに焦るには及ばない（用不著那麼著急）

　焦ると損する（匆忙容易失敗）

焦り〔名〕焦躁、急躁、不耐煩

　焦りの色が見える（顯得焦躁的樣子）

　焦を感ずる（覺得不耐煩）

　彼は少し焦り気味だ（他有點焦躁）

　驕りや焦りを戒め、一層努力する（戒驕戒躁再接再勵）

焦がす〔他五〕烤焦，燒糊、（用香）薰（=燻べる）。〔轉〕使焦急

　御飯を焦がす（把飯煮糊）

　ストーブで服を焦がした（爐子把衣服烤糊了）

　思いを焦がす（焦思、心焦）

　自責の念に胸を焦がす（為自咎而內心煎熬）

焦がし〔名〕炒麵、炒米粉（=香煎）

焦がれる〔自下一〕烤焦（=焦げる）、渴望，嚮往，朝思暮想、（接尾詞用法表示）一心，殷切

　音楽家に焦がれる（一心想當音樂家）

　船乗りが陸地に焦がれる（船員一心嚮往陸地）

　異国に居て故郷に焦がれる（身居國外一心懷念家鄉）

　思い焦がれる（非常想念）

ㄐ

待ち焦がれた（望眼欲穿）

待ち焦がれた日が終に来た（渴望的日子終於來到了）

焦がれ死に〔名、自サ〕患相思病而死、想死

焦がれ死にし然うな思い（幾乎要想死的戀情）

焦げる〔自下一〕燒焦，燒糊、曬褪色

御飯が焦げた（飯燒焦了）

火が強いから直ぐに焦げる（因為火太大馬上就燒焦）

何か焦げる臭いが為る（有燒焦味）

焦げ〔名〕燒焦、鍋巴

畳に煙草の火で焼け焦げを作る（因香煙的火把草蓆燒焦一塊）

御焦げを食べる（吃鍋巴）

焦げ臭い〔形〕焦味、糊味

焦げ臭い匂いが為る（有焦味

焦げ茶〔名〕深棕色、古銅色

焦げ茶のオーバー（深棕色的大衣）

焦げ茶色（深棕色）

焦げ付く〔自五〕燒焦，燒糊。〔商〕（貸款）變成呆帳，（行情）膠著不動

飯が焦げ付いた（飯燒焦了）

御飯が釜の底に焦げ付く（飯燒糊黏在鍋底上）

貸し金が焦げ付いた（放款收不回來了）

米価が焦げ付いて仕舞った（米價固定不動了）

相場が五千円と焦げ付いた（行市固定在五千日元上不動了）

焦げ目〔名〕燒焦的痕跡

焦げ飯〔名〕焦飯、鍋巴

焦らす〔他五〕使焦急、使著急

焦らさないで早く教えて呉れ（別讓我著急快告訴我）

子供を焦らして泣かす（讓孩子乾著急哭）

焦れる丈焦らして置く（讓他盡量著急去）

焦れる〔自下一〕焦急，焦躁、煩惱、不耐煩

彼の人は詰らない事に焦れる（他為一點小事而焦急）

急用なのにバスが来なくて焦れる（有急事而公車不來心裡著急）

旨く行かなかったので彼は酷く焦れた（因為進展不順利他很焦躁）

焦れ込む〔自五〕〔俗〕焦急（＝苛立つ、焦る）

今更如何とも仕様が無いので、独りで焦れ込む（事到如今已無可奈何獨自乾著急）

焦れったい〔形〕〔俗〕令人焦急的、惹人著急的

焦れったい話だ（真令人著急）

約束した友達が来なくて焦れったい（約好的朋友到時間不來令人著急）

焦れったいな、早くしろ（快點！真叫人起急）

見る丈で触れられないとは焦れったい（只能看不能摸真令人著急）

焦れったげに為ている（顯出著急的樣子）

焦れったげな様子（著急的樣子）

焦れったがる〔自五〕著急、不耐煩

そんなに焦れったがらなくても良い（不必那麼起急）

蛟（ㄐㄧㄠ）

蛟〔漢造〕蛟龍

蛟竜、蛟竜〔名〕蛟龍、〔喻〕不得志的英雄

蛟竜雲雨を得（蛟龍得雲雨）

蛟竜は長く池中の物に非ず（蛟龍終非池中物-三國誌）

蛟、虯、虬、螭〔名〕蛟（龍的一種、古代想像中的動物）

嬌（ㄐㄧㄠ）

嬌〔漢造〕嬌豔

愛嬌、愛敬（魅力、親切、幽默、贈品）

嬌艶〔名、形動〕嬌豔

嬌艶を歌われた薔薇（以嬌豔聞名的薔薇）

嬌音〔名〕嬌聲

嬌声〔名〕嬌聲（=艷めかしい声）

嬌姿〔名〕嬌豔的姿態

嬌羞〔名〕嬌羞

　些の嬌羞の色も無く（毫無嬌羞之色）

嬌笑〔名〕嬌媚的笑（=艷めかしい笑い）

嬌態〔名〕嬌態、媚態

　嬌態を見せる（呈嬌態）

嬌態、科〔名〕嬌態

　嬌態を作る（作媚態、嬌里嬌氣）

　彼の女は嫌に嬌態を作って物を言う（那女人說話特別嬌里嬌氣）

　嬌態良く踊れ（舞姿要優美！）

品〔名〕物品，東西，商品，貨物，品質、質量，品種、種類，情況、情形

　貴重な品（貴重物品）品科

　見舞の品が届く（慰問品送到）

　大切な品だから、丁寧に取り扱う（因為是貴重物品要小心拿放）

　店に品が多い（店鋪裡貨物多）

　店に品が少ない（店鋪裡貨物少）

　御品に手を触れないで下さい（請勿觸摸物品）

　品が不足している（商品短缺）

　品が切れる（東西賣光）

　品が手薄に為る（貨物缺乏）

　色色の品を取り揃えて置く（備齊各種貨色）

　品が好い（品質好）

　品が悪い（質量壞）

　品が落ちる（質量差）

　品を落とす（降低品質）

　品を落とさず値段も上げずに置く（既不降低品質也不提高價錢）

　最上等の品（最上等的品種）

　其の手は二品有ります（那種商品有兩個品種）

　値段は品に依って違います（價錢因品種而不同）

　品を見て物を買い為さい（看看品種再買東西）

　品に依ったら参ります（看情況如何也許去）

　所変れば品変る（一個地方一個情況、各地有各地的風俗）

　手を換え品を換え（想方設法、千方百計）

　手品（戲法，魔術、騙術，奸計）

　手品を演ずる（變戲法）

嬌名〔名〕（藝妓等的）美麗名聲

　嬌名を馳せる（歌われる）（美麗馳名）

澆（ㄐㄧㄠ）

澆〔漢造〕澆水（=注ぐ、灌ぐ）、人情淡薄

澆季〔名〕澆薄之世、澆漓之世、人情淡薄的亂世

　澆季の世（澆薄之世）

膠（ㄐㄧㄠ）

膠〔漢造〕膠、黏著

　魚膠（鰾膠）

膠化〔名、自サ〕膠化、成膠狀

　生護謨が膠化する（生膠軟化）

膠灰粘土〔名〕〔地〕紅玄武土

膠結劑〔名〕〔冶〕膠結劑

膠原質〔名〕〔生化〕骨膠原

膠原病〔名〕〔醫〕膠原病

膠漆〔名〕膠和漆、如膠似漆，非常親密

　膠漆の交わり（親密的交往）

膠質〔名〕膠質、膠體（=コロイド colloid）

　膠質化学（膠體化學）

　膠質溶液（膠體溶液）

　膠質火薬（膠質火藥）

膠狀〔名〕膠狀

　膠状体（膠狀體）

膠著〔名、自サ〕膠著、黏著

　ゴムが膠着して離れない（橡膠黏上扯不開）

　戦線が膠着状態に陥る（戰線陷入膠著狀態）

　交渉が膠着状態に陥る（談判陷入膠著狀態）

　膠着状態を打ち破った（打破了僵持局面）

　膠着語（膠著語，黏著語－不是用語序，語形變化，而是用助詞，助動詞等附屬語來表示語法關係的語言，指日語，朝鮮語，土耳其語，芬蘭語等，烏拉爾、阿爾泰語族而言）

膠囊〔名〕膠囊（=カプセル）

　膠嚢に入れる（放在膠囊裡）

膠〔名〕動物膠

　膠で付ける（用動物膠黏上）

蕉（ㄐㄧㄠ）

蕉〔漢造〕蕉

　芭蕉（〔植〕芭蕉）

　松尾芭蕉（江戶前期俳句詩人－奧の細道）

蕉翁〔名〕（江戶前期俳句詩人）松尾芭蕉的敬稱（=松尾芭蕉）

蕉風〔名〕〔俳句〕蕉風、松尾芭蕉的風格←→談林、檀林（談林風-西山宗因所創、自由奔放，富於幽默）

蕉門〔名〕松尾芭蕉的門人

　蕉門の十哲（芭蕉門下的十位高足）

鮫（ㄐㄧㄠ）

鮫〔漢造〕鯊魚（=鮫）

鮫油〔名〕鯊魚油、鯊魚肝油

鮫〔名〕〔動〕鯊魚（關西地方叫做鱶、山陰地方叫做鰐）

　鮫皮（鯊魚皮）

　鮫肝油（鯊魚肝油）

鮫鰭類〔名〕〔動〕鯊目、橫口目

鮫肌、鮫膚〔名〕乾燥粗糙的皮膚、蛇皮、魚鱗皮←→餅肌、餅膚

　鮫肌女（皮膚粗糙的女人）

　彼の女は鮫肌だ（她皮膚很粗糙）

鮫鑢〔名〕鯊皮做的銼

驕（ㄐㄧㄠ）

驕〔漢造〕野馬、驕傲、傲慢、驕子

驕逸、驕佚〔形動〕任性、放肆

驕横〔名〕驕傲而蠻橫

驕気〔名〕高傲自大

驕傲〔名、形動〕驕傲、倨傲

驕恣、驕肆〔形動〕驕傲放肆、自大任性

驕児〔名〕寵兒、驕子（=駄々っ子）

　梨園の驕児（梨園的驕子）

驕奢〔名、形動〕奢侈、奢華、豪奢（=贅沢）

　驕奢な生活（奢侈的生活）

　驕奢を極める（窮奢極侈）

驕兵〔名〕驕兵

驕慢、憍慢〔名、形動〕驕傲、傲慢

　驕慢なブルジョア娘（傲慢的有錢人的小姐）

　人を人とも思わぬ驕慢な態度（把人不當人的傲慢態度）

驕る、傲る〔自五〕驕傲、傲慢

　勝って驕らず（勝而不驕）

　成功したとて驕るな（成功了也不要驕傲）

　驕る者は久しからず（驕者不長久、驕者必敗）

驕り、傲り〔名〕驕傲、傲慢

　顔に驕りの色を表わしている（臉上露有驕傲的神色）

　驕りや自己満足の気持が現れた（現出了驕傲自滿的情緒）

　驕りの気持が芽生えて来た（產生了驕傲的情緒）

驕りや焦りを戒め、一層努力を傾ける（戒驕戒躁再接再勵）

驕り高ぶる〔自五〕驕傲自滿、高傲自大

成功したとて驕り高ぶるな（成功了也不要驕傲自滿）

驕り高ぶる者は人に嫌われる（驕傲自大的人討人嫌）

鷦（ㄐㄧㄠ）

鷦〔漢造〕鷦鷯-鳥名、又叫巧婦、鳴禽類、形小、全身有微細的黑褐色橫斑

鷦鷯、鷦鷯、鷦鷯〔名〕〔動〕鷦鷯

嚼（ㄐㄧㄠˊ）

嚼〔漢造〕咀嚼、理解，領會

咀嚼（咀嚼、理解，領會）

嚼む、噛む、咬む〔他五〕嚼、咬、咬合、拍岸、沖刷

犬に嚼まれる（被狗咬）

鉛筆を嚼むのは悪い癖だ（咬鉛筆是一個壞習慣）

良く嚼んで食べる（仔細嚼著吃）

チューインガムを嚼む（嚼口香糖）

激流が岩を嚼む（激流沖擊岩石）

川の浪が岸を嚼む（河水浪花擊岸）

嚼んで吐き出す様に言う（惡言惡語地說）

嚼んで含める様に教える（詳細解釋、諄諄教誨）

擤む〔他五〕）擤

鼻を擤む（擤涕）

攪、攬（ㄐㄧㄠˇ）

攪、攬〔漢造〕攪拌、擾亂

攪拌、攪拌〔名、他サ〕攪拌、攪合（=掻き回す）

溶液を良く攪拌する（充分攪拌溶液）

攪拌の仕方が不十分だ（攪拌得還不夠）

攪拌機（攪拌機）

攪乱、攪乱〔名、他サ〕攪亂、擾亂（=掻き乱す）

デマを飛ばして、人心の攪乱を企てる（散布謠言企圖擾亂人心）

後方を攪乱する（擾亂後方）

世界の平和を攪乱する（擾亂世界和平）

社会の秩序を攪乱する（擾亂社會秩序）

攪乱の為の宣伝（顛覆宣傳）

攪流〔名〕〔理〕湍流

攪錬〔名〕〔冶〕攪煉

攪てる〔他下一〕攪拌、攪和（=掻き混ぜる）

角（ㄐㄧㄠˇ）

角〔名、漢造〕角，犄角（=角）、拐角，隅角（=角，隅、角）、四角形、方形木材、號角。〔數〕角、（象棋棋子名）角、稜角、角力、角逐、相撲

大根を角に切る（把蘿蔔切成方塊）

五寸角の板（五寸方形木板）

四十五度の角を為す（成四十五度角）

頭角（頭角）

触角（觸角）

犀角（犀角）

一角犀（獨角犀）

一角獣（獨角獸、麒麟、一角鯨）

一角獣座（麒麟星座）

二寸角（二寸方形木材）

全角（全身-指活字一個字的大小或面積、計算行頁活字數的單位）

鈍角（鈍角）

鋭角（銳角）

仰角（仰角）

直角（直角）

稜角（稜角）

口角（嘴角）

広角（廣角）

高角（高角）

ㄐ

交角（相交角、交叉角）
光角（光軸角）
三角（三角形、三角學）
外角（外角）
内角（内角）
角行燈〔名〕（紙罩）方座燈
角い〔形〕〔俗〕四方的、方塊的、有稜角的（=四角い）
角石〔名〕方塊石頭
角運動量〔名〕〔理〕角動量
角襟〔名〕（衣服的）方領
角鉛鉱〔名〕〔礦〕角鉛礦
角落ち〔名〕〔象棋〕對局時雙方實力相差懸殊去掉。〔角行〕的讓子方法
角落とし〔名〕〔土木〕（壩頂調解水位的）閘板
角帶〔名〕（男子穿和服用扁硬）角帶
角化、角化〔名〕〔醫〕角質化
角界、角界〔名〕角力界、相撲界
角形〔名〕方形、四方形
角形〔接尾〕（接數字詞下）角形
　　五角形（五角形）
　　多角形（多角形）
角括弧〔名〕方括弧
角窯〔名〕長方形窯
角刈り、角刈〔名〕（髪型）平頭
　　角刈りに為る（剪平頭）
　　角刈りの男（剪平頭的男人）
角岩〔名〕〔礦〕角石
角距離〔名〕〔理〕角距離、〔天〕俯角
角銀鉱〔名〕〔礦〕角銀礦
角釘〔名〕方釘
角繰り形〔名〕〔建〕狹直條飾
角径〔名〕〔數〕角徑
角鋼〔名〕〔冶〕方鋼
角材〔名〕方材
　　角材を使う（使用方材）
角砂糖〔名〕方糖

角歯〔名〕〔動〕角質齒
角質〔名〕角質
　　角質化（角質化）
　　角質層（角質層）
　　角質繊維（角質纖維）
　　角質海綿（角質海綿）
角周波数〔名〕〔無〕角頻率
角振動数〔名〕〔理〕角振動頻率、圓頻率
角錐〔名〕角錐、稜錐
　　三角錐（三稜錐）
　　五角錐（五稜錐）
角閃安山岩〔名〕〔礦〕角閃安山岩
角閃石〔名〕〔礦〕角閃石
角閃片岩〔名〕〔礦〕角閃片岩
角素〔名〕〔生化〕角蛋白
角速度〔名〕〔理〕角速度
角袖〔名〕（和服的）方袖、和服。〔轉〕（明治時代的）便衣警察（=私服）
角台〔名〕〔數〕角錐台
角逐〔名、自サ〕角逐、競爭、逐鹿（=競争、競り合い）
　　国際場裏に角逐する（在國際舞台上角逐）
　　互いに角逐する（互相競爭）
　　角逐場裏（競爭舞台）
角柱〔名〕方柱。〔數〕角柱〔體〕
角通〔名〕角力通、相撲通、熟悉角力界情況的人
　　彼の人は角通だ（他是個角力通）
角点〔名〕〔數〕凸點
角度〔名〕角度、角的度數。〔轉〕（觀察事物的）角度，立場
　　直角は鈍角より角度が小さい（直角比鈍角角度小）
　　角度を測る（測量角度）
　　自動車が急角度に曲がる（汽車拐陡彎）
　　有らゆる角度から検討する（從各個角度考慮）

違った角度から観察する（從不同角度進行觀察）

角度を変えて物を見る（換個角度來觀察事物）

如何言う角度から見ても、其れは悪い事だ（從任何角度來看那都是壞事）

角燈〔名〕方形玻璃手提燈

角時計〔名〕方錶、六角形錶、八角形錶

角壔〔名〕〔數〕角柱〔體〕（＝角柱）

角煮〔名〕〔烹〕紅燉豬肉塊、燒魚塊

角張る〔自五〕有稜角，成方形，嚴肅，拘謹，生硬

角張った顔（四方臉）

削り方が下手なので円く為らずに角張る（因為削法拙劣修不圓有稜角）

角張った態度（生硬的態度）

何卒角張らないで下さい（請不要拘泥、請隨便些）

角張らないで話す（不拘形式地談）

余り角張ずに打ち解けて下さい（請不要太拘泥、隨便些吧！）

角張る〔自五〕不平整，有稜角，拘束，拘謹，嚴肅，不隨便（＝角張る）

角張った岩（有稜角的岩石）

角張った話は止めよう（不要講那種嚴肅的話）

角皮〔名〕〔生〕角皮、角質層

角兵衛獅子〔名〕（著名工匠角兵衛創製的）假獅子頭、耍獅子（＝越後獅子）

角変換〔名〕〔數〕角變換

角堡〔名〕〔軍〕（防禦用）角堡

角帽〔名〕大學方形帽。〔轉〕大學生

角帽を被る（戴大學生的方帽）

角帽が二人歩いて来る（有兩個大學生走來）

角盆〔名〕方盤

角巻き、角巻〔名〕（日本東北婦女用的）毛毯披肩

角膜〔名〕〔解〕角膜

角膜炎（角膜炎）

角膜移植手術（角膜移植手術）

角膜成形術（角膜移植手術）

角面堡〔名〕〔軍〕稜堡、多面堡

角鑢〔名〕方銼

角翼〔名〕〔動〕（鳥）小翼角羽（昆蟲）前翅後緣內角突出部

角礫岩〔名〕〔礦〕角礫岩

角行、角行〔名〕角行（日本象棋的棋子名）

角力、相撲〔名〕相撲、角力、摔交

角力を取る（角力、摔交）

水入の大相撲（出現暫停的相撲激戰）

花相撲（即興摔交）

腕相撲（掰手腕、比腕力）

相撲に勝って勝負に負ける（滿操勝算末了敗北）

相撲に為らない（不是對手）

彼の相手では全然相撲に為らない（他那樣的人根本不是對手）

角力取り、相撲取り（力士、角力者＝力士）

角子、角髪、鬟、髻〔名〕〔古〕一種男子髮型（頭頂上分向左右、在耳邊結成圓形）

角髪〔名〕總角（古時兒童的一種髮型）（＝揚巻、総角）

角〔名〕角、拐角、稜角、不圓滑

机の角（桌角）

柱の角に頭をぶつけて、怪我を為た（頭碰到柱角受傷了）

角の有る椅子（有角的椅子）

曲がり角（拐角）

角の店は煙草屋です（拐角的店是賣香菸的）

角を曲がって三軒目の家（拐過彎去第三家）

ポストは此の通りの角に在る（郵筒在這條街拐角地方）

初めの角を左に御曲がり為さい（請從第一拐角往左拐）

ㄐ

僕は此の角を曲がります（我就從這拐角拐彎）
彼は角が有る（他為人有稜角不圓滑）
角が立つ（說話有稜角、不圓滑、讓人生氣）
角を立てる（說話有稜角、不圓滑、讓人生氣）
角が取れる（去掉稜角、圓滑、不生硬）

門〔名〕門（=門、出入口）、房屋（=家、家）、家族，家門（=一家、一族、一門）
門をからっと開ける（啪啦一聲把門打開）
開ける明ける空ける飽ける厭ける門角廉
門毎に祝う（家家慶祝）
御門を違う（認錯人、弄錯了對象）
門に入る（拜在…的門下）入る入る
笑う門には福来る（和氣致祥）
門を広げる（光耀門楣）
人の門に立つ（沿門乞討）截つ絶つ経つ裁つ発つ起つ断つ

廉〔名〕理由、原因、事情、事項
少々御願いの廉が有って参りました（我是因為有點事請你幫忙而來的）角門鰊廉
交通違反の廉で出頭を命ぜられる（由於違反交通規則被傳訊）
彼の言う事に（は）不審の廉が有る（他說的話裡有可疑之點）
不審の廉を質す（質問可疑之處）質す正す糾す糺す
勤勉の廉を以って賞を受ける（由於勤勉而受賞）
不正行為の廉で免職する（由於行為不檢而免職）
君に尋ねる廉が有る（我有要問你的一些事情）尋ねる訪ねる訊ねる
銀行強盗の廉により罰せられた（因搶劫銀行受到懲罰）

鰊〔名〕〔方〕鯡魚（=鰊）
鰊、鯡〔名〕〔動〕鯡魚（=鰊）

角角〔名〕所有的角落。〔副〕倔、倔頭倔腦（不隨和的樣子）
角角しい〔形〕生硬的、不圓滑的、倔頭倔腦的
角立つ〔自五〕有稜角，不圓滑、倔，生硬
其れでは話が角立つ（那樣的話說得太生硬了）
君の議論は角立って行けない（你的說法太生硬要不得）
角立てる〔他下一〕使有稜角、激化、鬧大、變生硬
話を角立てる（話說得粗暴）
角立つ〔自五〕有稜角，不圓滑，生硬，不委婉（=角立つ）、顯眼，露鋒芒（=際立つ）
角目立つ〔自五〕帶刺、有稜角、不圓滑、不委婉、生硬（=角立つ）、對立、不和睦
然う言う言い方を為ると角目立って拙い（那樣說有稜角不合適）
角目立つ嫁と姑の仲（婆媳不和）
角地〔名〕（到錄）拐彎處的土地
角番〔名〕（圍棋、象棋等）決定勝負一戰、勝負分曉的關鍵
角番に立つ（處於勝負的關鍵時刻）
角店〔名〕街道拐角的商店
角店は流行る（拐角的商店生意興旺）
角屋敷〔名〕道路拐角處的住宅
角、隅〔名〕角落、邊上
荷物を部屋の角に置く（把東西放在屋角）
角から角迄捜す（找遍了各個角落）
此の辺は角から角迄知っている（這一帶情況一清二楚）
重箱の角を突く様な事を為る（對不值得的瑣事追根究柢、吹毛求疵）
全世界の隅隅（全世界每個角落）
角に置けない（不可輕視、懂得道理、有些本領）

炭〔名〕炭，木炭（=木炭）、燒焦的東西
山で炭を焼く（在山上燒炭）炭墨隅角
山で炭を作る（在山上燒製木炭）

火鉢に炭を継ぐ（往火盆裡添炭）継ぐ注ぐ接ぐ次ぐ告ぐ

火鉢に炭を入れる（往火盆裡放炭）

炭俵（裝炭的稻草包）

火事場には柱だけが炭に為って残っている（失火的地方只剩下燒焦了的柱子）

墨〔名〕墨汁，墨汁、墨繩、墨色，墨色、墨染

墨を磨る（研墨）擦る摺る刷る摩る擂る掏る為る

墨が濃い（墨濃）

墨が薄い（墨淡）

墨が滲む（墨水滲開）

墨を磨るは病夫の如く筆を執るは壮士の如く（研墨要輕握筆要有力）

墨が濃過ぎる（墨色太黑）

墨を筆に付ける（往筆上醮墨）

墨を打つ（木工打墨線）

墨の流した様（烏雲密布、漆黑一片）

一面に墨の流した様な夜空（一片漆黑的夜空）

雪と墨（喻性格完全不同）

朱墨、朱墨（朱墨）

朱墨で書く（用朱色顔料寫）

藍墨（藍墨）

入墨、文身、文身、刺青、刺青（刺青）

墨の衣（染成黑色的衣服）衣

鍋墨を掻き落とす（刮鍋煙）

鍋墨の煤を掻き落とす（刮鍋底灰）

烏賊の墨（烏賊的墨汁）

章魚が墨を吐いた（章魚噴黑色墨汁）章魚蛸凧胼胝

角〔名〕角、犄角、觸角、角形物。〔建〕側廳，邊房

牛の角（牛角）

角が生える（長角）

角で突く（用犄角頂）

蝸牛が角を出した（蝸牛伸出了觸角）

角を引き込める（把觸角縮回去）

葦の角（葦子芽）

角有る獣に上歯無し（沒有十全的）

角を折る（放棄己見、態度軟化、棄械投降、屈服）

角を矯めて牛を殺す（矯角殺牛）

角を生やす（出す）（嫉妒、吃醋）

角書き、角書〔名〕（淨琉璃、脚本、論文等題目上、分兩行寫的）附加說明、副標題

角隠し〔名〕（婦女穿和服舉行婚禮時或參拜佛寺頭上戴的）白蒙頭紗（白面紅裡）

角苔類〔名〕〔植〕角苔類

角胡麻〔名〕〔植〕角胡麻

角ぐむ〔自五〕（蘆葦等）生芽、出芽

葦が角ぐんで来た（蘆葦鑽出芽來了）

角細工〔名〕（獸角做的）手工角製品

角杯〔名〕角杯、用於喝酒的角

角鮫〔名〕〔動〕角鯊

角蟬〔名〕〔動〕角蟬

角盥〔名〕兩邊有長把手的漆盆（古時用來洗手或漱口）

角樽〔名〕（喜事贈酒用紅或黑漆的）高把酒桶

角樽を一対祝儀に贈る（贈送一對高把酒桶作為結婚賀禮）

角突き〔名〕用犄角、頂鬥牛（＝牛合わせ）、衝突、反目、不和、爭吵（＝角突き合い）

角突き合い〔名〕衝突、反目、不和、爭吵

激しい角突き合い（激烈的衝突）

彼の二人は何時も角突き合いを為ている（他倆經常爭吵）

角突き合わせる〔他下一〕衝突、抵觸、反目、失和

二人は何時も角突き合わせている（兩人總是互相反目）

角蜻蛉〔名〕〔動〕角蜻蜓

角榛〔名〕〔植〕日本榛

角笛〔名〕（獵人、牧童用）角笛

角縁眼鏡〔名〕角製鏡架眼鏡
角叉〔名〕〔植〕粒狀角叉藻、鹿角叉、角的尖齒
角〔名〕咯
　角角は雉の鳴く声（咯咯是野雞的叫聲）
角〔名〕角
　角里は中国前漢初期の隠者の名（角里是中國前漢初期的隱士名字）

狡（ㄐㄧㄠˇ）

狡〔漢造〕奸詐、不誠實
狡獪〔形動〕狡猾
　狡獪な奴（狡猾的傢伙）
狡猾〔形動〕狡猾
　狡猾な手段（狡猾的手段）
　狡猾極まる奴（老奸巨猾的傢伙）
　狡猾に立ち回る（狡猾鑽營）
狡計〔名〕詭計（=悪巧み）
狡知、狡智〔名〕狡猾的智慧（=悪知恵、奸智）
　狡知に長けている人（詭計多端的人）
狡兎〔名〕狡兔
　狡兎死して走狗煮らる（狡兔死走狗烹-史記）
狡い〔形〕〔俗〕狡猾（=狡い）、吝嗇（=けち）
　狡い奴（狡猾的傢伙）
　狡い事を為る（玩弄詭計）
　狡い手を使う（耍花招）
狡辛い〔形〕既吝嗇又狡猾的（=狡っ辛い）
狡っ辛い〔形〕既吝嗇又狡猾的
　狡っ辛い奴だから騙されるな（他是個既吝嗇又狡猾的傢伙不要受騙）
狡い〔形〕狡猾的、奸詐的、滑頭的、花言巧語的（=狡い）
　狡い目付き（狡猾奸詐的眼神）
　狡然うな目付き（狡猾奸詐的眼神）
　狡い奴（狡猾的傢伙）
　狡い事を為て勝つ（以奸詐的手法取勝）
　トランプで狡い事を為る（打撲克耍奸詐）
　其れは狡いよ（那太狡猾了！）
　狡く構えて支払いを為ない（耍奸詐不付錢）
　彼の人の狡さには呆れ返る（他那種狡猾勁真少見）
狡賢い〔形〕奸詐的、狡猾的
　どんなに狡賢い狐も腕利きの猟師には敵わない（狐狸再狡猾也鬥不過好獵手）
　色色な手口を狡賢く使う（施展種種奸詐的手法）

皎（ㄐㄧㄠˇ）

皎〔漢造〕光明、潔白
皎皎、皓皓、皦皦〔形動タルト〕皎皎
　皎皎たる月光（皎皎的月光）
　月が皎皎と照る（月光皎皎）
　月色皎皎（月色皎皎）
　皎皎たる銀盤（一輪明月）

脚（ㄐㄧㄠˇ）

脚〔接尾、漢造〕（也讀作きゃく、脚）（計算桌椅的件數）把、腳，足、（器物的）腿，支柱、基礎，底部
　椅子五脚（椅子五把）
　飛脚（〔古〕信使，使者、〔江戸時代〕以遞信，運貨為業者）
　健脚（健步、能走路）
　蹇脚（瘸子=跛）
　橋脚（橋柱、橋墩）
　胸脚（〔動〕胸肢）
　失脚（失足、下台、沒落）
　馬脚（馬腳，馬腿，原形）
　馬の脚、馬の足（扮演假馬腳的演員、低級演員、跑龍套、笨演員）
　三脚（三條腿、三角架、三腳椅子）
　行脚（雲遊、周遊、徒步旅行）

きゃくいん 〔名〕〔詩〕脚韻←→頭韻
　脚韻を踏ませて調子を整える（押腳韻以調整語調）

きゃくしゅ 〔名〕〔動〕肢鬚

きゃくしょく 〔名、他サ〕（把小説、事件等）改編成戲劇或電影、〔轉〕添枝加葉，誇大其辭
　小説を映画に脚色する（把小説改編成電影）

きゃくせんび 〔名〕（婦女）腿的曲線美

きゃくちゅう、きゃくちゅう 〔名〕脚註
　脚注を施す（付ける）（加腳註）

きゃくぶ 〔名〕脚部、下部、底部
　ページの脚部（書頁下部）
　テーブルの脚部（桌腿）

きゃくほん 〔名〕脚本、劇本（＝シナリオ）
　映画の脚本を書く（寫電影劇本）
　脚本に為る（寫成劇本）
　脚本朗読（劇本朗讀）

きゃくりょく 〔名〕脚力、足力
　脚力が強い（腳力強、善走、善跑）

きゃくりん 〔名〕（家具等）小腳輪（＝キャスター）

きゃっか 〔名〕脚下（＝足元）
　脚下は千仞の谷だ（腳下是千仞的深谷）
　脚下を見下ろす（往腳下看）
　脚下は一面緑の海である（腳下一片蔥綠的田野）

きゃっか 〔名〕〔動〕腹吸盤。〔解〕髖臼

きゃっこう 〔名〕脚燈（＝フットライト）
　脚光を浴びる（演員登台、劇本上演、登場，顯露頭角，受到注目）
　原子力発電が時代の脚光を浴びる（原子能發電登上歷史舞台）

きゃたつ、きゃたつ 〔名〕脚凳、梯凳
　脚立を立てる（立起梯凳）
　脚立に登る（登上梯凳）

きゃはん、きゃはん 〔名〕綁腿（帶）
　脚半を巻く（付ける）（扎上綁腿）

かっけ 〔名〕〔醫〕腳氣病（缺乏乙種維他命引起）

あし 〔名〕腳、腿、腳步，步行、走，移動、來往、步伐、蹤跡、錢、黏性
　足の甲（腳背）
　足の裏（腳掌、腳心）
　足の土踏まず（腳心）
　足の指（腳趾頭）
　足の爪（腳指甲）
　足が大きくて、靴が入らない（腳大鞋穿不進去）
　足に肉刺が出来て、歩くと痛い（腳上長雞眼一走路就疼）
　鶏の足（雞腳）
　自分の足で歩く（用自己的腿走路）
　片足（一條腿、一隻腳）
　両足（兩條腿、兩隻腳）
　前足（前腿）
　後ろ足（後腿）
　足が強い（弱い）（腿腳硬棒〔軟弱〕）
　足が重い（腿沉、走不動）
　足が軽い（腿快、走得快）
　足が遅い（走得慢＝足が鈍る）
　足を伸ばす（伸開腿）
　足を組む（交叉著腿）
　足が速い（腳步快）
　足の遅い人（走路慢的人）
　駆け足（跑步）
　一足先に行く（先走一步）
　足が確りしている（腳步穩健）
　足が軽い（腳步輕快）
　足を速めて歩く（加緊腳步走）
　足を緩める（放慢腳步）

此の足では間に合うまい（這個走法怕來不及）

椅子（机）の足（脚）（椅子腿〔桌腳〕）

ストーブの足（脚）（爐腿）

山の足（山腳）

足の深い船（吃水深的船）

停電で電車が止まった為、多くの人の足が奪われた（因停電電車停了許多人都沒法走）

足の便が悪い（交通不方便）

足繁く通う（常來常往）

足が遠退く（不常來）

其の足で買物に回る（順便去買東西）

上海迄足を伸ばす（旅程達到上海）

御足が足りない（錢不夠）

船足が速い（船走得快）

日足が速い（時光過得快）

足の弱い（〔漆，年糕等〕不黏）

足の無い餅（沒有黏性的年糕）

足が上がる（失掉依靠、失群）

足が疎む（〔嚇得〕腿發軟）

足が付く（找到蹤跡〔線索〕）

足が出る（を出す）（出了虧空、露出馬腳）

足が鈍る（〔因為累了〕走得慢、懶得去）

足が速い（走得快、容易腐爛、暢銷）

足が棒に為る（腳累得要命、腿累酸了）

足が乱れる（步伐凌亂）

足が（の）向く（信步所之）

足に任せる（信步所之）

足の踏み場も無い（無立錐之地）

足を上げて待つ（翹足而待）

足を洗う（洗手不幹、改邪歸正）

足を入れる（走進、涉足）

足を限りに（盡腿腳之力所能及）

足を擂粉木に為る（把腿都跑細了、疲於奔命）

足を揃える（統一步調）

足を付ける（拉上關係、掛上鉤）

足を抜く（斷絕關係）

足を運ぶ（奔走、前往訪問）

足を引っ張る（扯後腿）

蘆、葦、葭、芦〔名〕蘆葦

人間は一茎の蘆に過ぎない然し其は考える蘆である（人只不過是一根蘆葦但是那是會思考的）蘆葦人間人間然し併し

蘆、葦、葭〔名〕蘆葦（＝蘆、葦、葭－因蘆與悪し同音、避而使用蘆-善し）

蘆の髄から天井を覗く（以管窺天、坐井觀天）覗く覘く除く

脚湯、足湯、脚湯〔名〕（用熱水）洗腳

脚湯を使う（用熱水洗腳、燙腳）

絞（ㄐㄧㄠˇ）

絞〔漢造〕勒死、用兩根繩相交拉緊（＝首を絞める、縊る、絞め殺す）

絞刑〔名〕絞刑（＝絞首刑）

絞刑に処する（處以絞刑）

絞罪〔名〕絞刑（＝絞首刑）

絞罪に処す（處以絞刑）

絞殺〔名、他サ〕勒死

検死の結果絞殺された者と分る（驗屍的結果判明是被勒死的）

絞め殺す〔他五〕勒死（＝縊る）

腰紐で絞め殺す（用腰帶勒死）

大蛇に絞め殺される（被大蛇纏死）

絞車〔名〕〔機〕絞車（＝車地）

絞首〔名〕絞首、絞刑、勒死

絞首刑に処せられる（被處以絞刑）

絞首台上の露と消える（被絞死）

絞盤〔名〕〔機〕絞盤、絞車、捲揚機（＝車地、絞車）

絞る、搾る〔他五〕擰，搾，擠、動腦筋，絞盡腦汁、剝削，勒緊、申斥、染出、縮小、集中

　手拭を絞る（擰手巾）
　油を絞る（搾油）
　絞る様な汗（大量出汗）
　牛乳を絞る（擠牛奶）
　良く絞ってから干す（擰淨後再曬）
　絞って水気を取る（擰乾）
　膿を絞り出す（把膿擠出來）
　腹が絞られる様に痛む（肚子絞著痛）
　観客の涙を絞る（引得觀眾流淚）
　涙で袖を絞る（淚下沾襟）
　声を絞って救いを求める（拼命呼救）
　頭を絞る（絞腦汁）
　脳味噌を絞る（絞盡腦汁）
　智恵を絞る（開動腦筋）
　呻き声を絞り出す（拼命發出呻吟聲）
　人民の膏血を絞る（搾取民脂民膏）
　税金を絞る（強征苛捐雜稅）
　其の女にすっかり絞られた（被那女子敲得光光的了）
　幕を絞る（拉開幕）
　袋の口を絞る（勒緊袋口）
　怠けている者を絞って遣った（責備了懶惰的人）
　先生に油を絞られた（被老師狠狠地申斥）
　長い事彼奴を絞った（整了他老半天）
　帯を鹿子に絞る（把衣帶染成白斑點花樣）
　レンズを絞る（縮小光圈）
　問題を其処に絞って話す（把問題集中到那一點上來談）

縛る〔他五〕縛，綑，綁，束縛，拘束，限制，逮捕，綁上

　薪を縛る（捆柴）
　鉛筆を一ダース宛縛る（把鉛筆綑成一打一把）
　此れ等の物は縛って一つに為ると持ち易い（這些東西綑在一起好拿）
　袋の口を紐でぎゅっと縛る（用繩子把口袋嘴緊緊地綁住）
　後ろ手に縛る（倒背手綁上）
　規則に縛られて動きが取れない（被規章束縛住不能動彈）
　私は勤務時間に縛られてはいない（我不受工作時間的限制）
　多くの婦人は家庭に縛られている（許多婦女被家庭纏住）
　泥棒を木に縛る（把小偷綁在樹上）

縛り、縛〔名〕束縛（物）。期限。（不許分批償還的）銀行的定期貸款

絞り、搾り〔名〕濕毛巾、雜色，斑點、染成白色花紋、光圈

　御絞りを出す（把客人拿濕毛巾）
　絞りの朝顔（帶斑點的牽牛花）
　絞り染めの浴衣（白色花紋的浴衣）
　うんと絞りを掛ける（盡量縮小光圈）
　絞りを大きくする（放大光圈）
　絞り五点六でシャッターを切る（用五點六的光圈按快門）

御絞り〔名〕濕毛巾、手巾把
　客へ御絞りを出す（遞給客人濕毛巾）

絞り上げる、搾り上げる〔他下一〕擰乾，搾淨、揭起，拉起、勒索，搾取、勉強發出，聲嘶力竭、斥責，嚴厲責備

　豆の油を絞り上げる（搾淨豆裡的油）
　徹底的に絞り上げる（徹底的搾取）
　呻き声を絞り上げる（勉強喊出叫苦聲）
　悪戯っ子を絞り上げる（斥責淘氣的孩子）

絞り粕、搾り粕〔名〕搾完油的渣滓

絞り込む、搾り込む〔他五〕擰入、搾入、擠入
　レモン汁をカクテルに絞り込む（把檸檬汁擰到雞尾酒裡去）

し

絞り染め〔名〕將布扎緊後染成白色花紋的一種染法
絞り出す、搾り出す〔他五〕擰出、擠出、搾出
 汁を絞り出す（搾出汁液）
 声を絞り出す（勉強發出高聲）
 海綿から水を絞り出す（從海綿中擠出水來）
絞り出し、搾り出し〔名〕擠出、（裝牙膏繪畫顏料等一擠即出的）筒或管
 絞り出し絵の具（管式繪畫顏料）
 絞り出し歯磨き（管式牙膏）
絞り綱〔名〕〔海〕捲帆索
 絞り綱で絞る（用捲帆索絞緊）
絞り吹き〔名〕〔冶〕熔析
絞り弁〔名〕〔機〕調節閥
絞り木綿〔名〕染成白色花紋的棉布
絞める、締める、閉める、搾める〔他下一〕繫結、勒緊、繫緊、關閉、合上、管束、擠搾、合計、勒死、嚴責、縮減、節約、（祝賀達成協議，上樑等時）拍手
 帯を締める（繫帶子）
 締め直す（重繫）
 縄を締める（勒緊繩子）
 ボルトで締める（用螺絲擰緊）
 財布の紐を締めて小遣を遣らない様に為る（勒緊錢包口袋不給零用錢）
 靴の紐を締める（繫緊鞋帶）
 三味線の糸を締める（繃緊三弦的弦）
 ベルトをきつく締める（束緊皮帶）
 褌を締める（束緊兜襠布、〔喻〕下定決心，認真對待）
 桶板は箍で締めて有る（桶板用箍緊箍著）
 戸を締める（閉める）（關上門）
 窓をきちんと締める（閉める）（關嚴窗戶）
 びしゃりと締める（閉める）（砰地關上）
 本を締める（閉める）（合上書）
 入ったら必ず戸を締め為さい（進來後一定要把門關上）
 店を締める（閉める）（關上商店的門、打烊、歇業）
 社員を締める（管束公司職員）
 此の子は怠けるからきつく締めて遣らねばならぬ（這孩子懶必須嚴加管束）
 油を締める（絞める）（搾める）（搾油）
 菜種を搾めて油を取る（搾菜子取油）
 酢で締める（絞める）（搾める）（〔烹〕使醋浸透）
 帳面を締める（結帳）
 勘定を締める（結算）
 締めて幾等だ（總共多少錢？）
 締めて五万円に為る（總共五萬日元）
 首を締める（絞める）（勒死）
 鶏を締める（絞める）（勒死雞）
 蛇は獲物に素早く巻き付いて絞めた（蛇敏捷地盤住擄獲物把它勒死）
 彼奴は生意気だから一度締めて遣ろう（那傢伙太傲慢要教訓他一頓）
 経費を締める（縮減經費）
 家計を締める（節約家庭開支）
 さあ、此処で御手を拝借して締めて頂きましょう（那麼，現在就請大家鼓掌吧！）
占める〔他下一〕佔據，佔有，佔領。（只用特殊形）表示得意
 上座を占める（佔上座）
 第一位を占める（佔第一位）
 勝ちを占める（取勝）
 絶対多数を占める（佔絕對多數）
 上位を占める（居上位、佔優勢）
 机が部屋の半分を占める（桌子佔了房間的一半）

女性が三分の一を占める（婦女佔三分之一）

敵の城を占める（佔領敵人城池）

大臣の椅子を占める（佔據大臣的椅子、取得部長的職位）

此れは占めたぞ（這可棒極了）

占め占め（好極了）

味を占める（得了甜頭）

湿る〔自五〕濕、濡濕

夜露で湿っている（因夜間露水濕了）

湿った海苔（潮濕的紫菜）

湿らないように為る（防潮）為る為る

毎日の雨続きで家の中が湿って気分が悪い（因為每天陰雨連綿室內潮濕不舒服）

剿（ㄐㄧㄠˇ）

剿〔漢造〕剿滅、滅絕

剿滅、掃滅〔名、他サ〕掃蕩、肅清

敵を剿滅する（掃蕩敵人）

剿滅作戦（〔軍〕掃蕩戰）

僥（ㄐㄧㄠˇ）

僥〔漢造〕僥倖-意外得到了利益或免除了災禍

僥倖〔名〕僥倖

僥倖に頼る（心存僥倖）

私は僥倖にも成功した（我很僥倖地取得成功）

其れは僥倖に過ぎない（那不過是僥倖）

全くの僥倖だ（完全是僥倖）

僥倖を願う（希圖僥倖）

餃（ㄐㄧㄠˇ）

餃〔漢造〕水餃-用麵粉和餡做成角形食品

餃子、餃子、餃子〔名〕餃子

蒸し餃子（蒸餃）

水餃子（水餃）

焼き餃子（鍋貼）

矯（ㄐㄧㄠˇ）

矯〔漢造〕改正、劇烈

奇矯（奇特、離奇古怪）

矯激〔名、形動〕過激、過火

矯激な思想（過激的思想）

矯激に過ぎる（過激、過火）

矯飾〔名〕矯飾、虛飾

矯正〔名、他サ〕矯正、糾正

吃音を矯正する（矯正口吃）

悪癖を矯正する（糾正惡習）

乱視を眼鏡で矯正する（用眼鏡矯正散光）

矯正院（矯正院-現稱少年院）

矯正保護（矯正保護處分）

矯風〔名〕矯正風習、移風易俗

婦女矯風会（基督教婦女禁酒會）

矯める、揉める〔他下一〕（寫作矯める為）（整形）矯直、（寫作揉める為）弄彎、矯正、瞄準、造作，做作，假裝

曲がった脊柱を矯める（把彎了的脊椎弄直）

弓を揉める（彎弓）

松の枝を揉める（把松枝弄彎）

悪癖を矯める（矯正壞毛病）

良く矯めて矢を射る（好好瞄準了射箭）

溜める〔他下一〕積蓄，儲存，收集，積攢、停滯

水を溜める（蓄水）貯める矯める

切手を溜める（收集郵票）

骨董を溜める（收藏骨董）

バケツに雨水を溜める（把雨水蓄積在鐵桶裡）雨水雨水

溜めた金（積攢的錢）

目に涙を溜める（眼眶裡含著眼淚）

ㄌ

別れる時彼女は目に一杯涙を溜めていた（離別時她眼淚盈眶）別れる 分れる

此処へ塵を溜めて置いては行けない（不要往這裡堆放垃圾）

勘定を溜める（欠下很多帳）

小遣を溜めて本を買う（存零錢買書）買う 飼う

大分仕事を溜めて終った（積壓了很多工作）

入院で大分仕事を溜めて終った（因住院積壓了很多工作）

仕事を溜めない様に（不要積壓工作）

家賃を溜める（積壓房租）

矯めつ眇めつ〔連語、副〕仔細端詳

矯めつ眇めつ眺める（仔細地端詳）

骨董屋の親爺が壺を手に取って矯めつ眇めつしている（古玩店的老闆把瓷罐拿在手裡仔細端端詳）

矯め直す〔他五〕弄直、矯正

松の枝振りを矯め直す（把松枝矯直）

叫（ㄐㄧㄠˋ）

叫〔漢造〕喊叫

絶叫（大聲喊叫、大聲疾呼）

叫喚〔名〕喊叫、叫號

阿鼻叫喚（悽慘的呻吟、痛苦的哀鳴－原義為因受不了阿鼻地獄的痛苦而發出的喊叫聲）

叫喚地獄（叫喚地獄－八熱地獄〔八大地獄〕之一－等活、黒縄、聚合、叫喚、大叫喚、焦熱、大焦熱、無間）

叫号〔名、自サ〕呼喊

叫ぶ〔自五〕喊叫、呼喊、呼籲（＝呼ぶ、喚ぶ）

大声で叫ぶ（大聲喊叫）

怒って叫ぶ（怒吼）

苦しんで叫ぶ（苦痛地叫喚）

嬉しさの余り叫ぶ（高興得喊叫）

悲しんで叫ぶ（悲痛地喊叫）

助けて呉れと叫ぶ（呼喊求救）

天も裂けよと叫ぶ（喊聲震天）

賛成と叫ぶ（呼喊同意）

自由民主万歳と高らかに叫ぶ（高呼自由民主萬歲）

革命的スローガンを叫んで散会した（高呼革命口號後散會）

侵略反対を叫ぶ（高呼反對侵略）

産児制限を叫ぶ（呼籲節制生育）

叫び〔名〕叫喊、喊叫聲、呼籲聲（＝叫び声）

人民の叫び（人民的呼聲）

賃上げの叫び（要求提高工資的呼聲）

侵略戦争反対の叫び（反對侵略戰爭的呼聲）

悲痛な叫びを上げた（發出了悲痛的喊叫聲）

呼ぶ、喚ぶ〔他五〕招呼、呼喚、呼喊（＝叫ぶ、叫來），喚來（＝呼び寄せる）、叫做，稱為（＝名付ける）

招待，邀請（＝招く）、招引，招致，引起（＝集める、引き付ける）

助けを呼ぶ（呼救）

幾等呼んでも聞こえない（怎麼呼喊也聽不見）

名前を呼ばれたので、振り返って見ると友達だった（有人呼喚我名字回頭一看原來是朋友）

先生は学生の名前を一人一人と呼んで出欠を取る（老師逐一點名檢查學生出席情況）

彼を呼んで来い（把他叫來！）

林さんを電話口を呼んで下さい（請叫林先生來聽電話）

急いで医者を呼びに行く（急忙去請醫師）

自動車を呼びましょうか（我給你叫輛汽車吧！）

東京は昔江戸と呼ばれていた（東京過去叫江戸）

我我は彼を叔父さんと呼ぶ（我們叫他叔叔）

其の様には呼ばないで呉れ（別那麼稱呼！）

誕生日に友達を呼ぶ（過生日那天招待朋友）

彼を家に呼んだら如何だろう（邀請他到家裡來如和？）

各国の代表を呼んで盛大な宴会を開く（邀請各國代表舉行盛大宴會）

波瀾を呼ぶ（引起風波）

此の小説は大変な人気を呼んでいるそうだ（聽說這小說很受讀者歡迎）

富士山は夏も冬も人を呼ぶ山だ（富士山無論冬夏都招引遊人）

彼の映画は評判が良く、大層御客を呼んでいる（那影片都認為不錯很叫座）

斯う言うは疑惑を呼ぶ事に為る（這些話會引起人們疑惑）

塩は湿気を呼ぶ（鹽容易受潮）

叫く、喚く 〔自、他五〕叫、喚、喊、嚷（=叫ぶ、騒ぐ）

今と為っては泣いても叫いても追い付かない（事到如今哭喊都來不及了）

何を喚いているのだ（你嚷嚷什麼？）

声を嗄らして叫く（聲嘶力竭地叫嚷）

教（ㄐㄧㄠˋ）

教 〔漢造〕教、教導、宗教

文教（文化和教育）

正教（正統的宗教、希臘正教、東正教）

邪教（邪教）

政教（政治和教育、政治和宗教）

西教（西方宗教、基督教）

聖教（聖人的教誨、基督教）

佛教（佛教）

天理教（天理教）

基督教（基督教）

天主教（天主教）

密教（密教-在日本分為東密〔真言宗〕、台密〔天台宗〕兩個流派）

祆教（拜火教）

顕教（顯教）

信教（信仰宗教）

神教（神教）

新教（新教=プロテスタント protestant）

旧教（舊教、天主教=カトリック catholic）

異教（異教）

布教（傳教）

司教（主教）

示教（賜教、指教）

指教（指教、指導）

胎教（胎教）

教案 〔名〕教學計劃

教案を書く（寫教案）

教案を立てる（作教學計劃）

教育 〔名、他サ〕教育

義務教育（義務教育）

教育を受ける（受教育）

教育を施す（行う）（進行教育）

教育制度（教育制度）

新しい世代を教育する（教育下一代）

教育の有る人（受過教育的人）

自分の名前も書けない程教育が無い（沒有教育連自己的名字都寫不上來）

教育に差別を付けない（教育沒有差別、有教無類）

教育大学（師範大學）

教育学（教育學）

教育学部（教育學系、師範學院）

教育者（教育家、教師）

きょういくてき
教育的（教育的、適合教育的、有教育意義的）

きょういくほう
教育法（教育法、教學法）

きょういくちょう
教育長（教育長、都道府縣的教育委員會事物局長）

きょういくかいかく
教育改革（教育改革、教改）

きょういくちょくご
教育勅語（教育詔書-明治二十三年頒布、昭和二十三年國會宣布失效）

きょういくけいしゅぎ　　　　　　　　　　おうほうしゅぎ
教育刑主義（教育刑主義）←→応報主義

きょういくか
教育家（教育家、教育工作者）

きょういくしんこうcentre
教育振興センター（教育發展中心）

きょういくていど
教育程度（教育程度）

きょういくひ
教育費（教育費）

きょういくかんじ
教育漢字（教育漢字-日本國語審議會從〝當用漢字表〞中選出義務教育期間必須掌握的八百八十一個漢字、現增加為九百五十六個漢字）

きょういくかてい　　　　　　　　　curriculum
教育課程（教育課程＝カリキュラム）

きょういくきかん
教育機関（教育機關）

きょういくきき
教育機器（教育機器）

きょういくかくめい
教育革命（教育革命）

きょういくさんぎょう
教育産業（教育產業）

きょういくせいど
教育制度（教育制度）

きょういん
教員〔名〕教員、教師

たいそう　　きょういん
体操の教員（體育教師）

しょうがっこう　きょういん
小学校の教員（小學教師）

きょういん　な
教員に為る（當教員）

きょういん　す
教員を為る（當教員）

きょういんようせいじょ
教員養成所（師資訓練班）

きょういんめんきょじょう
教員免許状（教師執照、教師合格證）

きょういんけんていしけん
教員検定試験（教師審定考試）

きょういん　せいと
教員と生徒（師生）

きょうか
教化〔名、他サ〕教化

きょうかかつどう
教化活動（教化活動）

きょうか、きょうけ
教化、教化〔名、他サ〕〔佛〕教化、感化

きょうか
教科〔名〕課程、教授科目

よねん　きょうかかてい　お
四年の教科課程を終える（學完四年的課程）

きょうかしょたい
教科書体（初級課本接近書寫體的活字體）

きそきょうか
基礎教科（基礎課程）

きょうかしょ
教科書（教科書、教材）

きょうかい
教会〔名〕〔宗〕教會、教堂

きょうかい　い
教会へ行く（到教堂去）

きょうかいおんがく
教会音楽（教會音樂）

きょうかいどう
教会堂（基督教堂）

きょうかいいん
教会員（教徒、教友）

きょうかい、きょうかい、きょうかい
教戒、教誡、教誨〔名、他サ〕教誨、訓戒

ざいにん　きょうかい
罪人を教戒する（教誨罪犯）

きょうかいし
教戒師（教誨囚犯者）

きょうがく
教学〔名〕教育和學術

きょうがく　しんこう
教学の振興（教育和學術的發展）

きょうかん
教官〔名〕（指國立大學或研究中心從事教育或研究工作的公職人員）教官、教師

たいいくきょうかん
体育教官（體育教官）

だいがく　きょうかん
大学の教官（大學教師）

きょうかんえつらんしつ
教官閲覧室（教師閱覽室）

きょうぎ
教義〔名〕〔宗〕教義、教理、教旨

キリストきょう　きょうぎ
基督教の教義（基督教的教義）

きょうく
教区〔名〕〔宗〕教區

きょうぐ
教具〔名〕教具、教學用具

きょうくん
教訓〔名、他サ〕教訓、規戒

きょうくん　あた
教訓を与える（給以教訓）

よ　きょうくん　え
良い教訓を得る（得到很好的教訓）

こ　　　ち　え　　　きょうくん
此れが血で得た教訓なのだ（這是血的教訓）

きょうくん　す　　ぜんじん　あやま
教訓と為可き前人の誤り（前車之鑑）

つら　たいけん　よ　きょうくん　な
辛い体験が良い教訓に為る（痛苦的體驗成為很好的教訓）

すうせいき　わた　　きょうこく　じゃっこく　あっぱく
数世紀に亙って、強国が弱国を圧迫し、
ぶじょく　　きょうくん　く　と
侮辱した教訓を汲み取らなければなら

ない（必須吸取許多世紀以來強國壓迫和凌辱弱國的教訓）

教外別伝〔名〕〔佛〕（禪宗的）教外別傳（不用經文而用以心傳心的直覺悟入禪機的修行法）

教権〔名〕教皇的權利、教會的權利、教師的權威、教育上的權利

教護〔名、他サ〕教育保護
　教護院（教護院、少年教養院）

教皇、教皇〔名〕〔宗〕教皇（=法王）
　ローマ教皇（羅馬教皇）

教唆〔名、他サ〕教唆、唆使
　犯罪を教唆する（教唆犯罪）
　人に教唆される（被人教唆）
　教唆罪（教唆罪）
　教唆犯（教唆犯）

教材〔名〕教材
　新聞を教材と為て使う（把報紙當教材用）
　教材製作グループ（教材編寫組）

教旨〔名〕〔宗〕教旨、教義

教師〔名〕教師，教員、老師。〔宗〕傳教士
　日本語の教師（日語教師）
　中学校の教師を為る（當中學老師）
　教師の威信を傷付ける（傷害老師威信）
　教師稼業（教師職務、教學工作）
　教師陣（教師隊伍）
　教師聖職論（教師聖職論－認為教師有培養下一代的神聖職責的一種見解）
　教師用参考書（教師用參考書）

教示〔名、他サ〕示教、示範、指教
　コンピューターの使い方を教示する（教給計算機用法）

教室〔名〕教室、（大學專科的）研究室
　教室で授業する（在教室上課）
　外国語は教室丈で学べない（外語光在教室裡學不了）
　教室での詰め込む（堂上灌）
　野外教室（露天教室）
　数学教室（數學研究室）

教主〔名〕〔宗〕教主。〔佛〕釋迦牟尼

教授〔名、他サ〕教授，教學、大學教授
　日本語を教授する（教授日文）
　英語の教授を為る（教授英文）
　先輩の教授を受ける（受教於前輩）
　教授法（教學法）
　名誉教授（名譽教授）
　助教授（副教授）
　教授陣（教授陣容）
　教授会（教授會）

教習〔名、他サ〕教習、訓練
　自動車教習所（汽車駕駛訓練所）
　教習時間（訓練時間）

教書〔名〕〔史〕（將軍、諸侯的）命令、（美國總統的）咨文、（羅馬教皇的）布告，訓示
　大統領の教書（總統的咨文）
　特別教書（特別咨文）

教条〔名〕〔宗〕教條
　教条的な枠（教條式的框框）
　マルクス主義は教条ではなく、行動の指針である（馬克思主義不是教條而是行動的指南）
　教条主義（教條主義）
　教条主義者（教條主義者）

教場〔名〕教學場所、教室
　教場の仕事（教室工作）
　分教場（分教室、分校）

教職〔名〕教師的職務、〔宗〕教導信徒的職務
　教職に就く（就教師職）
　教職に有る人（當教師的人）
　教職を志願する（志願當教師）
　教職課程（培養師資的重點課程）

教　職　追放（罷免教職措施-戰後日本政府根據盟軍總部1945年的命令實行）
教　職　員（教職員、教員和職員）
教女〔名〕〔宗〕教女
教父〔名〕（天主教的）神父、（初期基督教的）神學家、教父（領洗時的命名人＝名付け親）
教母〔名〕〔宗〕教母
教生〔名〕教學實習生
教祖〔名〕〔宗〕教祖、開山祖
教則〔名〕教學規則
教則本（〔樂〕基本教程）
教卓〔名〕教桌、講桌
　先生が教卓に就かれた（老師坐到講桌旁）
教団〔名〕宗教團體
教壇〔名〕講台
　教壇に立つ（登上講壇、當教師）
　教壇を追われる（被趕下講台、被解除教師職務）
教程〔名〕教學程序，教授方式、教科書
　日本語文法教程（日語語法教程）
教典〔名〕〔宗〕教典，經典、教育上的典章
　体育教典（體育教程）
教徒〔名〕〔宗〕教徒、信徒
　基督教の教徒（基督教徒）
教頭〔名〕（中小學、高中的）首席教師、教務主任
教導〔名、他サ〕教導
　教導員（教導員）
　教導団（教導團）
教派〔名〕〔宗〕教派、宗教的派別
　教派心（宗派主義）
教範〔名〕教學示範，教授範例、軍事教練教科書類
教鞭〔名〕教鞭
　教鞭を執る（執教鞭、當教師）
教法〔名〕〔宗〕（佛教）教義
教本〔名〕教科書、教育的根本
　ギター の教本（吉他教程）

教務〔名〕教務，教學規則、〔宗〕教務
　教務を扱う（辦理教務）
　教務主任（教務主任）
教門〔名〕〔佛〕教義、生死解脫之門、佛教
教諭〔名〕教諭（中小學，高中的正規教師）、訓諭，教誨
　養護教諭（保健教師）
教養〔名〕教養、修養、素養、文化素質、教育
　教養の有る人（有教養的人）
　教養に欠ける（缺乏教養）
　教養を身に付ける（修養）
　教養の有る新しい型の農民（有教養的新型農民）
　教養を高める（提高教養）
　教養が深い（教養深）
　教養科（文化課-包括政治、國語、歷史、地理、數學、物理、化學、音樂、美術、外語、體育）
　教養学部（大學文化學院）
　教養小説（培養品德的小說）
教理〔名〕宗教的教義
教令〔名〕〔宗〕（基督教的）教令，天命，天意、教化、命令
教練〔名、他サ〕教練、軍事訓練
　教練を受ける（受軍事訓練）
　土曜日には教練が有る（星期六有軍事訓練）
　教練教官（軍事訓練教官）
　執銃教練（拋槍軍事訓練）
教える〔他下一〕教授、教導、教訓、指點、告知、教誨、教育、教唆←→習う、学ぶ
　日本語を教える（教授日語）
　外国人の学生を教える（教授外國學生）
　教える事は学ぶ事だ（教學相長）
　弟に泳ぎ方を教える（教給弟弟游泳）

師匠が弟子を教える（師傅帶徒弟）
驕る者久しからずとは歴史の教える所だ（驕者必敗是歷史的教訓）
身を以て教える（以身作則、身教）
大いに教えられる所が有った（我得到很大的教訓）
嫌と言う程教えられているのだ（領會得過多了）
場所を教えて遣る（告訴人地點）
済みませんが、駅へ行く道を教えて下さい（勞駕請告訴我往車站去怎麼走）
私は間も無く教えられた家を見付けた（不一會我就找到了指點給我的房子）
犬に芸を教える（訓練狗耍玩意）
悪い事を教える（教唆作壞事）

教え、教〔名〕教育、教導、教訓、教誨、教義
　教えを仰ぐ（請指教）
　民間の獣医に教えを請う（向民間獸醫請教）
　先生の教えを守る（遵守老師的教導）
　其れは彼の取っては良い教えに為る（那對他是個很好的教訓）
　山田先生には中学で教えを受けた（我是在中學受教於山田先生的）
　キリストの教え（基督的教義）
　孔孟の教え（孔孟之道）

教え方〔名〕教法
　彼の先生は中中教え方が旨い（那老師很會教）

教え草〔名〕教材
　故事を教え草に為る（以典故為教材）

教え子〔名〕弟子、門生、學生
　此の人は私の教え子だ（他是我的學生）

教え込む〔他五〕諄諄教誨、灌輸、培植
　若い人に道徳観念を教え込まねばならない（必須對年輕人進行道德觀念的教育）

教え庭〔名〕校園、學校

教う〔他下二〕教授、教導、教訓、指點、告知、教誨、教育、教唆（＝教える）

教わる〔他五〕受教、學習（＝習う）
　誰に中国語を教わったのか（你是跟誰學的中國話？）
　ピアノを音楽先生に教わっている（正在跟音樂老師學鋼琴）
　彼の先生に教わった事が有る（曾受教於那位老師）

窖（ㄐㄧㄠˋ）

窖〔漢造〕地穴
窖、穴蔵〔名〕地窖
　窖に住む（住在地窖）
窖、土倉〔名〕地窖、土倉，土庫（＝土蔵）、（室町時代）當鋪

較、较（ㄐㄧㄠˋ）

較、较〔漢造〕兩數相減的餘數、兩事物相比（比較）、競爭（較量）
較差、较差〔名〕（好壞、最高最低、最大最小之間的）比差、變程（＝開き）
　寒暖計の昇降較差（寒暑表的升降變程）
較量〔名、他サ〕較量、比較
較べる、比べる、競べる〔他下一〕比較，對照、比賽，較量
　二人並んで背を較べる（兩人站在一起比身高）
　訳文を原文と較べる（把譯文和原文對照）
　A書とB書との特徴を較べる（比較A書和B書的特徵）
　平年に較べて不作だ（與常年相比收成不好）
　根気を較べる（比耐性、比毅力）
　技を較べる（比技能）
較べ、比べ、競べ〔接尾〕比較、比賽
　高さ較べ（比高矮）
　背比べ（比身高＝丈比べ）

ㄐ

力比べ（比力氣）

較べ物、比べ物、競べ物〔名〕可以相比的東西

較べ物に為らない（不能相提並論）

轎（ㄐ一ㄠˋ）

轎〔漢造〕轎子（用人抬的交通工具）

轎夫〔名〕轎夫（＝駕籠舁、駕籠屋、轎丁、轎番）

轎輿〔名〕轎子（＝駕籠）

駕籠〔名〕（古時二人抬的）肩輿、轎子

 駕籠を担ぐ（抬轎子）

 駕籠を舁く（抬轎子）

 駕籠に乗る（坐轎子）

 駕籠舁き（轎夫）

 駕籠屋（轎行、轎夫）

輿〔名〕轎子，肩輿、神輿（＝神輿、神輿、御輿）

 玉の輿（顯貴坐的錦轎、富貴的身分）

 玉の輿に乗る（女人因結婚而獲得高貴的地位）

 女は氏無くして玉の輿に乗る（出身貧寒的女子可因結婚而富貴）

 神輿、神輿、御輿（神轎，〔俗〕腰，屁股）

 神輿を担ぐ（抬神轎、給人戴高帽子）

 神輿を下ろす（坐下）

 神輿を据える（坐下不動、從容不迫）

糾（ㄐ一ㄡ）

糾〔漢造〕（同〝糾〞）糾正、糾舉

糺弾、糾弾〔名、他サ〕彈劾、抨擊、痛斥、譴責、聲討

 野党が政府を糾弾する（在野黨彈劾政府）

 侵略者の横暴な行為を厳しく糾弾する（憤怒聲討侵略者的暴行）

 糾弾会（聲討會）

糺明、糾明〔名、他サ〕究明、查明（罪狀等）

 殺人の動機を糾明する（查明殺人的動機）

糺問、糾問〔名、他サ〕追究、盤詰

 罪状を糾問する（追究罪狀）

糺す、糾す〔他五〕追究、盤查、查明（＝取り調べる）

 元を糺せば（究其根源…）

 罪を糾す（追究罪責）

 身元を糾す（調查身分）

 政策の欠陥を糾す（調查政策的缺陷）

 真偽を糾す（查明真假）

 実否を糾す（調查是否屬實）

正す〔他五〕改正，訂正、正，端正、糾正、矯正、辨別，明辨

 次の文中の誤りを正せ（改正下面文中的錯誤）

 硯を正す（擺正硯台）

 行いを正す（端正行為）

 姿勢を正す（端正姿勢）

 服装を正して出席する（整理一下服裝出席）

 襟を正す（正襟危坐）

 誤りを正す（糾正錯誤）

 他人の非を正すのは易しいが、自分の非を正すのは難しい（糾正他人之過易糾正自己之過難）

 大義名分を正す（明辨正當名份）

 物事の是非を正す（辨別事物的是非）

質す〔他五〕詢問（＝質問する、訪ねる）

 問題点を質す（詢問問題之點）

 専門家に質す（詢問專家）

 テストの出題を先生にもう一度質す（再一次向老師詢問出題範圍）

糾（ㄐ一ㄡ）

糾〔漢造〕聚集（糾合）、糾紛（紛糾）、追查（糾察，糾彈）

 紛糾（紛糾，糾紛、紛亂，混亂）

糾合、鳩合〔名、他サ〕糾合、鳩合、集合
　同志を糾合する（集合同志）
糾罪〔名、他サ〕追究調查罪行
糾察〔名、他サ〕糾察（=吟味）
糾弾、糺弾〔名、他サ〕彈劾、抨擊、痛斥、譴責、聲討
　野党が政府を糾弾する（在野黨彈劾政府）
　侵略者の橫暴な行為を厳しく糾弾する（憤怒聲討侵略者的暴行）
　糾弾会（聲討會）
糾明、糺明〔名、他サ〕究明、查明（罪狀等）
　殺人の動機を糾明する（查明殺人的動機）
糾問、糺問〔名、他サ〕追究、盤詰
　罪狀を糾問する（追究罪狀）
糾う〔他五〕捻、搓（=絢う、交え合わせる）
　禍福は糾える縄の如し（因禍得福譬若糾纏、禍裡有福福裡有禍）
　吉凶は糾える縄の如し（因禍得福譬若糾纏、禍裡有福福裡有禍）
糾す、糺す〔他五〕追究、盤查、查明（=取り調べる）
　元を糾せば（究其根源…）
　罪を糾す（追究罪責）
　身元を糾す（調查身分）
　政策の欠陥を糾す（調查政策的缺陷）
　真偽を糾す（查明真假）
　実否を糾す（調查是否屬實）
正す〔他五〕改正，訂正、正，端正、糾正，矯正、辨別，明辨
　次の文中の誤りを正せ（改正下面文中的錯誤）
　硯を正す（擺正硯台）
　行いを正す（端正行為）
　姿勢を正す（端正姿勢）
　服装を正して出席する（整理一下服裝出席）

　襟を正す（正襟危坐）
　誤りを正す（糾正錯誤）
　他人の非を正すのは易しいが、自分の非を正すのは難しい（糾正他人之過易糾正自己之過難）
　大義名分を正す（明辨正當名份）
　物事の是非を正す（辨別事物的是非）
質す〔他五〕詢問（=質問する、訪ねる）
　問題点を質す（詢問問題之點）
　専門家に質す（詢問專家）
　テストの出題を先生にもう一度質す（再一次向老師詢問出題範圍）

啾（ㄐㄧㄡ）

啾〔漢造〕聲多而雜、細碎的聲音、蟲聲（=啜り泣く）
啾啾〔名、形動タルト〕（鳥蟲等的啼聲）啾啾、歔歔聲
　鬼哭啾啾（鬼哭啾啾）

鳩（ㄐㄧㄡ）

鳩〔漢造〕鴿子（=鳩）、糾合（鳩合、糾合）
鳩合、糾合〔名、他サ〕糾合、鳩合、集合
　同志を糾合する（集合同志）
鳩舍〔名〕鴿舍
鳩首〔名、自サ〕糾合、鳩合、糾集、集合
　鳩首協議する（集聚一起進行商議）
　鳩首して密議を凝らす（集合起來秘密計議）凝らす懲らす
鳩信〔名〕飛鴿傳書、利用鴿子傳遞的通信
鳩尾〔名〕〔解〕胸口、心窩、劍突下（=鳩尾、鳩尾）
鳩尾、鳩尾〔名〕心窩、心窩裡、心坎裡
　鳩尾を打たれて息が出来無く為る（心窩裡被打得喘不過氣來）打つ擊つ討つ
鳩、鴿〔名〕〔動〕鴿子
　家鳩（家鴿）
　伝書鳩（信鴿）

ㄏ

平和の鳩（和平鴿）
鳩は平和の象徴だ（鴿子是和平的象徵）
鳩派〔政〕鴿派、溫和派 ←→ 鷹派
鳩は三枝の礼有り（鳩有下三枝之禮－小鴿常在老鴿下面的樹枝上棲息、〔喻〕尊敬父母）
鳩の豆鉄砲（〔事出意外〕驚慌失措）

波止、波戸〔名〕碼頭（=波止場）

波止場〔名〕碼頭
船が波止場に着く（船靠碼頭）舟
波止場の荷役人夫（碼頭裝卸工）
波止場渡し（〔商〕碼頭交貨）
波止場使用料（〔商〕碼頭費）

鳩座〔名〕〔天〕天鴿（星）座

鳩杖、鳩杖〔名〕鴿頭杖（舊時日皇與元老的拐杖）（=鳩の杖）

鳩時計〔名〕鴿子報時鐘（音樂鐘）

鳩派〔名〕（政）鴿派、主和派、溫和派 ←→ 鷹派

鳩羽色〔名〕藍灰色

鳩羽鼠〔名〕紫葳色

鳩笛〔名〕鴿笛（獵人用，發出鴿子叫聲的笛子）、鴿形笛（陶瓷玩具，會發出鴿叫聲）

鳩麦〔名〕〔植〕薏苡（果仁叫薏米）

鳩胸〔名〕〔醫〕雞胸

鳩目〔名〕（鞋、紙夾等穿帶子用的）金屬扣眼、孔眼

九、九（ㄐㄧㄡˇ）

九〔名、漢造〕九（=九つ）、很多、極
三拝九拝（三拜九叩、再三敬禮）

九夷〔名〕〔史〕九夷（往昔漢族對東方未開化的九國的卑稱）

九角形、九角形〔名〕〔數〕九角形、九邊形（=九辺形）

九辺形〔名〕九邊形、九角形（=九角形、九角形）

九官鳥〔名〕〔動〕八哥、九官鳥

九竅〔名〕九穴（兩眼、兩耳、二鼻孔、口、陰部、肛門）（=九穴、九孔）

九牛の一毛〔連語〕九牛一毛
其等の書籍中一読の価値有る物は極僅かで、九牛の一毛に過ないと言え然うだ（那些書裡值得一讀的寥寥無幾可說是九牛一毛）言う云う謂う

九卿〔名〕〔古〕公卿（=公家、公卿）

九死〔名〕九死
九死に一生を得る（九死一生、死裡逃生）得る得る売る
幸い助かりは為たが正に九死に一生と言う処だった（幸而得救了但簡直是虎口餘生）
九死一生（九死一生、死裡逃生）正に将に当に雅に

九紫〔名〕九紫（陰陽道的九星之一、火星、方位居南）

九州〔名〕〔地〕九州

九仞〔名〕九仞（一仞等於八尺）
九仞の功を一簣に欠く（為山九仞功虧一簣-書經）欠く書く描く搔く

九進法〔名〕〔數〕九進法

九星〔名〕（陰陽道所謂的）九曜星（一白、二黑、三碧、四綠、五黃、六白、七赤、八白、九紫）（=九曜）
九星術（〔陰陽家判斷吉凶的〕九星術）

九折〔名〕羊腸小道、曲折的山路（=九十九折、葛折）

九泉〔名〕九泉、黃泉（=黃泉路）

九族〔名〕九族
九族に至る迄（直到九族）至る到る

九大〔名〕構成宇宙的九個要素（風、雲、雷、海、火、日、天、地、空）

九五〔名〕天子之位（九五之尊）、最高位

九地〔名〕地底

九柱戯〔名〕九柱戲

九鼎大呂〔名〕〔喻〕高貴的地位（聲譽）

九天、九天〔名〕九天，九霄（鈞天-中央、蒼天-東方、昊天-西方、炎天-南方、玄天-北方、變天-東北方、幽天-西北方、朱天-西南方、陽天-東南方）、天上，太空。〔轉〕九重，宮中。

〔佛〕九天體（日天、月天、水星天、金星天、火星天、木星天、土星天、恆星天、宗動天）

九天九地（從天頂到地底、全宇宙）

九天に奏す（奏稟宮中）奏す相す草す走す

九点円〔名〕〔數〕九點圓

九拜〔名、自他サ〕九拜，九叩，（書信結尾語）頓首，戴拜

三拜九拜（三拜九叩、再三敬禮）

九面体〔名〕〔數〕九面體

九流〔名〕九條水流、中國戰國時的九種學派（儒家、道家、陰陽家、縱橫家、法家、名家、墨家、農家、雜家）。〔轉〕多方面的學問

九〔名〕九、九個（=九、九つ）

九分九厘（十有八九）

九蓋草〔名〕〔植〕草本威靈仙屬

九月〔名〕九月

九月の節句（九月九日的節日、重陽節）

九九〔名〕九九（八十一）、九九乘法表（=九九表）、珠算除法的九九（由二一添作五開始、九進的一十終止的九歸句法）（=九歸法九歸法）

九九を唱える（念九九乘法）唱える称える

九九を習う（學習九九乘法）

九九の表（九九乘法表）

九献〔名〕結婚時的交杯換盞儀式（新郎新娘各用三只一組的酒杯飲酒三次、共九次）（=三三九度）、（女）酒的古名

九字〔名〕九字真言（一種來自道教的護身咒）

九字を切る（掐訣念護身咒）切る伐る斬る着る

九尺二間〔名〕陋室、斗室、又窄又簡陋的房子

九尺二間の裏長屋（陋巷大雜院的小屋）

九十〔名〕九十

九十台の人（九十多歲的人）

九十、九十路〔名〕〔雅〕九十、九十歲

九寸五分〔名〕〔俗〕（因刀長九寸五分故名）短刀、七首（=七首、合口）

九寸五分を懷に呑む（把凶器藏在懷中）飲む呑む

九谷燒〔名〕九谷瓷（日本有名的彩繪瓷器、產於石川縣九谷地區）

九度音程〔名〕〔樂〕九度音程

九年〔名〕九年

九年毎に起こる（每九年發生一次）起る熾る怒る怒る

九年母、九年母〔名〕〔植〕柑、香橘

九年面壁〔名〕（禪宗始祖）達摩於嵩山少林寺面壁九年終日坐禪的故事。〔喻〕很有毅力（=面壁九年）

九分〔名〕九成，十分之九，大致，基本上

成功は九分通り間違いない（成功大致沒問題）

九分九厘（九成九、基本上）

九分九厘迄出来上がった（幾乎全都完成了）**大丈夫、大丈夫**（男子漢、大丈夫、好漢=丈夫、益荒男）

成功は九分九厘大丈夫だ（成功大致沒有問題）**大丈夫**（牢固，可靠，安全，放心，不要緊）

九分十分（大同小異、相差極小、差距極微）

人の目は九分十分（眾人所見略同、每個人觀察事物的結果相差無幾）

九分通り（九成、幾乎、基本、沒錯）

仕事は九分通り成功するだろう（工作十之八九會成功）

九品〔名〕〔佛〕九品

九品浄土（九品淨土）

九曜〔名〕九曜星（日、月、水、火、木、金、土、羅喉、計都）（=九曜星）、九曜紋（家徽之一）（=九曜紋）

九輪〔名〕〔佛〕（寶塔尖上金屬裝飾部分上的）九個環、九輪（位於"請花"之上、"水煙"之下）

九輪草〔名〕〔植〕七重草

九十九〔名〕〔雅〕九十九、老婦的白髮（=九十九髮）

九十九髮、江浦草髮〔名〕〔雅〕老婦的白髮

九十九草、江浦草〔名〕〔植〕日本白頭翁（=翁草）

ㄐ

ㄐ

九十九折、葛折〔名〕羊腸小道、曲折的山路、（馬術）要彎就彎（馬邁步時不加控制）
　九十九折の山道を登る（爬上羊腸山路）
　山道山道登る上る昇る

九〔名〕（用在數數時）九（＝九つ）
　一、二、三、四、五、六、七、八、九（一二三四五六七八九）
　一、二、三、四、五、六、七、八（一二三四五六七八）
　五、六、七（五六七）
　五、六、七、八（五六七八）

九〔名〕（特用於一、二、三、…的數數時）九（＝九つ）

九つ〔名〕九個、九歲、（古代的時刻）正午十二點，午夜零點
　九つ下さい（給我九個）
　柿が九つ有る（有九個柿子）有る在る或る
　もう九つに為ります（已經九歲了）為る成る鳴る生る

九重、九重〔名〕九重，九層。〔雅〕宮中，大內、宮城，帝都

九日、九日〔名〕九日，九號，九天
　来月の九日（下月九日）
　九日に月給が出る（九號發工資）
　九日目（第九天）
　九日経てば出来上がる（過九天就能完成）経つ立つ建つ絶つ発つ断つ裁つ截つ

久、久（ㄐㄧㄡˇ）

久〔漢造〕長久
　永久（永久、永遠）
　永久、常（永久、永遠、長久）（＝永久，永久，長しえ，常しえ，永久なえ）
　永久、長しえ、常しえ（永遠、永久）（＝永久なえ）
　持久（持久）
　耐久（耐久、持久、持續）

　恒久（恆久、永久、持久）
　悠久（悠久）

久闊〔名〕久違
　久闊を叙する（暢敘離衷）叙する序する除する恕する
　久闊の友に訪われた喜悦（久別的朋友來訪的喜悦）訪れる訪ねる尋ねる訊ねる訪う訪う

久離、旧離〔名〕（江戶時代）斷絕父子（親屬）關係
　久離を切る（斷絕父子〔親屬〕關係）切る着る斬る伐る

久〔漢造〕長久（＝久しい）

久遠〔名〕永遠、永久

久修〔名〕經長年歲月佛道修行

久住〔名〕久居、長住、落戶

久留米絣〔名〕久留米碎白花布（福岡縣久留米地區手工織染的藏青地碎白花紋棉布）

久〔形動〕長時間

久しい〔形〕好久、許久
　久しく待つ（久等）待つ俟つ
　久しい間御無沙汰致しまして申し訳御座いません（久疏問候真對不起）
　姉とは久しく会っていない（好久沒見到姐姐了）会う合う逢う遇う遭う
　御久しい（久違久違）

久方の〔枕詞〕（語義未詳）下接天、空、月、雨、雲、星、光、夜、都、鏡等

久方振り〔名〕（隔了）許久、好久（＝久し振り）

久し振り〔名、形動〕（隔了）許久、好久
　やあ、久し振りですね（啊呀！久違久違）
　久し振りに映画を見る（好久沒看電影了）見る視る診る看る観る
　久し振りの好天気（好久都沒有的好天氣）
　久し振りで雨が降った（隔了好久才下了雨）降る振る振う奮う篩う揮う震う
　こんなに面白かったのは久し振りだ（好久都沒有這麼開心了）

父から久し振りに手紙が来た（好久才收到父親的來信）

久木、楸〔名〕〔植〕楸（=木豇豆）

久久〔名、副〕（隔了）許久、好久

久久の対面（久違後的見面）

久久で（に）親に会う（隔了好久才看見父母）

久久の御里帰り（久未回郷）

灸（ㄐㄧㄡˇ）

灸〔名〕灸、灸術

灸を据える（灸，灸治，施灸術、〔轉〕懲處，責罵,教訓一番）据える饐える吸える

針灸、鍼灸（針灸）

灸穴〔名〕〔醫〕灸穴、灸的穴位

灸治〔名〕〔醫〕灸治、灸術治療

灸点〔名〕灸穴、灸治

灸点師（針灸師）

灸〔名〕（焼処的轉化）灸（=灸）

艾で灸を据える（用艾灸）

酒（ㄐㄧㄡˇ）

酒〔漢造〕酒

大酒（大酒量〔的人〕、大量喝酒）

大酒（多量的酒、酒鬼,喝大酒〔的人〕，酗酒〔的人〕=大酒飲み）

飲酒（飲酒）

斗酒（斗酒）

冷酒（冷酒,涼酒=冷飲、冷飲的酒=冷用酒）

美酒（美酒）

洋酒（西洋酒）←→日本酒

銘酒、名酒（名酒、名牌酒、名貴的酒）

節酒（節酒）

葡萄酒（葡萄酒）

御酒（〔女〕酒=御酒）

御酒、神酒（〔俗〕酒=酒、神酒，敬神的酒=御神酒）

梅酒（青梅酒）

酒宴〔名〕酒宴（=酒盛り）

酒宴を催す（設宴）

夜通し酒宴を張る（徹夜飲酒作樂）張る貼る

酒黄色〔名〕酒黄色、澄黄色

酒家〔名〕酒豪、酒店，酒館

酒家と為て有名である（是個知名的酒豪）

酒害〔名〕酒的危害、酒内酒精的危害

酒客〔名〕酒徒、嗜酒者

酒間〔名〕酒間、酒席宴間

酒間の斡旋を為る（在酒席宴間周旋）摺る擦る掏る磨る揺る刷る摩る為る為る

酒間、話術を振る（酒間談吐風生）振う震う揮う篩う奮う

酒器〔名〕酒器（酒壺、酒杯等）

酒旗、酒旗〔名〕酒館看板上立的旗子、酒店（=酒屋）

酒気〔名〕酒氣、酒味、醉意

酒気を帯びる（帶酒氣、有醉意）

酒気を醒ます（醒酒）醒ます覚ます冷ます

酒気検査器（〔對司機的〕酒味檢査器）

酒気〔名〕酒的氣味、酒的香味（=酒気）

酒狂〔名〕酒狂

酒狂い，酒狂、酒気違い，酒気違〔名〕酒鬼，沉溺於酒（的人）、酒狂，發酒瘋，發酒瘋的人

酒興〔名〕酒興、醉意

笑い話を為て酒興を添える（說笑話助酒興）添える副える沿える醒める覚める褪める冷める

其の為に折角の酒興が醒めて終った（這麼一來本來陶然的氣氛竟冷清了下來）終う仕舞う

一寸した酒興にも思って申し上げます（說幾句話給大家助助酒興）一寸一寸

ㄐ

ㄐ

酒興に乗じて無礼を働く（乘著酒興胡鬧）

酒肴〔名〕酒餚
酒肴の用意を為る（準備酒餚）摺る擦る掏る磨る擂る刷る摩る為る為る
酒肴で持て成す（用酒餚款待）

酒肴料（酒錢）

酒肴〔名〕酒菜、酒和酒菜

酒豪〔名〕酒豪、海量、酒包（=大酒飲み）
彼は酒豪の名が高い（他以海量而出名）
会社一番の酒豪（公司裡最能喝酒的人）

酒卮〔名〕酒杯（=酒杯、杯）

酒肆〔名〕酒店（=酒店）

酒觴〔名〕酒杯（=酒杯、杯）

酒色〔名〕酒色
酒色に耽る（沉湎於酒色）吹ける拭ける噴ける葺ける更ける老ける深ける

酒食〔名〕酒食、酒飯
酒食を供する（饗以酒食）供する狂する叫する饗する
酒食の持て成しを受ける（受到酒飯的招待）

酒食らい〔名〕〔罵〕酒鬼、酒徒（=酒飲み、飲兵衛）

酒精〔名〕酒精（=アルコール）
酒精分の多い飲物（酒精成份多的飲料）蓋い蔽い覆い被い多い

酒税〔名〕酒税
高率の酒税（高税率的酒税）
酒税法（酒税法）

酒石〔名〕〔化〕酒石
酒石で処理する（用酒石處理）

酒石酸〔名〕〔化〕酒石酸
酒石酸塩（酒石酸鹽）
酒石酸カリウム、ナトリウム（酒石酸鉀鈉）kalium natrium
酒石酸水素カリウム（酒石酸氫鈉）kalium

酒席〔名〕酒席、宴席

酒席を設ける（設酒席）設ける儲ける
歌で酒席を賑わす（唱歌為酒席助興）
酒席に侍る（侍宴）侍

酒仙〔名〕（羅神）酒神（=バッカス Bacchus）、酒仙，善飲者，愛酒的人
彼の様な愛酒家を酒仙と言う（像他那樣愛喝酒的叫做酒豪）言う謂う云う

酒戦〔名〕比賽喝酒（=酒合戦）

酒饌〔名〕酒菜、酒餚（=酒肴）

酒造〔名〕造酒、醸酒

酒池肉林〔名〕酒池肉林、奢侈的酒宴
酒池肉林に耽る（沉湎於奢侈的酒宴）吹ける拭ける噴ける葺ける更ける老ける深ける
酒池肉林奢りを極める（酒池肉林窮奢極慾）奢り驕り極める窮める究める

酒徒〔名〕酒徒

酒盗〔名〕鹹酒菜（醃鹹的魚肉菜等）（=塩辛）

酒毒〔名〕酒精中毒（=アルコール中毒）alcohol

酒肉〔名〕酒肉
酒肉を取り揃えて酒宴を為る（備齊酒肉舉行宴會）摺る擦る掏る磨る擂る刷る摩る為る為る

酒杯、酒盃〔名〕酒杯
酒杯を傾ける（喝酒）

酒癖、酒癖、酒癖、酒癖〔名〕酒癖、酒後的毛病
彼の人は悪い酒癖の持主（他酒品差）
酒癖の悪い人（酒後愛鬧的人、發酒瘋）
彼は酒癖が悪い（他愛發酒瘋）
彼は酔うと悪い酒癖を出す（他一醉就發酒瘋）

酒母〔名〕酒母、麴（=酒母菌）

酒保〔名〕〔軍〕（兵營或軍艦上的）販賣部
酒保で煙草を買う（在販賣部買香菸）

酒舗、酒鋪〔名〕酒鋪（=酒屋）

酒坊、酒房〔名〕賣酒的商店（=酒屋）

酒米〔名〕釀酒的米←→飯米

酒乱〔名〕酒後狂暴（的人）
 彼の男は酒乱だ（那個人酒後發酒瘋）
 酒乱の夫に泣く（對酒後發酒瘋的丈夫沒辦法應付）泣く鳴く啼く無く

酒量〔名〕酒量
 酒量が少ない（酒量小）
 私の酒量は大した物じゃない（我的酒量有限）
 君は大分酒量が上がったね（你酒量長了不少啊！）大分大分上がる挙がる揚がる騰がる

酒類〔名〕酒類、酒的種類
 酒類を販売する（賣酒）
 酒類販売の統制（對出售酒類的統一管理）

酒楼〔名〕酒樓、酒家
 酒楼の客と為る（登酒樓）為る成る鳴る生る

酒（語素）酒

酒甕〔名〕酒甕、酒缸、酒罈子

酒倉，酒蔵〔名〕酒窖，酒庫，（賣出廠酒的）酒館，酒店

酒塩〔名〕（做菜時）加日本酒調味、調味用的日本酒
 酒塩を加えて煮る（加酒燉）加える銜える咥える煮る似る
 酒塩を為る（加酒調味）摺る擦る掏る磨る擂る刷る摩る為る為る

酒代〔名〕喝酒花的錢，喝酒的費用（=酒手）、酒錢，小費（=心付、チップ）
 毎月の酒代は馬鹿に為らない額に上る（每月的酒錢相當可觀）上る登る昇る
 酒代を遣る（給小費）
 酒代を弾む（一高興給很多酒錢）
 酒代を強請る（討酒錢、要小費）

酒手〔名〕〔俗〕喝酒的錢（=酒代）、酒錢，小費（=チップ）
 酒手が出来た（有喝酒的錢了）
 酒手を遣る（給小費）
 酒手を強請る（要酒錢）
 酒手を弾む（多給小費）

酒樽〔名〕酒桶、盛酒的木桶

酒壺〔名〕酒壺

酒面雁〔名〕酒頬雁〔名〕

酒杜氏，酒刀自〔名〕釀酒的人、造酒的人（=杜氏-中國古代名釀酒人杜康）

酒場〔名〕酒館、酒吧、酒家（=バー）
 大衆酒場（大眾酒館、小酒館）
 安酒場（經濟小酒館）
 酒場のバーテン（酒吧間的男招待員）
 酒場の常連（酒館的常客）
 酒場を経営する（開酒館）

酒太り，酒肥り，酒太り，酒肥り〔名〕因喝酒而身體發胖

酒槽〔名〕（貯酒或澄酒用的）酒槽、（過濾酒用的）榨酒箱

酒祝い，酒寿い〔名〕酒宴慶祝

酒店、酒店〔名〕酒店、酒館（=酒屋）

酒室〔名〕釀酒用的建築物（=酒殿）

酒虫〔名〕〔俗〕喝酒的慾望
 酒虫が起こる（犯酒癮）起る興る熾る怒る

酒盛り〔名〕酒宴、宴飲、歡宴
 酒盛りを為る（擺酒宴）摺る擦る掏る磨る擂る刷る摩る為る為る
 極内輪の酒盛り（非常小規模的宴飲）
 酒盛りで夜を明かす（徹夜宴飲）

酒屋〔名〕酒店，酒館，賣酒的。〔古〕酒坊，釀酒廠
 酒屋へ三里豆腐屋へ二里（〔喻〕偏僻不便的地方）
 酒屋へ三里豆腐屋へ二里と言った様な所さ（幾里內沒有人家的偏僻地方）

酒焼け〔名、自サ〕（因常喝酒而形成的）酒紅臉、（胸部）燒得發紅
 開けた胸の辺りは酒焼けして真赤に為っている（敞開的胸部因喝酒燒得通紅一片）

酒〔名〕酒（的總稱），清酒，日本酒、喝酒，飲酒

強い酒（烈酒）

濃くの有る酒（味濃的酒、醇酒）有る在る或る

酒を飲む（喝酒、飲酒）飲む呑む

酒を注ぐ（斟酒）注ぐ継ぐ次ぐ接ぐ告ぐ注ぐ雪ぐ濯ぐ灌ぐ

酒を止める（戒酒、忌酒）止める已める辞める病める

酒を断つ（戒酒、忌酒）立つ断つ截つ経つ建つ絶つ発つ裁つ

酒を控える（節酒）

一滴も酒を飲まない（滴酒不沾）一滴 一滴 飲む呑む

酒を一杯引っ掛ける（喝上一杯酒）

酒を嗜む様に為る（喜歡起酒來、養成喝酒的習慣）為る成る鳴る生る

此の酒はきつい（這個酒勁力大）

酒の燗を為る（燙酒）摺る擦る掏る磨る擂る刷る摩る為る為る

酒を温める（燙酒）温める暖める

酒を飲んで暴れる（發酒瘋、喝了酒胡鬧）

宴会に酒は出なかった（宴會上沒有備酒）

今日は少少酒が入っている（今天稍微喝了幾杯）

酒が入ると、別人の様に為る（三杯下肚魂不附體）入る入る

私は酒は嗜みません（我不會喝酒）

酒が回るに連れてべらべら喋り出した（隨著酒勁一起上來喋喋不休起來）

酒に酔って管を巻く（喝醉了酒唠唠叨叨地說醉話）巻く撒く蒔く捲く播く

酒に溺れて理性を失うのは良くない（沉溺於酒以致喪失理性不好）

酒の力を借りて悩みを紛らわす（戒酒澆愁）

彼の人は酒が強い（他能喝酒、他酒量大）

彼の人は酒が弱い（他不能喝酒、他酒量小）

彼の人の酒は良い（他酒後不胡鬧）良い好い善い佳い良い好い善い佳い

相談は此位に為て、此から酒に為よう（事情就商量道這裡現在開始喝酒吧！）

心配事を酒で紛らす（戒酒澆愁）

酒が酒を飲む（越喝越能喝、越醉越能喝）

酒極まって乱と為る（酒醉則亂）

酒と朝寝は貧乏の近道（好酒貪眠貧窮之源）

酒に呑まれる（被酒灌糊塗）

酒を飲むのは結構だが、酒に呑まれては行けません（喝點酒是可以的但不要被酒灌糊塗了）

酒に別腸有り（酒有別腸-喻酒量大小與身材無關-五代史）

酒の上（酒後、醉後）

酒の上で為た事（酒後做的事情）

酒の上の喧嘩（酒後吵架）

酒の上の付け元気（酒後的逞強）

酒の上の事だと言っても、許せない（雖然是酒後做的也不能原諒）

酒の酔い、本性違わす（酒醉心不醉）

酒は憂いの玉箒（一醉解千愁）

酒は気違い水（酒是迷魂湯）

酒は気の合った物と汲む可し（酒逢知己千杯少）

酒は三献に限る（酒以三杯為限-喻應適可而止）

酒は諸悪の基（酒是萬惡之源）

酒は飲むとも飲まれるな（酒可喝不可溺）

酒は百薬の長（酒為百藥之長-漢書）

酒は本心を表す（酒醉吐真言）表す現す著す顕す

酒盛って尻切らる（喻恩將仇報）

鮭〔名〕〔動〕鮭魚（＝鮭、秋味）

若鮭（幼鮭）

塩鮭（鹹鮭魚）

鮭のムニエル meuniere（法國式黃油炸鮭魚）

鮭のフライ fry（炸鮭魚）

鮭缶（鮭魚罐頭）

鮭鱒漁業（捕鮭魚和鱒魚的漁業）

酒粕、酒糟〔名〕酒糟

酒粕で漬物を作る（用酒糟醃鹹菜）作る造る創る

酒臭い〔形〕帶酒氣、有酒氣味

酒臭い息（帶有酒味的氣息）

ぷんぷん酒臭い（酒氣薰人）

彼は何時も酒臭い（他經常帶酒氣味）

酒好き〔名〕愛喝酒、喜歡喝酒、好酒貪杯（的人）（=酒呑み、酒飲み）

酒好きの人（愛喝酒的人）

中年から酒好きに為った（中年以後愛喝起酒來）

酒呑み、酒飲み〔名〕酒徒、酒鬼、愛喝酒、愛酒貪杯（的人）

酒飲みは彼の悪い癖だ（愛喝酒是他的壞習慣）

彼は屹度酒飲みだ（他一定是個酒鬼）

酒飲み友達（酒友、酒肉朋友）

酒飲み仲間（酒友、酒肉朋友）

酒飲みは半人足（酒鬼只抵半人用）

酒飲み本性違わず（酒不亂性、醉人不醉心）

酒浸り〔名〕沉溺於酒

酒浸りの生活（沉醉於酒的生活）

酒浸りに為る（整天沉溺在酒缸裡）

酒機嫌〔名〕微醉後興致勃勃、陶然（=一杯機嫌）

酒機嫌で冗談を言う（微醉後高興起來開玩笑）

韭（ㄐㄧㄡˇ）

韭〔漢造〕韭菜

韮、韭〔名〕〔植〕薤菜

旧（舊）（ㄐㄧㄡˋ）

旧〔名、漢造〕舊，陳舊、故舊，往昔，過去、舊曆，農曆、前任者、舊股票（=古株）

旧に復する（復舊）復する服する伏する

旧を捨てて新に付く（捨舊從新）付く附く就く撞く尽く憑く衝く突く着く搗く漬く

一見、旧の如し（一見如故）

旧の正月（春節、舊曆新年）

新旧（新舊、新曆和舊曆、陽曆和陰曆）

親旧（親戚與故知、老親舊友）

復旧（修復、恢復原狀）

懐旧（懷舊、念舊、懷念往事）

故旧（故舊、故交、舊友=古馴染）

旧痾〔名〕宿疾、老病（=宿痾、宿疾、持病）

旧痾が癒える（宿疾痊癒）癒える言える射える居える

旧痾の為死亡する（因老病去世）

旧亜紀〔名〕〔地〕早第三紀

旧悪〔名〕舊時的罪惡、以前做的壞事

人の旧悪を暴く（揭發別人以前做的壞事）暴く発く

旧悪露顕（舊時的罪惡暴露出來）露顕露見

旧怨〔名〕舊怨、宿怨

旧怨を忘れる（忘卻宿怨）

旧縁〔名〕舊緣

旧縁を辿る（追尋舊緣）

旧恩〔名〕舊恩

旧恩に報いる（報答舊恩）報いる酬いる

旧恩を忘れぬ（不忘舊恩）

旧家〔名〕世家、歷史悠久的家系

旧家の出（世家出身）

由緒有る 旧家（名門、有來歷之世家）有る
在る 或る

旧仮名遣い〔名〕〔俗〕舊假名使用法、歷史假名使用法←→新仮名遣い

旧懐〔名〕懷舊
　旧懐の情（懷舊之情）情 情け

旧格〔名〕舊傳統、陳規舊套
　旧格を脱する（擺脱舊傳統）脱する 奪する

旧型〔名〕舊型、舊式
　旧型の軍艦（舊型軍艦）
　旧型墨守（墨守成規）

旧株〔名〕舊股（對新股而言）←→新株

旧刊〔名〕舊刊物、舊版本

旧慣〔名〕舊習慣、舊慣例
　旧慣に従う（隨從舊習慣）従う 随う 遵う
　旧慣を墨守する（墨守舊習）

旧館〔名〕舊館、舊樓、舊建築物←→新館

旧観〔名〕舊觀
　旧観を改めない（不改舊觀）改める 革める 検める
　旧観を留めない（迴非舊觀）留める 止める
　旧観を取り戻す（恢復舊樣）
　全く旧観を失った（完全失去舊樣）

旧記〔名〕古時的紀錄、往昔的記載

旧規〔名〕舊規章、舊規則←→新規

旧誼〔名〕舊友誼、舊情誼
　旧誼を重んじる（尊重舊誼）

旧居〔名〕故居←→新居
　魯迅の旧居（魯迅故居）

旧教〔名〕〔宗〕舊教、天主教←→新教

旧訓〔名〕（漢文、漢字的）舊訓讀法（如〝一〞讀作〝かたきなし〞）←→新訓

旧劇〔名〕（取材於歷史的）舊劇（在日本指歌舞伎）

旧故〔名〕故舊、舊友

旧交〔名〕舊交、舊誼、老交情
　旧交を温める（重溫舊誼）温める 暖める

旧稿〔名〕舊稿
　旧稿を書き換える（改寫舊稿）
　旧稿を手に入れて出版する（把舊稿加工一下出版）

旧号〔名〕（雜誌等的）過期號（=古い号）、舊的雅號

旧口動物〔名〕〔生〕原口動物

旧債〔名〕舊債、舊的負債

旧作〔名〕舊作品←→新作
　旧作を書き改める（改寫舊作品）
　旧作が映画化される（舊作品被拍成電影）化する 架する 課する 科する 嫁する 掠る

旧史〔名〕古代歷史（書）

旧址〔名〕舊址、遺跡、史跡
　関所の旧址（關口的遺跡）

旧師〔名〕舊師、先師

旧事〔名〕舊事、往事

旧時〔名〕舊時、往昔（=昔、以前）
　旧時を語る（話舊）語る 騙る
　旧時を追懐する（懷舊）

旧思想〔名〕舊思想
　旧思想の持ち主（舊腦筋的人）

旧式〔名ナ〕舊式←→新式
　旧式なカメラ（舊式照相機）
　旧式な教育法（舊式教育法）
　旧式な兵器（舊式武器）
　旧式な老人（舊腦筋的老人）
　旧式に従って行う（按造舊方法）

旧識〔名〕故舊、舊友、老朋友（=旧知）
　旧識に会う（遇見老朋友）会う 合う 逢う 遇う 遭う

旧知〔名〕故知、老友（=昔馴染）
　旧知を訪ねる（訪問老友）訪ねる 尋ねる 訊ねる 訪れる

一見旧知の如し（一見如故）

旧主〔名〕舊主人、舊主公

旧習〔名〕舊習慣
　旧習を墨守する（墨守舊習）
　旧習に捕われる（拘泥於舊習）捕われる捉われる囚われる
　旧習に拘って改めない（因循守舊）改める革める検める

旧称〔名〕舊稱
　江戸は東京の旧称である（江戸是東京的舊稱）

旧正月〔名〕春節、舊曆新正

旧状〔名〕舊態、舊的狀態
　旧状に復する（恢復舊態）復する服する伏する

旧情〔名〕舊交情、舊友誼、舊的情誼
　旧情を温める（重溫舊誼）温める暖める

旧臣〔名〕舊臣

旧人〔名〕思想舊的人，舊時代的人（用於批判或自嘲）←→新人、（考古）舊石器時代中期的人類

旧人，古人，旧人，古人〔名〕舊人，老年人、老熟人，老相好、古人

旧世界〔名〕舊世界（指未發現美洲大陸前的亞非歐三州）（＝旧大陸）←→新世界

旧大陸〔名〕舊大陸（指亞非歐三州）←→新大陸

旧姓〔名〕舊姓、（因結婚等改了姓的人的）原來的姓
　山田夫人、旧姓加藤（山田夫人原姓加藤）

旧制〔名〕舊制度←→新制
　旧制大学（〔對戰後新制大學而言的〕舊制大學）

旧制度〔名〕舊制度
　旧制度を廃する（廢除舊制）廃する配する拝する排する

旧跡、旧蹟〔名〕古蹟
　名所旧跡（名勝古蹟）
　旧跡記念館（古蹟紀念館）

旧説〔名〕舊說、古說←→新説
　旧説を改める（改正舊說）改める革める検める
　旧説を従う（遵從舊說）従う随う遵う

旧石器時代〔名〕（考古）舊石器時代←→新石器時代

旧蔵本〔名〕舊藏書

旧態〔名〕舊態
　旧態依然たり（舊態依然）
　旧態に戻る（恢復舊態）悖る
　旧態を留めない（舊態蕩然）留める止める

旧体制〔名〕舊體制、舊制度、舊組織

旧宅〔名〕舊住宅、以前的住宅←→新宅

旧地〔名〕以前的土地、以前的領地、古蹟（＝旧跡、旧蹟）

旧著〔名〕舊著←→新著、近著

旧注〔名〕舊的注釋←→新注

旧都〔名〕故都←→新都

旧冬〔名〕去年冬季（普通用於新年）

旧套〔名〕陳規舊套
　旧套を守る（墨守陳規舊套）守る護る守る盛る漏る洩る
　旧套を脱する（打破陳規舊套）脱する奪する為る成る鳴る生る
　旧套を固執して時機を失する為らば其の責任を問われる事に為る（因循坐誤責有攸歸）

旧道〔名〕往昔的道路←→新道

旧任〔名〕前任（者）←→新任

旧年〔名〕去年←→新年
　旧年を送り、新年を迎える（辭舊歲迎新年）迎える向える
　旧年中は色色御世話に為りました。今年も何卒宜しく御願い致します（去年一年承蒙多方關照今年也請多多關照）

旧派〔名〕舊派，老派、舊劇（指歌舞伎）←→新派

旧派の俳優（舊劇演員）

旧派の芝居（舊劇）

旧幕〔名〕舊幕府（指德川幕府）

旧幕時代（德川幕府時代）

封建思想は旧幕時代の遺物だ（封建思想是前幕府時代的殘餘物）

旧版〔名〕舊版、舊版本

旧版を改訂する（修訂舊版）

旧藩〔名〕舊藩、幕府時代的各藩（諸侯）

旧藩主（舊藩主）

旧風〔名〕舊風俗、舊習慣

旧物〔名〕舊物，陳舊的東西、老派的人

彼の人は話に為らない旧物だ（他是個老朽不堪的人）

旧物破壞（破除陳舊老套）

旧聞〔名〕舊聞、舊事、老話

事は旧聞に属する（那是舊事）

君の報告はもう旧聞に属するよ（你說的已經是舊聞了）

旧弊〔名、形動〕舊弊、因循守舊

旧弊を改める（改革積弊）改める革める検める

老人の旧弊な考え（老人的因循守舊思想）浪人

今時そんな旧弊な事を言っても仕方が無い（現在說那老套也沒有用）

旧法〔名〕舊法令、舊方法

旧北亜区〔名〕〔生〕古北亞區

旧北区〔名〕〔生〕古北區（大陸動物地理區之一、包括歐洲，喜馬拉雅山以北的亞洲，阿拉伯北部和撒哈拉沙漠以北的非洲）

旧盆〔名〕舊曆盂蘭盆會（舊曆七月十五日）

旧名〔名〕舊名、舊稱

旧名を存する（保存舊稱）存する存ずる損する損ずる

旧約〔名〕舊的約定，以前的約定。〔宗〕舊約聖經←→新約

旧約を忘れる（忘記前約）

旧約聖書（舊約聖經）

旧約全書（舊約聖經）

旧訳〔名〕舊譯（本），以前的譯本。〔佛〕玄奘三藏以前的譯經←→新訳

旧友〔名〕舊友、老朋友（＝旧知）

旧友に再会したかの様に（宛如舊友重逢）

旧遊〔名〕舊遊、曾遊

旧遊の地（舊遊之地）

旧来〔名〕以往、以前、從前、從來

旧来の陋習を破る（打破以往的陋習）

旧来通り行う（照過去那樣做）

旧来の同僚（老同事）

旧来の部下（老部下）

旧里〔名〕故鄉、鄉里

旧領〔名〕舊領土、舊領地

旧例〔名〕舊例

旧例に依り（按照舊例）依り寄り縋り拠り選り撚り因り縁り由り

旧例に従う（遵循舊例）從う随う遵う

旧暦〔名〕舊曆、陰曆、農曆←→新暦

旧暦の正月（春節、舊曆年）

旧臘〔名〕（新年時的說法）去年臘月

旧話〔名〕舊話、自古相傳的故事

旧い、古い、故い〔形〕已往、年久、古老、陳舊、陳腐，不新鮮、落後、老式

彼と知り合ったのも古い話だ（和他相識是從前的事）旧い古い故い振い奮い揮い篩い

古い家（年久的房子）家家家家

古い友達（老朋友）

中国の文明は世界で一番古い（中國的文明在世界上最古老）

古い靴（舊鞋）

古い服（舊衣服）

古い言葉だが時は金だ（古言說時者金也）
金金

古い魚（不新鮮的魚）

古い型の洋服（舊式的西裝）

其の手はもう古い（那種手法已經不新鮮了）

君の考え方はもう古い（你的想法落伍了）

頭が古い（舊腦筋）

故きを溫ね新しきを知る（溫故知新）

旧る、古る〔自四〕〔古〕變舊、變陳舊

旧、古〔名、造語〕（常用御古的形式）舊、舊東西、舊衣物

此の服は親父の御古だ（這件衣服是父親穿過的舊東西）

御古の値段（舊貨的價錢）

古新聞（舊報紙）

古自動車（舊汽車）

旧す、古す〔造語、五型〕用舊、弄舊

着古す（穿舊）

使い古す（使用舊）

言い古す（把…說陳腐）

旧びる、古びる〔自上一〕變舊、陳舊

古びた家（老房子、舊房子）家家家家

古びて見える（顯得陳舊）

旧、元〔名〕原來，以前，過去，本來，原任，原來的狀態

元首相（前首相）

元の校長（以前的校長）

元の儘（一如原樣、原封不動）

元からの意見を押し通す（堅持原來的意見）

品物を元の持主に返す（物歸原主）返す
帰す反す還す孵す

私は元、小学校の先生を為ていました（以前我當過小學教員）

又元の工場に戻って働く事に為った（又回到以前的工廠去工作）工場工場

此の輪ゴム伸びて終って、元に戻らない（這橡皮圈沒彈性了無法恢復原狀）

一旦した事は元は戻らぬ（覆水難收）

元の鞘へ（に）收まる（〔喻〕言歸於好、破鏡重圓）收まる納まる治まる修まる

元の木阿弥（恢復原狀、依然故我-常指窮人一度致富後來又傾家蕩產恢復原狀）

元、本、素〔名〕本源，根源←→末、根本、根基、原因，起因，本錢，資本，成本，本金，出身，經歷。原料，材料，酵母，麴，樹本，樹幹，樹根，和歌的前三句，前半首。

〔接尾〕（作助數詞用法寫作本）棵、根

禍の元（禍患的根源）

元を尋ねる（溯本求源）

話を元に戻す（把話說回來）

此の習慣の元は漢代に在る（這種習慣起源於漢朝）

電気の元を切る（切斷電源）

元を固める（鞏固根基）

外国の技術を元に為る（以外國技術為基礎）

農業は国の元だ（農業是國家的根本）

元が確りしている（根基很扎實）

失敗は成功の元（失敗是成功之母）

元を言えば、君が悪い（說起來原是你不對）

風邪が元で結核が再発した（由於感冒結核病又犯了）

元を掛ける（下本錢、投資）

元が掛かる仕事だ（是個需要下本錢的事業）

商売が失敗して元も子も無くして仕舞った（由於生意失敗連本帶利都賠光了）

元も子も無くなる（本利全丟、一無所有）

元が取れない（虧本）

元を切って売る（賠本賣）

元を質す（洗う）（調査來歷）

元を仕入れる（購料）

紅茶と緑茶の元は同じだ（紅茶和綠茶的原料是一樣的）

聞いた話を元に為て小説を書いた（以聽來的事為素材寫成小說）

木の本に肥料を遣る（在樹根上施肥）

庭に一本の棗の木（院裡一棵棗樹）

一本の菊（一棵菊花）

本元（根源）

下、許〔名〕下部、根部周圍、身邊，左右，跟前、手下，支配下，影響下、在…下

桜の木の下で（在櫻樹下）

旗の下に集る（集合在旗子周為）

親許を離れる（離開父母身邊）

叔父の許に居る（在叔父跟前）

友人の許を訪ねる（訪問朋友的住處）

勇将の許に弱卒無し（強將手下無弱兵）

月末に返済すると言う約束の下に借り受ける（在月底償還的約定下借款）

法の下では皆平等だ（在法律之前人人平等）

先生の合図の下に歩き始める（在老師的信號下開始走）

一刀の下に切り倒す（一刀之下砍倒）

山下、山元、山本（山麓，山腳、山主，礦山主，礦山所在地，礦坑的現場）

臼（ㄐㄧㄡˋ）

臼〔漢造〕舂米的器具

脱臼（〔醫〕脫臼、脫位）

臼後腺〔名〕〔解〕臼齒腺

臼歯、臼歯【名】〔解〕臼齒（=奥歯）

臼状〔名〕臼狀、臼形

臼砲〔名〕〔軍〕臼砲

臼砲を射ち込む（發射臼砲）打ち込む

臼〔名〕臼、磨（=碾き臼）

臼で搗く（用臼搗）搗く付く着く突く就く衝く憑く尽く附く撞く潰く

臼で引く（用磨磨）引く退く牽く曳く惹く挽く轢く弾く

春き臼、搗き臼（搗米臼）

臼から杵（用臼搗杵）

薄〔接頭〕薄、淺，淡、微，稍，少，總覺得，多少有些，模糊感到

〔接尾〕（接名詞做形容動詞）少、不多、不大

薄紙（薄紙）臼

薄赤（淺紅）

薄味（淡味）

薄明かり、薄明り（微明）

薄馬鹿（有點傻）

薄気味悪い（有些說不出來的恐懼）

気乗り薄（不大起勁）

手持ち薄（存貨少）

見込み薄（希望不大）

臼歌〔名〕舂臼歌、推磨歌

臼搗く，春く，臼搗く，春く〔自五〕（用搗杵在臼中）春，搗、夕陽下山，日薄西山

臼挽き〔名〕推磨、推磨的人、磨坊工人

究（ㄐㄧㄡˋ）

究〔漢造〕窮盡，窮極為究

探究（探究、研究）

研究（研究、鑽研）

考究（考究、研究、探索、考慮）

攻究（攻研、鑽研、研究）

講究（調查研究）

追究、追窮（追究）

論究（詳盡論述、廣泛討論、深入討論）

学究（研究學問、一心研究學問的人）

推究（推究、考究、推敲、深入研究）

究竟〔名〕究竟，畢竟，結局，根本，最後

究竟の処誠意の有無だ（結局是有無誠意的問題）

究竟の目的（最終的目的）

究竟原理（基本原理）

究竟〔名、形動〕出色，極好，恰好，合適

〔副、自サ〕結局、究竟

究竟な獲物（非常出色的獵物）

究竟一（最出色，最優秀，天下第一，恰好，非常合適）

究竟な隠れ家（正好的藏身之處）

究竟するに斯う言う事に為った（結局竟然到了這種地步）為る成る鳴る生る

究竟〔名〕究竟，終極，極好，最卓越。〔佛〕無上，事物道理的極限

究竟の操（最高的節操）操節

究極、窮極〔名、自サ〕畢竟、究竟、最終

窮極の目的（最終目的）

窮極する（の）所（畢竟、結局）

窮極に於いて（追根究底）

窮極の狙い（最終目的、落腳石）

此の問題は窮極的には決まっていない（這個問題還沒有作最後的決定）

究明〔名、他サ〕研究明白、調查清楚

原因を究明する（查明原因）

学者は真理を究明する（學者究明真理）

究理、窮理〔名〕推究事物的道理（-來自易經〝說掛〞-窮理盡性）

窮理学（窮理之學、〔江戶後期〕物理學、〔明治初期〕哲學）

究める、窮める、極める〔他下一〕追根究底，徹底查明、達到極限，攀登到頂

事件の真相を極める（徹底弄清事情的真相）

学術の蘊奥を極める（徹底研究學問的奧妙）

彼は一芸を極めている（他具有一技之長）

山頂を極める（登上山頂）

豪奢を極める（窮奢極侈）

惨状を極める（惨絕人寰）

暴虐を極める（極其殘暴）

位、人臣を極める（位極人臣）

口を極めて褒める（滿口稱讚、極端讚揚）

困難を極めた、勇敢な鬥争を繰り広げる（展開艱苦卓絕的英勇鬥爭）

窮まる、極まる、谷まる〔自五〕窮盡、達到極限、困窘

窮まる所を知らない（沒有止境、無窮無盡）

インフレで物価の騰貴は窮まる所を知らない（由於通貨膨脹物價上漲沒有止境）

其の国の運命は窮まった（那國家的前途算完蛋了）

感極まって泣く（感極而泣）

危険極まる話だ（極其危險的勾當）

無礼極まる態度（非常不禮貌的態度）

歓楽が極まると悲しみが湧く（樂極生悲）

物極まれば必ず反有り（物極必反）

進退谷まる（進退唯谷、進退兩難）

咎（ㄐㄧㄡˋ）

咎〔漢造〕罪過、歸罪（=咎、咎める）

咎める〔他下一〕責難，責備，挑剔、盤問。

〔自下一〕（傷等）紅腫、發炎。

自分でも悪いと思っている様だから余り咎めるな（他自己也似乎認為不對了不要過份責備）

彼を咎める理由は無い（沒有理由責備他）

天を怨み、人を咎める（怨天尤人）怨み恨み憾み

良心が咎める（良心苛責）

気が咎める（過意不去、於心不安）

ㄐ

夜遅く交番で咎められた（深夜在派出所受到盤問）

傷が咎めて化膿した（傷處紅腫化膿了）傷瑕疵

咎め〔名〕責難、非難、責備、罪、罪責

世間の咎めを受ける（受到社會上的責難）

良心の咎め（良心的苛責）

咎めを引く（引咎）引く弾く轢く挽く惹く曳く牽く退く

咎め立て〔名〕挑剔、吹毛求疵（＝咎める）

余り咎め立てを為るな（別過份挑剔）摩る刷る播る磨る掏る擦る摺る

小さい事でも咎め立てを為る（吹毛求疵）

咎、科〔名〕過錯，錯誤（＝過ち）、罪過（＝罪）、（被人責難的）缺點

人の咎を許す（饒恕別人的過錯）

何の咎も無い子供に当るな（別向無辜的孩子發脾氣）

誰の咎でもない、私の悪いのだ（不是誰的錯都是我不對）

咎を被る（得罪）

我は我が咎を知る（我知道我的罪過）我吾

咎を受ける（得罪|）

其は君の咎ではない（那不是你的錯）

其の咎を受ける（有罪）

彼は盗みの咎で送検された（他因犯竊盜罪被抓）

咎を被せる（加罪於人）

咎人、科人〔名〕〔古〕罪人、犯人（＝罪人）

咎人に獄に入れる（把犯人關進監獄裡）獄入れる容れる罪人罪人

疚（ㄐㄧㄡˋ）

疚〔漢造〕內疚

疚しい、疾しい〔形〕虧心、心中有愧、內心負疚、受良心苛責（＝後ろめたい、後ろ暗い）

省みて疚しくない（問心無愧）省みる顧みる

人に言えぬ疚しい内緒事（不可告人的虧心事）

私は別に疚しい処は無い（我沒有什麼心事、我心裡問心無愧）無い綯い

心の疚しさに堪えられぬ（心裡禁不住內疚）堪える耐える絶える

疚しい事の有る様な顔（問心有愧的面容）

柩（ㄐㄧㄡˋ）

柩〔名〕棺材（＝柩）

柩を覆うて事定まる（蓋棺論定）覆う被う蔽う蓋う

柩車〔名〕靈柩車、運載總統或陣亡者遺體的砲車

柩、棺〔名〕柩、棺（＝棺）

死体を柩に納める（入殮）納める収める治める修める

柩台（棺材架）

救（ㄐㄧㄡˋ）

救（也讀作救）〔漢造〕救、拯救

救援〔名、他サ〕救援

救援の手を差し伸ばす（伸出救援之手）

救援に馳せ付ける（馳援、前往救援）

遭難漁民の救援（營救遇難的漁民）

救援作業（救援工作）

救援物資（救濟物資）

救援投手（〔棒球〕救援投手）

救急〔名〕急救、搶救

救急車（救護車）

救急箱（急救箱）

救急処置（搶救措施）

救急隊（搶救隊）

救急治療班（搶救小組）

救護〔名、他サ〕救護

罹災者の救護（受災者的救護）

負傷者を救護する（救護傷員）

救護院（救護院-兒童福利設施）

救護車（救護車）

救護班（救護班）

救護要員（救護工作員）

救荒〔名〕救濟災荒

救荒作物（就荒作物）

救荒植物（救荒植物、荒年可採食的野生植物）

救荒対策（救荒對策）

救国〔名〕救國

救国の大計（救國之大計）

救国運動（救國運動）

救国措置（救國辦法）

救済〔名、他サ〕救濟

難民を救済する（救濟難民）

救済を受ける（接受救濟）

救済策（救濟方策）

救済事業（救濟事業）

貧民救済（救濟貧民）

救出〔名、他サ〕救出（=救い出す）

炎の中から子供を救出する（從火焰中救出小孩）

救出に赴く（前去搶救）

溺れ掛かった人を救出する（搶救快要淹死的人）

遭難者の救出に当たる（擔任遇難者的搶救工作）当る中る

救い出す〔他五〕挽救出來

友達を危険から救い出す（從危險中救出朋友）

救恤〔名、他サ〕救濟、撫卹

罹災者を救恤する（救濟遇難者）

救恤金百万円を寄付する（捐贈救濟金一百萬日元）

救恤センター（救濟中心）

救助〔名、他サ〕救助、搭救、搶救、拯救、救護、救濟

人命を救助する（救命）

救助を求める（求救）

救助に赴く（前往搶救）

救助の手を差し伸べる（伸出救濟之手）

救助網（〔電車前防壓人畜的〕救生網）

救助金（救濟金）

救助銃（〔高層建物火災或水災發射繩索的〕救護槍）

救助信号（救護信號）

救助隊（救護隊）

救助梯子（救護梯子）

救助袋（〔高層建築失火時用的〕救生袋、救生筒）

救助幕（〔高層建築失火時用的在地上鋪開承接跳下的人的〕救護幕）

救助料（〔海船遇難得到救護時所付的〕救護費）

救世〔名〕〔宗〕救世、拯救世人

救世軍（救世軍-耶穌教新教的一派）

救世主（救世主、耶穌）

救世、救世、救世、救世〔名〕〔佛〕救世，普渡眾生、佛，菩薩的通稱、觀音菩薩

救世観音、救世観世音菩薩（救世觀音、救世菩薩）

救仙 気宇仙〔名〕〔動〕隆頭魚科的魚（如瀨魚、厚唇魚、伸口魚等）（=遍羅）

救難〔名〕搶救拯救災難

救難船（搶救船）

救難隊（搶救隊）

救難列車（搶救列車）

救難作業（搶救作業）

救い難い〔形〕一無是處，毫無可取之處、難以挽救，不可救藥，沒有變好希望

救い難い駄作（一無可取之處的壞作品）

救い難い連中（不可救藥的人們）
救い難い貧乏（難以挽救的貧窮）

救貧〔名〕救貧、濟貧
　　救貧院（救濟院）
　　救貧事業（救貧事業）

救民〔名〕救濟災民（貧民）
　　救民に力を注ぐ（努力救民）

救命〔名〕救命、救生
　　救命艇（救生艇）
　　救命具（救生工具）
　　救命胴衣（救生衣）
　　救命袋（救生圈）
　　救命ボート（救生艇）
　　救命索（救生索）
　　救命浮環（救生浮環）

救癩〔名〕救助痲瘋病人
　　救癩事業に一生を捧げる（為救助痲瘋病人的事業貢獻一生）

救療〔名〕（對貧民的）救濟醫療

救う〔他五〕救、拯救、搭救、救援、救濟、賑濟、挽救
　　命を救う（救命）
　　水に溺れ掛けた子供を救う（救起快淹死的孩子）
　　急場を救う（急救）
　　彼は他の人人を救おうと為て死んだ（他為搶救別人而犧牲了）
　　貧民を救う（救濟貧民）
　　彼の男はもう救われない（那人已經不可救藥了）
　　青少年を非行から救う（挽救誤入歧途的青少年）

抄う、掬う〔他五〕抄，舀，撈。〔商〕賺錢
　　浮いた油を抄う（舀出浮油）
　　抄い網で魚を抄う（用撈魚網撈魚）
　　小川の水を手を抄って飲んだ（用手捧起小河的水喝了）
　　相手の足を抄って倒す（抄起對方的腿摔倒）
　　氷に足を抄われて転んで仕舞った（腳在冰上一跌摔倒了）

救い〔名〕救，救援，搭救，拯救，挽救，補償。〔宗〕靈魂的拯救
　　救いを求める（求救）
　　叫んで救いを求める（呼救）
　　救いの手を差し伸べる（伸出救援之手）
　　救い様の無い所迄来ている（達到不可救藥的地步）
　　救いの無い小説（沮喪的小說）
　　救いの無い映画（沮喪的電影）
　　ユーモアを解するのが彼の救いに為っている（懂得幽默是他可取之處）

抄い、掬い〔名〕抄取，撈取，掬起，捧取。〔商〕套購
　　夜店で金魚抄いを為る（在夜市上撈金魚）
　　泥鰌抄い（摸泥鰍）
　　両手に一抄いの落花生を持って来た（兩手捧來一把花生）
　　一抄いの砂（一捧沙子）
　　一抄いに（一舉、一下子）

救い上げる〔他上一〕搭救上來
　　水に溺れ掛けた子供を救い上げる（把快淹死的小孩救上來）

救い手〔名〕救星

救い主〔名〕救星，拯救者。〔宗〕救世主（指耶穌）

救いの神〔名〕救護神、天公、上帝

救い船〔名〕救生船（=助け船）

就（ㄐㄧㄡˋ）

就（也讀作就）〔漢造〕就，就位、赴、完成（大業）

　　去就（去就、去留、進退）

　　成就（成就、成功、完成、實現）

就役〔名、自サ〕（徒刑囚）服刑、就任、（按步就班）工作、（新造船艦）下水服役

　　犯人は即日就役した（犯人即日服刑了）

　　団体交渉が成立して全員就役する事に為った（團體談判成功全體按步就班工作了）

　　新造船は明日就役する（新造船明日下水服役）明日明日明日

　　就役を解く（使退役）解く溶く説く

就園〔名、自サ〕入幼稚園

　　就園率（入園率）

　　就園児（入園兒童）

就学〔名、自サ〕就學，進小學、就師學習

　　就学年齢に達する（達到上學的年齡）

　　子供は満六歳で就学する（孩子滿六歲進小學）

　　学齢児童の就学率は百％である（學齡兒童的就學率是百分之百）

　　就学児童（就學兒童）

　　就学率（就學率）

就業〔名、自サ〕開始工作，上班工作、就業，有工作，有一定職業←→失業

　　ストライキに勝って全員就業した（罷工勝利後全體職工復工了）

　　就業中面会謝絶（上班時間謝絕會客）

　　就業規則（上班規則）

　　完全就業（無失業者）

　　就業率（就業率）

　　就業人口（就業人口）

就航〔名、自サ〕〔船〕下水，就航。〔飛機〕初航

　　太平洋航路に就航する（開始在太平洋航線航行）

就床〔名、自サ〕就寢、上床睡覺←→起床

　　就床時間が決まっている（就寢時間是一定的）決まる極まる

　　午後十時に就床する（午後十點就寢）

　　就床喇叭（就寢號）

就職〔名、自サ〕就職、就業、找到工作

　　就職を申し込む（申請就業）

　　就職の世話を為て遣る（給…找工作）

　　就職が出来ない（找不到工作）

　　学校を出て直ぐ此の会社に就職した（一出校門馬上就到這家公司來工作了）

　　就職運動（就業活動）

　　就職運動を為る（為找工作進行活動）為る為る

　　就職運動で忙しい（忙於就業活動）忙しい忙しい

　　就職権（工作權）

　　就職口（工作地方、就業處所）

　　就職口を世話する（給…找工作）

　　就職口を看付けて遣る（給…找工作）

　　就職口を探す（找工作）探す捜す

　　就職口を見出す（找到工作）

　　就職先（工作的地方）

　　就職先は何処でも結構です（工作地方哪裡都可以）

　　就職難（就業困難、難以找到工作）

　　就職難を緩和する（緩和就業困難情況）

　　不景気に為ると自然就職難が起る（一蕭條就自然而然地發生就業困難）起る怒る熾る興る

　　就職難を知らない国（找工作沒有困難的國家）

就蓐、就褥〔名、自サ〕就寢、臥病

就寝〔名、自サ〕就寢、睡覺

　　もう就寝の時間だ（已經該睡覺了）

　　毎日九時に就寝する（每天九點睡覺）

就籍〔名、自サ〕取得戶籍

ч

就働〔名、自サ〕就業
- 就働率（就業率）

就任〔名、自サ〕就任、就職←→退任、離任
- 就任の挨拶（就職演講、就職致詞）
- 校長に就任する（就任校長）
- 就任を断る（拒絕就任）
- 就任を受諾する（答應就職）
- 就任式（就職儀式）

就縛〔名、自サ〕（犯人）就縛、被綁上

就眠〔名、自サ〕就寢、睡眠、睡覺
- 毎晩十時に就眠する（每天晚上十點鐘就寢）
- 就眠時間を長くする（延長睡眠時間）
- 就眠儀式（〔心〕睡眠儀式-強迫觀念的一種、睡眠時要反覆進行一定活動、不然就睡不著）

就労〔名、自サ〕就業、著手工作
- 八時就労（八點開始工作）
- スト体制を解いて一斉に就労する（解除罷工狀態全體復工）
- 就労時間（工作時間）
- 就労日数（工作時間）

就中〔副〕特別、尤其
- 皆良かったが、就中君の歌は素晴らしかった（都很好尤其是你唱的歌好極了）
- 何も此も綺麗だったが就中最後のが一番美しかった（都很漂亮尤其最後一個最好看）

就く〔自五〕就座，登上、就職，從事、就師，師事，就道，首途
- 席に就く（就席）
- 床に就く（就寢）床
- 塒に就く（就巢）
- 緒に就く（就緒）
- 食卓に就く（就餐）
- 講壇に就く（登上講壇）
- 職に就く（就職）
- 任に就く（就任）
- 実業に就く（從事實業工作）
- 働ける者は皆仕事に就いている（有勞動能力的都參加了工作）
- 師に就く（就師）
- 日本人に就いて日本語を学ぶ（跟日本人學日語）習う
- 帰途を就く（就歸途）
- 世界一周の途に就く（起程做環球旅行）
- 壮途に就く（踏上征途）

就く、付く〔自五〕沿著、順著、跟隨
- 川に付いて行く（順著河走）
- 塀に付いて曲がる（順著牆拐彎）

付く、附く〔自五〕附著，沾上、帶有，配有、增加、增添、伴同、隨從、偏袒、向著、設有、連接、生根、扎根。
（也寫作奌く）點著，燃起、值、相當於、染上、染到、印上、留下、感到、妥當，一定、結實、走運。
（也寫作就く）順著、附加、（看來）是。
- 泥がズボンに付く（泥沾到褲子上）
- 血の付いた着物（沾上血的衣服）
- 鮑は岩に付く（鮑魚附著在岩石上）
- 甘い物に蟻が付く（甜東西招螞蟻）
- 肉が付く（長肉）
- 智慧が付く（長智慧）
- 力が付く（有了勁、力量大起來）
- 利子が付く（生息）
- 精が付く（有了精力）
- 虫が付く（生蟲）
- 錆が付く（生銹）
- 親に付いて旅行する（跟著父母旅行）
- 護衛が付く（有護衛跟著）
- 他人の後からのろのろ付いて行く（跟在別人後面慢騰騰地走）

君には迚も付いて行けない（我怎麼樣也跟不上你）
不運が付いて回る（厄運纏身）
人の下に付く事を好まない（不願甘居人下）
あんな奴の下に付くのは嫌だ（我不願意聽他的）
彼の人に付いて居れば損は無い（聽他的話沒錯）
娘は母に付く（女兒向著媽媽）
弱い方に付く（偏袒軟弱的一方）
味方に付く（偏袒我方）
敵に付く（倒向敵方）
何方にも付かない（不偏袒任何一方）
引き出しの付いた机（帶抽屜的桌子）
此の列車には食堂車が付いている（這次列車掛著餐車）
此の町に鉄道が付いた（這個城鎮通火車了）
谷へ下りる道が付いている（有一條通往山谷的路）
種痘が付いた（種痘發了）
挿し木が付く（插枝扎根）
電灯が付いた（電燈亮了）
もう明かりが付く頃だ（該點燈的時候了）
ライターが付かない（打火機打不著）
此の煙草には火が付かない（這個煙點不著）
隣の家に火が付いた（鄰家失火了）
一個百円に付く（一個合一百日元）
全部で一万円に付く（總共值一萬日元）
高い物に付く（花大價錢、價錢較貴）
一年が十年に付く（一年頂十年）
値が付く（有價錢、標出價錢）值
然うする方が安く付く（那麼做便宜）
色が付く（染上顏色）

鼻緒の色が足袋に付いた（木屐帶的顏色染到布襪上了）
足跡が付く（印上腳印、留下足跡）
帳面に付いている（帳上記著）
染みが付く（印上污痕）污点
跡が付く（留下痕跡）
目に付く（看見）
鼻に付く（嗅到、刺鼻）
耳に付く（聽見）
気が付く（注意到、察覺出來、清醒過來）
目に付かない所で悪戯を為る（在看不見的地方淘氣）
目鼻が付く（有眉目）
凡その見当が付いた（大致有了眉目）
見込みが付いた（有了希望）
判断が付く（判斷出來）
思案が付く（想了出來）
判断が付かない（沒下定決心）
話が付く（說定、談妥）
決心が付く（下定決心）
始末が付かない（不好收拾、沒法善後）
方が付く（得到解決、了結）
けりが付く（完結）結尾
収拾が付かなく為る（不可收拾）
彼の話は未だ目鼻が付かない（那件事還沒有頭緒）
御燗が付いた（酒燙好了）
実が付く（結實）
牡丹に蕾が付いた（牡丹打苞了）
彼は近頃付いている（他近來運氣好）
今日は馬鹿に付いている（今天運氣好得很）
ゲームは最初から此方に付いていた（比賽一開始我方就占了優勢）game
川に付いて行く（順著河走）

ㄐ

ㄘ

塀に付いて曲がる（順著牆拐彎）
付録が付いている（附加附錄）
条件が付く（附帶條件）
朝飯とも昼飯とも付かぬ食事（既不是早飯也不是午飯的飯食、早午餐）
シルクハットとも山高帽とも付かない物（既不是大禮帽也不是常禮帽）
板に付く（純熟，老練，貼附，適當）
手に付かない（心不在焉、不能專心從事）
役が付く（當官、有職銜）

付く〔接尾，五型〕（接擬聲、擬態詞之下）表示具有該詞的聲音、作用狀態

がた付く（咯噔咯噔響）
べた付く（發黏）
ぶら付く（幌動）

付く、点く〔自五〕點著、燃起

電灯が付いた（電燈亮了）
もう明かりが付く頃だ（該點燈的時候了）
ライターが付かない（打火機打不著）
此の煙草には火が付かない（這個煙點不著）
隣の家に火が付いた（鄰家失火了）

突く〔他五〕支撐、拄著

杖を突いて歩く（撐著拐杖走）
頬杖を突いて本を読む（用手托著下巴看書）
手を突いて身を起こす（用手撐著身體起來）
がっくり膝を突いて終った（癱軟地跪下去）

突く、衝く〔他五〕刺，戳，冒，衝，攻，抓，乘

槍で突く（用長槍刺）
針で指先を突いた（針扎了指頭）
棒で地面を突く（用棍子戳地）
鳩尾を突かれて気絶した（被擊中了胸口昏倒了）

判を突く（打戳、蓋章）
意気天を突く（幹勁衝天）
雲を突く許りの大男（頂天大漢）
つんと鼻を突く臭いが為る（聞到一股嗆鼻的味道）
風雨を突いて進む（冒著風雨前進）
不意を突く（出其不意）
相手の弱点を突く（攻擊對方的弱點）
足元を突く（找毛病）

突く、撞く〔他五〕撞、敲、拍

毬を突いて遊ぶ（拍皮球玩）
鐘を突く（敲鐘）
玉を突く（撞球）

吐く、突く〔他五〕吐（=吐く）、說出（=言う）、呼吸、出氣（=吹き出す）

反吐を吐く（嘔吐）
嘘を吐く（說謊）
息を吐く（出氣）
溜息を吐く（嘆氣）

即く〔自五〕即位、靠近

位に即く（即位）
王位に即かせる（使即王位）
即かず離れずの態度を取る（採取不即不離的態度）

漬く、浸く〔自五〕淹、浸

床迄水が漬く（水浸到地板上）

漬く〔自五〕醃好、醃透（=漬かる）

此の胡瓜は良く漬いている（這個黃瓜醃透了）

着く〔自五〕到達（=到着する）、寄到，運到（=届く）、達到，夠著（=触れる）

汽車が着いた（火車到了）
最初に着いた人（最先到的人）
朝台北を立てば昼東京に着く（早晨從台北動身午間就到東京）
手紙が着く（信寄到）

荷物が着いた（行李運到了）

体を前に折り曲げると手が地面に着く
（一彎腰手夠著地）

頭が鴨居に着く（頭夠著門楣）

搗く、舂く〔他五〕搗、舂

米を搗く（舂米）

餅を搗く（舂年糕）

搗いた餅より心持ち（禮輕情意重）

憑く〔自五〕（妖狐魔鬼等）附體

狐が憑く（狐狸附體）

築く〔他五〕修築（=築く）

周囲に石垣を築く（四周砌起石牆）

小山を築く（砌假山）

就かせる〔他下一〕（就く的使役形）使就…職位、使從事…職業

王位に就かせる（使就王位）

息子を実業に就かせる（讓兒子做事業）

就き、付き〔接助〕（用に付き、に就き的形式）
就、關於、因為、每

此の点に付き（關於這點）

増産問題に付き社員の意見を求める（關於增産問題徵求社員的意見）

雨天に付き中止（因雨停止）

病気に付き欠席する（因病缺席）

一ダースに付いて百円（每打一百日元）

一人に付き三つ（每人三個）

に就き、に就いて〔連語〕就、關於、對於、每

手数料は荷物一個に就き二百円です（手續費是每件行李要二百日元）

此の点に就いては問題が無い（關於這點沒有問題）

日本の風俗に就いて研究する（研究日本的風俗）

彼が何よりも真剣に考えたのは、悪の渦巻く現実に就いてあった（他想得最認真的還是眼前烏煙瘴氣的現實）

日本語に就いての感想（關於日語的感想）

一人に就いて五円（每人五日元）

一ダースに就いて百円（每打一百日元）

表記の件に付き報告申し上げます（就上面記載的問題報告一下）

祭日に付き休業（因節日歇業）

病気に付き欠席する（因病缺席）

五人に付き一人の割合（每五人有一人的比例）

に付き〔連語〕關於，就（=…に付いて）、由於、每

表記の件に付き報告申し上げます（就上面記載的問題報告一下）

祭日に付き休業（因節日歇業）

病気に付き欠席する（因病缺席）

五人に付き一人の割合（每五人有一人的比例）

就いては〔接〕因而、因此

近く出版します、就いては御評判頂き度く存じます（近日出版因而希望得到您的指正）

就きましては〔連語、接〕〔敬〕因而、因此（=就いては）

就ける、即ける〔他下一〕使就位、使就師

席に即ける（使就席）

局長の地位に即ける（使就局長職位）

位に即ける（使即位）

職に即ける（使就職）

先生に即けて習わせる（使跟老師學習）

付ける、着ける、附ける〔他下一〕安上，掛上，插上，縫上，寫上，記上，注上，定價，給價，出價。

抹上，塗上，擦上，使隨從，使跟隨，尾隨，盯梢，附加，添加，裝上，裝載。

打分，養成，取得，建立，解決、（用に付けて形式）因而，一…就、每逢…就。

列車に機関車を付ける（把機車掛到列車上）

剣を銃口に付ける（把刺刀安在槍口上）

ㄣ

カメラにフィルトーを付ける（把照相機安上濾色鏡片）
上の句に下の句を付ける（〔連歌、俳句〕接連上句詠出下句）
如露の柄が取れたから新しく付けなければならない（噴壺打手掉了必須安個新的）
シャツにボタンを付ける（把鈕扣縫在襯衫上）
部屋が暗いので窓を付けた（因為房子太暗安了扇窗子）
日記を付ける（記日記）
出納を帳面に付ける（把收支記在帳上）
其の勘定は私に付けて置いて呉れ（那筆帳給我記上）
次の漢字に仮名を付け為さい（給下列漢字注上假名）
値段を付ける（定價，要價、給價，出價）
値を幾等に付けたか（出了多少價錢？）
値段を高く付ける（要價高、出價高）
薬を付ける（上藥、抹藥）
パンにバターを付ける（給麵包塗上奶油）
手にペンキを付ける（手上弄上油漆）
ペンにインキを付ける（給鋼筆醮上墨水）
タオルに石鹸を付ける（把肥皂抹到毛巾上）
護衛を付ける（派警衛〔保護〕）
病人に看護婦を付ける（派護士護理病人）
被告に弁護士を付ける（給被告聘律師）
彼の後を付けた（跟在他後面）
彼奴を付けて行け（盯上那個傢伙）
スパイに付けられている（被間諜盯上）
手紙を付けて物を届ける（附上信把東西送去）
景品を付ける（附加贈品）
条件を付ける（附加條件）
体内に段段と抵抗力を付ける（讓體內逐漸產生抵抗力）
乾草を付けた車（裝著乾草的車）乾草
点数を付ける（給分數、打分數）
五点を付ける（給五分、打五分）
子供に名を付ける（給孩子命名）
父親を付けた名前（父親給起的名字）
良い習慣を付ける（養成良好習慣）
職を手に付ける（學會一種手藝）
技術を身に付ける（掌握技術）
悪い癖を付けては困る（不要給他養成壞習慣）
方を付ける（加以解決、收拾善後）
紛糾に結末を付ける（解決糾紛）
関係を付ける（搭關係、建立關係）
決着を付ける（解決、攤牌）
速く話を付けよう（趕快商量好吧！）
君から話を付けて呉れ（由你來給解決一下吧！）
其に付けて思い出されるのは美景（因而使人聯想到的是美景）
風雨に付けて国境を守る戦士を思い出す（一刮風下雨就想起守衛邊疆的戰士）
気を付ける（注意、當心、留神、小心、警惕）
けちを付ける（挑毛病、潑冷水）
元気を付ける（振作精神）
智慧を付ける（唆使、煽動、灌輸思想、給人出主意）
箸を付ける（下箸）
味噌を付ける（失敗、丟臉）
目を付ける（注目、著眼）
役を付ける（當官）
理屈を付ける（找藉口）

付ける、着ける、附ける〔他下一〕（常寫作着ける）穿上、帶上、佩帶（＝着用する）

（常寫作着ける）（駕駛車船）靠攏、開到（某處）（＝横付けに為る）

服を身に着ける（穿上西服）

軍服を身に着けない民兵（不穿軍裝的民兵）

制服を着けて出掛ける（穿上制服出去）

ピストルを着けた番兵（帶著手槍的衛兵）

面を着ける（帶上面具）

自動車を門に着ける（把汽車開到門口）

船を岸壁に着ける（使船靠岸）

付ける、着ける、附ける〔接尾〕（接某些動詞＋（さ）せる、（ら）れる形式的連用形下）經常，慣於，表示加強所接動詞的語氣、（憑感覺器官）察覺到

行き付けた所（常去的地方）

遣り付けた仕事（熟悉的工作）

怒鳴られ付けている（經常挨申斥）

叱り付ける（申斥）

押え付ける（押上）

酷く怒って本を机に叩き付けた（大發雷霆把書往桌子上一摔）

聞き付ける（聽到、聽見）

見付ける（看見、發現）

嗅ぎ付ける（嗅到、聞到、發覺、察覺到）

点ける〔他下一〕（有時寫作付ける）點火，點燃、扭開，拉開，打開

ランプを点ける（點燈）

煙草に火を点ける（點菸）

マッチを点ける（劃火柴）

ガスを点ける（點著煤氣）

部屋が寒いからストーブを点けよう（屋子冷把暖爐點著吧！）

電燈を点ける（扭開電燈）

ラジオを点けてニュースを聞く（打開收音機聽新聞報導）

テレビを点けた儘出掛けた（開著電視就出去了）

漬ける、浸ける〔他下一〕浸，泡（＝浸す）

着物を水に漬ける（把衣服泡在水裡）

漬ける〔他下一〕醃，漬（＝漬物に為る）

菜を漬ける（醃菜）

塩で梅を漬ける（醃鹹梅子）

胡瓜を糠味噌に漬ける（把黄瓜醃在米糠醬裡）

寒い地方では野菜を沢山漬けて置いて、冬に食べる（寒冷地方醃好多菜冬天吃）

厩（ㄐㄧㄡˋ）

厩〔漢造〕馬廄、馬棚、馬圈（＝厩）

厩舎〔名〕廄、馬圈（＝厩）

厩肥〔名〕〔農〕廄肥（＝廄肥、堆肥）

良く腐熟した厩肥（熟性廄肥）

厩、馬屋〔名〕馬廄、馬棚

厩に入れる（放在馬廄裡）入れる容れる

厩肥（廄肥）

舅（ㄐㄧㄡˋ）

舅〔漢造〕公公（＝夫の父）、母親和妻子的兄弟（＝母又妻の兄弟）

舅姑〔名〕舅姑、翁姑（＝舅と姑）

舅氏〔名〕母親的兄弟、岳父

舅父〔名〕母親的兄弟（＝舅氏）

舅〔名〕（丈夫的父親）公公、岳父

結婚して三十年間舅に仕える（結婚後侍候了公公三十年）仕える使える支える閊える痞え

姑〔名〕婆婆、岳母（＝姑）

姑御〔〔敬〕婆婆）

姑の涙汁（〔由於婆婆很少同情媳婦〕〔喻〕極少、甚微）

姑の前の見せ麻小笥（媳婦在婆婆面前假裝工作、〔喻〕假積極）

姑〔名〕婆婆、岳母

姑に仕える（侍候婆婆）

姑根性を持った上役（具有婆婆根性的上司）

鷲（ㄐㄧㄡˋ）

鷲〔漢造〕鷲（鳥名，就是鵰，猛禽類，頭小嘴短而鈎曲，腳有鈎爪，飛翔迅速，深居山中，捕蟲類鳥兔為食）

鷲〔名〕〔動〕鷲、鵰

翼を広げた鷲（張開翅膀的鷲、展翅的鵰）

鷲鼻（鷹鈎鼻）

鷲座〔名〕（添）天鷹星座

鷲鷹〔名〕〔動〕鷲鷹

鷲鷹目（鷲鷹目）

鷲掴み、鷲掴〔名〕猛抓、大把抓

鷲掴みに掴む（大把抓）掴む攫む

鷲掴みに為る（大把抓）擦る磨る擂る刷る摩る掏る摺る

鷲鼻〔名〕鷹鈎鼻（＝鈎鼻）

鷲木菟〔名〕〔動〕鷲鵬、鵬鵲（貓頭鷹科的一種）

奸（ㄐㄧㄢ）

奸〔名、漢造〕奸、奸人（＝邪）

君側の奸（君側之奸）

奸を討つ（討奸）討つ打つ撃つ

奸悪、姦悪〔名、形動〕奸惡（的人）、心術壞（的人）

奸悪さ（奸惡）

奸悪な人（壞人、壞蛋、奸惡的人）

奸曲、姦曲〔形動〕邪惡、不正經

奸計、姦計〔名〕奸計、圈套

奸計を回らす（定奸計、設圈套）回らす巡らす廻らす

奸計に陥る（陷入奸計）

敵の奸計に掛かる（上敵人的圈套）掛る係る繋る羅る懸る架る

奸計を用いて巨利を得る（使用奸計而謀大利）得る得る売る

我我を欺かんと為る奸計だ（是設法欺騙我們的奸計）擦る磨る擂る刷る摩る掏る摺る

奸策、姦策〔名〕奸計

奸策を回らす（定奸計、設圈套）回らす巡らす廻らす

奸策を弄する（玩弄奸計）弄する労する聾する

奸策に陥った（中了陰謀詭計）

彼の人は頗る奸策に長じている（他擅長於陰謀詭計）

奸者，姦者、奸者，姦者〔名〕壞人、心術不正的人

奸邪、姦邪〔形動〕違反道理、行為不正（的人）

奸商、姦商〔名〕奸商（＝悪徳商人）

奸商を懲罰する（懲治奸商）

奸臣、姦臣〔名〕奸臣

奸臣を除く（鏟除奸臣）除く覗く覘く

奸賊、姦賊〔名〕奸賊

奸知、奸智〔名〕奸智、狡猾（＝悪知恵）

奸知に長けた悪徳商人（狡猾的不法商人）長ける炊ける焚ける猛る

奸知に長けた男（老奸巨猾的人）

奸徒、姦徒〔名〕惡徒、邪惡的壞人

奸党、姦党〔名〕惡黨、邪惡的壞人們

奸盗、姦盗〔名〕奸賊

奸佞、姦佞〔名、形動〕奸佞、奸詐（的人）

奸佞邪知（奸佞邪智）

君側の奸佞に妨げられる（被君主身邊的奸佞所阻礙）

奸夫、姦夫〔名〕姦夫（＝間男）

奸婦、姦婦〔名〕毒婦，奸佞的婦女、淫婦

姦夫姦婦（姦夫淫婦）

奸物、姦物〔名〕奸人、壞人、心術邪惡的人

相手は中中の奸物だ。油断するな（對方為人非常邪惡要提高警覺）

奸謀、姦謀〔名〕詭計、奸詐

奸雄、姦雄〔名〕奸雄

尖（ㄐ一ㄢ）

尖〔漢造〕尖、最前、最先

尖鋭、先鋭〔名、形動〕尖銳、思想激進
　尖鋭で複雜だ（尖銳而複雜）
　尖鋭で激烈な鬪爭（尖銳激烈的鬥爭）
　尖鋭（な）分子（激進份子）
　学生運動が最近極めて尖鋭に爲って来た（學生運動最近變得非常激進起來）極める窮める究める

尖鋭化〔名、自サ〕尖銳化、（思想）激進化
　尖鋭化する紛爭（尖銳化的鬥爭）
　労働爭議は愈愈尖鋭化した（勞資爭議更加尖銳化）

尖管〔名〕〔機〕噴嘴

尖晶石〔名〕〔礦〕尖晶石（＝スピネル）

尖端、前端〔名〕（寫作前端）頂端，頭，端，尖端，尖頭，（時代的）尖端，先鋒
　棒の前端（棍子頭）
　旗竿の前端（旗竿的頂端）
　三日月の尖端（月牙尖）
　葉の尖端（葉尖）
　尖端巨大症（〔醫〕肢端肥大症）
　尖端放電（〔理〕尖端放電）
　時代の尖端を行く（站在時代的前列）行く往く逝く行く往く逝く
　流行の尖端を行く（走在流行的前面）流行流行
　尖端を攻略する（攻克尖端）
　尖端を行く新製品（尖端的新產品）
　時代の尖端を行く最新の技術（走在時代前面的最新技術）

尖頂〔名〕尖頂

尖頂窓（〔建〕尖頂窗）

尖点、前点〔名〕〔數〕尖點、歧點、會切點

尖度〔名〕〔數〕峯態、峭度

尖塔〔名〕尖塔
　頂にドーム状の膨らみの有る尖塔（頂上有圓頂狀突起的尖塔）有る在る或る
　尖頭状部（〔動、解〕尖塔狀部位）

尖頭〔名〕尖頭、尖頂、尖
　尖頭葉（〔植〕尖頭葉）
　尖頭器（〔考古〕錐形器）
　尖頭負荷（〔電〕尖峯負載、巔負載）
　尖頭バイト（〔機〕尖刀）
　尖頭迫持（〔建〕尖形拱）

尖兵〔名〕尖兵
　尖兵の役（尖兵角色、馬前卒）役役
　尖兵と為る（當尖兵）為る成る鳴る生る
　尖兵の役割を果す（打頭陣）

尖む〔他五〕（圍棋）（順著已下的棋子）斜著下（一下）

尖らす〔他五〕磨尖，削尖，磨利、翹起、突出、提高（嗓門）、提高（警惕），緊張起來
　鉛筆の芯を尖らす（把鉛筆削尖）
　刃を尖らす（把刀刃磨快）
　口を尖らして不平を言う（翹著嘴牢騷）言う云う謂う
　声を尖らして叫ぶ（拉開嗓子喊叫）呼ぶ
　声を尖らして叱る（拉開嗓子申斥）叱る然る
　気を尖らす（提高警惕）
　神経を尖らして人を捜す（神經緊張地尋找人）捜す探す
　電話が盗聴されていないかと神経を尖らした（警惕電話是否被偷聽而緊張起來）

尖らせる〔他下一〕磨尖，削尖，磨利、翹起、突出、提高（嗓門），提高（警惕），緊張起來（＝尖らす）

尖らかす〔他五〕〔俗〕磨尖，削尖，磨利，翹起，突出，提高（嗓門），提高（警惕），緊張起來（＝尖らす）

尖る〔自五〕尖、（神經）緊張、發怒、冒火、不高興
- 尖った顔（尖臉）
- 上の尖った帽子（尖頂帽子）
- 爪先の尖った靴（尖頭皮鞋）
- 神経が尖る（神經過敏）
- 大都会に住むと神経が尖る（住在大城市裡精神緊張）住む 棲む 清む 澄む 済む
- 直ぐ尖る（動不動就發火）
- 奴さん、大分尖っている（那個小子有點冒火了）奴 奴 大分 大分

尖り〔名〕尖（頭）
- 錐の先の尖り（錐尖）
- 尖り顔（尖臉）
- 尖り笠（尖頂草帽）
- 尖り声（尖嗓門、〔發怒時的〕尖銳嗓音）
- 尖り鼻（尖鼻子）
- 尖り矢（尖頭大箭頭）

尖り顔、尖がり顔〔名〕撅著嘴生氣的面孔

尖り声、尖がり声〔名〕（生氣的）尖聲喊叫

尖がる、尖る〔自五〕〔俗〕（尖る的口語形）不愉快、不高興、情緒不佳、悶悶不樂
- 彼女は今日は嫌に尖っている（她今天特別不高興的樣子）

尖がり、尖んがり〔造語〕尖的
- 尖がり鼻（尖鼻子）
- 尖がり帽子（尖帽子）
- 尖がり屋根（尖屋頂）

尖がらかす、尖らかす〔他五〕〔俗〕翹起（嘴）、弄尖（＝尖らす）
- 御八が少ないと言って口を尖らかす（〔孩子〕說點心少翹起嘴來）
- 鉛筆の芯を尖らかす（削尖鉛筆芯）

尖がらかる、尖かる、尖がらがる、尖らがる〔自五〕〔俗〕不高興、不開心、悶悶不樂（＝尖る、尖る）
- そんなに尖らかる事無いわよ（不要那樣不高興）
- 尖らかっちゃ嫌よ（別胡鬧啊！）嫌厭否

尖がらす〔他五〕〔俗〕磨尖，削尖，磨利，翹起，突出，提高（嗓門），提高（警惕），緊張起來（＝尖らす）

肩（ㄐㄧㄢ）

肩〔漢造〕肩
- 双肩（雙肩、肩上）掛る 罹る 係る 繋る 懸る 架る
- 日本の将来は諸君の双肩に掛かっている（日本的前途落在諸位的肩上）
- 比肩（匹敵、倫比）
- 彼に比肩する者は無い（沒有比得上他的）

肩胛骨、肩甲骨〔名〕〔解〕肩胛骨

肩章〔名〕肩章
- 肩章を付ける（佩帶肩章）付ける 附ける 漬ける 着ける 就ける 突ける 衝ける 浸ける 憑ける

肩帯〔名〕〔解〕肩胛帶

肩癖、疝癖〔名〕肩部痙攣，風濕性背痛症（＝肩凝り）、按摩術

肩峯〔名〕〔解〕肩峯

肩摩〔名〕摩肩
- 肩摩轂撃（摩肩擊轂、行人車輛非常擁擠）

肩〔名〕肩，肩膀、（衣服的）肩、（器物或山路等）上方，上端，（狹義指）右上角
- 肩が痛い（肩膀痠痛）
- 肩で推す（用肩推）推す 押す 圧す 捺す
- 荷物を肩で担ぐ（用肩扛東西）
- 銃を肩に為る（肩槍、把槍扛在肩上）摩る 擂る 磨る 掏る 擦る 摺る 刷る
- 肩を敲く（拍肩膀）敲く 叩く
- 上着の肩が破れた（上衣的肩破了）破れる 敗れる
- 肩にパッドを入れる（放上墊肩）

山の肩（山肩）付ける附ける漬ける着ける就ける突ける衝ける浸ける憑ける

漢字の肩に印を付ける（在漢字的右上角記上記號）印徴験記

肩が良い（〔棒球〕投球有力、善於投遠球）良い好い善い佳い良い好い善い佳い

彼のピッチャーは肩が良い（那個棒球投手投球有力）

肩が軽く為る（肩膀輕鬆、〔轉〕卸了擔子，卸下責任，放下包袱，鬆口氣）

肩が凝る（肩膀痠痛）

肩が張る（肩膀痠痛）張る貼る

肩の凝らない読物（輕鬆的讀物）

肩が弱い（〔棒球〕投球無力、投得不準）

肩で息を為る（呼吸困難）摩る擂る磨る掏る擦る摺る刷る

肩で風を切る（得意洋洋、趾高氣昂）切る斬る伐る着る

肩で風を切って歩く（得意洋洋地走）

肩に掛かる（〔責任或義務等〕成為某人的負擔）掛る架る繋る罹る係る懸る

肩の荷が下りる（卸下擔子、放下包袱）降りる下りる

肩を怒らす（端著膀子、擺架子、裝腔作勢）怒らす怒らす

肩を入れる（伸上袖子、〔轉〕袒護，支援，給某人撐腰）入れる容れる

肩を貸す（幫人挑擔、幫助、援助）

肩を竦める（〔表示冷漠或無奈等〕聳肩膀）

肩を並べる（並肩前進、並駕齊驅）

肩を並べて歩く（併肩走）

大国と肩を並べる（與大國並駕齊驅）

肩を抜く（和某事斷絕關係、卸去擔當的責任、卸卻責任）抜く貫く貫く

肩を脱ぐ（露出肩膀、脫光膀子）

肩を持つ（偏袒、袒護）

君は如何して彼の肩を持つのか（你為什麼偏袒他呢？）

方〔名〕方，方向，方面、（人的敬稱）人、處理，解決，時代，時期

〔造語〕表示兩者中的一方、表示管理或擔任某事的人。（接動詞連用形後）表示方法，手段，樣子，情況。（接動詞連用形或動作性漢語名詞後）表示某種動作。（多用於信封）（寫在寄居人家姓名後）表示住在某人家中，由某人轉交

東の方（東方、東方）

敵の方（敵方）

此の方（這一位）

上方（京都及其附近地方、關西、近畿地方）

上っ方、上つ方（貴人、身分高的人）

田中と言う方（姓田中的人）

紹介状に書いて在る方（介紹信上寫的那位）

仕事の方が付いた（事情解決了）

方を付ける（加以解決）

来し方行く末（過去和將來）

母方（母方）

相手方（對方）

売り方と買い方（賣方和買方）

会計方（會計員）

賄い方（伙食管理員）

話し方（說法）

遣り方（做法）

作り方（作法、製法）

字の書き方と読み方（字的寫法和讀法）

痛み方（破損情況）

混み方（擁擠情況）

打ち方止め（〔口令〕停止射擊！）

調査方頼む（懇請調查）

山本様方田村文雄様（山本先生轉交田村文雄先生）

方 〔接尾〕（接於人稱代名詞後）表示複數的敬稱

〔造語〕表示大約，差不多（＝位、程）、表示所屬方面、表示大約的時間（＝頃、時分）

貴方方　你們

先生方　各位老師、先生們

御婦人方　婦女們

五割方高くなる　提高五成左右

千円方下落する　跌價一千日元左右

日暮れ方　傍晚時分

夜明け方　天亮時分

形 〔名〕形，形狀（＝形）、痕跡、形式、抵押、花樣，花紋

ハート形（心形）

形が崩れない（不變形）

此の洋服は形が崩れた（這套西服走樣了）

菱形の箱（菱形的盒子）菱形　菱　形

形が付く（留下痕跡、印上一個印）付く附く撞く搗く就く衝く憑く着く突く尽く点く漬く

床の足の形が付いた（地板上印上了腳印）床床

形許りの祝いを為る（舉行一個只是形式上的慶祝、草草祝賀一下）摺る擦る刷る掏る磨る擂る

借金の形（借款的抵押）

家を形に為て金を借りる　家を貸金の形に取る（以房子作貸款的抵押品）取る執る獲る採る撮る盗る摂る捕る

勘定の形に時計を置く（用錶作帳款的抵押）

布に形を置く（在布上印花樣）置く擱く措く

型 〔接尾〕型、類型（＝タイプ）

最新型（最新型）

Hamlet型（哈姆雷特型〔的人〕、優柔寡斷類型的人，喜歡沉思而不果斷類型的人）

潟 〔名〕海灘，淺灘、（關西方言）海灣、（由於沙丘等與外海隔開而形成的）鹹水湖，潟湖

干潟（退潮後露出的海灘）

肩げる、担げる 〔他下一〕扛、擔、扛在肩上（＝担ぐ）

鍬を肩げる（肩鋤）肩げる担げる傾げる

肩上げ、肩揚げ 〔名、自サ〕（為了兒童長大時放出袖長）在兒童衣服的肩上所縫的褶

肩上げが取れる（已經成年）取れる捕れる獲れる採れる録れる撮れる摂れる盗れる

未だ肩上げも取れない頃（兒童期、少女期）

肩当て 〔名〕（衣服上的）墊肩、（挑擔時用的）墊肩、睡覺時肩膀上圍的防寒布

肩息、片息 〔名〕困難的呼吸、喘氣、倒氣

肩息を付く（喘氣、喘吁吁地呼吸）付く附く衝く着く突く就く憑く尽く搗く撞く漬く

肩息に為る（喘氣、喘吁吁地呼吸）為る成る鳴る生る

肩入れ 〔名、自サ〕偏護偏袒（＝贔屓する）

肩書き、肩書 〔名〕頭銜，官銜，稱呼。〔轉〕職業，地位、豎寫時在本文右上方寫的注釋、信封上的收信人住址

肩書きが多い（頭銜多）多い覆い被い蔽い蓋い

大臣と言う肩書き（部長的官銜）言う云う謂う

名刺には沢山肩書きが書いて有る（名片上寫著許多頭銜）有る在る或る

村田さんは文学博士の肩書きを持っている（村田先生有文學博士的頭銜）

私は、何の肩書きも有りません（我什麼頭銜都沒有）

肩書きを大事に為る（重視職業地位）摩る擂る磨る掏る擦る摺る刷る

肩掛け、肩掛 〔名〕披肩、披巾（＝ショール）

肩代り、肩替り〔名、自サ〕替換抬轎（的人）、（債務或負擔等的）轉移，更替

　　株券を肩代りする（過戶股票）

　　負債の肩代りを為る（進行債務轉移）摩る擂る磨る掘る擦る摺る刷る

　　仕事を肩代りする（接替工作）

　　責任を肩代りする（轉移責任、替別人負責任）

　　人の借金を肩代りする（替別人還債）

肩衣〔名〕〔古〕平民穿的無袖衣、武士穿的無袖上衣（禮服的一種）

肩口〔名〕肩膀的上部（=肩先）

肩先〔名〕肩頭

　　肩先を切られる（肩頭被砍）切る斬る伐る着る

肩車〔名〕（使小孩等）騎脖子。〔柔道〕把對方扛在肩上扔出去的一個招數

　　子供を肩車に乗せる（讓孩子騎在脖子上）乗せる載せる伸せる熨せる

　　肩車に乗って川を渡る（騎在別人脖子上過河）渡る涉る亘る川河皮革側

肩越し〔名〕越過（某人的）肩膀、隔著（某人的）肩膀

　　〝貴方〞、彼女は弟の肩越しに首を伸ばした（她把頭伸過弟弟的肩膀說〝什麼〞？）

肩凝り〔名〕肩疫、肩頭僵硬

肩板〔名〕〔動〕（昆蟲的）翅基片

肩透かし、肩透し〔名〕〔相撲〕躲閃（使對方向前撲空的招數）。〔轉〕使對方的期待落空，出奇不意

　　肩透かしで勝つ（採用躲閃的一招取勝）勝つ且つ

　　相手に肩透かしを食わせる（給對方來個躲閃招，使對方的期待落空）食う喰う食らう喰らう

肩台〔名〕（用熨斗燙西服肩部的）墊板

肩付き，肩付，肩附き，肩附〔名〕肩膀的樣子

　　良い肩付きだ（肩膀長得好）良い好い善い佳い良い好いよい善い佳い

肩慣し〔名〕（運動比賽開始前的）準備活動、柔軟體操

肩脫ぐ〔自他五〕脫掉和服的衣袖，露出襯衣的肩來、脫去上半身的衣服，裸露出上半身

肩脫ぎ〔名〕脫下衣袖露出肩來

　　肩脫ぎに為って木を切る（把衣袖脫下裸著手臂砍樹）切る斬る伐る着る

肩抜け〔名〕（因推卸責任而感覺）輕鬆

　　気持に肩抜けが出来た（精神上感到輕鬆了）

肩幅〔名〕肩寬、兩肩的寬度

　　肩幅が広い（兩肩很寬）広い拾い

肩肘〔名〕肩和肘

　　肩肘張る（驕傲自滿，氣勢凌人，態度拘謹、擺架子）

　　肩肘怒らせる（驕傲自滿，氣勢凌人，態度拘謹、擺架子）

肩布団、肩蒲団〔名〕（冬季）肩膀上圍的小被子（=肩当）

肩身〔名〕身軀、面子，臉面，自豪感

　　肩身が狭い（臉上無光，感到丟臉）

　　借金を為るのは肩身が狭い事だ（借錢是臉上無光的事）

　　こんな親戚が有るかと思うと肩身が狭い（一想到這麼一個親戚就覺得丟臉）

　　肩身が広い（有面子，感覺自豪）聞く聴く訊く利く効く

　　君の成功を聞いて御父さんも肩身が広いだろう（聽到你的成功你父親也感到光彩吧！）

肩休め〔名〕（挑擔時用的）墊肩（=肩当）、（旅行或工作）休息片刻

肩山〔名〕（衣服）墊肩突起的部分

肩巾、領巾〔名〕〔古〕（貴婦人用的）披肩

姦（ㄐ一ㄢ）

姦〔漢造〕奸、姦淫

　　強姦（強姦）←→和姦

　　強姦未遂（強姦未遂）

ㄐ

強姦罪（強姦罪）

和姦（和姦、通姦）←→強姦

姦する〔自、他サ〕通姦（=姦通する）、強姦（=強姦する）

姦悪、奸悪〔名、形動〕奸惡（的人）、心術壞（的人）

奸悪さ（奸惡）姦する関する冠する緘する

姦悪な人（壞人、壞蛋、奸惡的人）

姦淫〔名〕姦淫

姦淫罪（姦淫罪）

姦曲、奸曲〔形動〕邪惡、不正經

姦計、奸計〔名〕奸計、圈套

奸計を回らす（定奸計、設圈套）回らす巡らす廻らす

奸計に陥る（陥入奸計）

敵の奸計に掛かる（上敵人的圈套）掛る係る繋る罹る懸る架る

奸計を用いて巨利を得る（使用奸計而謀大利）得る得る売る

我我を欺かんと為る奸計だ（是設法欺騙我們的奸計）擦る磨る擂る刷る摩る掏る摺る

姦策、奸策〔名〕奸計

奸策を回らす（定奸計、設圈套）回らす巡らす廻らす

奸策を弄する（玩弄奸計）弄する労する聾する

奸策に陥った（中了陰謀詭計）

彼の人は頗る奸策に長じている（他擅長於陰謀詭計）

姦者,奸者、姦者,奸者〔名〕壞人、心術不正的人

姦邪、奸邪〔形動〕違反道理、行為不正（的人）

姦商、奸商〔名〕奸商（=惡徳商人）

奸商を懲罰する（懲治奸商）

姦臣、奸臣〔名〕奸臣

奸臣を除く（鏟除奸臣）除く覗く覘く

姦賊、奸賊〔名〕奸賊

姦通〔名、自サ〕通姦

姦通罪（通姦罪-日本於1947年已廢止）罪

姦徒、奸徒〔名〕惡徒、邪惡的壞人

姦党、奸党〔名〕惡黨、邪惡的壞人們

姦盗、奸盗〔名〕奸賊

姦佞、奸佞〔名、形動〕奸佞、奸詐（的人）

奸佞邪知（奸佞邪智）

君側の奸佞に妨げられる（被君主身邊的奸佞所阻礙）

姦夫、奸夫〔名〕姦夫（=間男）

姦婦、奸婦〔名〕毒婦，奸佞的婦女、淫婦

姦夫姦婦（姦夫淫婦）

姦物、奸物〔名〕奸人、壞人、心術邪惡的人

相手は中中の奸物だ。油断するな（對方為人非常邪惡要提高警覺）

姦謀、奸謀〔名〕詭計、奸詐

姦雄、奸雄〔名〕奸雄

姦しい、囂しい〔形〕喧囂、嘈雜（=喧しい、煩い）

電気drillの音が姦しい（電鑽的聲音很嘈雜）

姦しい都会より静かな田舎の方が好きだ（我不喜歡喧囂的都市而喜歡幽靜的鄉村）

兼（ㄐㄧㄢ）

兼〔漢造〕兼有、兼併、兼任、事先準備

首相兼外相（首相兼外相）

昼夜兼行（日夜不停）

昼夜兼行で働く（不分日夜地工作）

機械を昼夜兼行で運転する（日夜不停地開動機器）

八宗兼学（八宗兼學、〔喻〕博學多識）

兼愛〔名〕兼愛

兼営〔名、他サ〕兼營（其他營業）

hotel restaurant
ホテルとレストランを兼営する（兼營飯店和西餐館）

兼業〔名、他サ〕兼業、兼營
彼はパン屋と菓子屋を兼業している（他兼營麵包店和糕餅店）
兼業農家（兼業農家-家屬中有人在外工作賺得收入的農家）

兼学〔名、他サ〕兼學（兩種以上的學科或技藝）

兼官〔名、他サ〕兼任其他官職、兼任的官職
兼官を許さない（不許兼任其他官職）

兼勤〔名、他サ〕兼職、兼任、兼業

兼行〔名、自サ〕兼行、兼程
〔名、他サ〕一人兼作兩項或多項工作
昼夜兼行で試験の準備を為る（晝夜不停地準備考試）掏る摩る刷る擂る磨る擦る摺る

兼修〔名、他サ〕兼修、兼學
日本語を主要科目と為、外に英、仏、独語を選択兼修する（以日本語為必修科另外選修英法德語）

兼掌〔名〕兼任兩個以上的工作或職務（＝兼務）

兼職〔名、他サ〕兼職
兼職を辞める（辭去兼職）辞める止める已める病める

兼摂〔名、他サ〕兼攝，兼管、兼任，兼職
首相が外務大臣を兼摂する（首相兼任外務大臣）
兼摂大臣（兼職大臣）

兼帯〔名、他サ〕兼用，兼而有之、兼任，兼職
朝昼兼帯の食事（兼作早飯午飯的一頓飯）
人事と総務を兼帯する（兼管人事和總務）
校長と教師を兼帯する（兼任校長和教師）

兼題〔名〕（開俳句或和歌吟詠會時）事先擬定的題目←→即題、席題

兼任〔名、他サ〕兼任、兼職←→専任
兼任の大臣（兼任的大臣）
首相の外相兼任を解く（解除首相的外相兼職）解く溶く説く梳く

兼備〔名、他サ〕兼備
才色兼備（才色兼備）

智慧と勇気を兼備する（智勇雙全）

兼ね備える、兼備える〔他下一〕（二者）兼備
智慧と勇気を兼ね備える（智勇雙全）

兼併〔名、他サ〕兼併
土地を兼併する（兼併土地）

兼補〔名、他サ〕兼任、兼補（某職務）

兼務〔名、他サ〕兼職、兼任的職務
会計係を兼務する（兼作會計員）
兼務を追われて本業が疎かに為る（忙於兼職工作把本職疏忽了）追う負う

兼有〔名、他サ〕兼有、兼備、兼而有之

兼用〔名、他サ〕兼用、兩用
晴雨兼用の傘（晴雨兩用傘）
台所と食堂を兼用する（兼作廚房和飯廳）
書斎兼用の客間（兼作書房用的客廳）
食卓を机に兼用する（把飯桌兼作書桌用）

兼ねる〔他下一〕兼，兼帶、兼任，兼職，兼作⋯、（接動詞連用形下）礙難，不便，不好意思、不能，辦不到。
（以兼ねまじ、兼ねない的形式）可能⋯、也有可能⋯、不見得不⋯
其の家の台所と食堂を兼ねている（那家的廚房兼作餐廳）
墓参りを兼ねて田舎へ帰った（兼帶著掃墓回鄉下去了）
大は小を兼ねる（大能兼小）
首相が外相を兼ねる（首相兼任外相）
二つのクラスの担任を兼ねる（兼任兩班的班主任）
承諾し兼ねる（礙難答應）
納得し兼ねる（難以理解）
一寸断り兼ねる（礙難拒絕、有些不好意思拒絕）一寸一寸丁度
一寸答え兼ねる（有些不便回答、一時難以答覆）

ㄐ

御引き受け致し兼ねます（礙難承擔、難以承擔）

喧嘩も仕兼ねない様子だ（看來有可能要吵起來的樣子）

目的を達する為にはどんな事でも仕兼ねない男だ（他是一個為達目的甚麼事都可能做得出來的人）

人殺しも仕兼ねない男だ（他是個很有可能做出殺人勾當的人）

仕兼ねる〔他下一〕難以做到

決心を仕兼ねる（難以下決心）

先方の御話通りに仕兼ねます（難以按照對方說的辦）

仕兼ねない（能做得出來、很可能做出來）

どんな悪い事も仕兼ねない（什麼壞事都做得出來）

人殺しも仕兼ねない（殺人的事也會做出來）

仕兼ねない〔連語〕很可能做出來、能做得出來

どんな悪い事も仕兼ねない（什麼壞事都做得出來）

人殺しも仕兼ねない（殺人的事也會做出來）

兼ねない〔連語〕很有可能…、不一定不…

沈没仕兼ねない（狠可能沉沒）

戦争に為り仕兼ねない（狠可能發生戰爭）

死ぬと言われれば死ぬ仕兼ねない（若讓他死他很可能就去死）

兼て、予て〔副〕事先、以前、老早、早先、原先（＝予め、前以て、予てから、予予）

予ての計画（原先的計畫）

予て耳に為ていた噂（老早就聽到的傳說）

予ての望みを達する（達到宿願）

此の本は予て読み度いと思っていた（這本書我老早就想看來著）

御高名は予てから伺って居ります（久仰大名）

予て聞いていたよりずっと優れていた（比原先聽到的好得多）

予て御頼みして置いた話は如何為りましたか（以前拜託您的那件事怎麼樣了？）

兼ね合い〔名〕兼顧、保持均衡

予算との兼ね合いで決める（根據與預算的平衡來決定）決める極める

理想と経営の兼ね合いは難しい（理想和經營很難保持均衡）

隣近所の兼ね合いも有る事だし、内の都合丈では決められない（不能只按我們自己的方便來決定還要兼顧到四周）

千番に一番の兼ね合い（一千次只能成功一次、〔喻〕非常困難，很難成功）

兼兼、予予〔副〕老早、很久以前（＝予て、兼て、前以て、前から）

御名前は予予伺って居ります（久仰大名）

予予心配していた事が起こった（很久以前就擔心的事情發生了）

予予言った通り（正像以前所說的那樣）

東京へ行ってみたいと予予思っていた（我很早以前就想到東京去看看）

予め〔副〕先、預先（＝予て、兼て、前以て、前から）

予め知らせ置く（預先通知）

予め計画を立てる（先訂計畫）

兼言、予言、豫言〔名〕諾言、誓言

堅（ㄐㄧㄢ）

堅〔名、漢造〕堅固、堅固、牢固

堅を誇る（誇耀堅固）

敵の堅を破る（攻破敵人的堅陣）

強堅（堅固、強固）

中堅（中堅，骨幹、中軍，主力軍、〔棒球〕中鋒＝センター）

堅果〔名〕〔植〕堅果

堅強〔形動〕堅強

堅強な意志（堅強的意志）

堅固〔形動〕堅固，堅定、健康，結實

堅固な陣地（堅固的陣地）

堅固な心（堅定的心）

守備を堅固に為る（鞏固防守）掏る摩る刷る擂る磨る擦る摺る

体は堅固だ（身體健壯）

堅甲〔名〕堅硬的甲殻、堅固的鎧甲

堅甲利兵（堅甲利兵）

堅硬〔形動〕堅硬、堅固

堅材〔名〕堅硬的木材

堅持〔名、他サ〕堅持、堅決保持

平和政策を堅持する（堅持和平政策）

伝統を堅持する（堅決保持傳統）

堅実〔名、形動〕堅實、牢靠、穩固、穩健、踏實

堅実に勉強する（踏實地用功）

我我の校長は堅実な人です（我們的校長是個穩重的人）

彼の人の商売の遣り方は堅実だ（他的經商方法是穩健的）

堅守〔名、他サ〕堅守,固守（陣地等）、嚴守（規則等）

堅城〔名〕防守堅實的城池

堅陣〔名〕堅固的陣地

敵の堅陣を抜く（攻克敵人的堅陣）抜く貫く

堅靭〔形動〕堅韌

堅靭な力（堅韌的力量）

堅信礼〔名〕〔宗〕（基督教的）堅信禮

堅調〔名〕〔商〕行情堅挺、上升傾向、漲價趨勢←→軟調

堅頭類〔名〕〔動〕堅頭類

堅忍〔名、自サ〕堅忍

堅忍持久（堅忍持久、持之以恆）

堅忍不抜（堅忍不拔）

堅忍不抜の精神を養う（培養堅忍不拔的精神）

堅氷〔名〕堅冰

堅塁〔名〕堅固的堡壘

堅塁を抜く（攻破堅固的堡壘）抜く貫く

保守党の堅塁は中中破れない（保守黨的堅固的堡壘很難攻破）破れる敗れる

堅牢〔形動〕堅牢、堅固、牢固

堅牢で壊れ難い箱に入れる（放在堅固不易損壞的箱子裡）

堅牢無比（堅固無比）

堅牢地神（生育和負載萬物的神）

堅牢度（〔染料等的〕堅牢度）

堅、固〔造語〕堅硬

固塩（凝結成塊的鹽）

固パン（壓縮餅乾）

堅い、固い、硬い〔形〕硬的，緊的、堅固的，堅實的、堅強的，堅定的，堅決的←→柔らかい、緩い

硬い鉛筆（硬鉛筆）固い堅い硬い難い難い

此の肉は硬くて食べられない（這肉硬得沒法吃）

鉄の様に硬い（鐵一般地硬）

堅い基礎（鞏固的基礎）

堅い砦（堅固的堡壘）

敵の防禦は堅い（敵人的防禦很堅固）

堅い決心（堅定的決心）

堅く信じて疑わない（堅信不疑）

此の靴は堅い（這個鞋緊）

堅い結び目（繫緊的結）

堅く絞ったタオル（用力擰乾的毛巾）

二人は堅い握手を為た（兩個人緊緊地握手）

堅い店（有信用的商店）

堅い商売（堅實的生意、正經的買賣）

硬い文章（生硬的文章）

人が硬い（為人可靠）

頭が硬い（腦筋頑固）

堅い読み物（理論性的讀物）

堅く断る（嚴厲拒絕）

堅く禁ずる（嚴禁）

優勝は堅い（確信能得冠軍）

合格は堅い（堅信能錄取）

難い 〔形〕難的（＝難しい）←→易い

解するに難くない（不難理解）難い硬い堅い固い

想像するに難くない（不難想像）

一通りの努力では成功は難い（一般的努力是難以成功的）

難きを先に為て獲るを後に為（先難後獲）

難い 〔接尾〕（接動詞連用形構成形容詞）難以

予測し難い（難以預測的）

理解し難い（難以理解的）

得難い人物だ（是個難得的人）

堅め、固め 〔名〕（鞏固的）防禦，防備、（堅定的）誓約

固めを厳に為る（嚴加戒備、警備森嚴）為る為る

彼等は国の固めである（他們是國家的干城）

婚約の固めに指環を贈る（贈送訂婚戒指）贈る送る

夫婦の固めの杯を交わす（喝交杯酒）杯　盃　杯盃

堅木 〔名〕硬木。〔植〕青岡櫟（＝樫）

堅気 〔名、形動〕正經、規矩、正直，誠實、正業，正經的職業

堅気の（な）人（正經人、正派人）

堅気な社員（誠實認真的公司職員）

堅気の商売（正經的買賣）

堅気の暮しを為る（靠正當職業生活）掏る摩る刷る擂る磨る擦る摺る

堅苦しい 〔形〕嚴格，限制過嚴，沒有通融餘地、鄭重其事，拘泥形式

堅苦しい規則（嚴格的規則）

堅苦しい家庭（嚴格的家庭）

礼儀正しくて堅苦しい人（是個繁文縟節的人）

学長の前に出るとどうも堅苦しい（一到校長的面前總覺得太拘束不自由）

堅苦しく言う（鄭重其事地說）言う云う謂う

堅苦しい事は抜きに為よう（不要拘泥形式吧！）

堅苦しい挨拶は抜きに為る（免去不必要的客套話）掏る摩る刷る擂る磨る擦る摺る

堅肉 〔名〕結實的肌肉

堅人、堅人 〔名〕耿直人、老實人、規矩人

彼の人は中中の堅人だ（他是個非常耿直的人）

堅蔵 〔名〕耿直人、老實人、規矩人（＝堅人、堅人）

堅物 〔名〕耿直人、嚴謹的人（＝堅人、堅人）

堅炭 〔名〕（火力強的）硬木炭

堅太り、堅肥り 〔名、自サ〕實胖，胖得結實、實胖的人

堅太りした体格（胖得結實的體格）

堅太りの為た体格（胖得結實的體格）

彼の人は堅太りだ（那人胖得結結實實）

堅焼き 〔名〕烤得硬（的餅乾等）←→軽焼き

堅焼きの煎餅（烤得硬的日本脆餅乾）

揃（ㄐㄧㄢ）

揃 〔漢造〕聚集，齊全，全是，套、副、組

揃う 〔自五〕齊全、成雙，成對，成套，一致，相同，整齊、（人）到齊，聚齊，齊備，備全

もう揃った（已經齊全了）

未だ揃わない（還不齊全）未だ未だ

箸が揃っていな（筷子不成雙）

揃っていない靴（不成對的鞋）

もう一冊有ると揃う（再一本就齊全了）有る在る或る

彼の所には中国の美術品が良く揃っている（他家裡中國工藝品很齊全）

大きさが揃っている（大小一致、都一樣大）

粒が揃っている（顆粒大小一致，顆粒整齊、都是好手，都很優秀）

声が揃わない（聲音不齊）

高さが揃っていない（高矮不齊）

全員の考えが揃う（大家的意見一致）

隊列の歩調が良く揃っている（隊伍的步伐整齊）

皆揃ったかね（都到齊了嗎？）

皆揃ったら出発しよう（若都到齊就出發吧！）

内の学校には立派な先生が揃っている（我們的學校教師人才濟濟）

子供の入学用品が揃った（孩子上學的用品齊備了）

揃いも揃って…許り（全是、都是、毫無例外）

揃いも揃って優等生許りだ（全是高材生）

揃い、揃〔名〕成套，成組，成付，一致，一樣、（多數人）聚在一起，一塊。

〔接尾〕（助數詞用法）套，付，組，一套，一付，一組

揃いの着物（成套的衣服）

上着と揃いのズボン（jupon）（跟上衣配套的褲子）

此の本は三冊で揃いです（這部書一套三冊）

皆さん御揃いで何方に御出掛けですか（你們大家結伴要到哪裡去呢？）

家具一揃い（一套家具）

茶器を二揃い買う（買兩套茶具）買う飼う

揃い踏み〔名〕〔相撲〕踩地表演（大関到幕內一級的力士在賽場並排高抬大腿兩腳交替踩地）

御揃い〔名、副〕（揃い的鄭重說法）（你們倆、夫婦、大家）一起，一同，一塊，一式，一樣

此は御揃いで（大家都在這裡呀！）

御揃いで何方へ（你們倆一起到哪裡去？）

御揃いで散歩に出掛ける（一起去散散步）

二人は御揃いの着物を着ている（兩個人穿一樣的衣服）着る切る斬る伐る

此の着物は姉と御揃いで作ったのです（這件衣服是跟我姊姊一起去做的）作る造る創る

揃い、揃〔接尾〕（接在體言下面）都是、全是、全都一樣

彼の作品は傑作揃いだ（他的作品全都是傑作）

揃える〔他下一〕使一致、使…齊備，備齊，湊齊、使成雙，成對

高さを揃える（使高矮一致、弄得一樣高）

色を揃える（使顏色一致）

声を揃えて歌う（齊聲歌唱）歌う謠う唄う謳う

数を揃える（把數目湊齊）数数

商品を揃える（備齊各種商品）

色色の辞典を揃え度い（想備齊各種辭典）

靴を揃える（把兩雙鞋擺在一起）靴履沓

揃え〔名〕弄齊，弄整齊，成套，成組，成付、一致，一樣、（多數人）聚在一起，一塊（=揃い）

菅（ㄐㄧㄢ）

菅〔漢造〕菅（多年生草、形像茅、又叫菅茅）

菅（也讀作菅）〔名〕〔植〕菅、蘭，蓑衣草

菅垣、清搔き〔名〕右手彈琴弦、（箏或三弦琴的）清彈，清彈曲、一起彈撥三弦琴的第一，第二兩根琴弦

菅薦〔名〕菅茅編的粗蓆、蒲包

菅莚、菅席〔名〕蒲草蓆

菅（也讀作菅）〔名〕〔植〕菅、蘭，蓑衣草

菅笠〔名〕蘭笠（草帽）（=菅笠）

間（ㄐㄧㄢ）

間〔名〕間、機會，間隙，隔閡，裂痕，間諜。

〔接尾〕（接名詞或數詞之後）間、期間、中間。

〔漢造〕間隔、間諜

其の間を利して逃げる（抓住這個機會逃跑）

其の間に準備する（趁著這個時機進行準備）

間に乗じて敵陣に切り込む（乘機殺入敵陣）

如何に為て其の間に身を処す可きか（應如何設身其間？）処す書す

間を生ずる（發生隔閡〔裂痕〕）生ずる請ずる招ずる

間を放つ（撒出間諜）

五分間（五分鐘工夫）

一カ月間（一個月的期間）一カ月一ヶ月一個月一箇月

阪神間（大阪神戸之間）

学友間（同學之間）

日米間の交渉（日美間的交涉）

食間に薬を呑む（飯間吃藥）呑む飲む

間髪を容れず（間不容髮）

中間（中間、中途）

空間（空間）

時間（時間，工夫，時刻，時候，小時，鐘點，授課時間）

昼間、昼間（白天）

夜間（夜間、夜晚＝夜）

股間、胯間（胯間）

年間（年間，年代、一年期間）

民間（民間、民營、在野）

山間（山間、山中）

山間（山谷、峽谷、山溝）

離間（離間、挑撥離間）

京浜間（東京和横濱之間）

反間（反間）

其の間（那個期間）

区間（區間、段）

峡間（峽谷間）

胸間（胸前）

行間（字裡行間、字行的間隔）

週間（〔舉行某種運動的〕週間、一個星期）

瞬間（瞬間）

林間（林間）

間一髪〔名〕毫厘之差、差一點點

間一髪の差（毫厘之差）

間一髪の所で逃れる（僅以身免）

学校に間一髪で間に合う（差一點上學就要遲到了）

間一髪終電車に間に合った（勉強趕上了最後一班電車）

汽車は間一髪の所で急停車し、衝突を免れた（火車緊急刹車差一點沒有發生車禍）

勝つか負けるか又生きるか死ぬかは間一髪の差だ（勝敗存亡千鈞一髮）

間一髪アウトに為る（〔棒球〕毫厘之差出局了）為る成る鳴る生る

間隔〔名〕間隔、距離

間隔符号（間隔符號）

広い間隔（寬廣的距離）

間隔を置く（留出間隔）置く擱く措く

間隔を詰める（縮小距離）詰める積める摘める抓める

四分間隔に発車する（每隔四分鐘發車一次）

等距離の間隔を置く（留出等距離的間隔）立つ経つ建つ絶つ発つ断つ裁つ截つ

十メートル間隔で旗が立っている（隔十公尺豎一個旗子）

前の車との間隔を十分に取らないで運伝するのは危険です（與前面的車不留出足夠的間距駕駛汽車是危險的）

間隙〔名〕間隙，空隙（=隙間）、隔閡，不和（=仲違い）

　間隙を埋める（填空隙）埋める生める産める膿める倦める熟める繢める

　自動車の間隙を縫って進む（從汽車間的空隙鑽過去）

　間隙を狙って攻め込む（乘隙進攻）

　二人の間に間隙が出来た（二人之間發生了隔閡）

　間隙がを生ずる（產生隔閡、關係破裂）生ずる招ずる請ずる

間隙水〔名〕〔理〕孔隙水

間欠、間歇〔名、他サ〕間歇、斷續

　間歇無く（接連不斷）

　脈搏が間歇する（脈博間歇）

　間歇的に痛む（一陣一陣地痛）痛む傷む悼む

　間歇電流（間歇電流）

　間歇動作（間歇動作）

　間歇発信機（間歇發報機）

　間歇暖房（間歇暖房裝置）

　間歇温泉（間歇溫泉）

　間歇泉、間欠泉（間歇泉）

　間歇性、間欠性（間歇性）

　間歇性跛行症（間歇性跛行症）

　間歇マラリア熱（間歇性瘧疾的發燒）

　間歇的、間欠的（間歇性的）

　間歇的に発作が起る（間歇性的發作）起る興る熾る怒る

　間歇熱、間欠熱（〔醫〕間歇熱、間歇性的發燒）

間行〔名〕潛行、微行

間作〔名、他サ〕〔農〕間作，間種，間種作物，套種，套種作物

　間作作物（間作作物、套種作物）

　玉蜀黍に大豆を間作する（在玉米地裡間種大豆）

　大根は良く間作と為て栽培する（蘿蔔常常作為間作作物種植）

間質〔名〕間質（=器質）

　間質炎（間質炎）炎炎

　間質細胞（間質細胞）

間者〔名〕〔舊〕間諜（=間者）

　敵の間者は入り込む（敵人的間諜鑽進來了）

間諜〔名〕間諜、特務（=回し者、スパイ）

　経済間諜（經濟間諜）

　間諜を為ている（當間諜、做間諜工作）為る為る刷る摺る擦る掏る磨る擂る摩る

　間諜を放つ（派遣間諜）

　間諜を掴まえる（抓間諜）

間色〔名〕（兩個以上的原色構成的）混合色、中間色

間食〔名、自サ〕（三餐之間）吃點心，吃零食、點心，零食

　良く間食を為る（愛吃零食）為る刷る摺る擦る掏る磨る擂る摩る

　間食に薩摩芋を食べる（吃白薯當點心）

　間食を欲しがらない子（不喜歡吃零食的孩子）

　余り間食するのは体に良くない（太愛吃零食無益於身體）

間食い〔名〕（兩餐之間的）零時（=間食）

　子供が矢鱈に間食いを為る（孩子亂吃零食）為る刷る摺る擦る掏る磨る擂る摩る

間数、函数〔名〕〔數〕函數

　出版物の量は文化程度の函数だ（出版物的數量是文化程度的標誌）

　代数函数（代數函數）

　微分函数（微分函數）

　三角函数（三角函數）

　函数関係（函數關係）

　函数記号（函數記號）

　函数式（函數式）

函数表（函數表）

函数空間（函數空間）

函数論（函數論）

函数行列式（函數行列式）

函数方程式（函數方程式）

間数〔名〕（房間的）間數

間数を増やす（增加間數）增やす殖やす

其の家の間数は幾つですか（那棟房子有多少間房間？）

間性〔名〕〔動〕間性、雌雄間體

間接〔名〕間接←→直接

間接の効果（間接的效果）

間接に影響する（間接地影響）

間接（的）に関係が有る（有間接的關係）有る在る或る

間接（的）に得た情報（間接得來的情報）得る得る売る

間接（的）に頼み込む（間接地託人央求）

間接税（間接税）

間接選挙（間接選舉）

間接貿易（間接貿易、轉口貿易）

間接為替（間接匯兌）

間接伝染（間接傳染）

間接肥料（間接肥料）

間接（的）損害（間接損害）

間接加熱器（間接加熱器）

間接推理（間接推理）

間接照明（間接照明）

間接分裂（〔植〕間接分裂）

間接的（間接的）←→直接的

間接的に注意する（間接地進行勸告）

間然〔名、自サ〕（常用否定詞組）指摘、非議

間然する所が無い（無懈可擊、無可非議、無可挑剔之處）無い絢い

其の施策は間然する所が無い（這一措施是無可非議的）

彼の理論は間然する所が無い位立派である（他的理論完美無缺無懈可擊）

間奏〔名〕〔樂〕間奏

間奏曲（間奏曲）

間断〔名、自サ〕間斷（多用間斷なく的形式）

街道は間断なく車が往来している（街道上車輛往來不絕）

間断なく変化している（在不間斷地變化）

間断なく攻め立てる（不停地進攻）

間点線〔名〕間點線（如 -、-、-、- 或 +、+、+、+ 等、常用於表示地圖的邊界線）

間道〔名〕間道、近道、抄道、捷徑（=近道、脇道、抜道）←→本道

町に通ずる間道が有る（有通往城市去的近道）有る在る或る

敵は間道を抜けて先回りを為ていた（敵人走捷徑先繞過去了）

間投詞〔名〕〔語法〕間投詞、感嘆詞

間投助詞〔名〕〔語法〕間投助詞、感嘆助詞

間脳〔名〕〔醫〕（脊椎動物的大中腦之間的）間腦

間伐〔名、他サ〕間伐（過密的森林）（=透かし切り）

間髪を入れず〔連語〕間不容髮

間八〔名〕〔動〕紅魽-鯵科的海魚

間氷期〔名〕〔地〕（冰河時代冰期與冰期之間較暖的）間冰期

間〔名〕（古代日本建築）兩柱中間的間隔、（日本）六尺（1、818米）、棋盤的格子（眼）

間〔漢造〕間、間隔、中間、期間（=間）

眉間（兩眉之間、前額的中央）

世間（人世，世上，社會，世人，社會上的人們、社會輿論、個人的交際，活動範圍）

人間（人，人類、人品，為人、人間，社會）

無間、無間（〔佛〕無間地獄-八熱地獄之一，不間斷，連續不斷）

間竿〔名〕間竿、丈竿（丈量土地或房屋的竹竿、一間約為1、8米）

間縄〔名〕（播種或栽苗時調整距離用的）每〝間〞有標識的繩尺（一間約為1、82米）、（測量用的）每〝間〞有標識的丈繩

間〔名〕〔雅、方〕間、中間（=間、合間）、兩幕〝能樂〞中間插演的〝狂言〞短劇（=間狂言）

間紙、間紙〔名〕（為防止髒污或損壞）夾在兩物中間的紙

間鴨、合鴨〔名〕〔動〕雜種鴨（家鴨與野鴨的雜種）

間着、合着〔名〕夾衣服，春秋穿的西服（=間服）、穿在貼身衣和外衣之間的衣服
　九月に為ったので間着を着る（因為到了九月所以穿夾衣服）着る切る斬る伐る

間服、合服〔名〕夾衣、春秋穿的西服（=間着、合着）

間狂言〔名〕兩幕〝能樂〞中間插演的〝狂言〞短劇（=間）

間釘〔名〕（兩頭尖的）雙頭釘

間駒、合駒〔名〕（日本將棋）合駒-為防止被將軍途中打出有利的棋子（=間遮）

間の子、合の子〔名〕混血兒、〔生〕雜種、介於兩者之間的東西
　日本人とAmerica人の間の子（日本人和美國人的混血兒）
　騾馬は馬と驢馬の間の子だ（騾子是馬和驢的雜種）
　バドミントンはテニスと羽根突きの間の子の様な物だ（羽毛球是介於網球和拍毽子兩者之間那樣的東西）

間の手、合の手〔名〕日本音樂中各段歌曲間由三弦演奏的過門、（演唱或演說等中間）加入的喊叫聲，插曲，插話
　間の手を入れる（加入喊叫聲、加插曲）
　演説の間の手に野次を飛ばす（在演說中間有人插進奚落聲）

間判、合判、相判〔名〕（紙張等的）中號尺寸（筆記本等-橫約15公分、豎約21公分、照相乾板-橫約10公分強、豎約13公分弱）

間物、相物、合物〔名〕鹹魚（類）（來自鮮魚與乾魚中間物之意）

間〔名〕間隔，距離，間，中間，期間，時候，工夫，關係。
〔接助〕（舊式書信用語）故、所以。
　一定の間を置いて樹木を植える（隔著一定的距離栽樹）植える飢える餓える
　行と行の間を空ける（行間留出間隔）空ける明ける開ける飽ける厭ける
　三国の間で協定を取り交わす（在三國間交換協定）
　栞を本の間に挟む（把書籤夾在書的中間）挟む鋏む挿む剪む
　問題は我我の間で解決しよう（問題由我們彼此來解決吧！）
　彼等の間には多くの類似点が有る（他們之間有許多類似點）有る在る或る
　間に立つ（居間、居中調停）立つ経つ建つ絶つ発つ断つ裁つ発つ起つ截つ
　此の間（前幾天）
　長い間（好久、長時期）
　休みの間も学習を続ける（休息時間還繼續學習）
　三年の間に三つの貯水池を作り上げた（三年的時間修建了三個蓄水池）
　私の生きている間は（在我有生之日）
　遠慮の無い間（不客氣的關係）
　彼との間がしっくりしない（和他的關係不融洽）
　二人の間が旨く行かない（兩個人的關係不好）旨い美味い甘い上手い巧い
　明日別に会議有之候間欠席致候（明日另有會議故不能出席）

間柄〔名〕（親屬或親戚等的）關係、來往關係，交情，交際
　親子の間柄でも然うは行かない（即使是父子之親也不可那樣作）行く往く逝く行く往く逝く

ㄐ

私と彼とは親戚の間柄です（我和他是親戚的關係）

彼とは会って会釈する程度の間柄だ（和他不過是點頭之交）会う逢う遭う遇う合う

二人の間柄は村中に知られている（村裡都知道他倆的關係）

間〔名〕（文、方）間隔，距離，間，中間、期間，時候，工夫，關係（＝間）

間〔名〕（空間的）空隙，空檔，間隔、（時間的）空隙，空閒，閒暇。〔樂〕停止，停頓，節拍，板眼、（合適的）時機，機會，房間，屋子。

〔接尾〕（助數詞用法）表示房間數、間。

間を空ける（留出間隔）空ける明ける開ける飽ける厭ける

間を塞ぐ（堵塞空隙）

木の間から差し込む日の光（從樹枝葉縫隙射進來的陽光）

三メートル宛間を置いて（各拉開三米的空檔）

忙しくてゆっくり御飯を食べるの間も無い（忙得連休息一下吃飯的時間都沒有）

汽車の出る迄には未だ三十分も間が有る（離火車開車還有三十分鐘時間）

話を為ている内に、何時の間にか暗く為って終った（說話之間不知不覺天黑了）

埋め立て後間も無い土地（新填不久的土地）終う仕舞う

一寸間を置いて（過了一下子）一寸一寸

知らぬ間に（不知不覺之間）

瞬く間に（瞬間）

間も無く（不久、沒多少時間）

歌の間が旨く取れている（唱得有板有眼）旨い美味い甘い上手い巧い

彼の人の歌は間の取り方が変だ（他唱得走了調）

間を伺う（窺測時機）伺う窺う覗う

間を見計らって切り出す（抓個時機說出來）計る測る量る図る謀る諮る

間を見て彼を訪ねよう（找個機會去訪問他）訪ねる尋ねる訊ねる

彼の家は四間有る（那棟房子有四個房間）有る在る或る

私は南向きの六畳の間を使っている（我佔用一間六鋪蓆的向南的房間）使う遣う

茶の間（〔家庭的〕飯廳、茶室）

洋間（西式房間）

応接間に御客さんを通す（把客人請到客廳）

私の家は三間で丁度良いのです（我家三間房正好）良い好い善い佳い良い好い善い佳い

二間に台所が付いている（兩間住房另帶廚房）付く着く突く就く衝く憑く尽く搗く附く撞く

間が良い（良い）（湊巧、走運）

今日は何て間が良いんだろう（今天好走運啊！）

間が良ければ四時に手が空く筈です（碰巧的話四點鐘就會騰出時間來）

間が抜ける（愚蠢、糊塗、疏忽、馬虎、大意）

大事な点を落している。随分間の抜けた人だ（把重要的地方漏掉了真是個糊塗蛋）

顔に何処か間の抜けた所が有る（有些呆頭呆腦）

間が悪い（不湊巧，不走運、難為情，不好意思）

間が悪く雨が降って来た（不湊巧下起雨來了）

間が悪い事は重なる物だ（一不順百不順）

間が悪くて顔を合わせられない（不好意思見面）

悪口を言っている所へ本人が来て、間が悪かったよ（正在說他的壞話他來了真不好意思）

間に合う（趕得上，來得及，有用，管用，起作用，夠用，過得去，能對付）

間に合わす（合わせる）（使合音樂的拍子，使合板眼、妥善處理、應付）

好い加減に間に合わして置く（馬馬虎虎地應付一下）

間に合わせる（使來得及、趕辦、〔用代用品等〕暫時應付，將就，湊合）

正午迄には是非間に合わせます（到中午一定趕出來）

此の机で間に合わせて置く（用這張桌子湊合一下）

間に合わない（來不及、不中用，對付不了、不合算，划不來）

君は弱いから間に合わない（你身體弱不中用）

二万円で売っては間に合わない（賣兩萬日元不合算）

間を置く（留出間隔、留出時間）

間を持たす（消磨空閒的時間、沒事找事〔以免冷場〕）

出席者は揃ったのに、会が始められず、間を持たすのに苦労した（出席者都到齊了可是會還不能開始為了想法不冷場煞費心機）

間を悪がる（感覺難為情、感覺不好意思）

合間（空檔、空閒時間）

梅雨の合間（梅雨暫停的時候）梅雨

間合い〔名〕空閒，閒暇，工夫。（適當的）時機。（音樂或舞蹈的）板眼，節拍。（擊劍）距離

間合いを計って（抓空檔、抽時間、找時機）計る測る量る図る謀る諮る

間に合う〔自五〕趕得上，來得及，有用，管用，起作用，夠用，過得去，能對付

一時の汽車に未だ間に合う（還趕得上一點鐘的火車）未だ未だ

随分急いだが上海行きの急行に一寸の所で間に合わなかった（我趕快跑可是就差一點點沒有趕上開往上海的快車）

後悔しても間に合わない（後悔也來不及）

準備が間に合わない（來不及準備）

彼の人は年は若いが中々間に合う（那人雖然年輕但很管用）

私の辞書で間に合えば、使って下さい（我的辭典若是管用的話就請用吧！）

古い事は古いが、未だ間に合う（舊是舊卻很管用）未だ未だ

千円有れば間に合う（有一千日元就夠用）

君が居なくても結構間に合う（沒有你也能夠應付）

鉄鋼の生産が間に合わない（鋼鐵生產供不上需要）

今日に御間に合いでしょうか（〔賣菜人問〕今天您夠用嗎？）

今日は間に合っています（今天夠用〔不買了您的東西〕了）

間に合わせる〔連語〕臨時湊合，將就一時，暫時敷衍，應急，使來得及，趕出來

此の机で間に合わせて置く（將就〔湊合〕使用這張桌子）

粗末な物で間に合わせる（因陋就簡）

正午迄には是非間に合わせます（正午以前一定趕出來）

間に合わせ〔名〕權宜之計、臨時湊合，敷衍一時（的代用品）（=間に合い）

間に合わせの武器（應急的武器）

間に合わせの建築（臨時性的建築）

間に合わせ物（臨時湊合的代用品）

間に合わせを言う（支吾搪塞、說敷衍塞責的話）

一時の間に合わせに使う（臨時湊合著用）使う遣う

間に合わせに此を使って下さい（請您湊合著用這個吧！）

其の金で急場の間に合わせと為る（用那筆錢以濟燃眉之急）為る刷る摺る擦る掏る磨る擂る

此は間に合わせの対策に過ぎない（這只是權宜之計）

ч

間男〔名〕姦夫，情夫（=間夫）、（有夫之婦與其他男人）通姦，私通

　　間男を為る（通姦）刷る摺る擦る掘る磨る擂る摩る

間夫〔名〕〔俗〕情夫、妓女的嫖客

間垣、籬〔名〕籬笆（=籬垣、籬）

　　朝顔を間垣に這わせる（讓牽牛花往籬笆上爬）

間貸し、間貸〔名、自他サ〕出租房間

　　部屋を間貸しする（出租房間）

　　此の部屋は間貸ししても良い（這間屋子可以出租）

間借り、間借〔名、自サ〕租房子

　　間借り（を）為る（租房子住）

　　間借り生活を為る（租人家的房間居住）

　　間借り人（租房子的人）

間切る〔自五〕破浪前進、（利用斜帆按鋸齒形）逆風行駛、險風行船

　　小船が間切って進む（小船破浪前進）

　　風上に向かって間切る（險風迂迴行船）

間切り〔名〕〔海〕逆風行駛、區（第二次世界大戰前琉球的行政區劃名稱 由數個自然村組成）

間切り帆，間切帆，間遮り帆，間遮帆〔名〕承受斜戲風的帆（=詰め開き）

　　船は間切り帆で進む（掛起斜戲風帆左右迂迴前進）

間切〔名〕〔礦〕礦井內的通路、坑道

間際、真際〔名〕正要‥、時候，快要‥以前、（=寸前）、就在旁邊，緊接著（=直ぐ側）

　　出発の間際に忘れ物を思い出す（正要出發時想起忘掉的東西）

　　発車間際に（快要開車時）

　　死ぬ間際に（臨死、臨終）

　　柿の木の間際に犬小屋が有る（就在柿樹旁邊有個狗窩）

間口〔名〕（房屋或土地）正面的寬度，橫寬、（事業或研究的）範圍，領域←→奥行

　　間口三十メートルのビルディング（正面寬三十米的樓房）

　　其の地所は間口が二十メートル、奥行が五十メートル有る（那塊地面寬二十米進深五十米）

　　間口が広い（門面寬）

　　間口が狭い（門面窄）

　　彼の学問は間口許りで奥行が無い（他的學問只是博而不淵）

間毎〔名〕每個房間、每間屋子

　　間毎に電話機が据え付けて有る（每個房間裡都安裝著電話）

間仕切り〔名〕間壁、間隔、（房間與房間的）隔斷

　　間仕切り壁（間壁牆）

間尺〔名〕（房屋、建築、工程等的）尺寸。〔轉〕計算，比率

　　間尺に合わない（不划算、不合算、吃虧、划不來）

間尺〔名〕每〝間〞（六尺）有標記的丈繩（=間縄）

間代〔名〕租金、房租、房錢

　　間代を払う（付房租）払う祓う掃う

　　間代が溜まる（拖欠房租）溜まる貯まる堪る

間怠い、間怠っこい〔形〕緩慢、慢吞吞、磨磨蹭蹭（=手緩い）

　　間怠っこくて見ていられない（慢吞吞的急死人）

　　間怠っこい喋り方を為る（講話慢條斯理）刷る摺る擦る掘る磨る擂る摩る

　　時間の経つのが間怠っこいなあ（時間過得真慢啊！）経つ立つ建つ絶つ発つ断つ裁つ

間近い〔形〕接近、臨近、迫近、貼近、靠近

　　竣工が間近い（即將竣工）

　　試験も間近く為った（考試也迫在眉睫了）為る成る鳴る生る

　　歳の暮れももう間近い（已臨年關歲末）

間近〔名〕臨近、接近、近前、跟前、眼前

　間近に迫る（迫在眉睫、即將來臨）迫る逼る

　試驗が間近に迫った（眼看就要考試了）

　危險が間近に迫った（危在旦夕）

　學校の間近に住む（住在學校的附近）住む棲む済む澄む清む

　夜の十二時間近だった（夜裡快到十二點鐘的時候）

　間近で見ると、然程美しくない（在面前一看並不怎麼漂亮）

間違う〔自、他五〕弄錯、搞錯、(以間違って的形式用、作副詞)誤，錯。(以間違っても的形式、下接否定語)無論怎麼都(不)…、絕對(不)…

　勘定を間違う（算錯帳）

　意味を間違う（把意思弄錯）

　間違った事を為る（做錯事）刷る摺る擦る掏る磨る擂る摩る

　双子だから弟は兄と間違う程良く似ている（因為是雙胞胎弟弟長得和哥哥一模一樣）

　手紙の宛名が間違っていた（地址寫錯了）

　此の時計は間違っている（這隻錶的鐘點不對）

　程無く君は自分の考えが間違っている事が分るだろう（不久你將明白你的想法是錯誤的）

　彼は自分が間違っている事を認めた（他承認自己錯了）認める認める

　計算を間違わない樣に（請不要計算錯了）

　一つ間違うと全部遣り直した（一個弄錯了全都要重做）

　こんな良い天氣に家に居る何て間違っている（這種好天氣待在家裡太不應該）

　間違って子供に大人の藥を飲ませた（誤給孩子服了大人藥）

　間違って隣へ入った（錯誤地走進了隔壁）

　手紙は間違って他の家へ配達された（信被誤投到別人家去）他他

　彼は間違って新發見を為た（他偶然有了新發現）

　そんな事は間違っても遣っては為らない（絕對不許做那樣的事）

　あんな人には間違っても頼まない（怎麼都不求那樣的人）

　間違ってもそんな事の有る筈が無い（絕對不會有那樣的事）

違う〔自五〕不同，不一樣，錯誤（=間違う）←→同じ、違背，不符（=合わない、食い違う）、扭(筋)，錯(骨縫)

〔接尾〕（接動詞連用形下）交叉、交錯

　大きさが違う（大小不同）誓う

　私の考えは違う（我的想法不一樣）

　原文と違う所が有る（有和原文不同的地方）

　常人と全く違っている（完全與眾不同）

　幾等も違わない（差不了多少）

　酷く違っている（相差很遠）

　違った目で見る（另眼相看）

　人夫夫顏付が違う樣に考え方も違う（猶如人の面孔不同想法也各不相同）夫夫其其

　習慣は土地に依って違う（習慣隨地方而不同）依る緣る據る寄る因る撚る縒る

　彼は君と年が二つ違う（他和你相差兩歲）

　計算が違う（計算錯誤、覺得不對）

　道が違った（路走錯了）

　番号が違っている（號碼不對）

　文字の書き違いが沢山有る（寫錯的字很多）文字文字

　約束と違う（違背約定、與約定不符）

　丸で当てが違った（和預料完全相反）当る中る

　此の時計は一日に五分違う（這個錶一天相差五分）一日一日一日一日朔日朔

筋が違った（扭了筋）筋筋
足の筋が違った（扭了脚筋）足足
首の筋が違った（扭到脖子了）首 首 頭 首 首級
行き違う行き違う（未能遇上、走岔開）
飛び違う（亂飛、飛來飛去）

間違い〔名〕錯誤，過錯、不確實，不準確（常用間違いなく的形式）、差錯，事故，意外、吵架，鬥毆、（男女的）不正常關係

大間違い（大錯特錯）
間違いを犯す（犯錯誤）犯す侵す冒す
間違いを直す（改正錯誤）直す治す
此の世に間違いを遣らぬ人は無い（世上沒有不犯錯的人）
彼の日本語は間違いだらけだ（他的日語全是錯誤）
駅へ行くなら、彼に付いて行けば間違いない（去火車站跟他走沒有錯）
然う考えるのは間違いだ（那樣想是錯誤的）
然う考えるのは間違いでない（那樣想並沒錯）
今日の内に間違い無く直します（我保證今天修好）
明日間違い無く仕上げます（明天一定做好）明日明日明日
間違い無く来るよう山本君に言って下さい（請告訴山本請他務必來）来る来る
間違いの無い人（不會出差錯的人）
間違いが無ければ良いが（但願不會出差錯）
とんだ間違いが起こった（發生了意外的差錯）起る興る熾る怒る
万一間違いでも起こしたら、大変だ（萬一有個三長兩短可不得了）
注意さえ為て入れば大した間違いは起きない筈だ（只要注意一下就不會出大漏子）
如何言う間違いで怪我を為たのだろう（由於什麼事故受的傷呢？）
山田は従兄弟の岡村と間違いを起こして怪我を為た（山田跟表兄岡村打架受了傷）
娘に間違いが無いように良く教育する（好好教育女兒不要出問題）
嫁入り前に間違いが有ると行けない（出嫁前有個什麼差錯可不好）

違い、違〔名〕差異，差別（=相違、差違、差異）、差錯，錯誤

田中と私とは七つ違いです（田中和我差七歲）誓い
兄弟の年は三つ違いです（兄弟年齢相差三歲）兄弟兄弟年年
二人の性質は大違いです（二人的性格相差很遠）
三分の違いで汽車に乗り損う（差三分鐘沒有趕上火車）
格別の違いが無い（沒有特別的差異、沒有很大差別）
丸で月と鼈の違いだ（簡直相差十萬八千里、簡直是雲霄之別）月月
雪と墨程の違い（天壤之別）
文字の違いが沢山有る（錯的字很多）文字文字
彼の人違い無い（一定是他）
違い無い（一定、沒錯）
畑違いの人（外行人、外路人）畑畠畑畠
読み違い（讀錯）
計算違い（算錯）
違い棚（上下兩塊木板相錯的架子）
違い目（錯誤處、不同之處、交叉點）

間違える〔他下一〕弄錯、搞錯、做錯

設計を間違える（設計弄錯）
道を間違える（走錯道路）
意味を間違える（誤會意思）
部屋を間違える（弄錯了房間）
人を間違えた（認錯了人）

字を間違えた（寫錯了字）

彼の人を弟さんと間違えた（我把他當作您的弟弟了）

彼は間違えて私の傘を持って行った（他錯把我的傘拿走了）

違える〔他下一〕更改，改變，變換（＝変える）、弄錯（＝間違える）、挑撥，離間（＝背かせる）、交叉，交錯（＝交差させる）、違背，違反（＝背く）、扭（筋），錯（骨縫）

道を違えて行く（走另一條路）行く往く逝く行く往く逝く

行きと帰りの道を違える（去回走不同的路）

うっかり道を違えた（沒注意走錯了路）

字を違える（寫錯了字）字字字（別號、綽號）

手順を違える（弄錯了順序）

どうも日を違えたらしい（總覺得似乎弄錯了日子，看來我把日子給弄錯了）

慌てていたので聞き違えたのでしょう（由於匆忙也許我聽錯了吧！）

二人の仲を違える（離間兩人的關係）

紐を十字に違えて結ぶ（把帶子繫成十字）結ぶ掬ぶ

枝と枝を違える（使樹枝交叉）枝枝

二本の旗竿を違えて立てる（把兩個旗桿交叉豎起來）

足の筋を違えた（扭了腳筋）

転んで足の筋を違えた（滑了一跤扭了腳筋）

間遠い〔形〕（時間或空間上）間隔長

街燈が間遠く点っている（街燈間隔很遠地點著）

間遠〔名〕（時間或空間上）間隔長、（布紋或編織針線）粗，稀

波の音が間遠に聞こえる（斷斷續續傳來濤聲）

間取り〔名〕（一幢房子的）房間布局、平面布置，採間

此の家は間取りが良く出来ている（這幢房子的採間很好）

間取りの良い家（房間布局好的房子）

間取りの悪い家（房間布局不好的房子）

間取り図（房屋平面布置圖）

間抜け〔名、形動〕愚蠢，笨拙，糊塗，愚人，笨蛋，呆子，糊塗蟲

間抜けな事を為る（做傻事、做糊塗事）

間抜けな笑い方を為る（傻笑、呆笑、憨笑）刷る摺る擦る掏る磨る搖る摩る

全く間抜けな人だ（愚蠢透頂）

此の間抜け奴（你這個糊塗蟲！）

彼にそんな事を言う何て何と言う間抜けだ（你這個笨蛋怎麼對他說那種話）

間抜け面〔名〕呆相、傻相、憨相

そんな間抜け面を為て立っているな（別那樣傻呼呼地站著）

間緩い〔形〕遲鈍、慢吞吞、拖拖拉拉（＝間だるい、間鈍い）

そんな間鈍い事では埒が明かない（那麼慢吞吞的不行）

間延び〔名、自サ〕緩慢，遲緩，慢吞吞，冗長乏味，遲鈍，癡呆

間延びした話（慢吞吞的講話、冗長乏味的講述）

間延び（が）為た顔（呆頭呆腦）

間鈍い〔形〕遲鈍、笨拙（＝鈍い）

何を為せても鈍い男だ（一個讓他做甚麼都很笨拙的人）

間柱〔名〕〔建〕中間柱，壁骨，牆筋。〔礦〕支柱，短柱

間拍子〔名〕（當時的）興致，興趣。（音樂或謠曲的）拍子

間拍子の分らない素人（不懂拍子的外行人）玄人分る解る判る

間引く〔他五〕〔農〕間拔，間苗，疏苗。（江戶時代窮苦人家因生活困難等）掐死初生嬰兒，棄嬰

大根を間引く（間蘿蔔苗）

ㄐ

三割方間引く（間拔三成左右）

間引き、間引〔名、他サ〕間拔，間苗，疏苗。〔轉〕拉長間隔、（江戶時代窮苦人家因生活困難等）掐死初生嬰兒，棄嬰

　大根の間引きを為る（間蘿蔔苗）

　大根を間引きする（間蘿蔔苗）

　間引き菜（間拔下來的小油菜）

　電車の間引き運転（拉長電車間隔行駛）

間間〔副〕有時、偶而、往往（＝時時、折折、往往）

　彼からは間間便りが有る（他偶而寫信來）便り頼り

　然う言う事が間間有る（偶而有那種事）有る在る或る

間に間に、随に〔副〕隨著、任憑

　木の葉が波の随に浮かんでいる（樹葉隨波漂浮）

　風の随に花の香りが漂って来る（花香隨風飄來）

間も無く〔副〕不久、一下子、沒有多久

　間も無く試験が始まる（快考試了）

　先生は間も無く見えるでしょう（老師等一下就會來）

　間も無く八時だ（眼看八點鐘了）

　其から間も無くの事だ（這是在那以後不久的事情）

　彼は入院後（入院して）間も無く死んだ（他住院後不久就死了）

煎（ㄐㄧㄢ）

煎〔漢造〕煎、烤、焙

　湯煎（〔把物品裝在容器內〕放入開水燙）

　香煎（炒米粉〔＝焦がし〕、炒麵〔＝麦焦がし、麨〕）

煎剤〔名〕〔藥〕煎劑、湯藥

煎汁〔名〕（中草藥）煎的汁、熬的湯藥

煎茶〔名〕烹茶，煮茶、烹茶用的茶葉（對玉露、番茶而言的中等茶葉）

煎餅〔名〕（用麵粉或米粉烤製的）日本脆餅乾

　煎餅の様にぺちゃんこに為る（像脆餅乾一樣壓得很扁）為る成る鳴る生る

　煎餅をぽりぽり食べる（咯吱咯吱地吃脆餅乾）

煎餅蒲団〔名〕〔俗〕又薄又硬的棉被

　煎餅蒲団に包まって寝る（裹在又薄又硬的棉被裡睡）

煎薬〔名〕湯藥（＝煎剤、煎じ薬）

煎じ薬〔名〕湯藥、煎服的藥（＝煎剤、煎薬）

　煎じ薬を飲む（服湯藥）飲む呑む

煎じる〔他上一〕煎、熬（＝煮出す）

　薬を煎じる（煎藥、熬藥）

　茶を煎じる（煮茶）

　煎じ立ての茶（剛煮好的茶）

　煎じる事（煎藥、要煎服）

煎じ〔名〕煎，熬、煎汁（＝煎じ汁）（製魚肉鬆時沉澱下來的汁液、作調味料用）

　煎じ滓（煎熬後剩下的渣滓―如藥渣）

　煎じ殻（煎熬後剩下的渣滓―如藥渣）

煎じ出す〔他五〕煎，熬、煎出，熬出（藥汁等）

煎じ出し〔名〕煎，熬、煎好的藥，熬出的東西

煎じ詰める〔他下一〕徹底地煎（熬）、徹底分析，反覆推敲，總歸起來

　薬草を良く煎じ詰める（把草藥徹底地熬一熬）

　煎じ詰めると、斯う言う事に為ります（仔細一分析事情就是這樣）

　煎じ詰めれば、彼の失敗は努力が足りなかったからだ（總歸起來他的失敗是沒有很好地努力所造成的）

　煎じ詰めると、君の意見も僕の意見と同じだ（總而言之你的意見和我的意見相同）

煎ずる〔他サ〕煎、熬（＝煮出す）（＝煎じる）

煎る、炒る、熬る〔他五〕煎、炒

　豆を煎る（炒豆）

　玉子を煎る（煎雞蛋）玉子卵

入る〔自五〕進入（＝入る―單獨使用時多用入る、一般都用於習慣用法）←→出る

〔接尾、補動〕接動詞連用形下，加強語氣，表示處於更激烈的狀態

佳境に入る（進入佳境）
入るを量り出ずるを制す（量入為出）
入るは易く達するは難し（入門易精通難）
日が西に入る（日沒入西方）
今日から梅雨に入る（今天起進入梅雨季節）
泣き入る（痛哭）
寝入る（熟睡）
恥じ入る（深感羞愧）
つくづく感じ入りました（深感、痛感）
痛み入る（惶恐）
恐れ入ります（不敢當、惶恐之至）
悦に入る（心中暗喜、暗自得意）
気に入る（稱心、如意、喜愛、喜歡）
技、神に入る（技術精妙）
手に入る（到手、熟練）
堂に入る（登堂入室、爐火純青）
念が入る（注意、用心）
罅が入る（裂紋、裂痕、發生毛病）
身が入る（賣力）
実が入る（果實成熟）

入る、要る〔自五〕要、需要、必要

要るだけ持って行け（要多少就拿多少吧！）
旅行するので御金が要ります（因為旅行需要錢）
此の仕事には少し時間が要る（這個工作需要點時間）
要らぬ御世話だ（不用你管、少管閒事）
返事は要らない（不需要回信）
要らない本が有ったら、譲って下さい（如果有不需要的書轉讓給我吧！）
要らない事を言う（說廢話）

煎り卵、煎卵〔名〕炒雞蛋
煎り付ける〔他下一〕煎、炒乾
　玉子を煎り付ける（煎雞蛋）玉子 卵
　煎り付けられる様な暑さ（炎熱如蒸）
煎豆腐〔名〕煎豆腐
煎鍋〔名〕煎鍋
煎り物、熬り物〔名〕煎菜、炒菜、炒豆、炒米
煎れる、炒れる、焦れる〔自下一〕炒得、炒好
　豆未だ良く煎れていない（豆子還沒炒好）未だ未だ

入れる、容れる〔他下一〕裝進，放入、送進，收容、包含，算上，點燈，開開關，承認，認可，採納，容納，添加，補足

請入、鑲嵌、加入，插入、投票、送到、繳納、花費

箱に物を入れる（把東西放入盒子裡）
pocketに手を入れる（把手插入衣帶裡）
知識を頭に入れる（把知識裝入頭腦裡）
茶を入れる（泡茶）
紅茶にはミルクを御入れに為りますか（您紅茶裡放牛奶嗎？）
病人を病院に入れる（把病人送進醫院）
子を大学に入れる（讓孩子上大學）
此の講堂は二千人容れられる（這個講堂可以容納兩千人）
会社に大卒を入れる（公司雇用大學畢業生）
計算に入れる（把計算在內）
考慮に入れる（考慮進去）
私を入れて十人です（連我十個人）
利息を入れて（入れずに）十万円（加上〔不加〕利息共十萬日元）
スイッチを入れる（打開開關）
要求を容れる（答應要求）
人を容れる雅量が無い（沒有容人的雅量）
彼の教えは少しも世に容れられなかった（他的教導沒有被社會認可）
文章に手を入れる（修改文章）
庭木に鋏を入れる（修剪庭院的樹木）

４

　　算盤を入れる（用算盤計算）
　　客を応接間に入れる（把客人請入客廳）
　　風を入れる（讓風進來、透透風）
　　人を裏口から入れる（讓人從後門請進來）
　　此の名刺を出せば入れて呉れるよ（把這名片拿出來就會請進去）
　　指輪に宝石を入れる（戒指上鑲寶石）
　　入れ歯を入れる（鑲牙）
　　脇から嘴を入れる（從旁插嘴）
　　横槍を入れる（從旁干預）
　　疑いを入れる余地が無い（不容置疑）
　　本の間に栞を入れる（把書簽夾在書裡）
　　彼に一票を入れる（投他一票）
　　原稿を本社に入れる（把原稿送到總社）
　　九州へ電話を入れる（打電話到九州）
　　家賃を入れる（繳納房租）
　　利息を入れる（繳納利息）
　　心を入れる（用心、注意）
　　念を入れる（小心）
　　仕事に力を入れる（對工作努力）
　　年季を入れる（用功夫修練）
　　肩を入れる（伸上袖子、袒護、撐腰）
　　口を入れる（插嘴、推薦、斡旋）
　　身を入れる（用心、全心全意）
　　メスを入れる（動手術、採取果斷措施、清除禍根）

煎れ〔名〕（關西方言）（股票）賣空後由於行情上漲又賠錢買回（關東叫踏み）

監（ㄐㄧㄢ）

監（也讀作監）〔漢造〕監視，察看、監督的人員，職務或機關

　　技監（技監、技師總監）
　　軍監（監督軍事之職〔的人〕）
　　軍監（〔律令制〕軍團的職員，第三等官，次於將軍，副將軍，高於軍曹，錄事的地位、〔奈良平安時代〕陸奥國鎮守府的職員）
　　総監（〔警察等的〕總監、總管（的官職））
　　軍医監（軍醫監）

監禁〔名、他サ〕監禁
　　独房監禁（單間牢房監禁）
　　一室に監禁する（監禁在一間屋子裡）
　　監禁を解く（解除監禁）解く説く溶く
　　乱暴者を監禁する（監禁暴徒）
　　監禁して置く（監禁起來）
　　自宅に監禁する（監禁在家裡）

監護〔名、他サ〕監護、監督保護
　　監護の措置を取る（採取監護措施）取る摂る採る執る盗る獲る捕る撮る
　　監護者（監護人）
　　監護義務者（有監護義務的人）

監獄〔名〕監獄（日本現稱刑務所）
　　監獄に入る（進入監獄）入る入る
　　監獄に入れられる（被下獄、坐牢）
　　監獄の飯を食った人間（吃過監獄飯的人、住過監獄的人、坐過牢的人）
　　監獄部屋（〔設備惡劣如同監獄的〕工人宿舍、工棚）

監査〔名、他サ〕監督（人）、監督檢查（的人）
　　厳重な監査する（嚴厲的監査）
　　会計を監査する（監查會計）
　　会計の監査を当たる（負責會計的監査工作）当る当る中る
　　監事は業務を監査する（監事監査業務）
　　監査役（監査人員）
　　監査制度（監査制度）

監札〔名〕執造、許可證
　　監札料（執照許可費）
　　営業監札（營業執照）
　　魚釣り監札（釣魚許可證）

銃猟監札（打獵許可證）
監札を下りた（執照發下來了）下りる降りる
犬の監札（養狗的許可證）
飲食営業の監札（飲食業營業執照）
監札を下付する（發下執照）
監札を受ける（領到許可證）受ける請ける享ける浮ける
監札を更新する（更換許可證）
監札を停止する（停止〔使用〕許可證）
監札を没収する（沒收執照〔許可證〕）

監察〔名、他サ〕監察
監察官（監察官）
監察委員会（行政監察委員會）
会社の人事を監察する（監察公司的人事）
監察医（法醫、驗屍醫）

監視〔名、他サ〕監視、監視人
行動を監視する（監視行動）
国境を監視する（監視國境）
監視を受ける（受監視）
監視を続ける（繼續監視）
監視を厳に為る（嚴加監視）為る為る
厳重に監視されている（被嚴加監事的）
監視の隙を伺って（乘監視的空隙）伺う覗う窺う
監視の目を暗まして脱走する（瞞過監視的耳目而脱逃）暗ます晦ます眩ます
監視者（監視者）
監視人（監視人）
監視局（監視站）
監視灯（監視燈）
監視装置（監視裝置）
監視信号（監視信號）
監視制御（監視控制）

監視哨（監視哨所、哨兵）
監事〔名〕掌管團體或機關庶務的人，管總務的人。〔法〕（法人的）監察機關，（公司的）監事，監察人
監守〔名、他サ〕監守，看管，監督和看守、監守人，看管者
監修〔名、他サ〕監修、主編（的人）
監修者（主編者）
百科辞典を監修する（主編百科辭典）
彼の辞典はA氏監修の下に編集された（那部辭典是在A氏監修之下編撰的）
監修を依頼する（委託監修）
監製〔名、他サ〕監製、監督製造
監督〔名、他サ〕監督，監視，督促，監督者，管理人、（戲劇或電影的）導演、（體育運動的）領隊，幹事，教練、（考試）監考
現場監督（現場監督、監工）
部下を監督する（監督部下，督促部下）
職工を監督する（監督職工）
道路工事を監督する（監督修路工程）
監督の下に置く（置於監督之下）下元許基本素下
監督不行き届きの廉に由り（由於監督不周）
監督を一層厳重に為る（進一步嚴加監督）
農事監督（農業管理人）
総監督（總管）
舞台監督（舞台監督）
映画の監督（電影的導演）
A氏監督の映画（A氏導演的電影）
監督付きの水泳（有教練跟隨的游泳）
試験の監督を為る（監督考試、監考）
監督官庁（〔對下級機關或地方公共團體，民辦銀行，公司等的〕監督官署、主管官署）
監督教会（〔宗〕主教派教會 — 如聖公會）
監房〔名〕牢房
監房に入れる（關進牢房、下獄）
監理〔名、他サ〕監理、監督管理

ㄐ

設計監理（設計監理）

箋（ㄐㄧㄢ）

箋〔漢造〕箋，信紙，便條、注釋
　付箋、附箋（箋條、浮箋、飛箋）
　用箋（〔寫信或稿件用的〕信箋、信紙、便條、稿紙）
　詩箋（詩箋）
　便箋（信箋、信紙）
　信箋（信箋）
　書簡箋（信紙）
箋注、箋註〔名〕箋注、注釋

緘（ㄐㄧㄢ）

緘〔名、漢造〕（寫在信封封口處的）緘、封條、閉口
　封緘（封緘、封信口）
　手紙を封緘する（封上信）
　封緘紙（封緘紙）紙紙
緘する〔他サ〕緘，封信、緘口，閉口不言
　口を緘して語らぬ（緘口不言）緘する冠する関する姦する
緘口〔名、自サ〕緘默、閉口不言
　緘口して語らず（緘默不言）
緘黙〔名、自サ〕緘默、閉口不言
　緘默を守る（保持緘默）守る護る守る盛る漏る洩る
　緘黙して語らず（緘默不言）

艱（ㄐㄧㄢ）

艱〔漢造〕難、苦惱
　時艱（時艱、艱局）
　時艱を克服（克服時艱）
艱苦〔名〕艱苦、艱難困苦
　艱苦を嘗める（嚐艱苦）嘗める舐める嘗める
　艱苦に堪える（經歷過艱難困苦）堪える耐える絶える
　艱苦を堪えて成功する（歷經艱苦而成功）
　艱苦を忍んで勉強する（刻苦用功）忍ぶ偲ぶ
艱難〔名〕艱難、困難
　艱難辛苦（艱難辛苦）
　艱難を嘗める（嚐艱苦、嚐苦難）嘗める舐める嘗める
　艱難に耐える（克服困難）堪える耐える絶える
　艱難を乗り越える（渡過艱難困苦）
　幾多の艱難を経る（歷經艱苦、屢經苦難）経る減る
　前途には幾多の艱難が横たわっている（前途擺著許多困難）
　艱難汝を玉に為（艱難困苦磨練人、不吃苦中苦難為人上人）

殲（ㄐㄧㄢ）

殲〔漢造〕殲滅、殺盡
殲滅〔名、他サ〕殲滅
　侵入して来る敵を殲滅する（殲滅入侵而來的敵人）来る来る繰る刳る
　敵の兵員の殲滅を主要目標と為る（以殲滅敵人士兵為主要目標）擦る磨る擂る刷る摩る掏る
　敢えて侵入して来る全ての敵を何時何時でも殲滅する用意が有る（隨時準備殲滅所有入侵的敵人）全て総て凡て統べて
　全員一致協力して、野鼠殲滅戦を開始する（全員共同努力開始殲滅野鼠的戰鬥）

鰹（ㄐㄧㄢ）

鰹〔漢造〕〔動〕鰹魚（俗稱炸彈魚）
鰹〔名〕〔動〕鰹、鬆魚
鰹節、鰹節〔名〕（調味用）木魚、乾鬆魚（削成薄片煮湯或做菜用）

儉（儉）（ㄐㄧㄢˇ）

儉〔漢造〕節省

勤儉（勤儉）

勤儉建國を旨と為る（以勤儉建國為宗旨）
刷る 摩る 擂る 磨る 掏る 擦る 摺る

勤儉の風を奨励する（獎勵勤儉風俗）

節儉（節儉、節約＝儉約）

節儉家（節省的人）

儉素〔名、形動〕節儉樸素

儉素身を持する（持身儉樸）持する 辭する 侍する 次する 治する

儉飩〔名〕（江戸時代）論碗賣的麵飯等飯食、裝送儉飩的盒子或類似的其他箱櫃（＝儉飩箱）

儉約〔名、他サ、形動〕儉約儉省節約節省

儉約な家庭（儉約的家庭）

儉約して暮す（節約度日）

交通費を儉約する為に歩く（為節約交通費而步行）走る（跑）

儉しい〔形〕儉省的、節約的、樸素的（＝儉約だ、質素だ）

儉しい生活（樸素的生活）

儉しく暮す（儉樸度日）

儉しさに慣れる（慣於節約）慣れる 馴れる 熟れる 狎れる

剪（ㄐㄧㄢˇ）

剪〔漢造〕剪、剪刀

剪裁〔名、他サ〕（布類的）剪裁

剪裁機（剪裁機）

剪除、翦除〔名、他サ〕剪除

剪断〔名、他サ〕〔工〕剪切

剪断機（剪切機）

剪断弾性係数（抗剪彈性模數）

剪断内力（剪切應力）

剪断応力（剪切應力）

剪断歪（剪應變）

剪断強さ（剪切強度）

剪定〔名、他サ〕（對果樹或庭園樹木等的）剪枝、整枝、定枝（＝刈り込み）

剪定鋏（修枝剪）

剪定鎌（修枝鎌）

剪定術（整枝術）

剪毛〔名〕剪（羊）毛、修剪毛織物

剪む、鋏む〔他五〕剪

髪を剪む（剪頭髮）

枝を剪む（剪樹枝）

床屋へ髪を剪みに行く（去理髮店理髮）

羊の毛を剪む（剪羊毛）

挟む、挿む〔他五〕夾、隔、插

栞を本の間に挟む（把書籤夾在書裡）

煙草を指に挟む（把香菸夾在指間）

箸で饅頭を挟む（用筷子夾豆包）

両軍、河を挟んで睨み合う（兩軍隔河對峙）

テーブルを挟んで二人は相対した座った（兩人隔桌相對而坐）

疑いを挟む余地が無い（不容置疑）

文の間に図表を挟む（文章中間插入圖表）

人の話の途中で言葉を挟む（別人正在説話時從旁插嘴）

一言口を挟んだ（插了一句話）

剪み切る〔他五〕剪開、剪斷

剪刀、鋏〔名〕剪刀、剪票鋏（＝パンチ）

鋏で切る（用剪刀剪）

鋏が良く切れない（剪刀不快）

鋏一丁（一把剪刀）

切符に鋏を入れる（剪票）

鋏と糊の仕事（剪刀加漿糊的工作、剪貼的工作、沒有創造性的編輯工作）

馬鹿と鋏は使い様（傻子和剪刀就看你會不會用-如過會用都能發揮作用）

剪刀〔名〕剪刀、特指外科用剪刀

剪刀草〔名〕〔植〕慈姑的異名
剪刀狀價格差〔名〕〔經〕（工農業產品的）剪刀差、剪刀狀價格差（=シェーレ Schere）
　剪刀狀價格差が縮まった（剪刀差縮小了）

検（檢）（ㄐ一ㄢˇ）

検〔漢造〕檢驗、檢查、檢點、管理、檢察廳（=検察庁）、檢定試驗（=検定試験）
　点検（檢點、檢查）
　探険、探検（探險）
　巡検（巡迴檢查）
　臨検（臨場檢查、現場搜查）
　最高検（最高檢察廳=最高検察庁）
　文検（舊時文部省教員甄別考試的簡稱=文部省教員検定試験）
検する〔他サ〕檢查、調查、取締
検圧〔名〕檢查壓力
　検圧器（壓力計、壓強計）器 器 検する 験する
検案〔名、他サ〕〔法〕檢驗，鑑定，調查，考查
　死体検案を行う（驗屍、作屍體檢驗）
　検案書（驗屍證）
検印〔名、他サ〕（表示驗過的）檢印，驗訖印，作者（為檢查發行部數）在書後面的蓋章
　検印が無ければ無効だ（如果沒有驗訖章無效）
　著書に検印を捺す（在著書上蓋檢驗章）捺す 押す 推す 圧す
　検印証（〔海關對無法蓋章的貨物允許裝船的〕驗訖證明書）
検影法〔名〕〔醫〕檢影法、視網脈檢影法
検疫〔名、他サ〕檢疫、檢查疫病
　検疫を開始する（開始檢疫）
　厳重な検疫を受ける（受嚴格的檢疫）
　検疫の為上陸を禁止される（因檢疫被禁止登陸）
　検疫船（檢疫船）船 船

検疫法（檢疫法）
検閲〔名、他サ〕（官方對報紙，雜誌，電影，書信等思想，内容，表現等的）檢查，審查、（軍隊的）檢閲
　手紙を検閲する（檢查信件）
　〝検閲は、此を為ては為らない〟憲法に規定して有る（憲法規定〝不得審查〟）
　司令官の検閲を受ける（受司令官的檢閲）
検塩器〔名〕含鹽量測定計、鹽液密度計、鹽液比重計
検温〔名、自サ〕檢查體溫
　一日三回検温する（每天查三天體溫）一日一日一日一日
　検温器（體溫計、體溫表）器 器
検眼〔名、自サ〕驗光、檢查視力
　検眼を為る（檢查視力）刷る 摺る 擦る 掏る 磨る 播る 摩る
　検眼鏡（檢眼鏡）鏡 鏡
検挙〔名、他サ〕拘捕、逮捕
　一斉検挙を行う（一齊逮捕、一網打盡）
　検挙の網に掛かる（被逮捕）掛る 係る 繋る 懸る 架る 罹る
　数件の検挙が有った（有了幾宗逮捕案件）有る 在る 或る
　殺人の容疑者を検挙する（逮捕殺人的嫌疑犯）
検鏡〔名〕用顯微鏡檢查
　検鏡分析（〔對礦物〕用顯微鏡作化學分析）
検校〔名〕（原義為檢查、檢點）〔古〕檢校（從前授予盲人的最高官職）、監督僧侶並管理神社寺院中一切事務的職稱
検弦器〔名〕〔樂〕驗聲器、微音器
検孔〔名〕（鑿孔卡片等的）檢孔
　検孔機（〔計〕檢孔機）
検光子〔名〕〔理〕分析鏡、檢偏鏡、檢偏振器
検光板〔名〕〔光學〕樣板、檢驗片

檢査〔名、他サ〕檢查、檢驗
　身体検査（身體檢查、體檢）身体身体 体
　所持品を検査する（檢查攜帶物品）
　検査が通る（檢查通過-合格）
　検査済（驗訖）
　検査報告書（檢查報告書）
　検査役（檢查人員、相撲裁判員、公司的監事）役役
　検査官（〔海關及會計等的〕檢查官員）

檢索〔名、他サ〕檢索、檢查、查看
　索引を付して検索に便ならしめる（附上索引便於檢查）
　植物図鑑を検索する（查看植物圖鑑）

檢札〔名、自サ〕查票、驗票
　車掌が検札（を）為る（車掌查票）刷る摺る擦る掏る磨る擂る摩る
　検札に来た（前來查票）

檢察〔名、他サ〕〔法〕檢察、檢驗
　検察の任に当たる（負檢察的責任）当る中る
　検察官（檢察官）
　検察庁（檢察廳）
　工事を検察する（檢驗工程）

檢算、驗算〔名、他サ〕驗算、核對（＝試し算）
　答案を出す前に検算（を）為る（在交卷前進行驗算）

檢死、檢屍〔名、他サ〕驗屍
　検屍を行う（驗屍）
　検屍の結果他殺の疑い有りと認められた（驗屍的結果認為有他殺的嫌疑）

檢使〔名〕視察人員，調查人員，（對傷害或橫死等的）驗屍員

檢視〔名、他サ〕
　事故の現場を検視する
　検視の結果、彼の死因はガス中毒である

檢字〔名〕檢字、按筆畫的索引
　検字に便利である（查字方便）
　検字表（查字表）

檢事〔名〕〔法〕檢察官
　検事控訴（檢察官提起訴訟）
　検事長（高等檢察院長）
　検事総長（最高檢察院長）

檢絲器〔名〕檢查生絲的儀器（的總稱）

檢濕器〔名〕〔理〕濕度器、測濕器

檢車〔名、自他サ〕檢驗車輛、檢查車輛

檢出〔名、他サ〕查出檢驗出來化驗出來
　井戸水から有毒物を検出する（從井水裡化驗出毒物來）
　字引の中から其の言葉を検出した（從字典裡查出那句話來了）
　其の港で異常放射能が検出された（從那個港口檢驗出異常的放射能來了）
　検出器（探測器、檢測器、傳感器）

檢症〔名、他サ〕驗證，檢查證實、〔法〕檢驗，查證，對證
　真理を検症する（檢驗真理）寄る縒る撚る
　実験に由って理論の正しさを検症する（用實驗證實理論的正確性）由る因る依る拠る選る
　実地検症（現場查證）
　検症物（〔作為查證對象的〕證人或證物）物物

檢針〔名〕（為調查用量）檢查電錶（水錶或煤氣錶等的）指針、檢查電錶（水錶或煤氣錶）

檢診〔名、他サ〕診察、檢查疾病
　結核の集団検診（結核的集體檢查）

檢束〔名、他サ〕約束，管束、〔法〕（根據警察權對嫌疑犯或應受保護者的）拘留
　容疑者を検束する（拘留嫌疑犯）
　保護検束（保護拘留）

檢痰〔名、他サ〕〔醫〕驗痰
　検痰（を）為る（驗痰）

ケ

検地〔名、他サ〕丈量土地面積地界，檢查土地收穫量（以確定租稅等）、檢查電線和土地的絕緣情況

昔太閤が天下を取った後で全国を検地した（從前豐臣秀吉取得天下以後對全國土地進行了丈量）

検地竿（量地的竹竿）

検知、見知、撿知〔名〕看了知道、就現狀調查、檢驗戰場上割取的敵人首級

検潮儀〔名〕測潮標、測潮器

検定〔名、他サ〕檢定，審定，檢查裁定、〔理〕校准

文部省で教科書を検定する（文部省審定教科書）

検定試験（檢定考試、鑑定考試）

検電器、験電器〔名〕〔理〕驗電器

検度〔名〕〔化〕校准

検討〔名、他サ〕研討、審核

再検討（重新探討）

検討の結果嘘だと分かる（研究的結果知道那是撒謊）分る解る判る

委員会で予算案を検討する（在委員會上商討預算案）

更に検討を要する（需要進一步加以探討）要する擁する

政府筋は対策を検討中である（政府當局正在研究對策）中 中 中中

検糖器〔名〕（旋光）測糖量、（旋光）糖量計（＝検糖計）

検乳〔名〕檢驗乳類

検乳器（乳比重計、乳汁密度計）

検尿〔名、自サ〕〔醫〕驗尿

蛋白質を調べる為に検尿する（為檢查蛋白質而驗尿）

検認〔名、他サ〕〔法〕檢驗（遺囑）

遺言書を検認する（檢驗遺囑）遺言遺言遺言

検波〔名、他サ〕〔理〕檢波

検波器（檢波器）器 器

検波管（檢波管）管 管

検波係数（檢波係數）

検梅、検黴〔名〕〔醫〕檢查梅毒

検番、見番〔名〕藝妓或藝妓業的管理所

検鼻法〔名〕〔醫〕鼻鏡檢法

検品〔名、他サ〕檢查產品、檢查貨物、檢查物品

検分、見分〔名、他サ〕實地檢查、實際調查（真相）

現場の検分（現場的實地檢查）

細かに検分する（仔細檢查）

丹念に検分する（仔細檢查）

実情を検分する（實地檢查真相）

家屋敷を急いで検分する（趕緊察看一下房產和地皮）

検便〔名、自サ〕〔醫〕驗大便、檢查大便

赤痢患者の家族の検便を為る（對赤痢患者家屬檢查大便）

検見〔名、他サ〕檢視，檢查、〔史〕（地方官為決定錢糧）檢查稻穗（青苗）、斥候（＝物見）

検見、毛見〔名〕（看稻穗之意）（武士執政時代幕府領主為了決定田賦命令臣下）察看田間收成

検脈、見脈〔名〕〔醫〕診脈

検問〔名、他サ〕盤查、盤問、查問

自動車を一台一台検問する（對汽車一輛一輛地盤問）

検問所（〔檢查行人或攜帶品的〕檢查站）

検卵〔名、自サ〕檢卵（檢查蛋類品質或孵化情況等）

検流計〔名〕〔理〕檢流計、電錶

検量線〔名〕〔理〕校準（標定）曲線

検力計〔名〕〔紡〕驗絲計、生絲強伸力試驗器

検漏器〔名〕〔電〕檢漏計

検非違使〔名〕〔史〕（平安朝初期的）警察司法總監（維持京都治安、並掌管警察，訴訟和審判的官名）

検める、改める〔他下一〕檢查、檢驗

切符を改める（驗票）

帳面を改める（查帳）

何卒、数を御改め下さい（請您點一點吧！）数数

改める、革める〔他下一〕改變，改正、修訂，修改、（態度）鄭重

見方を改める（改變看法）

誤りを改める（改正錯誤）誤り謝り

交通法規を改める（修訂交通規則）

態度を改める（端正態度）

革まる、改まる〔自五〕病重

病勢が改まる（病情惡化）

改まる〔自五〕改變，革新、鄭重其事

今年から規則が改まった（從今年起規章改了）今年今年

年が改まる（歲月更新）年年

他人行儀に改まる（客氣得像外人似的）

改まった態度（鄭重的態度）

改まった席で話すのは苦手だ（不擅於在正式場合講話）

改まった顔（嚴肅的表情）

減（ㄐ一ㄢˇ）

減〔名、漢造〕減少、減退

一割の減（減少一成）

増減（增減）

加減（〔數〕加減，加法和減法、調整，調節，斟酌，變換、〔事物的〕程度，狀態，情況、〔天氣等的〕影響、〔身體健康的〕情況、偶然的因素，微妙的原因）

半減（減半）

削減（削減，縮減，減少，削弱，使褪色）

軽減（減輕）

節減（節省、減少）

自然減（自然減）

減じる〔自、他上一〕減去、減少、減輕、降低（=減ずる）

痛みが減じた（疼痛減輕了）

車が速力を減じた（車速降低了）

人口が二割減じた（人口減少了二成）

二十から五を減じると十五に為る（二十減五得十五）

減ずる〔自、他サ〕減去、減少、減輕、降低

十から六を減ずれば四が残る（由十減去六剩四）

月給を二割減ずる（把月薪減少二成）

絹の輸出が三割減じた（絲綢的出口減少了三成）

痛みは余程減じました（疼痛減輕了許多）

其の瑕で品物の価値が大いに減じた（因為這點瑕疵物品的價值大大降低了）瑕疵傷創

入場料の値上げで一般の入りは減じた（由於票價提高一般的來客減少了）

河水が減じた（河水落下去了）

減圧〔名、自他サ〕減壓、減少壓力

減圧室（減壓室）室室

減圧タービン（減壓渦輪）

減圧弁（減壓活塞）

減圧蒸留（減壓蒸餾、真空蒸餾）

減員〔名、自他サ〕裁員、減少人員

一割減員する（裁員十分之一）

大幅に減員する事は無い（不會大批裁減人員）

経費節約の為の減員（為節省經費而裁員）

海外派遣員を減員する（裁減國外派遣人員）

減益〔名〕減少收益

減益率（減益率）

減価〔名、自サ〕減價（=値下げ、値引き）

三割の減価で売る（減價三成出售）売る得る得

減価販売（減價出售）

減価償却（〔經〕）折舊）

減額〔名、他サ〕減少數額←→増額

リ

何の位減額したのか（減少了多少呢？）
予算を減額する（裁減預算）

減感剤〔名〕〔醫〕脱敏劑、〔攝〕減感劑

減却〔名、自他サ〕減少、減去

減給〔名、自他サ〕減薪、減俸、降低工資←→増給、昇給

減給処分（減薪處分）

減極〔名〕〔數〕下限、〔電〕退極，去極化作用

減極剤（退極化劑）

減刑〔名、自サ〕減刑

減刑を乞う（申請減刑）乞う請う斯う

減刑の恩典に浴する（蒙受減刑的恩典）能くする良くする好くする善くする佳くする

犯行の事情を考慮して減刑する（考慮犯罪的情由予以減刑）

恩赦で五年の刑を三年に減刑する（由於大赦把五年徒刑減為三年）

減輕〔名、自サ〕減輕

刑罰の減輕（〔法〕減輕處罰）

減光〔名〕〔天〕消光

減号〔名〕〔數〕減號（=マイナス）

減石〔名、自サ〕減少酒的產量、削減酒的產量←→増石

減債〔名〕減少債務、償還債務

減債基金に由って償却する（由償債基金償還）由る因る依る拠る寄る縁る選る縒る撚る

減作〔名〕（農業）減產、歉收←→増作

今年は約二割の減作です（今年歉收二成左右）今年今年

減殺〔名、他サ〕減去、削減、削弱

興味を減殺する（減低興趣、掃興）

肥料の効果は大きく減殺された（肥料的效果大大削弱了）

減産〔名、自他サ〕減產、歉收、削減生產、生產減少←→増産

冷害で大豆が減産する（大豆因霜凍減產）

減算〔名、自サ〕〔數〕減法（=引き算）

減資〔名、自サ〕減少資金、削減投資←→増資

減磁〔名、自サ〕〔理〕去磁（作用）、退磁（作用）

減磁率（去磁因數、退磁因數）

減磁作用（去磁作用、退磁作用）

減車〔名、他サ〕減少車數、減少運轉數量←→増車

減収〔名、自サ〕減收，收入減少、減產←→増収

手当が無くなった減収に為る（因津貼取消收入減少）為る成る鳴る生る

不作で百万石の減収だ（由於歉收減少一百萬石）

売り上げが酷く減収に為った（賣項大大地減少了）

減縮〔名、自他サ〕縮減、削減、減少

支出を減縮する（削減開支）

減少〔名、自他サ〕減少←→増加

事故が減少した（意外減少了）

不景気で収入が減少する（因為不景氣收入減少）

減食〔名、自サ〕減少食量

減色法〔名〕〔攝〕減色法

減水〔名、自サ〕水量減少←→増水

晴天続きで河川が減水する（因為連續晴天河水減少了）

減水の程度が甚だしい（水量減少了很多）

減衰〔名、自サ〕逐漸減少。〔電〕衰減

減衰長（衰減長度）

減衰計（衰減計）

減衰波（阻尼波、減幅波）

減衰器（衰減器、減幅器、阻尼器）

減衰振動（阻尼振動，減幅振動、阻尼振蕩，減幅振蕩）

減数〔名〕〔數〕（減法中的）減數、數量減少，減少數量

減数分裂（〔植〕減數分裂）

減成〔名〕〔化〕（複合化合物的）分解、降解

減税〔名、他サ〕減税←→増税

減税運動（減稅運動）

減租〔名、他サ〕減少租稅額（=減稅）

減速〔名、自サ〕減速、速度減低←→加速
　エンジンの故障で急に減速した（因引擎有毛病忽然減速了）
　減速装置（減速裝置）
　減速歯車（減速齒輪）
　減速剤（減速劑）

減損〔名、自他サ〕虧損、減少、磨耗
　減損額（折舊額）

減退〔名、自サ〕（聲勢或體力等）減退、衰退、低落←→增進
　勢力が減退した（勢力衰弱了）
　食欲が日増しに減退する（食慾日漸減退）

減反、減段〔名、自他サ〕〔農〕減少（縮小）耕作面積←→增反
　農民は減反を余儀無くされた（農民不得不減少了耕地面積）

減点〔名、他サ〕扣分、減少的分數
　反則は一点減点する（犯規減一分）
　反則で減点される（因犯規扣分數）
　減点主義の考え方（扣分主義的想法）

減度液〔名〕〔攝〕減薄液、減薄劑

減力液〔名〕〔攝〕減薄液、減薄劑（=減度液）

減等〔名〕降低位階

減配〔名、他サ〕減少配給（量）、減少分紅（額）←→增配
　深刻な食糧不足で主食を減配する（由於嚴重的糧食不足減少主食配給量）
　不景気で配当が減配に為る（因為不景氣減少分紅）

減便〔名〕減少定期飛機（車船）的班數←→增便

減歩〔名、自サ〕（整理區畫時，為畫出公園或道路）減少房基地面積

減幅〔名〕〔電〕阻尼、減振、減幅
　減幅波（阻尼波、減幅波）
　減幅計（減幅計）
　減幅定数（阻尼常數、減幅常數）
　減幅振動（阻尼振動、減幅振動）
　減幅率（阻尼因數、減幅係數）

減俸〔名、自サ〕減俸、減薪←→增俸
　罰と為て減俸する（作為懲罰減薪）

減法〔名〕〔數〕減法（=引算）←→加法

減摩〔名、自他サ〕摩去，摩損、減少摩擦
　減摩剤（潤滑劑）
　減摩油（潤滑油）

減免〔名、他サ〕減免、減輕和免除
　罹災者の税金を減免する（減免受災者的稅款）工場工場
　工場の新設に際して三年間固定資産税を減免する（新建工廠時三年減收或免收固定資產稅）

減耗〔名、自サ〕（減耗的習慣讀法）耗減、磨耗、損耗
　今後の減耗を考慮すると現在の百機の練習機では不十分だ（考慮到今後的損耗現在的一百架練習機並不夠）

減量〔名、自他サ〕減量，分量減少、（選手等的）體重減輕，減輕體重
　節食して体重を減量する（節食以減輕體重）

減枠〔名、他サ〕縮減限額
　捕獲量減枠（縮減捕魚量的限額）

減す〔他五〕〔俗〕減掉（=減らす）←→增す

減目〔名〕（織毛線等的）減針、併針←→增し目

減らす〔他五〕減，減少、縮減，削減、精減、空（腹），餓（肚子）←→增す
　肉を減らしてもっと野菜を食べる（減少肉食多吃蔬菜）
　運動して脂肪を減らす（運動以減少脂肪）
　経費を減らす（削減經費）
　予算を減らす（削減預算）
　人員を減らす（裁減人員）

ㄐ

減らず口〔名〕不閉嘴、喋喋不休、強詞奪理

彼の子の減らず口には手を焼いている（那個孩子嘴硬真叫人沒有辦法）

減らず口を叩く（喋喋不休）叩く敲く利く効く聞く聴く訊く

余計な減らず口を利かないで勉強しなさい（用不著的話少說去用功吧！）

減る〔自五〕減，減少、磨損、（肚子）餓

井戸の水が減った（井水減少了）経る歴る

量目は二百キロ減っている（分量減掉了二百公斤）

私の体重が四キロ減った（我的體重減輕四公斤）

彼の医者の患者は段段減って来た（那位醫師的病人漸漸減少了）

毎日の注射の回数は四回に減った（每天注射的次數減少到四次）

靴底がすっかり減って終った（鞋底完全磨平了）終う仕舞う

此の鉛筆は書き易いけれども先が直ぐ減る（這枝鉛筆很好寫不過筆尖很快就磨光了）

腹が減った（肚子餓了）

歴る、経る〔自下一〕（時間）經過、（空間）通過，經由、經過

一か月を経ても音沙汰が無い（過了一個月還沒有消息）一か月一ケ月一箇月一個月

為す事も無く日を経る（無所事事地度日）歴る経る減る

五年の年月を経た（經過了五年的歲月）年月年月

五年の年月を経て会う（過了五年才遇上）会う合う逢う遭う遇う

台湾を経て日本に行く（經由台灣去日本）

ハワイを経てアメリカ大陸へ行く（經由夏威夷到美洲大陸去）

手を経る（經手）

審議を経る（通過審查）

次官を経て大臣に為る（歷經次長升為部長）大臣大臣

委員会を経て本会議に出す（通過委員會提交大會）

幾多の困難を経て成功を収めた（歷經千辛萬苦而取得成功）収める納める治める修める

試験を経て入学する（經過考試入學）

必ず経らなければならない道（必經之路）道路

書類が課長を経て重役に渡る（文件經課長轉交董事）渡る渉る亘る

表決を経て可決した（經表決通過）

減り〔名〕減少、消耗、磨損、損耗（量）

目減り〔名〕損耗、減縮率、減份量

米を搗く時の目減り（搗米時的損耗）

二％の目減りを見込む（估計有百分之二的損耗）

減り高〔名〕減少量，耗損量（＝目減り）。〔數〕減量（按百分比從原數減掉的某一些比率的數量）

減り、乙〔名〕傷耗，減量。〔樂〕（日本音樂）降低音調

減りが立つ（有傷耗、減份量）立つ経つ建つ絶つ建つ発つ断つ裁つ截つ

減りを見る（估計傷耗）

筧（ㄐㄧㄢˇ）

筧〔漢造〕引導水流的長竹管

筧，懸樋、筧，懸樋〔名〕（架在地面上的）引水筒、水管←→埋み樋

筧で水を引く（用水管引水）引く弾く轢く挽く惹く曳く牽く退く

筧から清水が滴る（清水從引水管裡滴出）清水清水

蹇（ㄐㄧㄢˇ）

蹇〔漢造〕跛（＝跛）

蹇脚〔名〕瘸腿、瘸子（＝跛）

蹇、跛、足萎え〔名〕瘸子、腿脚萎縮行動不自由（的人）（＝跛、跛、膝行、躄）

跛〔名、形動〕跛腳，瘸子（＝跛）、不成雙，不成對

片跛（一條腿瘸）
跛に為る（腿瘸了）
此の靴は跛だ（這鞋不是一雙）
跛の靴下（不成雙的襪子）

跛〔名〕腿瘸,跛腳（的人）（＝跛）、不成雙,不成對（＝片跛）

跛を引く（拖著瘸腿）
跛の馬（瘸馬）
跛の箸（不成雙的筷子）
慌てて靴を跛に穿く（慌慌忙忙穿了不成雙的鞋）
片方が壊れて跛に為る（壞了一個不成對了）

蹇ぐ〔自カ四〕（"蹇"動詞化）瘸、跛

瞼（ㄐㄧㄢˇ）

瞼〔漢造〕眼瞼

瞼、目蓋〔名〕眼瞼、眼皮

上瞼（上眼皮）
下瞼（下眼皮）
一重瞼（單眼皮）
二重瞼（雙眼皮）
垂れ下がった瞼（下垂的眼皮、眼皮泡腫）
瞼の痙攣（眼皮痙攣、眼跳）
瞼を開く（睜眼）開く 啓く 拓く 披く
瞼を閉じる（閉眼、合眼）閉じる 綴じる
瞼を引っくり返す（翻開眼皮）
瞼をぱちぱちさせる（眨眼）

瞼を覆わせる悲惨な光景（令人目不忍睹的慘狀）覆う 被う 蔽う 蓋う
瞼に残る（留在記憶裡）
瞼に浮かぶ（浮現眼瞼）
瞼がぴくぴくっと動く（眼皮跳動、眼皮抽搐）
妹はもう瞼が重く為った（妹妹已經睏了）
瞼の母（永遠留在記憶裡的母親、很小就離別了的媽媽）

簡（ㄐㄧㄢˇ）

簡〔名、漢造〕簡、簡單、書簡←→繁

簡に為て要を得た名文（簡單扼要的好文章）得る 得る 売る
書簡、書翰（書信、尺牘）
手簡、手翰（書信、親筆信）

簡易〔名、形動〕簡易、簡單、簡便

簡易料理（便飯、快餐、大眾飯菜）
簡易な方法を見付ける（發現簡便的方法）
簡易な組み立て式住宅（簡易的裝配式住宅）
簡易化（簡化、簡單化）
物事を簡易化する（使事物簡化）
簡易食堂（簡易食堂、大眾食堂）
簡易裁判所（簡易法庭-日本最低一級的法院）
簡易生命保険（簡易生命保險-由郵局辦理的手續簡單的人壽保險）

簡閲〔名、他サ〕查閱、檢選、點名數數

簡閲点呼を受ける（接受查閱點名）

簡勁〔名、形動〕（文章等）簡勁、簡明有力

簡勁な筆致（勁健的筆法）

簡潔〔名、形動〕簡潔

簡潔な表現（簡潔的表現）良い 好い 善い 佳い 良い 好い 善い 佳い

ㄐ

手紙は出来る丈簡潔に書くのが良い（書信寫得盡量簡潔為佳）

話は簡潔に（講話要簡潔）

要点を簡潔に説明する（簡單扼要地解釋要點）

話す時は簡潔で要を得る事（講話時要簡明扼要）得る得る売る

簡古〔形動〕簡單樸素且古色古香

簡札〔名〕寫字用的木或竹片、書信，尺牘（=書簡、書翰、手紙）

簡捷〔名、形動〕簡捷、簡便

事務の簡捷を期す（期望事務的簡化）期す記す帰す規す

簡素〔形動〕簡樸、簡單樸素

簡素な生活（簡樸的生活）

簡素な身形（簡樸的穿著）

山の生活は簡素だ（山中的生活簡樸）

結婚式を簡素に行う（從簡舉行婚禮儀式）

簡素化〔名、他サ〕簡化、精簡

機関を簡素化する（精簡機關）

簡体字〔名〕（中國的）漢字簡體字

簡単〔名、形動〕簡單、簡易、簡便←→複雜

簡単明瞭（簡單明瞭）

簡単な手続（簡單的手續）

簡単に言えば（簡單說來、簡而言之）言う云う謂う

簡単に述べる（簡單地敘述）述べる陳べる延べる伸べる

昼食を簡単に済ます（簡單地吃完午飯）済む住む棲む澄む清む

簡単に願います（〔講演等〕請簡單一些）分る解る判る

此の電報は余り簡単過ぎて意味が分からない（這份電報過於簡單看不懂是什麼意思）

簡単に為て要を得た文章（簡單扼要的文章）得る得る売る

あんなに簡単に冑を脱ぐとは思わなかった（沒想到他能那樣輕易地認輸了）

簡単服（〔婦女居家穿的〕簡便連衣裙、簡便夏裝=あっぱっぱ）

簡牘、竿牘〔名〕書札、書簡、書信

簡抜〔名、他サ〕簡拔、選拔

人材を簡抜する（選拔人材）

簡便〔名、形動〕簡便、容易

簡便な（の）方法（簡便的方法）

電話は簡便な通信方法だ（電話是簡便的通信方法）

斯う為ると簡便に出来る（這樣一來很容易做好）

電気stoveの取り扱いは簡便だ（電爐使用方法簡便）

簡保〔名〕簡易保險（=簡易保険）

簡朴、簡樸〔名、形動〕簡樸、樸素

簡明〔名、形動〕簡明、簡單明瞭

簡明な文章（簡明的文章）

文は簡明を尊ぶ（文貴簡明）文文書 尊ぶ貴ぶ尊ぶ貴ぶ

君の説明は簡明で良い（你的解釋很好簡單明瞭）良い好い善い佳い良い好い善い佳い

要点を簡明に説明する（簡明地說明要點）

簡明直截（直截簡明）

簡約〔名、形動、他サ〕簡約、簡化

長い文章を簡約する（簡化長文）

簡約版（簡化版本）

簡約英和辞典（簡明英日辭典）

簡要〔名〕簡單有要領、要點

簡略〔名、形動〕簡略、簡單、簡潔、簡短

簡略な報告（簡略的報告）

簡略な記事を書く（寫簡短的報導）書く欠く掻く

要点を簡略に説明する（簡單地解釋要點）

儀式は為る可く簡略に為た方が良い（儀式最好盡量從簡）

簡、札〔名〕（文板的變化）牌子，條子，告示牌，揭示牌，紙牌，撲克牌，護身符，門票，號牌

荷物に札を付ける（替行李栓上籤條）

其の瓶には毒薬の札が貼って有った（那瓶上貼著毒品的條子）

トラックに"売物"の札を付ける（替卡車掛上"出售品"的牌子）

トランクに"東京行き"の札を付ける（替皮箱掛上"去東京"的行李條子）

謂れを記した札を立てる（立一塊說明緣起的告示牌）

札を切る（洗紙牌）

札を配る（分紙牌）

芝居の札（戲票）

下足札（寄存鞋的號牌）

簡、札〔名〕（文板的變化）牌子，條子，告示牌，揭示牌（=札、簡）

繭（ㄐㄧㄢˇ）

繭〔漢造〕繭

蚕繭（蠶和繭、〔轉〕養蠶）

繭糸〔名〕繭和絲、蠶絲

繭紬、絹紬〔名〕繭綢、柞繭絲綢

繭〔名〕繭、蠶繭

春繭（春繭）繭眉

秋繭（秋蠶結的繭-品質好、產量多）

空繭（廢蠶）

屑繭（廢蠶）

蚕が繭を掛ける（蠶作繭）掛ける 書ける 欠ける 賭ける 駆ける 架ける 描ける 翔ける 懸ける

蚕が繭を作る（蠶作繭）作る 造る 創る

繭から糸を取る（從蠶繭抽絲）取る 捕る 摂る 採る 撮る 執る 獲る 盗る 録る

繭選別台（選繭台）

繭選別機（選繭機）

眉、眉〔名〕眉毛、眉筆（=黛、眉墨）

濃い眉（濃眉）濃い請い乞い来い眉繭

濃太い眉（粗黑的眉毛）

ほっそりと為た（細細的眉毛）眉でっぷり

八の眉（八字眉）八蜂鉢

眉を顰める（皺眉、擔心=顔を顰める、眉を顰める）

眉を顰める（皺眉、擔心）潜める

父が病気だと聞いて彼は眉を顰めた（聽到他父親生病他非常擔心）

眉の間を縮める（皺著眉頭）間間 間

眉を開く（展眉、展開愁眉、安下心來）開く

眉を伸ぶ（伸展愁眉）

眉を作る（描眉）作る 造る 創る

眉を引く（畫眉毛）引く 挽く 退く 曳く 弾く 惹く 轢く 牽く

眉を読む（測他人心理）

眉を動かさない（毫不驚奇）

眉に唾を付ける（〔怕上當〕加以警惕、提高警覺=眉に唾を濡らす）唾鍔濡らす塗らす

眉唾物（〔為免上當〕應加警惕、殊屬可疑的事情或東西）撞く 吐く 尽く 憑く 潰く 突く

眉に火が付く（燃眉之急、十分火急）付く 就く 衝く 点く 着く 搗く 附く

眉玉〔名〕繭形的小年糕球（與小判金幣和宝船等吉祥物品、相間地繋在柳枝上、點綴新年）（=繭団子）

繭団子〔名〕繭形的小年糕球（=繭玉）

鹼（鹼）（ㄐㄧㄢˇ）

鹼〔漢造〕鹼水

石鹼（肥皂=シャボン）

鹼化〔名、自サ〕〔化〕皂化

鹼化価（皂化值）

件（ㄐㄧㄢˋ）

件〔名、漢造〕事情、事件。

〔接尾〕（助數詞用法）（計算事物數量的）件

例の件（所說的那件事）

御依頼の件は（您所託的事情）

彼の会社に関する件（關於那公司的案件）
関する冠する繊する

一件（一件）

数件（數件）

事件（事件、案件）

条件（條件、條文，條款）

物件（〔法〕物件、物品=品物）

要件（要緊的事情、必要的條件）

用件（〔應辦的〕事，事情、事情的內容=用事）

案件（案件，議案、訴訟事件）

人件（人事）←→物件

人件費（人事費-薪水、旅費、津貼等）

雑件（雜務事、瑣碎事情、零碎事情）

件件〔名〕件件、樁樁、條條

件数〔名〕件數

件数は益益増加している（件數越來越增加）

件名〔名〕件名（以某基準分類的一個個項目之名）、件名目錄（圖書館按照書的內容分類項目）

件、条〔名〕（文章的）一段、一節、一部分

彼の条が物語のクライマックスだ（那一段是故事的高潮）条行

此の条が分からない（這一節我不懂）分る解る判る

条の如し（如前文所述）

件〔名〕（「件」的音便）上述，那件，過去談過，曾經提過的事物，（以件の如し形式）如上所述

件の話は如何した（那件事怎麼樣了）

件の男（〔談過的〕那個男人）

件の文句（老一套說法）依る拠る因る縁る由る寄る選る縒る撚る

後日の為依って件の如し（〔契約或證書等的結尾語〕恐後無憑立此為證）

覚（ㄐㄧㄢˋ）

覚〔漢造〕見，看，見解，見識、出現、相見，引見

一見（一見，一看，看一次、一瞥，看一眼，初看，突然看、初次見面）

一見（初會，初次見面、〔飯店等的〕初次的顧客）←→御馴染

再見（重新看，重新瞻仰、重新出現、重新遇見）

細見（詳細看，仔細看、詳細地圖、〔江戶時代〕妓院街導遊書）

引見（〔地位高的人〕接見）

隠見、隠顕（忽隱忽現、若隱若現、隱約可見）

実見（目睹、實際看見、親眼看見）

望見（眺望、望遠）

卓見（卓見、卓識）

所見（所見，觀察結果、意見，看法、印象、見聞）

書見（〔舊〕讀書、看書）

初見（第一次看到、初次見面、〔樂〕〔用首次看到的樂譜〔即席演奏或演唱）

識見、識見（見識、見解）

管見（管見、淺見、膚淺的見識）

愚見（〔謙〕愚見、拙見）

先見（先見、預見）

浅見（淺見）

卑見、鄙見（〔謙〕愚見、拙見、管見）

披見（〔打開書信或文件〕閱覽）

予見（預見、預知）

露見、露顕（暴露、敗露）

創見（創見、獨到的見解、創新的見解）

想見（想見、想像）

総見（〔團體成員〕集體觀看表演）

小見（管見、拙見）

相見（面會）

相見る（相見、相會）

朝見（朝見、觀見）

見印〔名〕（常用的）圖章、便章（=認印）

見解〔名〕見解、看法（=見方、考え方）

見解を同じくする（同一見解）

両者の見解の相違（雙方見解的不同）

僕は君と見解が異なる（我和你看法不一樣）

僕は君と見解が違う（我和你看法不一樣）

中間の見解を取る（採取中間的看法）取る捕る摂る採る撮る執る獲る盗る録る

見学〔名、他サ〕參觀、參觀學習

国会を見学する（參觀國會）

案内付きの見学（帶嚮導的參觀）行く往く逝く行く往く逝く

学生を色色な場所へ見学に連れて行く（帶領學生到各種地方去參觀學習）

実地見学（實地參觀學習）

見学料（參觀費）

見参〔名、自サ〕〔古〕謁見，晉見，接見（=引見）

初見参する（初次晉見）

大臣に見参致す（謁見大臣）

見参に入る（謁見，拜見，接見，使晉見，〔請有身份的人〕過目，看〔某物〕）入る入る

見識〔名〕見識，見解，鑑賞力，風度，自尊心

美術に高い見識を持つ（對美術有高度的鑑賞力）

文学に就いては一家の見識を持っている（關於文學有著獨自的鑑賞力）一家一家

彼は見識の高い人物である（他是很有見識的人物）

我我は時代に一歩先んじた見識を持たねばならない（我們必須具有比時代前進一步的見識）

そんな事を為ては僕の見識に関わる（作那種事是關係到我的自尊）関る係る拘る

そんな事を言うと見識が下がる（說那樣的話有損品格）言う云う謂う

見識張る〔自五〕擺架子、賣弄（裝作有）見識、妄自尊大

見識張って挨拶する（擺著架子致詞）

彼の人は見識張った男だ（那個人是個妄自尊大的人）

妙に見識張るのが取りも直さず彼の臆病な所なんです（他那麼擺架子正是他膽怯的地方）

見識振る〔自五〕擺架子、賣弄（裝作有）見識、妄自尊大（=見識張る）

見者〔名〕觀看的人、遊覽者（=見る人、見物人）

見性〔名〕見本性、大徹悟道

見性成仏（見性成佛、只要見本性就可成佛）

見神〔名〕〔宗〕顯聖（體會到神的存在）

見台〔名〕（放書本或樂譜的）閱書架、樂譜架（=所見台）

見高、顕高〔形動〕高傲、傲慢

見高な態度（傲慢的態度）

見地〔名〕見地，觀點，立場，（到建築預定地等）查看土地

此の見地から見れば（從這個觀點來看）

見地に異に為る（立場不同、觀點不同）異異

教育的見地から見れば好ましくない（從教育的觀點來看是不可取的）

見当〔名〕估計，推測，預想，判斷，方向，目標、（接尾詞用法）大約，左右，大體數量，（槍砲的）標尺，瞄準器

見当が外れると大損を為る（推測落了空要受大損失）刷る摺る擦る掏る磨る擂る摩る

会費は五万円位と見当を付ける（估計會費是五萬日元左右）付ける着ける附ける突ける衝ける

大凡の見当が付く（大體上的情況可以推斷出來）付く衝く着く突く就く憑く点く尽く搗く附く

其の男が誰だが見当が付かない（猜測不出那個人是誰？）吐く撞く潰く

其はざっとしか見当が付かない（那件事只能作一個大概的估計）

彼が何を望んでいるか見当が付かない（猜不出他希望什麼）望む臨む

君が大方此処に居るだろうと見当を付けて遣って来た（我估計你大概在這裡所以就來了）

二時頃だろうと見当を付けて時計を合わせた（我估計大概是兩點鐘就照此對了錶）

誰が盗んだか薄薄見当を付いている（是誰偷去的大概已經猜測到了）

日比谷の見当に走って下さい（請開往日比谷那方向）

出口は何処が見当が付かなく為った（出口是在什麼地方摸不著方向了）

学校は此の見当に当る（學校是在這個方向上）当る中る

六十見当の老人（六十歲左右的人）浪人

費用は一万円見当だ（費用大概是一萬日元左右）

見当を合わせる（瞄準、對瞄準器）

見当感〔名〕〔心〕定向意識、所在意識

見当違い〔名〕估計錯誤、預測失誤

見当違いの議論（目標不對的議論）

君の質問は見当違いだ（你的質問不對頭）

其は見当違いの推測だ（那是一個錯誤的推測）

此の為に私はとんでもない見当違いを為た（為這件事我開了一場大誤會）

僕から金を借りよう何て見当違いだ（想向我借錢你找錯對象了）

見当違いも甚だしい（大錯特錯）

見当外れ〔名〕估計錯誤、預測失誤（＝見当違い）

見当たる、見当る〔自五〕找到、看到、看見（＝見付ける）

落した物が見当たるか如何か（遺失的東西能否找到）如何如何如何

時計が見当たらない（錶不見了）

本が見当たらなかった（書沒有找到）

斯う言う人は滅多に見当たらない（這樣的人不多見）

此の辺では余り見当たらない風景です（這是這一帶少見的風景）

見番、検番〔名〕藝妓或藝妓業的管理所

見仏〔名、自サ〕拜佛、〔轉〕悟佛性

見物〔名、他サ〕遊覽，參觀，觀光，值得一看的東西

見物する場所（遊覽的地方）

色色見物を為る（到各方面參觀遊覽）為る刷る摺る擦る掏る磨る擂る摩る

高見の見物を決め込む（袖手旁觀、冷眼旁觀）

京都は見物する所が多い（京都有很多遊覽的地方）覆い被い蔽い蓋い

彼は劇場で芝居を見物していた（他在劇場觀賞戲劇來著）

町を見物している間に雨が降って来た（在街上遊覽的時候下起雨來了）

修学旅行で奈良を見物する（因修學旅行到奈良去參觀遊覽）

見物人（遊人、遊覽者）

見物席（參觀席）

見物〔名〕值得看（的東西）

此の試合は見物だ（這場比賽值得看）

仮装行列は当日第一の見物だ（化装遊行是當天最值得看的）

兎に角今後が見物である（總之今後有好戲看）

見世物〔名〕雜耍（指雜技團、馬戲團、魔術團等）、出洋相，當眾出醜，被眾人當熱鬧看

　見世物の象（馬戲團的象）

　見世物を見に行く（看雜技去）行く往く逝く行く往く逝く

　人の見世物に為る（丟臉、給人家看熱鬧）

　俺は見世物じゃないぞ（我可不是個愛逗著玩的人！）

　見世物に為れ度くは無いね（我不願意出洋相〔當眾出醜〕）

見分、檢分〔名、他サ〕實地檢查、實際調查（真相）

　現場の檢分（現場的實地檢查）

　細かに檢分する（仔細檢查）

　丹念に檢分する（仔細檢查）

　実情を檢分する（實地檢查真相）

　家屋敷を急いで檢分する（趕緊察看一下房產和地皮）

見分ける〔他下一〕識別、辨別、辨認、鑑別

　真偽を見分ける（辨別真假）

　敵味方をはっきり見分ける（分清敵我）

　此の赤ん坊は母親の顔を見分けます（這個嬰兒能夠辨認母親的面孔）

　人込みの中だったので御前を見分ける事が出来なかった（因為是在人群之中未能辨認出你來）

　暗くて人の顔も見分けられない（黑得連人的面孔都辨別不出來）

見分け、見分〔名〕識別、辨別、鑑別、區分

　見分けが付く（辨別出來）

　見分けが付かない（辨別不出來）付く衝く着く突く就く憑く点く尽く搗く附く

　暗くて顔の見分けも付かない（黑得連臉孔都分辨不出來）

　敵味方の見分けをはっきりする（分清敵我）

　彼の人は人の見分けを付かない（他不會辨別人〔的好壞〕）

　植物の見分けが付く（能鑑別植物）

見聞、見聞〔名、自他サ〕見聞、閱歷、見識

　見聞を広める（擴大見聞）

　見聞を語る（述說見聞）語る騙る

　見聞の範囲が狭められている（囿於見聞）

　実地を（に）見聞する（到實地去見聞）

　見聞記（見聞錄）

見聞き〔名、他サ〕見聞、所見所聞（＝見聞、見聞）

　見聞きした事を書き留めて置く（把耳聞目睹記下來）

　此は私が親しく見聞きした事だ（這是我親自耳聞目睹的事情）

見幕、劍幕、權幕〔名〕氣勢洶洶、凶暴的神色

　恐ろしい權幕に圧倒される（為怒沖沖的氣勢所壓倒）

　凄い權幕で怒鳴る（氣勢洶洶地叫嚷）

　少年は声こそ低かったが、大然うな權幕で私に食って掛った（小伙子雖然聲音不高可是氣勢洶洶地衝著我來了）

見脈、檢脈〔名〕〔醫〕診脈

見料〔名〕參觀費（＝見物料）、相面（或手相的）報酬

　見料は御幾らでしょう（看相的費用是多少呢？）

見る、視る、看る、觀る、診る、相る、覽る

〔他上一〕看，觀看、（有時寫作觀る、診る）查看，觀察、參觀。

（有時寫作看る）照料，輔導，閱讀、（有時寫作觀る、相る）判斷，評定、（有時寫作看る）處理，辦理，試試看，試驗，估計，推斷，假定，看作、認為、看出，顯出，反映出，遇上，遭受。

〔補動、上一型〕（接動詞連用形＋て或で下）試試看。

（用て見ると、て見たら、て見れば）…一看、從…看來。

　映画を見る（看電影）回る、廻る

　ちらりと見る（略看一下）水松海松

　望遠鏡で見る（用望遠鏡看）

　眼鏡を掛けて見る（戴上眼鏡看）

見るに忍びない（堪えない）（慘不忍睹）
見るのも嫌だ（連看都不想看）
見て見ぬ振りを為る（假裝沒看見）
見れば見る程面白い（越看越有趣）
見る物聞く物全て珍しかった（所見所聞都很稀罕）
一寸見ると易しい様だ（猛然一看似乎很容易）
見ろ、此の様を（瞧！這是怎麼搞的）
風呂を見る（看看浴室的水是否燒熱了）
辞書を見る（查辭典）
医者が患者を見る（醫生替病人看病）
暫く様子を見る（暫時看看情況）
私の見る所に依ると（據我看來）
イギリス人の目から見た日本（英國人眼裡的日本）
博物館を見る（參觀博物館）
国会を見る（參觀國會）
見る可き史跡（值得參觀的古蹟）
子供の面倒を見る（照顧小孩）
後を見る（善後）
此の子の数学を見て遣って下さい（請幫這小孩輔導一下數學）
出来ない学生の数学を見る（對成績差的學生輔導數學）
子供の勉強を見て遣る（留意一下孩子的功課）
新聞を見る（看報）
本を見る（看書）
答案を見る（改答案）
人相を見る（看相）
運勢を見る（占卜吉凶）
政務を見る（處理政務）
政治を見る（搞政治、從事政治活動）
事務を見る（處理事務）

家の事は母が見ている（家裡的事由母親處理）
学会の会計を見る（處理學會的會計工作）
チィーンホテルの会計を見る（負責連鎖旅館的會計事務）
味を見る（嚐味）
機械の具合を見る（看看機器的運轉情況）
刀の切味を見る（試試刀快不快）
総数は百万と見て良い（總共可以估計為一百萬）
遭難者は死んだ物と見る（推斷遇難者死了）
私は十日掛ると見る（我估計需要十天）
人生八十と見て私は未だ二十年有る（假定人生八十我還有二十年）
返事が無ければ欠席と見る（沒有回信就認為缺席）
君は私を幾つと見るかね（你看我有多大年紀？）
疲労の色が見られる（顯出疲乏的樣子）
一大進歩の跡を見る（看出大有進步的跡象）
流行歌に見る世相（反映在流行歌裡的社會相）
憂き目を見る（遭受痛苦）
馬鹿を見る（吃虧、上當、倒霉）
多くの犠牲者を見る（犠牲許多人）
其見た事か（〔對方不聽勸告而搞糟時〕你瞧瞧糟了吧！）
見た所（看來）
見た目（情況、樣子）
見て来た様（宛如親眼看到、好像真的一樣）
見て取る（認定、斷定）
見る影も無い（變得不成樣子）
見るからに（一看就）

見ると聞くとは大違い（和看到聽到的迴然不同）

見るとも無く（漫不經心地看）

見るに見兼ねて（看不下去、不忍作試）

見るは法楽（看看飽眼福、看看不花錢）

見る見る（中に）（眼看著）

見る目（目光、眼力）

見るも（一看就）

見る間に（眼看著）

一寸遣って見る（稍做一下試試看）

一口食べて見る（吃一口看看）

読んで見る（讀一讀看）

遣れるなら遣って見ろ（能做的話試著做做看）

考えても見ろ（你也該想一想嘛！）

目が覚めて見ると良い天気だった（醒來一看是晴天）

起きて見たら誰も居なかった（起來一看誰都不在）

見る間に〔副〕眼看著（=忽ちに）

火事は見る間に広がった（火眼看要蔓延開了）

見る見る〔副〕眼看著（=見る間に）

船は見る見る沈んだ（船眼看著沉了下去）

見す見す〔副〕眼看著、眼睜睜地

泥棒を見す見す逃がした（眼睜睜地讓小偷跑掉了）

見す見す家を焼かれた（眼看著房子被燒掉了）

見す見す千円の損を為た（眼睜睜地損失了一千日元）

見る目〔連語〕（別人觀看的）目光、（反映在眼裡的）情況，看上去（見た所）、（觀察或識別的）眼力

人の見る目が煩い（我討厭別人〔盯著看〕的眼光）煩い五月蠅い煩い

見る目も愉快であった（看著就痛快）

傍の見る目も気の毒だ（從旁看來都過意不去〔可憐〕）傍傍

人の見る目が有る（有識人的眼力）有る在る或る

人の見る目が無い（沒有識人的眼力）

見た目〔名〕（從旁）看來、看起來

此の問題は見た目は簡単だ（這個問題看起來很簡單）

見た目は綺麗だが、中味は大した事は無い（看來很漂亮但內容不怎麼樣）

見た所〔連語〕看來、看上去、表面上

見た所では丈夫然うな建物だ（看來像很結實的建築物）丈夫丈夫丈夫

見た様だ〔連語、助動〕〔舊〕（上接體言）像…樣（=見たいだ）

小説見た様な話（像小說一樣的故事）

蠟細工見た様だ（像是蠟工藝品）

*（古時作…を見た様な形式使用，後來省去を，直接接在體言下，又進一步轉變為助動詞-見たいだ）

見たいだ〔助動、形動型〕（來自見た樣だ的轉變）（上接體言或活用語終止形）

（表示與其他事物相似）像…那樣、（表示具體的例示）像…這樣、表示推斷或委婉的斷定

彼の岩は人の顔見たいだ（那塊岩石像人的臉）

林檎見たいに赤い（像蘋果那麼紅）

子供見たいな事を言うな（不要說孩子般的話）

丸で嘘見たいな話（簡直讓人難以置信的事情）

徒見たいに安いね（便宜得像白給似的）

読みも為ないのに読んだ見たいな振りを為る（根本沒讀卻裝作讀好的樣子）

君見たいな人は成功するんだ（像你這樣的人會成功）

僕見たいな安月給取りを苛めるなよ（別來欺負我這樣低工資的小職員了）

風邪を引いた見たいだ（好像感冒了）
*（見たいだ的詞幹有時可單獨使用、它的鄭重說法是見たいです）
丸で子供見たいね（簡直像小孩子一樣呀！）

見て呉〔名〕〔俗〕外觀、外表（=上辺）
見て呉が良い（看來漂亮）
見て呉が悪い（外觀不好）
此の家具は見て呉が良い（這個家具樣子好看）

見て取る〔他五〕看破、看透、看穿（=見破る）
相手の意図を見て取る（看透對方的意圖）
議論が自分に不利だと見て取るや、素早く話題を変えた（一看辯論對自己不利馬上就轉變了話題）
遣る気が無い事を見て取る（看透無意去做）
彼が張本人である事を直ぐ見て取った（一眼就看出了他是罪魁禍首）

見て回る〔自五〕遍歷、漫遊、巡迴
私は彼に案内されて其の地方を見て回った（我在他的嚮導下遊歷了那個地方）

見せる〔他下一〕給…看、讓…看、表示，顯示、假裝，裝作…樣給人看。
〔補動，下一型〕（以…して見せる的形式）表示決心或意志、給…看
子供を医者に見せる（請醫生看看孩子）
人に見せない日記（不讓人看的日記）
ネクタイを見せて下さい（請把領帶拿給我看看）
度胸の有る処を見せる（顯示有膽量）
其のドレスは一層彼女を美しく見せる（那件服裝顯得她更漂亮）
病気の様に見せる（裝病〔給人看〕）
必ず成功して見せる（我一定要做到）
踊りを踊って見せる（跳個舞給你看）
此の木に登って見せる（我爬上這顆樹給你看看）上る登る昇る

君に出来るなら遣って見せて貰い度い物だね（你要是能做倒要請你做作看呢！）

見せ合う〔他五〕互相給對方看
写真を見せ合う（互相把〔自己的〕照片給對方看）

見せ掛ける〔他下一〕假裝（外表）
薬と見せ掛けた毒（偽裝成藥物的毒藥）
熱心な様に見せ掛ける（假裝熱情）
正直者と見せ掛けて悪事を働く（裝老實人做壞事）
彼は病気じゃないよ、然う見せ掛けている丈だよ（他沒有病只是裝病罷了）
実物に見せ掛ける（假裝是真貨）実物（真貨）実物（結果的）

見せ掛け〔名〕假裝、外表、虛有其表（=上辺）
此の装置は見せ掛け丈だ（這個裝置只是搭配用）
見せ掛けが良い（外表好看）良い好い善い佳い良い好い善い佳い
彼の勤勉は見せ掛けだ（他的勤勞是假裝的）
見せ掛け許りの同情（只是假裝的同情）
其は決して見せ掛けではなかった（那絕不是裝樣子）

見せ金〔名〕（為取得信用而）亮出給對方看的錢

見せしめ〔名〕警戒、警惕
今後の見せしめにうんと懲らしめる（嚴厲懲罰以儆傚尤）
斯うしたら彼の男の見せしめに為るだろう（這樣做對他是個警戒吧！）
彼の男を処分せずに置いたのでは見せしめに為らない（若是把他放過不處分就達不到以儆傚尤的目的）

見せ付ける〔他下一〕賣弄、顯示、誇示（=見せびらかす）
仲の良い処を見せ付ける（顯示兩人非常親密）良い好い善い佳い良い好い善い佳い

腕の良い処を見せ付ける（賣弄自己的本領）

余り見せ付けるよ（不要那麼賣弄了）

見せびらかす〔他五〕賣弄、誇耀、顯示（=見せ付ける）

学問を見せびらかす（賣弄學識、顯示博學）

玩具を友達に見せびらかす（對朋友誇耀自己的玩具）

見せ所〔名〕最拿手的地方、最精彩的地方

此処が腕の見せ所だ（這是顯示本領最精采的地方）

見せ場〔名〕（戲劇等）最精采的場面

此の芝居では此処が見せ場だ（這是這齣戲最精采的場面）

見える〔自下一〕看得見、（用…に見える、…と見える的形式）似乎，好像是、看到，找到、（来る的敬語）來

山が見える（看得見山）

目が見えない（眼睛看不見）

猫は夜でも物が見える（貓在夜裡也看得到東西）

解決したかに見える（似乎是已經解決了）

雲の形が羊に見える（雲彩的形狀好像是隻羊）

彼は褒められても嬉しくないと見える（他受到表揚似乎都不高興）

五十だが四十にしか見えない（已經五十歲了但看上去好像只有四十歲）

彼の人は日本人には見えない（他不像個日本人）

時計が見えない（〔我的〕錶找不到了）

合格者の中に彼の名が見えなかった（榜上沒有看到他的名字）

其の語は辞書に見えない（那個詞在字典裡找不到）

実例は文献に幾例も見える（在文獻中可以找到許多實例）

間も無く御見えに為るでしょう（過一下子會來吧！）

先生が見えました（老師來了）

今日は何方も見えませんでした（今天哪一未都沒有來）

未だ見えない（還沒有來）

見え、見栄、見得〔名〕（常寫作見栄）外表，外觀，門面，排場，虛榮、（常寫作見得）（演員做）誇張的姿態，亮相，亮架子

見栄を飾る（講求外表、修飾邊幅）

見栄で寄付を出す（為了虛榮而捐款）

見栄で高い洋服を作る（為了裝門面做高價的西服）

見得を切る（〔劇〕演員在舞台上亮架子，亮相，故做誇張姿態、假裝有信心、擺架子，矯揉造作）

見栄を張る（裝門面、虛飾外表、追求虛榮、作面子、擺排場）

見えっ張り、見栄っ張り〔名〕虛飾外表（的人）（=見え坊、見栄坊）

見栄っ張りの女（追求虛榮的女人）

見え坊、見栄坊〔名〕愛修飾的人愛虛榮的人（=見えっ張り、見栄っ張り）

彼は見栄坊だ（他是個愛修飾的人）

見栄え、見映え〔名〕（外表）好看、美觀←→見劣り

此の色は余り見栄えが為ない（這個顏色不太好看）

和服を着ると彼女は一層見栄えが為る（她穿上和服顯得更漂亮）

見栄え丈で中味が無い（華而不實）

色の白い人は黒い着物を着ると見栄えが為る（皮膚白的人穿上黑色衣服顯得漂亮）

見立〔名〕〔俗〕（外表）好看、美觀、漂亮（=見栄え、見映え）

見立が無い（〔外表〕不漂亮）

見劣り〔名〕遜色、相形見絀←→見栄え、見映え

見劣りが為る（有遜色）為る為す刷る摺る擦る掏る磨る撝る摩る
　此を見てから他の物は皆見劣りが為る（看了這個以後感到其他都有遜色）他他

見え隠れ〔名、自サ〕忽隱忽現
　岩は波間に見え隠れする（岩石隨波濤的起伏而忽隱忽現）
　見え隠れに跡を付ける（暗中尾隨、偷偷在後面跟蹤）

見えざる貿易〔名〕〔經〕無形貿易（指商品以外的貿易-如航運、保險、旅遊等）

見え透く〔自五〕（謊言或意圖等）看透，看穿，顯而易見、可看到底，清澈見底
　見え透いた嘘（明顯的謊言）
　見え透いた御世辞（露骨的恭維話）
　彼の心の底が見え透いている（我看透了他的意圖）

見えっ張り、見栄っ張り〔名〕虛飾外表（的人）（＝見え坊、見栄坊）
　見えっ張りの女（追求虛榮的女人）

見え坊、見栄坊〔名〕愛修飾的人、愛虛榮的人
　彼は見え坊だ（他是個愛修飾的人）

見えない政府〔名〕無形政府（美國中央情報局的別稱）

見合う〔自五〕平衡，均衡、相稱，相抵
〔他五〕（為伺機）對視，互相對看、在場看到，偶然看到
　支出に見合う収入（與支出相抵的收入）
　購買力が物価と見合う（購買力與物價相稱）
　今の所収支見合っている（目前收支平衡）
　魚魚魚魚
　鷺は魚を捕る為に、其に見合った長い首を持っている（鷺鷥長著適合於捕魚的長脖子）

見合い〔名〕相抵，平衡，相稱、（男女結婚前的）相親，相看
　需給の見合い（供需平衡）
　甲への貸しと乙からの借りが見合いに為っている（甲欠的錢和欠乙的錢正相抵）
　見合いを為る（相看）為る為す刷る摺る擦る掏る磨る撝る摩る
　二人は見合いも為ないで結婚した（兩個人都沒互見就結婚了）
　見合い結婚（介紹結婚）

見合わせる、見合せる〔他下一〕互看、對照，互相比較，看看這個看看那個、暫緩，推遲，作罷
　思わず顔を見合わせる（不由得面面相覷）極める極める極める
　諸条件を見合わせた上で決める（比較各種條件之後再決定）決める極める
　発表を見合わせる（暫不發表）
　病気の為旅行を見合わせる（因病旅行暫緩了）

見せ合う〔他五〕互相給對方看
　写真を見せ合う（互相把〔自己的〕照片給對方看）

見飽きる〔自上一〕看夠、看膩
　見飽きる程見る（看個夠）
　其はもう見飽きた（已經看膩了）
　幾度見ても見飽きない絵だ（是一幅百看不厭的畫）

見飽き〔名〕看夠、看膩
　何時迄も見飽きが為ない絵（百看不厭的畫）

見上げる〔他下一〕仰視、向上看、抬頭看←→見下ろす（常用見上げた形式）尊敬，器重，欽佩，景仰，敬重
　見上げた顔（仰視的臉）
　見上げる許りの大男（身材高大的男人）
　空を見上げる（仰望天空）
　見上げた人物（令人欽佩的人）
　見上げた精神（值得讚揚的精神）
　見上げた行い（值得讚揚的行為）

其の勇気は見上げた物だ（他的勇氣真令人欽佩）

見下ろす〔他五〕俯視，往下看←→見上げる 小看，蔑視，瞧不起（＝見下げる）

飛行機から下界を見下ろす（從飛機上往下看）

万寿山から見下ろすと田圃が緑の芝居の様に見える（從萬壽山上往下看田地就像綠色的草坪一樣）

丘から町が見下ろせる（從山崗上可以看到市鎮）

其の城は町が見下ろしている（那個城堡俯瞰著市鎮）

然う見下ろした物でも無いぞ（並不要那麼瞧不起）

見下げる〔他下一〕輕視、蔑視、藐視、瞧不起（＝見下す）←→見上げる

然う見下げた物でもない（也還有些可取之處）

見下げ（果て）た奴だ（極卑鄙的小子）

然う人を見下げた言い方を為る物ではない（不要說那種瞧不起人的話）

見下す〔他五〕輕視，藐視，蔑視，小看，看不起（＝見下げる）。俯視，往下看（＝見下ろす）

彼を見下しては行けない（別看不起他）

彼には人を見下す癖が有る（他有小看人的毛病）

相手を見下す態度が気に障る（〔他那〕輕視對方的態度令人討厭）

山から下を見下す（從山上俯視下面）

見縊る〔他五〕輕視、蔑視、小看、瞧不起（＝見下げる）

人を見縊るな（別瞧不起人）

人人は彼を子供と見縊った（人們輕視他把他當作小孩子）

そんな事を為ると人に見縊られる（做那樣的事會被人瞧不起）

随分人を見縊った遣り方だ（這是太瞧不起人的做法）

見誤る〔他五〕看錯，看扁（＝見違える、見損なう）、錯認

信号を見誤る（看錯信號）

うっかり発車時刻を見誤った（沒留神看錯了開車時間）

兄を弟と見誤る（把哥哥當作弟弟）

見誤り〔名〕看錯、看扁（＝見損ない）

他人の空似、見誤りと言う事も有る（看似像的人有時也會看錯）

見損なう〔他五〕看錯、錯過看的機會、估計錯誤、看錯了人

信号を見損なう（看錯信號）

フランス美術展を見損なう（錯過去看法國美術展的機會）

御前を見損なった（我把你看錯了、沒想到你是這樣的人）

俺を見損なうな（你別看錯了人！你別把我小看了！）

見損い〔名〕看錯、錯過（看的）機會、評價錯誤

其は私の見損いだった（那是我看錯了）

見違える〔他下一〕看錯（＝見間違える、見誤る）

見違える程大きく為った（孩子長大得簡直令人認不得了）

知らない人を友達と見違える（把陌生人錯認為朋友）

家具を新しくしたので部屋が見違える様に為った（因為換了新家具房間煥然一新了）

見違え、見違い〔名〕看錯（＝見誤り）

番号の見違い（看錯號碼）

其は私の見違いだった（那是我看錯了）

見間違える〔他下一〕看錯（＝見違える）

見表わす，見表す、見顕わす、見顕す〔他五〕察覺、識破、看出來（＝見付け出す）

正体を見表わす（看出真相、識破原形）

事の真相を見表わす（察覺了事情的真相）

見出す、見出だす〔他五〕找到、發現、看出來（=見付ける）
　人材を見出す（發現人材、選拔人材）
　逃げ道を見出す（找到逃脫的道路）
　多数の中から見出される（從多數中被發現出來）

見出す〔他五〕發現、找出（=見出す見付け出す）、開始看（=見始める）
　隠れた人材を見出す（發現被埋沒的人材）

見出し〔名〕標題、索引、目錄、選拔、拔擢、詞條（=見出し語）。〔計〕鍵、電鍵、按鍵、關鍵碼、信息標號
　小見出し（小標題、副標題）
　新聞の見出し丈読む（只看報紙的標題）
　人の目を引く見出し（引人注目的標題）
　見出しcard（目錄卡片）
　破格の御見出しに預かって光栄する（承你破例提拔感到光榮）
　見出し語（〔辭典的〕詞條）
　此の辞書の見出し語は五十音順に並べてある（這部辭典的詞條是按五十音的次序排列的）

脇見出し〔名〕（報紙或雜誌等的）副標題

見付ける〔他下一〕看到，找到，發現（=見出す）、看慣（=見慣れる）
　新聞で偶然彼の名を見付けた（在報紙上偶然看到了他的名字）
　人込みの中で友人を見付ける（在人群中看到朋友）
　仕事を見付ける（找到工作）
　土の中から化石を見付ける（從土裡發現化石）
　隠れん坊で紅ちゃんを見付けた（捉迷藏時我找到了小紅）
　余り見付けない顔（不常見的面孔）
　見付けた風景（常見的風景）
　日本人なら桜を見付けている筈だ（若是日本人櫻花應該是司空見慣的）

見付〔名〕（城門外的）方式甕城、外城門（衛兵守衛處、江戶城共三十六處、現存三處）
　赤坂見付（東京赤坂甕城門）

見付き〔名〕〔俗〕外觀、外貌（=見掛け）
　見付きが悪い（外觀不好）
　大層見付きの良い家です（外觀很好的房子）
　見付きは此の方が良いが持ちが悪い（看來是這個好但是不耐用）

見付け出す〔他五〕看出、找到、發現（=見付ける）

見付かる〔自五〕被看見，被發現，找到，能找到
　悪戯して先生に見付かる（淘氣被老師發現了）
　彼の人達に見付からないように為為さいね（不要被他們發現了）
　結論が見付かる（找出結論）
　無く為った時計は未だ見付からない（丟掉的錶還沒有找到）未だ未だ

見せ付ける〔他下一〕賣弄、顯示、誇示（=見せびらかす）
　仲の良い処を見せ付ける（顯示兩人非常親密）良い好い善い佳い良い好い善い佳い
　腕の良い処を見せ付ける（賣弄自己的本領）
　余り見せ付けるよ（不要那麼賣弄了）

見馴れる、見慣れる〔自下一〕看慣、看熟
　見慣れない人（陌生人不熟識的人）
　こんな良い景色も見慣れると詰まらなく為る（這麼美麗的景致看慣了也就覺得沒意思了）
　彼の字は見慣れないと読み難い（他的字體若看不慣就很難認）
　見慣れないと殆ど区別が付かない（若看不熟幾乎分辨不出來）

見掛ける〔他下一〕剛看，開始看（=見始める）、看到，（偶然）看見、猛一看、看上去
　本を見掛けて止める（剛一看書就放下了）止める已める辞める病める

今television見掛けた所だ（現在剛開始看電視）

此の頃さっぱり見掛けない（最近一直沒看見）

彼が公園を散歩しているのを見掛けた（看見他在公園裡散步來的）

何処かで見掛けた様な人だ（這個人好像在哪裡見過）

終ぞ見掛けた事の無い人だ（這個從來沒有見過〔完全陌生〕的人）丈夫丈夫丈夫益荒男

見掛けた所は丈夫然うだが、実は病気らしい（看上去好像很健壯其實似乎有病）

見掛け、見掛〔名〕外觀、外表

人は見掛に依らない（人不可貌相）寄る拠る因る縁る依る由る選る縒る撚る

見掛で判断する（憑外表判斷）

見掛は丈夫然うだ（看起來很健壯似的）丈夫丈夫丈夫益荒男

彼は見掛程の臆病者ではない（他不不像所見那樣膽小）者者

彼は見掛に依らぬ悪者だ（他是個表面上看不出來的壞蛋）

見掛丈は統一を維持していた（僅僅在表面上維持了統一〔的局面〕）

見掛の膨脹（〔理〕外觀膨脹、視在膨脹）

見掛比重（〔理〕外觀比重、視在比重）

見掛線速度（〔化〕外觀線速度）

見掛温度差（〔化〕外觀溫度差）

見掛密度（〔化〕外觀密度、視密度、假密度）

見掛粘度（〔化〕外觀黏度）

見掛伝熱係数（〔化〕外觀傳熱係數）

見掛け倒し〔名〕虛而其表、華而不實

見掛け倒しの品物（華而不實的物品）

見掛け倒しの料理（好看不好吃的菜）

見掛け倒しの繁栄（虛假繁榮）

見せ掛ける〔他下一〕假裝（外表）

薬と見せ掛けた毒（偽裝成藥物的毒藥）

熱心な様に見せ掛ける（假裝熱情）

正直者と見せ掛けて悪事を働く（裝老實人做壞事）

彼は病気じゃないよ、然う見せ掛けている丈だよ（他沒有病只是裝病罷了）

実物に見せ掛ける（假裝是真貨）実物（真貨）実物（結果的）

見せ掛け〔名〕假裝、外表、虛有其表（＝上辺）

此の装置は見せ掛け丈だ（這個裝置只是搭配用）

見せ掛けが良い（外表好看）良い好い善い佳い良い好い善い佳い

彼の勤勉は見せ掛けだ（他的勤勞是假裝的）

見せ掛け許りの同情（只是假裝的同情）

其は決して見せ掛けではなかった（那絕不是裝樣子）

見受ける〔他下一〕看到，看見（＝見掛ける）、看來，看起來

時時見受ける人だ（是個常見的人）

車内で喫煙している人を時時見受ける（常常看見有人在車裡吸菸）

今では然う言う人を余り見受けない（現在那種人不多見了）

見受けた所非常に満足の様だ（看來似乎很滿意）

彼の方は御見受けした所そんなに御年寄りとは思われません（看起來他年紀並不像那樣大）

見入る〔自、他五〕注視、看入迷、看得出神（＝見詰める、見蕩れる）

画面に見入る（看畫面看得出神）

実験の結果に見入る（注視實驗的結果）

見入る、魅入る〔自、他五〕（常用被動形）迷住、纏住（＝取り付く）

悪魔に魅入られる（著了魔、被惡魔纏住）

見惚れる、見蕩れる〔自下一〕看迷、看得入迷（＝見惚れる）

見惚れる様な景色（迷人的景緻）

彼女の美しさに見惚れる（被她的美貌吸引住）

ぽかんと口を開けて見惚れる（張著嘴呆看）

見惚れる〔自下一〕看迷、看得入迷（=見惚れる、見蕩れる）

絵に見惚れる（看畫看得出神）

見詰める〔他下一〕凝視、注視、盯看

相手の顔を見詰める（凝視對方的面孔）

目を丸くして見詰める（瞪大眼睛盯看）

彼にじっと見詰められて、彼女の顔を赤らめた（她被他盯著看得臉都紅了）

見据える〔他下一〕定睛而視（=見詰める）、看準（=見定める）

相手を見据える（目不轉睛地看對方）

目を見据えて睨む（目不轉睛地瞪）

行方を見据える（看準去向）

見失う〔他五〕看丟、迷失、看不見

時計を見失う（錶不見了）

人込みの中で彼の姿を見失った（在人群中跟他失散了）

見送る〔他五〕目送、送行，送別、（把人）送到（某處），觀望，放過，擱置，暫緩考慮，送葬

飛んで行く鳥を見送る（目送飛去的小鳥）

老人の立ち去るのをじっと見送った（凝視著老人走遠）

駅で友を見送る（在車站上送朋友）

彼は洋子に見送られて羽田を飛び立って行った（他在洋子的送別下飛離了羽田機場）

家迄見送る（送到家）

彼は玄関口迄見送る（把他送到大門口去）

見送って次の機会を待つ（靜待下一次的機會）

採用を見送る（放過錄取機會）

一電車見送る（放過一輛電車不坐〔等待下一輛電車〕）

議案を見送る（把議案擱置起來）

ストライクを見送る（〔棒球〕放過好球不打）

両親を見送る（給父母送葬）

見送り、見送〔名〕送行，送別，靜觀，觀望

プラットホームは見送りの人で一杯だ（月台上擠滿了送行的人）

人を見送りに行く（送人去）

情勢を見送りに為る（對形勢採取觀望態度）

見送り三振（〔棒球〕未擊三個好球、出局）

見始め〔名〕初次看見（的事物）

見始めの見納め（前恩後只看見一次）

見収め、見納め〔名〕看最後一次、見最後一面

彼が見納めと為った（那是最後一次看見他）

此で見納めだ（這是最後一次看見〔以後永遠看不到了〕）

彼は此の世の見納めに諸国を遍歴した（他為了向這個人世告別周遊了全國各地〔世界各國〕）

見落とす、見落す〔他五〕看漏、沒看出來、忽略過去

番号を見落とす（忽略了號碼）

見落とす事の無い様に注意して捜せ（要注意查驗不要忽略過去）

其はつい見落とした（無意中把它忽略了）

見落とし〔名〕看漏

多少の見落としは免れない（不免有些看漏的地方）

此の校正には誤植の見落としが多少有る（這個校樣上有些漏校）

見過ごす〔他五〕看漏，沒有看到（=見落とす）、看過，看到放過，置之不問，饒恕（=見逃す）

重大な点を見過ごす（看漏重要之點）

うっかり計算の間違いを見過ごして終った（一不小心把計算的錯誤看漏了）

今度丈は見過ごして遣ろう（這一次饒了你吧！）

悪事を見過ごす（看到壞事置之不問）

見逃す、見遁す〔他五〕看漏，錯過看的機會，饒恕、放過、放跑、放走

此はファンの見逃しては為らぬ映画だ（這是電影迷絕不能不看的電影）

過失を見逃す（饒恕過失）

今度丈は見逃して下さい（請饒恕我這一次吧！）

チャンスを見逃す（放過機會）

彼の演説中の次の言葉は見逃す可きではない（不應放過他在演講中下列這些話）

ストライクを見逃す〔棒球〕放過好球〔不打〕

犯人と気付かぬ儘に見す見す見逃して終う（沒注意到是犯人眼睜睜地把他放跑了）

見逃し〔名〕看漏、饒恕

此から気を付けます、今度丈は御見逃し下さい（今後一定注意請饒恕這一次）

見覚える〔他下一〕記得、認識、彷彿見過

貴方は其の人の顔を見覚えていますか（你還認得他的面孔嗎？）貴方貴男貴女

見覚え〔名〕眼熟、認識、彷彿見過

少しも見覚えが無い（完全不認識）

見覚えの有る顔だが、誰だか思い出せない（很面熟可是想不出來是誰？）

何だが見覚えの有る人の様でも有り、又然うでも無い様でも有る（總覺得非常眼熟又像不認識）

見返す〔他五〕回顧、回頭看，向後看，重看，反覆看、回看、還眼，（受了侮辱或輕視後）爭氣

答案を見返す（反覆看卷子）

何度も見返したが見付からない（反覆看了多少次還是沒找到）

向うが見たので、此方も見返す（因為他看我一眼所以我也還他一眼）

自分を蔑んだ人を見返す（爭口氣給侮辱過自己的人看）蔑む貶む

偉く為って彼奴を見返して遣ろう（我要力求上進爭口氣給他看看）

見返し〔名〕回顧，回頭看、（書的）折邊（前後封皮向裡面折回的部分）封皮裡面和本文相接的一頁、（衣服底襟或袖口等的）貼邊，折邊，翻邊

見返し布（貼邊布）

見返る〔他下一〕回顧、回頭看

見返り乍ら手を振る（一面回頭看一面揮手）振り降る

見返り〔名〕回顧，回頭看、抵押（品），相抵的東西，對應的東西

見返り資金（回轉資金-特指美援物資在日本傾銷後取得的資金）

見返り物質（抵消〔進口而出口的〕物資）

見返り担保（附屬擔保〔品〕）

見返り品（抵消品、回頭貨）品品

見変える〔他下一〕改變看法、見異思遷、喜新厭舊

彼の人は私を彼の女に見変えたのです（他因為那個女人而拋棄了我）

見限る〔他五〕（認為無望而）斷念，放棄、遺棄

師匠も見限る程の弟子（連師傅都喪失信心的徒弟）弟子弟子

どうせ駄目なら今の内に見限る方が良い（反正沒希望不如現在就死了心）

医者からも見限られた（醫生也認為沒救了）

彼は結局彼の女に見限られるだろう（他終究會被那個女人甩掉的）

見方〔名〕看法（＝見様）、見解

秤の見方（秤的看法、識秤）

私の見方は違います（我不那麼看、我的看法不同）

唯物論と観念論とは物の見方が全く違う（唯物論和唯心論對事物的看法完全不一樣）

見方が悪いと良く見えない（看法不對就看不清楚）

偏った見方を為る（有偏見）偏る片寄る

二人の見方が違う（兩個人的見解不同）

君の様な見方には同調出来ない（我不能同意你的見解）

其は彼一流の物の見方だ（那是他對事物的獨特見解）

見方に依っては然うも解釈出来る（根據不同的見解也可以那樣解釋）由る縁る拠る因る依る

見様〔名〕看法（＝見方）

物は見様で全く異なる（事物因看法不同而完全不同）

見様で何方とも言える（因看法不同怎麼說都行）何方何方何方

見様見真似（看樣學樣久而自通）

見様見真似で父の遣り方を覚えた（看樣學樣學會了父親的做法）覚える憶える

見兼ねる〔他下一〕看不過去、慘不忍睹

見るに見兼ねて忠告する（實在看不過去〔對他〕進行忠告）震える振える奮える篩える

子猫が寒さに震えるのを見兼ねて、家へ連れ帰る（不忍看小貓凍得打哆嗦把它帶回家來）

見交わす、見交す〔他五〕互看、彼此對看

顔を見交わす（互相對看）

互いに見交わす顔と顔（面面相覷）

意味有り気に見交わす（意味深長地互相交換了眼色）

見切る〔他五〕看完、斷念，絕望、廉價拍賣

絵を見切らない内に閉館の時間が来た（還沒看完畫就到閉館的時間了）

出品が多くて一日では見切れない（展品很多一天看完）一日一日一日一日

ああ怠けては、私も見切るより外無い（那麼懶惰我也不好再指望他了）

棚晒し品を見切って売る（拍賣滯銷貨）売る得る得る

見切り〔名〕絕望，斷念、放棄、廉售

見切りが良い（果斷）良い好い善い佳い良い好い善い佳い

見切りが悪い（優柔寡斷）

御前の様な者にはもう見切りを付けた（像你這樣的人我已不指望了）

見切り値段（廉售價格）

見切り品（拍賣品、廉價品、拋售品）品品

見切り発車〔名〕（公共汽車等）過站不停。〔喻〕（在國會）未經充分審議便先行表決

審議会の結論が出ない儘見切り発車する（審議會還沒有結論就先行表決）

見極める〔他下一〕看清，看透、分清，辨別，弄清楚、鑑定

心底を見極める（看透心靈深處）心底心底

試合の勝負を見極めるのは、此からだ（比賽的勝負還要看以後）

真偽を見極める（弄清真假）

正体を見極める（弄清真面目）

真相を見極める（查明真相）

見極め〔名〕看清，看透、追究到底

良く見極めを付ける（仔細看清）

事情が複雑で将来の見極めが付かない（情況複雜前途難以預料）

見定める〔他下一〕看準、看清（＝見極める）

彼が家に入るのを見定めた（看準了他進家裡去了）入る入る

互いに相手の力量を見定める（互相掂量對方的力量）

轢き逃げの車のナンバーを見定めて届け出る（看準肇事者事後逃跑的車號告訴警察）

見定め〔名〕看準、斷定（＝見極め）

可能か不可能か見定めが付かない（可能與否不能斷定）

見定めを付ける（看準）

見定めを付く（看準了）

見比べる、見較べる〔他下一〕比較、對比

何方が良いか良く見比べ為さい（哪個好仔細比較一下）

カタログの写真と実物を見比べたが、写真の方がずっと良かった（把商品目錄上的照片和實物加以對比照片好得多）

実物と見本を見比べる（實物和樣品相比較）

見苦しい〔形〕不好看，難看、骯髒、寒酸、丟臉，沒面子

君の遣り方は全く見苦しい（你做得太不好看了）

髪の毛が伸びて見苦しい（頭髮長得太長很難看）伸びる延びる

そんな身形では見苦しい（那種打扮太寒酸）

見苦しい負け方を為る（輸得很慘）

見苦しい事を慎む（別做丟臉的事）慎む謹む

見巧者〔名，形動〕（對戲劇等）有鑑賞力（的人）、鑑賞力高（的人）

見越す〔他五〕預料，預見，預想、越過…看

インフレを見越して物を買い溜める（預料通貨膨脹而囤購貨物）

将来を見越して計画する（預想將來的情況而制訂計畫）

塀を見越す（越過牆看、隔牆看）

見越し〔名〕估計，預料、投機，透過…看

見越しが利く（〔對未來事物〕有預見力、洞察力強）利く効く聞く聴く訊く

見越し売り（〔商〕估計價跌而賣出）

見越し買い（〔商〕估價漲而買進）

見越し売買（投機買賣）

見越しの松（隔牆可以看見的松樹）

見応え〔名〕值得看、確有觀看的價值

見応えが有る（確有觀看價值）有る在る或る

見応えの有る大相撲（值得一看的大相撲）

見事〔形動〕美麗，好看，漂亮，卓越，道地，精采，巧妙，整個，完全

桜が見事に咲く（櫻花開得好看）咲く裂く割く

見事な試合（精采的比賽）

手際が見事だ（手法漂亮）

見事に相手を投げ倒した（巧妙地把對方摔倒）

見事に成功する（完全成功）

見事に失敗した（完全〔徹底〕失敗了）

今日の天気予報は見事に当たった（今天的天氣預報完全準確）当る中る

見事に遣り遂げる（徹底完成）

見ん事〔副〕〔俗〕（見事的音便）美麗，好看，漂亮，卓越，道地，精采，巧妙，整個，完全（=見事）

見込む〔他五〕預料，估計、估計在內，計算在內、相信，信賴、認為有希望，釘上，盯上，糾纏住，（在劇場等）往裡面看

大丈夫だと見込んで金を出す（估計靠得住而拿出錢來）大丈夫大丈夫

将来の米価騰貴を見込んでうんと買い込む（預料將來米價上漲大量買進）

損失を見込む（把損失估計在內）

減量を見込んで置かねば為らない（必須把損耗估計在內）

社長に見込まれる（為總經理所矚目）

用心深い所を見込んで彼の人に頼んだ（相信他謹慎才託付給他）

君を見込んで頼むのだ（相信你才來懇求你）

蛇に見込まれた蛙（被蛇盯上的青蛙）帰る返る孵る還る変える代える換える替える買える

彼の男に見込まれたら最後だ（若是讓他盯上了可就完蛋了）

見込み 〔名〕希望、可能性、預料，估計，預定

見込みの有る青年（前途有為的青年）

全快の見込みの無い患者（沒有治好希望的病人）

成功の見込みが乏しい（成功的希望很小）乏しい欠しい

現状では正式交渉が行われる見込みは無い（在目前情況下沒有舉行正式談判的可能性）

熱い戦争が早急に起こる見込みは無い（不會很快就發生熱戰）早急 早急 起る 興る 怒る 熾る

見込みが当たる（估計對了）当る 中る

見込みが立たない（難以估計）

一週間で出来上がる見込み（預計一星期就能做好）

彼は本年三月卒業の見込みだ（他將在今年三月畢業）

見込み違い（估計錯誤）

見込みが外れる（預想落空）

見頃 〔名〕正好看的時候

桜は丁度見頃だ（櫻花正在盛開）一寸

見殺し 〔名〕坐視、見死不救

難民を見殺しに為る（坐視難民不救）

彼を見殺しには為ぬ（對他絕不坐視不救）

見境 〔名〕區別、辨別

見境が付かない（不能辨別）

良い悪いの見境が付かない（不辨善惡、分不清好壞）

前後の見境も無く（不顧前後、輕率地、魯莽地）

見境無く爆撃する（不加區別地轟炸、盲目轟炸）

見猿聞か猿言わ猿 〔連語〕不看不聽不說、三不主義（三猿-三隻各以手捂著眼耳鼻的猴子-表示對不利事或他人之缺點等最好不看不聽不說）（猿和否定助動詞ざる同音）（＝三猿主義）

見知る 〔他五〕見過、認識、熟識

どうか御見知り置き下さい（〔初次見面寒暄語〕請你認識一下、今後請多關照）

見知らぬ人に声を掛けられる（一個陌生人向我打招呼）

見知らぬ所に気が为ない居る（並不覺得到了一個陌生的地方）入る 要る 射る 鑄る 炒る 煎る

見知り 〔名〕認識、見過、面善

見知りの人（見過的人、認識的人）

人見知り（〔小孩〕認生）

顔見知り（面熟、面善）

中に何人が顔見知りが居る（裡面有幾個面熟的人）何人 何人 何人

見知り越し 〔名〕熟識、熟人、以前就認識

皆見知り越しの顔だった（都是熟人）

見知らぬ 〔連體〕未見過的

見知らぬ男（陌生人）

見ず転、不見転 〔名〕〔俗〕不擇對象只憑金錢而賣身（的藝妓）

見ず転を買う（與藝妓同睡）買う 飼う

見透かす 〔他五〕看穿、看透（＝見抜く）

腹を見透かす（看出〔某人的〕心事）

心を見透かす（看出〔某人的〕心事）

敵の弱みを見透かす（看透敵人的弱點）

相手に足元を見透かされる（被對方抓住弱點）

見え透く 〔自五〕（謊言或意圖等）看透，看穿，顯而易見、可看到底，清澈見底

見え透いた嘘（明顯的謊言）

見え透いた御世辞（露骨的恭維話）

彼の心の底が見え透いている（我看透了他的意圖）

見抜く 〔他五〕看穿、看透、認清

偽善者である事を見抜く（看穿是個偽善者）

人の才能を良く見抜く力が有る（很能識別人的才能）

帝国主義の正体を見抜く（看透帝國主義的本質）正体 正体

見破る〔他五〕識破、看穿、看透（=見抜く）

変装を見破る（識破化装）

見破られずに済む（結果沒有被識破）済む 住む 棲む 澄む 清む

彼の内情を見破る（看穿他的底細）

化け物の正体を見破る（識破妖怪的原形）

見捨てる、見棄てる〔他下一〕抛棄、離棄、背離、棄而不顧

両親に見捨てられた子（被父母抛棄的小孩）

困っている友人を見捨てる（不顧困難中的朋友）

然う見捨てた物でもない（〔指人〕並不是那樣不可救藥、〔指物〕還是有一定的價值）

彼を支持していた人人は次次と彼を見捨てた（支持他的人一個一個地離棄了他）

見澄ます〔他五〕看準、仔細觀察

彼は家人の寝静まるのを見澄ましてそっと抜け出た（他趁家裡人全睡著後便偷偷地溜了出去）

見世、店〔名〕商店、店鋪

店を経営する（經營商店）

店を開ける（商店開門）開ける 明ける 空ける 飽ける 厭ける

店を閉める（商店關門）閉める 絞める 締める 占める 染める 湿る

店を閉じる（商店關門）

店を開く（開設商店）

店を出す（開設商店、開始營業）

店を持つ（開設商店）

店を張る（開設商店）

店を引く（關店、妓女休息）

店を畳む（歇業、關閉商店）

店を譲る（轉讓店鋪）

店の者（商店的店員、櫃上的伙計）

店に勤める（在商店工作）勤める 努める 務める 勉める

店へ買物に行く（去商店買東西）

彼の店は高い（那個商店東西貴）

彼の店は品物を安く売るので、何時も客が一杯だ（那家商店東西賣得便宜所以常常有很多顧客光顧）

私は彼の店が買い付けた（我經常在那個商店買東西）

其の本は未だ店に出ない（那本書還沒在店裡賣）

こんな所に店を出しちゃ行かん（不得在這裡擺攤）

店で売っている様な品とは違う（這和商店裡賣的貨色可不一樣）

今は店がもう終っている（現在商店已經關門了）

御父ちゃん、御店だよ（〔看見來了顧客孩子喊〕爸爸，有人來買東西了）

彼は机の上に一杯店を広げて何かの編集の仕事を為ている（他在桌上鋪開攤子在編寫什麼東西）

見世物〔名〕雜耍（指雜技團、馬戲團、魔術團等）、出洋相，當眾出醜，被眾人當熱鬧看

見世物の象（馬戲團的象）

見世物を見に行く（看雜技去）行く 往く 逝く 行く 往く 逝く

人の見世物に為る（丟臉、給人家看熱鬧）

俺は見世物じゃないぞ（我可不是個愛逗著玩的人！）

見世物に為れ度くは無いね（我不願意出洋相〔當眾出醜〕）

見初める〔他下一〕初次見面、一見鍾情（傾心）

デパートの売り子を見初める（和百貨公司的女店員一見鍾情）

見逸れる〔他下一〕認不出來、忘記是誰

ㄐ

どうも御見逸れ申して済みません（恕我眼拙對不起）

随分歌が御上手なんですね、全く見逸れしました（您唱得真好我一點都沒看出來）

坊っちゃんがすっかり大きく為られたので御見逸れ申しました（您的孩子可真長大了我都認不出來了）

御見逸れ〔名、自サ〕（見逸れ的自謙敬語）眼拙，沒認出來（是誰）、（以稱讚的口吻說）有眼不識泰山，沒看出來（對方的能力等）

御見逸れ申しました（我眼拙、沒認出您來）

鬚を生やしたので御見逸れする処でした（因為您留了鬍子我差一點就認不出您了）

御見事な腕前、御見逸れ致しました（我有眼無珠沒能看出您有這樣了不起的本領）

見立てる〔他下一〕診斷、選擇、鑑定，判斷、比擬，比作，當作

糖尿病と見立てる（診斷是糖尿病）

自分で見立てる（自己挑選）

柄の良いネクタイを見立てる（選擇花色好的領帶）

本物を見立てる（斷定是真的）

前方の小山を仮に敵陣地に見立てる（假定前方是敵人陣地）前方前方

築山を富士山に見立てた庭（把假山堆成富士山狀的庭園）

見立て〔名〕診斷、選擇，挑選、判斷、鑑定

医者の見立てでは病気は重くない（據醫師的診斷病不重）

見立て違い（誤診）

柄の見立てが上手だ（很會挑花樣）

此のネクタイは誰の御見立てですか（這條領帶是誰挑的？）

貴方の御見立てでは如何でしょう（根據你的判斷如何？）

私の見立てに依れば、其は本物だ（根據我的判斷那是真品）

見立て〔名〕〔俗〕（外表）好看、美觀、漂亮（＝見栄）

見立が無い（〔外表〕不漂亮）

見尽くす〔他五〕看完

展覧会の絵を見尽くす（看完畫展）

十日も見ているのに未だ見尽くしていない（看了十天還沒看完）未だ未だ

台湾の名所を見尽くすには一週間掛かる（想看完台灣的名勝需要一個星期）

見繕う〔他五〕看著辦、斟酌處理（備置）（＝計らう）

御祝いの品を見繕う（酌量買些賀禮）

御土産を見繕って買って帰る（斟酌買些土產回來）

然る可く見繕って下さい（您看著〔怎麼好就怎麼〕辦吧！）然る叱る

見繕い〔名〕看著辦、斟酌處理（＝見計らい）

料理は見繕いで遣って下さい（〔我不挑剔口味〕菜請看著辦吧！）

見計らう〔他五〕斟酌，看著（辦）（＝見繕う）、估計（時間）

品物を見計らって送る（斟酌著發送貨物）送る贈る

其の事は然る可く見計らって遣って下さい（那件事情請你適當地斟酌辦吧！）

頃合を見計らって遣って来た（〔他〕估計好時機趕來了）

見計らい〔名〕斟酌、酌量（＝見繕い）

其は君の見計らいに任せる（那件事任憑你看著辦）

見っとも良い〔形〕〔俗〕像個樣，成體統、好看，體面←→見っとも無い

余り見っとも良い物じゃない（並不怎麼體面〔像樣子〕）

見っとも無い〔形〕不像樣，不體面，不成體統、醜，難看（＝醜い）←→見っとも良い

見っとも無い身形（難看的裝扮）

人の前で欠伸するとは見っとも無い（在別人面前打哈欠有失體統）

君の年でそんな派手なネクタイは見っとも無い（以你的年齡繫那麼花俏的領帶太不像樣）

見っとも無い顔を為ている（長得醜）

見積もる、見積る〔他五〕估計
　旅費を見積もる（估計旅費）
　安く見積もる（低估）安い廉い易い
　内輪に見積もる（保守地估計）
　金に見積もる（折成錢）
　幾等少なく見積もっても三万円掛かる（怎麼低估都需要三萬日元）
　損害は一千万円と見積もる（估計損失為一千萬日元）

見積もり、見積り〔名〕估計
　費用の見積もりを為る（估計費用）
　来会者は大体の見積もりで千人位だ（參加會議者估計一千人左右）
　此で当初の見積もりと違います（這和當初的估計有出入）
　見積もり価格（估計價格）
　見積もり書（估價單）

見辛い〔形〕（太醜惡）看不下去、看不清楚（=見悪い）
　見辛い観客席（看不清楚的參觀席）
　見辛い印刷物（模糊不清的印刷品）

見悪い、見難い〔形〕不容易看、看不清楚←→見易い
　見悪い活字（看不清楚的鉛字）
　見悪い席（看不到的座位）
　見悪い字を書く（寫不容易看的字）
　此処からは景色が見悪い（從這裡風景看不清楚）
　画面がちらちらして見悪い（圖像一晃一晃地看不清楚）

見安い、見易い〔形〕易懂、淺近、易看、顯眼←→見悪い
　見易い道理（易懂的道理）
　綺麗で見易い字（工整易讀的字）
　ゲームが見易い席（得看比賽的席位）

　見易い個所に掲示する（在顯眼的地點公布）

見手〔名〕觀眾、觀賞者（=見る人、見物人）

見て呉〔名〕〔俗〕外觀、外表（=上辺）
　見て呉が良い（看來漂亮）
　見て呉が悪い（外觀不好）
　此の家具は見て呉が良い（這個家具樣子好看）

見通す〔他五〕一直看下去，一直看到末尾、看透，看穿（=見抜く）、眺望（遠處），眺望盡，一眼看穿、預料，推測
　此の本は最後迄見通すのに骨を折れる（這本書要看到末尾很吃力）
　彼等の心を見通す（看透它們的心意）
　相手の計略を見通す（看穿對方的計謀）
　対岸の山山を見通す（瞭望對方的群山）
　三年先の事を見通す（預料三年以後的事）

見通し〔名〕一直看下去、瞭望，眺望、（對前景等）預料，推測
　朝からテレビの見通しだ（從早晨就一直看電視）
　霧で見通しが利かない（因霧望不清楚）
　見通しの利く場所（眼界開闊的地方）利く效く聞く聴く訊く
　此からの見通しが付かない（今後如何很難預料）
　見通しが甘かった（預想得太樂觀了）甘い甘い
　三年先の見通しが立つ（預料到三年以後的前景）
　果して何等かの協定に達し得るか如何か今の所見通しが立たない（到底能否達成某種協定現在還不能預料）
　繊維工業の見通しは如何ですか（估計纖維工業的前景如何？）
　見通しは余り良くない（前景不妙）
　神は御見通しだ（老天爺明鑑、上天難欺）

見咎める〔他下一〕盤問

門衛に見咎められる（受到守衛盤問）

彼は見咎められずに外へ出て行った（他沒有受到盤問就出去了）

警官がうろついている男を見咎めた（警察盤問了一個轉來轉去的人）

見所、見処〔名〕精采處，值得看的地方、前途、前程、長處、可取之處、（能樂）觀眾席

此処は芝居の見所だ（這裡是戲的精采處）

見所の有る青年（前途有為的青年）

此の子は中中見所が有る（這個孩子很有前途）

彼は多少見所が有る（他有些長處）有る在る在る

彼の大馬鹿の何処に一体見所が有るんだね（那個大混蛋究竟有什麼可取之處呢？）

見せ所〔名〕最拿手的地方、最精彩的地方

此処が腕の見せ所だ（這是顯示本領最精采的地方）

見所、見所〔名〕觀眾、觀眾席

見届ける〔他下一〕看到，看準，看清，看到（最後）

誰も居ないのを見届けて忍び込む（看準沒人就溜進去）

彼の性格を見届ける（看清他的性格）

子供の行く末を見届けよう（我要親眼看到孩子的發展前途）

皆が帰るのを見届けてから鍵を掛ける（看到大家都回去了才上鎖）

最期を見届ける（一直看到嚥氣）

見取る、看取る〔他五〕看護、看出來、看到、抄寫，看著畫，寫生、見習

病人を看取る（看護病人）

郷里に帰って父を看取る（回家鄉照顧父親的病）

皆に看取られて死ぬ（在大家照顧下死去）

はっきりと看取る（清楚看到）

師の武芸を看取る（見習師父的武藝）

見取り、見取、看取り、看取〔名、他サ〕看護，護理（病人）、看見，看到

病人の見取りを為る（看護病人）

看護婦さんは患者に心を込めて見取りを為る（護士小姐細心地看護著病患）

見取りの事を記録する（記錄所看到的事情）

見取り算、見取算（邊看邊打算盤、算盤看算法）←→読み上げ算

看取女〔名〕護士（＝看護婦）

見取り図、見取図〔名〕略圖、示意圖

見取図を取る（繪示意圖）

此が彼の附近の大まかなな見取図だ（這是這一帶的略圖）

見取り〔名〕（任意）選取

選り取り見取り（隨便挑選）

見て取る〔他五〕看破、看透、看穿（＝見破る）

相手の意図を見て取る（看透對方的意圖）

議論が自分に不利だと見て取るや、素早く話題を変えた（一看辯論對自己不利馬上就轉變了話題）

遣る気が無い事を見て取る（看透無意去做）

彼が張本人である事を直ぐ見て取った（一眼就看出了他是罪魁禍首）

見破る〔他五〕識破、看穿、看透（＝見抜く）

変装を見破る（識破化裝）

見破られずに済む（結果沒有被識破）済む住む棲む澄む清む

彼の内情を見破る（看穿他的底細）

化け物の正体を見破る（識破妖怪的原形）

見直す〔自五〕見起色、（病）漸好。〔他五〕重看，重新看、重新估價，重新認識

病人の容態が見直して来た（病人的病情好轉了）

相場か幾等か見直した（行情有些起色）

答案を見直す（查看答案）

今度の事で彼を見直した（由於這次的事情我對他有了重新的評價）

今度の試合で君の力を見直したよ（通過這次比賽我對你的實力有了新的看法）

見流す〔他五〕視若無睹、視而不理

見做す、看做す〔他五〕看作，認為，假設，當作

返事の無い者は欠席と看做す（沒有回答的認為缺席）

証拠不十分と看做された（被認為證據不足）

一人前と看做す（當作成年人看待）

A国を攻撃の目標と看做す（把A國假想成攻擊目標）

職場を戦場と看做して不眠不休の努力を続ける（把工作本位當作戰場夜以繼日地努力工作）

見習う、見做う〔他五〕見習，學習，學，模仿，以…為榜樣

店の仕事を見習う（學習商店的工作）

先輩に見習う（向前輩學習）

兄さんに見習って勉強しなければならない（必須以哥哥為榜樣努力學習）

少し彼を見習え（要學學他）

見習い、見習〔名〕見習，學習，見習生，實習工

業務の見習いを為る（見習業務）

三年間鍛冶屋の見習いを為た（當了三年鐵工廠的實習工）

活版屋へ見習いに行っている（在排版廠當實習生）

見習い期間（實習期）

見習い期間を無事に終える（圓滿地結束實習期）

見ぬ振り〔連語〕假裝沒看見

見ぬ振りを為る（假裝沒看見）

見ぬ振りして見る（〔假裝不看〕偷偷掃描）

見残す〔他五〕沒看完。〔舊〕拋棄，遺棄（＝見捨てる）

彼の本は見残した儘彼に見残して終った（那本書沒看完就還給他了）

友達を見残して逃げる（拋棄朋友而逃跑）

見残し〔名〕沒看完（的部分）

見場〔名〕〔俗〕外表、外觀（＝見掛け、外觀）

此を見場良く包んで下さい（請把這個漂漂亮亮地包好）

手入れを為ないので見場が悪く為った（因為沒收拾顯得不漂亮了）

此の食物は美味しいが見場が悪い（這個食品很好吃外表卻不好看）

見せ場〔名〕（戲劇等）最精采的場面

此の芝居では此処が見せ場だ（這是這齣戲最精采的場面）

見果てる〔他下一〕看完、看到頭（下常接否定語）

成就す可き大願を見果てずして死ぬ（未看到最大願望的最後實現而死去）

見果てぬ〔連體〕未竟、沒看完

見果てぬ夢（未竟的夢、未作完的夢）

見放す、見離す〔他五〕拋棄，遺棄，離棄（＝見捨てる）、放棄

困っている人を見離す（拋棄困難中的人）

友達に見離される（被朋友拋棄）

病人が医者に見離される（病人被醫師撒守不管了）

見晴らす〔他五〕眺望

湖水を見晴らす素晴らしい部屋（可以眺望湖水的好房間）

私の家は遠く青青した東京湾を見晴らす（從我家可以遠眺藍藍的東京灣）

高台から町は一目に見晴らせる（從高崗上一眼可以看到市鎮全貌）一目一目

見晴らし〔名〕眺望、景緻（＝眺め）

山頂の見晴らしは中中宜しい（從山頂眺望景緻非常好）

木が有るので見晴らしが良くない（因為有樹影響眺望）

見晴らしを良くする為に樹木を切った（為了便於眺望砍掉了樹木）

ㄐ

見晴らし台（眺望臺）

見晴るかす、見霽るかす〔他五〕〔雅〕眺望、縱目遠眺（=見晴らす）

見張る、瞠る〔他五〕瞪目而視，睜大眼睛直看、看守，監視，戒備

　余りの美しさに目を見張る（因為過於美麗而瞪目而視）
　油断なく見張っていて下さい（請小心地看守著）
　少しの間、荷物を見張っていて下さい（請讓我看守一下子行李）
　入り口で守衛が見張っている（在大門口有警衛看守著）

見張り〔名〕看守、監視、警戒（的人）

　見張りを厳重に為る（嚴加看守）
　見張りを置く（派人看守）
　彼奴等には見張りを立てて置くが良い（對那些傢伙要派人監視）
　万引されない様に厳重に見張りを為ている（嚴加看守以免商店裡有人行竊）
　見張り船（監視船）船船
　見張り所（監視哨所、看守哨所）所所
　見張り番人（看守人、值班崗哨）

見えっ張り、見栄っ張り〔名〕虛飾外表（的人）（=見え坊、見栄坊）

　見栄っ張りの女（追求虛榮的女人）

見開く〔他五〕睜開眼睛

　閉じていた目を見開く（睜開閉著的眼睛）閉じる綴じる

見開き、見開〔名〕（書籍或雜誌）打開後左右相對的兩頁、橫跨左右兩頁的圖版或文章

　見開き扉（〔書籍或雜誌本文前〕橫跨兩版的扉頁）

見本〔名〕樣品，貨樣（=サンプル）、樣子，例子，榜樣，典型（=手本）

　商品見本貼り付けカード（黏貼貨樣卡）
　見本注文（憑樣品訂貨）
　見本一揃い（各種貨樣一套）

　見本を供する（提供貨樣）供する叫する狂する響する
　見本に劣る（貨物品質比樣品差）
　見本と合う（和樣品一樣）合う会う会う逢う遭う遇う
　見本通りのは本の少ししか無い（和樣品一樣的為數很少）
　見本に遣って御覧（作出個樣子來看看）
　彼は不良の見本だ（他是個壞蛋的典型）

見本市〔名〕商品展覽會、商品交易會

　巡航見本市（〔陳列在大型輪船上到各港口展出的〕商品巡迴展覽會）
　国際見本市（國際商品博覽會）

見本組み、見本組〔名〕〔印〕樣張

　見本組みを作る（排樣張）作る造る創る

見舞う〔他五〕訪問，看望（=訪ねる、訪れる）探望，慰問、（常以見舞われる的形式）遭受（災害等）

　久し振りに木村君を見舞う（去看望好久不見的木村君）
　病人を見舞う（探望病人）
　台風に見舞われる（遭受颱風）
　今朝地震に見舞われた（今早發生了地震）
　拳骨を見舞って遣る（狠狠地揍他一頓）

見舞い、見舞〔名〕問候，探望，慰問，挨（打），遭受（不幸）

　見舞の電報を打つ（拍慰問電）打つ撃つ討つ
　入院中の友人を見舞に行く（去探望住院的朋友）
　洪水の御見舞を受ける（遭受水災）
　拳骨の御見舞を受ける（遭受拳擊）
　見舞状（慰問信、問候信）
　見舞品（慰問品）

見舞われる〔自下一〕（見舞う的被動形）遭受（災害等）、（不幸等）到來，發生

　台風に見舞われる（遭受颱風侵襲）

其の地方は度度洪水に見舞われる（那個地方常發大水）

人類が二度と戦火に見舞われる事の無い様に為よう（我們要使人類再也不遭受到戰爭的浩劫）

私が小児麻痺に見舞われたのは五歳の時でした（我患小兒麻痺是五歲的時候）

見紛う〔他五〕看錯、錯把…看成（=見間違える）

花と見紛う雪（如花紛飛的雪片、恰似落英繽紛的雪片）

見守る〔他五〕注視、監護，照顧，照料

事件の展開を見守る（注視事件的發展）

神に見守られて（在上帝保佑下）

子供の将来を見守る（照顧孩子的前途）

見回す、見廻す〔他五〕環視、張望

車内の人を見回す（張望車內的人）

きょろきょろ辺りを見回す（四下張望、東張西望）

彼は颯と其処に居合わせた人達を見回した（他向在場的人們瞄了一眼）

我我はぐるりを見回したが、一面の草原だった（我們四下張望了一下盡是一片草原）

見回る、見廻る〔他五〕巡視、遊覽

警官が夜の町を見回る（警察晚上巡街）

名所旧跡を見回る（遊覽名勝古蹟）

見回り、見廻り〔名〕巡視（的人）

工場を見回りに行く（去巡視工廠）工場

彼は百貨店の見回りだ（他是百貨店裡的巡視員）

見回り品（身邊的衣物、隨身攜帶的東西）

見て回る〔自五〕遍歷、漫遊、巡廻

私は彼に案内されて其の地方を見て回った（我在他的嚮導下遊歷了那個地方）

見向く〔他五〕回顧、轉過頭來看

見向き〔名〕回顧、轉過頭來看、理睬

見向きも為ないで行って終う（連頭都不回就走了）終う仕舞う

彼女は僕の方を見向きも為ずに喋り続けた（她對我連看都不看繼續地講）

結婚話には見向きも為ない（對提結婚的事根本不理睬）

見目〔名〕（看到的）樣子，給人的感覺、容貌，面子，名譽

見目麗しい少女（容貌美麗的少女）
少女少女乙女

見目を憚る（顧全面子）

見目より心（容貌美不如心地好）

見目形〔名〕〔舊〕姿容、容貌和風姿

見目形の美しい人（風姿秀麗的人）

見目好い〔形〕〔舊〕美貌、漂亮

見目好く生れ付く（天生貌美）

見も知らない〔連語、連體〕陌生、未見過、不熟識

見も知らない人に突然話し掛けられて吃驚した（一個陌生人突然和我搭訕使我大吃一驚）

見遣る〔他五〕遠眺，遠望、（朝某方）看

海の彼方を見遣る（遙望海的那邊）彼方
彼方彼方

彼女の方を見遣った（向她看了一眼）

見遣りも為ずに過ぎる（一眼都不看就走過去）

見破る〔他五〕識破、看穿、看透（=見抜く）

変装を見破る（識破化裝）

見破られずに済む（結果沒有被識破）済む
住む棲む澄む清む

彼の内情を見破る（看穿他的底細）

化け物の正体を見破る（識破妖怪的原形）

見好い〔形〕好看、得看，容易看（=見易い）

中中見好い恰好だ（樣子很好看）

夫婦喧嘩は見好い物ではない（夫妻吵架很難看）

見好い席（容易看的席位）

ㄐ

見よがし〔名〕（がし是接尾詞）賣弄、顯示、誇耀
　見よがし顔（賣弄的神情）

見忘れる〔他下一〕（以前見過但）忘記、想不起來
　何年も会わずに居たので彼を見忘れていた（因為多年沒見認不出他）
　肉親の顔さえ見忘れる（連親骨肉的臉孔都忘記了）
　見忘れる程変わる（變得面目全非）変る代る替る換る

見渡す〔他五〕張望、瞭望、遠望、放眼望去
　全市を見渡す（瞭望全市）
　見渡す限り人の波（一望無際的人海、眼前一片人海）
　集まった聴衆を見渡す（把到場的觀眾環視一下）
　彼は部屋の中を颯と見渡した（他環視了一下屋子的四周）
　全体を見渡した上で決める（通盤看了之後再決定）決める極める

見す、召す〔他五〕（呼び寄せる、取り寄せる的敬語）召見，召喚、（食う，飲む，着る，乗る等的敬語）吃喝穿乘
　（風邪を引く、湯に入る的敬語）感冒，入浴、（買う的敬語）買
　（用御気に召す形式）喜好（=気に入る）。〔古〕接動詞連用形構成敬語
　旦那様が御召しです（主人召喚你呢）
　国王に召される（蒙國王召見）
　御酒を召す（飲酒）
　外套を召していらっしゃい（請穿大衣出去）
　風邪を召す（感冒）
　御風呂を御召し下さい（請去洗澡）
　花を召しませ（請買花吧！）
　此れ、御気に召しますか（您喜歡這個嗎？）
　聞こし召す（聽）
　知ろし召す（知道）

召し〔名〕〔舊〕召見、邀見
　御召しに与る（承蒙邀見）

脇見、傍視〔名〕往別處看、從旁邊看（=余所見）
　授業中に傍視を為るな（上課時不要往別處看）
　子供等は傍視も為ないで黒板を眺めている（孩子目不轉睛地望著黑板）
　傍視運転（漫不經心的駕駛）

余所見〔名、自サ〕從旁處看（=脇見）、別人瞧著
　余所見を為乍歩く（東張西望地走路）
　余所見（を）為ては行けない（不要往旁處看）
　余所見せずに読み為さい（專心看書不要左顧右盼）
　余所見が悪い（別人瞧著部好看）

諫（ㄐㄧㄢˋ）

諫〔漢造〕諫、規勸
　直諫（直言勸諫）
　苦諫（苦苦勸諫）
　諷諫（婉言規勸）←→直諫
　極諫（極力諫止）

諫言〔名、他サ〕（對長上）進諫言、諫言，進諫的話
　社長に諫言する（向經理進諫言）
　諫言を聞き入れない（不聽從諫言）

諫鼓〔名〕（中國傳說，堯，舜，禹設於朝廷門外、讓人民進諫言敲的）諫鼓（=諫めの鼓）

諫止〔名、自サ〕諫止、勸止、勸阻
　無謀な計画を諫止する（勸阻欠斟酌的計畫）
　人の諫止を振り切る（斷然拒絕他人的勸阻）

諫死〔名、他サ〕以死相諫
　諫死の手紙（死諫的信）

諫める〔他下一〕（主要對長輩）勸告、諫諍

酒を節するように父を諫める（勸告父親少喝酒）勇める節する接する攝する

死を以って諫める（以死諫諍）

諫め〔名〕（主要對長輩）勸告、諫諍、諫言

諫めを聞かぬ（不聽勸告）聞く聴く訊く効く利く

諫めを用いる（進諫）

建、建（ㄐㄧㄢˋ）

建（也讀作建）〔漢造〕建立，樹立，開辦，建設、修建寺院或房屋

創建（創建、創攝）

再建（重新建築，重新建造、重新建設，重新建立）

再建（〔神社或寺院等的〕重建、重修）

封建（封建）

土建（土木建築＝土木建築）

建立、建立（〔寺院或廟宇的〕修建、興建）

建学〔名〕創立學問的一派、創設學校

建艦〔名、自サ〕造艦、建造軍艦

国力を超えて建艦する（超越國力建造軍艦）超える越える肥える

建議〔名、他サ〕建議、提議

政府に建議する（向政府建議）

建議書（建議書）

建業〔名〕創建事業的基礎、琵琶的異稱、中國南京的古名

建軍〔名〕建軍、編制軍隊

建言〔名、自他サ〕建議、提議

計画の中止を建言する（建議停止計畫）

専門家の建言に基づいて行う（根據專家的建議施行）

建国〔名、自他サ〕建國、開國（＝肇國）

新しい国を建国する（建立新國家）

建国してから既に数十年に為る（建國以來已經有幾十年）為る成る鳴る生る

建国記念の日（建國紀念日）

建材〔名〕建築材料

建策〔名〕建策、獻策（＝献策）

建水、建水，翻し，零し〔名〕〔茶道〕裝洗茶碗水的器具（盆）

建設〔名、他サ〕建設

鉄道を建設する（修築鐵路）

新文化を建設する（建設新文化）

平和な社会を建設する（建設和平的社會）

建設相（建設大臣、建設部部長）

建設大臣（建設大臣、建設部部長）

建設者（建設者、創建者）者者

建設費（建設費）

建設業（土木建築業）

建設用地（建設用地）

建設省（建設省、建設部）

建設的（建設〔性〕的）←→破壊的

建設的な意見を述べる（陳述建設性的意見）述べる陳べる延べる伸べる

建設的な方向に一歩踏み出す（向建設的方向邁出一步）

建造〔名、他サ〕建造、修建

世界最大の客船を建造する（建造世界最大的客輪）

軍艦は建造中である（軍艦正在建造中）中中中中

建造物（建築物）物物

建造法（建造法）

建築〔名、他サ〕建築，修建，建造、建築物

立派な建築（漂亮的建築物）

校舎を建築する（建築校舍）

世界最古の木造建築（世界最古的木造建築）

洋風の煉瓦建築（西式的磚瓦建築）

建築敷地（建築場地）

建築工学（建築工學）

ㄐ

ケ

建繞〔名〕（漢字部首）建旁、廴部

建仁寺垣〔名〕（用竹子破成四半、使竹皮往外編成的）竹片籬笆（來自京都建仁寺最初編製）

建白〔名、自他サ〕建議
　上司に建白する（向上司提建議）
　建白書（建議書）

建碑〔名、自サ〕立碑、樹碑
　建碑式（立碑典禮）

建（也讀作けん）〔漢造〕（神社或寺廟等的）修建
　再建（〔神社或寺院等的〕重建、重修）
　焼けた御寺を再建する（重修燒毀的寺院）
　再建（重新建築，重新建造、重新建設，重新建立）
　焼けた校舎を再建する（重建燒毀的校舎）
　日本の再建（日本的重建）

建立、建立〔名、他サ〕（寺院或廟宇的）修建、興建
　寺院を建立する（興修寺院）

建つ、立つ〔自五〕建、蓋
　此の辺りは家が沢山立った（這一帶蓋了許多房子）
　家の前に十階のビルが立った（我家門前蓋起了十層的大樓）
　公園に銅像が立った（公園裡豎起了銅像）

立つ〔自五〕站，立、冒、升、離開、出發、奮起、飛走、顯露、傳出、（水）熱、開、起（風浪等）、關、成立、維持、站得住腳、保持、保住、位於、處於、充當、開始、激動、激昂、明確、分明、有用、堪用、嘹亮、響亮、得商數、來臨、季節到來

　二本足で立つ（用兩條腿站立）立つ経つ建つ絶つ発つ断つ裁つ起つ截つ
　立って演説する（站著演說）
　其処に黒いストッキングの女が立っている（在那兒站著一個穿長襪的女人）
　居ても立っても居られない（坐立不安）
　背が立つ（直立水深沒脖子）
　煙が立つ（冒煙）煙　煙
　埃が立つ（起灰塵）

　湯気が立つ（冒熱氣）
　日本を立つ（離開日本）
　怒って席を立って行った（一怒之下退席了）
　旅に立つ（出去旅行）
　米国へ立つ（去美國）
　田中さんは九時の汽車で北海道へ立った（田中搭九點的火車去北海道了）
　祖国の為に立つ（為祖國而奮起）
　今こそ労働者の立つ可き時だ（現在正是工人行動起來的時候）
　鳥が立つ（鳥飛走）
　足に棘が立った（腳上扎了刺）
　喉に骨が立った（嗓子裡卡了骨頭）
　矢が彼の肩に立った（他的肩上中了箭）
　虹が立つ（出現彩虹）
　噂が立つ（傳出風聲）
　人の目に立たない様な所で会っている（在不顯眼的地方見面）
　風呂が立つ（洗澡水燒熱了）
　今日は風呂が立つ日です（今天是燒洗澡水的日子）
　波が立つ（起浪）
　外には風が立って来たらしい（外面好像起風了）
　戸が立たない（門關不上）
　彼処の家は一日中が立っている（那裡的房子整天關著門）
　理屈が立たない（不成理由）
　計画が立った（訂好了計劃）
　彼の人の言う事は筋道が立っていない（那個人說的沒有道理）
　三十に為て立つ（三十而立）
　世に立つ（自立、獨立生活）
　暮らしが立たない（維持不了生活）
　身が立つ（站得住腳）

もう彼の店は立って行くまい（那家店已維持不下去了）
顔が立つ（保住面子）
面目が立つ（保住面子）
義理が立つ（盡了情分）
男が立たない（丟臉、丟面子）
人の上に立つ（居人之上）
苦境に立つ（處於苦境）
優位に立つ（占優勢）
守勢に立つ（處於守勢）
候補者に立つ（當候選人、參加競選）
証人に立つ（充當證人）
案内に立つ（做嚮導）
市が立つ日（有集市的日子）
隣の村に馬市が立った（鄰村有馬市了）
会社が立つ（設立公司）
気が立つ（心情激昂）
腹が立つ（生氣）
値が立つ（價格明確）
証拠が立つ（證據分明）
役に立つ（有用、中用）
田中さんは筆が立つ（田中擅長寫文章）
歯が立たない（咬不動、〔轉〕敵不過）
声が立つ（聲音嘹亮）
良く立つ声だ（嘹亮的聲音）
驚いて声も立たぬ（嚇得連聲音都發不出）
九を三で割れば三が立つ（以三除九得三）
春立つ日（到了春天）
角が立つ（角を立てる）（不圓滑、讓人生氣、說話有稜角）
立つ瀬が無い（沒有立場、處境困難）
立っている者は親でも使え（有急事的時候誰都可以使喚）

立つ鳥跡を濁さず（旅客臨行應將房屋打掃乾淨、〔轉〕君子絕交不出惡言）
立つより返事（〔被使喚時〕人未到聲得先到）
立てば歩めの親心（能站了又盼著會走－喻父母期待子女成人心切）
立てば芍薬、座れば牡丹、歩く姿は百合の花（立若芍藥坐若牡丹行若百合之美姿－喻美女貌）

立つ、経つ〔自五〕經過
時の立つのを忘れる（忘了時間的經過）
余りの楽しさに時の立つのを忘れた（快樂得連時間也忘記了）
日が段段立つ（日子漸漸過去）
一時間立ってから又御出で（過一個鐘頭再來吧！）又又復亦股
月日の立つのは早い物だ（隨著日子的推移）早い速い
時間が立つに連れて記憶も薄れた（隨著時間的消逝記憶也淡薄了）連れる攣れる釣れる吊れる
彼は死んでから三年立った（他死了已經有三年了）

断つ、截つ、絶つ〔他五〕截、切、斷（＝截る、切る、伐る、斬る）
布を截つ（把布切斷）
二つに截つ（切成兩段）
大根を縦二つに断ち切る（把蘿蔔豎著切成兩半）
紙の縁を截つ（切齊紙邊）
同じ大きさに截つ（切成一樣大小）

裁つ〔他五〕裁剪
用紙を裁つ（裁剪格式紙）
着物を裁つ（裁剪衣服）
上着を寸法に合わせて裁つ（按尺寸裁剪衣服）

建てる〔他下一〕蓋，建造，創立，建立
アパートを建てる（蓋公寓）

家を建てる（蓋房子）家家家家家家
国を建てる（建國）

立てる〔他下一〕立，立起、冒，揚起、扎、立定、燒開，燒熱、關閉（門窗）、傳播，散播、派遣、放、安置、掀起、刮起、制定、起草、尊敬、維持、樹立、完成、響起、揚起、保全、保住、用，有用、創立、弄尖、明確提出、泡茶，沏茶。

〔接尾〕（接動詞連用形下）用於加強語氣

電柱を立てる（立電線桿）建てる立てる経てる絶てる発てる断てる
卵を立てる（把雞蛋立起來）裁てる点てる起てる閉てる截てる
煙を立てる（冒煙）
砂埃を立てる（揚起沙塵）
湯気を立て部屋の乾燥を防ぐ（放些濕氣防止屋子乾燥）
手に棘を立てる（手上扎刺）棘刺
喉に魚の骨を立てる（喉嚨扎上魚刺）
志を立てる（立志）
誓いを立てる（發誓）
願を立てる（許願）
風呂を立てる（燒洗澡水）
襖を立てる（襖を閉てる）（關上隔扇）襖衾
戸を立てる事を忘れるな（別忘了關門）
噂を立てる（傳播謠言）
名を立てる（揚名）名名
使者を立てる（派遣使者）
人を立てて交渉する（派人交渉）
候補者を立てる（推舉候選人）
彼を矢面に立てる（使他首當其衝）
彼を証人に立てる（叫他做證人）
波を立てる（掀起波浪）
風を立てる（起風）風風（風、風度、風氣、風景、風趣、諷刺、樣子，態度、情況，狀態、傾向，趨勢、打扮、外表）
泡を立てる（起泡）泡沫粟
水飛沫を立てる（水花四濺）
計画を立てる（定計畫）
方針を立てる（制定方針）
案を立てる（起草方案）
親分と立てる（尊為首領）
立てる所は立てて遣らねば為らない（該尊敬就必須尊敬）
生計を立てる（維持生計）
手柄を立てる（手柄を樹てる）（立功）
身を立てる（立身處世）
大きな声を立てないで下さい（請不要大喊大叫）
唸りを立てて飛ぶ（吼叫著飛起）
顔を立てる（保全面子）
義理を立てる（盡情分）
役を立てる（使之有用）役役（戰役、使役）
新学説を立てる（創立新學說）
新記録を立てる（創新紀錄）
鋸の目を立てる（把鋸齒銼尖）
証拠を立てる（提出證據）
茶を立てる（茶を点てる）（沏茶）
騒ぎ立てる（大吵大嚷、鬧哄哄）
書き立てる（大寫特寫）
気を引き立てる（抖擻精神）
呼び立てる（使勁喊）
喚き立てる（叫嚷）
飾り立てる（打扮得華麗）
囃子立てる（打趣起哄）
腹を立てる（腹が立つ）（生氣、發怒）

建て網，建網、立て網，立網〔名〕〔漁〕攔網，擋網（攔遮魚道的大網）

建て売り〔名〕建造房屋出售

建て売り住宅（出售的新建住宅）

建て替える〔他下一〕重建、重蓋、翻蓋
　此の家は建て替えなければならない（這房子必須翻修）
建て替え〔名、他サ〕重建、改建（=改築）
建て掛け〔名〕正在興建、著手興建
　建て掛けの家（興建中的房屋、未竣工的房屋）
建て方〔名〕〔建〕建築方法、建築樣式、構造
　建て方が悪い（建築方法不佳）
建て株〔名〕（交易所中）進行買賣的股票、上場的股票
建玉〔名〕〔商〕（交易所）成交的貨物（股票）
建具〔名〕〔建〕（日本房屋的）門，拉門，隔扇等總稱
　良い建具を入れると部屋が引き立つ（裝修漂亮的門窗屋子就顯得美觀）
　建具工事（裝修門窗工程）
　建具屋（製造門窗隔扇等的工匠或商店）
建て込む〔自五〕（房屋）蓋得密
　此の辺は家が建て込んでいる（這一帶房子蓋得密）
建て染め〔名〕〔化〕還原染法、瓮染法
　建て染め染料（還原染料、瓮染料）
建て付け，建付け，立て付け，立付け〔名〕（門窗等）開關的情形
　此の戸は立て付けが悪い（這個門關不嚴）
　立て付けの悪い家（門窗開關不嚴的房子）
建坪〔名〕建築物佔地面積的坪數（每坪為六日尺平方、約3,3平方米）←→地坪，（樓房各層的）建築總面積（=延べ坪）
　建坪十五坪の家（佔地面積十五坪的房子）
建坪率、建蔽率〔名〕〔建〕建築面積率（建築面積與建築基地之比）
　建蔽率をオーバーしては行けない（不能超出建築面積率）行く往く逝く行く往く逝く
建て直す〔他五〕改建、翻修
　古く為った家を建て直す（翻修舊房子）
　校舎を建て直す（改建校舍）
建て直し〔名〕重整、翻蓋
　此は建て直しの家ですから、余り持たないでしょう（這是翻修的房子不能很堅固吧！）
建て直る〔自五〕（房屋）重建、翻修
建値 立値〔名〕交易所成交的標準價格（=立値段、建値段）、批發價、銀行公布的匯率
建値段、立値段〔名〕〔經〕交易所成交的標準價格、批發價、銀行公布的匯率
　立値段の引き上げ（外匯升值）
　立値段の引き下げ（外匯貶值）
建て場，建場，立て場，立場，〔名〕（古時）轎夫等在街頭的休息站、（明治以後）人力車馬車的休息所、廢品收購站
　立て場茶屋（休息站的茶館）
建米〔名〕〔商〕（糧食交易所規定的）標準大米
建て増す〔他五〕增建、擴建、添蓋
建て増し〔名、自サ〕增建、擴建、添蓋（=増築）
　二間建て増しする（添蓋兩間）
　袖を新しく建て増しする（新增建房屋兩翼）
建て前，建前，立て前，立前〔名〕〔建〕上梁，上梁儀式（=棟上）、主義，方針，主張，原則
　明日は家の建前だ（明天房屋上梁）
　現金取引の建前を取っている（採取現金交易方針）
　当店は値引きしないのを建前と為て居ります（本店採取不二價的原則）
　建前と本音（場面話和真心話）
建物〔名〕房屋、建築物
　建物を建てる（蓋房子）
　日本の伝統的建物（日本的傳統式建築物）
　新校舎は確りした建物です（新校舎是堅固的建築）
建て、建〔造語〕房屋的建造方法、樓房的層。〔經〕表示用某種貨幣支付
　一戸建て（獨門獨院的房屋）

平屋建て（平房建築）

二階建て（二層樓建築）

円建ての輸出契約（以日元支付的出口合約）

立て、立〔造語〕（接動詞連用形構成名詞）故意，特意、（套在車上的牛馬的）匹數、（表示船上的櫓數）隻、（一場同時上演的電影）部、（同時演出的戲劇的）齣、（在一個計畫裡規定的幾個）項目，種類

咎め立てを為る（挑剔、吹毛求疵）立て建て伊達

隠し立てを為る（故意隱瞞）

庇い立てを為る（故意庇護）

二頭立ての馬車（套兩匹馬的馬車）

八挺立ての舟（八隻櫓的小船）

二本立て（同時上映兩部電影、同時演兩齣戲）

彼の映画館は三本立てで五百円だ（那家電影院一場同時放映三部影片票價五百日元）

剣（劍）（ㄐㄧㄢˋ）

剣〔名〕劍、劍術（=剣道）、（槍的）刺刀、（鐘錶的）指針、昆蟲尾部的刺針

〔漢造〕劍、刀

剣を良くする（擅長劍術）

刀剣（刀劍）

木剣（木劍、木刀=木刀）

懐剣（〔護身的〕短劍、匕首）

撃剣、撃剣（撃剣=剣術）

銃剣（槍和劍、刺刀、上刺刀的槍）

手裏剣、手裏剣（撒手劍-用手擲出以傷敵人的短劍、撒手劍術）

手裏剣を投げる（投撒手劍）投げる凪げる和げる薙げる

暗剣殺（〔迷信〕鬼門關、喪門星-九星方位中最不吉的方位）

暗剣殺を犯す（犯鬼門關）犯す侵す冒す

剣が峰〔名〕〔相撲〕相撲場的邊緣，圓形比賽場的邊緣、火山噴火口的邊緣

剣が峰に立つ（站在成功與失敗的緊要關頭）立つ経つ建つ絶つ発つ断つ裁つ截つ起つ

剣客、剣客〔名〕劍客、精通劍術的人

剣形〔生〕劍形、劍狀

剣俠〔名〕劍俠

剣戟〔名〕劍戟、武器、干戈

忽ち起こる剣戟の響（立即發生了劍戟的音響、立即鬥爭起來）起る興る熾る怒る

剣劇〔名〕武戲、（以武打或廝殺為內容的）武打電影（=ちゃんばら劇）

女剣劇（以女演員為主角的武戲）

剣豪〔名〕劍客、精於劍術的人

宮本武蔵は有名な剣豪であった（宮本武藏是個有名的劍術家）

剣豪小説（劍俠小說）

剣先〔名〕劍尖，劍刃，刺刀尖、有尖物品的尖端、（和服）大襟後上部的尖端

剣山〔名〕劍山（插花工具之一、在鉛版上排有許多插花根用的針尖向上的粗針）

剣の山〔名〕〔佛〕（地獄中的）刀山

剣の山を登る（上刀山）登る上る昇る

剣士〔名〕劍客、劍術家、精於擊劍的人

剣尺〔名〕劍尺（量佛像，刀劍，門戶用-把曲尺的一尺二寸分為八等分的尺）

剣術〔名〕劍術、擊劍、刀法（=剣道、擊劍）

剣術で精神を鍛える（用劍術鍛鍊精神）

剣道〔名〕劍術（=剣術）

剣道の試合（劍術比賽）

剣道の道具（劍術用具）

剣道の稽古を為る（練習劍術）摩る擂る磨る掏る擦る摺る刷る

剣道の極意を極める（極劍術的蘊奧、得劍術的精華）極める窮める究める

剣法〔名〕劍法、劍術、刀法（=剣術、剣道）

剣帯〔名〕劍與帶、配劍時的掛劍帶

剣玉、拳玉〔名〕一種木製玩具、小孩子丟木球來接的遊戲
  拳玉遊びを為る（做木球遊戲）
剣付鉄砲〔名〕上刺刀的槍
剣突く、剣突〔名〕〔俗〕責罵、斥責
  剣突くを食わす（申斥、責罵）
  剣突くを食う（受到責罵）食う喰う食らう喰らう
剣難〔名〕殺身之禍、刀斧之災、被刀劍砍殺的災難
  剣難の相（殺身的相貌）
  剣難に会う（被殺死）会う逢う遭う遇う合う
剣呑、険呑〔形動〕〔舊〕（一說險難的轉變）危險
  大金を持って歩くのは剣呑だ（攜帶巨款走路是危險的）大金大金
  そんな剣呑な事を為るな（不要做那種危險事）摩る擂る磨る掏る擦る摺る刷る
剣呑性、険呑性〔名、形動〕膽怯、怯懦（＝臆病）
剣呑がる〔自五〕害怕、恐懼、感覺危險
剣尾類〔名〕〔動〕劍尾目
剣舞〔名〕（配合吟詩的）舞劍、劍舞
剣幕、権幕、見幕〔名〕氣勢洶洶、凶暴的神色
  恐ろしい権幕に圧倒される（為怒沖沖的氣勢所壓倒）
  凄い権幕で怒鳴る（氣勢洶洶地叫嚷）
  少年は声こそ低かったが、大然うな権幕で私に食って掛った（小伙子雖然聲音不高可是氣勢洶洶地衝著我來了）
剣竜〔名〕（古生物）劍龍
剣〔名〕劍（＝剣）、雙刃刀
  剣の舞（劍舞）
  草薙の剣（雙刃割草刀）
  剣の刃渡り（走鋼絲、危險萬分）
剣座〔名〕〔天〕劍座
剣太刀〔名〕〔雅〕（鋒利的）劍、寶刀（＝剣）

健（ㄐㄧㄢˋ）

健〔漢造〕健康，健壯、努力，出色，善於
  強健（強健、強狀、健壯）
  剛健（剛健、剛強、剛毅有力）
  壮健（健壯、健康、硬朗）
  保健（保健、保護健康）
健胃〔名〕健胃
  健胃剤（健胃劑、胃藥）
  健胃薬（健胃藥）
健脚〔名、形動〕健步、能走路、腿腳強健（的人）
  健脚を誇る（以腿腳矯健而自豪）
  健脚な（の）老人（腿腳強健的老人）
  健脚のハイカー達（能走路的徒步旅行家們）
  Aコースは健脚向き（A路線適合於健步者）
健康〔名、形動〕健康、健全
  健康に注意する（注意健康）
  健康な体（健康的身體）
  健康な精神（飽滿的精神）
  健康な常識（健全的嘗試）
  健康然うな子供（看來很健康的孩子）
  健康の権化（健康的化身、健康的體現者）
  健康の為に乾杯する（為健康乾杯）
  彼はめっきり健康が衰えた（他的身體顯著地衰弱了）
  彼は健康が続く限り留任し度いと言っている（他說只要健康能支持就留任）
  病気に為って始めて健康の有難味が分かる（得了病才知健康的可貴）分る解る判る
  健康は富に勝る（健康剩於財富）
  学生は健康な読物を読まなければならぬ（學生必須讀健康的毒物）
  健康色（健康的膚色）

彼女の頬は新鮮な健康色に輝いていた（她的臉龐顯出紅潤而健康的膚色）

健康法（健康法、健康之道）

此が私の健康法です（這是我的健康法〔養生之道〕）

健康体（健康體、身體健全、健康的身體）

申し分無い健康体の人（身體完全健康的人）

健康体の子供（身體健康的兒童）

私は健康体です（我身體很健康）

健康食（保健食品、營養食品）

健康食を取っている（吃保健食品）

健康美（健康美）

彼女は健康美に満ち溢れている（她洋溢著健康美）

健康相談（健康諮詢、健康輔導）

健康相談所（健康輔導所）

健康保険（健康保險）

健康保険に入っている（加入了健康保險）

健康診断（健康檢查、身體檢査）

健康診断を受ける（接受健康檢査）

健在〔名、形動〕

御両親は御健在ですか

彼は九十歳だが未だ健在だ未だ未だ

其の時計は重要部分は健在で、ガラスさえ入れれば大丈夫使える

健児〔名〕健兒（=若者）、〔古〕〔史〕（平安時代隸屬於兵部省、配置在各地的）子弟兵，士兵（=健兒）

健児〔名〕〔史〕（平安時代隸屬於兵部省、配置在各地的）子弟兵，士兵，（武家時代的）男僕

健勝〔名ナ〕健康、健壯、強壯（=健やか）

先生には益益御健勝の事と存じます（敬惟先生貴體愈益康健）

健全〔形動〕（身心）健康，健全、（運動或制度等）健全，堅實，穩固

身体が健全に発達する（身體健全地發育）

健全な精神を養成する（培養健全的精神）

健全な方向に発展する（向健全的方向發展）

我国の法制を健全化する（健全我國的法制）

状況は基本的に健全である（情況基本上是健康的）

健全為る精神は健全なる身体に宿る（健全的精神寓於健全的身體）

健啖〔名ナ〕食量大

君の健啖振りには驚くねえ（你的食量之大真是驚人啊！）

健啖家（食量大的人）

健投〔名、自サ〕〔棒球〕猛投

最終回迄健投する（猛力投球直到最後一局）

健闘〔名、自サ〕奮鬥、勇敢爭鬥

健闘も遂に及ばす（空しく）（頑強爭鬥終於無濟於事）

強敵を相手に健闘する（面對強敵勇敢戰鬥）

健闘を讃える（表揚其勇敢爭鬥）讃える称える湛える

健筆〔名〕精於書法（=達筆、能書）、長以寫作（=才筆）

健筆を振う（〔寫文章〕一揮而就、〔寫字〕揮筆、大筆一揮）振う奮う震う揮う篩う

健筆を振って外交政策を攻撃する（寫有力文章攻擊外將政策）

健筆家（寫作能手、書法家）

健保〔名〕健康保險（=健康保険）

健保制度（健保制度）

健忘〔名〕健忘、易忘

健忘症（〔醫〕健忘症）

健棒〔名〕〔棒球〕打法準確有力

健棒の持主（好打手、準確有力的打手）

健棒を振う（打得準確有力）

健民運動〔名〕健民運動、國民健康運動

健気〔形動〕堅強，剛強，勇敢，奮不顧身、值得讚揚，可嘉，（超過年齡或體力的）大無畏精神。〔古〕健康

健気な若者（勇敢的青年）

健気な決心（堅強的決心）

健気な働き（忘我的勞動）

健気な新聞少年が表彰された（勇敢的報童受到了表揚）

溺れる子供を救おうと、健気にも急流に飛び込んだ（為了搶救溺水的孩子他奮不顧身地跳進了急流）

女乍健気な振舞であった（雖是女人卻是值得讚許的勇敢行為）

健〔漢造〕健康、健壯（=健）

勇健、勇健（勇健、平安無恙）

健児（健兒）（=若者）

健児〔〔史〕（平安時代隸屬於兵部省、配置在各地的）〕子弟兵，士兵，（武家時代的）男僕

健よか〔形動〕成長很快（=すくすく）、健壯，健康，矯健（=健やか）

tomatoの苗が健よかな伸びる（番茄苗茁壯成長）伸びる延びる

健よかな毎日を送る（每天過著健康的生活）送る贈る

健よかで有る様に祈る（祝您身體健康）祈る祷る

健よかに御過し下さい（請保重身體）

健やか〔形動〕健壯、健全、健康、矯健

健やかな体（健壯〔健康〕的身體）

子供が健やかに育つ（兒童茁壯地成長）

健か、強か〔副〕厲害，強烈，痛（=強く）、大量，好多（=多く）

〔形動〕性情剛烈，天不怕地不怕、難對付，不好惹

強か（に）打つ（痛打）打つ撃つ討つ

二階から落ちて腰を強か（に）打った（從樓上掉下來把腰摔得很厲害）

酒を強か飲む（喝大酒）飲む呑む

強か小言を言う（大發牢騷）

強かな奴（天不怕地不怕的傢伙、難對付的傢伙、不好惹的傢伙）

健か者、強か者〔名〕難對付的人，不好惹的人，剛愎自用的人、勇士（=強の者、剛の者、豪の者）

彼は一筋縄では行かない強か者だ（他是個非常難對付的人）

彼の女は強か者だ（她是個不好惹的女人）

腱（ㄐㄧㄢˋ）

腱〔名〕〔解〕腱、肌腱

腱炎〔名〕〔醫〕腱炎

腱索〔名〕〔解〕腱索

腱鞘〔名〕〔解〕腱鞘

腱鞘炎（腱鞘炎）

腱反射〔名〕〔醫〕腱反射、腱反應

腱膜〔名〕〔解〕腱膜

賎（賤）（ㄐㄧㄢˋ）

賎〔漢造〕（身份或等級）低賤、卑賤

貴賎（貴賤）

職業に貴賎無し（職業沒有貴賤）

卑賎（卑賤）

卑賎の身（卑賤的身份）

微賎（微賤、卑賤）

微賎より身を起こす（出身微賤）

賎役〔名〕賤役

賎業〔名〕卑賤職業

賎業婦（妓女）

賎奴〔名〕賤奴、奴隷（=僕、奴隷）

賎民〔名〕（舊時的）賤民，最下層的人民、古代被任意買賣的奴隷

ㄐ

ㄐ

賤劣 [形動] 卑賤低劣

賤 [名] (身份)微賤、低賤(的人)

賤が伏屋（茅屋、陋室）

賤山賤（山野匹夫、住在山裡身份低微的人）

賤の男（卑賤的男人）

賤の女（卑賤的女人）

賤しめる、卑しめる [他下一] 輕視、卑視、蔑視（=見下げる、侮る）

貧しい人を卑しめるな（別小看窮人）

今日では労働を卑しめる者は居なくなった（今天已沒有輕視勞動的人了）

賤しむ、貶しむ [他五] 輕視、鄙視（=卑しめる、賤しめる、見下げる）←→尊ぶ、尊ぶ

卑しむ可き行為（可鄙的行為）

賤しい、卑しい [形] 卑鄙的，下賤的，低賤的、破舊的、寒酸的、卑鄙的、卑劣的、下流的、貪婪的、嘴饞的、下作的

卑しい生まれ（出身低賤）

親子共卑しい稼業を為ていた（過去父子倆人都做卑微的行業）

卑しい身形（寒酸的打扮）

卑しい暮しを為る（過簡陋的生活）

卑しい行い（行為卑鄙）

卑しい男（卑鄙的男人）

卑しい言葉遣い（說話粗俗〔下流〕）

人品卑しからぬ人（人品還不壞的人）

卑しい趣味（粗俗的趣味）

品性が卑しい（品性卑劣）

卑しい目付き（貪婪的眼神）

金銭に卑しい（貪財）

食べ物に卑しい（貪吃）

卑しげに食う（饕餮）

僭（ㄐㄧㄢˋ）

僭 [漢造] 超越本份

僭する [自サ] 僭越、越份、妄自尊大

僭越 [名、形動] 僭越、冒昧、放肆、不自量

僭越な事を為る（做超越本份的事）刷る擦る掏る磨る擂る摩る僭する宣する撰する選する

僭越ながら私が其の説明を致します（冒昧得很由我加以說明）

其では君は僭越だ（那你太過份了）有る在る或る

僭越で有りますが、司会を為せて頂きます（我很冒昧請讓我來主持會場）頂く戴く

僭王 [名] 自封為王、僭稱為王

僭主 [名] 僭稱帝號的人、（古希臘的）專制統治者，僭主（=タイラント）

僭主政治（專制統治的政治）

僭称 [名、他サ] 僭稱、自封、自我吹噓

王を僭称する（擅自稱王、僭稱為王）

世界一を僭称する（自封是世界第一）

僭上 [名ナ] 僭越、僭位越分（=僭越）

僭上な（の）行為（僭位越分的行為）

其の行為は少し僭上に見える（那種行為顯得有點僭位越分）

漸（ㄐㄧㄢˋ）

漸 [名、漢造] 漸漸、漸進、逐漸

漸を追って（逐漸）追う負う

東漸（東漸、〔勢力、影響〕逐漸東移）←→西漸

仏教の東漸（佛教的東漸）

西漸（西漸、向西進展）

インド文明の西漸（印度文明的西漸）

漸加 [名] 漸增、逐漸增加

漸加速度（加速度、遞增速度）

漸加薬（劑量漸增的藥）薬薬

漸近 [名] [數] 漸近

漸近円（漸近圓）

ぜんきんえんすい
漸近円錐（漸近圓錐）
ぜんきんきどう
漸近軌道（漸近軌道）
ぜんきんきょくせん
漸近曲線（漸近曲線）
ぜんきんせっせん
漸近接線（漸近切線）
ぜんきんせん
漸近線（漸近線）
ぜんきんてんかい
漸近展開（漸近展開）

漸減〔名、自他サ〕漸減、遞減←→漸増
ゆしゅつ　　ぜんげん
輸出の漸減（出口的逐漸減少）
ぐんじひ　　ぜんぞう
軍事費を漸増する（逐漸減少軍費）
ぐんじひ　　ぜんぞう
軍事費を漸増させる（逐漸減少軍費）

漸増〔名、自サ〕漸増、逐漸增加←→漸減
せかい　じんこう　ぜんぞう　　　　正在あ
世界の人口は漸増しつつ在る（世界的人口正在逐漸增加）在る有る或る

ぜんこう
漸降〔名〕漸降
ぜんこうほう
漸降法（〔修辭〕漸降法）

漸次、漸次〔副〕逐漸、漸漸（＝段段、次第に）
ぜんじ　きゅうそく
漸次急速に（〔樂〕漸快）
ぜんじ　たいきゃく
漸次退卻する（逐漸退卻）
ぜんじ　かいほう　おもむ
漸次快方に赴く（逐漸痊癒、逐漸恢復健康）

漸漸〔名〕漸漸（＝漸次、段段）
ようよう
漸漸〔副〕〔舊〕漸漸（＝漸く）

ぜんしょう
漸小〔名〕〔建〕（柱等頂端的）變尖

漸進〔名、自サ〕漸進、逐步前進←→急進
こくりょく　ぜんしんてき　かいふく
国力を漸進的に回復させる（逐步恢復國家的元氣）
ぜんしんや　　い
漸進焼き入れ（〔冶〕漸進淬火法）

漸進主義〔名〕（政治或宗教等方面的）溫和主義、穩健主義、中庸主義←→急進主義

ぜんしんせい
漸新世〔名〕〔地〕漸新世
ぜんせいせつ
漸生説〔名〕〔生〕漸成說、後成說
ぜんそうほう
漸層法〔名〕〔語〕層次漸進法（文勢逐漸增強答到頂點的一種修辭法）
ぜんだいかん
漸大管〔名〕〔機〕增大管
ぜんたんど
漸淡度〔名〕〔攝〕漸淡度
ぜんとう
漸騰〔名、自サ〕（物價或行情）漸漲、漸挺←→漸落

ぜんとうしきょう
漸騰市況（漸漲的市面）

漸落〔名、自サ〕（物價或行情）漸落、漸跌、漸衰、逐漸下降、（修辭學中的）突降←→漸騰
ぜんらくしきょう
漸落市況（趨向蕭條的市面）
ごせいぜんらく
語勢漸落（語勢突降）

ぜんどう
漸動〔名〕〔地〕蠕變、潛伸

漸く〔副〕漸漸（＝段段、次第に）、好（不）容易，勉勉強強（＝やっと、辛うじて）
てんき　　ようや　あたた　　な　　き
天気が漸く暖かく為って来た（天氣漸漸暖和起來了）暖かい温かい
ひがし　そら　ようや　しろ　はじ
東の空が漸く白み始めた（東方天空漸漸發白了）
ようや　いのちだけ　と　や
漸く命丈は取り止めた（好容易算保住了一條命）
おそ　な　　　　　はし　　ようや　こと　ま　あ
遅く為ったが、走って漸くの事で間に合った（已經晚了不過跑過去勉勉強強趕上了）
いちじかん　ま　　　ようや　かれ　や　き
一時間も待ったら漸く彼が遣って来た（等了一個小時之後好容易他才趕來）
ようや　あめ　や　　　　　　　　　　や　や
漸く雨が止んだ（雨總算停了）止む已む病む
ようや　かんせい　み
漸く完成を見た（可算完成了）
ようや　はる　　　　な
漸く春らしく為った（總算有點春意了）為る成る鳴る生る

漸、稍、稍稍〔副〕稍，稍稍，稍微、一會兒，不大功夫。〔古〕徐徐，慢慢，漸漸
ややとしかさ
稍年嵩です（年齡稍大）
じつぶつ　　ややちい
実物より稍小さい（比實物稍小一點）
あめ　やや　こぶ　　な
雨が稍小降りに為る（雨下得稍小了）
ちゅうおう　ややみぎ　よ　　お
中央より稍右に寄せて置く（擺到中間稍右的地方）
びょうにん　きょう　ややよ　よう
病人は今日は稍良い様です（病人今天好像稍好一些）
ややあ　　おもむろ　くち　ひら
稍有って徐に口を開いた（過了一會兒慢慢地開了口）
よるふ　　　ややすず　　　かぜふ
夜更けて、稍涼しき風吹きけり（夜深了漸漸起了涼風）

漸く、稍く、徐く〔副〕（漸く的古形）漸漸
ようよう
漸漸〔副〕〔舊〕漸漸（＝漸く）

漸と、やっと〔副〕好容易，終於（＝漸く）、勉勉強強（＝辛うじて）

苦労の末漸と完成した（經過一番艱苦之後好容易才完成了）

色色な字引を調べて漸と分かった（查了各種字典終於明白了）分る 解る 判る

漸と彼を説得した（好容易把他說服了）

五人で漸と暮らせる丈の収入しかない（只有五個人勉強餬口的收入）

漸と汽車に間に合った（好歹趕上了火車）

昨日の試合は五対四で漸と勝った（昨天的比賽以五比四勉強取勝）

漸との思いでなだらかな丘の上に辿り付いた（勉勉強強爬上了一道坡度小的山丘）

規制するのが漸とで、資本主義国家では公害は根治出来ぬ（在資本主義國家裡公害只能勉強用規章來限制根除是辦不到的）

漸との事で（好歹、勉強、好容易）

漸との事で出来た（好歹做出來了）

彼は漸との事で立ち上がった（他勉勉強強站了起來）

箭（ㄐㄧㄢˋ）

箭〔漢造〕弓箭（＝箭、矢）、箭竹

弓箭（弓矢，武器、戰爭）

火箭（〔古代火攻用的〕火箭＝火矢、〔船上使用的〕火箭信號）

火箭、火矢（〔古代帶著火的〕火箭、〔舊〕裝火藥發射的武器，火箭）

毒箭（毒箭）

飛箭（飛箭）

流箭（流箭）

箭、矢〔名〕箭的古稱（語源不詳）

箭、矢〔名〕箭、楔子（＝楔）

矢を射る（射箭）

矢を番える（把箭搭到弓弦上）

矢の様に速い（像箭一般快）

光陰矢の如し（光陰似箭）

矢の音に怯える鳥（驚弓之鳥）

矢は標的の真中に当った（箭中靶心）

どしどし質問の矢を放つ（接二連三地提出質問）

矢を入れる（嵌める）（釘楔子、鑲楔子）

矢でも鉄砲でも持って来い（有什麼能耐儘管使出來）

矢の催促（緊逼、緊催）

矢の使い（催促的急使）

矢も楯も堪らない（迫不及待、不能自制）

弓矢（弓和箭、武器，武道）

箭竹、矢竹〔名〕〔植〕矢竹、製箭用竹，箭杆

踐（踐）（ㄐㄧㄢˋ）

踐〔漢造〕踐、即位、實行

実践（實踐、自己實行）

自己の説く処を実践する（把自己所說的付諸實踐）説く 溶く 解く

踐祚〔名〕踐祚、登基、即位（＝即位）

踐祚式を行う（舉行登基典禮）

踐む、踏む、履む〔他五〕踏，踩、踐踏、踏上、實踐、履行、估計、經歷、遵守、賴帳、押韻

ミシンを踏む（踩縫紉機、做縫紉工作）

人の足を踏む（踩別人的腳）

芝生を踏む可からず（不許踐踏草坪）

釘を踏む（踩上釘子）

外国の地を踏む（踏上外國的土地）

初めて此の土地を踏んだ（初次來到這個地方）

初舞台を踏む（初登舞台＝初舞台に出る）

八歳で初舞台を踏む（八歲就登台表演）

場数を踏む（反覆實踐、累積經驗）

敵地を踏む（親臨敵人陣地）

2754

約を踏む（履約）

手続きを踏む（履行手續）

値を踏む（估價）

千円と踏む（估計值一千日元）

此れは踏めるよ（這可以出個好價）

如何踏んでも一万円の値打が有る（怎麼估計也值一萬日元）

彼は幾等安く踏んでも議員には踏めるよ（怎麼低估他也像是個議員）

実現は不可能と踏む（估計不能實現）

大学の課程を踏む（學完大學的課程）

正道を踏む（走正道）

韻を踏む（押韻）

薄氷を踏む（戰戰兢兢如履薄冰）

踏んだり蹴ったり（又踢又踹、欺人太甚）

此れじゃ丸で踏んだり蹴ったりだ（這簡直欺人太甚）

餞（ㄐㄧㄢˋ）

餞〔漢造〕設酒席送行、送別的酒宴

餞別〔名〕（臨別贈送的）餞別禮物（＝餞）

餞別を贈る（贈送臨別紀念品）贈る送

餞別の印と為て差し上げます（敬贈薄儀作為臨別紀念）

餞別を貰う（收到餞別禮物）

餞、贐〔名〕餞別、餞行（昔日風俗，在為遠行者送行時，將馬頭轉向所去的方向）（＝馬の餞）

旅立つ友人に餞を為る（為出門旅行的朋友餞行）為る為る

新しい人生を踏み出す人への餞の言葉（向走上新的人生旅途的人臨別贈言）

餞に物を贈る（臨別贈送紀念品）贈る送る

薦（ㄐㄧㄢˋ）

薦〔漢造〕推舉

推薦（推薦、推舉、介紹）

自薦（自薦、自己推薦、毛遂自薦）←→他薦

他薦（他人推薦）

薦骨、仙骨〔名〕〔解〕薦骨、腰椎骨

薦骨麻酔（薦骨麻醉）

薦椎、仙椎〔名〕〔解〕薦椎

薦〔名〕蒲包，粗草蓆、（用御薦的形式）乞丐（＝乞食、薦被り）

薦で包む（用蒲包包上）

薦の上から育て上げる（從襁褓中養育成人）

御薦〔名〕（女）乞丐（＝乞食、薦被り）

薦被り〔名〕用草蓆包著的容四斗酒的木桶、乞丐（＝乞食）

薦垂れ〔名〕（代替門窗等）懸掛的草簾、陋屋、乞丐的小窩棚

薦包み、薦包〔名〕草蓆包裝（的東西）

薦包みに為る（用草蓆包裝）摩る擂る磨る掏る擦る摺る刷る

薦包みの死体（用草蓆包裹的屍體）

薦張り〔名〕四周張掛草蓆（的小房）、野臺戲（＝薦張り芝居）

薦張り芝居（〔在臨時搭的蓆棚裡演的〕野台戲）

薦める、勧める、奨める〔他下一〕勸告、勸誘、建議、推薦、推舉

煙草を止める様に勧める（勸人戒菸）進める

彼の男には勧めても駄目だ（那人勸告也沒用）

私は彼に勧められて此の仕事を引き受けた（我是經他勸說才接受了這項工作的）

嫌がるのを無理に勧めても仕方が無い（本來不想做勉強勸也沒有用）

御茶を勧める（讓喝茶）

酒を勧める（勸酒、敬酒）

座布団を勧める（請人用坐墊）

腰掛ける様に勧める（讓座）

此の方法を薦める（推薦這個方法）

委員長の候補者と為て此の人を薦める（推薦這人做委員長候選人）

此の本を自信を持って君に薦めるよ（我有把握像你推薦這本書）

薦め、勧め〔名〕勸告、勸誘、推薦

医者の勧めで煙草を止めた（經醫師勸告戒菸了）

先輩の薦めで（經前輩的推薦）

薦む、勧む、奨む〔他下二〕勸告、勸誘、建議、推薦、推舉（=勧める、奨める、薦める）

鍵（ㄐㄧㄢˋ）

鍵〔漢造〕鑰匙、（鋼琴等的）鍵

秘鍵（秘訣、秘傳、奧秘）

白鍵（〔樂〕〔鍵盤樂器的〕白鍵）

黒鍵（〔樂〕〔鍵盤樂器的〕黑鍵）←→白鍵

電鍵（電鍵、電報鍵）

鍵楽器〔名〕〔樂〕鍵盤樂器

鍵層〔名〕〔地〕標準層

鍵盤〔名〕（樂器等的）鍵盤（=キー）

鍵盤楽器（有鍵樂器）

鍵〔名〕（與鉤同語源）鑰匙、（也誤用作）鎖頭、〔轉〕關鍵

鍵で錠を開ける（用鑰匙開鎖）開ける 明ける 空ける 飽ける 厭ける

戸に鍵を掛ける（鎖上門）掛ける 懸ける 架ける 翔ける

此の鍵は効かない（這把鑰匙不好用）効く 利く 聞く 聴く 訊く

入り口のドアに鍵を下した（入口處的門上鎖了）下す 降ろす 卸す

箪笥に鍵を掛けた積りでしたが、掛かっていませんでした（我以為衣櫃鎖上了沒想到沒鎖）

朝晩、玄関の鍵を開けたり閉めたりする私の仕事です（早晚大門的開鎖上鎖是我的工作）

問題解決の鍵を掴む（掌握解決問題的關鍵）掴む 攫む

此を解く鍵は何か（解決這個的關鍵是什麼？）解く 溶く 説く

鍵の穴から天を覗く（坐井觀天）除く 覗く 覘く

鍵穴〔名〕（鎖頭上的）鑰匙孔

鍵穴に鍵を差し込む（把鑰匙插進鑰匙孔裡）

鍵編み〔名〕用鉤針織（的東西）

鍵遺伝子〔名〕〔生〕主要基因

鍵っ子〔名〕鑰匙兒（雙職工父母上班後身上掛著鑰匙的孩子）

艦（ㄐㄧㄢˋ）

艦〔名、漢造〕軍艦

こんな小さな物では艦とは呼べない（那樣小的船不能叫做艦）

艦と運命を共に為る（與戰艦共存亡）刷る 摺る 擦る 掏る 磨る 擂る 摩る

軍艦（軍艦）

巨艦（巨艦、巨大軍艦）

砲艦（砲艦）

戦艦（戰艦，軍艦=軍艦、〔舊〕戰鬥艦，主力艦=戦闘艦）

旗艦（旗艦、司令艦）

母艦（母艦-航空母艦、潛水母艦等的總稱）

航空母艦（航空母艦）

潜水母艦（潛水母艦、潛艇供應艦）

潜艦（潛水艇=潛水艦）

潜水艦（潛水艇）

艦影〔名〕艦影、（漂浮海上的）軍艦形影

艦影を認めず（沒看見艦影）認める 認める

艦橋〔名〕（軍艦甲板上的指揮所）艦橋（=ブリッジ）

艦橋に立って戦況を見る（站在艦橋上觀察戰況）立つ 経つ 建つ 絶つ 断つ 裁つ 截つ

艦型〔名〕（軍艦的）艦型
艦載〔名〕軍艦搭載、載於軍艦
　上陸用舟艇を艦載する（艦載登陸艇）
　艦載機（艦載飛機）
艦首〔名〕艦首←→艦尾
　艦首砲（艦首砲）
　艦首旗（艦首旗）旗旗
艦尾〔名〕艦尾←→艦首
　艦尾向け発射（向艦尾發射）
　艦尾砲（艦尾砲）
艦種〔名〕艦種、軍艦的種類
艦上〔名〕軍艦上
　艦上機（艦載機、軍艦上的飛機）
艦籍〔名〕〔軍〕（軍艦所屬的）艦籍
　艦籍より除く（消除艦籍、使軍艦除役）
艦船〔名〕軍艦和船隻
艦隊〔名〕艦隊
　艦隊を率いる（統率艦隊）
　駆逐艦隊（驅逐艦隊）
　連合艦隊（聯合艦隊）
　常備艦隊（常備艦隊）
　遊撃艦隊（游擊艦隊）
　艦隊司令官（艦隊司令）
艦長〔名〕〔軍〕艦長
　艦長室（艦長室）
艦艇〔名〕（大小軍艦等的總稱）艦艇
艦爆〔名〕艦上轟炸機
艦砲〔名〕〔軍〕艦砲
　艦砲射撃（艦砲射擊）
艦名〔名〕〔軍〕艦名
艦齢〔名〕艦齡（軍艦的使用年數）
艦列〔名〕（艦隊的）艦列、縱陣

鑑（ㄐㄧㄢˋ）

鑑〔漢造〕鏡、鑑戒、鑑別

　門鑑（出入證、通行證）
　明鑑（明鏡、明確的鑑定）
　殷鑑（殷鑑、前車之鑑）
　殷鑑遠からず（殷鑑不遠-詩經）
　亀鑑（龜鑑、榜樣）
　軍人の亀鑑（軍人的榜樣）
鑑査〔名、他サ〕鑑定和檢查、審查
　鑑査員（審查員）
　無鑑査出品（未經審查的展品）
　出品作品を鑑査する（審查展出的作品）
　鑑査を通過した（審查通過了）
鑑札〔名〕執照許、許可證
鑑識〔名、他サ〕鑑定，鑑別，識別、（特指對犯人的指紋或筆跡等的）鑑別，辨識
　鑑識を御願いする（請來鑑定一下）
　専門家の鑑識に従う（尊重專家的鑑定）
　従う随う遵う
　骨董の鑑識に長じている（善於鑑定古董）
　美術に対する鑑識を有する（有鑑別美術的能力）
　血液型の鑑識を為る（鑑別血型）為る為る
　刷る摺る擦る掘る磨る擂る摩る
　鑑識眼（鑑別力、鑑賞力、鑑定力）
　鑑識眼を養う（培養鑑賞力）
鑑賞〔名、他サ〕鑑賞、欣賞
　映画鑑賞会（電影欣賞會）
　鑑賞力を養う（培養鑑賞力）力力力
　音楽を鑑賞する（欣賞音樂）
　絵を鑑賞する力が有る（有欣賞繪畫的能力）有る在る或る
　鑑賞批評（欣賞和批評、以欣賞為主的批評）
鑑定〔名、他サ〕鑑定，鑑別，判斷，辨識，估價，評價
　真偽の鑑定を為る（鑑定真偽、辨別真假）
　為る為る刷る摺る擦る掘る磨る擂る摩る

骨董を鑑定する（鑑定骨董）
専門家の鑑定を請う（請專家鑑定）請う乞う斯う
筆跡を鑑定する（鑑定筆跡）
絵の鑑定を専門家に頼む（請專家鑑定畫）頼む悸む
専門家に鑑定して貰う（請專家進行鑑定）
何を書いた物やら誰にも鑑定が付かない（究竟畫的是什麼誰都判斷不出來）書く描く掻く
鑑定家（鑑定家）
鑑定料（鑑定費）
価額を鑑定する（估價、鑑定價格）
鑑定を求める（請求給以評價）
酒の味を鑑定する（品評酒味）
茶の味を鑑定する（品評茶味）
鑑定人（鑑定人、鑑別人、判斷人＝鑑定者）
美術品の鑑定人（美術作品的鑑定者）
酒の鑑定人（酒的品評人）
茶の鑑定人（茶的品評人）
鑑定人の証言（鑑定人的證言）

鑑別〔名、他サ〕鑑別、識別、辨別
偽札か如何か鑑別する（鑑別鈔票的真假）如何如何如何
雛に雌雄を鑑別する（辨識小雞的雌雄）雛雛
筆跡の鑑別を行う（鑑別筆跡）

鑑〔名〕模範、榜樣、借鏡
人の鑑に為る（做別人的榜樣）鑑鏡為る成る生る鳴る
武人の鑑（武人的榜樣）
人の失敗を我が身の鑑と為る（拿別人的失敗作自己的借鏡）為る為る刷る摺る擦る掏る磨る

鏡〔名〕鏡，鏡子、（常用御鏡的形式）供神用的圓形年糕、酒桶的蓋
化粧鏡（化妝鏡）鏡鑑
御化け鏡（哈哈鏡）
鏡を見る（照鏡子）
鏡が曇る（鏡子上有哈氣）
鏡に映る姿（照到鏡子裡的容貌）映る写る移る遷る
海面は鏡の様だ（海面平靜如鏡）
新聞は時代の良き鏡である（報紙是時代的一面很好的鏡子）
鏡を抜く（開桶）抜く貫く貫く
鏡と相談して来い（你照照鏡子看看、別自不量力）
鏡に掛けて見るが如し（昭然若揭）

鑑みる、鑒みる〔他上一〕鑑於，以…為借鏡（借鑑），以…為戒、遵照，依照，適應，考慮到
過去の失敗に鑑みて（鑑於以往的失敗）
事の重大性に鑑みる（鑑於事態的嚴重性）
人の失敗に鑑みる（以他人的失敗為戒）
時局に鑑みて浪費を慎む（鑑於當前的時局要抑制浪費）慎む謹む
先例に鑑みて適当な処置を為る（參照先例適當處理）為る為る刷る摺る擦る掏る磨る擂る
教育は時代の要求に鑑みて之を施す（教育應依照時代的要求實施之）之是此

鑒（ㄐㄧㄢˋ）

鑒〔漢造〕鏡、鑑戒、鑑別

鑒みる、鑑みる〔他上一〕鑑於，以…為借鏡（借鑑），以…為戒、遵照，依照，適應，考慮到
過去の失敗に鑑みて（鑑於以往的失敗）
事の重大性に鑑みる（鑑於事態的嚴重性）
人の失敗に鑑みる（以他人的失敗為戒）
時局に鑑みて浪費を慎む（鑑於當前的時局要抑制浪費）慎む謹む

先例に鑑みて適当な処置を為る（參照先例適當處理）為る為る刷る摺る擦る掏る磨る擂る

教育は時代の要求に鑑みて之を施す（教育應依照時代的要求實施之）之是此

巾（ㄐㄧㄣ）

巾〔漢造〕巾、拭布、圍巾

布巾（抹布、碎布、擦碗布）

茶碗を布巾で拭く（用抹布擦飯碗）拭く吹く噴く葺く

雑巾（抹布、雜布）

廊下に雑巾を掛ける（用抹布擦走廊）

手巾（手巾、手帕＝ハンカチーフ handkerchief）

頭巾（頭巾、兜帽）

頭巾を被る（戴上兜帽）

頭巾を取る（摘下兜帽）取る捕る摂る採る撮る執る獲る盗る録る

領巾（領巾）

領巾、肩巾（〔古〕〔貴婦人用的〕披肩）

巾幗〔名〕巾幗、婦女

巾幗者流（婦女）

巾幗詩人（女詩人）

巾着〔名〕錢包，荷包，腰包。〔轉〕跟班，僕從，跟隨者（＝腰巾着）

銭を巾着に入れて置く（把錢裝進腰包裡）置く擱く措く

巾着切り（扒手）

巾着網（旋網）

彼は社長の巾着だ（他是總經理的跟屁蟲）

巾、幅〔名〕寬度，幅面，幅度，範圍。〔轉〕勢力，威力，靈活性，伸縮餘地，差價，價格漲落的幅度

幅の広い道路（路面寬闊的道路）

幅の狭い道路（路面狹窄的道路）

一メートル幅の布（幅面一米寬的布）

購買力が大幅に高められた（購買力大大地提高）

幅広い共鳴を受ける（得到廣泛的同情）

此の辺では幅を利かせている（他在這一帶很有勢力）

軍人が幅を利かす国（軍人掌權的國家）

規則に少しの幅を持たせる（規則裡留些伸縮餘地）

原則の適用では幅を持たせなくでは為らない（應用原則要靈活）

大幅に値段が下がる（價格大幅度下降）

今月は野菜の値幅が大きい（本月份青菜的差價大）

巾木〔名〕〔建〕壁腳板，護牆板，踢腳板，底座，柱基

幅木〔名〕〔冶〕（空心鑄件用的）型芯座、（鑄模用的）坯芯

巾偏〔名〕（漢字部首）巾字旁

巾、冪、羃〔名〕〔數〕乘方（＝累乘、冪數）

Aの三乗冪（A的三乘冪）

冪指数（冪指數）

冪方（乘方）

今（ㄐㄧㄣ）

今（也讀作きん）〔漢造〕現在、今天、今年

現今（現今、當今、現在、目前）

古今（古今、自古至今）

当今（當今、現在、目前）

昨今（近來、最近、這幾天）

今回〔名〕此次、此番、這回（＝今度）

今回の催し（這次召開的集會）

今回は此で閉会する（這次的會到此結束）

今回の参加者は一千人に達した（這次的參加者答到一千人）

今期〔名〕本期、本屆

今期の予算（本期的預算）

今期の国会（本屆國會）

今季 〔名〕本季節

今春 〔名〕今春、今年春天
　今春大学を卒業する（今春大學畢業）

今夏 〔名〕今夏

今秋 〔名〕今秋、今年秋天
　今秋のモード（今年秋天流行的樣式）

今冬 〔名〕今冬、今年冬季
　今冬は暖房無しで過した（今年冬天沒有取暖就渡過來了）

今暁 〔名〕今曉

今月 〔名〕本月
　五年前の今月（五年前的這個月份）
　今月号（本月號）
　今月中に書き上げる（本月內寫出來）中 中 中

今月分 〔名〕本月份
　今月分の給料から差し引く（由本月份工資內扣除）

今後 〔名〕今後、以後、將來
　今後数日間（今後幾天裡）
　今後数週間（今後幾週裡）
　今後数月間（今後幾月裡）
　今後数年間（今後幾年裡）
　今後ずっと（今後一直）
　今後永久に（今後永遠）
　今後二年で（今後兩年中）
　今後の成り行き（今後的趨勢）
　彼は今後如何なるか分からない（不知道他將來會變成什麼樣？）分る解る判る
　如何決まるかは今後の事だ（結局如何將來才會知道）
　今後とも宜しく御願いします（今後還請多多關照）
　今後は尚一層気を付けます（今後一定更加注意）
　成功するか如何かは今後の情勢次第だ（成功與否要看今後的形勢如何？）

今歳 〔名〕今年、本年（＝今年、今年、本年）

今次 〔名〕這次、最近一次（＝今回、今度）
　今次の試験（這次考試）
　今次の大戦（這次大戰）

今時 〔名〕現在、當今、如今（＝今時、現今）

今時 〔名〕當代，現代（＝今時）、(多用於時間和行動有矛盾)這時候，這個時候（＝今時分）
　今時の若い者（現代的青年人）
　今時そんな考え方は古い（那種想法現在陳舊了）古い旧い奮い揮い震い篩い
　今時珍しい人だ（當代少有的人）
　今時何の用で来たのだ（這個時候你來做甚麼？）
　今時慌てても手遅れだ（事到如今緊張也太晚了）

今時分 〔名〕（大體上的）現在，此時，這時候（＝今頃）、(表示時間已過或不是時候)如今，這個時候（＝今時）
　今時分は家に帰っているだろう（這個時候已經回到家了吧！）
　去年の今時分の事（是去年這個時候）
　今時分何為に来たのだ（這個時候你來做什麼？）
　今時分何処へ行くんだ（這個時候到哪裡去？）

今昔、今昔 〔名〕今昔
　今昔の感に堪えない（不勝今昔之感）堪える耐える絶える

今週 〔名〕本週、這星期（＝此の週）
　今週か来週（本週或下週）
　今週の内に（在本週內）内内内内
　今週の土曜日（本星期六）
　私は今週中ずっと病気していた（整個這一星期裡我一直在生病）中 中 中
　今週に此の位に為て置こう（這週就做這些算了）置く擱く措く

今生 〔名〕〔舊〕今生、今世（＝此の世）
　今生の思い出（今生的回憶）

今生の別れ（永別）

其が今生の見納めであった（那是我今生最後一次見到他，那是我最後一次訪問那裡）

今人〔名〕今人、當今的人、現代的人（=今の世の人）

今世、今世〔名〕〔佛〕現世（=現世）

今世〔名〕現代

今夕、今夕〔名〕今夕、今晚

今夕は御持て成しに預り有り難う存じます（今天晚上承蒙款待不勝感謝）

今夕夜行で立つ（坐今晚夜車動身）立つ経つ建つ絶つ発つ断つ裁つ截つ

今節〔名〕近來，最近（=此の頃）、〔棒球〕本季節（=今シーズン）

今朝、今朝〔名〕今朝、今天早上

昨夜の雨は今朝に為って止んだ（昨夜的雨到今天早晨停了）止む已む病む

彼は今朝早く出掛けました（他今天早上很早就出去了）早い速い

今度〔名〕（現在或剛剛過去的）這回，這次，最近、下一次，將來

今度は君の番だ（這回輪到你了）

今度来た人（這回來的人、最近來的人）

今度の先生は年寄だ（新來的老師是位老年人）

今度日本に留学する事に為った（最近決定到日本留學去）為る成る鳴る生る

今度は彼は大丈夫な第です（這次他考取沒問題）大丈夫大丈夫丈夫益荒男

此が山田の今度の赤ちゃんですか（這是山田最近生的小孩嗎？）

今度の日曜は何日ですか（下星期日是幾號？）

今度は一緒に参りましょう（下次我們一起去吧！）

今度からもっと気を付けるんですよ（下次可要更加留神喲）

今度こそは確り遣ろう（下回可要好好做）

今一度〔副〕再一次（=もう一度）

今一度試して御覧（再試一次看看）試す験す

今一度診察に来て下さい（請再來診察一次）

今日〔名〕今日，今天（=今日）、現在，現今（=此の頃、現代）

去年の今日（去年的今天）

今日迄（到今天為止）

今日に至る迄彼の行方は不明である（直到今天為止他的下落不明）至る到る

別れてから今日迄便りが無い（別後一直沒有音信）便り頼り

今日の目で見ると（以現在的眼光看來）

今日の私は数年前の私ではない（現在的我已經不是幾年前的我了）

原子力時代の今日（原子能時代的現代）堪る溜まる貯まる

文明の発達した今日そんな事が有って堪る物か（文明開化到今天哪裡還容許有那樣的事件呢！）

今日様〔名〕〔敬〕太陽、老天爺（=御天道様）

怠けていては今日様に済まない（遊手好閒對不起老天爺）済む住む棲む澄む清む

今日は〔連語〕（は讀作わ）（白天問候語）你好

今日は、良い御天気ですね（你好天氣真好啊！）

今日〔名〕今日、今天（=今日、今日）

今日〔名〕〔俗〕今日、今天（=今日、今日）

今日〔名〕今天，本日、（某年或某週的）同一天

今日の新聞（今天的新聞）

今日は何曜日ですか（今天是星期幾？）

今日は火曜日です（今天是星期二）

今日は何日ですか（今天是幾號？）

今日は七月一日です（今天是七月一日）一日一日一日一日

今日と言う今日は遣って終おう（今天一定做完吧！）終う仕舞う

４

今日か明日かと言う大病（熬不過一兩天的重病）明日明日明日言う云う謂う

去年の今日（去年的今天）

来週の今日（下星期的今天）

彼が東京を立ったのは丁度三年前の今日だ（他離開東京是三年前的今天）

今日有って明日無い身（人世無常、死期臨近）

今日の後に今日無し（今日之後無今日、〔喻〕時光寶貴）

今日の情は明日の仇（今日恩情明日仇）

今日の日（今生之日）

今日は人の身明日は我が身（今天看到旁人明天臨到自己）

今日明日〔名〕一兩天

　今日明日にも知らせが有る筈だ（一兩天就會有信來）

　今日明日に迫る（迫在眉睫）迫る逼る

　今日明日中に御報告致します（一兩天內向您報告）

今日日〔名〕現在、近來、這年頭（＝現今、近頃）

　今日日の学生（近來的學生）

　今日日そんな時代遅れの事を言ったら笑われる（現在要說那種落後的話會被人笑話）

今日〔名〕今天、本日（＝今日）

今年、今年〔名〕今年

　今年中に（在今年裡）中 中 中中

　今年の冬（今年冬天）

　今年の夏休み（今年暑假）

　今年は雨が多い（今年雨水多）多い覆い被い蔽い蓋い

　今年は豊作だ（今年是豐收年）

　今年竹（新竹、當年竹）

今年度〔名〕本年度

　今年度最後の授業（本學年最後一次講課）

今宵〔名〕今宵

今晩〔名〕今晚今夜（＝今夜）

　今晩は蒸し暑い（今天晚上悶熱）

　今晩遊びに来ませんか（今晚來玩吧！）

今晩は〔連語〕（は讀作わ）（黃昏後的問候語）你好、晚安

今般〔名〕此次、這回、最近（＝此の度）

　私儀今般左記（の所）へ転居致しました（在下最近已遷往左邊地址）

今明日〔名〕今天明天、今明兩日

　今明日中にも発表される（一兩天內就會公布）中 中中

　今明日中に伺います（一兩天內去拜訪您）伺う窺う覗う

今夜〔名〕今夜、今晚

　去年の今夜（去年的今夜）

　今夜は此処に泊まろう（今晚就住在這裡吧！）泊まる止まる留まる停まる

　今夜は此で散会（と）為よう（今天晚上到此就算散會吧！）

　今夜八時から映画会が有る（今晚八點起有電影招待會）

今来〔名〕現在為止、現在

　古往今来（古往今來 從古至今＝昔から今迄）

今〔漢造〕現在、現代

今古〔名〕古今、現在和以前（＝今昔、今昔）

今上〔名〕今上、當今的日皇

　今上陛下（今上陛下）

　今上天皇（當今的天皇）

今体〔名〕現代體裁

今〔名〕現在，現時，此刻、現今，當前，目前，今日，當代。（表示最近的將來）立刻、馬上。（表示最近的過去）剛才，方才

〔副〕再、更

〔接〕現在、這裡

　今正に正午だ（現在正是中午）正に当に将に雅に

　彼は今新聞を読んでいる（目前他正在看報）

今此方へ歩いて来る人は誰ですか（現在正向這裡走來的人是誰呀！）来る来る

今と為っては泣いても、喚いても追い付かない（事到如今哭喊也來不及了）

今は春だ（現在是春天）

今の子供は科学的だ（現在的孩子很科學）

今ても尚分からない（到現在還不明白）分る解る判る

花見は今が絶好の時だ（出去賞花現在是最好的時候）

今から十日前の事（從現在算起十天前的事）

今から行っても良い（現在去也可以）

今も昔も同じだ（現在往昔全都一樣）

今行くから一寸待って呉れ（馬上就去等我一會兒）

今直ぐ此処へ来い（現在馬上到這裡來）来る来る

今に夕立が来る（馬上要下陣雨）来る来る

今来た許りだ（剛來）

今此処に居た人は誰かね（剛才在這裡那個人是誰？）

今一度遣って見たら如何ですか（再做一次看看怎麼樣？）

今暫く御待ち下さい（請稍等一下）

二人は家族、今一人は友人です（兩個人是家屬另一個人是朋友）

今二、三日待って下さい（請再等兩三天）

今一つの方を下さい（請把另外一個給我）

今一つ如何ですか（再來一個如何？）

今少し右へ寄せる（再往右靠一點）

今此の点をPを表わ然う（現在用P來表示這個點）

今か今かと（〔表示迫不及待〕望眼欲穿地焦急等待）

彼を今か今かと待っている（焦急地等著他到來）

今が今（正是現在、就是此刻）

其の金は今が今必要何だ（正是此時需要那筆錢）

今から思えば（現在回想起來）

今から思えば、其の時既に死を決意していたのだ（現在回想起來那時他已經下決心不活了）

今と言う今（〔關鍵時刻〕現在、此刻）

今と言う今彼と別れる決心が付いた（現在終於下定決心和他分手）

今と言う今彼が敵である事をはっきり悟った（現在終於認清了他是個敵人）

今泣いた烏がもう笑う（剛哭的烏鴉又笑了、〔喻〕兒童喜怒無常）

今に為て思う（〔事實明白後〕現在想來）

今に始めぬ（不自今日始、向來如此、一直如此）

今の今迄（至今、迄今、直到現在）

今の今迄気が付かなかった（至今沒有察覺出來）

彼が帰国した何て今の今迄知らなかった（他已經回國了直到方才我才知道）

今の真逆（現在、此刻）

今は限り（最後、臨終）

今は此迄（〔表示無可奈何〕現在只好這樣了）

最後の弾丸を使い果たし、今は此迄と覚悟を決めた（最後子彈已經用盡下定決心只好這樣了）

今は昔（〔用於故事開頭〕卻說以前、往昔）

今を時抜く（時運亨通，顯赫一時、正當權，正嶄露頭角）

彼は今を時抜く政治家だ（他是正嶄露頭角的政治家）

今しも〔副〕（しも是加強語氣的助詞）現在正(=丁度今、今直ぐ)

駅に着くと、今しも汽車は出る所だった（一到車站火車正要開）

今に〔副〕至今，直到現在、不久，即將，早晚

今に行方が分からない（至今去向不明）分る解る判る

今に見ろ（等著瞧吧！）

今に分るよ（不久會明白的）

今に夕立が来るぞ（眼看陣雨就要來）来る来た

今に屹度私の言う通りに為る（遲早一定要和我說的一樣）

今に為て〔連語〕如今、到現在

今に為て思えば彼は別れの会だったのだ（現在回想起來那是一次訣別的會）

今にも〔副〕馬上、不久、眼看

今にも雨が降り然うだ（眼看就要下雨）

今にも泣き出し然うな顔を為ている（眼看就要哭出來的樣子）

彼の銀行は今にも破産し然うだ（那家銀行馬上就要破產）

今にも遣って来然うだ（馬上就要來到）

今や〔副〕（や是加強語氣的助詞）現在正是、馬上，眼看就、現在已經

今や青年の決起す可き時だ（現在正是青年們奮起的時代）

今や成功と思った瞬間（眼看要成功的時候）

今や時代遅れと為った（現在已經落後於時代了）遅れる後れる

今や遅しと（迫不及待地、急不可待地、望眼欲穿）

今や遅しと機会を待つ（急切等待機會）

彼が来るのを今や遅しと待っている（急切等待他到來）来る来た

今めかしい〔形〕時髦，時興，流行，造作，不自然

今方〔副〕〔舊〕方才、剛才（＝今し方）

今し方〔副〕方才、剛才

今し方其処に居たのに何処へ行ったのだろう（剛才還在這裡上哪裡去了？）

今し方帰って来た所です（剛剛回來）

今川焼〔名〕今川燒餅（用烤模烤的長圓形豆餡點心）（最初在江戶的神田今川橋附近出賣故名）

今戸焼〔名〕（原東京淺草今戸町附近造的）今戶素陶器

今頃〔名〕（大體上的）現在，此時，這時候、（表示已經過時或不是時候）如今，這般時候

今頃は大阪に着いているだろう（現在到大阪了吧！）

昨夜の今頃の出来事です（是昨晚這個時候發生的事情）昨夜昨夕

今頃来たって仕方が無い（這個時候才來已經沒有用了）

今頃何処へ行くんだ（都已這個時候還上哪裡去？）

やっと今頃に為って芽が出て来た（到現在才發芽）

今更〔副〕現在才…

（常下接否定語）現在開始

（常下接否定語）現在重新…

（常下接否定語）事到如今，事已至此，已到這個地步

彼は斯う言う事が今更に判るのだ（他現在才明白這件事）判る解る分る

彼の悪戯は今更の事ではない（他淘氣並不是現在才開始的）

今更言う迄も無い（現在不需再提了）

今更仕方が無い（事到如今沒有辦法了）

今更止める訳にも行かない（事已至此欲罷不能了）

今更そんな事を言っても始まらない（是到如今再說也沒有用了）

今更の様に〔連語〕彷彿現在才發覺似的、彷彿現在才知道似的（實際已經知道）

外の風雨の音が此の時今更の様に二人の耳に入った（外面的風雨聲這時兩個人彷彿才聽見了似的）外外外外外

時の流れの速さを今更の様に感じます（彷彿這時才感覺到時光流逝的迅速）

今更めく〔自五〕彷彿到現在特意提起

今更らしい〔形〕彷彿現在才知道（實際並非如此）
　今更らしく自分の無学に驚いている（彷彿現在才認識到自己不學無術而大吃一驚）

今出来〔名〕〔蔑〕現在的產品、近來粗製濫造的產品

今道心〔名〕〔佛〕新教徒、新皈依者

今尚、今猶〔副〕現在還、現在仍然
　彼の教えは今尚耳底に在る（他的教導現在仍言猶在耳）在る有る或る

今の所〔名〕現在、目前、現階段
　情勢は今の所未だ分らない（局勢目前還不清楚）未だ未だ判る解る分る

今際、今は〔名〕（今はは讀作今わ）將死、臨終
　今際の際（臨終、彌留）際際
　今際の言葉（臨終的話）言葉詞

今一つ〔連語〕再一個，又一個、一點（不足之處）
　今一つ何卒（請再來一個）
　今一つの秘密を発見した（又發現一個秘密）
　今一つ努力が足りない（有點努力不夠）

今風〔名、形動〕時下、現在的風俗（=今樣）
　今風の髪型（時髦的髮型）

今樣〔名〕〔古〕時下，時髦，時興（=当世風）、現代歌（=今様歌）

今樣歌〔名〕〔古〕（現代式歌曲之意）現代歌（平安朝時代流行的由四句七五調組成的歌曲）

今程〔副〕最近、剛才

今迄〔副〕至今，到現在、從前
　今迄何処で居たのだ（你一直在哪裡呢？）
　今迄の所（では）何の報告も無い（直到現在沒有任何通知）
　斯う言う例は今迄に無い（從前沒有這樣的例子）

今以て〔副〕直到如今
　今以て返事が無い（直到如今還沒有回信）
　彼の人は今以て丈夫で生きている（他還健在）丈夫丈夫益荒男

今渡り〔名〕新從外國傳進來（的東西）（=新渡）

只今、唯今〔副〕現在（=今）、剛剛，剛才（=唯今）、馬上（=直ぐ）
　〔感〕我回來了（=唯今帰りました）
　唯今八時です（現在是八點鐘）
　唯今外出中です（現在外出不在）中中中
　社長は唯今会議中です（社長現在正在開會）
　唯今から映画を上映致します（現在開始放映電影）
　唯今御出掛けに為った所です（剛剛出去）
　父は唯今出掛けました（父親剛剛出去）
　唯今御紹介に与りました鈴木で御座います（我就是剛才介紹的鈴木）与り預り
　唯今見えます（馬上就來、馬上找得到）
　唯今参ります（馬上就來、馬上就去）
　部長は唯今参ります此処で御待ち下さい（部長馬上就來請在這裡稍等一下）
　御父さん、唯今。御帰り（爸爸我回來了。您回來了）
　学校から帰ったら唯今と御言い為さい（從學校回來的時候要說句我回來了）

斤（ㄐㄧㄣ）

斤〔名〕斤（重量單位、一日斤=160匁、約660克）
　パン一斤（一斤麵包）

斤目〔名〕分量、重量（=目方）
　斤目が足らぬ（分量不足）

斤量〔名〕分量、重量（=斤目、目方）
　斤量を誤魔化す（蒙混分量、少給分量）

金（ㄐㄧㄣ）

金（也讀作こん）〔名〕〔化〕黃金，金子（=黃金）、開金（純金為24開）、金錢（=金、金錢）、金屬打擊樂器、金色、〔象棋〕金將（=金将）。〔俗〕睪丸（=金玉）、（五行之一）金。〔史〕金國（女真族的王朝名）、星期五（=金曜日）

〔漢造〕黃金，金子、金屬、五金、貴重、堅固、美麗、金色的、金錢、貨幣

金の指輪（金戒指）

金で作る（用金子做）作る造る創る

金を含む（含金）

金で象嵌する（鑲金）

金を被せる（包金）

海水から金を採集する（從海水採金）

金が国外へ流出する（黃金流出國外）

金メダル（金質獎章）

金産国（產金國）

金製品（金製品）

金輸出禁止（禁止黃金出口）

十八金の時計（十八開金的錶）

金百円也（日幣一百萬元整）

金一封（一包錢）

純金（純金＝金無垢）

白金（白金、鉑＝プラチナ）

貯金（存款、儲蓄＝預金）

募金（募捐）

補給金（補助金、津貼）

税金（稅捐）

借金（借錢、欠款、負債）

賃金、賃銀（工資、薪水、報酬）

賃金（租金、工資）

千金（千兩黃金、大量金錢、價值很貴）

前金、前金（定金、預付款）

資本金（資本金）

金位〔名〕（金製品或金幣的）金的成色（品位）、純金率

金一封〔名〕（略表寸心的）一包錢、一筆錢

金一封を寄贈する（捐贈一筆錢）

結婚祝いに金一封を贈る（為慶祝結婚送給一筆錢）贈る送る

金色、金色、金色〔名〕金色、黃金色（＝黄金色）

金色の髪（金法）

金色に輝く（金光閃閃）

金色燦然を輝き渡る（金光燦爛）

金色の光を放つ（放出金色的光輝）

東の空が金色に輝く（東方的天空閃耀金色的光輝）

金色世界（〔佛〕極樂世界）

金色夜叉〔名〕放高利貸（的人）（來自尾崎紅葉寫的小說名）

金印〔名〕黃金印

金印勅書（金印詔書）

金員〔名〕金錢、金額，款額

多額金員（巨款）

金烏〔名〕太陽

金漆、金漆〔名〕金漆、加金泥的漆

金漆画屏風（金漆彩繪屏風）

金雲母〔名〕〔礦〕金雲母

金円〔名〕金錢（＝御金）

金塩〔名〕〔化〕金鹽（金氯化鈉的別名）

金甌無欠、金甌無欠〔名〕金甌無缺

金甌無欠の国（金甌無缺的國家）

金貨〔名〕金幣

金貨で払う（用金幣支付）払う掃う祓う

金科玉条〔名〕金科玉律

父の教えを金科玉条と為る（把父親的教誨當作金科玉律）為る為る

金塊〔名〕金塊

金塊相場（金塊市價）

金解禁〔名〕〔經〕解除黃金出口禁令

金解禁を遣る（解除黃金出口禁令）

金革〔名〕（金是劍、革是甲冑）武器、戰爭

金閣〔名〕金飾的樓閣、金閣寺（在金都市北區北山、又名鹿苑寺）（＝金閣寺）

金額〔名〕金額、款項、錢數

莫大な金額に上る（金額為數很大）上る登る昇る

金額に為て百万円に達する（合錢數達一百萬日元）

金高、金高〔名〕金額、款項、錢數（＝金額）

金高が帳面と合わない（錢數和帳目不符）

金高に為て五万円位の物だ（折成錢數約五萬日元左右）

売り上げの金高を勘定する（計算賣出的金額）

金隠し〔名〕大便池前擋

金紙〔名〕金箔、金色的紙

金紙〔名〕金箔紙、金色的牌子（＝金札）

金核本位制〔名〕〔經〕金核本位制（一種不鑄造國內流通金幣的金本位制）

金為替本位制〔名〕〔經〕金匯兌本位制（國內不以黃金為本位貨幣、只對外以在外黃金儲備發行外匯匯票的一種金本位制）

金dollar本位制〔名〕〔經〕金匯美元連鎖本位制（和美元連鎖的一種金匯兌本位制）

金側〔名〕（錶的）金殼

金側時計（金殼錶）

金柑〔名〕〔植〕金橘

金柑の木（金橘樹）

金柑頭（禿頭）

金冠〔名〕金冠。〔醫〕金齒冠，金牙套

十三陵から出土した金冠（從十三陵出土的金冠）

金冠を被せる（〔給齲齒〕鑲上金牙套）

金冠技工（金牙套技工）

金管〔名〕銅管（樂器）

金管の音（銅管音）音音音

金管楽器〔名〕〔樂〕銅管樂器（＝ブラス）←→木管楽器

金環〔名〕金環、金指環

金環食（〔天〕金環蝕、日環蝕）

金看板〔名〕金字商標。〔轉〕堂皇的招牌，標語

金看板の店（掛著金字商標的商店）

此が新内閣の金看板だ（這就是新內閣的堂皇的招牌）

日本列島改造を金看板と為る（以改造日本列島為標語）刷る摺る擦る掏る磨る擂る摩る

金器〔名〕金製器物、金屬器物

金被せ、金着せ〔名〕包金

金被せの箱（包金的盒）箱函

金煙管〔名〕金製煙袋

金魚〔名〕〔動〕金魚

金魚を飼う（養金魚）飼う買う

金魚頭（禿頭）

金魚草（〔植〕金魚草）草草

金魚鉢（金魚缸）

金魚麩（餵金魚的麩飼料）

金魚藻（〔植〕金魚藻）

金魚の糞の様に繋がって歩く（寸步不離地跟著走、像條尾巴似地緊緊跟著走）

金切り〔名〕〔俗〕閹割

金切り馬（騸馬）

金切声〔名〕很尖的聲音、刺耳的尖聲

金切声を出す（發出刺耳的尖聲）

金切声を立てる（發出刺耳的尖聲）

助けて呉れと金切声で叫ぶ（尖聲呼喊救人啊！）

金牛宮〔名〕〔天〕金牛宮、金牛座

金玉〔名〕金和玉、珍貴的東西、值得欣賞的東西

金玉の作品（金玉之作、珍貴的作品）

金玉の声（金玉之聲）

金玉〔名〕〔俗〕睪丸

金玉が上がったり下がったり（嚇得穩不住神）

金玉が縮み上がる（嚇得發抖）

金玉火鉢（把火盆摟再在股間）

人の金玉を握る（拍馬屁、捧臭腳）

金銀〔名〕金銀、金幣和銀幣、銀錢、〔象棋〕金將和銀將、貴重物品

　　金銀地金（金銀錠）
　　金銀比價（金銀比價）
　　健康は金銀財宝に勝って貴い物である（健康比金銀財寶還寶貴）貴い 尊い 尊い 貴い
　　金銀は回り持ち（窮不扎根、富不長苗）
　　金銀は湧き物（命中有財不求自來）

金銀複本位制〔名〕〔經〕金銀複本位制

金鎖〔名〕金鏈

金鎖〔名〕金屬鏈子、鐵鏈子

金鶏、錦鶏〔名〕（金雞星上想像的雞）金雞鳥、錦雞（=錦鳥）

金欠〔名〕〔俗〕手頭不方便

金欠病〔名〕〔俗〕（模仿貧血病創造的詞）缺錢病
　　金欠病に罹っている（手頭拮据、手邊緊）罹る 係る 掛る 繋る 懸る 架る

金穴〔名〕金礦坑、〔俗〕富豪，財主（=金持）。〔俗〕財主，出錢的人（=ドル箱）
　　彼は良い金穴を持っているので小遣いに不自由しない（他有個好財主所以不愁零用錢）

金券〔名〕可兌換金幣的紙幣，兌換券、（在特定區內）可當作金錢使用的證券

金権〔名〕金錢勢力、財閥勢力
　　金権万能の世の中（金錢勢力萬能的社會）
　　金権政治（金錢政治、財閥政治）

金言〔名〕箴言，格言。〔佛〕金言
　　金言耳に逆らう（忠言逆耳）

金現送〔名〕（為償付國際收支逆差的）黃金現貨輸送、輸送黃金

金庫〔名〕金庫，保險櫃、（管理國家或共同團體現金出納的）金融機關，金庫
　　帳簿を金庫に入れる（把帳簿放在保險庫裡）
　　金庫破り（撬開保險櫃〔的竊盜〕）
　　中央金庫（中央金庫）

金庫、金倉、金蔵〔名〕金庫，保險櫃、〔轉〕（供應資金的）財主，經濟後盾（=ドル箱）
　　金庫を建てる（建金庫）建てる 立てる 絶てる 経てる 発てる 断てる 裁てる 点てる 截てる

金粉、金粉〔名〕金粉（繪畫等用）

金鼓〔名〕〔古〕（作戰時用作號令的）金鼓、鉦和鼓

金海鼠、光参〔名〕〔動〕光参（海参的一種）

金工〔名〕金屬工藝品、製造金屬工藝品的工人

金坑〔名〕金礦、金礦坑

金鉱〔名〕金礦、金礦石、金礦山
　　金鉱を発見する（發現金礦）
　　金鉱脈（金礦脈）

金衡〔名〕金衡（金，銀，寶石的衡量制度、一磅等於十二盎司）

金紅石〔名〕〔礦〕金紅石

金厚朴〔名〕〔植〕金香木

金穀〔名〕金錢和穀糧

金骨〔名〕脫離凡俗的風骨（=仙骨）、〔佛〕佛骨（=金骨、仏舎利）

金婚式〔名〕金婚式（結婚五十周年紀念慶祝儀式）
　　金婚式を上げる（舉行金婚式）上げる 挙げる 揚げる

金口〔名〕（香煙的）金嘴、帶金嘴的香煙

金口〔名〕〔佛〕金口、佛口、釋迦牟尼的說法（講經）

金口〔名〕金言，好話、您的話，尊言、（器物的）金屬嘴

金座〔名〕〔史〕（德川幕府直轄的）金幣鑄造廠（在今東京中央區濱町）

金釵〔名〕金製的簪

金簪〔名〕金製的簪（=金釵）

金再禁〔名〕〔經〕（解除黃金出口禁令後）再度禁止黃金出口

金細工〔名〕金工藝品

金策〔名、自サ〕籌款、想辦法籌錢
　　公債を抵当に為て金策する（以公債為抵押進行籌款）

金策に奔走する（為籌款而奔走）
金策に窮する（籌不到款）
金策が出来る（籌到錢款）

金途〔名〕籌款（＝金策）

金札〔名〕金牌，金色的牌子、〔史〕（江戶時代至明治初年各藩或政府發行的）代替金幣的紙幣

金山〔名〕金礦山、（像金屬造的）堅固的山
金山鉄壁（銅牆鐵壁）

金山（かなやま）〔名〕〔舊〕礦山、金屬礦山

金山寺味噌、径山寺味噌〔名〕一種加有茄子絲瓜等的醬（來自中國徑山寺製法、故名）

金酸〔名〕〔化〕金酸
金酸塩（金酸鹽）

金糸〔名〕（織錦或刺繡等用的）金線、金色的線
織物に金糸を織り込む（在織品織上金線）
金糸牛蒡（〔作湯用的〕炒牛蒡絲）
金糸昆布（海帶絲）

金糸猴〔名〕〔動〕金絲猴

金糸雀、時辰雀、カナリア〔名〕〔動〕金絲雀
金糸雀色（鮮黃色）

金紫〔名〕金印和紫綬、高官，顯貴

金鵄〔名〕（神話）（神武天皇東征時落在弓端上的）金鳶
金鵄勲章（〔舊時綬給戰功卓越的陸海軍人〕金鳶勲章）

金字、金字〔名〕"金"字形、金字，金色的字
金字紺紙の写経（藍紙金字的經文）

金字塔〔名〕金字塔（＝ピラミッド）。〔轉〕不朽的事業
不滅の金字塔を打つ建てる（建樹不朽的業績）
出版界の金字塔（出版界的不朽的事業）

金地〔名〕金色質地、覆上金箔或金泥的紙（或布）

金枝玉葉〔名〕金枝玉葉、皇族

金質〔名〕金的純度（成色）

金砂〔名〕金砂、金粉、金箔粉末

金砂子〔名〕金箔粉末（用在繪畫等）

金紗、錦紗〔名〕飾以金線的紗，薄絹，錦緞、皺綢，錦緞和服
金紗御召（錦緞和服）
金紗縮緬（皺綢）

金主〔名〕財主，出資者，財政後盾（＝スポンサー）、（江戶時代放款給諸侯的）財主，富豪（＝金持）（關西叫作銀主）
事業の為に金主を探す（為事業尋找財主）

金朱〔名〕金朱（堆朱的一種）

金種区分〔名〕區分貨幣種類、區分大小額貨幣

金準備〔名〕〔經〕黃金儲備
金流出で金準備が法定比例を割る（由於黃金外流黃金儲備打破法定比率）

金将〔名〕〔象棋〕金將（日本象棋的棋子名）

金城〔名〕堅固的城池、名古屋城的別稱
金城鉄壁（銅牆鐵壁）
金城湯池（金城湯池）

金湯〔名〕金城湯池

金針、金鍼〔名〕黃金做的針、鍼術等用的金針

金人〔名〕金屬作的人像、佛，金色的佛像（＝金神）

金子〔名〕〔舊〕錢、金錢、錢幣（＝金）
金子を整える（湊錢、籌款）

金数〔名〕〔化〕金值

金筋〔名〕（制服的領袖或褲上繡的）金色絲條、（刀刃上的）光亮曲線、緞線
金筋の付いたズボン（繡有金色絲條的褲子）

金星〔名〕〔天〕金星（太陽系第二行星、224.7日繞太陽一周）
金星探測機（金星探測器）

金星〔名〕〔相撲〕三級以下的力士戰勝一級力士、〔轉〕大功、（弓術）金色靶心

ㄐ

きんぼし あ
金星を挙げる（立大功）上げる挙げる揚げる

きんぼし いあ
金星を射当てる（射中金靶心）当てる中てる充てる宛てる

きんせい〔名〕金製（品）

きんせい おきもの
金製の置物（金製的擺設）

きんせい〔名〕金屬發出的聲音、鐘或鉦等發出的音色、美麗的聲音、貴重的文章

きんせいぎょくしん
金声玉振（智德兼備）

きんせき〔名〕金屬和岩石、金屬器和石器、金石（指碑碣、鐘鼎等）（金屬器和石器兼用時代-新石器時代和青銅器時代的中間期）

きんせきがく
金石学（金石學、〔古〕礦物學）

きんせきぶん
金石文（金石文、碑碣鐘鼎上刻的文字）

きんせん〔名〕扇面貼金的扇子

きんせん〔名〕錢，金錢，錢財，錢款、金幣

きんせん みつも
金銭に見積る（折合成錢）

きんせん あつか
金銭を扱う（掌管錢財）

きんせん か もの
金銭で買えない物（用錢買不到的東西）

きんせん め くら
金銭に目が眩む（見錢眼花）眩む暗む

きんせん め な ひと
金銭に目の無い人（唯利是圖的人）

きんせん きたな
金銭に汚い（在錢款上不乾淨、利慾薰心）汚い穢い

きんせん こと
金銭の事にけちけちする（吝嗇、小氣）

きんせん おおよう
金銭に大様である（花錢大方）

きんせん どれい
金銭の奴隷（金錢的奴隷）

きんせんうえ
金銭上のごたごた（金錢上的糾紛）上上上上

きんせんずく はたら やつ
金銭尽で働くの奴（專為錢工作的傢伙）

きんせんとうろくき
金銭登録機（現金收入記錄機）

じどうきんせんすいとうき
自動金銭出納機（自動現金出納機）

きんせんすいとうぼ
金銭出納簿（現金出納簿）

きんせんはいぶつきょう
金銭拝物教（金錢拜物教）

きんせんばんのう
金銭万能（金錢萬能）

きんせんずく、きんせんづく〔名〕單純金錢觀點、專為錢、只認錢

きんせんずく はたら
金銭尽で働く（專為錢工作）

きんせんずく しょうだく
金銭尽の承諾（為錢而答應）

きんせん〔名〕金線、金色線

きんせんか〔名〕〔植〕小金盞花

きんそう〔名〕刀傷

きんそうこぐさ〔名〕〔植〕石松

きんそうがく〔名〕金相學、金屬分析學

きんぞうがん、きんぞうがん〔名〕黃金鑲嵌、鏤金（的器物）

きんそうば〔名〕（江戶時代）金幣和銀幣的交換比率

きんぞく〔名〕金屬、五金

てつ ゆうよう きんぞく
鉄は有用な金属である（鐵是有用的金屬）

きんぞく ねつ と と
金属は熱で溶ける（金屬因熱而熔化）溶ける解ける融ける熔ける鎔ける説ける梳ける

きんぞくろうどうしゃ
金属労働者（五金工人）

きんぞくせいひん
金属製品（五金製品）

きんぞくきあつけい
金属気圧計（金屬氣壓計）

きんぞくあつりょくけい
金属圧力計（金屬壓力計）

きんぞくせいそくりょうpole
金属製測量ポール（金屬測量標桿）

きんぞくせいまくらぎ
金属製枕木（金屬枕木）

きんぞくきゅう
金属弓（金屬弓）

きんぞくこうがく
金属工学（金屬工學）

きんぞくこうぎょう
金属工業（金屬工業）

きんぞくけんびきょう
金属顕微鏡（金屬顯微鏡）

きんぞくこうたく
金属光沢（金屬光澤）

きんぞくさいく
金属細工（金屬工藝品）

きんぞくしんくうかん
金属真空管（金屬殼真空管）

きんぞくげん
金属弦（弦樂器的金屬弦）

きんぞくせいうけい
金属晴雨計（金屬晴雨表）

きんぞくそしきがく
金属組織学（金屬組織學）

きんぞくげんそ
金属元素（金屬元素）

きんぞくすいそ
金属水素（金屬氫）

きんぞくせっさく
金属切削（金屬切削）

きんぞくかこう
金属加工（金屬加工）

きんぞく carbonyl
金属カルボニル（金屬碳鉻物）

きんぞく ceramics cermet
金属セラミックス、サーメット（金屬陶瓷）

きんぞく titan
金属チタン（金屬鈦）

きんぞく natrium
金属ナトリウム（金屬鈉）

きんぞくせっけん
金属石鹼（金屬皂）

きんぞくひまくていこうき
金属皮膜抵抗器（金屬膜電阻）

きんぞくかい
金属灰（金屬灰、礦灰）

きんぞくばん
金属版（金屬版）

きんぞくせい
金属性（金屬性）

きんぞくよく
金属浴（金屬浴）

きんぞくぶひん
金属部品（金屬配件）

きんぞくかんかごうぶつ
金属間化合物（金屬互化物）

きんぞくふんがんりょう
金属粉顔料（金屬粉顏料、鋁銀粉）

きんぞくひふくほう
金属被覆法（金屬噴鍍法、金屬敷層法）

きんぞくけつごう
金属結合（金屬鍵）

きんぞくおんどけい
金属温度計（金屬溫度計）

きんぞくこうぶつ
金属鉱物（金屬礦物）

きんぞくえん
金属塩（金屬鹽）

きんぞくこうぞう　きんぞく
金属構造（金屬結構）

きんぞくせいれん
金属精錬（金屬精煉）

きんぞくせん
金属線（金屬線、電纜）

きんたろう
金太郎〔名〕金太郎（傳說中的英雄兒童、身紅胖而力強常與熊鹿為伍）、金太郎形的偶人、（小孩的）兜肚

きんたろうあめ
金太郎飴（小人糖）

きんだい
金台〔名〕金托，金底座、金胎

きんだ
金建て〔名〕〔商〕用金價或金本位貨幣標價

きんだん
金談〔名〕有關金錢的談話、借貸的談話

きんだん　　く
金談で（に）来る（來借錢）来る来る

じつ　きんだん　おうかが　いた
実は金談で御伺い致しました（老實說我是為了借錢來的）伺い窺い覗い

きんちゃいろ
金茶色〔名〕金褐色、紅褐色

きんちょう
金打〔名,自サ〕（江戶時代為了表示守約）武士互擊刀刃，婦女互擊鏡子（=金打ち）、約定，誓約

きんづく
金作り〔名〕金製（的東西）（=黃金作り）

きんつば
金鐔〔名〕金製刀護手、佩帶金護手刀的人，豪華武士，風流武士、一種長方形的小豆餡點心（=金鐔焼き）

きんでい
金泥〔名〕膠和的金粉、金泥（繪畫用）

きんでい　びょうぶ
金泥の屏風（塗金泥的屏風）

きんでいもじ　　もじもんじ
金泥文字（金字）文字文字

きんでいや　つ　き
金泥焼き付け機（〔印〕燙金機）

こんでい
金泥〔名〕（顏料）金粉、金漆

きんてき
金的〔名〕金色射箭標的（在方一寸左右的金色木板中、畫有直徑三分的圓圈）

きんてき　い　お
金的を射落とす（射中靶心、〔喻〕取得人所共羨之物，獲得極大成功）

きんてき　い　と
金的を射止める（射中靶心、〔喻〕取得人所共羨之物，獲得極大成功）

きんてつ
金鉄〔名〕金和鐵，金屬、〔喻〕堅固，堅定

きんてつ　いし
金鉄の意志（堅定的意志）

きんてつ　ちか　　　　　　ちか　ちか
金鉄の誓い（堅定的誓言）誓い近い

きんてつ　まも
金鉄の守り（堅固的防守、堅定的信守）

きんてん
金点〔名〕金的凝固點（1063度C、國際通用的一種溫度標準）

きんでんぎょくろう
金殿玉楼〔名〕金殿玉樓、瓊樓玉宇

きんと
金兎〔名〕月亮的異稱

きんとうが　きんとうが
金冬瓜、紅南瓜〔名〕〔植〕〔俗〕北瓜

きんとき　きんとき
金時、公時〔名〕坂田金時（平安時代的武人、體胖面紅、幼名金太郎、童話中人物）一種糖煮小豆上放刨冰的食品（=金時豆）、一種大粒紅小豆（=金時小豆）、一種紅皮甘藷

きんとき　かじみまい
金時の火事見舞（〔喝酒喝得〕紅頭漲臉）

きんとき　かじみまい
金時の火事見舞の様な顔を為ている（喝得滿臉通紅）

きんどけい
金時計〔名〕金殼錶

きんとん
金団〔名〕山藥或白薯泥加栗子的一種甜食

きんなしじ
金梨子地〔名〕（漆器上撒金粉繪製的）泥金畫、金彩繪

きん　しゃちほこ
金の鯱〔名〕（屋脊兩端的）金色海豚形裝飾

ㄐ

きんのう 金納〔名、他サ〕用錢交納（佃租等）←→物納
　小作料が金納に為った（佃租改為用錢交納了）

きんば 金歯〔名〕金牙
　金歯を入れる（鑲金牙）

きんぱ 金波〔名〕（日月光映漾的）金色波浪
　金波が漂う海面（金波盪漾的海面）
　金波銀波（金波銀波）

きんぱい、きんぱい 金杯、金盃〔名〕金杯，金製酒杯，鍍金酒杯、（優勝獎的）金杯，金獎杯
　金杯一組（一套金杯）

きんぱい 金牌〔名〕金獎牌
　金牌を授与される（被授與金獎牌）
　金牌受領者（獲得金牌者）

きんばいそう 金梅草〔名〕〔植〕金梅草

きんばえ 金蠅〔名〕〔動〕青蠅、綠豆蠅

きんぱく 金箔〔名〕金箔，金葉。〔轉〕包金，虛飾的表面、（社會上的）聲譽，聲價
　金箔を被せる（包金）
　屏風に金箔を置く（替屏風貼上金箔）
　金箔検電器（金箔驗電器）
　金箔が剥げる（包金剝落了、原形畢露了）剥げる禿げる剥げる接げる
　金箔が付く（貼上金、聲價提高）付く着く突く就く衝く憑く点く尽く搗く附く撞く漬く

きんぱくつき 金箔付（有評定，公認，真正，正牌、有頭銜，有地位、〔惡名〕昭彰）
　金箔付の馬鹿（真正的混蛋）
　金箔付の大嘘吐き（著名的撒謊者）

きんぱつ 金髪〔名〕金髮
　金髪碧眼の美人（金髮碧眼的美人）

きんば 金張り〔名〕貼金、鍍金
　金張り真鍮の柄（鍍金黃銅柄）柄柄柄柄

きんぴ、かねごえ 金肥、金肥〔名〕〔農〕（原義是用錢買來的肥料）化肥、化學肥料、人造肥料
　金肥を使う（用化肥）使う遣う

きんぴか 金光〔名、形動〕〔俗〕金光閃爍（的東西）、亮晶晶（的東西）
　金光の大礼服（金光閃爍的大禮服）
　金光に着飾る（打扮得金光閃閃的）

きんぴかり 金光〔名〕金光
　金光が為る（發金光）刷る摺る擦る掏る磨る擂る摩る

こんこうきょう 金光教〔名〕〔宗〕金光教（福神道的一派、本部設於岡山縣金光町）

きんぴら、きんぴら 金平、公平〔名〕（傳說）（坂田金時的兒子）金平（是個武將）、剛毅的女人。〔京〕炒牛蒡絲（=金平牛蒡）
（江戸時代由櫻井丹波少掾父子宣講）坂田金平勇猛故事的淨琉璃（=金平淨瑠璃）
金平偶人（仿造坂田金平的姿勢顯示勇猛的一種偶人）（=金平人形）
一種加膠的漿糊（=金平糊）
　金平本（金平淨琉璃的正本）
　金平物（由金平淨琉璃取材或類似金平淨琉璃的歌舞伎或小說）
　金平骨（一種結實的扇子骨）

きんびょうぶ 金屏風〔名〕貼金屏風

きんぴん 金品〔名〕金錢和貴重的物品、值錢的東西
　金品を贈る（贈給金錢和貴重的物品）贈る送る
　金品を巻き上げる（搶劫值錢的東西）
　金品を強奪する（搶劫值錢的東西）
　金品の強要（敲詐勒索值錢的財物）

きんぷう 金風〔名〕金風、秋風（=秋風）

きんぷら 金麩羅〔名〕（用蕎麵或麵粉加卵黃的）油炸蝦（魚）

きんぷくりん 金覆輪〔名〕（刀柄、刀鞘或鞍座等的）黃金鑲邊、金色鑲邊

きんぶち 金縁〔名〕金框、金邊
　金縁の眼鏡（金框眼鏡）眼鏡眼鏡
　金縁の額（金邊畫框）額額

きんブロック 金ブロック〔名〕〔經〕金本位集團

金分〔名〕（某物中所含）黃金成分
金幣〔名〕金幣、黃金硬幣、金色的錢幣、黃金和幣帛
金ペン〔名〕金筆
　十四金の金ペン（十四開金的金筆）
　金ペンの万年筆（金尖的鋼筆）
金鳳花、毛茛〔名〕〔植〕毛茛
金ボタン〔名〕銅鈕扣男學生的俗稱
　金ボタンの学生（身穿銅鈕扣制服的學生）
金本位〔名〕〔經〕金本位（幣制）
　名許りの金本位（徒有其名的金本位）
　金の流出を防ぐ為に金本位を停止する（為了防止黃金外流停止金本位）
　金本位ブロック（金本位集團）
　金本位制（金本位制）
金紛い〔名〕像金、假金
　金紛いの製品（像金的製品）
　其は金紛いだ（那是假金）
金蒔絵〔名〕金漆彩畫
金満家〔名〕〔舊〕大財主、富豪（＝大金持）
　金満家に為る（成為富豪）
金水引き〔名〕（禮品上繫的）金色紙繩。〔植〕龍牙草
金密陀〔名〕〔化〕鉛黃、黃丹、一氧化鉛
金脈〔名〕金礦脈。〔轉〕財源，資金來源，資金後盾
　金脈と人脈（資金後盾和人事關係）
　金脈問題で失脚する（因資金來源問題丟掉職位）
金無垢〔名〕〔俗〕純金、赤金、足赤
　金無垢の仏像（純金的佛像）
金眼鯛〔名〕〔動〕金眼鯛
金メダル〔名〕金質獎章
金鍍金〔名〕鍍金
　此は純金でなくて金鍍金だ（這不是純金而是鍍金）
　電気金鍍金（電鍍金）

金モール〔名〕金辮帶，金辮子，金索、金絲緞
　金モールの付いた礼服（鑲飾金辮帶的禮服）
　金モールの袖章（金辮的袖章）
金文字〔名〕金字
　金文字入りの看板（金字廣告）
　金文字印刷の本の表紙（燙金字的書皮）
金文〔名〕古代鐵器或銅器等金屬類上的文字或文章
金木犀〔名〕〔植〕丹桂、金桂
金紋〔名〕金徽、金漆徽記、金色塗漆的徽記
　金紋先箱（〔江戶時代諸侯儀仗隊最前列的兩個人扛得〕金徽衣箱）
金約款〔名〕（貨幣價值變動激烈時長期債務契約中規定的）用金幣或按金價支付的條款
金融〔名〕金融、信貸、通融資金
　金融が逼迫する（銀根奇緊）
　金融が緩慢である（銀根寬鬆）
　金融を引き締める（收緊銀根〔信貸〕）
　金融を緩める（放寬信貸）
　金融会社（信貸公司）
　金融関係（信貸關係）
　金融上の特権（金融特產）
　金融制度（信貸制度）
　金融通貨戰争（金融貨幣戰）
　金融寡頭（金融寡頭）
　金融組織（金融組織、銀行體制）
　金融情勢（金融情況、信貸情況）
　金融統制（金融統制、金融管理、信貸管理）
　金融政策（金融政策、信貸政策）
　金融協定（金融協定、信貸協定）
　金融手形（信貸票據、通融資金票據）
　金融市場（金融市場）

金融市場から締め出される（被金融市場排擠出來）
金融金庫（金融金庫、信貸銀行）
金融界（金融界）
金融界の大立者（金融界的巨頭）
金融界の不況（金融界的蕭條）
金融恐慌（金融恐慌、金融危機）
金融恐慌に見舞われる（遇到金融危機）
金融逼迫（銀根很緊）
金融資本（金融資本、財政資本）
金融資本家（金融資本家）
金融業（金融業、銀行業）
金融業者（金融業者）者者
金融機関（金融機關）
金融機関預金（金融機關存款）
金輸出〔名〕黃金輸出
金輸出が禁止に為る（禁止黃金出口）
金輸出が解禁される（解除禁止黃金出口的禁令）

金曜〔名〕星期五
今日は金曜で明日は土曜だ（今天是星期五明天是星期六）今日今日明日明日明明日
金曜日（星期五）

金蘭〔名〕金蘭
金蘭の契り（金蘭之契）
金蘭の友（換帖的朋友）
金蘭簿（金蘭簿）

金襴〔名〕金線織花的錦緞
金襴緞子（金線織花錦緞）
金襴の袈裟（金線織花錦緞的袈裟）

金襴手〔名〕金泥彩花陶瓷

金利〔名〕利息、利率
金利を引き上げる（提高利率）
金利を引き下げる（降低利率）
金利が高い（利率高）
金利が低い（利率低）
金利は日歩三厘の割合だ（利率是日利三厘）
高利貸の金は金利が非常に高い（高利貸放款利息非常高）高利貸高利貸
金利を生む（生息）生む産む膿む倦む熟む績む
金利を払う（付息）払う祓う掃う
金利生活者（靠放款生活的人、靠固定債券利息生活的人）者者
金利政策（利率政策-增減放款利率以調整金融市場情況的政策）

金力〔名〕金錢勢力
金力に左右される政治（受金錢勢力支配的政治）左右左右左右兎角
金力に物を言わせる（依仗金錢勢力）
資本主義社会では金力万能だ（資本主義的社會是有錢能使鬼推磨）
金力結婚（靠金錢勢力的婚姻）

金緑石〔名〕〔礦〕金緑寶石
金鱗〔名〕金色的鱗。〔轉〕美麗的魚
金鈴〔名〕金的鈴子、金色的鈴
金蓮花〔名〕〔植〕金蓮花
金露梅、金蘆梅〔名〕〔植〕金露梅
金鑞〔名〕（焊接黃金用的）焊藥（主要成分是金銀銅外加少量的鋅鎘、焊接處呈金色）
金鷲〔名〕〔動〕金鷲

金〔名〕（也讀作釒）金
黃金（黃金、金錢）
黃金（黃金、黃金色、金幣）

金剛〔名〕〔佛〕金剛（最優秀之意）、堅硬無比、金剛石，金剛鑽（＝金剛石）、金剛力士，哼哈二將（＝金剛力士）
金剛の身（堅硬無比的身體）
金剛力（神力、大力）
金剛力を振り絞る（使出最大力量）

金剛力で打ち込む（用巨大力量打進去）

金剛力を振るって根毎引き抜いて終う（鼓起大力連根拔掉）

金剛力士（金剛力士、哼哈二將＝仁王）

金剛石（金剛石、金剛鑽）

金剛石を磨く（磨金剛石）磨く研く

金剛砂（金剛砂）

金剛砂布（金剛砂布）

金剛砂砥石（金剛砂油石）

金剛砂紙（金剛砂紙）

金剛心（堅決的信仰心）

金剛杖（〔修行者或登山者用的〕白木杖）

金剛不壞（金剛不壞、堅硬無比）

金剛不壞の身（金剛不壞之身、堅硬無比的身體）

金剛夜叉（金剛夜叉－五大明王之一）

金神〔名〕金神、七煞（陰陽家供奉的凶神、迷信認為對著凶神所在的方向不宜出行，動土或搬家）

こんどう 金堂〔名〕（寺院的）正殿（＝本堂）

法隆寺の金堂（法隆寺的正殿）

こんどう 金銅〔名〕鍍金的銅

金銅仏（鍍金的銅佛）

金毘羅、金比羅〔名〕〔佛〕金毗羅（保護航海之神）、香川縣琴平的金刀比羅宮的俗稱

金毘羅參り（參拜金刀比羅宮）

金米糖、金平糖、コンペイトー〔名〕金米糖（一種表面有小突起的糖球）

かな 金〔造語〕金屬的、鐵的、錢的

金盥（金屬製洗臉盆）

金物（金屬製品、五金用具）

金気（鐵銹味）

金縛り（用金錢束縛人的自由）

金網〔名〕金屬絲網、鐵紗、銅紗

金網を張る（蒙上鐵紗）張る貼る

火鉢に金網を乗せて餅を焼く（把鐵絲網放在火盆上烤年糕）

かながしら 金頭〔名〕〔動〕短鰭紅娘魚

金巾、カナキン〔葡 canequim〕〔名〕細白布、平紋細棉布

かなぐ 金具〔名〕（器物上的）金屬零件

建築用の金具（建築用的小五金）

家具用の金具（家具用的金屬零件）

金具を嵌める（裝上金屬零件）嵌める食める填める

戸に金具を取り付ける（往門上安裝金屬零件）

かなくぎ 金釘〔名〕鐵釘，金屬的釘子。〔諷〕拙劣的書法（＝金釘流）

かなくぎりゅう 金釘流〔名〕〔諷〕拙劣的書法

金釘流で書く（寫得拙劣、亂塗鴉）書く描く掻く欠く

金釘流の字（寫得拙劣的字）

金釘流で落書が為て有る（亂寫了一些不像樣的字體）

かなくさ 金臭い〔形〕鐵銹味、有金屬氣味

此の湯は金臭い（這熱水有鐵鏽味）

かなくし 金串〔名〕（烤肉等的）鐵串子

かなくず 金屑〔名〕鐵屑、金屬屑、碎金屬

かなくそ 金屎〔名〕鐵渣、金屬熔渣、（沉於水裡的）鐵屑、礦渣（＝鉱滓）

かなぐつわ 金轡〔名〕馬銜，馬嚼子。〔轉〕塞嘴的賄賂，滅口錢

金轡を嵌める（用錢賄賂）嵌める食める填める

かなけ、かねけ 金気、金気〔名〕（溶於水中的）鐵、鐵鏽味、鐵器味、用新鐵鍋燒水時浮在水面上的鐵鏽。〔俗〕鐵

井戸水は金気が多い（井水含鐵量多）

金気を抜く（去掉鐵器味）抜く貫く

金気の出る鉄瓶（有鐵鏽的鐵壺）

近頃は懐にとんと金気が無い（近來囊空如洗一文不名）

きんき 金気〔名〕秋氣、秋景、秋意（＝秋気）

ㄐ

金氷〔名〕堅硬的冰、〔喻〕冰涼的
　手が金氷に為る（手凍得冰涼）為る成る鳴る生る

金錆〔名〕鐵銹
　金錆が出る（生鏽）
　表面が金錆が付いている（表面上生鏽了）

金敷、鉄敷〔名〕鐵砧、錘砧
金床、鉄床、鉄砧〔名〕鐵砧（=金敷、鉄敷）

金縛り〔名〕緊緊地綑綁、以金錢束縛自由
　金縛りに為っている（緊緊地綁好）
　金を融通して恩を着せ、相手を金縛りに為る（以通融金錢沽恩施惠束縛對方的自由）

金渋、鉄渋〔名〕（水面上的）鐵銹
　金渋の有る水（有鐵鏽的水）

金盥〔名〕金屬製洗臉盆

金槌〔名〕釘錘，榔頭。〔轉〕不諳水，不會游泳
　一丁の金槌（一把鐵鎚）
　金槌で釘を打つ（用釘錘釘釘子）打つ撃つ討つ
　私は金槌だ（我不會游泳）
　金槌の川流れ（〔喻〕抬不起頭來、不能出頭）

金槌頭〔名〕死腦筋、頑固的人（=石頭）

金壺〔名〕（用銅或鐵等製的）金屬罐

金壺眼〔名〕窪陷光亮的圓眼睛
　唇の厚い金壺眼の行商人（瞇瞇眼厚嘴唇的行商）

金聾〔名〕完全聾，真聾（的人）、〔喻〕對某一方面全然無知的人）
　彼の年寄は金聾だ（那老人聾得一點都聽不見）
　私は歌舞伎や日本の音曲に金聾だ（我對於歌舞伎和日本曲藝歌曲等一竅不通）

金鋏〔名〕火鉗，火剪、切金屬的剪子

金火箸〔名〕火筷子
　金火箸の様に痩せている（骨瘦如柴）痩せる瘠せる

金仏、金仏〔名〕金屬製的佛像←→石仏 木仏 木仏。〔轉〕非常冷酷無情的人，面上毫無表情的人
　彼は金仏には呆れる（他的冷酷無情令人吃驚）呆れる飽れる厭れる

金龜〔名〕〔動〕銅花金龜（一種甲蟲飛時嗡嗡作聲）

金蛇〔名〕〔動〕日本蜥蜴、草蜥

金箆〔名〕金屬製的箆

金棒、鉄棒〔名〕鐵棒，鐵棍、（頂端有鐵環）巡更用鐵杖、（鐵操用的）鐵槓，單槓
　鬼に金棒（如虎添翼、錦上添花）
　金棒を引く（到處散布謠言、在鄉里中搬弄是非）引く弾く轢く挽く惹く曳く牽く退く

金物〔名〕鐵器類，金屬器具、小五金（=金具）、〔計〕硬體
　金物屋（五金行）

金糸雀、時辰雀、カナリア〔名〕〔動〕金絲雀
　金糸雀色（鮮黃色）色色色

金輪〔名〕金屬圈、鐵環、（地爐的）三角鐵支架（=五徳）

金輪際〔名〕大地的底層、事物的及限或根底〔副〕（下接否定語）決（不）、無論如何都（不）
　金輪際嘘は言わない（我決不說謊）
　金輪際手離さぬ（無論如何都不撒手）
　金輪際承知しない（無論如何也不答應）

金、鉄、銀、銅〔名〕金屬的總稱、礦石，礦物、貨幣，金錢，金子，錢（=御金）
　此のドアは木でなく金で出来ている（這個門不是木頭的是鐵做的）鐘鉦矩印
　金が沢山有る（有很多錢）有る在る或る
　金が要る（需要錢）要る入る射る居る鋳る炒る煎る
　金が掛かる（花費、需要用錢）掛る係る繋る懸る架る罹る
　金を払う（付錢）払う掃う祓う
　金を借りる（借錢）
　金を儲ける（賺錢、掙錢、發財）儲ける設ける

金を損する（虧本、賠錢）
細かい金（零錢）
有り余る金が有る（有的是錢、有餘錢）
手元に金が無い（手頭沒有錢）
金に困っている（手裡沒錢、正在為錢發愁）
無闇に金を使う（亂花錢、浪費錢）遣う使う
大いに金を儲けた（發了大財、賺了大錢）
金を集める（湊錢）
金を寄付する（捐錢、捐款）
金を調達する（籌款、籌措款項）
金を生かして使う（有效地使用金錢）生かす活かす
金を殺して使う（亂花錢、花錢沒效果）
金が敵（錢能要命，財能喪生，〔隱〕和財無緣，財神爺老不降臨）仇敵
金が物を言う（錢能通神）言う云う謂う
金で釣る（用錢誘惑）釣る吊る
金に糸目を付けない（不吝惜金錢）
金に目が眩む（利令智昏）眩む暗む
金に目が無い（貪財、就喜歡錢）
金の切れ目が縁の切れ目（錢了緣分盡、錢在人情在、錢盡不相識）
金の貸借は不和の元（親戚不過財、過財兩不來）
金の蔓（礦脈、生財之道）蔓鶴弦
金の生る木（搖錢樹）生る鳴る成る為る
金の番人（守財奴）
金の世の中（金錢萬能的世界）
金の草鞋で尋ねる（踏破鐵鞋到處尋找）尋ねる訪ねる訊ねる訪れる
金の草鞋で探す（踏破鐵鞋到處尋找）探す捜す
金は天下の回り物（貧不生根富不長苗、〔喻〕貧富無常）

金を食う（費錢）食う喰う食らう喰らう
金を工面する（籌款）
金を算段する（籌款）
金を強請る（勒索錢）
金を握らせる（行賄、賄賂）
金を寝かす（荒著錢、白存著錢）
金を無心する（乞錢）
先立つ物は金（萬事錢當先）
地獄の沙汰も金次第（錢能通神、有錢能使鬼推磨）
時は金也（時間就是金錢）

鐘〔名〕吊鐘、鐘聲
鐘が鳴る（鐘響）鐘金鉦矩為る成る鳴る生る
鐘を鳴らす（敲鐘、打鐘）
鐘を撞く（撞鐘）撞く衝く付く附く着く憑く就く
鐘を鋳る（鑄鐘）鋳る居る入る要る射る炒る煎る
除夜の鐘（除夕的鐘聲－十二月三十一日寺院裡敲的鐘）
時報の鐘を聞いてから家を出たのだ（是聽到報時的鐘聲後離開家的）聞く聴く効く利く
合図の鐘が鳴る（信號鐘響了、信號鐘聲響了）

鉦〔名〕鉦、鉦鼓（佛具之一）
鉦や太鼓で探す（敲鑼打鼓地到處尋找、大找特找）探す捜す鉦印金鐘矩

矩〔名〕曲尺（=矩尺）←→鯨。〔舊〕直線、直角

印〔名〕烙印（=焼印、烙印）

金入れ〔名〕錢包、錢櫃

金請け、金請〔名、自サ〕替借錢人擔保、借款保證人
金請けするとも人請けするな（寧可保錢別保人、保人麻煩多）

金売り、金売〔名〕古代買賣砂金的商人、砂金商人

金売りの吉次（買賣砂金的吉次）

金嵩〔名〕金額、錢財的量
　金嵩の張る家庭調度品（價錢昂貴的家具用品）

金貸し、金貸〔名〕貸款，放款、高利貸，放款的人
　金貸を為る（貸款、放款）
　金貸に為る（當高利貸）

金貸業〔名〕放款業
　金貸業取締令（放款業管理法）

金倉、金蔵、金庫〔名〕金庫，保險櫃。〔轉〕（供應資金的）財主，經濟後盾（=ドル箱）
　金庫を建てる（建金庫）建てる立てる絶てる経てる発てる断てる裁てる点てる截てる

金繰り〔名〕籌款、籌措資金、籌措生活費
　金繰りを付ける（籌款）
　金繰りが付かない（籌不到款）

金尽〔名〕憑金錢、權杖金錢（解決問題）
　金尽で（憑錢、仗著金錢的力量、用任何代價）
　金尽で方を付けたがる（動不動就想憑金錢來解決問題）

金遣い〔名〕花錢（的情況）、浪費金錢的人
　金遣いの荒い人（揮金如土的人）荒い粗い洗い

金付け石、金付石〔名〕試金石（=試金石）

金詰まり, 金詰り, 金詰まり, 金詰り〔名〕缺錢、手頭困難、銀根吃緊、籌措不出資金
　金詰まりに為る（銀根很緊）為る成る鳴る生る
　金詰まりが酷い（錢緊得很厲害）
　何処も金詰まりだ（到處銀根緊）
　金詰まりで事業が振るわない（由於資金不足事業不振）振るう振う揮う奮う震う篩う

金蔓〔名〕生財之道、來財的門路、給錢的人、資金供給者
　良い金蔓を掴む（抓住發財的好線索）掴む攫む
　金蔓を手放す（放棄生財之道）

金箱〔名〕錢盒，錢櫃。〔轉〕資金援助者、經濟上的後盾（=ドル箱）

金離れ〔名〕花錢（的情況）
　金離れが良い（花錢大方）良い好い善い佳い良い好い善い佳い
　金離れが悪い（花錢小氣）
　金離れの良い人（花錢大方的人）

金偏〔名〕（漢字部首）金字旁。〔俗〕金屬工業
　鉄と言う字は金偏です（鐵字是金字旁）
　金偏の景気が良い（金屬工業的景氣好）良い好い善い佳い良い好い善い佳い

金回り〔名〕資金的週轉、（個人的）金錢收入，經濟情況（=懷具合）
　金回りが良い（資金周轉靈活、個人手頭很方便）
　不景気で金回りが悪い（因為不景氣經濟情況很壞）
　彼女は如何して然う金回が良いか（她的經濟情況為什麼那麼好呢？）

金目〔名〕（折合成錢的）價值、值錢
　金目に見積もる（估價）
　金目の品（值錢的東西）
　泥棒に金目の物許り盗まれた（都是些值錢的東西被小偷偷走了）

金眼鯛〔名〕〔動〕金眼鯛

金儲け〔名、自サ〕賺錢、獲利、營利
　金儲けが旨い（善於賺錢）旨い巧い上手い甘い美味い
　金儲け（を）為る（做賺錢活動）刷る摺る擦る掏る磨る擂る摩る
　其の仕事は金儲けは為らない（那項工作沒有利）為る成る鳴る生る
　良い金儲けが有る（有一件賺錢的事）良い好い善い佳い良い好い善い佳い
　金儲けの話は無いかね（有沒有能賺錢的工作呀！）

金持ち、金持〔名〕富人、財主、有錢的人
　大金持（大財主、大富翁）
　彼の人は金持だ（他是個有錢人）
　金持に為る（發財、致富、成為財主）為る
　成る鳴る生る
　金持金使わず（財主不亂花錢、財主多小氣）
　金持喧嘩せず（富人不和人吵架－因怕傷財）
金元〔名〕財主（＝金主）
御金〔名〕錢、貨幣（＝金）
　御金に為て（變成錢、按錢來算）
金雀兒、エニシダ〔名〕〔植〕金雀花

津（ㄐㄧㄣ）

津〔漢造〕渡口、唾液、滋潤、交通要道
　河津（河港＝河港）
　用津（交通或商業的重要港口）
津津〔形動〕津津
　興味津津たる物が有る（津津有味）有る在る或る
津〔名〕〔古〕停泊處、碼頭、港口、渡口（＝船着場、渡し場）
津輕三味線〔名〕津輕三弦
津津浦浦、津津浦浦〔名〕全國各地、家家戶戶、全國各個角落（＝全国至る所）
　我我は全国の津津浦浦から遣って来たのだ（我們都是來自五湖四海的）
　中国の津津浦浦に伝わるや、国を上げて何億と言う人人が歓喜に沸き立った（一傳到中國四面八方舉國上下萬眾歡騰）
　津津浦浦に知れ渡る（家喻戶曉）
　津津浦浦を流離い歩く果敢無い身の上（到處流浪朝不保夕的身世）果敢無い儚い
津波、津浪、海嘯〔名〕海嘯
　津波に襲われる（遭遇海嘯）
　津波を起こす（引起海嘯）起す興す熾す

矜（ㄐㄧㄣ）

矜〔漢造〕憐惜、驕傲自負、莊重不隨便、尊敬
矜持，矜持、矜恃，矜恃〔名〕矜持、自尊、驕傲（＝プライド）
　日本人民と為ての矜持を持つ（保持作為一個日本人民的風度）日本日本日本日本
　矜持を傷付ける（傷害自尊）
矜、誇り、誇〔名〕自豪、自尊心、引以為榮，值得誇耀
　誇りを感じる（感覺自豪）埃
　誇りを感ずる（感覺自豪）
　誇りを傷付ける（挫傷自尊心）
　どんな人でも誇りは有る者だ（任何人都有自尊心）
　彼は村の誇りだ（他是村裡引以為榮的人、他是村裡的驕傲）
　彼の様な人が居ると言うのは工場の誇りである（工廠裡有這樣的人是工廠的榮譽）

衿（ㄐㄧㄣ）

衿〔漢造〕衣領、內心
　開襟、開衿（敞領、翻領）
衿、襟〔名〕（衣服的）領子、後頸，後脖（＝項）、（西裝的）硬領（＝カラー）
　角襟（方領子）
　丸襟（圓領子）
　襟足を剃る（剃脖頸上的毛）剃る反る
　襟付きのシャツ（有領襯衫）
　折り襟（翻領）
　立ち襟（豎領）
　襟を立てる（把領子豎起來）立てる経てる建てる絶てる発てる断てる裁てる截てる
　襟を掴む（扭住領口）掴む攫む
　襟に付く（趨炎附勢）付く着く突く就く衝く憑く点く尽く搗く附く吐く撞く漬く

襟を正す（正襟）正す質す糾す紀す

襟を正して聞く（正襟而聽、注意傾聽）聞く聴く訊く利く効く

衿肩、襟肩〔名〕（和服的）領肩（部分）

着物の襟肩を明ける（開和服領）明ける開ける空ける飽ける厭ける

衿元、襟元〔名〕領子的周圍、領邊（也指後頸或胸部）

襟元が寒い（脖子冷）

襟元に付く（趨炎附勢）付く着く突く就く衝く憑く点く尽く搗く附く吐く撞く漬く

筋（ㄐ一ㄣ）

筋〔名、漢造〕筋（=筋）、肌，肌肉、筋狀物

　筋痙攣（抽筋）

　筋運動（肌肉運動）

　筋組織（肌肉組織）

　筋学（肌肉學）

　随意筋（〔解〕隨意肌、橫紋肌）

　括約筋（〔解〕括約肌）

　鉄筋（鋼筋、鋼筋混凝土）

　木筋（〔建〕木筋、木骨）←→鉄筋

筋運動学〔名〕〔醫〕肌肉運動學

筋炎〔名〕〔醫〕肌炎、肌肉發炎

筋覚〔名〕〔生理〕肌肉覺

筋形質〔名〕〔解〕肌漿、肉漿

筋原〔名〕〔動〕成肌

　筋原細胞（成肌細胞）

　筋原繊維（成肌纖維）

筋骨〔名〕筋骨，肌骨、體格、體力

　筋骨の逞しい若者（體格壯健的青年）

　筋骨隆隆たる体（肌肉發達的體格）

筋骨〔名〕筋骨，筋和骨、體格（=筋骨、休格）、軟骨

　草臥れて筋骨が抜かれた様だ（累得骨瘦肉疼）

筋細胞〔名〕〔解〕肌肉細胞

筋質〔名〕〔動〕肌質、肌漿

筋腫〔名〕〔醫〕肌瘤

筋漿〔名〕〔動〕肌漿

筋繊維〔名〕〔動〕肌肉纖維

筋繊維膜〔動〕肌纖維膜〕

筋組織〔名〕〔解〕肌肉組織

筋蛋白質〔名〕〔化〕肌朊

筋痛〔名〕〔醫〕肌痛

筋電図〔名〕〔醫〕肌電圖

筋肉〔名〕肌肉

　筋肉の発達した人（肌肉發達的人）

　筋肉の運動（肌肉的運動）

　筋肉の収縮（肌肉的收縮）

　筋肉強直（肌肉的僵直）

　筋肉解剖（肌肉解剖）

　筋肉組織（肌肉組織）

　筋肉rheumatism（肌肉風濕症）

　筋肉労働（體力勞動）

　筋肉労働者（體力工人）

　筋肉糖（〔生化〕肌醇）

　筋肉内注射（〔醫〕肌内注射）

筋板〔名〕〔動〕生肌節

筋紡錘〔名〕〔解〕肌紡錘體

筋膜〔名〕〔解〕筋膜

筋無力症〔名〕〔醫〕肌無力

筋力〔名〕肌力，肌肉力量、體力

　筋力が強い（肌肉強）

　筋力労働（體力勞動）

筋〔名〕筋，筋肉、血管、線，條，道、條紋，紋理、（植物的纖維質）筋、血統、門第、遺傳、素質、條理、道理、（故事的）情節、梗概、官署、當局、（某）方面、田埂。

〔接尾〕（作計數某些細長的助數詞用法）條、根、縷、隻

〔造語〕沿…一帶，…地方、方向、方面（的人）、（象棋或圍棋）程序，步數

肩の筋が凝る（肩膀的筋肉痠痛）
筋が吊る（抽筋）吊る釣る
首の筋を違えた（扭了脖子筋肉）
青筋（青筋、靜脈管）
額に青い筋を立てて怒った（氣得額頭青筋暴露）
紙に筋を引く（在紙上畫線）
二筋の紐（兩條細繩）
一筋の希望（一線希望）
毛の筋程の隙間も無い（嚴絲合縫）
裂け目が一筋出来た（裂了一道縫）
赤い筋の入ったバス、タオル（帶紅條紋的浴巾）
体に黒い筋が入った蛇（身上有黑色條紋的蛇）
手の筋（手紋）
筋が張った（〔植物〕生筋了）
隠元豆の筋を取る（拿掉扁豆的筋）
此の薩摩芋は筋が少ない（這個甘藷筋少）
学者の筋を引いた家柄（世代是學者的家庭、書香門第）
長生きの筋（長壽的血統）
精神病は筋を引く（神經病遺傳）引く曳く牽く惹く弾く轢く挽く退く
彼の卓球は筋が良い（他頗有打乒乓球的才幹）
君の話は筋が立たない（你的話不合條理）
事の筋を糾す（弄清事理）糾す糺す質す正す
良く筋の通った批判（合情合理的批判）
筋の通った要求（合理要求）
文章の筋が通っていない（文理不通）
彼の男は筋を通す（他通情達理）通す透す徹す
其を僕の所へ持って来る何て筋が違うよ（把這個拿到我這裡來可不對頭啊！）

此の小説の筋は迚も素晴らしい（這本小說的情節好極了）
此の小説の筋は迚も面白い（這本小說的情節有趣極了）
筋の込み入った小説（情節復雜的小說）
此の芝居は筋が旨く出来ている（這部戲情節安排得很好）旨い巧い上手い甘い美味い
筋らしい筋の殆どない映画（幾乎沒有像樣情節的電影）
其の筋の御達しに拠り（根據當局的指示）
其の話は確かな筋から聞いたのだ（這消息是從可靠方面聽來了）
タオル二筋（毛巾兩條）
槍一筋（一桿扎槍）
三筋の煙（三縷煙）
黄河筋（黃河沿岸一帶）
東京—京都国道筋（沿東京京都國道一帶〔地方〕）
関西筋（關西方面）
白の狙い筋（〔圍棋〕白子進攻方向）
側近筋の意向（親信們的意向）
財界筋（金融界人士）
詰み筋（〔象棋〕將軍的步數）
読み筋（考慮步數）

筋合い、筋合〔名〕（站得住的）理由，（確鑿的）根據，道理、靠得住的關係

僕が引き受ける筋合いではない（不應該由我來承擔）
私が兎や角言う可き筋合いの物ではない（不應該由我來說長道短）
君にそんな事を言われる筋合いは無い（你不應該沒有理由對我講這番話）
頼める筋合いではない（不是靠得住的關係）

筋交い、筋違い〔名〕斜對過（＝筋向かい，筋向い、筋向こう，筋向う）、交叉

（為使建築物牢固不走型、而在矩形中嵌入的）斜支柱

筋違いの店（斜對過的商店）

僕の家と彼の家は道路を隔てて筋違いに為っている（我家和他家隔著一條道路斜對著）

僕は彼と筋違いに座っていた（我和他斜對面坐著）

丸太二本を筋違いに組む（把兩根圓木交叉地搭起來）組む酌む汲む

壁に筋違いを入れる（給牆壁上斜柱）

筋違い〔名、形動〕斜對過（＝筋交い、筋違い）、扭筋，錯筋，不合理，不相宜，不對路，不對頭，方向不對，不合手續

首を筋違いさせて痛くて堪らない（扭了脖筋疼得不得了）溜る堪る

筋違いに為った足が腫れ出した（扭了筋的腳腫起來了）

筋違いの話（不合理的話）

自分の間違いを人の所為に為るのは筋違いだ（把自己的錯推給人沒有道理）

君の議論は今の問題とは筋違い（你說的議論不對題）

其の申請を此処に持って来るのは筋違いだ（把那個申請拿到這裡來不合手續）

筋違いの願い（〔江戸時代〕告狀找錯了衙門）

筋向かい、筋向い、筋向こう、筋向う〔名〕斜對面、斜對過（＝筋違い）

筋向かいの家（斜對面的房子）

私の筋向かいに腰を掛けている方は王さんです（坐在我斜對面的那位是王先生）

道の筋向かいに郵便局が有る（馬路斜對面有個郵局）有る在る或る

筋書き、筋書〔名〕情節，梗概，概要、（電影或戲劇等的）節目表，計畫，預想

芝居の筋書きをプログラムに印刷する（把劇情印在節目單上）

脚本の筋書きを作る（寫劇本的梗概）作る造る創る

万事筋書き通りに運んだ（一切都按預想的那樣進展了）

筋金〔名〕（為加固而嵌入或箍上的）金屬條，鐵筋，鐵箍。〔轉〕經鍛鍊而變堅強

筋金入りの眼鏡のフレーム（内嵌金屬條的眼鏡框）眼鏡眼鏡

筋金を入れる（嵌入金屬條加固、使剛強有骨氣）

筋金入りの男（經過千錘百鍊的男子漢、有骨氣的男子漢）

筋金入りの資本主義者（久經鍛鍊而意志堅強的資本主義者）

筋金入りの精神（硬骨頭精神）

筋蒲鉾〔名〕（不剔除魚筋和魚皮的）劣質魚糕

筋雲〔名〕卷雲的俗稱

筋子〔名〕鹹大馬哈魚子（＝すずこ、イクラ）

筋立て〔名〕（事情的）梗概（＝筋書き、筋書）、帶細長尖柄的髮梳（＝毛筋立て）

筋張る〔自五〕肌肉橫生，肌肉隆起、青筋暴露、（說話或態度）生硬拘板

腹が筋張る（肚子發漲）

筋張った腕（肌肉隆起的胳臂）

足が筋張って痛む（腳的肌肉發硬覺得痛）痛む悼む傷む

筋張った話（生硬的話）

筋張った事は一切抜きで行こう（我們免去一切客套吧！）

筋播き、条蒔き〔名〕〔農〕條播（＝条播）

筋道〔名〕理由，道理、（應履行的）手續，程序，步驟、頭緒，（辯論等的）思路

筋道の通った要求（合理要求）

筋道の立った意見を持ち出す（提出合情合理的意見）

君の言う事は筋道が立たない（你說的沒有道理）

此の説明は筋道が立ち、説得力が有る（這個論據有道理有說服力）

筋道を踏んで議事を進める（按照程序進行討論）進める勧める薦める奨める

彼の遣る事は少しも筋道が立っていない（他做的一點也不合程序）

筋目〔名〕折痕、血統，門第、條理、（親戚關係等的）門路

筋目の無い紙幣（沒有折痕的紙幣）

きちんと筋目の付いたズボン（褲線筆挺的褲子）

筋目通りに畳む（按照原印折疊）

本に筋目を拵えるな（不要折書頁）

筋目の正しい家柄（正經門第、正經人家）

筋目を辿って就職運動を為る（通過門路找工作）

筋揉み、筋揉〔名〕按摩（肌肉）（＝按摩）

筋屋〔名〕〔鐵〕列車行車表編製員

襟（ㄐ一ㄣ）

襟〔漢造〕衣領、內心

開襟、開衿（敞領、翻領）

胸襟（胸襟、胸懷）

宸襟（聖慮、天子之心）

襟懐〔名〕襟懷、內心（＝懐、胸の内）

襟懐を吐露する（吐露胸懷）

襟帯〔名〕衣領和衣帶

襟度〔名〕胸襟、氣宇、氣度

大国の襟度を示す（顯示大國的風度）示す湿す

襟度が広い（胸襟磊落）広い拾い

襟、衿〔名〕（衣服的）領子、後頸，後脖（＝項）、（西裝的）硬領（＝カラー collar）

角襟（方領子）

丸襟（圓領子）

襟足を剃る（剃脖頸上的毛）剃る反る

襟付きのシャツ shirt（有領襯衫）

折り襟（翻領）

立ち襟（豎領）

襟を立てる（把領子豎起來）立てる経てる建てる絶てる発てる断てる裁てる截てる

襟を掴む（扭住領口）掴む攫む

襟に付く（趨炎附勢）付く着く突く就く衝く憑く点く尽く搗く附く吐く撞く潰く

襟を正す（正襟）正す質す糾す紀す

襟を正して聞く（正襟而聽、注意傾聽）聞く聴く訊く利く効く

襟垢〔名〕衣領上的油污（污垢）

襟垢の付いた着物（衣領有污垢的衣領）

襟足〔名〕（脖頸的）髮際

襟足が綺麗だ（後頸很美）

襟当〔名〕領襯口、被頭

布団に襟当を付ける（縫上被頭）付ける漬ける着ける撞ける附ける搗ける尽ける憑ける衝ける

襟裏〔名〕領子裡面（＝裏襟）

襟飾り〔名〕西裝領上的裝飾品（指領帶，別針等）、項鍊

襟数〔名〕領數、衣著件數

襟肩、衿肩〔名〕（和服的）領肩（部分）

着物の襟肩を明ける（開和服領）明ける開ける空ける飽ける厭ける

襟上、襟髪〔名〕頭後的頭髮、後脖頸

襟髪を掴んで引き倒す（抓住後脖頸把人絆倒）攫む掴む

襟首〔名〕後頸、脖頸（＝首筋、項）

人の襟首を掴む（抓住某人的領口）攫む掴む

襟刳、襟刳り〔名〕〔縫紉〕領口、開領（＝ネック neck ライン line）

襟腰〔名〕〔縫紉〕（西裝）領高

襟細胞〔名〕〔動〕襟細胞、領細胞

襟章〔名〕領章

襟芯〔名〕〔縫紉〕（領子裡面的）麻襯布

襟丈〔名〕〔縫紉〕（和服）領子的長度、領長、領高

襟付、襟付き〔名〕（穿衣時）領子的樣子，領邊（=襟元、衿元）、裝束，打扮，（從裝扮上推測）腰包

襟付が厚い（有錢的樣子）

襟付が薄い（貧寒相、寒酸相）

襟止め〔名〕領別針（=ブローチ）

襟幅〔名〕領寬

襟巻き〔名〕圍巾（=首巻、マフラー）

襟巻きを為る（圍上圍巾）刷る擦る掃る掏る磨る揺る摩る

襟回り、襟周り〔名〕脖子周圍、領邊，領子周圍，（圍座時按衣襟的方向）向右挨次輪流

襟元、衿元〔名〕領子的周圍、領邊（也指後頸或胸部）

襟元が寒い（脖子冷）

襟元に付く（趨炎附勢）付く着く突く就く衝く憑く点く尽く搗く附く吐く撞く潰く

襟輪〔名〕〔建〕榫子、榫頭（=入り輪）

菫（ㄐㄧㄣˇ）

きん〔漢造〕菫菜

菫外線〔名〕〔理〕紫外線（=紫外線）

菫青石〔名〕〔礦〕菫青石

菫〔名〕〔植〕菫菜，紫花地丁，紫羅蘭，藍紫色，絳紫色（=菫色、バオレット）

僅（ㄐㄧㄣˇ）

きん〔漢造〕只、才

僅僅〔副〕僅僅（=僅か、纔か）

僅僅三年間にアメリカに追い付いた（僅僅三年之間就趕上了美國）

出席者は僅僅百名に過ぎなかった（出席人數只不過一百名）

僅差〔名〕微差

僅差で勝つ（以微差取勝）勝つ且つ

僅少（形動ノ）僅少、很少（=少し、少ない、僅か許り）

僅少の差で勝つ（以微差取勝）

経費は僅少である（經費極少）

僅か、纔か〔副、形動〕僅，才，稍，微，少，一點點，勉勉強強（=少し、些か、聊か、微か、幽か）

纔か百メートル（僅僅一百米）

纔か（の）三日間（僅僅三天）

纔か数語（寥寥數語）

纔かに此れっぽっちしか食べられない（僅僅能吃這麼一點兒）

残りは纔か五個しかない（剩下的僅僅五個）

纔かな努力（少許的努力）

纔かな（の）御金（很少的錢）

彼の人の病気は重くて、纔かに生きているに過ぎない（他病很重只不過勉強活著）

纔かに身を以て逃げた（僅以身免、死裡逃生）

纔かな（の）違い（微小的差別）

纔かに覚えている（略微記得）

彼は纔かの成績でもう満足している（他得了微小的成績就自我滿足起來）

纔かな事で争う（為一點小事爭論）

仮令纔かの時間でも十分利用し無くては為らない（即使點滴時間也要好好利用）

駅迄はもう纔かです（到車站只有一點距離了）

纔か許りの見識（一點點見識、一孔之見）

緊（ㄐㄧㄣˇ）

きん〔漢造〕緊、緊迫

喫緊、吃緊（重要，嚴重、吃力，緊迫）

喫緊の問題（嚴重問題、緊迫問題）

喫緊事（要緊的事）

治水は喫緊の事業である（治水是緊急的事業）

緊急〔名、形動〕緊急、急迫、迫不及待

最も緊急を要する問題（需要緊急處理的問題）最も尤も

緊急で一刻の余裕も許さない（十萬火急、刻不容緩）
緊急に植え付けた苗（搶栽的苗）
緊急課題（緊急任務）
緊急協議（緊急磋商）
緊急空輸（緊急空運）
緊急信号（緊急信號）
緊急事態（緊急狀態）
緊急進発命令（〔空〕緊急起飛命令）
緊急措置（緊急措施、搶險措施）
緊急通告（緊急通告）
緊急動議（緊急動議）
緊急patrol（緊急巡邏）
緊急避難（緊急避難）
緊急平定（緊急綏靖）
緊急輸送体制（緊急運輸體制）
緊急要請（緊急要求）
緊急用電力（事故電源）

緊結鋼線〔名〕緊紮鋼絲

緊硬〔名〕堅靭、堅固、堅實
緊硬度試験（堅靭度試驗）

緊褌〔名〕勒緊褲帶、發奮
緊褌一番（勒緊褲帶、發奮）
緊褌一番大いに勉強に励む（發奮努力用功）

緊縮〔名、他サ〕緊縮、縮減、節約
支出を緊縮する（縮減開支）
通貨を緊縮する（縮減通貨）
緊縮案（緊縮計畫）
緊縮政策（緊縮政策）
緊縮財政（緊縮財政）

緊切〔形動〕緊急，緊迫，緊接，密接，緊要，要緊，重要

緊束〔名〕緊緊束縛

緊張〔名、自サ〕（肌肉、神經、精神等）緊張←→弛緩、（局勢、關係等）緊張，惡化
筋肉が緊張する（肌肉緊張）
精神が緊張する（精神緊張）
緊張した顔付（緊張的神色）
緊張した生活（緊張的生活）
緊張した場面（緊張的場面）
緊張した会議（緊張的會議）
緊張味を欠く（不夠緊張）欠く書く描く搔く
神経を極度に緊張させる（使神經極其緊張）
緊張感が漲っている（充滿緊張氣氛）
緊張を緩める（緩和緊張）緩める弛める
緊張を和らげる（緩和緊張）
緊張を緩和する（緩和緊張）
緊張の色を示す（顯示緊張的神色）示す湿す
緊張病（〔醫〕緊張病—一種精神病）
両国の関係が緊張して来た（兩國關係緊張起來了）
国際間の緊張緩和（緩和國際局勢的緊張）
緊張緩和に逆行する（與緩和緊張局勢背道而馳）

緊迫〔名、自サ〕緊迫、緊急、緊張、吃緊
世界情勢が極度に緊迫する（世界局勢非常緊張）
緊迫した国際関係（緊張的國際關係）
依然、情勢の緊迫が続いている（仍然保持著緊張局勢）
緊迫した空気（緊張氣氛）
戦争の為にenergy問題が緊迫し、経済が混乱し、通貨体制が崩壊寸前の状態に陥っている（因為戰爭能源緊張經濟混亂貨幣體制瀕於瓦解）

きんばく 緊縛〔名、他サ〕緊縛（＝きつく縛る）

きんみつ 緊密〔形動〕緊密、密切
　緊密な連絡を取る（進行緊密的關係）取る　摂る　捕る　採る　撮る　執る　獲る　盗る　録る
　緊密な接触を保つ（保持緊密接觸）
　緊密に結合する（密切結合）
　緊密に団結する（緊密團結）
　緊密な協力の下で（在密切配合下）
　理論を実際と緊密に結び付ける（把理論和實際密切結合起來）

きんよう 緊要〔名、形動〕要緊，首要，最重要、必要，不可缺
　食糧対策が緊要な問題だ（糧食對策是首要問題）
　もっと緊要な問題で解決を急ぐ物が有る（還有急待解決的更重要的問題）
　其は我我の日常生活に緊要ではない（那對我們日常生活是無關緊要的）

槿（ㄐㄧㄣˇ）

きん 槿〔漢造〕木槿（落葉小灌木、開紫紅色的花）

きんか 槿花〔名〕槿花，木槿的花（＝槿の花）。〔古〕牽牛花（＝朝顔の花）
　槿花一朝の夢（槿花一日自成榮、〔喻〕短暫的榮華-來自白居易詩）
　槿花一日の栄（槿花一日自成榮、〔喻〕短暫的榮華-來自白居易詩）

むくげ、木槿〔名〕〔植〕木槿

儘（ㄐㄧㄣˇ）

じん 儘〔漢造〕聽任、放任

まま、侭、随〔名〕（常作形式名詞使用）一如原樣，原封不動、仍舊、照舊、一如…那樣，按照…那樣，如實、據實、任憑…那樣、隨心所欲、任意、如願、如意、（寫作ママ）（作校對符號用）表示原文不動。
　〔接助〕〔古〕（書信用語）由於、因而、因此
　靴の儘上がって下さい（請穿著鞋上來吧！）儘儘

　彼は寝巻きの儘出て来た（他穿著睡衣就出來了）儘飯
　窓を開けた儘眠った（開著窗就睡著了）開ける　明ける　空ける　飽ける　厭ける
　出掛けた儘帰って来ない（一去就沒回來）帰る　返る　孵る　還る　変える　代える　換える　替える
　木は倒れた儘に為っている（樹還倒在那裏）
　全ては元の儘だ（一切照舊、原封不動）全て　総て　凡て　統べて
　其の貨物は元の包装の儘転送されて終った（該貨沒包裝就轉運走了）終う　仕舞う
　人の言う儘に為る（任人擺布）言う　云う　謂う
　命ぜられた儘に為る（唯命是從）刷る　摺る　擦る　掏る　磨る　擂る　摩る
　思った儘を書く（心裡怎麼想就怎麼寫、把心中想的照實地寫出來）書く　描く　欠く　掻く
　見た儘聞いた儘を話す（照實地講述見聞）聞く　聴く　訊く　利く　効く　話す　放す　離す
　人生有りの儘を写す（照實地描寫人生）写す　移す　映す　遷す
　足の向く儘に歩く（信步而行）
　為るが儘に為せて置く（放任自流不干涉）置く　擱く　措く
　人の意の儘に使う（任意支派人）遣う　使う
　波の儘に漂う（隨波逐流）
　彼の男は私の儘に為らない（那人不聽我擺布）
　万事思う儘に行った（一切如願以償）行く　往く　逝く　行く　往く　逝く
　浮世が儘に為る為らば（世間的事如果都能隨心所欲的話）
　一献差し上げ度く存じ候儘、御光来の程を願い上げ候（略備便酌敬請光臨為荷）

まんま〔名〕〔俗〕（儘的撥音化、口語形式）一如原樣，原封不動、仍舊、照舊、一如…那樣，

按照…那樣、如實，據實、任憑…那樣、隨心所欲、任意、如願、如意

錦（ㄐㄧㄣˇ）

錦〔漢造〕錦、（對對方的敬稱）貴
　蜀江錦、蜀江の錦（日本京都西陣產的蜀錦-仿製中國蜀地產的錦織）

錦衣〔名〕錦衣、美麗的絹織物、美麗的衣服
　錦衣を着て故郷に帰る（衣錦還鄉）

錦旗〔名〕錦旗、日皇旗（＝錦の旗）

錦切れ〔名〕錦緞的碎片、明治維新當時的政府軍（因肩上有錦徽、故名）

錦雞〔名〕〔動〕錦雞

錦紗、金紗〔名〕飾以金線的紗，薄綢，錦緞，皺綢，錦緞和服
　金紗御召（錦緞和服）
　金紗縮緬（皺綢）

錦秋〔名〕（霜葉紅）似錦的秋天

錦繡、錦綉〔名〕飾綉、美麗的衣服、美麗詩文、美麗的紅葉

錦上〔名〕錦上
　錦上花を添える（錦上添花）添える 沿える 副える

錦心繡口〔名〕具出色詩文的才能（的人）

錦地〔名〕貴地（＝御地）

錦囊〔名〕錦囊、詩人的詩囊、別人的詩稿

錦鱗〔名〕美麗的魚

錦〔名〕織錦，錦緞、美麗如錦的東西、華麗衣服
　錦を纏う（錦緞纏身）鱗鱗
　紅葉の錦（紅葉似錦）紅葉紅葉
　故郷へ錦を飾る（衣錦還鄉）故郷故郷故里
　錦を衣て夜行くが如し（〔富貴不歸故郷〕如錦衣夜行-史記項羽本紀）

錦絵〔名〕（描寫生活的）彩色浮世繪版畫

錦貝〔名〕〔動〕錦蛤

錦木〔名〕〔植〕衛茅

錦鯉〔名〕（鯉魚的變種）錦鯉、花鯉（＝色鯉）

錦の御旗〔名〕（綉有日月標誌的織錦）官軍旗，朝廷的旗幟。〔轉〕（誰都不能反對的）冠冕堂皇的藉口
　平和を錦の御旗と為る（打著和平的旗號）刷る 摺る 擦る 掏る 磨る 擂る 摩る

錦蛇〔名〕〔動〕錦蛇-熱帶的巨形錦蟒。〔動〕赤楝蛇（＝山楝蛇、赤楝蛇）

錦眼鏡〔名〕（玩具）萬花筒

謹（ㄐㄧㄣˇ）

謹〔漢造〕謹慎、恭謹、鄭重
　恭謹（恭謹）

謹賀〔名〕恭賀
　謹賀新年（恭賀新禧）

謹啟〔名〕（書信開頭用語）敬啟者

謹言〔名〕（書信結尾用語）謹啟
　恐惶謹言（誠惶誠恐謹啟）

謹嚴〔名、形動〕嚴謹
　謹嚴な人（嚴謹的人）
　頗る謹嚴な態度（頗為嚴謹的態度）
　謹嚴實直（嚴謹耿直）

謹厚〔形動〕嚴謹敦厚
　謹厚な人格者（嚴謹敦厚的正派人）

謹告〔名、他サ〕（公司或商店等廣告、通知的開頭用語）謹告、謹啟

謹寫〔名〕謹攝、謹繪

謹書〔名、他サ〕謹書

謹上〔名〕（書信用語）謹上、謹啟
　謹上再拜（謹上再拜）

謹慎〔名、自サ〕謹慎，小心、禁閉，幽閉（江戶時代課以武士的一種刑罰、禁閉於一定住所、除公事外不准外出）、（一定期間）不准上學（次於開除、停學的一種校內處罰）
　謹慎の意を表する（表示小心謹慎）表する 評する
　今後謹慎致します（今後應當謹慎）

五日間謹慎命ずる（處以五日不准到校）命ずる銘ずる

きんせい 謹製 〔名〕謹製
当店謹製の菓子（本店謹製的點心）

きんせん 謹選 〔名、他サ〕謹選

きんせん 謹撰 〔名、他サ〕謹撰

きんそう 謹奏 〔名〕謹奏（天子）

きんちょう 謹聴 〔名、他サ〕敬聽、傾聽、聆聽。

〔感〕（演說時聽眾發出的喊聲）注意傾聽、好好聽著）（＝よく聞け）

彼等は報告を謹聴していた（他們傾聽了報告）

謹聴謹聴（好好聽著）

謹聴謹聴の叫び声（好好聽著的喊聲）

きんちょく 謹直 〔名、形動〕謹慎正直、忠實
謹直に勤める（認真地工作）勤める努める務める勉める
極めて謹直な人（非常忠實的人）極める窮める究める

きんてい 謹呈 〔名、他サ〕謹呈、謹贈

きんわ 謹話 〔名、自サ〕謹述（原來用於發表有關皇室的談話）

つつし 謹む、慎む 〔他五〕謹慎,慎重,小心,節制,抑制,〔古〕齋戒、恭謹、有禮貌
言行を謹む（謹言慎行）
今後謹みますから今回は御勘弁を願います（以後多加小心這次請您原諒）
謹まずべらべら喋る（毫不謹慎喋喋不休地說）
酒を謹む（節酒）
病中煙草を謹み為さい（病中要少抽煙）
家に謹む事（在家齋戒）

つつし 謹んで 〔副〕謹、敬（＝恭しく）
謹んで新年を賀し奉る（謹賀新年）賀する駕する臥する
謹んで哀悼の意を表します（謹表哀悼之意、敬輓）表する評する表す現す著す顯す

尽（盡）（ㄐㄧㄣˋ）

じん 尽 〔漢造〕盡、用盡、全部

さんがつじん 三月尽（三月的最後一天＝弥生尽）

むじん 無尽（無窮盡）

むじんかいしゃ 無尽会社（相互信貸公司＝相互銀行）

むじんこう 無尽講（互助會＝頼母子講）

むじんぞう 無尽蔵（無窮盡、取之不盡、用之不竭）

とうじん 蕩尽（耗盡、蕩淨、消耗完畢、完全糟蹋、傾家蕩產）

いちもうだじん 一網打尽（一網打盡、一網捕獲大量的魚）

じんじつ 尽日 〔名〕終日，一整天、晦日、（一年的）最後一天，除夕
尽日の降雨（整天下雨）
五月尽日（五月底、五月最後一天）五月五月皐月早月
昭和五十六年尽日（昭和五十六年除夕）

じんすい 尽瘁 〔名、自サ〕盡瘁、盡力、效勞
職務に尽瘁する（努力工作、奮不顧身地工作）

じんすう 尽数 〔名〕〔數〕盡數、可通約數、可公度數

じんちゅう 尽忠 〔名〕盡忠
尽忠報国の精神（盡忠報國的精神）

じんみらい（ざい） 尽未来（際） 〔副〕〔佛〕永遠（＝永久に）

じんめつ 尽滅 〔名、他サ〕殲滅、滅絕、完全消滅

じんりょう 尽量 〔名〕〔數〕可通約量

じんりょく 尽力 〔名、自サ〕盡力，努力，幫忙，幫助，協助
極力尽力する（竭盡全力）
尽力の甲斐も無く仕事は不成功に終わった（白白費力事情沒有成功）
出来る丈尽力する（盡量幫助）
彼は君の為に八方尽力すると約束した（他約定要多方協助你）
今に御尽力を願うように為りましょう（馬上就要請您幫忙）
御尽力を御願いします（希望您多幫忙）由る因る寄る拠る縁る依る選る縒る撚る

彼の尽力に由って事が都合良く運んだ（由於他的幫助事情進展得很順利）

尽く、悉く〔副〕所有、一切、全部（＝残らず、すっかり）

資料は悉く調べ尽くした（資料全都查遍了）

議案は悉く否決された（議案全被否決了）

為る事為す事悉く旨く行く（所作所為都順利）

為る事為す事悉く旨く行かない（所作所為都不順利）

一同悉く疲労していた（全都疲勞了）

悉くの人が賛成した（所有人都同意）

其の訳は悉く承知している（那個道理我全了解）

尽、悉〔副〕一切事情

悉に文句を付ける（對每件事情都要論長說短）

尽れる、闌れる、末枯れる〔自下一〕（草木梢上開始）枯萎，凋謝，（人壯年已過）衰老

草木の闌れている晩秋の野（草木枯萎的深秋原野）縋れる草木草木

闌れた花（凋謝了的花）

闌れた晩秋の野原（草木枯萎的深秋原野）

持病で随分闌れている（因患宿疾衰老得很）

彼女はもう闌れた（她已經徐老半老了）

尽〔接尾〕專憑，單靠，倚恃，以…為唯一目的，只圖…

力尽で勝つ（單靠力氣取勝）

相談尽で話を決める（全憑協商解決問題）決める極める

金尽で人を従えようと為る（想單憑錢來驅使人）

欲得尽で人と付き合う（專為圖利和人交往）

尽し、尽〔接尾〕（接在名詞下面）一切，全部、表示竭心盡力

国尽し（萬國，所有國家、江戶時代至明治初期用日本全國六十六個地區編成的全國地名順口溜）

心尽しの持て成す（竭誠的款待）

心尽しの送別会（盛情歡送會）

尽め〔接尾〕（接在名詞下面）清一色、完全是…

結構尽め（盡善盡美、什麼都好）

黒尽めの服装（全身黑色的服裝）

嬉しい事尽めの一ヶ月でした（一個月裡全是令人高興的事）一ヶ月一か月一個月一箇月

尽くす、尽す〔他五〕盡，竭、盡力，竭力，為…盡力，效力，報效，（接其他動詞連用形下，作接尾詞用法）盡、完

全力を尽す（竭盡全力）

八方手を尽して（百般設法尋找）探す探す捜す

手段を尽す（使盡手段、百般設法）

本分を尽す（盡責）

悪事の限りを尽す（做盡壞事）

一言に為て尽せば（一言以蔽之、總而言之）一言一言一言

言葉を尽して諫める（費盡唇舌規勸）諫める勇める

国の為に尽す（為國效力）

革命に力を尽す（致力革命）

私の為に良く尽して呉れた（給我幫了大忙）

何時でも貴方の為に尽します（永遠為您效勞）

災害地の兄弟姉妹を救う為に力を尽そう（要為搶救受災地區的兄弟姊妹貢獻力量）

言い尽す（說盡）

殺し尽す（殺光、滅絕）

猛火が町を焼き尽す（烈火燒光城鎮）

掘り尽された鉱山（挖空了的礦山）

見尽くす〔他五〕看完
　展覧会の絵を見尽くす（看完畫展）
　十日も見ているのに未だ見尽くしていない（看了十天還沒看完）未だ未だ
　台湾の名所を見尽くすには一週間掛かる（想看完台灣的名勝需要一個星期）

尽かす〔他五〕用盡、使…罄盡（=使い尽す）（現代日語中只作以下用法）
　愛想を尽かす（討厭、嫌惡）

尽きる〔自上一〕盡，完、罄盡、到頭、窮盡
　話の種が尽きる（沒有話題了）
　手段が尽きる（手段用盡）
　話が尽きない（話說不完）
　酒はもう尽きて終った（酒已經喝光了）終う仕舞う
　少し歩いたら林が尽きた（稍微一走樹林就到盡頭）
　名残が尽きない（依依不捨）
　子供達の姿は純真の一語に尽きる（孩子們的樣子用一句話就是純真）
　此の叙事詩は壮麗と言うに尽きる（這首叙事詩一句話就是壯麗）
　尽きぬ恨み（終天之恨）恨み怨み憾み
　汲めども尽きぬ知識の源（取之不盡的知識的源泉）

尽き、尽〔名〕盡
　運の尽き（劫數已到、惡貫滿盈）会う逢う遭う遇う合う
　警官に会ったのが彼奴の運の尽きだ（遇到了警察滑該那個傢伙惡貫滿盈）

尽き果てる〔自下一〕盡、窮淨、淨盡、罄盡
　兵糧が尽き果てる（軍糧罄盡）

尽き目、尽目〔名〕盡頭、窮盡的時候
　運の尽き目（倒起霉來、惡貫滿盈）

尽く〔自カ上二〕盡，完、罄盡、到頭、窮盡（=尽きる）

付く、附く〔自五〕附著，沾上、帶有，配有、增加，增添、伴同，隨從、偏袒，向著、設有，連接、生根，扎根
（也寫作点く）點著、燃起、値，相當於、染上、染到、印上、留下、感到、妥當，一定、結實、走運
（也寫作就く）順著、附加、（看來）是
　泥がズボンに付く（泥沾到褲子上）
　血の付いた着物（沾上血的衣服）
　鮑は岩に付く（鮑魚附著在岩石上）
　甘い物に蟻が付く（甜東西招螞蟻）
　肉が付く（長肉）
　智慧が付く（長智慧）
　力が付く（有了勁、力量大起來）
　利子が付く（生息）
　精が付く（有了精力）
　虫が付く（生蟲）
　錆が付く（生銹）
　親に付いて旅行する（跟著父母旅行）
　護衛が付く（有護衛跟著）
　他人の後からのろのろ付いて行く（跟在別人後面慢騰騰地走）
　君には迚も付いて行けない（我怎麼也跟不上你）
　不運が付いて回る（厄運纏身）
　人の下に付く事を好まない（不願甘居人下）
　あんな奴の下に付くのは嫌だ（我不願意聽他的）
　彼の人に付いて居れば損は無い（聽他的話沒錯）
　娘は母に付く（女兒向著媽媽）
　弱い方に付く（偏袒軟弱的一方）
　味方に付く（偏袒我方）
　敵に付く（倒向敵方）
　何方にも付かない（不偏袒任何一方）

引き出しの付いた机（帶抽屜的桌子）
此の列車には食堂車が付いている（這次列車掛著餐車）
此の町に鉄道が付いた（這個城鎮通火車了）
谷へ下りる道が付いている（有一條通往山谷的路）
種痘が付いた（種痘發了）
挿し木が付く（插枝扎根）
電灯が付いた（電燈亮了）
もう明かりが付く頃だ（該點燈的時候了）
ライターが付かない（打火機打不著）
此の煙草には火が付かない（這個煙點不著）
隣の家に火が付いた（鄰家失火了）
一個百円に付く（一個合一百日元）
全部で一万円に付く（總共值一萬日元）
高い物に付く（花大價錢、價錢較貴）
一年が十年に付く（一年頂十年）
値が付く（有價錢、標出價錢）
然うする方が安く付く（那麼做便宜）
色が付く（染上顔色）
鼻緒の色が足袋に付いた（木屐帶的顔色染到布襪上了）
足跡が付く（印上腳印、留下足跡）
帳面に付いている（帳上記著）
染みが付く（印上污痕）汚点
跡が付く（留下痕跡）
目に付く（看見）
鼻に付く（嗅到、刺鼻）
耳に付く（聽見）
気が付く（注意到、察覺出來、清醒過來）
目に付かない所で悪戯を為る（在看不見的地方淘氣）
目鼻が付く（有眉目）

凡その見当が付いた（大致有了眉目）
見込みが付いた（有了希望）
判断が付く（判斷出來）
思案が付く（想了出來）
判断が付かない（沒下定決心）
話が付く（說定、談妥）
決心が付く（下定決心）
始末が付かない（不好收拾、沒法善後）
方が付く（得到解決、了結）
けりが付く（完結）
収拾が付かなく為る（不可收拾）
彼の話は未だ目鼻が付かない（那件事還沒有頭緒）
御燗が付いた（酒燙好了）
実が付く（結實）
牡丹に蕾が付いた（牡丹打苞了）
彼は近頃付いている（他近來運氣好）
今日は馬鹿に付いている（今天運氣好得很）
ゲームは最初から此方に付いていた（比賽一開始我方就占了優勢）
川に付いて行く（順著河走）
塀に付いて曲がる（順著牆拐彎）
付録が付いている（附加附錄）
条件が付く（附帶條件）
朝飯とも昼飯とも付かぬ食事（既不是早飯也不是午飯的飯食、早午餐）
シルクハットとも山高帽とも付かない物（既不是大禮帽也不是常禮帽）
板に付く（純熟，老練，貼附，適當）
手に付かない（心不在焉、不能專心從事）
役が付く（當官、有職銜）

付く〔接尾、五型〕（接擬聲、擬態詞之下）表示具有該詞的聲音、作用狀態

がた付く（咯噔咯噔響）

ㄘ

べた付く（發黏）

ぶら付く（幌動）

付く、点く〔自五〕點著、燃起

電灯が付いた（電燈亮了）

もう明かりが付く頃だ（該點燈的時候了）

ライター（lighter）が付かない（打火機打不著）

此の煙草には火が付かない（這個煙點不著）

隣の家に火が付いた（鄰家失火了）

付く、就く〔自五〕沿著、順著、跟隨

川に付いて行く（順著河走）

塀に付いて曲がる（順著牆拐彎）

就く〔自五〕就座、登上、就職、從事、就師、師事、就道、首途

席に就く（就席）

床に就く（就寢）床

塒に就く（就巢）

緒に就く（就緒）

食卓に就く（就餐）

講壇に就く（登上講壇）

職に就く（就職）

任に就く（就任）

実業に就く（從事實業工作）

働ける者は皆仕事に就いている（有勞動能力的都參加了工作）

師に就く（就師）

日本人に就いて日本語を学ぶ（跟日本人學日語）習う

帰途に就く（就歸途）

世界一周の途に就く（起程做環球旅行）

壮途に就く（踏上征途）

突く〔他五〕支撐、拄著

杖を突いて歩く（撐著拐杖走）

頬杖を突いて本を読む（用手托著下巴看書）

手を突いて身を起こす（用手撐著身體起來）

がっくり膝を突いて終った（癱軟地跪下去）

突く、衝く〔他五〕刺、戳、冒、衝、攻、抓、乘

槍で突く（用長槍刺）

針で指先を突いた（針扎了指頭）

棒で地面を突く（用棍子戳地）

鳩尾を突かれて気絶した（被擊中了胸口昏倒了）

判を突く（打戳、蓋章）

意気天を突く（幹勁衝天）

雲を突く許りの大男（頂天大漢）

つんと鼻を突く臭いが為る（聞到一股嗆鼻的味道）

風雨を突いて進む（冒著風雨前進）

不意を突く（出其不意）

相手の弱点を突く（攻擊對方的弱點）

足元を突く（找毛病）

突く、撞く〔他五〕撞、敲、拍

毬を突いて遊ぶ（拍皮球玩）

鐘を突く（敲鐘）

玉を突く（撞球）

吐く、突く〔他五〕吐（=吐く）、說出（=言う）、呼吸、出氣（=吹き出す）

反吐を吐く（嘔吐）

嘘を吐く（說謊）

息を吐く（出氣）

溜息を吐く（嘆氣）

即く〔自五〕即位、靠近

位に即く（即位）

王位に即かせる（使即王位）

即かず離れずの態度を取る（採取不即不離的態度）

漬く、浸く〔自五〕淹、浸

床迄水が漬く（水浸到地板上）

漬く〔自五〕醃好、醃透（=漬かる）

此の胡瓜は良く漬いている（這個黃瓜醃透了）

着く〔自五〕到達（=到着する）、寄到，運到（=屆く）、達到，夠著（=触れる）

汽車が着いた（火車到了）

最初に着いた人（最先到的人）

朝台北を立てば昼東京に着く（早晨從台北動身午間就到東京）

手紙が着く（信寄到）

荷物が着いた（行李運到了）

体を前に折り曲げると手が地面に着く（一彎腰手夠著地）

頭が鴨居に着く（頭夠著門楣）

搗く、舂く〔他五〕搗、舂

米を搗く（舂米）

餅を搗く（舂年糕）

搗いた餅より心持ち（禮輕情意重）

憑く〔自五〕（妖狐魔鬼等）附體

狐が憑く（狐狸附體）

築く〔他五〕修築（=築く）

周囲に石垣を築く（四周砌起石牆）

小山を築く（砌假山）

尽くし、尽し〔連語〕（接在名詞下）各、竭盡

世界国尽くし（世界各國）国国

宝尽くし（各種寶物）宝宝

心尽くし（竭盡心思、費盡心血）

近（ㄐㄧㄣˋ）

近〔漢造〕近、近日、近處

付近、附近（附近、一帶）

最近（最近，近來，新近、最接近，距離最近）

接近（接近，靠近，密切，密切的關係）

親近（親近、親信、近親）

側近（親信、左右、服侍左右的人）

遠近（遠近）

卑近（淺近、淺顯）

漸近（〔數〕漸近）

近位〔名〕〔解〕近位、近側（接近頭、身體中心或關節的部分）

近因〔名〕近因、直接原因←→遠因

心臓障害が死亡の近因だ（心臟障礙是死亡的直接原因）

近詠〔名〕最近吟詠的詩歌

近影〔名〕近影、最近拍的照片

著者の近影（作者的最近照片）

近縁種〔名〕近緣種（生物分類學上血緣接近的種類）

白魚は鮫の近縁種だ（白魚是鯊魚的近緣種）

近火〔名〕近處火災、鄰近的火災

近火御見舞（對鄰近火災的慰問）

近海〔名〕近海←→遠海、遠洋

近海の島（近海島嶼）

近海漁業（近海漁業）

近海航路（近海航路）

近刊〔名〕近期出版（的書籍）、最近出版，新近出版

近刊予告（近期出版預告）

近刊図書（最近出版的書）

近刊紹介（新書介紹）

近眼〔名〕〔俗〕近視眼

近眼鏡（近視眼鏡）

近眼者流の反対（鼠目寸光之輩的反對）

近眼、近目〔名〕近視眼（=近眼）、淺見，沒有遠見、較近處←→遠目

近眼の人は眼鏡を掛ける（近視眼的人戴眼鏡）眼鏡眼鏡

彼の考えは近眼だ（他的想法是膚淺之見）掛ける架ける欠ける駆ける賭ける翔ける懸ける

ㄐ

球を近眼へ投げる（把球投到較近處）球玉 弾珠魂霊 投げる 凪げる 和げる 薙げる

きんき 近畿〔名〕近畿（地方）（具體指京都，大阪二府和滋賀，兵庫，奈良，和歌山，三重等五縣）

きんきょり 近距離〔名〕近距離

駅は近距離に在る（車站就在附近）在る 有る 或る

歩くのが嫌いで近距離でも車に乗る（懶得走路距離很近也坐車）乗る 載る

近距離から射撃する（從近距離射擊）

近距離列車（短程列車）

きんきょう 近況〔名〕近況（=近状、近情）

対外貿易の近況（對外貿易的近況）

手紙で近況を知らせる（寫信告知近況）知らせる 報せる

近況報告（近況報告）

きんきょう、きんきょう 近境、近疆〔名〕（城市）附近的鄉村，鄰近的城鎮（=近郷、近在）、邊界的附近

きんぎょう 近業〔名〕最近的工作、最近的作品、最近的業績

彼の文学上の近業（他的最近的文學作品）上 上 上 上

きんきん 近近〔名、副〕近日、最近（=近近、近く、遠からず）

近近持参する（過幾天就拿來）

近近上京の予定（準備最近進京）

出産も近近の事だ（快生產了）

ちかぢか 近近〔副〕不久、過幾天（=近近、近く）

彼は近近洋行する然うだ（據說他不久就要出國）

近近（に）上京する（過幾天進京）

結婚式は近近の予定です（準備過幾天就舉行婚禮）

きんけい 近景〔名〕近處的景緻、（畫或攝影的）近景

近景に花をあしらって風景画を描く（近景配合花來畫風景畫）描く 描く

きんけん 近県〔名〕鄰縣、附近的縣

近県から野菜を売りに来る（由鄰縣來賣菜）来る 繰る 剢る 来る

きんけんりょこう 近県旅行（附近旅行）

きんこ 近古〔名〕〔史〕近古（在日本指鎌倉、室町時代）

近古史（近古史）

近古文学（近古文學）

きんこう 近郊〔名〕近郊、郊區

近郊の農村（郊區的農村）

東京の近郊に住む（住在東京近郊）住む 棲む 済む 澄む 清む

台中に通勤出来る近郊の町（可以到台中上班去的近郊城鎮）

近郊鉄道（近郊鐵路）

きんごう 近郷〔名〕（城市）附近的鄉村、（某村）附近的村子

彰化近郷の生まれである（生在彰化附近的鄉村）

近郷の農民（附近鄉村的農民）

きんこく 近国〔名〕鄰近的國家、〔古〕接近京都的十七個諸侯國←→遠国、遠国

きんざい 近在〔名〕（城市）附近的鄉村、鄰近的城鎮

横浜の近在に住む（住在橫濱附近的鄉村）住む 棲む 済む 澄む 清む

近在から野菜を売りに来る（從附近鄉村來賣菜）来る 繰る 剢る 来る

きんさく 近作〔名〕最近作品、最近著作

セザンヌ画伯の近作を展覧する（展覽塞尚畫家的最近作品）

きんし 近思〔名〕從自己附近去考慮

きんし 近視〔名〕近視←→遠視

近視を矯正する（矯正近視）

近視眼（近視眼）

近視眼的な政策（目光短淺的政策）

きんじ 近似〔名、自サ〕近似、類似

人間の最も近似した動物（最類似人類的動物）最も 尤も

近似現象（〔生〕趨同現象）

近似進化（〔生〕趨同進化）

近似値（〔數〕近似值-如3、1416 為圓周率的近似值）

近似式（〔數〕近似式）

近侍、近仕〔名、自サ〕近侍、扈從（=近習、近習）

近事〔名〕最近發生的事情（=近頃の出来事）

近時〔名〕近來、最近（=近頃、此の頃）↔往時

近時の国際情勢（近來的國際情勢）

近時、青少年の学力が向上して来た（最近青少年的學力提高了）

近紫外線〔名〕〔理〕近紫外線

近軸光線〔名〕〔理〕近軸光線、傍軸光線

近日〔名〕近日、最近幾天、兩三天內（=近い内、近近）

近日御伺い致します（兩三天內前往拜訪）伺う窺う覗う

近日開店（最近開業）

近日渡し（近期交貨）

近日点〔名〕〔天〕近日點

近写〔名、自サ〕〔電影〕近攝,近拍、近攝鏡頭↔遠写

近習、近習〔名〕近臣、近侍者

近什〔名〕最近作的詩歌文章

近所〔名〕近處、附近、左近、近鄰

此の近所に住んでいる（住在這附近）住む棲む済む澄む清む

近所迄使いに行く（到附近去跑一趟）行く往く逝く行く往く逝く

近所で知らぬ者が無い（家喻戶曉、四處無人不知）

近所合壁（〔舊〕四鄰、街坊）

近所回り（走訪四鄰）

近所迷惑（四鄰不安）

近所近辺（左右、附近、近處）

近称〔名〕〔語法〕近稱（指示附近事物的代名詞、如此処、此方等）↔遠称、中称

近状、近情〔名〕近況（=近況）

手紙で近状を知らせる（用信告知近況）知らせる報せる

近臣〔名〕近臣、近侍之臣

近信〔名〕最近的音信

近親〔名〕近親、親信

彼とは近親の間柄です（和他是近親關係）

彼の人は私の近親者だ（他是我的近親）者者

近親結婚（近親結婚）

近親相姦（近親通姦）

近親に秘密を打ち明ける（對親信說出秘密）

近親交配（〔動〕血族交配）

近世〔名〕〔史〕近世、近代（日本史上一般指江戶時代、西歐史上指文藝復興以後）

近世の作家（近世作家）

近世史（近代史）

近生代〔名〕〔地〕新生代（=新生代）

近星点〔名〕〔天〕近星點

近接〔名、自サ〕接近、貼近、挨近、靠近

台風が日本に近接しつつ在る（颱風正在接近日本）

近接町村（〔城市〕四周的村鎮）

近接管制レーダー（進場控制雷達） radar

近接周波数（〔無〕鄰近頻率）

近接表示器（〔鐵〕臨場指示器）

近接連星（〔無〕鄰近雙星）

近村〔名〕附近的村落

近体〔名〕近代體裁、〔詩〕（五、七言的）絕句，律詩↔古体

近代〔名〕近代、現代（日本史上指明治維新以後、西歐史上指產業革命以後）

近代の特質（現代的特點）

近代の女性（現代婦女）

近代的建築（現代建築）

近代語（現代語言）

近代英語（現代英語）

近代化（近代化、現代化）

近代詩（近代詩）

近代人（現代人-在資本主義社會指具有個人主義，合理主義，科學頭腦傾向的人）

近代史（近代史、現代史）

近代文學（近代文學、現代文學-在日本指明治維新以後的文學、廣義指文藝復興以後。特別是法國大革命以後、浪漫主義以後的文學）

近代劇（近代劇、現代劇-指十九世紀末以來以人生，社會問題為主題，排斥脫離現實的新劇）

近代主義（現代主義＝モダニズム modernism）

近代社会（近代社會、現代社會-指以機械工業為基礎的資本主義社會）

近代国家（現代國家）

近代音楽（近代音樂、現代音樂-在西方音樂史上指從浪漫派音樂以後到第一次世界大戰後的新音樂）

近代都市（現代都市、現代城市）

近代産業（現代產業、現代工業）

近代五種競技（〔體〕現代五項比賽-國際奧林匹克運動會比賽項目之一、指射擊，三百米自由式游泳，擊劍，野外騎術，四千米賽跑五項、比賽者每日參加一項、比賽總得分）

近地点〔名〕〔天〕近地點

近着〔名、自サ〕最近運到、最近寄到

近着の雑誌（最近來到的雜誌）

近着図書（最近運到的書刊）

近著〔名〕最近的著作←→旧著

近点〔名〕〔理、天〕近點

近点距離（近點距離-月球公轉軌道中最接近地球的距離）

近点月（近點月-月球通過近地點再回到近地點的期間、約為 27 日 13 時 18 分 33 秒）

近点離角（〔天〕近點角）

近電〔名〕最近接到的電報

近東〔名〕（從西歐而言的）近東（指巴爾幹、土耳其、黎巴嫩、伊朗、伊拉克、阿富汗等）

近東諸国（近東各國）

近年〔名〕近幾年

近年に無い大地震（近幾年沒有的強烈地震）

近年の科学の発達は素晴らしい（近幾年的科學進步不得了）

近年珍しい豊作（近幾年少見的大豐收）

近辺〔名〕近處、左近、附近

駅の近辺に住む（住在車站附近）住む棲む済む澄む清む

病院は直ぐ近辺に在る（醫院就在附近）在る有る或る

近辺を散歩する（在附近散步）

東京近辺の遊覧地（東京附近的遊覽地）

近傍〔名〕旁邊、附近

高雄近傍の工業地帯（高雄附近的工業地帶）

近来〔名〕近來、近日、最近（＝此の頃、近頃）

科学は近来非常な発達を遂げた（近來科學發達不得了）

近来の傑作（最近的傑作）

近来に無い豪雨（近來少有的大雨）

近隣、近隣〔名〕近鄰、鄰近

近隣の村（鄰近的村落）村村

近隣諸国（鄰近各國）

近流〔名〕〔古〕近地流放←→遠流

近〔名〕近（＝近い）

左近（〔古官名〕左近衛府＝左近衛）←→右近

右近（〔古〕右近衛府-擔任警衛的官府）←→左近

近衛〔名〕近衛、（天皇或君主的）衛隊，禁衛軍，御林軍（＝近衛兵）

近衛府（近衛府-古時掌管皇宮警衛和天皇行幸的機關）

近い〔形〕（距離或時間）近，接近，靠近、（血統或關係）近，親近，親密，密切，近似，相似，近乎，近視

学校は山に近い（學校靠近山）誓い近い

私の家は駅から近いです（我家離車站很近）家家家家家

仕事は完成に近い（工作接近完成）

もう十二時に近い（快十二點鐘）

彼の先生はもう七十歳に近い（那位老師已經快七十歲了）七十七十

近い将来（不久的將來）

近い内に又会いましょう（過幾天再見面）
会う逢う遭う遇う合う

近い親戚（近親）

極近い間柄（關係非常密切）

遠い親類より近い他人（遠親不如近鄰）

彼の色は赤に近い（那個顏色近似紅色）

猿は人間に近い（猿猴近似人）

詐欺に近い行為（近乎詐欺的行為）

目が近い（眼睛近視）

近さ〔名〕近度

近さは一百メートル（近度是一百米）

近く〔名、副〕近處，近旁、（時間上）近，不久，近期、近乎，將近，幾乎

近くの家（附近的房屋）

駅の近くに在る（在車站附近）在る有る或る

近くの店で買い物を為る（在附近的商店買東西）

学校の直ぐ近くに住む（住在學校的附近）住む棲む済む澄む清む

近く然う為る（不久會那樣）為る成る鳴る生る

近く行われる会議（即將召開的會議）

もう三年近くに為る（已經快三年了）

夕刻近くに（在快到傍晚時分）

此の都市は一千万人近くの人が住んでいる（在這個城市裡住著將近一千萬人）

近しい〔形〕親密、親近、密切（=親しい）

近しい間柄（親密的關係）

近しい人（親密無間的人）

誰とも近しくしない（跟誰都不親近）

近劣り〔名〕遠看比近看好看←→近勝り

近勝り〔名〕近看比遠看好看←→近劣り

近頃〔名〕近來、近日、最近、這些日子（=此の頃）。
〔副〕〔舊〕萬分、非常（=甚だ）

つい近頃の事です（是最近的事情）

近頃来た許りだ（最近剛來）

近頃は良く地震が有る（最近經常發生地震）在る有る或る

近頃に無い大雪（近來沒有的大雪）大雪大雪

近頃の学生は働き乍学ぶ者が多い（近來的學生邊工作邊求學的很多）多い覆い被い蔽い蓋い

近頃迷惑な話だ（真是非常麻煩的事）

近付く〔自五〕接近，靠近，鄰近，逼近、接近，交往，來往、近乎，近似

試験が近付いて来た（快要考試了）

目的地に近付いた（接近目的地了）

舟が段段岸に近付く（船漸漸地靠岸）

春も過ぎて、夏が近付いて来た（春天已過快到夏天啦！）

危ない所には近付かない方が良い（最好不要靠近危險的地方）

近付き難い人（不易接近的人）

あんな連中には近付くな（不要接近那群人）

誰も傍に近付かない（誰都不和他交往）

大分本物に近付いて来た（很像真的了）

彼の日本語は何年も勉強する内に段段日本人に近付いて来た（他的日語經過多年學習逐漸近似日本人了）

近付き〔名〕熟識，相識，親密關係、熟人，朋友（=知り合い）

近付きに為る（熟識、認是）

御近付きの印迄に（作為友誼的一點表示）

貴方と御近付きに為れて嬉しいです（我能和您認識感到很高興）

彼の人は昔からの近付きです（他是我的老朋友）

御近付き〔名〕（近付き的鄭重說法）相識、認識、結識

御近付きの印（見面禮、相識的紀念禮品）

御近付きに為れて嬉しゅう御座います（我能跟您認識感到很高興）

彼の人は東京に御近付きに為りました（我和他是在東京認識的）

近付ける〔他下一〕使接近、使靠近、使親近

本に目を近付けて読むと近眼に為り易い（眼睛離書太近容易得近視）

彼は人を近付けない（他不讓人接近他）

危ないから子供を川の傍へ近付けては行けない（因為危險不要讓小孩靠近河邊）

近間〔名〕〔俗〕左右、近處（=近所）

近間に小学校が有る（附近有小學校）

近回り、近廻り〔名、自サ〕走近路，抄近路、附近，近處（=近間）

近回りして先に着く（走近路先到）

近回りを探す（在附近找尋）

近回りに煙草屋が有ります（附近有香煙店嗎？）

近道〔名〕近路、捷徑（=早道）←→遠道

地下鉄の駅へ行く近道（到地鐵車站去的近路）

立身出世の近道（飛黃騰達的捷徑）

近道を為る（抄近路）

原野を抜ける近道（穿過原野的近路）

英語を覚える近道（學習英語的捷徑）

学問に近道は無い（學問之道沒有捷徑）

近物〔名〕〔商〕（在成交的當月月底前交貨的）現貨（=当限）

近寄せる〔他下一〕使接近、使靠近（=近付ける）

灰皿を近寄せる（把菸灰缸拿過來）

火の傍へ手を近寄せる（把手伸近首的旁邊）

彼は娘にどんな男をも近寄せない（他不讓任何男人接近他女兒）

近寄る〔自五〕挨近、走近、靠近、接近

プールに近寄るな（不要走近水池）

近寄って見る（走到面前看）

あんな男は近寄らない方が良い（不要接近那樣的人）

子供を火に近寄らせない（不要讓孩子靠近火）

君子危うきに近寄らず（君子不近危）

危険！近寄るな（危險！禁止靠近）

近江、淡海〔名〕〔地〕近江（近畿地方舊國名之一、今滋賀縣）

近江商人（近江出身的商人－自古以善於經商出名）

近江の海（琵琶湖）

浸（ㄐ一ㄣˋ）

浸〔漢造〕浸

浸液法〔名〕浸液法（固體微粒折射率測定法之一）

浸剤〔名〕〔醫〕浸劑

浸出〔名、他サ〕浸出、泡出

過マンガン酸カリを水に浸出させる（用水把過錳酸鉀浸出）

浸出液（浸出液）

浸潤〔名、自サ〕（液體）浸潤、（思想或氣氛）滲透。〔醫〕浸潤

雨水が地に浸潤する（雨水浸潤土地）

民主主義が国民の間に浸潤する（民主主義滲透到民眾之間）

肺浸潤（肺浸潤）

浸食、浸蝕〔名、他サ〕侵蝕、侵食、侵犯
　相手国の市場を浸蝕する（侵蝕對方國家的市場）

浸水〔名、自サ〕浸水，浸入的水、水浸
　船が浸水の為自由を失う（船因浸水失去控制）
　船が浸水して忽ち沈没した（船因浸水馬上沉沒了）
　大雨で堤防が崩れ、附近の家が浸水した（因下大雨堤防崩潰附近的房屋被水浸了）
　浸水家屋（水浸的房屋）
　浸水コイル、コンデンサー（〔化〕潛管冷凝器）

浸漬〔名、他サ〕浸漬、浸入、浸塗

浸染、滲染〔名、自他サ〕浸染，沾染、(泡在染料液中)浸染（=丸染め）、感化

浸炭、滲炭〔名、他サ〕〔冶〕滲碳、增碳
　浸炭法（滲碳法）

浸透、滲透〔名、自サ〕（液體、思想等）滲透
　雨水が地に浸透する（雨水滲入地中）
　浸透作用（滲透作用）
　新思想が人人の心に浸透し始めた（新思想開始滲透到人們的心中）
　浸透圧（〔理〕滲透壓）

浸入〔名、自サ〕（水）浸入、進水

浸礼〔名〕〔宗〕（基督教）浸禮、洗禮（=バプテスマ）
　全身浸礼（全身洗禮）
　浸礼を受ける（接受洗禮）
　浸礼教会（洗禮教會）

浸かる、漬かる〔自五〕浸，泡（=浸る）
　高潮に漬かった家家（大潮淹了的房屋）
　泥水に漬かる（泡在泥水裡）
　風呂に漬かる（洗澡）
　湯に漬かる（入浴）
　海へ行って塩水に漬かる（到海裡去洗海水澡）

漬かる〔自五〕醃好、醃透
　漬物が漬かる（鹹菜醃好）
　糠味噌の蕪が漬かった（米糠醬的蕪菁醃好了）

浸く、漬く〔自五〕淹、浸
　床迄水が漬く（水浸到地板上）

漬く〔自五〕醃好、醃透（=漬かる）

付く、附く〔自五〕附著，沾上、帶有、配有、增加、增添、伴同、隨從、偏袒、向著、設有、連接、生根、扎根

（也寫作点く）點著，燃起、值、相當於、染上、染到、印上、留下、感到、妥當、一定、結實、走運

（也寫作就く）順著、附加、（看來）是

　泥がズボンに付く（泥沾到褲子上）
　血の付いた着物（沾上血的衣服）
　鮑は岩に付く（鮑魚附著在岩石上）
　甘い物に蟻が付く（甜東西招螞蟻）
　肉が付く（長肉）
　智慧が付く（長智慧）
　力が付く（有了勁、力量大起來）
　利子が付く（生息）
　精が付く（有了精力）
　虫が付く（生蟲）
　錆が付く（生銹）
　親に付いて旅行する（跟著父母旅行）
　護衛が付く（有護衛跟著）
　他人の後からのろのろ付いて行く（跟在別人後面慢騰騰地走）
　君には迚も付いて行けない（我怎麼也跟不上你）
　不運が付いて回る（厄運纏身）
　人の下に付く事を好まない（不願甘居人下）

あんな奴の下に付くのは嫌だ（我不願意聽他的）
彼の人に付いて居れば損は無い（聽他的話沒錯）
娘は母に付く（女兒向著媽媽）
弱い方に付く（偏袒軟弱的一方）
味方に付く（偏袒我方）
敵に付く（倒向敵方）
何方にも付かない（不偏袒任何一方）
引き出しの付いた机（帶抽屜的桌子）
此の列車には食堂車が付いている（這次列車掛著餐車）
此の町に鉄道が付いた（這個城鎮通火車了）
谷へ下りる道が付いている（有一條通往山谷的路）
種痘が付いた（種痘發了）
挿し木が付く（插枝扎根）
電灯が付いた（電燈亮了）
もう明かりが付く頃だ（該點燈的時候了）
ライターが付かない（打火機打不著）
此の煙草には火が付かない（這個煙點不著）
隣の家に火が付いた（鄰家失火了）
一個百円に付く（一個合一百日元）
全部で一万円に付く（總共值一萬日元）
高い物に付く（花大價錢、價錢較貴）
一年が十年に付く（一年頂十年）
値が付く（有價錢、標出價錢）値
然うする方が安く付く（那麼做便宜）
色が付く（染上顏色）
鼻緒の色が足袋に付いた（木屐帶的顏色染到布襪上了）
足跡が付く（印上腳印、留下足跡）
帳面に付いている（帳上記著）

染みが付く（印上污痕）污点
跡が付く（留下痕跡）
目に付く（看見）
鼻に付く（嗅到、刺鼻）
耳に付く（聽見）
気が付く（注意到、察覺出來、清醒過來）
目に付かない所で悪戯を為る（在看不見的地方淘氣）
目鼻が付く（有眉目）
凡その見当が付いた（大致有了眉目）
見込みが付いた（有了希望）
判断が付く（判斷出來）
思案が付く（想了出來）
判断が付かない（沒下定決心）
話が付く（說定、談妥）
決心が付く（下定決心）
始末が付かない（不好收拾、沒法善後）
方が付く（得到解決、了結）
けりが付く（完結）
収拾が付かなく為る（不可收拾）
彼の話は未だ目鼻が付かない（那件事還沒有頭緒）
御燗が付いた（酒燙好了）
実が付く（結實）
牡丹に蕾が付いた（牡丹打苞了）
彼は近頃付いている（他近來運氣好）
今日は馬鹿に付いている（今天運氣好得很）
ゲームは最初から此方に付いていた（比賽一開始我方就占了優勢）
川に付いて行く（順著河走）
塀に付いて曲がる（順著牆拐彎）
付録が付いている（附加附錄）
条件が付く（附帶條件）

朝飯とも昼飯とも付かぬ食事（既不是早飯也不是午飯的飯食、早午餐）

シルクハットとも山高帽とも付かない物（既不是大禮帽也不是常禮帽）

板に付く（純熟，老練、貼附，適當）

手に付かない（心不在焉、不能專心從事）

役が付く（當官、有職銜）

付く〔接尾、五型〕（接擬聲、擬態詞之下）表示具有該詞的聲音、作用狀態

がた付く（咯噔咯噔響）

べた付く（發黏）

ぶら付く（幌動）

付く、点く〔自五〕點著、燃起

電灯が付いた（電燈亮了）

もう明かりが付く頃だ（該點燈的時候了）

ライターが付かない（打火機打不著）

此の煙草には火が付かない（這個煙點不著）

隣の家に火が付いた（鄰家失火了）

付く、就く〔自五〕沿著、順著、跟隨

川に付いて行く（順著河走）

塀に付いて曲がる（順著牆拐彎）

就く〔自五〕就座，登上、就職，從事、就師，師事、就道，首途

席に就く（就席）

床に就く（就寢）床

塒に就く（就巢）

緒に就く（就緒）

食卓に就く（就餐）

講壇に就く（登上講壇）

職に就く（就職）

任に就く（就任）

実業に就く（從事實業工作）

働ける者は皆仕事に就いている（有勞動能力的都參加了工作）

師に就く（就師）

日本人に就いて日本語を学ぶ（跟日本人學日語）習う

帰途を就く（就歸途）

世界一周の途に就く（起程做環球旅行）

壮途に就く（踏上征途）

突く〔他五〕支撐、拄著

杖を突いて歩く（撐著拐杖走）

頬杖を突いて本を読む（用手托著下巴看書）

手を突いて身を起こす（用手撐著身體起來）

がっくり膝を突いて終った（癱軟地跪下去）

突く、衝く〔他五〕刺，戳，冒，衝、攻，抓，乘

槍で突く（用長槍刺）

針で指先を突いた（針扎了指頭）

棒で地面を突く（用棍子戳地）

鳩尾を突かれて気絶した（被擊中了胸口昏倒了）

判を突く（打戳、蓋章）

意気天を突く（幹勁衝天）

雲を突く許りの大男（頂天大漢）

つんと鼻を突く臭いが為る（聞到一股嗆鼻的味道）

風雨を突いて進む（冒著風雨前進）

不意を突く（出其不意）

相手の弱点を突く（攻擊對方的弱點）

足元を突く（找毛病）

突く、撞く〔他五〕撞、敲、拍

毬を突いて遊ぶ（拍皮球玩）

鐘を突く（敲鐘）

玉を突く（撞球）

吐く、突く〔他五〕吐（=吐く）、說出（=言う）、呼吸，出氣（=吹き出す）

反吐を吐く（嘔吐）

嘘を吐く（說謊）

息を吐く（出氣）

溜息を吐く（嘆氣）

即く〔自五〕即位、靠近

位に即く（即位）

王位に即かせる（使即王位）

即かず離れずの態度を取る（採取不即不離的態度）

着く〔自五〕到達（＝到着する）、寄到，運到（＝届く）、達到，夠著（＝触れる）

汽車が着いた（火車到了）

最初に着いた人（最先到的人）

朝台北を立てば昼東京に着く（早晨從台北動身午間就到東京）

手紙が着く（信寄到）

荷物が着いた（行李運到了）

体を前に折り曲げると手が地面に着く（一彎腰手夠著地）

頭が鴨居に着く（頭夠著門楣）

搗く、舂く〔他五〕搗、舂

米を搗く（舂米）

餅を搗く（舂年糕）

搗いた餅より心持ち（禮輕情意重）

憑く〔自五〕（妖狐魔鬼等）附體

狐が憑く（狐狸附體）

築く〔他五〕修築（＝築く）

周囲に石垣を築く（四周砌起石牆）

小山を築く（砌假山）

浸ける、漬ける〔他下一〕浸，泡（＝浸す）

着物を水に漬ける（把衣服泡在水裡）付ける附ける撞ける搗ける憑ける尽ける衝ける突ける

漬ける〔他下一〕醃，漬（＝漬物に為る）

菜を漬ける（醃菜）

塩で梅を漬ける（醃鹹梅子）

胡瓜を糠味噌に漬ける（把黃瓜醃在米糠醬裡）

寒い地方では野菜を沢山漬けて置いて、冬に食べる（寒冷地方醃好多菜冬天吃）

付ける、着ける、附ける〔他下一〕安上，掛上，插上，縫上，寫上，記上，注上，定價，給價，出價，抹上，塗上，擦上，使隨從，使跟隨，尾隨，叮梢，附加，添加，裝上，裝載

打分、養成、取得、建立、解決、（用に付けて形式）因而，一……就、每逢……就

列車に機関車を付ける（把機車掛到列車上）

剣を銃口に付ける（把刺刀安在槍口上）

カメラにフィルトーを付ける（把照相機安上濾色鏡片）

上の句に下の句を付ける（〔連歌、俳句〕接連上句詠出下句）

如露の柄が取れたから新しく付けなければならない（噴壺打手掉了必須安個新的）

シャツにボタンを付ける（把鈕扣縫在襯衫上）

部屋が暗いので窓を付けた（因為房子太暗安了扇窗子）

日記を付ける（記日記）

出納を帳面に付ける（把收支記在帳上）

其の勘定は私に付けて置いて呉れ（那筆帳給我記上）

次の漢字に仮名を付け為さい（給下列漢字注上假名）

値段を付ける（定價，要價，給價，出價）

値を幾等に付けたか（出了多少價錢？）

値段を高く付ける（要價高，出價高）

薬を付ける（上藥、抹藥）

パンにバターを付ける（給麵包塗上奶油）

手にペンキを付ける（手上弄上油漆）

ペンにインキを付ける（給鋼筆醮上墨水）

タオルに石鹸を付ける（把肥皂抹到毛巾上）

護衛を付ける（派警衛〔保護〕）

病人に看護婦を付ける（派護士護理病人）

被告に弁護士を付ける（給被告聘律師）

彼の後を付けた（跟在他後面）

彼奴を付けて行け（盯上那個傢伙）

スパイに付けられている（被間諜盯上）

手紙を付けて物を届ける（附上信把東西送去）

景品を付ける（附加贈品）

条件を付ける（附加條件）

体内に段段と抵抗力を付ける（讓體内逐漸產生抵抗力）

乾草を付けた車（裝著乾草的車）乾草

点数を付ける（給分數、打分數）

五点を付ける（給五分、打五分）

子供に名を付ける（給孩子命名）

父親を付けた名前（父親給起的名字）

良い習慣を付ける（養成良好習慣）

職を手に付ける（學會一種手藝）

技術を身に付ける（掌握技術）

悪い癖を付けては困る（不要給他養成壞習慣）

方を付ける（加以解決、收拾善後）

紛糾に結末を付ける（解決糾紛）

関係を付ける（搭關係、建立關係）

決着を付ける（解決、攤牌）

速く話を付けよう（趕快商量好吧！）

君から話を付けて呉れ（由你來給解決一下吧！）

其に付けて思い出されるのは美景（因而使人聯想到的是美景）

風雨に付けて国境を守る戦士を思い出す（一刮風下雨就想起守衛邊疆的戰士）

気を付ける（注意、當心、留神、小心、警惕）

けちを付ける（挑毛病、潑冷水）

元気を付ける（振作精神）

智慧を付ける（唆使、煽動、灌輸思想、給人出主意）

箸を付ける（下箸）

味噌を付ける（失敗、丟臉）

目を付ける（注目、著眼）

役を付ける（當官）

理屈を付ける（找藉口）

付ける、着ける、附ける〔他下一〕（常寫作着ける）穿上、帶上、佩帶（＝着用する）。

（常寫作着ける）（駕駛車船）靠攏、開到（某處）（＝横付けに為る）

服を身に着ける（穿上西服）

軍服を身に着けない民兵（不穿軍裝的民兵）

制服を着けて出掛ける（穿上制服出去）

ピストルを着けた番兵（帶著手槍的衛兵）

面を着ける（帶上面具）

自動車を門に着ける（把汽車開到門口）

船を岸壁に着ける（使船靠岸）

付ける、着ける、附ける〔接尾〕（接某些動詞＋（さ）せる〈ら〉れる形式的連用形下）經常，慣於 表示加強所接動詞的語氣（憑感覺器官）察覺到

行き付けた所（常去的地方）

遣り付けた仕事（熟悉的工作）

怒鳴られ付けている（經常挨申斥）

叱り付ける（申斥）

押え付ける（押上）

酷く怒って本を机に叩き付けた（大發雷霆把書往桌子上一摔）

聞き付ける（聽到、聽見）

見付ける（看見、發現）

嗅ぎ付ける（嗅到、聞到、發覺、察覺到）

点ける〔他下一〕（有時寫作付ける）點火，點燃、扭開，拉開，打開

　　ランプを点ける（點燈）

　　煙草に火を点ける（點菸）

　　マッチを点ける（劃火柴）

　　ガスを点ける（點著煤氣）

　　部屋が寒いからストーブを点けよう（屋子冷把暖爐點著吧！）

　　電燈を点ける（扭開電燈）

　　ラジオを点けてニュースを聞く（打開收音機聽新聞報導）

　　テレビを点けた儘出掛けた（開著電視就出去了）

即ける、就ける〔他下一〕使就位、使就師

　　席に即ける（使就席）

　　局長の地位に即ける（使就局長職位）

　　位に即ける（使即位）

　　職に即ける（使就職）

　　先生に即けて習わせる（使跟老師學習）

した す〔他五〕〔方〕浸泡（=浸す）

浸す〔他五〕浸、泡

　　手拭を水に浸す（將手巾浸在水裡）

　　井戸に西瓜を浸す（把西瓜鎮在井中）

　　川に手足を浸す（將手腳泡在河裡）手足 手足手足

浸し物〔名〕（熱水煮過的）涼拌菜（=御浸し）

浸る〔自五〕浸泡，浸濕（=浸かる、漬かる、濡れる）、沉浸，沉湎，沉醉，陶醉（在…）

　　川に浸る（浸在河裡）川河皮革側

　　畑が水に浸る（田地泡在水裡）畑 畠 畑畠

　　大水の為家が床迄浸って終った（因漲大水房子淹沒到地板上了）大水大水床床終う仕舞う

　　幸福に浸る（沉浸在幸福中）

　　勝利の感激に浸る（沉浸在勝利的喜悅中）

　　酒と女に浸る（沉湎於酒色）

　　楽しい雰囲気に浸る（沉浸在歡樂氣氛中）

　　昔を思って、一人物思いに浸る（懷舊獨自沉浸在回憶中）一人独り

進（ㄐㄧㄣˋ）

進〔漢造〕升進、前進、提高、呈上

　　昇進、陞進（升進、晉級、高聲）

　　上進、上伸（上進，長進，前進，進步、〔經〕〔行市〕上漲、獻上，奉上）

　　行進（〔列隊〕前進）

　　栄進（榮升、晉升）

　　詠進（作詩歌獻給皇室或神社、每年一月按宮中歌會日皇出的題作詩進獻）

　　特進（特別進級、特別升進）

　　前進（前進）←→後退

　　漸進（漸進、逐步前進）

　　先進（先進，前輩，先輩←→後進、〔機〕〔軋鋼等機械的〕前滑現象）

　　後進（後進，晚輩，後來人、落後，發展較晚、〔車輛等〕向後行駛，後退）←→前進

　　高進、亢進、昂進（亢進，惡化，昂首闊步）

　　急進（急進、冒進）

　　推進（推進、推動）

　　突進（突進、猛衝、直衝上去）

　　日進月歩（日新月異）

　　精進（〔佛〕精進，修行，齋戒，淨身慎心、吃素，不茹葷，專心致志）

　　勧進（〔佛〕勸布施、化緣）

進じる〔他上一〕贈送，奉上（=差し上げる、進ぜる、奉る）、（上接動詞連用形+て）…給您（=…て上げる）（=進ずる）

　　甘酒を進じる（贈送甜酒）

　　書いて進じる（給您寫）

進ずる〔他サ〕贈送，奉送（=与える）、（上接動詞連用形+て）…給您（=…て上げる）

書いて進ずる（寫給您）進ずる信ずる

進ぜる〔他下一〕〔舊〕贈送，奉送（=差し上げる）
御望みの物を進ぜましょう（我將奉送您希望的東西）
早速作って進ぜましょう（我趕緊做好送給您）

進運〔名〕進步、發展
我国も世界文明の進運に伴って進む（我國也隨著世界文明的發展而前進）

進化〔名、自サ〕進化、進步←→退化
漸変進化（漸變進化）
人間は猿から進化した物だと言う（據說人是從猴子進化的）言う云う謂う
世の進化を妨げる（阻礙社會的進步）
進化論（進化論）
進化論的に見る（按進化論來看）
進化論者（進化論者）者者

進学〔名、自〕升學、（某人）進修學問
来年は大学に進学する（明年升入大學）
進学が難しい（升學困難）
進学志望者（志願升學者）

進級〔名、自サ〕（等級或學級的）升進、升級
軍人の名誉進級（軍人的名譽晉級）
二年に進級する（升為二年級）
進級が早い（升級快）
進級試験（升級考試）

進境〔名〕進步情況、進步的程度
進境が著しい（進步顯著）
何等の進境を認めない（看不出有任何進步、毫無進步）認める認める認める
君の前作に比べて一段の進境を示している（比起你以前的作品大有進步）比べる較べる

進軍〔名、自サ〕進軍
進軍喇叭を吹く（吹響進軍號）吹く噴く拭く葺く

奥地に向って進軍する（向內陸偏僻的地方進軍）
進軍歌（進軍歌）歌歌

進撃〔名、自サ〕進攻、攻擊
敵の進撃を阻む（阻止敵人的進攻）
町は其処から進撃すれば一時間で達し得る処に在った（城鎮位於從那裏進攻一小時即可到達的地點）
進撃命令（攻擊令）

進言〔名、他サ〕進言、建議、提意見
進言を入れる（採納建議、接受意見）入れる容れる要れる射れる居れる炒れる煎れる淹れる
改革案を進言する（提出改革方案）

進行〔名、自他サ〕進行、前進，進展、（病情）發展，惡化
列車が進行する（列車運行、列車行駛）
会議は進行中である（會議正在進行）
引き続き進行する（繼續前進）
進行を妨げる（阻止前進）
進行信号（〔鐵〕行進信號）
進行が早い（進展迅速）早い速い
順調に進行する（順利進展）
交渉は何の程度迄進行したか（談判進展到了什麼地步）
仕事の進行は捗捗しくない（工作進展得遲緩）
予定通り計画を進行させる（按預定進行計畫）
彼の結核は進行している（他的結核在惡化）
病気の進行を阻止する（阻止病情發展）
進行波（〔電〕行波）
進行波管（行波管）管管
進行形（〔語法〕進行態）
現在進行形（現在進行態）
進行性（〔醫〕進行性、進展性）

ㄐ

しんこうせいきんし
進行性近視（進行性近視）

しんこうせいまひ
進行性麻痺（進展性麻痺）

しんこうかかり
進行係（司儀）

しんこう
進攻〔名、他サ〕進攻

てきじん　しんこう
敵陣に進攻する（進攻敵人陣地）

しんこうさくせん
進攻作戰（進攻作戰）

しんこう
進貢〔名、自サ〕〔史〕進貢

しんこうこく
進貢国（進貢國）国国

しんこう
進航〔名、自サ〕〔船〕航行行駛

しんこうちゅう　ふね
進航中の船（航行中的船）中中中中

ふね　きた　　　　　　しんこう
船は北へ向けて進航する（船向北航行）

しんこう
進講〔名、他サ〕進講、侍講

おしんこうもう　あ
御進講申し上げます（我來侍講）

へいか　せいぶつがく　しんこう
陛下に生物学を進講する（向陛下侍講生物學）

しんし
進士〔名〕（古代中國秋舉時的）進士、（日本按大寶令制官吏考試及格的）進士

しんしゅ
進取〔名〕進取←→退嬰、保守

しんしゅてき　ひと
進取的な人（要求進步的人）

しんしゅ　きしょう　と
進取の気象に富んでいる（富於進取精神）

しんしゅつ
進出〔名、自サ〕進入，打入，擠進，參加、向…發展，進展

えいがかい　しんしゅつ
映画界に進出する（進入電影界）

ふじん　しゃかい　　しんしゅつ
婦人の社会への進出（婦女走向社會）

こくさんひん　かいがいしんしゅつ
国産品の海外進出（國貨擠進國外市場）

せいかい　しんしゅつ　　じつぎょうか
政界に進出する実業家（參加政界的實業家）

そ　　　department store　　　しんじゅく　しんしゅつ
其のデパートは新宿へ進出しようと計画している（那家百貨店計畫向新宿發展）
けいかく

こんど　せんきょ　　しゃかいとう　しんしゅつ　めだ
今度の選挙では社会党の進出が目立った（在本屆選舉中社會黨的進展特別明顯）

すす　で
進み出る〔自下一〕走上前去、走到前面去

いっぽすす　で
一歩進み出る（向前走一步）

まえ　すす　で
前に進み出る（迎向前去）

ひとびと　か　わ　　ちゅうおう　すす　で
人人を掻き分けて中央に進み出た（推開眾人走到中間去）人人人

しんじょう
進上〔名、他サ〕獻上、贈送、呈送

おいわ　しな　しんじょう
御祝いの品を進上する（呈送賀禮）

しんすい
進水〔名、自サ〕（新船）下水、進水

しんぞうせん　しんすい
新造船が進水する（新船下水）

しんすいだい
進水台（下水台）

しんすいだい　はな
進水台を離れる（船離開下水台）離れる放れる

しんすいしき
進水式（新船的下水典禮、進水式）

そ　ふね　きのうしんすいしき　おこな
其の船は昨日進水式を行った（那艘船昨天舉行了下水典禮）昨日昨日

しんたい
進退〔名、自サ〕進退，進和退、行動，態度、去留，辭職和留職、舉止

しんたい　じゆう　うしな
進退の自由を失う（失去進退的自由）

みちはば　せま　　　しんたいままな
道幅が狭くて進退儘為らず（路窄不能自由進退）

しんたいりょうなん
進退両難（進退兩難）

しんたい　きゅう
進退に窮する（不知如何行動是好？）窮する給する休する

しんたい　とも　す
進退を共に為る（採取共同行動）刷る摺る擦る掘る磨る摺る摩る為る

しんたいよろ　え
進退宜しきを得る（行動得宜）得る得る

しんたい　けっ
進退を決する（決定去留）決する結する
いかんいかがどう
如何如何如何

わたし　しんたい　ひと　　　　こ　　　こころ
私の進退は一つには此の試みの結果如何に掛かっているのです（我的去留決於這次嘗試的結果如何）

きょそしんたい
挙措進退（舉止行動）

しんたい　ゆうが
進退が優雅だ（舉止優美）

しんたいきわ
進退谷まる（進退維艱）極まる窮まる

しんたいうかが
進退伺い（〔官員犯錯誤時〕請示去留的辭呈、非正式辭呈）

しんたいうかが　だ
進退伺いを出す（遞交請示去留的辭呈）

かれ　しんたいうかが　だ　　そ　ぎ　およ
彼は進退伺いを出したが、其の儀に及ばすと言う事であった（他提出了請示去留的辭呈但結果認為無需辭職）

しんたつ
進達〔名、他サ〕轉呈、轉遞（公文等）

しんちゅう
進駐 〔名、自サ〕（軍隊）進入（外國領土）、進駐

　外国に進駐する（進入外國駐紮）
　進駐軍に勤める（在佔領軍中工作）勤める努める務める勉める
　進駐兵（佔領軍）

しんちょく
進捗 〔名、自サ〕進展

　交渉が進捗する（談判有進展）
　進捗を阻む（阻止進展）
　皆が手伝えば、事は進捗する筈だ（大家都幫助的話事情就會有進展）
　進捗状況（進展情況）

しんてい
進呈 〔名、他サ〕贈送、奉送

　無料進呈（免費贈送）
　見本を進呈する（奉送樣本）
　御入用なら一部進呈しましょう（您若需要就奉送給您一份）入用入用

しんてき
進適 〔名〕入學智力測驗（=進学適正検査）

　進適を受ける（接受入學智力測驗）

しんてん
進展 〔名、自サ〕進展、發展←→停頓

　文化が進展する（文化進步）
　問題の進展を注目する（注視問題的發展）
　戦局の進展と共に（隨著戰局的進展）
　今後此の問題は如何進展するだろう（今後這個問題將如何發展？）如何如何如何

しんてん
進転 〔名〕提升位置

しんど
進度 〔名〕進度

　学科進度（學科進度）
　進度が速い（進度快）速い早い
　各組の進度を揃える（調齊各班的進度）組組
　此の組は英語の進度が遅れている（這個班英語進度慢）遅れる後れる送れる贈れる
　進度表（進度表）表表

しんにゅう
進入 〔名、自サ〕進入

　旅客機が着陸の為飛行場に進入して来る所だった（客機為了著陸正在飛入機場）
　進入灯（〔空、鐵〕進場燈、進站燈）
　進入弁（〔機〕進入閥、進氣閥）

すすみいる
進み入る 〔自五〕進入（=進入する）

しんぱつ
進発 〔名、自サ〕（軍隊）進發、出發、開撥

　進発命令を出す（下達出發命令）
　一個大隊が奥地へ向け進発した（一個營向内地開撥了）一個一個

しんぽ
進歩 〔名、自サ〕進步←→退步、保守

　医学の進歩（醫學的進步）
　進歩した教授法（進步的教授法）
　進歩が早い（進步快）速い早い
　進歩が止まる（踏步不前）止まる留まる停まる泊まる止まる留まる
　進歩を妨げる（妨礙進步）
　長足の進歩を遂げる（取得極大的進步）
　著しい進歩を見せる（顯出顯著的進步）
　此の辞典は以前の物に比べて確かに一段と進歩している（這部辭典比以前的確實大有進步）
　人間は進歩が止まれば退歩する物だ（人不進則退）物者
　進歩主義（進步主義）←→保守主義
　進歩的（進步的）←→保守的
　進歩的な見解（進步的見解）
　進歩的文化人（進步的知識份子）
　進歩派（進步派）
　保守党内の進歩派（保守黨内的進步派）
　進歩派陣営（進步派陣營）

しんもつ
進物 〔名〕禮物、贈品（=贈物）

　御進物（禮品）
　進物に為る（作為禮品）為る為る
　進物と為て贈る（當禮品贈送）贈る送る
　進物用に包む（包成禮品樣式）

此の折箱は進物用です（這個小木盒是送禮用的）

進塁〔名、自サ〕〔棒球〕進壘
むざむざと進塁を許す（不採取對策就讓對方進壘）

進路〔名〕進路、前進的道路←→退路
台風の進路に当たっている（碰到颱風的進路）当たる当る中る
人生の進路を誤る（走錯人生的道路）誤る謝る
進路を妨げる（擋住去路）
進路を切り開く（開闢前進道路）
進路を見い出す（尋找前進道路）

進む〔自五〕進，前進←→退く、進步、先進、發展←→遅れる、升級、進級、升入、進入、達到、（食慾）增進
（鐘錶）快←→遅れる、（常用進んで的形式）自願地，主動地
（志願）在於⋯方面，打算走⋯、出仕，做官。
〔接尾〕（接在某些動詞的連用形下）繼續⋯下去

風上に向って進む（逆風前進）
時速四十ミイルの速度で進む（以時速四十英里的速度前進）
時代共に進む（與時俱進、跟著時代前進）
人込の中を搔き分けて進む（撥開人群前進）
今後我我の進む可き道（我們今後應走的道路）
進むも退くも自由儘に為らない（進退兩難）退く退く退く
一歩進んで（向前進一步、更進一步）
進め〔口令〕前進！
光や音は波を為して進む（光和聲音形成波前進）
此の前は何処迄進みましたか（上次講到哪裡了？）

八ページの二行目迄進みました（講到第八頁第二行）
進んだ技術（先進的技術）
進んだ経験に学ぶ（學習先進經驗）習う
文明が進むに連れて（隨著文明的進步）
人文日に就り月に進む（人文的進步日新月異）
年を取ったが考え方は可也進んでいる（雖然上了年紀可是思考卻相當進步）
交渉が旨く進まない（談判不見進展）旨い美味い甘い上手い巧い
工事が順調に進む（工程進展得很順利）
彼は課長から部長に進んだ（他由課長升為處長了）
大学へ進む（升入大學）
決勝戦で進んでいる（進入決賽）
彼の病気は大分進んでいる（他的病情愈加惡化）
病勢が進む（病情惡化）
食欲が進む（食慾增進）
食欲が進まない（食慾不振）
此の時計は一日に十五秒宛進む（這隻錶一天快十五秒）
君の時計は三分進んでいる（你的錶快了三分鐘）
僕の時計は進みも為ず遅れも為ない（我的錶既不快也不慢）
自ら進んで従軍を申し出る（自己主動申請從軍）自ら自ずから自ら
自ら進んで重任を引き受ける（主動地挑起重擔）重任重任
進んで人の嫌がる事を遣る（主動地做別人不願做的事）
彼等は進んで探検隊に加わった（他們自願地加入了探險隊）
文学方面へ進む（打算走文學路子）

進んで天下を能くす（出而治理國家）

読み進む（繼續讀下去）

気が進まぬ（無意，沒心思、不起勁，不感興趣）

進まぬ顔（不願意的神情、不高興的神情）

勧む、奨む、薦む〔他下二〕勸告、勸誘、建議、推薦、推舉（=勧める、奨める、薦める）

進み〔名〕進，進展，進度，前進，進步，嚮往，心願

建築工事の進みを速く為った（建築工程的進度加快了）

御原稿の進み具合は如何ですか（您的稿子的進展情況怎樣？）如何如何如何

此の時計は進みが激しい（這隻錶走得太快）激しい烈しい劇しい

此の子は勉強の進みが迚も速い（這孩子的學習進步非常快）

心の進みに従い、此の歌を書き上げた（興之所至信筆寫成了這首歌）

進める〔他下一〕使前進，向前移動←→退ける、推進、開展、進行，提升，進級，增進，使旺盛，使發展

時計の針を一時間進める（把錶向前撥快一小時）

馬を進める（驅馬前進）

膝を進めて聞く（向前移膝傾聽）聞く聴く訊く利く効く

将棋の駒を前へ進める（向前走象棋子）

交渉を進める（進行交涉、推進談判）

今度は二番目の問題に話を進めましょう（現在來討論第二個問題吧！）

どんどん工事を進めないと雪が降って仕事が出来なく為って終う（工程如不加緊進行一下雪就不能工作了）

彼は一生懸命に研究を進めている（他在孜孜不倦地進行研究）

彼を係長に進める（提升他當股長）

功績有る部下の階級を進める（提升有功的部下）

食欲を進める薬（增進食慾的藥）

我国の農工業を進める（發展我國的公農業）

勧める、奨める、薦める〔他下一〕勸告、勸誘、建議、推薦、推舉

煙草を止める様に勧める（勸人戒菸）

彼の男には勧めても駄目だ（那人勸告也沒用）

私は彼に勧められて此の仕事を引き受けた（我是經他勸說才接受了這項工作的）

嫌がるのを無理に勧めても仕方が無い（本來不想做勉強勸也沒有用）

御茶を勧める（讓喝茶）

酒を勧める（勸酒、敬酒）

座布団を勧める（請人用坐墊）

腰掛ける様に勧める（讓座）

此の方法を薦める（推薦這個方法）

委員長の候補者と為て此の人を薦める（推薦這人做委員長候選人）

此の本を自信を持って君に薦めるよ（我有把握像你推薦這本書）

勧め、薦め〔名〕勸告、勸誘、推薦

医者の勧めで煙草を止めた（經醫師勸告戒菸了）

先輩の薦めで（經前輩的推薦）

噤（ㄐㄧㄣˋ）

噤〔漢造〕閉著口

噤口〔名〕噤口、閉口不言

噤む〔他五〕閉口、緘口、噤口

口を噤む（閉口不談）

其の事に就いては口を噤んで語らない（關於那件事閉口不談）

禁（ㄐㄧㄣˋ）

禁〔名、漢造〕禁令、禁止、禁宮，皇宮、禁忌，忌避

禁を犯す（犯禁、違禁）犯す侵す冒す
禁を解く（解禁、解除禁令）解く溶く說く
禁を破る（違禁）
厳禁（嚴禁）
発禁（禁止發行＝発売禁止）
解禁（解禁、解除禁令）
戒禁（禁戒、〔佛〕戒律）
国禁（國家禁令）

禁じる〔他上一〕禁止，不准、禁忌，戒除、抑制，控制（＝禁ずる）←→許す

駐車を禁じる（禁止停車）
無用の者の立ち入りを禁じる（閒人免進）
失笑を禁じ得ない（不禁發笑）得る得る売る
賭博は法律で禁じられている（賭博為法律所禁止）

禁ずる〔他サ〕禁止，不准、禁忌，戒除、抑制，控制（＝禁じる）

集会を禁ずる（禁止集會）
喫煙を禁ずる（不准吸煙）
無断入室を禁ずる（不准隨便進屋）
賭博は法律で禁じられている（賭博為法律所禁止）
酒を禁ずる（戒酒、忌酒）
此の頃はすっかり煙草を禁じている（最近我完全戒煙了）
同情の念を禁ずる事が出来ない（非常同情）
失笑を禁じ得ない（不禁發笑）得る得る売る

禁圧〔名、他サ〕禁止壓制、鎮壓

自由な行動を禁圧する（壓制禁止自由行動）
反革命を禁圧する（鎮壓反革命）

禁衛〔名〕禁衛、皇宮的警衛
禁衛隊（禁衛隊）

禁苑、禁園〔名〕禁止入内的庭園、禁苑、御花園，皇宮的庭園

禁畑、禁煙〔名、自サ〕禁止吸煙、戒煙,忌煙

場内禁煙（場內不准吸煙）
禁煙区間（禁煙區間）
体に悪いので禁煙する（因為對身體沒好處忌煙）（禁煙する只用於自己戒煙）
今日から禁煙する（從今天起戒菸）今日今日
禁煙運動（戒煙運動）

禁厭〔名〕（防病、消災的）禁忌

禁戒〔名〕規戒、戒律（＝戒め）

禁忌〔名、他サ〕〔醫〕禁忌、忌諱（＝タブー taboo）

他の薬を併用するも禁忌無し（不忌兼服他藥）他他
配合禁忌の薬品（禁忌配合的藥品）
禁忌を犯すと神の呪いを受ける（犯了禁忌就會受到神明的詛咒）

禁教〔名〕禁止的宗教、犯禁的宗教←→正教

禁句〔名〕（詩歌的）避諱句、避諱的言詞

社長の前で禿げは禁句だ（在經理面前可不要說禿驢）

禁軍〔名〕皇宮的警衛軍（＝禁衛軍）

禁闕〔名〕禁闕，宮門、禁宮，皇宮

禁固、禁錮〔名、他サ〕禁錮，禁閉、〔法〕監禁、不准任官

地下室に禁錮する（禁閉在地下室裡）
十年の禁錮に処せられる（被判處十年監禁）処する書する
禁錮監（監獄）
重禁錮（重監禁）
軽禁錮（輕監禁）
二十日間の禁錮（監禁二十天）二十日二十日

きんごく
禁獄〔名〕監禁、下獄

きんこんしんとう
禁婚親等〔名〕禁止通婚的近親屬

きんさつ
禁札〔名〕（官署貨管理人員立的）禁止事項告示牌

きんし
禁止〔名、他サ〕禁止

　せんりゃくぶっしつ　　ゆしゅつ　きんし
　戦略物質の輸出を禁止する（禁止戰略物資的出口）

　しゅうかい　かんけん　きんし
　集会は官憲に禁止される（集會被警察當局所禁止）

　こ　やくひん　はんばい　きんし
　此の薬品の販売は禁止されている（不准出售這種藥品）

　きんし　と　　　　　と　　と
　禁止を解く（解除禁令）解く溶く説く

　きんしほう　　　ほう
　禁止法（〔法〕禁止法規，取締法規、〔語法〕禁止法，禁止語氣-用な、勿れ、可からず等表示）

　きんしたい
　禁止帯（〔理〕禁帯）

　きんしぜい
　禁止税（〔為了禁止生産、消費等所課的〕高捐税）

　きんし　えいぎょう
　禁止営業（不准經營的商業-指制造偽鈔、販賣春畫或猥褻書刊、私下賣淫等）

　きんしかんぜい
　禁止関税（〔事實上等於禁止進口的〕高率保護關稅）

きんじき
禁色〔名〕禁止使用的顏色（天皇或皇族的袍色臣下禁用-青色、赤色、黃赤色、橙黃色、深紫色、深緋色、深蘇芳色等七色）

きんしゅ
禁酒〔名、自サ〕禁酒、戒酒

　きんしゅ　しょうれい
　禁酒を奨励する（獎勵戒酒）

　ちか　　きんしゅ　　　　　ちか　ちが
　誓って禁酒する（立誓戒酒）誓う違う

　いしゃ　きんしゅ　めい
　医者が禁酒を命ずる（醫生嚴囑戒酒）命ずる銘ずる

　きんしゅうんどう
　禁酒運動（禁酒運動）

　きんしゅどうめい
　禁酒同盟（禁酒同盟）

　きんしゅほう
　禁酒法（戒酒法）

　きんしゅしゅぎ
　禁酒主義（戒酒主義）

きんしょ
禁書〔名〕（因政治上、宗教上、風紀上的理由）禁止出版（閱讀、儲藏）的書，禁書、（江戶時代為禁止耶穌教）禁止書籍進口、（天主教會認為有害）不准信徒閱讀的書

きんじょう
禁城〔名〕皇城、皇宮（=皇居）

きんせい
禁制〔名、他サ〕禁止、禁令，禁止法規

　ゆにゅう　きんせい
　輸入を禁制する（禁止進口）

　きんせい　と　　　　　と　と
　禁制を解く（解除禁令）解く溶く説く

　きんせいひん
　禁制品（違禁品）

　きんせいたい
　禁制帯（〔理〕禁帯）

　きんせいげんり
　禁制原理（〔原子物理〔胞利氏〕不相容原理）

きんぜつ
禁絶〔名、他サ〕斷絕、禁止而根絕

　あへん　きんぜつ
　鴉片を禁絶する（斷絕鴉片）

きんそく
禁足〔名、他サ〕（因觸犯罰則等）不准外出

　いつかかん　きんそく　めい
　五日間の禁足を命ずる（處於五日不准外出）命ずる銘ずる

きんたいしゅつ
禁帯出〔名〕禁止帶出（備置的書籍等）

　きんたいしゅつほん
　禁帯出本（不准帶出的書）

きんたん
禁痰〔名〕（多用於牌示）禁止吐痰

きんだん
禁断〔名、他サ〕禁止、嚴禁

　まやく　きんだん
　麻薬を禁断する（斷絕麻醉藥品）

　ここ　せっしょうきんだん　ばしょ
　此処は殺生禁断の場所だ（這裡是嚴禁殺生的地方）

　きんだんしょうじょう
　禁断症状（禁斷症狀-因禁忌麻醉劑等而引起的犯癮症狀）

　きんだん　こ　み
　禁断の木の実（〔宗〕〔舊約中亞當和夏娃偷食的〕禁果、〔轉〕誘人但不應追求的快樂）

きんちさん、きんじさん
禁治産、禁治産〔名〕〔法〕禁治產（宣告精神不正常的人為無管理財產能力者而附以保護人的制度）

　きんじさんもの
　禁治産者（禁治産者、無管理財產能力者）
　ものしゃ
　者者

きんちゅう
禁中〔名〕宮中、皇宮

きんちょう
禁鳥〔名〕保護鳥、禁止獵捕的鳥

きんてい
禁廷〔名〕禁中、禁闕、皇宮

きんてん
禁転〔名〕〔商〕禁止轉讓

　きんてんこぎって
　禁転小切手（不准轉讓的支票）

　きんてんてがた
　禁転手形（禁止轉讓票據）

きんてんさい
禁転載〔名〕不准轉載

きんばつ
禁伐〔名〕禁止砍伐

禁伐林（禁伐林）林 林

禁反言〔名〕〔法〕禁止翻供（=エストッペル）

禁秘〔名〕決不能被看的秘密、宮中的秘密

禁兵〔名〕宮中守衛的兵（=禁衛兵）

禁法〔名〕禁制的法令（=禁令）

禁物〔名〕嚴禁的事物、切忌的事物

　此処では喫煙は禁物だ（這裡嚴禁吸煙）

　其の言葉は今彼等の間では禁物だ（現在他們之間那句話決不能講）

　夜更しは禁物だ（切忌熬夜）

　血圧の高い人に酒は禁物だ（血壓高的人切忌喝酒）

　アスパラガスは腎臓病には禁物だ（有腎臟病切忌吃龍鬚菜）

　問題を研究するには、主観性、一面性及び表面性を帯びる事は禁物である（研究問題忌帶主觀性片面性和表面性）

禁門〔名〕禁止出入的門、宮門，禁宮的門。〔轉〕皇宮

禁輸〔名〕禁運、禁止進出口

　禁輸を解除する（解除禁運）

　禁輸品目（禁運物品種類）

　禁輸リスト（禁運物品表）

禁欲、禁慾〔名、自サ〕禁慾、節慾

　禁慾生活（禁慾生活）

　定期禁慾法（定期節慾法）

禁裡、禁裏〔名〕禁宮、皇宮

　禁裏様（〔古〕天皇的尊稱）

禁猟〔名〕禁止狩獵

　此の森は禁猟地に為っている（這片森林是禁獵地區）為る 成る 鳴る 生る

　禁猟期（禁獵期）

禁漁、禁漁〔名〕禁止捕魚

　禁漁期、禁漁期（禁止捕魚期）

　禁漁区、禁漁区（禁止捕魚區）

禁令〔名〕禁令

　禁令を発する（頒發禁令）

　禁令を解く（解除禁令）解く 溶く 説く

禁牢〔名〕關在監牢裡面

江（ㄐㄧㄤ）

江〔漢造〕江，大河、揚子江、（舊地方名）近江的簡稱

　大江（大江、大河）

　長江（長的江、〔中國〕長江，揚子江）

　揚子江（揚子江、長江=長江）

　遡江、溯江（溯江而上）

　揚子江を遡江する（溯長江而上）

　江州（江州）

江河〔名〕大河、長江與黃河

江海、江海〔名〕河和海、湖泊和海

江湖〔名〕世上、社會、公眾

　江湖に訴える（訴諸輿論、向公眾呼籲）

　江湖に勧める（介紹給公眾）勧める 進める 薦める 奨める

　江湖の好評を博す（博得社會一般好評）

江口〔名〕江口、河口

江上〔名〕江上，江邊、揚子江上，揚子江邊

江都〔名〕江戶（舊時東京的別稱）

江東〔名〕〔地〕江東（東京隅田川東岸地區）

　江東地帯（江東地帶-指東京的江東區、江戶川區、葛飾區、墨田區、足立區一帶）

江南〔名〕大江以南、長江以南的地區

江畔〔名〕江畔、江邊、江岸

　江畔の景色は特に美しい（江邊的景色特別美麗）

江流〔名〕大江流水、中國長江的流水

江〔名、漢造〕水灣，海灣，湖泊（=入江）。〔古〕河，海

　入り江、入江（海灣）

　難波江（大阪附近的難波灣）

絵、画〔名〕畫、圖畫、繪畫、（電影，電視的）畫面

　色刷りの絵（彩色印畫）

絵を描く（畫畫）
随分古い絵だ（非常古老的畫、很老的影片）
絵がはっきりしない（畫面不清楚）
絵の様な黄山（風景如畫的黃山）
絵が上手だ（善於畫畫）
絵が下手だ（不善於畫畫）
絵が分る（懂得畫、能鑑賞畫）
絵が分らない（不懂得畫、不能鑑賞畫）
風景を絵に為る（把風景畫成畫）
絵に書いた様に美しい（美麗如畫）
絵に書いた餅で飢えを凌ぐ（畫餅充飢）
絵模様（繪紋飾）
絵地図（用圖畫標示的地圖）
油絵（油畫）
影絵影画（影畫、剪影畫）
影絵芝居（影戲、皮影戲）
写絵、映絵（寫生的畫、描繪的畫、剪影畫、〔舊〕相片, 幻燈）
移絵（移畫印花、印花人像）
掛絵（掛的畫）
挿絵（插畫繪圖）
下絵（畫稿、底樣、〔請帖, 信紙, 詩籤等上的〕淺色圖畫）
浮世絵（浮世繪-江戶時代流行的風俗畫）
屏風絵（屏風畫）
風刺絵（諷刺畫）

餌〔名〕餌，餌食（=餌）。〔轉〕誘餌，引誘物
　魚が餌に掛かる（魚上鉤）
　釣針に餌を付ける（把餌安在鉤上）
　兎に餌を遣る（餵兔子）
　鶏が餌を漁る（雞找食吃）
　金を餌に為て騙す（以金錢作誘餌來欺騙）

餌〔名〕餌食。〔轉〕誘餌。〔俗〕食物
　魚に餌を遣る（餵魚）魚 肴 魚魚
　金を餌に為る（以金錢為誘餌）
　景品を餌に客を釣る（以贈品為誘餌招來顧客）
　餌が悪い（吃食不好）
　餓鬼に餌を遣れ（給孩子點吃的吧！）

餌〔名〕〔俗〕餌（=餌）
枝〔名〕樹枝（=枝）
　松が枝（松枝）
　梅が枝（梅枝）
枝〔名〕樹枝←→幹、分支、（人獸的）四肢
　太い枝（粗枝）
　細い枝（細枝）
　梅一枝（一枝梅花）
　枝下ろし（打ち）（修剪樹枝）
　枝を折る（折枝）
　枝を揃える（剪枝）
　枝もたわわに実る（果實結得連樹枝都被壓彎了）
　枝川（支流）
　枝道（岔道）
　枝の雪（螢雪、苦讀）
　枝を交わす（連理枝）
　枝を鳴らさず（〔喻〕天下太平）
柄〔名〕柄、把
　傘の柄（傘柄）柄絵江枝餌荏重会恵慧
　斧の柄（斧柄）
　柄を挿げる（安柄）
　柄を挿げ替える（換柄）
　柄の長い柄杓（長柄勺）
　柄の無い所に柄を挿げる（強詞奪理）
江崎ダイオード diode〔名〕〔無〕隧道二極管（=トンネル、ダイオード）（江崎玲於奈發明、故名）
江戸〔名〕〔地〕江戶（日本東京的舊稱）
　江戸気質（江戶精神、東京人的脾氣性格）

江戸趣味（江戸情趣）

江戸の仇を長崎で討つ（江戸的仇在長崎報、喻在意外的地方或不相關的問題上進行報復）

江戸っ子（江戸人、東京人）

生粋の江戸っ子（道地的東京人）

江戸っ子気質（東京人的脾氣）

江戸時代（〔史〕江戸時代-由德川家康在江戸設置幕府、直到政權交還朝廷為止的時期、亦稱德川時代、1603-1867）

江戸幕府（江戸幕府、德川幕府、1603-1867）

江戸家老（江戸時代駐江戸的家臣之長、在江戸值勤的〝大名〞的頭目）↔国家老

江戸城（江戸城-明治以前德川將軍的駐城、維新後改為皇城）

江戸前（江戸式，江戸派、在東京灣釣的魚）

江戸前の料理（江戸式的菜）

江戸前の鯊（在東京灣釣的刺蝦虎魚）

江戸風（江戸流、江戸樣式、奢侈風俗）（=江戸前）

江戸商い（江戸時代運貨到江戸做買賣）

江戸菊（〔植〕翠菊=蝦夷菊）

江戸払い（逐出江戸-江戸時代的一種刑罰、逐出日本橋四周五日里以外）（=江戸追放）

江戸追放（逐出江戸-江戸時代的一種刑罰、逐出日本橋四周五日里以外）（=江戸払い）

江戸紫（藍紫色）↔古代紫

江戸番（江戸時代諸侯的家臣在江戸的公館值勤）（=江戸詰）

江戸詰（江戸時代諸侯的家臣在江戸的公館值勤）（=江戸番）

江戸文学（江戸文學、江戸時代文學）

江戸寿司（江戸壽司=握り寿司）

江戸褄（江戸褄模樣的簡稱）（和服上衣下擺兩端部分畫花樣為婦女盛裝的一種）

江泥〔名〕生於岩石上的一種海草（可作肥料）

江浦草、江浦草、九十九草〔名〕〔植〕日本白頭翁

江浦草髪、九十九髪〔名〕老婦的白髮

漿（ㄐㄧㄤ）

漿〔漢造〕漿

血漿（血漿）

脳漿（腦漿、腦汁）

膿漿（膿水、創液）

漿液〔名〕〔生理〕漿液，血清↔粘液、〔化〕橡漿清

漿液腺（漿液腺）

漿液膜（漿液膜）

漿果〔名〕〔植〕漿果↔堅果

漿果を常食と為る動物（以漿果為日常食物的動物）

葡萄、柿等の漿果（葡萄柿子等漿果）

漿麩、正麩〔名〕（用麵粉做麵筋時剩下的澱粉）漿糊粉

漿麩を煮て糊を作る（煮漿糊粉做漿糊）作る造る創る

漿膜〔名〕〔動〕漿膜

彊（疆）（ㄐㄧㄤ）

彊〔漢造〕地的界線

辺彊、辺境（邊疆、邊境、偏遠地區）

彊界、境界〔名〕疆界、境界、邊界

彊界での挑発（邊界上的挑釁）

彊界に於ける緊張した事態（邊界緊張局勢）於ける置ける擱ける措ける

彊界を定める（畫定邊界）

彊界を封鎖する（封鎖邊界）

彊界を測量する（勘界）

彊界の位置付け（邊界走向）

彊界の現状（邊界現狀）

彊界線を測量画定して標識を立てる（勘界立標）

彊界測量議定書（勘界議定書）

きょうかいかせん
彊界河川（界河、邊界河流）
きょうかいじょうやく
彊界条約（邊界條約）
きょうかいせん
彊界線（邊界線）
きょうかいけいそうちく
彊界係争地区（邊界爭執地區）
きょうかいしょうとつ
彊界衝突（邊界衝突）
きょうかいもんだい
彊界問題（邊界問題）

薑（ㄐㄧㄤ）

きょう
薑〔漢造〕薑

きょうおうし
薑黄紙〔名〕〔化〕薑黄試紙

はじかみ　はじかみ
薑、椒〔名〕〔古〕生薑(=生姜)、（寫作 椒）
はじかみ
花椒(=山椒)

講（ㄐㄧㄤˇ）

こう
講〔名、漢造〕講課，講解、商議。〔佛〕講經會，法會、拜廟團體、（一種民間通融資金組織）互助會，拔會

きゅうこう
休講（休講、停課）
ちょうこう
聴講（聽講、旁聽）
だいこう
代講（代講、代人演講或講課〔的人〕）
かいこう　　　　　　　　　　へいこう
開講（開課、開始講課）←→閉講
へいこう　　　　　　　　　　　　　　　　　　　　　　かいこう
閉講（〔課程〕停講，停課、〔講習會等〕結業，講完）←→開講
りんこう
輪講（輪流講解〔書或課本等〕）
ちょうこう
長講（長時間的演講或講話）
さいしょうおうこう
最勝王講（金光明最勝王經的講經會）
らかんこう
羅漢講（十八羅漢和五百羅漢供養讚嘆法會）
ほっけはっこう
法華八講（法華經八卷四日法會）
いせこう
伊勢講（伊勢參宮結合的信仰團體）
ふじこう
富士講（參拜富士山組成的團體）
たのもしこう
頼母子講（互助會-由若干人組成按月存款輪流借用）
むじんこう　　　　　　　　　　　　　　　　　　　　　　たのもしこう
無尽講（互助會-由若干人組成按月存款輪流借用）（=頼母子講）
えびすこう
恵比寿講（〔農曆十月二十日或正月十日，二十日、商店等〕祭財神）

こう
講じる〔他上一〕講授、採取（=講ずる）

ひかくぶんがく　　こう　　　　　　　　　　　　　　　こう
比較文学を講じる（講授比較文學）講じる高じる嵩じる昂じる困じる
たいさく　こう
対策を講じる（採取對策）
とくべつ　ほうほう　こう
特別な方法を講じる（採取特別的辦法）

こう
講ずる〔他サ〕講說、講求，謀求，尋求、採取（措施），想（辦法）、（在詩社席上）念，朗誦（詩）

ぶんがく　こう　　　　　　　　　　　　　こう　　　こう　　こう
文学を講ずる(講授文學)講ずる高ずる嵩ずる昂ずる困ずる薨ずる
しゅだん　こう
手段を講ずる（採取手段）
わ　こう
和を講ずる（講和）
たいさく　こう
対策を講ずる（想對策）

こうえん
講筵〔名〕演講會的座席
こうえん　れっ
講筵に列する（出席講演會）

こうえん
講演〔名、自サ〕講演、演說、（作）報告
がっかい　　　こうえん
学会での講演（在學會的報告）
だいがく　　こうえん
大学で講演する（在大學演講〔作報告〕）
こうえん　いらい
講演を依頼する（請人作報告）
けいざいもんだい　つ　　こうえん
経済問題に就いて講演する（報告有關經濟的問題）
こうえんかい
講演会（報告會）

こうがく
講学〔名〕鑽研學問

こうぎ
講義〔名、他サ〕講、講義、講解
ちゅうごくし　　こうぎ
中国史の講義（中國歷史講義）
こうぎ　しゅっせき
講義に出席する（出席聽講）
れきし　こうぎ　す　　　　　　　　　す　す　す
歴史の講義を為る（講解歷史）刷る摺る擦る
す　す　す　す　す
掏る磨る揺る摩る
こうぎ　　　note　と　　　　　　　　　　と
講義のノートを取る（筆記講義）取る捕る
と　と　と　と　と　と　と
摂る採る撮る執る獲る盗る録る
にっぽんけいざいし　つ　　こうぎ
日本経済史に就いて講義する（講授日本
にほんにっぽん　ひ　　　　もとやまと やまと
經濟史）日本日本日の本大和 倭
やまだきょうじゅ　つぎがっき　　　まんようしゅう　　こうぎ
山田教授は次学期から万葉集を講義する（山田教授從下學期起講授萬葉集）
こうぎろく
講義録（講義記錄、函授課程）
こうぎろく　にほんご　　べんきょう
講義録で日本語を勉強する（用函授講義學習日語）
こうぎろく　はっこう
講義録を発行する（發行講義）

ㄐ

講究〔名、他サ〕調査研究
十分講究してから取り掛かる（充分調査研究以後開始進行）

講金〔名〕互助會分期繳納的錢（=講錢）

講座〔名〕（大學裡講授專題的）講座、（講座式的）講習班，講義，廣播講座
歴史の講座を担当する（擔任歷史講座）
ラジオ英語講座（廣播英語講座）
此の時間の講座は此で終わります（這節課就講到這裡）

講師〔名〕（高等院校的）講師、演講者
哲学の講師（哲學講師）
講師を招いて話を聞く（聘請演講者聽報告）聞く聴く訊く利く効く

講師〔名〕（皇宮舉辦詩社時的）詩歌朗誦者、〔古〕（法會時）講解佛經的僧官

講社〔名〕信仰神佛的宗教結社、遊山拜廟的團體（=講中、講中）

講中、講中〔名〕參加拔會的人們（=頼母子講の連中）、遊山拜廟的團體（=講社）

講釈〔名、他サ〕講解、說詞書（=講談）
文学史を講釈する（講解文學史）
三国志を講釈する（講三國演義）
講釈師（講評書的人）

講習〔名、他サ〕講習、學習
講習を受ける（聽講、聽課）
編み方を講習する（講習編織法）
講習会（講習會）

講書〔名〕講書
史記の講書（講解史記）

講席〔名〕講演席、詩歌朗誦會

講説〔名、他サ〕講說

講談〔名〕說評說、講故事
講談を一席弁ずる（說一段評書）
講談師（說書先生、講評書的人、講評詞的演員）

講談師口調で演説する（用講評詞的語調做講演）

講壇〔名〕（授課或講演的）講壇、〔宗〕說教台
講壇に立つ（登上講台）立つ経つ建つ絶つ発つ建つ断つ裁つ截つ

講堂〔名〕（學校等的）禮堂，大廳。〔佛〕講經堂

講読〔名、他サ〕講解（文章）
大学でShakespeareを講読する（在大學講莎士比亞作品）

講評〔名、他サ〕講評
試験官の講評を受けた（得到了主考官的評語）
研究内容の講評を先生に御願いした（請老師講評研究內容）
勝負の講評を為る（講評比賽勝負）為る刷る摺る擦る掏る磨る擂る摩る

講元〔名〕（撥會的）會首、發起人

講和、媾和〔名、自サ〕講和、媾和、議和
講和を申し出る（請和）
交戦国と講和する（和交戰國講和）
単独講和（單獨媾和）
講和派（主和派）
講和条約（媾和條約）
対日講和条約（對日和約）
講和条約を結ぶ（締結合約）結ぶ掬ぶ

講話〔名、自サ〕演講、報告
地震学講話（地震學報告）
通俗講話（通俗演講）

奨（獎）（ㄐㄧㄤˇ）

奨〔漢造〕獎
推奨（推薦）
多くの読者が推奨する本（許多讀者推薦的書）
産地推奨の御土産品（產地推薦的土特產品品）

勧奨（獎勵、獎賞、建議）
　両国間の和解を勧奨する（建議兩國和解）
　バース、コントローンを勧奨する（鼓勵節育）

奨学〔名〕獎勵學術
　奨学金（獎學金）
　奨学資金（獎學資金）
　奨学生（領獎學金的學生）

奨金〔名〕獎金
　奨金を受ける（獲得獎金）

奨揚〔名、他サ〕獎勵讚揚

奨励〔名、他サ〕獎勵、鼓勵
　運動を奨励する（獎勵運動）
　貯蓄を奨励する（獎勵儲蓄）
　其は日本語研究の奨励と為るだろう（那會成為研究日語的鼓勵）為る成る鳴る生る
　奨励金（獎勵金、獎金）
　輸出奨励金（出口獎勵金）
　増産奨励金（增產獎勵金）
　奨励金を出す（發出獎勵金）

奨める、勧める、薦める〔他下一〕勸告、勸誘、建議、推薦、推舉
　煙草を止める様に勧める（勸人戒菸）
　彼の男には勧めても駄目だ（那人勸告也沒用）
　私は彼に勧められて此の仕事を引き受けた（我是經他勸說才接受了這項工作的）
　嫌がるのを無理に勧めても仕方が無い（本來不想做勉強勸也沒有用）
　御茶を勧める（讓喝茶）
　酒を勧める（勸酒、敬酒）
　座布団を勧める（請人用坐墊）
　腰掛ける様に勧める（讓座）
　此の方法を薦める（推薦這個方法）
　委員長の候補者と為て此の人を薦める（推薦這人做委員長候選人）
　此の本を自信を持って君に薦めるよ（我有把握像你推薦這本書）

進める〔他下一〕使前進，向前移動←→退ける，推進，開展，進行，提升，進級，增進，使旺盛，使發展
　時計の針を一時間進める（把錶向前撥快一小時）
　馬を進める（驅馬前進）
　膝を進めて聞く（向前移膝傾聽）聞く聴く訊く利く効く
　将棋の駒を前へ進める（向前走象棋子）
　交渉を進める（進行交涉、推進談判）
　今度は二番目の問題に話を進めましょう（現在來討論第二個問題吧！）
　どんどん工事を進めないと雪が降って仕事が出来なく為って終う（工程如不加緊進行一下雪就不能工作了）
　彼は一生懸命に研究を進めている（他在孜孜不倦地進行研究）
　彼を係長に進める（提升他當股長）
　功績有る部下の階級を進める（提升有功的部下）
　食欲を進める薬（增進食慾的藥）
　我国の農工業を進める（發展我國的公農業）

奨む、勧む、薦む〔他下二〕勸告、勸誘、建議、推薦、推舉（=勧める、奨める、薦める）

進む〔自五〕進，前進←→退く，進步，先進，發展←→遅れる，升級，進級，升入，進入，達到，食慾）增進

（鐘錶）快←→遅れる、（常用進んで的形式）自願地，主動地

（志願）在於…方面，打算走…、出仕，做官。

〔接尾〕（接在某些動詞的連用形下）繼續…下去
　風上に向って進む（逆風前進）

時速四十ミイルの速度で進む（以時速四十英里的速度前進）

時代共に進む（與時俱進、跟著時代前進）

人込の中を掻き分けて進む（撥開人群前進）

今後我我の進む可き道（我們今後應走的道路）

進むも退くも自由儘に為らない（進退兩難）

一歩進んで（向前進一步、更進一步）

進め（〔口令〕前進！）

光や音は波を為して進む（光和聲音形成波前進）

此の前は何処迄進みましたか（上次講到哪裡了？）

八ページの二行目迄進みました（講到第八頁第二行）

進んだ技術（先進的技術）

進んだ経験に学ぶ（學習先進經驗）

文明が進むに連れて（隨著文明的進步）

人文日に就り月に進む（人文的進步日新月異）

年を取ったが考え方は可也進んでいる（雖然上了年紀可是思考卻相當進步）

交渉が旨く進まない（談判不見進展）

工事が順調に進む（工程進展得很順利）

彼は課長から部長に進んだ（他由課長升為處長了）

大学へ進む（升入大學）

決勝戦で進んでいる（進入決賽）

彼の病気は大分進んでいる（他的病情愈加惡化）

病勢が進む（病情惡化）

食欲が進む（食慾增進）

食慾が進まない（食慾不振）

此の時計は一日に十五秒宛進む（這隻錶一天快十五秒）

君の時計は三分進んでいる（你的錶快了三分鐘）

僕の時計は進みも為ず遅れも為ない（我的錶既不快也不慢）

自ら進んで従軍を申し出る（自己主動申請從軍）自ら自ずから自ら

自ら進んで重任を引き受ける（主動地挑起重擔）重任 重任

進んで人の嫌がる事を遣る（主動地做別人不願做的事）

彼等は進んで探検隊に加わった（他們自願地加入了探險隊）

文学方面へ進む（打算走文學路子）

進んで天下を能くす（出而治理國家）

読み進む（繼續讀下去）

気が進まぬ（無意，沒心思、不起勁，不感興趣）

進まぬ顔（不願意的神情、不高興的神情）

匠（ㄐㄧㄤˋ）

匠〔漢造〕工匠

宗匠（〔和歌、俳句、茶道等的〕老師、師傅）

師匠（〔對有技藝的人的尊稱〕老師、師傅）

番匠、番匠（古時輪流由外地來到京都皇宮裡工作的工匠、木匠）

鷹匠（鷹匠，馴鷹者，鷹把式〔=鷹飼い〕、〔舊〕江戶時代飼鷹者的職稱）

巨匠（巨匠、大家、泰斗）

名匠（名工巧匠、名藝術家、著名學者）

意匠（構思，動腦筋，下工夫、〔デザイン design 的譯詞〕圖案，設計）

工匠（〔古〕工匠，木匠〔=職人、大工〕、器物的設計）

画匠（畫匠）

匠気 [名] 匠氣

　匠気たっぷりである（匠氣十足）巧み 匠工

匠人 [名] 木匠（=大工）、匠人（=職人）

匠、工 [名] 木匠，木工（=大工）、雕刻匠

降（ㄐㄧㄤˋ）

降（有時讀作降）[漢造] 下降←→昇、投降，降服、以後

　下降（下降、下沉）←→上昇

　昇降（升降、上下）

　乗降（〔車船的〕上下）

　左降（左遷、降職、降級調職）（=左遷）

　霜降（霜降-二十四節氣之一）

　投降（投降=降参）

　登降（登降、升降、上下=上り下り）

　以降（以後、之後=以後）

降伏 [名、他サ]〔佛〕降伏

降魔 [名]〔佛〕降魔

降圧 [名]〔醫〕降血壓

　降圧剤（降壓藥）

降雨 [名] 降雨，下雨、下的雨

　今月は多量の降雨を見た（這個月下了好多雨）

　降雨の為川が増水した（因為下雨河水漲了）

　降雨不足で作物が育たない（因為缺雨莊稼長不起來）

　降雨帯（降雨帯）

降下 [名、自サ] 降下，下降，降落、（日皇）下達（組閣敕令）

　飛行機が降下して来る（飛機往下降落）来る来る

　気温が降下する（氣溫下降）

　落下傘で降下（用降落傘降落）

　降下損害（〔軍〕跳傘傷亡）

　降下ドア（〔軍〕飛機的跳傘門）

　大命降下（下達組閣敕令）

　降下傘（降落傘=落下傘）

　降下物（散落物）

　放射性降下物（放射性散落物）

　多量の放射性降下物を発生させる（產生大量放射性散落物）

　降下物を伴わない地下核実験（不產生散落物的地下核試驗）

降嫁 [名、自サ] 下嫁（皇女脫離皇籍出駕）

降灰 [名]（火山爆發後）降灰、（原）微粒回降，回降物，放射性塵埃

　浅間山が爆発して多量の降灰が有った（淺間山爆發了落了大量火山灰）

降階 [名]〔數〕（張量的）縮開

降格 [名、自他サ] 降格、降級（=格下げ）

降旗 [名]（投降的）降旗、白旗。〔自サ〕降旗

降級 [名] 降級←→昇級

降給 [名] 降工資、減工資←→昇給

降参 [名、自サ] 投降，降服，投誠，折服，認輸，覺得毫無辦法（=閉口）

　刀折れ矢尽きて降参する（彈盡援絕而投降）

　さあ降参か（這回你服不服？）

　君にはもう降参したよ（我算服你了）

　水不足には降参する（對缺水毫無辦法）

　此の問題には降参だ（對這個問題沒辦法）

　人込は降参だ（人多擠得受不了）

降車 [名、自サ] 下車←→乗車

　降車口（車站的出口）

　降車ホーム platform（下車月台、到達月台）

降将 [名] 降將、投降的將軍

降職 [名、自サ] 將職、降級（=降任）

降心 [名] 謙遜、徹底了解

降神 [名] 祈禱念咒以招來神佛

降水 [名]〔氣〕降水（指雨雪等）

　降水量（降水量）

ㄐ

こうせつ 降雪〔名〕降雪、下雪
三十センチメートルの降雪が有った（下了三十公分的雪）

こうせつりょう 降雪量（下雪量）

こうそう 降霜〔名〕降霜、下霜
昨夜降霜が有った（昨晚下霜了）昨夜昨夜

こうたん 降誕〔名、自サ〕（神佛、君主、聖人等）誕生、出生
キリスト降誕祭（聖誕節）祭祭 キリスト基督

こうだん 降段〔名、自サ〕（劍道、圍棋等的）段位下降←→昇段

こうだん 降壇〔名、自サ〕下講台、（大學教師非退休的）去職，離開講台←→登壇
演説を終って降壇する（結束演講走下講台）
野次って降壇させる（轟下講台去）

こうちゃく、こうちゃく 降着、降著〔名、自サ〕〔飛機〕降落、著陸
降着装置（飛機的降落裝置）

こうとう 降等〔名、自サ〕降等、降級
士官を兵に降等させる（把軍官降級為士兵）

こうにん 降人〔名〕〔古〕投降者

こうにん 降任〔名、他サ〕降級、降職
部長から課長に降任する（從處長降級為科長）因る寄る拠る縁る依る由る遴る縒る撚る
彼は業務上の過失に因って降任された（他由於業務上的過失被降級了）

こうばん 降板〔名、自サ〕〔棒球〕降板、下板（投手從投手板上下來）←→登板
呆気無く降板した（不過隱地退下板來）

こうひょう 降雹〔名〕下冰雹
降雹に由る農作物の被害（農作物遭受的雹震）因る寄る拠る縁る依る由る遴る縒る撚る

こうふく、こうふく 降伏、降服〔名、自サ〕降服、投降
条件付き降伏（有條件投降）
無条件降伏（無條件投降）
降伏の申し込む（請降、乞降）
降伏の受理（受降）
降伏を勧告する（勸降）
彼等は降伏を肯んぜず、最後の一兵迄戦った（他們不肯投降戰鬥到最後一兵）
降伏点（〔理、化〕屈服點）
降伏文書（投降書）
降伏旗（降旗、白旗）旗旗

ごうぶく 降伏〔名、他サ〕〔佛〕降伏
悪魔を降伏する（降伏惡魔）

こうべき 降冪〔名〕〔數〕降冪

こうりゅうぎょ 降流魚〔名〕〔動〕降河魚

こうりん 降臨〔名、自サ〕（神佛）降臨，下凡，下界。〔敬〕（貴人）光臨，駕臨

ごうま 降魔〔名〕〔佛〕降魔
降魔の利剣（降魔寶劍）

おりる、おりる 降りる、下りる〔自上一〕（從高處）下來，降落（＝下る，下がる）←→上がる，登る

（從交通工具）下來←→乘る、（霜，露，霧）下，降、排泄，流產

（從上面）發下來，批下來，下台，退位，辭職←→登る、（比賽怕輸）棄權

山を下りる（下山）
梯子を下りる（下梯子）
木から下りる（從樹上下來）
二階から下りる（從二樓下來）
地下室に下りる（下到地下室）
飛行機が下へ下りる（飛機往下降落）
窓のカーテン下りている（窗簾放了下來）
幕が下りる（閉幕、落幕）
鍵が下りた（鎖上了）
電車を下りて、バスに乗り換えた（下了電車換乘公車）
自転車からぽんと下りる（從自行車上蹦下來）
汽車から下りる（從火車上下來）

途中で下りる（在半路下來）

下りる駅を間違えた（下錯了車站）

車掌さん、下りるから止めて下さい（車掌小姐我要下車請停一下）

下りる方から御先に願います（請先下後上）

下りる方が済んでから御乗り下さい（請下完再上）

車から下りる時は足元に気を付け為さい（下車時請留神腳底下）

露が下りる（降露）

此の辺では十一月の初めに霜が下りる（這一帶在十一月初下霜）

虫下しを飲んだので回虫が下りた（因為吃了驅蟲藥蛔蟲排泄下來了）

許可が下りた（許可下來了）

命令が下りた（命令下來了）

位を下りる（退位）

ポーカーの勝負から下りる（從撲克比賽退出來）

降り口、下り口、降り口、下り口〔名〕出口、下降口、樓梯口

降ろす、下ろす〔他五〕放下，拿下←→上げる、（也寫作卸す）卸下，使降下←→乗せる、初次用，新使用

砍下，剃掉，切開、（從體內）打下、（也寫作卸す）擦碎、提取、撤下、（減法）借數、扎根

本を棚から下ろす（從書架上把書拿下來）

鍋を下ろす（把鍋拿下來）

梯子を下ろす（放下梯子）

カーテンを下ろす（放下窗簾）

旗を下ろす（降旗）

国旗を半旗に下ろす（國旗降半旗）

錨を下ろす（下錨）

腰を下ろす（坐下）

幕を下ろす（閉幕）

錠を下ろす（上鎖）

船からボートを下ろす（從船上放下小艇）

車から荷を下ろす（從車上卸貨）

やっと重荷を下ろした（好不容易卸下了重擔）

馬から下ろして遣る（從馬上給扶下來）

彼は御母さんを汽車から下ろして上げた（他把他母親扶下了火車）

其処で下ろして下さい（到那裡讓我下車）

下ろした許りの服（剛穿上身的新衣服）

靴を下ろす（穿新鞋）

筆を下ろす（使用新筆）

枝を下ろす（把樹枝砍下）

髪を下ろす（削髮為僧侶）

鯖を三枚に下ろす（把青花魚切成三片）

虫を下ろす（打蟲）

胎児を下ろす（墮胎）

大根を下ろす（擦蘿蔔泥）

林檎を下ろす（擦蘋果泥）

貯金を下ろす（提取存款）

御供えを下ろす（撤下供品）

農村に根を下ろす（扎根農村）

山を下ろす風（從山上刮下的風）

卸す〔他五〕批發

薬品を卸す（批發藥品）

八掛けで卸す（按八折批發）

降す、下す〔他五〕〔古〕下，降、賜、下賜、降低、貶黜、瀉、下達、做出、著手、打，驅除、（由中央）派遣、派出、攻下、使投降、使順流而下

〔接尾〕（以動詞連用形+下す的形式）一直…下去（中途不停頓）

雨を下す（天降雨）

勅を下す（下詔）

階級を下す（降級）

腹を下す（瀉肚）

ㄐ

命令を下す（下命令）
判決を下す（下判決）
結論を下す（下結論）
手を下す（下手）
筆を下す（下筆）
虫を下す（打蟲）
使者を下す（派遣使者）
敵を下す（使敵人投降）
筏を下す（放木排）
読み下す（一直讀下去）
書き下す（一直寫下去）
飲み下す（吞下）

降って、下って〔接〕以後，往後推移、再者（給長上寫信時在寫自己情況以前寫入表示謙虛）

明の時代から下って清の時代に至る迄（從明朝以後到清朝為止）
時代は更に下って（時代更往後推移）
下って小生一家無事に過して居りますから御安心下さい（至於我這裡我們全家平安請勿掛念）

降る、下る〔自五〕下，降、下達，判決，少以，低差，在…以下、下鄉，隱退，下野，投降，時代變遷、入獄

坂を下る（下坡）
馬を下る（下馬）
温度がマイナス五度迄下った（溫度降到了零下五度）
攻撃命令が下る（下達進攻命令）
明日は彼の事件の判決が下る日だ（明天是那案件宣判的日子）
此の学校の学生は二千を下らない（這學校的學生不下兩千人）
此の品は数等下る（這貨低好幾等）
私は腹が下っている（我正在腹瀉）
虫が下る（排出蛔蟲）

田舎へ下る（到鄉村去）
野に下る（下野、隱退）
敵は我軍門に下る（敵人向我們投降）
世が下る（到了後世）
獄を下る（入獄）

降り、下り〔名〕下、降、從首都（特指東京）到地方去←→上り、下坡（=下り坂）、下行列車（=下り列車）、瀉肚（=下り腹）

其処で道は下りに為る（路在那裡變成下坡）
此処から下りだ（從這裡開始是下坡）
上りは辛いが下りは楽だ（上坡費勁下坡容易）
此の汽車は下りだ（這列車是到地方去的）
週末には下りの列車が混雑する（週末開往地方的列車壅擠）

降る〔自五〕降下、落（雨，雪，灰，霜等）

雨に降られる（被雨淋了）降る振る古る
降っても照っても（不管晴天雨天）
雨が降ったり止んだりした（雨時下時停）
降って湧いた様（宛如天降、突然出現）
降って湧いた様な災難だ（這是天降的災難）
降って湧いた様な幸運（天降的幸運）
降る程（多得很）
彼の娘には縁談が降る程有る（替她介紹對象的多的是）有る在る或る
降らぬ先の傘（未雨綢繆）傘笠嵩暈瘡量

そぼ降る〔自五〕淅瀝地下（雨）（=しとしと降る）

そぼ降る雨に柳の葉がしっとり濡れている（柳葉被淅瀝的細雨淋得濕淋淋的）

振る〔他五〕揮，搖，擺、撒，丟，扔，擲。〔俗〕放棄，犧牲（權力、地位），謝絕，拒絕，甩，分派、（在漢字旁）注上（假名）、（使方向）偏於，偏向。（單口相聲等）說開場白

〔經〕開（票據，支票），抬神轎，移神靈

手を振る（揮手、擺手、招手）

旗を振る（搖旗）
　ハンカチを振る（揮手帕）
　首を振る（搖頭）
　バットを大振りを振る（用力揮球棒）
　脇目も振らず（目不斜視）
　タクトを振る（揮動指揮棒）
　骰子を振る（擲骰子）
　料理に塩を振る（往菜上撒鹽）
　大臣の地位を振る（犧牲大臣的地位）
　百万円を棒に振る（白扔一百萬日元、沒拿到一百萬日元）
　試験を振る（放棄〔升學〕考試）
　客を振る（謝絕客人）
　男を振る（拒絕男人求愛）
　女に振られる（被女方甩了）
　役を俳優に振る（給演員分配角色）
　番号を振る（編號碼）
　仮名を振る（注上假名）
　玄関を少し東に振って建てた方が良い（把正門建得稍偏東一點較好）
　台風が進路を北に振る（颱風向偏北移動）
　枕を振る（來一段開場白）
　為替を振る（開匯票）
振る〔自五〕擺架子、裝模作樣
　嫌に振る（太自命不凡、也太神氣）
　全然振らない人（一點都不造作的人、坦率的人）
　彼は何処か振っていて気に障る男だ（他有些造作令人討厭）
振る〔接尾〕（接名詞、形容詞詞幹下、構成五段活用動詞）擺…的架子、裝作…的樣子
　学者振る（擺學者的架子）
　高尚振る（裝高尚的樣子）
　偉振る（裝作了不起）
降り、降〔名〕（雨等）下的程度、雨天←→照り

　此の降りで客足が鈍った（下了這場雨顧客減少了）
　酷い降りだ（雨下得很大）
降り懸かる、降り懸る〔自五〕飛到（身上）、落到（身上）、（災禍）降臨
　降り懸かる雪を払う（抖掉落在身上的雪）払う掃う祓う
　火の粉が降り懸かる（火星落在身上）粉粉
　行く往く逝く行く往く逝く一家一家
　一家の生活を立てて行く責任が彼女に降り懸かった（維持一家人生活的責任落在她的身上了）
　身に災難が降り懸かる（大難臨頭、禍從天降）
　降り懸かっている危険（面臨的危險）
降り勝ち〔名、形動〕雨多、常下雨
　降り勝ちな天気（多雨的天氣）
降り癖〔名〕愛下雨、動不動就下雨
　降り癖が付く（動不動就下起雨來）付く着く突く就く衝く憑く点く尽く搗く附く漬く
降り暮らす、降り暮す〔自五〕整天下雨（雪）
　休日を降り暮らす（假日下了整天雨）
降り込む〔自五〕（風把雨雪）刮進、濺進
　風で雨が降り込んだ（因為颱風雨濺了進來）
　雨が窓から降り込む（雨從窗戶濺進來）
　雨が降り込まないように為る（不讓雨濺進來）刷る摺る擦る掏る磨る擂る摩る
降り籠める〔自下一〕（常用降り籠められる的形式）（因雨雪大而）不能出門
　大雪に降り籠められた（被大雪封在家裡不能出門）大雪大雪
降り頻る〔自五〕（雨雪）下個不停、不停地下、沒完沒了地下
　雪が降り頻る（雪不停地下）付く着く突く就く衝く憑く点く尽く搗く附く漬く
　降り頻る雨を突いて出て行く（冒著下個不停的雨出去）行く往く逝く行く往く逝く

雪は万字巴と降り頻った（大雪紛飛）
降り敷く〔自五〕（雪或落葉）地上落了一層
降り注ぐ〔自五〕（雨）傾盆而降、（日光）照射，射入、〔轉〕紛紛而來
一日中絶え間無く雨が降り注ぐ（整天下雨如注）
日光が降り注ぐ（日光射入）
陽光が燦燦と降り注ぐ（陽光燦爛）
非難の声が降り注ぐ（非難之聲紛至沓來）
火の粉が降り注ぐ（火星飛來）粉粉
降り出す〔自五〕（雨等）下起來、開始下
雨が降り出した（雨下起來了）
雨が降り出し然うだ（眼看就要下雨）
降り立て〔名〕新下、剛落
降り立ての雪（剛下的雪）
降り続く〔自五〕（雨雪等）連續下、下個不停
此の雨は何時迄降り続くのだろうか（這場雨要連續下到什麼時候呢？）
降り続く長雨（連綿霪雨）
降り募る〔自五〕（雨等）越下越大
降り積もる〔自五〕（雪）下後積起來
降り通し〔名〕（雨）一直下、不停地下
降り通しに降る（連續不停地下雨）
降りみ降らずみ〔連語〕（雨等）時下時停、下下停停
降りみ降らずみの天気（下下停停的天氣）
降り止む〔自五〕（雨雪）停下、停住
雨が降り止んだ（雨停了）
降らす〔他五〕使降
人工的に雨を降らす（人工降雨）
拳骨の雨を降らす（用拳頭亂打）
恋人にキッスの雨を降らす（狂吻情人、向情人猛吻）
血の雨を降らす（〔打架等〕打得頭破血流）

将（將）（ㄐㄧㄤˋ）

将〔名、漢造〕將，將軍、（舊陸海軍的官級）將、將要
一方の将と為る（成為一方的將領）為る成る鳴る生る
将の将たる人物（將中之將的人物）
彼は人の将たるの器だ（他是個將才）
敗軍の将（敗軍之將）
将を射んと欲せば先ず馬を射よ（射將先射馬）
主将（〔體〕〔運動隊的〕隊長←→副将。〔也寫作首将〕軍中的主將）
副将（〔軍〕副將，副帥。〔體〕副隊長）←→主将
武将（武將、擅於打仗的將領）
部将（部隊長、一個部隊的司令員）
大将（〔史〕〔禁衛府長官〕大將。〔舊〕海軍大將）
代将（〔美國軍制中上校與少將中間的〕准將）
大将（〔舊海陸軍最高級將官〕大將，上將。〔某一集團的〕頭目，頭頭。〔俗〕主人，老板，頭頭。〔俗〕你，老朋友。〔謔〕那個小子）
女将、女将、御上（〔飯店、旅館等的〕女主人，女掌櫃）
王将（〔象棋〕王將-相當於中國象棋的將、帥）
名将（名將）
少将（〔軍〕少將←→大将、中将。〔古〕近衛府的次官）
中将（〔軍〕中將）
将家〔名〕武將之家
将家に生まれる（生於武將之家）生れる産れる埋れる膿まれる倦まれる熟まれる績まれる
勝敗は将家の常（勝敗乃兵家常事）常恒
将官〔名〕〔軍〕將官、將級軍官
将官に相当する待遇（相當於將官的待遇）
将官会議（將官會議）
将器〔名〕將材

将器を持った人（具有將材的人）

将棋 [名] 將棋、日本象棋（類似中國象棋、棋盤畫有八十一格、雙方各二十個棋子、吃下的棋子還可再用）

将棋を差す（下日本象棋）差す指す刺す挿す注す射す鎖す点す

将棋の駒（日本象棋棋子）

将棋に勝つ（贏棋）勝つ且つ

如何だ、将棋を一番差そう（怎麼樣下一盤？）

将棋盤（日本象棋盤）

将棋倒し [名] 一個壓一個地倒下。〔喻〕一個倒全都倒，牽一髮而動全身

急停車して乗客が将棋倒しに為る（由於緊急刹車乘客一個壓一個倒下去）為る成る鳴る生

将軍 [名]（陸海空軍的）將軍。〔史〕征夷大將軍

冬将軍（寒冷的嚴冬）冬冬

乃木将軍（乃木將軍）

三代将軍（第三代將軍）

徳川氏が将軍の地位を得た（徳川氏得到征夷大將軍的地位）得る得る売る

将軍家（征夷大將軍之家、幕府）

将軍職（征夷大將軍的職位）

将軍宣下（朝廷宣旨封征夷大將軍的儀式）

将監 [名]〔史〕近衛府的判官

将校 [名]（少尉以上的）軍官

高級将校（高級軍官）

将校に為る（當軍官）為る成る鳴る生

兵卒上がりの将校（士兵出身的軍官）

将士 [名] 將士、官兵、指戰員

前線の将士を慰問する（慰問前線的官兵）

将帥 [名] 將帥

三軍の将帥と為る（當三軍統帥、統帥三軍）為る成る鳴る生る為る為る

将星 [名] 將星、將軍（= 将軍）

将星墜つ（將星殞落）

居並ぶ将星（坐成一排的將軍）

将卒 [名] 官兵

部下の将卒を率いる（率領部下的官兵）

将兵 [名] 軍官和士兵

前線の将兵を慰問する（慰問前線的官兵）

将来 [名、副] 將來、未來、前途。
〔名、他サ〕拿來，帶來、招致（= 招来）

日本の将来（日本的將來）日本日本日の本大和倭

過去に拠って将来を判断する（根據過去判斷將來）拠る寄る因る縁る依る選る縒る撚る

近い将来に於いて（在最近的將來）於いて措いて

其の作家は将来が有る（那個作家有前途）有る在る或る

将来気を付け為さい（以後要小心、以後要注意）

将来大人物に為る男（將來是個了不起的人物）

余り遠からぬ将来に於いて（在不久的將來）

彼は将来有望な人だ（他前途有為）

戦争の危機を将来する（帶來戰爭的危機）

仏像を将来する（請來佛像）

空海は真言宗を中国から将来した（空海從中國帶來真言宗）

外国の芸術家を将来する（邀請外國的藝術家前來）

将来性 [名]（將來）有前途、有希望

将来性の有る企業（有發展前途的企業）

彼は作家と為て大いに将来性が有る（他作為一個作家將來大有希望）有る在る或る

将領 [名] 將領

海軍の諸将領（海軍的各位將領）

ㄐ

ㄐ

将〔副〕又、仍（=又、矢張り）

〔接〕或者、抑或（=或は）

雲か霞か将雪か（雲耶霞耶抑或雪耶）将
旗機傍端畑畠圃秦側幡旛

散るは涙か将露か（落的是淚呢？還是露水呢？）

将又〔名〕又将、抑或

行先は北海道か、将又九州か（目的地是北海道呢？還是九州呢？）

将又何をか言わん（夫復何言）

将に、正に、方に、当に〔副〕（也寫作方に、当に）真正，的確，確實，實在、

（也寫作方に、当に、将に）即將，將要、

（常寫作当に，下接文語助動詞可し的各形）當然，應當，應該、

（也寫作方に）方，恰，當今，方今，正當

彼こそ正に私の捜している人だ（他才正是我在尋找的人）

正に貴方の仰る通りです（的確像您說的那樣、您說的一點不錯）

御手紙正に拝受致しました（您的來信確已收到）

金一万円正に受け取りました（茲收到一萬日元無誤）

此れは正に一石二鳥だ（這真是一舉兩得）

正に出帆先と為ている（即將開船）

花の蕾は正に綻びんと為ている（花含苞待放）

彼は正に水中に飛び込もうと為ていた（他正要跳進水裡）

正に死ぬ所だ（即將死掉）

両国は正に戦端を開かんと為ている（兩國將要開戰）

Africaは正にAfrica人のAfricaである可きだ（非洲應當是非洲人的非洲）

正に罪を天下に謝す可きである（應該向天下謝罪）

今や正に技術革命を断行す可き時である（當今必須堅決進行技術革命）

時正に熟せり（時機恰已成熟）

正に攻撃の好機だ（正是進攻的好機會）

醬（醬）（ㄐㄧㄤˋ）

醬〔漢造〕醬

肉醬（肉醬=肉醬、醢）

醬油〔名〕醬油（=下地、御下地）

酢醬油（醋醬油）

芥子醬油（芥末醬油）

生姜醬油（薑醬油）

醬油で味を付ける（用醬油調味）付ける就ける漬ける着ける突ける衝ける附ける憑ける

醬油樽（醬油桶）

醬油差し（醬油壺）

醬蝦、糠蝦〔名〕〔動〕糠蝦

醬蝦期（糠蝦期、幼體期）

醬〔名〕〔古〕一種醬油、（醃茄子，瓜等用的以小麥，麴，大豆，鹽等做的）醬、（也寫作"醢"）鹹肉

肉醬、醢〔名〕鹹肉醬

京（ㄐㄧㄥ）

京（也讀作けい）〔名、漢造〕京師，京城，首都、京都的簡稱、東京的簡稱、京（兆的萬倍）

京の町（京都的市街）

京の着倒れ、大阪の食倒れ（京都人講究穿大阪人講究吃）

京に田舎有り（鬧市也有幽靜處）

入京（進京、到東京或京都）←→出京、退京

出京（離京，離開首都，晉京，前往首都〔東京〕〔=上京〕）

退京（離京、出京）←→入京、上京

滞京（留京、逗留在首都〔東京〕）

上京（晉京、到東京去）←→離京

帰京（返京、回首都）←→離京

離<ruby>京<rt>りきょう</rt></ruby>（離開東京、離開首都）←→上京、帰京

<ruby>帝京<rt>ていきょう</rt></ruby>（帝都、帝王住的京城）

<ruby>京男<rt>きょうおとこ</rt></ruby>〔名〕京都的男人

　<ruby>京男<rt>きょうおとこ</rt></ruby>に<ruby>伊勢女<rt>いせおんな</rt></ruby>（男人數京都女人數伊勢）

<ruby>京女<rt>きょうおんな</rt></ruby>〔名〕京都的女人

　<ruby>東男<rt>あずまおとこ</rt></ruby>に<ruby>京女<rt>きょうおんな</rt></ruby>（男人數東京女人數京都）

<ruby>京鹿の子<rt>きょうかのこ</rt></ruby>、<ruby>京鹿子<rt>きょうかのこ</rt></ruby>〔名〕京都染的一種斑紋（布）、一種外裹甜豆餡的江米麵點心（=鹿子餅）

<ruby>京烏<rt>きょうがらす</rt></ruby>〔名〕京都商人、熟悉京都情形的人

<ruby>京雀<rt>きょうすずめ</rt></ruby>〔名〕老京都人、熟悉京都情況的人（=<ruby>京烏<rt>きょうがらす</rt></ruby>）

<ruby>京言葉<rt>きょうことば</rt></ruby>、<ruby>京詞<rt>きょうことば</rt></ruby>〔名〕京都話、京都方言←→<ruby>田舎言葉<rt>いなかことば</rt></ruby>、<ruby>江戸言葉<rt>えどことば</rt></ruby>

<ruby>京細工<rt>きょうざいく</rt></ruby>〔名〕京都產的工藝品

<ruby>京染め<rt>きょうぞめ</rt></ruby>、<ruby>京染<rt>きょうぞめ</rt></ruby>〔名〕京都染色、京都式染法染的織物

<ruby>京菜<rt>きょうな</rt></ruby>〔名〕〔植〕赤車使者（=<ruby>水菜<rt>みずな</rt></ruby>）

<ruby>京人形<rt>きょうにんぎょう</rt></ruby>〔名〕京都偶人

<ruby>京間<rt>きょうま</rt></ruby>〔名〕京間（關西地方以一〝間〞等於1、97米的長度單位造的房間）←→江戸間、田舎間

<ruby>京舞<rt>きょうまい</rt></ruby>〔名〕京都舞蹈（用京都地方歌謠伴唱、吸收許多<ruby>能楽<rt>のうがく</rt></ruby>動作的一種舞蹈）（=<ruby>地歌舞<rt>じうたまい</rt></ruby>）

<ruby>京焼<rt>きょうやき</rt></ruby>〔名〕京都產的陶瓷器（如<ruby>栗田焼<rt>くりたやき</rt></ruby>、<ruby>清水焼<rt>きよみずやき</rt></ruby>等）

<ruby>京童<rt>きょうわらべ</rt></ruby>〔名〕京都少年、喻好奇而嘴損的人

<ruby>京<rt>けい</rt></ruby>（也讀作<ruby>きょう</ruby>）〔漢造〕京師，京城，首都、京都的簡稱

<ruby>京華<rt>けいか</rt></ruby>〔名〕花都、帝都、都會

<ruby>京畿<rt>けいき</rt></ruby>〔名〕京畿（=<ruby>京<rt>みやこ</rt></ruby>、<ruby>都<rt>みやこ</rt></ruby>）、近畿（=<ruby>畿内<rt>きない</rt></ruby>）

<ruby>京劇<rt>けいげき</rt></ruby>、<ruby>京劇<rt>きょうげき</rt></ruby>〔名〕（中國的）京劇、平劇

　<ruby>京劇<rt>きょうげき</rt></ruby>の<ruby>節回し<rt>ふしまわし</rt></ruby>（京劇的唱腔）

<ruby>京師<rt>けいし</rt></ruby>〔名〕京師、京城、京都（=<ruby>京<rt>みやこ</rt></ruby>、<ruby>都<rt>みやこ</rt></ruby>、<ruby>帝城<rt>ていじょう</rt></ruby>、<ruby>帝都<rt>ていと</rt></ruby>、<ruby>帝京<rt>ていきょう</rt></ruby>）

<ruby>京阪<rt>けいはん</rt></ruby>〔名〕京都和大阪

　<ruby>京阪神<rt>けいはんしん</rt></ruby>（京阪神、京都大阪和神戶）

<ruby>京浜<rt>けいひん</rt></ruby>〔名〕京濱、東京和橫濱

　<ruby>京浜一帯<rt>けいひんいったい</rt></ruby>（京濱一帶）

<ruby>京葉<rt>けいよう</rt></ruby>〔名〕東京和千葉

　<ruby>京葉工業地帯<rt>けいようこうぎょうちたい</rt></ruby>（東京千葉工業地帶）

<ruby>京洛<rt>けいらく</rt></ruby>、<ruby>京洛<rt>きょうらく</rt></ruby>〔名〕首都，京師、（特指）京都

　<ruby>京洛<rt>きょうらく</rt></ruby>の<ruby>地<rt>ち</rt></ruby>を<ruby>志<rt>こころざ</rt></ruby>す（嚮往京師）

<ruby>京<rt>みやこ</rt></ruby>、<ruby>都<rt>みやこ</rt></ruby>〔名〕首都，中央政府所在地、繁華的都市

　<ruby>都<rt>みやこ</rt></ruby>へ<ruby>上<rt>あ</rt></ruby>がる（進京）上がる挙がる揚がる

　<ruby>都<rt>みやこ</rt></ruby>を<ruby>京都<rt>きょうと</rt></ruby>から<ruby>東京<rt>とうきょう</rt></ruby>へ<ruby>移<rt>うつ</rt></ruby>した（把首都從京都遷到東京）移す遷す写す映す

　<ruby>花<rt>はな</rt></ruby>の<ruby>都<rt>みやこ</rt></ruby>（花都、華麗的都市）

　<ruby>森<rt>もり</rt></ruby>の<ruby>都<rt>みやこ</rt></ruby>（一片樹海的城市）

　<ruby>住<rt>す</rt></ruby>めば<ruby>都<rt>みやこ</rt></ruby>（久住為家、久居自安）住む棲む済む澄む清む

<ruby>茎<rt>けい</rt></ruby>（莖）（ㄐㄧㄥ）

<ruby>茎<rt>けい</rt></ruby>〔漢造〕（植物的）莖

　<ruby>宿茎<rt>しゅくけい</rt></ruby>（宿莖-地上莖枯後還活著等到春季復發莖葉的地下根）

　<ruby>地下茎<rt>ちかけい</rt></ruby>（〔竹、蓮等的〕地下莖，根莖、〔花生、番薯等的〕球根）←→<ruby>地上茎<rt>ちじょうけい</rt></ruby>

　<ruby>地上茎<rt>ちじょうけい</rt></ruby>（地上莖）

　<ruby>根茎<rt>こんけい</rt></ruby>（根和莖、〔植〕根莖，地下莖）

　<ruby>球茎<rt>きゅうけい</rt></ruby>（〔植〕球莖）

　<ruby>鱗茎<rt>りんけい</rt></ruby>（〔植〕鱗莖、球莖）

<ruby>茎針<rt>けいしん</rt></ruby>〔名〕〔植〕莖刺

<ruby>茎節<rt>けいせつ</rt></ruby>〔名〕〔動〕（節足動物口部的）莖節

<ruby>茎頂<rt>けいちょう</rt></ruby>〔名〕〔植〕苗端

<ruby>茎葉植物<rt>けいようしょくぶつ</rt></ruby>〔名〕〔植〕莖葉植物

<ruby>茎<rt>くき</rt></ruby>〔名〕莖、稈，梗

　セロリーの<ruby>茎<rt>くき</rt></ruby>（芹菜梗）（樹木的莖一般叫作<ruby>幹<rt>みき</rt></ruby>）

<ruby>茎漬け<rt>くきづけ</rt></ruby>、<ruby>茎漬<rt>くきづけ</rt></ruby>〔名〕（蘿蔔等）連莖和葉子一起醃的鹹菜

<ruby>茎菜<rt>くきな</rt></ruby>〔名〕（蘿蔔、蕪菁等）連莖和葉子一起醃的鹹菜

<ruby>茎巻き鬚<rt>くきまきひげ</rt></ruby>〔名〕〔植〕莖捲鬚

<ruby>荊<rt>けい</rt></ruby>（ㄐㄧㄥ）

<ruby>荊<rt>けい</rt></ruby>〔漢造〕荊棘（有刺灌木）、對妻子的謙稱

<ruby>荊芥<rt>けいがい</rt></ruby>〔名〕〔植〕荊芥

ㄐ

荊冠〔名〕（基督在十字架上被戴上的）荊冠（用作受難的比喻）

荊棘〔名〕荊棘（＝茨、荊棘）、比喻困難，混亂，戰亂

　荊棘の道（荊棘的道路、困難的歷程）

荊棘〔名〕〔植〕荊棘、帶刺樹木的總稱

荊棘、棘、蓬〔名〕草木叢生（的地方）、（頭髮等）蓬亂

　棘が原（草木叢生的原野）

　棘の髮（蓬亂的頭髮）

　髮を棘に振り亂す（披頭散髮）

　棘が軒（雜草叢生的屋簷、簡陋的房屋）

　棘の路（荊棘叢生的道路、〔古〕"公卿"的別稱）

荊棘、茨〔名〕有刺灌木（＝荊，棘，茨）、薔薇（＝薔薇）

荊妻〔名〕〔謙〕拙荊、賤內、內人

　我が家の經濟は荊妻が握っている（我們家的經濟由賤內掌管）

荊扉〔名〕荊扉，柴門、簡陋的房屋

荊、棘、茨〔名〕〔植〕有刺灌木，荊棘。〔俗〕植物的刺。〔轉〕充滿苦難，多磨難

　棘を開く（披荊斬棘）

　棘垣（有刺灌木的圍牆）

　棘の道（艱苦的道路）

　棘を負う（負荊請罪、背負苦難）

　棘を逆茂木に為た樣（比喻非常艱苦的行程等）

旌（ㄐㄧㄥ）

旌〔漢造〕旗的一種、表揚

旌旗〔名〕旌旗、旗幟（＝旗、幟）

旌表〔名〕用牌坊或匾額表揚有忠孝節義的人

旌節花、通条花〔名〕〔植〕旌節花（落葉喬木、果實入藥、用代五倍子或用作黑色染料）

旌、旗、幡〔名〕旗，旗幟。〔佛〕幡、風箏（＝凧）

　旗を上げる（升旗）旗機畑畠傍端旗

　旗を下ろす（降旗）下ろす降ろす卸す

　旗を広げる（展開旗子）広げる拡げる

　旗を振る（揮旗、掛旗）振る降る

　旗を揭げる（掛旗）

　大勢の人が旗の下に馳せ參じる（許多人聚集在旗下）大勢大勢

　旗を押し立てて進む（打著旗子前進）

　國連の本部には色色の國の旗が立っている（聯合國本部豎立著各國的國旗）立つ経つ建つ

　旗が風にひらひら翻っている（旗幟隨風飄動）

　旗を揭げる（舉兵、創辦新事業）

　旗を卷く（作罷，偃旗息鼓，敗逃，投降，捲起旗幟）卷く撒く蒔く捲く播く

端〔名〕邊、端

　河端（河邊）

　道端（路邊）

　井端（井邊）

　炉の端（爐邊）

　池の端を散步する（在池邊散步）

畑、畠〔名〕旱田，田地（＝畑、畠）

　畑を作る（種田）旗側傍端

　畑で働く（在田地裡勞動）

畑、畠〔名〕旱田，田地、專業的領域

　大根畑（蘿蔔地）

　畑へ出掛ける（到田地裡去）

　畑を作る（種田）

　畑に麥を作る（在田裡種麥）

　畑仕事（田間勞動）

　經濟畑の人が要る（需要經濟方面的專門人才）

　其の問題は彼の畑だ（那問題是屬於他的專業範圍）

　君と僕とは畑が違う（你和我專業不同）

商売は私の畑じゃない（作買賣不是我的本行）

側、傍〔名〕側、旁邊

側から口を出す（從旁插嘴）

側で見る程楽でない（並不像從旁看的那麼輕鬆）

側の人に迷惑を掛ける（給旁人添麻煩）

機、織機〔名〕織布機

織機を織る（織布）

家に織機が三台有る（家裡有三台織布機）

秦〔名〕（姓氏）秦

将〔副〕又、仍（=又、矢張り）

〔接〕或者、抑或（= 或は）

雲か霞か将雪か（雲耶霞耶抑或雪耶）将旗機傍端畑畠囲秦側幡旛

散るは涙か将露か（落的是淚呢？還是露水呢？）

経（經）（ㄐㄧㄥ）

経（也讀作 経）〔漢造〕經（南北方向）←→緯、經營，經管，經過，經由，經書，經典

東経（〔地〕東經）←→西経

西経（〔地〕西經）←→東経

政経（政經、經濟和政治）

経緯〔名〕經度和緯度、（紡織品的）經線和緯線（=経緯）、（事情的）經過，原委，底細，細節（=経緯）

事件の経緯を話す（敘說事情的原委）話す離す放す

事此処に至った経緯を詳しく説明しよう（把事情到這種地步的原委詳細說明一下吧！）

経緯鏡台〔名〕萬能轉台、萬向轉動載物台

経緯〔名〕（事情的）經過、原委、底細、內情

事件の経緯を説明する（說明事情的經過）

二人の間にどんな経緯が有ったかは知らない（不知道他倆究竟怎麼啦）有る在る或る

人にも言えない様な経緯が有る（有難言之隱,有不能對人說的原委）言う云う謂う

経緯〔名〕（紡織品的）經線和緯線、經緯縱橫

経営〔名、他サ〕經營，營運、計畫，規畫

事業を経営する（經營事業）

経営の才が有る（有經營的才幹）

日本人経営のホテル（日本人經營的旅館）

経営宜しきを得て事業が発展した（經營得當事業有了發展）得る得る売る

校長は学校経営の責任者でも有る（校長也是學校經營的負責人）

経営学（經營學、企業管理學）

経営資金（流動資金、周轉資金）

大陸経営（開發大陸）

戦後の経営（戰後的規畫）

経営コンサルタント（〔為企業諮詢服務的〕經營顧問-也稱経営師）

経営法（經營方法、管理方法）

科学的経営法（科學的經營〔管理〕方法）

能率的経営法（有效率的經營方法）

経営法を誤る（經營法失當）誤る謝る

経営難（經營〔資金〕困難）

学校は経営難に陥っている（學校陷於經營困難）

会社は経営難に陥っている（公司陷於資金困難）

経営協議会（經營協議會-工人或工會和資方雙方就經營，勞動管理等進行協議的機關）

経過〔名、自サ〕（時間的）流逝，度過，過去、經過，過程

時間の経過に連れて（隨著時間的流逝）

どんどん年月が経過する（時間飛快地流逝）年月年月

三十年の歳月が経過した（三十年的歲月過去了）

交渉の経過（交涉的經過）

ㄐ

経過を一一報告する（一一匯報經過）

経過報告（經過報告）

彼の手術は成功して経過は良好である（他的手術成功經過良好）

此迄の経過に拠れば（根據以往的經過情形）拠る由る依る寄る縁る選る縒る撚る

経過法（〔法〕規定法令有效期間的法律、明定新舊兩法關係的規定）（=経過規定）

経過規定（〔法〕規定法令有效期間的法律、明定新舊兩法關係的規定）（=経過法）

経過利子（〔經〕經過利息-買賣公債，公司債時，買主付給賣主的由前次利息到成交當日一段時間的利息）

経回，経回、経廻，経廻〔名〕到處走訪、過日子

経界、境界〔名〕（土地或場所等的）邊界、地界、境界（=境界）

経学〔名〕（研究四書五經的）經學

経紀〔名、他サ〕規矩，綱紀、經略，籌畫管理、（中國的）經紀人（=仲買人）

　天下を経紀する方法（經略天下的方法）

経穴〔名〕（針灸的）經穴、針穴

経験〔名、他サ〕經驗、由經驗得到的知識技術

　直接の経験（直接的經驗）

　間接の経験（間接的經驗）

　楽しい経験（愉快的經驗）

　辛い経験（痛苦的經驗）

　私の経験から為ると（根據我的經驗）為る為す摩る擂る磨る掏る擦る摺る刷る

　長年の経験を積んだ教師（有多年經驗的教師）長年長年積む摘む詰む抓む

　経験に基いた小説（基於經驗的小說）

　経験を積むに連れて（隨著經驗的累積）

　年は若いが経験は深い（年紀雖輕經驗豐富）為る成る鳴る生る

　失敗が良い経験に為る（失敗成為很好的經驗）良い好い善い佳い良い好い善い佳い

過失も経験と見做す（錯誤也應引為經驗）

こんな寒さは此迄に経験した事が無い（這樣寒冷從來沒有經驗過）

我我が経験した所で其の事を立証する（用我們的經驗證明這一點）

経験科学（經驗科學）

経験哲学（經驗哲學）

経験談（經驗之談）

経験が物を言う社会（由經驗取得的知識技術起作用的社會）

経験上（根據經驗、從經驗上看）

経験上斯う言う事が分かる（根據經驗懂得這種事情）分る解る判る

経験的（經驗的、憑經驗的）

経験的知識（得自經驗的知識）

経験家（經驗家、經驗豐富的人）

豊かな経験（經驗豐富的人）

経験論（〔哲〕經驗論，經驗主義、經驗談 m 根據經驗的議論）（=経験主義）

経験論者（經驗論者）者者

経験主義（〔哲〕經驗主義，經驗論〔=経験論〕←→合理主義、重視經驗的主義〔態度〕）

経口〔名〕〔醫〕（藥等）經口、經過口腔

　経口投与（給病人口服藥）

　経口避妊薬（口服避孕藥）

　経口感染（疾病從口感染）

　経口ワクチン（口服疫苗）

経国〔名〕治國、管理國家

　経国済民の術（經國濟民的方略）

　経国の大業（經國的宏業-特指文章）

経済〔名〕經濟、經濟狀態、經濟情況

〔形動〕經濟、節省

　経済の中心地（經濟中心）

　経済の才（經濟才幹）

　経済の行き詰り（經濟上一籌莫展）

経済の安定を計る（謀求經濟的安定）計る 測る 量る 図る 謀る 諮る

そんな事は僕の経済が許さない（那種事情是我的經濟情況所不允許的）

経済危機（經濟危機）

経済原理（經濟原理）

経済生活（經濟生活）

経済思想（經濟思想）

経済措置（經濟〔財政〕措施）

経済組織（經濟組織）

経済主義（經濟主義）

経済大国（經濟大國）

経済闘争（經濟鬥爭）

経済な遣り方（節約的辦法）

時間の経済を図る（謀求節省時間）計る 測る 量る 図る 謀る 諮る

高くても良い品の方が結局は経済だ（價錢雖高質量好的東西還是經濟）

ガスは木炭より経済です（煤氣比燒炭經濟）

ずっと場所の経済に為った（大大節省了地方）

経済力（經濟力）

経済力集中排除法（〔法〕經濟力集中限制法）

経済力は有るのか（有經濟力嗎？）

経済上（經濟上、從經濟上看）

経済上の利益（經濟上的利益）利益 利益

経済上の理由で（由於經濟上的理由）

其は経済上許されない（這件事經濟上辦不到）

経済史（經濟史）

経済史家（經濟史家）

経済的（經濟上的，經濟方面的、節省的，節約的）

経済的独立（經濟上的獨立）

経済的援助（經濟援助）

経済的な物の見方、考え方（就經濟觀點來觀察問題考慮問題）

経済的に見た西欧文明（從經濟上看的西歐文明）

経済的に恵まれない（經濟上不富裕）

経済的に苦しい（經濟上困窘）

経済的な人（節儉的人）

時間を経済的に使う（節約使用時間）遣う 使う

二人に為ると一人の時より経済的だと言われている（據說兩個人一起生活比一個人更能節省）

値段の安いスーパー、マケットへ八マイルも車に乗って行くのは、経済的に見えて実は不経済な事だ（坐汽車跑八英里路到價錢便宜的超級市場去看起來節省實際上並不經濟）

経済学（經濟學）

経済学者（經濟學者）

経済学原理（經濟學原理）

経済学史（經濟學史）

近代経済学（近代經濟學）

古典派経済学（古典派經濟學）

経済学部の学生（經濟學系學生）

経済界（經濟界、實業界）

此が為我国経済界の状態が一変するに至った（因此我國經濟界的情況終於發生了一大變化）

経済界の大御所（經濟界的權威）

経済家（經濟家，通曉經濟的人，善於節約的人，遇事節約的人）

経済面（經濟方面、〔報刊上刊載財政經融等消息的〕經濟版）

経済面から論ずると（從經濟方面說起的話）

先ず経済面に目を通す（首先看經濟版）

ㄐ

経済財（〔經〕經濟財、有經濟價值的財富）←→自由財
経済戦（經濟戰）
経済戦の分野（經濟戰的領域）
経済成長（經濟的成長、國民經濟規模的擴大）
高度の経済成長（高度的經濟成長）
経済成長率（經濟成長率）
経済政策（經濟政策）
対外経済政策（對外經濟政策）
経済協力（經濟協作、經濟合作）
経済協力開発機構（經濟合作開發組織=ECD）
経済封鎖（經濟封鎖）
経済顧問（經濟顧問）
経済顧問会議（經濟顧問會議）
経済閣僚（日本經濟閣員-內閣中掌管經濟的各個大臣）
経済機構（經濟機構、經濟結構）
経済機構の改革（經濟結構的改革）
経済社会理事会（聯合國經濟社會理事會=ECOSOC）
経済ブロック（〔經〕經濟集團）

経史〔名〕經書和歷史書
経死〔名〕縊死（=縊死）
経時変化〔名〕〔化〕經時變化、歷時變化
経術〔名〕（研究四書五經的）經學（=経学）
経書〔名〕（中國的）經書（四書五經之類）
経商〔名〕經商、行商
経常〔名〕（不單獨使用）←→臨時
　経常費（經常費）
　経常予算（經常預算）
経水〔名〕月經（=月の障り、月経）
経世〔名〕經世
　経世の才（經世之才）
　経世済民（經世濟民）

経籍〔名〕經書（=経書）
経線〔名〕〔地〕經線←→緯線
経帯時〔名〕〔天〕區時
経団連〔名〕（日本）經濟團體聯合會的簡稱（=経済団体連合会）
経典〔名〕經典（著作）
　儒教の経典（儒教的經典）
経典〔名〕〔佛〕經典，佛經。〔宗〕經典、經書
　真宗経典（真宗經典）
　キリスト教の経典（聖經）キリスト教 基督教
　イスラム教の経典（古蘭經）イスラム教 マホメット教
　回教の経典（古蘭經）
　終生経典に没頭する（皓首窮經）
経伝〔名〕經傳
経度〔名〕經度←→緯度
　経度は東経十度十分（經度是東經十度十分）
経度時（〔地〕經度時）
経費〔名〕經費、費用、開銷、開支
　経費が掛かる（需要經費）掛る 繋る 係る 罹る 懸る 架る
　経費を節約する（節約經費）
　人件費が高くて会の経費が嵩む（由於人事費很高所以會的開銷增多了）
経閉期〔名〕更年期（=更年期）
経由〔名、自サ〕經由、經過、通過
　日本を経由してアメリカへ行く（經過日本到美國去）行く 往く 逝く 行く 往く 逝く
　シベリア経由ヨーロッパへ行く（經過西伯利亞到歐洲去）
　上野発秋田経由青森行きの列車（由上野出發通過秋田到青森去的列車）
経絡〔名〕（事物的）條理，系統（=筋道）。〔醫〕經絡
　人間には十二の経絡が有る（人體上有十二條經絡）

経理〔名、他サ〕治理，經營管理、會計事務、(中國各種企業或商店的)經理
  道徳は人生を経理する上で必要だ(道德在治理人生上是必要的)
  経理課(會計科)
  経理に明るい人(精通會計事務的人)
  経理を正確に為て財政を立て直す(精確地做好會計事務重整財務)

経略〔名、他サ〕治理(國家)、經略、經營策畫

経綸〔名〕經綸、(治理國家的)方策，規畫
  盛んに経綸を行う(大行治國之道)
  国家経綸の才(處理國家之才)

経歴〔名〕經歷、履歷、來歷、經過(=履歷)
  彼は如何言う経歴の人か(他是有什麼經歷的人物呢？)良い好い善い佳い良い好い善い佳い
  経歴が無いので良い仕事に付けない(因為沒有什麼經歷所以找不到好工作)
  彼の経歴は日本では殆ど知られていない(他的經歷在日本幾乎無人知道)

経路、径路〔名〕路徑、途徑、路線
  歩いて来た経路を地図上で示す(用地圖表示出走過來的路徑)
  入手の経路を話す(談談到手的途徑)話す離す放す
  其の発達の経路は一寸複雜だ(它的發展過程是很複雜的)一寸一寸丁度
  斯う言う経路を取って此の事件が起こったのだ(這個事件是通過這樣的過程發生的)
  正当な経路を経て手に入れた(通過正當的途徑弄到手)経る減る

経(也讀作經)〔漢造〕經營，經管、經過，經由，經書，經典
  写経〔佛〕佛經手抄本、抄寫佛經
  誦経〔佛〕誦經、念經
  心経〔佛〕心經=般若心経
  信経〔宗〕信經、信條、教義
  大蔵経〔佛〕大藏經=一切經
  御経〔名〕〔佛〕經(=経)
  御経を読む(念經)読む詠む
  経帷子〔名〕〔佛〕(替死者穿的)白壽衣
  経帷子を着せて棺に入れる(替死者穿上白壽衣入殮)
  経巻〔名〕經卷、佛經書
  経木〔名〕(刨削的)薄木片、木紙(用於包東西或編帽辮)
  菓子を経木に包む(把點心包在木紙裡)
  経木で編んだ籠(用木片編的筐)
  経木の帽子(木片編的帽子)
  真田経木〔做草帽用的〕木片辮、草帽辮
  経師屋〔名〕裱糊工、裱糊匠(=表具屋)
  経蔵〔名〕〔佛〕(三藏之一)經藏、經集←→律藏，論藏、經樓，經堂
  経机〔名〕(念經時)放經卷的桌子、經卷桌
  経堂〔名〕(寺院的)藏經堂
  経念仏〔名〕誦經念佛
  経箱〔名〕放經文的箱子
  経文〔名〕〔佛〕佛經、佛教經典
  経文を唱える(念經)唱える称える
  経文を読む(念經)読む詠む
  経読み〔名〕念經、法師、〔動〕鶯的別名(因其鳴聲像法華経故名)
  経読み鳥〔動〕鶯(=鶯)
  経料〔名〕布施、(付給僧侶的)念經的酬謝
  経論〔名〕〔佛〕(三藏中的)經藏和論藏
  経山寺味噌、径山寺味噌〔名〕一種加有茄子絲瓜等的醬(來自中國徑山寺製法故名)

経つ、立つ〔自五〕經過、燒盡
  時の立つのを忘れる(忘了時間的經過)
  余りの楽しさに時の立つのを忘れた(快樂得連時間也忘記了)
  日が段段立つ(日子漸漸過去)

一時間立ってから又御出で（過一個鐘頭再來吧！）又叉復亦股

月日の立つのは早い物だ（隨著日子的推移）早い速い

時間が立つに連れて記憶も薄れた（隨著時間的消逝記憶也淡薄了）連れる攣れる釣れる吊れる

彼は死んでから三年立った（他死了已經有三年了）

炭火が立った（炭火滅了）

立つ〔自五〕站，立，冒，升、離開、出發、奮起、飛走、顯露、傳出、（水）熱、開、起（風浪等）、關、成立

維持，站得住脚、保持、保住、位於，處於，充當、開始、激動、激昂、明確、分明、有用、堪用

嘹亮，響亮、得商數、來臨，季節到來

二本足で立つ（用兩條腿站立）立つ経つ建つ絶つ発つ断つ裁つ起つ截つ

立って演説する（站著演説）

其処に黒いストッキングの女が立っている（在那兒站著一個穿長襪的女人）

居ても立っても居られない（坐立不安）

背が立つ（直立水深沒脖子）

煙が立つ（冒煙）煙煙

埃が立つ（起灰塵）

湯気が立つ（冒熱氣）

日本を立つ（離開日本）

怒って席を立って行った（一怒之下退席了）

旅に立つ（出去旅行）

米国へ立つ（去美國）

田中さんは九時の汽車で北海道へ立った（田中搭九點的火車去北海道了）

祖国の為に立つ（為祖國而奮起）

今こそ労働者の立つ可き時だ（現在正是工人行動起來的時候）

鳥が立つ（鳥飛走）

足に棘が立った（脚上扎了刺）

喉に骨が立った（嗓子裡卡了骨頭）

矢が彼の肩に立った（他的肩上中了箭）

虹が立つ（出現彩虹）

噂が立つ（傳出風聲）

人の目に立たない様な所で会っている（在不顯眼的地方見面）

風呂が立つ（洗澡水燒熱了）

今日は風呂が立つ日です（今天是燒洗澡水的日子）

波が立つ（起浪）

外には風が立って来たらしい（外面好像起風了）

戸が立たない（門關不上）

彼処の家は一日中が立っている（那裡的房子整天關著門）

理屈が立たない（不成理由）

計画が立った（訂好了計劃）

彼の人の言う事は筋道が立っていない（那個人說的沒有道理）

三十に為て立つ（三十而立）

世に立つ（自立、獨立生活）

暮らしが立たない（維持不了生活）

身が立つ（站得住脚）

もう彼の店は立って行くまい（那家店已維持不下去了）

顔が立つ（保住面子）

面目が立つ（保住面子）

義理が立つ（盡了情分）

男が立たない（丟臉、丟面子）

人の上に立つ（居人之上）

苦境に立つ（處於苦境）

優位に立つ（占優勢）

守勢に立つ（處於守勢）

候補者に立つ（當候選人、參加競選）

証人に立つ（充當證人）

案内に立つ（做嚮導）

市が立つ日（有集市的日子）

隣の村に馬市が立った（鄰村有馬市了）

会社が立つ（設立公司）

気が立つ（心情激昂）

腹が立つ（生氣）

値が立つ（價格明確）

証拠が立つ（證據分明）

役に立つ（有用、中用）

田中さんは筆が立つ（田中擅長寫文章）

歯が立たない（咬不動、〔轉〕敵不過）

声が立つ（聲音嘹亮）

良く立つ声だ（嘹亮的聲音）

驚いて声も立たぬ（嚇得連聲音都發不出）

九を三で割れば三が立つ（以三除九得三）

春立つ日（到了春天）

角が立つ（角を立てる）（不圓滑、讓人生氣、說話有稜角）

立つ瀬が無い（沒有立場、處境困難）

立っている者は親でも使え（有急事的時候誰都可以使喚）

立つ鳥跡を濁さず（旅客臨行應將房屋打掃乾淨、〔轉〕君子絕交不出惡言）

立つより返事（〔被使喚時〕人未到聲得先到）

立てば歩めの親心（能站了又盼著會走－喻父母期待子女成人心切）

立てば芍薬、座れば牡丹、歩く姿は百合の花（立若芍藥坐若牡丹行若百合之美姿－喻美女貌）

立つ、建つ〔自五〕建、蓋

此の辺りは家が沢山立った（這一帶蓋了許多房子）

家の前に十階のビルが立った（我家門前蓋起了十層的大樓）

公園に銅像が立った（公園裡豎起了銅像）

断つ、截つ、絶つ〔他五〕截、切、斷（=截る、切る、伐る、斬る）

布を截つ（把布切斷）

二つに截つ（切成兩段）

大根を縦二つに断ち切る（把蘿蔔豎著切成兩半）

紙の縁を截つ（切齊紙邊）

同じ大きさに截つ（切成一樣大小）

経糸、縦糸〔名〕經線、經紗←→横糸、緯糸

経糸浸染機（經紗染色機）

経絣〔名〕〔紡〕（經線用藍白花線織的）碎白點布

経る、歴る〔自下一〕（時間）經過、（空間）通過，經由、經過

一か月を経ても音沙汰が無い（過了一個月還沒有消息）一か月一ケ月一箇月一個月

為す事も無く日を経る（無所事事地度日）歴る経る減る

五年の年月を経た（經過了五年的歲月）年月年月

五年の年月を経て会う（過了五年才遇上）会う合う逢う遭う遇う

台湾を経て日本に行く（經由台灣去日本）

ハワイを経てアメリカ大陸へ行く（經由夏威夷到美洲大陸去）

手を経る（經手）

審議を経る（通過審查）

次官を経て大臣に為る（歷經次長升為部長）大臣大臣

委員会を経て本会議に出す（通過委員會提交大會）

幾多の困難を経て成功を収めた（歷經千辛萬苦而取得成功）収める納める治める修める

試験を経て入学する（經過考試入學）

必ず経らなければならない道（必經之路）
道路
書類が課長を経て重役に渡る（文件經課長轉交董事）渡る涉る亘る
表決を経て可決した（經表決通過）

減る〔自五〕減，減少、磨損、（肚子）餓
井戸の水が減った（井水減少了）経る歴る
量目は二百キロ減っている（分量減掉了二百公斤）
私の体重が四キロ減った（我的體重減輕四公斤）
彼の医者の患者は段段減って来た（那位醫師的病人漸漸減少了）
毎日の注射の回数は四回に減った（每天注射的次數減少到四次）
靴底がすっかり減って終った（鞋底完全磨平了）終う仕舞う
此の鉛筆は書き易いけれども先が直ぐ減る（這枝鉛筆很好寫不過筆尖很快就磨光了）
腹が減った（肚子餓了）

経上がる〔自五〕（地位）逐漸提高、逐步晉級

経巡る〔他五〕遍歴
四方を経巡る（遍歴四方）
諸国を経巡る（遍歴各國、周遊世界、遍歴日本全國各地）

睛（ㄐㄧㄥ）

睛〔漢造〕眼珠（=瞳、黒目）
画竜、画竜（畫龍）
画竜点睛（畫龍點睛）
其は画竜点睛を欠くと言う物だ（那簡直是畫龍而不點睛）

睛眸〔名〕眼珠（=瞳、黒目、眼）

瞳、眸〔名〕瞳孔，瞳仁，眼珠，眼睛
円らな瞳（圓眼珠）
瞳を輝かせる（目光炯炯）
瞳を据える（注視、凝視）
瞳を凝らす（注視、凝視）
暗闇でじっと瞳を凝らす（在黑暗中凝眸注視）

眼、目、瞳〔名〕眼睛，眼珠，眼球、眼神、眼光，眼力，眼，齒，孔，格、點、木紋、折痕、結扣、重量、度數
〔形式名詞〕場合，經驗、外表，樣子（=格好）

目で見る（用眼睛看）
目が潤む（眼睛濕潤了）
目を開ける開ける（睜開眼睛）
目の保養を為る（飽眼福）
目を閉じる（閉上眼睛）
目を擦る（揉眼睛）擦る
目を瞑る（閉上眼睛，死、假裝看不見，睜一眼閉一眼）
今回は目を瞑って下さい（這次請你裝成沒看見）
私は未だ目を瞑る訳には行かない（我現在還無法瞑目）
目の縁が黒ずんでいる（眼眶發青）
目に映る（看在眼裡、映入眼簾）移る写る遷る
始めて御目に掛かる（初次見面）
目を吊り上げる（吊起眼梢〔發火〕）
御目に掛かる（〔敬〕見面、會面=会う）
御目に掛ける（〔敬〕給、、看、請您看=見せる）
目を掛ける（照顧、照料）
目が飛び出る（價錢很貴）
目が覚める（睡醒、覺醒、醒悟、令人吃驚）醒める冷める褪める
目の覚める様な美人（令人吃驚美人）
やっと目が覚めて真人間に為る（好不容易才醒悟而重新做人）
目が潰れる（瞎）
窪んだ目（塌陷的眼睛）

目が無い（非常愛好，熱中、欠慮）
怒りの目（憤怒的眼光）怒り
彼は酒に目が無い（他很愛喝酒）
笑みを浮かべた目（含笑的眼神）
ダンスに目が無い（跳舞入迷）
愛情に溢れた目で見る（用充滿愛情眼光看）
若い者は目が無い（年輕人不知好歹、年輕人做事沒分寸）
目から鼻へ抜ける（聰明伶俐）
目から火が出る（大吃一驚）
目と鼻の間（非常近、近在咫尺）間
違った目で見る（另眼相看）
学校と銀行とは目と鼻の間に在る（學校和銀行非常近）
目に余る（看不下去、不能容忍）
相手の目を避ける（避一下對方的眼光）避ける
目に余る行為（令人不能容忍的行為）
目に障る（礙眼、看著彆扭）
目に為る（看見、看到）
目に付く（顯眼=目に立つ）
変な目で見る（用驚奇的眼神看）
目に見えて（眼看著、顯著地）
羨 まし然うな目で見る（用羨慕的目光看）
目に見えて上達する（有顯著進步）
目の色を見て遣る（看眼色行事）
目にも留まらぬ（非常快）留まる
目が回る（眼花撩亂、非常忙）
忙しくて目が回り然うだ（忙得頭昏眼花）
目の敵（眼中釘）敵
目が冴える（眼睛雪亮、睡不著）
益益目が冴えて眠れない（越來越有精神睡不著覺了）
目も当てられぬ（慘不忍睹）

目に這入る（看到、看得見=目に触れる、目に留まる）
汚くて目も当てられぬ（髒得慘不忍睹）
目も呉れない（不加理睬）
目で目は見えぬ（自己不能看見後腦勺）
目を疑う（驚奇）
目に入れても痛くない（覺得非常可愛）
彼は孫を目の中に入れても痛くない程可愛がっている（他非常疼愛孫子）
目を配る（注目往四下看）
目に角を立てる（豎起眼角冒火、大發脾氣）
目を暗ます（使人看不見、欺人眼目）
目を凝らす（凝視）
目も一丁字も無い（目不識丁、文盲）
目を通す（通通看一遍）
一寸目を通す（過一下目）
目を留める（注視）
目には目を歯には歯を（以眼還眼以牙還牙）
カーベットの上の足跡に留まった（看到地毯上的腳印）足跡
目にも留まらぬ（非常快）
目の上の瘤（經常妨礙自己的上司）
彼等に取って君は目の上のたん瘤のだ（他們把你視為眼中釘）
目にも留まらぬ速さで飛んで行った（很快地飛過去了）
目に物を見せる（懲治、以敬傚尤）
目の下（眼睛下面、魚的眼睛到尾巴的長度）
目に物を見せたら足を洗うだろう（給他教訓一番就會洗手不幹吧！）
目を離す（忽略、不去照看）
目の薬（眼藥、開開眼）
目を光らす（嚴加監視、提高警惕）

目の付け所（著眼點）

目は毫末を見るも其の睫を見ず（目見毫末不見其睫）

目は能く百歩の外を見て、自ら其の睫を見る能わず（目能見百歩之外不能自見其睫）

目を丸くする（驚視）

目を奪う（奪目、看得出神）

目を剥く（瞪眼睛）

目を掩て雀を捕る（掩目捕雀、掩耳盜鈴）

目を喜ばす（悅目、賞心悅目）

目を塞ぐ（閉上眼佯裝不看、死）

目の黒い内（活著時候、有生之日）

目がくらくらする（頭暈眼花＝目が眩む）

俺の目の黒い内はそんな事は為せない（只要我活著決不讓人做那種事）

きらきら光る目（炯炯發光的眼）

目がきらきら光る（兩眼炯炯有神）

黒い目（黑眼珠）

目を見張る（睜開眼睛凝視、瞪目而視）

鵜の目鷹の目（比喻拚命尋找）

目を皿に為る（睜開眼睛拚命尋找）

魚の目（雞眼）

目の正月を為る（大飽眼福）

目で知らせる（用眼神示意）

目の梁を去る（去掉累贅）

目の色を変える（〔由於驚訝憤怒等〕變了眼神）

目は口程に物を言う（眼神比嘴巴還能傳情）

目が高い（有眼力、見識高）

目が物を言う（眼神能傳情）

彼は目が高くて南米との貿易を始めた（他有眼光而開始跟南美貿易）

目が利く（眼尖、有眼力）

遠く迄目が利く（視力強可以看得遠）

目が弱い（視力衰弱）

目が良い（眼尖、有眼力）

目が肥える（見得廣）

目は心の鏡（看眼神便知心）

彼の姿は不図目に留まる（他的影子突然映在眼裡）

目を引く（引人注目）

目を起す（交好運）

人の目を引く様に店を飾り立てる（為了引人注目把店鋪裝飾一新）

警察は彼に目を付けている（警察在注意他）

目を掠める（秘密行事、偷偷做事）

目を戻す（再看）

目を盗む（秘密行事、偷偷做事）

目を着ける（著眼）

親の目を盗んで彼の子は良く遊びに出る（那孩子常背著父母偷偷地出去玩）

人民の目には全く狂いが無い（人民眼睛完全沒有錯的）

目が詰んでいる（編得密實、織得密實）

目が届く（注意周到）

台風の目（颱風眼）

鋸の目（鋸齒）

櫛の目（梳齒）

碁盤の目（棋盤的格）

針の目（針鼻）

采の目（骰子點）

采の目を数える（數骰子點）

物差の目（尺度）

秤の目（秤星）

温度計の目（溫度計的度數）

法律家の目（法律家的看法）

目が切れる（重量不足、不足秤）

目を盗む（少給份量、少給秤）
目の細かい板を選ぶ（選擇細木紋的木板）
折目がきちんと為たズボン（褲線筆直的西裝褲）
結び目が解ける（綁的扣開了）
目が坐る（兩眼發直）
目が輝く（眼睛發亮）
目から涙が溢れ出る（眼淚奪眶而出）
目が光る（目光炯炯）
目から火花が出る（兩眼冒金星）
目が引っ込む（眼窩都塌了）
目と目を見合わせる（對看了一下）
目が塞がる（睜不開眼睛）
目に付かない（看不見的）
目が眩しい（刺眼）
目に霞が掛かる（眼睛朦朧、看不清楚）
目が廻す（頭暈眼花）
目に露を宿す（兩眼含淚、眼睛都紅了）
目が見えなく為った（眼睛瞎了）
目に涙を湛えている（眼淚汪汪的）
目の当りに見る（親眼看見）
目に這入らない（視若無睹）
此の目で見る（親眼目睹）
目には如何映したか（對…印象如何？）
目も当てられない（目不忍睹、不敢正視、不忍看）
目の中がちらちらする（兩眼冒金星、眼花）
目の縁が赤く為る（眼圈發紅）
目の縁が潤む（眼睛有點濕潤了）
目の前に浮かぶ（浮現在眼前）
目の間を縮める（皺眉頭）
目は鋭い（目光敏銳）
目も合わない（合不上眼）

目は節穴同然だ（有眼無珠）
目を怒らして見る（怒目而視）
目をきょろきょろさせる（東張西望）
目をしょぼしょぼさせる（眼睛睜不開的樣子）
目を白黒させる（翻白眼）
目を背ける（不忍正視、把眼線移開）
目を醒ます（醒來）
目を醒まさせる（使…清醒、使…醒悟）
目を据えて見る（凝視）
目を凝らす（凝視）凝らす
目を楽しませる（悅目）
目を泣き腫らす（把眼睛哭腫了）
目を瞬く（眨眼）
目を細くする（瞇縫著眼睛）
目をぱちくりする（眨眼）
目をぱちばちさせる（直眨著眼睛）
目をぱっちり開けて見る（睜開大眼睛看）
目を見開く（睜大了眼睛）
目を未来に開く（放開眼睛看未來）
目を向ける（面向、看到、把眼睛盯著、把眼光向著）
良い目を見る（碰到好運氣）
負い目が有る（欠人情、對不起人家）
鬼の目にも涙（鐵石心腸的人也會流淚、頑石也會點頭）
白い目で見る（冷眼相待）
長い目で見る（眼光放遠、從長遠觀點看）
流し目を送る（送秋波）
色目を使う（送秋波、眉目傳情、發生興趣）
日の目を見る（見聞於世、出世）
目が行く（往…看）
目を遣る（往…看）

ㄇ

目が堅い（到深夜還不想睡）
目が眩む（不能做正確判斷、鬼迷心竅）
目が散る（眼花撩亂）
目から鱗が落ちる（恍然大悟）
目で見て口で言え（弄清楚情況再說出來）
目と鼻の先（近在咫尺、眼跟前＝目と鼻の間）
目に青葉（形容清爽的初夏）
目に染みる（鮮豔奪目）
目に物言わせる（使眼色、示意）
目に焼き付く（一直留在眼裡、留強烈印象）
目の皮が弛む（眼皮垂下來、想睡覺）
目の毒（看了有害、看了就想要）←→目の薬
目を逆立てる（怒目而視）
目を三角に為る（豎眉瞪眼）
目を据える（凝視、盯視、目不轉睛）
目が据わる（〔因激怒醉酒等〕目光呆滯）
目を血走らせる（眼睛充滿血絲）
目を走らせる（掃視、掃視了一眼）
目を伏せる（往下看＝目を落とす）
傍目八目（旁觀者清）
大目に見る（不深究、寬恕、原諒）
親の欲目（孩子是自己的好）
刮目に値する（值得拭目以待）
空目を使う（假裝沒看見、眼珠往上翻）
衆目の一致する所（一致公認）
十目の見る所（多數人一致公認）
注目の的（注視的目標）
遠目が利く（看得遠）
二階から目薬（無濟於事、毫無效果、杯水車薪）
猫の目に様に（變化無常）
贔屓目に見る（偏袒的看法）

人目が煩い（人們看見了愛評頭論足）
見る目が有る（有識別能力）
目顔で知らせる（使眼色、以眼神示意）
目頭が熱く為る（感動得要流淚）
目頭を押さえる（抑制住眼淚）
目算を立てる（估計、估算）
横目を使う（使眼色、睨視、斜著眼睛看）
弱り目に祟り目（禍不單行、倒楣的事接踵而至）
脇目も振らず（聚精會神、目不旁視、專心致志）
酷い目に会う（倒楣了、整慘了）
酷い目に会わせる（叫他嘗嘗厲害）
嫌な目に為る（倒了大楣）
今迄色んな目に会って来た（今天為止嘗盡了酸甜苦辣）
彼の男の為に酷い目に見た（為了那人我吃盡了苦頭）
見た目が悪い（外表不好看）
見た目が良い（外表好看）
此の鞄は見た目が良いが、余り実用的ではない（這皮包外表好看但不大實用）

兢（ㄐㄧㄥ）

兢〔漢造〕小心戒慎（＝恐れ慎む）
兢兢〔形動タルト〕（戰戰）兢兢
悪疫の流行に兢兢と為ている（對於瘟疫的流行感到戰戰兢兢）流行流行はやり
戰戰兢兢、戰戰恐恐（戰戰兢兢）

精（ㄐㄧㄥ）

精（也讀作精）〔名〕精粹，精華、精力，力氣，幹勁、精靈、妖精、精液

〔漢造〕（稻穀）去殼、精益求精，精細、詳細、精華，精良、精靈，靈魂、精力，氣力、精子

精を取る（採取精華）取る捕る摂る採る撮る執る獲る盗る録る

精を付ける 薬（補藥）付ける 附ける 漬ける 尽ける 点ける 憑ける 衝ける 就ける 突ける 着ける

精が尽きる（精力耗盡）

精が切れる（精力耗盡）切れる 着れる 斬れる 伐れる

精一杯 働いている（精力充沛地工作、幹勁十足地工作）

仕事に精を出す（全神貫注地工作）

精が出る（起勁、有幹勁）

精を入れる（聚精會神、全神貫注、專心致志）入れる 容れる

随分精が出ますね（您做的可真棒啊！）

其の中で一番精を出して働いたのでが彼だった（其中最賣力的就是他）

森の精（森林裡的精靈、木妖）

水の精（水妖）

不精、無精、無性（懶散、懶惰、不想動）

精一杯〔副、形動〕竭盡全力、盡最大努力（=根限り、出来る限り）

精一杯（に）働く（竭盡全力工作）

此位頑張るのが、僕に取っては精一杯だ（努力做到這種程度對我來說已經盡了了）

精一杯御負けしましょう（我就盡量地少算價錢吧！）

今は歩くのが精一杯と言う程疲れています（現在已經累得連走路都要用最大的力氣了）

精鋭〔名ナ〕精鋭，強悍、精明能幹、精兵

精鋭の士（精明之士、能幹的人）

精鋭化した能率的な機構（精明而效率高的機構）

我が軍の精鋭は攻撃を始めた（我軍的精鋭部隊開始進攻了）始める 初める

軍の精鋭化と行政の簡素化（精兵簡政）

精鋭部隊（精鋭部隊）

精液〔名〕〔生理〕精液

精華〔名〕精華（=生粋）

民族の精華（民族的精華）

精解〔名、他サ〕精解、詳解

墨子を精解する（詳細註解墨子）

精限り根限り〔連語、副〕用盡全部精力、使出全部力量（=精一杯）

精確〔名、形動〕精確、正確（有時與正確通用）

精確を極める（非常精確）極める 窮める 究める

精確な報道（正確的報導）

精確に調査を行う（精確地進行調査）

彼の観察は精確だ（他的觀察是正確的）

精悍〔形動〕精悍

精悍な目付きを為ている（眼神顯得精悍）

小柄で精悍だ（短小精悍）小柄 小柄（小刀）

精管〔名〕〔解〕輸精管（=輸精管）

精気〔名〕（天地萬物的）精氣，精髓、精華、精神、氣魄、精氣神，精神和力氣

精気溢れるゲーム（精神飽滿的比賽）溢れる 溢れる 零れる 毀れる

精機〔名〕〔機〕精密機械（=精密機械）

精義〔名〕精義、詳解

精強〔名ナ〕精鋭、精良強大

精強な軍隊（精鋭的軍隊）

精勤〔名ナ、自サ〕勤奮、勤勉、辛勤（認真）工作，努力研究（學習）

精勤の（な）人（勤勉的人）

御精勤ですね（你真積極工作啊！）

彼の精勤振りに感心する（佩服他的勤奮學習〔工作〕）

精薬〔名〕〔藥〕補藥、壯陽藥

精原細胞〔名〕〔生〕精原細胞

精巧〔名、形動〕精巧、精密

精巧な細工（精巧的工藝品）

此の機械は精巧に出来ている（這個機器做得很精密）

リ

ㄐ

細工は精巧を極めている（工藝精巧絕倫）
極める窮める究める

精鉱〔名〕〔冶〕精礦、濃縮礦

精鋼〔名〕〔冶〕精煉鋼、優質鋼

精根〔名〕精力、精神和力量

精根を傾ける（竭盡全部精力、傾注全力）

精根を打ち込む（竭盡全部精力、傾注全力）

精根を使い果たす（耗盡全部精力）

仕事に精根を傾ける（把全副精力投入工作中去）

精根尽き果てて敗退した（精疲力竭而敗下陣來）

精根を打ち込んで科学の研究を従事する（傾注全力做科研）

自分が従事している仕事を出来る限り精根傾けて遣るんだ（對自己做的工作要盡量傾注全副精神去做）

精魂〔名〕精靈，靈魂，身心，全部精力

精魂を込めて仕事（傾注全部精力的工作）
込める混める籠める

精魂込めて奮闘する（全神貫注地奮鬥）

此の作品には彼の精魂が籠っている（這部作品裡凝集著他的心血）

精査〔名、他サ〕詳查、細查、徹底調查

隅隅迄精査する（毫無遺漏地細查）

精細〔名、形動〕詳細、周詳、精細、細緻（=精密）

精細に研究する（詳細研究）

精細な説明を加える（加以詳細說明）加える銜える咥える

極めて精細な（の）研究報告（非常詳細的研究報告）極める窮める究める

精細胞〔名〕〔生〕精細胞、雄性生殖細胞←→卵細胞

精彩〔名〕精彩，光彩，彩色艷麗、生氣、生動活潑（=生彩）

精彩溢れる絵（絢麗多彩的畫）

此の絵は精彩に満ちている（這幅畫絢麗多彩）

精彩に富む（富有生氣、有聲有色）

精彩を欠く（缺乏生氣、黯然失色）欠く書く描く掻く

精察〔名、他サ〕仔細考慮、仔細研究

其の点に就いては他日精察する積りだ（關於那一點打算將來仔細研究）積り心算心算

精算〔名、他サ〕精算、細算←→概算

運賃を精算する（細算運費）

乗り越したので車掌に精算して貰う（因為坐過了站請乘務員補票）

精算所（〔鐵〕補票處）

精算所の窓口（補票窗口）

精子〔名〕〔生理〕精子、精蟲（=精虫）

精子形成（精子形成）

精虫〔名〕〔生〕精子、精蟲（=精子）

精翅〔名〕〔烹〕魚翅

精熟〔名、自サ〕嫻熟、精通熟練

精神〔名〕（人的）精神，心（=心）←→肉体、心神，氣魄、思想，心意，內心的想法，根本意思，基本宗旨

精神の疲労（精神的疲勞）

精神が立派だ（精神〔思想〕高尚）

精神が確かでない（精神不正常、神志不清醒）

精神に異常を来たす（精神失常）

精神現象（精神〔心靈〕現象）

精神状態（精神狀態）

精神作用（精神作用）

精神障害（精神障礙）

精神療法（精神療法）

精神能力（精神能力）

精神疲労（精神疲勞）

精神錯乱（精神錯亂）

精神変調（精神失調）

精神生理学（精神生理學）

精神物理学（精神物理學）
精神力学（精神力學）
独立の精神（獨立的精神）
自力更生の精神（自力更生的精神）
愛国的精神（愛國精神）
精神を鍛錬する（鍛錬精神）
精神が物質に転化する（精神變物質）
勇敢で粘り強い戦闘的精神が有る（具有勇猛頑強的戰鬥精神）
彼の少しも私利私欲の無い精神を学ぶ（學習他毫無自私自利之心的精神）習う
革命精神を受け継ぎ発展させる（繼承和發揚革命精神）
仕事に精神を打ち込む（把全部精神貫注在工作上）
彼の男の精神が分からない（不曉得那個人是什麼心意）分る解る判る
君の本当の精神を打ち明け給え（把你真正的想法說出來吧！）
憲法の精神（憲法的精神）採る取る捕る摂る撮る執る
文句に拘泥しないで、其の精神を採れ（不要拘泥於詞句是要吸收它的精神）
精神一到何事か成らざらん（精神一來何事不成）
精神力（精神力）
病人が精神力で保っている（病人靠精神力量維持著）
精神的（精神的、精神上的）
精神的な力（精神的力量）
精神的に参る（精神上崩潰）
精神的遺産（精神遺產）
精神支持（精神上的支持）
精神的打撃（精神上的打擊）
精神的愛（精神戀愛）
精神界（精神界）←→物質界

精神家（精神主義者、唯靈論者）
精神病（精神病）
精神病患者（精神病患者）
精神病者（有精神病的人、瘋子）者者
精神病質者（精神變態者、心理病態者）
精神病医（精神病醫師）
精神病学（精神病學）
精神論（〔哲〕唯心論）
精神論者（唯心論者）者者
精神文化（精神文化、精神文明）←→物質文明
精神分析（psychoanalysis 的譯詞）（精神分析）
精神分析を行う（進行精神分析）
精神分析学者（精神分析學家）
精神分裂症（精神分裂症）
精神分裂症患者（精神分裂症患者）
精神外科（精神外科）
精神外科医（精神外科醫師）
精神生活（精神生活、精神方面的生活、重視精神的生活）
精神労働（精神勞動、腦力勞動）←→肉体労働
精神年齢（心理年齢、智力年齢=知能年齢）←→暦年齢、生活年齢
精神年齢が高い（智能年齢高）
精神年齢が低い（智能年齢低）
精神異状（精神失常）
精神異状者（精神失常的人、瘋子）者者
精神衛生（精神衛生）
精神科学（精神科學、文化科學）←→自然科学
精神機能（精神機能）
精神機能の衰退（精神的機能衰退）
精神鑑定（精神鑑定、精神檢查-醫生受法院委託鑑定犯人精神是否失常或失常程度）
精神測定（心理測驗）

ㄐ

精神測定学（精神測驗學）

精神薄弱（低能、智力發育不全）

精神薄弱児施設（低能兒養育院）

精神薄弱者（智力發育不全的人）者者

精神神経症（神經衰弱症、神經官能症=德Neurose=ノイローゼ）

精粋〔名〕精粋、精華
　現代文学の精粋（現代文學的精華）

精髄〔名〕精髓、精華、菁華
　源氏物語は日本文学の精髄である（源氏物語是日本文學的精華）

精精〔副〕盡量，盡力，盡可能、充其量，最大限度
　精精骨折る（盡最大努力）
　精精勉強して置きます（盡可能少算價錢）
　一日に三十ページ位読むのが精精（の所）です（一天最多也只能讀三十頁左右）
　彼の人が遣ったって精精半分位しか出来ないだろう（即使他做最多也不過完成一半）
　後で抗議を申し込む位が精精だろう（充其量不過事後提出抗議罷了）

精製〔名、他サ〕精製，特製，精心製造、精煉，提煉
　精製品（精製品）品品
　砂糖を精製する（精製砂糖）
　原油から精製した物（從原油裡提煉出來的東西）

精選〔名、他サ〕精選
　材料を精選する（精選材料）
　良書を精選して読者に推薦する（精選好書向讀者推薦）
　精選品（精選品、精選的商品）品品

精粗〔名〕精粗、優劣、好壞
　品物の精粗を吟味する（鑑別貨品的精粗）因る依る寄る拠る縁る由る選る縒る撚る
　人に因って仕事に精粗の差が有る（工作因人有精粗之別）

精巣〔名〕〔解〕精巢

精出す〔自五〕努力、鼓足勇氣
　精出して働く（努力工作）

精緻〔名、形動〕精緻、細緻周到
　精緻な研究（細緻周到的研究）
　精緻な筆（精緻的畫筆）

精通〔名、自サ〕精通
　彼は日本文学に精通している（他精通日本文學）
　Marx主義理論に精通する（精通馬克思主義的理論）
　思想的自覚が高く、業務に精通する（有高度的思想覺悟又精通業務）

精鉄〔名〕〔冶〕優質鐵、精煉的鐵

精度〔名〕精度、精密度
　精度が高い（精密度高）
　精度の良い計器（精密度高的儀表）良い好い善い佳い良い好い善い佳い

精到〔形動〕周詳、精細周到
　精到な研究（精細周到的研究）

精糖〔名〕精製糖、上等白糖←→粗糖

精銅〔名〕純銅、精煉銅、優質銅

精読〔名、他サ〕精讀、細讀（=熟読）
　教科書の文章を精読する（精讀課文

精肉〔名〕（商店用語）上等肉、精選的肉（=上肉）
　山田精肉店（山田精選肉店）店店

精農〔名〕勤勉的農民、精耕細作的農民

精嚢〔名〕〔解〕精囊

精白〔名、他サ〕純白，雪白、碾米
　精白糖（上等白糖）
　精白米（細碾的白米）米米米米 米
　精白所（碾米廠）
　玄米を精白する（把糙米碾成白米）

精薄〔名〕〔醫〕智力不全（=精神薄弱）
　精薄児（智力發育不全兒童）

精麦〔名〕（把小麥、大麥、燕麥等）精白加工、精白加工的麥米

精美〔名〕精美、精緻

精微〔名、形動〕精微
　精微を尽くす（非常精細）

精兵〔名〕〔古〕強弓手，強弩手←→小兵、精兵（=精兵）

精兵〔名〕精兵
　精兵を率いて征途に上がる（率精兵出征）上がる挙がる揚がる騰がる
　精兵を選る（選精兵）選る選る選る選ぶ

精粉〔名〕精粉、細粉末、上等粉

精分〔名〕（作為精神或力量的根源的）養分（=滋養分）、精力、精粹，最精華的部分
　精分の有る食物（有養分的食物）
　此を食べると精分が付く（吃這個增加精力）付く着く突く就く衝く憑く尽く搗く附く漬く

精母細胞〔名〕〔生〕精母細胞

精包〔名〕〔生〕精胞、精子胞
　精包囊（精胞囊）

精紡〔名〕〔紡〕精紡
　精紡機（精紡機、細紗機）
　精紡工程（精紡工序）
　精紡職場（細紗車間）

精米〔名、自サ〕碾米、白米
　精米所（碾米廠）
　精米にはビタミンBが少ない（白米裡乙種維生素少）

精密〔名、形動〕精密、精確、細緻
　精密な計画（精密的計劃）
　精密に検査する（細緻地檢查）
　精密科学（精密科學）
　精密組立（精密裝配）
　精密工業（精密工業）
　精密機械（精密機器）
　精密旋盤（精密車床）

精妙〔名、形動〕精巧絕妙
　精妙の（な）細工（精巧的工藝）
　精妙に作られている（做得精巧）作る造る創る

精油〔名、他サ〕精油，香精、精煉油
　精油 center（石油提煉中心）
　精油量（石油加工量）

精留、精溜〔名、他サ〕〔化〕精餾
　精溜収量（精餾產量）
　精溜器（精餾器）器器
　精溜塔（精餾塔）
　精溜 alcohol（精餾酒精）

精良〔名ナ〕精良
　精良な装備（精良的裝備）

精力〔名〕精力、不知疲勞的活動力（=元気、根気）（也用來指性的方面）
　精力絶倫の人（精力絕倫的人）
　精力旺盛な人（精力旺盛的人）
　精力が盛んである（精力旺盛）
　精力が溢れる許り（精力充沛）
　精力が尽きる（精疲力盡）
　精力を回復する（恢復元氣）
　精力を付ける（增益精力、使精力充沛）付ける附ける漬ける尽ける点ける憑ける衝ける就ける
　外国語の習得には相当の精力を使う（學習外國語要使用很大的精力）使う遣う
　年を取ると精力が衰える（一上年紀精力就衰退）採る取る捕る摂る撮る執る
　精力家（精力旺盛的人、富有精力的人）

精励〔名、自サ〕勤奮、奮勉（=勤め励む）
　精励恪勤の人（刻苦勤奮的人）
　自分の職務に精励する（勤奮從事自己的職務）

精錬〔名、他サ〕〔冶〕精煉、提煉
　粗銅を精錬して純銅に為る（把粗銅精煉成純銅）刷る摺る擦る掏る磨る擂る摩る
　精錬所（精煉廠、提煉廠）

精練〔名、他サ〕〔紡〕洗煉、（也寫作精錬）精心訓練，精益求精地練習
　精練釜（洗煉鍋、煮煉鍋）
　精練剤（洗煉用劑）
　軍隊を精練する（精心操練軍隊）

精（也讀作せい）〔漢造〕靈魂、精華

精舎、精舍〔名〕〔佛〕精舍、寺院
　祇園精舎（祇園精舍）
　寂しげな精舎（寂靜的寺院）寂しい淋しい

精進〔名、自サ〕〔佛〕精進，修行、齋戒，淨身慎心、吃素，不茹葷、專心致志
　仏道に精進する（精修佛道）
　精進潔斎して神に仕える（齋戒侍神）仕える使える遣える支える問える瘉える
　忌中の間は精進を為る（居喪期間吃素）刷る摺る擦る掏る磨る擂る摩る
　精進料理（素菜）
　精進明け（吃素期滿、開葷）
　精進落ち、精進落（吃素期滿、開葷）
　精進揚げ（炸素菜）
　精進物（素食）←→生臭物
　文学の研究に精進する（專心研究文學）
　芸術に精進する（專攻藝術）

精霊〔名〕〔佛〕精靈
　御盆には先祖の精霊を迎える（盂蘭盆會時迎接祖先的亡靈）
　精霊会（盂蘭盆會）
　精霊送り（送亡靈）
　精霊流し（盂蘭盆會放水燈）
　精霊蜻蛉（〔動〕紅蜻蜓）
　精霊飛蝗（〔動〕蚱蜢）

精霊〔名〕（原始宗教迷信山川或草木等的）精靈（=精）、（死者的）靈魂（=魂）

精しい、委しい、詳しい〔形〕詳細的（=細かい）、熟悉的、精通的
　詳しい事は係に聞いて下さい（詳細情況請向負責人詢問）聞く聴く訊く利く効く
　詳しい地図を書いて下さい（請畫張詳細的地圖）書く描く欠く搔く
　詳しい事情（詳細的事情）
　詳しい事は後で話す（細節問題以後再說）話す離す放す
　詳しくは知りません（不太清楚詳細的情況）
　詳しければ詳しい程良い（越詳細越好）
　彼は国際問題に非常に詳しい（他對國際問題很熟悉）
　東京の地理に詳しい（對東京的地理很熟悉）
　其の方面に就いて彼が詳しい（對於那方面他很在行）就いて付いて
　サッカーのルールに詳しい（熟悉足球規則）

精げる〔他下一〕（把糙米）碾成白米、精製（手工藝品），精雕細琢
　玄米を精げる（把糙米碾成白米）

鯨（ㄐㄧㄥˊ）

鯨〔漢造〕鯨魚
　捕鯨（捕鯨）
　捕鯨船（捕鯨船）
　捕鯨会社（捕鯨公司）
　捕鯨基地（捕鯨基地）
　国際捕鯨協定（國際捕鯨協定）

鯨飲〔名、自他サ〕暴飲、猛喝（酒）（=牛飲）
　鯨飲する人（喝大酒的人、酒鬼）
　鯨飲馬食（大吃大喝、暴飲暴食）

鯨骨〔名〕（做工藝品等用的）鯨魚骨

鯨肉〔名〕鯨魚肉

鯨脳油〔名〕鯨蠟、鯨蠟油

鯨波〔名〕大浪，巨浪，吶喊（聲）
　鯨波を上げる（掀起吶喊聲）上げる揚げる挙げる

鯨波、鬨〔名〕（古代戰鬥開始或勝利時的）吶喊、〔轉〕多數人一起發出的喊聲
　鬨の声（吶喊、多數人一起發出的喊聲）
　鬨の声を上げる（多數人一起吶喊）上げる揚げる挙げる
　鬨を作る（吶喊、發出喊聲）作る創る造る

鯨油〔名〕鯨魚油

鯨浪〔名〕大浪

鯨蠟〔名〕〔化〕鯨蠟

鯨鯢〔名〕（鯨是鯨的漢音）公鯨魚和母鯨魚、鯨魚的總稱、猛惡的大魚、惡徒的首領

鯨〔名〕〔動〕鯨魚、鯨尺（舊時布尺、等於37、8公分）（＝鯨尺）
　鯨取り（捕鯨〔的人〕）
　鯨船（捕鯨船）

鯨帯〔名〕（和服繫的）裡外兩種顏色材料不同的帶子

鯨座〔名〕〔天〕鯨魚星座

鯨差し〔名〕鯨尺（舊時布尺、等於37、8公分）（＝鯨尺）

鯨尺〔名〕鯨尺（舊時布尺、等於37、8公分）

鯨鬚〔名〕鯨鬚（用於工藝品）

鯨幕〔名〕（葬禮時使用的）黑白豎條相間的布幕

鯨銛〔名〕捕鯨叉

鯨、勇魚〔名〕〔古〕鯨魚（＝鯨）

驚（ㄐ一ㄥ）

驚〔漢造〕驚恐
　一驚（一驚＝吃驚する）
　一驚を喫する（吃一驚）
　吃驚、喫驚（吃驚、嚇一跳）
　吃驚して口も利けない（嚇得連話都說不出來）

　吃驚仰天（大吃一驚、非常吃驚）
　吃驚仰天して口も利けない（嚇得連話都說不出來）

驚異〔名〕驚異，驚奇，奇事，驚人的事，不可思議的事
　驚異の目を見張る（視為驚異）
　最近五カ年間の素晴らしい発展は全く驚異だ（最近五年間的突飛猛進的發展真是少見的事）
　驚異的な発明（驚人的發明）
　驚異的な経済成長（驚人的經濟發展）

驚駭〔名〕驚駭

驚愕〔名、自サ〕驚愕、驚訝、吃驚
　驚愕に堪えない（非常吃驚）堪える耐える絶える
　突然の大爆発に驚愕する（因突然大爆炸而吃驚）

驚喜〔名、自サ〕驚喜
　入選の知らせに驚喜する（聽到入選而驚喜）

驚懼〔名、自サ〕驚懼

驚走性〔名〕〔生〕趨避性

驚嘆、驚歎〔名、自サ〕驚嘆
　驚嘆に値する（值得驚嘆）値する価する
　妙技に驚嘆する（驚嘆演技得精巧）
　人人を驚嘆させる（令人驚嘆）
　驚嘆の余り言葉も出ない（驚嘆得閉口無言）
　驚嘆す可き精巧な細工品（值得驚嘆得精巧工藝品）

驚天動地〔名〕驚天動地
　驚天動地の大事件（驚天動地的大事件）
　驚天動地の独立革命（驚天動地的獨立革命）

驚倒〔名、自サ〕驚倒
　一世を驚倒させた大事件（震驚一世的大事件）

ㄐ

驚動〔名〕驚動

驚怖〔名、自サ〕驚恐、恐懼
鶏は驚怖の余り物陰に凝然と潜伏していた（雞因為過分驚懼一動不動地躲藏在東西後面）

驚風〔名〕〔醫〕（嬰兒的）驚風、癲病

驚く、愕く、駭く〔自五〕驚恐、驚懼、驚訝、驚奇、驚嘆。〔古〕睡醒
大いに驚く（嚇一大跳、大吃一驚）
驚いて物を言えない（嚇得說不出話來）言う云う謂う分る解る判る
驚いて如何して良いか分らない（嚇得不知怎麼辦好）良い好い善い佳い良い好い善い佳い
大きな音に驚く（聽到大的聲音嚇一跳）音音音
子供が虎を見て驚く（孩子看到老虎害怕）
馬が自動車を見て驚いて跳ねる（馬看見汽車嚇得跳起來）跳ねる撥ねる刎ねる
驚いた事に彼の人は詐欺師だ然うだ（真想不到他竟然是個騙子）
此の事は別に驚くには当らない（這件事用不著吃驚〔不值得大驚小怪〕）当る中る
事に臨んで驚かない（臨事不懼、遇事不慌）臨む望む
まあ驚いた（真嚇人！真令人驚呀！真出人意料之外！）
彼の博学には驚いた（他的博學使人驚嘆）
彼は驚いて私をじろじろ見た（他驚訝地直盯著我看）
僕が最も驚くのは彼の厚かましさ加減だ（最令我驚訝是他厚顏無恥到那種程度）最も尤も
彼の勉強振りは実に驚いた物だ（他那種用功模樣實在是驚人的）
驚いた事には彼は生きていた（意想不到的是他還活著）生きる活きる
彼で自分は専門家の積りで居るから驚く（那兩下子還以專家自居真令人吃驚）

彼で英語が得意だと言うから驚くじゃないか（以這種程度還說是擅長英語難道不使人驚訝嗎）

驚く可き〔連語、連體〕可驚的、驚人的、令人震驚的、聞後喪膽的、觸目驚心的
驚く可き事件（驚人的事件、讓人害怕的事件）
驚く可き出来事（驚人的事件、讓人害怕的事件）
驚く可き固い意志（驚人的頑強意志）固い硬い堅い難い
驚く可き犯罪行為（令人震驚的罪行）
驚く可き大悲劇（觸目驚心的大悲劇）
驚く可き剣幕（咄咄逼人）剣幕見幕権幕
其は驚く可き発明だ（那是一項驚人的發明）
此の薬の効き目は驚く可き物が有る（這個藥有奇效）
驚く可き事に彼は一夜に為て其の仕事を遣り遂げた（驚人的是他一夜之間就把那項工作完成了）一夜一夜一夜
中国の工業は開放後驚く可き発展を遂げた（中國工業解放後取得了驚人的發展）後後後

驚く程〔連語、副〕驚人地、令人驚奇地、駭人聽聞地
二人は驚く程良く似ている（兩個人長得非常像）
其の品は一時驚く程欠乏していた（那種貨物一時奇缺）
彼等は驚く程の努力を払って有らゆる困難を切り抜けた（他們以驚人的努力克服了一切困難）払う掃う祓う

驚き、愕き、駭き〔名〕吃驚、驚訝、震驚、驚人
驚きの声を上げる（發出驚訝的聲音）上げる揚げる挙げる
驚きの目を見張る（瞪著吃驚的眼睛）
驚きの色を表した（面上現出驚訝的神色）表わす現わす著わす顕わす

驚きの余り発狂した（嚇瘋了）

驚きの余り声も出ない（嚇得說不出話來）

余りの驚きに茫然自失した（嚇得茫然若失）

其の驚きは大変な物であった（這一驚非同小可）

此を聞いた時の彼の驚きは如何許りであったろう（他聽見這件事該是多麼吃驚的啊！）

彼の人が未だ三十歳とは驚きだ（聽說他才三十歲可真令人吃驚）

驚き入る〔自五〕（入る是用作加強語氣的補助動詞）極其驚恐、甚為驚訝、非常驚奇

驚き入った事だ（那真是非常可怕的事情）

驚き入った事を仰る（你說的真使我十分驚訝）

君の腕前には驚き入った（你的本領真令我佩服）

驚かす〔他五〕驚動，震動，轟動，使驚訝，使驚嘆、使驚奇、嚇唬、使害怕、使驚懼、使恐怖、驚醒、使驚覺，使覺醒

中国の開放は世界を驚かした（中國的解放震動了全世界）

君を大いに驚かす事が有る（有一件使你大為驚訝的事情）

人を驚かす（驚人、嚇唬人）

恐い話を為て子供を驚かす（講可怕的故事嚇唬孩子）恐い怖い強い

急報が全市を驚かした（緊急通報震驚了全市）

鳥の声に驚かされる（被鳥聲驚醒）

井（ㄐㄧㄥˇ）

井（也讀作**丼**）〔漢造〕井、井字形、井然有序、街市。〔礦〕〔石油的〕鑽井，鑽採（＝試錐）

油井（油井、石油井）

天井（天花板，頂棚、物體內部最高處，〔經〕〔物價上漲〕頂點，最高限度）

市井（市井〔＝町〕、俗世）

井蛙〔名〕井蛙、井底之蛙

井蛙の見（井蛙之見、喻見聞淺薄）蛙蛙蛙

井水〔名〕井水（＝井戸水）

井井〔形動タリ〕井然有序

井泉〔名〕井泉

井然、整然〔形動タルト〕井然、整齊、有條不紊

井然たる秩序（秩序井然）

井然と並ぶ（排得整整齊齊）

井然と為た町並み（整齊的街道）依る因る縁る拠る撚る寄る由る

田畑は用水路に依って井然と区切られている（田地照水田劃分得整整齊齊）

井底〔名〕井底

井底の蛙（井底之蛙）蛙蛙蛙

井田〔名〕〔史〕井田

井田法（井田法、井田制）

井目、聖目、星目〔名〕〔圍棋〕井眼（圍棋盤上的九個黑點）

井目で対局する（讓九個棋子對局）

井目局（〔讓對方九個棋子的〕井眼局）

井目風鈴付（井眼加風鈴－讓九個棋子外，還讓對方在井眼四角每一方格上斜著放一子，形同風鈴，故名、〔轉〕喻比賽雙方技藝過分懸殊）

井〔名〕井（＝井戸）。〔古〕（汲取飲用水的）泉眼，流水

井の字の形（井字形）形形形形形

山の井（山泉）

井を坐して天を見る（坐井觀天）坐する座する

井の中の蛙大海を知らず（井底之蛙不識大海）

井桁〔名〕井口的井字形木框、井字形

材木を井桁に組んで積み上げる（把木料擺成井字形堆起來）

井堰〔名〕攔河壩

井堰を築く（築攔河壩）

ㄐ

井筒〔名〕井欄，井圍、井筒（家徽名之一）

井戸〔名〕井
  井戸を掘る（鑿井）掘る彫る
  井戸を浚う（掏井）浚う攫う
  釣瓶井戸（吊桶井）
  井戸水（井水）
  井戸掘機（掘井機）
  井戸屋形（井棚）
  井戸の中の蛙（井底之蛙）
  井戸端（井邊）
  井戸端会議（婦女們湊在井邊閒聊）
  井戸車（轆轤＝轆轤）
  井戸浚え（掏井＝井戸替え）
  井戸替え（掏井＝井戸浚え）
  井戸掘り（鑿井，挖井，鑿井工匠）
  井戸側（井壁、井筒）
  井戸縄（從井中打水用的井繩）

井の中〔名〕井中、井裡面
  井の中の蛙大海を知らず（井底之蛙不識大海）

井守、蠑螈〔名〕〔動〕蠑螈

丼 (ㄐㄧㄥˇ)

丼〔接尾〕大碗、海碗（＝丼）
  天丼（炸大蝦蓋飯）
  カツ丼（炸肉蓋飯）

丼〔名〕大碗，海碗、大碗蓋飯、（匠人圍裙前的）錢袋
  丼に飯を盛る（把飯裝到大碗裡）盛る漏る洩る守る
  丼物（大碗飯之類的食品）
  丼鉢（大陶碗）
  丼飯（大碗飯）
  鰻丼（鰻魚蓋飯）
  親子丼（雞肉加雞蛋蓋飯）
  丼の中に銭を入れる（把錢放在圍裙的錢袋裡）入れる容れる

どんぶり〔副〕（東西掉入水中聲）撲咚
  風呂にどんぶりと浸かる（撲通一聲跳進浴池）
  どんぶり往生（跳水自殺）

丼勘定〔名〕（來自工匠把錢裝在圍裙錢袋裡信手收支從不記帳）無計畫的收支
  彼の店の経理は丼勘定だ（那家商店的收支是一本糊塗帳）

景 (ㄐㄧㄥˇ)

景（也讀作景）〔漢造〕景色，情況、宏大、喜慶、景仰，羨慕
  光景（光景、景象、情景、情況、場面、樣子）
  背景（背景、佈景、後盾，靠山）
  後景（後景、背景）←→前景
  前景（前景）
  全景（全景）
  情景、状景（情和景、情景，光景）
  場景（場景、〔劇等〕場面的光景）
  小景（小景、小風景畫）
  勝景（勝景、佳景、絕景、好風景）
  小景気（小景氣、短暫的繁榮）
  上景気（很景氣、繁榮、市面興旺）

景雲、慶雲〔名〕瑞雲、祥雲

景観〔名〕景色、風景、奇景、絕景
  Alpsの雄大な景観（阿爾卑斯山的雄渾景色）
  奇岩の聳り立つ景観に暫し見蕩れる（對奇岩聳立的奇景一時看得出神）

景気〔名〕〔經〕景氣，市況，商情。〔經〕繁榮、（一般）情況，光景，勁頭，氣氛，活動狀態
  景気が良い（好景氣）良い好い善い佳い良いよい好い善い佳い
  景気が良く為る（景氣好轉）
  景気が悪い（不景氣、景氣不好）

景気変動（景氣變動）

景気循環（景氣循環）

景気上昇（景氣上升）

景気後退（景氣下降）

空景気（虛假的景氣、表面繁榮）

何の市場も大変な景気だ（每個市場都非常繁榮）市場市場

此の商売許りは景気不景気が無い（只有這個行業不分什麼景氣不景氣）

そんなに景気が悪いのか（情況那麼壞嗎？）

君、景気は如何かね（老兄情況如何？）如何如何如何

景気が良い（氣氛活躍）良い好い善い佳い良い好い善い佳い

景気良く騒ぐ（狂歡作樂）

景気の良い話（大話牛皮、使人聽起來快活的話）

景気の良い音楽（輕鬆快活的音樂）

景気の良い方へ寝返りを打つ（〔拋開衰落的一面〕向興盛的一方投靠）打つ撃つ討つ

景気良く（活潑地、快活地、大方地）

景気良く金を使う（花錢大方、揮金如土）使う遣う

景気を付ける（鼓勵、加油、振作〔精神〕）付ける附ける漬ける着ける就ける突ける衝ける

一杯飲んで景気を付ける（喝杯酒振作精神）浸ける憑ける尽ける搗ける即ける撞ける点ける

景気付く〔自五〕活潑起來，振作起來，買賣活躍，景氣好轉

酒で景気付いて来る（喝點酒精神振作起來）来る来る

株は景気付いて来た（股票行情好轉了）

景況〔名〕景況、情況

出版界の景況を聞く（問出版界的景況）聞く聴く訊く利く効く

景教〔名〕〔宗〕景教（基督教的一派）

景仰、景仰〔名、他サ〕景仰、仰慕

景趣〔名〕風趣（=風趣）

景勝〔名〕名勝、佳景、風景優美（的地方）

景勝の地（風景美麗的地方）

全国の景勝を見て回る（遍歷全國的名勝）

景致〔名〕景緻、景趣（=景趣、風趣）

景品〔名〕（商店送給顧客的）贈品、（對參加各種園遊會者散發的）禮品，紀念品

景品呈上（奉送贈品）

客集めの為に景品を出す（為招攬顧客而餽贈禮品）

景品付き売り出し（附帶贈品廉價出售）

御出席の方には景品を差し上げます（對出席的各位敬送禮品）

景福〔名〕大的幸福

景物〔名〕景物，風物、助興的東西，應時的演出（食品、衣著）、贈品（=景品）

四季の景物（四時的風物）

初夏の景物（初夏的風物）

景物に手品を披露する（為助興表演魔術）

景慕〔名、他サ〕景慕、景仰

作中人物に対する景慕（對作品中人物的景仰）

景色、景色〔名〕景色、景緻、風光、風景（=風景）

海岸の景色（海岸的風景）

此の沿線には景色の良い所が多い（這沿線一帶有許多風景很美的地方）蓋い覆い被い蔽い

景色の点では大した事は無い（從景色這一點上看沒有什麼）

高山の景色（高山的風光）

憬（ㄐㄧㄥˇ）

憬〔漢造〕憧憬（對某事心往羨慕、對於過去或未來的事物因思念而引起想像）（=憬れる、憧れる）

憧憬、憧憬〔名、自他サ〕憧憬、嚮往（＝憧れ、憬れ）

　もう農村に住み着いて、都会生活を憧憬する心は無い（已在農村安家落戶不嚮往城市生活）

憬れる、憧れる〔自下一〕憧憬、嚮往

　舞台生活に憬れている（嚮往舞台生活）
　地方の人は皆東京に憬れている（外地人都嚮往東京）捨てる棄てる
　都市に憬れ、農村を軽視する古い考え方を捨てる（丟掉留戀城市輕視農村的舊想法）

憬れ、憧れ〔名〕憧憬、嚮往

　憬れの的（仰慕的對象）
　幸福な生活への憧れ（對美好生活的憧憬）
　憬れの人に会えた（見到了仰慕已久的人）会う逢う遭う遇う合う

頸（ㄐㄧㄥˇ）

頸〔漢造〕頸、頸項
　刎頸（刎頸）

頸骨〔名〕〔解〕頸骨

頸飾〔名〕項鍊（＝頸飾り、首飾り）、掛在頸下的勳章飾物（日本菊花章的附屬物）

頸飾り、首飾り〔名〕項鍊（＝ネックレース）
　真珠の頸飾り（珍珠項鍊）

頸腺〔名〕〔解〕頸部的淋巴腺

頸椎〔名〕〔解〕頸椎（脊椎最上部七塊骨）

頸動脈〔名〕〔解〕頸動脈

頸部〔名〕〔解〕頸部。（喻）狹窄的接連處

頸〔名〕〔解〕頸，頸項，脖子、領子、衣領、（用具的）頸，脖子

　頸の長い麒麟（脖子長的長頸鹿）
　頸を括る（懸梁、上吊）
　頸の差で勝つ（〔賽馬〕以一頸之差獲勝）
　人の頸に齧り付く（抱住別人的脖子）
　頸を伸して見る（伸著脖子看）
　此のセーターは頸の所が少し窮屈だ（這件毛衣的頸子緊一點）
　徳利の頸（酒壺脖子）
　バイオリンの頸（小提琴的頸）
　頸を長くする（引領而待、翹首企望）
　頸を長くして待つ（引領而待、翹首企望）
　頸を振じる（拒絕、不同意）振る捻る捻る
　頸を捻る（思量、揣摩、考慮）

首（也寫作頸）〔名〕頭，腦袋、頭部、命，生命。（轉）職位，飯碗、撤職，解雇，開除

　首を横に振る（搖頭、拒絕）振る降る振る奮う揮う震う篩う
　首を縦に振る（點頭、同意、首肯）
　扇風機が首を振る（電扇搖擺頭部）
　窓から首を出す（從窗子伸出腦袋）良い好い善い佳い良い好い善い佳い
　首を懸けても良い（可拿我的腦袋作保證）懸ける掛ける架ける翔ける欠ける駆ける駈ける
　彼の首には莫大な懸賞金が掛けられている（他的腦袋被懸賞巨額獎金、用巨款買他的腦袋）
　首が危ない（有失業的危險、飯碗有了危險）危ない危うい
　首に為る（撤職、開除）刷る摺る擦る掏る磨る揺る摩る
　首に為る（被撤職、被解雇）為る成る鳴る生る
　そんな事を為たら首だ（要是做那種事就撤職）
　首が繋がる（免於被撤職、免於被解雇）
　首が飛ぶ（被斬首、被撤職，被解雇）飛ぶ跳ぶ
　首が回らない（債台高築）
　首を掻く（割下〔敵人的〕腦袋）掻く書く欠く描く
　首を傾げる（懷疑、不相信對方的言行而思量）傾げる炊げる

首を切る（砍頭，斬首，撤職，解雇）切る 斬る 伐る 着る

首を掛ける（梟首示眾）懸ける 掛ける 架ける 翔ける 欠ける 賭ける 駆ける 駈ける

首を挿げ替える（更換擔任重要職務的人、重要的人事更動）

首を突っ込む（與某件事發生關係、入夥、深入，過分干預）

余り色色な事に首を突っ込み過ぎる（他干涉的事情太多、他參加的活動過多）

頸枷、首枷〔名〕枷。〔轉〕（妨礙自由的）羈絆，累贅

頸枷を嵌める（帶枷、披枷）嵌める 食める 填める

子は三界の頸枷（兒女是擺脫不了的累贅）

頸木、軛、衡〔名〕（牲畜的）軛，項圈，夾板。〔轉〕桎梏

頸木を掛ける（套上夾板）懸ける 掛ける 架ける 翔ける 欠ける 賭ける 駆ける 駈ける

頸木を脱する（擺脫桎梏）脱する 奪する

頸木を争う（互爭勝負）

頸筋、首筋〔名〕脖頸、脖梗（＝襟首、項）

人の頸筋を掴む（掐住別人的脖梗）掴む 攫む

頸玉、首玉〔名〕（古代）項鍊上的寶石、（貓狗等的）脖圈。〔俗〕脖子（＝頸っ玉、頸玉）

頸っ玉、頸玉〔名〕〔俗〕脖子、脖頸

頸っ玉に齧り付く（抱住對方的脖子、摟住對方的脖子）

頸吊り、首吊り〔名、自サ〕懸梁、上吊、自縊（＝首括り）。〔俗〕現成的服裝（＝既製服、吊し）

頸曲り〔名〕歪脖子、歪脖子的人

頸巻き，頸巻、首巻き，首巻〔名〕圍巾（＝襟巻き）

頸巻きで耳迄包む（用圍巾把耳朵都包上）

頸輪、首輪〔名〕項圈，項鍊（＝ネックレース）。（貓狗的）項圈。（貓狗小鳥等）頸部的異色環，（紅藍白…）項圈

頸輪を掛ける（帶上項圈）懸ける 掛ける 架ける 翔ける 欠ける 賭ける 駆ける 駈ける

頸輪を付ける（帶上項圈）付ける 附ける 漬ける 着ける 就ける 突ける 衝ける 浸ける 憑ける 撞ける

警（ㄐㄧㄥˇ）

警〔漢造〕警惕，警戒、警察、機警、機智

自警（自衛，自力警備、自警、自戒）

夜警（夜間的警備、夜間的警衛人員）

巡警（〔舊〕巡警、警察）

奇警（機警，非常機靈、新奇，奇特）

警衛〔名、他サ〕警衛、護衛

使節団を警衛する（護衛使節團）

沿道を警衛する警官（沿途保護的警察）

警戒〔名、他サ〕警戒，警備、防範、警惕，小心，謹慎

警戒す可き人物（應加防範的人物）

警戒を厳に為る（嚴加防範）為る 刷る 摺る 擦る 掘る 磨る 擂る 摩る

徹夜で倉庫の警戒を当たる（徹夜擔任倉庫的警戒）当る 中る

相手の宣伝に乗らない様に警戒する（要警惕別上對方宣傳的當）

彼は警戒して容易に秘密を明かさない（他在警惕著不輕易揭開秘密）

病人は今が一番警戒を用する時だ（病人現在是最需要小心的時候）

財界筋は新政策に対して警戒的である（財界方面對新政策持謹慎態度）

警戒心（戒心）

警戒色（〔動〕警戒色）←→保護色

警戒信号（〔鐵路等的〕警戒信號）

警戒信号を掲げる（掛起警戒信號）捧げる 奉げる

警戒管制（〔防空演習等的〕）警戒管制）

警戒管制に入る（進入警戒管制）入る 入る

警戒管制を取る（實行警戒管制）取る 捕る 摂る 採る 撮る 執る 獲る 盗る 録る

2853

ㄐ

警戒警報（警戒警報）
空襲の警戒警報が出る（發出空襲的警戒警報）
危険迫るとの警戒警報を発する（發出危險迫近的警戒警報）
警戒警報解除（解除警戒警報）
警戒警報発令（發出警戒警報）
警戒線（警戒線）
群衆が警戒線を突破する（群眾衝過了警戒線）
水位は警戒線を超えた（水位越過了警戒線）超える越える肥える
犯人が警戒線を突破して逃げ延びた（犯人突破警戒線逃走了）
警戒網（警戒網、警戒圈）
警戒網を張る（佈置警戒網）張る貼る
警戒網を潜り抜けた（穿過〔脫出〕警戒網）

警官〔名〕警官、警察、公安人員
警官を現場を急派する（緊急派警察到現場）
警官を呼ぶ（找警察）叫ぶ

警急〔名〕緊急事變、應急戒備
警急自動受信機（〔船艦上的〕緊急自動收報機）
警急集合地（〔軍〕緊急集合地）

警句〔名〕警句
警句の多い文体（警句很多的文體）多い覆い被い蔽い蓋い
警句を吐く（發出警句）吐く履く掃く刷く穿く佩く
口先許りの警句を弄する（玩弄口頭上的警句）弄する労する聾する

警固〔名、他サ〕嚴加警備、加強警戒、警備的設備（人）

警護〔名、他サ〕警護，護衛，警衛，警衛者，警衛員

デモの備えて議事堂を警護する（為戒備示威遊行警衛國會議事堂）備える供える具える
貴重品の警護を当たる（擔當貴重品的護衛工作）当る中る
警官の警護の下に送られる（在警察護衛之下送去）下下下下下送る贈る
警護隊（警衛隊）

警告〔名、自サ〕警告
警告を発する（發出警告）
警告を受ける（接到警告）
無警告で攻撃する（不發警告而進攻）
悪戯を為ないよう警告する（發出警告不許胡鬧）
人の警告に耳を傾けない（不聽別人的警告）
警告を無視する（忽視警告）

警策〔名〕〔佛〕警策（為防止坐禪者打盹、敲擊肩頭用的長方形木板）（＝警策）、（趕牛馬的）鞭子。〔轉〕警戒，鞭策、（文章中的）警句
学徒に対しての警策と為るだろう（對學生來說是一種鞭策吧！）

警策〔名〕〔佛〕警策（為防止坐禪者打盹、敲擊肩頭用的長方形木板）（＝警策）

警察〔名〕警察，公安人員，警察署，警察局（＝警察署）
秘密警察（秘密警察）
水上警察（水上警察）
警察の手入れ（警察的搜捕）
警察を呼ぶ（叫警察、找警察來）叫ぶ
警察に引き渡す（交給警察）
警察に呼び出される（被警察叫去）
警察の保護を受ける（受到警察的保護）
警察に睨まれている（被警察監視著）
到頭警察の手が回った（終於被警察拘捕了）

同事件は警察の手に掛かっている（該事件歸警察處理）掛る 係る 繋る 罹る 懸る 架る

其の喧嘩騒ぎは警察沙汰に為った（那個吵架鬧事鬧到警察那裡去了）

警察で取り調べを受ける（在警察署受審訊）

警察に引っ張られる（被警察署抓去）

警察手帳（警察手冊）

警察庁（警察廳-中央警察機關）

警察犬（警犬）

警察学校（警察學校、公安學校）

警察官（警官、警察官、公安幹部-在日本分為九級：警視總監、警視監、警視長、警視正、警視、警部、警部補、巡查部長、巡查）

警察権（警察權）

警察権を発動する（發動警察權）

警察権を濫用する（濫用警察權）

警察国家（警察國家-以警察權全面統治國家、人民沒有私人權利和自由的國家）←→法治国家

警察署（警察署、公安局）

警察処分（警察處分-如斷絕交通之類）

警察犯（警察犯）

警察犯処罰令（警察犯處罰規章）

警察予備隊（〔史〕警察預備隊）

警視〔名〕警視（日本警察職稱位於警部之上）

警視総監（警視總監-警察官的最高職銜、東京都警視廳的首長）

警視庁（東京都警視廳、首都警察廳）

警示〔名〕警示、報警

警示ランプ（報警燈）

警示信号（報警信號）

警手〔名〕〔鐵〕守衛員（開關鐵路道口並負責行車安全的職員）、皇宮警察署的下級職員、皇宮警衛員

踏切警手（鐵道守衛員）

後宮警手（皇宮警衛員）

警巡〔名〕邊警戒邊巡視

警鐘〔名〕警鐘

警鐘を（打ち）鳴らす（鳴警鐘）

此は現代青年への警鐘である（這是對現代青年的警鐘）

警乗〔名〕軍警等在車船上警戒

警乗員（車船上的乘警、押車船人員）

警世〔名〕警世

警世の文を発表する（發表警世的文章）文 文 文

警醒〔名、他サ〕驚醒

世人を警醒する（警惕世人）

警笛〔名〕（特指交通工具的）警笛、警笛的聲音

自動車は警笛を鳴らし続ける（汽車一直在按喇叭）鳴らす 為らす 成らす 生らす 慣らす 馴らす

電車が警笛を鳴らし乍進んで来た（電車一面鳴警笛一面駛來）均す

警抜〔形動〕新穎奇異、立意新奇

警抜な言（新穎奇異之言）言 言 言

警備〔名、他サ〕警備、警戒、戒備

会場の警備に当たる（擔當會場的警備）当る 中る

警備が厳重だ（警備森嚴）

国境を警備する（警備國境）

警備隊（警備隊）

警蹕〔名〕（古時天皇貴族外出時從者）喝道的聲音，警蹕。〔神道〕（開神殿正門時或奏神樂時）神官的哼呼喊聲

警標〔名〕警報標誌、警告信號

警部〔名〕警部（日本警察職稱之一、地位在警視之下）

警砲〔名〕警砲

警砲を放つ（放警砲）

警報〔名〕警報

空襲警報を発する（發出空襲警報）
警報を解除する（解除警報）
人人は警報が鳴ると直ぐ集った（人們聽了警報立刻集合起來了）鳴る為る成る生る
其の地方には今洪水警報が出ています（那個地區現在已經發出了洪水警報）
警報器（警報器）器器
警報ランプ（警報燈）
警報装置（警報裝置）

警防〔名〕警戒防衛
警防団（〔防空的〕警防團-包括消防團和防護團）
警防団員（警防團員）

警棒〔名〕警棍
警棒を腰にぶら下げた警官（腰裡掛著警棍的警察）

警務〔名〕警務、警察的事務

警邏〔名〕巡邏、巡邏的人（=パトロール）
警邏隊（巡邏隊）

警吏〔名〕〔舊〕警官、警察官（=警察官吏）

警鈴〔名〕警鈴、警鐘

警める、戒める、誡める〔他下一〕勸誡，懲戒，戒除，警戒，戒備，警備
将来を戒める（以儆將來）
子供の悪戯を戒める（規誡孩子不要淘氣）
人の不心得を戒める（勸誡他人的不端行為）
煙草を戒める（戒煙）
飲酒は戒める可き物である（應當戒酒）
自ら戒める（自戒、律己）
失敗の無い様戒める（提醒切勿失敗）
驕りを戒め、焦りを戒め（戒驕戒躁）
国境を戒める（警備國境）

警め、戒め、誡め〔名〕勸誡，懲戒，戒除，警戒，戒備，警備
再三の戒めにも拘らず（雖然再三規戒）

良い戒めである（是個很好的教訓）
国父の戒めを守る（遵守國父的教訓）
教条主義の失敗を戒めと為る（把教條主義的失敗作為教訓）
前車の覆るは後車の戒め（前車覆後車鑑）
戒めを厳重に為る（嚴加戒備）
戒めの為に家から外へ出さない（為了懲戒不准外出）

径（徑）（ㄐㄧㄥˋ）

径〔名〕直徑
〔漢造〕小徑，窄路，橫道，簡直，一直，直率
径三尺の円（直徑三尺的圓）
小径、小逕（小徑、小道=小道）
捷径（捷徑、近路）
石径（石徑）
山径（山間小路）
樵径（樵夫小路）
直情径行（感情真實、行動直率、言行坦率）
直径（直徑）
半径（半徑）

径間〔名〕（橋等的）墩距，跨度、直徑的距離

径間、渡り間〔名〕〔建〕（以墩分隔的）墩距、橋跨、跨距、跨度

径行〔名〕剛直的行為、固執己見的行動
直情径行の人（性情剛直按自己意見行事的人）

径数〔名〕〔數〕參數、參變數

径違い〔名〕〔機〕異徑
径違い雌牡ソケット（異徑內外螺紋管接頭、異徑伸縮套管）
径違いエルボ（異徑彎管接頭）
径違い十字継手（異徑十字形管接頭、異徑四通管接頭）

径庭、逕庭〔名〕逕庭、懸殊、差別、差距

径庭が無い（沒有差別）

両者の効用には何等の径庭が無い（二者的效果沒有任何差別）

彼と大した径庭の無い一人の作家（和他不相逕庭的一位作家）

径路、経路〔名〕路徑、途徑、路線

歩いて来た経路を地図上で示す（用地圖表示出走過來的路徑）

入手の経路を話す（談談到手的途徑）話す離す放す

其の発達の経路は一寸複雑だ（它的發展過程是很複雜的）一寸一寸丁度

斯う言う経路を取って此の事件が起こったのだ（這個事件是通過這樣的過程發生的）

正当な経路を経て手に入れた（通過正當的途徑弄到手）経る減る

径山寺味噌、金山寺味噌〔名〕一種加有茄子絲瓜等的醬（來自中國徑山寺製法、故名）

勁（ㄐㄧㄥˋ）

勁〔漢造〕猛力、堅強

勁敵〔名〕勁敵、強敵、大敵

勁敵に遇う（遇到勁敵）遇う会う逢う遭う合う

浄（淨）（ㄐㄧㄥˋ）

浄〔漢造〕潔淨

清浄（清淨、乾淨、純潔＝清淨）

清浄な心（純潔的心）

清浄（清淨，潔淨，純潔、〔佛〕清淨）

清浄潔白（清淨潔白）

清浄無垢（潔白、一塵不染）

六根清浄（〔佛〕六根清淨）

不浄（汙穢，不潔淨，不清潔、廁所）←→清浄、清浄

御不浄（廁所）

浄暗〔名〕（祭神的）清淨的暗夜

浄域〔名〕（神社或寺院等的）院內，淨域，靈地。〔佛〕淨土，極樂世界

浄域を汚す（褻瀆靈地）汚す穢す汚す

浄衣、浄衣〔名〕〔古〕（祭神時穿的）白衣服、（僧人祈禱時穿的）白衣服

浄火〔名〕（神前的）淨火、聖火

浄火が神域を照らす（淨火照亮了神域）

浄化〔名、他サ〕淨化。〔喻〕純潔化，明朗化

下水の浄化設備（污水的淨化設備）

街を浄化する（淨化街道）

肺は血液を浄化する（肺能淨化血液）

浄化槽（淨化槽）

浄化装置（淨化裝置）

浄化設備（淨化設備）

政界浄化（政界的淨化）

国会の浄化を叫ぶ（要求國會明朗化）

選挙の浄化運動（選舉的明朗化運動）

市会を浄化する（使市議會明朗化）

浄戒〔名〕〔佛〕清淨的戒律

浄界〔名〕清淨地方、寺院、〔佛〕淨土

浄几、浄机〔名〕淨几

明窓浄几（窗明几淨）

浄曲〔名〕淨琉璃（一種用三弦伴奏的說唱曲藝或所說唱的故事）（＝浄瑠璃）

浄瑠璃〔名〕淨琉璃（一種用三弦伴奏的說唱曲藝或所說唱的故事、現成為義太夫節的通稱）（名稱來自創始期博得好評的浄瑠璃物語）。〔佛〕晶瑩的琉璃

浄瑠璃を語る（演唱淨琉璃）語る騙る

浄菌槽〔名〕（利用細菌的）污水淨化槽、化糞池

浄血〔名〕淨血

浄血作用（淨血作用）

浄業〔名〕善業、念佛

浄財〔名〕（捐給寺院或慈善團體的）捐款

浄財を集める（寺院募捐）

浄罪〔名〕〔佛〕洗罪、滌罪

ㄐ

浄罪の為に地獄の責め苦を受ける（為了洗清罪業受地獄的折磨）

浄罪界（煉獄、滌罪所）

浄写〔名、他サ〕謄清、抄寫、繕寫

帳面を浄写する（謄清帳目）

浄写が出来上がった（繕寫好了）

浄書〔名、他サ〕謄寫、繕寫

原稿の浄書を人に頼む（請人謄寫原稿）頼む恃む

講演の筆記を浄書する（謄清演講筆記）

習字の浄書を出す（交出寫好的習字）

浄水〔名、自他サ〕清水，乾淨水、淨水，使水潔淨、（廁所的）洗手水←→汚水

浄水装置（淨水裝置）

浄水場（淨水廠）場場

浄水池（淨水池）池池

浄地、浄地〔名〕〔佛〕淨地、聖地、放置寺院僧侶食糧的地方

浄土〔名〕〔佛〕淨土，極樂世界、淨土宗（日本佛教的一個派別、法然上人開創）（＝淨土宗）

西方浄土（西方極樂世界）

浄土に行く（到天堂去）行く往く逝く行く往く逝く

浄土宗（淨土宗-日本佛教的一個派別、法然上人開創）

浄玻璃〔名〕水晶，透明玻璃、風月寶鑑（＝浄玻璃の鏡）

浄玻璃の鏡〔名〕〔佛〕閻王殿上照出死者生前善惡的鏡子，風月寶鑑。〔喩〕明鑑，不容欺騙的眼力

浄玻璃の鏡に照らした如く明らかだ（像照在明鏡上一樣清楚）

浄福〔名〕〔宗〕淨福、清福（＝清福）

未来の浄福を祈る（祝未來的清福）祈る祷る

浄める、清める〔他下一〕洗淨，弄潔淨，去污垢，使潔白，使清白

沐浴して身を浄める（沐浴淨身）

手を浄める（把手洗淨）

心を浄める（淨心）

罪を浄める（洗清罪孽）

恥を浄める（雪恥）

浄め、清め〔名〕洗淨、去污

浄めの水（神社前的洗手漱口水）

竟（ㄐㄧㄥˋ）

竟〔漢造〕完了

畢竟（畢竟、總之、結局）

畢竟私の負けだ（究竟是我輸了）

此と其とは畢竟同じだ（總之這個和那個一樣）

究竟（究竟，畢竟，結局、根本，最後）

究竟の処誠意の有無だ（結局是有無誠意的問題）

究竟（の）目的（最終目的）

究竟原理（基本原理）

竟宴〔名〕〔古〕（進講或和歌集進講完畢後）宮中舉辦的宴會、祭祀後的宴會

竟に、終に、遂に〔副〕終於，竟然、直到最後（＝到頭、最後迄）

終に完成を見た（終於完成了）

終に約束を果たさなかった（終於沒有踐約）

終に口を利かなかった（直到最後一言未發、終於沒有開口）

方方探して終に見付け出した（到處尋找終於找到了）

終に革命が起きた（終於爆發了革命）起きる熾きる

終に承知した（終於答應了）

何度も電話を掛けたのに、相手は終に來なかった（打了好幾通電話對方始終沒有來）

彼の人は一生終に結婚しなかった（那人終身都沒結婚）

台湾のアタック隊員は終に世界の最高峰—チョモランム峰の頂上に立った（台灣登山隊員終於踏上了世界最高峯-珍穆朗瑪峯）立つ経つ建つ絶つ発つ絶つ断つ裁つ截つ

脛（ㄐㄧㄥˋ）

脛〔漢造〕從腳跟到膝的地方

脛骨〔名〕〔解〕脛骨

脛節〔名〕〔動〕（昆蟲的）脛節

脛、臑〔名〕脛、脛骨、脛部、小腿（＝脛）

脛の長い人（小腿長的人）

脛当て，脛当、臑当て，臑当（護腿）当て中て充て宛て

脛を払う（從下面踢了一腿、來一個掃堂腿）払う掃う祓う

親の脛を齧る（〔成人後不能自立或沒有職業〕靠父母養活、吃父母的、靠爸族）

脛が流れる（腳底沒根-沒力氣）

脛に傷を持つ（內心有隱疾、心中有鬼）傷瑕疵恐れる怖れる畏れる懼れる

脛に傷を持つ身は芒の穂にも恐れる（心裡有鬼者風聲鶴唳草木皆兵）

脛齧り、臑齧り〔名〕靠父兄供給學費或生活費（的人）

未だ未成年だから脛齧りを為ている（還未成年靠父兄養活）未だ未だ

彼は親の脛齧りだ（他是靠父母養活的人）彼彼

脛〔名〕脛、脛骨、脛部、小腿（＝脛、臑）

脛巾〔名〕護脛、綁腿（＝脚絆、ゲートル）

逕（ㄐㄧㄥˋ）

逕〔漢造〕小路（捷徑）、直接（逕交）、相距很遠（逕庭）

逕庭、径庭〔名〕逕庭、懸殊、差別、差距

径庭が無い（沒有差別）

両者の効用には何等の径庭が無い（二者的效果沒有任何差別）

彼と大した径庭の無い一人の作家（和他不相徑庭的一位作家）

痙（ㄐㄧㄥˋ）

痙〔漢造〕手足抽筋舉止不靈

痙直〔名〕〔醫〕痙攣、抽搐

痙攣〔名、自サ〕〔醫〕痙攣、抽搐、抽筋

痙攣を起こす（發生痙攣）起す興す熾す

脚に痙攣を起した（腳上抽了筋）

痙攣的に震える（痙攣性地顫抖）震える奮える揮える振える篩える

強直性痙攣（僵直性痙攣）強直性剛直性

敬（ㄐㄧㄥˋ）

敬〔漢造〕尊敬、謹慎

尊敬（尊敬、恭敬、敬仰）

畏敬（敬畏、畏懼）

崇敬（崇敬、崇拜）

不敬（〔對皇室、神社、寺院〕不尊敬、不禮貌、失敬）

敬する〔他サ〕尊敬、恭敬

父母を敬する気持（尊敬父母的心情）敬する慶する刑する父母父母父母

敬して遠ざける（敬而遠之）

敬愛〔名、他サ〕敬愛

我が敬愛する先生（我的敬愛的老師）

彼は全国民から敬愛されていた（他受到了全國人民的敬愛）

敬意〔名〕敬意

敬意を払う（致敬）払う掃う祓う

敬意を表する（表示敬意）表する評する

敬意を表して招待する（為表示敬意而招待）印徵験記標

敬意の印と為て独唱会の切符を送る（贈送獨唱會的票作為敬意的表示）送る贈る

ㄐ

敬遠〔名、他サ〕敬而遠之、(有意)迴避
名を聞いて敬遠する(聞其名敬而遠之)名 名 名聞く 聴く 訊く 利く 効く
彼は皆から敬遠されている(人們對他都敬而遠之)皆 皆
面倒な仕事を(は)敬遠する(有意迴避麻煩的工作)
敬遠のフォア、ボール(故意投四個壞球)

敬具〔名〕(寫在書信的最後)敬啟、謹具、謹啟、敬白

敬虔〔形動〕虔敬、虔誠
敬虔な態度で神に祈る(用虔敬的態度向神祈禱)祈る 祷る 神 紙 髪 守 上

敬語〔名〕(表示敬意、鄭重或謙虛的)敬語、尊敬語

敬仰、敬仰〔名、他サ〕敬仰、敬慕

敬承〔名〕恭聽

敬称〔名、他サ〕敬稱、尊稱、敬語稱呼、表示敬意的說法
官職上の敬称(官職上的敬稱)
敬称を省略して呼ぶ(省略敬稱只叫姓名)叫ぶ
敬称を付けて呼ぶ(加敬稱稱呼)付ける 附ける 漬ける 着ける 突ける 衝ける 撞ける 憑ける
先生は教師の敬称だ(先生是教師的尊敬說法)

敬譲〔名〕尊敬與謙讓
敬譲の助動詞(尊敬與謙讓的助動詞)
敬譲語(尊敬語與謙讓語、謙讓語、自謙語)

敬神〔名〕敬神
敬神の念(敬神之觀念)

敬相〔名〕〔語法〕敬語態(用れる、られる、せる、させる、給う等敬語助動詞表示敬意的形式)

敬体〔名〕〔語法〕敬體(以です、ます等結尾的口語文體、文語文中指候文體)←→常休

敬弔〔名、他サ〕敬悼
敬弔の意を表する(表示敬悼之意)表する 評する

敬重〔名、他サ〕敬重、尊重

敬聴〔名〕敬聽

敬白〔名〕(書信用語)敬白、敬啟
店主敬白(本店主人敬啟)

敬服〔名、自サ〕敬服、欽佩、佩服
見事な腕前にすっかり敬服する(對高超的本領深感敬佩)
彼の行為には敬服す可き点が有る(他的行為有值得欽佩之處)

敬慕〔名、他サ〕敬慕、敬愛
町民は皆彼を敬慕している(市民都敬愛他)
私の敬慕する人物の一人(我所敬愛的人物中的一人)

敬礼〔名、自サ〕(多指舉手禮等)敬禮、行禮
敬礼(〔口令〕敬禮！)
敬礼を受ける(接受敬禮)
丁寧に敬礼する(鄭重地行禮)
挙手の敬礼を為る(行舉手禮)刷る 摺る 擦る 掏る 磨る 擂る 摩る
敬礼を忘れる(忘了敬禮)
最敬礼を為る(行最敬禮)為る 為る

敬老〔名〕敬老
敬老の精神(敬老的精神)
彼は敬老の念から私を助けた(他出於敬老之心幫助了我)
敬老会(敬老會)
敬老の日(敬老日-九月十五日)

敬う〔他五〕敬、尊敬(=尊敬する)
師を敬う(尊師)
偉大な革命家を敬う(尊敬偉大的革命家)
彼は学生に非常に敬われている(他很受學生尊敬)

敬い〔名〕尊敬(=尊敬)
敬いの心(尊敬之心)

靖（ㄐㄧㄥˋ）

靖〔漢造〕安定

靖〔漢造〕使安定（=安心する、安んじる、鎮める）

やすくにじんじゃ
靖国神社〔名〕（日本）靖國神社（位於東京都千代田區九段北九段坂上舊官幣社、祭祀明治維新前後戰爭殉職者、當時稱為招魂社、明治十二年改為靖國神社）

境（ㄐㄧㄥˋ）

きょう
境〔名〕境，地方、境地

〔漢造〕（也讀作境）處境、邊界

無人の境（無人之境）

無我の境（無我的境地）

環境（環境）

逆境（逆境）←→順境

順境（順境）

異境（異國、外國）

辺境、辺疆（邊境，邊疆、偏遠地區）

妙境（妙境）

魔境（魔界，恐怖世界、〔轉〕煙花柳巷）

老境（老境、老年）

心境（心境、心情、精神狀態）

進境（進步情況、進步的程度）

塵境（塵世、俗世）

悲境（逆境、悲慘境遇）

秘境（秘境）

恍惚境（恍惚的境地）

国境（國境、邊境、邊界）

詩境（詩歌中描寫的境地）

至境（最高的境界、登峰造極、爐火純青）

きょういき
境域〔名〕境域、領域

清浄な境域（清淨的境域）

物理学の境域（物理學的領域）

きょうがい
境涯〔名〕境遇、處境、地位

安楽な境涯に在る（處在安樂的境遇）在る有る或る

乞食の境涯に陥る（淪為乞丐）

きょうぐう
境遇〔名〕境遇、處境、環境、遭遇（=身の上）

境遇に支配される（受環境支配）

境遇を改善する（改善環境）

我我は同じ境遇に有る（我們有著共同的遭遇）在る有る或る

私達は夫夫境遇が違う（我們各自處境不同）

人の境遇に同情する（同情別人的處境）

共同の事業と共通の境遇は彼等の心を一つに結んだ（共同的事業和共同的遭遇把他們的心緊緊連在一起了）

きょうち
境地〔名〕環境、處境、境地，心境、領域

新しい境地を求める（尋求新的環境）

無我の境地に達する（達到無我的境地）

苦しい境地に立つ（處在苦惱的境地）立つ経つ建つ絶つ発つ断つ裁つ截つ起つ

新しい境地を開く（開闢新的領域）開く開

境〔漢造〕境，地方、境地（=境、界、場所）

けいかい　けいかい
境界、経界〔名〕（土地或場所等的）邊界、地界、境界（=境界）

きょうかい　きょうかい
境界、彊界〔名〕疆界、境界、邊界

境界での挑発（邊界上的挑釁）

境界に於ける緊張した事態（邊界緊張局勢）於ける置ける擱ける措ける

境界を定める（畫定邊界）

境界を封鎖する（封鎖邊界）

境界を測量する（勘界）

境界の位置付け（邊界走向）

境界の現状（邊界現狀）

境界線を測量画定して標識を立てる（勘界立標）

境界測量議定書（勘界議定書）

境界河川（界河、邊界河流）

ㄐ

ㄐ

境界条約（邊界條約）

境界線（邊界線）

境界係争地区（邊界爭執地區）

境界衝突（邊界衝突）

境界問題（邊界問題）

境界条件（〔理〕邊界條件）

境界潤滑（〔理〕界限潤滑）

境界摩擦（〔理〕邊界摩擦、附面摩擦）

境界領域（學科之間的領域）

境界〔名〕〔佛〕（前世因緣造成、不以個人的意識為轉移的）境遇

境内、境内〔名〕（神社或廟宇的）院内

境内の建物（神社院内的建築物）

境、界〔名〕邊界，疆界、交界，分界、境界，境地

市の界（市的邊界）

隣との界（和鄰居的交界）

国と国との界（國與國的交界）

昼夜の界（晝夜之交）

哲学と宗教との界（哲學和宗教的分界）

恋愛と友情の界（愛情和友情的界線）

生死の界を彷徨う（徘徊在生死的邊緣）

界を為る（劃界線）

界を決める（立界線、截定界線）

界を越える（越過界線）

界を接する（接壤）

界を荒らす（擾亂邊界）

界を広げる（擴展邊界）

鴨緑江は中国と朝鮮の界を為している（鴨綠江形成中國和朝鮮的分界線）

神秘の界（神秘的境地）

清浄の界（清淨的境界）

身其の界に臨む（身臨其境）望む臨む

境争い、境争〔名〕疆界之爭、邊界之爭

境揉め〔名〕邊界糾紛（=境争い、境争）

境石〔名〕（用作疆界標誌的）界石

境木〔名〕（用作分界標誌的）界樹、邊界樹、分界樹

境杭〔名〕（用作分界標誌的）界椿、邊界椿、分界椿

境目〔名〕交界線，分界線、分歧點、關鍵，關頭

隣の家との境目（和鄰家的交界線）

甲と乙の境目がはっきりしない（甲乙的分歧點不清楚）

其の川は両県の境目に為っている（那條河是兩個縣的分界線）為る成る鳴る生る

生きるか死ぬかの境目に在る（處在生死關頭）在る有る或る

静（靜）（ㄐㄧㄥˋ）

静（也讀作 じょう）〔名、漢造〕靜、靜止、沉靜、安靜、平靜

静中、動有り（靜中有動）

安静（安靜）

平静（平靜，安靜、鎮靜，冷靜）

冷静（冷靜、鎮靜、沉著、清醒、心平氣和）

動静（動靜、動態、情況、狀況、情形、消息）

鎮静（平靜，鎮靜、平定、鎮壓下去）

沈静（沉靜，穩定，安靜、沉滯，蕭條，不振）

静圧〔名〕〔理、機〕靜壓

静圧選択弁（靜壓調節閥）

静圧ベアリング（靜壓軸承）

静圧ヘッド（靜壓頭）

静穏〔名、形動〕安穩、平靜（=平穩）

極めて静穏な空気が漂っている（充滿著非常平靜的氣氛）極めて窮めて究めて

静臥〔名、自サ〕靜臥

静荷重〔名〕〔機〕靜載荷
　静荷重試験（靜載荷試驗）

静観〔名、他サ〕靜觀
　事態を静観する（靜觀事態）
　静観的態度を取る（採取靜觀態度）取る捕る摂る採る撮る執る獲る盗る録る

静劇〔名〕〔劇〕靜劇、靜態劇（不以動作為主、強調暗示、情調等台詞較少的戲劇）

静坐、静座〔名、自サ〕靜坐
　静坐法（靜坐法）

静索〔名〕〔海〕固定索具
横静索（船的左右支索）

静止〔名、自サ〕靜止
　静止（の）状態（靜止狀態）
　静止している物体（靜止的物體）
　自然界は何物と言えども寸時も静止する事は無い（自然界任何事物都不會靜止片刻）
　静止質量（〔理〕靜止質量）
　静止エネルギー（〔理〕靜能）
　静止核（〔生〕靜止核）
　静止摩擦（〔理〕靜止摩擦）
　静止式蒸留器（罐式蒸餾器）
　静止気象衛星（靜止型氣象衛星）

静思〔名、自サ〕靜思
　部屋に閉じ籠って静思する（閉門靜思）

静磁場〔名〕〔理〕靜磁場

静寂〔名、形動〕寂靜、沉寂
　夜の静寂を破る（打破夜的沉寂）夜夜夜
　辺りは静寂に包まれている（四周一片寂靜）辺り当り中り

静寂、無言、沈黙〔名〕沉默、寂靜（＝静寂）
　二人が向い合って坐った儘無言は続いた（兩人對面坐著許久不作聲）
　無言を破って大きな物音が為た（很大的響聲打破了寂靜）
　無言を破って彼が口を切った（他開口說話打破了寂靜）

無言、無言、無言〔名〕不說話、沉默
　一日中無言で過ごす（整天沒說話）一日一日一日一日中中中中
　無言の儘坐っている（一聲不響地坐著）坐る座る据わる
　二人は無言で対座した（兩個人默默相對而坐）
　二人の間には無言の内に了解が出来た（兩人無形中有了默契）間間間間
　互いに無言で会釈した（彼此無言地點了一下頭）
　無言劇（啞劇＝パントマイム、黙劇）
　無言の行（〔佛〕無言之行）

静粛〔名、形動〕肅靜、靜穆
　静粛の（な）態度（肅靜的態度）
　静粛に為て下さい（請肅靜）
　場内は静粛だった（場內很肅靜）
　静粛に願います（請肅靜）
　静粛に！静粛に！（肅靜！肅靜！）
　極めて静粛であった（非常肅靜）極めて窮めて究めて

静振〔名〕〔地〕（法 seiche 的譯詞）（因氣壓或風向之突然變化引起的）湖面波動、湖震、假潮

静水〔名〕靜水
　静水圧（靜水壓力、流體靜壓）
　静水力学（流體靜力學）

静態〔名〕靜態←→動態
　静態統計学（靜態統計學）
　静態社会学（靜態社會學）

静聴〔名、他サ〕靜聽
　暫く御静聴下さい（請安靜地聽一聽）
　静聴、静聴（安靜地聽！）

静的〔形動〕靜的、靜態的、不動的
　静的な写真（靜態的照片）

静的に描写している（靜態地描寫著）
静的人口学（靜態人口學）

静電（気）〔名〕〔電〕靜電
静電印刷法（靜電印刷法、乾印術）
静電オシログラン（靜電記錄示波器）
静電界（靜電場）
静電学（靜電學）
静電記憶（〔計〕靜電記憶、靜電存儲）
静電結合（靜電偶合、靜電匹配）
静電コンデンサー（靜電電容器）
静電電圧計（靜電伏特計）
静電遮蔽（靜電屏蔽）
静電シールド（靜電屏蔽）
静電反発（靜電排斥）
静電単位（靜電單位）
静電塗装（靜電噴漆）
静電誘導（靜電感應）
静電容量（靜電電容）
静電力（靜電力）

静謐〔名、形動〕靜謐、寧靜、安靜（＝平穩）
静謐な空気が社会に充ちている（整個社會充滿著和平寧靜的氣氛）充ちる満ちる
静謐な詩を得意と為る（擅長寫寧靜的詩）刷る摺る擦る掏る磨る擂る摩る

静物〔名〕靜物
静物のデッサン（靜物的素描）
静物画（靜物畫）

静夜〔名〕寂靜的夜晚
静夜の星を仰ぐ（仰望靜夜的星星）

静養〔名、自サ〕靜養
疲れたので静養を取る（因為疲勞靜養一下）取る捕る摂る採る撮る執る獲る盗る録る
退院後も自宅で暫く静養する（出院後還在自己家裡靜養一個時期）

静養専一の生活（專心靜養的生活）

静力学〔名〕〔理〕靜力學←→動力学

静力率〔名〕〔理〕靜力矩

静慮〔名〕仔細考慮

静〔漢造〕靜、靜止、沉靜、安靜、平靜
寂静（寂靜、〔佛〕涅槃，解脱＝涅槃）

静注〔名〕〔醫〕靜脈注射（＝静脈注射）

静脈〔名〕靜脈←→動脈
静脈に注射する（往靜脈裡注射）
静脈の見える手（露出靜脈的手）
静脈内注入（靜脈內輸入）
静脈瘤（〔醫〕靜脈瘤）

静か〔形動〕靜止,不動,平靜,安靜,沉靜,寂靜、慢慢、輕輕、寂靜,肅靜,清靜
風が止んで森の木木は静かに為った（風停了林中樹木都不動了）止む已む病む
静かに為ろ（別吵）
静かな人（寂靜的人）
世の中は静かだ（社會上很安靜）
彼は静かな調子で話し始めた（他用安詳的語調講起話來了）
静かに考えて見給え（你冷靜地想一想）
静かに戸を開けた（輕輕地開了門）開ける拓ける啓ける開ける明ける空ける飽ける厭ける
静かに話す（慢慢說）話す離す放す
静かに夜が明けた（天靜悄悄地亮了）
静かな部屋（清靜的屋子）
場内は水を打った様に静かに為った（場內鴉雀無聲）
此の部屋は静かで誰も居ない様だ（這屋裡靜悄悄的好像沒人）
死せるが如く静かである（死一般的寂靜）

静かの基地〔名〕1969年阿波羅11號在月球上的登陸地點

静けさ〔名〕寂靜（的程度）、肅靜,沉靜,清靜
嵐の前の静けさ（暴風雨前的寂靜）

死の様な静けさ(死一般的寂静)返る 帰る 孵る 還る 代える 換える 替える 変える 買える 飼える

室内は再び元の静けさに返った(屋子又回復了原來的寂靜)元本基下素許元旧原故

夜の静けさを破る(衝破夜的寂靜)

静心〔名〕沉靜的心、安靜的心情

　静心無く散る花(落英繽紛)

静静〔副〕靜靜地、穩靜地、安詳地、靜悄悄地

　静静と歩く(靜悄悄地走、安安祥祥地走)

　彼女が(は)静静(と)舞台に現れた(她靜靜地出現在舞台上)現れる 表れる 顕れる

　静静と進む葬列(靜悄悄地前進的送殯行列)

静まる、鎮まる〔自五〕靜起來，變平靜、平靜，平定，平息、(風等)息，漸微、睡覺、供奉

　嵐が止んで外は静まった(暴風雨已停外面平靜了)止む 已む 病む

　暴動が静まる(暴動平息了)

　怒りが静まる(氣消了)

　風が静まった(風息了)

　火の手が静まる(火勢減弱)

　子供が静まった(孩子睡了)

　此の宮に静まる神(這座廟裡供的神)

静まり返る〔自五〕變得恬靜、鴉雀無聲、萬籟俱寂

　子供達が寝て家中静まり返る(孩子們睡了家裡鴉雀無聲)

　町は静まり返っていた(街上寂靜無聲)

静める、鎮める〔他下一〕使鎮靜，使寧靜、鎮，止住，鎮定，平息、供〔神〕

　気を静める(鎮定心神、使心緒寧靜)沉める

　心を静める(鎮定心神、使心緒寧靜)

　子供達の騒ぎを静める(使孩子們的喧鬧靜下來)

痛みを静める(鎮痛、止痛)

怒りを静める(息怒)

騒乱を静める(平息騷亂)

喧嘩をやっとの事で静める事が出来た(好容易才算把吵架排解開了)

沈める〔他下一〕使沉沒、把…沉入水中

　船を沈める(把船沉入水中)

　敵の艦を沈める(擊沉敵艦)敵艦敵艦

　体を沈める(低下身去)

　椅子に身を沈める(深深地坐在椅子上)

　死体を海底に沈める(使屍體沉入海底)

鏡（ㄐㄧㄥˋ）

鏡〔漢造〕鏡子、透鏡、借鏡

　古鏡(古鏡)

　破鏡(破鏡、離婚)

　明鏡(明鏡)

　三面鏡(三面梳妝鏡)

　反射鏡(反射鏡)

　凹面鏡(凹透鏡)←→凸面鏡

　眼鏡、眼鏡(眼鏡)

　双眼鏡(雙眼鏡)

　双眼顕微鏡(雙筒顯微鏡)

　顕微鏡(顯微鏡)

　望遠鏡(望遠鏡)

　宝鏡(寶鏡)

鏡金〔名〕鏡銅、銅錫(鏡用)合金

鏡径〔名〕〔光〕(透鏡等的)孔徑、孔徑闌的直徑

鏡検分析〔名〕(理化)顯微鏡分析〔法〕

鏡像〔名〕〔理〕鏡像、映像、反射像

鏡台〔名〕鏡台、梳妝台

　鏡台の前で髪を結う(在梳妝台前梳頭)

鏡鉄〔名〕〔冶〕鏡鐵

ㄐ

鏡鉄鉱（鏡鐵礦）

鏡銅〔名〕（古代）作銅鏡用的銅（銅錫合金）

鏡面〔名〕鏡面、如鏡的水面，風平浪靜的水面。〔機〕鏡面

鏡面研削盤（鏡面磨削床）

鏡〔名〕鏡，鏡子、（常用御鏡的形式）供神用的圓形年糕、酒桶的蓋

化粧鏡（化妝鏡）鏡鑑

御化け鏡（哈哈鏡）

鏡を見る（照鏡子）

鏡が曇る（鏡子上有哈氣）

鏡に映る姿（照到鏡子裡的容貌）映る写る移る遷る

海面は鏡の様だ（海面平靜如鏡）

新聞は時代の良き鏡である（報紙是時代的一面很好的鏡子）

鏡を抜く（開桶）抜く貫く貫く

鏡と相談して来い（你照照鏡子看看、別自不量力）

鏡に掛けて見るが如し（昭然若揭）

鏡石〔名〕平滑如鏡的石板（＝鏡岩）、（日本式庭院中）放洗手水盆前的石板

鏡板〔名〕（頂棚或門扇等的）鑲板、（能楽舞台背後正面畫有松竹梅的）壁板

鏡掛け〔名〕鏡架

鏡立て〔名〕鏡架、鏡台

鏡電流計〔名〕反射鏡電流計

鏡開き〔名〕日本正月十一日吃供神的年糕（劍道或體育等）開始練習

鏡餅〔名〕〔宗〕供神用的圓形年糕（通常上下兩個）

鏡餅を神棚に上げる（給神龕供上圓年糕）上げる挙げる揚げる騰げる

競（ㄐㄧㄥˋ）

競（也讀作競）〔漢造〕比賽

競泳〔名、自サ〕游泳比賽

競泳種目（游泳比賽項目）

競泳大会（游泳競賽大會）

競映〔名、他サ〕競爭放映（放映同一或類似的影片、比賽吸引觀眾多寡的能力）

競演〔名、他サ〕競賽表演（曲藝、音樂等）

競演会（調演會）

大物俳優が競演する映画（名演員合演的影片）

競願〔名、自他サ〕（向主管機關）競相提出申請

競技〔名、自サ〕比賽、體育比賽

競技に加わる（參加比賽）

珠算競技会（珠算比賽會）

競技に勝つ（賽贏）

競技種目（比賽項目）

競技場（比賽場）場場

競技大会（體育運動會）

野外競技（露天比賽）

屋内競技（室內比賽）

陸上競技（田徑賽）

対校競技（校際比賽）

競合〔名、自サ〕競爭，爭執。〔法〕同一目的物上併存兩個以上具有同一效力的權利。

〔法〕同一行為構成幾個罪名、幾種因素湊在一起

巨額の国債発行は、金融市場で民間資金需要との競合が生じる（發行巨額公債會在金融市場上和民間對資金的需求發生競爭）生じる請じる招じる市場市場

競合脱線（〔鐵〕幾個因素結合起來的脫軌）

競作〔名、他サ〕競爭創作（的作品）

新進作家の競作（新進作家競爭創作的作品）

競射〔名〕射擊比賽

競争〔名、自他サ〕競爭、競賽

相手と競争する（和對方競爭）

同業者の間で競争（を）為る（在同業者之間競爭）摩る擂る磨る掏る擦る摺る刷る

競争に加わる（參加競賽）

激しい競争（激烈的競賽）激しい烈しい劇しい

入札者同士に（で）競争させる（使投標人互相競賽）

価格競争（價格競賽）

軍備拡張競争（擴軍競賽）

独占的競争（壟斷性的競爭）

戦争は軍事上、政治上の競争である許りで無く、経済上の競争でも有る（戰爭不但是軍事的和政治的競賽也是經濟的競賽）

競争入札（競爭投標）

競争力（競爭力）

競争力が足りない（競爭力不足）

競争力を増す（增強競爭力）増す益す

輸出価格の引き上げは国際市場に於ける競争力を弱める（出口價格的上漲會削弱國際上的競爭力）於ける置ける擱ける措ける

競争心（競爭心）

競争心を起こさせる（引起競爭心）起す興す熾す

競争心が旺盛である（競爭心強）

競争心に駆られる（為競爭心所驅使）駆る駈る狩る借る

競争者（競爭者、競賽者）

大勢の競争者が其の地位を狙っている（好多競爭者想把那個地位弄到手）大勢大勢多勢

競争相手（競爭對手）

貿易上の競争相手（貿易上的競爭對手）

彼の競争相手は校内には居ない（學校裡沒有他的競爭對手）

競争試験（競爭考試-由多數志願者根據成績選拔一定人數的考試）←→資格試験

競争場裏（競爭場、角逐場）

競争場裏に打って出る（毅然參加角逐）打つ撃つ討つ

競争意識（競爭意識、競爭心）

競争意識が強い（競爭心強）

きょうそう〔名、自サ〕賽跑（＝ランニング、駆け比べ）

一百メートル競走（百米賽跑）

兄さんと学校迄競走する（和哥哥比賽跑到學校）

競走に勝つ（賽跑跑贏）

競走種目（賽跑項目）

競走用自動車（賽車用的汽車）

きょうそう〔名、自サ〕賽艇、划艇競賽（＝ボートレース、レガッタ）

競漕用ボート（賽艇用的艇）

きょうてい〔名〕汽艇競賽（＝モーター、ボート、レース）

競艇場（賽艇場）場場

競売、競売、競売，競り売り、糶売，糶り売り〔名、他サ〕拍賣（＝競り、糶り）

強制競売（強制拍賣）

無限価競売（不限價拍賣）

家財を競売を付ける（拍賣家產）付ける附ける漬ける浸ける着ける突ける衝ける憑ける

家が競売に為る（落到拍賣房子）為る成る鳴る生る

其は競売で買ったのだ（那是拍賣時買的）買う飼う

競売，競り売り、糶売，糶り売り〔名、他サ〕拍賣（＝競売、競売、競り、糶り）、（寫作糶売，糶り売り）商店

繊維製品の競売を為る（拍賣纖維製品）

家具を競売に出す（把家具拿出去拍賣）

きょうほ〔名〕〔體〕競走

一万メートル競歩（一萬米競走）

競落、競落〔名、他サ〕在拍賣時買得（=競り落す事）

競り落す、競り落とす〔他五〕（拍賣時）競買到手
　無理を為て競り落す（勉強出高價買到手）

競〔漢造〕比賽

競馬〔名〕賽馬
　競馬場（賽馬場、跑馬場）

競輪〔名〕自行車競賽、賽自行車（由職業選手競賽的賭博）
　競輪を見に行く（去參觀自行車競賽）
　競輪場（自行車競賽場）
　競輪選手（自行車競賽的職業選手）

競る、糶る〔他五〕〔舊〕競爭（=爭う）、（買主搶購）爭出高價、拍賣、（寫作糶る）商店
　激しく競る（激烈地競爭）
　決勝点近くて三人が優勝を競る（在決勝點附近三人競爭勝利）
　さあ、五百円、七百円、もっと競る人は無いか（喂！五百日元七百日元出更高價的人有沒有？）
　田舎を糶って歩く（在鄉下做生意）

競り、糶り〔名〕競賽，競爭（=競り合い）、拍賣（=競売）、（由於魚群蜂擁而來）海面上出現泡沫而泛白（=沸き）、（寫作作糶り）行商
　競りで売る（拿出拍賣、交付拍賣）
　競りに出す（拿出拍賣、交付拍賣）
　競りで値を付ける（以拍賣方式定價錢）
　糶り呉服屋（賣布匹綢緞的商店）

競り合う〔自五〕競爭、互相爭奪
　ゴール寸前で競り合う（即將到達決勝點前爭先搶奪）
　軍備を競り合っている事態の基では（在你追我趕地進行軍備競賽的情況下）

競り合い、競合い〔名〕競爭、比賽（=競争）

物凄い競り合いを展開する（展開激烈的競爭）

競合〔名、自サ〕競爭，爭執。〔法〕同一目的物上併存兩個以上具有同一效力的權利。
〔法〕同一行為構成幾個罪名、幾種因素湊在一起
　巨額の国債発行は、金融市場で民間資金需要との競合が生じる（發行巨額公債會在金融市場上和民間對資金的需求發生競爭）
　競合脱線（〔鐵〕幾個因素結合起來的脫軌）

競り上げる〔他下一〕互相競爭提高（價錢）、哄抬
　地価を競り上げる（哄抬地價）
　五十万円迄値段を競り上げる（把價錢哄抬到五十萬日元）

競り市，競市、糶り市、糶市〔名〕拍賣市場

競り買い、競買〔名、他サ〕（多數買主）爭著買、競買

競り場，競場、糶り場、糶場〔名〕拍賣場

競物〔名〕拍賣的東西

競取り、糶取り〔名〕（同業間買賣的）經紀人，掮客、跑合（的）

競べる、比べる、較べる〔他下一〕比賽，較量
　根気を比べる（比耐性、比毅力）
　技を比べる（比手藝、比技能）

比べる、較べる〔他下一〕比較，對照
　二人並んで背を比べる（兩個人站在一起比身高）
　訳文を原文と比べる（把譯文和原文對照）
　A書とB書との特徴を比べる（比較A書和B書的特徴）

競べ、比べ、較べ〔接尾〕比較、比賽
　高さ比べ（比高矮）
　背比べ（比身高）
　力比べ（比力氣）

競〔接尾〕比賽、競賽（在口語中往往在競前面加促音）
 駈けっ競（賽跑）
競う〔自、他五〕
 先を競う（爭先恐後）
 腕を競う（比本領）
 力を競う（比力量）
 妍を競う（爭妍、競妍）
 競って申し込む（爭先報名）
 人と権力を競う（和別人爭奪權力）
 競って買い求める（爭購、搶購）
競う、気負う、勢う〔自五〕爭強、奮勇、抖擻精神、不甘落後
 優勝を目指して大いに競う（為爭取優勝而振奮）
競い、気負い、気おい、勢い〔名〕奮勇，抖擻精神，不甘落後、勇猛、氣勢、奮勇精神，豪俠氣概（=競い肌，競肌）
競い顔、気負い顔〔名〕奮勇爭先的神氣
競い立つ，気負い立つ，気おい立つ〔自五〕奮勇、抖擻精神、顯示勇猛
 両軍が互いに競い立っている（兩軍各顯威勢）
競い肌，競肌、気負い肌，気負肌〔名〕奮勇精神，豪俠氣概（=勇み肌）

甑（ㄐㄧㄥˋ）

甑〔漢造〕無底的蒸桶
甑〔名〕〔古〕甑、蒸罐、蒸籠（=蒸篭）
 甑に座するが如し（如坐蒸籠、酷暑如蒸）座する坐する

居（ㄐㄩ）

居（也讀作居）〔名〕居住、住所
〔漢造〕居住、安定、住宅的雅號
 居を移す（遷居）移す遷す写す映す
 居を卜する（卜居）
 居を構える（構築居舍、住下）
 起居（起居、日常生活）
 住居（住所、住宅=住まい、住処）
 穴居（穴居）
 家居（家居、待在家中）
 皇居（皇居）
 同居（同居←→別居、同住，住在一起）
 別居（分居、分開居住）
 群居（群居、成群聚居）
 幽居（幽居、隱居）
 隱居（隱居，退休，閒居。〔法、舊〕戶主權及財產讓給繼承人。〔泛指閒居的〕老人、把官位及俸祿讓給子孫-江戶時代對公卿或武士的處分之一）
 惜春居（惜春居-住宅的雅號）

居館〔名〕住宅、宅邸
居室〔名〕居室、起居室（=居間）
居所、居処〔名〕住處，住址。〔法〕居所，寓所（指僅在一定期間繼續居住的地方）
 居所を定める（定居、定下住處）
 転転と居所を変える（三番兩次變更住址）変える換える代える替える帰る返る還る孵る
 居所を晦ます（隱瞞住址）晦ます暗ます眩ます
 彼の居所は不明である（他的住址弄不清）
 居所を偽る（偽稱住在某處）
 居所不明（〔郵件付籤〕住址不明、無法投遞）

居所、居所〔名〕住處（=住まい）。〔古〕臀部，屁股（=御居処，御尻）
 居所が分からない（不知道住址）分る解る判る
 虫の居所が悪い（心情不順、很不高興）

居城〔名〕（封建諸侯）所住的城堡、居城
 秀吉の居城（豐臣秀吉的居城）

居常〔名〕平常、日常、尋常（=普段、日頃、常）

居然〔形動タルト〕安然、呆著,坐著不動、無聊,無所事事

居村〔名〕所居村落

居宅〔名〕住宅、寓所(＝住まい)

居中〔名〕居中、居間
　居中 調停（居中調停）

居邸〔名〕居住的宅邸

居民〔名〕（當地的）居民、住民

居留〔名,自サ〕居留,逗留、僑居（外國）
　六カ月以上居留の外人（僑居六個月以上的外國人）
　外交官と為て香港に居留する（以外交官身分駐在香港）
　居留地（居留地－根據條約或慣例許可外國人在本國通商城市內某一部分居住營業的地區＝租界）
　居留民（僑民）
　東京に於ける台湾人（の）居留民（東京台灣僑民）

居〔漢造〕居住、住所
　安居（〔佛〕安居比丘僧於夏季三個月期間閉門修行＝夏安居）
　安居（安居、安定地生活）

居士〔名〕〔佛〕居士、男子的戒名⇔大姉

居る〔自上一〕（人或動物）有,在(＝有る、居る)、在,居住、始終停留（在某處）,保持（某種狀態）
　〔補、上一型〕（接動詞連用形＋て下）表示動作或作用在繼續進行、表示動作或作用的結果仍然存在、表示現在的狀態
　子供が十人居る（有十個孩子）
　虎は朝鮮にも居る（朝鮮也有虎）
　御兄さんは居ますか（令兄在家嗎？）
　前には、此の川にも魚が居た然うです（據說從前這條河也有魚）
　ずっと東京に居る（一直住在東京）
　両親は田舎に居ます（父母住在鄉下）
　住む家が見付かる迄ホテルに居る（找到房子以前住在旅館裡）住む棲む済む澄む清む
　一晩寝ずに居る（一夜沒有睡）
　兄は未だ独身で居る（哥哥還沒有結婚）未だ未だ
　自動車が家の前に居る（汽車停在房前）
　見て居る人（看到的人）
　笑って居る写真（微笑的照片）
　子供が庭で遊んで居る（小孩在院子裡玩耍）
　映画を見て居る（在看電影）立つ経つ建つ絶つ発つ断つ裁つ截つ
　鳥が飛んで居る（鳥在飛著）飛ぶ跳ぶ
　彼は長い間此の会社で働いて居る（他長期在這個公司工作著）
　花が咲いて居る（花開著）咲く裂く割く
　木が枯れて居る（樹枯了）枯れる涸れる嗄れる駆れる狩れる刈れる駈れる
　薬が効いて居る（藥見效）効く利く聞く聴く訊く
　工事中と言う立札が立って居る（立起正在施工的牌子）言う云う謂う
　時計は壊れて居て使えない（錶壞了不能用）壊れる毀れる使う遣う
　食事が出来て居る（飯做好了）
　彼は中中気が利いて居る（他很有心機）効く利く聞く聴く訊く
　戸に鍵が掛かって居る（門鎖上了）掛る係る繋る罹る懸る架る
　居ても立っても居られない（坐立不安、搔首弄姿、急不可待）
　歯が痛くて居ても立っても居られない（牙疼得坐立不安）
　居ても立っても居られない程嬉しかった（高興得坐不穩站不安的）

炒る、煎る、熬る〔他五〕炒、煎
　豆を炒る（炒豆）入る居る要る射る鋳る
　玉子を炒る（煎雞蛋）

射る〔他上一〕射、射箭、照射

　弓を射る（射箭）入る要る居る鋳る炒る煎る

　矢を射る（射箭）

　的を射る（射靶、打靶）

　的を射た質問（擊中要害的盤問）

　明るい光が目を射る（強烈的光線刺眼睛）

　彼の眼光は鋭く人を射る（他的眼光炯炯射人）

入る〔自五〕進入（=入る-單獨使用時多用入る、一般都用於習慣用法）←→出る

〔接尾、補動〕接動詞連用形下，加強語氣，表示處於更激烈的狀態

　佳境に入る（進入佳境）

　入るを量り出ずるを制す（量入為出）

　入るは易く達するは難し（入門易精通難）

　日が西に入る（日沒入西方）

　今日から梅雨に入る（今天起進入梅雨季節）

　泣き入る（痛哭）

　寝入る（熟睡）

　恥じ入る（深感羞愧）

　つくづく感じ入りました（深感、痛感）

　痛み入る（惶恐）

　恐れ入ります（不敢當、惶恐之至）

　悦に入る（心中暗喜、暗自得意）

　気に入る（稱心、如意、喜愛、喜歡）

　技、神に入る（技術精妙）

　手に入る（到手、熟練）

　堂に入る（登堂入室、爐火純青）

　念が入る（注意、用心）

　罅が入る（裂紋、裂痕、發生毛病）

　身が入る（賣力）

　実が入る（果實成熟）

要る、入る〔自五〕要、需要、必要（=必要だ、掛かる）

　金が要る（需要錢）

　要らなく為った（不需要了）

　間も無く要らなく為る（不久就不需要了）

　要らない物を捨て為さい（把不要的東西扔掉吧！）

　要るだけ持って行け（要多少就拿多少吧！）居る煎る炒る鋳る射る要る入る

　要る丈上げる（要多少就給多少）

　旅行するので御金が要ります（因為旅行需要錢）

　此の仕事には少し時間が要る（這個工作需要點時間）

　此の仕事には可也の人手が要る（這個工作需要相當多的人手）

　御釣りの要らない様に願います（不找零錢）

　要らぬ御世話だ（不用你管、少管閒事）

　要らない所へ顔を出す

　返事は要らない（不需要回信）

　要らない本が有ったら、譲って下さい（如果有不需要的書轉讓給我吧！）

　要らない事を言う（說廢話）

鋳る〔他上一〕鑄、鑄造

　釜を鋳る（鑄鍋）

居合い、居合〔名〕坐姿神速拔刀法（劍道的一派、坐著迅速拔刀殺敵然後納刀入鞘的一種刀法）

　居合い腰（坐著拔刀時豎起右膝欠腰的姿勢）

　居合い抜き（表演坐著拔刀的演技）抜き貫き

居合わせる、居合せる〔自下一〕正好在場

　丁度其の席に居合わせる（當時正好在座）

　誰も居合わせなかった（當時誰也沒在場）

効く利く聞く聴く訊く

現場に居合わせた人達に、事故の様子を聞く（向在現場的人們詢問事故的情況）

居合わす〔自五〕正好在場（=居合わせる）
私は其の場に居合わす（當時我在場）

居開帳〔名〕〔佛〕（在本寺院）開龕、啟龕←→出開帳

居食い〔名、自サ〕坐食、不勞而食
居食いの生活を送る（過著不勞而獲的生活）送る贈る

居心〔名〕〔舊〕（居住或就職後的）心情，感覺（=居心地）

居心地〔名〕（居住或就職後的）心情，感覺
居心地が良い（舒適）良い好い善い佳い良い好い善い佳い
居心地が悪い（不舒適）
居心地良く飾った部屋（陳設得很舒適的房間）
新しいポストの居心地は如何ですか（新職位的心情感受如何？）如何如何如何如何
田舎は居心地が良い（在鄉間居住很舒適）

居溢れる〔自下一〕人多坐不開、擁擠不堪

居催促〔名、自サ〕坐催、坐索
借金を返せと居催促を為る（坐催還債）摩る擂る磨る掏る擦る擦る摺る刷る
居催促を食う（被人坐在家裡催逼）食う喰う食らう喰らう

居酒屋〔名〕小酒館
居酒屋で一杯引っ掛ける（在小酒館喝上一杯）

居敷〔名〕〔古〕坐位、（女）屁股（=尻）

居敷当て〔名〕（和服的）臀部襯布

居鎮まる〔自五〕坐下來安靜一下

居職〔名〕（刻字、裁縫或修理鐘錶等）在自己的店裡（或家裡）工作的職業←→出職

居竦まる〔自五〕（嚇得）蜷縮不動、不能動彈
部屋の隅に居竦まる（蜷縮在屋角上）
居竦まった樣に為って隱れている（蜷縮身體隱藏著）

居竦む〔自五〕（嚇得）蜷縮不動（=居竦まる）

其の光景を見るなり、僕は居竦んで終った（我一看到那種景象就嚇得動彈不得了）終う仕舞う

居住まい、居住い〔名〕坐著的姿勢
居住まいを正す（端坐）正す質す糾す紀す
居住まいを崩す（隨便坐）

居住〔名、自サ〕居住、住址、住處
彰化の郊外に居住している（住在彰化郊外）
六カ月以上居住した外人（僑居六個月以上的外國人）
居住が定まらない（住址不定）
居住を突き止める（查明住址）
居住移転の自由（遷徙自由）
居住權（居住權）
居住者（居民、居住者）者者
居住證明書（居住證）
居住不明（〔郵件付籤〕住址不明、無法投遞）
居住水準（居住條件、住宅標準）

居相撲〔名〕兩人對坐進行的角力（=坐り相撲、坐り角力）

居坐る、居座る、居据わる〔自五〕久坐不走，坐在人家家裡不走、（地位或職位）不動，留任。〔商〕（行情）穩定，平穩
彼に居坐られて困った（他總坐著不走真不好辦）
押し売りが玄関に居坐って動かない（賣東西偏要耍賴在門口不走）
内閣は変ったが外務大臣は居坐る事と為った（內閣換了但是外交部長決定留任）
会長の席に五年も居坐っている（蟬聯會長職務達五年之久）

居坐り、居座り、居据わり，居据り〔名〕坐著不動、（地位或職位）留任，蟬聯
〔商〕平穩，呆滯、賴著不走，泡蘑菇戰術（=居坐り戰術）

現内閣は居坐りと決定した（決定現内閣繼續執政）

居坐り相場（行情平穩）

居坐り強盗（賴著不走進行敲詐的強盗）

居坐り戦術（〔〔為了討債等〕坐著催逼、賴著不走、泡磨菇戰術）

居候〔名、自サ〕食客，吃閒飯的、寄食

居候に為る（當食客）為る成る鳴る生る

居候を決め込む（決定當食客）

友人の家に居候（を）為る（寄食友人家裡）摩る擂る磨る掏る擦る摺る刷る

居候角な座敷を丸く掃き（食客做事馬馬虎虎〔潦草塞責、偷工減料〕）

居候三杯目にはそっと出し（食客事事不理直氣壯）

居反〔名〕〔相撲〕抱住對方兩腿向後反扔出去的招數

居丈〔名〕坐著時候的身量

居丈高〔形動〕盛氣凌人、氣勢洶洶

居丈高に為って罵る（盛氣凌人地辱罵）為る成る鳴る生る

居丈高に振る舞う（盛氣凌人）

居堪まらない、居堪まれない〔連語、形〕待不下去、無地自容、如坐針氈

痛い処を付かれていた居堪まらなく為った（被揭開瘡疤十分尷尬）

恥ずかしくて其の場に居堪まらなく為る（羞得無地自容）

暑くて居堪まらず家を飛び出した（熱得待不下去從屋裡跑出去了）

彼を苛めて居堪まらない様に為て遣ろう（給他很難堪讓他在這裡待不下去）苛める虐める

居辛い〔形〕待不下去、無地自容、如坐針氈（＝居堪まらない、居堪まれない）

居着く〔自五〕安居，定居，落戶，待著，穩住

農村に居着く（在農村落戶）

家に居着かない子（在家裡待不住的孩子）

居着き〔名〕安居、定居

土地に居着きの者（在當地定居的人）

居着きが良い（長期定居下來）良い好い善い佳い良い好い善い佳い

居続け〔名、自サ〕連日外宿不歸、（冶遊）流連忘返

居ても立っても入られない〔連語〕坐立不安、坐臥不寧、焦慮不安

歯が痛くて居ても立っても入られない（牙痛得座力不安）

居ても立っても入られない程彼に会い度かった（焦慮不安一心想見到他）

居直る〔自五〕端坐，正襟危坐，端容正坐、態度突變，突然翻起臉來

居直って話を聞く（端容正坐地聽講話）聞く聴く訊く利く効く

押し売りが居直る（上門推銷的售貨員突然露出凶相）終う仕舞う

急に居直って人を詰問する（態度突然一變追問起來）覚ます醒ます冷ます

家人が目を覚ましたので泥棒は居直って終った（因為家人醒了小偷突然翻起臉來）

彼の答弁には丸でやくざが居直ったかの感が有る（他的答辯宛如無賴突然翻了臉似的）

居直り〔名〕端坐、態度突變，態度驟變、小偷被發現偷為搶（＝居直り強盗）

居直り強盗（〔〔小偷潛入人家因被發現後突然翻臉〕一變而為明火強盗）

居乍ら〔副〕（多用居乍らに為て的形式）坐在家裡、坐著不動

居乍らに為て天下の形勢を知る（坐在家裡就知道天下大勢）

居乍らに為て人を使う（坐著不動地使喚人）使う遣う

居乍らに為て富士を眺める事が出来る（坐在家裡就可以眺望富士山）

居流れる〔自下一〕（眾人）依次入座、排著坐

土地の名士が左右に居流れていた（當地名士排坐在左右兩旁）左右左右左右

居馴染む〔自五〕因住久而熟識、住熟

居並ぶ〔自五〕列坐、坐成一排
　傍聴者達がずらり（と）居並んだ（旁聽者坐成一排）

居眠る、居睡る〔自五〕瞌睡、打盹（＝居眠りを為る）

居眠り、居睡り〔名、自サ〕瞌睡、打盹
　本を読み乍ら居眠りする（看書時打瞌睡）
　居眠り運転を為る（打著瞌睡開車）

居退く〔自四〕〔古〕離去、離開（＝立ち退く）

居残る〔自五〕（別人走後）留下，不走，（下班後）留下，加班
　一人居残る（一個人留下）
　十時迄事務所に居残る事に為る（在辦公室留到十點）

居残り〔名〕留下來（的人）、下班不走（的人）、下課不走（的人）、加班（的人）
　居残りを為る（加班、留下）
　忙しいので居残りを為る（因為工作忙晚下班）
　居残り手当（加班費）

居場所〔名〕住處（＝居所）、座位（＝席）
　居場所が分からない（住處不明）分る解る判る
　席が塞がって私の居場所が無い（人坐滿了沒有我的坐位）

居間〔名〕起居室、起坐間（＝居室）
　テレビを居間に備える（把電視放在起居室）備える供える貝える

居待ちの月、居待ち月〔名〕陰暦十八日的月亮
　立待月（陰暦十七日晚的月亮）
　寝待の月（陰暦十九日的月亮）

居抜き〔名〕（商店等）連貨帶鋪墊一起帶出
　店を居抜きで売る（把鋪子連貨帶鋪墊一起帶出）売る得る得る

居回り〔名〕（自己所處的）周圍、四周、附近
　居回りを見回す（環視四周）
　東京の居回り（東京的附近）

居留守〔名〕說謊不在家
　居留守を使う（明明在家假裝說不在）使う遣う

居る〔自五〕（居る的稍舊說法）（有生物的存在）在，有、居住，停留，（動物）生存，生長，生活
〔補動、五型〕（以て居る-在口語中常常說成とる形式、接在動詞連用形下）
（表示行為或動作正在進行中）正在…、著…
（表示狀態或持續性的行為動作或狀態）…著、…了
　其処に居るのは誰だ（在那裏的是誰？）
　誰か居るか（有人嗎？）
　応接間に御客さんが居ります（客廳裡有客人）
　部屋には誰も居りません（屋裡沒有人）
　両親は田舎に居ります（父母住在鄉下）
　長年東京に居った（曾住在東京多年）長年長年
　もう二三日此処に居る積りです（我打算在這裡再待兩三天）
　鰐は熱帯の河や海に居ります（鱷魚生存在熱帶的河或海裡）
　此のカンガルーは元Australiaに居りました（這種袋鼠以前生長在澳洲）
　そんな所で何を為て居るのか（你在那裏做什麼呢？）
　ラジオを聞いて居る（正在聽收音機）
　新聞を読んで居る（正在看報＝新聞を読んどる）
　子供等は庭で遊んで居ります（孩子們正在院子裡玩）
　其の時彼は食事を為て居りました（那時他正在吃飯）
　花が咲いて居ります（花開了、花開著）
　窓ガラス壊れて居る（窗子的玻璃碎了）
　食事はもう出来て居ります（飯已準備好了）

主任は病気で静養して居ります（主任因病在靜養中）

課長は出張していて、未だ帰って居りません（科長出差去了還沒回來）

＊居る和居る意義和用法雖完全相同、但用在補動時居ります比居ます語氣較客氣

折る〔他五〕折、折斷、折疊、折彎、彎曲

花を折る（折花）

木の枝を折る（折樹枝）

左腕を折った（折斷了左胳膊）

大腿骨を折った（折斷了大腿骨）

花や木を折らないで下さい（請勿攀折花木）

鉛筆の芯を折って終った（把鉛筆芯弄斷了）

ページの端を折る（把頁角折起來）

折り紙を折る（折疊紙手工）

襟を折る（翻領子）

手紙を三つに折って封筒に入れた（把信疊成三折放進信封裡）

膝を折る（屈膝、屈服）

指を折って数える（屈指計算）

我を折る（屈從、屈服）、

腰を折る（挫折銳氣、打斷話頭）

鼻を折る（挫其銳氣、使丟臉）

筆を折る（絕筆）

骨を折る（努力、盡力）

織る〔他五〕織、編織

布を織る（織布）折る

木綿を織る（織棉布）居る居る

羅紗を織る（織呢絨）

絹を織る（織綢緞）

蓆を織る（編草蓆）

綿から糸を作り、糸を布を織る（由棉花紡紗把紗織成布）

自動車の往来が、布を織る様に激しい（汽車往來如梭）

訪ね来る者織るが如し（來訪者絡繹不絕）

拘（ㄐㄩ）

拘〔漢造〕拘捕、拘謹，執拗

拘引、勾引〔名、他サ〕〔法〕拘捕，拘提、逮捕，誘拐，拐騙（幼童）

被告を拘引する（拘提被告）

盗窃の容疑で拘引される（因竊盜嫌疑被拘捕）

拘引状（拘捕證）

拘禁〔名、他サ〕拘禁、拘留、看押

容疑者を拘禁する（拘留嫌疑犯）

拘禁所（拘留所）所所

拘囚〔名〕拘捕入獄（的人）

拘縮〔名〕〔醫〕拘攣、攣縮

拘束〔名、他サ〕拘束、約束、束縛、限制（＝束縛）

拘束を受ける（受拘束）

拘束の解除（束縛的解除）

自由行動を拘束する（限制自由行動）

言論の自由を拘束しない（不限制言論自由）

規律の由って自分を拘束する（用紀律約束自己）由る拠る縁る依る寄る縒る撚る

拘束電子（〔理〕束縛電子）

拘束連鎖（〔機〕閉鎖鏈繫、限定鏈繫）

拘束力（拘束力、約束力）

拘束力有る規則（有約束力的規則）有る在る或る

強制された約束には拘束力が無い（被迫的約定沒有約束力）

其の法律は尚拘束力が有る（那個法律仍然有效）尚猶

拘束時間（〔包括午休在內的〕工作時間、值班時間）

拘束時間払い賃金（按值班時間支付的工資）

拘置〔名、他サ〕〔法〕拘留、拘押、拘禁、扣押
被告を拘置する（把被告拘押起來）
拘置所（拘留所、拘押所）

拘泥〔名、自サ〕拘泥、拘執、固執（＝拘る）
規則に拘泥する（循規蹈矩）
形式に拘泥しない（不拘泥形式）
小事に拘泥して、反って大事を誤る（拘泥小節反誤大事）反って却って誤る謝る

拘留〔名、他サ〕扣押，關押（＝留め置き）。〔法〕拘留，拘役（一日至三十日的短期自由刑的一種）
恐喝の廉で拘留五日に処せられた（因恐嚇罪被處於拘留五天）
拘留場（拘留所）

拘耆羅、拘抧羅、倶伎羅〔名〕（梵 Kokila）〔佛〕好聲鳥（印度產一種與杜鵑相似的黑色小鳥、形醜而聲美）

拘わる，拘る、関わる、係わる〔自五〕關係到，涉及到，有牽連，有瓜葛，糾纏到、拘泥
私の名誉に関わる問題（關係到我名譽的問題）旨い巧い上手い甘い美味い
旨く行かなったら、品質に障るし、職場の名声にも関わる（做得不好影響品質還關係到工廠的聲譽）行く往く逝く行く往く逝く
彼の事件に関わらぬが良い（最好不要糾纏到那個案件去）良い好い善い佳い良い好い善い佳い
今の場合、そんな事に関わっては要られない（現在沒有時間管那樣的事）
小さいな事に関わると大きな事を見失う（拘泥細節就要忽略大事）
枝葉に関わり過ぎて大本を忘れては為らぬ（不可過分拘泥細節而忽略根本）

拘わり、関わり、係わり〔名〕有關係、有瓜葛、有牽連

そんな事は私に何の関わりが有ろう（那種事跟我有什麼關係！）
其の件にはもう何の関わりも無い（我跟那件事已經沒有任何關係了）全て凡て総て統べて
国家は其の大小、貧富に関わり無く、全て平等である可きだ（國家不論大小貧富都應該一律平等）

拘らず、不拘〔連語〕（用…に拘らず的形式）不論，不管，不拘
（用…にも拘らず的形式）儘管，雖然…但是
男女に拘らず（不論男女）男女男女男女
晴雨に拘らず船が出る（不論晴天下雨按期開船）
晴雨に拘らず開会する（不論晴天下雨按期開會）
雨にも拘らず出発した（儘管下雨還是動身了）
度度注意したにも拘らず失敗した（儘管屢次提醒注意還是失敗了）

拘る〔自五〕拘泥、妨礙，阻礙，牴觸
小事に拘る（拘泥小節）
何卒御拘り無く（請不要拘束）
形式に拘る（拘泥形式）
此の事には拘らない事に為よう（不要拘泥於這一點）
何の拘る処も無い（毫不拘泥、隨隨便便）
人に拘る癖が有る（有反對別人的毛病）

狙（ㄐㄩ）

狙〔漢造〕狙猿（猿猴的一種＝手長猿）、狙擊（暗中突擊）

狙擊〔名、他サ〕狙擊
狙擊用ライフル（狙擊用來福槍）
狙擊を受ける（受到狙擊）
狙擊兵（狙擊兵）

狙い撃ち，狙撃，狙い打ち，狙打 〔名、他サ〕
瞄準射擊。〔棒球〕定位棒球，打落點

鳥を狙い撃ちした（瞄準擊中了鳥）

敵の歩哨を狙い撃ちに為る（瞄準射擊敵人的哨兵）為る為る刷る摺る擦る掘る磨る擂る摩る

狙い撃ちに犯人を検挙する（有目標地檢舉罪犯）

狙う 〔他五〕
瞄準、想獲得，把…作為目標，尋找…的機會

的を狙う（瞄準靶子）

銃で狙う（用槍瞄準）

狙わずに打つ（亂開槍、瞎打槍）打つ撃つ討つ

猫が鳥を狙う（貓想捕鳥）

優勝を狙う（想獲優勝）

機会を狙う（窺伺機會）

彼は社長の椅子を狙っている（他想謀取經理的職位）

彼等は彼の命を狙っている（他們想害他的命）

留守を狙って忍び込む（趁家中無人偷偷進來）

狙い、狙 〔名〕
瞄準（=狙う事）、目標，目的（=目当て）

狙いが好い（瞄得準）良い好い善い佳い良い好い善い佳い

狙いが悪い（瞄得不準）

狙いが外れる（瞄偏、擊不中）

狙いを外す（瞄偏、擊不中）

狙いが狂う（瞄偏、擊不中）

狙いが定まらぬ（瞄不準方向、舉棋不定）

狙いを定める（瞄準、瞄定方向）

狙いを付ける（瞄準、瞄定方向）付ける附ける着ける漬ける突ける衝ける浸ける憑ける撞ける

良く狙いを付けて発砲する（好好瞄準再放槍）

狙い誤たず虎に命中した（瞄準無誤打在虎身上了）

氏の議論は狙い所が良い（他的議論著眼點很好）

僕の狙いは米の増産だ（我的目標在於增產稻穀）

狙い所 〔名〕
目標、著眼點（=狙う所）

其処が今度の企画の狙い所何だ（那就是這次計畫的目標）

裾（ㄐㄩ）

裾 〔漢造〕
衣服前後下垂的部分

裾礁 〔名〕〔地〕
裾礁、岸礁、邊礁

裾 〔名〕
（和服的）底襟，下擺、山麓，山腳、（河的）下游、（靠近頸部的）頭髮

着物の裾が破れている（和服的下擺破了）破れる敗れる

ズボンの裾を捲る（捲起褲腳）捲る捲る

ズボンの裾を引き摺って歩く（托著褲腳走路）

裾を絡げる（撩起下擺）

山の裾に村が有る（山腳下有村莊）

髪の裾を刈り上げる（剪齊後頸的髮梢）

裾上がり、裾上り 〔名〕
底襟捲邊（的寬度）

裾上がり五センチ（底襟捲邊寬五公分）

裾裏 〔名〕
（和服）下擺裡子（=裾取り、裾回し，裾廻し）、下擺裡布

裾裏を付ける（掛上下擺裡子）付ける附ける撞ける浸ける衝ける着ける就ける突ける憑ける

裾取り 〔名〕
下擺裡子（=裾裏、裾回し，裾廻し）

裾回し、裾廻し 〔名〕
下擺裡子（=裾裏、裾取り）

裾回しを付ける（掛上下擺裡子）付ける附ける撞ける浸ける衝ける着ける就ける突ける憑ける

裾形 〔名〕
（女服的）下擺花樣（=裾模様）

裾模様 〔名〕
（和服）底襟上的花樣、底襟帶花的女服（日本婦女的禮裝）

裾模様の晴着（底襟帶花的漂亮衣服）

ㄐ

裾刈り〔名、他サ〕修剪靠近後頸的頭髮
裾刈りを為る(修剪靠近後頸的頭髮)摩る擂る磨る掏る擦る摺る刷る

裾濃〔名〕愈往下襟愈深的染色法、由淺漸深的染色法

裾捌き〔名〕（穿和服走動時）底襟擺開的樣子
裾捌きを良くする(使底襟能自由擺動〔不裹腿〕)
裾捌きが綺麗だ(〔走路時〕底襟擺動得很好看)

裾野〔名〕〔地〕火山山腳下坡度緩慢的原野
富士の裾野(富士山腳下的原野)
汽車が裾野を走る(火車奔馳在山腳下的原野上)

裾前〔名〕和服的前底襟
裾前を直す(整平和服的前底襟)

裾短か、裾短〔形動〕把底襟提（吊）高
着物を裾短かに着る(穿和服把底襟提得高些)着る切る斬る伐る

裾物〔名〕〔商〕次品下等貨←→頭物
裾物を叩き売る(甩賣次品)

裾除け〔名〕（日本婦女服裝的）襯裙(=蹴出し)
赤い裾除けを出した娘さん(露出紅色襯裙的姑娘)

裾分け〔名、他サ〕將收到的禮品的一部分轉送給他人
本の御裾分けですが、何卒(這是別人送給我的分給您一點請收下吧！)

裾綿〔名〕絮底襟用的棉花、底襟棉絮

駒（ㄐㄩ）

駒〔漢造〕馬的總稱

駒隙〔名〕光陰易逝如白駒過隙-莊子

駒〔名〕馬駒。〔雅〕馬。〔象棋〕棋子。〔樂〕（弦樂器的）琴馬、拿掉木板曝曬時墊在中間的小木片，木墊片、(為了便於移動墊在箱子等下的)小輪、（刺繡用的）工字形線軸。
〔動〕知更鳥(=駒鳥)

駒を止める(停馬)止める已める辞める病める止める留める

栗毛の駒を打ち跨る(騎栗色的馬)

駒を動かす(走棋)

敵の駒を取る(吃掉對方的棋子)取る捕る摂る採る撮る執る獲る盗る録る

持ち駒(手裡的棋子)

駒(を)駆ける(放上琴馬)駆ける掛ける欠ける架ける描ける翔ける懸ける駈ける

駒を外す(取下琴馬)

駒を取り換える(更換琴馬)

駒を支う(墊上木片)

駒、齣〔名〕〔電影〕畫面，鏡頭、（電視圖像的）禎，片格。〔劇〕一場，一段情節、（大學等的）一次講義。〔轉〕斷片
日常生活の一駒(日常生活的一個斷片)

駒絵〔名〕〔印〕小插圖(=カット)

駒落ち、駒落〔名〕〔象棋〕讓子←→平手

駒落とし、駒落し〔名〕〔電影〕慢速拍攝（用標準以下速度的攝影法、使放映時動作變快）
駒落としで撮影する(用慢拍攝影)

駒形、駒形〔名〕馬形的東西

駒組〔名〕〔象棋〕布局、棋子的佈置

駒下駄〔名〕（用一塊木板旋製的）低齒木屐

駒繋ぎ〔名〕〔植〕馬棘（豆科灌木狀草本）

駒鳥〔名〕〔動〕歐駒、知更鳥

駒除け〔名〕（防馬出入的）木柵欄(=駒寄せ)

駒寄せ〔名〕（防馬出入的）木柵欄(=駒除け)

局（ㄐㄩˊ）

局〔名〕房間，屋子(=部屋、局)、（官署或報社等的）局，司，室、（特指）郵局、廣播電台、
棋盤，雙陸盤、一局棋，一盤雙陸、（當前的）局勢，局面

〔漢造〕局限，局部、官署的司局、當前的局勢、棋局、度量

大蔵省主税局(財政部稅務司)

編集局（〔報社的〕編輯部）

書留を出しに局へ行く（到郵局去寄掛號信）行く往く逝く行く往く逝く

ラジオを自分の聞き度い局に合わせる（把收音機撥到自己喜歡聽的廣播電台）

一局如何（下盤棋吧！）如何如何如何

一局毎に腕前が上がる（每下一盤棋招就長進些）上がる舉がる揚がる騰がる

局に当たる人人（當局者、當局的人們）当る中る人人人人

局を結ぶ（結局、了結）結ぶ搦ぶ

結局（〔原意為下完一局圍棋〕最後、結果、結尾、追根究底）

大局（〔圍棋〕全局形勢、全局，大局，整個形勢）

対局（面對時局、〔圍棋或象棋〕對局，下棋）

部局（部局〔-機關內部局、司、處、科的總稱〕局部，一部分）

布局（布局）

本局（〔區別於支局的〕總局、本局，此局、〔圍棋或將棋〕這局棋，這次對局）

支局（〔郵局等的〕支局、分局、〔報社等的〕分社）←→本局

事務局（事務局、秘書處、庶務處）

交通局（交通局）

郵便局（郵局）

薬局（藥局）

事局（事態、事情的情況）

時局（時局、政局、局勢、形勢）

戦局（戰局）

選局（選台、選廣播台）

全局（全局）

当局（當局、負責處理某項事務的機關）

一局（一局，一盤、一面棋盤）

終局（結局、〔圍棋〕終局）

従局（從屬電台）

局員〔名〕（某局的）局員，職員、（郵局或電報電話局等的）人員

編集局員（〔報社等的〕編輯室人員）

局外〔名〕局外、（郵局或電報電話局等的）管轄區外

局外に立つ（站在局外）立つ経つ建つ絶つ発つ断つ裁つ起つ截つ

局外から観察する（從局外觀察）

局外中立を守る（保持局外中立）守る守る盛る漏る洩る

局外者の位置に立つ（站在局外者的地位）者者

局外への電話は料金が高い（管轄區外的電話費用貴）

局内〔名〕局內、郵局或電信局的管轄區內←→局外

局限〔名他サ〕局限、限定

地域を四キロ以内に局限する（把地區限定為四公里以內）

問題の範囲を社会学に局限する（把問題的範圍限定在社會學）

局限された人人のみ参加する（只有限定的人們參加）人人人人

局紙〔名〕（舊時日本內閣印刷局制、用於印刷紙幣或證券等的）一種蛋黃色上等日本紙

局舎〔名〕（郵政局或電話局等的）局舍

局所〔名〕局部，身體的一部分、陰部，生殖器

局所丈治療する（只醫治局部）

局所に捕われる（拘泥於局部）捕われる囚われる

局所麻酔（局部麻醉）

局所症候（局部症狀）

局所解剖（局部解剖）

局勢〔名〕局勢，形勢、（棋的）局勢

局線〔名〕連結電信局的線、局線、外線

局促、局趣〔形動タリ〕局促、器量狹小

局地〔名〕局部土地、局部地區、一部分土地

ㄐ

問題を局地毎に解決する（一個地區一個地區地解決問題）

局地戦争（局部戰爭）

局長〔名〕（官署的）局長，司長，郵局局長

課長から局長に抜擢される（從科長被提升為局長）

局長一人の小さな郵便局（只有局長一個人的小郵局）

局留め〔名〕（由發信人指定）存局待取（的信件或電報）

局留め電報（存局待取的電報）

局発地震〔名〕局部地震

局番〔名〕（電話號碼前邊的）電信局號碼、局號（日本大城市普通是三位數）

局番821の3419に繋いで下さい（請接到821局的3419號）

局譜〔名〕圍棋譜

局部〔名〕局部、（身體的）局部，一部分、患部、陰部、生殖器

局部に限られた問題（限於局部的問題）

局部に捕われて全体を見渡さない（見樹不見林）

局部的な解決（局部的解決）

昨日の雨は本の局部的な物であった（昨天的雨只是一部分地區下了）昨日昨日

局部戦争（局部戰爭）

局部の病理的変化（局部的病理變化）

局部の痛みが止まった（患部不痛了）止まる留まる停まる泊まる止まる留まる

局部麻酔（局部麻醉）

局部電流（局部電流）

局部腐食（局部腐蝕、點蝕、剝蝕）

局符号〔名〕（廣播局或電信局等的）局名代號、局名呼號

局方〔名〕日本藥典（＝日本薬局方）

局方のアルコール（藥典酒精）

局方薬（藥典上的藥品）薬薬

局報〔名〕局的通報、（郵局、電信局、氣象局等）各局彼此間工作上的電報

局待ち電報〔名〕（發報人在發報局）等待回電的電報、候覆電報

局名〔名〕（廣播電台的）台名、呼號

局名のアナウンス（台名廣播）

ラジオ関東の局名はJORFだ（關東廣播電台的呼號是JORF）

局面〔名〕棋局，棋的局面、局面，局勢，形勢

局面を見渡す（縱觀棋局）

新しい局面を切り開く（打開新的局面）

行き詰まった局面を打開する（打開僵局面）

其が為局面一変した（於是局勢為之一變）

局面を一変させる（扭轉局面）

戦争とも平和とも付かない局面（不戰不和的局面）

我我は局面の展開に注目している（我們在注視局勢的發展）

局面未だ好転していない（局勢尚未好轉）未だ未だ

局面の打開を図る（謀求打開局面）図る謀る諮る計る測る量る

局量〔名〕度量

局渡し〔名〕郵局遞交、存局待領

局渡し電報（局交電報）

局渡し小包（存局待領的包裹）

局〔名〕（宮廷中的）獨立房間（＝曹司）、（有這種獨立房間的）女官、（江戸時代）最下級的妓女（＝局女郎）

掬（ㄐㄩˊ）

掬〔漢造〕兩手捧起

一掬（一捧、少量、一點）

一掬の水（一捧水）

一掬の同情の涙を注ぐ（灑一把同情之淚）注ぐ雪ぐ濯ぐ潅ぐ注ぐ

掬する〔他サ〕掬取，捧（水等）、體會、體諒（別人的心情）
　清涼掬す可し（清涼可掬）
　真情を掬する（體諒實情）

掬う、抄う〔他五〕抄，舀，撈。〔商〕賺錢
　浮いた油を抄う（舀出浮油）救う巣くう
　抄い網で魚を抄う（用撈魚網撈魚）
　小川の水を手を抄って飲んだ（用水捧起小河的水喝了）
　相手の足を抄って倒す（抄起對方的腿摔倒）
　氷に足を抄われて転んで仕舞った（腳在冰上一跐摔倒了）

救う〔他五〕救、拯救、搭救、救援、救濟、賑濟、挽救
　命を救う（救命）救う掬う巣くう
　水に溺れ掛けた子供を救う（救起快淹死的孩子）
　急場を救う（急救）
　彼は他の人人を救おうと為て死んだ（他為搶救別人而犧牲了）
　貧民を救う（救濟貧民）
　彼の男はもう救われない（那人已經不可救藥了）
　青少年を非行から救う（挽救誤入歧途的青少年）

掬い、抄い〔名〕抄取，撈取，掬起，捧取。〔商〕套購
　夜店で金魚抄いを為る（在夜市上撈金魚）
　泥鰌抄い（摸泥鰍）
　両手に一抄いの落花生を持って来た（兩手捧來一把花生）
　一抄いの砂（一捧沙子）
　一抄いに（一舉、一下子）

救い〔名〕救、救援、搭救、拯救、挽救、補償。〔宗〕靈魂的拯救
　救いを求める（求救）救い掬い巣くい
　叫んで救いを求める（呼救）
　救いの手を差し伸べる（伸出救援之手）
　（達到不可救藥的地步）
　救いの無い小説（沮喪的小說）救贖
　救いの無い映画（沮喪的電影）解する介する会する改する
　ユーモア(humour)を解するのが彼の救いに為っている（懂得幽默是他可取之處）

掬い上げる〔他下一〕撈起、抄起、捧起
　掬い網で目高を掬い上げる（用撈網撈鱂魚）
　バケツ(bucket)で砂を掬い上げる（用桶掬沙子）

掬い網〔名〕撈魚袋網、捕蟲網

掬い出す〔他五〕掬出、撈出、舀出、捧出
　匙で掬い出す（用湯匙舀出）
　小船から海水を掬い出す（從小船裡舀出海水）

掬い投げ、掬投げ〔名〕〔相撲〕（把手伸入對方腋下）抄起摔倒

掬ぶ〔他四〕〔古〕掬、用手捧（=掬う）
　手で水を掬ぶ（用手捧水）

結ぶ〔自五〕凝結、結果
〔他五〕結，繫←→解く、結合、連結、結盟、勾結、締結、（嘴）緊閉，（手）緊握、終結、凝結、結果、編結
　蓮の葉に露が結んでいる（蓮葉上凝結著露珠）
　木に実が結んだ（樹上結果了）
　ネクタイ(necktie)を結ぶ（繫領帶）
　紐で結ぶ（用繩繫上）
　靴紐を結ぶ（繫鞋帶）
　箱にリボン(ribbon)を結ぶ（在盒上繫上緞帶）
　強く結ぶ（繫緊）
　A点とB点とを直線で結ぶ（用直線把AB兩點連結起來）
　台北と東京を結ぶ航空路（連結台北與東京的航線）
　短い紐を結んで長くする（把短細繩接長）

固く結ぶ（繫牢）
　　人民を結ぶ政党（聯繫人民的政黨）
　　世界を結ぶ衛星中継放送（連結世界的衛星轉播）
　　縁を結ぶ（結緣）
　　姉妹関係を結ぶ（結成姐妹關係）
　　統一戦線を結ぶ（結成統一戰線）
　　交わりを結ぶ（結交）
　　条約を結ぶ（締結條約）
　　友好同盟を結ぶ（結成友好同盟）
　　保険会社と契約を結ぶ（與保險宮蘇簽訂合約）
　　到頭二人は結ばれた（他倆終於結了婚）
　　手を結ぶ（握手）
　　口を堅く結ぶ（把嘴緊閉上）
　　彼は口を一文字に結んで、一言も言わなかった（他緊閉著嘴甚麼也沒說）
　　先生は講演を諺で結んだ（老師用成語結束了他的演講）
　　以上で私の話を結び度いと存じます（我想就此結束我的講話）
　　綿が実を結んだ（結棉桃了）
　　実を結ぶ（結果）
　　長年の努力が実を結ぶ日も近い事だろう（多年的努力快要結果了）
　　露を結ぶ（凝成露珠）
　　夢を結ぶ（入夢）
　　庵を結ぶ（結庵）

菊（ㄐㄩˊ）

菊〔名、漢造〕〔植〕菊，菊花、菊形家徽（徽章、紋章）、菊花花樣
　　菊科（菊科植物）
　　菊見（賞菊、觀菊）
　　菊の御紋章（日本皇室徽章）
　　残菊（殘菊、開剩的菊花）
　　残菊を愛でる（欣賞殘菊）
　　寒菊（〔晚秋至冬季開黃色小花的〕寒菊）
　　除虫菊（〔植〕除蟲菊-蚊香、殺蟲劑的原料）
　　乱菊（〔花瓣細長紛亂的〕線菊、線菊圖案）

菊石〔名〕（古生物）菊石（一種古生物化石）

菊戴き、菊戴〔名〕〔動〕戴菊鳥、金冠鶲鷯

菊芋〔名〕〔植〕菊薯、洋薑（菊科多年生草木）

菊科〔名〕〔植〕菊科
　　蒲公英は菊科に属する（蒲公英屬於菊科）

菊形〔名〕菊花形
　　菊形フライス（〔機〕玫瑰形銑刀）
　　菊形穂先（〔機〕梅花鑽）

菊座〔名〕菊花形座。〔縫紉〕鎖成菊花形。〔植〕一種南瓜（=菊座唐茄子）

菊水〔名〕（日本吉野朝武將楠木正成家的）菊水家徽圖案（上有半朵菊花、下有水紋）
　　菊水の紋（菊水家徽）

菊炭〔名〕斷面呈菊花形的木炭（用於茶道）

菊萵苣〔名〕〔植〕萵苣菜

菊作り〔名〕栽培菊花（的人）
　　菊作りの名人（栽培菊花的高手）

菊月〔名〕陰曆九月的別稱

菊菜〔名〕〔植〕茼蒿、春菊

菊苦菜〔名〕〔植〕菊苣

菊人形〔名〕用菊花做的偶人

菊の節句〔名〕菊花節、重陽節（陰曆九月初九）
　　重陽の節句を菊の節句とも言う（重陽節也叫菊花節）言う云う謂う

菊判〔名〕菊版（舊時印刷紙的尺碼、縱94厘米，橫63厘米）

　　菊版（書籍版本的一種尺寸、縱22厘米，橫15厘米、稍大於A5版本）

菊半截（判）、菊半截（判）〔名〕菊半截版（一種書籍版本的尺寸、菊判的一半、稍大於A6版本）

菊日和〔名〕菊花開放時節的晴朗天氣

菊見〔名〕賞菊、觀菊

八卦山へ菊見に行く（到八卦山觀賞菊花）
行く 往く 逝く

菊目石〔名〕〔動〕海花石（一種花蟲類珊瑚目的腔腸動物）

菊花〔名〕菊花（=菊の花）
　菊花紋（日本皇室菊花形徽章）

御菊虫、蟋虫〔名〕〔動〕縊蟲、蝶蛹（鳳蝶等的幼蟲）

踞（ㄐㄩˊ）

踞〔漢造〕曲屈不伸

踞蹐〔名、自サ〕蜷曲身體、跼蹐
　小天地に踞蹐する（跼蹐在小圈子裡）

踞天蹐地〔名〕跼蹐、跼天蹐地

踞る〔自五〕（背くぐまる的轉變）折腰、躬腰、躬身（=屈む）

踞まる、屈まる〔自五〕彎下腰去、縮著身體、蜷曲、蹲（=屈む）

橘（ㄐㄩˊ）

橘〔漢造〕蜜柑類的總稱
　柑橘類（柑橘類）
　金橘（金橘-金柑的漢名）

橘〔名〕〔植〕柑橘的舊稱

橘擬〔名〕〔植〕窄葉火辣

鞠（ㄐㄩˊ）

鞠〔漢造〕球（毬）、審問、養育、鞠躬

鞠する、鞠す〔他サ〕審問

鞠育〔名〕養育

鞠躬如〔副、形動タルト〕鞠躬如也（小心謹慎的樣子）
　鞠躬如と為て進み出る（小心謹慎地走到前邊）

鞠、毬〔名〕（用橡膠、皮革或布等做的）球
　鞠投げを為る（投球、扔球）刷る 摩る 擂る 磨る 掏る 擦る 摺る
　鞠を蹴る（踢球）

鞠を突く（拍球）突く 撞く 憑く 衝く 付く 着く 就く 点く 尽く 搗く 吐く 附く 漬く

毬藻、鞠藻〔名〕〔植〕（綠）球藻（一種綠藻、呈球狀、很美觀、為北海道阿寒湖的天然紀念物）

咀（ㄐㄩˇ）

咀〔漢造〕嚼碎並吸取其滋味、深深體會其意義

咀嚼〔名、他サ〕咀嚼。〔轉〕理解，體會
　食物は良く咀嚼しないと消化し難い（吃東西不好好嚼就不容易消化）
　咀嚼胃（〔解〕咀嚼胃）
　咀嚼筋（〔解〕咀嚼肌）
　咀嚼運動（〔咀嚼運動〕）
　原書の意味を良く咀嚼するには語学力が必要だ（想要充紛理解原文的意思必須有外語基礎）
　本文の内容を十分に咀嚼してから回答を書く（充分理解政文內容之後再寫答案）
　未だ未だ咀嚼不足だ（理解得還很不夠）
　書く 欠く 描く 掻く

沮（ㄐㄩˇ）

沮〔漢造〕阻止、沮喪、濕地

沮止、阻止〔名、他サ〕阻止、阻塞
　実力で阻止する（以實力阻止）
　進歩を阻止する（阻礙進步）
　阻止蓄電器（阻塞電容器）

沮喪、阻喪〔名、自サ〕沮喪、頹喪
　士気を阻喪させる（使士氣沮喪）
　意気が阻喪する（垂頭喪氣）
　阻喪落胆（喪魂落魄）

沮む、阻む〔他五〕阻礙、阻止、阻擋
　大岩が道を阻んでいる（巨石擋道）
　人の行く手を阻む（擋住行人的去路）
　A軍の五連勝を阻む（阻止Ａ隊的五次連勝）

彼が行くのを阻むべきでない（不該阻止他去）

草木の生長を阻む（阻礙草木的成長）

挙（舉）（ㄐㄩˇ）

挙〔名〕舉動、行動
〔漢造〕抬起、舉動、擢用、全、列出、召喚

軽率な挙に出る（輕舉妄動）

反撃の挙に出る（施行反撃）

何等の挙に出るかも知れない（或許做出什麼花招）

一挙手一投足（一舉一動、不費力，輕而易舉）

一挙一動（一舉一動）

一挙両得（一舉兩得＝一石二鳥）

美挙（美舉、可嘉的行為）

義挙（義舉）

快挙（壯舉、果敢的行動）

壮挙（壯舉）

軽挙妄動（輕舉妄動）

推挙、吹挙（推舉、推薦、推選）

選挙（選舉、推選）

科挙（中國古時的科舉）

列挙（列舉、枚舉、一一列出）

枚挙（枚舉、一一列舉）

検挙（拘捕、逮捕）

挙家〔名〕全家、一家全體

挙筋〔名〕〔解〕捉肌

挙行〔名、他サ〕舉行（儀式）

入学式を挙行する（舉行入學典禮）

結婚式を挙行する（舉行結婚典禮）

挙国〔名〕舉國、全國

挙国一致（全國一致）

挙国一致で（為て）外敵に当たる（全國一致對抗外敵）

挙止〔名〕舉止、動作（＝立ち居振る舞い）

挙止端正（舉止端正）

挙式〔名、自サ〕舉行（結婚）儀式

挙式の日取り（婚禮的日期）

十月一日に挙式する（十月一日舉行婚禮）

挙手〔名、自サ〕（為表示贊成或敬意等）舉手

挙手採決を為る（舉行表決）

賛成の印に挙手する（舉手表示贊同）

賛成の方は挙手を願います（哪位贊成請舉手？）

挙手の礼（舉手禮）

挙手を以って司令官を迎える（用舉手禮迎接司令）

挙証〔名、自サ〕舉出證據

挙証の責任は原告に在る（舉證責任在原告）

挙世〔名、副〕舉世

挙世の熱狂（舉世的狂熱）

挙世滔滔と為て（舉世滔滔）

挙措〔名〕舉措、舉止（＝起居振舞）

挙措が淑やかだ（舉止安祥）

挙措を失う（失措）

挙措端正（舉止端正）

挙族〔名〕全族

挙党〔名〕全黨

挙党一致して選挙に臨む（全黨一致投入選舉）

挙党一致で通過を計る（希望得到全黨一致通過）

挙動〔名〕舉動、行動（＝起居振舞）

挙動を注視する（注視行動）

挙動不審で警官に調べられる（因形跡可疑受到警察查問）

挙兵〔名、自サ〕舉兵、造反

挙用〔名、他サ〕起用、提拔（＝登用）

工員を工場長に挙用する（提拔工人當廠長）

挙例〔名〕舉例

挙がる、上がる、揚がる、騰がる〔自五〕（從下往上、從低處向高處）上，登，上學，登陸（＝上る、登る、昇る）←→下りる、降りる、下がる、升起，飛揚、（有時寫作騰がる）（資格，價值，程度等）提高，長進，高漲，上升，揚起，抬起，晉級，提薪，完了，完成，停住，停止、（牌戲、雙陸戲等）滿，和、（魚蟲等）死、（草木）枯死、（行く、參る的敬語）去，到、（也寫作挙がる）被找到（發現），被抓住、（有時寫作挙がる）生出，收到，取得（成績），有（效果），怯場，緊張，失掉鎮靜、（高聲）發出、（寫作揚がる）（用油）炸熟，炸好，夠用，夠開支、（給神佛）供上、（蠶）上簇，開始作繭、（在京都說）往北去，上殿，進宮←→下がる

〔他五〕（食う、飲む、吸う的敬語）吃、喝、吸。

〔接尾〕（接在其他動詞連用形下）表示尊敬的意思、表示該動作完了

二階に上がる（上二樓）

階段を上がる（上樓梯）

陸に上がる（上陸、登陸）

大学に上がる（上大學）

湯から上がる（從浴室出來、洗完澡）

子供は来年から学校へ上がります（孩子從明年起上學）

良くいらっしゃいました。何卒御上がり下さい（歡迎歡迎請上來吧！）

日が揚がる（太陽上升）

名が揚がる（揚名、出名）名名

闘志が揚がる（鬥志高昂）

風船が空に揚がっている（氣球升上了空中）

方方から賛成の声が揚がった（贊成的聲音四起）

花火が揚がった（放起煙火來了）

値段が騰がる（漲價）

月給が騰がる（調薪、工資提高）

家賃が騰がる（房租上漲）

気勢が上がる（氣勢高漲）

腕が上がる（本領提高）

風采が上がらない（其貌不揚）

温度が上がった（溫度上升了）

地位が段段上がった（地位逐漸提高了）

スピードが上がる（速度加快）

彼の人の前では頭が上がらない（在他的面前抬不起頭來、趕不上他）

梅雨が上がると夏に為る（梅雨一過就到夏天）梅雨梅雨

此の雨は間も無く上がるだろう（這場雨馬上就會停吧！）

脈が上がった（脈搏停了）

今の仕事は後二三日で上がる予定だ（目前這工作估計再有兩三天就會完成）

誰が先に上がったか（〔紙牌戲〕誰先和的？）

今度六が出れば上がる（〔雙六戲〕這回擲出六來就滿）

魚が皆上がった（魚全死了）

瓜の蔓が上がる（瓜蔓枯死）

明日御宅へ上がっても良いですか（明天到您家去可以嗎？）明日明日明日

直ぐ御届けに上がります（馬上就給您送去）

証拠が挙がる（找到了證據）

犯人は未だ挙がらない（犯人還沒有抓到）

毎月家作から十万円挙がる（每月有房租收入十萬日元）

地所から挙がる利益（土地的收益）利益利益

ユ

予想通りの結果が挙がる（得到預期的結果）

学習の効果が挙がる（學習有成績）

初めて大勢の人の前で話したので、すっかり上がって終った（因為頭一次在許多人面前講話所以緊張得不得了）大勢大勢終う仕舞う

人前に出ると上がって終った（一到人前就怯場）

試験の時上がると、易しい問題でも間違える（考試的時候一緊張容易的題目也會答錯）

歓声が上がる（歡聲四起）

天婦羅が揚がった（炸魚蝦炸好了）

千円で上がる（一千日元就夠了）

諸掛は一万円では上がらない（各項費用一萬日元怕不夠）

御神酒が上がっている（供著神酒）

灯明が上がる（供上神燈）

秋蚕が上がる（秋蠶上簇）秋蚕秋蚕

御酒を上がる（喝酒）

煙草も上がる然うです（聽說也吸煙）

何卒御上がり下さい（請您用〔吃、喝、吸〕吧！）

何卒御飯を上がっていらっしゃって下さい（請您在這裡吃了飯再回去吧！）

何を召し上がりますか（你想吃〔喝〕點什麼呢？）

今刷り上がった許だ（是剛印完了的）

来週出来上がる予定だ（預定下週完成）

男が上がる（露臉、出息）←→男を下げる（丟人現眼）

挙げる、上げる、揚げる 〔他下一〕舉、抬、揚、懸、起←→下げる、下ろす。提高、抬高、增加、長進、進步、推薦、推舉、提拔、提升、舉例、列舉、舉行、竭盡、全力、得、誇獎、放聲、發出高聲、開始、發動、夠使用、對付過去、完成、作完、學完、嘔吐、油炸、送去、送入（學校）、上樑、梳頭、檢舉、逮捕（与える、遣る的敬語）給、送給、（給神佛）供上、招、叫

〔自下一〕漲

〔接尾〕（接動詞連用形下）表示完成某動作、（接申す、願う、存ずる等動詞連用形下）表示謙虛地敘述自己的動作、（用動詞連用形+て上げる的形式）謙虛地表示加於對方的動作（是…て遣る的客氣說法）

顔を上げる（抬頭、揚起臉來）明ける空ける開ける飽ける厭ける

手を上げて賛成する（舉手贊成）

荷物を棚に上げる（把行李舉起放到架上）

本を本棚に上げる（把書放到書架上）

船から積荷を上げる（從船上起貨）

錨を上げる（起錨）

花火を上げる（放煙火）

旗を上げる（懸旗）

ポンプで水を上げる（用抽水機抽水）

客を二階へ上げる（把客人請到二樓）

御客を座敷に上げる（把客人引道客廳）

幕を上げる（開幕、開始）

名を上げる（揚名）

帆を上げる（揚帆）

凧を上げる（放風箏）

原っぱで凧を上げる（在草地放風箏）凧蛸章魚胼胝

網を上げる（收網）

気球を上げる（放氣球）

生花が水を上げる（插花吸水）生花生花生花

値段を上げる（加價）

税金を上げる（加稅）

月給を上げる（提高工資）
温度を上げる（提高溫度）
スピードを上げる（加快速度）
気勢を上げる（鼓起勁來）
男を上げる（出息、露臉）
腕を上げる（有本事）
彼は代表に上げる（推他為代表）
候補者を上げる（推舉候選人）
課長の地位に上げる（提升為科長）
例を上げて説明する（舉例說明）
証拠を上げる（提出證據）
式を上げる（舉行儀式）
結婚式を上げる（舉行婚禮）
全力を上げて建設を推し進める（竭盡全力推展建設工作）
国を上げて国慶節を祝う（舉國慶祝國慶）
結婚して一男一女を上げた（結婚後生了一男一女）
石油工業は大きな利益を上げている（石油工業獲得巨額利潤）
己を上げて人を貶す（誇耀自己貶低別人）
人を上げたり下げたりする（有時誇獎別人有時貶低別人）
大声を上げる（大聲叫）大声大声
歓声を上げる（歡呼）
兵を上げる（舉兵）
事を上げる（起事）
千円で上げる（用一千日元對付過去）
生活費は出来る丈安く上げ度いと思う（想盡量減少生活開支）
リーダーを上げる（學完課本）
入門編を上げる（學完入門篇）
仕事を上げる（做完事）
船に酔って上げる（暈船嘔吐）

船に酔って食べた物を上げる（暈船把吃的東西嘔吐出來）
上げ度く為る（噁心要吐）
天婦羅を上げる（炸魚蝦）
カツレツを上げる（炸肉排）
油で上げる（用油炸）
子供を学校に上げる（送孩子上學）
娘を大学に上げる（叫女兒上大學）
棟を上げる（上樑）
髪を上げる（梳頭、上頭）
犯人を上げる（逮捕犯人）
不正行為を上げる（檢舉不正行為）
御客様に御茶を上げ為さい（給客人倒茶）
御好きなら貴方に上げましょう（如果您喜歡就送給您的）
此の玩具は御子さんに上げるのです（這個玩具是送給您的孩子的）玩具玩具
後程使いを上げます（隨後派人到您那裡去）
御供物を上げる（上供）
神棚に水を上げる（給神龕奉水）
芸者を上げる（招妓）
潮が上げる（漲潮）
仕事を仕上げる（做完工作）
原稿を書き上げる（寫完稿子）
此処で御待ち申し上げます（在這裡等您）
御指導を願い上げます（請多指教）
御名前は良く存じ上げて居ります（久仰大名）
新聞を読んで上げましょう（給你看一看吧！）
分からなければ教えて上げます（如果不懂就教給你）

挙げて〔連語、副〕舉、全、都（=全て、挙って、残らず）

ㄐ

国を挙げて喜ぶ（舉國歡騰）喜ぶ 慶ぶ 歡ぶ 悦ぶ

一同挙げて賛成する（全體贊成）

全財産を挙げて事業を投じる（把全部財産都投入事業）

此の失敗は挙げて君の責任だ（這次失敗都是你的責任）

挙げて数う可からず（不可勝數、不計其數）

挙句、揚句〔名〕連歌俳句的末句←→発句。〔轉〕結果，最後（＝終り、終い）

口論の揚句掴み合いに為った（爭吵一陣最後揪打起來了）

揚句の果て（到了最後）

揚句の果てに金迄取られた（到了最後還把錢損失了）

揚句の果ては首に為った（弄到最後被革職了）

揚句の果てが刑務所入り（弄到最後進了監獄）

病気の揚句到頭死んで終った（久病不癒終於死去）

相談の揚句斯う決まった（商量以後這樣決定了）

挙足、揚げ足，揚足〔名〕抬腿，抬起的頭。〔轉〕（抓）過失，（揭）短處

揚げ足を取る（抓住短處、吹毛求疵）取る 捕る 攝る 採る 撮る 執る 獲る 盗る

人の揚げ足取りは止め為さい（別揭他人短處）

言う事が前後食い違ったので、揚げ足を取られた（因為說話前後不一致被抓住了錯誤）

挙る〔自五〕（常用挙って形式）全體齊聚
〔他五〕舉、全體、所有（的人）

国を挙る（舉國）

挙って〔副〕全都、全部、一致地（＝残らず、皆）

挙って参加する（全體參加）

挙って賛成する（全都擁護）

一家挙って教育事業に従事する（全家從事教育工作）一家一家

村の人は挙って彼を尊敬した（全村的人都尊敬他）

矩（ㄐㄩˇ）

矩〔漢造〕畫長方形的器具、規矩

規矩（規則、規範、準則、標準）

規矩準縄（規矩準繩、準則、標準）

矩形〔名〕〔數〕矩形、長方形（的舊稱）

矩形煉瓦（長方形標準磚〔的總稱〕）

矩象〔名〕〔天〕方照

矩〔名〕曲尺（＝矩尺）←→鯨。〔舊〕直線、直角

矩差し、矩差〔名〕（木工用）曲鐵尺（＝矩尺、曲尺）

矩尺、曲尺〔名〕（木工用）曲鐵尺。（長度單位）尺（約為30.3cm）

鯨尺（鯨尺-舊時布尺等於37.8公分）（＝鯨差し）

筥（ㄐㄩˇ）

筥〔漢造〕盛物的圓形竹器

筥、匣、箱、函、筐〔名〕箱，盒，匣、客車車廂、三弦琴（＝三味線）

マッチ箱（火柴盒）

林檎一箱（一箱蘋果）

本の一杯詰まった大きな箱（裝滿書的大箱子）

菓子を箱に詰める（把點心裝在盒裡）

蜜柑を箱から出す（從箱裡拿出橘子）

箱に蓋を為る（蓋上箱蓋）

何の箱も満員だ（哪個車箱都滿座）

同じ箱に乗り合わす（坐上同一個車箱）

宴会に箱が入って愈愈賑やかに為った（宴會上彈起三弦琴越發熱鬧起來了）

筥迫、筥狭子〔名〕（舊時婦女放在懷裡放手紙用的）手紙袋、（後發展為盛裝時專用的裝飾品）荷包

蒟 (ㄐㄩˇ)

蒟〔漢造〕蒟蒻（多年生草、地下莖球形、可吃）

蒟蒻、蒟蒻〔名〕〔植〕蒟蒻，鬼芋、魔芋、蒟蒻粉（食品）

　蒟蒻玉（蒟蒻的地下莖-可採澱粉）

　蒟蒻版（印膠版、謄寫版）

齟 (ㄐㄩˇ)

齟〔漢造〕齟齬（牙齒參差不齊）、喻意見不同

齟齬〔名、自サ〕齟齬，不一致，不協調（＝食い違い）、（計畫等）挫敗，失敗（＝頓挫）

　意見の齟齬（意見上的分歧）

　事實の齟齬（與事實不一致）

　計画に齟齬を来す（打亂計畫）

　事が齟齬する（事情發生挫折）

欅 (ㄐㄩˇ)

欅〔漢造〕欅（落葉喬木、木質堅緻有花紋、可製器具與建築用）

欅〔名〕〔植〕光葉欅樹

句 (ㄐㄩˋ)

句〔名〕（文章或詩歌中的）句，詞組，短語、一些單詞的組合、連歌，俳句中的五個音節或七個音節的一組單詞、俳句

　一言半句（一言半語）

　慣用句（慣用詞組）

　上の句（指短歌裡五七五的前三句、俳句裡開頭的五個字）

　句を作る（做俳句）作る造る創る

　此の景色は句に為る（這裡的風景可寫成俳句）る成る鳴る生る

句合わせ、句合せ〔名〕俳句賽會（參加者分為甲乙兩組、分別按順序做俳句、評定優劣）

句意〔名〕句子的意思、俳句的意思

句会〔名〕俳句會（寫作、發表或評論俳句的集會）

　句会を為る（開俳句會）刷る摺る擦る掏る磨る搖る摩る

句柄〔名〕（連歌、俳句等）詩句的風格（品格），作的好壞（＝句の出来栄え）

句眼〔名〕漢詩或俳句中最重要的部分

句切る、区切る〔他四〕（把文章）加句讀，分成段落、隔開，劃分

　一句宛区切る（每個短語加上句讀）

　文章を区切って読む（把文章分成段讀）

　広い土地を小さく区切る（把大塊地劃成小塊）

句切り、句切、区切り、区切〔名〕句讀，（詩文的）小段落、（工作的）段落

　此の文は区切りが良い（這個句子句讀清晰）

　仕事に区切りを付ける（使工作告一段落）

句境〔名〕作俳句時的心境、對俳句高超程度的階段

句句〔名、副〕句句、每個詞句

　句句胸に迫る物が有る（每句都使人深受感動）迫る逼る有る在る或る

句稿〔名〕俳句的原稿

句心〔名〕寫作或欣賞俳句的能力（水平）、詩興，欲做俳句的興致

　句心の有る人（有寫作或欣賞俳句的能力人）有る在る或る

　旅先では屢句心が湧く（旅途中常常詩興發作）湧く涌く沸く

句作〔名、自サ〕作俳句

句誌〔名〕（私人主辦的）俳句雜誌、俳句詩刊

句集〔名〕俳句集、俳句詩集、俳句集成

句題〔名〕用著名的漢詩或古代和歌中的一句作題目寫成的詩歌、俳句的題目

　句題和歌（用詩句作題的和歌）

句帳〔名〕記下俳句的筆記、句集

句調〔名〕和歌，俳句或詩歌等唱的調子、文章的語調

句点〔名〕句點、句號←→読点

ㄐ

句点を正確に打つ（正確地加上句號）打つ撃つ討つ

句点が無いと文が読み難い（沒有句號文章不好讀）文文

句読〔名〕句讀（文章中加句點〝。〞和頓點〝、〞的地方-日文標點符號原來只有這兩種）、（漢文的）讀法、念法、句點和讀點（＝句読点）

読み易いように句読をはっきりさせる（為了容易閱讀清楚地加上句讀）

句読法（日文句點和頓點的使用規則）

句読を切る（點句-在文章中加上句點和頓點把句子分清）

句読点（句點和讀點-日文句點多用〝。〞讀點多用〝、〞來表示、相當於中國的句號和頓號）

句碑〔名〕俳句碑（雕刻某人俳句的詩碑）

芭蕉の句碑（雕刻芭蕉俳句的詩碑）

句風〔名〕文章的作風，文章的傾向，俳風，俳句的作風

句法〔名〕詩、俳句的作法（措詞）

此の句法は面白くない（這個俳句的措詞沒有意思）

句歴〔名〕作俳句的經歷

句論〔名〕〔語法〕句法（＝シンタックス）

巨（ㄐㄩˋ）

巨（也讀作**鉅**）〔漢造〕大、多、卓越

巨細〔名〕巨細，大小（＝巨細）、詳細，仔細

巨細〔名〕巨細、大小（＝巨細）

巨益〔名〕巨大利益

巨猿人〔名〕（古生物）巨猿人

巨億〔名〕巨額、極多

巨億の利潤を貪る（貪圖巨額利潤）

巨億の財を築く（累積上億的財富）

巨魁、渠魁〔名〕巨魁，魁首、（盜賊的）頭頭，頭目（＝親玉）

窃盗団の巨魁（竊盜團的頭目）

巨蟹宮〔名〕〔天〕巨蟹座

巨額〔名〕巨額、巨多

巨額の予算（巨額預算）

数千億万の巨額に達する（多達數千億日元）

巨額を赤字を出す（出了大量赤字）

巨額の資金を支出する（撥出大筆資金）

巨漢〔名〕彪形大漢

巨艦〔名〕巨大軍艦

八万トンの巨艦（八萬噸的大軍艦）

巨岩巨巌〔名〕巨大岩石

巨眼〔名〕巨眼

巨眼赭顔の偉丈夫（巨眼赤顏的彪形大漢）

巨躯〔名〕魁梧身材

二メートル一百二十キロの巨躯を擁する（具有二米高一百二十公斤的魁梧身材）

巨鯨〔名〕巨鯨、非常大的鯨魚

巨細〔名〕巨細，大小（＝巨細）、詳細，仔細

巨細漏らさず調査する（巨細不漏地調查、普遍調查）漏らす洩らす守らす盛らす

巨細に調べる（詳細調查）

巨細〔名〕巨細、大小（＝巨細）

巨細を問わず（不拘大小、事無巨細）問わず訪わず訪う弔う

巨細に亘る（涉及細節）亘る渉る渡る

巨材〔名〕大木材。〔喻〕（當時的）大人物

巨財〔名〕巨富、巨額財產

巨財を蓄える（累積萬貫家財）蓄える貯える

巨刹〔名〕巨刹、大寺院（＝大伽藍）

巨杉〔名〕大杉樹

巨資〔名〕巨資、巨額資本

巨資を投じる（投入巨資）

巨視的〔形動〕宏觀的，縱覽的、綜觀的←→微視的

巨視的世界（宏觀世界）

巨視的見地（宏觀的立場）

巨視的物理学（宏觀物理學）

巨視的に見る（縱覽、綜觀）

巨室、鉅室〔名〕大房屋、豪門勢家、世界，宇宙

巨儒〔名〕大儒、大漢學家

巨樹〔名〕大樹（＝大木）

巨獣〔名〕巨獸、大獸

巨匠〔名〕巨匠、大家、泰斗
　楽壇の巨匠（音樂界的泰斗）
　巨匠の作品（大家的作品）

巨鐘〔名〕巨大吊鐘

巨人〔名〕身體魁梧的人（＝ジャイアント）、（童話等中的）巨人。〔喻〕巨頭，大王、巨匠，泰斗（＝巨星）
　哲学界の巨人（哲學界的泰斗）
　政界の巨人（政界的巨頭）
　財界の巨人（金融界的大王）

巨星〔名〕巨星。〔轉〕偉人，大人物，巨匠，泰斗
　楽壇の巨星（音樂界的泰斗）
　巨星墜つ（巨星殞落、偉人逝世）

巨生物〔名〕（古生物）巨生物

巨石〔名〕巨石、大石
　巨石文化（〔考古〕巨石文化）
　巨石墓（巨石墓）墓墓

巨船〔名〕大船（＝大船）

巨象〔名〕巨象、大象

巨像〔名〕巨大的雕像

巨多、許多〔名〕許多（＝数多）

巨体〔名〕巨軀，巨大的身軀、肥大的軀體
　彼は暑さで巨体を持て余している（他那個肥大的身軀熱得吃不消）
　大型タンカーが其の巨体を岸壁に着けた（龐然大物的油輪靠了岸）

巨大〔形動〕巨大
　巨大な体躯（巨大的軀體）
　巨大な建物（高大建築物）
　巨大な代物（龐然大物）
　巨大分子（〔化〕大分子、高分子）

巨大重合（〔化〕高聚合）

巨大科学（規模巨大的科學研究活動-如原子能研究、開發宇宙研究等）

巨弾〔名〕巨大的砲彈（炸彈）。〔轉〕強有力的攻擊（批評、非難）
　巨弾の雨を降らす（饗敵人以彈雨）降らす振らす触らす
　彼は巨弾を投じて政府の軟弱な外交政策を攻撃した（他大肆攻擊政府的軟弱無能的外交政策）

巨端症〔名〕〔醫〕肢端肥大症

巨頭〔名〕巨頭
　鋼鉄界の巨頭（鋼鐵大王）
　巨頭会談（巨頭〔首腦〕）會談）

巨頭症〔名〕〔醫〕頭部肥大症

巨頭、大頭〔名〕大頭，大腦袋、巨頭，首腦（＝巨頭）
　巨頭株（巨頭、大頭子）
　彼は日本財界の巨頭（株）である（他是日本金融界的大頭）

巨擘〔名〕巨擘、拇指
　画壇の巨擘（繪畫界的巨擘）

巨費〔名〕巨款、巨額費用
　ダム建設の為巨費を投じる（為建設水庫投入巨資）

巨富〔名〕巨富、巨額財富
　巨富を築く（累積巨額財富）

巨編〔名〕巨編、大部頭的書

巨歩〔名〕巨步，大踏步、大足跡，大成就，大業績
　巨歩を踏み出す（邁出一大步、大踏步前進）
　新しい建設に巨歩を踏み出す（向新的建設大踏步前進）
　物理学界に巨歩を印する（在物理學界留下豐功偉績）印する因する淫する

巨砲〔名〕大砲。〔棒球〕強有力的擊球員。〔相撲〕強有力的推撞招數

巨木〔名〕大樹（＝大木）

ㄐ

巨万〔名〕巨額、極多
　巨万の富（巨富、百萬財富）

巨懶獸〔名〕（古生物）大懶獸

巨利〔名〕巨額利潤、莫大利益
　貿易で巨利を博する（利用對外貿易獲得莫大利益）
　巨利を貪る（貪圖大利）

巨龍〔名〕（古生物）巨龍、恐龍

巨礫〔名〕〔地〕巨礫、漂礫、礫石

具（ㄐㄩˋ）

具〔名〕用具，工具。〔轉〕手段，方法。〔烹〕（放在湯或炒飯等裡的）切碎的蔬菜魚肉等（=加薬、実、種）

〔接尾〕（助數詞用法）。〔古〕（衣服或器具等的）套、副、組（=揃い）

〔漢造〕具有，具備，齊備，詳細，常備的器具
　政争の具に利用する（用作政治鬥爭的手段）
　具の無い汁（清湯）
　鎧三具（三套鎧甲）
　不具（不具備，不齊全、殘廢、〔書信末尾用語〕書不盡言）
　器具（器具，用具、器械=器、道具）
　道具（〔佛〕佛具、佛事用具、作手工藝的工具、傢俱、家庭生活、用具、〔劇〕道具、舊貨、舊傢俱、某件東西上應具備的東西、工具、手段）
　用具（用具、工具）
　要具（必要的用具、必需的工具）
　家具（傢俱）
　馬具（馬具、馬的裝具）
　武具（武器，兵器、盔甲）
　文具（文具）
　寝具（寢具、被褥）
　運動具（體育用具、運動器械=運動器具）

具す〔自、他五〕具備，齊備、跟著去、湊齊、領著去、申述（=具する）
　生れ乍らに為て耳、目、口、鼻を具している（生下來就具備著耳目口鼻）
　母に具して行く（跟著母親去）
　書類を具す（備齊文件）
　妹を具す（帶著妹妹去）
　意見を具す（申述意見）

具する、俱する〔自サ〕跟、陪著、領著、一起
〔他サ〕（必要的東西）有，具備、齊備、上呈、申述、陪伴，領著去
　兄に具して行く（陪著哥哥一起去）行く往く逝く行く往く逝く
　生まれ乍に為て耳、目、口、鼻を具している（天生就長有耳眼口鼻）
　意見を具する（提出意見）
　供を具して行く（帶著跟班人員去）供共友伴

具合，工合，具合，工合〔名〕（事物，健康，器物的）狀態，情況、方便，合適、作法，方法
　天気（の）工合（天氣情況）
　工合良く行かない（進行得不順利）
　様子はどんな工合ですか（情況怎樣）
　万事工合良く行っている（一切順利）
　事件は今こんな工合である（事件現在是這樣的情況）
　良い工合に、待たずにバスが来た（正湊巧，公車沒有等就來）
　体の工合が良い（身體好）
　体の工合が悪い（身體不好）
　此の機械は工合が悪い（這部機器不好使用）
　私の時計は此の頃工合が悪い（我的錶近來走得不準）
　引出の工合が悪い（抽屜不好開）

今日の工合は如何ですか（今天您身體感覺怎樣？）

病人の工合は如何ですか（病人的情況如何）

胃の工合が悪い（胃口不好）

何だか頭の工合が悪い（我總覺得頭部不舒服）

赤ん坊は何処か工合が悪いらしい（看來嬰兒有哪裡不舒服了）

此の眼鏡は工合が悪い（這副眼鏡不合適）

明日は工合が悪い（明天不方便）

断るのは工合が悪い（不好意思拒絕）

此の服装では工合が悪い（穿這衣服不合時宜）

斯う言う工合に遣れば直ぐ出来る（如果這樣做馬上就能做好）

私が遣るとどうも然う言う工合に行かない（我做起來總不像那樣順利）

どんな工合に遣るのか（怎麼做呢？）

斯う言う工合に遣るのだ（就這樣做）

具案〔名〕立案，擬定草案、具體計畫（意見、提議）

具眼〔名〕有眼力、有見識、有洞察力

　具眼の士（有見識的人、有識之士）

　具眼者（識者、明眼人）者者

具現〔名、他サ〕體現、實現、具體化

　理想を具現させる（使理想實現）

具状〔名〕詳細陳述（＝具陳、陳狀）

具陳〔名、他サ〕詳細述說

　意見具陳（詳細陳述意見）

具象〔名、他サ〕具體、形象化←→抽象

　具象的（具體的＝具体的）

　具象化（具體化＝具体化）

具体〔名〕具體（＝具象）

　具体を上げて説明する（用具體的例子進行說明）上げる挙げる揚げる騰げる

明日迄に具体案を考えて下さい（請在明天以前作出具體方案）明日明日明日

具体策（具體對策、實際對策）

具体性（具體性）

具体的（具體的）

　具体的な（の）計画は未だ立たない（具體計畫還沒有訂）未だ未だ

　具体的な物を具体的に分析する（具體問題具體分析）立つ経つ建つ絶つ発つ建つ断つ裁つ截つ

　様様の具体的な問題を解決する（解決各種實際問題）

　具体的真理（〔哲〕）相對真理）

　具体音楽（〔樂〕具體音樂＝法musiqueconcrete譯詞）

具体化（具體化）

　計画の具体化を図る（謀求計畫的具體化）図る謀る諮る計る測る量る

　話が具体化する（談話內容具體化）

具体概念（具體概念←→抽象概念、具體的概念←→一般概念）

具申〔名、他サ〕呈報、具報、（向上級）報告

　上役に意見を具申する（向上級陳述意見）

具足〔名、自サ〕齊全，完備，傢俱，日用器具、甲冑，鎧甲，伴隨，陪伴

　円満具足（圓滿齊全）

具足煮〔名〕〔烹〕（帶殼的）紅燒龍蝦段

具備〔名、自他サ〕具備、具有、完備

　必要な資格を具備する（具有必要的資格）

具有〔名、他サ〕具有、具備

　生来具有の欠点（生來具有的缺點）

　蚯蚓は両性を具有する（蚯蚓具有兩性）

具に、備に〔副〕具，備，全、詳細，詳盡，仔細

　備に辛酸を嘗める（備嘗新酸）

　備に取り揃える（全都備齊）

　備に説明する（詳細說明）

備に其の由を告げる（詳細告知情況）
備に分析する（仔細分析）
備に検討する（仔細研究）
事の顛末を備に思い浮べる（把事情的前後細節從頭到尾想了一遍）

具える、備える〔他下一〕具備、具有（=有する）
彼は此の仕事に関しては、色色立派な資格を備えている（對這項工作他具備種種優越的條件）

備える〔他下一〕準備，防備、設備，裝置
戦争に備え、自然災害に備える（備戰備荒）供える
地震に備えて、飲料水や食べ物等を用意して置く（為了防備地震預先準備好飲水和食物等）
部屋にテレビを備える（在房間裡安置電視機）
教室はテープ、レコーダーが二台備えて有ります（教室裡備有兩台錄音機）

供える〔他下一〕供、供給、供應
御酒を供える（供、酒）
英雄記念碑に花輪を供える（向英雄紀念碑獻花圈）
書物を一般の人人の閲覧を供える（把書籍供給一般的人們閱讀）

具わる、備わる〔自五〕具有、具備、設有
最新設備の備わった研究室（具有最新設備的研究室）
暖房設備が備わっている（設有暖氣設備）
歩み寄って来る其の姿には、威厳とでも言う様な物が備わったいた（在走近前來的姿態中具有一種可稱做威嚴的氣派）
文学の才が備わっている（具有文學才能）

拒（ㄐㄩˋ）

拒〔漢造〕防止、抗拒
峻拒（嚴厲拒絕）

相手の要求を峻拒する（嚴厲拒絕對方的要求）

拒抗〔名、他サ〕抗拒

拒止〔名、他サ〕拒止，拒絕、阻止，防止（=拒み止める、拒ぎ止める）

拒絶〔名、他サ〕拒絕
要求を拒絶する（拒絕要求）
彼は私の面会を拒絶した（他拒絕和我會面）
手酷い拒絶に会う（遭到嚴厲拒絕）会う逢う遭う遇う合う
飽く迄入場を拒絶する（堅決謝絕入場）
拒絶症（〔心〕抗拒症、違拗症）
拒絶反応（〔醫〕〔移植他人臟器時的〕排斥作用、抗拒反應、違拗反應）

拒否〔名、他サ〕拒絕、否決
提案を拒否する（否決提案）
要求を拒否する（拒絕要求）
招待を拒否する（謝絕邀情）
きっぱり拒否する（斷然拒絕）
外部からの援助を拒否する（拒絕外援）

拒む〔他五〕拒絕、阻擋、阻止
断固と為て拒む（斷然拒絕）
要求を拒む（拒絕要求）
命令を拒む（違抗命令）
支払いを拒む（拒絕支付）
面会を拒む（拒不接見）
来る者は拒まない（來者不拒）
入場を拒む（阻止入場）
敵を拒む（阻擋敵人）

拒ぐ、防ぐ、禦ぐ〔他五〕防禦、防守、防衛、防止、防備、預防
敵の侵略を防ぐ（防禦敵人侵略）
全く防ぐ様が無い（真是防不勝防）
患いを未然に防ぐ（防患於未然）煩い
病気を防ぐ（預防疾病）

火を防ぐぐ（防火）

伝染を防ぐ（預防傳染）

水害を防ぐ（預防水災）

拒ぎ、防ぎ、禦ぎ〔名〕防禦，防備，防守，（妓院的）保鏢

斯う方方から攻められては防ぎが付かない（這樣各方面都攻擊上來無法防禦）方方

防ぎ場（重要防守地）

防ぎ勢（守軍）

拠（據）（ㄐㄩˋ）

拠（也讀作拠）〔漢造〕依據

本拠（據點、根據地）

論拠（論據）

占拠（佔據、佔領）

割拠（割據）

根拠（根據）

典拠（文獻根據、可靠的根據）

依拠（依據、根據）

準拠（依照，按照，遵造，根據，依據）

証拠（證據、證明）

拠金、醵金〔名〕醵金，醵資，籌款，大家湊錢

孤児救済の為に醵金する（為救濟孤兒籌款）孤兒孤兒

一般からの醵金を求める（要求人家籌款）

醵金を行われる（進行籌款）

拠出、醵出〔名、他サ〕（多數人）醵資、湊錢、籌款

罹災者救済の為金品を拠出する（為了救濟災民大家捐出錢款和衣物）

拠点〔名〕據點

戰略の拠点（戰略據點）

拠点を確保する（確保據點）

今迄の成果を拠点と（に）為て更に研究を進める（以以前的成果為依據進一步進行研究）

軍事拠点（軍事基地）

拠る、由る、因る、依る、縁る〔自五〕由於，基於、依靠，仰仗，利用，根據，按照，憑據，憑藉

私の今日有る彼の助力に因る（我能有今日全靠他的幫忙）

彼の成功は友人の助力に因る所が大きい（他的成功朋友的幫助是一大要因）

昨夜の火事は漏電に因る物らしい（昨晚的火災可能是因漏電引起的）昨夜昨夜

不注意に因って大怪我を為た（由於不小心受了重傷）

命令に依る（遵照命令）選る寄る縒る撚る倚る凭る

筆に依って暮らす（依靠寫作生活）

慣例に依る（依照慣例）

慣例に依って執り行う（按照慣例執行）

労働に依って収入を得る（靠勞力來賺錢）得る得る

辞書に依って意味を調べる（靠辭典來查意思）

話し合いに依って解決し可きだ（應該透過談判來解決）

基本的人権は憲法に依って保障されている（基本人權是由憲法所保障）

学生の能力に依り、クラスを分ける（依照學生的能力來分班）分ける別ける

天気予報に依れば明日は雨だ（根據天氣預報明天會下雨）明日明日 明日

医者の勧めに依って転地療養する（按醫師的勸告易地療養）進める勧める薦める奨める

成功不成功は努力如何に依る（成功與否取決於努力如何）如何如何如何

成功するか為ないかは君の努力如何に依る（成功與否取決於你自己的努力如何）

場合に依っては然う為ても良い（依據場合有時那麼做也可以）

親切も時に依りけりだ（給人方便要看什麼場合）

ㄐ

何事に依らず（不管怎樣）
演劇に依って人生の真実を探る（用演劇來探索人生的真實）
木に縁って魚を求める（緣木求魚）魚 魚 魚

寄る〔自五〕靠近，挨近、集中、聚集、順便去，順路到、偏，靠、增多、加重、想到，預料到。〔相撲〕抓住對方腰帶使對方後退。〔商〕開盤

近く寄って見る（靠近跟前看）
側に寄るな（不要靠近）
もっと側へ御寄り下さい（請再靠近一些）
此処は良く子供の寄る所だ（這裡是孩子們經常聚集的地方）
砂糖の塊に蟻が寄って来た（螞蟻聚到糖塊上來了）
三四人寄って何か相談を始めた（三四人聚在一起開始商量什麼事情）
帰りに君の所にも寄るよ（回去時順便也要去你那裡看看）
何卒又御寄り下さい（請順便再來）
一寸御寄りに為りませんか（您不順便到我家坐一下嗎？）
此の船は途中方方の港に寄る（這艘船沿途在許多港口停靠）
右へ寄れ（向右靠！）
壁に寄る（靠牆）
駅から西に寄った所に山が有る（在車站偏西的地方有山）
彼の思想は左（右）に寄っている（他的思想左〔右〕傾）
年が寄る（上年紀）
顔に皺が寄る（臉上皺紋增多）
皺の寄った服（折皺了的衣服）
貴方が病気だったとは思いも寄らなかった（沒想到你病了）
時時思いも寄らない事故が起こる（時常發生預料不到的意外）

三人寄れば文殊の智恵（三個臭皮匠賽過諸葛亮）
三人寄れば公界（三人斟議、無法保密）
寄って集って打ち殴る（大家一起動手打）
寄ると触ると其の噂だ（人們到一起就談論那件事）
寄らば大樹の蔭（大樹底下好乘涼）

凭る、靠る〔自五〕凭、倚、靠
欄干に凭る（凭靠欄杆）
壁に凭る（靠牆）
机に凭って読書する（凭桌而讀）
柱に凭って居眠りを為る（靠著柱子打盹）

縒る、撚る〔他五〕捻、搓、擰
紙縒りを縒る（捻紙捻）寄る依る由る拠る縁る選る夜
二本の糸を縒って丈夫に為る（把兩根線捻在一起使之結實）
腹の皮を縒って大笑いする（捧腹大笑）

選る〔他五〕（選る的轉變）選擇、挑選（=選ぶ）
好きなのを選る（喜歡哪個挑哪個）
良いのを選って取る（揀好的拿）
歯が悪いので、柔い物許り選って食べる（因為牙不好只揀軟的吃）

拠り所〔名〕根據，基礎、依據（=根拠）
充分の拠り所が有る（有充分根據）有る在る或る
拠り所の無い噂（沒有根據的傳言）
何を拠り所にそんな事を言うのか（你根據什麼那麼說？）言う云う謂う
生活の拠り所を失う（失去生活的依據）

拠無い〔形〕（拠り所が無い之意）不得已，無可奈何，沒有辦法（=已むを得ない、余儀ない）、沒有根據，沒有理由（=言われが無い）
拠無い用事の為欠席する（因有不得已的事情而缺席）
拠無く其に従う（不得已而從之）従う隨う遵う

そんな拠(よんどころ)無い事を言っても承服(しょうふく)し兼ねる（說那種強詞奪理的話我是不能心悅誠服的）

炬（ㄐㄩˋ）

炬（也讀作炬）〔名〕火炬
　眼光(がんこうきょ)炬の如(ごと)し（目光如炬）

炬火（きょか）〔名〕火炬、火把（=炬火、松明）
　炬火(きょか)リレー relay（火炬接力跑-如奧運開會時從奧林匹亞到會場的火炬接力跑）

炬火、松明（たいまつ、たいまつ）〔名〕（焚松的音便）（由松、竹、蘆等紮成的）火把
　炬火(たいまつ)を点(とも)す（點火把）点す灯す燈す
　炬火行列(たいまつぎょうれつ)（火把遊行隊伍）
　炬火(たいまつ)で行(い)く手(て)を照(て)らす（用火把照前面的路）行く往く逝く行く往く逝く

炬燵、火燵（こたつ）〔名〕（架上蓋著被、用以取暖的）被爐、薰籠
　置(お)き炬燵(こたつ)（放在草蓆上的被爐）
　掘(ほ)り炬燵(こたつ)（嵌在草蓆下的被爐）
　炬燵(こたつ)に入(はい)る（把腿伸進被爐旁取暖）入る這入る入る
　炬燵(こたつ)に当(あ)たる（把腿伸進被爐旁取暖）当る中る
　炬燵櫓(こたつやぐら)（被爐木架）

俱、倶（ㄐㄩˋ）

俱〔漢造〕都，皆、結伴，一同，一起（=連(つ)れ立(だ)つ、俱(とも)に為(す)る）
　不俱戴天(ふぐたいてん)（不共戴天）
　不俱戴天の敵(ふぐたいてんのてき)（死對頭）
　不俱戴天の仇(ふぐたいてんのあだ)（不共戴天之仇）仇(あだ)仇(かたき)敵(かたき)

俱する、具する〔自サ〕跟、陪著、領著、一起
〔他サ〕（必要的東西）有，具備，齊備，上呈，申述，陪伴，領著去
　兄(あに)に俱(ぐ)して行(い)く（陪著哥哥一起去）行く逝く行く往く逝く

　生(う)まれ乍(なが)らに為(し)て耳(みみ)、目(め)、口(くち)、鼻(はな)を俱(ぐ)している（天生就長有耳眼口鼻）
　意見(いけん)を俱(ぐ)する（提出意見）
　供(とも)を俱(ぐ)して行(い)く（帶著跟班人員去）供共友伴

俱発（ぐはつ）〔名、自サ〕同時發生、同時發覺、同時表面化
　数罪俱発(すうざいぐはつ)（數罪俱發、數罪同時被發覺）

俱〔漢造〕（音字）クラブ部、グラブ

俱伎羅、拘耆羅、拘执羅〔名〕（梵 Kokila）。〔佛〕好聲鳥（印度產一種與杜鵑相似的黑色小鳥、形醜而聲美）

俱舍（くしゃ）〔宗〕〔名〕〔宗〕俱舍宗（小乘佛教的一派）

俱梨伽羅（くりから）〔名〕〔佛〕（梵語）（龍的意思）龍蟠寶劍（龍蟠再豎立岩石上的寶劍上的形象）

俱梨伽羅紋紋（くりからもんもん）〔名〕脊背上刺的龍蟠寶劍的紋身花樣、脊背上有這種刺青的人
　俱梨伽羅紋紋(くりからもんもん)の男達(おとこたち)が遣(や)って来(く)る（迎面走來一群背後有刺青的男人）来る来た

俱楽部、グラブ（クラブ、グラブ）〔名〕俱樂部，夜總會、（學校）課外活動
　囲碁俱楽部(いごクラブ)（圍棋俱樂部）
　私達(わたしたち)の学校(がっこう)では俱楽部活動(クラブかつどう)が盛(さか)んだ（我們學校課外活動很盛行）

グラブ〔名〕撲克牌中的梅花、（高爾夫）球桿
　グラブヘッド clubhead（球棒的頭部）

倨（ㄐㄩˋ）

倨〔漢造〕傲慢不恭

倨傲（きょごう）〔名ナ〕倨傲、傲慢（=傲慢、驕(おご)り高(たか)ぶる）
　人人(ひとびと)は己(おのれ)を倨傲(きょごう)だ、尊大(そんだい)だと言(い)った（人們說我傲慢自大）言う云う謂う

据（ㄐㄩˋ）

据〔漢造〕（本意為鳥之築巢勞其口足）勞動

　拮据(きっきょ)（勤勉、孜孜從事）
　拮据経営三十年(きっきょけいえいさんじゅうねん)（慘澹經營三十年）
　拮据勉強(きっきょべんきょう)に余暇(よかな)無(な)し（勤勉學習無餘暇）

据える、居える〔他下一〕安設，安放、放置，擺列、使坐在…、使就…職位、沉著（不動）、灸治、蓋章

電気スタンドを机の上に据える（把檯燈安放在桌子上）

此の工場には色色な機械が据えられている（這個工廠安裝著各種機器）工場 工場

膳を据える（擺飯）

客を上座に据える（讓客人坐在上座）

彼を会社の社長に据える（讓他當公司的總經理）

目を据えて見る（凝視、注視）

此の問題は腰を据えて考えなければならない（這個問題必須坐下來〔沉下心來〕好好考慮）

腹に据え兼ねる（忍耐不住）

灸を据える（灸治）

判を据える（蓋章、蓋圖章）

肝を据える（壯起膽子）

腰を据える（下定決心、坐著不動、專心做，安心做）

腹を据える（下定決心、拿定主意）

御輿を据える（坐下〔不動〕、〔喻〕悠閒，從容不迫）

饐える〔自下一〕（食物等腐壞）餿、變酸

御飯が饐えて終った（飯餿了）吸える 終う 仕舞う

据え置く〔他五〕安置，安放，使安定（不動、不變化）、擱置，放置，置之不理、存放，扣置，凍結，延期償付（錢款、債券、儲蓄等）

小売価格を今迄の水準に据え置く（把零售價格穩定在以前的水平）

机の上に電話を据え置く（把電話放在桌子上）

机の上に花瓶を据え置く（把花瓶放在桌子上）

懸案は来年度迄据え置く（把懸案放到下年度）

預金を据え置く（存長期存款）

据え置き、据置き〔名〕安置，安定，固定、擱置，放置，置之不理、（錢款、債券、儲蓄等的定期）存放，扣置，凍結

小売価格は据え置きに為る（零售價格不變動）刷る 摺る 擦る 掏る 磨る 擂る 摩る

公共料金は今後一年間据え置きと為る（公共事業費今後一年間不動）

懸案を据え置きに為る（將懸案擱置起來）

据え置き期間（存期、存放期限、凍結期限、扣置期限）

据え置き年金（定期扣置〔推遲發放〕的退休金）

据え置き配当金（定期扣置的股息〔紅利〕）

据え置き公債（延期償還的公債）

据え置き資産（凍結的資產）

据え置き負債（延期償還〔暫不償還〕的負債）

一年据え置きの貯金（定期一年的存款）

据え置き貯金（に）為る（存定期存款）

据え膳、据膳〔名〕現成的飯菜、擺好的飯菜、擺飯菜的食案，方盤（＝御膳）。〔轉〕一切準備好了（的事物），承受現成的、女人挑逗男人

据え膳で料理が出る（把菜放在食案裡端給客人）

据え膳の仕事（一切準備妥當的工作）

据え膳で食う（坐享其成）食う 喰う 食らう 喰らう

他人の据え膳を食う（〔默默〕接受別人安排）

据え膳を食う（〔男人〕接受女人挑逗）

据え膳食わぬは男の恥（達到嘴邊不吃是男子的恥辱、喻女的有意而男的退縮不能算男子漢）

据え付ける〔他下一〕安裝，安放，安設、裝配、配備，固定，連接

機械を据え付ける（安裝機器）

電話を据え付ける（安裝電話）

台所に電気冷蔵庫を据え付ける（把電冰箱安放在廚房裡）工場工場

彼の工場には新式の機械が据え付けて在る（那個工廠配備著新式機器）在る有る或る

確り据え付けて在るから中中取り外せない（固定得很結實怎麼都拆不掉）

据え付け、据付け〔名〕安裝，安置，裝置，固定，牢固，定型

据え付け工事（安裝工程）

据え付け費用（安裝費）

据え付け面積（〔安裝機器的〕佔地面積）

機械の据え付けを終る（把機器安裝完畢）

其は据え付けに為っていて取り外しが出来ない（那是固定上的拆不下來）

据え付け機関（固定式發動機）

据え風呂、据風呂〔名〕（裝有爐灶的）洗澡木桶←→五右衛門風呂

据わる、坐る、座る〔自五〕坐，跪坐←→立つ、居某地位，佔據席位（也寫作据わる）安定不動、（也寫作据わる）鎮定，沉著，蓋上（印章），賦閒，開著

きちんと坐る（端坐）

楽に坐る（隨便坐、坐得舒服些）

どっかと坐る（一屁股坐下）

机に向って坐る（坐在桌前）

どしんと坐る（撲通一聲坐下）

何卒御坐り下さい（請坐）

其の講堂は千人坐れる（那個禮堂能坐一千人）

坐って許り居る人には、此が良い運動に為る（對整天坐著人來說這是很好的運動）

日本風に膝を折り曲げて坐る（照著日本方式曲膝跪坐）

長くきちんと坐っていたら足が痺れた（長時間端正跪坐腿麻了）

課長の椅子に坐る（當科長、坐上科長的位置）

後釜に坐る（當上繼任者）

目が据わる（〔因醉酒或興奮等而〕眼睛發直）

値段が据わる（價格穩定）

船が据わる（船擱淺）

彼は其処に行くと腰が据わって中中帰らない（他無論到哪裡就坐下後不動老不回來）

台の上に旨く据わらない（在座架上放不穩）旨い巧い上手い甘い美味い甘い

肝が据わる（壯起膽量）

度胸が据わる（壯起膽量）

覚悟を据わる（做好精神準備）

心が据わる（沉著）

判が坐っている（蓋著圖章）

家に坐って許り居られない（不能老在家裡閒坐著）

距（ㄐㄩˋ）

距〔名、漢造〕〔植〕花距、間隔

高距（高度、海拔=海拔）

測距儀（測距儀）

距関節〔名〕〔解〕踝關節

距骨〔名〕〔解〕距骨

距離〔名〕距離，間隔、差距（=隔たり）

距離を測る（測量距離）測る計る量る図る謀る諮る

大分距離が有る（有很大的距離、有很大的差距）大分大分有る在る或る

安全な距離を保つ（保持安全距離）

距離を詰める（〔賽跑等時〕縮短差距）詰める積める摘める抓める

目標迄は未だ少し距離が有る（距目標還有一點距離）未だ未だ

我我の考えには大分距離が有る（我們的想法有很大距離）

学校迄の距離は十キロ程有る（離學校足有十公里）

台北から東京迄の距離は何の位有るか（從台北到東京的距離有多遠？）台北台北

交通機関が発達すれば為る程世界の距離は短縮される（交通工具越發達世界的距離就越縮短）

一百メートルの距離を置いて（離開百米的間隔）置く擱く措く為る成る鳴る生る

彼の様な腕前に為るには未だ未だ距離が有る（練到他那樣的本領還有很大差距）

明視の距離（看清楚的距離）

着弾の距離（中彈距離）

距離競技（〔滑雪〕距離賽跑）

距離計（距離計）

距離測定器（測距儀）

距、蹴爪〔名〕距（雄雞等爪後的角質突出）、牛馬等蹄後的小趾、(昆蟲等)脛節的突起。〔建〕虎爪式柱座

距〔名〕距（雄雞等爪後的角質突出）

鉅（ㄐㄩˋ）

鉅〔漢造〕大

鉅資、巨資〔名〕巨資、巨額資本

巨資を投じる（投入巨資）

鉅室、巨室〔名〕大房屋、豪門勢家、世界，宇宙

鉅儒、巨儒〔名〕大儒、大漢學家

鉅費、巨費〔名〕巨額費用

聚（ㄐㄩˋ）

聚〔漢造〕會合、聚落

類聚、類従（歸類、類書）

聚眼、集眼〔名〕〔動〕聚眼

聚光、集光〔名、自サ〕集聚光線

舞台の中央に集光する（把光線集中到舞臺中央）

集光器（聚光器）

集光レンズ（聚光鏡頭）

聚合、集合〔名、自他サ〕集合。〔數〕集（合）

生徒を集合して注意を与える（把學生集合起來講解注意事項）

明朝七時学校の集合する事に為っている（規定明天早晨七點在學校集合）

集合果（集合果）

集合花（集合花）

集合住宅（集體住宅、、公寓）

集合喇叭（集合號）

集合名詞（集合名詞）

無限集合（無限集）

偶数の集合（偶數集合）

集合論（集合論）

聚散花序、聚繖花序〔名〕〔植〕離心花序←→總穗花序

聚村、集村〔名〕密集的村落

聚珍版〔名〕〔古〕聚珍版（古活字版之別稱）

聚落、集落〔名〕村子，村落。〔生〕群體，集群（=聚落）

山の麓に小さい集落が有る（山下有一小村）

集落遺跡（村落遺跡）

バクテリアの集落（菌落）

劇（ㄐㄩˋ）

劇〔名〕劇、戲

〔漢造〕劇烈，強烈，猛烈，急劇，急迫，戲劇，作劇（遊戲）

繁劇（繁忙）

怱劇，悤劇、忽劇，悤劇（匆忙）

演劇（演劇、戲劇=芝居）

喜劇（喜劇，笑劇，滑稽劇）←→悲劇

悲劇（悲劇）

活劇（武戲=アクションドラマ、〔轉〕一場吵鬧，一場廝打）

歌劇（歌劇=オペラ）

画劇（連環畫劇=紙芝居）

新劇（〔對歌舞伎等舊劇而言的〕新劇）

京劇（〔〔中國的〕〕京劇、平劇）

惨劇（慘劇、慘案、悲慘事件）

劇映画〔名〕故事影片

劇化〔名、自他サ〕戲劇化、編成劇本

　小説を劇化する（把小說改成劇本）

　筋の劇化が不十分である（劇情戲劇化得不夠）

劇画〔名〕拉洋片（=紙芝居）、漫畫、小人書，連環圖畫

　劇画ブーム（漫畫故事的熱潮）

劇界〔名〕劇壇、戲劇界

　劇界の巨星（劇壇的泰斗）

劇作〔名、自サ〕劇本，脚本，戲劇作品、寫劇本，戲劇創作

　劇作に専念する（專心致志寫劇本）

　劇作家（劇作家）

劇詩〔名〕具有戲劇形式的詩

劇臭、激臭〔名〕劇臭、奇臭、強烈的氣味

　劇臭が鼻を突く（強烈的味道衝鼻）付く突く衝く撞く着く就く憑く点く尽く搗く附く潰く

劇暑、激暑〔名〕酷暑、酷熱

劇場〔名〕劇場，劇院、電影院

　円形劇場（圓形劇場）

劇職、激職〔名〕繁忙的工作（=激務）←→閑職

　体が弱くて激職に耐えられない（身體軟弱禁不起繁重的工作）

劇震、激震〔名〕強震、劇烈的地震

　昨夜東京に激震が有った（昨晚東京發生了強震）

　激震で多くの家が潰れた（因強震坍塌了很多房子）

　激震区域（強震區）

劇性〔名〕惡性、急性、烈性

　劇性コレラ（惡性霍亂）

劇戦、激戦〔名、自サ〕激戰

　昔此処で激戦が有った（以前這裡發生過激戰）

　其の地域で目下激戦が行われている（在那地方目前正在進行激烈的戰鬥）

　今回の選挙は中中の激戦であった（在這次選舉是一場激戰）

　両チームは実力伯仲で激戦に為る（兩隊實力差不多形成激戰）

劇団〔名〕劇團

　地方回りの劇団（在外地巡迴演出的劇團）

　素人劇団（業餘劇團）玄人

　新しい劇団を組織する（組織新劇團）

劇談、激談〔名〕語調激昂的談話、爭執激烈的談判

劇壇〔名〕劇壇、梨園、戲劇界

　劇壇の大御所（劇壇的泰斗）

　彼の女優は劇壇出身である（那個女演員是戲劇界出身）

劇中〔名〕劇中、劇裡面

　劇中人物（劇中人）

　劇中劇（戲中串戲）

劇通〔名〕通曉戲劇（的人）、了解戲劇界情況（的人）（=芝居通）

　劇の噂に依らば（據通曉戲劇界情況的人傳說）依る因る由る拠る寄る選る縁る縒る撚る

劇痛、激痛〔名〕劇痛

　激痛を覚える（感到劇痛）

　痙攣で激痛を訴えている（因為痙攣而喊疼得受不了）

劇的〔形動〕戲劇性的、演劇一般的、扣人心弦的（=ドラマチック）

劇的シーン（戲劇性的場面）

劇的な生涯（波瀾起伏的一生）

其の劇的効果を増す（增加其戲劇性的效果）増す益す

三十年間離れ離れに為っていた父子が劇的な対面を為た（離散了三十年的父子戲劇性地見面了）父子父子

劇毒〔名〕劇毒、猛毒、致命的毒藥

劇評〔名〕劇評

劇評が良かった（對戲評的批評很好）良い好い善い佳い良い好い善い佳い

劇変、激変〔名、自サ〕激變、驟變、急劇變化

社会情勢が激変した（社會情況有了急劇變化）

気候の激変の為病気に為る（因為氣候的急劇變化而生病）

劇務、激務〔名〕繁重的工作、繁忙的任務（＝激職、劇職）

激務に耐える（經得起繁重的任務）

激務に追われて一日を過ごした（在繁忙的工作中度過了一天）

劇薬〔名〕劇藥、烈性藥

劇烈、激烈〔名、形動〕激烈、猛烈、尖銳

激烈な震動（猛烈的震動）

激烈な競争（激烈的競爭）

激烈な言葉（尖銳的話語）

激烈に論争する（激烈地爭論）

劇論、激論〔名、自他サ〕熱烈爭論、激烈辯論、口角

激論が生じる（發生口角）

中中の激論であった（一場非常激烈的爭論）

激論の末掴み合いに為った（激烈爭論的結果交起手來了）

其の絵が偽作か如何かと言う事で未だに激論が続いている（關於這幅畫是否偽造的問題還在繼續進行激烈的爭辯）

劇しい、激しい、烈しい〔形〕激烈的、強烈的、劇烈的、熱烈的

激しい闘争（激烈的鬥爭）

激しい労働（劇烈的勞動）

激しい感情を込めて言う（感情激動地說）

彼は激しい口調で演説を為た（他用激烈的口吻進行了演講）

彼は激しい気性の持ち主だ（他是個容易激動的人）

激しい寒さ（嚴寒）

激しい暑さ（酷暑）

二人の間の競争は激しい（兩個人競爭得很厲害）

此の道は車の行き来が激しい（這條路車輛往來頻繁）

議論が激しく為った（爭論激烈起來了）

踞（ㄐㄩˋ）

踞〔漢造〕蹲（＝踞る、蹲る）

蹲踞（〔相撲〕蹲踞-上體往下蹲、腳尖著地的一種力士賽前對峙的姿態）

盤踞、蟠踞（盤踞）

踞座〔名、自サ〕蹲、踞坐（＝踞る、蹲る）

踞る、蹲る〔自五〕蹲，踞、蹲坐、（獸等）蹲伏，立著前腿坐

物蔭に蹲る（蹲藏在有遮掩的地方）

縁の下に犬が蹲る（狗蹲伏在走廊下）縁縁縁　縁縁

腹が痛むので道端に蹲る（因肚子痛而蹲在路旁）痛む傷む悼む

窶（ㄐㄩˋ）

窶〔漢造〕貧而簡陋

窶す〔他五〕化裝，扮裝（成不引人注目的樣子）、（因熱中或焦思）致使身體消瘦，憔悴。

〔方〕打扮，修飾（＝粧す）

乞食の姿に身を窶す（化裝成乞丐的樣子）乞食乞食乞食乞丐乞丐

恋に身を窶す（為戀愛而廢寢忘食）

偉く窶して、何処へ御出掛けかね（打扮得這麼漂亮到哪裡去啊？）偉い豪い

憂き身を窶す（拼命、廢寢忘食）

流行に憂き身を窶す人（拼命趕時髦的人）流行流行

恋に憂き身を窶す（為愛情而廢寢忘食）恋鯉

窶れる〔自下一〕消瘦，憔悴、落魄，落拓，沒落

度重なる不幸ですっかり窶れる（由於連遭不幸十分憔悴）

病気で日増しに窶れる（因病日趨消瘦）

窶れて見る影も無い（消瘦得不成樣子）

窶れ果てた姿（淪落不堪的樣子）

窶れ〔名〕消瘦，憔悴（的程度）、落魄，落拓，沒落（的程度）

病後の窶れが目立つ（病後顯得分外憔悴）

窶れが見える（顯出憔悴的面容、面色憔悴）

鋸（ㄐㄩˋ）

鋸〔漢造〕鋸（＝鋸）

刀鋸（刀鋸、刀和鋸子＝刀と鋸）

鋸歯〔名〕鋸（的）齒。〔植〕（葉子上的）鋸齒

鋸歯状（鋸齒狀）

鋸歯状器官（〔動〕鋸器）

鋸歯状波（〔理〕鋸齒波）波波

鋸歯状葉（〔植〕鋸齒狀葉）葉葉

鋸歯〔名〕鋸齒（＝鋸の歯）

鋸目〔名〕鋸齒（＝鋸歯）

鋸〔名〕鋸（＝鋸）

鋸鱏〔名〕〔動〕鋸鰩

鋸屑〔名〕鋸屑、鋸末（＝鋸屑、大鋸屑）

鋸挽き台〔名〕鋸木架

鋸〔名〕鋸

機械鋸（鋸床）

手引鋸（手鋸）

横引き鋸（截鋸、横割鋸）

縦引鋸（順鋸、粗齒鋸）

溝切り鋸（開槽鋸）

雲形切り鋸（鋼絲鋸、雲形截鋸）雲形雲形

大枠鋸（木鋸）

丸鋸（圓鋸）

二人引き大鋸（雙人豎拉大鋸）

外科刈込用鋸（外科手術鋸）

鋸の歯（鋸齒）

鋸で挽く（用鋸子鋸）

鋸を入れる（用鋸子鋸）

鋸の目立てを為る（伐鋸銼鋸齒）

鋸鎌〔名〕鋸齒鐮

鋸鮫〔名〕〔動〕鋸鯊

鋸草〔名〕〔植〕歐蓍草（菊科多年草、葉呈鋸齒形）（＝羽衣草）

鋸波、鋸波〔名〕〔電〕鋸齒狀波

鋸波発振機（鋸齒狀振盪器、鋸齒形信號振盪器）

鋸婆〔名〕女經紀人、女掮客（＝牙儈女）

鋸盤〔名〕〔機〕鋸床

颶（ㄐㄩˋ）

颶〔漢造〕颶風

颶風〔名〕〔氣〕颶風（風力十級以上）

颱風、台風〔名〕（typhoon 的譯詞）〔氣〕颱風

颱風警報を出す（發出颱風警報）颱風

沖縄が颱風に荒らされた（沖繩受到颱風侵襲）

颱風は日本海上で消滅した（颱風在日本海上解消了）

颱風が愈愈九州に接近しつつ在る（颱風正在逐漸接近九州）

今年の九月始めの颱風が大きな被害を与えた（今年九月初的颱風造成了巨大的災害）

瞿（ㄐㄩˋ）

ㄐ

ㄐ

瞿〔漢造〕觀看、驚視、〔植〕瞿麥
瞿麦〔名〕〔植〕石竹的別稱（=瞿麦、石竹）、瞿麥（=瞿麦、撫子）
瞿麦湯（用瞿麥的果實熬的藥-利尿、通經劑）湯湯
瞿麦、石竹〔名〕〔植〕石竹
石竹色（淡紅色）
瞿麦、撫子〔名〕〔植〕紅瞿麥
大和撫子（日本女人）大和 倭

醵（ㄐㄩˋ）

醵〔漢造〕大家湊錢
醵金、拠金〔名〕醵金、醵資、籌款，大家湊錢
孤児救済の為に醵金する（為救濟孤兒籌款）孤児孤兒
一般からの醵金を求める（要求人家籌款）
醵金を行われる（進行籌款）
醵出、拠出〔名,他サ〕（多數人）醵資、湊錢、籌款
罹災者救済の為金品を拠出する（為了救濟災民大家捐出錢款和衣物）

抉（ㄐㄩㄝˊ）

抉〔漢造〕剔
剔抉（挖出、揭發，揭露〔缺點、壞事〕）
不正事件を剔抉する（揭發壞事）
社会の矛盾を剔抉する（揭發社會矛盾）
爬羅剔抉（徹底揭露〔別人的缺點〕）
抉出〔名,他サ〕挖出、揭發、揭露（=剔抉）
抉り出す、刳り出す〔他五〕挖出、剜出。〔轉〕揭出
内幕を抉り出した記事（揭開內幕的報導）内幕内幕
犯罪行為を抉り出す（揭發罪行）
抉剔〔名,他サ〕剜出、剔出（=剔抉）
抉る、刳る、剔る〔他五〕挖，剜、深挖，追究。〔轉〕挖苦，刺痛

刀で抉る（用刀剜）
腐った部分を抉る（挖去腐爛部分）
問題の核心を抉る（追究問題的核心）
肺腑を抉る（刺痛人的肺腑、令人心如刀割）
心を抉る様な言葉（傷人肺腑的辛酸話）
抉り鉋、刳り鉋〔名〕（木工刮溝、稜用的）槽刨、偏刨
抉り繰型〔名〕〔建〕凹形線腳
抉り取る、刳り取る〔他五〕挖掉，挖去、剜掉，剜取
患部を抉り取って傷口を治療する（剜除患部壞死的組織醫治傷口）
頬の肉抉り取られた様に落ちている（面頰瘦得塌陷了）
抉る〔他五〕（用刀等）挖（洞），掏（洞）、剜，掏，剔、攪拌
穴を抉る（挖洞）
目を抉る（剜眼睛）
抉る〔他五〕撬、剜（=抉る、刳る、剔る）
穴を抉る（剜窟窿）
錠前を抉り明ける（把鎖頭撬開）
ナイフの尖端で罐の蓋を抉って明ける（用刀尖撬開罐蓋）
抉明ける〔他下一〕撬開
雨戸を抉明ける（撬開木板套窗）
泥棒がドアを抉明けてこっそり部屋に入る（小偷敲開門悄悄進到屋裡）
ロッカーが抉明けられている（儲物櫃被撬開了）

决（決）（決）（ㄐㄩㄝˊ）

決〔名〕決定、表決
〔漢造〕（堤防）決口，潰決、決定，決心，決意，決議，表決
決を取る（表決）取る捕る執る摂る採る撮る獲る盗る録る
賛否の決を加わる（參與決定贊成與否）

可決（〔議案等〕通過）←→否決

否決（否決）

採決（表決）

裁決（裁決，裁斷，裁判、〔法〕〔海難法庭等的〕裁定，裁決）

判決（判斷，鑑定，評價、〔法〕判決）

解決（解決）

潰決（決堤、決口）

対決（對抗，抗爭，較量，交鋒、〔法〕對證，對質）

代決（代為決定、代理別人作的決定）

自決（自決，自己決定、辭職、〔引咎〕自殺）

決する〔自、他サ〕決定、裁決，判決、（河堤等）決口，潰決

意を決する（決意）

態度を決する（決定態度）

運命を決する（決定命運）

死を決して戦場に赴く（下定殊死決心奔赴戰場）

事の成否は努力の如何に依って決する（事情的成敗取決於努力與否）

衆議終に決せず問題の解決しなかった（眾議終歸不一致問題未能解決）終に遂に

判決は彼の不利に決した（判決對他作出了不利的決定）

大河の決する如く（像大河決口一樣）

激流は終に堤防を決し、畠を破壊した（激流終於衝破了河堤破壊了農田）畠 畑 畠畑

決して、決して〔副〕（下面接否定語）決（不）、絕對（不）、斷然（不）

御恩は決して忘れません（決不忘您的恩情）

御値段は決して高く御座いません（價錢決不算貴）

私でしたら決して然うしなかったでしょう（若是我的話決不會那樣做吧！）

彼の言葉は決して彼等に向けた物ではなかった（他的話決不是對他們說的）

もう決して等とは滅多に言わぬ事（不要再輕易講什麼決不）

決河〔名〕決河、決堤

敵軍は決河の勢いで攻め込む（敵軍以決堤之勢攻進來了）

決壊、決潰〔名、自他サ〕（堤壩）潰決、決口

利根川の堤防決壊（利根川的河堤決口）

方方で堤防が決壊した（到處河堤都潰決了）方方方方

決壊の箇所が大きく為った（決口的地方加大了）

決起、蹶起〔名、自サ〕蹶起、奮起

国を守る為に決起する（為保衛國家而奮起）守る守る盛る漏る洩る

人民が決起して侵略者に反対する（人民奮起反對侵略者）

決起大会（誓師大會）

決行〔名、他サ〕決定實行、斷然實行

小雨決行（小雨照常舉行）

目的を決行する（決然為達到目的而行動）

ゼネストを決行する（斷然實行總罷工）general strike

天候の回復を待って登山を決行する（等到天氣變晴一定去登山）

決済〔名、他サ〕結算、結帳、清帳

勘定を決済する（結清帳目）

決裁〔名、他サ〕裁決、審查、批准

書類を決裁する（審查文件）

大臣の決裁を仰ぐ（請部長批准）

同計画は首相の決裁を得た（該計畫得到了首相的批准）得る得る売る

決算〔名、自他サ〕決算，結算、清帳

旅行の費用を決算する（結算旅行的費用）

三月と九月に決算する（三月和九月結帳）

ㄐ

決算期（決算期）

決算報告（決算報告）

決算委員会（決算委員會）

決死〔名〕決死、拚死、拚命

　決死の勇（不惜生命的勇氣）

　決死の覚悟で進む（以奮不顧身的決心前進）

　決死隊（敢死隊）

決勝〔名〕（比賽等）決賽、決勝負

　決勝に進出する（進入決賽）

　決勝線（〔賽跑〕終點線）

　決勝点（〔賽跑、賽馬、賽船等的〕決勝點）

　決勝戦（決戰）

決心〔名、自サ〕決心、決計、決意

　決心が固い（決心堅固）固い硬い堅い難い

　決心が鈍る（決心不堅定）

　決心を翻さない（決心不變）

　決心が付かないで居る（還沒有下定決心）

　彼は辞職しようと決心を為た（他決意要辭職）

　其の手紙を読んで彼は決心が付いた（他讀過那封信後下定了決心）

　私は二度と彼に会うまいと決心している（我已打定主意不再和他見面了）

　其で彼の決心がぐらついた（因此他的決心動搖了）

決審〔名、自サ〕〔法〕結束審理、結束審訊（工作）

　明日決審と為る（明天審理結束）明日明日明日

決水〔名、自他サ〕（河堤等）決口、氾濫、決口（氾濫的）水、（破壞堤壩或打開水閘）使水氾濫、由堤壩或水閘等放出的水

決戦〔名、自サ〕決戰

　全兵力を投じて決戦する（投入全部兵力進行決戰）

　最後の決戦に備える（準備最後決戰）備える供える具える

　決戦試合を為る（決賽）為る為る刷る摺る擦る掏る磨る揺る摩る

決選〔名〕（預選後）正式選舉

　決選投票（〔被選人均未得到法定票數時、對得票最多者進行的〕決選投票、最終投票）

　決選投票に持ち込む（進行決選投票）

決着〔名、自サ〕了結，完結，解決、結局

　決着が付く（解決）付く着く突く就く衝く憑く点く尽く搗く吐く附く撞く漬く

　はっきり決着の付かない戦争（不能徹底結束的戰爭）

　限限決着の値段（最低價錢、低到家的價錢、不能再低的價錢）

　両者の争いは未だ決着が付かない（雙方的爭執還沒有解決）未だ未だ

　是が非でも決着を付け度い（無論如何想把它結束了）

決定〔名、自他サ〕決定

　態度を決定する（決定態度）

　就職先が決定した（工作地方已經決定了）

　国家の将来を決定する大事件（決定國家前途的大事件）

　最後の決定を延ばす（推遲最後的決定）延ばす伸ばす展ばす

　決定は君が為るのだ（決定要由你來作）

　御決定に為りましたか（您作出決定了嗎？）為る成る鳴る生る

　会議の日時は此の次の土曜日と決定した（會議日期決定為下星期六）

　決定打（〔棒球〕決定勝負的一局、〔議論中〕起決定作用的發言，決定性的發言）

　決定打不足で負けた（因缺少決定勝負的一擊打輸了）

　彼の言葉が決定打と為った（他的發言起了決定性作用）

数在る案の中で此が決定打と為った（在幾個方案中這是決定性的一件）在る 有る 或る

決定的（決定的、決定性的、起決定作用的）

勝利を決定的に為る（確保勝利）

何等彼に不利な決定的証拠は無い（沒有什麼對他絕對不利的證據）

決定的要素（決定性的因素）

決定的瞬間（決定性的一瞬間、關鍵時刻）

決定版（定本、〔轉〕〔同類物中〕最好的）

訳本の決定版（〔最有權威的〕譯本的定本）

此こそ現代オペラの決定版だ（這才是現代歌劇中最好的一齣）

インスタント食品の決定版（速食食品的最佳品）

決定権（決定權）

最終決定権が有る（有最後決定權）在る 有る 或る

決定権は君に在る（決定權在你手裡）

此の件では誰が決定権を持っているのか（在這件事上誰有決定權呢？）

決定論（〔哲〕決定論、定數論、宿命論）

決定 〔名、自サ〕決定、必定

〔副〕一定、必定（＝屹度、必ず）

決答 〔名〕明確的回答

彼は行くとも行かないとも決答を与えなかった（他沒有明確回答是去還是不去）行く 往く 逝く

決闘 〔名、自サ〕決鬥

決闘を申し込む（要求決鬥）

決闘の申し込みに応じる（接受決鬥要求）

決闘を挑まれる（被人要求決鬥）

決意 〔名、自他サ〕決意，決心、下決心

決意を固める（下定決心）

実行を決意する（決意去實行）

其の目の光は彼の決意を語っていた（那付眼光說明了他的決心）

決議 〔名、他サ〕決議，決定、議決

国会の決議（議會的決議）

図書館に金を出す事を決議する（決議向圖書館供給資金）

決議案を提出する（提出決議案）

決議案を可決する（通過決議案）

決議案は大多数で通過した（決議案以大多數通過了）

決議文を手渡す（親手遞交決議書）

決疑論 〔名〕〔倫理〕決疑法、詭辯術

決疑論者（詭辯家）者者

決然 〔形動タルト〕決然、毅然、堅決

決然たる態度を取る（採取堅決的態度）取る 録る 盗る 獲る 撮る 採る 摂る 執る 捕る

要求を決然と退ける（斷然拒絕要求）退ける 斥ける 退ける 除ける

彼が決然と為て帰国してから一年経った（他毅然回國以來已經一年了）経つ 経る

蹶然 〔形動タルト〕蹶然

蹶然と為て兵を上げる（蹶然起兵）上げる 挙げる 揚げる 上がる 挙がる 揚がる 騰がる

弱きを救う為に蹶然と立つ（為拯救弱者蹶然而起）立つ 経つ 建つ 絶つ 断つ 裁つ 発つ 起つ

決断 〔名、自他サ〕決斷，果斷，當機立斷、〔古〕（對善惡或正邪的）截斷

決断が迫られる（被迫作出決斷）迫る 逼る

彼は意志が強く決断の有る男だ（他是個意志堅強當機立斷的人）

決断の瀬戸際で躊躇う（在決斷關頭猶豫不決）

決断力 〔名〕果斷力、當機立斷、決心

決断力の有る人（當機立斷的人）欠ける 掛ける 書ける 賭ける 駆ける 架ける 描ける 翔ける

決断力に富む（富於果斷力）就ける漬ける撞ける附ける搗ける尽ける点ける憑ける付ける

決断力に乏しい（缺乏果斷力）乏しい欠しい

決断力の欠ける人は責任の有る地位には就けない（沒有果斷力的人不能擔任負責的職位）

決別、訣別〔名、自サ〕訣別、告別

　決別の辞（告別之詞）

　決別の際して（臨別）

　決別を告げる（告別）告げる次げる注げる継げる接げる

　友人縁者に決別する（和親友離別）

決裂〔名、自サ〕（會談或交涉等）決裂、破裂

　交渉が決裂する（交涉決裂）

　会議の決裂を避ける（避免會議的決裂）避ける避ける

　首脳会談は核実験禁止の件で決裂する恐れが有る（首腦會談在禁止核試驗的問題上有破裂的危險）

決まる, 決る, 極まる, 極る〔自五〕規定、決定、一定、必定、必然、有歸結、有一定

　考えが極まる（想法定了）

　無罪に極まる（定為無罪）

　其れは前の会議で極まった事だ（那是上次會議決定的事）

　条件は未だ極まらない（條件還沒說定）

　会は土曜日の晩に極まった（會決定在星期六晚上開）

　極まった以上早速実行に移す（決定了馬上就實行）

　良し、其れじゃ然う極まった（好了、那麼就這樣決定了）

　夏は暑いに極まっている（夏天當然熱）

　君は行くまいね。−行かないに極まってるさ（你不會去吧！−當然不去）

　薬は不味いに極まっている（藥當然不好吃）

　其の企ては初めから失敗するに極まっている（那計畫起初就注定要失敗的）

　金が有るからと言って幸福とは極まっていない（有錢不一定就幸福）

　成功するか否かは努力次第に依って極まる（成功與否要看努力如何）

　勝負が極まった（勝負定了）

　話が極まった（說定了、談妥了）

　今の所如何なるやら何も極まっていない（演成什麼樣的情況目前根本沒有一定）

決まり, 決り, 極まり, 極り〔名〕決定，規定、歸結，結束，了結，收拾，整頓，常例，慣例，老套

　時間に極まりは無い（時間沒有規定）

　チップは別に幾等と言う極まりは無い（小費並沒有規定多少）

　極まりに従って行動する（按照規定行動）

　極まりを付ける（結束、了結）

　然うすれば万事極まりが付く（那麼一來一切都解決了）

　極まりが付かない（沒有完結、有待解決）

　引越した許りで家の中が未だ極まりが付かない（因為剛搬家屋子裡還沒收拾好）

　偶には極まりを良くし為さい（偶而也要收拾一下）

　朝食前に散歩するにが彼の極まりだ（早飯前散步是他的老規矩）

　其れは彼の人の御極まりの洒落さ（那是常在他嘴邊上的詼諧話）

　極まりが悪い（拉不下臉、不好意思、害羞、害臊）

　答えられないで極まりが悪い（答不上話來很難為情）

　然う言われて極まりが悪かった（那麼一說就不好意思了）

　人前に出るのは一寸極まりが悪い（有點不好意思見人）

決まり切った，決り切った、まり切った，極り切った〔連語、連體〕一定，固定、老套，刻板，明明白白，顯而易見，理所當然
　極まり切った収入（固定的收入）
　極まり切った日常の仕事（固定的日常工作）
　極まり切った文句（口頭禪、刻板文章、老套的話）
　其れは極まり切った事だ（那是理所當然的）

決まり手，決り、手極まり手，極り手〔名〕〔相撲〕決定勝負之一著

決まり文句，決り文句、極まり文句，極り文句〔名〕老調、老套的話、口頭禪、刻板文章
　彼の何時もの極り文句（他的口頭禪）
　黴の生えた極り文句（陳腐不堪的刻板文章）
　其れは斯う言う場合の極り文句だ（那是這種場合的刻板文章）
　例の極り文句を並べ立てる（重彈老調）

御決まり〔名〕慣例，常例、老習慣、老一套、按慣例的價錢或小費等
　御決まりの御菜（照例的菜、老套的菜譜）
　御決まりの答えを為る（作照例的答覆）
　ああ言うのが彼の御決まりだ（那樣說法是他的老習慣）
　御決まりの癖が始まった（老毛病又來了）
　其は彼の御決まりの手さ（那是他的老手法）
　御決まりで結構です（照常例就可以-不額外要求）

御決まり文句〔名〕〔俗〕老調、老一套、口頭禪、老生常談
　御決まり文句を並べる（擺老一套、唱陳腔濫調、老調重彈）

決まり悪い，決り悪い、極まり悪い，極り悪い〔形〕不好意思的、害羞的、難為情的
　極り悪い思いを為る（決り悪がる）（覺得不好意思）
　極り悪然うな顔（有些害羞的神色）
　極り悪然うに笑う（難為情地笑了笑）
　極り悪然うに言い訳を為た（不好意思地進行了辯解）

決まって，決って、極まって，極って〔副〕一定、必定、經常
　台風が来ると極って洪水が出る（一來颱風一定漲大水）
　週末には極ってピクニックに行く（每到周末必去郊遊）
　旅行談は極って誇張が多い（旅行歸來的談話總是有些誇張）

決める、極める〔他下一〕決定、規定、指定、選定、約定、商定、斷定、認定、申斥。〔相撲〕夾住對方伸的來胳膊使不能轉動
　日を極める（決定日期）
　話を極める（說定、商定）
　腹を極める（打定主意、決心）
　値段を極める（規定價錢）
　極めた時間に来た（在約定時間來了）
　会長を誰に極めるか（選定誰當會長呢？）
　其れは君の極める事だ（那要由你來決定）
　朝は早く起きる事に極めている（規定早上要早早起床）
　未だ何とも極めずに置いた方が良い（還是不做出任何決定為好）
　両親が極めた結婚（父母決定的婚姻）
　的を極めて矢を放つ（有的放矢）
　頭から極めて掛かる（自作主張、想當然）
　独りで極めて掛かる（獨自斷定）
　彼が為て呉れる物と極めている（我斷定他會給我辦的）
　一本極めて遣る（申斥他一頓）

決め，決、極め〔名〕規定、約定、規定的條件
　時間極め（按鐘點）
　一週間二時間と言う極めで講義する（約定一周講課兩小時）

社内の極めを守る（遵守公司內部的規則）
月極めで新聞を取る（按月訂報）

決め込む、極め込む〔他五〕斷定，認定，自居，自封，假裝，橫下心做
勿論合格する物と極め込んでいる（自認為當然會考上）
自分で極め込む（自居，自封）
御山の大将を極め込む（以頭頭自封）
猫糞を極め込む（把撿的東西據為己有）
知らぬ顔の半兵衛を極め込む（假裝不知、若無其事）
狡休みを極め込む（耍滑偷懶）
狸寝入りを極め込む（裝睡）

決め倒し〔名〕〔相撲〕夾住對方伸來的胳膊摔倒

決め出し、極め出し〔名〕〔相撲〕夾住對方伸來的胳膊摔出場外

決め球、決球〔名〕致勝（的一）球（=ウイニング、ショット）

決め付ける、極め付ける〔他下一〕指責、申斥、駁斥
一本極め付けて遣る（申斥他一頓）
社員を頭から極め付ける（不容分說地申斥公司職員）
証拠を見せて極め付ける（拿出證據加以駁斥）

決め手、極め手〔名〕決定勝負的招數、決定的辦法，解決的手段，（證據）規定者，排定者
犯人を有罪に為る極め手が無い（設法給犯人定罪）
極め手に為ったのはビールスの発見だった（決定性的證據是發現了病毒）
番組の極め手（排定節目的人）

決まり手、決り手極まり手、極り手〔名〕〔相撲〕決定勝負的一著

決め所、極め所〔名〕應該決定的時機、關鍵時刻，要點
日米交渉はワシントン会議が極め所だった（日美談判應該在華盛頓會議時做出決定）

其処が極め所だ（那就是關鍵所在）

決、抉、刔〔名〕挖掘、挖掘的地方、挖掘的溝或田埂

崛（ㄐㄩㄝˊ）

崛〔漢造〕突起

崛起〔名、自サ〕（山峰等）突起，聳立、崛起，興起
反自然主義の崛起（反自然主義的興起）

掘（ㄐㄩㄝˊ）

掘〔漢造〕挖、挖掘
発掘（發掘、挖掘）
採掘（開採、採礦）

掘削、掘鑿〔名自〕挖掘、掘鑿
掘削機で掘削する（用挖土機挖掘）
河川を掘削する（挖掘河川）
掘削機械（挖掘機、挖土機、挖泥機）

掘進〔名〕掘進、挖掘進入

掘足綱〔名〕〔生〕掘足綱
掘足綱の貝（掘足綱的貝類）

掘足類〔名〕〔動〕掘足綱

掘ず〔他ザ上二〕連根拔起

掘る〔他五〕挖、刨、挖掘
溝を掘る（挖溝）溝溝
芋を掘る（挖白薯）
石炭を掘る（挖煤）
庭に池を掘る（在庭院裡挖池塘）
前足で穴を掘る（用前腳挖洞）
自ら墓穴を掘る（自掘墳墓）自ら 自ら（自然而然地）

彫る〔他五〕雕刻、刺青
像を彫る（雕像）彫る 掘る 放る 放る 抛る
板に名前を彫る（在板上刻名字）
背中に龍を彫る（在背上刺一條龍）龍 龍

堀、濠、壕〔名〕護城河、溝，渠

皇居の御堀（皇宮的護城河）

城に堀を巡らす（在城的四周挖城壕）

堀を掘る（挖溝）

川と川とを堀で連絡させる（用水渠把兩條河溝通起來）

彫り〔名〕雕刻

彫りが旨い（刻得好）旨い巧い上手い甘い美味い

彫りが良い（雕刻得好）

彫り師（雕刻師）

彫りの深い顔（輪廓很深的臉龐）

木彫りの人形（木刻娃娃）

掘り当てる〔他下一〕挖到、發現（礦藏等）

掘り井戸、掘井戸〔名〕掘的井

掘り起こす〔他五〕掘出、開墾土地。〔喻〕（把潛在的事物）挖掘出來

埋めた宝を掘り起こす（把埋藏的寶物掘出來）埋める生める産める膿める倦める熟める繥め

荒地を掘り起こす（開墾荒地）

農村票を掘り起こす事が勝利に繋がる（挖掘出農村的選票才會導致勝利）

埋もれた歴史を掘り起こす（挖掘埋沒掉的歷史）

掘り返す〔他五〕（把埋的東西）挖出、翻掘、（把土）翻到地面上

道路が所々掘り返して有る（道路挖出好多溝）所 所 所 所有る在る或る

自動車が道路を掘り返して泥沼の様に為た（汽車把道路壓得成了泥坑）

忘れ去り度い過去を、今更掘り返す事も有るまい（現在再把想要忘掉的過去重新翻弄出來也沒有用）

掘川〔名〕運河、水渠、人工河

掘り切り、掘切〔名〕（鑿通的）水渠

掘り崩す〔他五〕掘倒、挖毀、鏟掉

掘り下げる〔他下一〕往下挖，往深掘。〔轉〕深挖，深入思考，挖掘（思想）

穴を掘り下げる（深挖洞）穴孔

溝を更に深く掘り下げる（把溝挖得更深）溝溝

更に問題を深く掘り下げる（進一步深入思考問題）

掘り出す〔他五〕挖出，掘出、偶然發現，偶然買到（珍貴便宜的東西）

死体を掘り出す（挖出屍體）死体屍体 屍戸

古代の石器を掘り出す（挖掘出古代的石器）

古本屋で珍本を掘り出す（在舊書店買到珍本書）

掘り出し上手、掘出し上手〔名〕善於發現珍品、善於買到便宜貨

掘り出し物、掘出し物〔名〕偶然弄到的珍品、偶然買到的便宜東西

掘り出し物を見付ける（偶然發現便宜東西）

今度の助手は掘り出し物だよ（這次用的助手是偶然找到的好幫手）

此は掘り出し物で御座います（這可是不輕易買到的便宜貨-賣主的話）

掘り尽くす〔他五〕掘盡、挖盡

此の油田は中中掘り尽くされまい（這個油田不容易挖盡）終う仕舞う来る来る

何れ世界中の石炭が掘り尽くされて終う時が来る（總有一天世界上的煤炭會有挖盡的時候）

掘り抜く〔他五〕掘透、挖穿

井戸を深く掘り抜く（把井挖深到地下水面）

掘り抜き井戸、掘抜き井戸〔名〕自流井

掘り割り、掘割〔名〕溝、渠

掘割を掘る（挖渠）

掘っ立て、掘っ建て〔名〕不用柱石，直接挖洞把柱子立在地上、（不打地基而）臨時搭的小屋（=掘り立て小屋、掘り建て小屋）

掘っ立て小屋、掘っ建て小屋〔名〕（不打地基而）臨時搭的小屋

ㄏ

焼跡に掘っ立て小屋を建てる（在火災的廢墟上搭一個臨時小屋）建てる立てる

掘っ立て小屋でも良いから自分の家が欲しい（即使是小棚子也好希望自己有棟房子）

掘れる〔自下一〕（土地）窪陷、穿出洞

雨垂で軒先が掘れる（屋頂流水滴得簷下地面凹陷）

根が掘れる（因地面凹陷根露出來）

惚れる、恍れる、耄れる〔自下一〕迷戀、佩服、出神

惚れた女（迷戀的女人）

惚れた同士（情侶）

惚れた仲なら添わせ度い（如果是情侶但願成眷屬）

彼の女は男に惚れないで金に惚れている（她不喜愛男人而喜愛錢）

底根惚れ込む（熱戀狂戀）

惚れた晴れたの騒ぎ（風流韻事）

君の度胸には惚れた（我很佩服你的膽量）

彼の人柄に惚れる（欽佩他的為人）

彼女の親切に惚れたのだ（感佩她的親切）

聞き惚れる（聽得入神）

彼女の良い声に惚れる（她的美妙聲音令人神往）

鶯の鳴き声に聞き惚れる（聽黃鶯的叫聲聽得出神）

惚れた目には痘痕も笑窪（情人眼裡出西施）

惚れて通えば千里も一里（有緣千里來相會）

訣（ㄐㄩㄝˊ）

訣〔漢造〕訣別，別離，告別，訣竅，秘訣

永訣（永訣、永別、死別=永訣）

秘訣（秘訣、竅門=奥の手）

要訣（要訣、秘訣、竅門=秘訣）

口訣（口傳的祕訣）

訣辞〔名〕告別辭

訣別、決別〔名、自サ〕訣別、告別

決別の辞（告別之詞）

決別の際して（臨別）

決別を告げる（告別）告げる次げる注げる継げる接げる

友人縁者に決別する（和親友離別）

絶（ㄐㄩㄝˊ）

絶〔漢造〕中斷，斷絕、停止，取消、拒絕、隔開，隔絕、卓越、優異、非常，甚，很、絕句

中絶（杜絕、中斷）

断絶（斷絕、絕滅）

根絶（根絕、消滅、連根拔）

廃絶（絕嗣、斷絕後代）

杜絶、途絶（杜絕、斷絕、停止）

義絶（斷絕君臣〔骨肉、婚姻〕關係）

気絶（絕息、昏過去、暈倒、昏厥）

奇絶（非常珍奇）

奇絶怪絶（非常珍奇、非常奇怪）

快絶（非常愉快、痛快至極）

拒絶（拒絕）

謝絶（謝絕、拒絕）

隔絶（隔絕）

冠絶（冠絕、無雙）

超絶（超絕、超越）

五言絶（五言絕句）

七言絶（七言絕句）

絶する〔自、他サ〕斷、絕、超絕、少有（=絕える、尽きる、超える）

言語に絶する（無法形容、言語無法表達）

古今に絶する名作（空前絕後的名作）

想像に（を）絶する苦心（難以想像的苦心）

古今東西に絶する悪逆無道（古今中外沒有的窮凶惡極）

絶佳〔名〕絶佳
　風光絶佳の地（風景絶佳之地）

絶海〔名〕遠海、遠離陸地的海洋
　絶海の孤島（遠海上的孤島）

絶叫〔名、自他サ〕大聲疾呼、大聲喊叫
　政界の浄化を絶叫する（大聲疾呼政界根除貪污腐化）
　救いを求めて絶叫する（大聲喊叫求救）
　〝助けて呉れ〟と絶叫する声（大聲喊〝救命啊〟的聲音）
　絶叫的演説を為る（做大聲疾呼的演講）
　刷る摺る擦る掏る磨る擂る摩る
　〝ノーモア、広島〟と絶叫する（大聲喊叫〝廣島悲劇不許重演〟）

絶境〔名〕遠離人煙之處、人跡少到的地方

絶句〔名〕（漢詩的）絶句
〔名、自サ〕忘記詞，沒詞了，（說話中間）張口結舌、無話可說、下句接不上上句、變得啞口無言
　彼の役者は舞台で時時絶句する（那個演員在舞台上時常忘記詞）
　コメントを求められた外相は余りの事に絶句した儘、一言も言えなかった（被要求發表意見的首相由於過於突然當場張口結舌一句話也沒說出來）

絶家、絶家〔名、自サ〕絶戶、絶嗣門戶
　彼が死んだら絶家する（他若死了就絶戶了）
　其の家は絶家に為っている（那家人家已經絶戶）

絶景〔名〕絶景、絶佳景色
　天下の絶景（天下絶景）
　山中湖からの富士の眺めは絶景だ（從山中湖眺望富士山的景色絶佳）

絶交〔名、自サ〕絶交
　絶交を宣言する（宣布絶交）
　彼とは今絶交の状態に在る（目前和他處於絶交狀態）在る有る或る
　君とはもう絶交だ（我跟你算絶交了、我們從此斷絶關係）

絶好〔名〕頂好、絶佳、最好、極好
　絶好のチャンスを逃す（放過最好的機會）
　今日は絶好のハイキング日和だ（今天是最適合郊遊的天氣）
　絶好の機会を見す見す失って終った（眼看著將失掉最好的機會）終う仕舞う

絶賛、絶讃〔名、他サ〕無上的稱讚、最好的讚美
　絶讃を博する（博得最好的稱讚）
　批評家の絶賛を浴びる（受到評論家最好的稱讚）
　彼の発明には絶賛を惜しまない（對於他的發明不惜給以最大的稱讚）

絶種〔名〕絶種、已經滅絶的生物種類

絶唱〔名〕絶唱、絶妙的詩歌
　千古の絶唱（千古絶唱）

絶勝〔名〕絶勝、風景絶佳的名勝
　絶勝の地（風景絶佳之地）

絶食〔名、自サ〕絶食、斷食（＝斷食）
　絶食して直す（斷食治療）直す治す
　絶食して死ぬ（絶食而死）
　絶食後初めて食事を為る（斷食之後第一次吃飯）初めて始めて創めて
　前の日絶食したので非常に空腹だった（因為前一天就斷食了肚子很空）

絶世〔名〕絶世、絶代
　絶世の美人（絶代美人、絶代佳人）

絶息〔名、自サ〕斷氣、嚥氣（＝絶命）

絶対〔名、副〕絶對，無與倫比←→相対、堅決，斷然
　絶対の地位（絶對的地位）
　絶対の権利（絶對的權利）
　絶対の真理（絶對真理）
　絶対値（〔數〕絶對值）

絶対項（〔數〕絕對項）
絶対高度（〔理〕絕對高度）
絶対密度（〔理〕絕對密度）
絶対湿度（〔理〕絕對濕度）
絶対圧力（絕對壓力）
絶対ohm（絕對歐姆）
絶対収束（絕對收斂）
絶対単位（絕對單位）
絶対誤差（〔數〕絕對誤差）
絶対等級（〔天〕絕對等級）
絶対に禁じる（絕對禁止）
絶対に必要だ（絕對必要）
絶対に不可能だ（絕對不可能）大丈夫　大丈夫
大丈夫ですか。ーええ、絶対間違い有りません（有把握嗎？－對、絕對錯不了）
絶対に後戻りは為ない（絕不後退、絕不開倒車）
約束した事は絶対に破らない（絕不背信棄義）
絶対に行くぞ（一定去）行く往く逝く行く往く逝く
絶対に勝って見せる（我一定要取得勝利）
水泳は絶対に自信が有る（我對游泳絕對有把握）
絶対的（絕對的）
絶対的な強み（絕對的長處）
絶対的に必要だ（絕對必要）
絶対的な信頼を得る（取得絕對的信任）得る得る売る
絶対的存在（絕對的存在）
絶対的平等主義（絕對平均主義）
絶対量（絕對量）
絶対量が多い（絕對量多）多い覆い被い蔽い蓋い
絶対量が少ない（絕對量少）

食糧の絶対量を確保する（確保食糧的絕對需要量）
絶対量は変わらない（絕對量不變、整個的數量不變）変る換る代る替る
絶対者（〔哲〕絕對的事物、〔宗〕上帝，神）
絶対主義（〔哲〕絕對論、專制主義）
絶対反対（絕對反對、堅決反對）
絶対反対の立場を取る（採取堅決反對的立場）取る捕る摂る採る撮る執る獲る盗る録る
絶対名辞（〔邏〕絕對名詞、絕對項）
絶対多数（絕對多數、壓倒的多數）←→比較多数
絶対多数を占める（佔絕對多數）占める閉める締める絞める染める湿る
反対者は絶対多数だ（反對者佔絕對多數）
議案が絶対多数で議会を通った（議案以絕對多數議會通過了）
絶対音楽（〔樂〕純音樂、沒標題音樂）
絶対音感（〔樂〕絕對音感－對高音的直接識別能力）
絶対服従（絕對服從、無條件的服從）
絶対服従を要求する（要求無條件服從）
絶対零度（〔理〕絕對零度－攝氏零下273、155度）
絶対優位（絕對優勢）
絶対優位に立つ（佔絕對優勢）立つ建つ絶つ経つ発つ断つ裁つ截つ
絶体絶命〔名ナ〕一籌莫展、無可奈何、窮途末路
絶体絶命に為る（陷於窮途末路）為る成る鳴る生る
絶体絶命の窮地に陥る（陷於一籌莫展的絕境）
絶体絶命の状態に在る事を悟る（意識到自己處於窮途末路）有る在る或る悟る覚る
絶頂〔名〕絕頂，最高峰、頂峰、極點，極限

山の絶頂（山的絕頂）
景気の絶頂（景氣的頂峰）
繁栄の絶頂（繁榮的頂峰）
人気の絶頂（紅極一時）
名声の絶頂に立つ（享有最高聲譽）立つ
建つ絶つ経つ発つ断つ裁つ截つ
其の時が彼の栄華の絶頂でした（那時是他飛黃騰達登峰造極的時候）

絶顛〔名〕山的絕頂（＝頂）

絶倒〔名、自サ〕捧腹、（笑得）前仰後翻
抱腹絶倒する（捧腹大笑）

絶島〔名〕遠洋上的孤島、遠離海岸的小島（＝絶海の孤島）

絶版〔名〕絕版
今は絶版に為っている（目前已經絕版）為る成る鳴る生る
絶版に為る（不再出版）刷る摺る擦る掏る磨る擂る摩る
絶版書（絕版書）

絶筆〔名〕絕筆、最後的筆跡
其の作品が同氏の絶筆と為った（那個作品竟成了該氏的絕筆）為る成る鳴る生る

絶品〔名〕絕品、絕妙的東西
天下の絶品（天下的絕品）
此の絵は絶品だ（這幅畫真是絕品）

絶壁〔名〕絕壁、峭壁、斷崖（＝斷崖）
絶壁を攀じ登る（攀登絕壁）
彼は絶壁頭だ（他是峭壁式的腦袋、他的頭沒有後腦勺）

絶域〔名〕絕域、邊遠的地方

絶遠〔名〕遙遠、很遠

絶縁〔名、自サ〕決裂，斷絕關係，脫離關係。〔電〕絕緣
宗教と絶縁した科学（和宗教絕緣的科學）
実生活と絶縁する（脫離實際生活、和實際生活絕緣）

彼とは絶縁した（和他斷絕了關係）
古い伝統的観念と絶縁する（和舊的傳統觀念決裂）
油絶縁（油絕緣）
空気絶縁（空氣絕緣）
絶縁アルミ線（絕緣鋁線）
絶縁隔壁（絕緣隔層）
絶縁ケーブル（絕緣電纜）
絶縁ゴム、テープ（絕緣膠帶）
絶縁体（絕緣體）
絶縁塗料（絕緣塗料、絕緣漆）
絶縁耐力（絕緣強度）
絶縁継手（絕緣接頭）
絶縁抵抗（絕緣電阻）
絶縁テーブル（絕緣工作台）
絶縁紙（絕緣紙）紙紙
絶縁破壊（絕緣破壞、絕緣擊穿）
絶縁プレート（絕緣板）
絶縁ワニス（絕緣漆）
絶縁ワックス（絕緣蠟）

絶技〔名〕絕技（＝離れ技）

絶群〔名〕拔群（＝拔群）

絶後〔名〕絕後、斷氣之後
空前に為て絶後の成績（空前絕後的成績）
空前絶後の難工事（空前絕後的困難工程）
絶後に蘇る（死而復甦）蘇る甦る黄泉返る

絶大〔名ナ〕巨大、極大
絶大な声援を受ける（受到很大的聲援）
絶大な御後援を賜り度い（希望能給很大的支援）

絶代〔名〕絕代、絕世
此の方面では絶代の名工と言う可き人だ（在這方面他可以說是個冠絕當代的能工巧匠）

ㄐ

絶美〔名ナ〕絶美、絶佳

絶望〔名、自サ〕絶望、無望
- 絶望的（な）情勢（絶望的局面）
- 人を絶望させる（令人感到失望）
- 絶望の余り（絶望之餘）
- 絶望のどん底に入る（陷於絕望的深淵）入る入る
- 絶望の淵に投げ込まれる（被投進絕望的深淵）
- 全く絶望だ（完全絕望了）
- 回復はもう絶望だ（恢復已經無望）
- 必ずしも絶望ではない（未必絕望）
- 試験は如何だ？－否絶望だ（考試怎麼樣了？－不行沒有希望！）
- 私を絶望させないで呉れ（不要讓我感到失望）

絶妙〔名ナ〕絶妙
- 絶妙のプレー（絕妙的演技）
- 絶妙の筆致（絕妙的筆法）
- 絶妙の秘策（錦囊妙計）
- 絶妙な風刺（絕妙的諷刺）
- 絶妙為る描写（絕妙的描寫）

絶無〔名〕絶無、絕對沒有、根本不存在（＝皆無）
- 絶無に帰する（終成泡影、純屬子虛）帰する記する規する期する
- 其は絶無に近い（那近似根本不存在）
- そんな事は絶無と言って良い（那樣的事可以說絕對沒有）

絶命〔名、自サ〕絶命、斷氣（＝死ぬ）
- 手当の甲斐も無く彼は遂に絶命した（醫治無效他終於死了）

絶滅〔名、自他サ〕絶滅、滅絶、根絶、消滅
- 絶滅の寸前迄（瀕於滅絕）
- 絶滅に瀕した民族（瀕於滅絕的民族）
- 絶滅の一途を辿る（趨於毀滅）
- 天然痘の絶滅を期する（決心根絕天花）帰する記する規する期する
- 蚊や蠅を絶滅する（消滅蚊子蒼蠅）
- 事故を絶滅する（消滅事故）
- 害虫が絶滅した（害蟲已經絕跡）

絶倫〔名ナ〕絶倫、無比（＝抜群）
- 精力絶倫の人（精力絕倫的人）
- 精力絶倫に見える（顯得精力絕倫）

絶類〔名〕超群、絶倫、出類拔萃（＝絶倫）

絶える〔自下一〕斷絶、終了、停止、絶滅、消失
- 息が絶えた（斷了氣）
- 食糧が絶える（糧食斷絕）
- 子孫が絶える（絕子絕孫）
- 私の子供は体が弱いので、心配の絶える時が無い（我的孩子體弱老是無時無刻地擔心）
- 父が死んで、学資がふっつり絶えた（父親死了學費突然斷絕了）斷然停止親た
- 通信は全く絶えた（通信完全停了）
- 彼の国は内乱が絶えない（那個國家不斷發生內亂）
- 此の人種は既に絶えて終った（這個人種已經滅絕了）終う仕舞う
- 富士山の頂上には年中雪の絶えた事が無い（富士山頂上的雪整年不消）
- 泉の水が絶えた（泉水斷了、泉水枯竭了）泉水

耐える、堪える、勝える〔自下一〕忍耐，勝任（＝我慢する、辛抱する、堪える忍ぶ）
- 貧窮に耐える（忍耐貧窮）絶える
- 苦労に耐える（忍耐勞苦）
- 寒さに耐える（耐寒）
- 湿気に耐える（能耐濕）
- 試練に耐える（承受考驗）
- 水に耐える（耐水）
- 悪の誘惑に耐える（經得起邪惡的誘惑）

痛みに耐える（忍痛）

高温に耐えるコップ（耐高溫的杯子）

長年の使用に耐える（經得起多年使用）

鑑賞に耐える（值得鑑賞）

重い責任に堪える（無法勝任重責）

任に堪える（勝任）

任に堪えない（不勝任）

温室の中で育てられた花は風雨に耐えられない（溫室裡培養的花朵經不起風吹雨打）

生活の為に苦しみに耐える事は当然な事だと看做す（把為生活吃苦耐勞看成是當然事）

此以上こんな生活は耐えられない（這種生活再也無法忍受）

聞くに堪えない下品な話（不堪入耳的下流話）

絶えざる〔連語、、連體〕（文語絶ゆ的未然形＋ざる構成）繼續不斷、不絕（＝絶えない、絶えず）

絶えざる研究の成果（繼續不斷的研究成果）

絶えず〔副〕（文語絶ゆ的未然形＋否定助動詞ず構成）不斷、經常、連續、無休止

絶えず熱心に練習する（不斷地熱心練習）

地球は絶えず自転している（地球不斷地自轉）

絶えず一生懸命勉強する（不斷地努力用功）

親指で絶えず撫でている（不停地用拇指撫摸）

彼は絶えず煙草を吹かしている（他不斷地吸煙）吹く拭く噴く葺く

彼の家には絶えずごたごたが有る（那家庭不斷地有些糾紛）

絶え入る〔自五〕死,斷氣,停止呼吸、昏厥、不省人事

負傷兵は水を口に含むと満足然うに微笑んで絶え入った（傷兵把水喝到嘴裡就顯出滿意的微笑而停止了呼吸）

絶え入る許り泣く（哭得昏過去、哭得死去活來）泣く無く鳴く啼く

絶え絶え（形動ノ）斷斷續續、時斷時續、逐漸微弱、越來越少

話し声が絶え絶え聞こえる（斷斷續續地聽見說話聲）

文通も絶え絶えに為った（通信也越來越少了）

息が絶え絶えに為る（呼吸逐漸微弱、奄奄一息）為る成る鳴る生る

息も絶え絶えの（な）有様（氣息奄奄的樣子）

絶えて〔副〕（下接否定語）完全（不）、一點都（不）、一向（不,沒有）、總是（不,沒有）

そんな噂は絶えて聞いた事が無い（一向沒有聽過這種傳聞）聞く聴く訊く利く効く

其の後は絶えて彼に会いません（後來總是沒有見到他）会う逢う遭う遇う合う

彼の人が笑う何て言う事は絶えてない（那個人從來不笑）言う云う謂う

彼の姿は此の頃絶えて見掛けない（最近總是看不見他的影子）

絶え果てる〔自下一〕完全斷絕、斷氣,死亡

人通りも絶え果てた（路上也行人絕跡）

虫の息で病院に担ぎ込まれたが、間も無く息が絶え果てた（奄奄一息中抬到醫院沒有多久就斷氣了）

其の一家は今では絶え果てた（這一家現在死光了）一家一家

絶え間〔名〕間隔、間隙、空隙

雲の絶え間から青い空が見える（從雲彩的空隙可看到藍天）

仕事の絶え間を見計らって話し掛ける（抽工作的空檔和人交談）

今朝から客の絶え間が無い（從今天早上起客人沒斷過）今朝今朝

絶え間無く〔副〕不斷地、不停地、無休止地、沒完沒了地

絶え間無く喋る（不停地嘮叨）振る降る

昨日から絶え間無く雪が降っている（從昨天起沒完沒了地下雪）昨日昨日

絶つ、断つ、截つ〔他五〕截、切、斷（=截る、切る、伐る、斬る）

布を截つ（把布切斷）

二つに截つ（切成兩段）

大根を縦二つに断ち切る（把蘿蔔豎著切成兩半）

紙の縁を截つ（切齊紙邊）

同じ大きさに截つ（切成一樣大小）

裁つ〔他五〕裁剪

用紙を裁つ（裁剪格式紙）

着物を裁つ（裁剪衣服）

上着を寸法に合わせて裁つ（按尺寸裁剪衣服）

立つ〔自五〕站，立、冒，升、離開、出發、奮起、飛走、顯露、傳出、（水）熱、開、起（風浪等）、關、成立、維持、站得住腳、保持、保住、位於、處於、充當、開始、激動、激昂、明確、分明、有用、堪用、嘹亮、響亮、得商數、來臨、季節到來

二本足で立つ（用兩條腿站立）立つ経つ建つ絶つ発つ断つ裁つ起つ截つ

立って演説する（站著演說）

其処に黒いストッキングの女が立っている（在那兒站著一個穿長襪的女人）

居ても立っても居られない（坐立不安）

背が立つ（直立水深沒脖子）

煙が立つ（冒煙）煙 煙

埃が立つ（起灰塵）

湯気が立つ（冒熱氣）

日本を立つ（離開日本）

怒って席を立って行った（一怒之下退席了）

旅に立つ（出去旅行）

米国へ立つ（去美國）

田中さんは九時の汽車で北海道へ立った（田中搭九點的火車去北海道了）

祖国の為に立つ（為祖國而奮起）

今こそ労働者の立つ可き時だ（現在正是工人行動起來的時候）

鳥が立つ（鳥飛走）

足に棘が立った（腳上扎了刺）

喉に骨が立った（嗓子裡卡了骨頭）

矢が彼の肩に立った（他的肩上中了箭）

虹が立つ（出現彩虹）

噂が立つ（傳出風聲）

人の目に立たない様な所で会っている（在不顯眼的地方見面）

風呂が立つ（洗澡水燒熱了）

今日は風呂が立つ日です（今天是燒洗澡水的日子）

波が立つ（起浪）

外には風が立って来たらしい（外面好像起風了）

戸が立たない（門關不上）

彼処の家は一日中が立っている（那裡的房子整天關著門）

理屈が立たない（不成理由）

計画が立った（訂好了計劃）

彼の人の言う事は筋道が立っていない（那個人說的沒有道理）

三十に為て立つ（三十而立）

世に立つ（自立、獨立生活）

暮らしが立たない（維持不了生活）

身が立つ（站得住腳）

もう彼の店は立って行くまい（那家店已維持不下去了）

顔が立つ（保住面子）

面目が立つ（保住面子）

義理が立つ（盡了情分）

男が立たない（丟臉、丟面子）

人の上に立つ（居人之上）

苦境に立つ（處於苦境）

優位に立つ（占優勢）

守勢に立つ（處於守勢）

候補者に立つ（當候選人、參加競選）

証人に立つ（充當證人）

案内に立つ（做嚮導）

市が立つ日（有集市的日子）

隣の村に馬市が立った（鄉村有馬市了）

会社が立つ（設立公司）

気が立つ（心情激昂）

腹が立つ（生氣）

値が立つ（價格明確）

証拠が立つ（證據分明）

役に立つ（有用、中用）

田中さんは筆が立つ（田中擅長寫文章）

歯が立たない（咬不動、〔轉〕敵不過）

声が立つ（聲音嘹亮）

良く立つ声だ（嘹亮的聲音）

驚いて声も立たぬ（嚇得連聲音都發不出）

九を三で割れば三が立つ（以三除九得三）

春立つ日（到了春天）

角が立つ（角を立てる）（不圓滑、讓人生氣、說話有稜角）

立つ瀬が無い（沒有立場、處境困難）

立っている者は親でも使え（有急事的時候誰都可以使喚）

立つ鳥跡を濁さず（旅客臨行應將房屋打掃乾淨、〔轉〕君子絕交不出惡言）

立つより返事（〔被使喚時〕人未到聲得先到）

立てば歩めの親心（能站了又盼著會走-喻父母期待子女成人心切）

立てば芍薬、座れば牡丹、歩く姿は百合の花（立若芍藥坐若牡丹行若百合之美姿-喻美女貌）

立つ、経つ〔自五〕經過

時の立つのを忘れる（忘了時間的經過）

余りの楽しさに時の立つのを忘れた（快樂得連時間也忘記了）

日が段段立つ（日子漸漸過去）

一時間立ってから又御出で（過一個鐘頭再來吧！）又又復赤股

月日の立つのは早い物だ（隨著日子的推移）早い速い

時間が立つに連れて記憶も薄れた（隨著時間的消逝記憶也淡薄了）連れる攀れる釣れる吊れる

彼は死んでから三年立った（他死了已經有三年了）

立つ、建つ〔自五〕建、蓋

此の辺りは家が沢山立った（這一帶蓋了許多房子）

家の前に十階のビル building が立った（我家門前蓋起了十層的大樓）

公園に銅像が立った（公園裡豎起了銅像）

絶やす〔他五〕消滅、滅絕、斷、斷絕

反動勢力を絶やす（消滅反動勢力）

鼠を絶やす（消滅老鼠）

火を絶やさない様に為る（使火不滅）

煙草を生憎絶やして居ります（正好沒有香煙了）居る折る織る居る

覚（覺）（ㄐㄩㄝˊ）

覚〔漢造〕感覺、覺悟（的人）、知覺

発覚（暴露、被發現）

自覚（自知，認識、自覺、覺醒、覺悟〔佛〕醒悟）←→他覚

他覚（〔醫〕他覺〔症狀〕、別人能看出〔的症狀〕）

大覚（〔佛〕得到正覺的人、如來）

ㄐ

正覚（〔佛〕正覺）

正覚坊（〔動〕綠蠵龜=青海龜，蓑龜、〔俗〕酒徒，喝大酒的人）

先覚（先知先覺者、有學問見識的前輩）

知覚（〔五官的〕知覺、察覺，認識）←→感覚

視覚（視覺）

聴覚（聽覺）

嗅覚（嗅覺）

味覚（味覺）

触覚（觸覺）

感覚（感覺）

錯覚（錯覺）

幻覚（幻覺、錯覺）

覚悟〔名、自他サ〕決心，精神準備。〔舊〕覺悟

既に覚悟を決めている（已經下定決心、已經做好精神準備）決める極める

彼は命を掛ける覚悟である（他決心豁出命來）

君は果たして其を遣り通す丈の覚悟が有るか（你真的有做到底的決心嗎？）

船はどんどん沈んで行く。皆死ぬ事を覚悟していた（船眼見往下直沉大家都作了死的精神準備）

心静かに死を覚悟する（平心靜氣地準備死去）良い好い善い佳い良い好い善い佳い

非難されるのは覚悟の前（上）だ（早已做好受批評的精神準備）

何時首を切られても良い、覚悟は出来ている（隨便任何時間解雇我都作好了精神準備）

さあ、覚悟は良いか（喂！作好精神準備了嗎？）

彼は翻然と覚悟した（他豁然覺悟）

覚醒〔名、自他サ〕（從睡眠中）醒過來，清醒，覺醒，醒悟，覺悟

眠りから覚醒する（從睡夢中醒來）

迷いから覚醒する（從迷惘中醒悟過來）

堕落している人人の覚醒を促す（促使墮落的人們覺醒過來）人人人人

覚醒剤〔名〕〔藥〕性奮劑

覚知〔名、他サ〕感覺、知覺

覚える〔他下一〕記，記住，記得，記憶、學會，領會，掌握，懂得，感覺，感到，覺得

確り覚え為さい（要牢牢記住）憶える

其を良く覚えて置き為さい（要把那點好好記住）

ぼんやり覚えている（模糊地記得）

英語の単語を覚える（記英語單詞）

子供の時の事はもう覚えていない（童年的事已經記不得了）

はっきり覚えていない（記不清了、記憶有點模糊）

覚え切れない（記不過來、記不了那麼多）

君の名前は覚え易い（你的名字容易記）

私の覚える所では（據我的記憶）

仕事の骨を覚える（掌握工作的竅門）

水泳を覚える（學會游泳）

マルクス、レーニン主義の理論を覚える（掌握馬列主義理論）

経験に由って覚える（憑經驗學會）由る因る依る拠る寄る縁る選る縒る撚る

会話は書物で覚えられる物ではない（會話不是靠書本能學會的）

彼はそろそろ要領を覚え始めた（他漸漸懂得要領了）

彼は一遍で其の味を覚えた（他一下子就領會了那個滋味）

覚える側から忘れる（邊學邊忘）側傍

手に痛みを覚える（手上覺得痛）痛み傷み悼み

体に寒さを覚える（身體覺得冷）

身に沁みて悲しさを覚える（深切地感到悲傷）染みる沁みる凍みる浸みる滲みる

身に沁みて恥を覚える（深切地感到羞恥）

日中は暑さを覚える様に為りました（中午覺得熱起來了）

激しい感動を覚える（覺得心潮激盪）激しい 烈しい 劇しい

覚えて俺（居ろ）（〔威脅語〕你給我記著！你等著瞧！）

覚えて居ろ、酷い目に遭わせて遣るから（等著瞧！輕饒不了你〔一定給你個厲害瞧瞧！〕）

空で覚える（憑記憶）

覚え〔名〕記憶，記性，記憶力。〔轉〕體驗，經驗、自信，信心、（常用覚えが目出度い形式）信任，器重，寵信，記事

彼の人は一度会った覚えが有る（記得曾經見過他一次）会う 遭う 逢う 遇う 合う 憶え 覚え

さっぱり覚えが無い（完全不記得）

そんな事を言った覚えが無い（不記得說過那種話）

覚えが良い（記性好）良い 好い 善い 佳い 良い 好い 善い 佳い

覚えが悪い（記性壞）

身に覚えが有る（有過那樣的體驗）有る 在る 或る

身に覚えが無い（沒有那樣的經驗）

皆覚えの有る顔だ（全都是見過的人）皆 皆 みんな

其は誰でも若い時期に覚えの有る事だ（那是年輕的時候誰都經驗過的事情）

僕も其と同じ様な覚えが有る（我也有與此同樣的經驗）

腕に覚えが有る（自信有本領、對自己的技藝有自信）

長上の覚えが目出度い（受上級的器重）

長上の覚えが目出度くない（不受上級的器重）

覚えが目出度く為る（博得信任）

覚えが目出度く無く為る（失去信任）

ノートに覚えを取る（把事情記在筆記本上）取る 捕る 摂る 採る 撮る 執る 獲る 盗る

覚えを書き留める（把要記的事情記下來）

覚え書き、覚書〔名〕記錄，紀要，筆記、外交上提交對方作為非正式文件的備忘錄，照會

話を聞き乍覚書を取る（一邊聽講話一邊作記錄）取る 捕る 摂る 採る 撮る 執る 獲る 盗る

話を聞き乍覚書を付ける（一邊聽講話一邊作記錄）付ける 漬ける 着ける 突ける 衝ける

会議の覚書を作る（作會議紀要）作る 造る 創る 附ける 浸ける 憑ける 尽ける 撞ける

覚書を交換する（交換備忘錄）

覚書を提出する（提出備忘錄）

覚書を送る（遞交備忘錄）送る 贈る

覚え書き貿易、覚書貿易〔名〕（中日兩國間正式恢復邦交前的）備忘錄貿易

覚書貿易事項（備忘錄貿易事項）

覚えず〔副〕不知不覺、情不自禁、不由得、無意中（＝思わず、知らず知らず）

覚えず涙を流した（不知不覺地流下了眼淚）

覚えず溜息を吐いた（不由得嘆了一口氣）吐く 付く 尽く 衝く 着く 突く 就く 憑く 附く 搗く 潰く

覚えず彼の言葉が出たのだ（無意中說出了那句話來）

人人は其を見て覚えず微笑んだ（看到那種情形人們情不自禁地微笑了）人人 人人 人人

覚え違い〔名〕記錯，記憶錯誤、弄錯，誤會，誤解

其は僕の覚え違いでした（那是我記錯〔弄錯〕了）

覚え帳〔名〕備忘簿，雜記簿，記事本，筆記本、（商店的）買賣帳簿，流水帳

覚束無い〔形〕可疑，靠不住，沒有把握，幾乎沒希望、不穩當，不安定、令人不放心

覚束無い天気（靠不住的天氣）

彼の生命が覚束無い（他的生命怕保不住）

ㄐ

彼の言う事は覚束無い（他說的話靠不住）
彼の人の全快は覚束無い（他的病幾乎沒有痊癒的希望）
両国関係の緩和は覚束無い（兩國關係的緩和幾乎沒有希望）
覚束無い回答を為る（作沒有把握的回答）為る為る
覚束無げに答える（沒有把握似地回答）
彼の成功は覚束無いと思う（我認為他的成功希望很少）
三度の食事も覚束無い有様だ（吃了上頓沒有下頓）
君の英語ではどうも覚束無い（你的英語可不太可靠）
覚束無い足取り（不穩定的步伐）
敵の占領下で其の日其の日も覚束無い暮らしを為ていた（在敵人佔領下每天每日都過著不安定的生活）
彼の人の保証では覚束無い（他的保證令人放心不下）

覚しい、思しい〔形〕好像是、仿佛是、總覺得

外国人と思しい（一個好像是外國人的人）
彼の父と思しい人が出て来て挨拶した（一個仿佛是他父親的人出來招呼我們）
昨夜真夜中と思しい頃雷が鳴った（昨天半夜時候仿佛打雷了）
彼の人と思しい声を聞こえる（聽到好像是他的聲音）

覚る、悟る〔自五〕覺悟、領悟、省悟、開悟
〔他五〕理會、洞悉、認清、發覺、察覺、開悟、看透←→迷う

此で彼も悟るだろう（這麼一來他也會省悟吧！）
彼も段段悟るだろう（他也會漸漸地省悟吧！）
言外の意を悟る（領會到言外之意）
自分の非を悟る（認識自己的錯誤）
己の非を悟る（認識自己的錯誤）己己（自己）己己（己-天干之一）

彼は死期が来たと悟った（他察覺到死期已到）死期死期
悟られぬ様に変装する（化裝起來不讓人發現）
動きを人に悟られる（被人察覺動靜）
家族に悟られぬ様そっと家を抜け出した（為了不使家人察覺悄悄地溜出去了）家家家家家
人生をすっかり悟る（看破世事、了悟人生）
此の世の無常を悟る（看透現世無常）
現世の無常を悟る（看透現世無常）現世現世現世
此の道理を悟る（領悟這個道理）
翻然と悟る（恍然大悟）
頑迷で悟らない（執迷不悟）頑冥不靈
悟り澄ました境地に入る（進入了大徹大悟的境地）入る入る
悟った様な事を言うじゃないか（你說的未免太過明白了吧！）
過ちを悟る（明白過錯）

悟り，覚、悟り，悟〔名〕覺悟、省悟、理解力、警覺性、悟性。〔佛〕開悟，悟道

悟りを開く（悟道、大徹大悟）開く空く明く飽く厭く
悟りが良い（悟性好、腦筋快、領會得快）良い好い善い佳い良い好い善い佳い
悟りが悪い（悟性壞、腦筋遲鈍、領會得慢）
彼は悟りが早い（他領會得快）早い速い
彼は悟りが鈍い（他領會得慢）鈍い鈍い

悟り澄ます〔自五〕（〔佛〕）大徹大悟

覚ます，覚す，醒ます，醒す〔他五〕（常用目を覚ます形式）（從睡夢中）叫醒，喚醒，（從迷惑、錯誤、沉醉中）使覺醒，使清醒

雨の音に目を覚ました（因為雨聲醒過來）音音音
ラジオの音を目を覚まされた（被收音機的聲音吵醒了）

独りで目を覚ます（自己睡醒）

人に呼び覚まされる（被人喚醒）

私は夜中に時時目を覚まします（我常常夜裡醒過來）夜中夜中夜中

一晩中目を覚まして寝ていた（整個夜裡醒著躺在床上）

夢を覚ます（驚醒睡夢）

眠りを覚ます（驚醒睡眠）

あんな人間の目を覚まさせるのは、迚も難しい事だ（使那種人覺醒過來是很困難的事）

色色失敗してから、彼も迷夢を覚ました（經過種種失敗之後他也從迷夢中醒悟了）色色種種

外の風を当たって酔を覚ます（到外面透透風醒醒酒）外外外外外当る中る

冷ます、冷す〔他五〕冷卻，弄涼（＝冷やす）。〔轉〕（使熱情、興趣等）降低，減低（＝衰えさせる）

御湯を一杯冷ます（涼一碗開水）覚ます醒ます

御湯を吹いて冷ます（把開水吹涼）

熱ければ冷まして飲み為さい（要是燙的話你就涼一涼再喝）

冷ました御茶（涼好的茶）

湯冷ましを飲む（喝涼開水）

此の薬は熱を冷ます（這個藥解熱）

興を冷ます（掃興、敗興）

人の情熱を冷ます（給別人的熱情潑冷水）

君も少し熱を冷ました方が良い（你也可以把熱情稍微放涼一些）

覚める、醒める〔自下一〕（常用目が覚める形式）（從睡夢中）醒，醒過來、

（也可以使用目が覚める形式）（從迷惑 錯誤、沉醉中）覺醒，醒悟，清醒

朝六時頃に目が覚める（早晨六點鐘左右醒過來）

一晩中目が覚めていた（一夜醒著沒睡著）

夜中に大きな音で目が覚めた（半夜裡被大的聲響震醒了）

眠りから覚める（從睡中醒來）

目の覚める様な色（鮮豔醒目的顏色）

失敗して目が覚めた（失敗後醒悟過來了）

彼の人は今夢中に為っているから、中中目が覚めないだろう（他現在正在入迷恐怕不容易覺醒得過來）

彼の人は此の頃やっと迷いから覚めた（他最近好不容易從迷惑中醒悟過來了）

余り寒いので、酔が覚めて終った（因為天太冷酒醒了）終う仕舞う

麻酔が覚めると痛くて堪らなかった（麻酔一過痛得受不了）堪る溜る貯まる

冷める〔自下一〕（熱的東西）涼，變冷（＝冷える）。（熱情、興趣等）降低，減退（＝失せる、薄らぐ）

御飯が冷めた（飯涼了）覚める醒める褪める

御茶が冷めた（茶涼了）

冷めない内に御上がり（趁熱吃吧！）

冷めないように火に掛けて置く（放在火上使它不涼）

興が冷める（掃興、敗興）

熱が冷めた（燒退了、退燒了、熱情降低了）

彼の撮影熱も冷めたらしい（他的攝影興趣也似乎減退了）

二人の間の愛情が冷めない内に、早く結婚した方が良い（最好趁著兩個人之間的愛情還沒有減退趕快結婚）

革命の情熱が、何時迄も冷めないように為て置か無ければ為らない（必須保持革命熱情永不減退）

褪める〔自下一〕退色、掉色、落色（＝褪せる）

色が褪める（退色）褪める醒める覚める冷める

褪めない色（不褪的顏色）

其の色は褪め易い（那種顏色容易退色）

服が日に焼けて色が褪めて終った（衣服被太陽曬退了色）

鵙（ㄐㄩㄝˊ）

鵙〔漢造〕（通鶪）（鳥名）伯勞（喜歡模仿其他鳥類鳴叫聲）

鵙舌〔名〕（原意為伯勞的啼鳴）外國人的不易聽懂的語言

　南蛮鵙舌（南蠻鵙舌）

鵙、鶪、百舌、百舌鳥〔名〕〔動〕伯勞

　鵙は速贄を作る（伯勞把捕獲的蟲或青蛙等串掛在樹枝上貯藏食物）作る造る創る

　鵙の速贄（伯勞把捕獲的蟲或青蛙等串掛在樹枝上作成的食物）

蕨（ㄐㄩㄝˊ）

蕨〔漢造〕羊齒類植物，春發嫩葉，尖端捲曲，可食

蕨〔名〕〔植〕蕨（菜）

爵（ㄐㄩㄝˊ）

爵〔名〕（古代飲酒器）爵、（中國古代或日本近代的）爵位

〔漢造〕爵位、德高

　公爵（公爵）
　侯爵（侯爵）
　伯爵（伯爵）
　子爵（子爵）
　男爵（男爵）
　人爵（人爵）←→天爵
　天爵（天爵）
　栄爵（光榮的爵位、貴族爵位，顯爵）
　顕爵（顯爵）
　授爵（授爵）
　襲爵（繼承爵位）

爵位〔名〕爵位

　爵位の昇叙（爵位的提升）

　爵位を持つ富豪（有爵位的富翁）
　爵位を授与される（被授予爵位）

爵号〔名〕（公、侯、伯、子、男的）爵位稱號

　公爵の爵号を授与せられる（被授予公爵的稱號）

爵禄〔名〕爵位和俸祿

　爵禄を授かる（被授予高官厚祿）

鶪（ㄐㄩㄝˊ）

鶪〔漢造〕（通鵙）（鳥名）伯勞（喜歡模仿其他鳥類鳴叫聲）

鶪、鵙、百舌、百舌鳥〔名〕〔動〕伯勞

　鵙は速贄を作る（伯勞把捕獲的蟲或青蛙等串掛在樹枝上貯藏食物）作る造る創る

　鵙の速贄（伯勞把捕獲的蟲或青蛙等串掛在樹枝上作成的食物）

蹶（ㄐㄩㄝˊ）

蹶〔漢造〕失足跌倒、驚起的樣子

蹶起、決起〔名、自サ〕蹶起、奮起

　国を守る為に決起する（為保衛國家而奮起）守る守る盛る漏る洩る

　人民が決起して侵略者に反対する（人民奮起反對侵略者）

　決起大会（誓師大會）

蹶然〔形動タルト〕蹶然

　蹶然と為て兵を上げる（蹶然起兵）上げる挙げる揚げる上がる挙がる揚がる騰がる

　弱きを救う為に蹶然と立つ（為拯救弱者蹶然而起）立つ経つ建つ絶つ断つ裁つ発つ起つ

決然〔形動タルト〕決然、毅然、堅決

　決然たる態度を取る（採取堅決的態度）取る録る盗る獲る撮る採る摂る執る捕る

　要求を決然と退ける（斷然拒絕要求）退ける斥ける退ける除ける

彼が決然と為て帰国してから一年経った（他毅然回國以來已經一年了）経つ経る

矍（ㄐㄩㄝˊ）

矍〔漢造〕左右驚顧的樣子、老年人精神輕健的樣子

矍鑠〔形動タルト〕矍鑠、老而健壯

矍鑠たる老人（健壯的老人）浪人

矍鑠と為た老人（健壯的老人）

彼は八十歳で尚矍鑠と為ている（他已八十歲還很健康）尚猶直

攫（ㄐㄩㄝˊ）

攫〔漢造〕劫奪

攫う〔他五〕攫，奪取，搶走，拐走、（把當場所有的全部）拿走，取得，贏得

金を攫う（搶錢）

鷹が鶏を攫う（鷹把雞抓走）

悪い人が子供を攫って逃げた（壞人把小孩拐走了）

彼は水泳中波に攫われた（他在游泳的時候被浪捲走了）

指導権が攫われた（領導權被篡奪了）

賞品を全部攫って帰って来た（贏的全部的獎品回來了）現れる表れる顕れる

彼は現れると、其の場の人気を皆攫って終う（他一出現贏得了全場的好評）終う仕舞う

釜の底を攫った（把鍋底都端來）

浚う、渫う〔他五〕疏浚（=浚える）

井戸を浚う（浚井、掏井）攫う

溝を浚う（掏溝）溝溝溝

河を浚う（浚河、掏河）河川皮革側

数千の大小河道を浚った（疏浚了幾千條大小河道）

掴む、攫む〔他五〕抓住、揪住（=握り持つ）

手を掴んで放さない（抓住手不放）

髪を掴んで引き倒す（揪住頭髮拖倒在地）

大金を掴む（抓大錢）

掴んだら放さない人間だ（是個抓住就不放手的人）

確り掴んで放すな（緊緊抓住別鬆手）

チャンスを掴む（抓住機會）

問題の核心（実質）を掴む（抓住問題的核心：實質）

文の大義を掴む（抓住文章的大義）

大衆生活の状況をはっきり掴む（明確了解民眾的生活狀況）

更に敵情を掴む様に爲る（進一步掌握敵情）

漸く其の特質を掴める様に為った（逐漸抓到了它的特性）

溺れる者は藁をも掴める（抓住救命稻草、狗急跳牆、飢不擇食）

雲を掴める（不著邊際、不得要領、沒準章程）

娟（ㄐㄩㄢ）

娟〔漢造〕（同妍）美好

娟容、妍容〔名〕美好姿容（=艶やかな姿形）

涓（ㄐㄩㄢ）

涓〔漢造〕小水滴（=滴、雫）、細微的東西（=少し、僅か）

涓滴〔名〕涓滴，小水滴。〔轉〕極小或極少量的東西

涓滴岩を穿つ（滴水穿石）

巻、卷（ㄐㄩㄢˇ）

巻〔名〕卷，書，書本，書冊、（書畫的）手卷

〔漢造〕（也讀作卷）捲曲、捲起（的東西）、（特指）書冊、（書的）卷數

巻を追って読む（逐卷閱讀）追う負う読む詠む

ㄐ

巻を措く（釋卷）措く 置く 擱く

手に巻を捨てず（手不釋卷）捨てる 棄てる

古筆の巻（古書法家的書卷）

開巻（開卷、書的開頭，第一頁）

万巻（萬卷、很多卷書）

圧巻（書中精華部分，壓軸、整體中最精彩的部分）

一巻、一巻（一卷）

上巻（上卷）

附巻（附卷）

巻軸〔名〕手巻（=巻き物）、手卷的最後部分、手卷中最優秀的詩歌、壓軸（=圧巻）

巻首〔名〕卷首（=巻頭）←→巻尾、巻末

巻子本〔名〕（裱裝好的橫幅帶軸的）手卷上式的書籍

巻数〔名〕（書的）卷數，冊數、（電影膠片的）盤數

巻帙〔名〕卷帙、書籍

巻頭〔名〕卷頭，卷首←→巻末、一卷中最優秀的詩歌

　巻頭の辞（前言、序）

　巻頭の詞（前言、序）詞 言葉

　巻頭言（前言、序）

　巻頭を飾る論文（刊在卷首的論文）

　此の論文は巻頭に置こう（把這篇論文放在卷首吧！）措く 置く 擱く

巻尾〔名〕卷尾、卷末←→巻頭、巻首

巻き尾、巻尾〔名〕捲尾巴

　巻尾を持った猿（捲尾猴）

巻末〔名〕卷末←→巻頭

　巻末付録（卷末附錄）

　巻末に索引が付いている（卷末附有索引）

巻〔漢造〕（也讀作卷）卷

　席巻、席捲（席捲，征服、横掃）

　巻曲（卷曲）

巻雲、絹雲〔名〕〔氣〕捲雲

巻き雲，巻雲、捲き雲，捲雲〔名〕〔氣〕捲雲（=巻雲、絹雲）

巻鬚〔名〕〔植〕捲鬚

巻き鬚、巻鬚〔名〕〔植〕捲鬚、蔓（=巻鬚）

巻縮〔名〕捲曲、收縮

　巻縮状の（〔動、植〕皺波狀的、具皺緣的）

巻舒〔名〕卷舒、進退

巻積雲、絹積雲〔名〕〔氣〕捲積雲

巻層雲、絹層雲〔名〕〔氣〕捲層雲

巻繊〔名〕〔烹〕鬆肉（用炒好的豆腐、牛蒡、木耳、蘿蔔絲等加佐料製成或再用豆腐皮捲好後用油炸的食品）、內放鬆肉的湯（=巻繊汁）

　巻繊汁（內放鬆肉的湯）

巻柏〔名〕〔植〕卷柏

巻く、捲く〔自五〕形成漩渦、喘不過氣

〔他五〕捲，捲上、纏，纏繞、擰，上（弦、發條）、捲起、圍，包圍、（登山）迂迴繞過險處、（連歌、俳諧）連吟（一人吟前句、另一人和吟後句）

　急な流れで水が巻く（因水流很急水打漩渦）

　疲れて息が巻く（累得喘不過氣來）

　紙を巻く（捲紙）

　蛇が蜷局を巻く（蛇盤成盤狀）蜷局 塒

　毛糸を巻いて球に為る（把毛線纏繞成團）刷る 摺る 擦る 掏る 磨る 擂る 摩る

　糸を糸巻きに巻く（把線纏在捲線軸上）

　ゲートルを巻く（打綁腿） 法 guetre

　足に包帯を巻く（幫腳纏上繃帶）

　時計の螺旋を巻く（上錶弦）螺旋 捩子 捻子 螺旋

　尻尾を巻く（捲起尾巴、〔喻〕失敗，認輸）

　錨を巻く（起錨）錨 碇 怒り

　簾を巻く（捲起簾子）

　証文を巻く（銷帳、把借據作廢）

　城を巻く（圍城）城 白代

遠巻きに巻く（從遠處包圍）
百韻を巻く（連吟百韻）
管を巻く（醉後說話嘮叨、沒完沒了地說醉話）
舌を巻く（驚嘆不已、非常驚訝）

撒く〔他五〕撒，灑、擺脫、甩掉
飛行機からビラを撒く（從飛機上撒傳單）
巻く捲く蒔く播く
殺虫剤を撒く（撒殺蟲劑）
畑に肥料を撒く（往地裡撒肥料）
金を撒く（揮霍金錢）
往来に水を撒く（往大街上灑水）
旨く尾行の私服を撒いた（巧妙地甩掉了跟蹤的便衣）
誰か後を付けている様だったが、ぐるぐる回って撒いて遣った（好像是有人在釘梢兜了幾個圈子把他擺脫了）

播く、蒔く〔他五〕播，種、漆泥金畫（=蒔絵を為る）
種を播く（播種）撒く巻く捲く
小麦を播く（播小麥）
蒔かぬ種は生えぬ（不種則不收、不勞則不獲）

巻き、巻〔名〕卷，捆卷，纏卷、整卷的東西、（書的）卷，冊，本，篇、（書畫的）軸
〔接尾〕纏卷、（鐘錶）上發條
巻きが強い（捆卷得很緊）巻薪牧槙
時計の巻きが戻る（鐘錶的發條已經鬆了）
一巻の糸（一整卷線）
一巻の書類（一大卷公文）
一の巻き（卷一、第一卷）
巻きの三（卷三、第三卷）
源氏物語、若紫の巻き（源氏物語若紫篇）
鉢巻き（〔布巾的〕纏頭）
左巻き（向左纏卷、性情乖僻〔的人〕）
自動巻きの腕時計（自動上發條的手錶）

八日巻きの置き時計（能走八天的座鐘、每八天上發條的座鐘）

巻き上がる〔自五〕（煙等）繚繞上升
煙が濛濛と巻き上がる（煙一股一股地衝天而升）煙煙

巻き上げる，巻上げる、巻き揚げる，巻揚げる〔他下一〕捲上，捲起，捲緊，搶奪，攫取，搜刮，勒索
帆を巻き上げる（捲起船帆）
錨を巻き上げる（捲起船錨）
簾を巻き上げる（捲起簾子）
埃を巻き上げる（揚起飛塵）
ロープを巻き上げる（捲起繩索）
騙して巻き上げる（巧取豪奪、敲詐勒索）
有り金残らず巻き上げる（把錢全部搶光）

巻き上げ，巻上げ、巻き揚げ，巻揚げ〔名〕捲起
巻き上げ機（〔機〕捲揚機、吊車、絞車）
巻き上げ蝉、巻上蝉（〔機〕吊輪滑車、滑輪）
巻き上げ旋盤（絞盤車床）
巻き上げ能力（〔吊車的〕提升能力）

巻き足〔名〕（獸醫）滾蹄

巻き網，巻網、旋網〔名〕捲網、圍網
巻網漁船（捲網漁船）
巻網で魚を捕る（用圍網捕魚）捕る取る摂る採る撮る執る獲る盗る録る

巻き糸、巻糸〔名〕〔紡〕管紗
巻き糸軸架（粗紗架、筒子架、經軸架）
巻き糸工（絡紗工）

巻き起こす、巻起す〔他五〕掀起、引起、惹起
面倒な事件を巻き起こす（引起麻煩的事情）
騒ぎを巻き起こす（引起騷動、掀起風潮）
戦争を巻き起こす（掀起戰爭）
革命の嵐を巻き起こす（掀起革命風暴）

巻き起こる、巻起る〔自五〕掀起、捲起、惹起

ま

北風が巻き起こる（刮起北風）北風北風

騒ぎが巻き起こった（掀起騒動、鬧起風潮）

わっと割れる様な笑い声と拍手が巻き起こった（哇地響起一陣笑聲和掌聲）

巻き落とす、巻落す〔他五〕〔相撲〕抱住對方身體向左或向右摔

巻き貝、巻貝〔名〕〔動〕螺（螺旋殻腹足綱介累類的總稱）←→二枚貝

海産巻き貝（海螺）

巻き返す、巻返す〔自五〕（拍岸的浪）回捲、捲退

〔他五〕反捲，逆捲，倒捲，捲回，重繞，複繞，反攻，反撲，回擊，回潮，翻案，捲土重來

巻き返しに出る（進行反擊、東山再起）

巻き返し、巻返し〔名〕反捲，逆捲，倒捲，捲回，重繞，複繞，反攻，反撲，回擊，回潮，翻案，捲土重來

巻き返し機（〔機〕重繞機、複繞機）

巻き返し作戦（反擊戰）

狂気染みた巻き返し（瘋狂的反撲）

巻き返しに出る（進行反擊、東山再起）

巻き紙、巻紙〔名〕（供毛筆書寫用）整卷的信紙、（捲東西用的）捲紙

筆で巻き紙に手紙を認める（用毛筆在整卷信箋上寫信）認める認める

鉛筆で巻き紙に素描を為る（用鉛筆在巻紙上素描）素描素描

煙草の巻き紙（捲煙紙）

巻き狩り、巻狩〔名〕圍獵

アルプスでの巻き狩り（阿爾卑斯山圍獵）

巻き毛、巻毛〔名〕卷毛、卷髮

巻き毛頭の人（頭髮捲曲的人）

彼女の髪は顳顬の所が短い巻き毛に為っている（她鬢角上的頭髮短短地捲曲著）顳顬蟀谷

巻き込む，巻込む，捲き込む，捲込む〔他五〕捲進，捲入，牽連，連累，絞進，掛連

書類を厚い紙の間に巻き込む（把公文捲在厚紙裡）

ボートが渦に巻き込まれる（小船被捲進漩渦）

機械に巻き込まれる（被捲進機器裡）

彼は此の事件に巻き込まれた（他被捲進了這個事件）

戦争に巻き込まれないように為ている（保持不捲進戰爭的漩渦）

巻き込み戸、巻込み戸〔名〕〔建〕鼓形門

巻き舌、巻舌〔名〕捲舌

ロジア語のPを発音するには巻き舌で言わなくては為らない（俄文P的發音要捲舌）

巻き尺、巻尺〔名〕捲尺、軟尺、皮尺

巻き尺で量る（用捲尺量）量る計る測る図る謀る諮る

巻き尺は布製と鋼製の二種類有る（捲尺有布製的和鋼製的兩種）

巻き寿司,巻寿司、巻き鮨、巻鮨〔名〕壽司卷（用紫菜加雞蛋餅等捲的飯卷）

巻き線、巻線〔名〕〔電〕線卷、線圈、線阻（=コイル）

界磁巻き線（磁場繞阻）

巻き線型回転子（捲繞型轉子）

巻き線機（捲繞機、捲線機）

巻き添え、巻添〔名〕牽連、連累、牽掛、株連

巻き添えを食う（受牽連、受連累、殃及池魚）食う喰う食らう喰らう

此の事件は彼をも巻き添えに為た（這件事把他也牽連進去）

巻き添えを食わないように為る（避免受株連）

罪の無い者を巻き添えに為ては為らない（不可牽涉到無辜的人）為る成る鳴る生る

人を巻き添えに為る（連累別人）

巻きタバコ、巻タバコ〔名〕香煙，香煙卷（=シガレット）、雪茄煙（=葉巻）

巻きタバコを吸う（吸香煙、抽香菸卷）

巻き付く、巻付く〔自五〕纏繞，繞上、捲住，套住
　蛇が柱にぐるぐる巻き付く（蛇纏在柱子上）
　蔓を棚に巻き付かせる（蔓纏到棚架上）蔓

巻き付き植物〔名〕〔植〕纏繞植物

巻き付ける〔他下一〕纏上、纏繞、捲住、套住
　紐で巻き付ける（用細繩纏住）
　頭に布を巻き付ける（頭上纏著一塊布）
　縄を木に巻き付ける（用繩子繞在樹上）

巻き綱、巻綱〔名〕捲索、捲繩、絞纜

巻き胴〔名〕〔機〕捲筒、纜索輪、起重鼓輪
　巻き胴ホイスト（捲筒絞車、捲筒提升機、捲筒起重機）

巻き取る、巻取る〔他五〕捲、繞、纏繞
　綿糸を糸巻きに巻き取る（把棉紗纏在捲軸上）

巻き取り機、巻取機〔名〕〔機〕捲繞機

巻き取り紙、巻取紙〔名〕（印報紙等的）大卷捲筒紙

巻き取り装置、巻取装置〔名〕（影片的）裝置

巻き取りリール、巻取リール〔名〕（電影膠片、磁帶、水龍帶等的）捲盤、巻軸

巻き肉、巻肉〔名〕〔烹〕（豬肉等的）肉卷

巻き発条、巻発条〔名〕捲簧

巻き結び、巻結び〔名〕〔海〕丁香結

巻き物、巻物〔名〕捲軸，（裱成捲軸的）書畫、整卷的布匹、（壽司飯館用語）紫菜卷壽司（=巻き寿司）
　巻き物を巻く（捲上卷軸）
　巻き物を広げる（打開卷軸）
　絹の巻き物を買った（買了一卷綢布）

巻き枠〔名〕〔紡〕（空心而兩端有突緣的）有邊筒子（照相膠帶 錄音膠帶 打字機色帶等的）卷軸，卷筒、（釣桿上的）繞線輪

巻き藁、巻藁〔名〕稻草捆、（用稻草捆的）箭靶

捲（ㄐㄩㄢˇ）

捲〔漢造〕收攏、搜刮、曲折
　席捲、席巻（席捲，征服、橫掃）

捲線〔名〕線圈、線阻（=コイル）

捲土重来、捲土重来〔名、自サ〕捲土重來
　捲土重来を期して退く（指望捲土重來而退出）期する記する規する帰する

捲く、巻く〔自五〕形成漩渦、喘不過氣
〔他五〕捲，捲上、纏，纏繞、擰，上（弦、發條）、捲起，圍，包圍、（登山）迂迴繞過險處
〔連歌、俳諧〕連吟（一人吟前句、另一人和吟後句）
　急な流れで水が巻く（因水流很急水打漩渦）
　疲れて息が巻く（累得喘不過氣來）
　紙を巻く（捲紙）
　蛇が蜷局を巻く（蛇盤成盤狀）蜷局 塒
　毛糸を巻いて球に為る（把毛線纏繞成團）刷る摺る擦る掏る磨る擂る摩る
　糸を糸巻きに巻く（把線纏在捲線軸上）
　ゲートルを巻く（打綁腿）
　足に包帯を巻く（幫腳纏上繃帶）
　時計の螺旋を巻く（上錶弦）螺旋振子捻子螺旋
　尻尾を巻く（捲起尾巴、〔喻〕失敗，認輸）
　錨を巻く（起錨）錨 碇 怒り
　簾を巻く（捲起簾子）
　証文を巻く（銷帳、把借據作廢）
　城を巻く（圍城）城白代
　遠巻きに巻く（從遠處包圍）
　百韻を巻く（連吟百韻）
　管を巻く（醉後說話嘮叨、沒完沒了地說醉話）
　舌を巻く（驚嘆不已、非常驚訝）

撒く〔他五〕撒，灑、擺脫，甩掉

飛行機からビラを撒く（從飛機上撒傳單）
巻く 捲く 蒔く 播く

殺虫剤を撒く（撒殺蟲劑）

畑に肥料を撒く（往地裡撒肥料）

金を撒く（揮霍金錢）

往来に水を撒く（往大街上灑水）

旨く尾行の私服を撒いた（巧妙地甩掉了跟蹤的便衣）

誰か後を付けている様だったが、ぐるぐる回って撒いて遣った（好像是有人在釘梢兜了幾個圈子把他擺脫了）

播く、蒔く〔他五〕播，種、漆泥金畫（＝蒔絵を為る）

種を播く（播種）撒く 巻く 捲く

小麦を播く（播小麥）

蒔かぬ種は生えぬ（不種則不收、不勞則不獲）

捲き雲，捲雲、巻き雲，巻雲〔名〕〔氣〕捲雲（＝巻雲、絹雲）

捲き込む，捲込む、巻き込む，巻込む〔他五〕捲進，捲入、牽連、連累、絞進、掛連

書類を厚い紙の間に巻き込む（把公文捲在厚紙裡）

ボートが渦に巻き込まれる（小船被捲進漩渦）

機械に巻き込まれる（被捲進機器裡）

彼は此の事件に巻き込まれた（他被捲進了這個事件）

戦争に巻き込まれないように為ている（保持不捲進戰爭的漩渦）

捲る〔他五〕捲，挽，捲起、挾起、揭下、剝掉、追散，趕開

〔接尾、五型〕（接動詞連用形下）表示拼命地，激烈地做某動作

袖を捲る（捲袖子）

ズボンを膝の所迄捲る（把褲脚捲到膝蓋上去）

腕を捲って忙し然うに働く（捲起袖子忙忙碌碌地做事）

裾を捲って川を渡る（挾起下擺渡河）

屋根を捲る（揭下屋頂）

早く起きないと布団を捲りますよ（你不快起床就揭你的被子！）

夜更かしを為て、レポートを書き捲る（熬夜猛寫報告）

犬を追い掛けられて、夢中で逃げ捲った（被狗追得拼命跑）

風が吹き捲る（大風猛刮）

捲り上げる〔他下一〕捲起，捲上去、趕到高處

ズボンを捲り上げて川を渡る（捲起褲脚過河）

風は木の葉を空高く捲り上げる（風捲樹葉飛上天空）

袖を肘の上迄捲り上げる（把袖子捲過胳膊肘部）

敵三千余騎を遥かの峰へ捲り上げた（將敵軍三千餘騎趕到遙遠的山頂）

捲し上げる〔他下一〕捲起

袖を捲し上げる（捲起袖子）

捲し立てる〔他下一〕比手畫腳地說、喋喋不休地說、滔滔不絕地說

彼はフランス語で捲し立てた（他使用法語嘟囔了一陣）

滔滔と捲し立てる（滔滔不絕地說）收まる 治まる 納まる 修まる

矢鱈に捲し立てても事は収まらない（儘管喋喋不休地胡說一陣也解決不了問題）

捲れる〔自下一〕捲起、翻捲

風で裾が捲れる（下擺因風捲起來）

捲れ〔名〕〔機〕毛口、毛頭

捲る〔他五〕（捲る之訛）翻（書或紙等）、揭下，撕下

ページを捲る（翻書頁）

トランプを捲る（翻紙牌）

薄皮を捲る（揭下薄膜）

床板を捲る（揭開地板）床板 床板

屋根を捲る（揭掉屋頂）

カレンダーを一枚捲る（撕下一張日曆）

捲り〔名〕翻（書或紙等）、一種日本紙牌（=捲り歌留多、捲り札、花札）

捲れる〔自下一〕捲縮（=縮れる）
ページが捲れる（書頁打捲）

眷（ㄐㄩㄢˋ）

眷〔漢造〕顧念、家眷

眷遇〔名〕殷勤招待

眷顧〔名〕眷顧、照顧、關照
眷顧に報いる（報答眷顧）
眷顧を蒙る（承蒙照顧）蒙る 被る 被る
相変わらずの御眷顧を乞う（今後仍請多加照顧）乞う 請う 斯う
一通りならない御眷顧に与る（多蒙格外照顧）与る 預る

眷族、眷属〔名〕眷屬，家眷，家族、部下，僕從
戦いに敗れ眷属を引き連れて逃げる（作戰失敗攜部潛逃）

眷恋〔名、自他サ〕眷戀、懷念

絹（ㄐㄩㄢˋ）

絹〔漢造〕絹、綢
人絹（人造絲=人造絹糸、レーヨン）
本絹（純絲、真絲）←→人絹

絹雲、巻雲〔名〕〔氣〕捲雲

巻き雲，巻雲，捲き雲，捲雲〔名〕〔氣〕捲雲（=巻雲、絹雲）

絹膠〔名〕〔生〕絲膠胭

絹糸〔名〕絲線（=絹糸）
人造絹糸（人造絲）
絹糸紡績（紡絲）
絹糸腺（〔動〕〔昆蟲的〕絲腺）

絹糸〔名〕絲線
絹糸紡績（〔利用碎絲紡成絲線的〕絲紡）

絹積雲、巻積雲〔名〕〔氣〕捲積雲

絹層雲、巻層雲〔名〕〔氣〕捲層雲

絹素〔名〕〔化〕絲織胭、絲心胭

絹紬、繭紬〔名〕繭綢

絹緞〔名〕絲緞

絹布〔名〕綢緞、絲織品
絹布の布団（絲綢被褥）

絹紡〔名〕絲紡、用碎絲製成短纖維紡織（=絹糸紡績）
絹紡縮緬（絲紡的皺綢）

絹本〔名〕（書畫的）絹本、絹本畫書畫、書畫用的絹

絹〔名〕絲綢，絲織品、（疊）絲
絹の着物（絲綢衣服）
絹の様に滑らかなレインコート地（像絲綢那樣光滑的雨衣料子）
絹製品（絲製品）
絹の裂く様な声（尖銳刺耳的聲音、尖叫聲）裂く 割く 咲く
赤い絹の踊り（紅綢舞）
絹の里（絲綢之鄉）
此には絹が混っている（這裡混紡著絲）混む 込む
絹化繊交織（化學纖維和絲交織）

衣〔名〕衣服、裝束、外皮（如動物皮、鳥羽皮、芋頭皮）
歯に衣着せぬ（直言不諱）衣絹布 布
歯に衣着せぬ発言（坦率發言）
蛇の衣（蛇皮）蝦海老

衣〔名〕衣服，外衣，法衣，道袍、（油炸食品、藥丸等）麵衣，糖衣
山山は緑の衣を着けた（群山披上了綠色的外衣）
紫の衣を纏った僧侶（穿著紫色法衣的僧侶）
蝦に衣を付けて油で揚げる（把蝦裹上麵衣用油炸）油 脂 膏 上げる 揚げる 挙げる

絹綾〔名〕斜紋薄絲綢

絹雲母〔名〕〔礦〕絹雲母

絹絵〔名〕絹畫、繪在絹上的畫

絹織物〔名〕絲織品、絲綢
  絹織物工場（絲織廠）工場工場
  絹織物捺染総合工場（絲綢印染聯合工廠）

絹傘、衣笠〔名〕（往昔貴族出行時打的）黃羅傘、（佛像上面的）華蓋

絹毛糸〔名〕絲毛線（一種高級毛線）

絹毛鼠〔名〕〔動〕倉鼠

絹小町（糸）〔名〕〔縫紉〕（利用碎絲紡的）絲線

絹漉し、絹漉〔名〕絹羅、用絹濾的豆腐
  絹漉し豆腐（用絹濾的細豆腐）

絹猿〔名〕〔動〕（中南美產的）狨

絹地〔名〕絲綢衣料、畫絹
  絹地に書かれた絵（絹畫）

絹繻子〔名〕（真絲）綢緞

絹セル〔名〕絲嘩嘰

絹縮み、絹縮〔名〕皺綢、皺紗

絹天〔名〕絲絨、天鵝絨
  絹天の上着（絲絨外衣）

絹練り〔名〕煮絲、煉絲（將生絲煮沸、除去膠質、製成柔軟的熟絲）

絹の道〔名〕〔史〕絲綢之路（=シルク、ロード）

絹針〔名〕（縫絲綢用的）細針

絹張り〔名〕繃絲綢←→紙張り、木綿張り、繃絲綢的器具
  絹張りの傘（綢傘）
  絹張りの屏風（綢心屏風）

絹篩〔名〕絹底羅

絹纏貝〔名〕〔動〕穿石蜊

絹物〔名〕絲綢、絲綢衣服
  絹物商（綢緞商）
  絹物を着ている（穿著絲綢衣服）着る斬る切る伐る

絹綿〔名〕絲棉（=真綿）

倦（ㄐㄩㄢˋ）

倦〔漢造〕疲勞、厭倦（=疲れる）
  疲倦、罷倦（疲倦）

倦厭〔名、自サ〕厭倦、厭煩、厭膩

倦惰〔名〕疲倦怠惰

倦怠〔名、自サ〕倦怠、厭倦、厭膩
  倦怠を感ずる（覺得厭倦）感ずる観ずる
  夫婦の倦怠期（夫婦的感情厭倦期）

倦む〔自五〕（一般接動詞連用形下、作接尾詞用）膩、厭倦
  人の来るのを待ち倦んでいる（等人來等膩了）来る来る

倦む〔自五〕厭煩，厭煩，厭膩、疲倦
  倦まず撓まず（不屈不撓）
  人を誨えて倦まず（誨人不倦）教える訓える
  長い汽車の旅に倦む（對長途火車旅行感到厭倦）
  魯迅は机に向って、一日中倦む事無く筆を揮って戦い続けた（魯迅終日伏在桌子上不倦地揮筆戰鬥）一日一日一日一日

産む、生む〔他五〕（寫作産む）生，產、（寫作生む）產生，產出
  子を産む（生孩子）
  卵を産む（產卵、下蛋）
  傑作を生む（產生傑作）
  預金が利子を生む（存款生息）
  良い結果を生んだ（產生好的結果）
  噂が噂を生む（越傳越離奇）
  実践は真の知識を生み闘争は才能を伸ばす（實踐出真相鬥爭長才幹）
  案ずるより産むが易い（事情並不都像想像的那麼難）
  生んだ子より抱いた子（生的孩子不如抱來的孩子好。
  -喻只生而不養不如自幼抱來扶養的孩子更可愛）

膿む〔自五〕化膿（=化膿する）
  腫物が膿んだ（腫包化膿了）膿む生む産む
  倦む熟む績む

腫物を膿ませる（使腫包化膿）
傷口が膿む（傷口化膿）

熟む〔自五〕（水果）熟、成熟
　柿が熟む（柿子成熟）
　真赤に熟んだ桜ん坊（熟得通紅的櫻桃）
　桜ん坊桜桃

績む〔他五〕紡（麻）
　苧を績む（紡麻）

倦み疲れる〔自下一〕疲倦、倦怠

倦ず〔自サ〕精疲力竭、鬱悶，不暢快（=塞ぎ込む）

倦んず〔自サ〕精疲力竭、鬱悶，不暢快（=塞ぎ込む）

狷（ㄐㄩㄢˋ）

狷〔漢造〕清廉自守、性情躁急善怒（=片意地）

狷介〔名ナ〕狷介、孤高
　極めて狷介の人（非常狷介的人）極めて窮めて究めて
　極めて狷介な人（非常狷介的人）
　極めて狷介なる人（非常狷介的人）為る成る生る鳴る
　狷介孤高（狷介孤高）

狷狭〔形動〕狷介、孤高（=狷介）

君（ㄐㄩㄣ）

君〔接尾〕君（接於同輩或晚輩的姓名下、略表敬意）。

〔漢造〕君主、舊時指地位高，人格高尚的人
　林君（林君、小林、老林）
　諸君（諸位）
　主君（主君、主人）
　名君（名君、著名的君主）
　明君（明君、英明的君主）
　神君（偉大的君主、〔江戸時代〕對德川家康的尊稱）
　人君（人君、君主）
　仁君（仁君、仁德的君主）

幼君（幼君、幼主）
先君（先帝，先主、先君，先父，先考）
父君、父君（父親、令尊）
夫君（夫君-對別人丈夫的尊稱）

君位〔名〕君位、王位、帝位

君恩〔名〕君恩、皇恩、主君的恩惠

君公〔名〕（對君主或領主的尊稱）主上、主公

君侯〔名〕主君、中國對丞相的敬稱

君国〔名〕王國，君主國，君主統治的國家、君主和國家

君子〔名〕君主
　聖人君子（聖人君子）
　君子人（君子人、德高望重的人）
　君子の徳は風（君子之德風也-論語）
　君子の交わりは淡き事水の如し（君子之交淡如水-莊子）
　君子は危うきに近寄らず（君子不接近危險）
　君子は器為らず（君子不器-論語）
　君子は人の美を成す（君子成人之美-論語）成す為す生す茄子
　君子は独りを慎む（君子慎獨-大學）慎む謹む
　君子は豹変す（君子豹變-易經）
　君子は交わり絶ゆとも悪声を出さず（君子絕交不出惡聲-史記）

君子蘭〔名〕〔植〕君子蘭（=クリビア）

君主〔名〕君主、國王、皇帝
　立憲君主政体（立憲君主政體）
　君主専制政体（君主專制政體）
　君主国（王國、君主國、採用君主政體的國家）国国
　君主制（君主政體、君主政治）

君臣〔名〕君臣、君王和臣子
　君臣一体と為って国難に当たる（君主團結共赴國難）為る成る鳴る生る当る中る
　君臣水魚（君臣團結得如魚水一般）

ㄐ

君側〔名〕君側
　君側に侍する（侍奉於君側）侍する 辞す る 持する 次する 治する
　君側の奸を除く（除去君側的奸佞）
　君側を清む（清君側-李商隱：有感詩）清 む 澄む 棲む 住む 済む

君寵〔名〕君主的寵愛
　君寵を蒙る（蒙受君主的寵愛）蒙る 被る

君付け、君付〔名〕（稱呼同輩或晚輩時、在其 姓或名字下）加上君字
　同級生には君付けに為る（對同班同學的 稱呼加上君字）掏る 摩る 刷る 擂る 磨る 擦 る 摺る
　君付けで呼ぶ（加上君字稱呼）

君徳〔名〕君主應具備的道德

君王〔名〕君王、君主、天子、國王、帝王

君父〔名〕君主和父親
　君父の讐は俱に天を戴かず（君父之仇不 共戴天-禮記）

君民〔名〕君主和人民

君命〔名〕君主的命令
　君命は黙し難し（君命難違）
　君命を辱めず（不辱君命）

君臨〔名、自サ〕君臨，統治，支配，掌握主權。 〔轉〕稱霸，有巨大勢力
　国王は君臨すれども統治せず（國王雖然 在位但不統治）
　斯界に君臨する（在該界稱霸）

君〔名〕國君，帝王，國王，主人，主公，對長 者略表敬意的尊稱（直接接體言作接尾詞用 法時連濁成君）
　〔代〕（對同輩以下的親密對稱、男性用語）你 ←→僕
　貴方の父君（令尊、您的父親）
　姉君（姐姐）
　師の君（老師）
　背の君（丈夫）
　あ、君でしたか（啊！原來是你呀！）
　此は君に上げる（這個給你）上げる 揚げる 挙げる
　君達は何処へ行ったか（你們到哪裡去了） 行く 往く 逝く 行く 往く 逝く
　おい君（喂！你）

君が代〔名〕您的一生、我皇治世、君之代（日 本國歌名-選自〔和漢朗詠集〕上的一首歌頌天 皇治世的歌）
　君が代を歌う（唱日本國歌）歌う 唄う 詠う 謠う 謳う
　君が代を奏する（奏日本國歌）奏する 草す る 相する 走する

君影草〔名〕〔植〕君影草、草玉鈴（＝鈴蘭）

均（ㄐㄩㄣ）

均〔漢造〕均勻
　平均（平均、平均值、均衡平衡）

均圧〔名〕均壓
　均圧機（〔機〕均壓機）
　均圧線（〔電〕均壓線）

均一〔形動〕（金額、質量、數量等）均等、相 等、全部一樣
　値段は均圧である（價錢全都一樣、都是 一個價錢）
　市電の運賃は一百円均一だ（市電的車費 一律一百日元）
　此の台の上の品は一百円均一（這個櫃 台的貨品價錢一律一百日元）
　均一料金（全都一樣的費用）
　均一周遊券（〔鐵〕〔不拘遠近〕車費相 同的環遊票）
　均一反応（〔理〕平均反應）

均衡〔名、自サ〕均衡、平衡、平均（＝釣合、balance）
　均衡を保つ（保持均衡）
　均衡が取れない（不能保持平衡）取る 捕る 獲る 採る 盗る 撮る 摂る 執る
　均衡の取れた増産（均衡的增產）

力の均衡を失う（失去力量的平衡）
予算の均衡を図る（謀求預算的平衡）図る 謀る諮る計る測る量る
失った均衡を取り戻す（恢復失掉的均衡）
収入と支出が均衡するように為る（謀求收支平衡）擦る磨る摺る刷る摩る掏る摺る
均衡軍縮（均衡裁軍）
均衡分析（〔經〕均衡分析）
均衡理論（〔經〕均衡理論）

均差〔名〕〔天〕均差、時差

均時差〔名〕〔天〕時差

均質〔名〕（同一物體或某一物體各部分的質量、密度、成分都一樣）均質、等質性、均質性、均匀性
均質体（〔理、化〕均質體、等質體）
均質系（〔理、化〕均質系、等質系）
均質牛乳（均匀牛奶）
均質的物質（等質的物質）

均斉、均整〔名〕均齊、匀稱、匀整
均整の取れた体格（匀稱的體格）
均整が取れていない（不匀稱）

均勢〔名〕均勢、勢均力敵
均勢を保つ（保持均勢）

均霑〔名、自サ〕均霑、均享
利益を均霑する（利益均霑）利益利子
最恵国条項に均霑する（同享最惠國條款的利益）

均等〔名、形動〕均等、均匀、平均
費用を均等に負担する（平均分擔費用）
納税の負担を均等に為る（使納税的負擔平均）為る為る擦る磨る摺る刷る摩る掏る摺る
均等の待遇を受ける（受同等待遇）
寄付を均等に割り当る（均攤捐獻）
機会均等主義（機會均等主義）

均等画法（〔美〕等距畫法）
均等性鋼（均質鋼）
均等主義（平均主義）
均等割り（均攤）

均等歪〔名〕〔理〕匀應變、匀改變

均熱〔名〕均熱、熱力均衡
均熱炉（均熱爐）

均分〔名、他サ〕均分
遺産を二人で均分する（二人均分遺產）
需要と供給の均分（需求均衡）須要 需要
均分円（〔數〕均分圓、平分球形物體面的圓）

均す〔他五〕弄平，平整、平均
土地を均す（平整土地）
ローラーでテニスコートを均す（用壓路機壓平網球場）
均して月に五万円の収入と為る（平均起來每月有五萬日元收入）為る成る鳴る生る

慣らす、馴らす〔他五〕馴養，調馴、使習慣，使慣於
ライオンを馴らす（馴獅）
長年飼い馴らした鳥（多年養熟的鳥）
猛獣を馴らす（調馴猛獸）
犬を馴らして色色の芸を為せる（訓練狗使表演種種技藝）
仕事を慣らす（使習慣於工作）
体を気候に慣らす（使身體適應氣候）
体を寒さに慣らす（使身體習慣於寒冷）
イギリスの映画は耳を英語に慣らすのに良い（英國電影對訓練英語有好處）
上から命令に服従する様に慣らされた国民（習慣於聽上級命令的人民）

均し〔名〕平均（＝平均）

〔副〕平均（＝均して）

彼は均し十五万円の月収が有る（他平均每月有十五萬日元的收入）有る在る或る

客は均し一日十人です（客人每天平均有十位）一日一日一日一日

均しい、等しい、斉しい〔形〕（性質、數量、狀態、條件等）相等的、相同的、一樣的、等於的←→異なる

殆ど無いに等しい（幾乎等於沒有）

法律等無いに等しい（簡直跟沒有法律一樣）

其は詐欺にも等しい行為だ（那簡直是欺騙的行為）

長さを等しくする（使長度相等）

二辺の等しい三角形（兩邊相等的三角形）

正三角形は三辺の長さが等しい（正三角形三邊相等）

二の五倍は、五の二倍に等しい（二的五倍等於五的二倍）

泥棒に等しい行い（等於竊盜的行為）

鬼にも等しい心（鬼一般的心腸、殘忍的心腸）

均しく、等しく、斉しく〔副〕（來自形容詞等しい、均しい、斉しいの連用形）一致，一樣地，平均地

〔古〕（用…と等しく的形式）立即，立刻（＝同時に）

全員に等しく分配する（平均分配給全體人員）

費用を等しく分担する（費用均攤）

万人等しく仰ぐ（萬人全都敬仰）

全員等しく反対した（全體一致反對）

皸、皹（ㄐㄩㄣ）

皸、皹〔漢造〕手腳受冷而裂開

皸、皹〔名〕（因寒冷或工作等手腳上長的）凍瘡、龜裂

母の手は皸が切れている（母親的手凍裂了）切れる伐れる斬れる着れる

皸の切れた足（龜裂了的腳）

皸、皹〔名〕（皮膚的）龜裂、裂傷

皸だらけの手（全是龜裂的傷）

寒さで皸が切れた（因為寒冷皮膚發生裂傷）

軍（ㄐㄩㄣ）

軍〔漢造〕軍隊、類似軍隊的團體組織、戰爭

三軍（陸海空三軍、全軍、大軍、〔史〕三軍－中國周朝兵制、大國出兵上，中，下三軍各一萬二千五百人、共三萬七千五百人）

大軍（大軍、重兵）

義勇軍（義勇軍）

救世軍（救世軍－耶穌教新教的一派）

娘子軍、娘子軍（女兵，娘子軍，〔舊〕〔二次大戰時在外地〕接受日軍的娼妓、〔俗〕婦女團體）

巨人軍（巨人軍）

従軍（從軍、隨軍）

軍す〔自サ〕紮營、駐兵（＝陣取る）

灞上に軍す（軍於灞上）上 上上上

軍医〔名〕〔軍〕軍醫

軍衣〔名〕軍衣、軍服、軍裝

軍営〔名〕軍營、兵營

軍役、軍役〔名〕兵役、戰役、戰爭，（戰時的）隨軍伕役

軍靴〔名〕軍鞋、軍人穿的長筒皮鞋

軍歌〔名〕〔軍〕軍歌

軍拡〔名、自サ〕擴軍、擴充軍備（＝軍備拡張）←→軍縮

軍縮〔名〕裁軍（＝軍備縮小）←→軍拡

軍縮会議（裁軍會議）

軍備〔名〕軍備，軍事設備、備戰，戰爭準備

激しい軍備競争（激烈的軍備競賽）激しい烈しい劇しい

軍備を強化する（加強軍備）

軍備を縮小する（裁減軍備）

軍備を拡張する（擴充軍備）

軍備を整える（作好戰爭準備）整える 調える

軍備拡張（擴軍、擴充軍備）（=軍拡）←→軍備縮小

軍備縮小（裁軍、裁減軍備）（=軍縮）←→軍備拡張

軍学〔名〕軍學、軍事（科）學

軍学者（兵法家、軍事學家）者者

軍楽〔名〕軍樂

軍楽を奏する（奏軍樂）奏する相する草する走する

軍楽隊（軍樂隊）

軍官〔名〕軍官，武官、軍隊和政府

軍官憲〔名〕軍事當局

軍艦〔名〕軍艦

軍艦を派遣する（派遣軍艦）

軍艦旗（艦旗）旗旗

軍艦羅紗（海軍呢）

軍管区〔名〕軍管區、由軍隊管理地區、施行軍政的區域、施行軍管的地區

軍気〔名〕士氣

軍気大いに振う（士氣大振）振う奮う揮う篩う震う

軍紀、軍規〔名〕軍紀、軍隊紀律

軍紀を乱す（破壞軍紀）

軍紀が乱れる（軍紀紊亂〔鬆弛〕）

軍記〔名〕戰記、戰爭故事、軍事故事

軍記物語〔名〕（平安時代末期出現的）以戰爭為主要內容的歷史小說、戰爭小說

平家物語は軍記物語である（平家物語是描寫戰爭的小說）

軍旗〔名〕軍旗、（舊時天皇賜給日本陸軍步兵、騎兵聯隊的）聯隊旗，團旗

軍機〔名〕軍機、軍事機密

軍機漏洩（洩漏軍事機密）

軍機を漏らす（洩漏軍事機密）漏らす洩らす守らす盛らす

軍器〔名〕兵器武器、

軍器を作っている工場（製造武器的工廠、兵工廠）作る造る創る工場工場

軍議〔名〕軍事會議、軍事上討論會

軍区〔名〕軍區（根據戰略需要劃分的軍事區域）

軍鶏、軍鷄，闘鶏〔名〕〔動〕鬥雞（=シャムロ鶏）

軍犬〔名〕軍用犬

軍袴〔名〕軍褲、軍服的褲子

軍鼓〔名〕〔古〕戰鼓

軍功〔名〕戰功（=戰功）

軍港〔名〕軍港

軍港司令部（軍港司令部）

軍国〔名〕軍國主義國家，窮兵黷武的國家、處於戰爭狀態的國家、軍隊和國家

軍国的精神（軍國主義精神）

軍国色を一掃する（肅清軍國主義色彩）色色色

軍国の花嫁（戰爭時代下的新娘）

軍国主義〔名〕軍國主義（=ミリタリズム）

軍国主義思想を排斥する（排斥軍國主義思想）

軍国主義の復活を警戒しなててはならない（要警惕軍國主義的復活）

軍士〔名〕士兵，軍人（=兵隊）、軍師，參謀（=軍師）

軍使〔名〕軍使、軍隊的使者

休戰交涉の為軍使を派遣する（為了交涉停戰而派遣軍使）

軍師〔名〕〔古〕軍師。〔轉〕參謀，智囊，策畫者（=策士）

軍資〔名〕軍需物資、軍費（=軍資金）

軍資金〔名〕軍費，軍事費。〔轉〕經費，資金

選挙の軍資金が足りない（選舉用的經費不夠）

軍事〔名〕軍事、軍務

軍事衛星（軍事用衛星）

軍事基地（軍事基地）

軍事教練（〔對學生進行的〕軍訓、軍事訓練）

ㄐ

軍事同盟（軍事同盟）

軍事顧問（軍事顧問）

軍事占領（軍事佔領、武力佔領）

軍事探偵（軍事間諜、軍事密探）

軍事封鎖（軍事封鎖、武力封鎖）

軍事裁判（軍事審判、軍法裁判）

軍事裁判所（軍事法庭）

軍事郵便（軍郵、軍隊系統的郵政）

軍事力（軍力、兵力、武裝力量）

軍式〔名〕軍隊式、軍隊儀式

軍式葬儀（軍隊儀式的葬禮）

軍需〔名〕軍需、軍用物資←→民需

軍需景気（軍需景氣-以軍需工業為中心的經濟繁榮、因生產軍需而引起的景氣）

軍需産業（軍需工業、生產軍需品的工業）

軍需品（軍需品、軍需物資）品品

軍需工場（兵工廠、軍需工廠）工場工場

軍書〔名〕軍書，兵書、〔舊〕戰爭小說，戰爭故事、軍事文件

軍職〔名〕軍職

軍職に在る（擔任軍職）在る有る或る

軍職に就く（擔任軍職）就く付く附く搗く着く突く衝く憑く尽く撞く点く吐く潰く

軍職を離れる（離開軍職、從軍隊轉業）離れる放れる

軍司令官〔名〕軍司令官、軍隊的司令官

軍司令部〔名〕軍司令部、軍隊的司令部

軍神〔名〕（也作軍神）軍神，戰神，保佑戰爭勝利之神、（在作戰中犧牲的勇敢善戰的）戰鬥英雄

軍人〔名〕軍人、武人

軍人に為る（成為軍人）為る成る鳴る生る

軍人を志望する（志願當軍人）

軍人上がり（軍人出身）

軍陣〔名〕陣營，兵營、戰場，陣地

軍帥〔名〕一軍的統帥

軍制〔名〕軍事制度、有關軍隊編制等的規則

軍政〔名〕（佔領軍的）軍政，軍事統治、軍事行政

占領地に軍政を敷く（在佔領地施行軍政）敷く如く若く

軍政下に在る（處於軍政之下）在る有る或る

軍勢〔名〕軍勢，軍威、兵力，軍隊（的數量）

軍勢を募る（募兵、招兵）

敵の軍勢は十万と号する（敵人的兵力號稱十萬）

軍籍〔名〕軍籍，軍人的身分、軍籍登記簿

身を軍籍に置く（加入軍籍、參軍）置く措く擱く

軍扇〔名〕（古時將軍指揮軍隊作戰用的）軍扇

軍船〔名〕〔舊〕戰船、軍艦

軍曹〔名〕〔軍〕中士（舊時陸軍士官軍銜之一、位於伍長之上、曹長之下）

軍装〔名〕軍裝，軍人穿的服裝、武裝，作戰服裝

軍葬〔名〕軍葬、以軍隊名義或儀式舉行的葬禮

軍属〔名〕（軍隊或軍事機關中）軍人以外的工作人員、文職人員

軍卒〔名〕兵卒、士兵、戰士

軍隊〔名〕軍隊、部隊

軍隊に入る（當兵）入る入る

軍隊に行って来た人（參過軍的人）行く往く逝く行く往く逝く

軍隊式〔名〕軍隊式、軍隊的方式

全て軍隊式に為る（一切按軍隊方式做）全て総て凡て統べて摩る刷る擂る擦る磨る掏る摺る

軍隊式にてきばき遣る（照軍隊的方式俐俐落落地做）

軍団〔名〕軍團（在軍事編制中由兩個步兵師以上的兵力組成的軍事單位、介於軍和師團之間）

〔史〕駐屯在各地的軍隊

軍談〔名〕（江戶時代）以戰爭為主體的通俗小說、講戰爭故事的評書
　軍談師（說戰爭故事評書的藝人）
軍中〔名〕軍隊中，軍營中、戰爭時期，當兵打仗的時期
軍手〔名〕軍用手套、（用粗白線織的）工作用手套
軍刀〔名〕軍刀、軍人用的戰刀
軍道〔名〕軍用道路、軍用公路
軍馬〔名〕軍馬、戰馬
軍配〔名〕（對軍隊行動的）指揮，部署，調動。〔轉〕指示，命令、古時大將指揮軍隊用的指揮扇，〔相撲〕裁判用的指揮扇（＝軍配団扇）
軍配団扇〔名〕古時大將指揮軍隊用的指揮扇、〔相撲〕裁判用的指揮扇
軍閥〔名〕（控制政治或有一定政治勢力的）上層軍人集團、（舊中國的）軍閥
軍費〔名〕軍費、軍事開支
軍兵〔名〕〔古〕軍隊、士兵、戰士（＝兵隊）
軍票〔名〕（在戰地或佔領地使用的）軍票、軍用鈔票、軍用紙幣
軍部〔名〕（對政府、人民而言的）軍部、軍事當局
軍夫〔名〕隨軍伕役、空中雜役工
軍服〔名〕軍服、軍人的制服
軍帽〔名〕軍帽、軍人的制帽
軍法〔名〕兵法，戰術、軍法，軍隊的刑法
　軍法会議（軍法會議、軍事法庭）
軍民〔名〕軍民、軍隊和人民
軍務〔名〕軍務
　軍務に服する（服軍務）服する 復する 伏する
　軍務に適しない（不適於軍務）
軍門〔名〕軍門、營門
　軍門に降る（投降）降る 下る
軍用〔名〕軍用
　軍用機（軍用飛機）
　軍用地（軍用地）

軍用犬（軍犬）
軍用鳩（軍鴿、軍用信鴿）
軍用金〔名〕軍費、〔俗〕（為達到某種目的的）運動費，活動費
軍容〔名〕軍容、軍隊的紀律
　軍容を示す（展示軍容）示す 湿す
軍吏〔名〕掌管軍隊行政的官吏。〔舊〕陸軍的會計事務官
軍律〔名〕軍法、軍紀，軍隊紀律
　該当軍律に従って処罰する（按適用的軍法懲處）従う 随う 遵う
　軍律を守る（遵守軍紀）守る 護る 守る 盛る 漏る 洩る
　軍律が厳しい（軍紀嚴屬）
軍略〔名〕戰略、策略、軍事計謀、軍事謀略
　敵の軍略に掛かる（上敵人的當）掛る 懸る 係る 繋る 罹る 架る
　軍略で勝つ（用策略取勝）勝つ 且つ
軍旅〔名〕（出征的）軍隊。〔轉〕戰爭
軍令〔名〕軍令、軍事命令
軍令部〔名〕軍令部（舊時日本海軍的中央統帥機關）
軍礼〔名〕軍禮
軍、戦〔名〕〔古〕軍隊。〔舊〕戰鬥，戰爭（＝戦い、闘い）
　戦を為る（作戰、打戰）摩る 刷る 擂る 擦る 磨る 掏る 摺る
　戦に行く（從軍）行く 往く 逝く 行く 往く 逝く
　戦に勝つ（戰勝）
　戦に負ける（戰敗）
　戦が（に）強い（善戰）
　戦を起す（發動戰爭）
　戦の庭（戰場）
　戦ごっこ（打戰遊戲）
　戦を見て矢を矧ぐ（臨陣磨槍）
軍物語〔名〕戰爭故事、戰記，戰爭的紀錄

ㄐ

峻（ㄐㄩㄣˋ）

峻〔漢造〕險峻、嚴厲

険峻、嶮峻（險峻、峻峭）

厳峻（嚴峻、嚴厲）

急峻（陡峭〔的地方〕）

峻拒〔名、他サ〕嚴厲拒絕

相手の要求を峻拒する（嚴厲拒絕對方的要求）

峻険、峻嶮〔名ナ〕險峻、嚴峻

極めて峻険の山（非常險峻的山）極めて 窮めて 究めて

言葉遣いは横風では有る毫も峻険な所が無い（措詞雖然傲慢但毫無嚴峻之處）

峻厳〔名、形動〕嚴峻、嚴厲

祖父の峻厳な教育を受けた（受到祖父的嚴格教育）

映画の検閲は峻厳を極めた（電影的審查極為嚴格）極める 窮める 究める

峻刻、峻酷〔形動〕嚴厲刻薄

峻峭〔形動ナリ、タリ〕峻峭、峻酷

峻坂〔名〕陡坡

駑馬に鞭打ちて峻坂を登るが如し（如策駑馬而登陡坡）登る 上る 昇る

峻別〔名、他サ〕嚴加區別

公私を峻別する（把公私嚴格分開）

峻峰〔名〕險峯、峻嶺

峻嶺〔名〕峻嶺

峻烈〔名、形動〕嚴峻、嚴厲

峻烈に批評する（嚴加批評）

峻烈な質問を為る（提出尖銳的質問）刷る 摺る 擦る 掏る 磨る 揺る 摩る

峻路〔名〕險路、險坡

浚（ㄐㄩㄣˋ）

浚〔漢造〕（同濬）掏、開深河道

浚渫〔名、他サ〕疏浚（河底或海底的泥砂）

川底を浚渫する（疏浚河底）河底

浚渫船（挖泥船）

浚渫機（挖泥機、疏浚機）

浚う、渫う〔他五〕疏浚（=浚える）

井戸を浚う（浚井、掏井）攫う

溝を浚う（掏溝）溝 溝 溝

河を浚う（浚河、掏河）河川皮革側

数千の大小河道を浚った（疏浚了幾千條大小河道）

攫う〔他五〕攫，奪取，搶走，拐走、（把當場所有的全部）拿走，取得，贏得

金を攫う（搶錢）

鷹が鶏を攫う（鷹把雞抓走）

悪い人が子供を攫って逃げた（壞人把小孩拐走了）

彼は水泳中波に攫われた（他在游泳的時候被浪捲走了）

指導権が攫われた（領導權被篡奪了）

賞品を全部攫って帰って来た（贏的全部的獎品回來了）現れる 表れる 顕れる

彼は現れると、其の場の人気を皆攫って終う（他一出現贏得了全場的好評）終う 仕舞う

釜の底を攫った（把鍋底都端來）

浚い〔名〕疏浚

溝浚い（掏下水溝）溝 溝 溝

浚える〔他下一〕疏浚（=浚う）

河を浚える（疏浚河道）

水底の土砂を浚える（疏浚水底的砂土）水底 水底

浚え〔名〕疏浚（=浚い）

溝浚え（掏下水溝）溝 溝 溝

郡（ㄐㄩㄣˋ）

郡〔名、漢造〕郡（舊時行政區劃、現只成為地理上的區劃）

州郡（州郡）

郡下〔名〕全部

ぐんけん 郡県〔名〕郡縣

　ぐんけんせいど 郡県制度（〔史〕郡縣制）

ぐんだい 郡代〔名〕〔史〕守護代（鐮倉、室町時代擔當各地的警備治安的官員的別名）、（江戶時代）掌管幕府直轄領地行政的官員

ぐんちょう 郡長〔名〕（郡制時期的）郡長

ぐんぶ 郡部〔名〕屬於郡管轄的地區←→市部。〔轉〕部下

ぐんやくしょ 郡役所〔名〕〔舊〕郡役所

こおり 郡〔名〕郡（古行政區劃之一、在国或県之下、相當於後來的郡）

竣（ㄐㄩㄣˋ）

しゅん 竣〔漢造〕完畢

しゅんこう、しゅんこう 竣工、竣功〔名、自サ〕竣工

　しゅんこう　ちか 竣工に近い（接近竣工）

　こうしゃ　けんちく　しゅんこう 校舎の建築が竣工した（校舍的建築竣工了）

　しゅんこうしき 竣工式（落成典禮）

しゅんせい 竣成〔名、自サ〕竣工、告竣

　おおがたtanker　しゅんせい 大型タンカーが竣成した（大型油輪完工了）

菌（ㄐㄩㄣˋ）

きん 菌〔名、漢造〕細菌，黴菌，病菌（＝黴菌）、蘑菇（＝菌、茸、蕈）

　こ　きん　きゅうそく　はんしょく 此の菌は急速に繁殖する（這種細菌繁殖很快）

　きんほゆうしゃ 菌保有者（帶菌者）

　さいきん 細菌（細菌＝バクテリア）

　ばいきん 黴菌（細菌、微生物）

　ふはいきん 腐敗菌（腐敗菌）

　さっきん 殺菌（殺菌、滅菌、消毒）

　ざっきん 雑菌（雜菌、各種各樣的細菌）

　めっきん 滅菌（殺菌、消滅細菌）

　ほきんしゃ 保菌者（帶菌者）

　ぶどうじょうきゅうきん 葡萄状球菌（葡萄狀球菌）

　かんきん 桿菌（桿菌）

けっかくきん 結核菌（結核菌）

きんかく 菌核〔名〕〔植〕菌核

きんがく 菌学〔名〕（微）真菌學

　きんがくしゃ　しゃもの 菌学者（真菌學者）者者

きんけつしょう 菌血症〔名〕〔醫〕菌血症

きんこん 菌根〔名〕菌根

　きんこんしょくぶつ 菌根植物（菌根植物）

きんさいぼうかい 菌細胞塊〔名〕〔生〕含菌體

きんさん 菌傘〔名〕〔植〕菌蓋

きんし 菌糸〔名〕〔植〕菌絲

　きんしへい　へいえ　つかがら 菌糸柄（菌絲柄）柄柄柄柄

　きんしそく　そくたば 菌糸束（根狀菌索）束束

　きんしそしき 菌糸組織（密絲組織）

　きんしたい 菌糸体（菌絲體）

きんしゅ 菌種〔名〕菌的種類、菌絲的種類

きんしゅう 菌褶〔名〕〔植〕菌褶、菌蓋背面的褶

きんじょうしゅ 菌状腫〔名〕〔醫〕菌狀腫瘤

きんたいがいどくそ 菌体外毒素〔名〕〔生化〕菌體外毒素、外泌毒

きんたいないどくそ 菌体内毒素〔名〕〔生化〕菌體內毒素

きんどく 菌毒〔名〕菌毒、蘑菇毒

きんぺい 菌柄〔名〕〔植〕菌柄

きんぽう 菌包〔名〕〔植〕菌托

きんまく 菌膜〔名〕〔植〕菌膜、菌幕

きんるい 菌類〔名〕菌類（蘑菇、酵母、黴、菌的總稱）

　きんるいがく 菌類学（真菌學）

きのこ、たけ、きのこ 菌、茸、蕈〔名〕（"木の子"之意）蘑菇

　きのこ　は 茸が生えた（長蘑菇了）生える映える栄える這える

　きのこ　と 茸を採る（採蘑菇）取る採る捕る摂る撮る執る獲る盗る録る

　きのこが 茸狩り（採蘑菇）狩る借る駆る駆る

　きのこくも 茸雲（原子彈爆炸後的蘑菇雲）

　きのこと　やま　わす 茸採った山は忘れられぬ（守株待兔）

たけ、きのこ 菌、茸〔名〕〔植〕蘑菇（＝茸、菌、蕈）

　まつたけ 松茸（松茸）

　たけ　か 茸を刈る（採蘑菇）

くさびら、くさびら、くさびら、くさびら 〔名〕蔬菜（=野菜、山菜）、蘑菇（=菌、茸）

駿（ㄐㄩㄣˋ）

駿〔漢造〕良馬、賢才

駿才、俊才〔名〕英才、（學校的）高材生
　若手の駿才（年輕的英才）
　此のクラスには駿才が多い（這一班裡高材生多）覆い被い蔽い蓋い
　此の学校からは沢山の駿才が出ている（這所學校裡出了很多卓越人材）
　彼の会社には駿才が多勢居る（那家公司裡有很多卓越人材）居る要る入る煎る炒る鋳る射る

駿足〔名〕駿足，跑得快，駿馬，快馬。〔轉〕腿快（的人）、高材生（= 俊足）
　駿足を駆って国外に脱出する（騎上駿馬外逃）駆る馳る刈る狩る借る
　彼は駿足を以って鳴っている（他以腿快著稱）鳴る為る成る生る

駿馬、駿馬〔名〕駿馬
　駿馬を走らす（驅策駿馬）
　駿馬の揃いのダービー（清一色駿馬的大賽馬）

俊（ㄐㄩㄣˋ）

俊〔漢造〕才智出眾
　英俊（英俊〔的人〕）

俊逸、儁逸〔名〕才能出眾

俊英〔名〕英才、英俊（的人）
　門下に俊英を集める（集英俊於門下）
　俊英雲の如く集まる（英才雲集）

俊傑〔名〕俊傑、傑出者、佼佼者
　門人中の俊傑（弟子當中的佼佼者）中中中中

俊彥〔名〕才智出眾（的人）

俊豪〔名〕俊傑、豪傑
　明治維新の俊豪（明治維新的俊傑）

俊才、駿才〔名〕英才、（學校的）高材生
　若手の俊才（年輕的英才）
　此のクラスには俊才が多い（這一班裡高材生多）覆い被い蔽い蓋い
　此の学校からは沢山の俊才が出ている（這所學校裡出了很多卓越人材）
　彼の会社には俊才が多勢居る（那家公司裡有很多卓越人材）居る要る入る煎る炒る鋳る射る

俊秀〔名〕佼佼者、卓越的人才
　門下に俊秀が輩出する（門生中人才輩出）

俊足〔名〕高材生、得意門生（= 駿足）

俊敏〔名、形動〕聰敏、英俊
　門人中で俊敏を以って鳴る人物（弟子中以英俊而聞名的人物）鳴る為る成る生る

俊髦〔名〕英俊

俊邁〔形動〕英邁（的人）

炯（ㄐㄩㄥˇ）

炯〔漢造〕光明、明察

炯眼、炯眼〔名、形動〕明亮的眼睛，目光炯炯的眼睛，觀察力強的眼睛、銳利的目光
　私は彼の炯眼に敬服した（我佩服他的觀察力）言う云う謂う有る在る或る
　斯う言う事は炯眼な人には感付かれる恐れが有る（這種事情有被明眼人看出來的危險）
　炯眼人を射る（銳利目光逼人）射る入る要る居る鋳る炒る煎る

炯炯、炯炯〔形動タルト〕（目光）炯炯
　眼光炯炯と為ている（目光炯炯）
　炯炯たる眼（炯炯發光的眼睛）眼眼眼

炯然、炯然〔形動タルト〕炯然、炯炯
　炯然たる星の火（炯炯星火）

窘（ㄐㄩㄥˇ）

窘〔漢造〕困苦（窘困），逼迫（窘迫）（=詰まる、苦しむ）

窘迫（困窮）

窘める〔他下一〕責備、規勸、告誡

無作法を窘める（規勸〔某人〕沒禮貌）

出過ぎたのを窘める（規勸〔某人〕冒失）

火遊びを為ている子供を窘める（責備玩火的孩子）

國家圖書館出版品預行編目資料

```
日華大辭典(四) / 林茂編修.
-- 初版. -- 臺北市：蘭臺, 2020.07-
ISBN  978-986-9913-79-9(全套：平裝)

1.日語 2.詞典

803.132                                    109003783
```

日華大辭典 (四)

編　　修：林茂(編修)
編　　輯：塗宇樵、塗語嫻
美　　編：塗宇樵、塗語嫻
封面設計：塗宇樵
出 版 者：蘭臺出版社
發　　行：蘭臺出版社
地　　址：台北市中正區重慶南路1段121號8樓之14
電　　話：(02)2331-1675或(02)2331-1691
傳　　真：(02)2382-6225
E—MAIL：books5w@gmail.com或books5w@yahoo.com.tw
網路書店：http://5w.com.tw/
　　　　　https://www.pcstore.com.tw/yesbooks/
　　　　　https://shopee.tw/books5w
　　　　　博客來網路書店、博客思網路書店
　　　　　三民書局、金石堂書店
總 經 銷：聯合發行股份有限公司
電　　話：(02) 2917-8022　　傳　真：(02) 2915-7212
劃撥戶名：蘭臺出版社　帳號：18995335
香港代理：香港聯合零售有限公司
電　　話：(852)2150-2100　　傳　真：(852)2356-0735
出版日期：2020年7月 初版
定　　價：新臺幣12000元整（全套不分售）
ISBN：978-986-9913-79-9

版權所有・翻印必究